长城笔记

上卷

胡杨 著

燕山大学出版社
·秦皇岛·

图书在版编目（CIP）数据

长城笔记 / 胡杨著. -- 秦皇岛：燕山大学出版社，2025. 4. -- ISBN 978-7-5761-0709-8

Ⅰ. I267

中国国家版本馆 CIP 数据核字第 2024UN6678 号

长城笔记

CHANGCHENG BIJI

胡杨 著

出 版 人：	陈 玉		
责任编辑：	柯亚莉 张岳洪 臧晨露	**策划编辑：**	张岳洪
责任印制：	吴 波	**封面设计：**	方志强
出版发行：	燕山大学出版社	**电 话：**	0335-8387555
地 址：	河北省秦皇岛市河北大街西段 438 号	**邮政编码：**	066004
印 刷：	涿州市般润文化传播有限公司	**经 销：**	全国新华书店

开 本：	787 mm×1192 mm 1/16	**印 张：**	57.5 **字 数：** 910 千字
版 次：	2025 年 4 月第 1 版	**印 次：**	2025 年 4 月第 1 次印刷
书 号：	ISBN 978-7-5761-0709-8		
定 价：	650.00 元（全三册）		

我的嘉峪关（代序）

一直以来，我是没有资格说出这几个字的。

想想三十多年前，背着笨重的行囊，内心忐忑地来到这座城市，空旷的马路，成片的宿舍大楼，让人觉得它已经远离了我想象中的城市：人头攒动、商铺林立、热闹非凡。相比之下，它是那么冷静、内敛与刚强。

记得从敦煌出发，还是桃红柳绿，一路赶过来，绿色越来越稀少。到了目的地，一场大雪迎接了我，马路上哗啦啦地流着雪水，把姗姗来迟的春天，冲得稀里哗啦；把蝉翼般的嫩芽，打碎在雪水中。

我一直试图接近它。

这座城市，一直高高矗立在农耕社会的另一面。硕大的厂房，轰鸣的机器，飞溅的钢花，殷红的铁水，人在它面前，是那样渺小和不值一提。生命的抒情，都被凝固为黝黑的铁块和深蓝的钢板，因而，履带上的矿石、铁轨上的火车、吐丝机喷出的盘条、流水线上跳舞的螺纹钢、像方阵一般在滚轴上徐徐前行的钢板，它们无比坚硬的神色，足以击碎人们内心乡村生活所积累的温柔。

“我是一匹来自北方的狼……”那一段时间，齐秦的歌在耳畔回荡，一个人走在马路上，一个人游荡在厂区，就像一块铁。但这块铁，渐渐地熔铸了一座城市的形象。就像沿着戈壁和沙漠，却找到了葡萄园。

九眼泉，是一群在草坡上汩汩流淌的水，它们像是众多的不速之客，从高处涌出，在低处汇集成湖。野鸭子在芦苇丛中栖息，甚至有黑云一样的乌鸦从城墙上飞过，像是烽火台上急匆匆求救的烽烟，一会儿就消失于远处的柳树林中。也许，所有的星光都躲藏在泉水里，所有的种子和芽孢，都会渐渐推开巨大的石条和垒高的青砖，在我眼里，一座与白云平齐的关口，有着自己的根脉。记得读到过一则名曰《宝碑》的传说，说是从关上的石碑之上，就可以读到千里之外的雪山、松林和溪流，如果模糊了，看不到了，那就是一个干旱的年份。这一块碑，在一座关堡的护佑下，那些雪，那些流水，一定会越来越清晰，越来越猛烈。

在关城北面的黑山，一条深深的峡谷，陡峭的崖壁上，埋伏了史前的先民，他们陡峭地生活着，那些篝火，一直没有熄灭；那些舞蹈，一直没有停歇；那些被追逐的野兽，一直在奔跑，而那些箭，一直在弦上。而且这座山，还有一个匪夷所思的名字：洞庭山——别有洞天，如同温馨的庭院。

沿着窄窄的通道，一直向地层掘进，这小小的墓室，却容纳了大千世界，从前的山，从前的水，从前的庄稼，从前的桑葚，从前的坞壁，从前的马车，从前的驿使……烤肉还在散发着香味，裙裾仍然飘舞如仙，盛大的出行，阔绰的宴饮……一切都新鲜如初！

大工厂，大钢铁，大长城，大戈壁……这，就是我的嘉峪关。我终于可以在你的大中，找到小小的我；我终于可以在你的大中，一次次凝练我的小。

在大漠戈壁，在雄关钢城，我一直痴心于文学创作，梦想着成为名存史册的大作家，一段时间，我的作品密集地荣登各大杂志，荣获了无数文学奖项，但回过头来，人们记住我的，竟然是这样一些大概与文学无关的事：我编写了十余部有关嘉峪关的旅游书，有些竟然印刷到了第六版；我创作了讲述嘉峪关的大型剧目《北漠尘清》，一路演出到了兰州，竟然获得了省级优秀剧目奖，得到了中宣部的奖励；我十多年如一日，推广嘉峪关烤肉，嘉峪关烤肉竟然成了一座城市的饮食品牌，成千上万的人因而有了谋生的产业；我坚持不懈地总结弘扬“八棵树精神”，已经被交通部认可，在全行业推广；我不遗余力地研发文创产品，嘉峪关四大酥、定城砖茶、方寸石艺——我在嘉峪关修长城、地下画廊——魏晋砖壁画复制，荣获了全国旅游产品银奖；我主持策划的嘉峪关文化符号应用，在嘉峪关的主街得以展现；我还策划了“一带一路”非物质文化遗产展示区、沙枣花乡村振兴文化产品创研基地；等等！

从此，我开始调整自己的方向，我觉得既然成为大师望尘莫及，那就为自己的家乡做点力所能及的事。沿着这个方向，我一步步跋涉。我终于可以站在自己的制高点上，大声说出：我的嘉峪关！

我的三卷本文学作品集《长城笔记》正式出版，这近一百万字的巨著，是我内心絮语的虔诚表达，似乎永远不会穷尽；我抚摸那些执着的文字，内心里万千滋味蓬勃涌出，就像讨赖河的细流，回归干渴的大地！

嘉峪关，你的孩子，跪拜在你的脚下，一步步追随你的脚印，如同一抔土、一块砖、一方石条，垒筑属于你的高度！

目录

第一部分 从长安到罗马

通往长安的金色旅程
——有关丝绸之路往事的读书笔记 ……003

第二部分 长城风情

烽火台下 ……025
黄羊滩 ……027
加尔乌宗 ……029
胡杨古道 ……031
没有剪裁的黄昏 ……033
雨季 ……035
湖滩 ……037
杀虎口 ……039
桥子记事 ……041
羊泉 ……043

敖伦布拉格的女孩 ……………………………………………045
盐湖 …………………………………………………………047
后山 …………………………………………………………049
戈壁上的黄昏 ………………………………………………051
骆驼店 ………………………………………………………053
大泉河谷边的黄花 …………………………………………055
乌图那生 ……………………………………………………057
祁漫塔格乡 …………………………………………………059
红柳沟 ………………………………………………………061
阳关道上的胡杨林 …………………………………………063
党金果勒河峡谷 ……………………………………………065
风 ……………………………………………………………067
铧尖一带的芦苇 ……………………………………………069
乡村 …………………………………………………………071
河谷 …………………………………………………………074
枣林里 ………………………………………………………076
沙 ……………………………………………………………077
敦煌以西 ……………………………………………………078
城市部落 ……………………………………………………080
真正的孤独 …………………………………………………082
再进祁连山 …………………………………………………084
村庄，村庄 …………………………………………………086
绿洲往事 ……………………………………………………088
无垠的戈壁 …………………………………………………090
牧人 …………………………………………………………092
再进黑山 ……………………………………………………094
田野上的大庄子 ……………………………………………096
月色荒芜 ……………………………………………………098

一枚玉坠 ……………………………………………………100
雪鸡 …………………………………………………………102
雪莲 …………………………………………………………104
罐罐茶 ………………………………………………………106
额济纳记事 …………………………………………………108
岁月深处 ……………………………………………………109
无边无际的红柳 ……………………………………………111
千年神树 ……………………………………………………113
黑城遗址 ……………………………………………………115
甲渠塞 ………………………………………………………118
策克口岸 ……………………………………………………120
居延海 ………………………………………………………122
额济纳流失的海外文物 ……………………………………125
平淡的美食 …………………………………………………128
废城 …………………………………………………………130
驿路 …………………………………………………………132
城墙下的羊 …………………………………………………134
春天的果园 …………………………………………………136
村庄的门扉 …………………………………………………138
花丛 …………………………………………………………140
夜色苍茫 ……………………………………………………142
奔跑的身影 …………………………………………………144
山谷 …………………………………………………………146
又是清明 ……………………………………………………148
山坳 …………………………………………………………150
夏天的夜晚 …………………………………………………152
几块石头 ……………………………………………………154
屋顶上的村庄 ………………………………………………156

荒芜的戈壁 ……158
绿色的小草 ……160
一棵树 ……162
咸韭菜 ……164
苜蓿 ……166
远方 ……168
山谷里的花 ……170
草湖 ……172
马莲坡 ……174
阳关以南 ……176
峡谷 ……178
十二棵沙枣树 ……180
冬夜 ……182
沙井 ……184
石板井 ……186
洪祸 ……188
春天的雾霭 ……190
农场的月亮 ……192
七零四 ……194
巴丹吉林边缘 ……196
凄怨的笛声 ……198
梦一般的时光 ……200
催木头沟 ……202
骆驼客 ……204
桃花盛开 ……206
白墩子一带 ……208
苦水 ……210
往事梦回 ……212

黑河之畔 ……………………………………………………214
蝴蝶 ………………………………………………………216
从前 ………………………………………………………218
那个黄昏 ……………………………………………………220
东窗看雪 ……………………………………………………222
草原上的漫游 ………………………………………………224
山市 ………………………………………………………226
在戈壁 ……………………………………………………228
坐看黄河 ……………………………………………………230
母亲的粪杈 …………………………………………………232
未知 ………………………………………………………234
冬至 ………………………………………………………236
黑鹰山 ……………………………………………………238
风尘 ………………………………………………………240
戈壁放马 ……………………………………………………242
目睹与想象 …………………………………………………244
飞天 ………………………………………………………246
在绿洲 ……………………………………………………248
大疙瘩梁 ……………………………………………………250
敦煌的黄昏 …………………………………………………252
塞门 ………………………………………………………254
古墓梁下的胡杨林 …………………………………………256
五个墩 ……………………………………………………258
新店台 ……………………………………………………260
骟马城 ……………………………………………………262
沙州古城 ……………………………………………………264
河仓城 ……………………………………………………266
另一种风景 …………………………………………………268

那些生活 ……270
骆驼城 ……272
锁阳城记忆 ……274
在瓜州 ……276
走向荒原 ……278
蜃景中的远山 ……280
土吃人一口 ……283
向北 ……285
西沟 ……287
黄草坝 ……289
大墩门一带 ……291
一匹年代久远的马 ……293

第三部分　长城故事

深夜 ……301
榆树泉 ……309
咸水洼的秋天 ……339
夏天的沙洼 ……349
夏天的热 ……351
四块一模一样的石头 ……354
红丝巾 ……356
玉石烟嘴 ……358
黑衣人 ……360
桃红柳绿 ……362
老梨树 ……364
学友 ……366
山泉 ……368

孝子 ······370
随风而去 ······372
六指 ······374
像夜晚一样行进 ······376
河边的普罗米修斯 ······378
寂静 ······380
邂逅 ······382
山下的坟茔 ······384
正月 ······386
东风 ······388
道班 ······390
解码 ······392
黄草营 ······394
雪夜 ······396
盐池 ······398
伊人 ······400
白杨树下 ······402
等待 ······404
铁蛋 ······406
春天来了 ······408
草原上的秋天 ······410
漂浮的蜃景 ······412
沙滩上坟茔 ······414
红妮 ······416
红飘带 ······418
筑屋记 ······420
花海之忆 ······438

第四部分　长城文化

边塞诗的味道 ……447
永远的长城 ……451
异乡或者他乡 ……453
过去的敦煌 ……455
丝绸之路的根基 ……458
绿洲的信仰 ……460
过去的生活 ……462
游走的佃人 ……464
夏天的雪 ……466
隋炀帝所钟情的张掖 ……468
河西的鼓楼 ……471
游牧者的生活 ……475
谁能复原逝去的光阴 ……478
心灵书 ……481
人的生活 ……483
天界笔记 ……485
敦煌乐 ……488
血管里的长江 ……490
古老的城市 ……493
信仰者 ……495
在民乐 ……497
黑河的馈赠 ……502
天高地阔下的游牧 ……505
草原上的弓箭 ……507
佛教东渐的历史见证 ……509
比邻而居 ……513

嘉峪关下 ……………………………………………………517
在嘉峪关 ……………………………………………………520
在花海中穿越 ………………………………………………523
细雨梦回 ……………………………………………………525
细雨文殊山 …………………………………………………527
遇见长城 ……………………………………………………531
戈壁 …………………………………………………………533
回不去的老宅 ………………………………………………535
多坝沟 ………………………………………………………537
桥子一带 ……………………………………………………539
昌马 …………………………………………………………541
野麻湾一带 …………………………………………………543
苍天下的游牧者 ……………………………………………554

第五部分　嘉峪关下

嘉峪关下 ……………………………………………………563

第六部分　河西商贸之路

驼铃叮叮
——长城沿线的商贸与文化 ………………………………597

第七部分　丝路笔记

东方老墙
——我们的长城和盖洛的长城 ……………………………709
在遥远而又漫长的古道上 …………………………………782

第八部分　定格在石头上的努图特

祁连山岩画里的世界 ……………………………………………815

第九部分　魏晋之光

砖头里的光：另一种生 …………………………………………847

胡杨创作年表……………………………………………………885

第一部分

从长安到罗马

通往长安的金色旅程

——有关丝绸之路往事的读书笔记

丝绸之路是古代的一条贸易路线，它穿越中亚直达欧洲。“丝绸之路”这个名称，总是让人联想起驮着大批中国优质丝绸、香料和香水的充满异域风情的驼队，联想起雪山环绕的沙漠和绿洲，联想起挤满了买卖葡萄、芫荽、波罗的海琥珀和地中海珊瑚的旅行者的喧嚣的市场。

通过这条路线，丝绸从中国运到了古罗马，汉族公主与西域联姻。

想象起来，这一切，似乎都充满了浪漫与奇异的风情，晨光与黄昏，像金子一样铺满大地，沙漠的颜色也是一样，还有那奔走起伏的骆驼，金黄的绒毛在风中飘……但真正踏上旅途，又是另外一种情景：浩瀚荒野中的饥渴、迷路的焦灼、寒冷和酷热的考验，生命如同飘零的草籽，时时被风沙淹没。

长长的商队走过平原，
步伐坚定，银铃奏鸣。
他们不再追求荣耀和收获，
不再从棕榈树环绕的水井中求得安慰。

这是詹姆斯·艾尔罗伊·弗莱克在他的诗《通向撒马尔罕的金色旅程》中写到的关于丝绸之路的旅行。弗莱克或许不太了解中亚绿洲上生长的耐寒的落叶杨树，因而得不到“棕榈树环绕的水井中”的安慰。穿越漫漫沙漠、翻越层层雪山的旅途并不浪漫。

今天，很多人把“丝绸之路”当作一个广义词，使之不仅涵盖了遍布高山和沙漠的辽阔地域，还蕴含了悠久的历史文化。丝绸之路文明包括久被遗忘的王国，如粟特人的王国和党项人的王国，其中心从尼萨和马里经布哈拉和撒马尔罕到环绕中亚塔克拉玛干沙漠和罗布沙漠的古绿洲城市喀什噶尔、柏孜克里克、敦煌和和田。再往南，丝绸之路的商贸路线延伸到了西藏和阿富汗。20世纪30年代，这条线路仍然清晰可辨。

“冉冉升起的太阳把光线洒在西藏呈扇形隆起的冰山山脊上，给冰雪覆盖的山坡披上了一层粉红色的面纱，但辽阔的山脉依然处在死灰一样颜色的控制之下，这是黑暗对正在到来的光明的最后的顽抗。晨星依稀可见，脚下的大地上是灰色的黎明，但阳光很快就胜利了……山脚下延伸着古老的商路，它们既宽又有很深的压痕，这显然是经由无数商队的车辆那钉着钉子的锋利车轮碾压而形成的。车辙分分合合，就像江面上的涡流一样。在这条路上，很多人走了几千年，仿佛一条永不止息的生命之流，因为它是亚洲伟大的高速公路，连接了远东和遥远的欧洲大陆。”

这是传教士盖群英和冯贵石所描写的丝绸之路上一次日出之时的启程。“阳光很快就胜利了”这样小小的自然景象，也能让人为之一振，那漫漫长途中的寂寞和险情可想而知。在经历了了无人迹的冰山峡谷，吐鲁番盆地的情景又是另外一番新的视野。“站在高处眺望吐鲁番沙漠，旅行者会看到光秃秃的斜坡上长长的线形泥土工程，使人感觉到就像巨大的鼹鼠拱起的土堆一样。这些土堤是中空的，近距离观察就会发现它们是通向深层地下渠道的一些开口。向下很深的地方是一条水渠，它把融化的雪水引向被太阳晒热而等待浇灌的田地，一条水渠的开口可能多达两百个。越靠近山，坎儿井就越深。在它的起点，水可能在地面以下五十英尺深的地方，但在终端开口处，水几乎流到了地表，而且跟刚刚流出山时一样清凉。”坎儿井是古代吐鲁番各族劳动群众，根据盆地地理条件、太阳辐射和大气环境的特点，经过长期生产实践创造出来的，是吐鲁番盆地利用地面坡度引用地下水的一种独具特色的地下水利工程。坎儿井早在《史记》中便有记载，时称“井渠”。吐鲁番现存的坎儿井，多为清代以来陆续修建，如今，仍浇灌着大片绿洲良田。吐鲁番市郊五道林坎儿井、五星乡坎儿井，可供参观游览。坎儿井由竖井、暗渠、明渠、涝坝四部分组成。竖井，主要是为挖暗渠和维修人出入用的。竖井口长 1 米，宽 0.7 米。暗渠是坎儿井的主体，高约 1.6 米，宽 0.7 米。明渠，就是暗渠出水口到农田之间的水渠。涝坝，就是暗渠出水口，修建一个蓄水池，积蓄一定水量，然后灌溉农田。坎儿井与万里长城、京杭大运河并称为中国古代三大工程。吐鲁番的坎儿井总数近千条，全长约 5000 公里。吐鲁番盆地北部的博格达山和西部的喀拉乌成山，春夏时节有大量积雪和雨水流下山谷，潜入戈壁滩下，人们利用山的坡度，巧妙地创造了坎儿井，引地下潜流灌溉农田。坎儿井不因炎热、狂风而使水分大量蒸发，流量稳定，保证了自流灌溉。每条坎儿井的长短各不相同，长的可达 20 公里，短的只有 100 米左右。最古老的坎儿井是吐尔坎儿井，它位于吐鲁番市恰特卡勒乡庄子村，全长 3.5 公里，日水量可浇 20 亩地，至今已使用了 470 多年了。名气最大的坎儿井是米衣木•阿吉坎儿井，它全长 5 公里，最深处为 80 米，日水量可浇地 70 亩，已有 200 年的历史，它是维吾尔人米衣木•阿吉开掘而成的，故以此命名。

零星的野生动物也同样吸引了传教士：“我们在这一地区发现的唯一的动物，是那些有耐力或是奔跑速度快的能跋涉很远的路去寻找食物的动物。这些动物包括野骆驼、野驴、羚羊、瞪羚和狼。然而，在沙漠上，给人印象最深的动物是野羊，亚洲人把它叫作盘羊，在西方则叫作马可•波罗羊。野羊是一种美丽的动物，它的角非常引人注目，一般都有 45 ～ 50 英寸长，根部周长约 15 ～ 18 英寸，重 30 ～ 40 磅。它能以令人难以置信的速度跑很远的距离，像长了翅膀一样，可以轻松地从一块岩石跳到另一块岩石上。狼在戈壁滩上数量很多，常常攻击野羊群。虽然野羊群并不常见，但羊角却被大量地发现，在这种可爱的动物被撕扯、被吞噬的任何地方都有它们的角散布在沙漠上。”

“在每一个绿洲，有一种长有小冠毛、浅褐色的鸟很常见。燕鸥似乎把戈壁滩当成了家。在一座低矮、光秃秃的起伏不平的灰色火山上，巨大的秃鹫做了个窝，远远地窥视着落在驼队后面的精疲力竭的骆驼。在商队经过之处，它们陷入沙中，再也站不起来，驮着沉重货物的骡子或驴则在狂风怒号中耗尽了力气而很快被冻死。”

“在晴朗的天空的映衬下，高空飞翔的金雕展开巨大双翼，它们下面是盘旋的雀鹰，随时准备扑向冒险跑到开阔地上来的任何一种小啮齿动物。在盐滩上，灰色的苍鹭捕食蜥蜴。”

高山绵延，冰峰耸立；沙漠浩瀚，戈壁辽阔；草原无垠，绿洲点缀；内陆河流纵横，山泉湖泊遍布。这种多样而丰富的生态环境，为各种野生动物的繁衍生息提供了良好的条件。那时候的丝绸之路，很多路段，都是野生动物的乐园。但 20 世纪中叶以后，大量人群的流入，不仅使自然环境遭到了破坏，野生动物的滥捕滥杀也猖獗一时。据统计，目前新疆境内的野生脊椎动物仅有 640 多种。

两千年中，奢侈品经过这些路途艰难的道路向外运输。冈萨雷斯 • 德 • 克拉维约于 1403 至 1405 年写道：“最好的商品特别是丝绸、缎子、麝香、红宝石、钻石、珍珠和大黄都是从中国运到撒马尔罕的。据说中国人是世界上技艺最高超的工人……中国主要的城市大都距离撒马尔罕有六个月的路程，其中两个月要经过空旷的草原。”

在整个欧亚大陆的地理环境中，要想沟通东西方是极其困难的。北亚遍布苔原和亚寒带针叶林，难以适宜人类的生存，中亚又有崇山峻岭和广阔无垠的戈壁沙漠，筑成一道天然屏障，阻隔了东西方的通道。环境考古学资料表明，欧亚大陆只有在北纬 40 度至 50 度之间的中纬度地区，才有利于人类的东西向交通。这个地区恰好是草原地带，东起蒙古高原，向西经过南西伯利亚和中亚北部，进入黑海北岸的南俄草原，直达喀尔巴阡山脉。在这条狭长的草原地带，除了局部有丘陵外，其余地势比较平坦，生态环境比较一致。中国北方草原地区正好位于欧亚草原地带上，其生态环境与欧亚草原的其他地区基本相同。这条天然的草原通道，向西可以连接中亚和东欧，向东南可以通往中国的中原地区。

在绿洲城市和地中海城市之间，丝绸之路跨越环境极其恶劣的地域，道路的艰难大大增添了丝绸之路的传奇色彩。塔克拉玛干大沙漠、罗布泊和戈壁滩被大山环绕，北面是库鲁克塔格山和冰雪覆盖的天山，南面是阿尔金山和昆仑山，西面是帕米尔高原、兴都库什山和喀喇昆仑山，这些大山形成了丝绸之路巨大的天然屏障。

早期的探险者鲁布鲁克曾写道："那天上午我的脚趾被冻僵了，我再也不能赤脚走路了，因为那些地方极其寒冷。自从结冰之日起，严寒就一直持续到第二年的五月。即使在五月，每天早晨仍会结冰，但白天太阳的照射下冰会融化。然而，在冬天，冰雪从不融化，无论风怎么刮，冰仍然是冰。"

"我们向东走，除了天空和大地之外什么也看不到……只要我们身处旷野，一切就都很顺利。当我们来到有人居住的地方时，我所遇到的困难一言难尽。现在向导让我带上礼物去找各位首领，而我们的给养不足，根本不允许这样做。每天我们都有八个人吃面包，还不算那些偶尔来同我们一起吃饭的人……他们给我们的肉不够我们食用，而且我们买不到任何东西。"

马可·波罗（1254—1324）是留下关于丝绸之路传世著作的欧洲人，他也提及了自己在塔里木盆地所遭遇的严寒："它的名字是帕米尔高原，有整整十二天的行程。在这十二天中，没有见到居民区，没有人烟，旅行者必须自己携带给养。由于此地很高的海拔高度和严寒，这里没有飞鸟。我敢保证，由于这样的严寒，这里的火没有那么亮，跟其他地方的火的颜色也不同，食物总是做不熟。现在我们朝北方和东方前进，在这十二天的行程结束后，旅行者必须再向东，再向北，最后再向东骑行四十多天，要不断地翻越大山、穿过峡谷、跨越河流和沙漠。"

"这片沙漠是那么长，要花一年的时间从一端走到另一端，最狭窄的地方也要花一个月才能走完。它完全是由山脉、沙漠和谷地组成的，根本没有任何东西吃。但我可以告诉你，在走了一天一夜之后你可以找到饮用水，虽然不够大队人马饮用，但够五十人或一百人和他们的牲畜饮用，而且你必须在沙漠中走上一天一夜后才能找到水。我还可以告诉你，在三四个地方你还会发现水又苦又咸，但是在其他所有有水的地方，水质是好的。那里没有飞禽走兽，因为它们在那里找不到能吃的东西。”

马可·波罗还描写了夜间出来骚扰旅行者的神秘幽灵：“要是因闲逛或睡觉或其他什么原因而同伙伴失去联系，后来又想归队，那时他就会听到幽灵像同伴一样跟他谈话……通常这种声音会使他走失，使他再也找不到原来的路。很多旅行者就这样迷路而死去……即使白天，旅行者仍能听到这些幽灵的声音。但你通常会相信，你听到的是很多器械的声音，特别是鼓声，还有武器的碰撞声。”为了避免这种幻觉，“旅行队特别注意保持近距离聚集，睡觉前他们竖起一个指向他们要去的方向的路标，还在牲畜的脖子上系上小铃铛，这样他们就可以靠听铃声来防止迷路”。

与迷路同样可怕的是土匪。16 世纪，英国旅行家安东尼·詹金森和他的队伍遭遇了一个由 37 人组成的匪帮的攻击。夜幕降临，双方呼叫停战，詹金森和他的队伍扎营于一座小山上，用带来的货物垒成掩体，并把马和骆驼藏在里面以躲避弓箭的射击。他说：“土匪也在我们的弓箭的射程之内宿营，但他们处于我们和水源之间，这使我们感到很不妙，因为我们和我们的骆驼已经两天没有喝水了。”他们被迫交给土匪钱财，并希望土匪放过他们，但却未能如愿，最后詹金森九死一生脱离险境。

在丝绸之路上穿行，水是最重要的，而解决的方法之一就是喝茶。欧文·拉铁摩尔写道：“我们在黎明时分开始做茶。我们只有砖茶，这是用最粗劣的叶子、细枝和仓库中收集的茶叶垃圾压制而成的结实的茶块。每次饮茶，我们都要从茶砖上砍下所需要的量。我们常常在这种茶中掺入烘烤过的燕麦粉或小粒（看上去它就像某种植物的种子，实际上就是一种草籽），将其搅拌成稀薄的糊糊喝下去。我们之所以喝这么多茶是因为天气恶劣。没有煮开的水是永远都不能喝的。当时流行着一种迷信的说法，说喝这种水可致脚上起泡。我们所到之处所饮用的水都取自水井，这些水都或多或少含有大量的盐和碱，我猜想它可能含有多种矿物盐；有时因太咸无法喝，有时又很苦无法下咽。柽柳是一种生长在沙漠地区的树，或者说是一种灌木，其根扎入地下很深的地方汲取水分。当水接近地表时，柽柳的根就会在潮湿的泥土中腐烂，使水变成黄色，这种水很黏稠，而且十分苦和脏。有时我们每天都能找到水。通常我们每两三天就能遇到一口井，然后用一种侧面扁平的木桶装上水，一只骆驼可以驮两只桶。井与井之间最长的距离是在穿越黑色戈壁时遇到的，在那里两口井之间的距离有长达近一百英里的路程。在穿越沙漠时，我们每天的平均行程十五到十六英里，但急行军则可达到三十英里。”

宋时，宋王朝与辽、金、西夏等政权战争频繁，军马需求量很大，不得不买番马，加之内地茶叶积压，西北少数民族又缺茶叶，以茶易马成为必然。熙宁七年，即公元 1074 年，大规模实行用茶买马法。此后十余年间，蜀京西南路金州辖的紫阳茶区及蜀道茶叶贸易空前繁荣，《宋史・食货志下六・茶下》记载：“初，李杞增诸州茶场，自熙宁七年至元丰八年，蜀道茶场四十一，京西路金州为场六，陕西卖茶为场三百三十二。”

大规模的茶马互市在明代。明代初年，为了安抚西北边外的少数民族，羁制离心倾向，明朝廷以茶叶为武器，在西北边地实行茶马交易，即将陕西紫阳、汉中茶区的茶叶，由商人运到秦州、西宁，交换边外少数民族的马匹，使“戎人得茶，不能为我害；中国得马，足以为我利”，并“立茶马司于陕西等处，听西番纳马易茶”，陕西成为当时军马的主要供应地，《明洪武实录》云：“骁腾可用者无逾陕西”。

这时茶马互市才上升为控扼蕃夷、安邦保国的国策，明朝廷制定政策、法律规范茶马互市。《明史・食货志》说“用茶易马，固番人心，且以强中国”，所以，“明制尤密”。明代的茶马交易分为西北边茶和西南边茶两个方面。西北边茶曾有一段非商品化的官运官销时期。陕西产茶各县由茶户将茶自行解运到汉中府领银，再从汉中由官领军夫挑至今陇西一带的巩昌后分途运至各茶马司，由各茶马司按额定比例与西番交换战马。

长着又厚又软的黑褐色毛的双峰驼群仍然在敦煌附近啃食灌木丛中的柽柳。如有车辆驰过，它们就立即跑开。虽然很多这样的骆驼群并非真正的“野骆驼”，但是走失的未驯服的骆驼群很可能已经与日渐稀少的野骆驼杂交。

根据历史文献记载，野骆驼的栖息地曾扩展到黄河大弯，但由于受人类捕猎活动等影响，野骆驼在西部和东部的分布区中，已经在百年前灭绝，中部的分布区也已大为缩小。由于野骆驼是机警而远避人类生存的野生动物，这导致它在人类经济活动的影响下分布区易被分割、缩小。19 世纪末有记录时，野骆驼的分布区面积还较大，但随着近代人类活动的扩大，其分布区迅速萎缩。由于人们的捕猎、工农业等经济范围扩大，到 20 世纪 70 年代末，野骆驼数量已降至 2500 ～ 3000 峰。目前，世界上野骆驼仅分布在四个区域，其中三个位于中国西北地区，即罗布泊北部嘎顺戈壁、阿尔金山脉北麓地区和塔克拉玛干沙漠，另外一个位于中蒙边境。目前，全世界野骆驼分布总数在 730 ～ 880 峰之间。作为濒危的独特物种，它也是地球上唯一可以靠喝盐水生存的陆生动物。作为一个古老的物种，野骆驼能在严酷环境下生存，本身就是一个奇迹，野骆驼的数量比国宝大熊猫少得多。

喀什的情形更加动人一些：在羊群、健壮的小马群，有时在骆驼群扬起的尘土中，或者在古老城镇的狭窄街道上，人们制作壶、锅、马鞍之类的马具和传统乐器，摆满羊肉串、手抓饭的小摊。根据牧民们的部分衣着仍能将他们区分开来：维吾尔人戴着绣花的黑绒小帽，维吾尔妇女穿着带有条纹、颜色有些暗淡的扎染的丝绸做的衣服；吉尔吉斯男人戴着卷沿，有时还戴镶有白边的黑色帽子，穿着长及膝盖的灯芯绒大衣，上面饰有用汉族商人卖给他们做被子用的印有粉红色大朵玫瑰图案的丝绸或者红色棉布做的条纹。

喀什是“喀什噶尔”的简称，意思是“玉石汇集的地方”。中原对喀什历史的记载，源于汉代张骞出使西域三十六国的描述，其中疏勒国的首府疏勒就是今天的喀什。张骞惊异地发现疏勒城跟中原的城镇一样，车水马龙，服饰驳杂，店铺栉比，俨然一个五方辐辏的国际商埠。随着丝绸之路的开通，地处欧亚大陆中央的喀什也聚积了来自东西南北拓展自己生存空间的不同民族。不同的语言文字，不同的生活习惯，不同的宗教信仰，在长期生活的过程中，求同存异，体谅包容，演绎出许多新的思想和性格，渐渐形成了沟通东西、融会古今情感的城市风格。各族人民荟萃中西文化，创造出了《十二卡姆》《突厥语大词典》《福乐智慧》这些世界文化遗产。在喀什，有全国最大的艾提尕尔清真寺和著名的阿帕克霍加（香妃）墓地，成为游客憧憬的圣地。

几十个世纪过去了，塔里木河改道了，罗布泊干涸了，尼雅、楼兰、高昌古城也消失了，但喀什这座城市却完整地保存下来，集南疆政治、经济、文化于一身，不仅成为西域的生存标志，而且成为新疆历史的活化石。

在丝绸之路历史上，最令人感兴趣的是，如此多的民族、服饰、宗教和语言混杂在中亚绿洲城市的市场上，并持续了几千年。

在丝绸之路这个名称诞生约 7000 年以前，商品贸易就在环绕中亚沙漠的绿洲城市和中国之间进行了。从和田经丝绸之路南线最早输出的商品之一是玉器。要不是丝绸之路运输的距离比玉器运输的距离远得多，或许使用“玉石之路”代替“丝绸之路”这个名称更为合适。

在早期，玉料极端坚硬，难以雕琢。这些早期的玉器可能是用解玉砂掺上“软泥”，用木头或麻绳做成的工具把它们磨入玉石制作而成的，孔眼是用木钻和解玉砂钻成的。

因为玉在中国的特殊含义，以致玉持续从和田河沿丝绸之路南线向外运输。古时的人相信，玉有一种难以言说的亲和力，这就增加了它的神秘感。

历史证明，我国边疆和中原、东方和西方的文化与商贸交流的第一个媒介既不是丝绸，也不是瓷器，而是和田玉。

和田玉首开我国边疆与中原、东方与西方交流的运输通道，在东西方经济与文化的交流中所起的重要作用远远超过了丝绸。“丝绸之路”是后来的丝绸交易商人利用“玉石之路”这一古老的通道发展起来的，而和田玉又利用此路世世代代向东西两个方向输出。可以说，和田玉是东西方经济文化交流的开路先锋。玉石之路从新石器时代开始，经过夏商周、春秋战国、秦汉一直到隋唐，甚至元明清各个历史朝代。在 6000 多年岁月中，和田玉传入中国各地，传到中亚、欧洲，登上了古代文明史，而称誉世界。

在现代大量的科学考古发掘资料的基础上，中国著名考古学者牟永杭、吴汝祚等人明确指出中国在石器和青铜器、铁器时代之间还存在着一个玉器时代，这是基于良渚文化、红山文化的大量玉器发现。玉器时代的提出对研究玉的传播也具有重要意义，玉器时代是中国文明的起源时代，玉的神化和灵物概念是玉器时代意识形态的核心。玉作为非实用性的生产工具和玉质礼仪用品，标志着以等级为核心的礼制的开始，象征着持有者的特殊权力和身份，它脱胎于不成文的习惯法。

新疆已发现新石器时代的和田玉制成的玉斧、玉串珠，在陕西的仰韶文化也出土了和田玉玉器，在甘肃新石器时代遗址出土的玉片也来自和田玉，这一切表明新疆与甘肃、陕西已有了联系，已有了一条运输和田玉的道路。这条路是玉石之路的雏形。

现已发现 3600 年到 3100 年前的商代已有养蚕、缫丝、织绸，但是那时驰名的是新疆的和田玉，而不是丝绸。丝绸没有到达新疆，而和田玉却从遥远的新疆到了商殷王都——河南安阳。考古发掘和文字史料已充分说明，和田玉那时已是宫廷之珍宝，奴隶主、贵族以用和田玉为荣，生前佩戴，死后同葬。同时这条玉石之路已向西延伸到中亚。大约 4000 年前的这条西去的玉石之路比丝绸之路早 1600 年左右。

中国人似乎将罗马和东罗马帝国均称之为“大秦”。那个年代，东西方人的互相了解就像一棵跳蚤人树，长满了会说话的脑袋。这种树出现在关于亚历山大大帝的传说故事中，在中国的一本大百科全书中也有其插图和说明：“山中有树，枝上长着人头形花。当被问话时，这些头不说话，只是笑。如果它们笑的次数太多，就会掉在地上。”

第一个到罗马的中国人可能是甘英。他根据自己所见所闻，详细记载了大秦的情况：“它的领土有几千平方里，它有四百多个筑有城墙的城市，几十个小国家臣服于它。城市的外墙都用石头建造，他们也建立了驿站。”

“有松树和柏树……他们的风俗是这样的：他们从事农业生产，种植大量的养蚕用的桑树；他们都剃头，穿绣花的衣服；他们的国王乘坐小马车，上面支着白色的篷盖，在国王出入时，侍从们会敲鼓，手执各种旗帜。国王居住的城市外围周长有一百多里，这座城中有五座宫殿，它们相互之间相隔十里。在这些宫殿中的房子里，柱子是用水晶玻璃做成的，跟房间里的器皿一样。”

中原汉人探索西域的动力在某种程度上是由游牧民族匈奴的劫掠行为促成的。那时的汉人把匈奴描写为在环境恶劣的广袤草原上放牧的人群：“匈奴人生活在沙漠中，居于荒凉之地，因为他们是无所用的人，因而上天似乎将他们遗弃了。他们居无定所，男男女女混居一处。他们四处为家，住毡帐，衣皮革，食畜肉，茹毛饮血。他们随牧群而迁徙，到处游牧，遇见人就和对方交换物品。”（余英时：《汉朝贸易与扩张：中国与游牧民族经济关系研究》，第 40 页）

对于汉朝皇帝来说，中亚的马相对于其他贡品而言更为重要。张骞首先就向汉武帝介绍了西域的马，匈奴人入侵中原时，优良的战马和优秀的骑术使人闻风丧胆。在西域，养马的民族主要有从甘肃西部迁移到巴克特里亚的月氏、伊犁河谷和巴尔喀什湖以南的游牧民族乌孙等。“当皇帝听闻，西域有天马的后代汗血宝马时，立即派使节带黄金千金和等身的金马去换取大宛良驹。”但这一简单的愿望却引发了残酷的战争。仗着大宛与中原相距甚远，大宛王拒绝交换，接着就是一场持续四年的鏖战，直到大宛王被自己的国民砍杀。大宛人同意送给汉朝 3000 匹良驹，事情才得以解决。

汉朝如此渴望得到汗血宝马有两个原因。一个原因是如奥斯汀•科茨所说：“由于所有的有机物包括水在内，钙含量不足，这种马在中原不能被成功繁育。”朝廷曾从蒙古输入过马，但它们体形小，“长满粗毛，看上去很像狗或熊之类的小动物”，一点也不像在西域见到的膘肥体壮的阿拉伯战马。另一个原因是汉朝在战争中发现，匈奴的骑兵比汉朝的步兵具有明显的优势。

在弄清楚汉朝对大量良马的需求纯粹是出于军事目的时，阿瑟•韦利得出结论说，汉朝对良马的需求更多的是出于一种精神需要，而在实际用途中，良马并没有起到多大作用。那时的中国人相信，水中会出现一种特殊的马。在民间传说中，水是龙的家乡。这种马有时长有翅膀，像龙。这种长翅膀的石刻马，在唐朝武则天陵墓的甬道两侧可以看到。而且这种“海马”的腿上有时刻有鱼鳞，有时又是劈波斩浪驰骋的形象。在中国历史上，龙一直是艺术家们所喜爱的形象。

天马和龙的结合象征着中国皇帝，被赋予的思想就是天之骄子。公元前113年在戈壁的边缘——敦煌发现陌生马种的故事，为天马的传说增添了神秘的色彩。

与奥斯汀·科茨看重这些大宛良马在战争中出色的表现相反，阿瑟·韦利强调，大宛的统治者们更多的是在仪式中而不是在作战中使用这种马，即将它当作驮载未成年的佛祖的神马。对于中国皇帝来说，使用这种马也是出于同一目的：把皇帝驮运到昆仑神山这块长生不老之地。在中国的神话故事中，昆仑山指的是和丝绸之路走向相同，位于尼雅和和田之南的一条山脉。

从中亚输入马匹，不管是天马还是其他马种，是汉朝同“西方世界”达成协议的一个主要内容。

公元前120年，河南新野有一个小官名叫暴利长，因犯罪被充军到敦煌屯田垦荒。话说渥洼池一带虽水草丰美，但天高地阔，他一个人在这里放牧感到很是寂寞，就常常坐在水边，看一群群野马吃草、饮水。久而久之，他发现其中一匹长得很奇异，奔跑的速度快而且动作敏捷。看着看着，他就陷入了遐思：如果把这匹马献给皇上，他就能够离开这个鬼地方了。有了这样的心思，他就开始动脑筋：晚上，他在水边用泥土做了一个与自己一模一样的土人，又让土人穿上自己的衣服，手持鞭子、套马索。当第二天清晨马群饮水时，一见到土人便被惊吓得跑到远处张望。时间一天天过去，马群渐渐地对土人的存在习以为常，便又像往常一样到池边饮水。这时，他便将土人搬走，自己立于池边。马群到池边饮水时，他突然甩开套马索将那匹马束缚住。这件事，在历史上有确凿的记载。也如同暴利长想的那样，武帝龙颜大悦，遂作《天马歌》：“太一贶，天马下，沾赤汗，沫流赭。志叔傥，精权奇，生籋浮云，晻上驰。体容与，迣万里，今安匹，龙为友。”豪情满怀的汉武帝，把这匹马描绘得出神入化，他构思着这匹神奇之马，穿越浩瀚无垠的沙漠和寸草不生的旷野，让他乘跃上神仙所在的昆仑山，带他去漫游天帝的宫殿。这是多么大的气魄啊！

渥洼池碧蓝的水面映照碧蓝的天空，这是现实的天空，也是历史的天空。那么，一匹马，是如何触动帝王心弦的，这是一个谜。

追溯历史，因为马，因为马飘逸俊秀的神韵，因为马闪电般的速度，历史，在一次次改变。一生酷爱良驹的汉武帝，目光长久地注视中国西部的那片广阔的草原，在他的想象中，那里的每一棵草，都孕育一匹身手非凡的马。他要得到这片草原，他要在这块土地上纵马追鹰，他还要让他成群的子民在马背上排列整齐，一起冲向那辽阔的地平线。于是，他倾全国之力，发动了一次又一次的战争，征服了匈奴和西域诸国。那是一段峥嵘的岁月，平静的草原上，到处都是血腥味儿，到处都是死伤的人群和战马。回忆那样的场景，真是惨不忍睹。风猎猎、雪皑皑，草原就像倾覆了一样，天就像塌下来了一样，人们不知道该怎么办好。事件的前奏是因为一个人，他叫张骞。公元前 139 年，西汉王朝派张骞出使西域，张骞回国后说，西方有一个叫大宛的国家，有很多宝马，大宛王国贰师城有一种世界上最好的马，名“汗血马”，流出来的汗像血一样，每天能跑一千多里，是名副其实的千里马。这使汉武帝眼界大开的同时，心里直痒痒。这样的汗血宝马，汉武帝恨不得马上就得到。他当即招来大臣们商议，派使节携带二十万两黄金，作为价款。又用黄金铸成一个金马，作为礼物，向大宛王国购买。不想，热脸贴了个冷屁股，大宛国王不买账，认为汗血马是他们的国宝，不肯出售。汉朝的使节哪里受到过这样的侮辱，被驳了面子之后，个个情绪激动，甚至将金马击碎，破口大骂，掉头而去。大宛国王也是一不做二不休，杀掉全部的汉朝使节。大宛距离汉朝千里万里之遥，能奈他何。消息传到京城，汉武帝做出一个决定：要征服这个狂妄骄横的大宛国。于是，一场规模宏大的战争拉开了序幕。汉武帝封李广利为“贰师将军”，带兵征讨大宛。 李广利率大军越葱岭西击大宛国。这是一条异常艰险的道路，海拔高，极度缺氧，且冬季寒冷，夏季酷热。在遥远的征途中，军士疲惫，死伤无数。沿途所经过的国家都不愿提供后勤保障，部队自身又供应不足。远征军抵达大宛时已是疲惫至极，大宛军队以逸待劳，击败汉朝的大军。李广利兵败而归，汉武帝大失所望，下令关闭玉门关，不准李广利的部队回来，甚至下了死命令：“军有敢入者，辄斩之！”这才有了后来的“臣不敢望到酒泉郡，但愿生入玉门关”的感叹。与此同时，汉武帝又给李广利增派兵力，组织和集结工作就用了一年多的时间。通过总结经验教训，这次的出兵加强了后勤供应力量。6万参战士兵从敦煌出发，还有许多自带衣食兵器随军参战的人也加入到了这支队伍中。他们赶着10万头牛、3万多匹马，还有无数的驴、骆驼等军需物资。大本营设在酒泉，增派18万甲兵戍守酒泉、张掖以北，设置居延、休屠两个县护卫酒泉。为保证粮食供给，汉武帝调发犯罪者运送粮草，运输物资的人接连不断，一直延伸到敦煌。

公元前102年，一个历史性的时刻，汉朝的远征军围攻大宛，大宛军民杀掉国王求和，交出所有汗血马，任凭远征军选择。这就是史书记载的“宛乃出其善马，令汉自择之，则多出食食给汉军。汉军取其善马数十匹，中马以下牡牝三千余匹……罢而引归”。汗血马得到了，汉武帝如愿以偿，实施了对各类良驹的命名权，他把原来叫作“天马”的乌孙马改名为“西极马”，称汗血马为“天马”。东汉班固《汉书·西域传》有云：“天马来兮从西极，经万里兮归有德。承灵威兮降外国，涉流沙兮四夷服。”《汉书·武帝本纪》颜师古注引应劭亦言其“号一日千里”。《汉书》张骞和李广利的传中也详细地记述了这件事情，现在读了仍是血气冲天。

今天的渥洼池，水面虽然在逐渐缩小，但早已是一个名传千秋的大水洼，波光粼粼的湖面上，天鹅、野鸭在觅食嬉戏，怡然自得。水洼的周边，完整地保留着西部干旱荒漠绿洲的原有面貌，最突出的景观特征是以渥洼池泉水为中心，沼泽植被、草甸植被以及超旱生灌状植被向边缘呈阶梯状分布。在沙土地上广泛分布着沙拐枣、沙蒿、泡泡刺、骆驼刺等沙生植被群落；在低湿地上，常见的植物有苔草、灯芯草、水葱、芦苇等。保护区内经常可见到狼、狐狸、野兔、黄羊等十几种野生哺乳动物，境内约有鸟类76种，候鸟73种，有41种为中日两国政府保护候鸟及其栖息环境协定中所列的种类。其中有国家一级保护动物黑鹳，国家二级保护动物大天鹅、鸢、红隼、纵纹腹小鸭、棕头鸥。每年在这里栖息活动的鸟类数量有2000多只。我第一次去那里，并不知道那里就是大名鼎鼎的渥洼池。当地人叫它为黄水坝，并且修建了一座水库，拦截雪水和泉水，用于农田灌溉。站在水库的大坝上，眺望远处的草地，那些马悠闲地吃草，不时地用尾巴抽打蚊虫，完全不是我们想象的那种样子。碧蓝的水，安宁的草原，吹拂的风，一切都是那样的祥和，使人无法想象叱咤风云的马在这里施展。

在绿洲环绕的丝绸之路上用驼队运送奢侈品和生活必需品的商人们在体质特征、语言、服饰和文化上有很大差别。几千年中，在丝绸之路成为重要的贸易路线的各个时期，各色人控制着贸易往来，而最早的丝路居民则成了最难寻觅的人。百年前，奥雷尔•斯坦因在楼兰故地泛着微弱白光的罗布泊盐湖边缘的沙漠发现了保存完好的木乃伊："几具干尸保存完好，其身旁还发现了随葬品，如用大羽毛和其他猎物皮毛装饰的尖毡帽、用以随身携带的箭杆、粗糙但很结实的羊皮外套、盛放食物的编织精美的小筐篮等等。这些随葬品表明，他们属于半游牧民族，就像《汉书》中所记载的中原人在初次开通西域之路时所见的楼兰人一样。"

"看着这些干尸，有一种奇怪的感觉，若不是那风干了的皮肤，他们就像睡着了一样……这些人的头骨特征显示他们跟阿尔卑斯山人种很接近。就我所收集到的人体测量学资料表明，阿尔卑斯山人种仍然保留着现在塔里木盆地人种的主要体质特征。"

由于新疆位于古丝绸之路要冲，在历史上又是各种族、民族迁徙、交会和融合之处，再加之这里气候干燥、雨量稀少等特殊的自然环境，使得新疆一跃成为世界上拥有各人种古尸最多、天然保存最好的地区之一，其中仅出土于吐鲁番阿斯塔那古墓的干尸总数就达近千具之多。干尸在新疆分布极广，南疆居多北疆略少，蕴藏其中的神秘色彩各有洞天，因尸而异。

令人吃惊的是在楼兰和且末发现的木乃伊像欧洲人：高鼻梁，多胡须，眼窝深而圆，头发保存尚好且微微发红，如果长到成年则个头很高。这些很明显具有欧洲人特征的人种来源仍然是一个谜。1908 年，在这一地区发现的文书被确定为吐火罗语，因此，这些早期的居民被暂定为吐火罗人，操印欧语系的语言，被认为可能是月氏人的祖先。

1896 年，斯文·赫定穿越了恐怖的罗布沙漠，他是这样描写当时环境的："柽柳和芦苇伸出水面，这真是美丽的地方！我坐在小船上，卷起袖子把手伸进水中……”当小船前进时，他看见“一只野猪从陆地上跳入水中，游进了芦苇丛中”。对此，吐火罗人或许比较熟悉。

吐火罗人消失很久之后，只留下了干瘪的木乃伊。

从公元前 2 世纪到唐朝末年（公元 10 世纪），粟特商人在丝绸之路贸易中占支配地位。斯坦因在长城西端的一个烽火台附近发现的“粟特文古信札”填补了我们关于粟特人经商活动的知识。这些信札似乎来自一个不知为什么被丢弃的邮袋，时间约为 307 至 311 年。这些信札是居住在中亚地区中国境内的粟特商人（其中两人在敦煌）写的，只有一封信的地址写明是寄往撒马尔罕的，其他的信札可能是寄往楼兰和撒马尔罕以西的地方。虽然这些信札已成碎片，难以辨认其全貌，但信中提到了金子、麝香、胡椒、樟脑、亚麻布和小麦，还有以中国的铜钱为基础计算重量的内容。信中还提到了在敦煌有一座琐罗亚斯德教寺院。

从这些信札可以看出，公元 4 世纪，粟特人的生意已经做到了印度和中国，印度、中国与粟特之间已经形成了一种三角形的贸易关系，粟特人或许还垄断了贸易。截止到 7 世纪，很多粟特商人在中国定居并取了中国名字，一般姓“安”。到 8 世纪中叶，敦煌的粟特人成了当地人尊敬的一个群体，很多人从事农业生产，有时候还能被授予中国的官衔。同一时期，居住在吐鲁番的粟特人仍然从事丝绸和马匹生意，但很多生意都是在当地进行。

粟特人把葡萄藤和苜蓿运到中国来喂养从费尔干纳进口的天马。他们还从绿洲城市高昌引入特种的马奶葡萄，主要方法是在铅容器里用冰冷藏运输。从西方往中国贩卖的奢侈品有：对中国的银器工艺产生过巨大影响的波斯萨珊王朝的银器和玻璃器皿、来自叙利亚和巴比伦的念珠、来自波罗的海诸国的琥珀、来自地中海的珊瑚和铸造佛像的铜以及来自罗马的紫色羊毛布。他们也购买丝绸，仿制中国的铜钱，使用中国的纸张。粟特商人和旅行者沿丝绸之路传入中国的另一大宗教是摩尼教。

摩尼的思想主张宇宙中善恶平衡的二元论，宣扬通过对教义的秘密阐释而获得知识，从而实现对灵魂的拯救。神灵就是光明，是和黑暗共存的一种物质，光焰陷入黑暗之中，善被看作逃离黑暗的光粒子。

摩尼相信，人包括一定数量的光粒子，生育则把这些光粒子越来越少地分给他们的后代。同样地，制作一次餐饭也会使良好的光粒子分散进入所有有生命的东西包括蔬菜之中。

随着唐朝的建立，西域的军事要塞和关口被重新利用起来。唐朝常常被认为是一个对外开放的时代，来自世界各地的商人在唐朝都城长安开设了商铺，对“各种各样的外国奢侈品和奇珍异宝的兴趣爱好开始从宫廷向民间蔓延”。长安定居的外族人如突厥人、回鹘人、吐火罗人、粟特人、阿拉伯人和波斯人修建了他们自己的寺院。

海上贸易有了相当大的发展后，丝绸之路也还在使用，尽管从敦煌径直穿越罗布泊盐滩到达吐鲁番以及沿途一直存在的沙尘暴的威胁等使人胆战心寒。发生在7世纪的一个故事就描写了沙尘暴：“当这样的风暴即将来临时，只有年老的骆驼能有所预感，它们显得很惊恐，围成一群，并把嘴埋入沙子里。人们则以此为征兆，立即用毡布把鼻子和嘴裹起来，沙尘暴行进的速度很快，瞬间而至，然后很快就消失了。如他们不这样保护自己，他们很快就会被夺去生命。”

几千年以来，巴克特里亚双峰骆驼一直是西域最主要的运输工具，驼队也成了中国北方极其常见的风景，并一直持续到20世纪中叶。

在唐朝，骆驼的需求量很大，它不仅用于驮运重物，人们还用骆驼毛制作衣服，甚至食用骆驼。唐朝继续进口马，并且发现了它们的奇异之处和新的用途。唐朝初期从波斯引进了打马球的游戏，结果这种游戏非常受欢迎，皇室甚至在宫廷之中专门开辟了马球场，宫中男女都热衷于打马球。

经丝绸之路进口了一样令人惊异的东西，它改变了中国人的服饰、建筑和生活习俗，这就是椅子。椅子一定来自比已经用上了坐垫和长沙发的波斯和阿拉伯更远的地方，可能出自位于小亚细亚的罗马和拜占庭帝国的边界地区。首先进入中国的椅子是折叠椅，被称为“胡床”，意思是“野蛮人用的床”。“胡”是一个用来表明异族身份的词。

丝绸之路上最重要的沙漠绿洲是敦煌。敦煌是一个大绿洲定居区，养育了大量的人口，有各种宗教寺院，棉田生长茂盛，羊群在广阔的草原上觅食。

敦煌南枕气势雄伟的祁连山，西接浩瀚无垠的塔克拉玛干大沙漠，北靠嶙峋盘曲的北塞山，东峙峰岩突兀的三危山。面积 3.12 万平方公里。属暖温带气候。年降雨量只有 39.9 毫米，而蒸发量却高达 2400 毫米。日照充分，无霜期长。在这个群山拥抱的天然小盆地中，党河雪水滋润着肥田沃土，绿树浓荫挡住了黑风黄沙；粮棉旱涝保收，瓜果四季飘香；沙漠奇观神秘莫测，戈壁幻海光怪陆离；文化遗存举世闻名，人才辈出……美丽的敦煌，是块富饶、神奇、诱人的土地。“敦，大也；煌，盛也。”盛大辉煌的敦煌有着悠久的历史，灿烂的文化。早在原始社会末期，中原部落战争失败后迁徙到河西的三苗人就在这里繁衍生息。他们以狩猎为主，开始掌握了原始的农业生产技术。敦煌地区曾发掘出新石器时代的石刀、石斧和陶器、铜器。夏、商、周时，敦煌属古瓜州的范围，有三苗的后裔，当时叫羌戎族的在此地游牧。敦煌地区发现了游牧民族留下的许多岩画。战国和秦时，敦煌一带居住着大月氏、乌孙人和塞种人。以后，大月氏强盛起来，兼并了原来的羌戎。战国末期，大月氏人赶走乌孙人、塞种人，独占敦煌直到秦末汉初。

敦煌历经了汉风唐雨的洗礼，文化灿烂，古迹遍布，有莫高窟、榆林窟、西千佛洞等主要景观。莫高窟又名敦煌石窟，素有“东方艺术明珠”之称，是中国现存规模最大的石窟，保留了十个朝代、历经千年的洞窟 492 个，壁画 45000 多平方米，彩塑 2000 多座。题材多取自佛教故事，也有反映当时的民俗、耕织、狩猎、婚丧、节日等的壁画。这些壁画彩塑技艺精湛无双，被公认为是“人类文明的曙光”、世界佛教艺术的宝库。

从公元 4 世纪起的 7 个世纪中，洞窟被佛教像的泥塑和壁画逐渐填满，其艺术风格受到了早期佛教圣地如巴米扬和犍陀罗的影响。清新碧绿的杨树林之后的悬崖呈现出一幅壮观的景象：一层又一层的黑色洞窟布满了崖壁，一间摇摇欲坠的阁楼屹立于悬崖正中，遮蔽了一尊巨大的佛，其黑瓦曲线顶高出了悬崖。洞窟内的墙壁上画满了海绿色和赤褐色的神像，他们身着丝带飘飘的长袍，这些场景都来自佛祖的生活和《本生经》中的故事。没有其他任何填塞物的空间挤满了一排又一排的小佛像，大部分洞窟的中央都有一根柱子，紧靠着柱子的是泥塑像，他们在莲花座上，或站或坐，头上顶着火焰般的光环，身边立着侍者。

在长长的悬崖右边的较小的洞窟内是一个大的僧人居住区，他们在洞窟内工作，或画壁画，或在木架上创作雕塑，或在大麻制品、纸和丝绸上画幡幢以备队伍行进之用，或在节日装饰特殊的洞窟。他们在黄纸卷上抄写佛经，供当地信众和为数众多的当地寺院之用，并在幡幢下部画上供养人的画像。

1900 年，王道士在这里发现了最早的纸质档案库：一座从公元 368 年到公元 1002 年之间的经典堆积如山。历史上的丝绸之路全貌都因这次偶然发现而明朗起来。

第二部分

长城风情

烽火台下

两个人坐在烽火台下闲谝。

一个说，今年雨多，戈壁都绿了。

另一个说，戈壁远远看去是绿了，可走近了却没有多少草。

一个说，有多少草，那要问咱们的羊，羊知道有多少草。

另一个说，屁话，羊要是能说出有多少草，还来问你。

一个说，羊是说不出来，可人能看出来，一个秋天过去，羊身上的膘，就是戈壁上的草。

另一个没有说话，想着自己的羊，自己的羊在烽火台的北面，北面地势低洼，雨水留得住，也有些泉水，草很肥呢！羊群一头扎进去，不见它们挪窝。

一个和另一个说好了的，他们给自己的羊群划分了领地，一个在烽火台的南边，一个在烽火台的北边，他们把羊群赶出来，就坐在烽火台下，闲谝。羊是不用多管，撒出去，它们就会自己照顾自己，就像收割机一样，一茬一茬收割戈壁上的草。

说是戈壁，也不完全是戈壁，村庄里的人都说这里是大草滩，说是大草滩，也没有那种水草茂盛的情景，稀稀拉拉的草，一眼泉水涌出来，积累了一涝坝的水，这些水，羊一年一年地喝，泉水一年一年地流，总是老样子。不过，泉水周边的草，却是密密麻麻的，比田野里的麦子还稠。

两个人说到今年的雨水，心里都有数了。一个人盘算着自己的羊今年能产多少崽，南面的草虽然没有北面的草多，但南面的草多是些酥油草，是上乘的草，吃一棵顶一棵，不像别的草，吃得多，拉的羊粪蛋儿也多。

另一个人想着秋天的时候，卖掉五十只羊，羊肉和羊皮就是一大笔钱，再加上几年积攒下来的，就可以修一院砖房，儿子的亲事也可以抓紧时间考虑了。

两个人都沉默了下来，他们坐着的烽火台的一侧已经洒满了强烈的阳光，他们又坐到了烽火台的另一侧，这一侧的阴凉刚刚铺好，够他们坐几个时辰，几个时辰过去，他们也就收工回家了。

一个拿出老伴炒的素菜和馒头，另一个从怀里取出一罐酒，他们把各种从家里带来的菜摆在烽火台下，边吃边喝。

一个说，我们这才叫舒坦呢！

另一个说，谁说不是呢。

一个说，听说这些烽火台下死过不少人呢！都几辈子了，也不知道死的人是谁，也没有后人奠祭。

另一个说，他们都是我们的先人呢，我们奠祭他们吧。

说着，就在烽火台的四周洒了酒，酒气立刻弥漫开来，比沙枣花还香。可能那些羊都闻到了，不住地回头往烽火台这里看。

天蓝蓝的，没有一丝云彩，也没有一丝风，两个人坐在烽火台下，睡着了，脸上带着笑容。

黄羊滩

原来是一座小草棚子，现在是一溜土坯房；原来住着牧人和猎户，现在门口停着摩托车和卡车，是黄羊保护区的办公室。

老人们说，早些年，大概是六七十年前，黄羊滩，最多的是黄羊。那时候，黄羊河的水直接流到黄羊滩上，黄羊滩上的水越流越宽，草越长越茂盛，黄羊越来越多。一个从前的猎户说，随便朝黄羊滩放一枪，就能撂倒一只黄羊。

自从把黄羊河的水引到了灌区，黄羊滩就像大太阳下的茄子，蔫了。沙子一层层铺过来，盖住了草地。那些长在沙丘上的芦苇又逐步退回来，退回来的过程，就像猴子搬苞米，退回来一些，丢掉一些。稀疏的芦苇丛中，鲜见黄羊的踪影。

在老一辈人传说里，黄羊是秋天的草，茂密的金黄色的草，只要学会了打滚儿，一翻身，都是黄羊。一个秋天，就会有一群黄羊，几个秋天，几十个秋天合起来，就是数不清的黄羊。难怪黄羊滩上生活着很多猎户呢！

就在黄羊滩上的水断绝的时候，沙子成群结队地扑向了农田和村庄，人们警觉了：黄羊滩上的水草，是村庄的屏障，哪怕少种几亩地，也要让黄羊滩上的草恢复起来。这件事正好迎合了保护环境的大气候，县里就从黄羊河分出一部分水，漫灌干枯的黄羊滩。后来，又拆掉了草棚子，修建了固定的土坯房，成立了黄羊保护区。

水来了，草来了，挡住了很多的沙子，草够不着的地方，沙子飞行着穿越黄羊滩，还是飘到了村庄，但那已经很微弱了。看来，黄羊滩的草是长起来了。那么，黄羊滩的黄羊呢？最初成立保护区，住在保护区的人，眼睛都发黄了，也没有看见一只黄羊，他们很纳闷：黄羊不可能就这样一下子绝迹了，应该有个一只两只的。可是很长时间了，都没有看见。好在黄羊滩的青草年年长，一棵棵青草连在一块儿，就是青草的世界，有了青草，总有它们打滚的时候。保护区的工作人员也寄予那美好的传说，想着所有的草都打个滚儿，变成黄羊。再说，有了保护区，每年从黄羊河分出来的水就会更多一些，平时那些手痒痒的猎户，也不敢明目张胆地扛着猎枪在黄羊滩转悠了。

黄羊滩似乎有了黄羊的气味儿，循着气味儿，真的有两只黄羊小心谨慎地来探视黄羊滩，保护区的工作人员兴奋极了。有两只就会有十只，就会有更多。这个消息很快就上了电视和报纸，黄羊滩成了一个响当当的名字。

从那以后，黄羊的繁殖超出了人们的想象，由几只到几十只到几百只，到现在的“羊满为患”，保护区只好调集更多的水涵养水草，为黄羊提供必需的草料。

养尊处优惯了，那些胆大妄为的黄羊常常偷吃保护区种植的蔬菜，保护区开辟了许多观景平台，为游客提供观赏黄羊的最佳位置，用旅游的收入弥补保护区经费的不足。

广阔的黄羊滩上，黄羊们学会了在游人的照相机镜头下翘首弄姿，真是一处黄羊的天堂啊。

加尔乌宗

踏过阿尔金山的风尘，在加尔乌宗，感觉好多了。

也许是骤然下降的海拔，人的脑子里像是充满了空气，鼓胀鼓胀的，猛敲几下，才能够意识到头的存在。

好在，加尔乌宗接待了我。

在阿尔金山的北麓，加尔乌宗遍布的石头滩上，有几处低洼的湿地，也有几条深深的沟壑，流水冲出嶙峋的石头，也冲起茂盛的灰蓬、白刺和芦苇。从山前的砾石带飘动的芨芨草，到湿地上围栏里的牛羊，加尔乌宗安静地居于大山脚下，像一只温柔的羔羊。

加尔乌宗是河西走廊西端阿克塞哈萨克自治县的一个偏僻的牧区，是一个小小的村级建制。早年，我在阿克塞县城住过一段日子，从来没听说过加尔乌宗，在穿越党金山的时候，看见山坡上有零零星星的帐篷，羊群在峭壁上攀援，就不由自主地揉眼睛：山上有草吗？看不出来。牧人的生活如此陡峭，他们的孩子在哪里呢？在我的印象里，牧人的生活充满了艰辛。

加尔乌宗好多了，自己守着自己的草场，厚实的牛毛帐篷已被遗弃在屋角的仓库里，取而代之的是阔气的红砖房。

传统的酥油奶茶，香喷喷的手抓羊肉，琴弦与歌舞，再加上醉人的美酒，牧人们的欢乐尽情释放。几天以来的疲惫，被加尔乌宗的热情驱散了，像是从身上卸下了几块沉重的大石头。

哈里想到城里学驾驶，他要买一辆小轿车跑出租。年轻的小伙子对未来充满了向往，他边喝酒边说着自己的计划。一起的牧人都说，哈里的翅膀硬了，小小的加尔乌宗盛不下他了。他也不恼：加尔乌宗起飞的雄鹰，要飞到上海和深圳。

我一直有一个愿望，那就是在草原上骑一匹枣红马纵横驰骋一番。哈里说，那没什么了不起的。话音刚落，就一把拉着我往外走。此刻，已是霞光满天的黄昏，他牵出自家的乌金马，麻利地配好了鞍子和笼头，缰绳一甩，就把我送上了马背。

哈里一声尖利的口哨，乌金马就跑起来，我努力调整自己的姿势，尽量平衡自己摇晃的身体。我有过从马上摔下来的经历，刹那间的昏天地暗和疼痛，还没有缓过劲儿来，马却跑得无影无踪了。

我知道，做一个骑手，最主要的是放松，情绪放松了，才能腾出智慧应付出现的险情。再说，乌金马是哈里的钟爱，只要哈里的一声召唤，它就会乖乖地停下来。有了这些，我心里踏实多了，很潇洒地抖了抖手中的缰绳，马的速度骤然加快，从紧张到舒缓，从笨拙到自如，人渐渐成为马的一部分，人渐渐像一只小鸟，有了飞翔的快感。

离别加尔乌宗，哈里说会来找我的。我说，哈里，看见你，我就看见了全部的加尔乌宗。不过城市里到处都是穿梭的车辆，一不小心，就会把加尔乌宗丢掉的。

胡杨古道

说是从前的胡杨树两三个人才能合抱，两三个人才能合抱的大胡杨树领着密密麻麻的小胡杨树，把所有的沙滩都挤占了。人走进去，密不透风，隐天蔽日的样子，像是原始森林。其实，那时候的胡杨林，就是原始森林，活跃着狼、狐狸、兔子等野生动物，牧人的木板房里有醇香的奶茶和马奶子酒。羊群只在胡杨林里转一圈，就吃得饱饱的，一年下来，小羊羔就成了大肥羊。

这才过了二三十年，茂密的胡杨林就烟消云散了，连干木头桩子都找不到，风吹来，形成一条浅浅的沟壕，村庄里的人叫它胡杨古道。

我算是来迟了。

来到村庄，我最想了解的就是那些消失的胡杨林。在一户人家住下来，人们说得最多的也是那些胡杨树。

大概是在20世纪60年代，胡杨林还是郁郁葱葱的，后来开荒种地，胡杨就被一个个一片片砍伐了。当时也是功利在作怪，砍了胡杨，就解决了每家每户的柴火，还多开垦了土地。后来人们就后悔了，没有砍伐胡杨树的时候，年年的收成都很稳定。砍伐了之后，沙尘涌来，把刚刚探出头的麦子、棉花埋了个一干二净，不仅新开垦的土地上没有收获，就连村里的麦子、棉花都减了产。

到了今天，再说那事，好多人都有捶胸顿足的感慨：要是那片胡杨林还在，树林里支几个蒙古包，就能挣上大钱。秋天胡杨金黄，是难得的好景色，更是旅游的品牌。

现在的胡杨古道上，有零星的小胡杨树，筷子一样粗细，哪年哪月才能成材？胡杨树一千年不死，等到这些胡杨树长大了，村上的人早就化成灰了。人们的失望之情溢于言表，要恢复那些胡杨林的旧貌并非易事。

我走在胡杨古道上，它已经与远方的戈壁连为一体，少了这绿色天堑的阻挡，戈壁向绿洲的蔓延是定局，真不可想象，再过十年二十年，村庄还会不会像现在一样，守住耕地的红线，过日出而作日落而息的平淡日子。

在胡杨古道的一侧，人们栽种了大量的沙枣树，耐旱耐盐碱的速生植物沙枣树，代替着胡杨林的职责，守卫着绿洲的生态。我仔细观察了那些沙枣树，它们中间的许多枝条已经枯萎了。放骆驼的牧人说，为了使这些沙枣树能存活，村里每年都要放两次水浇灌，不过，水放得不多，能维持一部分沙枣树的生长就不错了。

想想从前的那些胡杨，它们飘落的种子，肯定还在沙粒中安享温柔的旧梦，等待着充沛的雨水，可牧人和村民仰望蓝天的眼神，一直是干渴的。

没有剪裁的黄昏

戈壁上，一架钻塔高高矗立着，走到钻塔跟前，才看见它高高矗立着。最早看见它的时候，它是一个黑点，后来是一根黑色的火柴棍，再后来才是一架钻塔，走到距离它一百米左右，钻塔就把自己的手伸过来了，那手，就像章鱼的手，有无数的细丝，把你缠住。

戈壁上，除了远山的高峨，就是这架钻塔了，人在接近钻塔的那一瞬间，比地缝里的草还微不足道。这可能就是高度的威严和钢铁的威严吧。

好多天，站在村庄的屋顶上，总看见一个漂浮的黑点，从惊讶到诱惑，就不由自主地走向它了。背上水壶，准备好干粮，天麻麻亮，就偷偷地穿过高粱地，向那个黑点走去了。

心里一直想着那个黑点，走起路来就不觉得累；那个黑点越来越清晰，就越来越兴奋，兴奋之中，也有点害怕。不知道它是个什么东西，眼看就要知道了，就兴奋；如果知道它是幻景或传说中的怪物，就害怕。

一路上走着，在很长的一段路上，它都是一个模样，到人快走不动的时候，它才突然动一下，变得稍微大一些，你越急着让它大一些，它越安安稳稳、不急不躁。从这一点上讲，它确实是个怪物。

戈壁空空的，空得有一股风都能看清楚，风吹着尘土，尘土留下了风的脚印。空的世界里，没有任何生物，只有风、石头和沙土，风、石头和沙土有时候会扮作很怪的怪物，冲到村庄，把村庄蹂躏一番。

戈壁上，没有风。阳光像烧红的针头，扎在人身上。这些看不见的小小的针头，精力十足，直到把你扎麻木了，扎昏厥了，扎死了，才肯罢休。这些小小的针头，也是怪物。

走在戈壁上，这些怪物也跟着你，可你心里只想着远处那个越来越清晰的黑点，你就不怕它们了。

戈壁是沿山滚落下来的，滚到村庄，就被挡住了。村庄紧挨戈壁的那一面，是层层的树木，先是杂草和低矮的灌木，接着是密密麻麻的沙枣树，围绕着田野的是白杨树、榆树，村庄的前院后院还有桃树、杏树、梨树。树是戈壁的天敌，树把戈壁打趴下，几十年、几百年、几千年不能动弹。

那个黑点是树吗？一棵树长那么高，四周都是戈壁，戈壁会不会把它咬死？以前没有那个黑点，看来是刚刚长出来的树，刚刚长出来的树，不会一下子被戈壁咬死。

黑点更近了，能看清它是井架，黝黑的钢铁，把阳光变成的那些小小的针头碰回来，碰落到戈壁上，亮晶晶的戈壁，就像铺了一堆小小针头的尸体。就这亮晶晶的戈壁，我看了半天，等待那亮晶晶的光芒渐渐温柔了，似一块嫩红色的绸纱，我才回过神。

多么广阔的黄昏，它没有挂在树上，挂在庄稼上，挂在村庄上，它完完全全地呈现在戈壁上，没有剪裁，这些绸纱要是剪裁了，能做多少裙子啊。

雨　季

没想到戈壁迎来了自己的雨季，一场瓢泼大雨顺势而降，大家都觉得那可能是一阵子的事。因为以往的雨都是那样，就像一个人把一盆水泼了出去。

今年不一样，雨点噼里啪啦地落下来，一时间半空中全是雾气，大地上湿漉漉的，接着积水连成一片，肆意汪洋。雨下到这个份上，就要收雨脚了。可还是没有收雨脚的意思，那雨的脚像是陷进了深深的泥潭，不能自拔。

雨一直下，下得人害怕。绿洲上的人没有见过那么多的雨水，眼睛里，梦里，盼的都是雨水，可雨水真正来了，来得过量了，心里又犯怵：这雨水要是漫过了村庄该怎么办？雨下到第二天，一些人家的院墙倒塌了；雨下到第三天，强度越来越弱，变成了毛毛细雨，可还是在下，丝毫没有停顿的意思，这时候，很多人家的屋顶漏水了，水桶和盆子接着，屋子里滴滴答答的，像是在举办音乐会。

大田的庄稼还没有收，玉米刚刚灌了浆，正清脆着，有了这样的雨水也很好，雨停了，大太阳照上十天半月，玉米棒子就结结实实的了。农时上这绝对是“好雨知时节”。雨中的绿洲柔嫩而又葱茏，人们都是淋着雨出门的，有穿雨衣的，但也是极少数，更不说打伞了。在村庄里打伞，要遭到村里人的讥笑：淋不得雨的人，土坷垃都能把他绊倒。绿洲上，娇气是一个捂得发臭的贬义词。

家里的事情顾不了多少，除了老人和孩子，其他人都到田野里去了。水渠里的水积满了，沟沟坎坎也都是水，这里的水涌到那里，那里的水挤到这里，水越来越多，村庄外面简易的防洪坝不断有山谷里的水冲来，如果防洪坝冲垮了，村庄和田野就算是泥牛入海了。

人们忙着加固洪水坝，又想象着这雨水快快停了，山上来的洪水也停了，这大片的水就是绿洲的财富，这些水过不了几天，就是一大片的绿草，一大片的绿草，要养多少羊、牛和猪。再说玉米地里用不着抽水机抽机井的水，要省多少柴油，这都是财富。

可水还是越来越多，最可恶的是山上来的水，带着沙石和泥浆，流到哪儿，祸害到哪儿，必须把它围住。

坝上的人越来越多，人声被雨水声挤压得沉闷。有扯开嗓子高声呼喊的，有独自唉声叹气的，高处的泥土在坝上堆积，每一处大家都小心翼翼。这雨整整下了七天，洪水堵住了，到处的水，在灿烂的阳光下熠熠生辉，村庄就像一面大镜子。

说来也怪，那么多的水，说没就没了。只要太阳出来，一两天，大量的水就烟消云散了，烟消云散之后，真像人们所说的那样，到处都是绿油油的草，绿洲的秋天，草真肥啊。

湖　滩

湖的滩涂地带最初是一片湿地，浅浅的水退去之后，芦苇和野草蔓延起来，密密层层。村庄里的人觉得只要能长草，就能长庄稼。这个念头到了20世纪70年代，一下子就强烈地迸发了出来，几乎是大队书记振臂高呼了一声，大家就齐刷刷地涌到了湖滩，烧掉芦苇和野草，开垦了一大片土地。

那段时间，湖滩上飘扬着鲜艳的旗帜，人们唱着昂扬的革命歌曲，在湖边砌起炉灶，早中晚三顿饭都在工地吃，热火朝天的情形激荡着宁静的湖滩。

整整齐齐的土地没有一棵草，在大太阳底下暴晒了几日，泛起了一层白花花的盐碱。村里的人终于明白，这样的土地，什么样的种子都不会抽芽结果。没办法，只好种了一大片耐盐碱的沙枣树，沙枣树下，套种了苜蓿。

这样，湖滩就有了一片树林。沙枣树因为有了充足的水，尤其是春潮漫上，树林里水汪汪的，没几年，沙枣树就长高长大，林间的苜蓿也是一茬胜似一茬，成了生产队的牧草基地。沙枣树和苜蓿改良了盐碱地的土质，人们说，生土已经熟了，可以种庄稼了。大量的沙枣树又被砍伐，规划种植了梨树、杏树、桃树，果树的行间则是麦子。

沙枣树林成了果园，湖滩不时飘出诱人的果香。湖滩远离村庄，麦子的播种和果树的施肥都是在固定的节令，其他的时候，湖滩就鲜见人的踪影了。

然而，我常常去湖滩，生产队的羊房子就在那里，父亲农忙或者有病的时候，我就去顶替他，成为一个小羊倌。尤其是各类水果成熟的季节，我会偷偷地钻进果园，像孙猴子闯入蟠桃园，先拣最大最甜的果子吃，然后，脱下裤子，挽住裤管，背两裤腿的果子回家。当然，我是在夜深人静的时刻，才悄悄溜回家的。

在整个童年的记忆里，湖滩的果园，一直是我的一个梦。

离开家乡几十年了，也偶尔想起那片湖滩上的果园，总想着在秋天收获桃子和苹果时回去看看，但哪里有闲暇的心境。

有一年正好回故乡开会，几个同学说去郊外的农家乐吃饭，就跟着一起去了。走着走着，竟然到了湖滩，虽然湖已经干枯了，湖滩的草明显地稀疏，果园也没有从前那么一望无边，终究是找到了童年的印记，这真是一个巧合。

我们在果园里的蒙古包吃饭，大家都兴致勃勃地叙旧、喝酒，我一个人出去了，我想看看我曾经爬上爬下的那些果树，看看那些果子和从前的果子是否一样鲜亮。走了一圈，除了各类的名贵花木，果树已经没有几棵，显然是商业的改造。

失望的心情像一张网罩着我，同学们都问我：你丢了东西吗？我不置可否。我知道，我丢的东西，再也找不回来了。

杀虎口

听了这个名字心里冷飕飕的，可乡亲们常说起这个名字。从村庄到盐湖，就路过这个地方：两座沙丘中间有一条窄窄的小道，从小道走过一里，沙丘就没有了。这一里的路程寸草不生，也没有被沙子埋掉，很奇特的一条路，怎么就是杀虎口呢？口子倒是个口子，怎么杀老虎呢，我大为不解。

乡亲们说，在新中国成立前的一年，一辆马车狂奔着，铃铛儿的声音里有丢盔弃甲的慌乱，可到了杀虎口，就明显地整齐有序，节奏明快了。原因是后面跟着的老虎放慢了脚步，老虎可能是闻到了这里的杀气，放慢脚步之后，又停了下来。这时候，马车上的铃铛声不时传到它的耳际，同时还有一股香喷喷的羊肉味直扑老虎的鼻孔，老虎使出不顾一切的力量冲向杀虎口。看来，一辆马车就要成为老虎的战利品。可就在这当儿，猛烈的风吹来，携带着整座沙丘，瞬间就把老虎淹没了，硕大勇猛的老虎没有来得及大叫一声，就葬身沙海。

那时候，杀虎口还不叫杀虎口，叫风沙口，死了这只老虎后，大家都说风沙口是杀虎口。还有人说那只老虎被村上的地主王老三挖出来后，腥味在村庄里飘荡了半个多月，整个村庄三十里的范围内不见一只食肉的野兽，即使羊啊牛啊骆驼啊这样的家养动物，也都是神情紧张，村庄里弥漫着不可言说的杀气。后来，有一个阴阳先生说，那杀气是从风沙口来的。风沙口就叫成了杀虎口，主要是镇一镇那里的杀气。

大概是在20世纪六七十年代，村上大搞开荒运动，杀虎口的沙丘全部被夷为平地，杀虎口一带也成了平整的田野，种植着棉花、葡萄和西瓜，这样的土质，正好迎合了这些经济作物的习性。

奇怪的是，杀虎口方圆几十里愣是没有水，无论打多深的机井，都是干巴巴的一眼黑洞。老辈人说，杀虎口的杀气太重，连水都不敢停留。人们只好从很远的地方引来泉水浇灌杀虎口的棉花、葡萄和西瓜，这样算下来，浇水的成本居高不下，杀虎口这块宝地，也就大打折扣。

现在的杀虎口景色秀丽，一片妩媚，但人们还是叫它杀虎口，孩子们也是不明就里地叫着。芬芳的秋天，看着亮晶晶的葡萄和翠绿的葡萄架，老虎早已是九霄云外的事了，真要有老虎，这里还不成野生动物保护区了。

桥子记事

那年，我穿过了一座青石山，又穿过了一片大戈壁，来到了一个叫桥子的地方。

我有一份珍藏许久的县域地图，桥子就赫然标在那份县域地图上，看见这个名字，我顿时有了探访的冲动：从地图上看，它的四周都是荒野和戈壁。但凡有水的地方才有桥，莫非那里也有过不去的水？

揣着这样的疑惑，我急急忙忙地来了，来看桥子。

在我看来，桥子是绿洲村庄对于小河洲上小桥的称谓，或者干脆就是溪流中的一排垫脚石的路径。绿洲村庄上对于大小的认识首先是从辈分上排列的：爷爷、儿子、孙子。说一种东西大，就说那是爷爷辈的；说一种东西小，就说那是孙子辈的；说它不大不小，就说那是儿子辈的。因此，桥子，可能就是小小的桥。

去了之后才知道自己对于桥子的揣度是那样幼稚可笑。桥子根本没有桥。但桥子倒是一个可以让人静下心来生活的地方。

村庄里的人已经不多了，所有的老柳树、沙枣树、白杨树紧紧地围着那一片葱郁的绿洲，绿洲之外是芦苇、草原、沙丘，一层层把桥子的自然地理铺向遥远。不经意向远处望一眼，就觉得那沙丘像长了腿的调皮的孩子一样，冷不丁地就能跑进村庄。

村庄被隔离在荒野和戈壁的深处，所以这种感觉渗透了一路上的荒凉，才格外地明显。和所有的绿洲村庄一样，有一望可知的贫瘠，但却从来不缺乏热情。

我在一户牧人家住下。村庄的情形大都是一样的，种庄稼只是图个温饱，家家户户都养着羊和骆驼，秋天大批的贩子开车到桥子拉羊拉骆驼，村庄里就有了可观的收入。大有农耕向畜牧过渡的趋势。

老人早些年从河东逃荒落脚在桥子，在这里生儿育女，已经有一大家子人，只不过孩子好像都很厌恶桥子这个地方。三个儿子，一个在县城工作，两个在外地打工，都离开了桥子，一个女儿也早就出嫁了。去年，他的老伴去世后，他就和身边的羊啊骆驼啊相依为命。他说，别看这些畜牲，通人性。一句话说得我心里凉透了。

从远处沙丘相间的荒漠上看，村庄是个低洼地带，荒漠上的地下水都向那里涌集。戈壁上，水是个晶莹剔透的东西，有了水，草和树木就油光滑亮，就像酷烈的日头把水抽到了半空，染着嫩嫩的绿色。

老人的羊是村庄最多的，他每年出售的羊却是最少的。他舍不得这些羊，他只把那些年迈走不动路的羊卖给羊贩子。羊就像他的孩子，他轻轻地打一个口哨，它们就知道要去什么地方了。

这几年草原上闹狼，也不知哪来的狼，看见羊就直冲，捉住就咬。老人的羊一连被咬死了五只，老人愤怒了，拿了大铁棒追着狼跑。后来老人自制了一杆火枪。老人打死过两只狼，从那时起，狼就少了。

我问老人，桥子为啥没有桥，老人说，他来这里的时候，这里就叫桥子，一辈辈人都这么叫。他听说曾经有一个大人物的轿子在这里停留过，可能是轿子，后来误读成桥子了。

羊　泉

整个戈壁，独独这里有一眼泉，独独这里的泉水被一群野羊青睐，走戈壁的人，碰见了清泉，也看见了野羊，就把这眼泉叫羊泉。

这已经是很久很久以前的事了。

羊泉一直流着，水先是在泉的四周蔓延，使泉眼的低洼处成了一个小海子，后来，小海子的水又流到别处，戈壁上有了一片沼泽，沼泽之外，泉水渗漏之处，草色青青。我生活的村庄是距离羊泉最近的地方，村庄里的人，赶走了野羊，饲养了家羊，羊泉一带，就是村庄的草场。

这也是三十多年前的事情了。

现在的羊泉还叫羊泉，可它已经不是草场了，而是村庄的自留地，种着棉花和瓜果。几户人家住在羊泉，过着与世隔绝的日子。正好，我家的一个亲戚就住在羊泉，我常常去那里。

亲戚说，羊泉小多了，只剩下原来海子那么大的一块地方，海子因为水越来越少，是一个小水坑了。因为要浇灌土地，羊泉的水不够用，又打了几眼机井，羊泉就彻底没水了。个别时候山上有小股的洪水下来，就储蓄在大河坝里，调剂羊泉的用水量。

人们在风沙线上栽种了大量的沙枣树，又在田野的间隔种了杏树，田野里则种西瓜和棉花，只有这些经济作物能够赚回来柴油机抽水的费用而略有盈余。

我一直把羊泉想象成世界上最美好的地方，在我看来，王母娘娘的蟠桃园也不过如此。在戈壁上，有了杏子和西瓜，生活的味道就甜蜜起来。夏天和秋天，我都要去羊泉住一阵子。在阵列般的杏树间采摘熟透了的杏子，在一堆一堆的西瓜里挑最大个的，往往是眼大肚子小，浪费了很多的杏子和西瓜。

羊泉的夜晚是静谧的。在羊泉生活的人们晚上都不出门，说是有狼。我们几个孩子不信邪，总想看看狼的模样，因为在老人的故事里狼凶恶的样子早就是一张恐怖的底片，这张底片经过不断地放大，使恐怖变成了好奇，从小到大，传说中的狼从来没有出现过。

同行的表哥拿了鞭炮、火药枪，我们跟着都带了大铁棍，悄悄地埋伏在羊泉边缘的草丛里，风呼呼吹来，辨认那风声之外野兽的走动声，可不是一件容易的事。过了很长时间，我们都有点瞌睡了，表哥才紧张地说：有动静。回过神来，天哪，真的有一个黑影向我们走来。表哥端起火药枪，一声震响之后，我们赶紧逃跑，回到家里，心还是怦怦直跳。到了第二天早晨，我们去看，原来是一只野羊，流血过多，已经死了。

因为这只野羊，我们吃了好多天的羊肉，只是没有见到狼，心里是个遗憾。也许羊泉只有野羊吧。

敖伦布拉格的女孩

夏天，敖伦布拉格的热浪在沙丘上飞驰着，到了狼山的一侧，却迅速攀登那高高的山岩。

敖伦布拉格十条大峡谷嵯峨的熔岩，形势生动、色彩艳丽，走进去，幽深、怪异、恐怖，要是一个人独处的话，会在那滚滚的热浪中打冷战。

一个女孩子站在谷口，有几十匹骆驼散布在谷口不远的草地上，那是她家的骆驼。峡谷很少有人来的，附近的牧人可能会到一条峡谷的山洞里取水，滴滴答答的泉水渗漏下来，有一个大水桶接着，似乎永远是满满的一桶水，舀一勺，凉爽、甘甜。水洞的内壁，挂满了五颜六色的哈达和绸带，神圣、肃穆。当地人叫它“神水洞”。神水洞的“神”是因为方圆十几公里的范围内，没有一眼露头的泉水，只有这里的泉水四季不断。听说，喝了这里的泉水还能强身健体、祛除百病。

小女孩就像神水洞的守卫者，一边放牧自己的骆驼，一边坐在山凹阴凉处的石头上，只要是周边的牧人或饥渴的行路者，她都会把他们引向神水洞的泉水。我们刚到大峡谷，远远地，她向我们招手，带着我们去神水洞。

有了这样的向导，我们的敖伦布拉格大峡谷之旅一下子变得有趣而丰富。小女孩今年十八岁了，初中毕业后就在家乡放骆驼，她说她去过大城市包头和呼和浩特，她说她的家就在不大山尽头的梭梭林。

本来，我们直奔敖伦布拉格是因为这些大峡谷，观瞻了大峡谷的雄奇之后，小女孩邀请我们去她家做客。一个热情的蒙古族女孩我们不好拒绝，只好带她一块去。

汽车行驶在戈壁上，小女孩说她家的牧场上有很大的一片梭梭林，很多人都到她家拍过照呢。我们才想起敖伦布拉格的梭梭林也是很有名的景致，要不是小女孩，我们就错过了。

不一会儿，梭梭林就到了。酷热的夏季，梭梭林一望无际的绿色覆盖了整个戈壁，最先看见的是匍匐于地的小梭梭，越往梭梭林的深处走，梭梭越稠密而高大，最高的梭梭有一丈多高。小女孩家的帐篷和砖房都掩映在梭梭的绿荫之中了。

我们坐在小马扎上，喝着清香的奶茶，欣赏着梭梭林的粗犷之美，很是惬意。梭梭是常年生耐旱植物，它与骆驼是天生的一对，梭梭的绿叶是骆驼最好的饲料，骆驼在梭梭林穿行时踏破老鼠洞，防止了鼠害，又促使了梭梭根系的发展，真是互惠互补。

小女孩的父亲说他家的其他孩子都在城市里工作，留下小女孩在身边，是个陪伴。家里的一百多只骆驼，一年仅驼毛的收入就很可观。

小女孩摆着各种姿势让我们拍照，她说她让好多人拍过照，许多照片还发表在杂志上了呢！我们能够看出小女孩的自豪，在这样人烟稀少的荒野，牧场是她的天堂，梭梭林是她的天堂。

我们由衷地祝福女孩的未来像敖伦布拉格的梭梭林一样葱郁、广阔。

盐　湖

盐湖在村庄的东缘，村庄和围裹着村庄的田野像是坐落在一棵树上，从盐湖或者盐湖以北的沙丘和盐湖以南的戈壁看去，村庄处于一个高高的土台上，一片碧绿，就像一棵树。戈壁和沙丘一次次向这棵树攀爬，可怎么都爬不上去，村庄一年一年绿着，所有的鸟儿都向村庄飞。

村庄的人们除了伺候好田野里的庄稼，最惦念的就是盐湖了。盐湖的水多了，草就旺了，草旺了，村庄的牛羊才能繁衍。盐湖的水是个宝贝，每年的春天，春潮涌动，地下的泉眼开了闸似的往外涌水，几乎是眨眼的工夫，盐湖就亮晶晶的一片了。有了这满满当当的一湖水，村庄的人们就踏实了。

村庄里的人们惦念盐湖里的牛羊，也惦念盐湖里的盐。盐不是可有可无的调味品，盐是人身体里的骨头，村里的人说，几天不吃盐，人就软绵绵的了。这是大实话。到了秋天，村庄里的人们在盐湖集合，像搞一场大会战，把所有成熟的秋草割倒，一马车一马车运到村里，储备牲畜过冬的草料。多余的部分，运到外村，换回粮食、水果和蔬菜。只要有盐湖在，村庄就有无数的牛羊和粮食。盐也是一样，经过一个夏天的暴晒，盐的晶粒逐渐析出，到了秋天，盐的颗粒就饱满了。人们在盐湖里铲出一堆堆白花花的盐，分给各家各户，更多的盐，分给其他的村庄。在人们看来，村庄守着偌大的盐湖，就像守着一个聚宝盆。

我参加过一次村庄收割秋草和铲秋盐的活动，全村老少齐上阵，村庄杀猪宰羊，在盐湖支起锅灶，劳动的场面和做饭的场面都是热气腾腾的，几百号人，一个上午所有的活都干净利落地干完，剩下的时间则大碗喝酒，大块吃肉，贫瘠的村庄，这时候像个大富翁，看着自己的孩子畅快淋漓地吃喝，显露着心满意足的快感。

吃了，喝了，盐湖边的沙滩上，男男女女们挤在一起摔跤，主要是男的和女的摔，村庄里胖乎乎的女人专拣瘦弱的男人欺负，引得大家哄堂大笑。

孩子们有孩子们的事，好不容易在盐湖撒一回野，孩子们缠着老爷爷去捉野兔子。老爷爷们办法多的是，用一根麻绳做一个活套，拴上一块大石头，放在野兔子经过的地方。孩子们耐心地等啊等啊，套着一个，就迫不及待地烤了吃。

盐湖里有许多野鸭子，野鸭子机灵，很难捕捉，但哪儿有野鸭子蛋，孩子们知道，他们纷纷下湖，在最隐秘的草丛中，捡回来几十个野鸭蛋，包了泥皮烧了吃。

一年四季的盐湖只有秋天是人们的节日，更多的时候，盐湖是牛羊和野生动物的世界，大多数人几乎不去那里。

后　山

村庄的头顶上，就是那座高大巍峨的山。

从村庄到戈壁有几公里的路程，从戈壁到大山约一百公里，而到了后山，就一百五六十公里了，所以村里的人很少去后山，去一次后山，要做很多天的准备。

从村庄出发，走完了戈壁和所有的山，就是后山。

我去过一次后山，是爷爷带我去的。爷爷年轻的时候一直在戈壁和山里闯荡，积累了一身野外生活的经验。天气、物候都在爷爷的肚子里，只要走在戈壁上或者山峦间，爷爷就不由自主地兴奋起来。

村上的几匹骆驼和几头骡子，在爷爷的手上，十几年中，已经繁衍了成百上千。

前山和后山不一样。前山是荒芜的戈壁滩，后山却有一条条溪流和大片的草原。爷爷早些年瞅准了那块地方，说那是养牲口的地方。他领着村主任去过一次，村主任也认可他的说法。无奈，后山距离村庄太远了，在村上人的见识里，它已经远到天边了。让爷爷一个人在后山，谁也不放心。

但是爷爷自个儿放心。他赶着骆驼、骡子浩浩荡荡地向后山出发了。爷爷到了山里，就成了大山的主宰。一口铁锅，几盒火柴和足够的粮食，让爷爷在后山生活了好几年，好几年后，爷爷赶了一大群骆驼和骡子回来，骆驼车上还装满了山货、野山羊的皮子。这时候，村上的人才相信爷爷是个了不起的人。

听着人们的夸赞，爷爷说，后山里还有许多骆驼、骡子在悠闲地吃草呢。爷爷还说，后山里有很多野骆驼，跟他的家骆驼混熟了，就成一堆儿的了。在后山，气候适宜，水草茂盛，骆驼的繁育能力出奇地强。

那次爷爷回后山时，村庄里有几个年轻的后生跟着爷爷去学放牧的手艺，我也跟着去了。我们坐着宽大的骆驼车，走着走着就迷糊了，一觉醒来，骆驼车就在大山里转弯了，一个弯套一个弯，把人套晕了，又昏睡过去。醒来，车停稳，到后山了。

早晨的霞光，映红了山峦和山峦下的广阔草原，一条溪流就从爷爷居住的山洞边流过。看见爷爷回来了，那些骆驼和骡子不住地嘶鸣，表达着内心的亢奋。

爷爷让我们先休息，他自己要去草原上看一看，给我们准备午饭。

走进爷爷的山洞，那真是个别有洞天的地方。巨大的石柱把山洞隔成了好几间房子，就像城里人居住的三室一厅，更像传说中的仙境。

不一会儿，爷爷提了一只野兔子，给我们做兔肉吃。爷爷告诉我们，这一带野兔子多，下个套就能捉住。他还领着我们采野蘑菇、挖野菜，那几天，我们就像生活在天堂里。

爷爷年岁大了，总说死了后要把自己埋在后山，可我们谁都不同意，那么远的后山，谁来给爷爷的坟上培土、上香呢?

在我看来，爷爷的选择无疑是高明的。十年前，爷爷把刻好的墓碑立在后山，自己平平展展地躺在山洞里，衣服整洁，面带笑容，就像睡着了一样。家里人没办法，就只好把他葬在那里。从此，后山成了我的一个念想。

戈壁上的黄昏

黄昏是一只金色的大鸟，领着它的一群孩子。这是姑妈的故事中常常出现的一个意象，在姑妈的语言世界里，黄昏被涂抹上了最尊贵、最美好的颜色，幸福的人们都是在黄昏走进了茂密的沙枣林。沙枣花的芳香，也像一只金色的大鸟，领着它的一群孩子。

戈壁边缘的一座村庄，人们习惯了在黄昏的时候，坐在门前的木头上，遥望远方。单调的生活中，只有短暂的黄昏时刻，让他们充满遐想。

我是他们当中的一个。

敦煌东部，绿洲逐渐萎缩，而戈壁呈扇面扩展，正好覆盖人的视野。尤其是夏日黄昏，清风徐来，那只金色的大鸟和它的孩子，就来问候你。而我，每晚安坐于油灯下，听姑妈讲故事。故事中的男人贫苦而勤劳，在戈壁上早出晚归，一直过着平平淡淡的日子。突然有一天，那是一个彩霞满天的黄昏，男人救治了一只受伤的兔子，从此，他的命运发生了根本性的变化：每当黄昏，那只兔子都给男人送来金银财宝，男人建了房、买了地，终于过上了幸福的生活。

姑妈讲的很多故事，都有这样的情节，因而，戈壁上的黄昏，在我的脑海里，总是上演着姑妈的故事。我是在这样的故事中，融入荒凉的戈壁景观的。

没有戈壁生活经历的人，不知道戈壁的情形，它是那种大而无当、无法捉摸的景致，视线所及，空茫一片，即使最老练的行走者，也会对戈壁有所敬畏。村上的老人说过，黄昏的戈壁是个“骚女人”，她变幻各种诱人的风景，把拉骆驼的年轻男人引到干旱荒凉的极致。说这话的时候，老人显得十分恐惧，而听者的心头，也袭来丝丝凉气。

坐在家门口的木头上，视野沿着戈壁展开的扇面放开，心情是不一样的。无论想象奔驰到哪儿，最后仍然会回到那根光滑的木头上。有时候，我禁不住走向远处的沙枣林，那是一片茂盛的沙枣林，清冽的泉水养育了沙枣树，许多杂草缠绕着沙枣树，使那里成为一个“百草园”。人在其中，惊动了许多安享宁静的动物，扰乱了黄昏的光线。在我看来，沙枣林里，绝对有一只受伤的兔子等待我去救助，而那只被我救治的兔子很可能变成身材苗条的少女，依偎着我，走进沙枣林的深处，在人所不知道的世外桃源，开始我们美好的生活。

大概是在我十五岁的年纪，我一个人走进戈壁深处。不知道为什么，总有一种抑制不住的好奇，催着我往前走。从早晨到中午，刺眼的阳光使人眩晕，我躺在戈壁上，眯着眼睛看天空，天空的蔚蓝与深邃，也容易让人陷入有别于常态的虚幻状态。那次，强烈的理智使我返回戈壁，已是黄昏，黄昏的万道金光，的确就像一只金色的大鸟带领着它的孩子们，那种欢呼雀跃的活力，自始至终灌注于人的身心。

我从来没有怀疑过一只神通广大的兔子的存在，同时我也认为，那只兔子的受伤，肯定是在检验我。只是，要等来那只兔子，还需要静心守望。

骆驼店

绿洲是一个神奇的存在。在外人看来，周边的沙漠和戈壁就像一群狼或狮子，而绿洲是一只羊。

没有绿洲生活经验的人，总不理解人们缓慢的节奏，想象着骑一匹马，一鞭到天涯。可绿洲上的人，很少骑马，他们的毛驴车、骆驼车，吱扭吱扭地前行，不紧不慢。远方的来客也是一样，坐着毛驴车、骆驼车，一天一天地赶路，走到一个绿洲算一个绿洲，走到一个绿洲就在一个绿洲安营扎寨一阵子，这样，就有了骆驼店。

骆驼在绿洲地带有着特殊的位置，它像一堆漂移的沙丘，混迹于戈壁和沙漠之间，让戈壁和沙漠一阵疑惑，而它的大脚掌踩在沙地或碎石地上，一下一下，无声而致远。等风沙回过神来的时候，骆驼们已经在骆驼店吃青草了。

骆驼店矗立在绿洲边缘的大道旁，一排黄泥小屋，一排畜圈，中间有一口井，井边则是一溜水槽。只要是看见远处有时断时续飞扬的尘土，就知道有骆驼车来了。骆驼店的伙计们生火做饭，煮拉条面，炒辣子白菜。等骆驼脖子上的铃铛声越来越近，骆驼客的吆喝声到了门前，菜炒好了，面也煮熟了。骆驼客脸也不洗手也不擦，就狼吞虎咽地吃起来，吃的时候，手里还拿一根粗粗的葱，一口面、一口菜、一口葱，很是惬意。

骆驼车来的时候，为绿洲运来了各种各样的生活日用品，一方面，这是人们物质生活的需求，另一方面，这些生活日用品带来了外界的消息。每一次骆驼车的到来，都会引起人们的激动，骆驼车上有人们常见的东西，也有一部分人们没有见过的东西，人们的购买和交换欲望在骆驼车到来的时候，已经是急不可耐了。女人们首先挤在骆驼车边上，挑拣着各色的布料，对于孩子们做梦都想品尝的水果糖，她们却无动于衷，直到谁家的孩子愤怒了，哭声号啕，母亲们才舍不得地买几块。男人需要的东西基本上就是烟和酒，男人们远远地看着，先让女人安排好生活用度，再衡量自己的经济条件，买一些自己需要的东西。骆驼店，有骆驼车来的时候，村里的人都来了。

骆驼客们放肆地笑着，对着自己中意的女人毫无掩饰，把一块好料子塞进女人的胸膛，顺便撮摸一下，或者把一塑料袋的糖果放在女人手里，并将女人一把拉入自己的怀中。女人则不卑不亢，左一个“老娘”，右一个“老娘”，把骆驼客说得没有了言辞。而到了晚上，骆驼客的相好就偷偷来了，骆驼店旁边的沙枣树林里，一对黑影一闪就看不见了。

在没有骆驼客的时候，人们聚集在骆驼店耍牛九牌。牌是骆驼客带来的，耍法是骆驼客教的，骆驼客走了，绿洲上的人们并不寂寞。

我很小的时候，就常常一个人去骆驼店，看管骆驼店的光棍汉大叔把自己积攒的好吃的东西偷偷给我。只是有一次夜朦胧之时，我看见邻居胖大婶悄悄钻进骆驼店，我就再也没去过。偶尔遇见光棍汉大叔，他好像不好意思似的，轻轻地摸摸我的头，在我的裤兜里装一些好吃的东西。

大泉河谷边的黄花

在敦煌莫高窟所在的峡谷，有一条河流叫大泉河。可能是因为这条河，虔诚的职业宗教家选择了信仰的归属，那一面面石壁，在叮叮当当的开凿声中，使人们相信了另外一个世界的存在。

与莫高窟的神秘和庄严相比，大泉河谷边的黄花，似乎更真实，更动情。

我是和一个才女共同采撷那些黄花的，开始我以为可惜，觉得一朵朵的黄花就应该在河谷边，或者孤芳自赏，或者让大家赏心悦目。我刚刚说出自己的想法，才女就笑了，说这里到处都是黄花，采一束不算什么，况且，采过花的草茎，来年会开放更鲜艳的花。我相信她的话，毕竟，她在这里已经生活五六年了，五六年间，她是用这些黄花寄情的。

大概没有任何地方的花比这里的花滋润：长年的流水，一层层积累起来的腐殖土，使它们欢快地长着，看见它们，自由的气息，就涌入眼帘。那一次，我建议才女抽时间看看大泉河的源头，考察一下，到底有一眼多大的泉，是大泉河的源泉。才女笑了，她说她去过，那里也没想象中的泉，只有涓涓汇集的冰雪融水。

以后，有外地的朋友去敦煌，我都把他们介绍给才女，并特意强调了大泉河边一丛丛一簇簇的黄花，要他们去采撷几束。但我的那些朋友们只是急匆匆去、急匆匆来，没有谁想到我所说的黄花。

有一年，由于工作不顺，心里烦躁，我就有点羡慕那一河岸的自由的黄花了。我踏上西去敦煌的行程，直奔莫高窟去了。当然，我会首先去见才女。说实话，才女是我最珍视的异性朋友，不多的几次见面，我们都是彻夜长谈，说各自积压于心头的往事。我们常常是先去采撷一束一束的黄花，把她的宿舍打扮得生动鲜活，才开始神聊的。

我碰见了她的一个同事，那个平时大大咧咧的女孩，神情严肃地说我来迟了。我立刻感觉到了异样的情绪，在我的再三追问下，她才告诉我才女去了，就在两个月前。

面对突如其来的噩耗，我反而显得很平静，我一个人漫步于大泉河边的黄花丛中，我觉得她已经是一朵黄花了，我是采撷她呢，还是让她独自地开放呢？我犹豫了。

乌图那生

阿塔提罕山口检查站距离阿尔金山自然保护区的核心地带还很遥远，乌图那生作为检查站的站长，常常要去了解保护区的自然状况和野生动物的生活情况，每一次，乌图那生都会有不菲的收获：河流的水越来越多，植物的生长越来越茂盛，野牦牛野性十足，藏野驴成群结队。

乌图那生在检查站一住就是四五个月，四五个月下来，风里来雨里去，活脱脱像个野人。熟悉乌图那生的人，都不敢认他了。

我们到达检查站后，领队是他的朋友，但他还是默默地翻看车上的装备，索要有关的通关材料，做完了这一切后，才和我们大大方方地开玩笑。

他把煮好的一锅羊肉汤端出来，拿出维吾尔人常吃的馕，给我们解决了午饭，这是我们进入荒原后吃到的最可口的午餐。

朋友归朋友，寂寞的乌图那生最不希望看到的就是大批的人涌进保护区。他告诉我们，荒漠地貌是几千年几万年才形成的，别小看那一层薄薄的壳，狂风吹过，动不了它的毫毛，可汽车碾过之后，那层保护壳被压碎，大风就会吹起沙尘，甚至把草连根吹起，渐渐地，连片的青草全部枯死。再说，野生动物是荒漠的主宰，遇到进入的人群，它们会高度紧张，个别一根筋的动物，追着车辆跑，直至精疲力竭而亡。

从阿塔提罕山口检查站到达祁漫塔格乡还有二百多公里的艰苦路程，乌图那生本来是要送客的，但他始终不放心我们，坚持要陪我们去。我们知道，他是不放心他的保护区，他怕我们不熟悉道路，压坏一棵草，他都心疼。

有了乌图那生领路，我们一头钻进了群山之中的羊肠小道，尖利的石子铺陈于路面，刚刚进山，就有一辆车爆了胎，这是我们没有预料到的。这样下去，爆胎的事情不可避免，而我们的备胎只有一条，但人在山中，别无选择。换好了备胎，我们继续前行。果不出所料，又接连爆了两条备胎，这样，三辆车就再也没有备胎了。是继续前行，还是无功而返？在严峻的抉择面前，本来愉快而充满期待的旅行，笼罩了不祥的气氛。

这时候，大家都看着乌图那生，他果断地决定由一辆车返回附近的茫崖镇，购买备胎，其他的车辆按原计划赶路，最后，大家在祁漫塔格会合。

那辆返回的车必须赶夜路才能与大部队会合，我们都捏着一把汗，好在乌图那生交代再三，考察队又派了有野外生存经验的司机和队员前往，我们才互相道别。

随着一个个险情的出现，我们感觉到，阿尔金，那个神秘的地方，已经在窥视我们了。

祁漫塔格乡

说它是一个行政组织，一点儿也看不出来，在整个荒芜的中心，它只占据了几间破旧的土坯房，几间土坯房围起来的四合院，更像是游牧者的定居点。可它就是新疆若羌县的一个乡。高高的木头杆上飘扬着五星红旗，门柱的两边挂着“祁漫塔格乡党委、乡政府”的铜牌，院子里的一间房子挂着“祁漫塔格乡人大”的铜牌。

全乡三十多人，正轮到洪林在乡政府值班，他看见我们来了，热情地把我们迎进四合院，让我们吃羊肉抓饭。我们很奇怪，他怎么知道我们要来，而且要来几个人也判断准确。其实，他早就知道我们来了，他说，他站在房顶上看我们很久了。我们这才看清，房顶上有一架观鸟镜，洪林说他自己没事的时候，常常站在房顶上看鸟，看祁漫塔格一带的风景。他甚至能够从观鸟镜中观察云的走向，进而判断雨雪的状况。时间久了，他从开始的揣摩到最后的大胆推测，竟然可以料事如神。

西藏我去过，那里无人区的乡镇基本上是个象征，但还是有些牧民的，不像祁漫塔格，只有三十多人，却有一个乡级建制。听人说，这里地处青海和新疆交界，非法盗猎、非法采矿猖獗，政府机构设在这里虽然有诸多不便，但可以遏制这种势头。

我们在依吞布拉克的夜晚，向导就对我们简单地描述了祁漫塔格的情况，包括草场的面积、河流与泉水的分布等等。一般情况下，严酷的自然条件会使人的流动更加频繁，也就是说那些牧民们肯定会选择更加优越的草场开始他们的新生活，可是这里的人口一直没有多大变动。向导告诉我们，十年前，他来到祁漫塔格，那时候全乡就有三十多人。难道就没有人口的自然增长？有的，孩子们要到若羌县上小学、中学，牧民们对自己的后代格外寄情，希望他们多掌握知识，在县上工作。

洪林已经有四个月没有看见过从祁漫塔格山口来的外面的人了。为了排解难熬的寂寞，他过几天就要步行二三公里去邻近的游牧点，与那些牧民们痛饮一场。这可能是他唯一的乐趣了。

早早看见有车驶出山口，早早看见有人来了，洪林就在房顶的观鸟镜里看着，他甚至连车里坐了几个人都计算准确了。他知道，从最近的依吞布拉克到祁漫塔格是整整一天的山路，这一天的山路，人早已是饥肠辘辘了。他熬了稀饭，准备了咸菜和馕，我们一下车，他连洗脸水都倒好了。喝着热乎乎的稀饭，嚼着劲道的馕，我们深切地体会了祁漫塔格的温暖。

红柳沟

红柳沟是一条狭长的山谷，从汽车的里程表上看，它只有四十公里，可就是这短短的四十公里，我们走了整整四个多小时。向导介绍说，原来这条路好走一些，现在全线修路，就只好走便道。所谓的便道，根本就不是道，到处都是沟壑和溪流，绕过来弯过去，直线距离只有牙长一点，走得人发急。路虽然坑坑洼洼异常难行，但两边的景色确实不错。前方突然出现一丛丛的红柳，长在河道乱石之间。我想，这就是红柳沟命名的缘故吧。

距离红柳沟口不远的一个小山沟里，一个不起眼的小土包引起了大家的注意。土包前摆放着一些食物和水，是前面路过这里的人留下的。热心的向导给大家讲起了一个故事：20 世纪 60 年代，内地大批知青来到新疆。位于阿尔金山边缘的若羌县米兰镇三十六团也分到了不少知青。其中有从上海来的一男一女两个小知青，他们是青梅竹马的同学。刚到新疆的新奇和热情很快被恶劣的自然环境和极度繁重的体力劳动所吞没，再加上承受不了军事化的严格管理方式，这两个十来岁的孩子陷入了一场灾难之中：面对女孩终日的啼哭，男孩决定带着女孩逃离。他们什么也没有准备，就趁着夜色向大漠深处走去……几天以后，寻找他们的人在这片叫作红柳沟的地方找到了他们——男孩和女孩席地而坐，女孩披着男孩的外衣，依偎在男孩的臂弯里，男孩的身体坚强地挺立着护拥着女孩，冻饿和干渴，让小小的红柳沟成了他们人生的最后归宿。因为他们是“逃兵”，被就地掩埋；因为他们的行为“可耻”，掩埋他们的小土包没有立墓碑。但人为的禁锢，不能阻碍生者对逝者生命尊严的敬畏。四十多年过去了，路过这里，听说了这个故事的人们都会在这个不起眼的小土包前留下一些水和食物。向导刚刚讲完这个故事，我们的车就停下了，大家都知道该做什么。每个人都把自己准备的零食在那个小土包前放下了，还放了几瓶矿泉水。

这就是阿尔金？还没有目睹它的尊容，就先给我们一个下马威。向导讲述的凄婉的故事，又在重复阿尔金的冷酷无情。

难道这就是阿尔金？在当地人的解释中，阿尔金可是个“覆盖着柏树枝”的山脉，可眼前那青灰色的风蚀岩，让柏树丝毫都没有生机和温情。

随着不断下降的海拔，我们走出了山沟。一出山沟，防沙的草圈依稀可见。越往前走风沙就越大，车前经常是一阵狂风裹着沙石吹过路面。终于，一个大的下坡出现了，这才算是真正下到了山底。风稍微小了点，前面就是一望无际的戈壁。回头望去，来时的路早已淹没在尘土之中。好在无垠的戈壁有一丛丛骆驼草，在夕阳的映衬下，美轮美奂。

阳关道上的胡杨林

阳关的奇迹总是隐秘在风尘之外。当我来到阳关西南的一片草地，我误以为闯入了人间仙境。风和日丽，芳草氤氲，远处，还有一片金黄的树林。把这些与阳关联系起来，似乎是风马牛不相及，可这的的确确就是阳关所在地。

敦煌环保局的一位朋友是“疯狂”的环保主义者，他常常开车去阳关以西的广大戈壁寻找自己的保护目标，穿越流沙，涉过戈壁，一辆破旧的吉普车动不动就陷入困境，他仍然是一身泥一身土地出来，把寻找到的点滴收获记录下来。我就是因为他的指引，找到了那片草地和胡杨林。不去不知道，一看吓一跳，这样的世外桃源，却偏偏寄居于阳关之侧，与千古传唱之中的绝世荒凉做邻居，真是世俗的狭隘。

阳关的守卫者纪永元先生雄心勃勃地探索着一条古代行走者踏步而过的阳关道，他勘测了阳关方圆百里的人文地理，在他的总结材料中也涉及这片草地和胡杨林。看来，英雄所见略同。在与他们的交谈中，这片草地和胡杨林，一直郁郁葱葱的，一直金光灿灿的。

秋风吹过阳关，已经是尘土扑面，身临其境的人，感受不到诗意中的苍凉，落荒而逃是最明智的选择。这个季节从阳关出发向西，是古代西行者的离别时刻。一杯浊酒、一腔热血、一阵沉默，一队骆驼就摇摇晃晃地走远了。他们的第一个落脚点，可能就是我们要去的草地和胡杨林。

我们是有备而来的。在纪永元先生的阳关博物馆，我们欣赏了一夜的秋之星空，猜想临行前的商旅们也曾无限留恋地驻足于阳关脚下，前途茫茫，而此刻的良宵美景，再长也显得短促。纪先生的亭台楼阁，设计精妙，一如汉室宫阙，映衬着大漠浓重的夜色，静谧而庄严。我们酒足饭饱之后匆匆出门散步，走出博物馆建筑群的阴影，直上戈壁山巅。那一夜，我几乎无眠。

第二天的旅程是整整一天的步行，四十多公里的路，基本上没有路，是林立的沙丘和突兀的山谷，每个人的行囊主要是饮用水和食物，一天的行程至少要准备三天的口粮。大漠戈壁，天气忽而烈日炎炎、酷热难当，忽而狂风大作、沙尘漫天，忽而阴云密布、寒气袭人。备受天气的折磨，那草地和胡杨林，还在遥远的天边，连个影子也看不见。开始，我们都怀疑走错路了，但同行的纪先生肯定地告诉我们快到了，坚持一会儿就到了。从纪先生沉稳的语气中，我们坚定了信心，继续前行。既然是一天的行程，那么，太阳落山就是一个标志，那时候，我们就会躺在绿油油的草地上看金灿灿的胡杨林了。

就在我们刚刚有这样的想法时，不知谁喊了一声：看！顺着这尖厉的声音，我们看见了，看见了草地和胡杨林。

现在想起来，那次旅行我只记得一路上的煎熬，草地和胡杨林的印象倒是淡淡的，甚至于无。也许，阳关就是这样的，把结果遗忘，把过程存留。

党金果勒河峡谷

有一条峡谷，在很远很远的地方，村庄的故事里常常提到它。村庄里的老人在故事中是这样表述的：那是一个很远很远的地方，有一条很深很深的大峡谷。起初，我以为它只是故事中无关紧要的地点。后来，在我听到的故事中，都多多少少提到它，我就觉得，它一定和一座村庄有着千丝万缕的联系，给我们的生活留下蛛丝马迹。

就这样，那条河谷，像一个诱惑，从故事进入我的内心。

我一直想象着，那条河谷被鲜花和野草覆盖，它的波涛就是整个草原的波涛，就是春风的波涛和夏季麦子的波涛。因为广阔的绿洲上，一条河谷的波涛，就是绿洲跳动的脉搏。

我想，沿着田野里的大渠，就可以看见那条河谷。事实上，我是幼稚的。大渠，到了高大的水库，就被高高的拦河坝挡住了。我坐着村里的拖拉机一颠一簸地走了五十公里的路，从早晨到黄昏，连拖拉机都有些疲惫了，人则被摇晃得散了架。走下拖拉机，我就躺在水库的工棚里不吃不喝，而长辈们都去水库的工地干活了。

水库的背面，一定是峡谷。我吃力地爬上一级级台阶，站在拦河坝上，水波微荡，细风清凉，没有峡谷的影子。晚上，刚刚吃过饭，人们就呼呼大睡了，看来实在是太累了，没有人想起一条河谷，人们只是想办法把那无垠的水拦住，在需要的时候，把它浇灌到农田里。我的第一次寻找失败了。

父亲一直在水库上做工，有一年春节，他大年三十才回来，带了不少的鸟蛋，这是我从来没有见过的鸟蛋。父亲说，那是沙鸡蛋。上游来了洪水，沙鸡无处藏身，冻死的沙鸡在水上漂，沙鸡蛋也在河边漂了不少。一说到河，我就急切地问起了河谷。父亲才告诉我，水库边上根本没有河谷，水库收集了戈壁上的溪流，很多很多的溪流，才把水积累起来，河谷在很远很远的地方，大概在大雪山的腹地。村上的人，谁也没有去过。

连父亲也没有去过的峡谷，就这样诱惑了我十八年。当我刚刚满十八岁的时候，父亲说，很远的地方，需要一个牧工，你去那里放羊吧。在一座村庄，男孩子长到了十八岁，就是男人了，男人不能老待在家里，应该支撑起半个家。就这样，我以一个男人的身份，走出村庄，去了远方。

我没有想到的是，我去的那个在一般人看来苦寒寂寞的远方，就是我日思夜想的党金果勒峡谷。那里有成片成片肥沃的牧场，党金果勒是蒙古语，意思是肥沃的草原。同样让我没有想到的是，那条峡谷的河水，并不是汹涌澎湃的样子，而是一股一股的溪流。峡谷也不是千仞绝壁，而是平缓的沟壑。这和我想象中的峡谷是两码事，与我想象中的河流，也是两码事。到现在，我仍然弄不明白，那样的小溪流，怎么就能够流一千多里地，流进我们的村庄。

我在那片草场，在那条河谷，整整生活了五年。五年中，草场和河谷里的景物，对我来说再熟悉不过了，倒是生我养我的村庄，越来越陌生了。虽然有时候我摘一朵小花扔进溪流，希望村庄里的一位姑娘能捡到那朵小花，但那已是一种很遥远的心情了。

后来，在那片草场，我拥有了自己的一座帐篷，有了妻子，有了胖墩墩的儿子。为了让儿子也有一个他父亲一样的梦，我给他起名叫“党金果勒”。

风

风是戈壁的特产，没有风，就没有戈壁的辽阔。有南方的朋友曾发问，戈壁为什么无边无际？我告诉他，那是风吹的。风吹着吹着，就把戈壁吹远了。事实上，只有戈壁上的风才能长驱直入，吹向远方。而平原上的风，被树木遮挡，吹一会儿就失去了后劲。

我是在戈壁上长大的，同时也是在风中长大的。

一场风，改变了大地的模样，像是经历了一场浩劫。我记得最清楚的一次，是在三十年前的春天。一家人正准备吃晚饭，就有人喊：刮大风了，刮大风了！我们就赶紧走出院子，关好羊圈的门，把自家的天窗堵实，又把屋门用木棒顶起来，屋子里霎时黑了下来。那天夜里，只听得呼呼的风声铺天盖地，像要把房子吹走似的。低矮的黄泥小屋本来就不是很坚固，大风袭来，就如同大海上飘摇的小木船，在人的心里，没有丝毫的安全感。一家人挤在被窝里，谁也不说话，不说话的原因是一张口，就会吃一口沙土。屋子里，弥漫着呛人的沙土，能感觉到它们一颗颗落在脸上。

一夜过去了，风终于停了。

我们出门，门推不开，父亲从窗户跳出去，把淤积在门前的一大堆沙土移开，院子里，墙根边，堆满了沙土。再看后院里的羊圈，墙被风吹倒，轧死了一只小羊。其他的几只羊已不知去向。

父亲忙着去找羊，这是一家人一年的指望。而我们几个孩子，则忙着打扫家里的尘土。这场风有多大，我没有目睹，但看见大地上一片狼藉，我就知道，这是一场罕见的大风。田野上的树被吹断了枝条，刚刚冒出绿苗的麦子，大部分被连根吹掉。村庄里的人，被一场大风吹走了欢乐和希望。

还有一次风中的经历是我所猝不及防的。大概是我十八岁的那年，我在大戈壁上骑一辆破旧的自行车从三危山谷往回走。三危山是敦煌最著名的山峰，在它的峡谷里，隐藏着举世闻名的莫高窟。那次，我是学着古代僧人的样子去朝拜莫高窟的。不想，回来的路上，从天边过来黑压压的一片沙尘，我突然意识到：不好了，刮沙尘暴了。在戈壁上，风越来越大，卷起地上的尘土，就演变为沙尘暴。比起狂风来，沙尘暴是风中的老虎和豹子，它有席卷一切的威力。我赶紧把自行车推到背风处，脸朝地面趴下。

只听得一阵噼里啪啦沙尘敲打自行车的声音，也感觉到细碎的石头打在衣服上，但人不敢抬头或站直身子，那样会被风吹坏皮肤或吹走。大约有一个小时，沙尘的前锋已经过去，风已没有势如破竹的猛劲，我才慢慢地爬起来，身上被厚厚的沙尘埋住了，一下子用力还无法起身。

风，戈壁上的风，吹向四方，吹向遥远的天际。在风中，人在土地上生了根；在风中，人的骨头越来越硬；在风中，人的思念和希望随风飘扬，越过苦难，越过悲伤，眼泪扑簌簌流下来，构成了戈壁和人共同成长的历史。

铧尖一带的芦苇

我不知道，一个地方为什么叫铧尖。铧尖的一个放羊老汉说，铧尖这块地方，就像一个犁铧尖尖，就叫成了铧尖。关于犁铧尖尖，我没有真切的体会，或许从飞机上也无法辨别哪一块就是铧尖。因为这个地名很是奇特，就和朋友们一起走进了这里的一片水洼。

乡村的水是乡村的血液，有了水，就有了葱翠的庄稼和树木，而在铧尖，在一片水洼里，最多的是芦苇。

小时候，在敦煌老家，村庄东面的沙漠中有许多芦苇，那些芦苇有尖利的叶片，有挺拔的身姿，有抽穗的芦花。秋天，芦花飞扬，细小的绒毛到处都是。而铧尖的芦苇不一样，从枝杆到叶片，水嫩水嫩的。水嫩水嫩的芦苇之上，还顶着一个酱红色的芦苇棒。

我们在水洼边钓鱼，静静的水，绿绿的苇，感官上的新颖与精神上的愉悦使人彻底轻松。偶尔一两只青蛙跳出水面，并且响亮地叫上几声，循着那叫声，去看那青蛙的影子，却已是一圈圈水中的涟漪。

有水的地方，总是充满了神秘。一位养鱼的老人告诉我们，他的子女全都在城里工作，城里也有他的住处，可他就是不习惯，老是怀念水边的日子。这不，他闲不住，在这里养起了鱼。老人还说，他小的时候，铧尖一带全是水，水面上全是水草，大部分是芦苇。因为水多，不能种庄稼，这里荒了很多年。只是秋天的时候，人们都聚集到这里割芦苇，把割倒的芦苇装上马车，人欢马叫，还真有些气氛。每年割芦苇的时候，年轻人能捉到很多的鱼。有一年，他们捉住了一条两尺多长的鱼。

对于鱼，我们的兴致不大，那酱红色的芦苇棒却深深地吸引了我们。征得老人的同意，我们疯狂地采集芦苇棒，这个说，把芦苇棒拿回家插在花瓶里，就是绝好的装饰；那个说，芦苇棒红绿相间，本身就是一件艺术品。

的确，在一大片湿地上，只长满了沙枣树和榆树、柳树，由于缺乏修剪，树长得歪七扭八，虽然不成材，但看起来，还是别有风韵。正是在这风韵之中，村庄里的人们搭起了帐篷，办起了农家乐，使踏青采风的人有个休息吃饭的地方。

我在铧尖只待了短短的一天，无论从哪个方位，我都无法判断那块犁铧尖形的土地在哪里，也许这正是“身在此山中”的缘故吧。

乡　村

乡村的情趣在于生命的自由发挥。你看那野地里的草，想怎么长就怎么长，自由得都快发疯了。这让我羡慕。

读小学的时候，老师就教我们背诵名人语录，其中有一段说：没有经过知识熏陶的人，就像没有经过剪枝的野生植物，毫无用处。那时候，生怕自己学不好知识，成为野生植物。现在看来，要是成为野生植物，那也是一种福气。

生活在城市，我常常怀念乡村。常常走出城市狭窄的水泥壁垒，一头扎进泥土飞舞的乡村。

我一直把泥土分为几种类型，分别叙述，我总是心潮澎湃。

小孩子在田间地头拔草，这是他们的业余生活，他们熟悉田野的每个角落，每种草长在哪里，什么时候长大了、长高了，什么时候结籽了、枯萎了，他们都知道，草就像长在他们的身上。孩子们无论是上学还是回家，都从田野上穿过，田间的小路上，晨光或者夕阳映照着他们的身影，活泼而富有生气。城里人把乡村的孩子称为“土孩子”，言语中透露出鄙夷的意思，其实，土是所有生命的根源，我从来都自称为“土孩子”，为了保持自己的那点“土气”，走进乡村，在土中沐浴，就成了我每周一次的功课。孩子们在田间地头嬉戏、耍闹，随着步伐的加快，尘土也飞扬起来，孩子的身上、脸上、衣服上全是土，回家后，擦擦脸，洗洗手，吃饭，睡觉，土炕上，坚硬的土和松散的土，都在一块儿，谁也不计较谁。

大人们则是一辈子跟泥土打交道。哪里的土地该种什么了，哪一块土地该浇水了，哪一块土地的秧苗该打杈了，他们也了如指掌，土地其实就在他们心里，他们和土地早已融合在一起。春风中，他们施肥、浇灌、播种，土地呈现出一望无际的样子，看起来空空落落的，但他们的心里并不空落，他们已经勾勒出了一幅万物生长的图画，在这样的图画中，他们是创造者，也是欣赏者。只要你走进田野，就会看见他们挽起裤子，与泥土混杂，因此他们有“泥腿子”的称呼。出水两腿泥，泥土对于他们来说，是真正的亲密伙伴。

老人们见证了整个田野上的兴衰沧桑，就像他们黝黑的脸，就像他们满是皱纹的皮肤。老人们经常独自走在乡村的小道上，或在一棵老榆树下纳凉，静谧而稳重，和泥土的神色一模一样。老人在庄稼地里的动作明显地迟缓，他们一举手一投足似乎很吃力，但很用心。大多数老人赶着羊群或者牵一头奶牛，从事畜牧和养殖的工作。老人们很爱惜乡村的一草一木，在拔起每一根草的时候，小心地把带起的泥土轻轻抚平。他们常说的一句话就是：不中用了，泥土已经埋到脖子上了。说这话的时候，他们的神情很自然，没有一丝一毫的悲伤。一般情况下，老人们早就看好了埋自己的土地，别看那一巴掌的土地，对于老人们来说，那是他们百年之后的安居之所。

这是鲜活的泥土。孩子、大人、老人，他们受惠于泥土，回归于泥土。泥土中，有他们的情感和人生信仰；泥土中，有他们的光荣与梦想。

乡村的建筑，在树木的掩映之下，格外小巧。乡村的地标，可能是某棵老树，老树上有数不清的老鸹窝。不安分的老鸹，纷纷从老树上起飞，呼啦啦而来，呼啦啦而去，很是喧闹，与乡村的宁静形成鲜明的对比。

覆盖于草木之中的乡村，鸡鸣狗叫，都是从庄子里传出的。而庄子又是由一间间黄泥小屋组成。许多这样的黄泥小屋在烟火的熏烤下，墙面已经形成一层厚厚的黑漆般的烟垢，这是时间的印迹，也是一座村庄古老的表象。往往是这样的墙皮，打碎了铺在地里，是很好的肥料。

子孙在繁衍，村庄的规模在扩大。在乡村的世界里，人生有三件大事、喜事，即洞房花烛夜、金榜题名时、平地起宅院。在这三件大事、喜事中，宅院又是最基础、最本质的需求，没有人可以忽视。乡村人盖房子是一件大事。村庄里的人先是打土坯，把上好的黄土用水浸泡，一遍遍搅拌匀称，然后再放进土坯模子，打成规整的土坯。打好了足够量的土坯，备好了木料，像梁、柱、椽以及铺屋顶的茅草席等，全村的壮劳力就都来了。一般情况下，一整天，一院房子就盖好了。

盖房子那可是个庞大的工程，在地基上取第一锹土的时候，要宰一只羊祭拜神灵，主持盖房的大师傅念念有词，把羊血洒在房基上，然后一声令下，大伙都忙碌起来。村庄里盖房子讲究一气呵成，中间因为材料短缺等造成停工，被视为不吉利。所以，在万事俱备的情况下，又有了大工、小工、火头军，东风就来了。从太阳出山到太阳落山，一座温馨的四合院就拔地而起。走进去，上房、厢房、伙房，一应俱全，人的安居之所就这样经过一番激烈的劳动完成。至于房梁上墙时的那种严肃和神圣，所有的房屋泥皮抹好之后的那种欣慰和喜悦，更是无以言表。

房子在乡村的视野中是泥土杰出的作品，它不仅赋予了实际的物质含义，还带有深刻的超越物质的精神意味。

乡村最鲜活的风景是新鲜生动的植物，它们分层次营造了乡村的生命力。田野的外围，是带状分布的白杨树、榆树，还有苹果树、梨树、杏树，田野的中心则首先是玉米、高粱等，其次是麦子、棉花或者瓜田、菜园，沿着这一条等高线，我们很容易联想到排空而来的巨浪，这凝固的随风摇摆的绿色的巨浪，正是乡村的推动力之所在。

乡村，乡村，泥土的裂变，使我们的内心永远充满了生活的情趣和追求的智慧。

河　谷

我常常一个人去河谷地带，一条深近百米的河谷，千仞壁立一般，有销魂夺魄的气势。平凡的日子，面对河谷，我总是能够品出不平凡的滋味。

河谷很壮阔，但河水却如孱弱的溪流，似乎流着流着，就会断线，很是让人担心。河谷地带的风，比绿洲地带要猛烈些，有呼呼的响声。人在风中摇摇晃晃，无法把持自己，既然无法把持自己，何不痛痛快快地张扬一番。我通常的做法是喊一两嗓子，用尽全身的力气喊，直喊得自己摊成一堆泥。

河谷地带荒无人烟，一个人就是一个世界，加上峡谷、河流、石头、风，共同组成了奇妙的境界，这境界在平凡的生活中，无法体会。

人是一种群居动物，但适当独处，却能让人冷静，让人更自觉地观察自己，认识自己。我走进田野，走进那种地貌特征显著的地域，内心就如波澜起伏，思绪的活跃也达到了顶点，如果再喝一点酒，我就能够像李白那样边走边唱，弄出惊世骇俗的句子。

在这里放羊的一位老人告诉我，他从小就放羊，这条河谷一直就是现在这个样子。只不过在夏季发洪水的时候，水漫过了河谷里的河床，其他的，没什么变化。老人赶着他的羊，动作缓慢，羊也是边吃草边走。老人还说，他的羊房子就在不远处的河谷，那里背风，取水也方便。晚上，河谷里常常传出古怪的叫声，那尖厉的叫声直钻人的骨髓。时不时地，还有狼叫，那叫声也是长而犀利。听了老人的讲述，我很想在那样的羊房子待一个夜晚，毕竟，在人的一生中，尤其像我这样的文弱书生，这样的情形是很难得的。但当我讲了我的想法之后，老人却连连反对，他说，他的住处简直就是个羊圈，一天到晚都是一股子羊膻味，吃没吃的，住的条件又不好。

我不作声，默默地跟着老人走，他的羊群与他似乎有着天然的默契，太阳落山了，天黑了，也加快了步伐。不长时间，我们就来到了老人所说的羊房子。羊房子修建在一处低洼地，除了一座黄泥小屋，围绕着黄泥小屋的是用碎石片垒起来的羊房子，那石墙有一米多高，主要是防范狼和狐狸偷袭羊群。我走进低矮的羊房子，黑得很，看不清楚房子里的东西，只闻见一股浓烈的羊膻味，过了一会儿眼睛适应了房子里的环境，才看清房子里的陈设：一个大水缸，烧火的炉子，土炕，以及土炕上的被褥。

在那一夜，我知道了什么是夜晚，什么是河谷。

夜色被河谷分割的部分有巨大的阴影，当月光直直铺在河谷的时候，水流的反光使河流闪烁着迷人的碎银。几乎所有的夜晚都是平静的、神秘的，而河谷的夜晚更加神秘而喧闹。水流冲破乱石的阻力勇往直前，因为激烈的碰撞而打起的水花，不停地熄灭而又盛开。风如同肆虐的妖魔，披着黑斗篷，巨大的气流从峭壁上擦过，凄婉的声音传得很远很远。在夜的帷幔中，河流、峡谷，蹲伏着，一动一静，随时随地吞噬着倾泻而下的夜晚和月色。老人按部就班地烧火做饭，馒头、稀饭、咸菜，吃得我神清气爽。奇怪的是，我盼望了一个夜晚的狼和狐狸却一声没吭，有点遗憾。

枣林里

一大片沙枣林几乎是一棵树挨着一棵树，一大片沙枣林还有许多乱七八糟的灌木，叫不上名字，它们纠缠在一起，把沙枣林挤占得使人无立锥之地。

每到夏季，绿洲就像一个巨大的蒸笼，而沙枣林里却有难得的凉爽。在这样的凉爽中，留下了我童年的美好时光。

记得在学校的图书室里，我借了一套林汉达先生写的《上下五千年》，一个个历史故事，把华夏五千年的辉煌文明串联在了一起，我读得如痴如醉。从那些故事中，我基本上能够梳理每个朝代的重大事件。每每徜徉于历史的海洋之中，我想象的背景中，就有那一片沙枣林。

沙枣林在村庄的南面，紧靠着戈壁，戈壁一直延伸到高大的南山，在这段距离中，有一个缓缓的坡度，越接近南山，坡越陡，而到了沙枣林，则是一处低洼地。也因为这个原因，每年春秋两季，旺盛的地下水就涌了出来，在沙枣林一带形成无数的泉眼，泉水从泉眼冒出，水流四溢，低洼的地方，就聚集了大量的水，恣意汪洋，那就是海子了。沙枣林正是在这样的地质环境下茁壮成长。那些各式各样的杂草和灌木也得到水分的滋养，毫无节制地蔓延。沙枣树本身就是一种抗旱、抗盐碱的树种，一年有两次潮水的浇灌，沙枣林就向戈壁广阔的外延伸展，在我童年的视野中，它好像大得没有边际。

沙

通常，我去沙枣林是为了拔猪草，沙枣林里生长着一种开紫色白色花的草，我们把那花叫作打碗花，大人们说，采了那花，家里的碗就会被摔坏。那个年代，碗是重要的家什，打坏一个，就意味着一个人没法吃饭。所以，如果这草结满了花，我们就敬而远之。但这种草只有在衰败的时候才开花，衰败了，猪看都不看，更不要说吃了。其实，这种草所开的花极好看，像一盏精致的喇叭，我们也叫它喇叭花，偷偷地采过几次，也没有发生打坏碗的事情，我想，这可能是大人为了制止孩子们贪玩编造的故事吧。不管怎么样，沙枣林里有的是猪草，我三下五除二拔一大堆，把它们摊开，自己舒舒服服地躺在上面看书，那样的时光真是自由而舒心啊。

记得那一个假期，我看了许多历史方面的书，也读了不少赵树理的“山药蛋小说”，印象最深的还是一本长篇小说《红旗谱》，又找来续集《播火记》，看得热火朝天，恨不得马上拉出一支队伍在沙枣林里打游击。

沙枣林是个可以让人幻想的地方，它广大而宁静，有的只是茂密的植物，最多也就是飞来飞去的麻雀和惊慌逃窜的野兔子，人置身其间，就像童话里的某个人物。

敦煌以西

敦煌以西是一片广阔的区域，而我只想说说跨过党金果勒河之后的那片绿洲。一直以来，我生活在敦煌的东缘，绿色的渐渐稀疏，使戈壁变得凶蛮，春天不断袭来的狂风裹挟着天幕一般的沙石，打击着人的自信心，而城市周边的绿洲却浑然一体，像晶莹剔透的绿宝石，让我心生羡慕。敦煌以西跨过党金果勒河的区域就是这样的。

孩提时代，只是隔着党金果勒河遥望它的葱郁，想象着在那浓密的白杨树丛中，有大片的农田，有精致的四合院，还有坠满果实的果树。想着，想着，就觉得自己生在一个偏僻的村庄是多么不幸。

长大了，离开了村庄，到外地求学，同桌的她像个骄傲的天使，我武断地认为，她肯定是敦煌以西跨过党金果勒河那片绿荫中的孩子。不想，她竟然就是。与她断断续续的交流中，她流露出的对家乡的抱怨，又使我疑惑重重。

就因为这个，三年的同桌，我们很少说话。可就在毕业的那一天，她突然间提出要到我的村庄去看一看，我无可奈何，只好再邀上几个要好的朋友一起去。在一座古老的村庄，一个男人领回一个女人是一件大事，村庄里不仅会另眼相看，还会生出一大堆流言蜚语，我不想这样。从小，我就是个乖孩子，是村庄里所有孩子的楷模。

汽车停在戈壁边的公路上，我说到了，几个人下车，向有绿色的地方走，行程至少得半个小时。回到家，大家早已是大汗淋漓，母亲切开两个大西瓜，我们才解除了行走的疲劳。

在接下来的几天，我带着他们走遍了我牧羊的大草滩，七月的天气，一群带着漂亮凉帽的学生成了村庄里人们的话题。爷爷说，那地方有啥好看的。可我的一帮同学，尤其是她却赞不绝口，什么世外桃源了，人间仙境了，等等，把她学到的溢美之词全都用上了。

我没把她的话当回事。

大概是过了两年，我的一个同学突然找到了我，问我，我和那个同桌怎么样了？我不置可否。他告诉我，其实我的那个同桌是很喜欢我的，爱屋及乌，把我的村庄看成了一朵花。他还告诉我，我的那个同桌家世很不幸，从小就死了妈，后妈对她又不好。

一席话让我恍然大悟。本来在这之前，我已经把敦煌以西的那片绿洲忘得一干二净了，自从我知道她的一切，我又有了想去看看的冲动。

一个小学老师，在周末的早晨，骑一辆破旧的自行车，去了那里。当他走进那浓密的白杨林，十多年的梦，清晰了。那绝对不是一个能够称得上有梦的地方，田野和村庄逼仄地堆在一起，既没有小家碧玉的玲珑，也没有广阔绿洲的生命阳光，我彻底失望了。我本想去看看，问了村庄的一户人家，才知道她早已调动工作去了外地，她所抛弃的故乡，以这样的方式被我深深地记住了。

城市部落

在我居住的城市，沿着雄关东路，经十号门，那里是一片硕大的平房区，看惯了到处耸立的高楼大厦，这些平房区就突然间低矮、破旧了。这些都是感观上的印象，穿越喧嚣的集市，一路走进去，原来另有洞天，家家户户门前，干净整洁，竟然开放着新鲜的花朵，人行过道的一侧，种满了白菜、辣椒和西红柿。

我想，这里肯定有一群热爱生活的人。

我试图走近他们，在走近他们之前，我为这一片区域做了记号——“城市部落”。

这是外来人口的聚居区，在大规模城市建设的高潮来临之际，规划部门在城市边缘的戈壁滩上用石灰划开一个个小方格，按照申请人的名单，说谁家是这一块，谁家是那一块，划定的方格里有了指定的人家，平房就迅速连成了一片，不过，按照统一的图纸修建的平房还算整齐。卖菜的、烤羊肉串的、跑运输的、贩牛羊肉的、倒腾水果的，各色人等聚在一起，他给你家送点菜，你顺手给他搬一箱水果，就像一座村庄里的亲情。

女人们三个一群五个一堆坐在门口聊天，她们说几句，就大笑起来，这笑声是我从来没有过的，只记得在小时候，在童心未泯的孩提时代，我有过如此爽朗的笑声。长大了，成了知识分子，在机关里起草公文，脸上的笑容自觉不自觉地被枯燥的工作抽去了，什么时候被抽去的，浑然不知。

我站在远处，尽量不去打扰她们的闲谈，听见她们每一次的大笑，我都会跟着兴奋，我似乎找回了我的童年和青春，找回了真正属于我的生活。就是这样一个偶然的机会，我骑自行车闯入了这里，像是神的指引。

就这样，我认识了图海大哥，他是草原的牧民，他把草原上的牛羊肉收集起来，拉运到城市。一年之中，春天和夏天，他在草原上喝酒，喝醉了，就随便睡在哪家的帐篷里或躺在草地上；冬天和秋天，他拉回好几卡车牛羊肉，几天之中，就全部批发给了小商小贩。他没有多余的钱，但很快乐很充实，常常邀上三朋四友，在家里伴着马头琴的音调唱歌喝酒，每一次，我都是座上客。除此之外，我还是他儿子的课文辅导老师，他的儿子是语言的天才，我稍稍调教一番，他就能写出诗章，一年下来，发表了好几首。图海高兴地直往他儿子嘴里灌酒，呛得儿子喘不过气来，图海还有理：是男人，就得喝酒。

我和图海去过草原，他带着老婆和儿子，给每个帐篷都带去了砖茶、白糖和酒，他的牧民朋友们也不说什么，只是一天到晚地唱歌喝酒。从那时起，我才真正体会到了酒的滋味。就是那次草原之行，牧人中的长者送了我一把古老的嵌金的马头琴，我知道，这是贵重的礼物，迟迟不敢接受。还是图海，爽快地替我收下了，并说，在草原，是朋友，就不能客气。

我记下了图海的话，在城市部落，我就像回到了故乡，再也没有客气过。

真正的孤独

孤独是一剂苦药，苦到品尝一口，就成为人终身的伤疤。

在敦煌郊外，一片沙滩稀疏的植被中，几个朋友突然提起了孤独，孤独是黄昏时刻敦煌郊外的氛围，如果是一个人走在红柳和骆驼草丛中，孤独的情愫便会油然而生。因而，谈孤独是合适的话题。

几个朋友分别讲了自己的经历。

朋友甲是个诗人，在一家报社工作。自以为才华横溢的甲，写了很多消息和通讯，但大多数都被领导“枪毙”，同事们都用异样的眼光看他。很长一段时间里，他坐在人声喧哗的办公室，一句话也说不出来，简直如坐针毡。喧哗的办公室，在他看来，就如同荒芜的沙漠，没有他能够欣赏的花朵和草木。他认为，这是一种孤独。

朋友乙是个生意人，常常穿梭于茫茫人海，每天的工作就是请客吃饭，跟熟悉或不熟悉的人说长道短，跟熟悉或不熟悉的人，混得跟亲兄弟似的。可每每夜深人静，一个人住在豪华的大宾馆里，心里空虚得跟戈壁一样。按理说，他的事业如日中天，车子、房子、票子，样样不缺。但总是觉得有苦无处诉，有话无处说。他认为，这也是一种孤独。

我一直默默无语。夕阳正从敦煌的天空迅速消失，夜晚的翼翅悄悄飘落，黑暗彻底覆盖了荒野。这让我想起了不久前我的一次经历。在一片广阔的草原，我去了一个保护站，从有人烟的地方走到那里，我用了整整三天，性能优良的丰田越野穿山越岭，颠颠簸簸地来到了这里。在看到保护站的同时，有一个人影就矗立着，直到我们下车，他握紧我们的手，话还没说，就先流了泪。我们起初觉得很奇怪，后来我们知道了，他已经四个月没见过人了，见到了人，当然很激动，激动得流下了泪水。

在保护站的几天里，他为我们做饭，给我们讲述保护站发生的故事，那几天里，他的眼里闪耀着兴奋的光芒，把我们的疲劳和寂寞一扫而光。

临别，他给我们每个人都送了礼物，是珍贵的苁蓉。我们把没有派上用场的军靴送给他，他穿着正好合脚，他穿着可以时时想起我们。就是这样一位初次见面的朋友，一个月的时间里，我收到了他的两封信，信中他告诉我草长得高了，又发现了几种没有见过的野生动物，大概是什么什么。看着他的来信，我明显地能够感受到他的孤独。他的孤独是远离人境的孤独。

星光乍泄，我们还是互相看不清对方的表情。各自的故事，都在各自的回味中。我想，孤独是一剂苦药，但也是一剂良药，它可以医治我们的浮躁，使我们在思想中成熟。其实，没有思想的孤独还算不得孤独，大不了是无法沟通的苦恼和不被人识的寂寞，真正的孤独，是思想的悠远和思想之光的炽烈。

再进祁连山

父亲一直说，有时间去山里看看；父亲一直说，百年之后，就把我这把老骨头埋在山里。山里，一直是父亲的一个念想。

火车驶过长城，长长的戈壁就被拖进了山里，苍茫的山，高峻的山，堆满积雪的山，火车只在夹缝中游来游去，像一条蛇，挣脱不了那山的束缚。如果不是父亲病魔缠身，我真想带他亲眼看一看这熟悉的景致，可惜，父亲只能在冥想中，一遍遍抚摩那些山峰了。

我第一次去山里，大概是初中毕业之后，父亲在山里半年了都没回家，母亲眼睛跳得不行，担心父亲出什么事，就急匆匆打发我去山里看一趟。

每天都有人进山，每天都有一列通勤火车往返于山上山下，来回也就是两天的事，父亲这么长时间不回家，我心里也是一块病。

从绿洲到戈壁，从戈壁到山谷，火车在九十公里的曲线上，行驶了整整四个小时。我趴在车窗，贪婪地欣赏着山间的沟壑、溪流、草滩和松树，在我看来，一座山脉有如此奇妙的景致，真是自然的造化。进入矿区，山谷豁然开朗，大河汹涌的走势，亦有河流的气派。一间平房，两排架子床，住着八个人，这就是父亲的宿舍。父亲一起的矿工说，父亲下井了。半年多来，父亲一直下井，下井的补贴高，一个月能多挣一百多块钱。父亲说，儿子初中毕业了，要让儿子安心学习，将来考上大学。那是改革开放初期，一百多块钱就是一家人两个月的生活费。我家孩子多，母亲又没有工作，经济拮据，但一切还是井井有条。如果我上高中，情况就不一样了，各种花销都会涌来，中学离我家远，很多学生都是在学校吃住，晚上要上晚自习，都需要钱。

我全明白了。父亲从井下回来，看见了我，笑呵呵地拉着我去矿区的饭馆吃饭。我知道，父亲平时都是在职工食堂吃饭的。我拗不过父亲，只好去一家牛肉面馆吃牛肉面。父亲把自己碗里的牛肉全夹给了我，那一顿饭，我是强忍着眼泪，一口一口咽下去的。

那一次，矿山留给我的印象是父亲疲惫的身影和充满希望的眼神。我知道，父亲在那幽深昏暗的井下，想得最多的，肯定是我们。

时光像山间的雾霭，聚合又飘散，日子在飘散与聚合中越来越有了本真的幽香。按理说，父亲早应该忘掉山中那不堪回首的往事，可那茫茫的大山，却像一瓶从未曾启封的酒，牵引着父亲的神思。父亲一直说着矿山上的事情，父亲甚至能够说清楚矿山里沟沟洼洼间的一切。父亲说，过去这么多年了，不知道现在的矿山怎么样了。

我坐在火车上，心里早就没有了往日的那种新奇，我只想火车快一点，再快一点，在矿山上拍几张照片，拍一盘影像素材，完成父亲的心愿。

矿山变了，变得沉静了，没有从前的那种热闹。现代化的作业条件，节省了力气，也节省了人，人少了，我用了一个下午的时间，拍摄了矿山的角角落落。在职工食堂里买了一袋烧饼，这是父亲经常念叨的美食。

父亲终于啜饮了那瓶老酒，他不认真地看着照片和录像资料，激动地给全家人讲述矿山的过去，不经意间，竟然是泪流满面。

整整一座矿山，让父亲年轻了，一下子就甩掉了病魔。

村庄，村庄

一个人心里有一座村庄，眼里就长满了高粱、麦子，那些嶙峋的虬枝上，还坠满了苹果、杏子和梨。这是一件神奇的事情，我的眼睛里老晃动着村庄的事物。

一片绿洲与另一片绿洲，有时是连在一起的，有时，戈壁和沙漠把它们隔开，但那也是极小的一段距离，孩子们穿过戈壁和沙丘，看见高大的白杨树和碧绿的田野，就觉得自己已经走出了村庄，已经长大成人。但这一片绿洲和那一片绿洲，这一座村庄和那一座村庄，除了隔着荒芜的沙漠和戈壁，其他的，并没有什么两样，这又让孩子们无比失望。那时候，他们的经历，还无法让他们察觉绿洲和绿洲、村庄与村庄的细微差别。

我从记事起，一直留恋于一幅画中，那是村庄未来的规划图，一派桃红柳绿。我们的村庄处于戈壁和沙漠的边缘，风口有密密匝匝的沙枣树，而进入绿洲，广阔的田野渐渐舒缓，树木的品种，是常见的白杨树、柳树和榆树，更大的空间，是戈壁和沙漠的远影。因而对于色彩的期盼，趋于诗情画意的虚幻。记得人们认真地观察自己村庄的远景规划，房前屋后浓荫覆盖，渗透出点点的粉红色。这是我们自己的村庄吗？那个城里来的讲解员自豪地说：就是。过不了几年，就会是现在这个样子，说不定比画板上的还要好。

村庄的南边有一条公路，隐没在莽莽苍苍的戈壁之中，规划中的村庄就在公路的两侧。我想象着，戈壁上绿树成荫，树荫里隐藏着我们的村庄，汽车来来往往，那该是多么幸福的村庄。可在我的感觉中，老人们一点也不乐意，看见那些花花绿绿的规划图，他们面无表情，沉默无语。

后来的几十年中，村庄还是在原来的位置上。家家户户仍然在门前种了高大的白杨树，长大了伐倒，伐倒了再种。白杨树是村庄做家具、农具的好木材，那些看景的桃树、梨树，有个点缀就行了。这是村庄最老的三爷爷说的。

那时候，我才知道村庄是过生活的村庄。春天，人们赶种麦子、玉米、棉花，只在自家的后院，种一垄白菜、辣椒、黄瓜、茄子、西红柿。

村庄原来有一个占地四五十亩的果园，各类果树一应俱全。包产到户后，分到个人头上，这家人不是忙着修剪果树，而是在春天之前就砍伐了果园里的大部分果树，把那些耕地空出来，种了小麦和棉花。

看着那些伴随我童年梦想的果园顷刻间灰飞烟灭，我有些丧气和愤怒了。我质问父亲，如果是我们家承包了果园，我们会砍伐那些果树吗？父亲平静地告诉我：会的。我彻底失望了，那是一座村庄最鲜艳的色彩和最甜蜜的梦境啊，怎么说砍就砍了。

母亲答话：不砍，吃啥？喝啥？吃果子吗？那东西就是吃个新鲜，不顶饱。是啊，村庄远离县城，出产的果子卖不了几个钱，连一家人的口粮都换不回来。我这才回到了现实的村庄。

村庄和村庄，绿洲和绿洲，人们对于美和浪漫的追求，是看着满满的谷仓之后，才渐渐焕发的超现实情感，除此之外，它们的细微差别，几乎无法甄别。

绿洲往事

绿洲的样子一直在变化，甚至几年看不见它，它就是另外一个样子。

在绿洲上长大，绿洲的样子，还是我最初对它有记忆的那个样子最好，后来，就越来越不好，越来越不像绿洲。

那时候的绿洲，人烟稀少，植物簇拥。即使在戈壁的边缘，也有大片大片的红柳、骆驼刺，草丛中蹿出的泉水漫向四处，而高处的沙丘，常常有钻出沙层的锁阳，露出自己红粉色的缨枪，像是埋伏着的而又探头探脑的士兵。在这样的无人地带，它们在窥视什么呢？隐藏在植物中的秘密，会使人们产生无限的遐想。

我躲开大人的视线，在绿洲边缘的花草中，等待兔子、野鸡甚至狐狸的身影，倏忽飘过草际，奔向远方，它们的惊慌，拉动了整个草地，从野草的飘摇到沉静，绿洲的神秘又侧身隐藏了起来。

这可能仅仅是绿洲的毛细血管。深入到绿洲的内部，则是大片的向日葵、麦田和果园。

向日葵矗立在田埂地头，果园却是孩子的禁区。越是禁区，越有闯入的欲望。物资匮乏的年代，一枚鲜艳的果子，就是孩子们梦寐以求的东西。

果园里的园丁，我们都称呼“看园子的”，是村上德高望重的老人，我们常常无端地去讨好他，可他一直保持着应有的警惕。不过，孩子们的心思，他太了解了，时不时地会送给我们仨桃俩枣，但就是这仨桃俩枣勾着我们肚子里的馋虫，忍不住一次次偷偷地进入果园。被“看园子的”老爷爷当场抓获，也是有过几次。老爷爷语重心长，说是果子熟了会分给大家每个人，你们现在把好端端的青果都糟蹋了，多可惜啊，孩子啊，就是不懂事。

果子快要熟的时候，老爷爷看管得更是要紧，还在园子里放了一条恶狗，一有动静就嗷嗷乱叫。

有狗，有老爷爷，看来，我们是无论如何也进不了园子了。我认真地研究过老爷爷的生活习惯，只要村上放电影，他总要从头看到尾。我就有的放矢，别的村放电影的时候，我就跑远路去看，我们村放电影，我就溜进果园了。那时候，老爷爷把狗拴了起来，圈在狗窝里。我悄悄地潜入果园，风吹草动叶片翻腾，一个人的响动，也就显不出来了。即使皎洁的月光，也不会照亮每一颗果子，在黑暗中乱摸一阵，也是瞎猫撞死耗子，我只好脱掉上衣，用身体作为探测器，目标就被锁定了。

一个晚上的收获，让我享用了整整一个夏天。

绿洲，交出我们顽皮而无知的童年，为我们的童年，抹上了它艳丽的色彩和无限的甜蜜。

无垠的戈壁

在花土沟的街头，我一个人张望着。平坦的戈壁，几十年之后，变成了城市，但张望出去，戈壁还在远处。

刚刚穿越了无垠的戈壁，在花土沟，就像鸟儿回到了巢穴，心神安宁了下来，可五百公里之外就是敦煌，这是一个让人禁不住怀想的地方。

一辆出租车停在了我的身边，司机是个中年人，他说，去敦煌吗，可以便宜一些。花土沟这个地方，真不是一个可以让人长久停留的地方。我想也没想就上车了。

司机是土生土长的花土沟人，随着父母到了油田之后，就定居在了这里。说起花土沟，司机话就多了起来。

那可是个沧海桑田的故事。在他很小的时候，汽车停在戈壁上，他还以为是临时停车，下了车才知道，这将是他永远的驻牧地。先是铁皮房、地窝子，后来有了固定的平房，再后来，才是这一栋栋楼房。

鸟儿飞到花土沟都会折断翅膀，生活在这儿的石油工人，过一段时间，就要去一趟敦煌。到了敦煌，才能望见大片的绿色。

司机一家已经从花土沟搬迁到了敦煌，前几年，油田实行下岗买断工龄，他就毫不犹豫地领了八万多元钱，买了汽车，跑起了出租。他说，跑出租，收入虽然少一些，但自由多了，眼界也开阔多了。

说着，我们就进入了无垠的戈壁。

这是多么广阔的一片戈壁啊，我们在柴达木盆地腹地穿行，到处都是盐碱地，公路在蜃景中飘荡，似乎风一吹，就要被吹走似的。

我在资料上看过，柴达木盆地有世界上发育最成熟的雅丹地貌，就请教司机能不能路过。司机说，没有媒体说的那么玄乎，就是各式各样的土丘，有一大片呢。大约是在柴达木盆地的盆底，这些风蚀土丘出现了：它们是一列横向或纵向的高大的墙壁，如同在黑色荒野上行驶的航船，土丘的四周，是堆积的沙子，与戈壁的地貌迥然相异。我们停下来，攀上了最高的一处土丘，极目四望，柴达木的情形跃入眼中：地平线舒展于盆地的盆沿上，从盆底到盆沿，是深褐色到浅褐色到蓝色、淡蓝色的过渡，虽然是极端的荒芜，但这些起伏的土丘，仿佛凝固的力的波动，又似长龙的睡眠，激发着我的想象力。

无垠的戈壁，宽泛的柴达木，奇迹就这样出现了。

看着我如此激动，司机有点自豪了。他说，在柴达木住久了，也有好处，就是人特别善良单纯，不像人多的地方，处不好关系。我知道，他说的处关系，是处理人和人之间的关系。我在荒野上住了不到十天，确实像接受了一场灵魂的沐浴，内心里丢掉了许多俗念杂尘，身体一下子轻松多了。

不到五个小时，车到敦煌，我在心里说了声：再见了，花土沟的出租车师傅！再见了，无垠的戈壁！

牧 人

做一个合格的牧人，不是简单的事。广阔的草地，牧人是自己的主宰，也是羊群和草的主宰。

在很长一段时间里，我一直没有把牧人作为一个职业来看待，总觉得那是一种极浪漫、极自由的工作。后来发生的很多事，改变了我的这一看法。

牧人手里常常挥动着一支鞭子，就像法老的权杖，迎着晨光出牧的那一刻，它疾速地甩出去，把清凉的空气缠绕在鞭梢上，空气的呼啸还没有结束，它就已经稳稳地攥在牧人的手掌里了。这一刻，羊群们围拢在了一起，沿着既定的方向行走，直到隐没在深草之中。

之后，牧人就躺在草坡上看云，看天，休眠。似乎一大群羊与他无关。

到了黄昏，又是那鞭子，用力地一甩，撕云裂帛的声音，迅速集合起庞大的羊群，牧人只是默默地跟在羊群后面。不久，羊群就来到了泉水汇集的海子边，饮水、咩叫。在羊群饮水、咩叫的同时，牧人终于忍不住寂寞，扯开嗓子，呼着谁也听不清楚的地方小调，只有“小妹妹”一句，发音偏重，当然，羊群就更听不懂了。羊群只知道，牧人一天的工作结束了，牧人心情开朗了，高兴了。

牧人高兴了，羊群也就高兴了。它们吃饱了，喝足了，也开始撒欢，它们撒欢的方式就是在浅水里扑腾几下，或者公羊故意凑到母羊的身边挤一挤、蹭一蹭，弄得母羊无可奈何或大发脾气。无可奈何，就忍受了，而大发脾气则是猛然用头向公羊抵去，动作极为迅速，令公羊防不胜防。这一切，牧人都看在眼里，看在眼里，他只是笑一笑。

漫长的夜晚，牧人总要起夜几次，在羊圈四周看看。荒野中羊的味道会传得很远很远，狼啊，狐狸啊，都闻到了，闻到了，它们心里就痒痒，心里痒痒，就循着羊的味道，打羊的主意。尽管羊圈四周的关键位置，牧人都挖了陷阱、下了铁夹子，但仍然不乏铤而走险的狼和狐狸，它们大有绝不善罢甘休的意思。

牧人身上披的大都是狐狸皮和狼皮的褂子。就是一只狼或者狐狸，跟另外一些狼和狐狸斗法。斗法的结果，是许多狼和狐狸死了，不少的羊被狼和狐狸叼走了。对于这些，牧人的伤心，是羊群看不出来的。他只是一个人坐在羊圈前抽烟，一口一口吧嗒吧嗒地抽，直至抽得自己剧烈地咳嗽起来。

正月里的接羔，牧人是整宿整宿不睡觉的，他就像一个精干的妇产科医生，精心地照料每一只羔羊，这只叫着，那只眯瞪着，他都要准确地安抚它们。他要熬一大锅奶，放上他舍不得吃的糖，让小羊儿度过最艰难的哺乳期。

牧人可能是最古老的天象师，他必须验证他对天气的判断。雨、雪、风，这些恶劣的天气，他必须有一整套对付它们的办法，不然，羊群的繁衍早就中断了。一般来说，每个牧人的窗台上，都有一块特殊的羊骨头，他只要看一看或用火烤一烤，就知道今天的天气变化。

在广阔的、渺无人迹的草原上，羊群是弱小的，但有了牧人，它们就是一支强大的队伍，就是草原的主宰。

再进黑山

黑山的黑，在我生活的城市里，抬眼就可以看见。远处看，它是绵延不绝的黛绿，而真正进入，却是锅底一样的黑。我疑心色彩的变化，是距离的缘故。

我们是沿着一条峡谷走进黑山的，黑山巨大的褶皱里，那些黑色在散发着，我们能感觉到那些黑色冲到我们身上的力量，走着走着，我们就会不由自主地看看我们自己，是否已经被那浓重的黑色染了个透。

纵横黑山的数条峡谷里，都是我们这块土地上先民的栖息地。人类从森林、大山走出来，是勇气和智慧积累的结果，而一开始的依树而居、入洞而眠也是迫不得已的事。我曾经多次深入黑山，也许是环境的变化，现代人在黑山，是无法生存的。缺水、少粮，也没有可供取暖的柴火，住不了几天，即使生活无忧，也会郁闷而死。这是我固执的判断。翻开史料，却有另一番记载，说是黑山峡谷有潺潺的溪流，有茂密的植物和高大的树木，还有种群繁多的野生动物，我们的先民就是靠着捕猎生存下来的。活的证据就是遍布黑山峡谷的岩画，那上面有舞蹈的人形和各种动物的图案。

这可以说是确凿无疑的事。

在黑山的另一个沟口上就有一座大水库，水经过石关峡而流向山下的绿洲，那石关峡的芦苇拥挤着，已经有风吹草低见牛羊的感觉了。住进那里的山洞，可谓冬暖夏凉，是神仙过的日子。

我们此去，发现峡谷完全枯竭了。许多开山的矿车轰隆隆驶入，到处都是飞舞的尘渣，稀疏的耐旱植物，只维持着生命的简单需求，没有丝毫蔓延和发展的趋势。我们踏过这些杂草，要走向它的深处，据说，那里有亿万斯年留下来的恐龙蛋。

恐龙的生存环境很可能就是我们现在所说的热带雨林，如果是那样的话，远古的嘉峪关，该是多么舒适，后来的戈壁，更多的则是沧海桑田的悲凉。

在向导的带领下，我们在一面面山坡上寻找着，向导说，在一面山坡，恐龙蛋密密麻麻的，就像是一个仓库。那是许多年前的事了，他只有循着隐隐约约的记忆，奔向那面山坡的大概位置。

不知道我们中间谁叫了一声，我们就觉得奇迹应该发生了。那面山坡终于找到了，山坡上布满了直径二三十厘米的圆球，这好像就是恐龙蛋了。我们迅速攀上去，用小铁锤轻轻敲击，那小圆球似乎并不具备石头的结构，像是比石头酥软的硬土，弄不好就碎了。这让我们更加坚信恐龙蛋的存在了。尽管我们谁也没有见过恐龙蛋化石，但我们还是认为找到恐龙蛋了。大家你争我抢，各自背了一大包，走在路上气喘吁吁的，却比捡到狗头金还兴奋。

这就是黑山，总能有出其不意的事物，激发你的幻想。

田野上的大庄子

在我的印象里，所谓的村庄，是许多零零散散的大庄子，鸡犬之声相闻，邻里往来甚密，穿过了那些田野中的小道，相互交流的感情就越来越醇了。

时过境迁，那些大庄子匆忙地退出了葱郁的田野，集合起来，成为整齐划一的街巷式的农庄。高矮胖瘦一模一样，分不清谁是谁。不像从前的大庄子，高一点的是李家庄子，矮一点的是王家庄子，扁四角的是刘家庄子，而粗糙畏缩的是黄家庄子，总之，站在原野，那些庄子就是实实在在的家族和性格各异的族人。

然而，也还有一些例外。穷乡僻壤，大庄子仍然是生活起居的乐园，看见它们，就忍不住进去。现实的经历，一下子模糊起来，又由模糊，渐渐清晰，只不过清晰的是从前的生活。

一扇厚重的木板门哐啷一声打开了，我的目光和神思迅速下沉，地上的尘埃和荒草与它们严丝合缝地融在一起。

我是从大庄子走出来的孩子。就像这些小草，从大庄子探出头颅，一切都充满了新鲜。田野一望无际，溪流归拢于沟渠，一个人四顾无依的时候，看见了大庄子，大庄子就像一个巨人，使孤独的人，有了无限的依恋。

那个时候，一大片土地围绕着一座庄子，一座庄子四世同堂或者五世同堂，前院、后院、柴房、畜圈、水井，是一座浓缩的村庄，应有尽有。漫长的白天，大人们忙着田野上的事情，小孩子们蜷曲在大庄子狭窄的空间里，只有在收获时节，大庄子里的男女老少才倾巢出动，活泼的孩子与自由的田野，一直是大庄子的视野里最美的画卷。

广阔的田野上，大庄子是个坚固的堡垒，有缜密的内在结构和家族秩序。爷爷和奶奶处于大庄子的核心位置——上房，两侧的厢房分别由成人的子女们居住。如果老祖父和老祖母仍然健在，那这个位置依次类推。生活的阴云压在大庄子的上空，族人都会聚在上房，老人们稳重的身躯总有兵来将挡水来土掩的静气，那静气就像一股风，吹散了来势迅猛的阴云。而遇到喜事好事，大庄子张灯结彩，鞭炮连天，锣鼓声声，觥筹交错之中，既有豪爽，亦有温情。大多数时间，它的沉寂与敦厚，却透露着威严与杀气。

早先孩子们在大庄子里都是规规矩矩的，这是爷爷奶奶告诉我们的，起床、吃饭、劈柴、喂牲畜，孩子也顶半个劳力，绝不娇生惯养。到了新中国成立后，尤其是人民公社的那段日子，只要会走路的孩子，都会自由地出入大庄子，大孩子领着小孩子，爬高上低，高墙上、屋顶上，孩子们的天性，到处都有释放的场所。

这主要是因为外部环境发生了变化，公有制的旗帜在田野上飘扬，孩子们都是无产阶级接班人，土匪早已销声匿迹，危及人生存的野生动物也是退避三舍，即使在深山老林里也难觅踪迹，整个田野也就像自家的院落。

大庄子作为旧时代的产物，连其实物也在新时代的鼓角声中土崩瓦解。现在回忆起来，似乎已经十分遥远了。

月色荒芜

关上一扇门，把自己身后的风物全部断绝，只等那一缕月色。

在敦煌，走出那座喧嚣的小城，戈壁和沙丘隔绝一半的春花秋色，另一半在泉水的漂流中，搁浅于沙漠的中央。我要等到那缕月色的降临，像一片浮动的葡萄园，触击它真实的甜蜜。

烽火台四周的戈壁，已是一口灼热的铁锅，蒸煮着坚硬的往事，只有月色能踢翻那口铁锅，使焦躁不安的时光渐渐流泻，流泻于心灵的交融。

一杯苦茶是我在阳关脚下品咂历史的法器，斑驳的汉五铢，锈蚀的马掌，泛白的骆驼蹄骨，抑或一双腐败的草鞋，都不可能让一杯苦茶有醇香的滋味。西出阳关，人间烟火的温顺与甜蜜也就基本上被抛却殆尽，愁苦的表情一直笼罩于视野所扩进的一切。拿来一瓶老酒，故乡的佳酿，开始还散发着故乡土地上的麦子和高粱的味道，后来，就只剩下缠绵的乡愁。想必醉酒当歌，歌也是唱不出口的。

月色如银，一个人身边堆满想象的银子，这银子恣意漫涨，毫无遮拦，这基本上就是阳关的夜晚，风清月朗的夜晚。我这才解除对自己的封闭，从黄泥小屋里走出来，沉浸其中的思绪与月光恰恰是一种色调。我要的就是这样的效果，可以使自己走得更远，走向阳关的深处，月色弥漫的旷野，似有交流的讯息。

一处高岗之上，正好可以浏览。向西，广阔中苍茫无垠，人的目光就算是千里马，也终于歇息于不远处的沙丘上。要知道，苍茫也是一块浓得不能熔化的铁板，撞上去，只是一头的伤疤。向东，则是大片的墨绿色块，我知道，那是绿洲的树木。阳关一带，植物的延续层次分明，先是沙头上的芦苇、红柳、骆驼刺，接着是荒野中的沙枣树，它们是绿洲的前导，是护卫绿洲的集团军。田野是在白杨树的分割中成片成块的。与别的绿洲相区别的是，阳关的葡萄们也羼杂于沙漠中央，在泉水的滋润下，繁衍甜蜜的果实。这是阳关近乎诗意和虚幻的部分。

因而，阳关可称得上是分水岭，时间的分水岭，物候的分水岭，历史的分水岭，悲伤与欢乐的分水岭。向西遥望和向东俯视，心情是不一样的，虽然仅仅是回眸之间，回眸之间的千丝万缕、千差万别，没有一言以蔽之的概括。

我还是要说到那些月光，无孔不入的月光，在阳关，只有它们思接千载，视通万里。想一想，一样的月光，不一样的情怀；一样的月光，不一样的步履。我只当它们是玉液琼浆，让自己枯萎的身体接受它们的垂问，这样的垂问，也只有在阳关，才能真真切切地应答。此刻，我想，我已经是无数月光中某一飘荡的羽翼，正在横渡神秘的时空隧道。

一枚玉坠

并不是很精致，只是一枚普通的玉坠，大致的形象是安坐着的观音菩萨，历久的搓揉，有时间的光洁度，但图案的棱角已经不甚分明了。

我见到她的时候，她戴着那枚玉坠，我不知道她的名字，就叫她“戴玉坠的姑娘”。一帮年轻人出门在外，戈壁荒芜，四顾茫茫，她浓重的乡村口音和甜甜的笑声，总能驱散营地的沉闷与寂寞。

戴玉坠的姑娘是我们的炊事班长，她拿手的地方风味小吃，根据天气的变化，变幻各种花样，这让我们每个野外考察的人都想早早回到营地，因为那里有意想不到的美味在等待着我们。

戴玉坠的姑娘家在敦煌，是我们考察组的临时雇用人员。记得我们在敦煌的一处果园里吃饭，果树郁郁葱葱，野花野草遍地都是，小巧玲珑的蒙古包见缝插针，就像雨后新鲜的蘑菇。戴玉坠的姑娘穿梭在花草之间，身手麻利，我们就开玩笑，邀请她跟我们走，去遥远的戈壁大漠。没想到，她竟然脱口应允，说她正好想出去见识见识。我们也只好聘任她为我们的炊事班长了。

考察队的小伙子常常没话找话地说她的玉坠，有人说这东西肯定是个宝贝，你看这成色，这品质，说着，就动手去摸，还没摸着，就被她一巴掌打开，打开了，她也不恼，仍是甜甜地笑。说实在的，她人长得并不漂亮，却极有韵味，这韵味，就是她的开朗与直爽。关于她的玉坠，不管别人说什么，她都不吭声，该干啥干啥。别人说得没意思了，都走开了，她才一个人坐下来，抚摸着她的玉坠，若有所思。

这次西出阳关，我们是去探访一座古城，同行的六七个人，都是各地抽调的文物普查员，出门在外，身处荒郊野岭，寂寞无聊，玉坠姑娘就成了他们的开心果。我算是考察队里的长者，人家毕竟是个姑娘，大家说了过头的话，我总是出来制止。由此，玉坠姑娘就把我看成了长辈，跟我说话的时候，不藏着掖着，我也从中知道了一些她个人的信息。她的名字叫罗兰花，是甘肃东部干旱山区的移民，大概是几年前到了敦煌，父亲是个泥瓦匠，常常东奔西走，母亲在他们刚到敦煌时就去世了，那玉坠，是母亲留给她的。

看来，玉坠对她来说，是个伤心的话题，既然如此，大家看见她了，看见她的玉坠了，只是看看，并不多说。

谁也不愿意长久地住在荒野上，小伙子们拼命地工作，就是为了早日离开这个鬼地方，本来是半个月的任务，我们十天就完成了。大家兴奋得不得了，纷纷提议狂欢一天。所谓的狂欢，就是找一块有水有草的地方，煮一锅羊肉，喝酒、吃肉、耍牌。就在这欢乐的时刻，玉坠姑娘却哭了，一个人偷偷地哭。玉坠姑娘看我们快要散了，舍不得我们。玉坠姑娘说这一段时光是她最难忘最高兴的时光，她真想跟我们一辈子。我相信，她说的是真话。玉坠姑娘的父亲早年有了外遇，母亲实在过不下去了，就投河自尽了。玉坠姑娘离家出走，在敦煌的农家乐打工，过着漂泊不定的日子。只有那玉坠，是她永远的安慰。

我们谁也不说话，把两千块钱塞在她手里，告诉她，以后有这样的工作，我们一定会找她。她笑了，还是那么开朗和直爽。

雪　鸡

雪鸡是鸡中的珍品，顾名思义，以雪为伴。不畏严寒，是雪鸡的品格。在动物家族中，雪鸡属于雉类，雉类是一个大家族，鹧鸪、鹌鹑、环颈雉、孔雀等都属于雉类。雪鸡的学名叫淡腹雪鸡，又叫藏雪鸡、西藏雪雷鸟和恐姆（藏名），生活在海拔 3000 ～ 6000 米的山顶，常在雪线以上生活。它对高山自然条件有着很强的适应能力，宁愿在积雪 30 厘米处翻食雪下植物，也不轻易下山。有人称它是鸟类中的“登山健将”。

在我生活的城市，雪鸡是很多人的猎物。那时候，矿山上的矿工，有喜欢打猎的，攀上雪线，就能看见雪鸡的影子，一个休息日，就能有几十只的收获。因为雪鸡有很高的营养价值和药用功效，渐渐成为人们争相追逐的猎物，再加上毫无节制的猎杀，数量急剧减少。到了今天，雪鸡作为国家重点保护动物，被列为禁猎对象，才得以休养生息，其种群才得以繁衍。

雪鸡分布在新疆西南部至甘肃的祁连山，往南直达西藏的喜马拉雅山脉及四川。由于经常活动在裸岩和碎石地带，因此脚垫生长得厚而坚硬。平时，三五成群地在一起活动，边走边叫。夜幕降临，它们常选择在岩石底下藏身过夜。雪鸡的翅膀虽然生长得很健壮，但很少长距离飞翔，遇危险时多快速奔跑逃避。一旦躲闪不及，便施展“隐身术”，趴在原地不动，借助它的羽色与岩石色调相近似的有利条件，避开敌人的视线，求得生存。只有在万不得已的情况下，才急速鼓翼飞逃。雪鸡性胆怯，群鸡休息时，常有一只或几只老鸡站在高处“放哨”，有紧急情况，便大声长鸣报警。它们主要吃蒿草、毛茛、紫云英和其他种类植物的球茎、块根，兼吃一些小动物。繁殖在 5 ～ 7 月间，巢多营在背风处，每窝产卵 4 ～ 6 枚。雪鸡的外貌酷似鹌鹑，但个体大得多，体重约有 1.5 千克。肉质鲜嫩，当地藏民视为上等补品，据说人在病后或产后食用，有滋补身体、恢复健康的功能。

如今，雪鸡已是稀罕物，一般人无法一睹它的芳容。这在 30 多年以前，却是很简单的事，只要登上冰川，雪鸡的身影时隐时现。那时的雪鸡也不怕人，与人总是保持 10 米左右的距离。

雪　莲

雪莲是植物中的英雄。在山地草原，牧人们采集一些雪莲，把它珍藏起来，一旦遇到病啊灾啊，就派上用场。

大概是十多年前，我在祁连山区的一个牧场采访，由于大雪封山，我在那里住了有一个多星期。在这段时间里，我知道了很多关于雪莲的事。

老人们说，雪莲是草原上的宝贝，但不能毫无节制地采摘，这是草原的规矩。可这几年变了，大批的贩子来到草原，花大价钱收购雪莲，贪心不足的人把雪莲都采光了，真是造孽啊。

说起雪莲，老人的脸上有着无限的痛苦。他小的时候就听说过雪莲的故事。说是有一年草原蔓延着瘟疫，开始时牛羊死了很多，后来人也陆续地得病，身体虚弱的老人和孩子奄奄一息，草原上笼罩着死亡的阴影。

怎么办呢？听说有人吃了雪山上的一种植物治好了病，于是族长就派年轻力壮的小伙子们上山采药，可是一拨一拨的小伙子都空手而归。就在大家束手无策的时候，一个名叫雪莲的姑娘站出来了，她说，她想去试一试。看着这个弱不禁风的姑娘，大家都叹一口气，最后也只好试一试，死马当活马医。

姑娘进山了。不知道走了多远的路，吃了多少苦，她终于走上了雪线。就在她四处寻找雪山植物的时候，一股强风吹来，把她吹到了深山雪谷。当她从昏迷中醒来，一束雪山植物就在她的眼前，她采摘了这些植物，连爬带滚地往草原上赶。

人多药少，虽然治好了一些人的病，可大多数人仍然处于病魔的折磨之中，雪莲看在眼里急在心上，在雪山和草原之间来回奔波。最后，乡亲们的病治好了，雪莲变成了一株雪山植物。人们为了纪念她，就把这种植物叫作雪莲。

所以，草原上的人从不糟蹋雪莲，也从不采摘很多雪莲储存起来，雪山上生长着千年不败的雪莲，草原就会牧草旺盛，牛羊成群。

其实雪莲生长在海拔 4800 ～ 5800 米的高山流石坡以及雪线附近的碎石间。我访问过一些植物学专家，他们告诉我，雪莲之所以能顽强地生存于冰山雪地，是因为雪莲有着适应高山环境的生物学特性，它叶极密，长着白色长绵毛，宛若绵球，绵毛交织，形成了无数的“小室”，室中的气体难以与外界交换，白天在阳光的直接照射下，它比周围的土壤和空气所吸收的热量要大，到处蒸发，而绵毛层又可使机体免遭强烈辐射的伤害。另外，密集于茎顶端的头状花序，犹如穿上了白绒衣，以保证在寒冷的高山环境下传宗接代。

雪莲有清热解毒、祛风湿、消肿、止痛的功效，也可用于头部创伤、妇科病、类风湿关节炎、中风、高山反应、外敷消肿。草原上的牧人将雪莲花分为雄、雌两种，据说雌的可以生吃，具有甜味，雄的带苦味。我没有尝试过，并不知道它的甘苦，也由于草原上的牧人对于雪莲的珍爱，我更没有索要一朵两朵。直到很多年以后，一个新疆的朋友来看我，带给我一盒风干的雪莲，我才知道了雪莲的模样，但真正生长在雪线上的雪莲，还没有见过。

罐罐茶

我家小区门口有一位修自行车的老人。三伏天，他的小摊上还架着一盆火，火上烧着一个小罐罐。开始我不知道老人在干什么，引以为奇，以为他是在熬胶，粘补自行车胎。但这种工艺早已经落伍，取而代之的是更方便的成品胶。好奇心驱使，坐在老人的小摊上，攀谈一番之后才知道，那是罐罐茶。

我听说过罐罐茶，但看熬制罐罐茶还是第一次。

老人从河东到嘉峪关，是女儿女婿请他来过清闲日子的，照农村里的话说，就是来享福的。但老人无论如何也享不了待在家里无所事事的福。他说，在农村忙习惯了，猛然间做起闲人，浑身上下不舒服，老想着干点啥。这不，琢磨上了修自行车，也不图挣多少钱，有事干，心里就爽快。再说了，在城市的楼房里，哪能一天到晚烧火炖茶呢！

老人一边拆卸自行车胎，一边跟我聊天，不一会儿，车胎就补好了，别人补一个洞三块钱，他只收一块五毛钱。一天下来，能挣个四十多块钱，自食其力绰绰有余。

更多的闲暇，老人睡在躺椅上，沐浴着凉风，喝着滚烫的罐罐茶，那个滋润，给个县长都不换。

老人邀我喝罐罐茶，他随手拿起小板凳上的杯子，倒了半杯让我品尝，已经被炉火熬得发黑的茶汁，却溢出一股清香，喝起来则苦涩难咽。老人说，喝罐罐茶是功夫，喝的时间长了，那可是人间美味，一天不喝，没力气不说，也没心劲。所谓的心劲，我的理解就是精神。看来，罐罐茶对于老人，已经是人生的一大享受了。怪不得大热天的，他还能架起小炉子，咕嘟嘟地煮着罐罐茶，一口一口品咂着那苦涩的况味。

罐罐茶是甘肃河东一带农村古今相沿的一种独特的品茗风俗。主要用具就是罐子，在罐子里面放些冰糖、红枣、枸杞、桂圆和茶。然后放在火炉上烤茶，边烤火边聊天边喝茶，顺手吃几口馍馍，其乐融融。

老人说，他喜欢喝纯的罐罐茶，放了冰糖、红枣、枸杞、桂圆的罐罐茶不是老百姓喝的那个味儿。老人的土火炉子很简单，可以走到哪儿提到哪儿，至于罐罐，则是一个小铁皮罐，大概是罐头盒吧。整个铁皮罐里全是茶叶，是那种廉价的春尖。老人说，罐罐茶的茶叶主要是看个人的口味，早些年喝砖茶（茯茶），现在茶叶品种多了，想喝啥，自己挑。

老人回忆说，在家乡，每当冬天，一笼火、一撮茶、一个茶罐和一只茶盅，大家坐在热炕上，架旺火炉，将黑瓦罐里的茶熬得浓酽至极，一口口地呷着，讲着古往今来的故事，舒坦极了。

在老人的自行车修理摊上，我坐了很久。小土炉子里，一小块一小块木片燃烧的火焰舔着黝黑的铁皮罐，茶叶上下翻动，除了火焰的炙热，还有浓烈的茶香，这样的茶香，是一种抹不掉的乡情，是有关故乡的记忆，它能够让人充满幸福地回想，它能够让人安宁、知足。

额济纳记事

从一座小城的任一面走出去，都能走进沙漠或戈壁，仔细想来，这是一件可怕的事情。第一次到额济纳，沿着东南西北四个出城的方向狂奔，不长时间，就把金黄的森林和紫红色的红柳抛在了身后，取而代之的是无垠的戈壁和高高的沙丘。在我们返回的途中，我一遍遍向后车窗看，生怕那些荒芜的戈壁和沙漠会像一只狼，紧跟我们。

之后，每隔几年，我都要去一趟额济纳，刚开始的时候，是在每年的 10 月份去，主要是去欣赏那金灿灿的胡杨；后来，这样富丽堂皇的景致也使人疲惫起来，就分别在不同的月份去，那真是别有趣味。

除了伏天，任何时候来额济纳都是正确的。因为入伏之时，是额济纳一年之中最炎热的季节。当地的朋友在电话里说，那里的地表温度达到 50 多度。沙丘里能蒸熟鸡蛋。这个季节去额济纳，只能待在宾馆里，出门就是滚滚的热浪，躲都没地方躲。

我还是去了，还想到处走走，尤其是想沿着那东南西北的路，走出额济纳，去看看那些戈壁和沙漠。

岁月深处

正是戈壁和沙漠，把夏天的热，源源不断地运送到额济纳。在三伏天，蜃景漂浮在目所能及的半空，与绿色的胡杨林缠绕在一起，一半真实，一半虚幻。在额济纳绿洲的外围，古城池的残垣断壁，古长城隆起地表的矮墙，扭曲着、浮动着，像是漂泊在波浪起伏的大海之中，那流动的热量是大地不能接纳的部分，还给了天空，由植物和人来消化它。

在额济纳，如果没有水，大地上的一切，都会被阳光烧毁。

幸亏有一条额济纳河。

额济纳河是黑河的一部分，黑河是我国第二大内陆河，发源于青海省祁连山东麓，干流全长 821 公里，从巍峨的祁连山间奔流而下，面对着戈壁荒漠长驱直入，缔造了一片又一片丰润的绿洲。额济纳是这些绿洲中间最具传奇色彩的一处。

黑河进入额济纳旗流程约 270 公里。在狼心山分为东、西两条河，东、西河长分别为 179 公里和 177 公里，北流途中，又分为 19 条支岔，最后流入居延海。可以想象，这 19 条支岔，水流纵横，波光粼粼，有多少湿地和海子，拥抱了茂密的森林和田野。难怪在历史的记载中，额济纳三角洲是一块水草丰美、驼羊成群的塞上江南。作为巴丹吉林沙漠边缘的一片绿洲，形成了巴丹吉林沙漠和阿拉善大戈壁之间狭长通道的补给驿站，很长一段时间，人们沿着丝绸之路抵达漠北，额济纳是必经之地。

由一条河流而展开的自然地理和人文景观，在本土文化历史学者李靖的眼里，无疑是一幅波澜壮阔的画卷。

李靖先生说，35000 年前的额济纳是东西新石器文化的连接点。在夏、商、周时属乌孙，秦朝为大月氏领地，西汉初年为匈奴牧地。元狩二年（前 121 年）霍去病入居延收河西。太初三年（前 102 年）在酒泉、张掖北置居延、休屠二都尉。在这块土地上，一行行脚印踩踏着、重复着，土壤中浸润了人的汗水、血肉和骨头，生土渐渐变为熟土，这是在漫长的岁月中完成的，其中，渗透了巨大的痛苦、欢乐、牺牲和幸福，而在历史中，这样的过程，只是寥寥数笔。

在额济纳，遗留在戈壁沙漠中的残垣断壁，总是在人们的游历中若隐若现。从汉代开始，这里所构建的城、障、烽、燧、塞墙等遗址是额济纳文明的骨架，文化视野中，这些遗址的残败与那些欣欣向荣的胡杨林一起，把自然与历史，融合为一种无法抹去的沧桑。

居延遗址的主要城址和重要遗存分布于额济纳河下游西至纳林河、东到居延泽宽约 60 公里的范围之内。在这一区域内，目前发现青铜时代遗址 1 处，不同历史时期的城址 13 座，墓葬区 6 处，汉代烽、燧 118 座，西夏至元代的庙宇 10 余处以及大片的屯田区和纵横曲折的河渠遗存等。从这里，我们看出了一条河流的内涵，它滚滚流淌，亿万斯年，其中的闪光点，就是这些孤独寂寞的居延遗址。

无边无际的红柳

常常去额济纳，每一次去，都会惊叹那长势迅猛的红柳。这次去，更是惊叹不已，因为那红柳已经形成十一道植物墙，把道路围裹得严严实实，没有了从前的那种开阔感。

在额济纳三角洲的外围，沙漠灰黄，戈壁苍茫。就在这样一个自然环境极端恶劣的土地上，处处生长的红柳让人为之一振，那淡绿的枝叶，粉红的微微发紫的花朵，簇拥在一起，密密匝匝、随风拂摆、争奇斗艳，把沙漠戈壁的荒凉驱赶得无影无踪。

红柳学名柽柳，为落叶灌木或小乔木，又名观音柳、西河柳。小枝下垂，纤细如丝，婀娜可爱。一年开三次花，花穗长二三寸，其色粉红，形如蓼花，故又名三春柳。属柽柳科植物，种类繁多，形态及分布各异。在额济纳旗11.46万平方公里的广袤土地上，红柳灌木林分布面积约126万亩，生活在这片土地上的红柳多集中在额济纳东西河沿岸。主要以多枝柽柳、短穗柽柳、长穗柽柳、细穗柽柳及刚毛柽柳等种属为主。

额济纳的红柳生长在盐碱地、沙漠地，在沙漠中最易形成沙丘，千百年来起到固沙、汲水作用。红柳花呈粉红色，夏秋开花，由于生活在恶劣环境中，叶子变得很小，像鳞片一样密生于枝上，每个叶子只有1至3毫米长。红柳的花期很长，从每年的5月到9月份不断抽生新的花序，老花谢了，新花又开放了，几个月内，三起三落，绵延不绝。

额济纳干燥少雨，水源奇缺，植被稀疏，因受自然条件的作用和人为活动等综合影响，这一带成为土壤生产能力低的荒漠化土壤类型。然而即便是在这样特殊的自然环境下，红柳并没有选择放弃这片热土，它扎根在沙丘下，盘结在盐碱滩，根系深达10余米，被风沙掩埋后枝条可迅速向上生长。它们牢牢团结在一起，紧密攒簇成一团，抗风斗沙，不畏艰险，傲然挺立。

在额济纳，我们发现一座巨大的沙丘上，有一束微小的红柳。牧人告诉我们，那是一棵生长百余年的老红柳，它的躯干伸出一尺，沙子就埋掉九寸，这样循环往复，红柳用自己的身躯挡住了蔓延的风沙，形成了一个巨大的沙丘，而沙丘掩埋着的，正是红柳盘根错节的根系。

一个老牧人说，早些年他们生火取暖的柴火就是红柳。挖开一个上面长了一簇红柳的沙丘，整个沙丘里面全是红柳的根，这些根系都是碗口粗，大一点的要一人才能合抱。往往一个沙丘里的红柳根就能装一骆驼车的柴火，一年的用度就够了。

不过，今天的额济纳，红柳已是受保护的沙生植物了。在沙漠，在戈壁，红柳蓬勃而生，如同一道绿色的屏障，遮挡着猛烈的风沙。

千年神树

胡杨是额济纳旗的标志。人们不远千里万里来到额济纳，就是为了一睹胡杨的风采，尤其是秋末，集中在额济纳河一带的40多万亩胡杨林共同组成金灿灿的世界，如梦如幻，好似人间仙境。

胡杨是最为古老的一种杨树，是杨柳科属中唯一能在极其干旱的沙漠上扎下根的树种。额济纳的胡杨林是现今世界上仅存的三大原始胡杨林之一，胡杨树的生命力极其顽强，其根部非常发达，可以根植于地下50多米，充分吸取地下水，并将其储存于自己体内。因而，胡杨林有“生而不死三千年，死而不倒三千年，倒而不朽三千年”的美誉。

在额济纳40多万亩天然胡杨林中，有一棵被当地人称为“神树”的胡杨。此树高达23米，主干直径2.07米，胸围6.5米，要六个人手拉手才能围住。相传，300年前，土尔扈特人来到额济纳绿洲，这里胡杨密集，纵横交错，骆驼和马匹这样大的牲畜无法入内采食，土尔扈特人便分片放火烧林。几年后，当他们游牧又来到这里时，发现许多胡杨树已成为一片灰烬，周边都是茂密的牧草，唯有一棵胡杨树依然枝繁叶茂，毫无损伤的痕迹。土尔扈特人深信这是神灵在保佑，于是，他们怀着十分崇敬的心情，将这棵胡杨供奉为“神树”。

据当地史料记载，这棵近900岁的神树，在周围30多米的范围内，从它发达的根系中，又蘖生出五棵茁壮的胡杨。

走进“神树”所在的那片胡杨林，脑海里不断回闪土尔扈特人东归的身影，这些英雄的人们，走过漫长的道路，终于找到了回家的路，回到了水草丰美的额济纳。因为胡杨树的生命力，激励了他们生存的斗志。

守卫“神树”的牧人说，“神树”老了，它的枝杈都是用木头支着，不然就会轰然倒地。“神树”的主干一部分腐蚀，形成树洞，正好那个树洞，像人的耳朵，人们就把它当作“神树”的耳朵。牧人说，去，到“神树”的耳朵旁许个愿吧，很灵的。我对着这个黑黝黝的耳朵，内心里祈愿亲人安康，并按照当地人的习俗，在“神树”皲裂的表皮插入几张一元面值的人民币。仔细分辨，“神树”树身的裂隙间，全是硬币和纸币。“神树”低垂的枝条上，挂满了各色哈达，远远看去，就像飘满旗帜的航船。

每个拜谒“神树”的人，都要在“神树”前上香鞠躬，我一时性急，竟忘了这一程序。不料，围着“神树”走了一圈后，发现自己的鞋带松开了，我低头系鞋带的一瞬间，似乎明白了什么：这是在向“神树”鞠躬啊！有意无意之间，我完成了这个动作，这是不是天意呢?

黑城遗址

在古代，河西走廊的防卫，一直延伸到了其西北部的居延地区，黑河的注入，使居延地区大片的沙漠和戈壁成为丰腴的绿洲，产生了曾经辉煌一时的“居延文明”。所谓的居延，也就是以居延海为中心的广阔的绿洲，它基本上涵盖了今天内蒙古阿拉善的部分地区和额济纳旗的所有地区。

灿烂的文明总是伴随着战争的阴影。一种文明以强大的辐射力影响到周边，巨大的冲突也随之而起。据史书记载，汉武帝曾发戍卒 18 万，在张掖、酒泉至居延一带戍守屯田，因而出现了人口众多、商贾发达的城市。黑城，就是其中最具代表性的一座。

当黑河流经额济纳时，它有了自己的名字——额济纳河。额济纳，在蒙古族语言中，是“母亲”的意思，可见，一条河流对于一块土地，就如同母亲的乳汁对于自己的孩子。另据史料记载，黑城是北方党项族建立的西夏国的古都，党项语叫“亦集乃”。额济纳是“亦集乃”的变音。黑城位于额济纳河下游，巴丹吉林沙漠的边缘，距离额济纳旗人民政府所在地达兰库布镇东南约 20 公里处。

来到黑城，巨大的沙丘已渐渐堆上了城墙，四周是荒芜的戈壁，沙子是从哪儿来的呢？同行的额济纳本土文化学者李靖告诉我们，每年清理，每年都是沙涌城墙，要是停止清理的话，黑城很可能就会被沙淹没了。李靖从小生活在额济纳，也常常去黑城玩耍，在他的记忆中，黑城保存了很多壁画和彩塑，他就曾经从沙堆里挖出一个色彩艳丽的菩萨。只是那尊菩萨太大，无法搬运，才遗留在城中，不然，它会成为盗窃者的猎物。

黑城为长方形，周长约 1 公里。东西两墙中部开设城门，并筑有瓮城，现在城墙仍高耸地表，高达 10 米。城内的街道和墙壁及整齐排列的木头檐柱从流沙中露出。整个黑城中，最明显的标志是佛塔，虽经岁月风霜，但它仍然巍然屹立于戈壁大漠。古往今来兴衰事，视野一片废墟中，思古之幽情，油然而生。

如今，黑城早已废弃。在黑城外围一片南北长约 40 公里、东西宽约 25 公里的地域，有大片的古屯田区和田舍。这些屯田区和田舍是什么时候、什么原因荒芜的，我们不得而知。沧海桑田，只能望而生叹。但我们可以想象，在某个年代，矗立于居延绿洲之中，成为居延文明的亮点，商旅在城郭中穿梭，繁华异常。突然间异族入侵，战争降临，城毁人亡。1963 年，内蒙古文物工作队曾经从黑城一带的沙窝中清理发掘出一座庙宇，发现了一些色彩斑斓、姿态优美的元代佛像。这足以证明那个时代黑城的富庶。

关于发生在黑城的战争，历史上有过片言只语的记载，但民间传说更加生动，更加形象，更有其艺术的魅力。

传说，黑城由一位黑将军驻守。敌军攻城时，先把自额济纳河经黑城的支流堵塞，切断了水源。黑将军率众死战，直至储水耗尽，乃下令将城中所有金银珠宝密藏在一口枯井中，最后战死。城陷，敌军屠城，黑城从此成为荒凉的废墟。还有的蒙古族牧民说，黑将军没有战死，他带领众将士突围出城，最后在城北面的大沙滩上化作了一大片枯死的胡杨。现在这片枯死的胡杨林人们叫怪树林，那些胡杨的主干被风力所扭曲，绝似一幅活生生的惨烈的战场。难怪老百姓有这样的传说。

也是因为这样的传说，黑城又一次遭受劫难。1929 年，苏联地理学家科兹洛夫第三次来到黑城，寻找黑将军埋藏在城内的珍宝。他雇用当地牧民挖掘了两个月，挖到一定深度，便解雇了牧民，由他的队员挖掘。两名队员跳入坑里后，鼻子流血，昏迷不醒，其中一名死亡。挖掘被迫停止，洞穴被重新填埋。

当地的老百姓说，有宝便有蛇，蛇是珠宝的看护神。科兹洛夫也散布说："洞内有两条大蛇守护，凡人不得入内。"现在，掘宝遗址仍清晰可辨。黑城闻名于世就是因为探宝而发现意外的文物引起的。近代，外国人来黑城探宝的，除科兹洛夫外，还有英国的斯坦因等。他们为寻黑将军的宝藏，到处乱挖，始终没有找到那口枯井，却挖出了大量的西夏和元代文书以及其他文物。科兹洛夫在一座藏式佛塔里发现了刻本、抄本书籍 2000 种以上，并发现 300 张佛画和大量木制的、青铜镀金的小佛像。另外，他还在一座公主墓中发现了画在丝绸、麻布和纸上的佛教绘画 25 幅，至今保存在列宁格勒（后名圣彼得堡）博物馆。挖掘出的书籍中有著名的西夏汉文字典《番汉合时掌中珠》，后来人们据此解读了西夏文。有关黑城的考古资料和研究报告发表后，黑城便引起世界范围内的关注，加之额济纳河流域的胡杨景色，这里又成为旅游者向往的神秘之地。

城墙西北角顶部的 5 座佛塔，是黑城的标志性建筑。李靖说，这 5 座佛塔是 20 世纪 80 年代修建的，原来的佛塔全部被毁，说起来，这也是黑城的一段伤心史。

永远的黑城，只有那些残垣断壁，在西风中凋敝，像是述说的语言。走进它，人们记住了曾经有过的辉煌，也记住了曾经悲伤的历史。

甲渠塞

李靖说，你必须看一看甲渠塞，就是那么一个名不见经传的地方，出土了大量的汉简，这些汉简，揭开了历史神秘的面纱。

李靖把手一指，远处苍茫的戈壁，突然定格于一点。在我们还没有看清楚的时候，李靖说，那个土丘，就是甲渠塞。

甲渠候官遗址当地人叫破城子，在额济纳旗南 24 公里纳林、伊肯河之间的戈壁滩上，为汉代居延都尉西部防线甲渠塞之长——甲渠候驻所。发掘前，遗址大部分为砂砾淹没。往西 300 米，南北排列“一”字形烽燧和双重塞墙遗迹。1930 年，西北科学考察团掘获汉简 5000 余枚。1974 年甘肃居延考古队进行了发掘。障塞为一土坯方堡，基方 23.3 平方米，厚 4 ～ 4.5 米，残高 4.6 米，由三层土坯夹一层芨芨草筑成，草层间距 45 厘米。门在东南角。障内堆积近顶，两侧有台阶马道可登城头。居延地区军事防御体系的修建，应该是分阶段进行的。从汉武帝太初三年（前 102 年）起，开始修筑大量的烽燧。汉昭帝始元元年（前 86 年）至汉宣帝黄龙元年（前 49 年）的这 37 年里，居延地区的屯戍活动开始兴盛。据汉简记载，有时“用徒积四万四千”，可见当时的工程浩繁。

我们站在甲渠塞遗址，风沙抹平了一切，遗迹所呈现的，与戈壁的苍老一模一样，如果不是李靖神情激动地讲述，我们走过这儿，也只是把它当作额济纳戈壁的一部分。这里，从前的大气象，早已被时光消磨殆尽，没有丝毫的印迹。

我们只有从李靖的侃侃而谈中，把历史记忆里的甲渠塞复原。

甲渠塞得名于两汉时期，因戍边屯田者在这里开挖了若干条渠道从事农田灌溉。推测这座塞障是建筑在第一条渠道附近，便起名为甲渠塞。现在的人们因这座古城十分破旧，也叫它破城子。甲渠塞是汉代居延地区军事防御体系中的一个重要塞障。在居延地区的军事防御体系中，共设置了两个都尉府和七个候官塞。它们由西南向东北依次排列有肩水塞、橐他塞、广地塞、卅井塞、甲渠塞、居延塞和殄北塞。甲渠塞就是居延都尉府西部防线甲渠塞之长——甲渠候官的治所。

甲渠候官治所是一座构筑坚固的军事防御性城堡。城堡由障和坞院两部分组成。

据史料记载，甲渠候官治所的焚毁，大约是在东汉王莽末期地皇四年（23 年），后来改建成供瞭望和燃烽的处所，到西晋末年便完全废弃了。

人们把殷墟、甲骨文、敦煌遗书和居延汉简并称为 20 世纪东方文明的四大发现，尤其是甲渠塞发掘的居延汉简《塞上烽火品约》《相利善剑刀》《甲渠候请罪》和建武初年弹劾违法士吏的《劾状》等完整的简册，让我们窥视了时间隐藏的刻度。

汉简《塞上烽火品约》中记载，一般的烽燧里驻有戍卒十几个人，由一个烽燧长统领，而候官是烽燧的上级单位，也是更大一级的军事建制，但是这种更大的军事建制已经不仅仅是起到烽燧的预警作用了，这里的士兵还要承担起军事防御任务。

站在古城遗址上，四顾荒原，一碧蓝天，豪迈之情油然而生。残垣与孤丘起伏，古城与夕阳同辉。试想当年那些戍边的将士，就是在这里极目远眺，弹剑而歌，许多的词牌就是这样产生的，如“破城子”“得胜令”“定风波”“兰陵王”，直到今天的“兵团之歌”“军垦之歌”等。

策克口岸

去策克口岸看看，是此行额济纳的目标之一。

策克口岸距额济纳旗达来呼布镇 61 公里，额济纳的朋友说，路不好走，早晨出门，下午才能回来，在这样炎热的天气，去策克口岸太受罪了。

无论如何，我们还是去了。

汽车走出额济纳绿洲，就是茫茫的大戈壁了。司机说，戈壁的尽头就是策克。到了策克，其实策克就是戈壁，除了零星的建筑外，少有树木和绿色，这样的地方，却吸引了天南海北的客商。

策克距蒙古国南戈壁省西柏库仕口岸 35 公里。2004 年，策克口岸升级为双边性常年开放口岸，成为我国西北地区连通蒙古国的重要交通枢纽、商贸中心、货物集散地和资源大通道，是继满洲里、二连浩特之后的内蒙古自治区第三大陆路口岸。

我们先去参观策克口岸的界碑，在边防检查站，我们等待进入的命令。很长时间了都没有动静，守卫国门的士兵说，他们没有接到上级的通知，口岸的管理是很严格的，一般情况下是不允许游人参观的。

我们只好耐心等待，一边等待一边观察四周的景色。在我的印象中，这里与其说是一个边防口岸，不如说是贸易中转站，到处都是装载 50 吨以上的大货车，一辆接一辆，穿梭于边防检查站内外，这里的公路被大货车压得坑坑洼洼，空气中尘土飞扬。

从嘉峪关到策克口岸，有一条煤运铁路专线，我们从达来呼布镇出发，走出绿洲，走向大戈壁，这条铁路线就出现在了我们眼前。看见这条铁路线，我们内心里还是有些激动，毕竟我们是嘉峪关人，毕竟，从这条铁路线，就可以回家。但遗憾的是，一个早晨和一个下午，都没有出现一列火车，这里的煤，几乎都是大货车在运输，到处弥漫着煤屑，地面上也是黑黑的一层煤灰。

好不容易经过边防检查站这一关，却到了中午，边防检查站的军人和海关的工作人员都在食堂吃饭，没有人给我们做讲解，我们只好在朋友的带领下，饿着肚子向界碑方向走去。在界碑的中国方向，有几辆很奇怪的吉普车和面包车，朋友说，车上的人都是外蒙古人，吉普车和面包车都是苏联的产品，别看样式笨拙，但经久耐用，尤其跑起戈壁上的沙石路，更是得心应手。

那些人的长相跟额济纳人没有什么分别，我们向他们打招呼，他们一个劲地摇头；我们问这车的品牌，他们也是摇头，看来，真是语言不通。那些人吃着方便面和饼子，我仔细看了看，方便面的牌子是康师傅，而饼子，很像我们吃的清真饼。

在界碑的另一侧，就是外蒙古了，从边防检查站有电线和管道通向那里。朋友说，外蒙古的边防哨所没有水和电，都是我们支援的。我们从界碑望过去，远处有几栋楼房，很是富丽堂皇，听朋友说，那也是我们援建的。除此之外，界碑内外最多的就是大货车，一辆接着一辆，没有尽头。乍一看，挺壮观的。

出了边防检查站，街道上的边贸商店是值得一去的地方，法国香水，俄罗斯的烈酒伏特加，俄罗斯、外蒙古的奶制品、糖果，国外的名牌皮具，剃须刀，等等，物品琳琅满目，价格都在百八十元，不知是真是假。店老板总是一副神秘的语气说，这些是走私货，不然，没有这么便宜。

离开策克，继续走向天高地远的戈壁，回头望去，天边上的策克，笼罩在一片大货车腾起的煤屑和灰尘之中。

居延海

一直在戈壁上走着，不相信会突然出现一片浩瀚的水域。但走着走着，这片水域就出现了：先是碧绿的芦苇，接着是碧波连天的水，这水，就是居延海。其实，在额济纳这块土地上，居延是个神话般的存在。

历史上的居延海，由东、西、北三个湖泊组成。人们早年所说的居延海主要是指西居延海嘎顺诺尔，现在所说的居延海一般指东居延海即苏泊淖尔，距离额济纳旗达来呼布镇东北约 40 公里，地处巴丹吉林沙漠北缘，为古弱水的归宿地。

追溯居延海的发源，发现它起于祁连山。每当春季，暖风吹化祁连山上的冰雪，汇成奔腾的河流，冲进阿拉善沙漠；雨季到来后，补充水量的雨水进入河流。河水宛如一条晶莹的飘带，延展向额济纳旗北端，飘带尽头系着两颗洁白的“绣球”——嘎顺诺尔、苏泊淖尔，也就是史料记载的弱水流沙“居延泽”——居延海。居延海地区自远古以来就是碧海云天、树木葱茏的好地方，在中华民族发展史上，特别是在西北少数民族发展史上具有重要地位。自先秦以来，这里几度繁荣，后几经战乱破坏，历尽沧桑。它以浩瀚的水域、肥沃的土地、富庶的物产和重要的地理位置，养育了历代生活在这里的人民，也成为额济纳土尔扈特部落繁衍发展的摇篮。

我们站在湖边，强烈的风，带着湖中浓烈的碱腥味扑面而来，想着这就是大名鼎鼎的居延海，心中不免惆怅万千。

说起居延，现在很多人对它都非常陌生，但居延自汉代以来，直到清朝，它都是一个极为有名的地方。它不仅仅是一个地区的代表，而且是一种文化的代表，居延地区承载着中华民族色彩极为艳丽和浓重的文化。

李白《胡无人》诗云：

严风吹霜海草凋，筋干精坚胡马骄。
汉家战士三十万，将军兼领霍嫖姚。
流星白羽腰间插，剑花秋莲光出匣。
天兵照雪下玉关，虏箭如沙射金甲。
云龙风虎尽交回，太白入月敌可摧。
敌可摧，旄头灭，履胡之肠涉胡血。
悬胡青天上，埋胡紫塞傍。
胡无人，汉道昌。
陛下之寿三千霜，但歌大风云飞扬，安得猛士兮守四方。

这首诗，把我们带到了那个烽火连天的年代。元狩二年（前121年）春，汉武帝任命霍去病为骠骑将军，率骑兵一万出陇西，进击匈奴右贤王部。他六天连破匈奴五个王国。接着越过焉支山一千多里，与匈奴鏖战于皋兰山下，歼敌近九千人，杀匈奴卢侯王和折兰王，俘虏浑邪王子及相国、都尉多人。同年夏，霍去病再率精骑数万出北地郡，越过居延海，在祁连山麓与匈奴激战，歼敌三万余人，俘虏匈奴王五人及王母、单于阏氏、王子、相国、将军等一百二十多人，降服匈奴浑邪王及部众四万人，全部占领河西走廊。

那时候的居延海，是一种什么样的情景，它的万顷碧波缔造了怎样的春光秋色，我们不得而知。

此时此刻，面对无边无际的大湖，我们只有一个冲动，那就是荡舟其间，像一只只野鸭子，尽情畅游。好在，居延海的游艇正待起航，使我们有了与居延海零距离接触的机遇。游艇冲出芦苇荡，驶向广阔的居延海。游艇上的工作人员说，现在是枯水季，水深三四米，但湖中的水草茂密，游艇只能按照清理好的航道前行。果然，我看见远处的湖面上绿油油的，布满了大片的水草，手伸进水里，一捞就是一大把。

湖面上的野鸭子三五成群，发现游艇经过身边，就突然潜入水中。远处，也有飞翔的天鹅，使巨大的水域，鲜活了起来。

在我们看来，这确实是一汪宝贵的水域，四周巨大的戈壁包围着，滚滚的热浪掠过水面，带走潮湿的水汽。我想如果没有及时补充的水源，居延海的再次干枯是可能的。

额济纳流失的海外文物

到了 20 世纪初，额济纳已经彻底沉寂了，但那漫漫黄沙中掩埋的西夏文书和居延汉简，一件件面世，轰动了中国和世界。

那个年代西方的探险家们在中国西部广袤的土地上寻找和挖掘，一场文化掠夺肆无忌惮地进行着。额济纳也没有能够幸免。俄国的科兹洛夫、英国的斯坦因、美国的华尔纳、瑞典的斯文·赫定和沃尔克·贝格曼纷至沓来，将黑城和居延的文物遗存盗挖殆尽，仅俄国科兹洛夫盗挖的古文物，就足够一个古代图书馆的藏量。他们盗走的西夏文物壁画、手稿、塑像、铸像和其他珍宝总数以吨计，分散在世界上 13 个国家的博物馆和文化机构里。

居延文化和西夏文化这两大文化体系独特的历史背景和边塞背景，是额济纳人文地理的全部，这是许多探险家选择额济纳的最初的动机。最早来到额济纳河谷的是俄国探险家波塔宁，1886 年，他开始了到中国西部探险的“弱水之行”，确认了黑城遗址的存在和出土遗物的情况。但当地的土尔扈特人拒绝告知黑城的确切位置和提供任何寻访方便，无奈之下，波塔宁只好返回俄国。随后，他写了《中国的唐古特——西藏边区与中央蒙古》一书，首次将黑城秘境公布于世。在细细地阅读了波塔宁的书后，同是俄国人的科兹洛夫对黑城产生了浓厚的兴趣。1899 年，他来到了向往已久的额济纳河谷地，多方打听黑城的消息，如同波塔宁首次来一样，当地的土尔扈特人否认有任何古城的存在，科兹洛夫只能带着深深的失望去了西藏和新疆。随后的年月里，已在中国各地所获甚多的科兹洛夫对黑城仍没有死心。在买通了当地的蒙古王公之后，1908 年到 1909 年，科兹洛夫又先后两次来到黑城，进行搜索挖掘，发现了一大批保存完好的历史遗物。他从黑城盗掘的文献有举世闻名的西夏文刊本和写本达 8000 余种，还有大量的汉文、藏文、回鹘文、蒙古文、波斯文等书籍和经卷，以及陶器、铁器、织品、雕塑品和绘画等珍贵文物。他带回的来源于黑城的收藏品，有 3500 多件藏于冬宫博物馆，8000 多件藏于俄国科学院东方研究所。科兹洛夫的第一次发掘，主要集中于黑城中部，第二次则将精力放在了古城的西部。1909 年 6 月，位于西城墙不远处的佛塔被科兹洛夫掘开，完好无缺的数千种各类刻本抄本，数量达 24000 卷之巨的古代藏书，300 余幅绘画精品，以及其他大批精美绝伦的珍贵文物，使得俄国人成了上帝青睐的宠儿。原来，西夏国都兴庆府被蒙古大军攻破之后，黑城尚未失守，其间西夏国一些重要历史文献被转移到黑城并埋藏。到今天为止，有关西夏地下文物资料的发现，论数量、价值和规模，首推黑城的文物发掘。其中一本西夏文和汉文对照的辞书《番汉合时掌中珠》尤为珍贵。这是一本双解字典，既用西夏字给汉字注音，并译其字意，又用汉字给西夏字注音，可以说是研究西夏文的唯一工具书，现代学者据此书才揭开了西夏文字的秘密。难怪有的学者说，西夏地下文物百分之九十出自黑城，黑城的文物百分之九十出自佛塔，而佛塔百分之九十的文物又被盗挖。现在，黑城地区保存下来的佛塔都有一个圆洞，内中的文化珍宝大部被科兹洛夫的驼队运走，造成了目前“要研究西夏文化先到俄罗斯”的残酷现实。

1914 年，斯坦因率领中亚探险队抵达额济纳，在已是城门洞开的古遗址内外进行了为期 8 天的挖掘，发现 230 册珍贵汉文古籍和西夏文书。作为一名考古学家，斯坦因在黑城的挖掘过程中严格遵循考古程序，详细记录了出土文献的地点和出土文献种类，后人经过分析研究就可以得知该地在西夏时期或为官署，或为寺庙，或为民居，这使得英藏居延文物的史料价值远远高于俄藏居延文物。美国哈佛大学福格艺术博物馆的兰登•华尔纳，于 1923 年冬，和霍勒斯杰恩赶到了黑城并进行了整整 10 个日夜的发掘。但他的古城挖掘结果是懊恼和沮丧的，在挖掘的每一处，都能看到被挖过的痕迹，留下的只是一些零星残片和盗坑遗迹。他在失望中大骂科兹洛夫和斯坦因是“两头野猪”。即便如此，华尔纳还是挖到了几件壁画残片和3只陶罐、几十枚钱币等小东西。继华尔纳之后，当时潜入额济纳的一批日本人也介入了对黑城的文物掠夺，他们对挖掘的情况一直秘而不宣。而到了1927年，瑞典人斯文•赫定带领的西北科学考察团在黑城掘得一部《大藏经》，这部元刊本的史料价值和文物价值也同样珍贵无比。

平淡的美食

在一座村庄里，谁家的鸡杀了，没有人知道。但黄昏时刻，炖在铁锅里的鸡肉，弥漫着的浓郁的香气，立刻就遍布了村庄。在香味的中心，一座村庄的一户人家被人关注。

这是我记忆犹新的事。我贪婪地吮吸着那鸡肉的香味，幻想着有一天一个人吃数十只鸡。可是今天，面对满桌子的鸡鸭鱼肉，我已索然无味。

回想着村庄里的那只仍然散发着浓郁香味的鸡，我不知道那是一只什么样的鸡，被怎样调理，竟有如此的味道，留在味觉里，久久不退。

还是几年前的事，第一次见丈母娘，吃到了一种很独特的面食，清淡而略带酸味，开始吃不惯，但毕竟是在丈母娘家，女婿见丈母娘，应该有个姿态，就狼吞虎咽地吃了一碗。丈母娘问：好吃吗？我连连点头：好吃好吃。不想，又盛上来一碗。没办法，硬着头皮吃完了。未来的妻子知道其中的缘由，她告诉我，吃了这两碗，她妈已认可我这个女婿了。

我不明白这吃面和婚姻的关系，结婚之后，才略有体味。

这是一种流行于甘肃天水、宁夏山区一带的浆水面，稀有的野草煮熟后发酵，浓酸且有淡淡的清香，喝上一口，浑身舒坦。据说，那里面有丰富的天然青霉菌，可以消炎解暑；浆水中含有大量的氨基酸，是少有的天然补品。但这都是据说，对于我来说，吃一碗浆水面，却是无法言说的美食。

为什么单单是一碗浆水面，为什么是一碗面的情怀，萦绕不去。这平淡的美食，在浓稠的生活中，调剂着天然的味道。人是自然之子，就像鲜花是大地的女儿，人需要那么一点点节制，更需要那么一点点与土地、自然相联系的温情。

每一个春天，我都试图发现春天的秘密。一个人坐在田野的中心，享受着温暖的风的吹拂，想象着一切已经亮出谜底和即将亮出谜底的植物也如同我一样，被春风陶醉。可眨眼间，一切又都成了现实：草绿了，树绿了，花开了。没有揣摩的时间。我也不管那些，独自快乐地采撷渠沟里的野菜，那是浆水面的原料，不几天，我就可以吃到盼望已久的浆水面了。

还是浆水面。是浆水面教会了我如何体味生活吗？我想，是的。

废　城

只有几截断墙，墙下散布着破碎的瓦片。早已不是现代意义上的城。而在古代，它确实是一座城。

即使现在，这里的地下水也很丰富，水冲击积累的土，长满了庄稼，庄稼的四周，是沙枣树和白杨树。几户人家的黄泥小屋，零散地分布于树林深处。

但人们已经不提这座古城的事了，它的完全废弃只不过三十多年，三十多年来，人们把城的黄土高墙一截推倒，撒在地里，做上好的肥料。一座城一年年被茂密的庄稼蚕食了。

人们对于一座古城的漠视，是不想回忆它的血腥。据说，居住在城里的老居民都搬走了，临走时烧毁了带不走的东西。那架势，是想抹掉所有他们生活过的痕迹。可这些痕迹终究是抹不掉的。

自从有了这座城，烧杀抢掠就没有断过，留在这座城里的人，以极大的耐心盼望着平安的日子。有的人已经准备好了行囊，马上就要上路，也没有逃过厄运。

我说的是民国初年的那段风雨如晦的岁月。

一拨衰老的军人开拔后，流浪的人纷纷住进了城堡。他们一方面开垦着城堡周边的农田，一方面走进城堡不远处的大山淘金子，从前的军人在没有战事的时候也去淘金子，收获不菲。后来人们说，一座城堡没什么，靠着几亩薄地混饱肚子也没什么。为什么山里偏偏有金子，有了金子，就有了连绵不断的祸事。

老百姓认识金子，官家和山里的土匪也都认识金子，为了金子，他们一次次血洗城堡，不甘心的冒险家总觉得有一丝丝的希望，留了下来，最后留下了个血脖子。

有一年的秋天，城堡里的淘金客知道土匪要来，早早埋掉了城堡里的井，带着家人逃进了深山，可土匪把住山口，饿死了一大堆人。许多人临死的时候，把大把的金子吞进肚子里，土匪们剖膛开肚，整个秋天，山谷臭气熏天。

城，成了不祥之地，渐渐废弃了。

生活在这里的人一直努力忘掉这些。他们想抹平所有血腥的往事。他们把城堡与田野隔开，种了一排又一排的沙枣树，沙枣树密密的，连兔子也钻不进来，他们的想法是最好连风也不要刮进来。

驿　路

沿山逶迤而去的路直达敦煌，因而，在广大的荒漠地带，这是一条希望之路。从一片绿荫到另一片绿荫，相隔120公里。120公里，骆驼缓慢的步伐，要摇晃10多个小时。也就是说，天刚蒙蒙亮出发，黄昏的时候才能抵达。跟随着太阳，一条路有了光明，这光明中包含了急切的期盼。

尽管如此，在这并不漫长的道路上，驿站排着队迎接客人。

在那个年代，驿站是荒漠上的救星。驿站里的人站在门口瞭望，看见远处有升起的尘土，就知道又有新的旅人即将到达，赶紧准备好热水和草料，如果是接到了上级的指令，来了重要的人物，接待的规格就要高一些。

现在，这些驿站已经没有痕迹。留下的地名是驿站的名字，但仅仅是地名，光秃秃的，兔子不拉屎，哪里还有人烟。我一一拜会它们，它们竟然用自己的方式唤醒我，把我带到它们神秘有趣的世界。

我可能是通过那残垣断壁的裂缝，走进油灯摇曳的小屋，那油灯，不仅是光明的策源地，还有丝丝扑鼻的清香。这让我想起了故乡的黄昏，田埂上密密麻麻的麻子，麻子有那种香味。在秋天麻子成熟的时候，整个村庄弥漫的都是麻子的气息。场院堆满了麻子，被太阳晒干的麻子，轻轻拍打，滚圆的果实就落满一地，送到榨油坊，捣碎、蒸煮、碾轧，清亮的液体就流淌出来，开始是一滴一滴，后来连成了线。从榨油坊喷涌而出的气浪，熏醉了整个村庄。

谁家珍存了麻子，过年的时候，自家加工雪白的麻腐，麻腐饺子、麻腐包子，口味浓重，余香绕梁。

油灯、麻腐，是这一截黄土的断墙引发而来的，人的记忆中，它们曾经明亮了很久，清香了很久，怎么就不了了之了呢？怎么就因为这些土得掉渣的遗迹，它就突然出现了呢？

这黄泥小屋中的毡和褥子，这小炕上的火盆，这还有着余热的干柴灰烬，是在等谁呢？我恍惚坐在炕沿上，习惯地把几颗金黄的玉米粒埋进灰烬，等待“嘭”的一声，蹦出一堆玉米花。

有没有馒头呢？有的话，把它们整整齐齐地摆在火盆的四周，不一会儿，就烤得又鲜又脆。

茶缸里的茶喝过几遍了，但是越熬越有滋味。这滋味，坐下来细细品，就品到了那绿油油的茶园里了。说不定，茶园里还待着一个自己曾经相中过的姑娘。

驿站上的生活清苦、寂寞，清苦了、寂寞了，心思就重，比这厚厚的土墙还重。太阳落山了，一个人坐在门口，觉得自己家里的亲人这会儿赶着牛回屋了，他们没有时间看太阳的颜色，他们只是抬头看见太阳，说一声“收工吧”。可他有一整块儿时间看太阳，太阳走了看满天的星星。村庄里的人，是要看星星的，天上的星星多，第二天就是大晴天，要备农活。如果黑黝黝一片，还有风圈，那就准备好遮挡田野边上的沙子了。

走上这驿路，不想此时此刻的事，就想过去的事。无论过去了多少年，都想，想得不行。

城墙下的羊

城墙下的羊，看见有人来了，从城墙的豁口，站在城垛上，看人。它的这一举动，把人吓了一跳。

首先紧张的是我。在我的荒野生活中，有野羊的地方，必有狼和狐狸，狐狸不可怕，狼倒是凶狠。这样的食物链中，羊处于底层，但就是处于底层的羊，也攀上了城垛，那凶狠的狼就不言而喻了。一同来的几个朋友先是用摄像机录像，没想到，那羊不仅没有丝毫的惊慌，而且还摆出各种各样的动作，索性让人拍个够。朋友说，这简直比模特还老练。

看着朋友在那里狂拍，我也忍不住了。赶紧打开照相机，从取景框中看出，那是一幅绝妙的图画：一只羊在残破的豁口，生命与死亡，新鲜与僵硬，形成了巨大的对照，有强烈的冲击力。

这是一座古城，被岁月遗弃，永远地搁置在了荒野之中，少有人烟。那么，这只羊是从哪里来的呢？我们商量了一下，准备迂回到古城的另一侧，去看个究竟。为了预防不测的事情发生，我们的队伍呈梯次分布，每人都随手带了防身工具。

一场虚惊。原来城墙下有一户牧羊人家，这户人家依着城墙搭建了简陋的羊圈和人居住的窝棚。这户人家的主人看见我们来了，也是吃了一惊：这样的地方，还有人来。

羊圈里有不少新生的羔羊，活泼天真，有人来了，它们更是耐不住寂寞，此起彼伏地叫，叫得安静的世界一下子乱了起来。先是羊妈妈们一个个安慰小羊羔，接着是牧羊犬狂叫起来，那劲头，像是要挣脱绳索，冲向我们，把我们撕个粉碎。牧羊人倒是热情，挡开狗，让我们在窝棚里坐下，端茶倒水，取出当地人烤制的烧壳子招待我们。

他们是附近村子里的农民，农闲的时候，就全家迁徙到远离村庄几十公里远的古城。这里挡风遮雨，周围的野草繁茂，正好放牧，一年下来，养百来只羊，收入不少。

老百姓毕竟是老百姓，不懂得文物保护的有关规定：省级文物保护单位周边 500 米之内都属于核心保护区，不准修筑任何建筑，也不能改变其地形地貌的原始状态。他们把羊圈选在城堡下，是绝对不允许的。城堡所在区域是西部的贫困县，各类文物分布广，种类多，保护人员少，这座本来是应该列入重点保护的文物，也无暇顾及了。

同行的当地文物部门的同志有点不好意思，一个劲地劝阻牧人早点搬迁，到别处去放牧。本来还是一脸惊喜的牧羊人，神色暗淡了下来，连声说，过了春天就搬。

事后，对于那座古城堡，我们记忆最深的，还是那只站在城垛上的羊，我把照片放大，挂在客厅里，好多看了都说，这是电脑嫁接的。我笑笑，并不反驳。

春天的果园

很多年前，一个少年坐在一截黄土墙下，春天温暖的阳光使他很快陷入难以自拔的想象。这想象一方面是灿烂的阳光促发的，另一方面，这截土墙的后面，是一座庞大的果园，果园里的桃花、梨花、杏花开得正旺，丝丝缕缕的香气，很远的地方就能闻到。

少年早晨在家里喝了一碗苞米糊糊，母亲让他到田野上挖野菜，中午吃面条的时候，可以凉拌一盆鲜菜。经过了一个冬天的少年一直沉默寡言，走出家门不远，他就被这淡淡的芳香的气味引到了果园。在果园，他已经完全被彩色的世界所包围，脚底下轻飘飘的，尽管果园的空地上有密密麻麻的野菜，但他看不见了。

他甚至无法承受那色彩的诱惑，一个人静静地坐在果园背面的黄土墙下，勾画他未来生活的图景。少年内心世界中的那个模模糊糊的图景，现在清晰了：一座黄泥小屋，一户普通的人家，一个健康的农民和温柔贤惠的妻子，还有他们的孩子，不过，这不是一座简单的黄泥小屋，这是一座居于果园中心的小屋，鲜花盛开或者果实累累。一家人在果园里耕种收获，没有风，没有雨，没有灾难。

少年的想象中，生活中的琐碎与卑微，全部剔除了。比如烧火做饭时柴最初没有充分燃烧冒出了浓烟，呛得人流眼泪咳嗽；还比如说，由于长久地提水，水桶上的绳子磨破了，水桶掉到了井里，而家里就只有这唯一的一个水桶；再比如，秋天的苹果熟了，馋嘴的孩子偷偷爬上树梢摘那只又红又大的苹果，突然间摔在地上，摔坏了胳臂。

人世间的苦难埋伏在生活的角角落落，生活的磕磕碰碰随时引发它们的勇猛出击，善良的人们与苦难的争斗，迸发了生活的色彩。少年初涉人世，整整一座果园，使他建立了自己的精神基地，这是必需的，为此，这个少年应该一辈子感谢这座果园的存在。

事实也是如此，怀揣这样一座果园，这个少年走出偏僻的乡村，蛰居于自己的果园，渐渐地，使自己的生活散发诗歌的气息。在他简陋的居室里，层层垒起的书卷，是那些桃花、杏花、梨花的变异。尽管他仍然在生活的磨炼中忍受煎熬，但他是充满希望的，因为，他有一座果园，春天有花朵，夏天有绿荫，秋天有果实，他已足矣。

这个少年，就是我。

村庄的门扉

从一座村庄走出来，背着沉甸甸的行李，而背不走的，还有很多。

刚刚踏出那一步的时候，很兴奋。一个人在村庄里住久了，村庄给予他的，只有贫瘠与苦涩。他甚至头也不回，就急匆匆走了。他要去的那个地方，正在他的想象中酝酿着。一个人的出走，对于一座村庄来说，已经习惯了。村庄的孩子，只有走出村庄，才是村庄的愿望。而对于出走的那个人来说，心里是千万次的盼望，风筝总是要飞向天空的。

我是那个人，我是村庄的那个孩子。

现在想起来，当我义无反顾地走出村庄的那一刻，我就已经无法敲响它的门扉。村庄的门扉，我是从那里轻而易举地走出来的。

村庄被沙漠和戈壁包围着，低洼的地方泉水溢出，向四周蔓延，而那些绿色的植物也开始蔓延。村庄最初并不是村庄，与那些古老的村庄相比，它似乎太年轻了，大概在五十年前，它还是一片草滩，许多无家可归的人在这里安营扎寨，锄掉荒草，种下了粮食和果树。村庄的年轮一圈圈展开，先是拔地而起的黄泥小屋，接着是越长越高的沙枣树、白杨树、苹果树、梨树和杏树。它们逐渐向沙漠和戈壁突围，远远看上去，村庄只是小小的一块绿色的水晶石，鲜嫩极了。

我在长途汽车的玻璃窗上回望村庄，村庄变小，变成一个黑点，最后消失。我开朗的心绪有点黯然。在我的经验中，村庄广阔极了，从它的一头到另一头，要走大半天，可坐在汽车里，它一会儿就不见了。

从村庄走向城市，一段时间，我几乎忘记了那座土模土样的村庄。在城市繁华的街道上，在琳琅满目的百货商店，村庄早已淹没在尘土中了。

那时候，我在努力向城市靠拢，努力学着城市人的样子，做一个城里人。就是在那个时候，我明白了一个道理，城市是城里人的城市，从村庄里走出来的人，一眼看上去，总是有着说不出的别扭，包括他观察事物的眼神和他走路的姿势。乡村的品格总是在乡村人的身上自然而然地透露出来。

在城市里待久了，很容易厌烦，很容易想念曾经抛弃的村庄。村庄里的每一处景致都能像放电影一样，在头脑里过一遍。这样的情形重复久了，就自觉不自觉地描绘了一幅村庄的地图，房屋、庄稼、树木都安放在了固有的位置上，可就是找不到再次进入村庄的门扉。

工作的间隙，我不止一次地回到村庄，村庄里的人无不用羡慕的目光打量我，使我感到一种从未有过的卑微。我一个人在村庄的角角落落转悠，原来的那种鄙视的神情演变为无限的流连。在村庄，人们的平等友好、自由敞亮，滋养着我疲惫不堪的心灵，心灵这个词，我第一次把它送回了村庄。

村庄啊村庄，我要把自己所有的一切，安置于你的某个角落，请你敞开你的门扉，让我进入。

花　丛

面对一张照片，我给朋友写信：花美，人更美。人到了一定的年纪，美是一个多义词，有很多的解释。大约人到了四十岁，心态好就是一种美。

人到四十，人生基本上看透了一大半，该做的事情，也都做了一大半。这时候，人最怕的是怨天尤人，得意也罢，苦恼也罢，成天挂在嘴上，放在心上，人生的乐趣也就丧失全无。我的这位朋友是个普通的工人，家庭收入也很一般，可一天到晚很忙，他在忙什么呢。他的忙，主要是带着孩子去旅游。只要一有时间，他都去看花看草看风景。平时去周边，有了假期，就去更远的地方。反正他的目标很远大，逛遍了中国还要去外国，他的孩子也因为旅游十分开朗，也很有见识。这让我很是羡慕。

常常，人都有很多放不下的东西，放不下名誉，放不下利益，把一切都背在身上，累不说，还丝毫没有乐趣。

我的这位朋友，把积攒的一大摞照片寄给我，让我分享他的快乐。他说人在自然当中，是真正快乐的，那种快乐是一两顿美食、一两沓钞票换不来的。我赞同朋友的话，但自己总是放不开，总是把旅游计划改了又改。一会想着买车，一会又想着买了车后汽油在飞速地涨，养不起车怎么办。等等，等等。围绕着车子、房子、孩子，准备了一套又一套的五年计划、十年计划，最终计划好像实现了，心里的失落感，却越来越沉重。

对于花丛，我有过难忘的记忆，那是小时候的一个春天，我走入村庄的果园。绿洲上的果园里，是人们常见的梨树、杏树、桃树和苹果树。我去果园是想采摘果园里茂盛的苜蓿，苜蓿的嫩芽做成凉菜，是难得的美味。到了果园，我的眼里，全没了苜蓿。那灿烂的桃花、杏花、梨花和苹果花，简直是花的交响乐，置身于其间，那种陶醉是不知不觉的。

花的世界，是明亮的世界，是色彩的世界，是幻想的世界。我在果园里沉浸了许久，那许久的时间，我都是在幻想中度过的。在后来的日子里，我一直期待着能在果园里修一座房子，在那里读书、生活，哪怕是一间简陋的茅草屋，也可以完成一个人的理想。

就是这样一个关于花丛的旧梦，从来都没有断绝过对我平淡生命的淘洗。我在这样一个梦中，不断修补我卑微的生活，使它变得越来越纯净，越来越有趣味。

所以，我常常想，在人的生命里，应该有一丛鲜花，只要这丛鲜花还明亮，人的生命历程也就随之敞亮多了。

夜色苍茫

夜的苍茫与关口的神秘正好相得益彰。

昼伏夜出的动物可以得益于这浓稠的夜色与关口的凶险，四处游动，偶尔呼叫几声，自由极了。

很多年前，我就发现了这夜色的妙处，一个人在宁静的子时出没于嘉峪关周遭。原来清晰的建筑，被夜色掩护起来。夜所隐藏的东西，比一座关口的内容多得多，甚至广阔的大戈壁在夜色的笼罩下，也有独到的韵味。

嘉峪关是长城的火车头，其雄伟的样子，犹如坚强的武士，傲视苍穹。它的强大，在狭窄的隘口，更有着疯狂的挤压力，从前勇猛的骑手，被矗立于天地之间的嘉峪关所遮挡，内心的自卑是无以言表的。今天的情形仍然是那样，高大的嘉峪关所散发的威武的气息，已经波及了很远。

夜晚就不一样了，夜色是一头巨大的母兽，有着温情的母性特征，她弥漫在所有的空间，用她特有的方式装饰着所有的空间，事物本来的样子，失去了一大半。

嘉峪关的外围是纵横的壕沟和平坦的戈壁，壕沟里有夜的精灵，风轻轻一吹，就有尖厉的叫声，就像谁弄痛了她一样。而广大的戈壁，却整整齐齐地铺满了月光、星光，柔和极了。一个人在夜色中，思绪能够被夜色所过滤，人也像是整个被过滤了一样，清爽、自由、活泼。嘉峪关蹲伏在暗夜里，睡眼惺忪，朦朦胧胧。而它的每一个角落，却似乎有张望着的眼睛。迎着月光的地方和月光的背面，光影神秘移动，那凝视的眼睛就更加逼真了。有了这样的眼睛，人就有了与此交流的通道。面对夜色中的嘉峪关，我疑心一座关口本来是有生命的，它只有在平静的夜里，才打开自己的心扉，让善于解读生命的人顺畅进入，畅游于它的核心，体验粗犷利器中隐藏着的温柔之美。

嘉峪关是一个王朝兴盛的碑牌，也是一个王朝衰亡的棺椁。闭关自守，安于一隅，早已失去了一个大国威风凛凛、勇往直前的气势。虽然现代人禁不住赞叹嘉峪关的雄伟壮丽，赞美它波澜壮阔的豪迈，但它实际上是一座伤心的建筑。嘉峪关居于河西走廊中段，早在汉武帝时期，这里以及周边广大的地区已经是中原的版图。唐代的西域都护府也已延伸到了伊犁河流域的绿色草原，而明代的嘉峪关，实实在在已经是一个缩头乌龟的形象了。

夜晚总是一览无余地展示其恬静的个性，所有的一切都与历史无关，甚至看不出曾经的血腥。它提供给人的是此时此刻的自由与闲暇，周围的环境也在月光的渲染下，轻飘飘的，如梦如幻。

我不是一个能够放浪抒情的人，因而月光和一座关口的抒情，就是一个夜晚的主旋律了。我在这样的旋律中，只有沉静，只有过滤自己，让自己也像夜晚一样，也像夜晚中的庞大建筑一样，多些沉稳之气。

奔跑的身影

戈壁地带，走几十公里看不见一根草、一棵树，荒芜的沙石地向四面铺开，又向四面冲来，阻止进入它核心区域的人。我明显地感受到了一块地域的挤压，那荒凉一眼望不到边，也整齐划一地让人喘不过气来。

戈壁还像一头猛兽，伺机袭击我们。现在，它尽头飘荡着的海市蜃楼就诱惑着我们。好在我们不是初次进入戈壁的人，知道那漂浮的景色，只供观赏，不可沉溺。

坐在车上的人都不说话，都在观察着戈壁的情况，毕竟，走惯戈壁的人，离开久了，魂都留在那碎石头上了。每次见面，都有难以自抑的激动。

我们要去的目的地，是一处汉代长城遗迹，如今，它已深陷于沙丘之间，我们穿越戈壁，进入沙漠，才能找到它。说实话，这是一次挑战性极强的文物考察活动。

汽车行驶在戈壁上，就像一股旋风，腾起巨大的沙尘，划出汽车行走的轨迹。也许是汽车制造的动静太大，戈壁上出现活物了。先是司机大叫了一声，我们一起扭头聚焦于一处，看远处奔驰的身影。开始我们以为是公路上的汽车，但速度太快，公路与这里又相距遥远，绝对不可能是汽车。仔细跟踪一阵，我们才有了自己的判断：那是两头野马。

寸草不生的戈壁竟然有野马，这让我们兴奋不已，我们决定悄悄跟着野马。奇怪的是那野马要去的地方，也是我们将要考察的汉代长城。

我们放慢车速，中午时分，汽车停在了古长城下，而这时，野马已经无影无踪了。野马的出现，至少可以说明在这块广袤的戈壁上是有水源的，有了水源，就会有一大片绿草地。

这是一段极富特色的长城，红柳夹杂在沙土之间，一层层，像翻卷的书页，但我们还是追寻那两匹野马，在我们的感觉中，马不止两匹，可能有很多。在动物学的概念里，动物的种群在四十个个体以上，才有繁衍生息的基础，不然的话，这个动物类型经过长期的近亲繁殖，消亡是很快的。

长城的背风处有野马的蹄印，顺着野马的蹄印，我们翻越了一座沙丘。在沙丘护卫着的沟壑间，果然出现了一汪蓝莹莹的水，水的四周，长满了芦苇和不知名的野草。

我们在水边不敢逗留过长的时间，野马是一种很有灵性的动物，发现有人和其他动物的踪迹，它们会转移自己的营地。要知道，在硕大的戈壁上，再找这样一块风水宝地，谈何容易。

我们拍摄了长城遗迹，做了大量的实地调查，就匆匆离开了。不想，就在我们的汽车走远的时候，几头野马出现在了长城的一侧，目送我们。

在戈壁上，它们的身影久久没有离去。

山　谷

沿着一线长城，在有烽火台的地方转了一个弯，就看见了一条通往山谷的道路。

荒野中本没有路，几辆车碾过去，就有了路的雏形，久而久之，显著的白线就是路了。这样的路，崎岖不平，低洼的地方，还被洪水冲开。好在水不大，冲开的豁口，越野车还过得去。

我们要去的山谷，在整个河西的祁连山中似乎是最荒芜的。我去过一些山谷，那里都有淙淙的溪流，茂密的松林，绿莹莹的草地。可这一条山谷，只有零零星星的麻黄和低矮的红柳，除此之外，光秃秃一片。

在山谷的更深处，有枯死的胡杨树，那胡杨树看起来已有年头了，占据的位置，都在山谷的中心。这就说明了山谷里的水不多，也不大，要不然，树早就被冲走了。

听说这里曾经是西夏党项人的游牧地，党项人在这条山谷的两侧崖壁上开凿了数十个洞窟，极其华丽的洞窟布满了佛经故事，党项人内心世界中的前世和来生，在洞窟的墙面上一览无余。如此荒凉的山谷，如此丰富的洞窟，置身于其间，我有些恍惚了。

看守这些洞窟的老人住在一个山洞里，光亮的白日也点了煤油灯，山洞里有一股咸韭菜的味道。老人说刚吃完饭，吃的是咸韭菜拌拉条子。拉条子是当地老百姓最普通的面食，和好面后，搓成圆条状，放一段时间，拉开，有细圆状的，有扁平状的，煮熟后，放上咸菜、醋、辣椒，好吃极了。我们把从山下带来的新鲜蔬菜黄瓜、辣椒、西红柿、葫芦和韭菜送给老人家，老人家一脸激动，说几个月来这是第一次见到活人。一句话说得我们感动极了。在这样的荒郊野外，有个病啊灾的，连找个报信的人都没有。

老人的思维很清晰，给我们讲述了整个山谷的情况。他还是孩子的时候，山谷不像现在这个样子，有成片的胡杨林，有密密匝匝的红柳，后来，这里来了很多放牧的人家，砍树烧火，上游来的水，被一家一户的领地截断，下游的草和树木就都枯死了。没办法，人们就在山谷里打井，用井水维持人和牲畜的日常用度。再后来，井水越来越少，水位越来越深，人们就都离开了。

这里的洞窟是西夏党项人的杰作，他们在这里繁衍生息，虔诚向佛，度过了一段美好的时光。

我们参观了几个洞窟，如果不是一个热爱生命、热爱生活的民族，是绝对不会有如此气势磅礴的想象力和如此宽阔仁厚的胸怀的。

山谷里的麻黄长得正旺，几只野老鼠探头探脑，老人家说本想培养村里的年轻人来这里当文物保护员，可没有一个能耐住寂寞的。

寂寞，是山谷里的常态，我很想在这里享受寂寞，但我想，我一定是一个“假洋鬼子”，还没有学会如何享受寂寞。

又是清明

又是一年清明，春天的戈壁，只有零星的小草探出了头，难以判断春天的整个面貌。而一场一场的风，吹过戈壁，吹向万千树木干枯的枝杈，一夜之间涌来铺天盖地的绿，还没有迹象。吹面不寒的杨柳风，在戈壁上，还是阴冷的。

清明是戈壁上另一个季节的开始，缓慢的春的步伐，营造了沉沉的空气，而在我的故乡，却不一样。一面连着绿洲，两面湖泊接壤，向南，戈壁延伸至巍峨的山麓。戈壁地势中的小小盆地，聚集了过多的水分和热量，榆树和柳树，最先绿了。

地上的草和湖岸上的草，更绿。羊群散布在那里，绿白相间，温柔极了。这是三十年前的景象，印在我的脑海里，越来越新鲜，越来越深刻。

清明时节，向南的戈壁上升起袅袅的青烟，人们扶老携幼，跪拜于祖先的坟地，诉说着无法抑制的思念。我的思念也沿着故乡的方向，回到了那个清苦但快乐的年代。

二十年前的清明，姑妈走了。我们绿洲上的亲情关系很是特别，父亲的姐姐我们一般叫姑妈，父亲的哥哥和弟弟则叫爸爸，父亲叫“大大”。我不知道这个“大大”是啥意思，是不是这几个字，姑且就这么写了。

我们一家人在绿洲上定居，是因为姑妈，是姑妈流浪的脚步先停留在了这里，父亲才跟随而来。大概是 20 世纪 50 年代，父亲在兰州上学，学石油钻探。三年困难时期，学校的大部分学生都去了东北，会战大庆。父亲听说那里是苦寒之地，就偷偷到了绿洲的村庄，一看，绿洲上的生活自给自足，很是悠闲，就留了下来。

我是20世纪60年代末出生的。那时姑妈没有孩子，就把我当作她的孩子，白天带着我在大草原上放羊。夜晚，就在昏暗的羊房子里，煮上热腾腾的奶茶，一边喝奶茶，一边给我讲经年流传的故事。青黄不接的早春，有饿死的老羊，姑妈就炖一锅羊肉，放很多盐，一块一块在清水里热一热吃。

草原上长大的孩子，都有超群的想象力。在硕大的草原，除了羊群，就是大自然所呈现的美景。五颜六色的花，水中畅游的鱼儿，水上飞翔的野鸭子，都会激起一个孩子的好奇心，而且一开始，那些纯净的事物、美好的事物，给孩子拓展了一个光明的世界，即使在今天，那个孩子心灵里所保存的，仍然是不可遮掩的光明。回想起那些岁月，孩子一直感激那一方水土，感谢他的姑妈。

姑妈走了，是在那个清明节走的。戈壁上刮起了漫天的沙尘，草原模糊了，绿洲的轮廓淹没于昏昏沉沉的土雾之中，我内心的那个世界也顿时暗淡了下来。姑妈出殡的那天，我一个人在南戈壁坐了很久，又一个人去了草原。物是人非，如今，物不似昨天的那个样子了。草原退化得厉害，沙丘已经推移到了湖泊的边缘，湖泊的面积也缩小了很多，一如我的伤感。

从那以后，只要回到故乡，我总要去南戈壁看看姑妈的坟地，靠着结实的石碑，小寐一会儿，这样就可以像平时一样，在睡梦中看见姑妈，可戈壁的风呜咽如诉，人的悲凄油然而生。清明，我的思念，只凝集于一处：那草原上活跃着的女性的身影，对我而言，已彻底消亡了。

山　坳

我一直等待着奇迹的出现。从走上戈壁的那一刻起，只要视野稍有突兀，我就觉得已经是奇迹出现的时候，我的判断十有八九挺准。这次，也不例外。

我们拐下那片低洼的山坳时，葱茏的绿荫立刻涌来，像抑制不住的水，漫入我们干渴的视野。

这是一个小村庄，隐蔽在戈壁的深处，对于一望无际的大戈壁来说，这里是一处世外桃源。我最想看到的是这座村庄的水源，它们肯定正汩汩流淌，不然，盛夏的酷热会抽走所有生命的水分，使其枯萎。可眼前的景象是郁郁葱葱，强烈的阳光只能促使它们更猛烈地生长。刚刚下了山坡，就有一片碧蓝的水面，水面的四周是茂密的芦苇和杂草，这就是村庄的眼睛吗？深情地注视着我们。

一路上，戈壁的寂寞和酷热，全部融化在这片水面上了。徐徐吹来的风，有浓重的水气，与所有的绿色一起，传导着生命的气息。

我们匆匆下车，驻足水边，牧人说，戈壁上的水比金子还珍贵。在我看来，这水其实就是戈壁孕育的珍珠。我轻轻掬起一捧，品尝戈壁甘泉的芬芳。

这是一处山峦的断层，正好掘开了水脉，一股细流日夜不断，久而久之，繁衍了山坳里的四季植物，有了第一批居民，就有了玉米、高粱和小麦。祖祖辈辈的人，祖祖辈辈的玉米、高粱、小麦，接续了山坳里的炊烟。

山坳出奇地平静，整齐的农庄，门前是梨树、枣树，还有大朵的鲜花，当地人把这种花叫馒头花。可能是我们的脚步惊动了看门的黑狗，平静中的一两声狗叫，就显得特别响亮。狗一叫，紧闭的几扇门都吱吱呀呀地开了，走出门的大都是老人。

有客人来了，开了小轿车，又不知道是哪一家的客人，村里的老人一时间木讷地站着，看客人踏进哪一家的门槛。我赶紧向一位老人说明来意：我们是不经意闯入村庄的。老人笑着把我们迎进院子。刚进了院子，就发现院子里其实是浓荫覆盖的大花园。葡萄藤爬满了四周的墙壁，又从墙壁伸向院落的中心。我们坐在葡萄藤下，小桌子上立刻摆满了西瓜。

一座陌生的村庄，它的热情，让我们猝不及防。老人说，这是一块宝地，他的祖父逃荒到这里就再也没有离开过。不管外面闹了多大的饥荒，村庄里总是丰衣足食。可现在不一样了，年轻娃娃都跑到外面打工去了，村里就剩下老人和孩子了。有些年轻娃娃把孩子都带走了。

老人叹了一口气：走了，罢了；走了，清净。语气中透露着无奈。

从老人的院子里出来，我向更加开阔的山坳的扇面走去，那是一大片的田野，麦子已经收割，玉米长势正旺，到处的葵花撑开了花盘，渠沟里的水轻快地流着……

本来，我们穿越戈壁是要去一个叫玫瑰沟的地方，来到这里，我们觉得，这才是真正的目的地。

夏天的夜晚

在一座村庄里，夏天的夜晚是喧嚣的。

家家户户升起的炊烟缠绕在一起，夜晚就悄悄降临了。而且那样的夜晚每天都不会重复，不像城市闪烁的霓虹灯，不像大街小巷穿行的人流和嘈杂的叫卖声。乡村夜晚的喧嚣，是直入内心的植物的律动。

20 世纪 70 年代，敦煌最偏远的一座小村庄，把它最美好的夏天的夜晚，献给了一个顽皮的孩子。

家长们因为白天的劳累，早早休息了。孩子们去哪里是孩子们的事，整个村庄和田野都是孩子们的家，甚至绿洲之外的荒野，也是孩子们的乐园。那时候的村庄，孩子们所拥有的，是全部的大自然。自己能生活在那个年代，能加入到一座村庄夏夜的温暖和自由，真是幸运。虽然无法掩饰的贫穷困扰着漫长的日月，但村庄给我们留出了一个广阔的未来。

村庄的夜晚真黑，黑得伸手不见五指。黑有黑的乐趣，黑所酿造的神秘，促使着我们去揭开它怎么也揭不开的青色雾纱。黑夜中，人最容易展开自己，尤其是孩子，心中的想象像慌张的鸟儿，能飞到哪里就飞到哪里。我们一帮孩子飞快地跑向村庄外面的沙漠上，躺在巨大的沙丘中，天空中的星河仿佛伸开双臂就能拥进怀里。皎洁的月亮，传说中的桂花树和玉兔也清晰无比。风，凉飕飕的，沙子，热乎乎的，谁都会把自己舒展开来，把自己融化为夜空中的一滴露水或一粒沙子。

我们在沙丘上长一声短一声地喊叫着，草丛里不时会有急促的动静，那是野兔子或者野鸡的梦寐被我惊散了。黑暗的夜晚，我们常用一堆篝火点燃灵感，火苗呼呼地舔食夜的浓稠，我们在看清火焰的那一瞬间看清了我们自己，而黑暗迅速逃遁，四周的一切都鲜亮了。从那时起，每当我看到无边旷野中的篝火，我就会想起童年的村庄，想起村庄夏天夜晚的沙丘。

夏天的夜晚，充满了刺激和快乐。田野边缘的沙滩，生产队种植了大片西瓜，西瓜成熟的时候，那浓烈的气味就在空气中飘荡，在夜色的掩护下，我们像侦察员一样匍匐前进，偷偷爬进西瓜地，每人摘一个大的西瓜，就死命地往沙漠里跑，跑得精疲力竭了，才发现并没有人追赶。就坐下来，享受惊险刺激之后的快乐。一个西瓜，吃得我肚子鼓胀，也坚持着吃。那瓜着实太甜了，吃得撑得不行，还想吃。长大后，看守过西瓜地的老伯对我说，我早知道是你们几个兔崽子，你们一个个往地里爬的时候，我就看见了，只是装着不知道。

我再也没有吃到过那么香甜的西瓜，也许，只能在那个时间，那个村庄夏天的夜晚，才有内心的甜蜜和心灵的快乐。

几块石头

走到不同的地方，我都会捡回几块石头，我总觉得，石头最能代表那个地方的风水气息，看到它，就像又回到了那个地方。

我喜欢一个人坐在旷野上听风，这并不是矫情，而是真的喜好。也许是小时候养成的习惯，父母去了田野里劳动，村庄里的孩子都结伴而行，独独撇下我，原因是我是地主子弟。他们撇下我，正合我的心愿。我就一个人寻找更远更偏僻的地方，拔草、砍柴，人烟稀少的地方，往往草稠密、柴成堆，用不了多少力气，就搂一筐，绑一捆。节省下来的时间，可以读书，可以躺在地上冥想，然后优哉游哉地回家。

这个习惯我一直保持着，没有丝毫的改变，甚至越来越上瘾，都跑到地球上的无人区了。一块晶亮的玛瑙石就是我穿越罗布泊的见证，那是一年十一长假，我们在敦煌集结，一共十二个人头也不回地就扎进了荒野。在快要进入罗布泊的湖盆区时，无垠的大戈壁和险峻的阿尔金山峡谷笼罩在金色的黄昏中，我们被美妙的景色所吸引，停下车来拍照。就在我赶忙抓拍一个山峦的剪影时，脚被一块石头碰疼了，那是一种钻心的疼，我不由得停下，搓揉脚丫子。当我的目光下沉时，那块石头的色彩迷住了我，捡起来抹掉它身上的尘土，才看清这是一块多么精致的玛瑙石，这个意外的收获，使我忘记了疼痛。

还有一次，我去了遥远的昆仑山，大批的人马从新疆库尔勒出发，走了五天的戈壁山谷，才到达目的地。那是世界上海拔最高的大沙漠，我们此行的目的是考察沙漠中的沙子泉。越野车在河谷里快速穿行，就是这样的速度，我乘坐的车还是陷入了泥潭。河谷的底部是沙石结构，渗进了大量的水后，人站在上面，像站在了海绵上，稍一晃荡，脚下就软绵绵地往下陷，汽车就更不用说了，如此的重量，不一会儿，底盘就被泥沙淹没了。人撤离后，其他的车辆返回大本营找工具。

我坐在高处的沙丘上，一个小时过去了，两个小时过去了，还不见救援者的踪影。百无聊赖之中，我发现沙丘里埋藏着石头，就一个个挖石头，真还挖出了一块形状酷似骏马的风砺石。那块石头大约有十几斤重，我把它装进旅行包，抱在怀里，像宝贝一样，几千公里的路，从昆仑山到库尔勒，从库尔勒转乘飞机到兰州，最后安放于我的书房。

我有好几块这样的石头，在内蒙古敖伦布拉格大峡谷捡到的光滑的青石，在长江、黄河源头捡到的玉石，一块块品相各异，风雅别致，它把我的探险经历连成了可以目睹的线索，每每观赏，总有说不尽的故事。

屋顶上的村庄

20 世纪 70 年代的村庄，已经从散布田野各处的零散状态归拢起来了，那时候叫集体农庄，家家户户一个模式：简单的土坯房，分前院和后院，前院住人，后院是厕所畜圈。一般情况下，每家都养了猪、羊和鸡。村头和村尾，各有一眼井，村里人每天早晨或者晚上用扁担挑水，把一个大瓷缸装满了，也只是一天的用度。

这一切，在屋顶上，一目了然，清清楚楚。

住上了集体农庄，没有了大场院，人们就把平时积攒的柴火一捆一捆地码放在屋顶上，等柴火晒干，就从屋顶上扔下来，搬进厨房里。

三天不打，上房揭瓦。这是一座村庄教育孩子的箴言。只要孩子调皮捣蛋，家长不问青红皂白抓住就是一顿揍。“上房揭瓦”的孩子已是无可救药。虽然村庄的房子低矮，但也不允许孩子随便爬上爬下，在人们的眼里，不安分的孩子迟早会惹出大祸。

我一直向往屋顶是因为那里有一堆堆晒好的杏干，杏干收进了筐篮之后，挂在高高的屋梁上，爬上屋顶还可以摘到又大又甜的梨和枣。我们家的梨树和邻居家的枣树枝杈总是伸展到屋顶，坐在屋顶上，不用爬树，眼前就是花花绿绿的梨和枣，就像送到你手上请你吃一样。

我发现那些上房被发现的孩子，都是一帮一帮成群结伙地在屋顶上乱窜，那还了得，本不结实的房子非得被踩塌了不可。有了这样的教训，每次上房，我都要仔细侦察一番，等到家长们都劳动走了，才一个人谨慎小心地隐蔽前行，通过早就踩好的点，安全顺利不发出一点声响地爬上了房。

在屋顶上，我先是采集最大的果实，把它们转移到柴垛的空隙，然后坐在那个隐秘的地方慢慢品尝。后来，我爬上屋顶并不仅仅是为了偷吃水果解馋，我发现，站在屋顶上看村庄的田野，看远处的戈壁和山脉，特别有意思。那些平时看惯了的田野，突然会有一种蓬勃而来的气势，钻进你的心胸；还有那无垠的戈壁，飘荡的蜃景中，总有难以捉摸的神秘，鼓动着你的求真欲望：戈壁的深处会有些什么呢？有没有一个比村庄更葱翠的地方呢？至于高大的山脉，它的雄伟壮丽，更是让人无法忘怀。

高处，可以使一个人的眼界变远、变宽。幸运的是很小的时候，我就攀上了屋顶，在比我高一丈的地方，看到了我从来没有看到的一个事物的另一面。更幸运的是，我不是浅尝辄止地随便看看，我是在一种迷恋的状态下不断深入其中的。

我常常坐在房顶上陷入遐想，那种遐想也把我带到很远很远的地方，虽然我并不清楚那是一个什么样的地方，但我能够感受到，那将是一个美丽迷人的地方，长大后，我一定会去那样的地方。

屋顶上的村庄，每个季节都有不同的景致，那样的景致，绝不是我们所看见的那样。它是那么不同，像另外一个样子。

荒芜的戈壁

整个戈壁上，只有这里有一座四合院，大铁门终日上着锁。有人接近铁门，一条狗就猛烈地吠叫，这时候，院子里的一间房子走出一位老人。他看见来人，也不盘问，站在一个安全的距离，目不转睛地看。

遇到这样的情况，来人就说，他是干什么干什么的，想在这里借住一晚上。说了半天，站在院子里的人也不吭声，还是目不转睛地看。

就在来人一脸失望，准备要返回的时候，老人突然间哐啷一声打开铁门，示意来人进门。来人这才受宠若惊地进到院子里，大铁门又是哐啷一声，锁上了。

对于整个大戈壁来说，这个院子真是个风和日丽的地方，院子的空地种着时鲜的蔬菜，走了几天大戈壁的人，就像一只盼望青草的羊，恨不得扑到菜园子里啃上几口。看着翠色欲滴的白菜、小葱、辣椒，嘴边直流口水。

这里是一条峡谷的入口，四合院堵住了唯一的进出口，高高的砖墙，延伸到断崖处，就像是断崖的一部分。而峡谷内是一座工厂的水源地，四合院是工厂修建的，老人是看守水源地的退休工人，这里距离工厂有五十多公里，老人一般都是一个月去一次工厂。

这几年时兴徒步穿越，大戈壁纵横一百多公里，而且有一条河流相伴，只不过河流深陷五十多米高的峡谷，取水必须通过每一个峡口。这样的险峻和长度正好能够考验人的意志，穿越戈壁的人就越来越多了。开始的时候，老人是来者不拒，后来，那些人肆无忌惮，整夜在老人的院子里狂欢饮酒，打破了老人的宁静不说，还留下一大堆垃圾，这让老人很头疼。所以每当遇到徒步的人，老人就觉得那是些吃饱了没事干的人，为什么要怜惜他们呢？就索性不开门，把他们拒之门外。

但碰见单个儿孤独的人，老人经过观察是善良的人，老人还是乐意收留的。今天的这一位，老人就让他住进了自己的卧室。已经是秋天了，秋天的戈壁早已冷若冰霜，人住在外面，会受风寒的。

来人看样子四十多岁了，老人招呼他吃饭，他就把老人的剩饭剩菜吃得干干净净，吃完了，一个劲地感谢老人。

来的人，是矿山的工人，工厂不景气，早早就下岗了。他来戈壁不是来探险，而是寻找矿点。他终于找见了一个规模不小的铁矿点，实在太高兴了，水壶和干粮都掉进了峡谷下的河流里，他只好来求助老人。要是老人不收留他，他一定会饿死的。

这个人的话渐渐多了。他说他有一个女儿在上大学。他说他的工友们都盼着他找到矿点，因为他是采矿专业毕业的大学生。

他说，这回，大家都有希望了，有了铁矿，就能挣很多钱，让大家都过上好日子。

老人笑眯眯地看着他，开始和面蒸馒头，又在菜园子摘了很多西红柿、黄瓜。第二天，一袋子馒头和蔬菜都送给了来的那个人。

临走，老人说，再来啊。

他说，我会来的，我会带着女儿来看你的。

戈壁上，只有一座四合院，晨光中像一座温暖的城堡。

绿色的小草

要是在平原上，绿色的小草是不会引人注目的。

我们从敦煌出发，已经四天了，四天都是在茫茫的戈壁上行进，没有人烟，没有任何植物，只有褐色的碎石头和细细的沙子。

最初，我们是有心理准备的。走向荒野，就是尽情地展示自己在人群中的寂寞。没想到，我们似乎走向了大地的尽头，无限的荒芜铺陈开来，一如我们荒芜的心情。怎么会是这样呢？大地的孤独胜过人的孤独千倍。

视野中的一切都是恒久的，人在车上，困顿时时袭来，闭上眼睛就能昏睡好几个小时。好几个小时之后，睁开眼睛，汽车好像还在原地，其实，里程表上，已经是二百公里的路程。四天不算长，但在我们的感觉中，比几个世纪都要漫长。我们都盼望着奇迹的出现，可是一路上都是出奇地平静。如果车辆不抛锚，如果道路不分岔，如果没有遇到沙尘暴和泥石流，我们会一直走下去，抵达我们事先设定的目的地。

地理状态发生变化的时候，我们刚刚进入山峦起伏的丘陵地带，那些山峦呈现浓重的墨绿色，就像深秋的原野，凝固着暗藏的生命力。我们停下车来，用地质锤敲下几块石头，石头质地坚硬，含有金属铜的成分，石头与石头互相撞击，声音清脆，类似于铜钟。这算是一个兴奋点。我们都开玩笑，如果在这里建设一座铜矿，很快就会发达起来。可回头看看，距离这里最近的绿洲也要走上一千多公里的路程，就算是金子，也是豆腐变成肉价钱了。

就这样，荒野的秘密渐渐向我们展开。走过了墨绿色的山峦，一片绿色的小草突然映入我们的眼帘。是幻觉吗？使劲揉揉眼睛，那片绿色的小草依然存在，越来越近，我们停下车，用手抚摩，那的确是嫩嫩的小草。奇怪，一千多公里的荒凉，独独这里有一片小草。

向导说，昨天这里下过一场雨，这种无名的小草，在雨水落下来的一瞬间就开始生根发芽抽叶，几十个小时中完成了一般的小草一个季节的生命历程。再过几个小时，它们会开花、结籽，一天之后，它们就会彻底枯萎，把希望的种子埋进沙土，等待明年夏天的那场雨。我顺手挖开浅沙，沙层下果然有湿润的气息，地势稍高的地方，小草已经开花了，在强烈的阳光下，它们已经干枯，但花朵是鲜艳的，花瓣绽放着强烈的生机。

我记住了这些小草。我采摘了一束藏在怀中，体味它浅浅的呼吸。我觉得，所有的荒芜都不能征服它，它已经不是一棵小草了。

一棵树

如果不是早早离开故乡，我就与那棵树永远相伴，现在想起来，那也是一种不错的生活。可惜，我已经错过了，错过了，就没有机会再找回来。但我还是要说说那棵树。

那只是一棵普普通通的沙枣树，在绿洲地带，一棵沙枣树谁也不会在意，哪怕它有多么茂盛，多么高大俊俏，它也只不过是一棵沙枣树。因为绿洲边缘的戈壁和沙漠上，到处都是沙枣树，它的生长和蔓延就像毫无节制的野草，密密层层的，没有几年，它们成片成林了。这时候村庄里的人们就用斧子砍掉一些，用来烧火做篱笆。这基本上就是沙枣树的命运。

而我所说的那棵沙枣树，它独独的一棵，矗立在沙丘绵延的沙湾里。我之所以用了矗立这个词，是因为在绝对荒芜的环境里，它是如此显眼、突兀，就像横空出世的异物。我第一眼看见它就有些吃惊，我努力翻越几座沙山，来到那棵沙枣树下，我要看个究竟，那到底是一棵怎样的沙枣树，特立独行，非要选择这样一个无人观赏的地方展示自己。那次，我并没有看出个所以然。怀揣着一肚子的问号，回到了村里。

我还是想着那棵沙枣树，我央求爷爷跟我一块去看看。爷爷沉稳地坐着抽烟，丝毫也不理睬我。由此我感觉到见多识广的爷爷肯定知道那棵沙枣树的秘密。经不住我的纠缠，爷爷终于开口了：那里是个沙湾吧，沙湾里有地下暗泉，要不然怎么就长一棵沙枣树呢？爷爷简单的回答让我豁然开朗，我终于知道了沙漠中还有地下暗泉。

我兴奋极了，地下暗泉一下子调动了我的想象。如果真的找到了地下暗泉，我就住在那里，开垦上百亩的荒地，种上梨树、杏树、枣树和各种各样的蔬菜以及小麦、玉米、棉花，把沙湾打扮成一个世外桃源。

我一个人偷偷地出发了，带了铁锹，我是去找爷爷说的那眼暗泉的。沙湾和村庄的直线距离也就三五里，但这三五里中，全部是高高低低的沙丘，任何车辆都不能通过，只有人双脚辛苦跋涉才能抵达。

那次经过整整一天的折腾，我发现了那眼暗泉。当我精疲力竭的时刻，一铁锹就挖开了那条水路，它一个劲往外冒水，就像一个奇迹。我顾不上湿透了的衣服，俯下身子把头埋进水中，那个清凉和香甜，激动得我浑身颤抖。

我匆匆埋好了泉眼，悄悄返回村里。我把我的发现告诉了爷爷，爷爷一点儿也不惊讶。当我说出了我的全部想法，爷爷笑了：臭小子，就你聪明，爷爷一辈子走南闯北不知道沙湾有一棵沙枣树？不知道开垦那片荒地？

爷爷还告诫我：别再胡思乱想，好好读书，开垦荒地的事，少不了你。

后来，我就一直没有提起过沙湾里的那棵沙枣树，但在心里，它却郁郁葱葱的，从来没有消失过。再后来，我考上了中专，离开了村庄，与那棵沙枣树的缘分彻底断了。听说一个外地人在沙湾开发了度假村，名叫一棵树，我懊悔不已。

咸韭菜

那是一所很普通的中学，坐落在戈壁上，几排土木结构的教室还有简陋的教师宿舍，那些从城里来的老师看也不想多看一眼。他们匆匆讲完自己的课程，就骑着自行车回城了。

但我却记住了一个老师，她个子矮但很敦实，她似乎安身立命地守着一座庞大的校园，专心聆听孩子们的读书声。

她是我的语文老师，她年轻而有活力，却常常说着过去的事情。她说：现在好多了，现在多好啊。仿佛她经历过一个苦海无边的昨天。

她讲戈壁上的水，讲得我们很多女同学的眼泪都扑簌簌地流了下来。

那是在她劳动锻炼的日子，刚刚高中毕业，就去了戈壁深处的荒野。那片荒野上，只有一小股泉水，除了吃喝用度，没有一点多余，女孩子们只好偷偷地藏一小杯水，早晨起来润泽毛巾，擦擦脸。几十天下来，身上都有了酸臭味。

其实她所说的水，在我们看来到处都是，村庄的每个水沟里都有用不完的水。当她把水的概念演绎为生命，我们就想起了酷热夏天的饥渴。在放学的路上，猛劲地跑，就是想跑回家喝一勺清凉的水，可路似乎越跑越远，嗓子眼直冒火，也够不着家里的那口大水缸。

老师把收集来的名人名言打印成册让我们背诵，这是每天上课前必须集体朗诵的篇目。这极大地激发了我们的远大理想，只用了三天，我就把那本油印的小册子背得滚瓜烂熟，赢得了她的好感。从那时起，她借给我很多的书，像《红旗谱》《子夜》等。

有一天，我一个人在教室里看书，边看边吃着馒头和咸韭菜，也没发现她进来了。她没有夸奖我的勤奋好学，反而对我家的咸韭菜大加赞赏，还顺便尝了不少。看着老师大方自如，我爽快地答应给她带几瓶。

母亲听说我的语文老师喜欢吃咸韭菜，就精心地洗菜、切菜，还拌了辣椒和滚烫的清油，这样制作的咸韭菜，绝对是真正的美味。

因为我的好学，也因为我的咸韭菜，她格外照顾我，不仅把自己的书借给我看，还买了书送给我。

后来，我知道她的父母都是高级知识分子，“反右”的那段时间，下放到了戈壁农场，她也只能孤零零地住在学校。

我从那所学校毕业后，每年都去看她，她还是说起从前的苦日子，说起我家可口的咸韭菜。她说，她已经学会了做咸韭菜，留我吃饭的时候，她让我尝尝她做的咸韭菜。那味道确实正宗，就像我母亲做的那样。

我一直没忘她说过的一句话：吃惯了咸韭菜，就能品尝出生活最细微的味道。

苜　蓿

苜蓿是绿洲上最常见的植物，一片荒地上总有数不清的苜蓿。初春时节，积雪刚刚融化，苜蓿的嫩芽就最先迎接温暖的阳光。绿洲上的孩子，背上褡裢，掐那出土的肥胖的苗。一晌午的工夫，晒着暖暖的太阳，褡裢里就装满了苜蓿芽。几天的饭菜中，就有了春天的滋味。这样的滋味要伴随着季节的脚步，穿过春天、夏天、秋天。粮食短缺的年代，苜蓿是最必要的补充。苜蓿从芽到苗，从苗到抽叶开花，我们不断地汲取着它身上的营养。尽管它的枝干越来越粗粝，但稍加了面粉的苜蓿团，经过一番蒸煮后，还是有着特殊的香味。

这种朴素的常年生植物，只要有一棵穿越沙地，它的种子就会被风吹到所有的地方，有了潮湿的泥土，它就顽强地发芽、扎根，然后又不停地把自己的种子送到四方，繁衍更多的苜蓿。小时候，我们先是在绿洲的边缘地带看见稠密的苜蓿，后来水渠边、田埂上到处都有了苜蓿。奶奶说苜蓿是调皮的孩子，走到哪儿都是一群一群的，喜欢扎堆。

生产队并不特意种植苜蓿，只是在不能生长庄稼的荒地上不经意地撒一些苜蓿的种子，来年就是绿油油的一片。过上几年，苜蓿疯狂的长势向田野蔓延的时候，村上才用犁铧翻开苜蓿地，把苜蓿连根铲除。就一块土地，苜蓿的根堆得就像小山一样。困难时期，就是这些苜蓿根，也磨成粉末，当作粮食充饥了。

村庄里的人并不是不爱惜苜蓿地，而是一块荒地长了两三年的苜蓿之后，它已经熟化，成为良田了。再让它生长苜蓿，就有点浪费了。从这个角度看，苜蓿把一座村庄的目光引向了充满希望的未来。

有苜蓿的地方，就会有马。生产队的几挂马车，是那几匹威风凛凛的马牵引着奔向远方的。在我的印象中，马是一往无前的象征。可在苜蓿地里，马低着头，把自己的眼神深深地埋没于苜蓿的枝叶间，偶然打一两声响鼻，更多的时候，它与苜蓿耳鬓厮磨，是那样动情。仔细观察，苜蓿地里的马，就像一个天真可爱的大男孩。

“泉水流过的地方，就有苜蓿的踪影；骏马奔驰的地方，紫色的苜蓿花翻飞。”这是故乡一首民歌的歌词。但最难忘的还是人与苜蓿难以割舍的情愫。村庄里，奶奶的剪纸，让那深绿色的苜蓿总爬在每家每户的窗棂，那紫色的苜蓿花，也总是盛开在人们的心扉。日子好了，人们早掐了苜蓿的嫩芽，招待远道而来的客人。

绿洲上的村庄，谁能忘记苜蓿呢？它把荒野装扮得如此葱翠，从戈壁和沙漠走来的人，知道了那是苜蓿，就一直念叨着：苜蓿，多好的苜蓿。

远 方

一个孩子，很小的时候，他竟然走出了村庄。对他来说，那是一次大胆的尝试。在那之前，他都是在村庄方圆二三百米之内，永远挣脱不了母亲的视线。那次，他拐下了乡村通往戈壁的道路，他走出二三百米之后，心里不由得怦怦直跳。

其实，他走出的距离也不是很远，他只是走下了村庄的坡道，进入了一片沙枣树林。那是村庄的一道防风林带。后来，人们在防风林带内种了庄稼和果树，那里就是一个瓜果飘香的地方了。

孩子刚刚六岁，他是听了广播栏目《小喇叭》里的一个故事才走出村庄的。一天下午，家里就他一个人，广播里的声音像丝丝的春雨，全部落进了他的心里。故事中的一个小男孩，每天都看着天空的云彩发愣，他想云彩升起的地方，肯定是天下最美的地方。于是，他就向那云彩升起的地方走去，走过平原，他喊：云彩，你在哪里？远处传来同样的声音：云彩，你在哪里？走进山谷，他喊：云彩，你在哪里？还是传来同样的声音：云彩，你在哪里？他沮丧极了。就在这时候，一个放羊的老爷爷鼓励他换个方式呼唤云彩。于是，他大声地喊：云彩，你喜欢我吗？响亮的声音传来：你喜欢我吗？你喜欢我吗？他兴奋得喊起来：我喜欢你，我喜欢你！他听到了远方回答：我喜欢你，我喜欢你！就这样，他终于走到了那个云彩升起的地方。那是一个让他终生难忘的地方，那个地方，改变了他的一生。

孩子懵懵懂懂地感觉到眼泪流下来了。孩子觉得他也应该向远处走一走，那里肯定有一个和村庄不一样的地方。

树林里多么宁静啊，孩子想喊一声，最终没有喊出来。但孩子认为他已经找到了故事中那个云彩升起的地方。孩子看见了树上的杏子，黄澄澄的杏子，在阳光的映照下，显得虚幻。孩子品尝过很多杏子，从来没有见过这样的杏子，看一眼，就想象着它是一个会说话的精灵。还有地上滚圆滚圆的西瓜，孩子顺手摘下一只，轻轻一敲就成了两半，那甜蜜的汁液，像幸福的闪电，迅速传遍了孩子的身体。

从那以后，远方成了孩子内心中的期待。只要有机会，他就会走得更远。他走出树林，走向了戈壁、沙漠，在无限的荒凉中找到了泉水，看见了惊慌奔跑的兔子。一次一次行走的经历，使孩子的眼界拓展得很宽很宽，心里像装下了一片美丽多姿的云彩。

从那以后，世界很大很大，村庄很小很小。

一个孩子，因为一个故事改变了自己，拥有了远方，他是有福的。孩子长大后，一直回忆起那个寂寞的中午，那个动听的故事。他知道，从那时起，他的心里，就埋下了希望的种子。

那个孩子，就是我。

山谷里的花

我刚刚毕业的那一年，就去了一趟山谷。但就是那一次短暂的行程，让我记下了山谷中一朵花的名字——冬青。只有在秋天的时候，开黄色的嫩嫩的花朵，像荡漾在女孩脸上的微笑。因而，我时常把她当作一个人。我叫她冬青姐姐，叫一声，她答应一声。其实她也就比我大两个月。

师范学校毕业后，我的去向早已经是板上钉钉，如果没有天上掉馅饼的事情发生，我就是一个偏远农村的小学老师。当时我的心情沮丧极了，一个人去了村庄附近的山谷。山谷里溪水潺潺，到处盛开黄色的野花。绚烂的景色，把我引向了山谷的深处。本来空旷的山谷突然变得幽深恐怖，回望来路，沟沟岔岔，我已经分不清楚我是从哪条小道上走来的。显然，我迷路了。

我心里紧张起来。出门的时候，我只是散散心，并没有想着走很远的路，走得忘乎所以了，才想起来回家。这地方，前不着村后不着店。我知道，山谷里的秋天，白天像火炉，晚上似冰窖。要是这样熬下去，就危险了。我真后悔出门时没做丝毫的准备，哪怕装一包饼干也行。

事到如今，只能摸索着原路返回了。山谷里的天，说黑就黑了，一下子就黑透了。我又冷又饿，强忍着打起精神往回走。也不知道走了多长时间，我实在走不动了，靠在石头上躺下来。迷迷糊糊中，好像有巨大的响动传来，我不由得警觉起来，难道有野生动物出没？声音越来越响亮，最后，我看到了刺眼的亮光。

“是一辆汽车！”我激动地喊出了声，使出了吃奶的力气边喊边挥动双手，让汽车停下来。那是一辆大卡车，驾驶室里已经坐满了人，其中还有一个女孩。我祈求司机带我一程，司机没好气地说了一句：吃饱了撑的，到这地方来。还是那个女孩说，师傅，挤一挤，带上他吧，要不然，这么晚了，他到哪儿去？司机脸色很难看，一言不发，女孩把屁股挪了挪，示意我上来。就这样，一个传奇般的夜晚，她救了我，我认识了她。

她也是刚从地质学校毕业，分配到山谷里做技术员。她说，她父亲就是一名老地质工作者，山谷里有一种好看的黄花叫冬青，父亲就给她起名冬青。看到漫山遍野的冬青，父亲就能想起她。

在山谷里的日子，是她让我鼓起了工作的勇气。我在山村小学教书的时候，她来过几次，她带给我罐头、饼干，我给她捎去新鲜的蔬菜和瓜果。那段时间，只要我抬头看见不远处的山峰，我的心情就格外开朗。

只是，山谷里一场百年不遇的洪水，把她永远地留在了我的记忆中，整整一个钻井队的八个人，连骨骸都没有找到。从那时起，每年的秋天，我都会去一趟山谷，去看那金灿灿的黄花。我总觉得，她还活着，在那一簇簇黄花中，偷偷地看着我，偷偷向我微笑。

草　湖

走到哪儿都是沙子，那些流浪的人，走啊走啊，快走到沙漠边缘的时候，看见了绿色的草。按理说，那应该是一大片草，然后是葱翠的绿洲。可这儿只有一小块草，绿油油的，紧紧地簇拥在一起，生怕被风沙掠走了。

原来这儿有一眼泉。泉水汩汩涌出，渐渐汇集了一汪蓝莹莹的水，是这些水把茂密的草裹在一起，在无垠的沙漠上，镶嵌了一颗绿色的宝石。

流浪的人呼叫着，扑向那眼泉，多么香甜的水，就像梦里的乳汁。蓝蓝的天，清凉的水，此刻，他们真正地陶醉了，想也没想，就扔下行李，驻扎在这里了。

他们把泉水引向沙地，撒下褡裢里的种子。秋天的收获再次坚定了他们的信心，他们在地窝子度过了难忘的新年。

后来，这里有了一大片村庄，有了一大片田野，但人们还是叫它草湖。他们刚刚看见它的时候，它是草湖，在人们的心目中，它就永远是草湖。

湖水似乎没有枯竭的迹象。最初生活在草湖的几户人家，开挖渠道，引水浇灌，在田野的四周种植了沙枣树、白杨树，防风固沙。那水，却还是完好如初，白天流走多少，夜晚就补充多少。心存感激的人们修建了龙王庙，说草湖连着龙宫，水脉旺盛是因为龙王爷的保佑。

有一年，天大旱，一年了没有一滴雨水，草湖里的水一下子浅下去了，庄稼才浇了第一茬水，草湖就有点支持不住了，如果再继续引水，草湖就很可能干枯了。村庄里的人慌了神，他们杀猪宰羊，祭祀龙王。如泣如诉的唢呐声，在草湖飘荡着，掠过那些茂密的草，飞过广阔的庄稼地。草垂下了头颅，一点点枯萎了；小麦和玉米，也成片成片地倒伏，成为蜷曲的枯草。草湖终于见底了，湖底的淤泥龟裂，像是一双双期待的眼睛。也是在这一年，狂风大作，整整刮了七七四十九天，淹没了草湖，淹没了村庄，淹没了田野……

人们又开始流浪了，人们心里一直记着那个叫草湖的地方。

很多年过去了，那些流浪者又有了新的家园。他们中间的一户人家，孩子成了一名考古工作者，他和他的队友在沙漠中发现了一百多年前的沙漠村落，那里有一座保存完好的龙王庙，龙王庙中的一块石碑上，刻写了昔日草湖碧波粼粼的美景，村庄的安宁和幸福，那碑刻上，竟然有他祖父的名字。

消息传到那个孩子的老家，人们才相信爷爷讲的故事是真实的，那个沙漠中的美丽草湖和富庶的村庄，并不是他们昨天的梦。

马莲坡

村庄的西头，有一面草坡，草坡上长满了马莲，人们就叫它马莲坡。马莲坡挡住了西进的沙漠和戈壁，是村庄的一道屏障。

早些年，村上的妇女吃饭的时候总要站在马莲坡上，手搭凉棚看看远处的戈壁和沙漠，瞧瞧自己的男人回来了没有。如果远方有卷起的沙尘，那就说明有人要回到村庄了，好歹也要留一口热饭热菜。可女人们都等不出个结果来。男人出门的时候说过，要几个月后才回来，女人都想着男人熬不住，会早早回家的。

早些年，村上的男人都要去远处的戈壁和沙漠挖盐、晒盐、运盐，一去就是大半年。整个村庄，少了男人的日子，就像少了盐的饭菜，没味儿。

那些含辛茹苦的日子过去了，马莲坡西边的戈壁沙漠上延展开一条黑色的绸带，那是一条平直的柏油马路，一直通向村外的大城市。女人们只在自家的桃树、杏树下乘凉、拉家常，无聊的时候，就摘些桃啊杏啊吃，家里的大瓦房窗明几净，一切都舒心多了，一切都不一样了。一样的是，男人们还是走出了村子，他们不像从前，去戈壁沙漠上的盐湖，劳动之余看星星看月亮，他们去了灯红酒绿的大城市，虽然春节前他们都风风火火地赶回来，带来数目可观的人民币，但女人们的心里还是像打鼓一样不踏实。毕竟，城里是个花花世界啊。

从这时起，再也没有女人去马莲坡盼自己的男人了。男人要回来的时候，一溜烟就回来了。

马莲坡的马莲越来越茂盛，它柔性极强的细长的叶子伸展开来，让马莲坡愈加丰满葱翠。每年的端午节，家家户户包粽子，孩子们就去马莲坡割马莲，马莲的叶子可以用来包扎粽叶。夏天，马莲花盛开，蓝莹莹的，像缥渺的雾纱，极其鲜嫩。孩子们采啊采啊，每个人都采了一大把，互相炫耀着，乡村的花朵，只有马莲花，让孩子们快乐无比。

我们只是叫着马莲坡，因为坡上长满了马莲，鲜有其他的植物。而对于马莲花，却知之甚少，甚至谁也没想着刨根问底：那样的植物为什么叫马莲，无论是它的枝叶，还是它的花朵，似乎与马一点儿也不搭界，连马的某一个部位也不搭界。村上有一个模糊的说法，每个马蹄印里都会长出一朵马莲。马莲坡上的马莲是不是从马蹄印里长出来的，谁也说不清楚，也没必要说清楚。

村里有个习俗，德高望重的老人去世了，头顶上都要放上马莲。在老人没有了气息的那一刻，家里的人就扛了铁锹，连泥带土挖一筐马莲，恭恭敬敬地放在老人的头顶上。奇怪的是，老人几天后出殡了，那马莲还开了花。

马莲是命贱的植物，贫瘠的土地上，只要有维持生命的少许水分，它就能坚强地活下来，而且它会把自己的子孙迅速地蔓延开来，占领未知的世界。

马莲坡，它是不是也预示着一座村庄的未来呢？马莲坡的人，一直都像马莲一样自由而自足地生活着。

阳关以南

从阳关博物馆出来，一直向南，绕过荒漠，进入了丰腴的绿洲地带。这里似乎是一带下陷的坡地，大量的泉水汇集起来，竟然形成了一处处水洼。道路被树木簇拥着，阳关的情形好像远在千里之外，而事实上，我离开那里仅仅十多分钟。

走出这片绿洲，就已经是西出阳关了，只不过我采取了迂回战术，从正南折向西南。泉水抛在身后，荒芜接踵而来。这样的荒芜，是人烟绝迹的荒芜，芦苇却是很茂盛的。沿着一条沙路，芦苇的密度竟然是风吹草低的壮阔，人走过去，那些草就能迅速合拢。

从史书上看，从前也是这个样子。南来北往的人，看见了阳关，就回头抹去自己的脚印，生怕几千里路上的凶险随之而来。踏入这朝思暮想的关口，潮湿的风与泪水混合在一起，被茂密的芦苇掩饰了起来。

人们痛痛快快地没入泉水，洗净身上和衣服上的汗腥味，躺在清凉的草地上，那蔚蓝的天空白云飘荡，如此美妙，只有在此时此刻，他们才有欣赏的心情。

人与水，人与植物，本来是孪生兄弟，可他们却远走他乡，用生命与戈壁和沙漠赌博，在最艰难的日子，他们差一点就把自己的一把骨头扔在了飘浮的蜃景中。现在想起来，阳关所赐予他们的，简直是神灵般的护佑。

汉时阳关设立，一个王朝的目光，开始炯炯有神地注视西域和西域以外更广阔的地方。阳关驻扎了数以十万计的戍边者，养育着数万计的马匹。

而如今，这广阔的草滩，这密密麻麻的芦苇，能藏下多少牛羊和骏马呢？看来，草原的区域日渐萎缩了。

依稀可辨的长城和烽火台，是守卫绿洲的屏障，而此刻的绿洲却远远地抛弃了它们，它们搁浅于沙丘中的身影，已经虚弱无力了。

我努力向它们走去，翻越一座又一座沙丘，走累了就坐下来。有一簇两簇的芦苇跟随我们的脚步，渐渐地爬上了干旱的沙丘，这些了不起的芦苇，在生命的绝地高擎绿色的旗帜，让我为之一振。

我试着在芦苇周边的沙丘往下挖开滚烫的沙子，挖了一尺多深，就有了冷飕飕的水气，这可能就是芦苇赖以存在的根本吧。沙丘也会像驼峰一样储存不可多得的水分，这让人万分惊讶。芦苇勇敢的尝试，使自己占据了遥望远方的高度。

终于抵达那断断续续的长城，芦苇夹沙夯筑的高墙，保持了几千年的尊严，衰老凋零中，仍是坚定不移的风骨。此刻，西望苍茫大地，已是光秃秃的戈壁滩了，视野所到之处，也找不出一两棵匍匐的小草。

阳关以南，长城分开了这自然的断带，岁月又给自己留出了保守秘密的空白，再让那些泉水和芦苇填补进去，已是无可挽回的梦境。

峡　谷

我去了一个名叫额部的峡谷，当地的牧人指着远处水声轰响的地方，一个劲地说：额部，额部。我才知道，我马上就要到达额部峡谷了。

一条峡谷为什么叫额部，可能是它自己的秘密，而我此行的目的只是拍摄几张峡谷的照片，包括峡谷中的断崖和一往无前的水流。

我想象着那是一条荒芜的峡谷，有斧劈刀削的险峻，也有洪荒初开的原始。真正走进峡谷，却是另外一种样子：茂密的草，簇拥着河道，虽是在百丈高崖之下，峡谷的几处臂弯，都是碧绿的庄稼，还有高耸的树木。

这样的图画，一时间击退了我高昂的情绪。我恍然觉得我是从一座村庄来到了另一座村庄，并没有经过荒凉的戈壁，走进深深的峡谷。事实上，我已经来到了峡谷。我盼望的险峻的气势，只有那流水的滔滔不绝的声音，而声音是难以通过画面表达的。看来，我注定要空手而归。

我思忖着，这额部竟然盛藏着自然的温柔，这里的一切，都浸润了水的特质。

一座简陋的茅草屋，一位老人守护着自己的田野，阳光灿烂中，他在一棵杏树下，品尝着浓稠的茶汁。上前施礼问候，与老人一同坐看峡谷，老人端上来的一杯茶，却是从未有过的清香。老人说，其实这也不是正经的茶叶，而是峡谷中的草叶，这草叶发芽早，在最后一场雪融化的时刻，比别的草叶最先露头，这时候掐下嫩叶，晾晒、蒸煮、干炒，然后才能泡茶，此类野茶，清热、解毒、助消化，喝一杯，就舒坦一天。

杏子刚刚成熟，老人摘下一部分，整齐地摆在干草上，已是柔软的杏干。他说，尝尝额部峡谷的杏子吧，或许滋味不一样。我吃了几颗，香甜中略带酸味，可口极了。实话说，这么多年了，没有吃到过如此杏味十足的杏子，小时候偷吃杏子的感觉又回来了。

我说，这额部峡谷怎么一点也不像峡谷，简直就是一个世外桃源。老人摇摇头说，遇到发洪水的日子，水是暴怒的狮子，而峡谷是一群饥渴的狼。河洲上全是泥沙，覆盖了所有的草、树木和庄稼。老人经历过这样的险情，他是攀上了峭壁上突出的岩石，才逃脱的劫难。

老人回忆说，那情景，看了让人心惊肉跳，站在峭壁上，水伸长了脖子咬你，尖利的石头像烧红的锥子扎你。

老人带着我去了前方五里远的额部峡谷的脖颈，那真是青筋暴起，异常凶险，峡谷的宽度只有十多米，流水的冲刷下，怪石嶙峋、犬牙交错。整体上，有巍峨的气韵；细部，狰狞可怖中有鬼斧神工的雕像。我一个劲地摁快门，直到用尽了电池和内存。

额部峡谷，似乎是一部庞大的交响乐，有平缓的抒情，更有激越的高潮，体会它，还真不能像喝一杯浓茶一样，四平八稳，平和的心情上像架了一堆干柴，烧啊烧啊，烧得人都快沸了。

而额部峡谷依然如我，那滔滔的河水，不舍昼夜，逝去如斯。

十二棵沙枣树

十二棵沙枣树是母亲栽下的，母亲说，十二棵沙枣树挡住了风，河滩上的蔬菜很快就长大了。

母亲说得没错，自从我们家在河滩上开垦了荒地，母亲撒下的蔬菜种子从来就没有活过春季。有了沙枣树，就不一样了，十二棵，正好一排，严严实实地遮挡住了风沙，荒地上的蔬菜越长越旺，使我们度过困难的日子。

河滩上风大，栽种别的树种不容易成活，只有沙枣树，只要有点雨水，它就发芽、抽叶，用不了多长时间，它就伸展开茂盛的枝条，编织成一道防风遮沙的树墙。更何况我们是把沙枣树栽种在河滩。

那年春天，母亲砍了一捆沙枣树枝，在河滩上挖了一条深沟，把那些树枝埋了进去，我们数了数，不多不少，十二棵。我们用脸盆往树沟里浇水，母亲说，不用的，河水会渗进去的，河边潮湿的气息会顺着树枝越爬越高，把树枝撑高扩大。

从那时起，我们就天天去河滩看守我们家的菜园子和沙枣树。日子过得真慢啊，茄子、辣椒、西红柿出苗了，但沙枣树还是原样。我们都失望了，生气了，再也不来看了，偶然来一回，沙枣树竟然长高了一截。植物的生长，似乎是一个秘密，不想让人知道。

20 世纪 70 年代中期，绿洲上的庄稼时好时坏，我们家的孩子多，粮食一直不够吃，好在菜园子年年丰收，母亲把一筐一筐的蔬菜背回家，炒一大锅菜，盛半碗面条，总能满足我们的食欲。冬天，菜园子的菜晾成了菜干，饭桌上仍然很丰盛。

沙枣树没几年就长成了参天大树。开始是四处蔓延的枝条，母亲砍下来喂羊、烧柴。后来是稠密的枝干，上面坠满了红彤彤的沙枣。母亲把几麻袋沙枣磨成沙枣面，做沙枣面包子。平时不愿意吃的又酸又涩的沙枣，母亲精心地用开水浸泡几天，发酵后，酸涩的味道淡了，浓甜的味道老远就能闻到。美味可口，村上的孩子都喜欢吃。

有一年发洪水，半夜三更，母亲顾不上危险，就去了河滩，那里有我家的菜园子，是我们家一年的副食，要是被水冲了，日子就没法过了。整整一个晚上，母亲挖了一条一人深的排洪沟，整个身子没在水中，菜园子保住了，母亲却落下了难以治愈的腰疼病。

现在，十二棵沙枣树已经是一大片沙枣林了，我们家的菜园子也扩大了好多，种了梨树、杏树、苹果树。村上还在沙枣林里开办了农家乐，吸引了不少的城里人来这里吃农家饭。人们把这里叫南河滩，或者南河滩沙枣林，可母亲一直叫它十二棵沙枣树。每次我回到故乡，母亲都说，去十二棵沙枣树看看，那里是一块风水宝地啊。

我知道，那是母亲留给岁月的图画，即使百年之后，那也是她不朽的纪念碑啊。

冬　夜

乡村的冬夜北风吹雪，但在记忆中，却没有过真正的寒冷。

棉衣棉裤穿在身上，从村头到村尾，身上会汗湿的。更不要说一家人簇拥在火炉旁，烧一壶茶，在灰烬里煨一把大豆和苞谷，听到噼里啪啦的声音，那大豆和苞谷就急切地蹦出来，笑成一朵花。

乡村的农事，在冬夜，都转移到了温暖的屋子里。

秋天的棉花采摘之后，那些没有来得及盛开的棉桃，只能晾在房顶上晒干，再用棒槌敲碎，敲出白生生的棉花。这些棉花粘连了多半的棉花壳和叶片，统统被盛放在柳条筐里。一家人围坐在热炕上，捡出干净的棉花，棉花堆放在炕角，几天下来，就装好几麻袋。

捡棉花的事，孩子们没有耐心，家长们只好进行物质奖励。比如捡多少棉花可以发一块糖，或者一把瓜子，或者杏干、桃干之类。

捡完了棉花，母亲就开始给一家人做过年的鞋子，打褙子——就是把零碎的破布片用糨糊粘在一起，晒干后，一层层摞起，剪出鞋底，然后就是纳鞋底。这是功夫活，一针一线，针脚还要走出很好看的花纹，水纹、云纹之类。姑娘们家总是凑在一起交流各自的心得。好的针线活一传十十传百，全村的人都会知道。村里的小伙子找对象，对女孩子的要求是有一手“好茶饭好针线”，所谓的好茶饭，就是做饭的手艺，而好针线，则是纳鞋底的功夫。这些手艺和功夫，都是在冬天农闲的时候练出来的。

更多的时间里，趁着暗夜，孩子们会去各家各户串联，串联起一大帮孩子后，点燃火把，学着电影里打仗的样子，守卫冲锋，把清冷寂寞的村庄搅和得热气腾腾的。一般的游戏是“中国美国”，一伙孩子分成两拨，一拨是“美国人”，一拨是“中国人”，当然谁也不愿意做“美国人”，只好轮流做。“中国人”的一方意气风发，往往把“美国人”打得落花流水，最后举手投降。一场游戏下来，冬夜的寒冷早就消融了。

冬天的田野光秃秃的，犁铧翻起的土疙瘩到处都是，孩子们就在土疙瘩地里“斗鸡”。这种游戏在两个人中间进行，两人同时抬起一条腿弯曲成鸡头的模样，另一条腿蹦跳着往前冲，谁倒地了，就算失败，另一个再来挑战胜利者。“斗鸡”场上，呼喊的声音此起彼伏，轮番混战当中，没有永远的胜利者，也没有永远的失败者，参与的激情一波比一波高涨。

比较恶劣的是同村的孩子与外村的孩子打土块仗。一声号令之下，土块飞扬，在深不可测的暗夜里，被土块砸着的孩子，有头上起包的，有流鼻血的，谁也不会退出“战场”，直到处于弱势的一方下令撤退，一场“战斗”才算结束。想起那时候打土块仗的攻、防、守、卫都有完整的一套方案，谁隐蔽在哪儿，谁打冲锋，都有明确的分工。

这样的日子一眨眼就过去了，当春天爬满了树梢，孩子们还在留恋冬天的夜晚。那些雪，那些凛冽的北风，从来没有给孩子们带来过真正的寒冷。

沙　井

刚一开春，天气就特别热，母亲查看了麦地里的墒情，说今年要旱哩。母亲是种庄稼的能手，她能预测天气，我不大相信。

尽管如此，我还是按照母亲的吩咐，请了打井的师傅，打了一口沙井。

我们的村庄在一大块绿洲的边缘，沙漠和戈壁虎视眈眈地盯着田野上的麦子和高粱，冷不丁地，铺天盖地的风挟裹着沙子来了，年终的收获就要大打折扣。这还不算，酷热的夏季，河水越来越浅，虚弱的身子已经爬不上高处的田野，那戈壁和沙漠上的酷热，像一只看不见的手，掐住庄稼的脖子，直到鲜嫩的庄稼枯萎，那情景，人只能眼睁睁地看着。

母亲说，干旱要来了，不是现在，而是在酷热的夏季。打一口沙井，家里的几亩麦子和棉花就确保无忧了。

包产到户第一年，我家就打了一口沙井，那时候，打一口井要花一百多元钱，家里的家底也就是一百多元钱，把它全部压在沙井上，母亲是下了狠心的。再说了，政策要是不稳定，投在沙井上的钱就捐给生产队了。谁也不能把沙井搬到自家院子里。

别人都在笑话母亲，说母亲是吃饱了撑的，天不旱，非要盼着天旱。书本上把这叫杞人忧天。不管怎么说，母亲还是打了一口沙井，当清凌凌的水从井底冒出，我们收拾好了家里闲置不用的水车，母亲让我们试了一下，水一下子就从井里带了出来。这时我才想起了，母亲在生产队分东西的时候，主动要了谁也看不上眼的老水车。

打沙井是个技术活，沙土松软，挖到了有水的地方，就会倒坑，挖好的井，就被埋了。打井的师傅有自己的办法，他们打一层用砖头砌一层，最后用石灰把井壁箍得紧紧的，还在井壁上留下脚窝，水不畅通的季节，人可以下井疏通。

打沙井讲究的是看水脉，不懂水脉的人，往往挖下去很深也不出水，而掌握了水脉，不仅水旺，而且活水源源不断。

母亲在沙井的边上，种了一片芹菜，用沙井的水浇了两茬，芹菜就出脱得绿油油的了。使了农家肥后，芹菜的茎叶使劲地扩展。那些芹菜，除了自家吃，还卖了一百多元钱，正好补上了打沙井的钱。

到了麦子浇最后一茬水的日子，河里真的没水了，这下，人们慌了。把河里、湖里的水都挑到田野里，能救活多少苗算多少。而母亲不慌不忙地领着我们，推动水车，我家的麦地和棉花地全部浇上了水，临近我家的地也沾了光。沙井算是真正发挥了抗旱的作用。

沙井，是绿洲村庄特有的取水方式。现在，地下水已经越来越深，沙井早已够不着它们了，取而代之的是八九十米的机井，井壁上套着的是坚硬的水泥管，一口井的成本要好几万元。沙井，彻底地消失在村庄的原野上了，年幼的孩子，都不知道它是何物。

石板井

如果能够回到那段日子，我愿意用我所有的财富，换回我的青春。当我再次来到石板井，那温暖的山洞早已破败废弃，久已失去人间烟火的熏陶，它的进深，早就是无尽的黑暗与寂寞，还有无法靠近的荒凉。我坐在洞口的石头上，竟然不能安宁。这时候，我才发现，过去的，永远过去了，就像一阵风，吹走了，就不会回来。

十多年前，一辆卡车把我们扔在石板井，我们卸下一大堆的行李、面粉和蔬菜，就算安家了。我们在石洞里，整整住了两年，直到那条平展的柏油马路通向山里。我们每人在石板井高坡上的三座坟茔前洒下一瓶酒，点燃一盒烟，就告别了它。我们相约，每年的这个时候，都来看石板井，一起喝酒、抽烟、聊天。

那时候，石板井的荒芜与我们火热的青春相比，一直是灰暗的，我们用篝火点亮荒芜，每人都面向戈壁大喊一声：我来了，我来了！声音此起彼伏，荒芜悄悄地退却了。

山里发现了罕见的大矿山，我们的任务是测量路基，修一条通往矿山的公路。每天早晨，我们背起测量仪和绘图工具，一段一段向矿山挺进，中午，就在荒野上喝口水，吃干馒头和咸菜。我们的团队，一辆卡车、十个交通学校毕业的中专生，八个男生，两个女生，在荒野上挥洒着青春的自豪和创造力。我们的大本营，就设在石板井的山洞里。

夏天的暴晒，冬天的寒冷，自不必说，只说浑身上下黝黑的皮肤，就是一个地地道道的山里人。记得刚来石板井的那个春天，一场百年不遇的沙尘暴袭来。那是一个中午，我们围坐在一起吃午饭，天边黑压压的风暴就滚滚而来，在我们还没有来得及做出任何反应的时候，身体就被沉重的沙石盖住了。遇到沙尘暴最主要的应对之策是沉静，只要原地不动，天塌下来都没事。可年轻的我们哪懂得这些，纷纷把身边珍贵的设备往卡车上搬。猛烈的沙尘暴，使能见度不足半米，走向卡车的过程中，我们失散了。

我们每人除了紧抓不放的设备，谁也没有带一瓶水、一个馒头，觉得走错了方向，就放声大喊，可巨大的风声中，谁能听到喊声啊？

那场沙尘暴整整刮了一天一夜，风停了，漫天的沙子落了下来，我们发现少了三个人，一个女同学和两个男同学，这么长时间了，大家又渴又饿，都快虚脱了。想到少了三个同学，大家又都紧张起来，开了卡车四处寻找，那是多么让人焦心的一天啊。戈壁上，我们边走边喊着他们的名字，查看了每一处沙沟和坑洼地带，找到他们的时候，他们的身体已经僵硬了。春天的戈壁，夜晚极其寒冷，再加上他们不停地寻找和奔跑，消耗了大量的体力。在沙尘暴中，人的求生欲望，总是会促使人不断地行走，直到精疲力竭，走向绝望的境地。看着他们扭曲的容颜，看着他们紧紧抱在怀里的测量仪和图纸，我们欲哭无泪，只有默默地向他们鞠躬。

从那个灰暗的春天开始，我们每个人都憋着一股劲，一天完成几天的工作量，基础的测量工作提前完成了。当大量的筑路工人涌入戈壁时，我们的眼睛模糊了。

石板井，刻写了我们的青春记忆，留下了我们无法抹去的青春伤痕，那三座坟茔，高高矗立在我们记忆的深处，时时刺痛我们遥望戈壁的目光。

戈壁啊，你身躯上的小草，是我们青春的泪光吗？

洪　祸

在我们的村庄，把洪水造成的灾害叫洪祸。尽管干旱是一直无法驱除的恶魔，但一场洪水的冲击也是致命的。在我的记忆中，发生过两次洪祸，一次，洪水冲毁了庄稼，冲垮了村庄；一次，洪水没入村庄就减退了流量，全村的老老少少用锅、脸盆和碗，才排尽了流入院落的污泥和水，那阵势，就像打仗一样。

洪水是从山上流下来的。村庄处于一小块绿洲的中心，绿洲的边缘是无垠的戈壁，从戈壁到远处的山脉有三十多公里的缓坡，几天几夜的雨水冲出山谷，来不及渗漏，就直奔村庄，掀起的浪涛像一面墙，排山倒海而来，简易的防洪坝根本无法阻挡，只得任其冲撞。

20 世纪 70 年代初的一个夜晚，雨水绵绵，村庄里锣鼓声四起，民兵挨家挨户地敲门：发洪水了，发洪水了！时间不长，就听见轰隆隆的声音从天边传来，哗啦啦的流水已经漫进屋里，一家人穿上衣服，抱着铺盖，就往房顶上爬。一盏昏暗的马灯下，哭叫的孩子们和惶恐的家长们，拥挤在房顶的草垛子下，虽是酷热的夏季，在淅淅沥沥的雨水中，人们还是不住地打着寒噤。

黑暗笼罩着村庄和田野，男人们被迅速组织起来，挖排洪沟，把涌入村庄的水疏导于低洼的沟槽，一个夜晚不知不觉就过去了。

早晨，雨水停歇，天气放晴，村庄深陷于一片汪洋之中，田野里高大的玉米，只冒出个绿色的尖尖。房子的泥墙渐渐被水泡酥软了，不断有轰然倒塌的墙壁，孩子和女人又从房顶转移到了高处的空地上。

邻村的人赶着马车送来了稀饭和馒头，人们吃着喝着，眼睁睁地看着一片片房屋在洪水中倾覆，像是水中的岛屿。

水退却了，人们从泥沙中挖出了被水浸泡得发胀的粮食和家具。那一年，村庄修建了集体农庄，发芽的麦子磨成的面，刚吃一顿两顿，觉得甜丝丝的很好吃，吃得久了，就怎么也咽不下去。

那件事过去三十多年了，人们提起它，都说，从来没见过那么多的水！

到了20世纪90年代初，一连几天的小雨，使山里的水不断涌向村庄边的洪水坝。本来，从泄洪道开一个口子就没事了。可村上的人被干旱折磨怕了，好不容易积攒下的水，不甘心白白流向荒野，就狠下心等待，等了又等之后，更大的洪水突然来临，防洪坝溃堤，洪水涌向村庄。好在那次有防备，大部分的水，还是走了泄洪道，要不然后果不堪设想。就这样，洪水还是进了各家各户的院落。

天有不测风云，现在的村庄有了水泥防洪工程，防洪与蓄水一体，再也不用担心洪水的肆虐了。洪祸这个词，已经从村庄的历史中抹去了。

春天的雾霭

春天了，蓝蓝的雾霭从地缝里钻出来，一丝一缕地钻出来，它钻出来的时候，你根本看不见。就像藏猫猫要找的一个人，怎么也找不到的时候，他就突然出现在你的面前。

那蓝蓝的雾霭也是一样，当人们看见它的时候，它们已经聚集在一起，布满田野的每一个角落，挂在枝枝杈杈，是鲜亮的绿色了。

而在毛毛的心里，那无处不在的蓝蓝的雾霭并没有散尽，它们用最艳丽的色彩织就了一块蓝底花格布，这花格布一直在毛毛的眼前晃动着，也像一根绳子牢牢地拴着他，不由自主地跟着她走很远的路。

这次，就跟着她来到了沙漠边缘的桃花源。

她是村里的玉玉。

玉玉提着自家的柳条筐，轻盈地向着沙漠边缘的桃花源飘去，其实那些桃花早就缀满了她的身体。

玉玉小学毕业就失学了，帮着家里做饭、洗衣服、喂猪、放羊。而他在困难中仍然坚持着自己的学业，已经高中毕业，考上了省外的大学。他是家里的独子，玉玉做完自家的活，常常去他家帮忙。两人见了面，总是相视一笑，短暂的笑容，很快就收敛了，他还没有尽情地享受那甜甜的滋味，她好看的脸庞就被浓黑的头发遮掩了。

这几天，他又要离开熟悉的村庄了，可总觉得有一个很重要的东西割舍不下，又弄不清到底是什么东西。在外地的学校里，他也是这样的感觉，一学期了，挥之不去。后来，他明白了，是玉玉，是玉玉穿着的那件蓝底花格外套。

玉玉是个能干的姑娘，要不是农村重男轻女的思想，她也会和他一样，坐进明亮的大学教室。这几年，她种下了这数十亩的桃树，靠着沙山的旅游开办了农家饭馆，一溜儿的蒙古包透露着异样的风情，她还有一家规模不小的养殖场。说实话，没有玉玉的经济支持，他根本上不了大学。

他给玉玉带了好多衣服，还带了酒店管理和养殖方面的书。玉玉收下之后，仍然是那短暂的一笑，让他心里空落落的。

他在桃花源里远远地看着她，她忙前忙后，利落洒脱，就像春天里那无处不在的蓝蓝的雾霭，在桃花的映衬下，她比桃花更有生命的活力。

他坚定地走过去，他要把握住这“人面桃花相映红”的机遇。此刻，他轻松了许多，春天的雾霭正悄悄地涌入他的胸怀，他想象着，那蓝底花格布，已经整个儿地裹紧了他的身心。

农场的月亮

在绿洲和沙漠之间，原来的湿地，有的被沙漠淹没了，有的成了农场。常常听着农场的人和事，却没有去过农场，路过农场的时候，只看见农场硕大的田野，一眼望不到边，不像传统绿洲上方格纸一样的田野，一家一户的种植情形，那么大一块地，谁家的啊，知道的人说，那是农场的。我这才知道，农场就像早年的人民公社。

我提早给农场的朋友打了电话，说要去那里住几天。朋友说，好啊，就住在他家里。就这样我有了一段农场的生活经历。

农场的耕作者叫农工，住房和生活远比一般农村要好得多。朋友一家是从湖南搬迁而来的，父亲南征北战，新中国成立后成了农垦战士，他们一家也就来到了农场。

朋友是农场钻井队的队长，这几年农场干旱，他们打了百余口井。农场的井，是再也不能打了，开始是五六米的井，后来是五六十米的井，再后来就是一百多米深的井，一口井打下来，好几个月，成本居高不下，抽水浇灌，已经不划算了。钻井队也就成了摆设，每月只有一百多元的基本工资，他们只好像走街串巷的民工，四处承揽钻井的活路。寒冷的冬天，就窝在家里。我的到来，自然让他高兴得不行。

我喜欢在冬天的夜晚到空旷的田野上走动，朋友就陪着我沿着田埂走向了农场之外的荒野。地广人稀，月色皎洁，空气中弥漫着淡淡的碱腥味儿，这是典型的荒漠的味道。朋友说，他小的时候，这个地方是一片沼泽，春天潮水涌起，形成水汪汪的海子，夏天水汽蒸发之后，就是杂草繁盛的沼泽，野鸭子、野鸡、狐狸和狼时时出没。听着朋友的介绍，我的脑海里出现了一幅水草丰美的图画：绿水荡漾，草木杂陈，生灵繁衍生息，此消彼长，完全是自然法则下运行的和谐系统。此刻，月光下的一切，亦是朦胧中的宁静与空阔，适合于沉思与追溯，往事的悠远，在这样的境界中，自由地飘荡，你随意抓住的那一缕，不一定是所思所想，但它似乎都在记忆中，稍稍整理，就是新鲜的场景。

走过从前的沼泽，竟然是一片树林。朋友说，这是一片胡杨树。虬枝嶙峋，形容如枯木，与秋天胡杨的金黄灿烂判若两物。说实话，我真没有见过冬天的胡杨树，尤其是冬夜月光下的胡杨树，有了月光，它反而苍老，是因为月光太轻盈、太幼稚可爱的缘故吧。

这一个夜晚，朋友讲了很多陈旧的事情，但那陈旧却似老酒，醇香醉人。朋友说，他再也不想过流浪钻井的日子了，他想经营一座果园，春有花夏有果秋有食，在自然的诗意中渐渐老去。朋友的想法很容易实现，他家就有一座百余亩地的果园，只要他能安心地住进果园的草棚里就可以了。

月光下的话题一下子就远离了现实，月光很容易让人变得纯粹，尤其是田野上的月光，农场里的月光。

在我离开农场的那天，朋友也和我一起坐上了班车，他要去另外的绿洲联系钻井的事。开阔的农场，那平整的一望无际的田野，的确壮观。

七零四

父亲从戈壁上回来的时候，人整个儿皮包骨头，瘦得没了人形。母亲眼泪汪汪的，在油灯下哭着。父亲说，别哭了，我这不是好好地坐在炕头上吗？那些把骨头扔在七零四的人，才冤枉呢？

父亲说的七零四似乎很遥远。我记得一辆大卡车刚进村的那阵子，村上敲锣打鼓地欢迎着，那大卡车涂着军绿色，栏杆上插着几面红旗，很威风的样子。但车轱辘上沾了厚厚的泥巴和尘土，车窗的玻璃上也是。父亲从车上下来后，人有点站不稳，身上、脸上也全是尘土，当时我都没认出他来。母亲也是一愣，才接过他手中的行李。

父亲断断续续地讲述过七零四的情形，那是20世纪70年代，各村抽调了不少的青壮劳力去了七零四，主要工作是修路。在无边无际的大戈壁上，一拨一拨的人各占一段，平整路基，再在路基上铺垫石子。

从春天到冬天，路越修越远，条件越来越艰苦，这都算不了什么，最要紧的是断粮。遇到沙尘暴，没有水，没有粮食，成千上万的人忍饥挨饿，许多人都倒下了。

父亲去七零四虽说是修路，但没出过苦力，只是在工地食堂做厨师。每天都有大卡车从绿洲上运来粮食、蔬菜，也有鸡蛋和猪肉。开始时，饭菜量大、油水足，人们吃得好，工程进度也快。后来，粮食供应跟不上，每个人的伙食一减再减，个别人饿晕倒在了工地上，还是没办法。

父亲说，戈壁上气候干燥，海拔高，饭煮不熟，就用大被子捂住蒸，很多人得了病，扛不住了才用药，用药的时候，人已经不行了。

本来修筑公路的事，半年就能结束，就因为供应不足，拖了十个月，最后四个月是最苦的四个月，吃不饱饭的事，也是那四个月发生的。

父亲他们在粮食断绝的情况下，在戈壁上收割灰棚草、骆驼刺，把它们磨成粉，烧糊糊给大家喝，喝得人都透明了，几乎透过肚子能清楚地看见肠子的蠕动。

父亲总算回来了。以后，父亲总把七零四挂在嘴上。我们根本不知道七零四为何物，只是一个抽象的概念。

二十多年后，我沿着青藏公路漫游，采访了那里的每一个兵站，有一段直插绿洲的隐秘的公路就叫七零四。兵站上的人告诉我，那是一条秘密的战备公路，代号七零四。

当我们准备走这条简捷的公路时，兵站的人说，别冒险，这条路已经多年不走车了，几百公里没有人烟，车出了故障，那就是死路。

我终于又听说了这个听过无数次的七零四，也终于没有见证父亲的艰难经历。看着蜃景中漂浮的浅褐色的带子，它像是一个人的眼神，很熟悉的眼神，琢磨了许久，我才悟出，父亲曾经有过那样的眼神啊。

巴丹吉林边缘

汽车走出一片绿洲，司机说，前面就是巴丹吉林沙漠。司机说的前面，一直在前面，目标似乎永远埋伏着。

地势更加开阔，戈壁冲破天涯，一路走着，从早晨到中午，还都是戈壁。仿佛沙石的铺陈，比越野车还要迅速。

天气还算好，天空湛蓝，白云飘浮，除了丝丝的北风带来刺骨的寒冷，一切都是预料中的样子。今天是大年初二，我们去巴丹吉林沙漠的边缘，看望一位朋友。

朋友说，自己驻守在巴丹吉林沙漠的深处，我查了地图，其实，那只是巴丹吉林沙漠的边边，亦是沙漠的一个豁口，向远方的绿洲敞开着，风的问候，异常强烈。

大概是在下午的五点，那个叫大墩的兵站到了。远远地我们就看见一个黑点，不断地接近，才看清那是一座四合院，看清四合院之后，才看清四合院门口站着一个人。不用说，那就是我的朋友。

现在，兵站上有两个人，另外一个人忙着给我们做饭，进了兵站，就见桌子上摆好了热乎乎的饭菜，还有两瓶酒。

不久以前，这里还是军事禁区，了无人迹，只有来往的军车在这里停歇，带来外面的消息。我们是他们接待的第一批客人，名义上是科学考察的过路客，实际上是朋友间的走动和访问。

朋友的脸冻得通红，屋里炉火旺盛，脸就更红了。朋友不说兵站的事情，那是军事秘密，我们也不便了解。朋友只说，过年真幸福，初一，首长们来看他们，初二，我们又来了。在巴丹吉林沙漠，人是稀有珍宝。更多的日子里，他们两个大男人，把一生中所有的事情都说完了，把村里的姑娘说了个遍，甚至把小时候的事情都说了，翻箱倒柜，陈芝麻烂谷子，天天说，都没话可说了。

我说，可以读书啊，说书上的事情啊。

朋友说，读书读的时间长了，头疼脑涨，就像要炸裂了一样。再说大部头的书也看不进去，时尚的杂志都快翻烂了。

朋友说，有一年冬天，他一个人走出了很远，都走进了沙漠。你猜，他遇见什么了？他遇见了一只饿得半死的狐狸，他把这只狐狸背到了兵站，养了一年多，最后送进城里的动物园了。他去动物园，那只狐狸还认识他呢。

吃饭，喝酒，聊天，已经很晚了，朋友把电灯关了后，拉我去后院看看。到了后院，我发现那里完全是一个绿色的世界。干巴巴的树枝上挂满了绿色的灯笼，投射出绿色的光芒。在无边的戈壁，散发着春天的光泽。

在小树林的旁边，有一座塑料大棚，里面的黄瓜、辣椒、西红柿组成了色彩的阵列，让人为之一振。

那一夜，我们都无法入眠，这是在巴丹吉林沙漠的边缘。人之一生，这样的机缘不多。

凄怨的笛声

“羌笛何须怨杨柳”，在戈壁上吹笛子，声音能传得很远很远。只不过羌笛声中的幽怨只是诗词的渲染，没有真正体会一次。

就是因为小时候常常听邻居小伙子的笛音，对于唐人的边塞诗句，有了刻骨铭心的感悟。

20 世纪 70 年代末的一段时间，我们村庄里的一对男女，私下发了重誓：非对方不娶不嫁。大家都觉得这对鸳鸯的好事就要成了，可出乎意料的是，那个姑娘很快就出嫁了，新郎却不是先前的那个小伙子。

村里的人满头雾水，不知道是哪儿出了岔。好好的一对，就像粘在一起的麦芽糖，怎么说分就分了，而且分得那么快，如同一道闪电，把人击蒙了。

那个开朗的小伙子就是我家邻居，他的笑声迅速消失了，白天卖命般地出力，晚上则一个人在屋里吹笛子。开始，他是学着吹的，没有章法，听起来就像孩子的哭叫。后来，技法越来越成熟，有了明显的调调。村上人说，那是老调调，苦调调，俗称“酸曲儿”。所谓的“酸曲儿”，唱的都是辛酸事，听了，鼻子一酸，就流下了眼泪。

小伙子一个人在屋里吹了很长时间的笛子，也许是家人的劝阻，朋友的安慰，屋子里没有那种让人想哭的笛音了。

有一天晚上，我在村子外面的沙滩上捡柴火，笛子的声音从沙丘的背后断断续续地传来，初次听到后，吓了我一跳：黑咕隆咚的，哪来的笛子声？但那笛子声很熟悉，和我从邻居小伙子那里听到的一模一样。我平静了下来，悄悄摸到沙丘的背面看个究竟：原来，沙丘的背后坐着一个人，正在专注地吹笛子。我想，那个人肯定就是我们家的邻居小伙子。

笛声像是一根绳子，牢牢地拴住了我。我只好坐在沙丘的另一面，沉醉于幽怨的笛声之中。小伙子吹得忘情，声音打开了我的泪腺，莫名其妙地，我已是泪水洗面了。

我奇怪那笛子的声音竟然会有使人流泪的魔法，两个人的爱情，用笛音倾诉，会有天长地久的永生。于是，那笛音，萦绕在我的内心，久久不散。

那小伙子也是歪打正着，县里的文工团招收演员，因为他笛子吹得纯熟，被破格选拔为笛子演奏员，成了名副其实的干部。

村里的人说，婚姻是天配的，一切都是天意啊。在我看来，那天意，着实是一种苦涩的味道。

后来我长大了，在学校里读到戍守边塞的将士们在黄昏的大野吹奏笛子，从前邻居家的小伙子的笛子声就自然而然地回响在耳边，我懂得了那种无处寄托的思念。笛子是天生的表达乐器，只要那悠长的声音释放出来，一切尽在不言中。

梦一般的时光

戈壁把绿色的田野隔开，一片田野就是一座村庄。而过了我们的村庄，就再也看不到田野，无垠的戈壁向远方铺展。

一个偶然的机会，我发现了邻村的果园。正是夏天的酷热季节，看着茂密的果树，我似乎看见了黄澄澄的杏子，闻到了杏子的芳香，不由得流下了口水。

生产队的果园都有人看管，也听说每一个果园里都有几条大狼狗，但杏子的诱惑让我铤而走险，一翻身，就跳进了果园的围墙。

我先是在深草里观察动静，果园里安宁寂寥，像是废弃了几百年的故园，根本没有凶恶的狼狗。我学着电影里侦察兵的样子，匍匐前进，终于摸到了一棵老杏树下，抬头张望，枝枝杈杈坠满了杏子，低头环顾，也不见人影，我才使出了自己爬树的本领，噌地就攀上了枝头，如同孙猴子进了蟠桃园，拣最好最大的品尝，吃得肚子都鼓起来了，一颗也吃不下去了，就脱下衬衣，挽成布袋，往里装杏子。

可当我满载而归时，树下却站着一个人，手里拿着一根粗大的木棍。这下，我惊呆了，背在身上的杏子，全部掉在了地上。

那个人说话的时候，我才发觉她是一个姐姐，年轻漂亮，年龄比我大不了多少。她把我带到草房，上上下下看着我，也没有训斥我，这让我心里发毛。传统的村庄，偷东西是不容原谅的过错，所谓“从小偷油，到大偷牛”，会成为人一辈子的污点。

我哀求着，让姐姐放过我。姐姐也没有为难我的意思，反而夸我胆子大，敢一个人到果园偷杏子。

姐姐把一包杏子递给我，示意让我走，我感激地向她点了点头，目光落在一摞书上，看到书，我就走不动路了。她好像发现了我的意图，随手又拿起几本书：喜欢看书，拿去看吧，可要记得还回来。我忙不迭地接过书，就匆匆离开了。

那是屠格涅夫的散文集《猎人笔记》和梁斌的《红旗谱》，我从来没有读过那么好的书，书中的很多情节我都抄录了下来。从此，我和她就成了朋友。她是城里来的知识青年，父母都是知识分子，家里有很多书，因为她从小身体虚弱，就被安排看管果园。

也许是命运的垂青，让我认识了她。那一段时光，我穿梭于村庄和果园，吸引我的，再也不是杏子和其他那些甜蜜的果实，而是一本本能让我神思飞扬的书。我打听到小米、黄豆、苁蓉是滋补身体的好东西，就想方设法搞到手送给她，开始她不收，我硬是塞给了她。

现在想起来，一个人拥有一份幸运，几乎靠机遇。每次我到姐姐家去，我都会说，要不是那次经历，我可能还是一个农村的放牛娃。姐姐笑了，她说，每个人的命运，都是自己争取来的，如果那次不是因为你是一个喜欢读书的孩子，也没有你的今天。

姐姐的话是对的，我遇见了她，就是遇见了我的幸运之神。

一座果园，浸染了我的人生色彩，对于我来说，那个姐姐，还有她的那些书，是我一生中梦一般的时光。它永远地镶嵌在我生命征途的背景上，催我奋进。

傕木头沟

我不知道傕木头是什么意思，有人说是蒙古语，大意是水草丰美的地方。如果说这个说法是准确的，那么，这个地方就是一个水草丰美的山沟。

敦煌一带的风物，常常让人惊讶，所谓的山重水复，却生出万千妩媚，傕木头沟是不是这样的境界，还须一番脚力才能证明。去过那里的朋友说，不需要证明，那里的确是个人间仙境。

西出敦煌，绿洲很快就甩在汽车后面了，无垠的戈壁，向着天际延伸，似乎没有尽头。朋友说，傕木头沟就在敦煌的尽头。在我看来，敦煌的尽头，也就是天的尽头。

我们走了四个多小时的沙土路，东进西拐，步入一条沟壑。从戈壁上看，是沟壑，但走进去，却另有洞天。那沟壑实在是广阔极了，淙淙溪流下，杂草密布，杂草的绝处，又是茂盛的树林。秋天，树叶金黄灿烂，不用说，那是稀有的胡杨树。我知道，疏勒河流过的地方，有小片的胡杨林，疏勒河流入敦煌之后，情况也大致差不多。如今，疏勒河的碧波，还没有进入敦煌地界，就已经枯竭了，那些胡杨树的命运可想而知。

这些小溪流，从水系上说，应该是党金果勒河的支流，是雪山融水收纳了沿途的泉水汇集而成。因为长流不断，所以涵养了无限的草木，造就了戈壁荒芜而此处独秀的奇景。

傕木头沟的独特是相对于戈壁的寸草不生而言的。如果不是干旱，戈壁本来是可以锦绣如画的，但凡有一点点水，它就会呈现绿洲的清脆。催木头沟因为有了源源不断的水，又绝少人烟，自然的状态就憨厚可亲，草想怎么绿就怎么绿，树想怎么长就怎么长，鸟爱怎么飞就怎么飞，还有那些狐狸、兔子、野鸡、野羊，甚至狼和豹子，一条完整的生物链持续巩固着，人看见了，就觉得新鲜无比。其实，我们生活的绿洲，原本也是催木头沟的样子，只是人为的改造因素，失去了自然的生态美。催木头沟所展示的，正是这样的美。

我们横七竖八地躺在胡杨林里，消解着戈壁带给我们的酷热，享受着绿荫的庇佑，鸟儿悦耳的鸣啭，如天籁一般，此刻，整个儿放松自己，放浪形骸也行。

时不时有人惊叫，说看见某某动物了。这里本身就是动物的领地，惊叫的应该是动物。有了我们的惊扰，不知动物会郁闷多久，提心吊胆地窥视，直到我们离开，它们也惴惴不安。既然来了，我们管不了那么多，拿出野外装备，用溪水煮肉，在草地上喝酒，度过了大半天的快乐时光。

回家的路上，大家都说不虚此行，我想，只要走很远的路，走到人迹罕至的地方，都会有不虚此行的感受。哪怕是沙漠和戈壁，自然的精致总有激动人心的一面。

骆驼客

我有机会接触到骆驼客纯属一个意外。

大概是两年前的春节，我去一个偏远的村庄看望我的外祖母。外祖母眼睛花了，头发白了，我去看她的时候，她竟然认不出我是谁了。我说我是你的外孙子，外祖母才上上下下地抚摸我。就在这当儿，屋里进来了一位老人，舅舅把他让到炕上坐，炕上热乎，炕桌上摆满了瓜子和糖果。老人也不客气，脱下棉靴子，就盘腿坐在了炕上。

老人坐在炕上后，话就多了起来，说五十多年了，一切都变了，这村子原来在东坝上，现在挪到了西坝上，一块的玩伴很多都不在了，得去坟头上看他们，桂花，你的身体还好吧！

桂花，就是外婆。

舅舅说，这个老爷爷八岁的时候就走出村子拉骆驼，穿越村庄北面的黑戈壁一趟一趟地闯新疆，没想到，吃了那么多的苦，身体还是很硬朗。

我心里一惊，新中国成立前的那些骆驼客还有在世的，而且这个在世的人，就在我的眼前。我曾经长期着迷于民国年间延续了三十多年的连接关内与关外驼路走向的研究，手头大都是民间传说的素材，而真正的驼路则早已淹没于岁月风尘之中，没有蛛丝马迹可寻。踏破铁鞋无觅处，得来全不费工夫，老爷爷的经历，对我来说，无异于天上掉下来个大馅饼。

在老爷爷的讲述中，我恍惚走上了那条艰辛的骆驼之路。八百公里的荒野，每隔二十公里，就有一眼泉，是断断续续的四十多眼泉连起了那漫长的道路，要不然，骆驼客就要被干枯的戈壁渴死，被酷烈的太阳晒死。走在骆驼道上的人，记下了泉水，就找到了生存的路线，就是骆驼道上的主人。

老爷爷跟着七八十匹骆驼，夜行昼伏，根本无法辨别方向，只是懵懵懂懂地跟着大掌柜走。走到一处，大掌柜说，歇了，他就帮着把驮子一个个从骆驼背上卸下来，牵上骆驼到泉边饮水。泉水四周往往长满了野草，他还要割草喂骆驼。最初，他只是个帮工的角色，吃人家吃剩的饭汤。遇见大风暴，人被埋掉半截子，自己不想着法子出来，驼队走远了，就是个死。在骆驼客的行列里，适者生存，这残酷的法则，使很多刚刚出道的小伙子都把年轻的骨头扔在了戈壁滩上。

这样的日子苦熬了三年，他走了五六趟戈壁，逐渐积累了走戈壁的经验。譬如看天气，识别道路，找泉水，他都干得顺手了，大掌柜不敢小瞧他，使他处于驼队中一个核心的位置。

老爷爷大概画出了他们行走的路线，图上标记的名称，闻所未闻，可能是骆驼客内部的秘密暗号。像那些泉水，都是用黑瞎子、老狐狸、小山羊等标注，外人根本看不出个究竟。

老爷爷自己拉了三十年的骆驼，积攒了一笔银钱，就在关外安了家，年年眼含泪水看着关内的方向，老了，才下定决心把自己这把老骨头送回故乡。老爷爷说，这回，他不走了，埋棺材的地方都选好了。

听了老爷爷的经历，我的思路稍稍清晰了些，但总体上，那条驼路还是蒙着一层厚厚的迷雾。因为那条路上，抛洒了一代人的情感，情感失散，活跃的泉眼也就被堵死了，今天的人们再去探寻它，已经无路可走。

桃花盛开

大地的明艳是桃花在一瞬间照亮的。人脱去了厚重的棉袄，立刻觉得轻松起来，实际上，空气中到处都弥漫着飞翔的欲望。小草踮着脚长个子，麻雀的啾啾声更加清脆，天空蔚蓝，云朵活跃。

这个时候，人们知道桃花盛开了，粉红色的花朵掩映在稠密的绿色中，浓艳的装束和清香的气息，已经把春天的帷幕拉开了。

我发现村庄里根本没有人去特意欣赏桃花，一些人在桃园耕作，对于那满树招摇的色彩也是视而不见。至多是劳动的间隙，坐在一棵桃树下，抽一支烟，提一提精神。谁也不会被桃花的鲜艳所激动，只是在秋天的打麦场，看着一堆金黄的麦子，人们才不由自主地陶醉一番。

处在青春期的男女也一样，他们有着内心的骚动，却没有桃花枝下抒发胸臆的雅致和勇气。村庄的习俗如此，如果有人为一树桃花而癫狂，那他一定是精神不正常。

村庄里的桃园，在桃花盛开的日子，是寂静的，寂寞的。打破这寂静和寂寞的是一对青年男女，他们是来村庄锻炼的知识青年。知识青年上山下乡接受贫下中农再教育，但他们的热情和浪漫，偷偷地在村里传开。说那是一对痴情男女，别人都回城了，只有他们留在了村庄里，村里的人也想早点让他们回到城里，可回城的指标都被有门路的人截走了，没有他俩的份。他俩在桃园里翩翩起舞的时候，人们就说看把孩子整的，精神都有了问题，赶紧让他们回城吧。

可村里人说了不算，倒是有几次回城的机会，他们都拒绝了，他们好像心甘情愿地留在农村。到了改革开放初期，他们去村庄之外的草原上倒卖羊皮和牛肉，发了一大笔财，在村上盖起了第一座小洋楼，那小洋楼就盖在桃园里。夫妻两个在春天的桃园各摆一把躺椅，喝茶、吃糕点、看桃花，像是一对恋人。

在村上人看来只能看景的桃园，一开始就被这两个城里来的知识青年买断，他们在桃园里添置了玲珑的小景，把整个桃园改造成了远近闻名的茶园，兼做餐饮，生意红火得不得了。

这时候，小两口又在村庄附近的沙泉，开垦了荒地，种了一望无际的桃树，安安静静地生活在那里。照旧是躺在椅子上，喝茶、吃糕点、看桃花，心情平静得像水似的。

而早早回城的知识青年日子都过得不如意，工厂倒闭后下了岗的许多同伴，都来投奔他俩。他俩又谋划着开了芒硝矿和盐矿，生意更加火爆。

后来，有一本书被年轻的学生带到了村庄，那本书的名字叫《桃花盛开》，写的都是村庄的事，在写桃园的时候，说它是童话般的仙境，让人身心愉悦。那本书的作者就是那两个没有回城的知识青年。

村庄里的人说，他俩写的桃园，绝对不是村庄里的桃园，是他们心里的桃园，是他们心里的桃园留住了他们，指引他们过上了幸福的生活。

白墩子一带

白墩子处在 312 国道柳园至星星峡一线，就在公路的一侧，车一拐，就能看见一片湖泊和大片的草地。因为惯常走的路是从瓜州县城直插敦煌，那条路上的白墩子也就无缘相见。

正好瓜州到敦煌的公路翻修，我们绕个大弯，从柳园到达敦煌，这才看见了白墩子，小小的城堡拱卫着一座烽火台，很是刺眼，不由得吸引人的目光。刺眼，不是它有多么高大、雄伟，而是它的颜色。一般的烽火台都是黄土的本质，而白墩子在阳光的照射下，是一种惨白，就像是一张失血的巨人的脸。

湖水向四面蔓延，碧绿的草地，实际上成了沼泽地。我们深一脚浅一脚地摸索着前行，但还是一腿的泥巴。到了红柳丛中，沿着狐兔穿行的羊肠小道，才得以接近烽火台的外部。

城堡是居高临下的，烽火台上更是能够观览一切。可能是这里的地质情况特殊，在湖水的滋润下，泥巴呈灰白色，被太阳晒干了后，则是白得刺眼的惨白色。城堡和烽火台的修筑都是因地制宜、就地取材，有了这白色的土，就有了白城和白墩子。

看得清楚，这白墩子扼守的是交通要道上的湖水，一队人马出了山口，白墩子就能目测。而山口距离白墩子，骑马也得半个时辰，要是徒步行进，速度就更慢了。就在这半个时辰，烽火报警，军队部署基本上已经完成了。白墩子有一夫当关万夫莫开之险，即使无法守住白墩子要塞，一时半会要攻破城池也是难事。

我在白墩子附近的一个博物馆看到了西路军的事，西路军边退边打，在弹尽粮绝的情况下从白墩子撤离到了新疆，保存了有生力量。这一段辛酸的历史与白墩子联系在一起，的确让人意外。

追溯历史，唐代高僧玄奘的西行之路，也经过这里。专家们通过实地调查，掌握了蛛丝马迹的证据。瓜州的有识之士开辟了重走玄奘路的徒步项目，在每年的四五月份都会有北京、上海、广州的客人前往尽兴。从瓜州的锁阳城到白墩子，横穿茫茫的黑戈壁，不多不少是一天的路程，既能够体验戈壁行走的艰辛，又不至于太劳累，恰到好处。

博物馆里玄奘身背书篓的形象，正好可以作为他们的标杆和前行的力量。我见过几拨走过这条路的玄奘的崇拜者们，他们心情激动，是因为他们征服了黑戈壁，还是追随了玄奘的脚步，我无法得知。

我站在烽火台上极目瞭望，白墩子四周的低洼地，潮湿而丰润，有大片的芦苇和红柳，想必古代的旅行者到了白墩子一定惊喜不已。再往远处，则是一马平川的黑戈壁，前方的道路充满了荒芜，而此刻的白墩子绿荫婆娑，一定会抚平他们的焦虑和忧伤。

白墩子仅仅是个驿站，以此作为出发点，千山万水都能逾越。

苦　水

苦水是一个地方，苦水有大片的草地，在那片草地上，有一个人，在那里住了一辈子。我说的是我们村里的鞋匠爷爷。

听说鞋匠爷爷是见过大世面的，在城里的马路上摆过修鞋的摊点。后来，城里的手工业者归拢起来成立了集体企业，鞋匠爷爷自在惯了，不愿意在企业上班，就来到了苦水，赶着生产队的一群羊，在苦水的草地上奔波着。但到了夜晚，就摆弄着自己的老本行，他把羊毛擀成毡子，又把毡子做成靴子，日子就这样一天天过去了。

苦水距离村庄有十多公里的路程，鞋匠爷爷病了的时候，常常是父亲去接替他，这样，我就有机会到苦水去。

有一次鞋匠爷爷病得很厉害，呼吸都很困难，父亲带去的药，也不管用。那是一年的冬天，北风呼呼地吹，吹来了漫天的大雪，鞋匠爷爷呼吸越来越急促，眼看快不行了。我掏出藏在棉衣里的冬果梨，父亲用冰糖熬了一大茶缸，这是我们村庄的偏方，鞋匠爷爷喝了一天，病情竟然奇迹般地好转。

我陪着鞋匠爷爷度过了整整一个冬天，从那以后，苦水一带，我跑了个遍。鞋匠爷爷教我逮野兔子，我们在石头上拴了活套，隔几天转一圈，就能捉回好几只野兔子。我们天天吃野兔子肉，都快吃腻了。

鞋匠爷爷是个老光棍，身边没有一个亲人，自己本身就是个逃荒要饭的孤儿，学了修鞋的手艺糊口，无牵无挂，图个自由自在。我发现他其实并不喜欢一个人孤独地生活，有我在他身边，他想着法子留住我，当我回村上学时，他偷偷地掉了眼泪。

学校放假或者礼拜天，我都会徒步去苦水，看望鞋匠爷爷。每次去，鞋匠爷爷都送给我他自己做的鞋子和捉到的野兔子。

苦水的秋天，水草旺盛，他就带我去更远的沙丘挖锁阳和苁蓉。锁阳和苁蓉是珍贵的中药材，拿了它换钱，学费就不用发愁。想起来，在那个年月，要不是鞋匠爷爷的帮衬，我的学业就要荒废了。

鞋匠爷爷的病越来越重，但他还是硬撑着在苦水放羊。村上的人都说，让鞋匠爷爷回来，可鞋匠爷爷说，在苦水住惯了，死了就埋在苦水。

我初中毕业考上了外地的中专，吃上了公家饭，鞋匠爷爷破天荒地回了一趟村庄，在我衣服口袋里塞进了二十块钱，算是祝贺。鞋匠爷爷有哮喘病，我在外地给他买了特效药，可他还是没有熬过我走出村庄的那个冬天。

听父亲说，他在临死的时候想见我一面，无奈路途遥远，终成遗憾。他留给我的牛皮褡裢里装了五十多个银元，那是纯正的袁大头，说是留给我娶媳妇的。看着鞋匠爷爷的遗物，我流下了眼泪，在苦水荒凉的坟头上，坐了一天。

往事梦回

二十几岁的时候，不知道远，一路奔波下去，城市和村庄无影无踪，也还是往前走，把自个儿的身影融入漫无边际的荒凉。

二十几岁的夏夜，躺在山峦间平坦的石头上，看着天上的星星，看累了，就一觉睡到大天亮，不知道荒野中还有狼虫虎豹。

二十几岁，世界就好像是自己的，走到哪儿，扑面而来的新鲜与好奇，就足以让人兴奋得手舞足蹈。

想象二十几岁，骑一辆破旧的自行车，去自己心目中的远方，渴了喝一口壶中的凉开水，饿了，啃几口干馒头，累了，不管哪儿，倒地就睡。经历的事，看见过的人，都记在心里了，永远都忘不掉。

二十几岁的身体并不是铁打的，经了风雨，见了世面，我终于倒在了一间羊房子里，发着高烧，腿软软的，一步也挪不动。牧人把我拖到土炕上，我整整睡了三天三夜。是牧人的女儿，给我喂水喂饭，恢复了体力。

那是一个炎热的暑假，牧人的女儿初中刚刚毕业，一家人正愁着为女儿选择出路：是继续上高中，还是去上职业学校。我了解到，牧人的女儿是品学兼优的好学生，就力劝她去上高中，将来考取一个自己满意的大学。按照牧人女儿的兴趣方向，我为她设计了未来的道路，学新闻，当一名记者。

我看过牧人女儿的作文，玲珑剔透，文字洗练而富有感情，一定是个写作的高手。在草原的日子，牧人和她的女儿陪着我去了遥远的沙漠，在沙漠里找到了泉水，泉水汇集，形成了蔚蓝色的海子。牧人想着，把羊赶到这里，这里草地上的草，已经高过膝盖了。

后来，我经过一个个绿洲，跨越戈壁和沙漠，走过了不少穷乡僻壤，在我看来，那些被称为“穷乡僻壤”的地方，大都是善良、欢乐的故乡，那里的人热情好客，对客人说着自己的事情，就像对自己的亲人，没有丝毫的避讳。劳动了一天之后，一碗清汤寡水的面片子和一碟咸菜，就是一顿丰盛的晚餐。老人说着说了一千遍一万遍的老故事，狭义、孝贤，总是善恶分明。直到现在，我才明白，那是古老的乡村教育史，古板而有效。

我跟村上的小伙子们去河里洗过澡，在荒野上套过兔子和黄羊，摘过西瓜、杏子和梨。大家挤在炕头，听我讲城里的事情，讲着讲着，我就觉得乏味无比。如果整个世界是一条清凌凌的河流，那么城市就是一片精致的臭烘烘的泥潭。

那些村庄里的人，草原上的牧人，都是我的好朋友。他们来城市看我，小心翼翼地走在城市的街道上，完全没有了那份天真烂漫的洒脱，就像是写错了作业的小学生。在我凌乱不堪的房间里，他们也是紧张地规范着自己的一言一行。城市像是一根绳子，捆住了他们的手脚。

牧人的女儿如愿以偿地当了记者，我对她说，其实你的草原，才是人间最美的地方。她惊讶地看着我，就像不认识我一样。我知道，城市已经改变了她。

二十几岁的一切，都不复再来，回忆让往事如花似锦，但愿，再次走进那些乡村和草原，也是一样，一样如花似锦。

黑河之畔

穿过了一片戈壁之后，树木就开始稠密了，凉爽的秋天，戈壁外围的树，枝条上坠满了果实，是红彤彤的沙枣。

这迹象告诉我，黑河近了。听朋友说，黑河岸边最多的就是野生的沙枣树，河流渗入戈壁，形成一大片一大片潮湿的盐碱地。盐碱地上除了匍匐于地的戈壁旱生植物，比如骆驼刺、芦苇、梭梭，顶住风沙的，就是沙枣树了。沙枣树在盐碱地上如鱼得水，蓬勃地升腾起来，过不了几年，就是茂盛的树林。这得益于黑河的滋润。

我们停下来，采摘成熟的沙枣。野生的沙枣，颗粒较小，就是这小小的颗粒，也是瘦得皮包骨头，只有薄薄的一层肉质，吃起来颇似鸡肜，但有一股浓烈的酸甜味道，据说有很高的药用价值。

道路延伸到了村庄，村庄的情形完全是世外桃源的样子，家家户户炊烟袅袅，恬静安宁。田野上的归来者和草原上的归牧者，集结起来的小小的喧闹，很快就平静了下来。当无边的黑夜笼罩村庄时，一切都似乎悄无声息了。

这里距离县城有一百多公里，在现代人的眼里，它已经是偏远之中的偏远了。而对于有着漫长流程的黑河来说，这只是它一个温馨的臂弯。

我们和黑河岸边的一户人家度过一个舒适的夜晚，村庄听说有客人来了，都涌到了村主任的家里。村主任也慷慨大方，让大家尽情地喝酒、聊天，这正是我们想象中的氛围。

这个村子种了大量的辣椒和葡萄，河滩上还有一望无际的葵花。这些经济作物，让乡亲们富了起来，可再富，村上的年轻人也不愿住在村子里。村主任一家修了整洁宽敞的小康房，居住水平和城里差不了多少，但村主任的儿子还是在城里租房打工，一年回不了几次家。

在村里种地放牧的大都是老人，老人领着自己的孙辈，坚守着祖祖辈辈生活的土地。老人们讲，村庄是一块宝地，水多地广，粮食年年丰收，从来没有饿过肚子，几百年了，这很不容易。

村主任喝了一大口酒，爽快地说，让他们去吧，省得闹矛盾，等他们老了，就会想到村庄里的好处。在村庄里，只要勤快，到处都是金子，养了羊和牛，是钱；种了庄稼，是钱；辣椒和葡萄，一亩地就是几千上万，哪里找这样的富裕地方。

村主任说，他在县城里住过，也去过县城之外的大城市，人挤人，楼挨楼，连个舒活筋骨的地方都没有，有啥好。

我们此行的目的，是调查黑河流域的民俗文化。村主任说，村里人有钱了，各想各的心思，想唱一出大戏，也拢不起来。忙了，忙得抽不开身；闲了，就窝在家里看电视，原来村里有要皮影戏的、唱老调调的，现在也都不要不唱了，电视上啥都有。

我们央求村主任组织几个要皮影戏的和唱老调调的，村主任说，都在这儿了，想看想听，现在就来。

传统的秦腔《寒窑》唱得凄婉高亢；皮影的动作虽然迟缓，但也充满了激情；老调调《十二月》辞藻华美，唱腔独特，真让人过瘾。村主任说，你们爱看爱听，就到村里来，现在，观众越来越少了。

我们觉得，有了皮影戏和老调调的黑河，才是一往无前的黑河，也是有滋有味的黑河。

蝴　蝶

我看见了一只蝴蝶，我惊讶得大叫了一声，那蝴蝶在我的惊叫声中，慌忙飞远了。

我是在戈壁上看见一只蝴蝶的。

在我的想象中，戈壁最多有几丛红柳、骆驼刺和梭梭，这些植物中的苦孩子，只有红柳的发梢扎一根红头绳，但酷烈的阳光，还是让它有了一副苍老的面容。

可我偏偏碰见了一只蝴蝶，蝴蝶飞舞到半空，正好抵达我的前胸，我紧跟着它飘飘悠悠的舞步，身体不知不觉中也飘动了起来。这是从未有过的感觉，是这只蝴蝶激活了我的青春热情。

这是一片荒芜的戈壁，没有花，没有草，这只蝴蝶到这里来做什么？是迷路了，还是寻找花草的？我迷惑不解。我想，跟定它，绝对会是一个意想不到的柳暗花明的新境界。

蝴蝶轻盈自由地飞舞，在烈日炎炎的夏天，在蒸笼般的戈壁，蝴蝶似乎漫无边际地飞着，这样漫无边际地飞下去，它漂亮的羽翼肯定会被炽烈的阳光烤焦，哪里还能看见鲜花盛开的草地？我为这只自信的蝴蝶担忧着，摸着我身上的水壶，到了最关键的时刻，一滴水，也是一只蝴蝶的大海。

蝴蝶飞啊飞啊，我都快泄气了，我已经偏离了既定的方向，这样跟下去，迷了路，也是很危险的事情。我自己坐在沙堆上，这里的戈壁发生了变化，有了疙里疙瘩的沙丘，我再不想往前走了。可蝴蝶却飞来飞去，好像在等着我，有一次它竟然飞过沙丘，我都看不见它了，它又飞回来。

既然走了很远的路，就舍命陪君子吧。

一只蝴蝶，一个人，在戈壁显得有点滑稽，戈壁并不是一个浪漫的地方，到处都充满了凶险，有了这只蝴蝶，一切都好像美好了起来。

翻过一段的沙丘路径，眼前豁然开朗，那是一片草地，绿茵茵的，盛开着五颜六色的不知名的野花。蝴蝶到了自己的大本营，融入了花草的海洋，那里有它的兄弟姐妹，我清楚地看见，许多的蝴蝶向它涌来，它们上下翻飞，做着各种高难度的飞翔动作，像是在庆祝流浪者的归来。

我躺在草地上，享受着舒爽清香的空气。从戈壁到草原，仿佛一场梦，让我回味不已。我知道，是那只蝴蝶，把这短暂的梦，编织成了馨香的花篮。

从　前

从前实际上是一些具体的人和事，想起它们来，就会说起从前。

光头的突然出现，是一种恍如隔世的感觉。他一身笔挺的西装，整齐的板寸，派头十足。他说他是光头。他说，你不认识我了。我才抽身回到了一座遥远的村庄，眼前的高楼大厦被从前全部笼罩住，那些低矮的黄泥小屋，遍地的树木和庄稼，还有那一条清凌凌的小河……光头在水里扑腾着，扑腾一会儿，就把自己整个儿滚在泥巴里，乐不思蜀的样子，像一条泥鳅。中午了，光头远远地看见母亲拎着又粗又长的柳条赶了过来，他赶紧上岸抱起衣服就往家里跑。母亲也不是真心打他，只是吓唬吓唬他，可他一溜烟地跑，气得母亲说话的力气都没有了。

光头常常干一些偷鸡摸狗的事，他先是把自家的鸡蛋偷出来，抹上泥巴烤着吃。然后又偷邻居家的鸡蛋，人发现了，就骂他不学好。从小偷油，长大偷牛，都说这孩子不省心。

有一年，村里的一头牛丢了，村里的人都说是光头干的，光头他爹把光头吊起来打，一根麻绳都打断了，光头咬着牙不承认。眼看光头被打得气息奄奄，村里的人实在看不下去了，就拦住光头他爹，说，一头牛不算啥，别要了娃娃的命。言下之意，还是认为光头是偷牛的真凶。

从那以后，光头在村里待不下去了，一赌气，就跑到外地流浪。几十年了，人们说起光头，都说那娃娃可怜，或许那牛不是他偷的，看把人害的。言语里又充满了怜悯。

看眼前这情形，是一头牛成就了光头。

光头拉着我，去了他住的宾馆，说起了这些年的往事。他的确吃了不少苦，风里来雨里去，在城里当装卸工，去山里淘金。最后是一个淘金的老板看上了他，把自己的女儿许配给了他，他就成了金矿老板。

一辈子在山里挖金子不是长久的事，光头如今改行做起了商贸，在几个城市都有大型的商场。光头这次找我，是想让我陪他回到村庄，筹划村里修学校的事情。光头说，他要风风光光地回到村庄，洗掉背在他身上的贼名。

我说，光头，你到底偷没偷那头牛？光头说，那年月，再给我十个胆子，那么大一头牛，我也不敢偷啊！我相信，那牛不是他偷的。我是村上出来的第一个大学生，也是个不大不小的官，我陪着他去，他脸上有光，这些，我知道。为了村庄修学校的事，值得陪他回一趟故乡，让他为村庄多做些好事。

光头拍了拍我的肩膀，说，还是小时候光屁股玩过的朋友靠得住。这一拍，就把我从从前拍回到了现实，坐上光头的宝马，仿佛换了一个天地。

那个黄昏

穿过戈壁，赶到那片梭梭林，正好是黄昏。

巴桑大叔坐在一座高高的沙丘上等着我们，远远地看见车子在戈壁上卷起一股浓烈的沙尘，他就让自己的女儿为我们熬好了奶茶。在戈壁上走了一天的路，喝上一碗奶茶，别提有多惬意。

巴桑大叔的家在梭梭林的边缘，他用粗大的梭梭枝围成了长宽各三十多米的骆驼圈，夕阳灿烂，他的一百多匹骆驼，这时候刚刚回到栅栏。我们喝了奶茶之后，就去帮着巴桑大叔饮骆驼。

戈壁上天然的泉水越来越少，好在地下水还算充裕，稍稍向下挖几米，就会渗出清亮的水。原来是传统的牛皮桶打水，井上方支一根木杆，木杆的顶端再横放一根木杆，一端拴上绳子吊着牛皮桶，另一端用铁丝绑上沉重的石头，利用杠杆原理打水。现在使用了压水机，上下拉动活塞，不一会儿，水就源源不断地从水管里流出来，长长的木槽迅速积满了水，供骆驼畅饮。

这样的劳动，对我们来说，无疑是民俗生活体验。水流到槽里，骆驼争先恐后地饮水，骆驼饮水时喷着响鼻的快乐，一下子就感染了我们。

巴桑大叔忙着宰羊，他要为我们做草原最好吃最有名的开锅羊肉。巴桑的女儿领着我们去梭梭林深处看梭梭。

梭梭是戈壁沙漠中常见的旱生植物，它天然的耐干旱能力，使它成为风沙中的宠儿。巴桑大叔的居住地地下水位高，这就促成了它无节制地生长。梭梭密集而碧绿，几米高的主干随处可见，衍生的小梭梭也过人膝盖。梭梭枝条坚硬，那是严酷的自然条件造就的。在极端干旱的戈壁，梭梭稀稀疏疏，盛夏季节，梭梭庞大的身躯只顶着几片绿叶，全部的枝条都像是裸露的，被阳光漂洗得雪白雪白，枝条的坚硬程度无异于钢铁。看着那些弯弯曲曲的梭梭枝干，我们把它称为“戈壁的骨头”。是的，戈壁有这样的骨头，让人敬畏。

梭梭和骆驼是孪生兄弟，骆驼啃食梭梭的嫩枝和绿芽，可以促进梭梭的新陈代谢，促使梭梭顽强地生长。如果任其抽芽发枝，梭梭很快就会因为水分和营养的不足而枯萎。一片梭梭林，最致命的是鼠患，老鼠专吃梭梭地下的根系，是釜底抽薪的危害。骆驼在梭梭林中穿行，它的蹄掌踩毁鼠洞，踩死老鼠，可谓天敌。所以，成片的大面积的梭梭林中，必有骆驼的身影。

随着夕阳的消散，夜幕笼罩了整个梭梭林，巴桑大叔的开锅羊肉溢出了芬芳的气息，早已让我们垂涎三尺。奶酒、羊肉、歌声，使夜晚的梭梭林充满了诗意和热情。

东窗看雪

现代人赏雪的情趣似乎已经丢失殆尽了。首先是空间上的丧失，城市的小区楼挨着楼，高层的人，只目睹雪花的晃动，向下看，都有些眩晕。即使村庄的平房，也是十分紧凑，小院遮挡得严严实实，落不进几片雪花。其次，人们的心绪追逐着飞速变换的潮流，几乎停不下来，与雪的宁静不相对应。

我找回了久违的宁静，整个身心彻底融入了雪的纯洁之中，透出的清凉中，全部的劳累与俗世的烦恼，都放下了，心绪像一股风，吹向四野。

古人居于田园、山野、高地，柴门低矮，屋内的生活一律向自然敞开，雪沿着熟悉的路径，轻松自然地就扑入了居住者的眼帘。而雪花，像个调皮的孩子，四处奔跑。

读书人的居所更是清雅幽静，窗明几净，焚香研墨，营造的是一份情趣。有了雪，这情趣又增添了几分活泼。人们不由得把目光从书本上移开，神情一如雪花般自由明亮。

雪总是与那些美好的事物联系在一起，“千树万树梨花开”，春天的温暖，在静静的雪原中弥漫，光秃秃的树杈上，挂满雪凇。那雪凇本是寒气凝结所致，反映到人们的心里，它却是阳光催生的花朵。即使热炕头上围坐的农人，看见这不断飘落的雪，也心生爱慕。“今冬雪盖三层被，来年枕着馒头睡”，雪在他们的精神世界得到了彻底孵化，就像一颗鸡蛋在爱与理想的包容下，破壳而出毛茸茸的小鸡。

东窗看雪，为什么是东窗？南北坐落的房子，东面的窗户最先接受晨曦，即使午后光线强烈，从东窗看出去，因为是顺光，它仍然是光影分明，雪的景致玲珑剔透，光鲜无比。

一扇迎接光明的窗户，必须有人坚定地守候；守候着一扇映照着皑皑白雪的窗户，一个人早已灵魂出窍，跟上了那飞旋的雪。

衣食无忧的生活，更接近于雪的活泼和灵动，也许闲云野鹤的游荡，抵不上漫天雪花的舞台。山上的菊，山下的梅，惊艳的黄，滴血的红，如果遇上早春的雪，必然是绝世的风景。晶莹的雪融化之后，随着水汽飘散的清香，整个世界都沉醉了。

草原上的漫游

去康乐草原是个偶然，几个人坐在一起喝茶，喝着喝着就说起了草原上的奶茶，说着草原上的奶茶，就想到了康乐，只有三个小时的车程，就马上动身出发了。

人真是奇怪，拿不定主意的事，几个人一撮合，就定下来了。走在路上，我们还想着，蓄谋已久的出行全都泡汤了，这一次却如此痛快，可能是激情所致。有了激情，最重要的是把握好它，不要让它悄悄溜走，不然，乘兴而去，必会败兴而归。

说实话，对于康乐草原我是有着本能的排斥心理的。首先是康乐这个名字，太直接、太政治化了。在我的经验中，一般的草原，都会有一个诗意的命名，这样才有诗意的栖居。可能我有些主观了，到了康乐草原，天地之大美，呈现无余，我先前所厌恶的名称，早已从内心剔除了，留下的印象，只剩下自然的淳朴了。不仅仅如此，无限的生命力像是从身体的毛孔中渗入，灌注了新鲜事物的精气神。

祁连山雪水充沛，无数的泉水从山地的角落汩汩涌出，形成溪流和小河，康乐草原只是这些山地的一部分。

高处的山峦，松林满坡，相对平坦的土地上，是碧绿的草原。近几年来，草原上输入了经营的理念，种植了油菜。六月，绿洲早已是火热的夏天，而在草原，仍是一派春和景明的温柔，凉风习习，清凉舒爽，金黄的油菜花一望无垠，铺垫了如画的美景。

只是这些隽永的风景还不够，因为构成草原的因素，远远不是这些。牛羊、骏马、帐篷、牧人、歌声，少了一样，草原都会为此失色。

康乐草原上牧人已经转换了角色，他们的羊群赶进了扎了围栏的草场，再也不用逐水草而居，冬牧场夏牧场地来回转场。他们已有了足够的耐心，专心致志地接待着远道而来的客人。至于马，他们拴在帐篷前，只要有人需要，就可以牵一匹做一番奔驰。不过，这是有偿的服务项目，马也是经过训练的温顺的老马，没有丝毫激烈的动作，可放心地驾驭。

远远地看见客人来了，几个裕固族或者藏族装束的女孩举着哈达唱着歌儿，迎你进帐篷。帐篷里的摆设和装饰都是民族性的，氛围的渲染余味悠长。

几盘凉菜中间摆了一大盆手抓羊肉，青稞酒斟满银杯，歌声中的酒会就开始了。这样的仪式，在所有的草原，都是一样。只不过，商业化的草原风情，糅合了草原各地的风俗，可以说是一个民俗大全，只这一次，就可一览无余。

从康乐草原回来，我只记下了一个情节，那是提水的小女孩，她拿了四个五升装的饮料瓶子，前面背两个，后面背两个，到附近山脚下的泉眼取水。这是女孩每天的工作，往返多少次，要看客人的多少。那女孩十二三岁，我问她上学了没有，她一句话不说，显得很木讷。我问她喜欢不喜欢读书，她突然哭了。后来我才知道，这个女孩的父亲，为了自己能有个帮手，一直没让女儿上学，只是全力地让儿子在城里读高中。

康乐草原，我记住了那明媚的风光，也记住了那明媚风光中的阴影，那个哭鼻子的女孩。

山　市

《肃州志·西陲纪要》中收录了清人丁棻的长诗《山市》。丁棻是苏州府人，雍正十年，即公元1732年，他远行新疆并往返于肃州筹饷。乾隆元年，即公元1736年，曾暂住肃州，他连续三年目睹了变幻莫测且有时令之分的“山市”，也就是人们常说的海市蜃楼。

这是叙述海市蜃楼的一首诗。

“祁连六月堆晴雪，赤日当天冻云结。北面巨浸虎臂舒，漫漫道是沧溟穴。将军幕枕百尺楼，书生冬眠楼上头。北望山连数百里，桔槔指点烟云浮。羲驭将升九霄紫，黯雾东迎半山起。千态万状顷刻间，傍人为我说山市。昔闻山市海市同，定有妖蜃藏其中。宝光暂向甘泉浴，凭虚变幻迷长空。怀疑已久未敢说，岂有光天肆妖孽。自来细柳已三年，理窥感应心怡然。初看山市在子丑，妖氛杀气弥山川。”

山市发生的地点是祁连山区，酒泉一带正是祁连主峰所在，《西河旧事》云：“祁连山在张掖、酒泉二郡界上，东西二百余里，南北百里，有松柏，美水草，冬温夏凉，宜畜牧。”据《肃州志》载，祁连山“在酒泉正南，相去百里许，连峰叠嶂，延袤几千里。西至昆仑，东接武金山，即祁连山，南通西番诸部。四时大雪，千古不消，凝华积素，争奇献秀，氤氲郁葱，凌空万仞，望之如堆琼垒玉，真嘉景也”。如此奇幻的山脉，发生山市这样的景观不足为怪，但对于诗人来说，生于南方，仅仅是山中的六月飞雪，就已使他惊讶无比了。

山市的说法，诗人最初是不大相信的，后来有了亲身经历，就把这一切记述了下来：有百兽奔腾聚散的场景，有铁骑围猎的血腥与激烈，有两军激战的冲锋与厮杀，还有春林烟笼的森森春色。

这已经够丰富的了，难怪诗人赞叹不绝，往往是一种情景刚刚消失，另一种景象又升华而出。真可谓“又化金城数千雉，绕城五色芙蓉花。晴旭熙熙曲阿上，散作祥光归沧漭。别有余霞蟠结成，紫府仙人白鹤氅”。

其实，山市对于酒泉一带的人来说，并不稀罕。在戈壁沙漠上行走，尤其是在夏日阳光直射的中午，人们会看见滚滚的波涛，有经验的人知道那是海市蜃楼。有时候，还可以看到骆驼、马、羊群和房子等，浩浩荡荡，壮观无比。常常出远门的人，讲起海市蜃楼来，五花八门，看见什么的都有，如果控制不住自己，就会在戈壁沙漠中迷失方向，走入死胡同。这样的事情时有发生，外出的人动不动就走失了，都说是受了幻惑，也许人们所说的幻惑，就是山市吧。

在戈壁

如果在无边无际的戈壁，赶着牛羊，背上帐篷，走了很长时间也没有走出去，就只好住在戈壁上了。

戈壁上植物稀疏，有零星的骆驼草、红柳，还有梭梭，这不是戈壁的全部。在它低洼的地方，会有泉水涌出，流浪的人找见了泉水，在泉水边上扎下帐篷，生活就开始了。

新的拴马桩钉进沙土里，代表一块土地接纳了一种新生的力量，围绕着珍贵的水草，不断地扩展生存的势力范围。同时，生活的秩序中，渗透了来自心灵的秘密。

人们首先安放了自己祖先的灵位，走了那么远的路，走到了这里，一步步都是因为祖先灵魂的护佑，才得以平安。在祭祀仪式上，天、地、神一一叩拜，献上宰杀的牛羊。对于祖先的供奉，则近乎倾诉。我就听到一个人跪在祖先的灵位下，说着家里的情况，在说到爷爷的时候，因为爷爷的哮喘病没有治好，哭了，哭得很伤心；说到姐姐要出嫁了，也是很伤心，但已经止住了哭声；说到自己已经订下一门婚事，又兴奋起来。

绿色是戈壁上的宝石。夏天的时候，戈壁上的孩子出门捡柴，要走很远的路，走到绿色的尽头，在那些沙丘上，扒下完全干枯的植物。谁家的孩子偷懒，折了还带有水分的植物，是要被家长训斥甚至挨揍的。

大自然的情形实在是妙不可言，同样是广大的戈壁，这里有水，那里就是干枯一片，人没有办法解释清楚这些，也没有办法改变，就只有顺从。

戈壁上的人，在一块地方定居之后，往往要走遍周边五十里甚至一百里的地方，有了对比和选择，才又定居。发生了百年不遇的旱情，人们就背井离乡，一路走着，一路祈祷着，一切都会好起来，只要走下去，下一个地方，还是有水有草的地方。

戈壁上的季节只有冬天和夏天，春天和秋天只是个过渡。一般的情况是，雪水融化之后，草齐刷刷地拱出地面，就是夏天了。春天里的那些小花小草、欢快的溪流，仿佛一瞬间就过去了，来不及回味。秋天也是一样，夏天的火热似乎要消退，就在草叶一下子变黄时，一场雪就把夏天带到了冰窖，秋天的醇香被刺骨的寒风吹走。

就这样，人们躲避着风暴，躲避着无法承受的灾难，他们的灶台留在了一个地方，另一个地方又留下了他们忙碌的身影。逐水草而生，水草上的那一丝丝绿色，推开了石头一样顽固的荒凉。那是一群人奋斗的力量，那也是一群人绵延的笑容，就像戈壁上的蜃景，虚无中蕴含着对美的信赖与追逐。

戈壁上，生命的掘进，比荒芜更顽强。

坐看黄河

那一年是在宁夏的沙坡头，黄河在沙漠中拐了个弯，在它的怀抱里圈进了广阔的河洲。正是夏天，河洲上郁郁葱葱，与黄澄澄的黄河水形成了鲜明的对照。我坐在沙丘上，看黄河滚滚而去，把那片葱翠的河洲丢弃在身后。

早晨，旭日冉冉升起之时，沙漠一片宁静。在我的感觉中，黄河应该是一匹奔腾不羁的野马，可在沙坡头，它却展示了无限的温柔。我曾担心那广阔的河洲有一天会被肆虐的黄河水淹没了，所有的庄稼和房子都被冲毁。我的担心是多余的，从资料上看，那片河洲已经存在一千多年了。一千多年了，黄河与它们相安无事，不至于这几天来一次冲锋，把河洲上的一切都冲走。

因为黄河，沙坡头水火两重天，一边是河水汤汤，一边是无垠的沙漠，人在沙漠，眼含黄河，只有感叹造物主的不公平，哪怕一瓢饮，这沙漠也会蹿出丛丛的绿色。

我看见了风沙口上的梭梭，它们已经连成了一片，成了梭梭林，梭梭的枝干碗口粗，戈壁沙漠中，这样的梭梭无疑是梭梭家族的伟丈夫和佼佼者。

我惊讶了，这里是没有一滴水的沙漠，黄河在远处的河谷里，上下落差有七八十米，那梭梭的根系也不会伸到黄河。虽说梭梭是耐旱的沙漠植物，但长期处于极端干旱之中，它也会无疾而终的。

后来我在有关沙坡头的资料中知道，沙坡头的绿色是世界上独一无二的，它先是用草方子固沙，涵养的水分逐渐泛起杂草，由此小环境得到改变，雨水、雪水充分利用了起来，梭梭的快速生长也就是自然而然的事了。

在沙坡头，还能够找见最初的那些草方子，是用麦草围起来的小方块。如今麦草已经发霉了，成了草木的养料，沙漠变成了草原和灌木林。

早晨光线柔和，我们忙着拍照。在镜头中，用心欣赏黄河迎着晨曦远去的身影，不由得心旷神怡，气贯长虹，仿佛黄河是从自己的身体中流过似的，灌注了一往无前的活力。

我所在的地方，沙丘陡峭，几十米的高度之下，就是黄河的主河道，人要是掉下去，就直接融入了黄河的潮涌之中。我向下看了看，有点眩晕，好在沙丘的四周都是茂密的梭梭，可以阻挡人们前行。

离开沙坡头的时候，我捡了几块石头，石头上面有清晰的水纹，我疑心那是黄河的波涛冲卷而来的。石头不大，品相也不怎么端庄，留着它，因为它是一块凝固了的黄河之波，也是沙坡头的见证。

母亲的粪杈

20世纪70年代的村庄，积肥是农业生产的重要一环。那时候讲究的是粪尿一点儿都不能浪费，施进农田里，才算是各得其所。到了冬天，大地被严寒封锁，但还是能够看见背着背篓、手提粪杈的人。一天下来，能捡多少捡多少，到了年跟前，按照积肥的重量给予奖励。算下来，一斤的肥料大概有两分钱，要是上千斤的肥料，那就是二十多块钱。那个年代，二十块钱就能过一个有糖有肉有鞭炮的快乐的新年。

母亲常常是早早就出门了，生产队拉沙子的牛车、马车走过的路上，会有牛粪和马粪。不过得赶早，去晚了，那粪就会被别人捡走。牛粪马粪掉在地上，就是一块块的冰坨子，分量很重。母亲在一个早晨就捡一背篓，背在身上，走起路来气喘吁吁。就这样，母亲还不急于回家，她还要去沙坑四周挖红柳根，一挖就是一大捆。别小看这些红柳根，可是耐烧的柴火，一个冬天，母亲就能挖一大堆，烤火、做饭的柴火全都靠它了。

我家距离学校有一段路，冬天的时候，学校只是在中午休息半个小时，回家来不及，我就自己从家里带馒头和咸菜当作午餐。有一天早晨，我匆匆爬出被窝，糟糕，已经快九点了，学校是九点上课，看来我是要迟到了。越是紧张越是出乱，母亲为我准备的馒头掉进了咸菜缸，浸透了盐水。我只好赶着去学校，刚出门，就看见了母亲。在麻麻亮的天空下，母亲艰难地迈着步子，整个人被一只大背篓和一捆红柳根覆盖了，看起来就像是一捆红柳根和一只背篓在走动。

一个冬天，母亲都是这样，我起床的时候，她早就出门了。也是那天早晨晚了一阵，我才看见母亲归来的身影。我不由得鼻子一酸，快步赶上去扶住母亲，母亲对时间的感觉比钟表还准确，她一个劲地问我，这么晚了，还不去上学？我说这就去，母亲才放过了我。

那次，上学的路从来没有那么漫长过，我走着，回头看着家里的小院，直到那小院越来越模糊，淹没在距离的迷茫之中。那天中午，母亲送来了烙好的油饼。学校门前，我接过那油饼的时候，还有微微的余热。

二十年之后，我们家搬迁新居，母亲苍老了不少，走路都颤颤巍巍的，与当年那个背大背篓和红柳根的形象相去甚远。母亲手里仍攥着从前的粪杈，久久不松开。帮着搬家的乡亲们指着粪杈说，那东西没用了，还像个宝贝一样舍不得扔。

说话的声音很大，可母亲就像没有听见一样，沉浸在过去的回忆之中。我陪伴母亲房前房后地看，母亲始终拄着那粪杈，有了那粪杈，她仿佛精神多了。

搬进新居的那天晚上，母亲说，多亏了粪杈子，它一年就能搂回来二十多块钱啊，那年月，二十多块钱，可不是个小数目啊。母亲说着，眼睛里闪着泪光。

未 知

走进戈壁，前方是无垠的未知；走在沙漠上也是一样，当你干渴难忍的时候，你不知道前面有一眼清泉。这样的未知，充满了诱惑。

有一年，我牵着一头骆驼去几十公里之外的磨坊磨面，骆驼不紧不慢，晃晃悠悠地走了大半个晌午。到了磨坊，我只顾了忙活磨上的事，等磨好了面，骆驼不见了。

夕阳西下，眼看天色渐暗，如果不及时找回骆驼，天黑下来，就是一群骆驼，也难找见个影子。我沮丧地坐在磨坊前的草地上，等着骆驼自己回来。

父亲最熟悉骆驼的习性，骆驼走丢了，千万不要到处乱找，家养的骆驼，它转一圈儿就会回到原地，这么黑的天，又是陌生的外乡，人都能把自己跑丢了。

可是，那匹骆驼终究没有回来。父亲赶着马车把我接了回去。那匹骆驼从此成为我的心病：它为什么自己跑了呢？它是去了别的村庄，还是去了遥远的戈壁？谁也不知道。几个月来，父亲四处打听它的下落，仍是没有一丁点的消息。看来，这匹骆驼是去了戈壁。

戈壁永远是村庄的未知。在一座村庄，即使最老的老人，也没有过踏遍戈壁的经历。父亲算是见多识广的人，也只去过戈壁边缘的大柴滩，那大柴滩距离村庄已经是一百多里地了。说起大柴滩，父亲每年都要去一次，带上村上精干的小伙子，赶上一大串马车、驴车，来回六七天，吃住都在荒野上，虽说苦是苦了点，但是顿顿有酒有肉，小伙子们拉回了干柴，进了戈壁，长了见识，划算得很。

那匹骆驼就是父亲从大柴滩拉回来的。俗话说，牵牛要牵牛鼻子，拉骆驼也得给骆驼套上缰绳，不然它凭啥乖乖地跟你走。但那匹骆驼不一样，它是心甘情愿跟着父亲走的。那次，骆驼偷偷地来到他们打柴的营地，吃掉了半包盐巴。吃够了盐巴，它竟然卧在营地边上，压根没想着要走。奇怪了，难道这骆驼有毛病？父亲悄悄地来到骆驼身边，在它的脖子上套了一根缰绳，然后坐在驼背上，轻轻拍了拍，骆驼就起身了。回村的路上，父亲一直是骑着骆驼的。

后来，骆驼就成了我们家的一员，算起时间来，已经四五年了，按理说，四五年，应该暖热了窝，可说走，还是走了。

父亲叹了口气：这是缘分，缘分到了，骆驼来了；缘分没了，骆驼走了。万事不可强求。我担心骆驼走进大戈壁不吃不喝，会不会渴死饿死。父亲说，骆驼是绿洲最耐饥旱的动物，只要它吃饱了喝足了，半个月一个月不吃东西，也能熬过去。

从前，我的脑子里没有过戈壁的概念，骆驼走了后，总是不由自主地想象戈壁，一眼望不到边的戈壁，到处都是沙石，哪里会有骆驼生存的地方呢？也许会有一片湖泊，湖泊四周有碧绿的草地；也许戈壁的深处有一眼泉水，那里有成群的野生动物。

那匹骆驼像是刻印在了我的记忆之中，只要看到了戈壁，就会想起骆驼，十几年前的事，就像昨天发生的一样。

冬　至

冬至的节气，说明一年中最冷的时候已经来了。在我的印象中，冬至那天的天空总是阴郁的。即使早晨风和日丽，下午的光景，大风就吹来了，大风吹来的是寒冷，冷得人直缩脖子。那冷被大风吹来之后，就没有被吹到别处，寒冷的天气就好像永久地停留在了村庄。可去相邻的村庄也是一样的冷，这可能就是冬至，把寒冷均匀地洒在了每一个地方。

冬至的那天，讲究的是吃饺子，说是吃了饺子，就不会冻耳朵。村庄里的风俗奇怪得很，在冬天，容易受冻的是脚和手。如果稍不留神，脚上就会冻得裂口子，手上则起冻疮，热的时候，奇痒；冷的时候，甚疼。

那么，为什么说成是冻耳朵呢？听老人讲，早些年村庄里穷苦，很多人家都吃不饱肚子，穿不暖衣服。到了冬至，就像被推到了鬼门关，人们挤在黄泥小屋里，等待着天气转暖。但冬至这一天是个节气，也得乐和乐和。没有肉和新鲜蔬菜，做不成饺子，就用白面搓揉成猫耳朵一样的面皮，俗称“猫耳朵”，在大铁锅里煮熟了，拌上咸菜、红辣椒和醋，吃得热气腾腾的，冬至的寒冷似乎彻底地从身体里驱逐了出去。人在精神上占了上风，一个冬天都不觉得冷了。

那“猫耳朵”就成了饺子的替代品，说是吃了“猫耳朵”，不会冻耳朵，但你如果不戴一顶棉帽子或者羊皮、狗皮帽子，耳朵一样是要冻坏的。

记得在很小的时候，冬至的那天，我们都等着吃“猫耳朵”，母亲把火烧了又烧，大铁锅里的水咕嘟嘟地冒着水花，可就是无米下锅。眼看着天快黑了，父亲出门去借粮食已经一天了。那个年月，生产队的粮食，秋天分一次，开春的时候，再分一次。我们家的秋粮早已吃得底朝天，等开春的日子看来是等不到了，只能拆东墙补西墙，先从外村借了粮食糊口再说。那时候，很多人家的情况都是这样。

天黑透后，父亲终于回来了，他卸下毛驴车上的粮食，还带来两只野兔子，这个冬至我们有肉吃了。屋子里热乎乎的，一家人围在一起，父亲边剥兔子皮，边给我们讲捉兔子的事情。他说，他早晨路过的时候，就下好了套。估摸着野兔子晚些时间才能上套，父亲就在大野地里整整守了半天，捉到了那两只兔子。

父亲整理好兔子皮，说要给我们每人做一顶帽子，兔皮帽子既暖和又轻便，是我们做梦都想要的东西。

冬至，我们吃到了新鲜的兔肉，身上暖洋洋的，就觉得屋外面已经是春天了。

黑鹰山

在辽阔的西部，一座山并不富有更多的地理意义。在人们的心目中，它很可能是一段传说中的神灵，或者是代表正义与力量的巨禽。这不必引证，我要讲述的黑鹰山即是。

戈壁铺开的是无边的寂寞。而寂寞中往往孕育着震撼人心的风景，这样的风景，不为尘沙所掩，也不为永恒的孤独所侵蚀，它被人们的精神护卫，保管在人们的想象之中。黑鹰，神秘的目光，尖利的翅膀，每每从人们的视野中起飞，带给人无限的想象。

我们几乎可以看清它的轮廓，我们几乎可以感知那种无言的对视。在黑鹰山的日子，在中蒙边境的胡杨林中，我审视着一座山，就像是在抓住一种稍纵即逝的诗意。我不知道，一座山是怎样深入内心，成为使我销魂的奇遇。

附近的几座小山包，正在被挖掘，不时的爆炸声，打破了像墙壁一样的寂静。拉矿的拖拉机和汽车，卷起一阵阵沙尘，戈壁上的骆驼刺、梭梭、蒿草，惊慌地躲避着，黑鹰的神灵，悄悄掩覆于深沉的黑石头里。

夕阳如血。我久久地站在黑鹰山的对面，观察一座山的方式有许多种，但我没有以一个占有者的身份，喊出我内心的声音。此时此刻，已经有鹰的血液，灌注于我的周身，不能摆脱的接近，不能放弃的倾诉，都融于黄昏的时光，黄昏啊，你能不能永远地凝固，定格这光辉的形象。

我想说，一座以鹰命名的山，在偏僻的一隅，让它带着自己的骄傲，独享自己的那份寂寞。对它少一些贪婪的猎取，多一些敬仰的心情，在我们心灵的版图上，描摹大气浩荡的精神图腾。

风　尘

无论如何，在一片无边的风尘中，人总免不了失去内心的自尊。一开始，一阵风吹过我们的面颊，传递着季节的讯息，或是柔而不寒，或是烈焰如炙，或是坚若针刺，风中的行走，充满了对于世界的渴望。之后，广阔的大地上，具体地说，在我们生活的这个戈壁小城里，一部分沙尘在空中舞蹈，像目光在混沌的空间，寻找降落的广场。

风尘，我们看见的最真实的事物，是我们曾经有过的悲凉和希望。没有人能够在一片风尘中辨认自己的面容，匆匆而过的人，接连不断的风，撞击坚硬的静物和事件。

无边无际的沉闷，找不到可以打开的缺口。

关闭所有的窗户，关闭所有的门，不仅仅是为了拒绝，也不仅仅是为了回忆。有风的日子，尘埃飞扬的日子，人在躲避自己的同时，也在躲避自己与这个世界的交流。其实，这是一种最直接的交流，抛开了那些深藏不露的简单的秘密，在自然的大境界中，提炼自己的精神之金。

然而，人们总是在这样的一个时刻，选择了放弃。

来自大地的沙尘，来自天空的气流，来自我们自身的懦弱，同一个背景，同一个时间地点，却没有同样的姿态，表达我们沉积已久的祈愿。

大地的清道夫，玉器的打磨者，在你消失的岁月里，人间的寂寞是多么久长。

我走在风尘中，一如我在生命的历程中接受幸福和磨难，一如我保持不变的忧伤和快乐。

一粒微不足道的尘沙，一股细若游丝的风，集结着，我们有什么样的热情去集结我们的灵魂，奔向光明的潮流。

加入风尘，为人生预备一个战场；走进风尘，像一棵树，站立自己的高度，让太阳，让月亮，看见一个不亢不卑的人。

戈壁放马

我曾幻想做一个牧人，最好是做一个牧马人。

戈壁上的孩子，知道哪儿有密集的雨水，哪儿的雨水像一片明亮的镜子，照耀丰收的年景。

事实上，无垠的戈壁总是很少有这样矫健的身影。即使在人们最愉快的时刻，马的出现，也是作为一种象征，丝毫不见洒脱的姿态。这让人多少有点失望。

马的骄傲，在戈壁上几乎是一个秘密。

我在许多电影和小说中，甚至在一些诗歌的断章中，看见了马的形象，它们完美无缺的身体以及这样的身体所传递的力量与美。无一例外，对于这些场景的处理，十分缺乏理性和生活。也就是说，这些马都是那样无拘无束地驰骋在戈壁和草原上。草原是马的天堂，这一点毫无疑问，而在戈壁，空旷的蜃景中，就只有对马的期待与幻想了。我一直相信辽阔的戈壁上有马的存在，就像那些文字中描述的一样。但长期的戈壁经历，又使我如此悲伤。

一个牧人的悲伤，与天气无关；一个牧人的悲伤，是大地上并不存在他的牧群。深刻的哭泣，足以滂沱如雨。

我保持着纯洁的心情，脑海中常常奔驰着不可遏制的马蹄的鸣响。它敲击着我孤独的灵魂，就像一面鼓，敲击着大地的心脏。

低洼的戈壁，由于雨水的积聚，布满生命的色彩。更高的旱苇长起来了，地面上还匍匐着茂密的青草。它们组成了迷人的风景，这风景，已经唤起了一个牧人的情怀，只是那匹马，那群马，还在漫长的路途中，向这里日夜兼程。这个春天，这个秋天，无数的云彩，构造着马厩和牧场。

我打开一坛老酒，独自品尝。我的马，来了。我渐渐听见了它们的嘶鸣声。

目睹与想象

我一次次热血冲头。

在莫高窟的窟龛前，手捧着朝霞或夕阳，缥缈的风景，一层层掠过，只剩下无边的幻想，覆盖和遮挡我的视野。

我不知道，一种博大的思想，是怎样进入了我的旅程，以不可遏制的力量，劫持了我的理智，使我陷入不能自拔的虚幻。

也许，这就是敦煌。它从来都不以真切的记忆，闯入浅薄的人生。它是那样不可测量，走进它，就像一只蚂蚁掉入江河，浩瀚与渺小，大美与粗俗。敦煌的方位，早已在这种对照中，嵌入人的心扉，成为燃烧的火焰，成为梦境中的素材。

我在那些白杨的阴影里踱步，尤其当晚秋的落叶，悠然飘下，山谷被鲜艳的色泽浸染，这时的莫高窟如同熟透了的果实，人间从来不会有这样的果实，刷尽人类久存的欲望，在空洞的生活中，填补生命的阳光、水分和土壤。

我没有走进那如鸽巢般的石窟，在如锦帛般光彩四射的泥巴上，留下我涉世已深的情怀。我和它相隔着一段距离，虽然并不遥远的距离，我想，用我一生的经历，都不可能走完它。

我的面前是一条河流。现在它似乎已经厌倦了喧嚣，只是一泓欢快的小溪。很多年前，它浩浩荡荡，冲开石壁，夺路而走；很多年前，它储藏着无限的活力，劳动的身影，石头与金属的碰撞之声，曾使它涌起激动的浪花。很多年了，从它的渡口，多少人成全了自己的命运。

我的面前是一丛丛舍利塔，风撕裂着它们斑驳的肌肤，对于信仰的怀念，已使它们苍老不堪。

我的面前是一座山，就是这座山，驮起了敦煌的身躯，为它安放了一双望远的眼睛。

我的面前只有一个词语——敦煌，我只可以在宁静的油灯下，抛开世俗的光明，陷入回忆的泥潭。

飞 天

敦煌的形象，以一种最诗意、最俊逸、最高贵的方式飞临世界的，就只有飞天了。

不食酒肉，只食香火的天界乐神，她像春天的一阵风，席卷灿烂的花朵，使遥远的天堂成为可以触摸的可能，使无限的希望成为眼前的光明，色彩崩裂之下的生命之潮，污秽之下的醇香与沉醉的体验，一切都可以在那种轻盈的飞翔中，满足心灵与觉悟最直接的需要。

这是佛经中跳荡的文字：当天龙八部诸神看到舍利弗在佛前接受最高的悟性语言，以不能自制的激情舞蹈着，他们纷纷把自己的上衣和天上的曼陀罗花、摩诃罗花供奉给佛。霎时，佛前那些零散的天衣在虚空中自然地翻卷，乾闼婆、紧那罗等天神奏起了百千万种美妙的音乐，降下如雨般的花朵……

你看，这些飞舞的神灵，她们裸露着丰腴的肌体，长长的飘带拂动祥云，霓裳羽衣和珠玉璎珞令他们神采飞扬。

这曾经是人类美好的梦想，即使现在，我们仰望天空，飞过我们视野的所有风景，鸟、飞行器，比起她来，是那样笨拙。我们几乎找不出更加符合我们想象的那样一种令人回肠荡气的温柔的神情。

只有飞天，仍然是我们存留的不可抹去的记忆。

只有敦煌，为我们永恒的乞求，画满了跳动的心脏。

漫长的旅途中，沙漠、戈壁、绿洲，变换着无常的命运，迎接着人们对于信仰和理想的考验。驼铃声声，一行行脚印，被无情地抛弃，失去了明确的方向，人们面对广阔无垠的大地，盲目的步伐，没有踩响内心的琴弦，面对天空，天空空空如也，只能用幻想去填充它。也只能用幻想去描摹未来和人生的追求。

飞天来了，在丝绸古道的咽喉，人们面壁盘坐，让寂静的夜晚渗入石头，让冰冷的石头开花，让呼啸的风结满裙裾，让敦煌，把春天留住。

飞天来了，就这样来了。

在绿洲

很久了，绿洲的诱惑，对于旅人来说，只是一两声惊讶。茫茫的戈壁在遐思间就会匆匆掠过。这期间，多的是欣赏，少的是风景背后暗藏的艰辛的经历，而这种经历一旦被现代化的交通工具所替代，也就不能称为经历。

真切的经历常常是这样的：几百公里甚至上千公里的道路，几匹骆驼、几双毡毛靴子，一步步走过它。

道路的情形又是这样的：几乎看不见道路的痕迹，在广阔的视野中，它们与戈壁、沙漠浑然一体，零乱的脚印早已被风沙抹平，没有蛛丝马迹。即使最精明的人，也不可能从起始的步伐中，认定最初的路线。

道路上偶尔有一些兽骨，经过长期的风剥雨蚀，它们的面目狰狞可怕。还有那些人头骷髅，空洞的眼眶中呼啸着阴森森的气流。

有时曾出现这样的情景：驼铃叮当，来自不同地域的民间小调荡漾开来，同时，欢歌笑语也荡漾开来。

一次旅程往往穿越几个大沙漠或者戈壁，一次旅程需要几个月、几年，有些旅程就永远地留在了路上，成为指引者，成为一片白骨，为后来者壮行。

在一段旅程中，风和日丽，低洼处盛开着沙打旺、苜蓿等鲜艳的花朵，甚至还有一泓溪水，那清凉的滋味，已经好久没有品尝了。

大多数时候，人们直面风沙，眼含苍茫，心存希望，踩在死亡的琴弦上，弹拨生还的音符。

只有到达终点的时刻，他们的脸上才露出会心的笑容。然而，又一次漫长的旅程，等待着他们。

在绿洲，我总能找见无限的幸福。每一片树叶，每一根草，每一条小河，每一座房屋，我在它们中间，如同久别相遇的亲人，有无尽的话语需要倾诉。

在绿洲，沙漠不远，戈壁不远，看着这些铺陈在大地上的最壮观的风景，灵魂中会注入一种精神：那就是作为一个旅人后代，他的血液中流淌着奔驰的风沙，冲破一切苦难，冲破一切艰险，他已经到达了绿洲，他知道绿洲意味着什么，他知道他会成为什么样的人，他在未知的旅程，怎样走好每一步。

大疙瘩梁

在全部的过程中，我没有丝毫的倦意。我意识到，我是在祖先的步伐中加入我轻微的合唱的。

敦煌，它的无人问津的大疙瘩梁，浓重的绿荫遮挡着它的姿容，并不高挺的海拔，一望无际伸展的样子，远离着喧闹的历史风景，沉寂中，怀抱着同样一望无际的往事。

敦煌放羊，这是胜地。

当敦煌还没有作为一条连接世界的交通线，它是偏僻的，荒芜的，尽管雪水沉积了肥沃的土地，杂草横生，但真正的历史还没有开始。生活在这里的先民，驱赶着刚刚驯化的牧群，风吹草低，牛羊时隐时现。他们坐在敦煌东北的大疙瘩梁，感到一切都美丽极了，嘴里哼唱着内心的曲调，然后，几声呼哨，天空和大地都为之一震。从那时起，大疙瘩梁，就记录了敦煌的声音。

没人会突发奇想，来这里登高。畜牧时代的灰烬，早已成为植物生长的温床。人们踌躇满志，在一行行骆驼中间，清点自己的物什，那些种子、铁器，那些丝绸、玻璃，映照着阳光，是阳光的另一种迷人的形态。他们不可能回到大疙瘩梁，回忆陈旧的故事，甚至对于最初的那种歌谣，已经全然不知。

大疙瘩梁仍然有着数不清的牛羊，只不过它们更加偏僻了，只不过它们在一个时代的旋律中，已沦为边缘。那里的唐朝遗迹，只是几堵破败的黄土墙，牧人正好有了一个遮风挡雨的休憩地，这不能不说是莫大的误会。

贸易使敦煌随着商品的流转，成为一个精美的名字，被许多人醉心地抚摸，敦煌的光泽，仿佛渗透了生命。各种肤色、各种语言、各种生活方式，在这里汇聚、融合，似乎一切都被崭新的前所未有的时尚所替代。

大疙瘩梁就只能是冷漠的传统了，红柳越长越高，一座盐碱土质所构成的山梁，要辨认它的面目，都有些目不能及。

我穿行着，我很可能已经失去了与它对话的能力，我的脚步不断碰响它的杂草和土壤，但平静又会覆盖我的思绪。

不知道现在，你能不能也来这里看一看，从另一个方向看敦煌。

敦煌的黄昏

戈壁和绿洲的界线，实际上就是那条隐隐约约的商道。商道沿着绿洲逶迤而行，一个绿洲和另一个绿洲，遥遥相望的距离，堆叠着这样的黄昏：霞光的美丽已经无法言表，戈壁退去了光明的锋芒，无限的温柔笼罩着大地、人群和动物，往往在此刻，远处的绿色冲进视野，拉驼人长长的一声吆喝，一会儿就被沉寂的戈壁吸尽。

敦煌绿洲的前沿，人们常常讲述着这些平淡的故事。每当黄昏来临的时候，从敦煌南山喷射而出的夕阳，最老的老人能从中看见一排排驼队，铃声悠扬，从天而降。

在历史的风霜中，敦煌的黄昏，巨浪排空般描摹着西部绿洲最艳丽的色彩，这些色彩从敦煌升起，被永恒的泥土和石头承载，成为人类精神世界的亮点。

但一切还要从那绵延不绝的驼队说起。

他们坚韧的步伐，在大地的边缘，在人类的梦想所不能抵达的方域，寂寞地扯开一面旗帜，撞开了一座座神秘的门户，封闭的世界顿时展现出强烈的交流欲望。他们从早晨出发，期待着每一个黄昏；他们的目光越来越坚定，他们穿着羊皮，背着羊皮袋子，他们像一群寻找目标的马，更像潇洒、高贵的鹰。

他们积累了敦煌的声名，把物质文明和精神文明，用生命铺陈在了天空之下，他们的肤色，逐渐金黄。敦煌不再遥远，亚洲、非洲和欧洲不再遥远。

必须从黄昏开始。

很久以前的那个名叫乐尊的高僧，就是被这样的黄昏眩晕，然后又被这样的黄昏拯救。一个不同凡响的黄昏，蕴含了他所有的追求。敦煌的黄昏，几只鸽子抖落羽毛，镶嵌在敦煌南山间。从此，那些黄昏在幽深的洞窟，实现了再生。

塞　门

古代中国西边的一块咫尺之地，风啸雪聚，无垠的荒凉托举着几堵黄土夯筑的围墙，砂岩高岗，铺洒着一层血泪。

征伐者积聚着冲刺的力量，就在奔驰离别的一刻，猛然敛辔，那回头的一望，充满深情。“垂涕念生还”，祈求的声音，被纷乱的马蹄和马蹄腾起的沙尘湮没了。

从这里开始向西，沙场关山，马革裹尸，男儿的血气、豪气，汇入了永恒的岁月，没有人可以带回青春和自信的目光。

这里，是玉门关。

“大雪满弓刀”，严酷的自然，早已将整个风景，磨砺成了锋利的刀口，每走一步，踩响的都是血流之声，命运的哭泣之声。谪守者的望归，在美丽的蜃景中含笑泯灭，他们抚摸着自己的乘骑，喃喃细语，像是对自己的亲人倾诉衷肠。

在敦煌以西的茫茫荒野，只有这些最坚韧的黄土铸造着一种不朽的灵魂，在它们的身躯上，写满了和平的祈盼；在它们的烈焰中，煅烧着一个时代的铁和钢。

“光断玉门前”，那样清丽的月光，也被旅途的忧虑所遮掩。金鼓响处，暴力的闸门打开，暗夜射出的光束，反射着月光鲜活的质地，人们甚至想用双手去迎接它。然而，虚幻的美，使它们还没有来得及思考，就遭受了致命的回击。

塞门，从这里飞往东南的鸿雁，不知携着多少无言的书信，翱翔的翅膀不知被多少双眼睛写下了多少种语言。

南来北往的商客，他们的出入，同样有着那种不能抑制的悲伤和喜悦。走出塞门，他们也是那样深情地回望，为艰险的行旅所准备的一切，都似乎不堪一击。生还玉门，苦难又似乎磨去了他们的欲壑，只有生命霍亮如珠玉。

春风不度，春风再度，塞门沧桑，被那些黄土深深地包裹着。虽然如今它们破落不堪，但那是生命的队列，守护着逝去的回忆。

古墓梁下的胡杨林

敦煌的神奇，总是在不经意的一处，展示其逼人的魅力。

比如，这是古墓梁。绵延数十公里的戈壁地带，遍布魏晋以来敦煌旺族和平民百姓的坟冢，在三危山的巨大阴影里，这里有着无限的好风水。古代敦煌的亡灵，把能够在这里安眠，作为一种荣耀。其实，现实的目光中，它们也有着让人过目不忘的风景。头枕三危山，脚踩安敦（安西至敦煌）公路，既可以仰望莫高窟的尖顶，又可以俯视商道上穿梭的驼队，如果地下有灵，或许看得见儿孙们的身影。

不仅仅如此，还有一片胡杨林，亚洲腹地最古老的树种，在敦煌，也深埋它的根系，以万千姿态，为这块不平凡的土地增添奇异的色彩。

出敦煌市区十二公里，欣赏了古墓梁之后，余韵未尽，它紧接着就出现了。在一条低洼地，胡杨聚积成片，树干并不粗壮，但枝叶茂密地伸展着，联结了清凉的绿荫。林间，同样堆满了坟冢。

春天，它们吐露嫩叶；夏天，它们隐天蔽日；秋天，它们金黄如玉女；冬天，它们嶙峋的虬枝，挂满雪霜。

世界上胡杨的数量在急剧减少，人为的肆意砍伐，自然的沧桑巨变，一千年不死，一千年不倒，一千年不朽的胡杨，也不能逃避这残酷的劫难。塔里木盆地、额济纳绿洲……胡杨在一棵棵倒下，一棵棵枯死。在敦煌，丰富的地下水涌入它们的根脉，滋养着它们不断分蘖生命的力量，这力量，也像敦煌的历史与文化，生机勃勃，光焰万丈。

古墓梁，胡杨林，沉寂与喧嚣，死亡与再生，似乎只有敦煌，才有可能让它们成为永恒的对照。这种对照，也是文明的彩幅，映照敦煌的天空和大地。

五个墩

小时候侧身从五个墩走过，总有一种神秘的感觉。怕突然从那高耸的墩台内部闯出几个黑脸大汉，把我掠入那黑暗的门洞之中。其实，这些虚幻的想象，是我所受教育的一部分，漫漫长夜的油灯下，父亲常常给我讲诸如此类的江湖故事。而对于五个墩的留意，应该是从那时开始的。

五个墩在敦煌东部的边缘地带，从遥远的戈壁进入敦煌，除了鲜艳的绿洲，它们是最明显的标识。即使在20世纪60年代，它也是这一带最高大的建筑物，老百姓目能所及的五个墩，是一方地域的代称，久而久之，我的故乡，在地图册上就有了一个习惯上的称谓：五墩。这种继承性，似乎是不可逆转的。现在的乡亲们，说起五墩，就说那里有五个墩罢了。历史的真实，被强烈的感性色彩所笼罩，笼罩得严严实实，吊古之人，只能充满激情地抚摸那些经年的黄土，用目光，用心灵，一遍遍抚摸，一串串叹息，从五个墩的四壁滑落，坠入风尘。这多少有点遗憾。

五个墩原来是很完整的。后来由于岁月剥蚀和风雨冲刷或者人为破坏，有三个墩台已接近废弃。我查阅了一些资料，终是弄不清它是哪朝哪代的产物。也请教了一些专家，也无法明白五个墩的渊源。的确，五个墩与敦煌的其他古迹相比，实在太平凡了，平凡到研究者可能没有时间和精力去注意它。敦煌大地上遍布的墩台，如果细细深究起来，可以穷尽一个学者的一生，可以写一部大书。五个墩只是其中微小的一部分。

近年出版的地名资料中，我才看到了关于五个墩的简要记载，说五个墩是汉代的遗迹。我想，这是一个准确的说法。因为魏晋时期河西的大本营在凉州，唐代玉门关东移至安西一带，明代守嘉峪关为边防，清代的《重修肃州新志》也无明确的记述。

五个墩就处在安敦公路旁，在行驶的交通工具上就能够一览无余，它证明着这是敦煌，它证明着你已经来到了敦煌。

新店台

敦煌绿洲像一只手臂，伸向新店台的时候，已经是它的五指。很长一段时间，我在它的光明与黑暗中成长，对它的一切浑然不知。只是春天的大水漫灌，四处的田野，一片汪洋，让人生出几分激动，这激动被小小的纸帆船载动，弱不禁风的样子，很快就从视野里消失了。那时，新店台对我来说，只能是茫茫的水域和一艘艘纸帆船。

老人们说，村口是望不到边的红柳，偶尔跑出几只兔子，飞出几只野鸡，人们的目光就被引向了那里。

村口还有通往外面的商道，它的一边连着敦煌，一边连着世界，世界很大很大，总之可以到达很远的地方。

村口曾经有过一座完整的烽火台，四周土筑的高墙，方圆数百平方米，是一个严谨的防御体系。可惜，它早已不存在。小的时候，村里的小学校，就建在这里，烽火台四周的高墙，临时搭建了厕所，一群群孩子，在方便的同时，攀缘上下，惊起了筑巢的鸽子。因为是厕所，村里年年积肥，年年运肥，连烽火台以及四周的围墙，也渐渐挖掉了。现在想起来，那真是个愚昧的时代，珍贵的文化遗产被葬送了。

与烽火台紧挨着的是一个车马店，那可是个古老的车马店，烟火在每个房间的四壁堆积了油漆一般的黑色污迹，外部的土墙被风沙吹得平滑如冰。南来北往的大车，停歇在这里，住宿、做饭，常常有跑了调的歌声，流传于空旷的戈壁之上。

新店台，敦煌的光芒暗淡了它的名字，村庄的平静和寂寞代表了它的偏僻和遥远，没有人以这样一个名字讲述他的游历。只是那里的麦子年年黄，那里的高粱年年长。

骟马城

这里是距离嘉峪关 20 多公里的白土梁村，这里有一座远古的城池叫骟马城。

没有可供凭吊的马。站在戈壁高岗之上，能够看见的，是田野、树木，然后是那样深陷地层的河谷，从前的那些波澜壮阔的水，现在只是一股细流。河，叫马河。

从地势上，骟马城以河凭险，在河岸上站久了，真有点头晕目眩。城的建筑构造上，也是城外有壕，城内有城，防守缜密。

古代战争中，马冲刺的速度，为人们增添了信心和勇气。在广阔的大野上，马奔驰的灵魂，像一团火，燃烧于闪光的利刃之中。它们踩响大地的心脏，如一记重锤，震毁全部阻挡的力量。这就是马，搅动着战争的神经，发挥着那个时代人类最大胆的想象。

以马命名的古遗址，在西部比比皆是。马像嵌入人们记忆的一块燧石，随时都可以打出火花。

骟马城、马河，在嘉峪关外，守护着最坚固的防线。当地的老百姓说，骟马城有一条暗道，通往黑山脚下的一处军营，这里培育的良种马，源源不断地被输送到那里。听了这些传说，我们仿佛亲眼看见了万马嘶鸣如巨浪排空的样子。

在骟马城南的高约 15 米的台地上，已经发掘了一处古文化遗址，有灰层、墓葬及陶器等遗迹、遗物，考古学家认证，大约是乌孙文物。《肃州志》载："昔有赤色马二匹，为虏所掠，数载而还，以其地为边防，设马戍，后为县。"骟马城具体的建筑年代，《玉门县志》的大事记说，嘉靖八年（1529 年）在嘉峪关外添筑骟马城等。

骟马城城宽 60 米，长 65 米，城墙底宽 9 米，高约 10 米，城内有一口深井，现已枯竭。

站立城墙东望，马河大气磅礴，沟壑内雾岚飘浮，流水淙淙，远处，还有一片片羊群点缀在绿草之间，山川壮丽，美不胜收。

沙州古城

敦煌古称沙州，漫长的戈壁和沙漠蜿蜒伸展至这里，呈现出迷人的风景：雪水流淌，草木横生，气象万千。

在古沙州的怀抱里，多少濒临绝望的旅人，以无限的欣喜，结束了缠绕思绪的噩梦。强烈的阳光使他们皮肤黝黑，身体接近枯竭；猛烈的风沙，使他们的眼神混沌。沙州太多的绿色，几乎使他们眩晕；闯入这片绿洲，他们都有点失态了。

有过艰难经历的人，沙州在他们的心目中，无疑是一方圣地，到处都有神灵的歌唱。

本来是戈壁沙海中的一处绝美的自然景观，却灌注了人的情感和灵魂，成为那些长途跋涉者的精神栖息地。

这就是古沙州，是无数优秀的坚韧的商队和流浪者，把嫩叶和雪水精心打磨，使之充满思辨，美若珠玉，如同高悬于天空的最灵验的暗示。

党金果勒河波涛汹涌，河的西岸，房屋鳞次栉比，市井的喧嚣声声盈耳。汉武帝元鼎六年（前 111 年），沙州归汉，强大的汉文明的熏染，使民族大融合、生产生活方式大融合的格局逐步形成，这块土地上最古老的城池诞生了。

此后，李暠建西凉以此城为都；唐于此置沙州；清初因“党水北冲，城垣东圮”，另筑新城于党河东岸为县治。岁月的风霜中，它一直扼守着丝绸古道的咽喉，通往西域的大道，南出阳关北经玉门关，这里是必经之地。西行者的大本营，冒险者的乐园，古沙州，只要人们说起它，就好似品尝了沙漠甘泉。

在废弃的古沙州城址，生活着戍卒和流民的后裔，他们心存感激，幸福的目光，上下打量匆匆而来的旅游者。

沙州古城遗址为长方形，南北长 1132 米，东西宽 718 米，南、北、西三面仍保存有城垣，西北角有两处城墩较为完整。城内的白马塔风铃叮当，像是在回忆远古的历史。

沙州古城，现在已经荒芜，黄土的深处，是不是还有那些胡笳羌笛在吹奏凄婉的思乡之音？是不是还有那些生锈的铁衣长剑在寂寞的黑暗中，梦见酷烈的厮杀？走过残垣断壁，人类的敦煌并不像优美的画卷，能够展示那种轻松、迷人的风景。

河仓城

现在看来，河仓城已经破败不堪了。疏勒河的干枯，使这里水草丰美、鸟鸥翔集的风景经不起推敲。只有河道里的红柳，愉快地生长着，似乎不能让人遥想战争的硝烟和硝烟下狰狞的尸骨。一切都沉寂下来了。

从玉门关设立以来，敦煌西北 60 多公里的疏勒河南岸，河仓城就神秘地出现了。汉代中原对匈奴用兵，这里是边防的储粮地和军需仓库。在西部边境局势稳定之后的很长一段时间里，丝绸之路的北道经过河仓城，就步入了号称死亡之海的塔克拉玛干大沙漠。因此，商旅们离别河仓城的一刻，心情是十分复杂的。

河仓城建于汉代，那时的疏勒河水量充足，波涛之上可以泛舟，一部分粮食就是通过航运，才抵达河仓城的。疏勒河下游的罗布泊，水域茫茫，罗布麻郁郁葱葱，有着令人遐想的风光。

一切都似乎烟消云散了。丝绸古道的废弃，疏勒河的断流，使昔日如同命脉的粮库，失去了严谨的把守和车马的喧嚣，在明媚的晨光中，河仓城只是一个完美的废墟。霞光涂染着它坚强不屈的身躯，像是一名过时的武士，自信而又顽固。

河仓城坐北向南，呈长方形，东西长 132 米，南北宽 17 米，残垣最高约 7 米，内有南北方向土墙两堵，隔成并连的仓库三间，每间长 42 米，宽 15 米，每间向南各开一门。城正南面的戈壁高岗之上，有一处烽燧，砂石加红柳夯筑，外包土坯，高约 9 米，保存较为完好。

敦煌的历史遗迹中，河仓城以其遥远，暗藏着它的诱惑，一旦人们打开思索的通道，河仓城将是最具吸引力的地方，它能够把人们带入岁月深处，去寻找文明的光彩。

另一种风景

长期以来，我一直用焦渴的目光，在焦渴的土地，寻找那些即将逝去的风景，它们恒久的秘密，它们珍爱的寂寞，已经是狂飙般的飓风，旋起于我的内心，使我如一粒沙子，毫不犹豫地投入到了它们那沙漠一样广阔的怀抱。

我的思绪，不能绕过它们。那些废弃的古代遗址，在遥远偏僻的一方，在苍鹰盘旋的地方，提示着我的方向，提升着我的灵魂的境界。我知道，我有可能与它们以最普通的方式对话，而这种对话，也可能在某一个早晨或者黄昏，成为我生命的记忆。

这是一个并不宽阔的行政地理区域，几个大沙漠，诸如巴丹吉林、塔克拉玛干的边缘；一座西北—东南走向的山脉，终年积雪，雪水流泄；绿洲、戈壁以及高原山地。复杂的地形，丝毫没有影响它在中国地理中的显著特色，无论是文化、历史，它都是那样顽强地显示着自己的性格。

这就是河西走廊。

偏离几条内陆河流流经的方向，我放逐河流般的情感，重新清洗被沙尘和时间的风霜蒙蔽的人类思想的光泽，我是否能够像一个幸运的淘金者，与那灼人的光芒相遇，这似乎不重要了。

敦煌的西北和西南地区，星星峡东南的盐泽和戈壁，祁连山南部腹地，额济纳南缘的荒漠，古凉州游牧者的驻牧地，一旦进入，梦都会被浸染如马的长风。

没有人混迹于城市的繁华而心存一段残垣断壁，在那裸露的历史断层上，无名者的眼泪和血，战斗者的呐喊，只要用心倾听，那些声音就会涌入耳际，鼓荡耳膜，直入腑腔。

另一种风景，死亡和沉默的背后，有另一种秩序；另一种风景，阳光凝结，黑暗退去，生命的大潮，一触即发。

那些生活

时间不会倒流，我们再也回不到过去。但有一个声音却顽强地告诉我们：能。我真切地听到了。你，听到了没有？

那是一个早晨，霞光从山崖慢慢滑下来，最后消失在它的沟沟壑壑。在日光更加强烈的时候，山谷里却是异常清凉，大山的阴影，彻底笼罩了这条窄窄的小路。就在这条小路上，有绵绵无止的絮语，似风，似雨，又似哗啦啦的流水声。

他告诉我，在这里，他们已经生活了几千年了。几千年前，他们从森林走向山谷，在冬暖夏凉的山洞，点燃篝火，在山谷里打猎放牧。虽然经历了很多觅食的困惑，围猎的伤痛，生死的忧虑，但是在星空下舞蹈，在树枝上摘取果实，那种欢乐，还是刻骨铭心的。他们的世界，没有超过方圆五十里，就在这小小的空间里，他们诠释了生存的含义，他们在大自然的怀抱里，建筑了自己的巢穴。风里、雨里，春夏秋冬，他们繁衍着子孙，让自己的孩子一个个走出这狭窄的山谷，走向更广阔的平原。

他是一个值守者，在漆黑的夜晚，守住一堆篝火，让它一直有旺盛的火苗，如果篝火熄灭了，那么生命也就熄灭了。因此，他总是小心翼翼地添柴、吹火，总是脸上充满笑靥地聆听同伴们的鼾声。在那些日子，他数着星星，一直能数到几百颗，他想象着他有几百个孩子在山谷里砍柴、狩猎、采摘，使他们的生活热热闹闹、趣味横生。一个部落和另一个部落跳舞的时候，他的孩子们紧盯着那些漂亮的姑娘看，那一刻，他也想起了自己的爱情：他们追逐着，就像追逐一头野狼，是那样刺激，那样甜蜜，心跳像脚下的步点，怎么都慢不下来。这样的情景，又传递给了孩子们。爱，就是这样生生不息，就像一条溪流，穿过干旱，跨过石滩，汇入河流，每走一步，都是艰辛的，也都是充满希望的。

那些日子，孩子们一个个走了，一步三回头，他有力地挥手，告诉他们，外面的世界，才是他们的安身之处。就这样孩子都走了。看着山洞里孩子采集的果实，宰杀的猎物，都快堆积成了小山，他从内心里感受到了亲情的温暖。他每天的任务就是照顾好自己，这对他来说，简直就是小菜一碟。平日里，抚养一大堆孩子，没完没了地收获食物，但孩子们还是嚷嚷着吃不饱。那些日子，人忙得像个陀螺，没有一点空闲属于自己。现在，一切都清静了，他从这座山爬到那座山，有时候想起自己的爱情，有时候想起往昔的快乐，有时候想起某个动物，有时候想起某个地方，那里开满了鲜花，长满了牧草，到处都是牛羊，到处都是果实累累的树木……想着想着，他就情不自禁地拿起身边的石头，一笔一画地记录下难忘的岁月，等孩子们回来，看见这些，就看见了自己的小时候，他们一定会高兴。这样想着，脑子里也像放电影一样，一幕一幕演绎记忆中的一切，不知不觉，许多山崖上，都画满了新鲜的图画。后来，他实在走不动路了，就自己躺在山洞里，想象着那些画，竟然为自己的创意激动了，在笑声中结束了自己的生命。

也奇怪，他的生命就像星光，飘浮在陡峭的岩壁上，与那些岩画合为一体，像是一种有生命的活体了。至今，人们看见他，就像看见了自己。

骆驼城

以骆驼命名的城池，这是第一座。

东汉灵帝光和三年（180 年），这一年实在是不平静，在今日甘肃省高台县一带，突然间地动山摇，房屋垮塌，城池尽毁。一段时间，竟然发生了大小八十余次地震，一阵余波又一阵余波过去，这里的一切，早已面目全非。

这个地方，在那个年代，叫表是，是汉代酒泉郡辖治的一个县。这突如其来的灾难，让人猝不及防，一时间，表是辖境，一片狼藉，人们的泪水和伤痛混合在一起，撒遍了这块土地的每一个角落。

城市毁了，可以重建；人内心的创痛，也一点点抚平。就这样，朝廷决定在不远的地方，另筑新城，这就有了我们今天所看见的骆驼城。

说起骆驼城，真应该感谢骆驼。是南来北往的驼队，实现了戈壁沙漠的畅通。在那个年代，这是一件了不得的事情，这件了不得的事情，是由骆驼办成的，可见骆驼在人们心目中的位置。因而一座新的城市，就与骆驼联系了起来。驼队的穿梭，带来了物流和人流，也带来了一座城池的繁荣。

骆驼城在两晋时期一度改称为建康，与东晋首都建康（今南京）同名。当时中原正经历永嘉之乱，“秦川中，血没腕，惟有凉州倚柱观”。好在，这样的大动荡没有波及河西走廊。在中原苦难深重的时候，河西却偏安殷富，大量流民避祸来此，前凉政权安置流民，垦荒耕植，在中原先进的生产技术流入河西的同时，南方地名也流入河西，取名建康也是希望借此标榜效忠晋王室来争取中原士族的支持。

稍稍梳理一下，我们就知道骆驼城的厉害了。公元 397 年，后凉建康郡太守段业另立年号在此建立了北凉政权，骆驼城一度成为北凉国都，这是骆驼城在历史上的一个高光时刻。北凉选择骆驼城，是因为骆驼城扼守要津，它东接张掖，西向酒泉，南望祁连，北通沙漠，是妥妥的兵家必争之地。到了唐代，大将王孝杰在此地驻军，名曰“建康军”，屯兵五千三百人，这对河西走廊来说，已经重兵把守了。公元 755 年，骆驼城彻底荒废了，主要的原因是安史之乱。那个时候，朝廷的重中之重是平叛，河西、陇右及安西四镇驻防的精兵大部分都调往战场，保卫大唐王朝。就在这个时候，吐蕃自青藏高原趁虚而入，整个河西为吐蕃所占。骆驼城沦陷后，惨遭屠掠，从此人们流亡内地，城池废弃。就这样，一座庞大的城堡凋零了，就像一棵参天大树，渐渐为岁月的风尘所湮没。

今天，当我们来到骆驼城，它真的成为骆驼的避风港，城圈内光秃秃的，一两场雨水，就长满了骆驼刺和灰蓬草，看不出人的生存印迹。的确，一千多年，那些繁华如过眼烟云，已经不在，骆驼城四周的居民走了一茬，又来一茬，物是人非。这些历史人们已经记不得了，只看见那些悠闲自在的骆驼，在城池里吃草，就灵光一闪，叫它骆驼城了。也是，也应该为骆驼树立一座丰碑，从这里走出去，是骆驼带着我们的。

作为古迹的骆驼城，已经退守到了茫茫的戈壁滩上，距离高台县城 20 公里，完完全全是一处被人遗忘的角落。遗址总面积近 30 万平方米，遗迹有城墙、马面、瓮城、腰墩、角墩、古井、夯土台基等。这样的军事堡垒，这样规模的城市，无论从哪个角度看，它都是无与伦比的。当我们看见它清晰的轮廓、完整的结构，我们就会用想象填补曾经的人和事，如果点燃一堆杂草，袅袅上升的烟气，再一次体味人间烟火的温馨，只是，过去的一切，永远也无法复制了！

锁阳城记忆

西部的城，总是会带着你走进悠远的历史，一枚铜钱、一块瓦片……在风尘中渐渐浮现，它们娓娓而谈，就像我们中间的某一个人，说着自己经历过的事。

细沙一粒粒堆积在城墙下面，久而久之，它们竟登上了城墙，锁阳城西南面，沙子形成了一个坡度，人可以直接走上墙顶。在这里，沙子，为人们搭建了一个梯子。不仅如此，沙子上堆满了大大小小的礌石，这些礌石滚圆如呆头呆脑的西瓜，沙子埋住它，风吹掉；沙子再埋，风再吹。就这样，礌石始终浮在沙子的表面。

这些礌石，让我浮想联翩。一时间仿佛回到了那个杀声震天的岁月，礌石机不停地抛送着礌石，礌石所到之处，摧枯拉朽，溅起一片哭喊，残忍的景象，不忍目睹！

我常常去锁阳城，在断壁之下，我沉思良久，细细辨查它的夯层、断裂带。我并没有文物保护者的严谨，也不具备考古学家的细致，而是用粗略的眼光过滤时间的风寒，在那些夯层和断裂带上，我看到了逝去者的无可奈何，品尝到了存留者的无限可贵。早些年，在锁阳城可以登上城墙，在西北面的角墩，窥视遗落的夕阳，这里是古城的一个制高点，整个城池的全貌尽收眼底。朋友们说，锁阳城的荒芜，可以朗诵！也就是说，它本身就是一首凄美的诗。的确，城内已经没有任何遗存，只是一座座小沙包，这是时光的积累，外面的沙子，飞进城里，把自己飞翔的记忆，堆积起来。一场雨，又一场雨，沙包上的雨水抚育了不知名的野草杂花，一岁一枯荣，这些野草和杂花，也逐渐堆积起来，扩张了沙包与沙包之间的空隙，使动物和人的侵入，没有任何可能！

锁阳城的锁阳是一大景观，一般的游客要亲眼看见锁阳的风采，锁阳城是最佳观赏地。到了四五月份，城外的沙丘上，随处都有冒出来的深红色苗枪，那就是露头的锁阳。据说，农历三九天的锁阳，功效最好。在天寒地冻中，尤其是大雪纷飞的时刻，锁阳性热，可以化开地上的雪，据说，锁阳的头顶上，洇湿一片，挖下去，就能找到冒着热气的锁阳。当地老百姓之所以把这座城池称之为“锁阳城”，就是因为这里到处都有锁阳的踪迹。

红柳是戈壁沙漠中的耐碱耐寒耐旱植物，最无情的沙子，也不能淹没它。在锁阳城，红柳蓬勃生长，高过城墙许多，成为与锁阳城相生相伴的绝美景色。我一直把那些红柳当作守卫锁阳城的士兵，它们矗立在荒野上，尖利的枝条，编织成一个巨大的网，阻止着暗夜的偷袭。走进锁阳城，首先迎接你的，是红柳。尤其是红柳开花的日子，锁阳城的四周像是飘浮了一层橙色的云彩，壮观极了。

西城墙下的一片红柳，应该有几百年的生长史。它们的根系，在地下盘结在一起，它们的枝条，在头顶缠绕在一起，人走进去，就像走进了红柳搭建的房子，枝条密密麻麻地挤在一起，比人工编织的还要精美。我曾躺在里面的沙子上，戏称这里是“情人谷”，有情人在这里会面，连鸟儿都找不到。

记得在一个黄昏，我和诗人林染站在古城墙上，看着明月生气。林染突然说：李白来过锁阳城，不然，怎么会写出“明月出天山，苍茫云海间。长风几万里，吹度玉门关”这样的句子？那一夜，我们在锁阳城喝锁阳酒，大家都有点醉了。就像李白已经在我们中间，锁阳城的诗意在酒意中弥漫！

在瓜州

一路向西，就觉得特别踏实。到了瓜州，就更加踏实。

戈壁上的瓜州，因为人美瓜甜而闻名于世，也因为长风万里常吹不止而惊恐世人。但我每次去瓜州，被凌厉的风吹着，就觉得舒服；和风细雨，反而觉得不自在。记得十八岁那年，在瓜州参加文学笔会，一帮热血沸腾的文学青年聚在一起，把瓜州的酷夏搅得更热。老师们都风趣地说："最近瓜州热了几度，是我们热情的火焰鸟烧上去的。"的确，在那些日子里，一帮年轻人，要多热闹就有多热闹，要多浪漫就有多浪漫。每个人都在自己的生命历程中，刻写了一段瓜州记忆。

那是一个月色如银的夜晚，我们唱着歌一起步行去了郊外的疏勒河，一路上，人们看着这一群狼嚎鬼叫的年轻人，都觉得遇到了疯子。那可是 20 世纪 80 年代，一切都在酝酿，一切都在变革，我们胸中的激情也毫不吝啬地抛洒在了瓜州大地上。天越来越黑，人烟越来越稀少，我们真正走进了荒野，走向了疏勒河。

疏勒河是一条英雄河，它总是特立独行，所有的河流都向东流，而它，却独自西流，人们又叫它西流河。它的目标是荒芜的戈壁沙漠，是遥远的罗布泊。虽然戈壁和沙漠无情地阻止它，使它常常断流，但每到一处，它都用心滋润那些焦渴的土地，使那些几经荒废的土地焕发出勃勃生机，可以说，是它，创造了灿烂辉煌的敦煌文化。沿着疏勒河，有数不清的古城堡，有名垂千秋的石窟寺，它们是疏勒河这条藤蔓上生长的文化果实。早在20世纪80年代末，我就撰文书写了疏勒河的丰功伟绩，第一次以西流河实证它的每一朵浪花所分蘖的流传久远的芬芳。

夏天的疏勒河，雪山融水增多，水流湍急，我们顾不上河流巨大的冲击力，凭着我们的青春活力，与一条河流搏斗，当然，我们是胜利的一方。我们甚至把西瓜扔进河水，然后又一个个把西瓜捡回来，事后回想起来，那真是危险。如果我们被河水冲走，那我们真是永远留在瓜州这片土地上了，但我们无憾，没有冒险的青春，还算青春吗？至少，在那一刻，疏勒河记下了我们这群毛头小伙子。

在瓜州有你想象不到的文化遗迹，锁阳城、东千佛洞、榆林窟、破城子、六工城、桥湾城、人头碗、人皮鼓……我能列举的，仅仅是九牛一毛。把它们都走一遍，得三两个月。一段时间，痴迷拍摄纪录片，我的主拍地就是瓜州，每次去瓜州，一住就是半个月，每天都是天不亮就动身，天黑了才回驻地，身体劳累，但心情愉快。一年四季，风花雪月，在我们的镜头里，瓜州是别样的。在我们的心灵里，瓜州是一条深邃的历史廊道，它通向悠远、明亮的真理。

出了嘉峪关，许多人都是一路驶向敦煌，瓜州是一处忽略之地。但对于我，它几乎就是敦煌的心脏，走进去，我可以听到敦煌的心跳！

走向荒原

少有人迹的寂寥，少有植被和建筑的广阔，正好可以把内心塞满的东西卸掉，让风吹走，让雨打湿，让灰尘埋掉。让心里充满阳光、月色和星辰！

也许是从小就生活在荒原地带的缘故吧，走进荒原，竟是那样熟稔，辽远的视野，舒畅的呼吸，仿佛释放了长久的压力！荒原，那就是人生的另一个空间，可以休憩，可以疗伤。

距离村庄十里的大草滩，对于孩子们来说，是一个神秘之地。因为遥远，绝不让孩子涉足，一去一回，徒步就得大半天，而且荒野上有各种意想不到的事情：沼泽地、海子、狼虫虎豹，不一而足。总之，只要是孩子不听话，家长们就威胁：把你扔到大草滩去。

我是一个特立独行的孩子，从小就不合群，家长们不让去的地方，一直吸引着我，促使我小心翼翼地前去探访。

在孩子的视野里，大草滩还真是遥远。一路走下去，走到精疲力竭，它仍然远在天边。又走到精疲力竭，仍然不见踪影。但沿途的风景确实与村庄有着天壤之别，人工种植的庄稼，那种规则，是一种力量；自然生长的草木，却是天性率真，自由豁达，要么独树一帜，孤独地矗立于荒原之上，要么一丛丛、一簇簇，像是一个方阵，努力地向荒原突击！这也激发了我继续向前的勇气，当我真正走进大草滩的时候，我的身体里就好像有无穷无尽的力量。

那时候，我真正体会到了一个探索者的快乐。一路上，我发现了锁阳、羊奶角角、黑枸杞、红枸杞、沙鸡蛋……大草滩简直就是一个聚宝盆，让我乐而忘返。在沙鸡蛋上抹一层厚厚的泥，放在火上烤，吃多少都吃不够。那天，我竟然闯入了一座无人看守的果园，正是丰收的季节，李广桃刚刚成熟，散发出一阵阵馨香，还有梨、苹果，还有黄瓜、西红柿，吃得我满脸都是汁水，感觉自己品尝到了人间至味。在那个物资匮乏的年代，肚子都吃不饱，哪能吃上水果？在我们村，我可能是第一个吃到苹果的孩子。

那天，吃饱喝足，我躺在一座沙丘上睡着了，也不知道过了多久，睁开眼睛，已经是黄昏了。这个时间，要是走回家，天就黑透了。我用上衣打个死结，做成一个兜子，装了很多桃子、苹果、西红柿和黄瓜，急匆匆往家赶。

走啊走啊，村庄越来越近，天越来越黑，摸到家门口，就听见母亲在哭嚷着，让父亲去外面找我，父亲默不作声，母亲更是火冒三丈。还是父亲了解我，他说，一个男娃，要是丢了，养着，也是个没出息的货，他会回来的。

父亲的话刚一落音，我就走进院门，母亲不由分说，就是美美地一顿揍，父亲也不言语，看着母亲发泄自己的愤怒。那天，确实把母亲急坏了，她找了好多地方，打听了好多人，都说没见着。这几天正好浇水，大渠里水又急又大，孩子要是掉进去，凶多吉少。看着孩子回来，母亲打累了，才坐下来哭。我把用上衣裹着的一兜子水果倒在桌子上，又迎来了父亲的批评，说是人再穷，也不能偷东西。母亲则宽慰：回来就好，回来就好！

经过那一次，我真正地懂得了，一个男人的世界，可以不断扩展！

蜃景中的远山

父亲常常说，要进山了。说了这话之后，他就真的走了。生产队的马车就停在村口，父亲把行李往车上一放，马车就威风凛凛地离开村庄了，后面的几辆马车里装满了蔬菜、粮食和清油，也跟着父亲的马车一起出发了。

一股尘土猛然间升起，村庄被清脆的铃铛声和铿锵有力的马蹄声踩踏，有一种疼痛的感觉。父亲走了，这一去，好久才能回来。对于一个乡村的孩子，父亲是主心骨，父亲出远门了，我自己就得是自己的主心骨。看着远去的马车，悲凉是暂时的，生活道路上的逆来顺受永远都是开始。我又回到了砍柴、割草、上学循环往复的日常，一个孩子，还没有来得及天真烂漫，就背上了生活的负担，因此，我也学会了与自己相处，与生活相处。总是一个人走向荒野，走向茂密的红柳林，躺在向阳的草坡上，看书学习，累了，就眯上眼睛休息一会儿，快到吃饭的时候，三下五除二，砍一捆红柳枝，背着柴火就回家了，啥都不耽搁。割草也是一样，一群孩子混在一起，往往是狼多肉少，谁也割不了多少草。而我找到一处猪草茂盛的地方，先是看书，然后就割一大筐，学习、割草互不影响。

有一天，生产队的马车要进山，母亲让我坐上马车去山里，给父亲带点衣服和糖茶。其实带东西并不需要人亲自去，主要是父亲想自己的孩子了，再三嘱托带上孩子进山，在山里住上一两天，马车又会返回，我也就跟着回来了。

听到这个消息，我真的很兴奋。山，一直矗立在远方，在蜃景中飘浮。山里有什么，想起来就让人销魂。记得父亲每次从山里回来，都会带来很多稀奇古怪的东西，比如玛瑙石、水晶、气球、小马达等等。气球和小马达是气象台放飞到天空测天气的，完成使命之后，就会掉在山里。这些小东西，对于乡村的孩子们来说，展示的是外面的大世界。

马车一路小跑，从主路拐向戈壁，又从戈壁直指大山。一开始，看这个，看那个，一切都是那么有趣，戈壁深处，会有一群一群的沙鸡，稀疏的草丛中，会有一窝一窝的沙鸡蛋，我们几个同去的孩子跑下去捡沙鸡蛋。后来，单调的风景，让我们没有了兴趣，个个躺在马车里呼呼大睡。也不知道过了多长时间，父亲叫醒了我，说是要吃饭了。我才惊奇地看到一个深深的山洞，油灯之下，一块石板上，有一大盆白菜炒肉，香喷喷的，这是平日里吃不到的美味。再加上一路上拾的沙鸡蛋，更是美味中的美味了。

记得那天晚上，父亲不让我走出山洞，说外面有野兽，主要是狼和狐狸。半夜里，能听到凄厉的叫声，估计就是狼和狐狸的叫声。山洞里冬暖夏凉，是个生活休息的好地方。也许人类的血脉中就有山洞的记忆，那天晚上，我睡在山洞里格外舒适，就像很久很久以前，我来过这里。

第二天早晨起来，父亲留了下来，看管我们这些孩子，并想着法子给我们做好吃的，领着我们去戈壁上采集野菜，还去山谷里找野草莓。大山的神秘本来就让人遐想，再加上这些乡村里没有的奇奇怪怪的东西，我们更加欢呼不已。父亲看到我们高兴的样子，又带我们去捡气球。走了很远的戈壁，真的捡到了一个，父亲把气球上的各种部件都拆卸了下来，分给我们，教我们让马达转起来，灯泡亮起来，气球吹起来，那样的快乐无与伦比。

父亲是个读书人，大学毕业。那时候的大学生从农村来，毕业后再回到农村去，在农村的广阔天地锻炼自己。本来父亲有希望去大庆油田，后来听说那里天寒地冻，就放弃了。父亲读了很多书，会讲很多故事，回到农村后，又学会了烹饪，炸油糕、炒菜、蒸馒头，样样在行。所以生产队外出搞副业，都叫上父亲。

我们生产队靠山吃山，几十个精壮小伙子进山，把石灰石从山上开采下来，主要是用炸药炸开，然后在山里的窑里烧石灰，这两项工作都很危险，炮声一响，巨石乱飞；窑火一点，过路的麻雀都会被烧焦翅膀。天凉的时候，把石灰石开采好。然后，在沙滩里拉回耐烧的红柳根，储备好了足够量的原料，整个夏天和秋天都是烧石灰的日子，20 世纪六七十年代，石灰是城乡建设最实惠的建筑材料，十分抢手，批了条子才能买到。到了过年的时候，石灰卖的钱，就累计在工分里分红了，在全县，我们村的分红是最高的。那些外出烧石灰的人挣的工分也是最高的。

从山里回来，一有时间，我就一个人攀上院墙，死死地盯着远处的山脉，那飘荡着雾霭的山脉，曾经留下过我的美好记忆。

土吃人一口

村庄流行一句话：人吃土一辈子，土吃人一口。人吃土一辈子很好理解，人从小到大，都是靠土地养活，一年四季，土里来，土里去，春种秋收，没有土地，就没有人的生存。土吃人一口，就不太理解了。直到有一天，我真正理解了这句话。

当棺材一点点吊下去，支稳，阴阳师说了一句“起”，一锹一锹的土，就填进了墓穴……这时候，那些飞扬的土，就像堵在了我的喉咙，我哽咽了。

父亲，就这样走了。

当戈壁上隆起一个土馒头，我还是懵懵懂懂的，总觉得这是一个幻景。但事实上，父亲已经真真切切地埋在地下了。有人说，安歇于土中，人就一了百了了。

后来的很长一段时间，我都沉浸在痛苦的回忆之中不能自拔，那个黄土埋人的场景在脑海里轮番演播，就在那一刻，我们与父亲，已经阴阳两隔。那些土，最后吞噬了父亲。

坟地是早早就看好的。南戈壁上好埋人，背靠大山，面向湖泊，好风水。父亲是一个常常走戈壁的人，每当走到这儿，他都会说：死了，埋在这里，最好！这时候，父亲显得特别认真，特别孩子气，从他的神情上，我知道，这是发自肺腑的，并不是说说而已。那时候，死，距离我们老远老远。即使在荒芜的戈壁滩上，我们也觉得，它的尽头一定是丰腴的绿洲。

记得那天村上的人都来了，那是父亲积累的人脉。父亲在病重期间，再三嘱托，让我花点钱，让乡亲们抽好烟、喝好酒、吃好饭，让乡亲们高高兴兴地把他送走。乡亲们忙里忙外，做饭的、端茶倒水的、招呼客人的……这时候，我都觉得父亲没有真正离开我们，就在上房的屋子里睡觉呢！我忍不住一次次看他，他闭着眼睛，神色安详，就像睡着了一样。他一辈子真的没有这样安心地睡过觉，家里所有的事情都得他操心，孩子的成长时时在他警惕的眼神中矫正着方向……让他睡一会儿吧，再睡一会儿吧！

阴阳师有一整套的仪式，我照单全收，烧气纸，点长明灯，搭灵棚，家人和亲友在灵堂守灵，出殡时燃放鞭炮，这既有“崩煞神”的含义，也有“醒亡灵”的意义。我们跟随在灵柩后面，一路上摔盆、路祭、拜礼……总觉得父亲会从棺材里突然坐起来。

到达墓地后，下葬前在墓穴中烧纸钱，称为“热炕”。然后阴阳师测绘，几条绳子绑着的棺材徐徐下放，庙上的上师念诵经文，一派悲凉的气氛。

土，和父亲融为一体，从此，他成为土的一分子，我们再也见不到他慈祥的面容，再也吃不到他做的美食，我们的思念，被戈壁滩上的北风，吹得无以依存。很长一段时间，心中积郁的悲伤都难以消解。

后来，在父亲的坟头，我学会自言自语，告诉他我一年来的悲伤和欢乐，告诉他孩子们的情况，告诉他家乡的一切！又是一阵风吹来，他似乎听到了，又似乎充耳不闻！

向　北

云海苍茫，一直往北，云会越来越淡，天会越来越高。一直往北，路不再修正人的方向。没有路的地方，其实广阔的戈壁都是路，走向沙漠，走向绿洲，甚至走向死亡，不同的路，有不同的终点。或者像一股风，有始无终，一直吹拂着。

一直向北，终究会碰见一堵矮矮的沙墙，本来这沙墙会跟随风一溜烟散落各处，成为戈壁和沙漠的一部分，但因为有了筋骨，它就一直站立在那里，成为一堵沙墙。不仔细看，还以为它是一道沙梁，沙梁是自然赋予的，而墙则是人力创设的。沙梁会随着自然之力，随意移动乃至消散；而人的创造，有心血和汗水的遗迹。

如此之遥远，如此之荒僻，这一段墙从修筑的那一刻起，就注定了被风沙埋葬的命运，但它极力书写着自己的命运之书，把人们对绿洲的向往高高擎起，人们坚信：只要跨过它，就会脚板生力，就会看见村庄的炊烟。可一切都还遥远，地平线上还是飘浮着虚无的蜃景。

第一次，当我走近它，一瞬间就沉默了：一层沙土，一层梭梭，曾经的高度垮塌了下来，但还是支撑了阻挡风霜和马蹄的墙体，连风也匍匐在它的脚下，被一堆沙土淹没。那些梭梭，表面上的腐朽，掩饰不住内部的刚性，我捡起地上的一根梭梭，估计它已经有千余年的历史，想着它被轻轻一捏，就会成为齑粉，没想到，它仍然保持着顽强的硬度，要想折断它，还得费力。

因地制宜，就地取材。汉代长城就是这样在西北的戈壁滩上像一条游龙，蜿蜒前行。看着长城四周生长的梭梭：干枯的枝条上，只有零星的叶片，主干部分风雨剥蚀，如凌厉的白骨。看它们仙风道骨的神态，似乎没有垂垂老矣的哀叹，有的只是临风酬唱的豪迈。这些梭梭，把四周潮湿的沙土集合起来，它们等待的，是一匹匹一往无前的马。当越来越近的马，像一道闪电，被它们的钢臂利爪，死死地掬住，墙体另一边的风，就越来越温顺了，甚至有了春风的柔弱。这时候，就没有人能够忽视它。

直到今天，我们看见它，它的锐气仍然从一排排整齐的梭梭间蓬勃而发，凛然不可侵犯的样子，让人不敢去触动它。它是梭梭吗？不是！它是沙土吗？也不是！它们加持了上千年的风雨，抵挡了几百年的劫掠，它们尖利的芒刺上，挑着月色下无垠的平安！这就够了，哪怕它们深陷沙漠，它们仍然有着唤醒世道人心的呐喊。

北通沙漠，那些暗藏的箭矢，如雨漂泊，被它们用坚定的身躯拦了下来！此刻，微风吹来，我听见了它们的絮语！

西　沟

已经是深秋了，秋风肃杀，地上铺了一层残叶，天空多了一抹深蓝，可谓秋高气爽！汽车几次将要抵达目标，却又转向别处，因为给人的感觉是广袤的田野中，不会有悲凉的坟冢。三次错过之后，硬着头皮进去，结果，方向对了，西沟到了。

铁链子拴住的大门，把一院子的秋天关紧了。杂草挤占了所有的空间，它们是所有荒废岁月的积累，分不清哪根草是哪一年的，总之，一岁一枯荣，就像一个植物展览馆，它们的一生，都在这儿了。

有许多的沙枣树和柳树，还有一些果树，因为无人修剪，它们都是自由生长、自由发挥，可能你的枝条搭在我的肩膀上，我的叶子垒在你的枝干上，层层叠叠，已经无法辨别谁是谁。反正一园子的树，一园子的草，人走的狭窄的道路，它们也伸长了臂膀，来无声地阻拦，仿佛它们的领地，它们说了算。

就这样，东拐西拐，摸着了墓门。这个园子，这些树，这些草，把墓穴的氛围营造得够好，竟让人生出人生的悲秋之意。

沿着一步步的台阶，走向地层深处，随着灯光的开启，那真是另外一个世界：完全由砖头砌筑，似乎所有艳丽的色彩都涂抹在了砖头粗糙的表面，使本来就粗糙的世界变得精致起来，迥异于我们生活的世界。

春夏秋冬之景，春夏秋冬之物，极尽罗列，仿佛是一个植物园，又仿佛是一座大宫殿。这时候，我突然想到了死亡，有了这样一个去处，死亡好像就成了一个富有诗意的事情。事死如生，这样的态度，死亡就算不了什么了，连死亡都算不了什么，那还有什么事可以让人抓耳挠腮？尽情享受生活就是了。

在这个墓穴中，图像是砖模表达出来的。十二生肖，动物形象，丰腴的庄稼和果实，都在砖面上凸起，这种砖模式是早就设计好了的，一批一批生产出来，可供修墓者选用，选好了图案，就可以按照自己的想法砌筑墓室的装饰了。在那个年代，有一些砖厂是专门为丧葬服务的，他们烧制了很多形象生动的纹饰，加入了很多传统文化的精髓，使一座墓穴的内容更加充实，让死去的人，获得了另一种生，这种生，让活着的人更加羡慕。

地面上的生活是喧哗的，而这里是宁静的，有了这些景物的陪伴，这样的宁静就成了永恒，也就是说，长眠在这里获得了永恒的生。

春去春又来。而这里一直都是春天，一直都是火热的劳动，一直都是幸福的收获，一直都是饮茶赏雪！你说，好不好？从这里走出去，死亡，已经是归途，无可畏惧，也无可依恋！

无疑，这样的认知，都是西沟给我们的。没事的时候，多去西沟看看！

黄草坝

第一次走进这里，就觉得这里已经远得不能再远了。原因是我们开着车，从国道走向省道，又走乡道，又走石子路、土路，最后来到这里。

查看地图，直线距离并不长，就因为它在祁连山区，需要东拐西拐，才能抵达。那天，从早晨到黄昏，都在路上，停下来的时候，夕阳西下，牛羊从各处回到村庄，一股尘土也随之蔓延开来，咩叫之声，踩踏之声，打破了整个山区的宁静。

细细甄别，发现整个村庄在一大片果园之中，把它称为“桃花源”并不过分。每家每户的房子都是结结实实的石块构筑，靠山吃山，山里有的是石头，尤其是片石，用这样的片石修筑的房子，可以装得下祖祖辈辈的生活。家家户户的炊烟袅袅升起，牛羊归圈，天幕就慢慢降落了下来，夜晚弥漫于所有的空间，淹没了山脉、树木、小路和整个村庄。一家的灯亮起来，几乎所有的人家都跟着亮起来；一户人家来了客人，狗先迎了出来，汪汪汪地叫几声，整个村庄的狗也都此起彼伏地叫起来，仿佛是在告诉大家，村庄里来客人了。

作为不速之客的我们，生生让乡亲们感到意外，这样的村庄，一年四季除了孩子们打工归来，亲戚也很少串门，这一下子来了五六个人，对他们来说，那简直就是天大的喜事。我们寄住的人家只有老两口，孩子们都在县城工作，看见我们来了，一时间手忙脚乱，先是翻箱倒柜找好吃的东西，然后从屋梁上取下腊肉，又去后院抓鸡；灶头柴放多了，又怕烟熏火燎，我们受不了；

倒半锅油，捞油饼子，炒菜，炖鸡。老人家拿出了自己的所有……

那个夜晚，祁连山下，情谊暖暖。我们一起围坐在炕头，跟老人家聊天。美食和真情，是天然的催化剂，拉近我们之间的距离。那夜，我喝醉了，第一次，喝得酩酊大醉！

这是一个依山而建的村庄，只有百十户人家。干旱少雨，遍地石头，但生活在这里的人们，却种下了数不清的苹果树。也怪，这些苹果树并没有嫌弃这块土地的贫瘠，根深叶茂，果实酸甜，应该是最生态最绿色的。村上的人，无一例外家家有果园，家家有牛羊。这几年，市区里驴肉黄面走俏，养驴也颇有收益，村里养驴的人家也越来越多。

靠天吃饭，一直是村里最难肠的事。雨水来了，村口的涝坝就积满了水，山坡上就长满了草；长久干旱，人们就得去山沟里驮水。几头毛驴，驮回几塑料桶水，也就是两三天的用量，而去一次山沟，就得整整一天。牛羊则统统赶进山沟，直等到村里有了雨水，才赶回来，这样的日子，一直循环往复，苦焦得很！

我们去了一趟山沟，沿着崎岖的小路攀上爬下，拐来拐去，从天麻麻亮到日头直射，才看见一汪浅浅的水。就是这些水，也来之不易。我们顺着一股溪流的方向，走进了一个山洞，山洞黝黑黝黑的，只好用芨芨草扎了一个火把，摸索着走进了山洞的深处。这个山洞大约有十多米深，整个山洞的石壁上都一滴一滴地渗水，山洞里的水，就是这样积累起来的，我真的有点惊讶！人们说滴水穿石，这里是滴水汇流啊！这是黄草坝几代人开凿石洞，才找到的水源！

再次回到村庄，已经是月上中天。也许是累了，坐在炕上，我们表情凝重，谁也不说话。后来我问了老人，这里为什么叫黄草坝？老人说，这里的草跟别处的草不一样，它们一出生就黄了，一直到枯黄。

大墩门一带

去过几次，也都是眺望，大墩门大墩在河的那一边，我在河的这一边。看一眼，或者沉思许久，就匆匆离开了，河水汤汤，流向更远的戈壁和沙漠，那座墩台，也就丢在脑后了。

后来想起这个地方，就后悔没有跨过河流，近距离看看那座墩台。于是，那座墩台在想象中越发高大，越发神秘。后来看了很多资料，知道那是一座很古老的烽火台，是一座一直守望黑河、瞭望戈壁的墩台，它所经历的往事，永远尘封在了它脚下的沙尘之中。但拨开那些沙尘，我们还是依稀可见从前的峥嵘岁月。

从金塔一直往西，跟随黑河，就看见大墩门大墩了。每次去，都觉得那是漫长的旅行，穿越绿洲、戈壁、沙漠，时不时地与黑河会面，有一段河床上长满了毛柳，那种树，枝条细密，从枝头垂下来，就像美丽少女的刘海。到了秋天，路过几个村庄，家家户户的门口，都晒着辣椒，所谓红红火火的日子，算是亲眼看见了。

黑河沿岸，历来富庶，因而，一座墩台，无数座墩台，保卫的，是安宁平静的生活。

后来，看到朋友的航拍，一座墩台的细枝末节才呈现在眼前：它是一个真正的老人，一身沧桑，一脸风霜，支撑它千年不倒的筋骨竟然是黄土。你看，它近 20 米的圈围，10 多米的高度，将一个圆丘状的墩台托举向蓝天白云，加之占据了黑河之上的高地，更显得它壮丽无比。细细分辨，烽火台内层为夯土版筑，外层用土坯一平两竖砌筑，周围散见绳纹灰陶片、黑釉瓷片及白瓷片等物。

那么，大墩门大墩究竟修建于何时呢？据史料记载，为了防止匈奴进犯，汉武帝太初三年（前 102 年），遣强弩都尉路博德，从高台县境内的镇夷峡口起，向北沿黑河至居延地区，修筑了居延塞，并在沿线修筑了关城、烽燧、堡等设施，置官开渠，移民屯垦。从大墩门大墩所处的地理位置看，它高踞山头，位于居延塞沿线，向南与石板墩、兔儿墩相望，向北与大茨湾墩、双树子墩等烽火台遥相呼应，墩墩相连，直至居延。毫无疑问，大墩门大墩应该是居延塞防线上一座重要的烽燧。大墩门大墩地处黑河要塞，雄踞高山之上，据水为险，依水设关，守护着大河上下两千多年的风霜雨雪！

金塔民间有一个俗语："大墩门大墩通酒泉"。传说在西汉年间，匈奴骑兵数百人围困大墩门大墩，燧长一面指挥守燧士兵与敌人周旋，一面安排士兵悄悄从烽燧下挖地道借以逃生。也许有神灵在暗中相助，当挖到第七天黄昏的时候，地下出现了一条隧道，燧长带领守燧士兵顺隧道连夜逃到了酒泉。第二天当匈奴人还在墩下围困时，燧长从酒泉搬来的救兵从天而降，一举消灭了敌人。后来，当地的一位老者从家中拉来了一条狗放进墩台下的隧道，结果等到下午也没见狗出来。过了几天，有人却在酒泉城里看到了这条狗。这从一个侧面说明，古代的军事防御体系，都是相互联通相互支撑的，大墩门大墩，占据要塞，牵一发而动全身，具有十分重要的战略地位。

一匹年代久远的马

这么辽阔的土地，怎么会没有马呢？

这么多的苜蓿，怎么会没有马呢？

沿着黑河，走向金塔的绿洲、戈壁、沙漠，总是有万马奔腾的思绪！但是，在田野和公路，看到的，只是川流不息的汽车。在乡村，收割之后的麦田，也只有吃草的羊群；家家户户的房前屋后，鸡在觅食，狗卧着，寂寞悠闲的时光，像晨雾，弥漫在每一个空间！只有突突突的拖拉机，能够打破这浓厚的宁静。

马呢？似乎绝迹了？

老人们说，如今没人养马了！耕地、种地、收割，都机械化了，养马干什么呢？的确，要养活一匹马，不是简单的事，养好一匹马，更是一门学问。在古代，有马的人家，应该是富裕之家，马在农业社会中，是一个财富与身份的象征。游牧民族之所以横行边塞，最主要的就是他们有强大的行动能力，会走路就会骑马，会说话就会唱歌，这是他们的天性使然。再说，辽阔的草原适合养马，在草原上的马，视野开阔，任何复杂艰难的地形，都可以自如应对，在战场上，也就一往无前了。而在中原，阡陌纵横，村庄密布，城堡林立，没有马奔跑的空间，马厩中长大的马，只会在自己的二亩三分地中出苦力，只会在辕中驾驭无尽的道路。相形之下，可见高低！

但我们还是看见它了！在金塔县博物馆的聚光灯下，它安静地站立着，就好像知道我们要来看望它，散发着自信十足的浩气。

在古代，马是最重要的战略资源。汉武帝刘彻为了得到西域的汗血宝马，不惜两次远征大宛，也因为有了优良而充足的军马，他赢得了汉匈战争的胜利，拿下了河西走廊。应该说，汉代开拓疆域，设河西四郡，马发挥了独特的作用。根据河西汉简的记载，马被广泛用于交通驿站、长城防御、军事行动、民族和亲等方面，汉代马匹可谓战功赫赫，功绩卓著。

除了军事和交通用途外，马还在汉代社会生活中扮演着重要角色。它们被用于农耕、狩猎、仪仗以及贵族的出游和狩猎活动。马的形象也频繁出现在汉代的艺术作品中，如雕塑、绘画和石刻等，反映了汉代人对马的喜爱和崇拜。1990 年出土于酒泉市金塔县臭芦草窝墓群的东汉具鞍铜立马，高 35 厘米，长 34 厘米，为国家一级文物，是金塔县博物馆的镇馆之宝。该藏品为青铜烧铸而成。马呈站立状，马匹两耳直立，双眼突出，嘴巴微张，给人雄赳赳气昂昂的感觉。马背有一铜鞍，马尾翘起，马鞍和马尾可卸下与马分离，马鞍两边各有四个小孔，呈现出静态的力量感。整个马匹形体健壮，轮廓分明，铸造精细入微。它肥大的前胛和粗壮有力的四肢与传说中的大宛汗血宝马极相似。该文物造型生动，形象逼真，展现了东汉时期青铜铸造技艺的高超水平，具有很高的考古和艺术价值。

就是这匹马，让我们找到了无数的马，它们都在，在原野上，像一股风，以致千里，横扫一切！最后，冲入我们的血管，为我们注入无限的生机和活力！

长城笔记

中卷

胡杨 著

燕山大学出版社
·秦皇岛·

第三部分

长城故事

深　夜

白杨树的叶子哗啦啦地响着，像是谁在拍手。孩子们把这种树叫“鬼拍手”，说的就是在这样漆黑的夜晚，树叶子没完没了地响，响得人心惊肉跳。羊皮褂子深一脚浅一脚地往庄里走，从镇上到庄里大概有千八百米，羊皮褂子走得甚是辛苦，有几次，竟然跌倒了，倒在沙窝里，半天了，起不来。按理说，羊皮褂子是一斤半的酒量，就那几杯，就让他这样了，传出去，都会让人笑掉大牙。这可不是羊皮褂子的作风。

羊皮褂子是沙湾村的单身汉，父母死得早，自己是吃百家饭长大的野孩子，从小就缺少管教，到了成年，家家户户的小伙子们都成家立业，独独剩下羊皮褂子。羊皮褂子也不是他的本名，只是个外号，他的真正的名字叫杨万民，只因为平日里邋邋遢遢，常常穿一件羊皮褂子，且又姓杨，人们就叫他羊皮褂子。久而久之，他的名字倒被人遗忘了，这个不雅的外号，却被叫响了。

羊皮褂子索性躺在沙地上，两眼直瞪瞪地望着星星，眼泪不自觉地流着：他羊皮褂子也是人，只不过不愿意被村里的这二亩三分地拴死，去城里打工挣钱，图个自在。

夜，沉沉的，他想起了五年前的那个夜晚。他去老板家讨要工钱，那可是他整整一年的心血，算下来，有六万元，加上他原来的积蓄，可以回家娶媳妇了。就是那个黑心的老板，自己家里珠光宝气，就像皇宫一样，却不肯付给他血汗钱。

羊皮褂子找了老板七八次，刚开始，老板还是很热情，说过几日，过几日。过了几个月再去，态度就不太好了；再去，一顿臭骂，就像自己欠了老板的钱。最后实在没办法，羊皮褂子拿了一把刀，啪的一声甩在老板的桌子上，老板先是一惊，接着就是一副死猪不怕开水烫的样子，让羊皮褂子砍他几刀，或者干脆把他砍死，反正他是要钱没有，要命一条。本想吓唬吓唬老板，没想到老板不吃这一套，一下子，羊皮褂子坐蜡了，退缩吧，这钱就打水漂了。羊皮褂子心一横，嘴里骂了一声：去你妈的。一刀下去，老板嗷嗷直叫，羊皮褂子还想再砍，老板跪地求饶，赶紧把钱奉送给羊皮褂子，拿了钱，他才扬长而去，真正做了一回爷。

也是在当天的深夜，羊皮褂子被警察抓走了，几个月后，羊皮褂子以故意伤害罪被判有期徒刑三年。赔偿医疗费、营养费加上律师费，羊皮褂子讨回的那六万块钱，算是全部花光了。

夏天的沙湾，躺在这沙地上，前半夜有点热，后半夜刚合适，到了早晨，就有点凉。此刻正是后半夜，躺在沙地上，就像躺在席梦思上，还真有些慵懒。羊皮褂子想着刚刚发生的事，反正就这样了，管他三七二十一。

人这一辈子，就是要当爷，当爷，死了也值。窝窝囊囊地活着，还不如死了算了。出了监狱，羊皮褂子就是以这样的人生态度混社会，竟然真的混出了名堂，钱挣了不少，还有几个弟兄跟前跟后，左一声大哥，右一声大哥，喊得他又找回了从前的自尊。

本来，一切都可以重新开始。羊皮褂子也想着远走他乡，到一个没人了解他的地方好好生活，现在这个社会，到哪儿都少不了钱，一套房子一辆车，加上他南山里的金矿、铁矿，日子过得要多滋润有多滋润，非得要回那个偏远的沙湾，人们见了，高一声羊皮褂子，低一声羊皮褂子，多难听。人活一张脸，羊皮褂子不同以前了，现在的羊皮褂子是腰缠万贯，是你想叫就叫的？有几次，村上的人叫他羊皮褂子，他手下的兄弟按捺不住地想收拾人家，都被羊皮褂子挡住了。

这里是沙湾，不是县城，沙湾有沙湾的规矩，你是羊皮褂子，就永远是羊皮褂子，哪怕你当了县长，沙湾人还是说，他就是那个羊皮褂子。

羊皮褂子是喜欢桂花的。有几次，羊皮褂子约了桂花，在沙湾的沙窝窝里滚爬好一阵子，桂花一次次说这样不行，这样不行，羊皮褂子才放手的。桂花说，杨哥，我迟早是你的，你就耐心地等一段日子吧。

羊皮褂子觉得桂花是个重情重义的女子，就把她送回了家。那个夜晚树影婆娑，白杨树也是哗啦啦地拍打着叶子，可那叶子的拍打声在羊皮褂子听来，就像是村庄里喜庆的锣鼓声，他和桂花并肩走着，如同一对新人步入婚礼的殿堂。想着想着，羊皮褂子沉醉了。

风吹来，是柔和的风，带着沙漠中白天积蓄的热量。昏昏沉沉的羊皮褂子已经睡着了，他从监狱里出来的那一刻，就把自己定位于爷爷级别的男人，如果活不出爷爷的尊严，那就死了算逑。

羊皮褂子一直活在“不学好”的阴影之中，村上的人见了他躲着走，生怕沾染上他的晦气。现在，他有钱了，自己觉得自己能得不行，可村里还是有一些人看不上他，还是在背地里说他是一个“游手好闲”的二流子。羊皮褂子心里不服气：他们是在嫉妒他的钱。走在街上，他仔细观察人们的神态，有的低头走过去了，有的看他一眼也不说话，还有的对他笑笑，对他笑的人，他就敬上一支烟，或者干脆塞给他一盒烟。要知道羊皮褂子抽烟，从来就没有跌过二十块钱的档次，冷不丁白得一盒高档烟，那人往往受宠若惊，直到弄清楚羊皮褂子是真给，才接下来。久而久之，待见羊皮褂子的人越来越多了，羊皮褂子不怕开销大，反正他有的是钱。

就在村里的人都在争抢着接近羊皮褂子的时候，也有人不买账，这个人就是王二。王二有句口头禅：得了不义之财，迟早要遭大报应的。谁知这话才传出几天，羊皮褂子就出事了。第二天早晨，放羊的王二连滚带爬地到村里喊人，说羊皮褂子死在沙丘里了。王二一大早就赶着羊群出了门，当他把羊赶到沙湾最偏僻的沙窝时，一股子血腥味就扑了上来，早晨刮的是东南风，王二从沙窝的西北角过来，正是风头。

羊皮褂子趴在沙丘下，几个小伙子把羊皮褂子抬起来，发现羊皮褂子胸口攮着一把刀。其中的一个小伙子说，这是羊皮褂子的刀，他常常拿着这把刀在村里转悠。奇怪的是羊皮褂子脸上凝固着一种难以揣测的笑容。

沙湾遭了邪气了。一辈子生活在沙湾的张屠户，含糊不清地说着羊皮褂子的事情。张屠户杀猪宰羊，浑身硬朗，都八十岁了，还是在村里走来走去，东家长西家短说不停。关于这羊皮褂子的事，他没少说过，说着说着，这不，羊皮褂子死了。张屠户走一段路，就用拳头在自己的胸口和头上捶几下，就在天快黑的时候，张屠户突然不省人事，一头栽倒在家门口，再也没有醒来。这让王二更加心惊肉跳，张屠户说过羊皮褂子的不是，撒手死翘翘了，他说得更狠更毒，羊皮褂子是不是会把他也拉了去。几天中，王二都窝在家里，那一群羊由王二的儿子放着，王二的儿子本来就不喜欢学习，王二让他放羊，他乐不得。

沙湾又是一阵哭喊声，那白杨树哗啦啦的拍手声，仔细听起来，真像是鬼拍手的声音，听着听着就有一股子阴森可怖的气息钻入人的头皮。

又是一天，沙湾来了公安局的刑警，还跟随着几个记者，沙湾可是从来没有让公安局的刑警登过门。地处偏远的沙湾，安安静静的日子，像沙漠上的沙子，堆积成了沙丘，偶尔有一两场狂风暴雨，也掀不起多大的波涛，沙丘还是沙丘，如同沙湾还是沙湾一样。昨天还如花似玉的桂花，在村庄的街道上跑了一阵，几个妇女怎么拉都拉不回家。嘴里不断地念叨着，杀人啦，杀人啦！杀人的不是杨万民。人们听着桂花惊惧的喊声，都知道村里又出大事了。

公安局的刑警在桂花家门口拉了一条警戒线，已经有一些人围在桂花家门口，说说道道，但大家都多了叹息，说是一家人都毁在了那个遭天杀的羊皮褂子的手上，包括桂花。

在村庄平静了好一阵子之后，村委会的大门上贴了一张报纸，其中有一段话用红笔勾了出来：深夜，上门女婿在挽救婚姻未果、万念俱灰的情况下，挥刀砍向熟睡中的岳父母及一对儿女，然后将刀插入自己的胸膛自杀。被刺破颈部和手部的女儿装死才躲过一劫。这场灭门灾祸，使这个原本很幸福的四口之家一下子失去三人，震惊了整个沙湾村。

事件发生的时间是 7 月 14 日凌晨 2 时许，在整篇的文章中，还刊登了记者采访左邻右舍的情况。

据邻居张发财（张发财是张屠户的孙子）介绍，7 月 14 日凌晨 1 时许，他只听见邻居家有争吵声，争吵了一阵子，就没有声音了。他家刚刚办完爷爷的丧事，一家人都困倦得不行，睡得很死，再也没有注意到邻居家发生了什么。

据麻子媒婆介绍，羊皮褂子多次央求她去桂花家说媒，她也觉得事情靠谱，就去了几次桂花家，探了探虚实，不想，桂花的父亲刘大槐断然不允，弄得麻子媒婆好没面子。为了不把到手的好处吐出去，麻子媒婆没有告诉羊皮褂子实情，而是一次次骗他，说很快就有眉目了。羊皮褂子也不着急，反正桂花是同意的，肉烂在锅里，那还是自家的。

本来这件事到此也就结束了，人们叹息几天又要开始新的生活，那些悲伤的事件都像抹了黑的锅底，在火苗的舔舐下，徒劳地增加了烟灰，不会成为生活的累赘，只是多了些回忆的痛楚。像羊皮褂子这样的孤儿，如同一圈涟漪，在沙湾的水面上，很快就会消失，几年之后，甚至没有人知道羊皮褂子是谁。

后来，张发财被公安局的刑警带走了，麻子媒婆也被带走了。再后来，麻子媒婆放回来了，她哭丧着脸，嘴里不住地念叨着：这媒婆永远都不能做了。意思是做了好事反而惹下祸端，不值得。

事情的水落石出是在两年之后张发财被枪毙的那一天。村上的几个年轻人追着警车去法场上看了，张发财铁青着脸，没有任何表情，一声枪响，张发财的脑壳就涌出了一堆污血。

张发财是贪图钱财而丧命的。那天夜晚，张发财闲着没事，在村庄的田埂上转悠，恰巧碰上了羊皮褂子，羊皮褂子兴奋不已，说有钱能使鬼推磨，自己已经搞定了桂花爹，说着伸出三根指头。张发财说，三万？羊皮褂子一阵狂笑，三万？三万在我来说顶个屁！三十万！

张发财立刻有点眩晕，还有点脚不稳，但很快他就清醒了，他想起了去年他与桂花爹一起偷废铁的事，他与桂花爹偷了一马车废铁，因为风声紧，他没有参与分赃，那也是一两千元，不是个小数目，现在风头下去了，是他的钱，他得要回来，加倍要回来。

别过了羊皮褂子，张发财就急速地去了桂花家，桂花爹是个要钱不要命的人，张发财就是想把自己应得那份要回来，都不可能，这让张发财恼羞成怒，两个人厮打了起来。张发财身材矮小，桂花爹粗壮有力，两下子，张发财就处于下风，被打得鼻青脸肿，情急之下，张发财拿起菜刀向着桂花爹猛砍，桂花爹没有气息了，张发财索性一不做二不休，砍了桂花娘、桂花和桂花的弟弟。桂花强忍着疼痛装死，才躲过了一劫，但经过那惊心动魄的恐吓，桂花已经神志不清了。

张发财的爹张屠户知道儿子犯下了灭门大罪，想把所有的事情都揽在自己身上，用自己垂垂老矣的风烛残年换回儿子的命，又与儿子偷偷跟踪羊皮褂子，把醉酒中的羊皮褂子刺杀在了沙湾最偏僻的沙窝里，张屠户是个杀猪的好手，杀起人来也不含糊，一刀毙命，被一刀毙命的羊皮褂子脸上还带着笑，说明他几乎没有感觉到痛苦。杀了羊皮褂子，就没有人知道那一场血腥屠杀中相关联的人了。

做梦也没有想到，那天的一切，都逃不过麻子媒婆的眼睛。那天夜里，是麻子媒婆把羊皮褂子领到桂花家的。一开始，桂花爹还是那个驴脾气，一声不吭，一点好脸色没有，弄得羊皮褂子站不是，坐不是。还是麻子媒婆两片嘴说天道地，才把桂花爹说动了。尤其是羊皮褂子从提包里取出一沓一沓的百元大钞，桂花爹眼睛都看直了，他没有想到不起眼的羊皮褂子真是深藏不露，能拿得出这么多的钱，足足有三十沓。心里高兴，但脸上却不表现出来。桂花爹咳嗽了一声，先是问这钱的来路，来路不明的钱是烫手的山芋，不能动，这个道理桂花爹很清楚。

羊皮褂子不等麻子媒婆解释，自己就滔滔不绝地把这几年的闯荡，给未来的老丈人竹筒倒豆子一般一一道来。羊皮褂子说，这些年，他可没少吃苦，吃苦也心里甜。在深山老林里找矿，挖金子，吃不上、喝不上，但心里一想起桂花，就有了劲。

说到这句，桂花爹瞪了一下眼睛，羊皮褂子再也不敢顺着这个思路往下说了。

记得有一年的秋天，整个山沟里只有羊皮褂子他们几个人，所有的人都撤走了。因为在这条山沟里，他们几乎粘了一年，没有粘出个金屑屑，所有的人都失望了，觉得没有这个命。在山沟里，人们都相信命。那些开着挖掘机挖开半拉子山沟的人，最终一无所获。而在山沟里转悠的闲人，却能一脚踢出个金疙瘩。羊皮褂子不信邪，他很自信，认为山沟里的金子都是给他准备的。他一个劲地说在这儿挖，在那儿挖，没有挖出金子的日子里，他把自己所有的钱都分给了给他干活的弟兄们，自己从不哭丧着脸，他说过，金子不喜欢愁眉苦脸的人。

在他最困难的时候，一个老道人进了山，老道人非要给羊皮褂子算生辰八字，羊皮褂子也很坦然，他说，自己身上的钱一分都没有了，过了今天，明天就要断顿了，没有心思打卦。老道人也不言语，看了他半天，看得他浑身发毛，最后，老道人扔给他一百元钱，告诉他，他有发财的命，但却难守财，有了钱，对他来说，并不是好事。

羊皮褂子感恩戴德，这一百块钱可算是救了他；也是这一百块钱，他坚持了两天，就在那两天中，他碰上了一个金窝子。在行道里，一个金窝子，那就是数不清的钱啊。

一切都来得突然，羊皮褂子只信了老道人的前半句，他有发财的命。至于那后半句，是放之四海而皆准的真理，用在谁身上都对。钱这东西，没有不行，多了也不行。况且，他羊皮褂子的钱也没有多到守不住的地步。就那几百万，在大城市买个房子就成了穷光蛋，不存在守不住的问题。

羊皮褂子的目标就是在沙湾做一个幸福的人，幸福的标准就是娶了桂花，自己修一院宽敞漂亮的房子。

听了羊皮褂子的絮叨，桂花爹听出了个大致，他知道，在羊皮褂子的心目中，桂花是无价之宝，这三十万，他也就安安心心地收下了，不收，羊皮褂子心里反而不安。再说桂花也同意了，自己只好做个顺水人情。这年头，什么都是假的，只有真金白银才是硬通货。

一切都水到渠成，羊皮褂子兴奋得不得了，想和桂花单独亲热亲热，不想，麻子媒婆一点离开的意思都没有，羊皮褂子知道麻子媒婆想要啥，顺手给她一千元，麻子媒婆喜滋滋地走了。麻子媒婆走了，桂花爹也来了劲，非要与未来的女婿喝一杯，桂花和桂花妈做了几个菜，一家人喝了起来。人一高兴，就容易失控，羊皮褂子装了一阵，就满嘴粗话了，害得老丈人下不了台，酒席只好匆匆结束。

麻子媒婆接过钱也没有数就出了桂花家的院门，走在路上，心里还怦怦怦地跳，这么多钱，可真是托了桂花的福。自己找了个僻静的地方，照着月亮，数了一遍又一遍。数一遍心里就乐一次。就在数的过程中，麻子媒婆觉得肚子不舒服，就脱下裤子就地解决。耽误这一阵工夫，麻子媒婆就急着回家，不想，在路上看见了张发财和羊皮褂子，她赶紧躲在一边，听见羊皮褂子说了三十万的事，张发财应承着，两个人说了几句，就分开了。张发财急匆匆向着桂花家的方向走去。

灭门事件发生后，都说是羊皮褂子干的，只有麻子媒婆不相信，羊皮褂子怎么能杀自己老丈人一家呢。想来想去，麻子媒婆想到了张发财，想到张发财后，她浑身都紧张，人被杀了，杀人犯还在村里，下一个灭口的可能就是自己。于是麻子媒婆把自己的怀疑告诉了公安局刑警队的警察。

本来，张发财是可以保住一条命的。说是要花上好几万打通关系，张发财死活不同意，他对自己的家人说，爹也去了，家也破了，还要花几万元保自己的命，保了命，还得活在监狱里，不如死了痛快。

本来，张发财可以把一切都推在张屠户身上，但他也想了，人都死了，不能败坏老爹的名誉。

在给张发财收尸时，张发财的老婆说，命里的事，难说。从此，王二再也不说村里的张家长李家短的事了。沙湾恢复了往日的平静，春种秋收，外出打工，人们在沙地和绿洲间穿梭，不愿再提起恐怖的往事。

榆树泉

放骆驼的刘三打电话，让我快速赶到榆树泉。

刘三一直在榆树泉放骆驼，对那一带的地形地貌了如指掌，我第一次去榆树泉，就是他领着我找到了榆树泉城堡。那次，我单枪匹马闯入榆树泉，车辆陷进沙滩，万般艰难的时刻，看见了荒野上成群的骆驼，看见了骆驼，也就找到了刘三。

刘三吆喝来几匹骆驼，三下五除二，就把我的车拖出沙坑。当天晚上，在他的地窝子，我们一起喝酒、吃肉，刘三兴奋得像个孩子，我也被他的情绪感染，天南地北地神聊起来。当然，我们共同的话题，还是榆树泉城堡。

刘三是个勤快机灵的人，我答应帮他在附近的景区联系骆驼生意，同时也把一个电视剧摄制组的一百匹骆驼的用度交给了他，这样算下来，刘三就有了一笔可观的收入。第二天一早，我们就骑着骆驼去了榆树泉城堡。

说实话，要不是刘三，我一辈子也找不到榆树泉城堡。我最初在史料的文字中接触到这座城堡时，就隐隐感觉到了它的神秘，几处记载都不一致，甚至在方向上还出现了矛盾。“路州西北一百二十里”“路州东南二百八十里”“路州西北三百里”，在文字上，这已经是一座漂移的城堡。一千多年岁月的流逝，实际的地理中，早已是沧海桑田，要寻找它，无异于大海捞针。

跟着刘三，我竟然找了它，从城堡的形制和面积上看，差不多就是。只是没有说服力很强的佐证，比如各类房屋和军事设施的遗迹和蛛丝马迹的文物。残垣断壁若隐若现于起伏的沙丘之中。看来，要想彻底搞清楚这座城堡，还得进行一场大规模的挖掘。

我嘱托刘三，仔细留心榆树泉的动静，如果发现有人进入，尽快告诉我。

榆树泉是一片广阔的沙漠，低洼处有零星的牧草，到了榆树泉城堡，就是纯粹的沙漠了，天上无飞鸟，地上不长草，榆树泉城堡的沉寂和落寞可想而知。

地下水穿越沙漠从低洼的沙地渗出来，形成一汪一汪的水泊，当地人叫海子。这些海子，也就是泉了。早些年进入沙漠的路口有几棵老榆树，沙漠和沙漠更远的地方，就有了一个模糊的名字——榆树泉了。

路安是距离榆树泉最近的城市，大概有一百五十多公里的路程，基本上是沙土路，走出绿洲上的村庄，还要行驶八十公里才能到达刘三的驻牧地。

刘三是路安城临水村的农民，他们那个村子，人多地少，不少的年轻人都外出打工挣钱，刘三自幼父母双亡，孤单度日，小时候就是村里的羊倌。包产到户之后，他自己养羊放骆驼，一年下来的收入比打工划算得多。放牧，已是刘三与生俱来的谋生手段，想丢也丢不掉。只要看见羊群和骆驼，他就有一种亲切的熟稔；到了草原，他就自由、自在、爽快。人多的地方反而拘谨、压抑。

在榆树泉跑了十多年，闭上眼睛，他就能把榆树泉的地理、方位说个八九不离十。榆树泉哪儿有水，哪儿有草，哪儿有野兔子，哪儿有狼和狐狸，他都清清楚楚。每年他采挖的锁阳、苁蓉，就能卖一大笔钱。

我离开榆树泉的时候，他偷偷地在我的车上放了一大箱锁阳和苁蓉，他说这些都是难得的滋补品。恭敬不如从命，我只好收下那些东西。

那次榆树泉之旅，超乎寻常的顺利，使我想起前几天的一件事。中秋节，单位组织去了万佛山，那是我们文物局下属的一个国家级重点文物保护单位，万佛山我经常去，多是检查工作，这次主要是休闲吃饭。就在万佛山的参观入口处，一个算卦的老人拦住了我，他死活缠着我，说我是个洪福齐天的人，祖坟冒了好几年的青烟，今年之内要飞黄腾达了。听了算卦老人的话，我笑了笑就离开了。

这绝对是莫名其妙。我家祖宗八辈全是面朝黄土背朝天的农民，祖坟上能冒什么青烟，至多也不过是戈壁上的海市蜃楼罢了。我大学毕业十多年了，一块的同学要么从政当了局长、厅长，要么做学术研究，承担了不少重大的文物研究项目。而我，只是个小小的业务科长，杂七杂八的事应付下来，光阴就悄悄地溜走了。专业荒废，从政也是个半吊子，何谈飞黄腾达？

完成了对榆树泉城堡的初步确认，我觉得我有了咸鱼翻身的机会。就像书本上所说的那样，命运对每一个人都是公平的，对我不公平了那么长时间，这次，太阳从家家门前过，轮到我了。

榆树泉城堡的研究一直是国内文物界的“哥德巴赫猜想”，就因为典籍记录中的混乱，基本层面上的研究就理不清头绪，不要说实质性的进展了。如果我要爆了冷门，那轰动效应可想而知。

我控制着自己激动的心情，先是把所有关于榆树泉城堡的文献整理了出来，有了历史记载和现实情景的对照，我发现，还有另一条进入榆树泉城堡的路线，这是早前榆树泉城堡位置南辕北辙的原因。围绕着这条路线，我在地图上画出了古代路安城和路州城与榆树泉城堡的虚线，有了这条虚线，我恍然大悟，那是在一本古代僧侣的游记中提到的“黑戈壁之路”，“黑戈壁之路”的说法虽然使人们为之一振，但它与榆树泉和路城位置的相悖，又使这种颇具挑战性的线路黯然失色，不再被人们关注。

按理说，一个僧人的游记不会说谎，那么问题出在哪儿呢？我终于有了发现。在榆树泉城堡还没有确切的坐标时，这条道路从理论上是不存在的，因为，从路安到榆树泉城堡在地理条件不变的情况下，不可能出现两条通往它的道路，而且，“黑戈壁之路”几倍于传统道路的里程，本身就让人难以理解。

确定了榆树泉城堡之后就不一样了，可以有更多的设想。首先就是路安城和路城地名的混淆，就能顺理成章地提出。榆树泉正好处在路安城和路城的中间地带，文献中所说的榆树泉的位置“路州西北一百二十里”“路州东南二百八十里”“路州西北三百里”，就基本上能够合乎逻辑了。

这个逻辑的确立点是这样的：所谓的“路州”，极有可能是路安和路城的混用。那个时代的史官和文字叙述者，对于榆树泉、路安、路城大多是只去一次，在走过了很长的路，经过了很长时间之后，记忆中的疏忽在所难免，把路安和路城简而言之为“路州”是合理的。况且汉唐时期，路安和路城都有过路州的名字。

这样我们就可以把“路州西北一百二十里”“路州东南二百八十里”“路州西北三百里”，分开来看。“路州西北一百二十里”“路州西北三百里”，指的是以路安为参照物的方向与里程。路安的西北方向是榆树泉城堡，从目前我看到的榆树泉城堡的位置来算，正好是一百五十多公里，而所谓的“路州西北一百二十里”也很好理解，古人在计算从一座城市到另一座城市的距离时，有时候是从州城算起，有时候也会从州城的疆界算起，如果从路安的最后一个绿洲到达榆树泉城堡，差不多也是六十多公里的路程。“路州东南二百八十里”指的则是路城了，我从地图上把榆树泉标出来后，它与路城的直线距离大约一百二十公里，这个数字，也是吻合的。

我为自己的发现惊喜不已，我已经从理论上找到了历史记载的谬误，实现了逻辑上的清晰条理，把我目前发现的古城堡遗址准确地安排在了榆树泉城堡的位置上了。

不容置疑，这个城堡确系榆树泉城堡。

榆树泉是古代丝绸之路上的军事要津，在汉武帝从匈奴手中夺取了西北的控制权后，它就成了一处商贸之城，重点以皮货、药材、丝绸、马匹为主，货物的集散，促使了人的流动。一段时间，榆树泉富豪云集，名震天下。元代以后，战事频繁，民不聊生，榆树泉城堡渐渐萧条甚至废弃了。这其中有自然的原因，榆树泉地处沙漠，大量人口的涌入，使局部平衡的自然资源遭到了极大的破坏，水越来越少，沙尘暴越来越多，迫使人们最终抛弃了熟悉的家园，迁徙别处。

在所有的文献资料中，榆树泉是一片精彩纷呈的绿洲，城墙高大威武，众多的泉水汇集成一条河流穿城而过，城中树木婆娑，房屋鳞次栉比，店面密密麻麻，车水马龙，灯红酒绿的样子，实在堪比扬州。

文献中还记载，唐上元年间（674—675 年）的一个正月十五，全国举行了一次花灯比赛，居于偏远的榆树泉城堡名列前十名之内。文献中说：“榆树泉花灯绽放而如春树遍隅，飞雪扑打，渐次芳菲。”

榆树泉城堡周围五十里阡陌纵横，嘉禾丰茂，大片的果园里盛产杏子和葡萄。纵观榆树泉城堡，如同天外之境，世外桃源，诸多沙漠的旅行者，稍稍停留，就有了长久居留的心愿。

这样一派巨贾之埠、田园秀色，说没就没了，可惜。

接到刘三的电话，我先是一愣，莫非有人去了榆树泉城堡，要不然的话，刘三不会急急地给我打电话。

通了话才知道，刘三说，榆树泉城堡有东西，他发现了几块刻了文字的石头片。原来，刘三偷偷地又去了榆树泉城堡，还进行了挖掘，这可是一件麻烦事。这么大的一座古城堡，如果不能科学考察和挖掘，造成的损失是无法弥补的，我问了他挖掘的详细情况，好在他没有大动干戈。

他还说，要我催一下景区买骆驼的事，我说，没问题，已经答应的事，不会变卦的。至于电视剧剧组拍摄骆驼的事，等他们一到，就能兑现，像他这样的骆驼群，二三百只，到哪儿也难找。

从刘三说的情况看，对榆树泉的考察和挖掘刻不容缓，必须马上进行。只不过程序上的事情还得一步步去做。

要紧的是，我必须先见刘三一面，亲自查看他挖掘到的所谓的“石头片”和石头片上的文字。

就在我正要去榆树泉的时候，刘三进城了。如此之快的动作，缓解了我的急切。他说，他在集贸市场的小酒馆等我。看来，他是想让我请他喝酒。榆树泉城堡的发现，他的功劳首屈一指，请他喝酒不在话下，我匆匆回家取了那瓶珍藏多年的五粮液，一直舍不得喝，今天应该拿出来，一是庆贺庆贺，二是慰劳一下劳苦功高的他。

农贸市场是路安最喧闹的地段，也是三教九流、各类闲杂人等的汇集之处，水果、蔬菜、炒货、肉食、皮货、药材、农具、五金、采矿设备应有尽有，随之衍生的小茶馆、小饭馆、小酒馆、小旅社多如牛毛。

我走进那个小酒馆，刘三已经在一个角落里坐好了。他说，这次他请客，想吃啥点啥。说着，从怀里掏出了一瓶人参酒，放在饭桌上。我知道那是一瓶价值不菲的好酒，比我带的五粮液要高出一个档次。刘三这是怎么了，突然间阔气起来。到了城里，客随主便，他却反客为主。我一面教训刘三不懂规矩，一面张罗着点菜。刘三快速拦住了我，他说，哥，我把你当亲人看呢，从在榆树泉见了第一面，你就是我的哥了，我打心里认了你这个人。我虽说是个乡下人，可钱还是有的是，我那几百匹骆驼、上千只羊，每年的骆驼毛和羊毛就是一大笔收入，别看你是干部，就那两个死钱，也不见宽裕。都是自家人，我来吧。

吃饭喝酒的事情，再也没有必要这么推三阻四，他请客就他请客吧，不能耽误正事。

刘三从皮包里取出一个纸包，一层层打开，果真有三块他所说的“石头片”，我接过来粗粗一看，就眼睛一亮：那哪是“石头片”，是货真价实的玉材。明显的“沁色”，说明它埋藏的时间久矣。再看刘三所说的文字，虽然玉石表面的粘连物清除了不少，但要用肉眼准确地判断上面曲曲划划的东西就是文字，还困难一些。仔细地看，似有一个“泉”字。刘三嚷嚷着喝酒吃菜，我哪有心思，急急忙忙地应付着他，并一再嘱咐他，事情只能到此为止。一是不能向任何人透露半点榆树泉城堡的事，二是绝不能再进城堡挖东西了。现在可以明确判断，文献中记载的榆树泉城堡就是它了。必须有文物部门组织专业人员进行考古发掘，任何个人行为，只会触犯法律，《文物保护法》的规定是很严格的。

我这么一说，刘三似有所悟，说他谁也不会告诉的，他就在榆树泉等我，等文物局的人下来。

就在我们分别的时候，刘三说，还有一块木板，上面密密麻麻的全是字，大了点，他就没拿来。他说，如果急用的话，过两天，他送来。

吃饭的当儿，我详细地了解了刘三挖掘的情况。他说，他在榆树泉城堡的一个角落，发现了一条裂缝，顺着那裂缝挖下去，是墓穴。当时他吓坏了，定下神来，才看清一堆干枯的骨头中间有许多陶罐和那几片石块，他取出石块往回走时，脚下的木板绊了他一下，捡起来一看上面有很多字，就一块拿走了。

他说，从榆树泉城堡回来的几天中，他每天都心神不宁的，眼睛闭上，就是一堆白骨。折磨得他实在没办法了，就只好给我打电话。

我深深地沉迷于这几块玉器中了，它们是标准的随葬之玉。古人认为“金玉在九窍，则死人为之不朽”“口合玉石，激化不得”。因此，古代葬玉之风比较盛行。尤其是到了西汉，出现了金缕玉衣这样超豪华的随葬品。一般的达官贵人则讲究塞玉，塞玉有眼塞、耳塞、鼻塞、肛塞和生殖器塞，是为九房基。其形状多为简单的小型圆柱体玉，也有的一端平直，一端圆尖，类似子弹头，个别的也有依照放置部位的形状制成的。也有生前所备玉器不足，使用了随身饰品的。这一块有文字的玉器大概就是属于这种类型，我用酒精轻轻擦拭，在放大镜下，那一行文字渐渐清晰了：榆树泉张郎周岁。

这几个字就像从远古释放而来的箭矢，击中了我的神经。一个出生于榆树泉城堡的张姓的男孩子，在满一周时，长辈为他举行了盛大的生日庆典，父母把一块刻写有他出生地和姓氏的玉佩挂在了他的脖子上，家人美好的期颐竟然伴随了他一千多年了。

这简单的信息传达了榆树泉城堡的确凿性。

汉代玉器的材质基本属于透闪石软玉，榆树泉城堡地处西域之边陲，靠近新疆的和田和玛纳斯，那儿的玉石，品质卓越，在中原王朝所用玉石中占很大比重。和田玉中又多见水料中的籽玉、羊脂玉。玉材按颜色分有白玉、青玉、黄玉、绿玉、褐玉等。古玉器被埋入土中之后，一方面会将近邻的物质吸入自己体内，同时，其体内原有的物质也会起酸化作用，特别是地中水银，会沁入玉质；另一方面，相邻之松香、石灰及其他各种有色物质也皆随之浸淫到里面，所以凡出土古玉，都会沾染上某种颜色，这便是所谓的“沁色”。出土古玉沁色千差万别，是由于入土的时间、地点不同，受沁的深浅程度不同所致。有沁色“十三彩”之说，言其色彩之多。古玉沁色的不同则主要和近邻物质有关，一般玉埋于土中，总会受到土的侵蚀，受土侵蚀较轻的称“土蚀”“土锈”，较重的称“土浸”“土斑”，它们都是受地气熏蒸而致。一般入土时间长的古玉，其“土锈”“土斑”用刀也刮不掉，因为含沙性的土已经渗到了玉的肌理中，并与玉合而为一了。

这锈迹斑斑的古玉，出自榆树泉城堡，我一点也不意外，只是它出现得似乎早了些，一座人迹罕至的城堡，被风沙埋没上千年，加之沙漠的地理气候优势，长时间保存一些物什是没问题的，更多更惊人的东西可能还在后面。

我开始整理我的关于榆树泉城堡的论文，有了这些不可多得的文物，所有的推理指向了一个中心，那就是榆树泉城堡的真实存在。论文发出去，有了轰动效应，剩下的事情，就顺理成章地做下去了。

很快，刘三把他发现的那块木板也拿来了，对于这块木板，我竟是如此的熟悉，那木板上的文字，我几乎能背下来。

五年前，有牧人报告，说是在路安五十公里远的荒漠中发现了一块写有文字的木板，局里派我前往勘察。那是长城线上的一座烽燧，烽燧的四周有夯土版筑的痕迹。从测量结果看，大概是房屋的地基；从综合的情况来看，出土写有文字的木板的地方，是一处废弃的驿站。那是一块七棱觚。

该觚长 37 厘米，有字 212 个。文字分前后两部分，前半部分 133 字，是抄录某诏书的一部分；后半部 79 字，是汉代西北边陲戍卒练笔的书信。

七棱觚前半部分可以看清的文字如下：

> 制诏：皇大（太）子，朕体不安，今将绝矣！与地合同，众（终）不复起。谨视皇大（天）之笥（嗣），加曾（增）朕在。善禺（遇）百姓，赋敛以理；存贤近圣，必聚胥士；表教奉先，自致天子。胡亥自圮，灭名绝纪。审察朕言，众（终）身毋久（已）。苍苍之天不可得久视，堂堂之地不可得久履，道此绝矣！告后世及其孙子（子孙）：忽忽锡锡，恐见故里，毋负天地，更亡更在，口如口庐，下敦闾里。人固当死，慎毋敢妄。

我认为这是一份“武帝遗昭”的手抄本，是“烽燧某戍卒反复摹写、笔削过的一篇练字的习作”。后半部分则是戍卒们的家书草稿。

边陲发现所谓的皇帝诏书，这应该是可以大做文章的事情。可惜，后世的权威文献和史册中，均没有丝毫的记录，只好作罢。

时过境迁，同样的觚板又出现在了我的面前，似乎追着赶着要向我透露天机，真是不可思议。

我觉得，结合榆树泉城堡的发现，应该把“武帝遗昭”的事情彻底搞清楚。两处出现同样内容的觚板，这个小小的插曲，一下子就把榆树泉与周边的地域联系了起来。

我的思绪又回到了那个如火如荼的汉武帝时代。

汉武帝，名刘彻，汉景帝之子，是西汉第五代皇帝，公元前 140 年至公元前 87 年在位。

在中国历史上，汉武帝是一位杰出的、有作为的皇帝。汉武帝曾接纳董仲舒建议罢黜百家，独尊儒术，并采用法术、刑名加强统治。他曾派遣张骞两次出使西域，促进西汉与西域各民族的经济文化交流；派遣唐蒙至夜郎，在西南先后建立七郡；派遣卫青、霍去病抗击匈奴，设置了武威、张掖、酒泉、敦煌四郡，由此建成版图辽阔的统一国家。

出击匈奴，是汉武帝最大胆的决策。他克服各种困难，发动了对匈奴的战争。由于对战争主动权的牢固把握，这一战争后来又具有了征服匈奴的性质。而西北军事形势的改变，使西北地区的开发也进入了新的纪元，打通了中原文化与西域文化交往的通路。

中国历史上，这样一位具有雄才大略的皇帝，在生命的最后一刻，却为新主的确立煞费苦心，甚至充满了刀光剑影。

汉武帝临终时，确定以少子刘弗陵为继承人，这就是后来的汉昭帝。

帝位继承问题，是汉武帝在他帝王生涯的最后时刻苦心思虑的政治难题。汉昭帝的生母钩弋夫人出身于河间。汉武帝巡狩经过河间的时候，望气者说，云气显示，此地有奇女子。汉武帝于是急令使者召见。

面见皇帝时，这女子两手握拳，汉武帝亲自为她展开指掌。由是得幸，号曰“拳夫人”。

“拳夫人”晋为婕妤，居于钩弋宫，大受宠爱。太始三年（前 94 年）生了皇子刘弗陵。刘弗陵号“钩弋子”，据说“拳夫人”怀孕 14 个月才临产。汉武帝说：听说古时帝尧 14 个月才出生，今钩弋子也是同样。于是宣布将刘弗陵所出生宫殿的宫门改名为“尧母门”。

后来卫太子刘据败亡，而燕王刘旦、广陵王刘胥多有过失，宠姬王夫人的儿子齐怀王、李夫人的儿子昌邑哀王都过早去世。而钩弋子年五六岁时，健康聪明，汉武帝常说“这孩子像我”，又感念他的出生与众不同，心中十分喜爱，有心立为太子，只是因其年幼，担心即位后女主专恣扰乱国家政治，长期犹豫不决。卫太子刘据被废后，一直没有再立太子。而燕王刘旦上书，愿放弃其封国入长安在汉武帝身边担任宿卫。汉武帝明白其政治企图，大怒，当时就在未央宫北阙将其使者处斩。

汉武帝居住在甘泉宫，召画工描摹周公背负少年周成王的画面。于是左右群臣知道了汉武帝有意立少子为继承人的心迹。

据《史记·外戚世家》中褚少孙的补述，汉武帝在召画工描摹周公负成王之后数日，严厉斥责钩弋夫人。夫人脱簪珥叩头请罪，汉武帝仍然命令押送掖庭狱惩处。夫人回头环顾，汉武帝则厉声呵斥道：快走，你别想再活着了！

其后汉武帝闲居，问左右说，对这件事，人们有什么议论吗？左右答道：人们说，将立其子，为什么要除去其母呢？汉武帝说：是啊，这确实是一般人不能明白的。往古国家所以变乱，往往是由于主少母壮。女主独居骄蹇，淫乱自恣，没有什么力量可以制约。你们没有听说过吕后事件吗？

《汉书》卷六十八《霍光传》载：“上以光为大司马大将军，日磾为车骑将军，及太仆上官桀为左将军，搜粟都尉桑弘羊为御史大夫，皆拜卧内床下，受遗诏辅少主。明日，武帝崩……时，卫尉王莽子男忽侍中，扬语曰：‘帝（病），忽常在左右，安得遗诏封三子事！群儿自相贵耳。’光闻之，切让王莽，莽鸩杀忽。”这段材料客观而真实地反映了武帝托孤的经过。武帝在病危弥留之际，急召霍光、金日磾等至内室病榻之侧，嘱托扶立幼主之事，由于病情危急，武帝仅以口谕授四人，未及诏立文字。王忽虽是武帝身旁的侍奉之人，但在武帝托付后事时，依例侍立于禁外，未能看到听到事情的真相，当然也不可能看到武帝的遗诏，所以，他才满腹狐疑地扬言：“帝（病），忽常在左右，安得遗诏封三子事！群儿自相贵耳。”此时，霍光等人拿不出武帝的遗诏，以消弭王忽和其他大臣的疑虑，事关重大，只好责怪卫尉王莽，王莽为了息事宁人，不得不秘密地用毒药鸩杀了自己的儿子王忽。虽然王忽的扬言并未掀起什么大的政治波澜，但是使霍光等人充分认识到了武帝文字遗诏对稳固幼主统治的重要性，此事成为促使霍光托武帝口吻拟制遗诏的契机。

分析当时的历史状况，可以得出这样的结论：当时武帝猝崩，幼主新立，燕王、广陵王觊觎皇位大搞阴谋，朝野内外人心浮动，霍光等人为了辅佐幼帝渡过政治危机，拟武帝口吻制作的所谓“武帝遗诏”。它的出台并公布全国，对稳定昭帝当时的统治起了重要的作用。

这样的“遗诏”到处传抄，出现在榆树泉城堡，也是情理之中的事。

古玉和“遗诏”挣脱了一堆乱麻，浮出于沙丘之上，就像黑暗中的一线曙光，照亮了榆树泉城堡，更加耀眼灿烂的光明一定还在后面。

我把手上的工作全部放下来，专心写榆树泉的论文。我请了假，背上一大包资料，去谁也找不到的农村，在那里安心住一段日子，这论文的头绪也就出来了。

大概十多年没有腾出大块的时间回到农村，一旦回去，一切是那么新鲜，一切又都是那么不适应。新鲜是一目了然的，到处都是绿油油的庄稼和树木，还有缀满果实的果树，做饭炒菜，门口的菜地里就有现成的茄子、辣椒、西红柿等家常菜，看着都有食欲，不要说品尝了。农村毕竟是农村，条件有限，像我每天冲澡的习惯就得改改了，最多是在院落里用毛巾擦擦身子，这还要等到没人的时候。还有，半夜里内急，黑灯瞎火地去厕所，多有不便。

论文进展得很顺利，主要是有了物证，就可以填补大量的推测材料，不然仅仅是推测和历史材料上的东西，无法立言。

我请了十五天的年休假，只用了十天，论文就成型了，图文并茂，是一篇很有质量的论文。我估摸着这论文在《文物》杂志上发表也不成问题，论文发表了，产生了影响力，我的自由度就大一些，评职称，或者调省里的研究所，都不成问题。我正喜滋滋地勾画着未来的前程，新来报纸上的一条新闻吓了我一大跳。

我是住在一个偏远的村庄的，那里有我的一个远房表舅，他是村里的支部书记，过一个星期去一次村委会把一堆硬性订阅的报纸拿回家，每当我苦思冥想的时候，他都会说，看看报纸，休息休息脑子。我想，表舅真是死脑筋，休息脑子，可以去田野上转转，郁郁葱葱的田野，能把人真正带到大自然中，就像一位诗人所言：我有一段乡村生活，他形成我性格中温柔的部分。

表舅是个热心人，十多天里，他忙前忙后，小心翼翼，我住的屋子，他打扫得干干净净；每天的饮食，他都是变着花样做，表舅妈更是一个憨厚的人，一直说农村的饭都是家吃饭，城里人吃不惯。我说，我也是从农村出来的，我要是吃不惯的话，就是忘本，人是不兴忘本的。早就听说人肚子里保存着大量的饮食记忆，小时候吃惯了啥，长大后即使很多年不吃，也能分辨出那食物的味道，吃起来，就香喷喷的。在表舅家，每一顿饭我都觉得很可口，可能都是我小时候经常吃的美味吧！像鸡蛋饼子、烫面油饼子、拉条子等等，吃得多，活动得少，我都快成了一个大胖子。

这天的中午，我思慕着下午坐公共汽车回城，表舅就把一大堆报纸放在我的桌子上，说让我休息休息脑子。那张皱皱巴巴的《路安报》在那堆报纸的最上面，一版右下角的新闻赫然在目：刘三倒卖文物被抓，小标题是：文物单位有内鬼。只是几个字的标题，就如同猛然爆炸的炸弹，把我击溃了。我迅速地整理了一下自己的思绪，把整个事件的来龙去脉回忆了一遍，确保自己没有陷入这场金钱交易之中，才勉强站稳了身子。情绪稳定下来，我才把那篇报道仔细看了一遍，说是刘三公开倒卖大量文物，被公安人员当场擒获，据刘三交代，他的大量文物都是文物局的肖某某帮助鉴定的，他曾把一批贵重文物交与肖某某保管并在适当的时机出手。目前，肖某某已销声匿迹，文物局有关领导告诉记者，肖某某一段时间与刘三来往甚密，自从刘三被抓后，肖某某就再也没来上班，估计是畏罪潜逃了。

新闻中所说的肖某某就是我，在路安的党政机关上班的人中，姓肖的就我一个，不用点名，大家都知道是我。

这张报纸的日期是 9 月 6 日，是我离开路安城的第二天。这段日子里，我关闭了身上的通信工具，过着原始而浪漫的日子，不想，后院却起了大火，这火一下子就烧到了自己的命根子上。所谓的命根子，就是榆树泉考古的真伪。

我决定马上离开表舅家，去单位澄清所有的疑惑。我草草收拾了一下自己的行装，感觉到像是换了一重天，乡村的一切变得那么可怕，像要把我吞没似的。

乡村的公共汽车要等到下午三点以后，看我这么着急，表舅就开了自己的摩托车送我去城里。我一方面想着把刘三的事情弄清楚；另一方面，家里的老婆孩子知道这个消息，肯定吃不好睡不好，为我担心着急，我早回去一刻，他们的心情就会放松一刻。这么想着，就跨上了表舅的摩托车，向着路安城的方向飞奔而去。

路安城的市声和车流似乎都消失了，在我的脑海里只有刘三这个人的形象，从我们第一次认识，他帮助我们走出沙漠，到后来的重大发现，榆树泉这个名字总是和刘三联系在一起。难道命该如此？

我的脑子里乱如团麻，也不知道怎么送走了表舅，按理说表舅伺候了我那么长时间，好歹进城送我，至少也应该留他吃顿饭，可特殊情况，这些礼节都免了。我心里徒然增添了莫名的难受。几个小时之前的兴奋早已烟消云散，取而代之的是一个个难解的谜团。

刘三一个偏远沙窝窝里的放骆驼的农民，他怎么会参与倒卖文物。倒卖文物不像倒卖蔬菜，买进卖出，那是需要高智商的，至少需要掌握一定的文物知识，不是谁想做就能做的。另外，倒卖文物的人都是些门道精熟的地下工作者，具有很强的反侦察能力，怎么说抓就抓了。我在文物部门这么多年，文物失窃案比比皆是，倒卖文物的案件也时有发生，但人赃俱获的，只是些这个行道的菜鸟。

刘三被抓，难道就因为他是一个菜鸟。在我看来，他连个菜鸟都算不上，他不够那个级别。

我巴不得立刻就解开其中的谜团。文物局的领导肯定是这个谜团的核心，他们绝对知晓事情的细枝末节。

我把最坏的情形估计了一下，首先，我没有参与倒卖文物的犯罪行为，因而谈不上犯罪。其次，我去过几次榆树泉城堡，但都没有进行挖掘，而且，每次去，都是局里的工作安排，即开展正常的文物调查。再次，刘三从榆树泉挖出的古玉以及简牍在我手里，但那是研究的需要，我并没有私自用于非法牟利，最多是没有给领导汇报，要是给领导汇报了，也就没有现在这档子事。

主要是这些文物使我有嫌疑，这些文物价值连城，十多天时间保存在私人手里，有多大的风险，可想而知。我的这个错误可大可小，说小，批评几句就能了事，我还可以拿手头的论文做证，我是为了工作；说大，那就是与文物贩子相互勾结，有破坏文物之嫌。尤其是刘三盗挖榆树泉城堡的文物这件事，作为文物管理者，应该及时向上级汇报，对破坏的文物现场要进行抢救性地再挖掘。我当时被确凿的物证冲昏了头脑，只想着发论文，出成果，一点儿也没有想到这事跟违法犯罪扯在一起。

至于刘三的行径属于无意还是有意，那要根据他的整个挖掘过程来判断。如果他是不经意间碰到的，而且把挖掘到的文物交给了我，就属于报告了文物管理部门，他是无意且无罪的。如果他是有预谋的盗掘，只是把一部分盗掘的文物交给了我，大部分文物用于倒卖牟利，那刘三就该下地狱了。

身正不怕影子斜，理清了思路，内心的急迫减轻了许多，只是多了遗憾。刘三给自己留了一手，更多的文物还在他手上，那些文物所负载的信息，对榆树泉城堡的研究有没有颠覆性的结论，这都是个未知数。只有把那些文物研究透了，我的论文才能具有强大的说服力，像榆树泉这样一个国内外都很关注的古城堡的研究，如果没有铁证，任何人所下的结论，都会处于无休无止的争论之中。

一顺百顺，不顺的时候，白开水都塞牙缝。当榆树泉带给我一丝丝希望的一刻，就有阴云迅猛地扑上来，把那一丁点希望的曙光瞬间压灭了。我又想起万佛山那个卜卦老人的一席话，现在看来，这都是信口开河的无稽之谈。祖坟上的青烟，可能是变了风向，没有刮到我这儿。至于“洪福齐天”，那是连个边儿都沾不上。我彼时的心思，都在如何脱离眼前的这一串儿麻烦事。

我摸了摸公文包里的论文，有了这个，就能证明我的清白，至于那古玉、简牍，一直在我身上，连根毫毛都没有损坏。我如同从身上卸下了千斤重负，腰也挺直了，人也轻松了。

在局长的办公室，我还没有开口，局长就先让我坐下，忙着给我倒水，局长一般是不给汇报工作的下属倒水的，几年来一直是这样。此刻，局长倒水的举动，让我心里一紧，是事情闹大了，局长要挥泪斩马谡？我只能耐心地等待局长的下文。局长本来就是一个做事有板有眼的人，从来都是一副不急不缓的样子，有马屁精说这是“宰相肚里能撑船”，其实局长就是个地地道道的官场老油条，安排在文物局那是迫不得已，他的目标是建设局这样有钱有权的单位。

看着局长一言不发，只是热情地招呼我，我就顾不得那么多了，连珠炮似的把我想好了的话一股脑儿说了出来，说完了，就把我的论文呈给了局长。

局长还是没有说话，他好像是在回味我的陈述，又好像是在整理自己的思绪，他把手里的论文翻了几页，然后轻轻合起来，在他的目光和我的目光交会的时候，有一种难以抑制的兴奋的神情，但这样的神情只是停留了短短的一瞬，就像一只孤独的火苗，被一阵风吹灭了。

局长说，肖科长，你辛苦了。

局长说，肖科长，刘三的事，不关你的事。

局长说，肖科长，你是一个敬业的人，局里还是了解你，那些个不负责任的新闻，你不要往心里去。

局长说话的时候，总是说一句，停顿很长时间，但无论停顿多长时间，有了这三句话，我所担心的一切，就是一场虚惊。

局长又说起了论文的事，他认为，这篇论文应该及早面世，既然是重大发现，就要抢在媒体炒作的最佳时刻抛出去，就能产生更大的影响。

说起论文，我讲了我的担心，我说，刘三手头的文物我还得仔细看一看，有没有可以补充的有价值的材料。

局长说，不用了，专家都看了，那都是些没有任何价值的赝品。

我又提及刘三，局长说，眼下你不要跟他联系，你的任务是抓紧时间去一趟省里，争取第一时间把这篇论文发出去。最好今天就出发。

说到发表论文，我想到了论文的署名问题，一般来说，论文是我写的，就应该署我的名字。但文物局有个不成文的规矩，还要署有关领导的名字。因为在文物局，一项科研项目的完成，不是个人行为，而是组织上的安排，甚至是部门的工作任务，安排你接受这个任务，你就能参与科研成果的分配，没有领导的支持，没有单位资金的保证，散兵游勇式的单打独斗是成不了气候的。

所以，文物局形成结论的论文，一是挂主要领导和主管领导的名字，二是直接署名文物局或文物研究所。

局长说，论文的署名就是你了，原本就是你写的，就该署你的名，以后这种风气要改变，要尊重业余骨干的劳动成果，不要有了成果一拥而上，这样不好。

局长的话语中有着不容争辩的强硬，我也就不好说什么了。

事情总算是有了结果，我从单位出来，直奔菜市场，买了大肉和时令蔬菜，准备晚上好好撮一顿。路安城通往省城的火车最早一班，也是晚上十点多钟，时间还是很充分的。

回到家里，媳妇不在，我就开火做饭。结婚十多年来，我亲自下厨做饭是能数得过来的几次，这天下厨是心情好，一场危机化险为夷，领导又亲自安排自己出差搞定发表论文的事，这简直是双喜临门。怪不得万佛山上的卜卦老人说我们家的祖坟上一直冒着青烟，我的“洪福齐天”说来就来了。

在我们这个行当里，做业务是很难做出成绩的，就那一点资源，早已被大大小小的专家翻了个遍，剩下的，就只有打扫战场的份。运气好了，捡个漏；运气不好的，一辈子守着能压死人的故纸堆，连个片言只语都没能留下来，只落个“老夫子”的名号。

屋子里充满了肉香和菜香，媳妇一进屋就闻到了，她一个劲地发脾气，问我死哪儿去了，既然没这个家，回来干啥？一连串的质问，让我无法招架。我只好耐心地让媳妇慢慢听我讲，当我说清楚了这几天里发生的事，媳妇惊得说不出话来。她说，社会上的说法可多了，说我逃跑了。身上背了一麻袋的文物，说不定现在人早已逃到国外去了。

这几天，媳妇的担惊受怕是免不了的，她怎么发火我都能理解，谁让我撞上这样的事情呢？

媳妇说，这几天，她把女儿放在了丈母娘家，不让孩子知道这些乌七八糟的事，孩子毕竟小。

看见媳妇的火气泄了，我赶紧给她盛饭、夹菜，媳妇的情绪逐渐平静。她说，人这一辈子，不图大富大贵，只要平平安安就行。媳妇说这话的时候，像个哲人。一直以来，我也是抱着这样的人生态度，可人在世上走，尤其是在这机关里工作，几年过去了，你没有长进，还说得过去；十几年过去了，你还是老样子，被那些年轻人指挥着干，心里真不是个滋味。人活脸树活皮，走在哪里，混得不行，自己都觉得抬不起头。

这是一个机会，抓住它，就能乘势而上。媳妇吃了几口，就帮着我收拾出差用的东西，换洗的衣服装了一兜子。我说，我这又不是出国，带那么东西干吗？媳妇说，出门，要知冷知热，多备点衣服，有好处。

晚上，从家里离开，还真有点依依不舍，十多天没有着家，刚回来，又要走。我抱了抱媳妇，有点冲动，媳妇推开我，说我没正行。我眼睛一热，转身就走了。

我的脑子里全是榆树泉城堡的影子，在那一望无际的沙漠上，榆树泉城堡淹没其中，似乎是一刹那的事情。试想，一座庞大的城池，沙漠上的城池，维系它生存的是水，有了水，就有了一切。失去了水，它只能如干瘪的植物，风化，然后消失得无影无踪。榆树泉也是如此，既然把城池的名字命名为“榆树泉”，那么，水的来源，就一定是泉水。在我看来，泉水是所有泉水的总称，并不单单指一眼泉或者一处泉水，一眼泉或者一处泉水，只能滋润一小片绿洲，根本无法维持全部城池的生计。在榆树泉繁荣昌盛的那些日子，密不透风的榆树林中，数不清的泉水汩汩流淌，泉水流到哪儿，哪儿就是一片田野，众多的泉水汇集在一起，形成一条宽阔的大河，河水奔流而下，围绕着榆树泉城堡。

我看过敦煌壁画中几十道分水渠排列于大地的壮观景象，分水渠上的水车、磨坊，是村庄和城市的标志，水的波浪，晕染了无限的田园风光。我觉得，榆树泉肯定也是如此，沙漠中的绿洲，比江南水乡更具震撼力。奇怪的是，榆树泉城堡的美好生活，在所有的文献中竟然没有丝毫的记述。行走于丝绸古道上文人骚客不计其数，有不少是路经榆树泉的，也没有留下榆树泉城堡的诗书文章。

这真是一件奇怪的事情。

我向省城的专家请教这个问题，它们也是不置可否，只是说缺乏史料并不是一件坏事，往往在这种情况下，会有大发现。史料丰富且集中的古遗址那只是程序性的挖掘报告，其研究多是人云亦云的陈词滥调，因为历史上都记载了，把它们归纳、整理，最多是逻辑上的推理和推演罢了。

那一天，我一大早就去了编辑部，门房的人说，编辑部的人十点上班，我只好去周边逛游。这一带好像是城市的边缘，街市冷清，人流稀少。想找一家商店买一包烟，找了半天也没找到。编辑部所在的大楼，也是一副破破烂烂的样子，楼道里黑黝黝的，走上去有点瘆人。

这可是我心中神圣的殿堂，我无数次地想象着能昂首挺胸地走进这里，成为这里的座上客，今天，终于梦想成真了，却是如此的印象，就像一个兴冲冲的人，突然被泼了一盆凉水。

大概是十点多钟，陆续有上班的人走进大楼，我想，再等会儿，等到人来得差不多了，再去编辑部。

所谓的编辑部，其实是一间大会议室，里面摆了七八张桌子，每张桌子上都摆满了一摞一摞的书籍和稿件，我进去的时候，那些编辑们各自忙各自的，头埋进深深的书稿中，我的到来，如同一粒沙子落进沙漠里，没有引起丝毫的反响。

我连声喊了三声，谁是张老师，其中的一个脑门凸亮的中年人才抬起头，上上下下端详着我，那种看人的眼神，就像是在辨认某个出土文物。

张老师交代我去旁边的账务室交费，他会安排版面尽快发出。等我拿回发票，张老师收下后连连点头。我还等着他进一步吩咐，结果他很干脆地说，没事了，你可以走了，刊物二十天以后你就会收到。

我是一个懒散的人，但这几天的效率超出了我上班以来的任何时候。

十多年的岁月，所有的热情和激情，都在一杯杯茶水和一张张报纸中消散了，那弥散着热气的茶水和弥漫着油墨清香的报纸，伴随着一个人的生命，悄无声息、亦步亦趋，好像是波平如镜的水面。

而这些天来，波平如镜的水面似乎掀起了微微的波澜，平时冷冷清清的办公楼，人员的出入明显地稠密起来。听办公室的人说，市里已经成立了一个副地级单位——旅游开发公司，专门负责榆树泉城堡的综合保护和开发利用。

早就听说路安市委、市政府要开发榆树泉，那里的自然环境很是独特，大漠、戈壁、湿地、泉水、海子，尤其是那些连绵起伏的大沙丘，是探险旅游的好去处，翻越大沙丘，沙丘内部的湖泊、芦苇荡、草原人家等如同世外桃源，被野外爱好者所青睐。在沙漠和戈壁的低洼地带，生长着密密匝匝的沙生植物，种类繁多，说它是一个沙生植物园也不为过。再加之路安是古丝绸之路上的咽喉之地，与周边区市红红火火的旅游形势形成了鲜明的对比，市委、市政府的主要领导多次强调要想绝招开发旅游项目，吸引国内外游客。如此说来，这个绝招还是文物局点的穴，具体地说，没有榆树泉城堡考古的重大发现，榆树泉旅游开发区的建设就是纸上谈兵，这样推理下来，我应该是启动路安旅游新跨越的关键人物。

局长说，市委、市政府已经从省里争取了上亿元的基础设施资金，如今正在物色旅游开发公司董事长、总经理的人选，路安是个地级市，副地级以上的位置少得可怜，而全市正处级二三十年的干部比比皆是，这次有了机会，谁不动心呢？局长在市里是老处长，又长期在文化单位工作，从哪一方面说，他都是最佳人选，局长一改往日垂头丧气的面目，一副春风得意的样子，对待榆树泉旅游开发的每一项工作，他都表现出了雷厉风行的作风，是那种势在必得的姿态。

我翻了翻办公室的报纸，发现在我离开路安的那几天，省报市报几乎都在不遗余力地炒作榆树泉城堡的大发现，甚至市报还用了“惊天发现”的标题，其中的主要内容是引用我论文中的观点，其实物也是玉器和简牍，文中大肆吹捧了我这个年轻的文物专家，说我十多年如一日，常常出入沙漠，置生死于度外，功夫不负有心人，终于揭开了榆树泉城堡的绝世之谜。

对我来说，这样的褒奖早了些，隐约之中感觉有点捧杀的滋味。我习惯了平平淡淡的日子，突然间轰轰烈烈起来反而无法适应。作为一个文物工作者，我做梦都想着成名成家，但我知道这就像摸大奖中彩票一样，谈何容易。充其量，小打小闹还可以，一举成名天下知，那简直就是痴心妄想。

报纸上白纸黑字，回到家后，媳妇唠叨个不停，前些日子还是个畏罪潜逃者，现在又成了学术专家，一会儿天上，一会儿地下，冰火两重天，太让人受不了了。我说，这都是虚的，只要平平安安，人这一辈子就算完满了。

媳妇说，仕路前程，是一条凶险的道路，走在那条道路上的人，个个都是人精，一件事拿捏不准，你就得出局。

媳妇说得对，和我同等资历的干部，大部分都升了职，或者是市直部门的副处长、处长；或者是县区的常委、副县长、副区长或者副书记之类，那些人无不是眼观六路耳听八方，只要是有个风吹草动，他们的行动比兔子还快。不像我，榆木疙瘩不开窍。

我的低调和与世无争并不表明我可以活在一个理想化的精神世界里，偶尔想起这些，心里不免有些失落。这次，榆树泉旅游开发区的成立，肯定要用一大批中层干部，要知道这些中层干部大都是处级或者副处级的岗位设置，错过了这个千载难逢的机会，真是要等到猴年马月了。

我想，还是要把工作干好。

榆树泉现在已经是个热点，一拨一拨的人都去那里参观考察，省里的领导、市里的领导都亲临现场，对旅游开发区的建设发表自己的意见，但归纳起来，省里的主要领导定个调子，其他的各级领导就顺着这个调子走。

对于我，要揭开榆树泉之谜，万里长征仅仅走完了第一步。刘三手头的文物既然是假的，那他送到我手上的古玉和简牍呢？这是一个最大的疑问。

我必须见到刘三。

我试着打了刘三的电话，竟然通了。我问刘三在哪儿？刘三说，就在路安城。要是在看守所里，他是不能使用电话的。这说明他已经没事了，至少是自由的，这样就好，我可以从他那儿了解前些日子的情况。

电话里，刘三从前的热情没有了，像是在应付一个陌生人；我要求尽快见他一面，他却抛出很多理由回绝我。开始，我认为他是沾了文物的晦气，再也不愿意跟我们这类人打交道。后来在语气中听出来，他最近很忙，忙着开发榆树泉的工作，顾不上我说的这些事情。

我的直觉告诉我，刘三现在就在榆树泉，我必须马上去找他。

去榆树泉很方便，局里每天都有去那里的车，旅游开发区的筹建处就设在刘三家的牧场，怪不得刘三对待我的态度如此冷冰，原来他已是整个旅游开发的股东之一，那么一大片草场划归开发公司，他所得的补偿金肯定少不了。此刘三已非彼刘三，财大气粗的他，在见到我的那一刻，就像见到了凶神恶煞，眼神躲躲闪闪，说话也很不自在，往日淳朴、憨厚的形象似乎愈加浓厚，就像我欺负了他似的。

不等我问，他就把那些日子里发生的事情全部告诉了我。他说，那件事情很突然，他用麻袋片包好了几个从榆树泉周边挖出的坛坛罐罐，准备交给黑道上的几个朋友，说时迟那时快，就有人窜出来把他绑了。

他在公安局的审讯室里关了两天两夜，一直就问两句话，一句是这些文物是从哪儿来的；一句是这些文物卖了多少钱。问一次刘三说一次，说着说着，刘三自己也蒙了，前言不搭后语，一次跟一次说得不一样，办案人员就觉得这其中有猫腻，逼着他老实交代。他说，他都交代了，老老实实地交代了，可办案人员就是不相信。直到后来文物专家鉴定出来那些坛坛罐罐其实是近代老百姓的生活用品，存世时间超不过七十年，值不了几个钱，也根本算不上文物。有了这个结果，刘三才免了牢狱之灾。

刘三在给我说这些往事的时候，一副历经沧桑的样子，我安慰了几句，他的情绪才有所缓和。

在榆树泉城堡一带，六七十年前，确有人迹。据路安县志记载，那时候的路安，人口只有一万多，地广人稀，榆树泉城堡一带的低洼处，泉水流淌，牧草丰茂，寄居过几户以牧为生的人家。经过几十年的发展变迁，路安已经是一个人口一百多万的省辖市，人口的增长，土地的开发，致使大面积的湿地萎缩，湖泊干枯。原来路安的大部分地方，向下挖一米多深就能挖出一口井，现在几十米甚至上百米才有地下水。榆树泉城堡一带的生态就更不用说了，泉水消失了，草原沙化了，那几户牧人也只好迁移到别处。

我说起古玉和简牍的时候，刘三紧张起来，他说，那东西在你手里，你要觉得是假的，你就把它扔了吧，就当没有这东西。刘三的一句话，让我心里凉了半截，十有八九，这些东西是来路不明的“黑货”，以此作为榆树泉古城堡大发现的重要证据，那所有的论证都要推倒重来，学术上的事，是不能含糊的。

刘三没有和我纠缠，就借故离开了。在榆树泉一带的荒野上，只有刘三的牧场驻扎了负责基础设施建设的先遣军，刘三为这些人提供后勤服务，听这里的工作人员说，刘三已经被特批招聘到了榆树泉旅游公司。

不知道哪来的一股子冲动，我突然间想独自进入榆树泉城堡，这是一个大胆的决定，只有真正进入了榆树泉城堡，对城堡进行实地考察，才有可能发现一些蛛丝马迹，除此之外，都是主观臆想。

我向局里做了简要汇报，局长支持我的想法，让我进一步核实榆树泉城堡的情况，好对下一步的旅游开发提供翔实的第一手资料。

准备工作必须做到万无一失，不然，进入沙漠，老天翻脸不认人，那就是一失足成千古恨。本来想让刘三做向导，刘三推三阻四,一会儿说，这个季节气候变化无常，动不动就刮沙尘暴，很危险；一会儿又说，他身体有病，要去城里检查，去榆树泉至少也得两三天，体力消耗大了，病情会加重的。

没有张屠户，难道还得吃带毛猪？我不信，刘三不去，我们就进不了榆树泉城堡。怄气是怄气，但我还是带了一个星期的水和干粮，领了当地的两个向导，拉了一串子骆驼进沙漠了。

从前每次进沙漠都是带着工作的状态，计算每天的行程，忍耐每时每刻的劳累和寂寞，从没有对大漠的美景产生过赞叹。这次，我边走边照相，通过镜头，沙漠的博大、沙漠的曲线竟然是如此地动人心魄，我觉得，与沙漠的亲密接触，简直就是一场美的盛宴。

我似乎完全抛却了沮丧的心情，完全是轻松愉快的探险家的情怀。一路上，罗盘上指示的方向和向导经验一致，这就说明，我们的前进速度是有效的。我经历过很多次考古发掘，大部分时间都消耗在了路上，走着走着，就绕一个大圈，走回了原地。这样反复一两次，人的精神和自信心就会被击溃，人不仅背负了自然的行走之累，还背负了沉重的心理负担，现实而言，心理上的负担，是无形的，仿佛整个天空和沙漠都压在身上。

我们是沿着一条古老的驼道前行的，我们的向导在十年前丢失过一群骆驼，他是寻找骆驼的时候，不经意间发现了这条驼道。那时候，驼道有隐隐约约的痕迹，走一段，就会有水源，沙漠上，这是一条道路被固定下来的理由。

向导说，那一年，几十头骆驼没了，对于他无疑是天崩地裂，他没有考虑过多，就一个人进沙漠了，他当时只想着找回自己的骆驼，后来，在驼道上找到了自己的骆驼，才感到自己真是幸运。要知道，那一次，向导只是背了一壶水和一袋馒头进沙漠的，迷了路或赶上沙尘暴，就把自己交代了。

对于这条驼道，他记得再清楚不过了。这次，保障充足，又能挣一笔可观的劳务费，向导心情愉悦，高兴地说，他自己就像会见一个老朋友一样，轻松得很。

轻松就好，我也是这样，不知不觉就走上了长长的驼道。最初，我以为它仅仅是短暂的便道，越走越觉得奇怪，它竟然绵延数十里，还有要绵延下去的样子，这就引起了我的警觉：这样一条道路，是榆树泉通往附近绿洲的大道吗？史册上没有丝毫的记载。但从这条道路的规模看，它无疑是现代社会的"高速公路"，一条"高速公路"会被史家们忽视？这种事情绝不可能发生。一条大道，走了无数的人，无数人说给无数的人，这条路基本上就是天下皆知了，怎么会被时光和历史湮没？

我攀上驼道附近的一座大沙丘，登高远望，更是惊讶：驼道逶迤前行，在无垠的沙漠上划出了一道"之"字，很是明显，如同隐匿在沙漠中的蛟龙，亦很壮观。

我对这条所谓的"驼道"产生了疑惑，我把驼道一旁的沙土铲开，发现了深深的车辙印，是沙漠中常见的那种木轮大车，那木轮子，像两个大碾盘，高出车帮子很多，看起来像个怪物，这种木轮车十多年前路安的乡村尤其是边远的沙漠地带，还有人使用，拖拉机普及之后，木轮车就进了博物馆了。

前两年，我负责路安市的非物质文化遗产的保护工作，请了几个匠人做一辆木轮车，从选材、制作，花了五万元，用时半个多月，尤其是那轮子的制作，用上好的榆树木料在盐水中浸泡，防止病虫侵袭，然后用火烤，使其柔软弯曲。几截榆木接起来，才是一个木轮车的轮子。

木轮车行走的时候，发出嘎吱嘎吱的声响。车前中间的车板上，系着一个宛如小瓷罐一样的铁铃，大车滚动时，当啷当啷地响着，陪伴着寂寞的人们穿越沙漠。

我发现，“驼道”上铺了一层厚厚的胶泥，大概二十厘米。这胶泥不是沙漠中特有的土质，但却是流沙的克星。路安市的治沙研究所花了十年的工夫，用胶泥压沙，取得了沙退人进的效果，只是这胶泥的挖运、铺垫，费时、费力，成本昂贵，作为一个科技项目，在省上获了奖，但却无法普及，宣传了一阵子，只好宣布搁浅。

这种胶泥是从哪儿来的呢？我突然想起了几年前的一次田野考察，在路安市的北山，有大量的胶泥，那些胶泥有被开采过的痕迹，当时与我们同行的一位专家说，开采量是巨大的，至少几千万方，至于开采的时间，专家认为距今至少千余年。专家的推断并没用引起考察队的关注，因为人们想象不出谁会开采那么多的胶泥？那么多的胶泥，会派上什么用场？现在，我终于明白了，一千多年前，有人把路安北山的胶泥挖出来，铺筑了一条通往沙漠深处的秘密通道，这个通道，就是我们脚下的驼道。我为自己的推断吓了一跳，如果这个推断成立，那就有大文章可做。

谁会费尽心思花费如此代价，修筑这样一条通道呢？既然花费了如此代价，就说明这个代价值得花，不然不会做出这样的决策。

我想，走到这条道路的尽头，一切就会有所显露。

我不时地登上驼道之侧的高大沙丘上眺望，这真是独具匠心的设计，如果不是向导误打误撞找到这条道路，恐怕没有人能够发现它，它时断时续，时有时无，你根本无法相信它是一条路。你发现了它，走了一段，产生了怀疑，也会偏离方向。向导把这条路叫作驼道，很是形象，骆驼号称沙漠之舟，它在辨别方向上有天生的能力，它走过一遍的路，第二次走，就能驾轻就熟，不会偏差一丝一毫。有人说，骆驼是通过气味辨别方向的，沙漠如此广大，常常风沙弥漫，骆驼留下的气味或者人留下的气味，不可能几天几十天不散，它怎么能通过气味辨别方向呢？但骆驼就是能沿着一条路，在沙漠中穿行数十次，凡是骆驼穿越过的道路，必是有水、有草的风水宝地。所以驼道只有骆驼能够辨别，人的能力是无法比拟的。

这么长的一条沙漠公路，而且是铺了一层胶泥的沙漠公路，千余年的岁月里，怎么没有被沙漠吞噬呢？经过我的仔细观察，这条道路的走向，全部选在顺风的沟垄，路安地处西北腹地，其沙漠主要分布在市境的东南方向，而肆虐的西北风，就像勤劳的清洁工，把这条道路上滑落的沙尘吹走，避免了被沙尘埋没的厄运。天时地利，都集中在了这条道路上，它肯定被赋予了别样的使命。

我们一直走着，向导看我很兴奋，也加快了步伐，当天黄昏时刻，我们就走到了驼道的尽头，我估算一下，这段路程大约有三十多公里，三十多公里的胶泥路，这在遥远的古代，是不可想象的。这个数据，实际上已经超过了榆树泉城堡的位置。那么，这个地方，不是榆树泉城堡，那它是什么呢？这条道路的尽头不会只是沙漠吧？

向导负责安营扎寨，我趁着夕阳西下的绚丽光线拍摄照片，沙漠上起伏的波纹，可以说是舞蹈的韵律，不知不觉我就陶醉其中，咔嚓咔嚓地狂拍一阵。沙漠上的黄昏，堪称是世界上最美的黄昏，目之所及，起伏的沙丘被嫩红色的霞光所浸润，透露出一种娇艳甚至暧昧的神情，目睹者，会被这种神情所挑逗、所引诱。怪不得走沙漠的骆驼客都有一个不成文的规矩，黄昏时刻，尤其是风平浪静的黄昏，不能单独行动。常常有掉队的骆驼客，走失于气象万千的沙漠黄昏。我曾听到过一个老骆驼客的讲述，他说，整个沙漠就像装扮华丽的洞房，铺满了绸缎，人走在上面，心酥软了，身子也酥软了，有一个媚态十足的女子使着眼色，使你不由自主地跟着她走，走向沙漠深处。老骆驼客说，这是他经历过的事情，好在那次他刚走了一段，黄昏的彩霞就消散了，无边无际的黑暗从天空压下来，使他猛然间清醒，要不然，远离驼队，那就只有等死的份儿。老骆驼客说，其实那就是个迷魂阵，鬼使神差，由不得人。

老骆驼客说得一点都没错，我一边拍照片，一边就身不由己地往前冲，仿佛沙漠的深处有更加迷人的景色在等着我，但我还是用意志力把这种隐隐的冲动压下去了。

即使发现不了任何新的情况，能拍到如此壮观的沙漠黄昏，也算是没有白来。就在我调好一个角度准备摁快门时，拉近的沙丘边，出现了一截土堆，我意识到，那可能是城墙的残部，整片沙漠中，一般不会出现风蚀土丘，在这沙漠的深处，更不会出现。我快速收拾好照相机、三脚架，向那截土堆跑去。

向导以为发生了什么事，不顾一切地追我，我说没事，就是想去前面看看，你们来了，正好一块儿去。

那还真是一截城墙，在渐渐昏暗的夕阳中，以那一截城墙为坐标，在沙漠的表面，有城郭的轮廓，真是一座城。我说呢，修这么一条漫长的沙漠公路，总不会是闹着玩的吧。

我本来想全面测量一下这座古城的规模，只是黑夜几乎是在一刹那间把宽广的沙漠纳入它的麾下，刚刚还灿烂明媚的夕阳，就好像是一个梦。

向导说，走了一天的沙路，也该歇息歇息了，你咋一点儿都不累，难道这城里藏着啥宝贝，把你搅兴奋了。

我说，都是些残垣断壁，哪来的宝贝？要是有宝贝，不知道多少人早就这里了。向导听了我的话，也觉得在理，也就不再言语。

向导有着丰富的野外生存经验，他们把帐篷扎在背风的低洼处，骆驼一前一后护卫着帐篷，遇到强沙尘暴，骆驼会嘶鸣起来，为熟睡的人们报警。

一路上吃咸菜馒头，不顶饭。此刻，向导们支了锅灶，烧了开水，煮了一锅方便面，放了洋葱和肉片，汤汤水水的，我一个人就吃了两大碗。一来是真的饿了；二来是心情好，胃口大开。

夜色浓稠，像是化不开的一锅粥，收拾好碗筷和锅灶，向导已经呼呼大睡了，我却没有一点睡意：这一座古城堡，到底埋藏了怎样的秘密，明天一早，很可能就会初露端倪。想着，想着，我不仅睡不着觉，反而越来越清醒，急切地盼望着天光大亮。

一个晚上，我的脑子里都萦绕着一个问题：沙漠深处怎么会有这样一座规模宏大的城池呢？我本来是寻找榆树泉城堡的，就因为向导指引的驼道，水到渠成地来的这里。从地图上看，这里已经越过了路安的地界，大概处于路安相邻的清泉县的境内。

第二天是一个阴沉沉的天气。向导说，我们要抓紧工作，弄不好要来沙尘暴。我昏昏沉沉地钻出帐篷，眼前是一片灰蒙蒙的雾霭。

汉代以前，路安所在的区域，是西域游牧民族的牧地。那时候，路安有泉水的地方就是大片的草原和湿地，河流经过的地方也是一样，茂密的草丛中栖息着众多的野生动物，像狼、豹子、黄羊、鹿、野牦牛、野马等等。生活在路安的游牧民族部落占据着这块草肥水美的土地，他们放牧、狩猎，部落之间的争夺也异常激烈，往往是你方唱罢我又登场，茫茫的大草原上，先后有羌、乌孙、月氏、匈奴等游牧民族驻守路安。汉武帝的铁骑踏入路安之后，建郡县、修长城，移民实边、巩固国防，路安实现了由游牧向农耕的转变。成片荒芜的土地得到了开发，城堡（城市）的四周，矗立起无数的庄园，庄园的四周，被小麦、玉米和高粱簇拥着，一派田园风光。

城堡遗址是路安历史文明的重要标志，如今的路安城就是从汉代一直延续到今天的古老建筑，历朝历代的修修补补，使它不断焕发出时代的光彩。令人忧虑的是近年来的强拆强建，使很多有价值的古建筑都毁于一旦，这不能不说是一种悲哀。

至于榆树泉城堡，现在看来，仅仅是人们的主观推测，这个城堡的存在，基本上可以否定。眼前的这个未名城堡的发现，就能说明一切。

我走了一圈，这个城堡南北宽约 900 米，东西长约 1200 米，在我所见到过的古城堡中，算是最大的一个。这么大的一座城堡，是何时建造的，又是何时废弃的？为何而建造，又为何而废弃？

我仔细地搜寻城堡的角角落落，看有没有可资引证的文物。城堡的四角都涌起了高大的沙丘，只有城堡中间的空地，没有被沙子吞没，这大概是风向的缘故。狂风吹来，无论从哪个方向吹，风所带的沙子都被高高的城墙所阻挡，在城墙下面形成淤积，积沙成丘。像所有废弃的古城堡一样，漫长的岁月里，它能够守住的秘密越来越少，城中散落的光滑的石头，堆满一地，那是礌石；城中还有一堆一堆的瓦砾，我翻捡了一阵，是地地道道的汉瓦，从这些瓦砾，至少可以得出，这座城池的修建年代不会晚于汉代，也就是说，汉武帝征服了匈奴，路安一带划归汉朝的版图后，这座城池就开始建造了。

很幸运的是，我在城墙的一角，找到了一块残缺的石碑，上面写着“铜关”二字，这两个字如同一击响雷，惊醒了我。

史学家有一个共同的认识，那就是“铜关”隐去，为何隐去，那是因为防范漠北游牧民族进犯的隐患已经消除，“铜关”作用丧失，“铜关”的存在自然而然就没有必要了。一直以来，“铜关”都是一个谜，它虽隐去，它隐在了哪里，谁也不知道确切的位置。

现在，“铜关”就踩在我的脚下，我的兴奋程度可想而知。我猛跑起来，跑上最高的那个沙丘，把自己平躺在柔软的沙子上。这一刻，灰蒙蒙的天空，似乎晴朗了起来。

围绕着“铜关”，榆树泉就有了解释。在清泉县的县志上明确记载着：“铜关”东三十里，有泉水驿。在说明泉水驿的具体功能时，县志说，它仅仅是前往“铜关”的戍守者们的歇脚之地。

“铜关”有铜墙铁壁之意，是中原王朝设立于漠北的一道坚强防线，它不像一般的关口，有贸易往来、使者交流的功用。“铜关”从设立的那一天起，就是朝廷的撒手锏，承担着绝密的守卫边陲的任务。这样的关口，存在于隐秘的大漠深处，只要漠北的游牧民族有风吹草动，埋伏在这里的军队就会倾巢而出，以最快的速度到达敌阵前沿，如同从天而降的神兵，让敌军闻风丧胆，不战自退。

作为军事禁地，“铜关”在汉代的文献中鲜有记载，曹魏时期，一场对阵漠北游牧民族的很小的战役中，提到了“铜关”，说是驻守“铜关”的将士奉命出击，一举解决了来犯之敌，这是一场最有效的战争，以极小的代价，打击了敌人。本来，沙漠中机动能力最强的是游牧民族，他们自诩为沙漠上的苍鹰，任何出入沙漠的人和动物，都是他们的囊中之物。这一次的胜利，打破了这个神话，摧毁了他们的自信心，确保了曹魏边防几十年的安全。

后来，世事沧桑，中原内乱，“铜关”裁撤了。

从城池的规模看，“铜关”所驻扎的军队应该有两千多人，这两千多人的吃喝拉撒都得花不少的银子，难怪要修筑一条从“铜关”到路安的快速通道，不然，粮草的运输就成了大问题。当初，用路安北山的胶泥铺筑的道路，成本高了些，但从长远利益来看，还是值得的。即使现在，重新启用这条路，还是很结实的。

为了守住“铜关”的秘密，泉水驿也就不便公开。那么，泉水驿又怎么成为榆树泉，这可能是因为驿站在泉水旺盛的时候，生长过不少的榆树，当地人就以榆树命名了从前的泉水驿。

“铜关”的发现无疑是一颗重磅炸弹，我在整理照片时，逐步理出一条思路，“铜关”的隐去是无可奈何的事，遥远的沙漠，近两千人的吃喝用度，即使一个富足的朝廷，数十年如一日，也无以为继。一方面，“铜关”的威慑力已经形成，在漠北的游牧部族中“铜关”不可逾越的神话已根深蒂固，它的建造，是一个秘密；它的隐去，也只有中原统治者自己心知肚明，因而，一座秘密的关口，无论存在与否，它都发挥着无形的镇守边关的作用。另一方面，随着漠北民族关系的缓和，经济交流代替了战争，路安一带与漠北的骆驼队长年累月地绕过“铜关”与漠北的游牧民族地区做皮货和药材生意，路安曾一度成为西北地区最大的皮货药材集散地，吸引了众多的客商。和平成为主调，一座城堡的守卫，也就形同虚设了。

从现今的行政区划上看，“铜关”属于清泉县境内，在古代，清泉只是路安的一部分，那时候的清泉荒僻之极，少有人烟，到了明清，大量的移民涌入路安一带，清泉才得到了开发，新中国成立后，分出路安，成为独立的行政区域。

我艰难地完成了关于“铜关”的考察报告，这种艰难主要是对自己的否定。有哲人曾说，人是在不断否定自己的过程中实现自我蜕变、自我更新的，而我的自我蜕变和更新，就像一个笑话，一个月前和一个月后，来了一个一百八十度的大转弯。我倒不是担心自己名誉的损毁，我最担心的是这个关于“铜关”的考察报告能不能得到局里的支持。局里因为榆树泉城堡的重大发现在市里露了脸，也因此促成了榆树泉旅游开发区的建设。突然间把榆树泉城堡重大发现的结论推倒，那对于局长简直就是致命的打击。皮之不存，毛将焉附？没有了榆树泉城堡的文化底蕴，榆树泉旅游开发区还有什么意义？

这一切，都是我的过错，当时如果我能够冷静一些，开展进一步的调查，可能就不会发生这样的事情了。也是我年轻气盛，没有处理这些事情的经验。如今，论文发表了，大家一片称赞，报纸电视已经把我的观点宣传得沸沸扬扬，即使有不同的声音，也没有表达的渠道。

我下定了决心，要纠正这个错误，无论付出多大的代价。

这是一个重大的决定，我清楚做出这个决定所要付出的代价。从“铜关”回来的路上，沙漠又恢复了晴朗的天气，真是奇怪，来回的路上都是晴天，独独到了“铜关”天就阴了，这是一种预示吗？

对我，“铜关”的发现太不是时候了，或者提前一个月，或者就根本不要去碰它，老老实实地按照局长的要求，把榆树泉的文章做好做足。可“铜关”还是命定般地让我走进了它的怀抱，作为一个文物工作者，我不能昧着良心说瞎话，这是我做人的底线。

所谓的“榆树泉城堡”，在我发现了“铜关”之后，那只不过是一处清代雍正运兵青海新疆时所修建的粮库。都怪我没有认真查找资料，这个记载在市政协的文史资料里就有，局里的一位老专家几次深入沙海，把这个粮库的情况了解得一清二楚。我懊悔的是自己的浅薄和治学的粗疏。

路安的秋天来了，丰收的田野宁静而丰满，表舅陪着我四处转悠。真难为表舅了，一举一动都小心翼翼的，生怕搅乱我的心情。他一个劲地说，烦了就到表舅这儿来，农村没有啥好吃的、好喝的，就一样：心静。

我说，表舅，我很好，一切都好，我就是想让心静一静。这不，找你来了。

表舅笑了，这笑似乎传递给了眼前一望无际的葵花地，那鲜艳的花盘也笑了。

咸水洼的秋天

狗蛋刚刚从山里回来就接到姑妈的电话。姑妈哽咽着对狗蛋说："你大不行了，快回来看看吧。"狗蛋从山里回来，拉了一车铁矿石，在料场里卸了矿石之后，准备找个地方美美吃一只清炖鸡、喝几瓶啤酒，再舒舒服服地泡个热水澡。已经夜里十二点了，街上的夜市还是很热闹，他瞅好了一个地方，准备坐下来，就在这当儿，姑妈来电话了。夜市里嘈杂的声音和刺眼的灯光，恍若隔世。

这都是怎么了？狗蛋忍不住一阵烦心。他揪了揪自己麻木的屁股，连续十二个小时的行车，浑身上下堆着的疲劳，这么一揪，就没了。他又自问了一句："这都是怎么了？"肉夹馍摊上的陕西小老板不解地盯着他，不知道他要干啥？

狗蛋扔下 50 元钱，拿了两个肉夹馍和一瓶纯净水就走了，陕西小老板喊了两声"找你你的钱"，也不见狗蛋回头。

狗蛋的马自达六迅速消失在咸水洼方向沉沉的黑暗中了。

扳着指头算起来，狗蛋离开咸水洼已经十二年了。十二年前，他小学毕业就跟着母亲放羊。咸水洼的大草滩上，娘俩相依为命，咸水、咸菜、馍馍，在咸水洼的风中，羊和骆驼翻着滚儿都变成了肥硕的，只有他娘俩骨瘦如柴。母亲常说，人活着，要活一口气。母亲说的那口气，在任何时候，都隔着草滩，远远地指向了父亲。咸水滩的人把父亲叫大大。母亲说，狗娃没有大大，

有大大，也应该有个堂堂正正的大大。狗娃觉得堂堂正正的大大，就是杏儿她大大：一个人在草滩上徒手打死了两只狼，家里穷得揭不开锅盖了，还接济别人。

咸水洼的水咸，咸水洼的人，骨头却硬，就像咸水浸泡过的梭梭柴，硬得像个铁棒子。狗娃的大大很早以前，就出门挣钱了。开始的时候，村上五大三粗的小伙子都跟着狗娃的大大，后来，没有一个人跟了，村上的小伙子说狗娃的大大心黑。一个人的心到底有多黑，村上的小伙子说，跟着狗娃的大大就知道了，比山里的黑石头还黑。

那一年村上大旱，整个咸水洼连一点咸水都没有了，草枯死了，大草滩被西面戈壁上的沙土埋了一半。绿洲上的庄稼霜打了似的，叶子蜷曲，种子干瘪。收成无望，村上的人都跟着狗蛋大大去戈壁修路了。

那日子苦啊，大太阳底下，砸石头、运石料、铺路，村上的男女老少脱了一身皮，整整一个夏天，想着挣一笔钱补贴庄稼地里的损失。可临了，狗蛋大大非说，包工头卷着大家的钱跑了，村里的人愣是一分钱没挣着，把全部的辛苦丢在戈壁滩上回家了。

村上的人也没说啥，都是低头不见抬头见的乡邻，有啥说的呢？可过了一段时间，有人说狗蛋大大买了一辆大卡车，还在城里住上了楼房，村里只当那是个闲话，没人去理会，狗蛋大大每次回村的时候，也是一幅寒酸样。可后来很多人都看见了狗蛋大大在城里出入高档宾馆，俨然是个富翁。是个富翁没啥不好，村上的人觉得，狗蛋大大富了，他们的钱就有着落了，人嘛，总有个走低的时候，狗蛋大大原先被包工头骗了，这回又翻过了身，成了富人，村上人也是高兴的。当狗蛋大大开着小卧车停在村口，人们的眼睛里都放了光，盘算着能领到多少多少工钱，给家里置办些什么东西。可狗蛋大大屁股后面一溜烟就走了，也没给村上人打个招呼。这一走，就是几年不露面，村上人的工钱愣是打了水漂。

从那时起，狗蛋就听娘唠叨：要活人呢？活不下人，要钱有啥用呢！翻来覆去地说，就像着了魔怔。从那时起，狗蛋就跟着母亲住在咸水娃的大草滩放羊了。狗蛋娘每年都把放羊挣来的钱分给村民们，说是还债。还掉一些，娘的头就抬高一些；还掉一些，娘的腰板就直一些。等娘把那些工钱连本带利都还了，突然开心地在大草滩上跳了起来，像是蒙古舞。娘是个腼腆的人，娘幅度很大的动作，让狗蛋吓了一跳。娘最后倒下去的那一瞬间，狗蛋甚至都昏厥了。

娘就是那一年离世的。娘的离世，使狗蛋的天空塌陷了一大半，狗蛋在娘的坟头了坐了一个夜晚，狠狠地抹掉眼泪，把娘装在心里，就从咸水洼消失了。

狗蛋大大疯狂地找过狗蛋，音信全无。

狗蛋心里乱极了，夜晚的乡村便道上，他把车开得飞快，他想把心里憋了很久的积怨都全部甩出去。可那是一块结成铁疙瘩的积怨，怎么说甩就能甩出去。

暗夜中只有稀疏的星星，那条路像是蜷曲于荒草中的游蛇，把狗蛋颠簸着送入一片茂密的沙枣树林，那里，娘，安歇着。

狗蛋心里憋得慌，就一个人坐在娘的坟前，把自己想说的话，倒豆子般倒出来。倒出来，人就整个瘫了一样躺在草地上，就像依偎在娘的怀里。

这些年，狗蛋也不容易，一个人闯新疆，贩西瓜、葡萄干，跑遍了大江南北，手头有了一疙瘩钱，就回来开矿运矿。他回来，是舍不得娘；他回来，是要挣一口气。娘常说，人活一口气，这一口气里，有气节，有伦理，更有道德。活着被别人戳脊梁骨，不如死了算了。狗蛋就是想让大大看看，不用歪门邪道也能致富。他就是想把大大比下去。

他回来，还为了杏儿。他离开村庄的那天晚上，是杏儿偷偷地塞给了他一百块钱和一大包馒头。杏儿说，混不出个模样，别回来。黑夜里，他听见杏儿的脚步嚓嚓嚓地远去，有力而坚定，就像男人的步伐那么有力。他知道，这是杏儿用自己的方式为他鼓劲。

狗蛋有钱了，千辛万苦中混出了个人样。他用自己挣的钱给村里修了路，建了学校，还给村里的五保户供吃供喝。那几年，狗蛋不在村上，村里的人年节里总不忘给他娘的坟上揞一把土，烧一沓纸。杏儿就不说了，耽搁了好多人家，都成老姑娘了，硬是坚持着不嫁人，天天坐在村头的沙枣林子边上望着，望谁呢？还不是等狗蛋。

这些他都记着，有了钱，他也愿意往村里人身上花。

他现在是矿山实业公司的老板，但他还是每月坚持出车拉矿，混在工人堆里，谁也看不出他是个老板。本想着日子就这样有滋有味地过着，可大大这时候偏偏出事了，深更半夜的，姑妈泣不成声。作为大大唯一的儿子，有再大的冤屈，他也得管。

只听得沙枣树叶子哗啦啦地响，咸水洼的风起来了，咸水洼的风起来的时候，先是从沙枣林开始，然后漫卷到村庄。沙枣林的风声、树叶声，一阵紧似一阵，就像娘的催促：狗蛋再不能犹豫了，他必须赶到姑妈家，处理大大的后事。

姑妈的庄子在咸水洼的最西头，是一处孤零零的青砖院落，就这样的院落还是狗蛋出钱建起来的，娘死了以后，姑妈就是狗蛋最亲的亲人了。狗蛋回来后，也想着把姑妈接到城里，过舒服日子，姑妈习惯了劳累，住了两天就浑身不自在，总惦念着她的猪啊羊啊猫啊狗啊，还念念不忘她的那几亩地。狗蛋知道姑妈的心思，就让姑妈回去了。

姑妈早就在院子门口等着了，院子里一片漆黑，狗蛋把车停下来，就扶着姑妈进了屋。姑妈也不问狗蛋的意思，喘着粗气说，狗蛋，现在就把你大大运到城里，不能让人知道啊。狗蛋脑子里一团糨糊，姑妈说了几遍，他才明白了事情的缘由：大大是骑摩托车碰在树上撞死的。大大在城里喝了酒，喝了很多酒，喝了很多酒之后，就想来看看狗蛋娘。没想到，到了沙枣林，撞上一个粗大的老沙枣树，当场就七窍流血，不省人事，正巧姑妈去沙枣林里找丢失的羊，发现了大大。正巧，要是别人知道了，就丢大人了。

狗蛋坐在门槛上，人都软了。他今生今世再也不想看见大大，不想。可这个时候了，不是想不想的问题，大大做了亏心事，昧了村里人的钱，丢下狗蛋和娘，娘用自己的命，抬起来了头，直起了腰板，多大的代价啊！

姑妈摇了摇狗蛋的身子，姑妈最知道狗蛋，也最知道狗蛋娘，姑妈说过狗蛋和狗蛋娘是有血性的人。

狗蛋抹了一把脸，惊醒了一般，猛地站起来。

大大躺在姑妈上房的中央，身上盖着一块白布，脸上没有一点表情，像是睡着了一样。狗蛋十年没见大大了，大大好像苍老了许多。原本高大的身躯，缩小了一半。早就听说人死如灯灭，人一死，身体就迅速抽抽了。现在看见了，看来是真的。

狗蛋跪下，向大大行三叩九拜大礼，这是规矩。作为儿子，这是最后一次尽义务。尽管没有阔绰的场面，狗蛋也做得尽心尽意。姑妈看着，又哭了起来。

狗蛋说：姑妈，别哭了。送城里的医院吧，让大大在城里医院的太平房休息吧。

狗蛋清醒过来的时候，赶紧给二毛打了电话，让他在城里接应，把大大的丧事处理好。

祸福因缘，狗蛋都经历过了。他一个人像个小叫花子，在西去的列车上畏缩在车厢间的过道，像一条可怜的流浪狗。夏天，列车穿行在戈壁上，车厢被阳光烤晒得像个蒸笼。狗蛋想起了戈壁上跟着大大修路的邻居，他们搬运石头、平整路基，那该有多辛苦啊。就这样，大大还克扣了工钱，要不是娘拼了命挣来钱还上，狗蛋就再也没脸回村了。

这世上穷人最惜怜穷人，狗蛋在火车上快要熬不住了，有人给他递来一瓶饮料和一大块饼子，都是出门在外的人，狗蛋身上的钱不到万不得已，他是不会随便乱花的。火车上，他一个劲地喝开水，反正开水不要钱。第一次出远门，有人给他饮料和饼子，让他吃了一惊。送给他饼子的也是个毛头小伙子，是去新疆种地的，新疆地广人稀，种地也能挣钱。尤其是种甜瓜和棉花，挣的钱不比打工少。这个小伙子家在天水，名叫二毛，说着说着，两个人就熟起来了。二毛把自己家乡的水果也送给狗蛋吃，狗蛋感激得不知道说啥好。就这样，狗蛋先和二毛种起了甜瓜和棉花。

孤独无依的人在遥远的异乡，只有拼命地工作，才能减轻内心的苦痛。狗蛋想着这几年来的家庭变故，心里的苦水就像大海一样翻腾，他就像大海里的一叶扁舟，在苦海中荡漾。他多么想成为一艘乘风破浪的舰艇啊，为母亲挣一口气，为咸水洼的乡亲挣个脸面。

甜瓜丰收了，全部装上了外地的大卡车，棉花摘尽了，褐色的稠密的棉花秆枯萎了，这个时候，打零工的人就该回家了。二毛每天都像跟屁虫似的与狗蛋形影不离，一次次邀请狗蛋去他的老家天水，狗蛋哪有闲逛的心思。他听说附近的山有玉石，外地的老板说过，挖到一块货真价实的玉石，值好几万。狗蛋听着就动心了。找了村里好多的牧人，打听进山的路，还去和田找了几个玉匠学习鉴别玉石的方法。二毛不知道是怎么回事，狗蛋去哪里他就跟着去哪里，走了很多地方。

山下落了第一场雪，二毛催着狗蛋跟他一起回家，狗蛋才严肃地问他，想不想去山里采玉。二毛听了觉得一点也不靠谱，但经不起狗蛋的再三挽留，就答应与狗蛋进山了。

他们把半年的积蓄都拿了出来，请了一个放骆驼的维吾尔族老人，雇两头骡子，驮了一麻袋馕和各类工具，向着高高的雪山出发了。

对于狗蛋来说，那真是一次惊心动魄的远行，来来回回整整二十天，虽然吃尽了苦头，但还算平平安安地回来了。当二毛把骡子身上的四块大石头卸下来，几个人都瘫在了地上。这是不是玉石呢？二毛一个劲地问。狗蛋一句不吭声，只是坐在炉子边烤火喝茶。

没过几天，就有几个玉石贩子把四块石头运走了。狗蛋对二毛说，我们人生地不熟，吃点亏无所谓，能赚到这些钱已经不错了。

二毛说，赚了多少钱？狗蛋伸出两根指头。二毛说两千？狗蛋不吭声。二毛说两万？狗蛋还是不吭声。难道是二十万？狗蛋笑了，推了二毛一把，就你没见过钱，看把你惊的。

当天夜里他们就偷偷离开了新疆，狗蛋打算买一辆大卡车回咸水洼拉矿石，买大卡车之前，他和二毛先去学驾驶。这就是狗蛋的造化，咸水洼的人说起狗蛋，都说好人有好报。

就这样，二毛成了他的帮手，两个人像亲兄弟一样，混到了今天，钱挣得钵满盆满，二毛不仅接济了家里的父母，还在城里找了媳妇，日子过得蜂蜜一般。

二毛早就联系好了医院的太平间，狗蛋把大大的遗体送进去之后，再也没有睡意，一把拉住二毛，一块又去了咸水洼。

大大这几年也不容易，穷怕了，昧着良心、想着法子挣了好多钱，却背了一身坏名声。这在城里不算啥，可在咸水洼，就是背了一口一辈子都抬不起头的黑锅。虽然大大也想着悔过，但咸水洼早已容不下他了。他的妻子和儿子视他为路人，尤其是妻子过世后，他只能偷偷地去咸水洼，开车，怕别人说显摆，只好骑摩托车去。几次，他出钱修咸水洼的小学校，都被婉言拒绝了，他知道，他把咸水洼伤得太深了。别看小小的咸水洼，穷是穷，骨头硬着呢！

咸水洼的老人们都说好人有好报，只要说起狗蛋大大，就恨恨地丢一句：别看开车威风，迟早会撞死在树桩上。

也不能这么灵验啊，让后辈人怎么活脸面。狗蛋的姑妈哭得死去活来，就是为狗蛋争个脸面。人死了，后人还要活啊。

二毛风风火火地赶来后，狗蛋一声不吭地坐在马路牙子上，像一个可怜的受气包。二毛知道狗蛋有事了，而且是大事。二毛先不急着问狗蛋，想着让狗蛋平静一会儿。二毛太了解狗蛋了，遇到麻烦的事，狗蛋总是一声不吭地想办法，想好了办法，就果断去做。二毛最佩服狗蛋的也是这一点，这是他们这个年龄中少有的自信。几年中，他跟着狗蛋走南闯北，从刚开始的一辆大卡车，到现在的矿业公司，拥有自己的办公场所和三十多辆卡车，年收入一百多万元，应该算是功成名就了，还有啥烦心的事呢。在二毛看来，狗蛋烦，就一定有他的理由，没有大事，狗蛋是不会这样的。

二毛等着狗蛋的吩咐。

狗蛋说，去找一个可靠的阴阳师。在一座村庄，阴阳师主持着丧葬中的程序，更重要的是掌握着死者的秘密，这秘密如果弥漫在整个乡间，那将是一个不灭的鬼魂，被诅咒，被驱逐，完后，还免不了恶狠狠地撂一句：把名声都坏到阴间里了！就这一句，活在世上的后人都不知道把自己的脸往哪儿搁了。

狗蛋本来想说，千万不能让阴阳师把大大撞死在树上的事说出去，话到嘴边，几次都没说出来，只说了一句：把事情办好了，别在乎钱。

这年头，钱可以把黑的变成白的，把丑的说成美的。狗蛋不想这么做，可事情到了这个地步，也是没办法的办法。

狗蛋想来想去，大大的后事还是要在村里办。虽然大大已经是离开村庄的人了，村庄里的人也把他忘得差不多了，他欠的那些良心账，娘已经替他还清了，但那个污点一直留着，留在乡亲们的心坎。

又是一个七月十五，乡里人重视这个日子，这个日子确切地说不是人的日子，而是鬼的日子。鬼在乡村的文化里是确凿存在的，许多老人在夜晚走路的时候，他们都说见到过鬼的。在漆黑的夜晚或者月色微明的时刻，鬼的神态与人差不多，一般人没有分辨人和鬼的能力。甚至老人们还说，深夜走在路上的人，基本上一半都是鬼，这个说法吓得很多年轻人在深夜都不敢出门。

农历的讲究多，阴阳师讲起来一套一套的：七月十五，是盂兰盆节，也称“中元节”，俗称“鬼节”“施孤”。

一轮圆月，朗照乾坤，人们抬头仰望，低头沉思，都在它的覆盖之中，在那种近似虚幻光线里，人最接近真实的自己。狗蛋就有这样的体会，每当苦闷难当，他都一个人独对月色，仿佛那清洁的月色能够抚平他内心的伤痛。事实上，在月光下坐一坐，他的心情就能好一些。

也许因为如此，古人对于月圆之时，有着特殊的情感。从正月第一次月圆称为“上元”即元宵节起，人们就以各种方式表达对于生活的热爱和未来的期盼。七月为岁中，七月的第一个月圆日称为“中元”，与元宵节不同的是，中元节是人们表达对逝者悼念的节日。

在幼小的童年，狗蛋听老人讲过目莲救母的故事，其实，这是《大藏经》中的一个故事。故事被一代一代的人讲述着，就像一棵小树，逐渐有了枝叶，故事的情节开始饱满起来。行孝崇善的故事，历来都是乡村世界的主旋律，它所发挥的教育作用在于传递孝心。

故事说目莲历经千辛万苦到阴曹地府去找他死去的母亲，在那阴森恐怖的黑暗中，目莲见到死去的母亲被一群饿鬼折磨，不禁潸然泪下，目莲用钵盆装饭菜送给母亲，却眼睁睁被饿鬼夺走。目莲只好向佛祖求救，佛祖被他的孝心感动，授予《盂兰盆经》。目莲按照经中指示，每年七月十五日用盂兰盆盛珍果素斋供奉母亲，饿鬼再也不敢来抢夺了。

一座村庄，祖祖辈辈的人，在贫瘠的生活中，精神的追求却一点也不鄙俗。想着目莲救母的故事，狗蛋觉得大大可能是一时财迷心窍，后来也想悔过，但把村里人伤得太深了，已是无法挽回。

清风习习，这个季节是村庄最舒适的季节，皎洁的月色洒在大秋作物上，洒在梨树、苹果树上，宁静、安详、闲适，狗蛋没有心思打量这些，失去亲人的痛苦淡淡的，因为那种切肤的痛苦十几年前已经经历过了，那时候，他就认定他没有父亲，他父亲死了。现在，大大真正去世了，却把一个纠结了整个村庄、纠结了母亲半生的难题留给了自己。

狗蛋清楚地意识到，大大生前对于村庄所犯下的罪过，此时此刻，都全部转嫁到自己身上了。他是他的儿子，一荣俱荣一损俱损。虽然父亲这个名分，在很多年前他已经发狠地从心里抹去了，但血脉中的东西谁也抹不去。

狗蛋从来没有像现在一样六神无主，他不知道接下来大大的丧事怎么办。要是灵堂设了，冷冷清清，没人吊唁，事就大了。古老的村庄中，砸了死人的场子，活着的后人几辈子都会淹没在晦气中。尤其是做了坏事，遭了老天报应惨死的亡灵，是少有人前往吊唁的，人们都怕沾染上晦气。

狗蛋听说过一件事，村上的一个劳改犯，年过花甲的人，死了后，家人用毛驴车拉着棺材下葬的。村里人说，人活到这个份上不如驴；人活着，可以穷，甚至可以当乞丐，死了之后，却一定要四杠八人抬八里路。所以，人活着的时候，要多干善事，至少要有八个人认可你，抬埋你，不然，棺材放在毛驴车上，将来转世都不能为人。

狗蛋猛地一甩胳膊，每当遇到大事需要定夺的时候，他都是这么一甩胳膊：就这，爱谁是谁。不过，这句口头禅狗蛋没有说出来，没有说出来，就说明狗蛋此刻已经铁定了主意。

狗蛋给二毛拨了电话，让二毛连夜收拾好灵堂，请一些喇嘛为大大超度亡灵。

村庄里的灵堂比城里的讲究多了。村里的人们相信灵魂不死，他们认为死亡仅仅是灵魂摆脱了肉体的束缚，必须使灵魂有一个安顿之处，这个安顿之处一定要富丽堂皇，生前没有享受到的，此刻一项都不能落下。现实中的所有的奢侈物品，都要用纸扎好，摆在灵堂两边，越多越好，全村的女人都要来帮助扎纸活。

也不知道二毛使了分身术，还是早有安排，狗蛋刚刚回到姑妈家，二毛就来请示，说最好把灵堂设在村委会，那个地方大一些，也阔气一些，在姑妈家，不合礼法。狗蛋拿不定主意，这村委会设灵堂可不是谁想设就能设的，那地方在一座村庄是神圣的地方。看着狗蛋在犹豫，二毛说，去看看。狗蛋只好死马当活马医，先去看看。

出人预料的是，灵堂已经布置好了。村委会会议室的上方挂着大大的遗像，下书斗大的“奠”字，左右两边高挂挽联，上写“月明星稀　魂归故乡”。那意思很清楚，大大虽然做过对不起人的事，大方向是好的，即所谓“月明星稀”；“魂归故乡”则是故乡人已经接纳了他，尽管这一切来得有点晚，但还是来了。灵堂两侧悬有二毛、姑妈以及村主任、狗蛋的许多朋友赠送的祭幛，如此多的祭幛，很庄严，也很大气。灵堂前的供桌上，摆满了瓜果梨桃等祭物，两旁香烛高烧，香烟袅袅。灵柩置于供桌之后。灵堂的布置肃穆庄重，利落整洁。灵堂的供桌上燃有一盏油灯，叫“长明灯”。本来是可以用大号的蜡烛代替，可二毛还是费尽心思做了一盏，灯壶里装满了上好的菜籽油。

看着这一切，狗蛋愣住了，他顺手接过二毛手中的一块白布，把它分成两段，缠在腰上和头上，和二毛一同走向村庄。

夜深沉，月色正好，几乎全村的人都站在了村委会门口。狗蛋两眼模糊，扑通一声跪倒在地。苍天在上，父老乡亲，狗蛋把脸埋在土地上，他闻到了一股久违了的清香，他知道，那是百年千年不变的品质，那是浓浓的乡情。

咸水洼，又多了一座新坟。村里的人说，狗蛋是个好孩子，那坟的旁边应该给他留个位子，百年之后，好让他们一家人团圆。

话虽丑，礼却端。

夏天的沙洼

夏天的沙洼，沙丘上的阳光慢慢地滑下来，形成一股热烈的气浪。几天下来，麦子就染上了沙子的颜色，金黄金黄的，闪着光。

三娃的脊背上也闪着光，亮晶晶的光。在三娃的身体一起一伏的节奏中，大片的麦子迅速倒伏下去。

整个沙洼都是满当当金黄的麦子，只是中间有一条宽阔的沙路，把连成一片的麦子隔了开来，这一边是三娃家的，那一片，是红秀家的。夏抢三伏，虎口夺粮。红秀娘俩一步三挪地割麦子，嚓嚓嚓的不连贯的声音，虽然有一种倔强，但气息明显地不匀称。

三娃看在眼里急在心里，村庄里，三娃和红秀是同病相怜的苦命人。三娃爹娘死得早，是姐姐把他拉扯大的。现在姐姐出嫁了，家里冷炕冷灶的，孤单清冷的日子，使三娃显得渐渐成熟起来。红秀早早就死了爹，家里没个男人，遇到出大力气的活，只能笨鸟先飞，靠投入时间出活。这不，娘俩干了两天了，地里的麦子还有大部分没有割完。

酷热的夏天，三娃抡起最后一镰，割倒最后一片麦子，已经精疲力竭了。他喜欢精疲力竭的那个时刻，一个人平平展展地躺在沙地上，真是舒服啊。

平凡的庄稼人，只有把力气甩在庄稼地里，才能够安宁一些。和三娃同年龄的小伙子都去了城里打工，沙洼的土地上只种些小麦和玉米，再就是成片的杏树，不像城里，到处都是金蛋蛋、银蛋蛋，干上三年五载就能盖一院瓦房。三娃也想着去城市，可他走到半道上又回来了，就像有一根线把他牵了回去，三娃想来想去，那根线，就是红秀。

月色皎洁，均匀地洒在沙洼。沙漠和麦田的金黄色悄悄隐去，取而代之的是一层薄薄的流水一般的亮光。三娃一骨碌翻起身来，泡了一大碗干馒头，囫囵吞枣地塞满肚子，就大步流星地去麦田了。

这时候的天气凉爽极了，三娃走进红秀家的麦地，镰刀所到之处，如同波浪翻滚，麦子倒伏的速度就像冲锋的浪头。这情景，连三娃自己都惊讶了。他哪来这么大的力气，有横扫一切的气势。

这一切，都是为了红秀。他想好了，等收割了麦子，他就去农科站买葡萄苗，在沙洼引种优质葡萄，到那时候，沙洼就到处都是金蛋蛋、银蛋蛋了。

月上中天，三娃觉察前面是一大片空地，麦子已经被割倒了。三娃定睛一看，吓了一跳，他专心致志地割麦子，根本没注意到他的对面还有一个人帮着他，是谁呢？原来是红秀。麦子收完了，他松了一口气，红秀也松了一口气，两个年轻人收拾好镰刀往回走，本来已是浑身无力的三娃此刻全身又鼓起了精神头。

三娃说，我们在沙坡上坐坐吧。

红秀跟着坐下来。

我想在沙洼种葡萄呢！跟着你种。

种好了葡萄，我给你盖三间大瓦房。

我不要大瓦房，只要一家人平平安安就行了。

三娃憧憬着美好的未来，红秀累了，靠在三娃的臂弯，红秀从来没有这么香甜枕着一个男人的臂膀睡一个好觉。现在，她全身心地陶醉了。

三娃轻轻地拍打着红秀，像呵护孩子一样呵护着她，合着红秀均匀呼吸的节拍，三娃整个人都汇入了沙洼的夏天，如同那满天的繁星，浑身上下，闪动着幸福的光芒。

夏天的热

戈壁积聚着热量，沙漠也是。羊群蜷伏在树林里，懒得叫一声。那么是什么在叫呢，是热得不行的青蛙。

天气热了，空气的流动像水。走在路上的人都像在水里漂着。这不，远远的，就有一个穿花格衣服的女人漂过来了。

乡村的晌午，是很少有女人出门的。日子过得难肠的女人，都是在早晨和下午的时候，把自己地里的活干完，天一黑，就领着孩子回家做饭。

这是个什么样的女人呢?

三娃跑完车，稀里哗啦吃了几口饭，就到村东口的小翠家去了。没有人像他那样，一到小翠家门口就使劲砸门。说，我是三娃，是我。弄得街坊邻居都听见。

三娃见小翠不在，就知道她又去伺候她那几亩地了。三娃早就说过，让那田荒着，他养活她，可她就是不理他。没办法，三娃只好三天两头地往小翠家跑。有时候，小翠都气得哭了，三娃也不管不问，只是一个劲地帮她干活。

小翠是村庄里最漂亮的小寡妇，结婚不到一年，男人就出车祸死了。小翠一想起这些，就抹眼泪，有几次，要不是三娃拦着她，她都不想活了。三娃喜欢小翠，从上学的时候就喜欢。小翠嫁人的那段日子，三娃在新疆拉运矿石，几年扎在深山里，生无音信，死无消息。那时，三娃只想挣多多的钱，混出个人样，然后堂堂正正地娶小翠。也是在那时，村上的人看见了另外一个三娃，平时那种吊儿郎当、好吃懒做的形象一扫而光，取而代之的是洋学生的模样：一身西服，系领带，还穿黑油油的皮鞋。村上的人知道，他这是为了小翠。为了能娶小翠，三娃跪在了小翠家的院子里，小翠妈说，有了人样，我们家小翠就嫁给你。本来是一句开玩笑的话，三娃当了真。三娃一咬牙，不就是钱吗，我去挣上他十万八万，盖一院瓦房，让他们瞧瞧。就这样，三娃不见了，一不见就是几年。谁也不知道三娃去了哪里，三娃一家人急得团团转，在周边的几个地区都找过了，都是竹篮子打水一场空。村上人说，三娃不务正业，肯定是到大城市晃荡去了。像三娃那样机灵鬼精的小伙子，到哪里都不会吃亏。再说三娃也不是头一次出走，初中毕业后，在家里就没有待过几天。听了这些话，三娃一家人也就不再找三娃了，是福是祸都由他去了。

就在三娃出走的这几年，村小学的老师到小翠家提亲，小学老师是公家人，有铁饭碗，虽然人长得不怎么样，可对于农村姑娘来说，这应该是上辈子修来的福。小翠妈不管小翠同意不同意，二话没说就答应了。不到半年就顺理成章地结婚了。

三娃回村的时候，开了一辆小轿车，还给村上的孩子买了糖果，见到孩子就给抓一把，孩子们撵着小轿车疯跑。就这样，三娃回村的消息一溜烟传开。

奇怪的是三娃回村后没有回家，而是直奔小翠家。听说小翠已经出嫁，就一屁股坐在了地上，半天回不过神；又听说小翠的丈夫遇到车祸身亡，就一下子跳了起来，一连跳了好几个镑子。

小翠是在喂猪的时候见到三娃的。起初，小翠以为是学校的老师，因为自从丈夫出事之后，就不断有学校的老师来看她。看清楚了才知道是三娃，三娃的到来使她吃了一惊。还没等小翠说一句话，三娃就扔下一堆东西走了。

小翠知道三娃是个血性汉子，从他在她家院子里跪下的那一刻，小翠心里就像揣了一只兔子，“嗵嗵嗵”直跳，以后见了三娃也是“嗵嗵嗵”直跳。这次三娃送给她东西，小翠明白他的心思。可现在她是个寡妇，三娃是个一尘不染的小伙子。小翠狠下一条心，把三娃送给她的东西原封不动地退了回去。可三娃不理这一套，天天在小翠家门口等着，看那架势，非要让全世界的人都知道，他要跟小翠好。有几次村主任偷偷地溜到小翠家轻轻地敲门，被三娃一顿胖揍，从那以后，能够去小翠家的，只有三娃了。

这是一个绿洲与戈壁交错的小村庄，夏天的热浪一波一波地涌过来，像河水一样一波一波地涌过来。小翠在这头割麦子，三娃在那头割麦子，小翠在发狠地割麦子，三娃也在发狠地割麦子，谁也不理谁，只听得镰刀嚓嚓嚓的声音此起彼伏。就在过了晌午的时候，三娃突然间一声惨叫，一头栽倒在麦地里。小翠扔下镰刀不顾一切地奔了过去，三娃一动不动地躺在地上，小翠抱起三娃急切地叫喊：三娃，三娃，三娃。眼泪扑簌簌地下来了。不想，狡猾的三娃却一把搂住了小翠。

三娃和小翠结婚了。老人们说这是村庄最热闹的一天，村里一连唱了三天大戏，所有的老人和孩子都得到了一封礼品，三娃高兴得像个孩子似的，见人就点头作揖。

三娃说，只要能和小翠结婚，今天结了，明天死了，他都愿意。三娃跑出租车，小翠在家里种地，小两口日子过得红红火火。一年后，小翠给三娃生了个儿子，三娃高兴得不得了，摆了几桌酒席，那天他太高兴了，喝了不少酒，别人劝都劝不住。第二天，酒刚醒他就要出车拉活，小翠说别去了，可三娃说，我们有儿子了，我要为我们的儿子挣很多钱，让他上大学，出国留学。

就在那天，三娃开车撞在了树上，当场就死了，死的时候，脸上充满了笑容。

夏天的热浪一波一波地涌过来，像河水一样一波一波涌过来。人走在路上，就像在水上漂。远远的，就有一个穿花格衣服的女人漂过来了。

四块一模一样的石头

田亭书房里有四块石头，所有看见这些石头的人都说这是四块一模一样的石头，石头的色泽、纹理甚至形状，仔细分辨也没有什么差别。尽管田亭反复解释，那是四块根本不同的石头，人们反而更加坚信那是四块一模一样的石头。

田亭已经习惯了人们说那是四块一模一样的石头，他总是微笑着陪他的那些朋友——观赏，有的说是鸡血石，有的说是玛瑙，不一而足。田亭不在乎这个，四块石头就是四块石头，只是它们不一样而已。

田亭在一个小城市长大，初中毕业后考上了外县的师范学校，成了一名乡村教师。乡村小学幽寂的环境，生机无限的各类植物，是他的城市生活经历中所没有的。他喜欢乡村，甚至喜欢为他做饭的那个乡村姑娘，他们的爱情故事，幽怨奇迷，结局是那个姑娘送给了他一块石头之后，他们的关系就结束了。

田亭有了这一块石头之后，看见它，就能看见他的初恋：忧郁、朦胧，像一滴泪。

田亭带着这块石头，带着对那位姑娘无限的依恋，异地求职去了。

他一个人走到了青海省的冷湖油田，先在一所职小教书，内心里仍然充满了对那位姑娘的思念，常一个人在办公桌前望着石头发呆。他发呆的神情被对桌的女教师深深地崇拜着。女教师芳龄二十五岁，长久地渴望着那种深沉的忧郁。田亭的到来简直点燃了她的爱欲之火。

田亭在很长一段时间保持着他发呆的神情，女老师逐渐走火入魔，用所有的灵感和情意，手工磨制了一块和田亭手中的石头一模一样的石头。当田亭接过那块石头的时候，那块石头因长久摩擦还发着热。

田亭还是能分辨出两块石头，他知道，只要不费吹灰之力分辨出两块一模一样的石头，他就得远离那个女教师。

田亭偷偷卷起行李走了，在天下闻名的嘉峪关下，他因怀揣了两块一模一样的石头，而丝毫没有庄严的感觉，他想起女教师的激情，被他无情的出走泯灭，就格外地提不起劲。他饥肠辘辘，四顾茫然，边走边踢着脚下的尘土，他的脚突然一下子疼痛，疼痛引导了他的视线：一块石头。

又是一块石头，是和他揣的两块一模一样的石头。田亭认为这是命运的暗示，他不能再走了。

田亭顺利地在当地的小报谋了职，成为一名记者。此后的几年里，他运交华盖，当上了科长，找到了温馨的爱情。他结婚的那一天，政府机关的许多处长亲临捧场，使他的老丈人倍感光宗耀祖，激动地从祖传的红槭木盒子取出了一块玉石，送给了他的毛脚女婿。婚礼上人头涌涌，他没有顾上看，但从手感上他觉得那又是一块石头，和从前的三块石头一模一样。

洞房花烛夜，田亭取出那块玉石，一切都灵验了。他把四块石头放在一起，妻子惊讶地说：哎呀，一模一样的石头。

红丝巾

我珍藏着一方红丝巾，平时把它放在最秘密的地方，只有在感情平淡的时候看一看。

红丝巾是我在十多年前的一次郊游中捡到的。

十多年前的一个夏季，二十多岁的我一个人在一片荒地上走动，红柳摇曳，芒刺密布，间或还有一汪汪的水，我们叫它海子。我喜欢这样的风景，我还坚信，只有我才喜欢这样的风景。

走一走，看一看，青春的活力一涌动，这整个荒原的景象，就成了诗句。当时，我正在狂热地写着所谓的边塞诗。

“咯咯咯咯”——传来一阵笑声，一听，就是我所生活的地方青春少女的笑声。

我屏住了呼吸，想接近那地方，脚却不肯移动，密押高深的红柳挡住了笑着的少女，而且不止一个。

还有少女到这里来，出乎我的意料；一个男孩子闯进少女的天地，更不恰当。

我浑身燥热，我知道这是女性的光辉在陶冶我，第一次纯洁的陶冶，使我像热锅上的蚂蚁。

以后每每与一帮文友相聚，谈起爱情冲动的感觉，我都一言以蔽之：热锅上的蚂蚁。文友们都说概括得准确，岂不知这是一份真切的感受。

在我激动难耐、幻想联翩的时候，笑声逐渐清远，我看见了远处四五个穿着红花布衣服的窈窕淑女。及至四五片跳动的红色碧空尽的时候，我才回过了神，但内心的无名大火却燃烧着，当捡到那片红柳枝上的一方红丝巾时，我全身心地陶醉了。

以后的十多年中，我狂热地通过思念、梦境、痛苦和暗喜把情感注入那方没有情感的红丝巾上，红丝巾就成了我可触摸的情感实体，充满着温热，仿佛所有美好的回忆都浓缩在了一方红丝巾上。

如果每个人都有自己的秘密的话，红丝巾就是我最大的秘密。

如今我已成家立业，女儿过膝。在心情烦躁的时候，我仍然用凝视红丝巾的方式解脱。

一日，我又端详红丝巾，水嫩嫩的红色淹没了我的身心，我陷入了追忆之中。

“你愣什么神？”不知什么时候，妻子站在了我的身后，她拿走我手上的红丝巾，仔细看了看后，提高了声调，“这，这是哪儿来的？”

面对妻子，我只好将十多年前的事和盘托出。

“咯咯咯咯——”是那种熟悉的笑，和十几年前一模一样，和妻子相处几年，这笑声竟是如此的陌生。

妻子说这红丝巾正是她的。十几年前，她和几个同学到荒野里玩，回家后才发现红丝巾丢了，惹得父母一顿臭骂。她和几个同学又去找，连个影子都没有，所以她对这方红丝巾记忆特深。在回来的路上，同学们都开她的玩笑，古代有抛绣球招亲的，你这是丢丝巾招亲。妻子也不示弱，大声说：谁捡到红丝巾，我就嫁给谁。

当时，妻子的话，纯属一句戏言。

玉石烟嘴

一个银须老人推门进来了，我一脸疑惑，我的门是上栓的。老人神情凝重，坐立不安，他曾经是一个修筑长城的监工，荒天野地的，看这儿夯得实不实，那儿用的原料当不当，总之，他既忙乱又吃香。各处的领工们看见他来了，都用各种方式塞给他各种好处，他已习以为常。只有一件玉石烟嘴让他倾心，他经常揣在怀里，准备选一截上好的木料，制一个烟杆。越小心越出事，他的玉石烟嘴丢了。想来想去，他是在工地上丢的。一次，上司来检查，他吆喝着民工，说这儿虚，那儿有缝，而且亲自上去踩几下。他是给上司看的，不料，他的玉石烟嘴却丢了。他说，本来这东西是属于我的，是当年我的曾祖的曾祖贿赂他的。

第二天一早，坐在办公室里，领导让我去陪同几位记者参观。我们这个戈壁小城，唯一的旅游资源，就是断断续续的长城，所谓的参观，只能去那儿。

车子出了城市，就看见了长城的远影，不知道当初是多么高大，现在风雨岁月，已流失了它的宏伟，只是一截一截的矮墙。

到了长城脚下，记者们的唏嘘声不断，咔嚓声不断。来的次数多了，我和司机躲在一处避风处抽烟。

习惯上看了这一处就应该打道回府，可这些记者提出要看远处的另一处，我和司机都有些不大情愿，但只好去。

记者们还是在唏嘘、咔嚓，我和司机还是躲在静处抽烟，抽了一阵烟，我有些尿憋。

司机说，荒郊野地的，就地解决。

我一个人走到拐弯的长城下，完成我的小解，一会儿，冲出一个闪光的东西，我抠出后用纸擦干净，是一件玉石烟嘴！我惊奇得说不出话来。

回家后翻阅家谱，我的曾祖的曾祖曾经修过长城，当过领工，还发了不小的一笔财，我的家势才得以逐步丰盈，有了撰修家谱的家资。

黑衣人

村庄的古庙的一面墙壁上，绘有一幅栩栩如生的黑衣人，那庙矗立在村庄有些年月了，村庄最老的老人说，他们小的时候，那庙就已经很古老了，庙的一面墙壁上就绘有一幅栩栩如生的黑衣人，颜色鲜亮，冷不丁，就好像是站在墙壁上的一个人。时间过去这么久了，还是一样。

黑衣人要是一直在古庙的墙壁上，就不会有那么多的说法，可有一天，不知谁说了一声，古庙的墙壁上，那黑衣人不见了。大家才想起去看一看，一看，果然不见了。墙壁上干干净净的，就像从来都没有过黑衣人一样。这就奇怪了，难道黑衣人在古庙的墙壁上住久了，有了灵性，升天做了真正的神仙？村上的人笃信羽化成仙的故事，黑衣人的消失，使古庙的香火一下子旺盛了。远远近近的人，发了财的，想要发财的，有病有灾的，颐养天年的，都来到古庙，烧香磕头，祈求保佑。

安静的古庙就这样热闹起来了。不同的是，古庙前后多了些闲转悠的人，脸生得很，十里八村谁也没见过。

对于村上的年轻人，黑衣人升天的事，打死他们也不相信。也许下过一场雨后，潮气弥漫，那幅黑衣人图像剥落了色彩，可几辈子人都过来了，下过的雨数也数不清，黑衣人怎么就突然消失了呢？

更奇怪的是竟然有人看见黑衣人在村庄出现过，月色皎洁的晚上，五保户刘爷爷听见了窸窸窣窣的响动，以为是狐狸来偷鸡了。前一段时间，狐狸闹得凶，叼走了村庄里的不少鸡崽。刘爷爷出门一看，你猜，看见啥了？他看见黑衣人了。那黑衣人飘飘悠悠地从他家门前闪了过去，在他眨眼的工夫，黑色的影子就向着古庙的方向飘走了。刘爷爷活了一大把年纪，这情景，让他出了一身冷汗。黑衣人他见过，那飘移的黑衣人跟古庙墙壁上的黑衣人简直是一个模子出来的。

这消息一传开，人们看到了黑衣人又像模像样地出现在古庙的墙壁上了。一连串奇奇怪怪的事情，在人们中间炸了锅，更多的人涌向古庙，有人甚至搭了草棚住在古庙四周，等待祭拜。

这样的喧嚣的场景持续了两天，公安局的警车就尖叫着开来了。从车上压下来两个戴手铐的人，警察当场宣布：这是两个盗窃文物的犯罪嫌疑人，他们把古庙里的黑衣人连墙皮裁下，准备贩往外地倒卖。他们事先设想了一个偷梁换柱的妙计，把黑衣裁下来，抹上新的泥皮，照原样画上黑衣人。不想，却被牧人意外发现了，朝拜的人多了，他们不好下手，等古庙冷清了后，他们导演了一场黑衣人飘过村庄又回到古庙的假象，故意让五保户刘爷爷看见。殊不知，从古庙的黑衣人壁画失窃的第一天起，侦查员就暗暗地排查摸底，就在他们自以为聪明地在古庙的墙壁上临摹黑衣人的深夜，将他们一举捕获。

从此，村庄的老老少少提起黑衣人的时候，都说，那是镇村之宝，是珍贵的文物。

桃红柳绿

桃红柳绿是两个人，是沙洼村的两个姑娘，还是罕见的双胞胎。当桃红柳绿长到十七岁的时候，十八岁甚至二十几岁的哥哥，年轻的心被撩得像树叶子，哗啦哗啦乱颤悠。

小伙子们常常帮着桃红柳绿，桃红柳绿也知道小伙子们的心思，可眼下，确实不是考虑个人问题的时候。

村里人都说，桃红柳绿是一条藤上的苦瓜。她们出生不久，母亲就去世了，父亲一把屎一把尿拉扯着他们，也是一身的病，家里的收入，都填进药罐子里了。从小在苦水里泡大，桃红柳绿自然有了一种坚强的性格，这在同龄人中间成为卓傲不群的品质，使她们的美丽，又增添了内在的刚毅。

自打村上推广特色农业，桃红柳绿就领了补助款，把家里的承包地全部种上了花卉。无论春夏秋冬，几大排塑料大棚里，总是春光明媚，百花争艳。起初的时候，村里人都觉得不上道，那花花草草的，看个新鲜可以，当饭吃就邪乎了。后来的情况，却让村里的人大跌眼镜，电视台报社一个劲地宣传桃红柳绿养殖花卉的事迹，第一茬花很快就卖完了，挣回来一年的收入。天寒地冻的腊月，桃红柳绿在电视上做了广告，花卉卖得更火了。

桃红柳绿的能干，引来了不少农业学院的大学生来花棚实习，这让村里的小伙子们泄了气，都纷纷去城里打工去了。桃红柳绿也不理会，还是专心致志地忙活着花棚里的事。

这样的日子一晃三年就过去了，桃红柳绿正是谈婚论嫁的好年龄，但她们却拒绝了许多大学生的求爱，人们又都唏嘘不止：这人有了钱就水涨船高，连大学生都看不上眼了。

原来村里早就栽好了梧桐树，桃红柳绿种花卉的事，主心骨就是村上的王三三和刘二二。他们两个号称村里的小秀才，高考落榜后就在沿海打工，挣了一大笔钱也积累了不少的致富经验，是他们帮着桃红柳绿投资花卉。现在，花卉的生意如火如荼，他们还在城里设立了专门的销售点，王三三和刘二二负责城里的花卉销售。

春节过后，正是村庄里桃红柳绿的日子，桃红柳绿姐妹俩宴请了村里的老少爷们，宣布了自己的婚姻大事，谜底则是戴着红花的王三三和刘二二，他们在城里买了楼房，此刻的宴席就算是订婚仪式。

春风豪迈，喜气跑遍了村庄的每个角落，桃树、杏树、梨树开花了，那花瓣被风吹到田野上，田野上也有了星星点点的野花野草。

一座桃红柳绿的村庄，一座村庄里的桃红柳绿，温馨极了。

老梨树

王二麻子七岁那年，父亲把他领到后院，挖了一个大坑，把一包东西埋在了一棵梨树下。父亲说，这是几辈子人心血，你要守住啊！第二天，父亲就把自己挂在梨树枝上吊死了，乡亲们随手就把他埋在了梨树下。

村庄里显赫的大富户，财富的宝塔，一瞬间就轰然倾倒了。王二麻子一下子成了孤儿，他家宽敞的大瓦房成了贫协会的办公室，他自己住在一间仓库里，无限的孤单和寂寞，使他早早就成熟了。

他在父亲的坟头上抔了土，重重地磕了三个头，就背着铺盖卷去了草原，成了村里最年少的羊倌。

村上的羊群一直是驼背爷爷在经营着，原来那都是王二麻子家的羊群，后来成了村里的集体财产。有人说，让王二麻子放羊是驼背爷爷的主意；也有人说，是王二麻子自己要去的，总之，人们都说，这是最高明的选择。要不然，一个地主崽子，在村里也没有容身之地。

就这样，时间过去了三十年，世道发生了天翻地覆的变化，村里要包产到户了。王二麻子只要了他家后院的果园，他说，那里有他父亲的坟。

谁发家，谁光荣；谁贫穷，谁狗熊。就在村里的人想着法子找致富门路的时候，王二麻子放了风，村里人要跟着他干，一天三十元。人们惊呆了，三十元，这可是一家人小半年的收入，难道这王二麻子会变戏法，能把草原上的草变成花花绿绿的人民币？人们早就遗忘了的王二麻子突然间成了村头村尾热议的人物。

开始，人们半信半疑，只有几个二杆子小伙子去了，反正待在家里也没事，去草原看看也不是坏事。没承想，这几个小伙子威风凛凛地开着拖拉机回村了，还给家里带来的现钱。这下子，村上的小伙子都坐上拖拉机去草原了。

原来，王二麻子在草原的湖滩晒盐、晒芒硝，又把盐和芒硝运到了外地，挣了大把大把的钱。这下，村主任坐不住了，扬言说，这地主崽子还翻了天了，国家的盐和芒硝他随便晒？可到了乡里，村主任傻了：王二麻子是办过手续的。

几年下来，王二麻子挣了几百万，是远近闻名的致富能手。

有人说，他在草原上放牧，结识了许多汽车司机，是那些走南闯北的汽车司机指点了他发财的门路。还有人说，王二麻子的父亲把自家的金银财宝都转给了驼背爷爷，驼背爷爷临死的时候，又把金银财宝交给了王二麻子。说法越来越多，最后归结为一句话：人家是财富世家，祖上积累了致富的阴德。

关于这些事儿，很多人问过王二麻子，王二麻子总是笑而不答。只是每年的清明节，他在祭拜父亲时，都要向那棵老梨树毕恭毕敬地磕几个头。

学 友

有一个人来找我，说出了我的名字，还叫着连我自己都有点陌生的乳名，我诧异了。他是谁呢？我一时恍惚。看着他的相貌，我是怎么也记不起来在哪儿见过他。

他说，他是天狗。这个名字，一下子把我惊醒了。离开村庄已经二十多年了，对于村庄的人和事，还是铭刻于心的，只是这个天狗，变化太大了，从前那个流着鼻涕、衣着不整的孩子，现在油头粉面，俨然一个大老板的模样。

我说，你就是天狗啊，你恐怕是纽约的天狗，不是我们烽火台村的天狗。一席话，天狗自己笑得气都喘不过来，尴尬的气氛，烟消云散了。

从前，在烽火台村的沙枣树林里，我和天狗结伴拔猪草，无聊的时候，上树掏鸟蛋，下河捉野鸭子，成天厮混在一起。上小学也在一个班，天狗学习差，常常逃学。记得有一年冬天，我们在沙枣树林里砍柴，树枝上挂着一串红润的沙枣，馋得我们直流口水。爬树我们没的说，噌噌噌几下就像猴子一样上了树枝，可眼下是冬天，身上穿着臃肿，行动迟缓，再加上这棵树直愣愣的，没有任何可以助力的枝杈。越是这样，我们更不想舍弃那串沙枣，着了魔似的，天狗先上去了。也不知道哪来的猛劲，天狗一眨眼就攀到了树枝上。那是一条纤细的枝条，沙枣就挂在枝头，要够着沙枣，就得爬到那条树枝上。我正担心天狗有危险，就听得咔嚓一声，天狗连人带树枝掉在了地上，天狗抱着自己的腿疼得咧着嘴，但还是说了句：沙枣，我摘下了沙枣。那次，天狗的小腿骨折了，在家休养了三个多月，从此，他再也没有去上学。我一直愧疚天狗的学业是我耽误的。

说起这事，天狗说亏你还记得，有了这交情，啥都别说了。天狗拉着我来到一家上档次的酒店，要跟我好好聊聊。

天狗现在是一家房地产企业的老板，今年他准备进军我所在城市的房地产行业，这个变化就像天方夜谭一样，让我回不过神来。

他找我，是想让我帮他吆喝吆喝，吆喝就是宣传。天狗把他们公司的情况和他的个人资料抱来一大摞，要求三天之内写好。说实在的，我最厌恶的就是写这类东西，全都是驴唇不对马嘴的吹嘘，又拨不开天狗的面子，就答应了。

几天之后，本市的各类报纸上铺天盖地的都是我的这篇文章，估计天狗是花了大价钱，做了软广告，也在这几天，天狗的楼盘盛大开工了，许多头头脑脑的人物参加了开工仪式。

按理说这件事就算过去了，天狗送给我两万元的润笔费，我断然拒绝了——本来做这样的事就不情愿，拿了钱就更不安心。可过了一年之后，我接到了法院的传票，说我涉嫌犯罪，天哪，我一个安分守己的良民，怎么会涉嫌犯罪？到了法院才知道，天狗出事了，他的楼盘因资金不到位而搁浅，被买房者告上了法庭，他们就是看了我写的文章上了当、受了骗。好在，天狗的资料我复印了一份，基本事实都是取之于此，没有编造和虚构，况且，这些资料都是有关部门盖了公章的。

天狗的官司一直在打，听说他正在协调银行贷款，补他的窟窿。但我再也没有见过天狗，有一段时间我怀疑，他不是真正的天狗，小时候的天狗不是这个样子。

山泉

一片绿洲往往紧靠着一座山，山有多高，水就有多高，绿洲上的人说，山是绿洲的水塔。

山，沟沟岔岔，孩子们进去容易迷路，因此家长们总是给孩子们讲山里的故事，故事的内容差不多如出一辙。那就是不听话的孩子走进了山里，先是蛇咬伤了他，后来又是老虎吓晕了他，再后来，则是勇敢的猎人救了孩子，孩子醒来的第一句话：我要做一个听话的孩子，再也不去山里了。

绿洲上的孩子，从来不敢向山里迈出小小的一步，那些蛇、老虎早就盘踞在孩子的身体里，只要一想到山里，莫名的恐惧，就在心里蔓延。

可有一天，一个孩子进山了，村里的人一拨一拨去找，都没有找见，这更证实了那些古老的故事。那家人伤心地哭了几天，一个男孩子，养到十几岁不容易，眼看就能指望着劳动了，这下子，身上附了鬼魂，说没就没了。

发生了这样的事，每个家庭又都讲了那一段重复了无数次的故事，就连野性的孩子也不敢再提山里的事了。

时间过去几个月了，从初夏到深秋，绿洲上的树叶都飘飘悠悠地掉在了地上，收割干净的田野开阔辽远，一眼就看到了山口子上，牧羊人眼尖，说是有一个人从山口子里走出来了。村里没有人进山，怎么会有人从山里走出来呢？人们一惊：会不会是几个月前走失的孩子？那家的大人急匆匆向山口奔跑，不错，正是那个孩子，衣服已经破烂得丝丝条条，远看就像个野人。

孩子和大人抱在一起，哭成了一团。

村里人都觉得这是奇迹，山里光秃秃的，一个人在山里生活几个月，吃啥、喝啥？可那孩子脸上红扑扑的，一点儿也不缺营养。

这个谜团还得孩子解开。原来，这个孩子厌恶了上学，想到山里躲几天，自己带了足够多的馒头和水，刚进山就迷路了，左转右绕，越紧张越找不见来路。也不知道走了多远，他看见了一眼山泉，山泉的周围，长满了杏树、梨树、枣树，还有野草莓，那里还有成群的野兔子和野鸡，不怕人。他躺在山谷里，它们就簇拥在他的身边，就像久违的老朋友。

山里还有这样的世外桃源，村里的成年人坐不住了，都想去看个究竟。那个孩子带路，十几个人浩浩荡荡地开进了山里。山还是从前的山，孩子走了几圈，总是找不到原来的路，一帮人无功而返。

后来都说那个孩子说了谎，孩子急了，说真有那样的地方，山泉甜甜的，山谷里密密麻麻的果树，他就是靠着吃野果和野兔子、野鸡度过那些时日的。他健健康康地活着回来就是例证。

村里的人解释不了这些奇怪的事，只好又说，孩子遇见神灵了，是神灵救了他，神灵待见的孩子，将来一定有出息。

这件事情过去二十多年了，那个孩子已经长大成人，日子过得紧巴巴的，也没见有什么出息。

孝　子

刘勇刚出门就接到了二叔的电话，让他赶紧回乡一趟，他父亲快不行了。刘勇心里咯噔一下，就像一根紧绷的绳子突然断了，他竟然没有了走路的力气。

刘勇是独子。父亲早年当兵转业后在蔬菜公司工作。父亲退休，刘勇接了父亲的班后，蔬菜公司红火了一阵子。没过多长时间，开放搞活，菜农和菜贩子蜂拥而至，蔬菜公司连年赔本，每月只发 200 块钱的最低生活保障。后来，蔬菜公司改建成蔬菜批发市场，公司给每个职工分了一间铺子，连那 200 块钱也没了。刘勇的生意不温不火，儿子又上了高中，要不是父亲退休金的补贴，日子就没法过了。

父亲好好的，怎么说不行就不行了呢？这么多年了，父亲一直住在农村，和二叔他们在一起。父亲常说，农村空气好，是个养老的好地方，这才过了七八年，父亲的身体结实硬朗，按理说是不好有什么事的。

可不管怎样，刘勇都得回乡看看，这住院、治疗得花一大笔钱，对刘勇来说，真是雪上加霜。

班车颠簸了四个多小时，才到了老家的村庄，刘勇走进村子，老远就看见了挂在二叔家门口的一盏白色的灯笼，这是村庄老人去世的标志。刘勇扑进灵堂，一肚子的苦水似乎一下子涌了出来，刚刚哭了一声，竟然昏厥了过去。

刘勇醒来，已是夜半时分。二叔守在他的身边，先让他喝水、吃饭，看他脸色渐渐红润起来，就和他商量亲人下葬的事。按照他父亲的遗愿，是要埋在农村的祖坟里。刘勇一听，立刻叫了起来：父亲是党员，必须在城里火葬。其实，他心里算的是另一笔账。父亲火葬了，公家会补助安葬费；要是土葬，这安葬费是一分都没有。再说，农村的土葬，至少也要花费千八百块钱，这钱从哪出啊？

人穷志短，连安葬父亲的钱都出不了，刘勇不由得心酸，眼泪汪汪。二叔语气坚决，一定要按照老人的遗愿土葬，刘勇执拗不过，只好不作声。

父亲的丧事办得很气派、很隆重，四邻八村的人都说，刘勇是个孝子。他估算了一下，所有的费用算下来，大概有两千块，回去后砸锅卖铁，也要还给二叔，二叔的日子也不宽裕。

一切都安静了下来，刘勇走进二叔的房间，给二叔重重地磕了头，二叔扶起刘勇，递给他一个存折，那是父亲留给孙子上学用的，刘勇打开一看，里面是整整三万元。刘勇惊呆了，父亲的退休金是有数的，每月还要补贴他们，哪里能存这么多钱？

原来父亲到农村并不是来享福的，他开垦了十多亩的荒地，打了一眼深井，起早贪黑地种菜。父亲在部队的老行当就是开荒种菜，几年下来，父亲的菜小部分送给村上的人吃，大部分都卖给了城里的菜贩子，积攒下了这笔钱。

二叔把刘勇带到了父亲的菜园，一排排果树的掩映下，夏秋蔬菜硕果累累。二叔说，这些都是你的财产了，有了这个蔬菜基地，你的生意会好起来的。

二叔还说，其实父亲退休时就已经得了肝癌，能活这么长时间，是个奇迹。

这么多年了，刘勇忙着生意，都没抽空看看父亲，而父亲却时刻想着他的将来。就在临死的时候，父亲把自己喂养的一头猪和五只羊、外加一千元现金交给了二叔，央求二叔体体面面地招呼乡亲们。

刘勇坐在菜园里，像个木头人一样，半天了，没有说一句话。

随风而去

按理说，大黄狗早晨天蒙蒙亮就会卧在他的枕头边，用舌头舔他的脸颊，催促他起床。可今天没有，太阳三竿高了，他从被窝里爬出来，强烈的阳光投射进窗户，让他睁不开眼睛。

大黄狗上哪儿去了，他醒来后，觉得少了什么东西，想了半天，就只少了大黄狗。

他本来是要喝点开水，嚼点干馒头的，大黄狗不见了，他就没有了心情，急急慌慌地出门了。

前几天，大黄狗疲惫的样子就让他担心，这大黄狗跟着他已经十几年了，这么漫长的时间里，就是一块石头也焐热，别说是一条机灵的狗。十几年前，把它从亲戚家捉来，只想着让它看家护院。那时候，他的腿不好，有了一条狗，顺手一指，它就会勇猛地窜出去，就像他的腿安在了狗的身上，驱赶那些调皮的孩子。

他是乡村里出色的园丁，自家的后院里种了桃树、杏树、梨树和花花样样的蔬菜，孩子吃一点没事，可就是白糟蹋，果子还没有成熟，孩子们就垂涎三尺，有了小黄狗，孩子们就躲远了。

现在，小黄狗成了大黄狗，孩子们都长大了，小院寂寞了，只有大黄狗陪伴着他。村庄地处偏远，孩子们从小上幼儿园、上小学，都是去外村，条件好一些的，去了城里，村里的孩子越来越少了，长大了的孩子，干脆长年在城里打工，甚至过年都不想回家。

大黄狗上哪儿去了，他有点迷惑。平时大黄狗不在了，他只要喊几声，就能听见它的叫声，随之大黄狗就依偎在他的身边了。今天，他怎么喊，就是没有一点回声，难道……他不敢往下想。

他的老兄弟吴老三有一条狗，临死的时候，总是盯着吴老三流眼泪，还像小孩子似的给他磕头作揖，开始，他觉得好笑，觉得这老狗越来越乖巧了，就赏给他几根肉骨头。老狗明显地对肉骨头不感兴趣，又磕头作揖，吴老三拍了拍狗身子，狗就摇摇晃晃地出了门院，这一出去，就再也没有回来。最后，还是吴老三花了好几天工夫，在村外的沙梁下找到了老狗，老狗给自己挖了个坑，半截身子都埋在了里面，已经死了好久了。吴老三就像死了爹娘，放声号啕，把狗埋了，自己在狗坟上喝了一瓶酒，喝得酩酊大醉。

大黄狗比吴老三家的狗更老，难道它死了？他心里一惊，赶紧往村外的沙梁走去。好的狗，会自己处理自己的后事，大黄狗是条好狗，村外的沙梁，埋了不少的狗，是村上的狗冢。他一步一步地往前走，真还看见了大黄狗的脚印，接着，沙地上半露着大黄狗的毛发。他像发了疯似的，把大黄狗挖了出来，像抱着自己的孩子一样紧抱住大黄狗，抱回了家里。

第二天，他把大黄狗埋在了自家祖坟的旁边，在祖宗的坟圈里，他早就为自己选好了墓地，大黄狗的坟头就紧挨着他的墓地。

似乎一切都随风而去，他坐在大黄狗的坟头下，一言不发，突然唱了一声秦腔的调子：打马离了西凉界……

六 指

六指姓向，住在村北的沙岗子上。沙岗就独独的一户人家，方位很明确，外面的人来找六指，人们就说沙岗子向家。后来人们渐渐不说沙岗子向家了，只说沙岗子六指家。

这是一个偏远的村庄，老户人家都知根知底，只有向家是从城里搬来的，那时候叫下放，下放的情形一般有两种：一种是干部，在城里犯了错误，下放到农村改造；一种是城里的手工业者和闲人，“我们同样一双手，不在城里吃闲饭”，就到了农村，种几亩地，自食其力。六指是属于后者，六指的父亲是城里有名的皮匠，可一个人做工，一家五口人吃饭，常常捉襟见肘，就申请下放到了乡下。与别人下放不同的是，六指的父亲照样在城里工作，老皮匠的手艺徒弟一时半会还学不来。

六指一家住在沙岗子，除了上工做活，很少和村里人来往，只有我偷偷地去找六指玩。六指有哥哥、姐姐和妹妹，平时的装束整洁干净，家里也是一样，城里人就是城里人，不像村庄里的人家，邋里邋遢的。六指的母亲会做各种花样的小菜，我和六指玩累了，六指的母亲就留我吃饭，吃一次，就记下了，想着啥时候再去吃一次。村庄里家家户户都没有余粮，谁也不好意思蹭饭。

本来日子就这样平稳地过去了，可六指家发生了一件大事，六指的姐姐因为从城里到了村庄，被男朋友甩了，精神抑郁，得了很严重的疯病，动不动就光着身子乱跑，这在村里成了人人皆知的笑料，六指一家人为了给姐姐治病，花了不少的钱，还是不见效，日子过得更是拮据。

我和六指是朋友，六指忍饥挨饿的时候，我帮他偷来村里的玉米棒子烤着吃。不仅如此，我还趁着拔草的机会，把玉米棒子鱼目混珠地藏在草筐里，送到六指家，六指的母亲为此批评过我和六指，说我们不学好，再苦再饿，也不能偷东西吃。我解释说，村里谁家都这样，顺手掰几个玉米棒子不算啥事。六指的母亲就再没追究，我们偷玉米棒子的劲头就更足了。

那是一年大旱的天气，粮食收成不好，麦子只有往年的六成。眼看着饥荒就要来了，生产就指望着大秋的玉米和高粱垫底，民兵轮流守护着快要成熟的玉米地，声言捉住了偷玉米的人就要送到公社批斗。

沙岗子是个僻静之处，生产队的消息一点儿也没有传到六指家，我们还是照样偷玉米。结果可想而知，我和六指被捉了个正着。

后来，民兵们把我放回了家，把六指带到了公社。偷玉米的事闹得沸沸扬扬，虽然六指回来了，但六指家被罚了三百斤粮食，这对六指家来说，无疑是雪上加霜。发生了这件事后没过多长时间，六指一家就搬走了，去了哪里，谁也不知道。沙岗子上，只留下一片荒废了的房子和我深深的歉意。

像夜晚一样行进

在二牛看来，夜晚是悄悄行走的。它从一亩地到另一亩地，从一棵树到另一棵树，从一个人的脸上到另一个人的脸上，走过去了，再次回来的那个的夜晚又不一样。

二牛总是在夜晚的时候，看天上的星星，星星就像明亮的眼神，一眨一眨，看着看着，困倦了，睡着了，夜晚就走了。

夜晚都会走到哪里，二牛自己想不清楚，想不清楚的时候，夜晚就来了，他想问问夜晚，你是去了哪里，昨天的夜晚和今天的夜晚，到底是不是一个夜晚，夜晚只是星星在眨眼睛。

只要是夜晚，都是会走的。二牛想象着永远不走的夜晚，这样他就可以和妮子在一起了。夜晚，二牛闭上眼睛，妮子就来了，妮子的样子跟白天不一样。白天，妮子见了二牛也是爱搭不理，二牛主动问话，妮子总是有意躲避着，弄不清她是羞涩还是厌恶。

夜晚来了，夜晚从二牛身边走过的时候，脚步是轻轻的，妮子的脚步也是轻轻的，脸上透露着桃花一样鲜艳的笑，那桃花一样的笑在月亮底下像雾岚一样慢慢散开，散开后只聚拢于二牛的周围。二牛让这些雾岚缠绕着自己，这些雾岚像一只手，抚摸着二牛。

二牛觉得，在夜晚，他和妮子其实就是一个人，在夜晚好好的一个人，怎么就在白天会活脱脱变出两个人，而且那个妮子跟他相隔了十万八千里似的，像一块冰一样，冷冷的，冷得人发抖。

晨光熹微，二牛还是不想睁开眼睛，夜晚走了，留下了他，夜晚把妮子整个儿带走了。二牛有点恨了，他恨刺眼的太阳光，他把屋里的窗帘拉得严严实实，门关得严严实实，可还是有一绺光像刀子一样割开夜晚。

二牛不想去田野里了，他给自己的一大片玉米地浇了水之后，就再也没有去过，不再管玉米棒子是大是小，今年的粮食收成是好是坏。只要看见强烈的阳光下茂盛的玉米闪着绿油油的光，他就本能地逃开，躲到树影底下，或者墙根的阴影中。

夜晚，他的玉米地在微风中哗啦啦地响动着。这是夜晚的脚步，夜晚的脚步连续不断地从他的身边滑过去，妮子的面容就越来越清晰了，清晰得他都觉得那已经不是妮子了，好像是另外一个人。但在他心里，那还是妮子，跟白天的妮子是一个人，不是一个身体，也不是一张脸面。

夜晚中的二牛自己躺在草丛里，任一滴滴露水滴落在身上，他觉得那是谁的泪。大约是妮子的泪，可能妮子要出嫁了，因为白天的妮子昨天已经出嫁了，那么夜晚的妮子就不好和他在一起了。

二牛的眼睛湿润了，那也是他的泪。没有妮子的夜晚，充满了死亡的气息。

河边的普罗米修斯

河从山谷涌出来，到了开阔的戈壁，已经是很开阔和平缓了。远远地看，就像是一汪水，凝固不动。正是夏天，普罗米修斯骑着马从河对岸过来，看得出来，河水不深，只是淹没了马肚子。

普罗米修斯是河边的牧人，从前河边是茂盛的草，有一年冬天，野草枯黄，普罗米修斯一把火把那些草烧掉了。正在村里开会的村主任大骂了一声：这狗日的疯了。县里来的干部满口书本，正讲到有个叫普罗米修斯的人偷了天上的火，话还没说完，河边的荒草就火势冲天。报信的人本来是要说某某某把草点着了，却说成了普罗米修斯把火点着了。村里的牧人才有了这么个洋名字。第二年的春天，河边的青草长势更旺，人们才觉得那把火没白烧。

自那时起，河边的草地被普罗米修斯承包了，人们都叫他河边的普罗米修斯。一条河流是戈壁的命根子，它一直从山谷流到村庄，又从村庄流出去，流到更远的草原、沙漠和村庄，只要有那条河流，就会永远有粮食和牛羊。

普罗米修斯自己在草场上围起了围栏，他把羊啊牛啊马啊全部赶进围栏里，自己到处乱转，进山去打猎，到城里的馆子里喝酒，一去就是十天半个月。他的羊啊牛啊马啊就像地上的草，自由地生长。

普罗米修斯是个脑子机灵的人，他把广大的草场分成几片，轮流放牧，歇息的那些草场，普罗米修斯把河里的水引进来，用水浇灌，不出一个月，草就长得及腰了。怪不得普罗米修斯的羊半年就出栏，挣的票子就像白花花的河水。

只是有一年，河边成立了水管站，再也不让人随便从河沟里取水了。普罗米修斯不信邪，他常说一句话，管天管地，谁能管得了这河里的水。水管站里的人过一段时间就沿河巡视一圈，普罗米修斯该浇灌的时候，就挖开渠道里的木板，让哗啦啦的水流进他的草场。一天，水管站的人来到他的牧场，说是来喝酒的，普罗米修斯说交朋友没问题，就和他们一起喝酒吃肉，那些人喝得有点多了，指着普罗米修斯的鼻子说，要不是我们的照顾，哪有你这么好的牧场。是朋友，一切都好说，不是朋友，断了水，让你的草原见鬼去吧。普罗米修斯最讨厌别人指他的鼻子，一甩胳膊就把那人的手挡了回去，平时牛惯了的水管站干部哪见过这等不敬之事，抬腿一脚就把普罗米修斯踏倒了，那天是三对一，普罗米修斯只是一个人，但他有自己的刀子，他刀子一抡，三个人都躺下了。

从那时起，普罗米修斯的草场荒芜了，围起的围栏也被人偷偷地拆掉了铁丝，河边的普罗米修斯似乎也早已被人忘记了，说起那片牧场，人们只是轻轻地叹口气，说活着，像河水一样平稳就好了。

寂 静

蓝瑟一个人在这个树林子里转悠了半天，他觉得这里适合他这样耽于沉思的男人。他可以边走路，边想一想从前没工夫想的问题。

从前他是个领导，单位的一把手，是那种呼风唤雨的角色，每天都是前呼后拥，沉没在无休无止的赞美声中。刚开始的时候，如此肉麻的拍马吹捧，蓝瑟忍不住想发火，可他还是忍住了，谁都不容易，人家是为了生存。想当初，自己也曾说过不少违心的话，现在还得继续说，不过，他的奉承稍稍讲究一些技巧罢了，五十步笑百步，给谁发火呀！

奇怪的是一段时间后，那聒噪的声音渐渐入耳甚至有点悦耳动听了，一天半天听不到就浑身不自在。

蓝瑟在林子里走动着，风吹来，树叶微微摆动，这些微小的变化蓝瑟都能明察秋毫。退居二线了，单位上说他操劳了一辈子，不能就这么说休息就休息了，要把年轻人扶上马，送一程。这话得反过来听，就是放手让年轻人去干，自己最好躲得远远的。

这林子不错，到处都是茂密的花草，树上的鸟儿叽叽喳喳地叫，单纯而美妙，他似乎很多年没有听见过这样婉转动听的鸣叫了。

蓝瑟想起自己有过的隐居山林的想法，觉得可笑，现代社会早已没有可以隐居的山林了，倒是身边的这一片林子无人问津，安静的环境，适合他走一走。

风似乎猛烈了些，仿佛整个树林子都开始摆动起来，天空轰隆隆地炸响，看来，是要下雨了。这个季节，天气就像孩子的脸，说变就变。蓝瑟没有带雨具，从前遇到这种情况，他都是衣来伸手，饭来张口，会有人把这一切都做得滴水不漏。可现在……他猛然间想发火，回过神来，对谁发火呀，他已经是一个退居二线的闲人了。

他赶紧找了一个避雨的草棚，虽然仍有淅淅沥沥的漏雨，但这已经很好了。这是一场雷阵雨，很快就会过去的。

蓝瑟自己笑了笑自己，当了这么多年的官，怎么硬是成了一条寄生虫，生活上的事竟然一窍不通。

雨停了，阳光铺洒在树林子里，空气更加新鲜清爽，蓝瑟从湿滑的草棚里出来，不小心滑了一个踉头，好在他有所防备，没有栽倒在地上。

蓝瑟连续打了好几个喷嚏，身体受凉，很快就有反应了，看来，以后出门要多带点衣服，还要带点药。

蓝瑟想着，在这个林子里要度过他的后半生，就觉得自己有很多的事情需要重新学习，重新再来。

寂寞的林子里，又有了鸟儿的鸣啭，好像是迎来了一个新世界。

邂　逅

刘局长这几天身体不舒服，就一个人偷偷去了医院做了检查。他不愿意办公室主任跟屁虫一样陪着，找熟悉的医生，总是老一套：领导干部忙，多吃点补药就好了。

这次，他想真真切切地知道自己的身体状况究竟怎么样。

医生说他抽烟多了，锻炼少了，长期下去，会造成多种疾病的并发症，此次虽说是简单的感冒，一直不见好转的原因就是身体素质下降了，最好的办法就是跑步。

刘局长临湖而居，是典型的湖景房，一年四季，沿着湖堤跑步的人海了去了。刘局长就自己准备了一套运动装，早早起床，加入了晨练的队伍中。

早晨空气新鲜，湖水荡漾，别提有多舒畅了，刘局长觉得自己就像是年轻了几岁，但岁月还是不饶人，跑了没多远，他就感到腰酸腿痛了。看来，自己确实是太缺乏锻炼了，要不是这次一个人去看病，还真不知道自己的身体素质这么差。

湖堤很长，一直通往远处，直到与烟波浩渺的湖泊融为一体。刘局长不像那些退休老人那样轻闲，只走了一段儿就开始返回了。每天有一大堆的各种各样的会等着他去开，有的会是他主持召开的；有的会他只是参加，但最后是要表态发言的；还有的会纯粹就是陪绑，这都是没办法的事情，人在官场，身不由己。

“哎呀，稀罕，刘局长，你也来跑步了？”

“哪里，哪里，身体是自个儿的，身体好了比什么都强。”

“这就对了，人就是想开点，当官是一时的事，身体才是一辈子的事。”

说话的是个从前的老同事，有一段时间，他们一起在商业系统工作过，后来刘局长升迁调到了别的单位，在改革开放的大潮中，国营商业企业越来越不景气，老同事就早早内退了，看气色，光彩熠熠，还真不错。刘局长和他聊了几句，知道他开了一个农贸公司，发了大财。

刘局长陆续碰见了好多熟人，大家都神色异样地看着他，好像不认识他一样。第一天的晨练就这样过去了，刘局长的精神头提了起来，第二天干脆起得更早，这样，免得碰见更多的熟人。可是，无论刘局长起得多早，他还是能够碰见形形色色的熟人，在这座小城，认识刘局长的人太多了。

的确，在这座小城，刘局长的朋友太多了。也不知道为啥，这几天这些朋友好像突然间冒了出来，轮番地给他打电话，问这问那，语气明显地放肆了许多，这让刘局长有点不爽。回到家，老婆子堵在门口就问：“老头子，你没事吧，局长咱可以不当，千万可别伤了身体。”

刘局长正纳闷，老婆子详细地说了情况他才明白，原来他去晨练，熟人都以为他退居二线了，这哪儿挨得着啊？

刘局长一下子瘫坐在沙发上，半天了回不过神。

山下的坟茔

公路旁边有一座小店，来来往往的卡车只要停下来的，都要在小店住一晚上，因为从这里出发三百公里之内鲜有人烟。

小店的主人是年纪在三十岁左右的小两口，他们从哪里来，为什么在这样高寒的地方落脚谁也不知道，谁也不去问。但只要住进这个小店的司机，很快就和这两口子成了难舍难分的朋友。

小店的女主人蜡梅，身材丰满匀称，性格豪爽热情开朗，炒菜做饭样样拿手，荒郊野外的，宾至如归、饭菜可口，那是想都不敢想的事，可他们做到了。

男主人常常去山坡下的草原，张罗着收购羊皮，一车车的羊皮从小店运走，男主人瘦弱的身影也就随着消失了，只剩下女主人支撑着这小店里的生意。

公路从山间蜿蜒而下，到了小店，道路已经平缓了许多。尽管如此，这里的海拔也是3800米左右，来来往往的大卡车运送石棉和芒硝，小店的客人基本上是固定的，就是那些常年跑长途的卡车司机。

在高原上跑运输是一件苦差事，在高原上开旅店，同样是苦不堪言的。粮食和蔬菜都是司机们捎带来的，好在女主人打理得井井有条，吃不完的新鲜蔬菜她都会腌制成咸菜和酸菜，大肉、羊肉一应俱全，红烧、清炖、炒菜，不仅可口，而且营养搭配均衡。司机师傅们只要到了小店，就像到了安乐窝一样，本来厌倦了跑车生涯的司机，现在却改了话：趁着年轻多跑几年，把养老的钱挣下。

可就在今年的夏天，小店空无一人，细心的司机看见店里的陈设整整齐齐，就觉得这主人是肯定要回来的，也许一会儿就回来了。司机等了一天，其他过路的司机也聚集了不少，大家一合计，是不是出事了，因为前几天这里刮了一场黑风，所谓的黑风，风力强劲，天昏地暗，加之山谷沟壑纵横，人畜出事是常有的，会不会是这两口子被黑风卷走了。

几个司机分开向山上走去，一场黑风之后，草原一片狼藉，面目全非，到处是被风吹起的草根，有的沟壑填平了，有的沟壑越来越深，看来，这场黑风确实来势凶猛。几个司机在一条沟壑中发现了蜡梅的头饰，这头饰还是他们中间的一位司机偷偷送的，看见头饰，大伙儿心里凉了半截，蜡梅肯定是凶多吉少。司机们慌慌张张地寻找着，终于找见了蜡梅和她的丈夫，一块从山上滚落的大石头砸在了丈夫的身上，丈夫的身体下面是蜡梅，可以看出，丈夫是在极力保护蜡梅的。厚厚的浮土中，丈夫的身体早已冰冷，而蜡梅却仍有一丝气息，几个司机连滚带爬，把蜡梅背到了旅馆……

几天过去了，蜡梅才从昏迷中苏醒过来，当她明白了眼前的一切后，不顾虚弱的身体，要去看看自己的丈夫，两行眼泪，不由自主地落下来，在场的司机个个神情严肃。

莽莽苍苍的高原，嶙峋嵯峨的大山之下，一座小小的坟茔，又添了新土。

旅店仍然红红火火，来来往往的司机仍然在旅店歇脚。不同的是，每当司机们在旅店门前停下车之前，都要面对着那座小小的坟茔鸣笛。短暂的喇叭声，让蜡梅浑身一个激灵，但稍后她就恢复了往常的开朗，那些疲惫的司机们，因为有了蜡梅，有了这高原旅店，才有了人生诗意的港湾。

正 月

人闲下来难受得很。

大湾村西头的沙滩上，有几个孩子在捉鸟，那里有很多干枯的芦苇和野草，草籽被风吹落在地上，有些草籽干脆就在草穗上，鸟一个个飞来，大都是些麻雀，是这些草籽把它们引来的。有了麻雀，孩子们就来捉麻雀，孩子们捉麻雀的办法就是在沙滩上撒一些比草籽更好吃的小米，等一群麻雀吃得正欢实的时候，猛地扔过去一根木棒子。这麻雀们听见了动静，慌慌张张地飞起来，就被木棒敲死了。

大林走着走着，就走到了沙滩上，沙滩上的孩子们看见了大林，也不去捉麻雀了，四散走开。大林无趣，又从沙滩上返回村庄。

大林一年四季基本上都在外面，大湾村去外面的人不多，大林算是一个。大林去外面主要是去山里开金矿，听说山里的金矿很多，有很多老板发财了，也有的老板赔了，跳了悬崖。大林不是老板，也不是出苦力的淘金客，大林主要是找矿。

前些年，大林在大湾村是个不争气的主，常常打架斗殴，十二岁的那年，他把同村的一个孩子的胳膊打断后出走了，他去的地方就是山里。他跟着一个老右派在山里放羊，走遍了山里的沟沟壑壑。那老右派又是学采矿的，漫长的寂寞的岁月，他都听着老右派说着这山里的事情，哪儿是金矿，哪儿是铁矿，并且是走到哪儿讲到哪儿，大林的耳朵里都磨出茧子了，许多采矿方面的知识也是烂熟于心，自己说起来头头是道。就这样，改革开放之后，大林干起了专门为老板找金矿的买卖，几年之中，他的腰包就鼓了起来。

大林有了钱，首先想到的是回家，回大湾村。他用自己挣的钱，为村里翻新小学校的教室，还为村庄修了一条崭新阔气的柏油马路，这条柏油马路直通国道，可村里的人总是不怎么理睬他，见了面，就像见了生人，脸上没有任何表情，更不用说打招呼了。这让大林有点不理解，过去的事是过去的事，现在的大林已经悔改了，总不能把人一棒子打死。

回到村庄的第一个春节，大林请了县城的秦剧团到村里演出。可看戏的人却稀稀拉拉，没有唱戏的人多，正月里，谁也不去大林家那高大的砖房宅院，他就一个人闲得四处走动。

大湾村的西头是沙滩，东头却是一片湖泊，到了正月，湖水被冻实了，湖面结了冰，人们就到湖里砸冰取水。早晨和下午，总有一拨一拨的人去抬水，那是大湾村的一道风景。正月里，冰天雪地，除了早晨和下午抬水的人，湖面上鲜有人迹。现在是中午，大林闲得慌，就去湖面上溜冰。从前他在山里放羊的时候，到了冬天，山坳积水成冰，他就去那里滑冰，滑到天黑得伸手不见五指，老右派四处找他时，他才罢休。如今，回到他梦魂萦绕的故乡，看见这闪闪的冰面，又使他想起了从前的苦日子，那是多么难熬的日子啊，要不是老右派，他早就冻死饿死了。他和老右派相依为命，好不容易熬出了头，老右派的问题得到了平反，却因为肝病突发去世了。这让大林痛感人生无常，也对自己从前所做的荒唐事追悔莫及。

阳光在冰面上跳动，大林摆动了姿势，滑了一段也觉得无趣，主要是心不在焉。就在他心不在焉的时刻，突然传来一阵尖厉的叫声，不远处的一块冰面破裂了。大林赶紧滑过去，看见一个孩子的头发漂浮在水面上，眼看就要沉入冰层之下，大林也没多想，就跳进了水里。那真是刺骨的冰冷，浑身的衣服如同沉重的石头，把他往水下拖。他用尽平生的力气，猛地托举着，孩子爬上了冰面，而他彻底虚脱了，手脚麻木，沉入湖底，等乡亲们把他从水里捞出来的时候，大林已经僵硬了。

人们都说，大林的命苦；更多的人开始说，其实，大林是个好孩子。

东　风

四十多年前，东风刚刚出生，东风出生的日子是冬天，凛冽的西北风呼啸着，但他爹还是给他起了一个温暖的名字——东风。

东风总是要压倒西风，总是要占据上风，有了东风这样一个名字，谁也不敢欺负东风。

东风在村庄里渐渐长大，等东风长大的时候，村里已经实行了包产到户。村里有人偷偷地说，这是西风压倒了东风。后来有了不管是白猫黑猫抓住老鼠就是好猫的说法，证明了西风并不是不好，只要西风吹得五谷丰登，也应该欢迎。这样一来，一切都变了。

东风迟钝，没有发现这样的变化，还是继承着以往的优越。麦子浇灌第一茬春水的时候，东风挡在闸门边，意思是自己先浇了再说，可别人哪理他，自然是一家挨着一家由近到远。东风还想理论，几个小伙子二话没说，几脚就把东风踏进水沟里了，那狼狈样子，真是可怜。

从那以后，村庄里的生产队名存实亡，各走各的致富道，人们凑在一起组成小集体进山运石头修路，一年下来，有了不少的进项。

东风一家人在生产队的口碑不好，东风爹是生产队长，东风就成了少爷公子，平时好吃懒做不说，还喜欢欺负老实人，村上的人看在眼里，气在心里，那个年代人家掌权，只能忍着。现在，东风想和村上的小伙子一起去外地打工，都没人搭理。

东风做农活不会，打工吃不了苦，家道越来越败落下来，无奈只好在草原上放羊。家家户户的羊收集起来，也有四五百只。东风吃在草原住在草原，天天唱着“东风吹战鼓擂”早出晚归，渐渐地成了气候，是远近闻名的养羊专家。县里引进的各种品种的羊种，到了他的手里，繁育的速度提高了好几倍。

东风是挣了点钱，但一直没有成家，哪个姑娘愿意跟他在草原上过一辈子，东风也不理会自己的婚姻大事，竟然一直未娶。村里人说，东风是长不大的老小伙子，只要跟羊群在一起，他就蹦蹦跳跳的，头上和身上都插满了花。

前几年我回村见过东风，那时他摆了几桌给他爹办寿，八十大寿。村上的老人都参加了，老人们说，这都是托东风的福。一提起东风，东风他爹就连连叹气，说这孩子啥都好，就是没有娶个媳妇，往后还要拜托村上的人多照看。东风听了，眼泪都下来了。

东风给村里的人放羊，一分钱不要，就图个乐呵。村上的人也在过年过节的时候，给他送去米、面、油、菜和肉，东风真正成了吃百家饭的了。

道　班

风呼呼地刮着，夹杂着纷纷扬扬的雪，天气越来越冷了。

平时，枯黄的戈壁上，公路像一条黑色的绸带子，铺在戈壁上，阳光晴好，那绸带子在远处飘，有汽车过来，才把那飘动的绸带子压住。

雪飘了一个下午，公路淹没在了积雪之中，黑色的绸带子像是被风一口气吹走了。小小的道班也在雪雾中显得孤零零的，这样的天气，大概不会有汽车了吧，道班工人从公路的一侧瞭望了一阵，自己把道班的大门关好，走进了那间暖洋洋的小屋。

这样的天气应该煮一块肉，吃肉、喝酒，然后睡觉。道班工人这样想着，就去取挂在屋外的羊腿。奇怪了，羊腿好像没有了。道班地处戈壁的深处，除了来来往往的汽车，连只鸟都很少见，谁会拿走羊腿呢？那可是一只肥硕的羊腿，他一直想着美美地煮一大锅，好好地解解馋。

这羊腿上哪儿去了呢？他顺手去摸门边上的铁钉子，那钉子也没有了。

道班工人披上大衣认真地查看起来，墙上有一道利爪的印痕，这让他大吃一惊，难道是它？

道班工人所说的它是一只老狼，去年冬天的时候，他在屋里吃肉喝酒，喝得他有点迷糊了，迷糊中就看见有个影子进了他的屋子，门是关好了的，怎么会有人进来呢，他也没管那么多，招呼人家吃肉喝酒，可人家就是不动。他就说，这么冷的天，吃吧吃吧，说着就扔过去一大块肉。

第二天醒来，他发现门口有一串狼的脚印，他顿时明白了自己喝醉酒遇见的原来是一只狼。好危险啊，那时他早已不省人事，那只狼要是扑上来，后果不堪设想。

这次，羊腿没有了，肯定是它了。道班工人从屋里拿了猎枪，就气呼呼地出门了。这老狼，还没完没了了。

道班工人走了一圈，四溢野茫茫，一派雪景苍苍，连个狼的影子都没看见，可能它已经跑远了，吃饱了喝足了，难道它还等着挨枪子。

狼叼走了他的美餐，他一下子就陷入了莫名的愤怒之中，本来他是在热乎乎的屋子里喝酒吃肉的，现在，只能啃干馒头吃咸菜了。都是这可恶的老狼。

正要进屋，他发现了库房门口有点异样，库房主要是放煤和柴草的，门都是敞开着的，这时候却虚掩着。道班工人端着枪，从窗户观察：真有一只狼，它的身子下，还有一只小狼。就在这一刻，老狼似乎发现了他，警觉地用身体护着小狼，眼睛里闪烁着坚定的光芒。

这么冷的天，这也是一条生命啊，道班工人又想起了去年冬天的往事，他觉得这是一只义狼，不然他早就没命了。

他慌忙到自己的屋里，找出了一堆火腿肠，剥了包装，全部扔进了库房。

这一夜，道班工人没有睡着，也没有听见丝毫的响动。从那以后，他再也没见过那只老狼和它的孩子，只是每年的第一场雪后，道班的门缝会塞进一只野兔子。他知道，那是老朋友的礼物。

解　码

那天，王一和杨二要是碰不到一起，也就没有后来那些烦心的事了。

那天，王一刚刚从饭馆出来，想去饭馆旁边的浴池洗个澡，醒醒酒。王一这几年不容易，为了生计，求爷爷告奶奶像个三孙子似的，从来没有趾高气扬过一次。就在他向着浴池走去的时候，杨二一把拉住了他。杨二主要是倒腾蔬菜瓜果，把南方的运到北方，把北方的运到南方，听说这些年挣了不少。杨二是在火车上认识王一的，杨二最大的优点就是见面熟，无论是什么人，只要和他拉扯上关系，你是跑都跑不掉。

这不，王一被杨二拉住，就等于被黏黏的糨糊粘住了。王一说我还有事。杨二说我知道王哥有事，我们的事肯定是一回事。

杨二聪明，知道王一是要去澡堂，就和他一起去澡堂，而且要了一个豪华包间，账全部记在他身上。这下，王一没啥可说的，反正今天有的是时间，你杨二再能聊，我就陪你吃晚饭。王一打定了主意，心情舒畅多了。

杨二和王一泡着澡，喝着茶和啤酒，互相了解了情况后，杨二说，现在都啥年代了，还做装修的生意，那能赚几个钱。一句话，说得王一有点心酸。的确，这些年，他赚的都是血汗钱，不像杨二，只要信息灵通，一次就挣得盆满钵满。

不过，王一是个明白人，他并不埋怨自己的命运，想想这么大的城市，刨食吃的人太多了，他算是衣食无忧了，比上不足比下有余，他知足了。

杨二看出了王一的自足心理，杨二说，今天既然咱俩碰上了那就是缘分，做生意，讲究的就是个缘分，我明天就去南方，弄一批辣椒。如果你信得过我的话，入一股，保准让你有赚头。

过年这阵子，辣椒紧张不说，价格也高，赚一笔不成问题，这一点，王一知道。王一的表弟就是个小菜贩子，把东市的菜运到西市去卖，一天辛辛苦苦下来，只赚个差价。

王一不说话，只是听着杨二说，本来他是想着老老实实做自己的装修生意，苦是苦点，但心里踏实。掺和别的生意，自己不太熟悉，容易跑偏，如果跟头摔大了，一次，就跑不起来了。

人都有鬼迷心窍的那一刻，就在王一越来越清醒的时候，他突然间无限钟情那鲜绿的辣椒了，杨二是本市人，这几年在道上做生意，也没有听见关于他的丑闻，投进去不碍事。两人有了共同语言，王一的投资从五万上升到了二十万，这是他的全部所有，把店铺都压上了，如果不出意外，就能净赚四十万。

意外总是不偏不倚地发生了，杨二自从拿了王一的投资后就人间蒸发了。王一分析事情的前前后后，认为一开始那就是个骗局。王一没有把持好自己一贯遵守的生活秩序，一个跟头栽进了深不可测的黑暗之中。

骗局就是一个精心设计的密码，知道谜底后，才知道它是多么简单啊。王一恨自己，滔滔不绝地说着密码、密码，街上的人说，他精神失常已经有一段时间了。

黄草营

冬天的黄草营，稠密的黄草被风吹拂着，一天比一天瘦弱，不像春天，风从山谷吹来，从戈壁吹来，吹出小草，吹出小草的纤柔的叶片，再吹出一丛丛茂盛的草，那些草连在一起，浩浩荡荡地漫向戈壁。

黄草营是一座村庄，一条小溪从山谷流出，浸润了一大片绿洲，村庄就在绿洲的中心。站在村庄的屋顶上，就能看见戈壁滩，戈壁滩的荒芜与村庄的生机，被时光打磨得晶莹葱翠。

绿洲的水源所渗透的地方，逐渐融合了生命的种子，流水冲积的土壤，一层层叠起绿色的波浪。而在戈壁的边缘，严酷的自然环境仍然像一把锋利的刀子指向田园的温馨，阻挡那把刀子的利器，则是一排排防风林带。沙枣树是耐盐碱、耐干旱的植物，只要有一点点水，它就尽其所能地生长，过不了几年，几棵沙枣树就会蔓延成一片沙枣林。

除了沙枣树，绿洲上最高大的植物就是白杨树了。黄草营的白杨树通常都种在村庄的四周，家家户户的院门前粗壮的白杨树挺拔高耸，十年树木，到了时间，砍伐了，就是成材的木料。修新房，做家具，白杨树能派上大用场。

我去黄草营是因为扶贫，单位上抽调干部下乡，协调扶贫项目的实施，我就住在了黄草营，人生地不熟的，我总是三天打鱼两天晒网，一年多的日子，在村里住的时间也就两个多月。要说贫困，黄草营还真不算贫困，只不过是偏远罢了。我觉得偏远有偏远的好处，那就是土地资源丰厚。在黄草营，一户五口之家所拥有的耕地达到了三十亩，如果勤快一些，开垦几亩荒地，吃的喝的都有了。

在黄草营，立竿见影的项目只能是农业项目，我帮着村民们从外地引进了优良的辣椒和大蒜品种，没想到辣椒和大蒜全面丰收，销售也是一路走旺，黄草营狠狠地发了一把。年跟前，要好的农民朋友到我的家里来，带着自己种的土特产，感激我的指点。那天，我和我的那帮农民朋友们边喝边聊，我警告他们，往往是今年辣椒大蒜好卖，明年就会烂在地里没人要，这是规律。我建议大家种土豆和洋葱，有了种辣椒和大蒜的成功先例，几个朋友都听了我的，第二年种了土豆和洋葱。

事情似乎过去好长时间了，在我快要忘记黄草营的时候，我的那帮农民朋友接二连三地找我了，他们的土豆和洋葱堆成了山，贱卖也卖不出去，而村里种辣椒和大蒜的人家仍是旺产旺销。没办法，这帮兄弟是听了我的话才有了今天的结果，我得帮他们。

几个月里，我跑遍了所有的关系，请客吃饭送礼，总算把黄草营的土豆和洋葱推销出去了。回想起那段日子，心里都发毛，嘴上一时痛快，惹了这一堆麻烦。

后来听说黄草营真正成了有名的土豆村，他们种植的优质土豆销往全国各地，辣椒和大蒜已经种得很少了。看来，我的判断还是准确的，只是没有跟上那小小的时间差。

从那时开始，黄草营就成了我人生当中的一个亮点。尽管它远离我生活的城市，但一想起它，我的内心就充满了自豪。

雪 夜

刚一出门，就扑了一身大雪。

下班的时候，只是觉得阴冷阴冷的，但没想到要下雪，这雪飘飘洒洒地落下来了，刘林就觉得不踏实。他赶紧掖紧衣服，朝雪雾的深处走去。

距离英子放学还有一段时间，他想一个人在雪地里走走。英子眼看高中就要毕业了，过了这个冬天她就会考入外地的大学，这是她一直以来的期望，她为这个期望付出了艰辛的努力。刘林知道，英子的动力，是早一天脱离这个家。

刘林不禁鼻子一酸。英子从小到大是他的掌上明珠，妻子去世之后，英子一度情绪低落，学习也直线下降。好不容易度过了这忧伤的时期，自己又经不住诱惑，娶了一房娇妻，这让英子更加悲伤。她曾说过，她从心眼里瞧不起刘林。女儿长大了，刘林也没办法，面对女儿的谴责，他只好小心应付。他感觉到，英子发疯地学习，是想离开这个破碎的家。

刘林再婚的那一天，英子没有回家，是住在同学家的，他几次想和女儿认真地谈一谈，可每次都是不欢而散。看来，英子已经深深地记恨他了。记恨他的同时，增添了对母亲的怀念。由此，刘林觉得，亡妻是幸福的，有这么一个优秀的女儿在惦记着她，她也应该安眠于九泉之下了。

雪越下越大，刘林挤在了校门口，那里有很多的家长在接自己的孩子。说心里话，不管怎样他都是喜欢英子的。除了再婚，他所做的一切，都是为了英子。

校园门口的人群开始涌动了，学生大概放学了。刘林专注地看着走出校园门口的孩子。时间一分一秒地过去，却没有英子的影子。校园门口的人一下子稀疏了，漫天的雪花真切起来，英子去哪儿了呢？

刘林急忙去了英子的教室，教室里一片黑暗，学生走光了。刘林紧张了起来，难道英子没有上晚自习。他拨通了老师的电话，老师说，英子晚上放学就回家了，可能是从学校后门出去的。

刘林快速去了学校的后门，并一路追了上去，在路过公墓的时候，他猛然意识到英子可能在那里。妻子是在落雪的时刻走的，纷纷扬扬的雪，如同刘林和英子凌乱而痛苦的心情。那场雪永远地留在了刘林的记忆中，刘林说，那雪是妻子的灵魂，走在雪地里，就能听见她的呼吸，就能听见她说话。那个时刻，父女俩依偎在一起，悲伤中有了一丝丝的温暖。

刘林去了妻子的墓地，果真，英子跪在那里，他也无声地跪在英子的后面。他对妻子的感情是留在内心的，人死不能复生，一个人总不能在情感的阴影中生活一辈子。

夜深了，雪覆盖了父女俩的衣服，刘林轻轻拍了拍英子的肩膀，他俩慢慢走出了墓地，雪中的墓地渐渐模糊了。

英子在父亲的怀里忍不住哭了，刘林也流下了眼泪，似乎妻子也回来了，那暗夜的雪花中有她的身影。

盐　池

从村庄走到盐池要一晌午的路程，因而盐池边上有一个草棚子，供挖盐晒盐的人纳凉和休息。后来这个草棚子被几个外来户扩建成车马店，旁边打了一口甜水井，草料、柴火、房间一应俱全，南来北往的车户，可以在这里做饭、喂马，然后，不到一天的路程，就进城了。

经营车马店的人靠着车马店生活，住店的人，给几个钱就行。实在没钱了，拿车上的货物抵顶也行，一般都是些粮食、布料之类，临走，车马店还要送给车户一袋晒好的盐。时间长了，来的都是熟客，会把绿洲上的蔬菜水果，带到车马店，让久居盐池的人尝尝鲜。

日子一天天过去，车马店的生意不好不坏，可孩子们长大了，这家人就在朋友的帮助下，置办了一辆马车，把盐池的盐运往绿洲，换回粮食、蔬菜，一年下来，也有可观的收入。

车马店的老板有一个女儿，这一年长到了十八岁，出落得水灵灵的，像盐池一带的马兰花，人们就叫她马兰。过往的车户只要是路过车马店，闲下来就和她唠叨天南地北的事，马兰也听得仔细，听到有趣的事情，还问这问那，很讨人喜欢。马兰帮着车户们打水、喂马、做饭、洗衣服，车户们也把从外面带来的好东西偷偷塞给马兰，像梳子、镜子、糖果之类，马兰也不客气，很爽快地就收下了。渐渐地，马兰有了心思，常常一个人坐在车马店门口的沙丘上，向着远处遥望。

只有车马店的老板知道，她在等谁。

按理说，那是个不错的小伙子，机灵、能干，性格也好，有说有笑，仿佛天下没有难倒他的事，但一个车户，走南闯北的像在水上漂，车马店的老板说啥也不愿意把女儿嫁给她。看着女儿痴情的样子，车马店老板只有暗自叹息。

这天，小伙子又来了，给车马店老板带了一坛子酒，下午的时候，一个人出去又套回了两只野兔子。晚饭时分，整个车马店香喷喷的，小伙子把炖好的兔肉端到车马店老板的面前，倒了一碗酒，恭恭敬敬地跪在地上。车马店老板沉默着，小伙子在沉默中一直跪着。思忖良久，车马店老板发话了：你要是在绿洲有地有房子，就把马兰带去吧！然后把那碗酒一饮而尽。

小伙子重重地磕了头，就走了。

时间过去三年了，小伙子没有踪影，五年了，小伙子还是没有踪影。车马店老板劝女儿出嫁，可女儿死活不答应。一度要等到小伙子的音讯。天天坐在车马店门口的沙丘上痴痴地望着远方。

其实小伙子的音讯车马店老板早就知道了。那小伙子为了挣到一笔大钱，帮人走沙漠，半路上埋在沙尘暴里了，一同淹没的人还有好几个。他把这件事藏在心里，没对任何人说。可终究纸里包不住火，马兰也走进沙漠不见了。

从此车马店荒废了，只剩下几间破旧的房子。来往的车户看见了，都说，那曾经是一间多好的车马店啊，怎么说没就没了。

伊　人

喜欢一个人，见了一面就喜欢，以后不见面了，很久都没有机会见面，就一直喜欢着，漫长的时间里，在想象的空间，把她所有的缺陷都抹掉了，剩下的，只是她的温柔与美。

我有过这样的经历。

二十多年前，我从偏远的村庄到城里的学校读书，那是高三的最后一学期，我的同桌是一位漂亮的女生，紧张的学习期间，我甚至都不敢正眼看她。只是在毕业分手的那一刻，互相说了一句道别的话。恰恰就是在这时候，我看清了她嘴角的一个乌痣，她浅浅地一笑，那乌痣反而显得越发妩媚。

在假期的那段时间，我很想去城里找她，仅仅是几个月的同学就去找她，真是没有理由，但心里禁不住想她，觉得她是我见过的最美的女孩。

村庄里的人常常把自产的蔬菜、家禽和鸡蛋拿到城里的集市上出售，无非是坐在集市的角落，摆放好要出售的物什，同买东西的人砍价，然后成交。手里有了钱，家长还允许你买一个糖酥饼，吃着糖酥饼逛街，有说不出的乐趣。可自从有了那位女同学，我死活也不愿意去城里的集市，哪怕面前摆着一百个糖酥饼。

后来，我考上了大学，毕业后留在了省城工作，就很少回家了。即使回到了家里，也是匆匆地看望了父母，又踏上了归途。

见了中学同学，就能想起那个女生；想家的时候，也能想起那个女生。

虽然省城川流不息的人群里，不乏窈窕淑女的身影，但在心里，还是觉得，她是我所见过的最漂亮最温柔的女孩。有时还突发奇想，要是能和她结为百年之好，此生也就算圆满了。

岁月流逝，转眼间我已是孩子的父亲了，人到中年，繁忙的工作，沉重的家务，往事已渐渐淡出了记忆。在家里闲聊，妻子问我，有没有过撕心裂肺的初恋。我说，撕心裂肺太恐怖了，只有过暗恋。一个同桌，相处的时候没有说过几句话，离开了，那个朦胧的形象，一点点凝聚成一个完美女人。妻子听了，笑声不止。

一天中午，我正要下班回家，手机响了，打手机的是个陌生的女人，我小心地应答，几分钟之后，我才弄清楚，她就是我的梦中女孩。

她在一家酒店订好了饭菜，等着我。我赶紧通知妻子，一同赴约。看见她，我想到了一个词：时过境迁。她肥胖的身体像是鼓圆的气球，整个身材都变了形，奇怪的是那个乌痣却没有了。问起来，她说做美容做掉了。

她说，她已经当科长了，这次来省城跑项目，而那项目，正是我主管的业务，她算是找对了人。她一个劲地说我学习多好多好，她早就预料到我有远大的前程。说着，就把家乡的一大堆土特产往我手里塞，弄得我尴尬无比。

回家的路上，妻子笑得前仰后合，边笑边说：原来，她就是你的梦中情人。

白杨树下

绿洲的原野，白杨树几年就换一茬，伐倒了老树，做了日常的木料，再栽下从白杨树上砍下来的枝条，用不了多久，它们就冲天直上。所以，村庄里的人们也叫白杨树钻天杨，如果是树龄很大的老树，它会高得望不到头，树梢能挂住云。

村庄里有老柳树、老榆树，却鲜见老的白杨树，只有偏远的河谷，河帮子上才有几个人才能合抱的白杨树。

大泉河谷，就有成片的粗壮的白杨树。

村上的人说，白杨树长老了，就成精了，一刀砍下去，就像砍在人身上，那是要折寿的。奶奶还给我讲过这样的故事，说一个人有一百二十年的阳寿，可他一口气砍倒了二十棵百年的白杨树，盖了一座大院子。院子盖好了，他也到寿辰了，人死的时候，连个棺材板都没备下。这样算起来，一棵老白杨树，就顶了四年的阳寿，他只活了四十岁。

大泉河谷里的白杨树生长了多久，没有人知道，它们的根连在一起，树枝交错，如同一道树墙，窄窄的缝隙，老鼠都钻不过去。

一河谷的木材，也有人眼热，也有不信邪的。曾经就有人赶着马车，偷偷地去砍伐。只是过了几天后，马自己回来了，在绿洲的草地上悠闲地吃草，就像哪儿都没去过一样；马车翻倒在河谷，人被冲到下游的河滩，被水浸泡得像个气球。

大泉河谷有一个道观，香火清淡，但老道人并不急于求成，他只是年复一年地种树，种的树全是清一色的白杨树。除了门前的空地上开垦了一片菜园子，走道两旁、河谷两岸，到处都是白杨树。麻雀、喜鹊、乌鸦、老鹰，在树杈间搭窝，一根根枯枝在树杈间架起来，竟然是蔚为壮观。只要有些许的动静，众多的鸟儿哗啦啦地飞起来，形成一股强劲的风势。

老道人坐看云起，一壶茶，伴着啾啾的婉转的鸟鸣，一坐就是一个下午。高处的河洲，老道人特意用白杨树围起了一个小的圆圈，那圆圈的占地，也就只够老道人一人打坐，开始人们不明白老道人这是做什么，后来人们恍然大悟，那是老道人在给自己修筑天然的墓穴。

白杨树一年年长大，粗壮的主干互相拥挤，挤成了一个圆圈，而高处的枝条全部合拢起来。这时候，老道人知道自己的时辰到了，穿了崭新的衣服和干净的鞋子，走进那白杨墓穴，在白杨树圈的入口处又栽种了一棵白杨树苗，没几天，就坐化了。有人从树缝里看见了老道人的脸，安详平静，就像刚刚睡着的一样。

后来，这些白杨树长啊长啊，长成了一棵白杨树，大概有六七个人才能合抱，这棵树，树梢伸出了河谷，与天上的云彩搅和在一起，像是一张笑脸。

等　待

有一种面对面的等待，却用了整整一生。

她坐在树荫下，闭着眼睛，紧靠着那棵老榆树。尽管已经老了，她的皮肤却还是那么光滑，只是头发花白，要不然，就跟年轻的时候一模一样。

村上的人把一年年的时光分成快日子和慢日子。慢日子，就是那些苦熬的日子：粮食不够吃，孩子的学费没凑够，家里的老屋漏雨，眼看着这日子就过不下去了。一天天地熬着，想着法子让这柴米油盐酱醋茶的事情顺当些，做梦都会半夜惊醒，两只眼睛望着天窗里的星星。这快日子，就是苦日子熬到了头：粮食年年丰收，家里盖起了大瓦房，不愁吃不愁穿，日子啊，就像流星一样，唰地就过去了，一过去就是好几年，还没来得及照镜子，脸上就是一堆的褶皱。怪不得有褶皱呢，孙子都满街跑了。

可她一直在慢日子中熬着。想起那年，她为了找二柱子来到村里，看到二柱子那一刻就天旋地转，平静下来之后，就掉进了一潭苦水里，自己品着苦水，竟给自己的日子品出了滋味。

那是四十年前，她和二柱子在县里的水库工地认识，两个人常常偷偷跑到柳树林约会，发誓厮守到老。可过了半年，这个誓言就像遭了天打五雷轰，碎成沫沫了。

她从干旱山区逃荒晕倒在水库工地，好心的人就收留了她，正好跟二柱子分在一个组，两个人一来二往、眉来眼去，一下子就迸发出了感情的火花。

这火花后来蔓延成大火，烧得两个人睡不着觉。

水库工地的活收尾了，二柱子回村去了，临行前，二柱子信誓旦旦：过一个月，就接她回村成亲。一个月过去了，两个月过去了，她找到了二柱子的村庄，那情形，又让她晕倒了一次。

那时候，二柱子已经跟村主任的女儿结婚了。那个年代，不兴自由恋爱，儿女的终身大事，都是父母说了算，二柱子到底拗不过父母的意志，酿成了终身的遗憾。

一个逃荒的单身女人，能到哪里去呢？在这样的绝境下，只有一死了之。她一个人向戈壁跑去，几次三番，都被村上的人拽回来了，被安置在村里的五保户老人家，成了那位老人的干女儿。

二柱子自打结婚以后，未来的生活就被蒙在迷惘之中，郁郁寡欢，醉生梦死，在五六年中，老婆坐马车摔伤了腿，成了残废；老丈人贪污储备粮，被抓进了监狱。孩子倒是生了一群，两个男孩，三个女孩，苦闷的日子，二柱子刚刚四十岁就走了，他前脚走，后脚老婆就跟着去了。

是她，把二柱子的几个孩子拉扯成人，成家的成家，出嫁的出嫁，还算是完满。遇上难肠事，她就絮叨着，都是前世欠他的，现在要还了。

她坐在树荫下，好像二柱子拉了一把，那一把拉得很狠，猛然间她就跌倒在二柱子的怀里了。她想说一句，四十年了，你才抱我一次，有这一次，我也满足了。

那句话没有说出来，人们发现她的时候，她倒在老榆树下，安详地过世了，脸上有一丝丝甜蜜的笑容。

孩子们把她埋在父亲的坟堆旁，立了母亲的牌位。

铁 蛋

在乡村的田野上，人和人的接触一眼就可以看见，除非是黑夜，两个人影从各自的门院走出，悄悄地隐没在柳树林，这时候，村里的狗乱叫，人们也只看见隐约的身段，但也大概知道那是谁谁谁，铁蛋就是这样被村里的人发现的。

如果有人送你一杯开水，或者送你一个馒头，这没什么，哪怕是一个年轻漂亮的姑娘。如果有人送你绣有花饰的手绢，那就大有深意。

铁蛋不是白痴，他知道春花为啥送他手绢，他也知道那是春花每天夜里绣啊绣啊，把所有的心思都绣在花纹上的手绢，那手绢送给了他，就像天上掉下的大金瓜，抓在手里，心却扑扑直跳，跳得摁都摁不住。

激动得不行，他就趁热打铁，在和春花擦肩而过的时候，偷偷约了她。月上柳梢头，人约黄昏后，都是二十好几的人了，干柴遇烈火，一点就着。

就那么一次，铁蛋摸了春花嫩嫩的小手，只有那嫩嫩的小手，才能绣出如此精致的手绢。铁蛋忍不住去抱春花、亲春花，可被春花用手挡住了。春花说，只要有这份心，她等着。

村上的习惯是明媒正娶，铁蛋得请了媒人正式向春花家提亲，春花家同意了，订下了日子，他们才能在一块儿去城里买衣服，即使买衣服，也有亲戚朋友陪着。

月光似水，春花的眼睛满含深情，那深情一点点洒落在铁蛋的身上，铁蛋浑身都麻酥酥的，像过了细微的电流。那夜短暂的相会，那夜明亮的月光，就那样定格在了铁蛋的记忆之中，成为享用不完的幸福。

人们还是知道了铁蛋和春花在村外柳树林里约会的事，开始说，铁蛋和春花抱在了一起，亲了嘴；后来又说，两个人在林间草地上滚来滚去，衣服都撕扯破了。总之，越传越难听。话传到了春花爹的耳朵里，已经听不下去了。春花爹剧烈地咳嗽着，就在这当儿，铁蛋请的媒人来了，说是给春花提亲。

好像是生米做成了熟饭，不答应没办法，春花爹忍不下这口气，丢下一句话，等铁蛋开回一台拖拉机，他们就成亲。

这也是一句气话，对于这样一座偏远的村庄，拖拉机就像飞机一样可望而不可即！在那个年月，一台拖拉机要六七千元，可村庄里一个家庭的年收入也就几百块钱，上哪儿开一台拖拉机回来，是偷还是去抢啊。听了这话，春花当时就哭了，哭得像个泪人似的。

可媒人把话传给铁蛋，铁蛋却高兴得手舞足蹈，铁蛋这两年在外地打工，挣了两千多元，再去苦干一年，拖拉机就到手了，拖拉机到手了，春花也就娶回家了，他为什么不高兴。

第二天一大早，他就走了，走得杳无音信，一年多了，才回来，回来的时候，他果真开了一台崭新的拖拉机。那是村庄第一台拖拉机，全村的人都围过来看，只是铁蛋的一条腿瘸了，说是在建筑工地砸伤的，老板赔了他三万块钱，他自己挣了一万块钱。

铁蛋成亲的那天晚上，入了洞房，铁蛋却迟迟不睡，他央求春花陪他去一趟村外的柳树林。还是那样皎洁的月光，铁蛋拉住春花的手，亲她，拥抱她，他俩抱成一团滚在草地上，高高的青草，压倒了一片。

大汗淋漓中，铁蛋说，这样的情景，在他的梦中，重复过数百次。

春天来了

父亲说，把他的狗皮褥子找出来。母亲就翻箱倒柜地找，一大堆老物什抖落炕上，最后总算是从箱子底取出了那发黄的狗皮褥子。母亲说，这都压了箱子底了，你还要它干啥？父亲把狗皮褥子翻来覆去地看，像是在把玩，又像是在抚摸，总之，父亲的目光落在狗皮褥子的那一刻，就没有离开过，更没有听进去母亲的问话。他自言自语：还是这狗皮褥子能治好我的腰疼病。

父亲把狗皮褥子铺好，在大茶缸里放了一大块茯茶，让母亲倒了开水，就在炉子上熬。父亲躺在狗皮褥子上，听着大茶缸的茶水咕嘟嘟地翻滚，惬意地哼起了小曲。

父亲最大的爱好就是喝茶，夏天的时候，坐在老柳树下喝茶，冬天，就躺在炕上喝茶，一大缸茶喝下去，他就神气起来了。

父亲早年常常出远门，赶着马车拉柴、运盐，一出门就是十天半个月，回来后住一两天又出门。出门的日子，母亲总是水壶挂在马车的车帮子上，父亲一伸手就能取到。还不忘在挎包里装一大块黑乎乎的茯茶。

父亲一直讲他的一次奇遇。那是一个夏天，他赶着马车在戈壁上走着，远远地看见了一个黑影，这让父亲无比紧张。戈壁上，除了豺狼和豹子，再也没有别的动物敢拦马车的道。走近了一看，是一个晕倒的人，还是个年轻的女人。父亲给那女人灌了一壶水，她才醒过来，醒过来后，又吃了一包干馒头。

这女人是逃荒的女人，走在半道上，又饿又渴，就晕过去了。那女人在父亲的马车上坐了三天三夜，到了草原上，她抢着饮马、割草、做饭，农家的活路她样样都干得顺手，一看就是个利索人。

这几天，一个人的口粮两个人吃，父亲虽然忍饥挨饿，但心里舒坦。毕竟救人一命胜造七级浮屠，而且救的还是个面容敞亮的女人。

一天夜里，距离村庄还有一天的路程，父亲早就让女人睡在马车上，自己在靠近马车的草地上睡，他刚迷迷糊糊地睡下，就有一双滚烫的手抱住了他的头。他一惊，知道是那个女人，便猛地推开，说自己已经做了父亲，那女人哭了起来，父亲劝她好好活着，在村庄里给她找个婆家。

那回，父亲不仅拉回了一车盐，还给村庄带回来一个女人，那女人就嫁给了村里的光棍汉刘老三。父亲常说，有福的人不用忙，就像这刘老三，白捡这么好的一个媳妇。

父亲躺在柔软的狗皮褥子上。春天来了，窗外的柳树枝上泛起一层鹅黄色，过不了几天，整个枝枝杈杈就会挤满绿叶。父亲说，这辈子，能躺在狗皮褥子上喝茶，都是前世修的福。母亲笑着说，这日子越过越好，喝口茶就算是福，那吃肉喝酒就当皇帝了。父亲没有辩解，安心地品咂着茶缸里的浓茶，母亲顺手往炉子里添了一根柴火，火势一下子凶猛起来，发出呼呼呼的声音。

草原上的秋天

今年的秋天，我又忍不住想念卓玛了。尽管去一趟草原要坐整整一天的火车、半天的汽车，再步行半天，辗转两三天的时间，都是在路上，都淹没在仆仆的风尘中，但我还是想也没想就出发了。因为在我的脑子里，全是卓玛的影子。

卓玛是草原上游动学校的老师，硕大的草原上，她像一只候鸟，飞到这座帐篷，又飞到那座帐篷，孩子们见她来了，也像鸟儿一样，聚拢在她身边。

卓玛会在哪里呢？在这个秋天，草原上遇到了少有的旱情，水越来越少，许多泉眼都干枯了，人们赶着羊群向着有水的地方走，可走到哪里都是一样，干旱蔓延的速度，比人的脚步更迅速。

家长们把更多的心思放在了如何度过这干旱的天气，眼看着牛羊一天天栽倒在地上再也起不来，眼看着草地像一块风干的馕，没有一丝丝水分，人们开始请来城里的钻井队。在草原上钻探深井，这是从来没有过的事情，草原上从来都是水草丰茂的，奇怪的是钻井队的人选了好多地方都觉得不合适，勉强钻下去的井也是水量不足，好像是远水解不了近渴。于是大家都在盼着一场雨。

我找见卓玛的时候，她正一个人坐在帐篷里发愁。她说，她要是雪山上的雄鹰，就一点点衔来那万古不化的雪，润泽草原的嘴唇。我说，只要虔诚地等待，就会有一场瓢泼大雨君临草原。

我来的第二天，那场瓢泼大雨果然来了。这样的巧合，使我成了最受欢迎的贵客，本来我是想和卓玛安静地待一阵子，可家家户户的牧民总是请我去喝酒吃饭，一连好几天，竟然没有单独与卓玛相聚的时刻。

草原的秋天光鲜极了，一场雨过后，泉水汩汩地冒出来，溪流欢快地流淌起来，就好像没有发生过干旱的天气一样。

我约卓玛在一面草坡上躺下来，我想让卓玛跟我回到城市去，卓玛却无限留恋自己的草原。她说，她在城市可能不习惯，而在草原，一切都是自由的、快乐的。卓玛坚定的神情明确了她的态度，这样的情况下，我们只能是朋友，深厚的友情阻挡在一个神秘门槛的外面，说不清楚的痛苦时时袭来。

我骑上一匹马疯狂地奔跑，那脾性暴烈的马几次把我从马背上重重地摔下来，我还是倔强地爬上去。那天，我浑身上下青一块紫一块，却感觉不到一点疼痛。

卓玛看着我，实在看不下去了，就转过脸去。秋天的草原一望无际，卓玛的影子越来越小，就像一个黑点，就像一只落在草地上的鹰。

漂浮的蜃景

王三猴子跑了。

当这个消息像风一样传遍村庄的时候，竟然没有一丝丝的伤感和悲哀。村里丢一只鸡，还有谁家的婆姨骂半天街呢。难道这王三猴子还不如一只鸡。

有人说：这王三猴子，把人活窄了，也该走了。

村上的人把自寻短见的人通常叫作“跑了”，意思是再也不回来了。自寻短见的方式多种多样，有跳井的，上吊的，抹脖子的，王三猴子可好，使劲往戈壁上跑，一直跑进那漂浮的蜃景中，三天不见影子，也就渴死或者饿死了。这不，王三猴子都跑了七天了，估计已经是一堆骨头了。

没有了王三猴子，村庄倒是安静了许多，年轻后生们开始安心田野里的活路，再也不东跑西颠的，说是打工挣钱，实际上是跟着王三猴子尽干些偷鸡摸狗的事。三天两头就有派出所的人来，淳朴偏远的村庄哪见过这阵势，警车呜里哇啦地响，把王三猴子几个叫去问话，最后也没问出个什么名堂。

王三猴子家里排行老三，人长得瘦小但却机灵得像猴子一般，人们就叫他王三猴子。出了这样的事，王三猴子被赶出家门。离开村庄的时候，王三猴子扔下了一句话：再也不回来了。等家里人回过这句话的味儿，已经晚了。戈壁上，王三猴子消失得无影无踪了。

这事儿过去快一年了，人们差不多都忘了王三猴子，村里又发生了几个年轻人结伴跑戈壁的事。这可了不得了。几个年轻人的家长哭得死去活来，村上派了几拨人找了几圈，生不见人，死不见尸。难道他们像鸟儿一样飞了？

家长们说，平时这几个人好好的，也没有发生特别的事，怎么说跑就跑了？是中了魔咒？就在整个村庄还沉浸在巨大的恐惧之中的时候，有人要捐款20万修建村里的小学。真是怪事连连。

听说过几天那个腰缠万贯的大老板要亲自来村上参加小学校的开工仪式，话说间，刚刚过了三天，就有一辆越野车从戈壁上扇起一大片沙尘，向着村庄飞驰而来了。村主任赶紧搬出锣鼓热热闹闹地迎接尊贵的客人。可越野车停稳后，车上走下来的人，却让村里的人又惊又喜：原来是那几个跑进戈壁的小伙子。

家长们一把鼻涕一把眼泪地拉着自己的孩子诉说离别的痛苦，可小伙子们手一甩扔一大捆人民币，说忙得很，要走。这让村里的人丈二的和尚摸不着头脑，孩子们抢银行了，一下子哪来这么多钱。

小伙子们知道乡亲们的迷惑，就解释这钱不是他们的，是王三猴子王总托他们带给村里的，王总不方便回到村里来。听到这里，乡亲们更迷惑了，王三猴子，王总，他不是“跑了”吗？

原来，王三猴子和村上的年轻人一起外出打工，常常受到老板的白眼，看到王三猴子又瘦又矮的样子，什么东西丢了都怀疑他，这才有了派出所来村里的事。后来，王三猴子去了戈壁的沙沟，他在打工的时候听人说那里有金子，果然，王三猴子把自个儿的小命压上，一年下来，人脱了一层皮，身材也越发矮小了，但却从沙沟挖出了几百万。自己发了财，他又把村里几个要好的哥们请了去，这就是几个年轻人“跑戈壁”的事的由来。

听了王三猴子的事，大家都觉得看人看走了眼，这都是老眼光害的。

一股沙尘，越野车走了，从村庄看出去，戈壁无垠，那漂浮的蜃景，就像一片桃树林。

沙滩上坟茔

我又来了，站在那片沙滩上。去年堆放的石头，已经被沙子埋了多半截。我的情绪也像一截石头搁在心里，难受。

孤独不会带走一个人，只有绝望，才把人埋葬在这片沙滩上。

你说，你喜欢沙漠，可揭开沙漠虚伪的外表，就是无限的绝望啊。

几年下来，在这方圆一百多公里的沙滩上，你来来回回走了几十次，你用你牢靠的专业知识，展开了无数次的挖掘，可每一次，都是无可奈何的失望。

这是古代丝绸之路的咽喉要地，许多文献中都记录了这里的辉煌，而你还找到了关于爱克斯城堡的地图，那是一个游走四方的商人绘制的，距今已有一千二百年的光阴了。物换星移，那个该死的爱克斯城堡偏偏迷住了你。

记得在绿洲的果园里，春天的桃花就像你脸上的红晕，你是那样的纯真和执着。即使我们相拥在一起，享受爱情的甜蜜，你也滔滔不绝地讲述你的爱克斯城堡。仿佛它是你前世的冤家，比我更具有诱惑力。

之后的很长一段时间，你缜密的论述和具体的指向，引发了无数的争论，但更多的是怀疑。本来是单纯的学术探讨，现在却变成了一场史无前例、旷日持久的口水战。沽名钓誉也罢，想入非非也好，最关键的是要有铁的证据，这铁的证据，就是挖掘中的实物，哪怕是蛛丝马迹，也是佐证的有力材料。

可是，这个爱克斯城堡总是躲躲闪闪，像捉迷藏一样，把你引向了绝望的深渊。面对导师的谴责和学界的唾骂，你选择了自戕。

就在这片沙滩上，你用心爱的洛阳铲刺入了自己的胸膛，等有人发现的时候，你整个身体已经彻底僵硬了。你怎么就为了一座冷酷的爱克斯城堡，猛然割舍我的情谊。

一场悲剧使大家都沉默了。就在人们沉默之后刚刚要说几句话那一刻，又有巨大的波澜掀动了起来。就在你自戕的地方，人们开挖墓坑，挖出了一排整齐的方砖，方砖上的图案新鲜如初；再挖，街道、宫殿、佛堂……各类陶器、木器、简牍……呈现出的，完全是一座庞大的古城堡的雏形。

人们欢腾雀跃，爱克斯城堡终于找到了。测量之后的一系列数据，竟然和你的推测分毫不差。人们彻底地惊讶了，有人建议用你的名字重新命名这座古城堡，许多杂志把你的论文刊载，报纸进行了大肆渲染和无休止的炒作。

然而当这一切都轰轰烈烈地过去之后，只有你静静地躺在那片沙滩的下面，紧紧依偎着你的是爱克斯城堡。

我又带来一块石头，我想把我心中的石头一块块堆垒在你的坟茔，就像我在心里始终不弃守卫你。

红　妮

红妮是个女孩子的名字，在一座村庄里，她是一个想笑就能放肆地笑出声来的女孩子。

那是20世纪80年代的事，我背着一大包行李来到村庄，看我累得满头大汗，她一把接过我的行李，大声地笑起来。这笑声是冲着我来的，我立刻感到浑身的不自在，慌忙整理自己的衣饰。不想，她的笑声更响亮了。

还是老师呢！像个大姑娘。

我没有理会她。她是学校幼儿园的保育老师。她说，她的名字叫红妮。

看我严肃起来，她很快就止住了笑。一个上午，她帮我打扫宿舍，整理床铺，干起活来泼辣、麻利。一个上午，她帮我做好了一切，也没跟我说一句话。文静的样子，与最初见面的情形判若两人。

午饭，她做了村庄的特色面食拉条子，炒了一盆茄子辣椒西红柿，那是真正的家乡饭菜，吃得我解馋又过瘾。

连续四天了，每天我去食堂吃饭，她就悄悄地走出食堂，估摸着我快吃完了，再回来收拾碗筷，相互间不说一句话。

在村庄的小学校里，我是唯一的一名公办老师，村上为了让我安心教书，就把做饭的任务交给她，她也是任劳任怨，周到仔细地伺候着我。这让我有点过意不去。我这个人，本来就是农民的后代，只不过考上了师范学校，侥幸跳出了“农门”，但在我看来，农民也没什么不好，我也不愿意做出高出农民一等的样子。

我送给她两本书，一本是《格林童话》，一本是《安徒生童话》，她是保育员，她用得着。我想用这种方式缓和目前的尴尬气氛。可她拒绝了，她说，这两本书她有。看来，她是个不简单的保育员。

这次，我们总算是能说几句话了。

一段时间过后，我对她有了一定的了解，其实她是一个聪慧善良的姑娘，就因为家里困难耽误了她的学业，不然她可能也会和我一样，考上称心如意的学校，成为一名公职人员。她读过很多书，还发表过不少的儿童诗和童话作品。看来，她已经能够当我的老师了。

我们的交流渐渐多了起来，说起我们共同喜欢的一篇文章，她会情不自禁地大笑起来，但那笑声很快又掩饰了起来。我说没事的，我喜欢女孩子大笑，说完后，她的脸迅速红了，我也有点不自在，这是我第一次对女孩子的真情表露。

有一天，她突然病了，得知这个消息，我像热锅上的蚂蚁惴惴不安，还没有放学，我就去村庄的小卖部买了一大堆东西去看她。

她的家确实简陋，但却干净整洁。她的卧室摆了很多书，那都是我听说过而没有看过的书。见了我来了，她从床上挣扎着起来，我扶住她，让她安心躺着。

从那时起，村上的人开始议论我和她的关系，我找她也认认真真谈了这事。可她却轻松地回绝了我。她说，她要离开学校了，去城里打工。她说，我们俩，不合适。说着，她爽朗地笑了起来。这笑声，像重锤击碎了我脆弱的心。

在她离开学校的日子，我懵懵懂懂地像丢了魂似的，期末考试我班上的成绩竟然是整个学区的最后一名，我再也没脸待下去了，只好调离。

十多年后，村里的朋友告诉我，其实红妮是很喜欢我的，她知道我有远大的理想，怕把我窝在这偏远的村庄，就强忍着痛苦回绝了我。

红妮，你为什么要这样？天高地远，我何时还能听见你那开心的笑。

红飘带

经历了沙漠的人，难以忘怀甘洌的清泉；而我，却永远铭记沙漠中的那一条红飘带，它是一份真挚的情感，更是我生命中的奇遇。

喧嚣的都市，常常使我陷入深深的困惑，似乎钢筋水泥的世界，挟持了我想象的翅膀。站在窗前，凝望高远的天空，我的思绪，就又是回到了那片无边的胡杨林、那片美丽的草原。

那是一段嵌入我记忆长河的金子般的岁月……

凭着强烈的追求自然的愿望，我选择了艰难的沙漠；凭着年轻和自信，我一步步接近遥远的绿洲。没想到，就是这样一次轻率的选择，我几乎被温柔的沙漠彻底击败。疲惫、饥渴的旅途中，西部，向我撩开了它那神秘的面纱；脆弱的生态，挽留着星星点点的绿色；无情的黄沙，正向生命逼近。

不知沉睡了多长时间，当我从昏迷中醒来，一切都仿佛在梦境之中。一个美丽大方的牧羊女，一片宛若世外桃源的碧绿土地，我竟以这样的方式与她们相遇。我只能相信：这是命运的赐予。

郁郁葱葱的胡杨林，干净整洁的小木屋，绿草、白云、蓝天、牧场，完全是我想象中的自然的美景；尤其是那迷宫一般的胡杨林，密如蛛网的胡杨树，根深叶茂、枝干粗壮，一身金灿灿的叶子，把草原装扮得倒如同待嫁的新娘；动听的牧歌，浪漫、豪放，无边的草地，宁静、优美。牧归的骆驼、成群的牛羊，还有那美丽的姑娘，我很快被这一切所陶醉。

我们一起放牧、割草；我们一起劈柴、打水，自足的生活，无限的快乐，让我深深感到这是一块养育生命的土地，这块土地，连同身边温柔可爱的牧羊女，早已成为我生命中的一部分。

多少次林间散步，多少次无言相许，金黄的落叶伴随着我们欢乐的笑声，轻快的溪流映照着我们甜蜜的岁月。

此时此刻，我从来也没有想过，她们会离我而去；我会与她们擦肩而过。尽管，我与她们的分别是短暂的，短暂的离别是为了永久的相处，然而，这一切，都成了我痛苦的回忆。

当我从她的泉水般的眸子里，读出那一缕淡淡的忧伤，我的诺言，渗透了泪水。我把那条带着我体温的红飘带系在她的脖颈，无限的祝福，随风飘动，飘动在红飘带上。一刹那，我的眼睛模糊了！

当我渐渐远离那片绿洲，红飘带，如同一团火焰，仍然飘扬在那金黄的沙丘上。

痛饮别离的苦酒，我恨不得插上一双翅膀，飞到胡杨林，回到她的身边。

终于，我回来了！

红飘带的召唤，给了我永恒的力量。寂寞的归途中，我想象着她的脸庞、她的笑容，想象着那次奇遇，想象着那片胡杨林，我抑制不住内心的激动：崭新的生活又要开始了！

爬上那座沙丘，我的梦想打碎了，是那样突然，是那样毫无防备，就像晴天霹雳！

河道干裂了；绿草枯死了；胡杨林，干柴一般矗立在龟裂的土地上；沙丘，掩埋了一切！

我的梦，远去了；一次又一次转场，牧人和牧人的牛羊远去了……

我无法接受眼前的现实，我诅咒罪恶的风沙，但冷静下来，驻足荒芜的家园，我们又怎样仅仅怪罪自然的无情。

红飘带挂在枯枝上，它像一片破碎的旗帜，更像一个古老的神话，沧海桑田，如果它不开口，谁还能给世人讲述一个美丽的绿洲的故事。

我的姑娘，你在哪里？

我的绿洲，你在风沙之中，痛苦的呻吟，在向谁诉说……

筑屋记

1970 年的新店台是简单的，干净的。

1970 年，我五岁，五岁的新店台，也是简单的，干净的。

——题记

牛圈西

母亲说，1970 年之前，我们一家四口，都是寄居在姑妈家的。日出而作，我们从这里出入，人们说，看，牛圈西，他们上地了。就是说，我们住的地方叫牛圈西，我们去田里干农活去了。那个时代的农村，牛是最重要的生产力，和几千年以来的情形一模一样。那时候，说自己住在牛圈西，就像现在说自己住在中关村一样，有一种自豪感。

牛圈一直很忙碌，牛、马、骡子、驴……进进出出，人也进进出出，还有牛车、马车、驴车，说是车水马龙一点儿也不为过。住在牛圈西，走几步就到了牛圈，虽然牛圈的味道刺鼻一些，但人们还是没有怨言，毕竟，牛圈，是村上的标志性建筑。

1970 年，母亲生了我之后，又生下了妹妹，一家四口挤在姑妈家又吃又喝，拉屎拉尿，使姑妈家的四合院顿时显得局促和狭小，尽管姑妈说，人多了热闹，但过起日子来，又是另外一回事。尽管，母亲也相信姑妈说的是真心话，毕竟姑妈一辈子了没有孩子，看见我们几个孩子稀罕得不行，但母亲还是决意要搬走，树大分杈，子多分家，何况我们跟姑妈的血缘关系还是旁系。

说来也巧，1970 年的 7 月，在一个平静的夜晚，突然间下起了暴雨，瓢泼般的大雨，一瞬间就水流成溪。雨一直下着，没有停下来的意思，老人看着这雨，身体直哆嗦，嘴里喃喃自语：这样下还了得！这样下还了得！！

这样的雨下了一夜。

按道理说，绿洲上的村庄，最缺的是水，只要下雨，人们总是兴高采烈，孩子们在雨中奔跑，衣服、头发全淋湿了，家长也不说什么，甚至家长自己也加入了在雨中奔跑的行列。我曾经对很多南方的朋友说过，在绿洲，雨是人们的节日，雨是上天的福祉。

第二天早晨，大雨变成了小雨，人们才稍稍轻松了些。这时候屋子里，院子里，已经成了水塘，一家人便用盆子、水桶，把积下的雨水倒出去。从早晨开始，几乎家家户户都在把屋里、院子里的积水倒出去，都觉得，这一层水，就是一层庄稼，抬起头看蒙蒙的雨雾，就像看见了郁郁葱葱的庄稼。

就在人们惬意遐想的时候，天边传来了轰隆隆的声音，是雷声？好像不是。但这轰隆隆的声音越来越大，越来越近，就像一列火车，很快就会碾轧过来。

莫名的恐惧，透过雨雾，真切地笼罩过来，回过神来的老人，赶紧到屋里抱被子，忙不迭地喊着家人，把值钱的东西搬到高处。话音刚落，乌黑的水龙就窜进了院子，不大一会儿工夫，围墙轰隆一声倒了，院子里，屋里，炕上，全部被水淹没。

发洪水了。

绿洲上发洪水是经常发生的事，别看到处都是戈壁滩，干得冒土、冒火，但从山谷里下来的水，以极快的速度冲刺，不一会儿就到了戈壁末梢的村庄，也是一往无前，冲决一切阻拦。从山麓到村庄，海拔落差 500 多米，聚集的暴雨，像脱缰的野马，疾驰而来。那动静，比雷声还大，怪不得震得人心发慌。

当洪水把一座村庄冲成一片泥浆，人们也像一堆泥浆一样，瘫了。

母亲说，那一时刻，姑妈站在水中，浑身湿透，只是流泪，不说话。

其实，那一时刻，整个村庄都瘫了，只流泪，不说话。

接下来的几天，气温升到了三十八九度，地下的泥浆很快干裂，成了厚厚的泥坯，车走过，人走过，牲畜走过，踩起一片尘土。村庄上下，只听见断断续续的咳嗽声，那是被四处弥漫的尘土呛的。

很多人家的房子泡塌了，整个村庄一片狼藉。在那个年代，一代人半辈子的心血全部泡汤了，人们憋着一股子劲，从泥浆中抢出炕上铺盖，抢出粮仓里的粮食，井里的污水一桶一桶提出来，直到井底涌出清水。人们聚集在井沿，洗衣服，洗被褥，冲洗污泥中的粮食，残墙断壁上，全部是晾晒的家什。

那一年，人们吃的粮食全部发芽了，但也不能浪费，只好吃芽面。这芽面，甜丝丝的，正合孩子们的口味，老人们却吃得胃里直泛酸水。芽面包子，芽面面条，芽面稀饭，那一年，人们几乎吃完了一辈子的芽面，再以后听见芽面这个词，就忍不住泛恶心。

牛圈也进水了，牲口们在水里蹚着，一点一点到了高坡上，当人们有工夫朝远处看一眼的时候，竟然首先看到了挤在高坡上的几百头牛、马、驴和骡子。牛圈毕竟是村上的标志性建筑，宽近一米的黄土夯筑的高墙，洪水冲过来，牛圈抵住了它的三板斧之后，也就是强弩之末了，但水还是进了牛圈，从牛圈带出了不少牛粪、马粪和驴粪蛋儿，牛圈西是更低洼的地方，那些牛粪、马粪和驴粪蛋儿，全都顺着洪水漂到这儿来了，一股子的污骚味儿，人们早已顾不上这些，专心地抢出自家的财产，即使有眼泪，也只能往肚子里咽。

牛圈西被夷为平地，在村庄的历史上被真真切切地抹掉了，人们再提起牛圈西的时候，只是说那是一场百年不遇的大洪水，说着说着，老人都眼圈发红。

姑　妈

姑妈一直是个热心人，也是一个开朗的人，洪水冲垮了房子，也没见她哭天喊地，照样是乐呵呵的，该吃吃，该喝喝，像是没有发生过啥事一样。她说，都这样了，就受着。有听天由命的意思，满是不在乎的口气。

村里重新规划了集体农庄，由生产队根据居家人口统一盖房，这时候，就没姑妈什么事了，但她也不闲着，一个人去了新店湖，赶着生产队的五百多只羊，唱着小曲儿走进了草原。

从我记事起，生产队的羊群都是男人们帮着打理，往往是一个男人坚持一年半载就求爷爷告奶奶再也不想去了。人是群居动物，一个人远离村庄，在茫茫苍苍的新店湖草原放羊，白天还好说，在草地上躺着看天上的白云，看地上的花花草草，时间过得还算快一些，到了晚上，在羊房子门口坐着看星星月亮，看着看着，就想起自己的亲人了，越发地睡不着觉。

五百多只羊，黑压压一片，赶出羊圈，它们就是脱缰的野马，领头羊使劲往前跑，乏羊跟不上，不一会儿，整个羊群就乱套了。刚开始的时候，姑妈顾了这头顾不了那头，东跑西颠，往往累得汗流浃背，也无济于事。后来，姑妈摸着了窍门，腾出手专门驯服几只头羊，擒贼先擒王可能就是这个道理。头羊听话了，只要姑妈一声鞭响，或者一声口哨，羊群就在头羊的带领下，乖乖顺着水草丰茂的地方缓缓地吃草、前行，而姑妈则在沙丘上割芦苇。这些芦苇，姑妈把它们一捆一捆背到羊房子码起来，给那些疲乏有病的羊吃。所有的羊，在姑妈的呵护下，个个健壮。公羊和母羊相亲相爱，第一年，五百多只羊，就有五十多只母羊怀孕。姑妈把自己住的房子腾空，专门用来接生小羊羔，给这个喂奶，给那个擦净身上的胎衣，小羊羔和母羊咩咩地叫，像是发出感恩的信息。

母亲说，没有姑妈，就没有我们今天的好日子。

1961 年，姑妈不知道是心血来潮，还是天意安排，在一个满天彩霞的黄昏，叫了村上的文书，给在兰州读书的父亲写了一封信。信的大意是，敦煌是个过日子的好地方，只要肯出力，就能吃饱肚子。

在那个年代，吃饱肚子，是最大的诱惑。就这样，父亲从兰州的大学校园里，匆匆赶到了新店台。父亲学的是石油钻井专业，那年，他有两个选择：一是到油田，二是到农村。油田远在东北的冰天雪地，而新店台俨然早已被姑妈渲染成了一个世外桃源，父亲从那一刻起已经别无选择。

后来，父亲的同学都为父亲惋惜，凭着父亲的好学和聪明，要是在油田上，走仕途或者发展专业，都会有好的出路。父亲淡然一笑，一脸知足的表情。在父亲的眼里，一切都是最好的，过去、现在、将来，无一例外。

20 世纪 60 年代，父亲跟着姑妈干生产队最苦的活，但无论多苦，父亲和别人不一样的是，在休息或者收工的间歇，他都会在夏天的树荫下或者冬天的南墙根读书学习。时间久了，生产队的社员都取笑父亲，都说书中有黄金和媳妇之类的，书中的黄金和媳妇在哪儿？这当儿，父亲并不和生产队的人争论，而是给他们讲故事，父亲读的书多，故事自然讲得精彩。久而久之，生产队的人都愿意和父亲一起干活，边干边讲故事，一天下来，日子短了。

后来生产队的副业队远赴深山炸石头、烧石灰也叫上父亲，父亲去了后挣高工分，但不出大力，一是制作炸药，二是给大家伙做饭。父亲做饭的手艺也是自学成才，但一举手一投足俨然是一个大厨的做派，生产队的人看了佩服得不得了，吃一口，更是非同凡响。像红烧肉、醋溜茄子、辣子鸡，只要是出自父亲之手，那简直就是美味佳肴。不仅如此，父亲还学会了杀猪，是生产队唯一的屠户，大家都奇了，一个读书人干这样的活计，怎么下得了手。我也一直不懂父亲的心思，后来父亲说，那个年月，缺吃少穿，学会杀猪，一年之中，赚回一二百斤肉没问题。一句话，说得我眼泪花直转。的确，在那个饥馑的年代，我们在父亲的庇护下，吃香喝辣，算是有福的。

姑妈没有看错父亲。那时，父亲正值谈婚论嫁的年龄，生产队有女子的人家都看好父亲，可姑妈二话不说，选了母亲。她说，农村说媳妇，要能吃苦，品性好，这两点母亲都占了，既然这样，送了简单的聘礼，父亲就成家了。

月　色

以后的很长时间，我都沉浸在那稠密的月色里无法走出，仿佛那是一个时光隧道，把一个美好的夜晚定格了。

父亲说，我们要有新房子了；

母亲说，我们终于要有自己的一方天地。

而支撑起房子和天地的，首先是这些坚如磐石的木头。

生长着的是树木，而砍伐之后，才是木头。

皎洁的月光中，父亲赶着马车出发了，白昼间的酷热渐渐散去，清凉的风徐徐吹过，像是从人的皮肤吹进人的五脏六腑，整个人就好像是一股风，吹过原野，吹过草地，吹向果园，然后回到自己，有万物的馨香。

记得那是一个漫长的夜晚，一个神秘的黑影从果园里钻出来，带了一兜子早熟梨，随之一股淡淡的香味弥漫开来，让我对果园有了一个准确的嗅觉认识。我觉得那里还有更多的果实，像桃子、酸果子等等，便悄悄地溜下马车，钻进了果园。

小时候，我还看不清绿洲上的黄泥小屋。虽然成天穿行于其中，但毕竟太少经历、太浅视野，一个四五岁的孩子，自己对自己都还是懵懵懂懂的，更何况矗立在大地上的房子呢！它们在我的心目中，就是天。

长大了，能够抬头仰望，能够回头沉思，才知道，一座黄泥小屋，在绿洲大地上，就像一个鸟窝，而我们就是其中的鸟，飞不高的鸟。

黄泥小屋围成的四合院，与砖瓦砌筑的四合院有着天壤之别，只要准备好了土坯、椽子、檩子、梁，找一个好天气，四五十个小伙子齐上阵，砌墙的砌墙，和泥的和泥，一天工夫房子就起来了。土坯好说，父亲和母亲一直在积攒着，大概有几万块，码在房址上，一摞一摞的，像个砖瓦厂。可椽子、檩子、大梁就难了，生产队在绿洲的边缘，树木稀少，用来遮风挡沙都显得空旷，伐了修房子，整个风沙口，就被撕开了一个口子。

没有别的办法，只能去绿洲深处的村庄，调剂一下。比如，我们需要他们的木头，而他们需要我们的牧草，我们给他们牧草，他们给我木头，生产队的时代，以物易物是常态。

父亲和姨父在砍果园四周的白杨树，咚咚咚的砍伐声有节奏地在果园四周回响，我不敢离开那声音太远，总是保持在一个音高上，大概也就是几十步之遥，我攀上了一棵老树，大概是梨树，那种气味我能分辨出来，和刚刚那个神秘的黑影带来的梨子有一样的香味。

黑夜的黑，让所有的果实神秘地隐藏，而当我脱下裤子，挽起裤管，肌肤在梨树间的碰撞，就能准确地定位一颗梨子的大小和位置。

那天晚上，我摘了满满两裤腿的梨，一个人连爬带滚地回到了车上。接着，在漫长的时光中，月色沉淀，一棵棵白杨树在咚咚咚的声音中，放倒，然后被拉上马车，而我忍不住猛然袭来的困倦，不知不觉入眠了。第二天醒来，家门口已经是一大堆的木头。

四合院

四合院的梦，储藏得久了，它就会自己慢慢搭起一座高墙。高墙中自己有自己的房间，有粮仓，有盛放细软的箱子，说不定箱子里还存放着甜蜜的点心，秋天晒下的干果，这些都是一座四合院经久不衰的吸引力。夏天，一个四合院中，还应该有一个储藏室，生产队分的瓜果蔬菜都会放在那里，每一样，都是让孩子们垂涎欲滴的美味。

这样的四合院在我的心目中早就砌筑好了。

院落中央种着花和草，后院是梨树、杏树、枣树、桃树、西红柿、黄瓜，总之，时令水果，新鲜蔬菜，应有尽有，一座四合院，就是一个聚宝盆。

就在那天早晨，我被一阵鞭炮声惊醒，一骨碌起身。生产队身强力壮的人都来了，只见生产队长念念有词，父亲就将一只公鸡抹了脖子。疼痛难忍的公鸡四处乱跳，血洒了一地，最后，公鸡血流尽了，奄奄一息，帮厨的人才将它抓起来烫毛、炖红烧鸡肉。当我还没有从一只公鸡的死亡的恐惧中挣脱出来，一股浓浓的鸡肉香味就勾出了馋虫，只想着美美地吃一顿鸡肉，血淋淋的杀鸡场面早已抛到九霄云外。

拉线、定位、奠基、砌墙、安装门窗、布椽子、上梁……一道道工序井然有序，没有丝毫的忙乱和怠工。乡村的天空，也不因为容纳了一座小小的四合院而骤然局促，风还是在野蛮地穿行，庄稼的生长仍然因时序而枯荣，一切似乎还是原来的样子，并没有特别的异样。

我一直看门口白杨树上的麻雀窝，我猜想，那窝里的几颗鸟蛋正静静地面对天空，做飞翔的梦，而忙碌的母亲一次次回来，用自己的体温，庇护孩子们的飞翔梦，那是多么温馨的场景。我觉得，我要是那几颗鸟蛋中的一颗就好了，再也不用钻进潮湿的苞米地拔猪草，再也不用担心宽大尖利的苞米叶子划伤皮肤。但终究，麻雀也有麻雀的不幸，有一块田野上刚刚撒了有毒的种子，就毒死了一堆麻雀。

麻雀何罪之有，麻雀何其不幸！

灶台上的香味越来越浓，生产队一年之中，只有过年的时候才杀猪宰羊，给每家每户分点肉。乔迁新居是件喜事，吃肉喝酒，自然成理。母亲忙前忙后，把杀掉的肥猪，全部炖了炒了，给家里有老人和孩子的，每户送上一碗，这是村庄留下来的规矩。再剩下的，就是修房子的人可劲造，个个吃得满嘴流油，修房子是个出力活，但也是个喜庆的事。一座四合院的落成，往往是酒气冲天，人们喝得东倒西歪，嘴里还不住地叨叨，陈芝麻烂谷子的事，弥漫于整个村庄。

集体农庄

在绿洲的边缘，一家一户的庄子被洪水冲毁了，人们才开始思考洪水。原来，洪水是个恶魔，并不是河道里清凌凌的水，或者干渠里流淌的水。它似乎带着无限的饥饿，一口就吞噬了庞大的村庄，这该有多大的胃口啊。

绿洲上干旱缺水，炎热的夏天，如果有几场雨水，人们则在清凉的田野中情愿被淋湿，也要仔细看看，庄稼是怎样吮吸雨水的。漫长的冬天，人们也是在等待一场又一场的雪，正所谓“今冬雪盖三尺被，来年枕着馒头睡”。雪，在一座村庄，它的寒冷，它的洁白如玉，早已被人们忽略，雪本质的滋润、养育，一下子提到了前所未有的高度，老人总是不由自主地把门前的雪，村道上的雪，清理到田野里，树沟里，物尽其用。而对于洪水，人们还仅仅是个概念，在人们的印象中，有多少水，有多大的水，绿洲都会像一个海绵体，吸进水，保存水。而当洪水将村庄一扫而过之后，这个海绵体在人们的心目中的形象便彻底崩塌了，变成了一张塑料布。洪水顺流而下，从高到低，能力越聚越猛，摧毁一座村庄，如同风卷残云。

洪水肆虐之后的村庄，一片狼藉，人们伤痛之余，开始为百年大计谋划。很快，村庄南面的一块高地，成了首选；很快，一幅集体农庄的图景，描绘了出来：门前，花红柳绿，果实累累；屋后，牛欢马叫，鸡羊成群……明显，有夸张的成分。听说，这蓝图出自一个学美术的学生之手，其中，还有楼上楼下，电灯电话的未来憧憬，人们看了，个个心怀希望。

而集体农庄的规划恰恰少了一户，父亲是外来者，只能是他了。父亲说，远离农庄，清静、是非少，但宅基地却在戈壁上，种树、种菜肯定不行，生产队就把距离我们家院子不远的一个小河湾划给了我们，可以种菜种树。

父亲在菜地边修了一座高高的拦河坝，拦河坝的前面种了沙枣树，这沙枣树一路疯长，一年下来，就护住了拦河坝，每一次浇水，河水轰轰烈烈地冲击，都没有淹没我家的菜园子。从春到秋，菜园子里白菜、茄子、辣子、西红柿、豆角、萝卜……郁郁葱葱，给平淡、贫瘠的生活增添了美味。

四十多年过去了，那些沙枣树已经成了沙枣林，那一块菜地母亲一直种着，据说，年年都有好收成。

半路泉

从新店台到新店湖，有十里地的路。就在这条路上，有一眼泉，叫半路泉，意思是在新店台和新店湖的半路上，有这样一眼泉，就像一个茶坊，来来往往的人，可以歇下来，喝点泉水解渴解乏。

人们都说，这是一眼甜水泉。

我第一次去新店湖的时候，就在泉边停留了下来，似乎所有的车马都会在泉边停留下来，在泉上舀水，把水壶、水袋都装得满满的，好像路过了这泉，就是漫长干旱的荒芜之地。其实，新店湖周边是一大片一大片的湿地，到了新店湖，更是一眼望不到边的波光粼粼的湖面，怎么会发愁饮水的事呢?

确实，水是很多。但都是无法下咽的咸水。即使半路泉，也是有一股子腥咸味，跟村庄里我们平时喝的井水不一样。可要去新店湖的人，都要喝这半路泉的水，他们说，喝了这水，能治病，尤其是老胃病，喝一缸子半路泉的水，就像吃了特效药，能保证十天半月不疼不痒。不仅如此，用半路泉的水煮的肉，做的饭，也别有滋味。因而，车上装满半路泉的水，多半是中午做饭之用。

村庄的人去新店湖，无外乎两件事，一是割草，二是捞盐。这两件事都是在秋后收了庄稼，颗粒归仓之后，村上的人，能干活的劳力都集中到了新店湖，草滩上的羊房子，支起了凉棚、几案，几天下来，杀猪宰羊，寂静的新店湖，突然热闹起来。

新店湖四周的沙滩上，水位低，芦苇和各种杂草疯狂地生长，这对于新店台来说，是独特的资源，全村庄的人割下这些芦苇和杂草，不仅可以供给自己生产队的牛马驴，剩余的，还能匀给别的生产队，换粮食和土特产。至于盐，那更是生活必需品，家家户户都需要。所以每年秋天的割草和捞盐像是一个仪式，生产队里的老老小小赶着马车、牛车、驴车浩浩荡荡地走进新店湖，住进新店湖的羊房子，捞很多盐，割很多草，吃很多肉，男男女女，打情骂俏，许多的欢乐，是一座沉寂的村庄所没有的。

夜晚，星光，月亮，喝酒吃肉的人们，聊天的人们，搅动着夜的滋味。

20 世纪 70 年代，糖是一个能够入梦的字眼，只有过年的时候，家家户户走亲戚，才买一包白糖送过去。大年初一，父亲早早就泡好一壶茯茶，放几勺白糖，喝一口，香甜的滋味沁人心脾。虽然吃不到糖，但那时候有一种化学产品叫糖精，小小的一粒，就能让一壶的开水有甜味。那一年，去半路泉的时候，我把自己积攒的几粒糖精，全部都倒进了咕咕流出的泉水，不承想，那水，一点也没有变甜，害得我后悔了好几日。

后来，我一个人偷偷地去过几次半路泉，不是为了喝半路泉的水，而是那里有一座高大的铁塔，据说是一个石油钻井队。我好奇于那些庞大的钢铁构建，我惊讶于钻头巨大的力量，也感激那些穿橘黄色服装的钻井工人，他们总是慷慨地送给我很多饼干、糖果，这让我一下子成了村庄里孩子们中间的富翁。

一路走着，把村庄越丢越远；越走，内心的底气越来越薄。但看见那闪着银光的铁塔越来越近，那些穿着橘红色工装的人影越来越清楚，我一下子就兴奋了起来。也就是这时候，累了，渴了，刚好半路泉就在眼前，我便像饿狼一样扑过去，一阵牛饮，想要把整个半路泉的水，都喝进肚子里。

此刻，半路泉是甘霖，没有一点点苦涩；此刻，半路泉是美酒，有着无限的醇香和醉意。

在后来的日子里，如果有人说，他有一个有趣的童年，我就说，我有半路泉；如果有人说，我有幸福美满的人生，我也说，我有半路泉。

半路泉的水，半路泉的钻井队，早已嵌入了我的记忆。

父 亲

我一直觉得父亲能够长寿，但父亲还是走了。在最后的日子里，他虚弱得像一张纸，仿佛一股风就能让他飘起来；他更渴望有一根火柴，点燃自己。

敦煌东缘的戈壁和沙漠时时吹来强劲的风，那些风，带有浓郁的盐碱味，春天的味道潮湿而恬淡，因为潮水涌出，压制了飘浮在空气中的盐碱；而到了夏天，天气酷热、干燥，那些尘土携带着大量的盐碱涌向村庄；秋天，果实的香味是主流，人们被丰收的景象所陶醉，茂密的植物由盛而衰；冬天，则是风的王国，呼呼呼的风，吹着树木和房屋，仿佛一切都摇摇欲坠。

父亲走的那个夏天，没有一丝丝风，他总是在窗口张望着，焦灼的眼神，像是被窗户上的阳光所点燃。看着他不能自拔的样子，我们知道，他是想去看看远处的戈壁。

风吹着，漫漫风尘中，父亲的背影渐渐从戈壁浮出，他扛着背包向着村庄的方向踯躅而行。我在村口的老榆树上，偶尔看到一个身影从戈壁上回来，就觉得好奇，一直盯着他走进村庄……原来他是我的父亲。心中又多了一份敬意：广阔的戈壁，荒无人烟、没有方向，父亲是靠着什么从一百多公里的戈壁深处回到村庄的？后来，我一直追问父亲，父亲只是说：走着，走着，就回家了。人走在路上，心里有了家，脚下也就有了力气，眼睛里也就有了方向。对于戈壁，父亲再熟悉不过，可以说，他半辈子的时间都在跟戈壁打交道，有时候，吃住在戈壁，半年多都回不了家。那些时候的戈壁，冬天，趴冰卧雪；夏天，火焰滚滚。但父亲总是能够找到自己的乐趣。

那是一个秋天的黄昏，太阳渐渐收敛了炽热的光芒，我推着轮椅，走出村庄，走向戈壁。在这个过程中，父亲一直默默无语，但明显地他开心了许多……眼含戈壁的父亲，身体滑下轮椅，在戈壁上长跪不起。

早先的生产队，都有一个副业队，地里的粮食蔬菜只能吃饱肚子，要想过上像样的日子，就得多挣钱。别的生产队烧砖，组建包工队，我们有自己的独门绝技，那就是进山炸石头，烧石灰。那个年代，石灰是硬通货，因而，我们生产队每年分红的时候，在全县都是响当当的。家家户户都会有几百块上千块的收入。腊月里，生产队的马车会分批带着村上的人去城里置办年货，鞭炮、花糖、布料之类，应有尽有。记得有一年的腊月三十，父亲进城置办年货，一直到了晚上，都没有回来，那天夜里，北风呼啸，鹅毛大雪下个不停，我们都为父亲担心，大概在十点多的时候，父亲才顶着一头雪花回到了家里。父亲打开一个提包，从里面取出一台收音机，而我们盼望的年货一个也没有。母亲埋怨着，我们姊妹几个更是一脸的不高兴，但当听到收音机里的评书节目，就被彻底吸引住了。我们觉得这个小小的匣子，是世界上最美妙的东西。

现在父亲手里还是拿着那台收音机，是梅花牌的，那一年父亲把我们全家分红得来的100多元巨款全部用来买了收音机，这在那时候的农村，是绝无仅有的。父亲打开收音机，吱吱啦啦的声音之后，有了清晰的“中国之声”。父亲还是那么认真地听着，就像几十年前那样，小心翼翼地抱着收音机，是那样的心满意足。

生产队的副业队，谁都可以少，就是不能少了父亲。父亲是生产队学历最高的知识分子，早年在兰州上过大学，是学石油开采专业的。后来遇上三年严重困难时期，一部分去了大庆油田，一部分回到了农村，父亲就毅然决然地回到了敦煌农村。在农村，父亲学会了杀猪宰羊，成了村上的厨师。父亲早年饱读诗书，尤其是《三侠五义》《三国演义》《水浒传》等烂熟于心，农余闲暇之时，常常给村民们讲述这些古老的故事，村民们听得流连忘返。在副业队，父亲还是制作炸药的好手，所以，一年四季，父亲都在山里，和副业队在一起。当源源不断的石灰运下山，花花绿绿的钞票拿到手，父亲才回家休息几天，那也是基本上到了过年的时候，这样的情况持续了大概十多年。

戈壁，是父亲的宿命。在戈壁上，父亲常常自言自语。村上的人都说，父亲跟戈壁说话，一说就是一上午。

夕阳下的戈壁，像铺了一层纱绸，我用轮椅推着父亲走向村庄的时候，夜幕也就渐渐跟紧我们，黑暗淹没了村庄的一切。那天以后，父亲越来越沉默了，再也不说这儿疼那儿疼。我想，他肯定是特别疼特别疼，但他忍住了。毕竟，他和他的老朋友最后又长谈了一次，把一切都说清楚了，把一切都说完了。

庄　子

我们镇上最牛的庄子叫“胜利庄子”，说是新中国成立那年，没收的地主的财产，地主的庄子原来的名字叫啥，已经没有人知道了，但没收了之后，就要有一个新的名字，叫什么呢？驻村工作组就给庄子起了一个崭新的名字：胜利庄子。意思是说，我们胜利了，这个庄子应该是胜利者的果实。

每次从胜利庄子走过，母亲都说，我们要是有这样一院房子就好了。说的时间长了，父亲就记住了。有一天，父亲急急忙忙回到家，结结巴巴地对母亲说：我们，我们，要有自己的，自己的房子了。听了父亲的话，母亲好生奇怪，自己的房子，在哪儿呢？

父母结婚之后，一直寄居在亲戚家中，要想有自己的房子，必须向生产队申请，一是申请地盘；二是调拨木料，安排人手。这两样事办妥之后，修房子也就是两三天的事。

我们家的宅基地虽然不在原来的集体农庄，但却在大礼堂、粮仓、磨坊、大队部、医疗站之间，说是将来的集体农庄要搬迁到这里。我们就最先来到了这里。

人多力量大，生产队要修几间房子，那简直不在话下。父亲杀了家里养的一头猪，慰劳给我们家修房子的村民们。村民则是拉木头的拉木头，运土坯的运土坯，砌墙、抹泥、上梁、封顶，两天就完成了。村庄西头的戈壁滩上，一座漂亮的四合院诞生了。

记得上梁的那一天，父亲从口袋里掏出了五块银圆，让工匠嵌进了屋梁，父亲说，有这五块银圆，将来我们这个小家就会成为一个聚宝盆。母亲杀了一只公鸡，公鸡的血洒了一地，说是驱灾辟邪。总之，有说的，有念的，有唱的，在上房梁这个环节，特别讲究，特别热闹，这样情景，现在已经看不到了。

我们的村庄地处戈壁边缘，而我们家的宅基地正好规划在了戈壁上，动不动风沙弥漫，不像集体农庄，树木茂盛，家家户户门前都是春有桃花夏有果，而我们家却一直是光秃秃的，这是母亲唯一的遗憾。我们也试图改变一下，挖沟、种树，但都是半途而废，没有一棵树活到第二年春天。

房子修好的那天夜里，一家人坐在月光下，父亲破天荒地喝了一大杯酒，母亲炖了一大盆红烧肉。父亲喝着酒，我们吃着肉，谁也不说话，都沉浸在月光弥漫的幸福之中。

后来，我们的老庄子，被张艺谋看上了，拍了一部电影，大礼堂、医疗站、粮仓、磨坊都成了古老的遗迹，不能不说，时光悠悠，恍如隔世。

母 亲

母亲常常说，日子会越过越好的。事实上，日子也是越来越好。

在一个阴郁的季节，甘肃高台古城的枪声、炮声响个不断，血腥气随着北风，飘到了几十里以外的村庄，那个无限隐晦的时刻，母亲呱呱坠地了。战乱年月，吃了上顿没下顿，但母亲还是顽强地活了下来，实在没法养活了，外婆就把母亲送到了敦煌的一户殷实人家。

母亲的人生，在敦煌的天空下，又是另外一种艰难。

党金果勒河与疏勒河在敦煌相遇，激起最初浪花的地方，就是新店台。母亲从高台迤逦而行，惊讶的目光还没有掠过茂密的红柳和白茨，就被这些植物尖利的小刺刺伤了。这一高一矮的植物，把一座小小的村庄包围得透不过气，只有一条小路从红柳和白茨间穿越，连接着村庄以外的世界。

那是一个酷热的夏天，为了省下鞋子，母亲光着脚丫子去村庄边上的红柳林捡柴火，没想到盐碱滩上的碎屑坚若砾石，母亲稚嫩的小脚上全是被扎被割的血口子，就这样还得捡一捆柴火背回家。夜深人静的时候，她自己悄悄用清水洗掉淤血，第二天还得忍痛去背柴做家务。

几十年过去了，一代代新店台人在土地上耕耘，种庄稼种出了名。在敦煌，有“新店台的谷穗半尺长，新店台的高粱一丈高”的说法。在我的记忆中，半尺的谷穗是有的，一丈高的高粱，却不曾目睹，但新店台因为土质独特，略带碱性的黑土，培育了无数美味的粮食和蔬菜，即使牛羊肉和猪肉，也是敦煌人的最爱。因而，在敦煌，家家户户都要养一些牛羊鸡猪等，母亲生活的人家绝对是一个小康之家，有几间大瓦房，吃穿不愁，只是这家人没有儿子，想要抱养一个，却没有合适的，就只能凑合着领养一个女孩。本来这家人就心有缺憾，母亲到了他们家后，所有的不满，就都发泄在了母亲身上。

四五岁的时候，母亲就承担起了所有的家务，喂猪喂羊喂鸡，出门捡柴火，打水，扫院子，洗衣服，烧火、做饭，小小的年纪，样样能干，尽管如此，还是少不了挨打受骂，毕竟是一个孩子啊。就这样，母亲缺衣少穿，在敦煌，度过了自己心酸的童年。我觉得，母亲坚韧的性格，也是由此磨砺而成。

20世纪70年代，物质的匮乏显而易见，母亲陆续生了我们姊妹四个之后，生活更是捉襟见肘，但她对生活的追求，却有着异样的顽强与倔强。记得有一年的大年三十，母亲让我去乡村供销社买几张红纸，让村里的小学老师写对联。由于贪玩，我错过了时间，到乡村供销社时售货员早已回家过年去了。在我看来，一副对联贴不贴照样过年，可母亲不行，听了我的搪塞之后，一巴掌打过来，我都蒙了。等我伤心地哭的时候，母亲已经出门了，我不知道母亲干啥去了，一个人在屋里等着。几个小时过去了，天黑透了，母亲才气喘吁吁地回来，手里拿着一张红纸，手和脸都冻得通红，但却兴奋异常。她把红纸放在桌子上，点了一炷香，自己洗手做饭。刚好，父亲请来写字的老师也到了。不一会儿，丰盛的晚餐摆在桌子上，父亲陪着老师吃肉喝酒，一家人热热闹闹地听老师讲写对联的学问，老师说，我们家数我机灵，不写福，不写贵，只写孩子的前程似锦。母亲听了高兴，我也高兴。老师写好对联后，母亲小心翼翼地把对联放在桌子上，又燃起香火，久久地跪在桌子下，嘴里念念有词，那种虔诚，使我心里有了一股劲：一定要学好知识。

那个年代的乡村，老师是黑夜里的一盏灯，照亮家家户户的窗棂，照见通往村庄之外的道路。

后来，我们的生活一点点好起来，又搬新房了。在新的宅基地上，母亲种了三十多棵白杨树，她说，这些树长大了，给我娃打家具、说媳妇，余下的，就给我做棺材吧，说这话的时候，语气里充满了自足和自信。

戈壁上的新店台，现在已经是一座郁郁葱葱的村庄了，老树参天，隐天蔽日，老人都坐在树下拉家常。这些树木中，就有我家的白杨树，这些老人中，就有我的母亲。

弟 弟

弟弟去世三年了，一直想写写他，但不知道如何下笔，每一次去南戈壁，看见那漫无边际的土疙瘩，都有一些辛酸涌上心头：人生苦短，我的亲人，也开始陆续走向这里了。

弟弟在家里排行老小，所有的事，我们都让着他。小的时候，他就得了严重的肾病，在医院里熬了半年，别人都说，那孩子快不行了，可半年之后，他却奇迹般地好了，所以村上的人都说他福大命大造化大。母亲就说，福大命大造化大，都是老天爷给的，要知道感恩。每年的四月初八，母亲都要赶着毛驴车，带着弟弟，去敦煌莫高窟，钻一次大佛爷的屁股，据说，这样可以祛病免灾。在大佛爷屁股底下，别的孩子钻一次，他要来来回回钻三次。

后来，我们都长大了，都陆续结婚生子，我生了女孩，弟弟生了男孩，一个家庭儿女双全，被认为是最圆满的，应了那句“福大命大造化大”的俗语。母亲在家里养羊养猪养鸡，父亲在城里打工，弟弟跑运输，一家人把日子过得风生水起。

可是，天有不测风云，这风云，就降临在了弟弟身上。

有一天，突然接到母亲的电话，一开始就是哭腔，她说，天塌了。我从来没有听见母亲如此悲伤和绝望的声音，我吃了一惊之后，才慢慢了解了事情的原委：原来，弟弟没日没夜地跑长途，贩运水果，运输货物，积劳成疾，终于病倒了，而且是严重的脊椎病，只能躺着，动弹不得。

我见到弟弟是在几天后，弟弟躺在院子里的铁床上，肥胖的身体，使铁床显得十分逼仄，母亲则十分着急，看见我回来了，就像捞到了救命稻草，一直说个不停。一开始，我也以为弟弟得的是腰椎病，加上他平时饭量极大，又吃不到时间上，总是饥一顿饱一顿，导致身体肥胖，不是一般的肥胖，而是胖得走路都颤颤巍巍，腰椎怎么能支撑得了这么庞大的身体呢！医生是这么解释的，我也是这么理解的。在家里，我劝导弟弟管住嘴，适当活动，减肥之后，一切就迎刃而解了。听了我的一番话，母亲也长吁一口气，弟弟则表现得无所谓，他觉得他的病休息几天就好了，还有好多活要去干，我在家的几天里，他的电话不断，都是找他拉东西的。弟弟心疼少挣不少钱，我安慰他，身体是本钱，有了好的身体，钱好赚。

事情急转直下，不到一个月，妹妹打来电话，说弟弟的病情不容乐观，可能是癌，我突然一怔：怎么会是癌？县城的医院可能检查得不太准，我当即就决定让他来市里检查。

记得那天，我陪着他去市里的医院，他的身体越发肥胖和笨拙，走几步，就要坐下来休息。我搀扶着他做完了所有的检查，结果令我震惊：肺癌晚期！已经转移到了肝脏等部位，只能保守治疗。听了医生的诊断，如五雷轰顶，我晕晕乎乎地走出医院，决定当天就去兰州。

买了两张超级卧铺（就是那种带卫生间的卧铺包厢），一路上，我们谁也没说话，早晨下了火车就急匆匆去了省里的肿瘤医院。医院里人山人海，又是一阵轮番检查，医生在看片子的时候，让弟弟出去一下，弟弟不情愿地出去了。医生告诉我：已经没有治疗的价值，如果住院，也是保守治疗。

走出医生的办公室，怎么也找不见弟弟，在我急得冒汗的时候，看见弟弟在一大盆龟背竹的旁边，躺着，呻吟着。我赶紧叫了轮椅，在医院边上的宾馆住了下来。

那一夜，我们都没睡。弟弟说了很多。他说，人这一辈子，只要孩子争气，就值了。听口气，感觉到他知道了自己的病情。他还说，人这一辈子，哪有长生不老的。听了这话，我不由得转过脸去，眼泪不由自主地哗哗流出。

弟弟说，有一年，他给我带了一箱葡萄，由于当时急着去送货，他把葡萄交给长途班车就回去了，害得我交了运输费，这件事我早就忘了，只是当时觉得不舒服，带一箱葡萄，还要让我交运输费，弟弟真是太抠门了。但想到弟弟养活两个孩子也不容易，就啥也没想，把费用交了。没想到，他一直记着这个事儿。

弟弟一晚上翻来覆去说得最多的，是他的一双儿女，这是他最放心不下的，一个刚刚工作，一个还在上学，都得让人操心。他说着说着，有点哽咽，我也不打断他，问他想吃什么？就急匆匆出去了。

省城的夜晚，夜生活的趣味和生机才刚刚开始，我无意留心这些，买了一只烧鸡和一瓶酒，又匆匆回去了。那一夜，我和弟弟都醉了。

回去的时候，我们开了一辆房车，一路上，和弟弟聊着天南海北，他明显地开朗了许多，他说，他要早点回去，多陪陪父亲和母亲。

他说，下辈子，咱俩再做兄弟！

我紧紧地握住了他的手。

花海之忆

一个浪漫的名字，其实是戈壁上的一朵小花。听过它名字的人，都会有一睹芳容的冲动，但是一路上的峡谷、戈壁、沙漠，会一点点磨砺你的耐心。就像一片璞玉，经过这样的打磨，有了光泽，有了形制，有了情谊，这些花，才显得格外珍贵！

花　海

真正到达花海，还是十年以后的事。

一直听说，戈壁深处有一座花海，有一次，从高速公路拐下，向着更南的戈壁插进去，走啊走啊，就像童话故事中的道路，很久了，还是戈壁。

司机说，油不多了，只能够返回的路程，如果冒进，我们就会搁浅在大戈壁上。但我总是觉得，花海就在不远处，那里，溪流潺潺，鲜花盛开，瓜果飘香，跟书本里描写的天堂一模一样。

可是，看看远处一望无际的戈壁，我们都泄气了，只好返回。

花海，从那一刻起，就在心里发酵，最终酿成了一壶酒。

当我重新踏上这条道路的时候，竟然是那样的镇定。汽车在戈壁上奔驰，千篇一律的风景，铺陈着亘古的寂寞和荒芜，它们会像一件衣服一样，蛮横地披在你身上，不管你乐意还是不乐意。我认真地端详眼前的景致：砂石漫漶，却有零星的旱生植物顽强地生长，像芨芨草、骆驼刺、梭梭柴，看到它们，就觉得戈壁并不是无情的巫婆，也有生命的彩练。

知道道路漫长，心里并不期待突然间豁然开朗，风和景明，我知道，久行戈壁，最能历练一个人的性情。何况，我们要去的是花海，是希望之所在，虽然不能即刻到达，但终究会是一片艳阳天！

就这样，我们去了花海。

花海，并不想我们奢望，也不使我们惆怅和失意，而是我们看到的那样。花，倒是成片似锦，藏红花、菊花，尤其是葵花，金灿灿的花盘，向着我们微笑，这却是一种感动。花海虽广，但掩饰了戈壁的汹涌和村庄的古旧，还是被一片一片的戈壁分割，在白杨树的掩映下，集体农庄高墙矮门，显得敦实厚重。农庄是花海的中心，白杨树是花海的边界，果园是花海的花蕊，当我们从戈壁的尽头匆匆赶来，迎接我们的白杨树，像是俯下身子，树叶哗啦啦被风引动，像是在发表简短而热情的欢迎词。到了农庄，则有憨厚的乡亲，把你让进浓荫四蔽的小院，摆一盘时令水果，切开一个西瓜，那感觉真是到了世外桃源。不过，花海最有名的不是花，是辣椒和甜瓜，这两样，把花海送到了人们的味蕾上，让人们记住了一个戈壁深处的绿洲——花海。

我去的时候，正值瓜果成熟的季节，花海的甜瓜，正运往四面八方，大卡车拥堵了狭窄的乡村道路。

一片绿洲，被戈壁包围，但它有雪水滋润，那些瓜果就天才般地成为瓜果之王。沙地、阳光、昼夜温差等特殊因素，让花海成为瓜果的天堂。不仅如此，花海的辣椒，一直是当地古老的品种，人称“土辣椒”。别小看它品种古老，滋味却是十分的纯正。爱吃辣椒的人，只要吃一次花海辣椒，就再也不想吃别的品种的辣椒了，大有“五岳归来不看山”的味道。

在花海，我被戈壁上那些突兀的夯墙震撼。穿过一片湿地和红柳林，它的身影突然间闪现，我惊呆了：那是足足有五百米长的汉长城！芦苇、红柳夹沙夯筑而成的长城，两千年的雨雪风霜，竟然没有淹没它羸弱的墙体，它面对着凶悍的戈壁，保卫身后炊烟，一直稳稳地站立在烽火的前沿。不知道是不是巧合，汉长城一带，有许多骆驼和马，它们安静地吃草，有时候偶尔抬头遥望远方，它们的目光与汉长城相遇，会有什么样的内心波澜。

那天中午，烈日如火，我沿着汉长城走了很久很久，尽管如此，我还是不能够与它做一次交心的对话。

还是留在下一次吧。

不管等多久，我还会来的。

拜谒花海

又一次去了。

仿佛它在戈壁的尽头。

最初知道花海，是因为一枚七面棱形觚。我近距离见过那枚七面棱形觚，木质细腻，是典型的红柳木棒，两千多年的风雨沧桑，竟然没有改变它的容颜，那些字迹仍然清晰可见。这让我有了千丝万缕的想象：在一个酷热的夏天，或者是寒风凛冽的冬天，烽火台下的戍守者，他们一遍遍默念着木觚上的文字，想象着那些惊心动魄的故事，心里肯定有无限的安慰。在广阔的荒凉中，在铁板一样的寂寞里，只有北风呼呼吹过，只有沙尘漫漫飘来，这样一枚木觚，带给他们的，绝对是最饱满的精神享受！

时间要追溯到1977年8月，酒钢的几名职工在假期中去玉门市花海镇的一处汉代长城遗址参观游玩。其间，当一名小伙俯身系鞋带时，忽然在城墙的拐角处发现了几根筷子一样的东西，仔细一看上面隐隐还有字迹。这样的经历与世界上许多重大发现一样，楼兰的发现，是因为一柄铁铲。1900年3月28日，瑞典的探险家斯文·赫定率领的探险队在新疆罗布泊的大沙漠中穿行，就在他们准备取水的时候，却突然发现用来挖水的铁铲，被遗落在了前一天晚上宿营的地方。铁铲是用来挖取地下淡水必不可少的工具，必须取回来，就在他们找到铁铲的时候，眼前却出现了一些高大的泥塔和房址。这是一座被风沙湮没的古城遗址，又被风沙吹出了真容。

在花海，进行了一个多月的挖掘后，在一个近2米深的坑底，找到了91块埋在沙土中的木片。其中，有个奇怪的东西是根红柳木棒，略微弯曲的木棒被削制成七面形棱柱，高约 37 厘米。每一面都写满了文字。初步分析，这是一件木觚，属于简牍的一种。经鉴定，这批汉简属于汉代酒泉郡北部都尉的文书档案。这些木简和木觚，现在保存在嘉峪关长城博物馆。木觚上的文字辨识后，大致内容如下：“皇太子（刘弗陵），朕（汉武帝）体不安，今将绝矣！与地合同，终不复起。谨视皇天之嗣，加曾朕在。善遇百姓，赋敛以理；存贤近圣，必聚胥士；表教奉先，自致天子。胡亥自圮，灭明绝纪。审察朕言，终身毋已，苍苍之天不可得久视，堂堂之地不可得久履！道此绝矣……”经专家断定，这是汉武帝的遗诏。那么如此偏远的花海，怎么会有如此机密的皇帝遗诏？文史学家在仔细分析后得出一个结论：1977 年甘肃玉门花海出土的汉代七棱觚并不是真正的汉武帝遗诏。理由是武帝猝崩，幼主新立，刘弗陵的几个哥哥燕王、广陵王觊觎皇位大搞阴谋，朝野内外人心浮动，霍光等辅政大臣为了辅助幼帝渡过政治危机，拟武帝口吻制作的所谓“武帝遗诏”化解了朝廷的危机。而这枚觚的字迹大多写得生疏，用笔不讲究，属于习字，说明汉代的教育从一开始就非常明确“仕途”目的，学习抄写这类诏书、公文习字极有可能是汉代人承袭秦人“以吏为师”的表现。

这就是花海，一座烽火台下埋葬的奇迹。

花海的偏远，从来没有影响到人们对它的探寻。

诗情花海

去过一次花海，就永远记住了花海。先是那些制种的菊花，它们在秋天一望无际的灿烂，把最绚烂的色彩释放于这远天远地的旷野，让原本植物杂乱匮乏的戈壁，成了真正的花海。

其实，那是走过了漫长戈壁之后的奇迹。一直是戈壁的视野，到了绿洲，那丰茂的绿色，怎么看都是风景。有人说，去没人去过的地方，才会有天地大美，花海虽说奇偏之地，但至少也是一个可供独自欣赏的福地，在这样的福地，喝一口白开水，也能勾起内心的诗意。

1982 年 9 月 7 日，著名诗人昌耀抵达玉门，戈壁上的“花海”，引发了他无限的诗情。

他写道：

我未看到春天的花海是什么样子。
只看到秋天的花海。只看到
秋天的花海镶嵌在沙漠的背后。
只看到花海秋天的晒麦场上
五个女子偎作一堆儿，
像五朵会笑的花瓣。
是静悄悄的。她们
在思索什么呢？
…………

在诗中，昌耀还写了无垠绿洲上女拖拉机手的英姿，这是那个时代女性解放的标志；写了一株株毛叶杨在微风中摇摆着鹅掌形的叶片，这是生命里的标志……总之，在诗人的笔下，花海，是“动人的女儿国”，也是美的代名词。

最初读到这首诗，就觉得，花海这个地方，是诗意的源泉。到处都是溪流和鲜花，到处都是牛羊和庄稼，晨光里，万象更新；夕阳下，炊烟袅袅，完全是理想中的世外桃源。

真正去了花海，那些诗意还是饱满的。且不说整片整片的油菜花海，也不说大面积的制种菊花，只说一望无垠的藏红花，只说金灿灿的甜瓜、红彤彤的辣椒，就让人心向往之。但是，对于我来说，在花海，那些被风沙淹没、被岁月遗忘的古城遗址，却是我的最爱。每一次到花海，我都要拜谒它们。

首先想说的，就是花海北沙窝破城子遗址，它位于花海镇西泉村北 10 公里处。城址位于花海北沙漠腹地的白土台地之上，在这个白土台上，可以独对花海，一抒胸襟。虽然如今它已经置身于沙漠腹地，但从城的规模上可以看出，很久很久以前，它踞守一方，威武雄壮，保卫着一方水土的安宁。据考证，花海北沙窝破城子遗址始建于汉代，开东门，东门外有瓮城，四角有角楼。城墙平面呈长方形，东西长 102 米，南北宽 93.5 米。残墙高 4.5 ～ 6 米，内部有多层红柳木筋。看来，花海所沉淀的人文积累很不一般。

其次，则是三个墩古城遗址，它位于花海镇黄水桥村西面 10 公里。因为古城只遗留下三个土墩，就叫三个墩古城遗址。现在，三个墩，只剩下了两个。这里，古城、古墓，连成一片，仿佛生和死，都有着不可逃脱的宿命。在古城中，无论走到哪里，都能够随手拾捡到灰陶片和红陶片，据考证，三个墩古城建于汉代，两千多年的风霜，所有的一切，都已面目全非。古人生活的器具，在风中凌乱，在时光中破碎，一如这古城，无限的荒芜之中，留给后人的，不仅是沧桑，还有思考：我们要怎样，才能摆脱这样的由盛而衰的恶性循环？

在花海，在生机勃勃的植物世界，我们似乎找到了答案，也看到了希望。

荒废的古城，新颖的绿洲，这样的对比，难道不是诗？

在花海，时而穿行于戈壁长城，时而驻足于沙漠城堡，时而沉醉于瓜田果园……那样的情景，怎么会不入诗呢？！

第四部分

长城文化

边塞诗的味道

我所说的边塞诗特指鼎盛时期的边塞诗，唐代的诗人们所书写的壮丽画面，我常常晨昏披览，像是在品味各种各样的美食。当然，美食的味道还不够丰富，尝遍酸甜苦辣，才知真正的味道。

“秦时明月汉时关，万里长征人未还。但使龙城飞将在，不教胡马度阴山。”这是王昌龄的《出塞》。在那巨大的时空，把人放进去，简直就等于消失，但还是有人的豪气，尤其是最后一句，是人的气势，用“气壮山河”表述一点儿也不为过。

“蝉鸣空桑林，八月萧关道。出塞入塞寒，处处黄芦草。从来幽并客，皆共尘沙老。莫学游侠儿，矜夸紫骝好。”这是王昌龄的《塞下曲·其一》。还有其二：“饮马渡秋水，水寒风似刀。平沙日未没，黯黯见临洮。昔日长城战，咸言意气高。黄尘足今古，白骨乱蓬蒿。”经过了一次次的出塞入塞，那些奇异的景观已经变得平常了，甚至有些荒凉和凄凉了。“皆共尘沙老”的人，能够感觉到“水寒风似刀”，这样的转变，已由豪情满怀继而“白骨乱蓬蒿”了。

人生的况味，把三首并排放在一起，就意味盎然了。

“黄河远上白云间，一片孤城万仞山。羌笛何须怨杨柳，春风不度玉门关。”王之涣的《凉州词》把早已埋没风尘的玉门关鲜活地呈现在人们的精神世界里，世代不衰。考古学家们费尽心思地考证出玉门关的确切位置，人们在去凭吊它的时候，首先想到的仍然是王之涣和他的《凉州词》。玉门关我去过多次，开始是与那首诗一起去的，后来，我就彻底地抛开了那首诗，独自品味自己眼中的玉门关，后来证明，我错了。我还得在那首诗的意境里寻觅往昔的苍凉和今世的苍凉到底有何不同，这样的品味因为有了时间的隔阂，才会越来越有意思，越来越有滋味。

长风万里，黄草飘拂，疏勒河古道芦苇茂密，牧羊人孤独地从戈壁走向草地，又从草地回到戈壁的营盘。他的狗在他出发时叫几声，回来的时候叫几声，简单的应答式的问候，就让他日复一日、年复一年地度过了寂寞的岁月。而玉门关呢？而守卫者长年不间断的厮守呢？谁能说得清他们的清苦。一句"春风不度玉门关"就是总结了。其实，春风还是有的，秋天，荒芜中的疏草，还是有几分姿色的。春风只是人与人交流的割断，如此的残忍，应该说是世界的黑暗，春风这样美好的东西当然不会光顾了。

"明月出天山，苍茫云海间。长风几万里，吹度玉门关。汉下白登道，胡窥青海湾。由来征战地，不见有人还。戍客望边邑，思归多苦颜。高楼当此夜，叹息未应闲。"李白的《关山月》也提到了玉门关，有人考证，此玉门关非彼玉门关也。当代诗人林染曾煞有介事地说，李白所写的玉门关，实为今甘肃瓜州县境内的锁阳城。我见识过锁阳城的夜晚，还真有那样的意韵。诗中的"天山"指的是祁连山，祁连山为匈奴语，意为"天"。匈奴曾有古歌：失我祁连山，使我六畜不蕃息；失我焉支山，使我嫁妇无颜色。焉支山也作"胭脂山"，系为祁连山的余脉。锁阳城的正南，正是祁连山。且有学界专家勘察，认为唐时距锁阳城几步之遥就是玉门关，玉门关随着时代的变迁，迁徙的步伐已经后移，逼近锁阳城了。这不能不说是个巧合。我夜宿锁阳城，细细品味李白的《关山月》，那月，把无限的清辉洒在我身上，就像李白给我披了件衣服，温馨而又多情。

"葡萄美酒夜光杯，欲饮琵琶马上催。醉卧沙场君莫笑，古来征战几人回？"王翰的《凉州词》本来表达的是征人生死难料的悲戚，夜光杯只作为叙述的陪衬。没想到千年之后，这悲戚已经没人理会了，聪明的商人们做起了夜光杯的文章，此文章做得很大，直到现在，它还是夜光杯这种旅游产品的无形资产和不花钱的广告。应朋友之约，我曾写过一篇关于夜光杯的文章，了解到夜光杯的来历可以追溯到2000多年前。《十洲记》中说它是“白玉之精”“夜光常满杯”，神奇极了。还有文献说西周国王姬满应西王母之邀赴瑶池盛会，席间，西王母馈赠姬满一只碧光粼粼的酒杯，名曰“夜光常满杯”。姬满如获至宝，爱不释手，从此夜光杯名扬千古。看来在王翰写这首诗的时候，夜光杯已经很有名了。今天的甘肃酒泉、嘉峪关一带是夜光杯的原产地，凡是生产夜光杯的工厂，都在最突出的位置刻写了“葡萄美酒夜光杯”的诗句。现代人看了那诗，听了夜光杯的传说，就忍不住买几只。夜光杯的销量到底有多少，反正年年都有新花样，年年都在生产。

看来，歪打正着的事，世世代代都在发生，此诗，被人们渐渐地读得变了味。

“雪净胡天牧马还，月明羌笛戍楼间。借问梅花何处落，风吹一夜满关山。”高适是唐代边塞诗的重要人物，他有很多脍炙人口的诗句，我独独喜欢他的这首《塞上听吹笛》。是的，塞上听笛，听笛的那个人，是个多有情趣的人。事实上，某个月明星稀的夜晚，戍卒们手握简陋的羌笛，一曲吹来，相思满天。有谁会无动于衷？说实话，第一次读《塞上听吹笛》我流泪了。那笛声分明是为我吹的，那笛声分明已深入到了我的心灵。心灵无垠，笛声无尽，流泪只是那笛声奋涌而出的冲击力。

每每行至戍边者的故地，我都情不自禁地想吹笛，让风吹，让雨吹，让草吹，让沙吹，让一切存在的和消亡的共同合奏，让心里的笛声，就是那高适的笛声也冲出来，加入进来，推远旷野。

“林暗草惊风，将军夜引弓。平明寻白羽，没在石棱中。”卢纶的《和张仆射塞下曲·其二》让一个将军在我的脑海里有了印象，“林暗草惊风”，将军镇定自若，引弓发射，林间立刻恢复了平静，第二天一看，那一根利箭深深地插入石棱中。力拔山兮的将军，遂成为传奇人物，这样的传奇发生在边塞，更加赋予了边塞神秘与神奇。相比之下，卢纶的《和张仆射塞下曲·其三》“月黑雁飞高，单于夜遁逃。欲将轻骑逐，大雪满弓刀”所散发的冬日的冷峻，让人不寒而栗。尤其是那句“大雪满弓刀”，一下子就把漫天的霜雪，从1000余年前的时空转移到了读者的身心，广阔的边塞越发广阔，越发遥远了。

“单车欲问边，属国过居延。征蓬出汉塞，归雁入胡天。大漠孤烟直，长河落日圆。萧关逢候骑，都护在燕然。”王维《使至塞上》中的“大漠孤烟直，长河落日圆”常常被人们引用为边塞的经典景色，其中的“孤烟”和“长河”也多有误解。权威的解释都认为，“孤烟”就是烽烟，西部边塞因为烽、燧、亭、障和长城的连接，形成了防守严密的边防线。少数敌军来袭，各自堡垒里的守军出击，就能解决；大批军团到来，则白天放烟，夜晚升火，根据敌军的数量，决定放烟升火的多少，烽火的传递，使指挥部迅速调集军力，实施救援。到了唐代，这样的烽火制度已经很完善，所有的烽火台都有预备好的大苣、中苣、小苣和柴草。敦煌玉门关一带的汉长城就有保存完整的烽火燃料，经过几千年的风雨剥蚀，它们还整齐地摆放着。那么“孤烟”是不是烽烟呢?可以肯定地说：不是。其实，它是戈壁大漠中常见的旋风。旋风骤起，直通云霄，甚是壮观。

“长河”传统的注解中都把它当作黄河，但从诗的意境上看，作者描述的是古张掖一带，这一带地势平坦，黑河之水从祁连山奔涌而下，穿越戈壁大漠，直指居延。这里的“长河”，应为黑河。

居延遗址在内蒙古自治区额济纳旗和甘肃省金塔县。唐时，居延文明已经誉满中原了。

有一个诗人，必须单独提出来说一说，这个人叫李颀。同时代的边塞诗人高适、王昌龄、王维、崔颢都是他的朋友。他的诗作中边塞诗虽不很多，但成就却最为突出。《古从军行》是他的代表作：“白日登山望烽火，黄昏饮马傍交河。行人刁斗风沙暗，公主琵琶幽怨多。野云万里无城郭，雨雪纷纷连大漠。胡雁哀鸣夜夜飞，胡儿眼泪双双落。闻道玉门犹被遮，应将性命逐轻车。年年战骨埋荒外，空见蒲桃入汉家。”诗中“公主琵琶”“玉门被遮”“蒲桃入汉”的故事，都出自《史记·大宛列传》，从汉朝的天空到唐代的边塞，经历了众多的往事，那些往事的每个篇章都写满了哀怨。“胡雁哀鸣夜夜飞，胡儿眼泪双双落”，感情的沉痛、章法的整饬、音韵的宛转，使人黯然神伤。

只拈出这沧海一粟，就可以品尝边塞诗的滋味，这滋味，对于每个人来说，又有多少差别呢?

永远的长城

一直在长城地带生活，低头沉思或者抬头仰望，长城都会不由自主地映入眼帘。久而久之，视而不见的长城，就融入了基本的生活之中。

常常，牧人登上烽燧或者一截长城的断墙，悠远的呼哨响起，覆盖了整个戈壁，落在洁白的羊群身上，羊群像附着了无法挣脱的集结令，迅速从长城的豁口涌出，宁静之地一下子活跃了起来。上百成千只羊，拼命地冲锋，似乎想甩掉戈壁的干涸，占领那生机无限的绿洲。

长城内外，是如此的不同。

常常，村庄里走出来的愣头愣脑的小孩子，像从草堆里滚出的一群鸟，自由散漫地奔向破败的长城。他们窜上窜下，头戴草帽。那些草帽是新鲜的柳树枝编织的，手工粗糙，但色彩艳丽，远远地，就看见它们飘浮在半空。要知道，在戈壁的褐色和长城的枯黄色中，一点点绿色，是多么动人。

孩子们乐不思蜀，一次次探究长城夹缝中的木条，翻捡长城下遗落的瓦片，甚至越过长城，走向那戈壁的深处。稀疏的草丛下，蜥蜴、蚂蚁、蛇、屎壳郎，被孩子们追逐着，欢乐的笑声随风四散。

对于未知的地域，孩童的思维和成年人是那么不一样。

我曾经是那些孩子中的一员，现在长大了，仍保留了顽固不泯的童趣。也不仅仅是童趣，更多的是出于对自身的关照。长城横在眼前，又一望无际地远去，蓝天白云之下，宏阔的戈壁之上，背离着郁郁葱葱的田野，溪流潺潺的草原，只身陷入无尽的荒芜，让人不觉得疑惑。十八岁那年，刚刚长大成人的我，义无反顾地跟随着长城的走向流浪远方。那一次，三百多公里的长途跋涉，烈日的烤晒，使我浑身上下像涂抹了一层黑漆，我只当那是长城留给我的纪念，直到现在，每每抚摸，远方的风就掠过长城，落在我的皮肤上。

这是长城对我的馈赠，回过头来，看蜃景中的村庄，看那柔情似水的婆娑绿影，长城的情形就更加真实了。我第一次用这样的视角观察长城、观察村庄、观察自己，内心里就有了一条无形的长城，无形的长城和有形的长城加起来，就成为我自己的长城。我是幸运的，生活在长城脚下，并拥有了自己的长城。

后来，我走完了河西走廊的汉明长城，发现长城与地理，长城与文化，又明显地划出了一条界线：以明长城为例，大体上沿长城一线在气候上是暖温带和中温带的分界线，是半干旱和干旱的分界线；在植被上是森林草原、干草原和荒漠草原、荒漠的分界线；在土壤上是黄土的北界，与干旱地区的土壤有完全不同的理化特征；在农业土地利用上，界线以南以种植业为主，界线以北牧业生产占优。从历史政治地理的角度看，北方的游牧民族政权与南部农耕民族政权在此争斗对峙，同时在经济、文化等方面又相互交流。

多么奇妙的长城，人类在修整它的时候，是否有如此精密的设想呢？我们与长城的对话，是否还有更广阔的空间呢？基于此，我的行走就不会停止。

异乡或者他乡

一直在长城地带游走，也一直有一个悲凉的疑问：如此荒凉广阔的地域，如何存留下缕缕的思乡之情？是什么，滋养了一代代戍守者的男儿情怀？在一段段长城荒芜的背景里，我想象着一个人或一群人，面朝戈壁，背对故乡，他该是一种什么样的情形？戍守生涯生死未卜，妻儿老小，音信全无，内心的痛苦，一如这漫卷的风，呼啦啦展开，吹向遥远的远方。没有人，也没有任何事物，为他们分担。

我抓起一把沙土，顺风扬起，一股土雾缓缓升起又缓缓落下，就像时间，飘散于茫茫的天空，该遗忘的，全部都遗忘了。

然而，有一种东西不能遗忘，那就是一个人的异乡或者他乡。就像意大利小说家卡尔维诺所说的那样：他乡是一面负向的镜子。旅人认出那微小的部分是属于他的，却发现那庞大的部分是他未曾拥有，也永远不会拥有的。那些戍守者，背井离乡来到异乡或者他乡，依依不舍中，流露出的是不得已的神情。在异乡或者他乡的那些日子里，开始的时候可能是新颖的，但在漫长岁月的煎熬之中，异乡或者他乡，就在戍守者的心目中，渐渐赋予了故乡的某些特征。这也是一种不得已的情况。

在戈壁，在长城地带，要么你想象，要么你悲伤。悲伤并不是人的天性，而想象却弥补了自然的缺陷。我去过许多古代的边关要塞，作为一个与自然环境完全脱离的旅行者，我仅仅是过客。在苦涩的回忆中，我始终坚信：世界是人的观念构筑的，每一个地方，在人的头脑中，都有特定的意义。他们可能是家乡或者异乡，是亲切的或者危险的，令人向往的或令人恐惧的；每一处有意义的地方，都成为我们存在的环境并构成我们存在的意义。

一片荒原的意义，一段长城的意义，戍守者把它们全部融入了自己细微的生活之中，使原本机械的、杀机四伏的时光变得美好起来。

这使我想起了卡尔维诺的小说《看不见的城市》中，有一个名叫比希巴的地方，他所描述的这个地方很有意思：

“在比希巴有这样的信仰流传：有另一个比希巴悬在天上，城市最崇高的德行与情感都位居那儿，如果地上的比希巴以天上的比希巴为典范，两座城市就会合二为一。”传说中的比希巴的景象是一座纯金之城，有银制的锁和钻石门，可以说是一座宝石城，全部是细致的镶嵌，是在最珍贵的材料上殚精竭虑、费力费神的成果。比希巴的居民对这个信仰笃信不疑，他们崇敬一切让他们想起天上城市的事物：他们收集贵重金属和珍奇宝石，他们弃绝那些转瞬即逝的奢侈纵欲，他们表现出各种镇静沉着的样态。

我们可以看出，这是一个欲望之地，这是一个可以期待的地方，如同莎士比亚所说：世界是由梦幻的质料构成的。我想，也许正是因为那些戍守者心存梦幻，才使无情的大漠和血腥的战争有了合理的解释。

这使我又想起了欧洲人，欧洲文化中有一个根深蒂固的心理，就是将异域理想化为人间乐园。这种心理也是西方地理大发现与资本大扩张的精神动力。虽然，戍守者并没有把自己要去的地方，理想化为人间乐园，但他们去了，他们带着自己的传统，就像我们平常所说的那样：金窝银窝，不如自己的狗窝。无论去了什么地方，他们心中的乐园，仍然是自己的故土，既然故土难回，那么，异乡或者他乡，也就逐步幻化为故土了。

过去的敦煌

在西北，自然的空阔和博大的景象让人唏嘘，而那些遗落于自然空间的历史的遗迹也是惊心动魄，就像日本东京大学杉山正明教授在其著作《丝绸之路与中国古代文明》中所说的那样：一个半世纪以来，世界和时代都在发生巨变。而中国，现在已成为当今世界屈指可数的泱泱大国。“探险家”们踏查过的亚洲内陆各地、帕米尔高原的东西南北，自沙皇俄国和清政府相互对峙的18世纪后半期以来，大约经过200年，业已物换星移，演变成“开放空间”。贯通欧亚大陆和所谓“丝绸之路”地域的通道，如今正开启大门。我们就生活在这样的时代。

在这样的一个时代，人们格外关注敦煌。因为敦煌积累了这一广大地区的文化精髓，人们能够从这里体会和了解另一个时代，甚至很远很远的过去。

20世纪初，瑞典探险家贝格曼在新疆孔雀河一条支流发现小河墓地，并把这里出土的几具人骨带回欧洲。经德国人类学家鉴定，楼兰人属于原始欧洲人种。换言之，欧洲人种（高加索人种）向东方最远分布到楼兰，蒙古人种（黄色人种）与欧洲人种的分界，就在楼兰与敦煌之间。这说明，在遥远的年代，人类的迁徙和迁徙过程中形成的种族圈，已经渗透到了敦煌。后来随着丝绸之路经济文化交流的日益频繁，敦煌的位置，已是迁徙者、旅行者、传道者、贩运者的向往之地。

牛津大学教授贡布里希在描述这样的情景时说：论地理，欧洲人跟中国遥相睽隔，然而艺术史家和文明史家知道，这地域的悬隔未尝阻碍东西方之间所建立的必不可少的相互接触，跟今天的常情相比，古人大概比我们更坚毅，更大胆。商人、工匠、民间歌手或木偶戏班在某天决定动身启程，就会加入商旅队伍，漫游丝绸之路，穿过草原和沙漠，骑马甚或步行走上数月，甚至数年之久，寻求着工作和盈利的机会……我相信到处流动的工匠也把一些绘画方法带到亚洲，我们在敦煌和其他地方发现了他们的作品。他们从希腊和罗马绘画中学会了一些表示光线和大气的方法，并把那些技巧纳入了自己的技术范围。早在汉代，就有一些装饰艺术母题从欧洲传入中国，特别是葡萄叶纹及葡萄饰，还有莲花纹。这些花卉旋涡纹已被中国工匠改造后用在了银器和陶器上。

这让我想起了莫高窟。在敦煌，莫高窟一直以它灿烂夺目的光芒映照着敦煌。古代的商旅、使者，在到达敦煌的那一刻，内心激动不已，就像回到了久别的故乡。故乡的情景，在这里有着一一对应的参照物。比如，那些整齐而生机勃发的庄稼，那些晶莹剔透如水晶玛瑙般的树木，还有那些经年流淌的河水、泉水，至于那些琳琅满目的水果，更是让他们心醉、神醉。敦煌作为一个地名，它早已是神赐的地方了。

在那个大规模的开凿时代，敦煌东南部的鸣沙山与三危山之间的狭小的谷壑间，斧凿声声，仔细听，那里面充满了虔诚的感恩和自信。九死一生的人，流血流汗的人，冥冥之中相信，在敦煌的某个地方绝对存在一种超乎自然之力的神，把他们平安地送到了敦煌。而另外一些职业宗教家，到处奔走，在敦煌，也找到了自己的灵魂之地。

按照佛教的方式，敦煌莫高窟逐渐汇集了众多的神像和壁画，它们共同阐释了人类的生死悲苦乐、轮回的观念，把人们从绝望的境地引向希望的境界。

近年来，敦煌研究院的专家对莫高窟的研究已进入了一个新的阶段，与人们所熟悉的莫高窟南区洞窟相对应的北区石窟，通过发掘，有了重大的发现。现在这些洞窟业已向游人开放。研究者认为，这些洞窟是当年僧侣们坐禅修行、生活起居的场所。仔细观察这些毫无修饰、四壁皆空、矮小黑暗的北区石窟，你会感觉得到当年僧侣们的生活与南区华丽洞窟中的佛事活动有着截然不同的景象，清静、寂寞成为石窟主人的生活基调。据说，当年敦煌的百姓出家为僧者人数众多。他们离开亲人，舍弃人间烟火，遁入空门，坐进小小的石窟，修行一世，苦度一生，或许只为在莫高窟找到一块属于自己的净土。

在莫高窟北区发现了相当数量的古代僧人的遗骸。与此同时，在北区石窟中还出土了大量不同民族不同文字的佛经及社会文书残片。当年在丝绸之路上流通的货币——波斯银币以及胡人形象的男俑，也出现在北区石窟中。最令人惊讶的是在众多的文书残片中有一份叙利亚文《圣经》。这说明，在丝绸之路时代，敦煌莫高窟不仅是一个佛教中心，同时也是一个世界文化相互交融的场所。目前，在世界范围内再没有第二个佛教石窟寺遗址，在时间跨度上和信息承载量上能与莫高窟相比拟。

据说，创造了莫高窟壁画的古代画师大致分为三类：其一是僧官，顾名思义是管理僧人的，有一定的社会地位，但为数不多。其二是画僧，他们是僧侣，也会作画，人数较前者略多。其三便是纯粹的画工了，他们游走四方，居无定所，在洞窟里作画，也在洞窟里起居。

看来，在莫高窟这个庞大的文物体系中，我们不仅可以梳理文化的脉络，还能够触及那些平凡的僧人的生活，这使我们看到了一个真实的敦煌，一个活生生的过去的敦煌。

丝绸之路的根基

徜徉于西部的广大地区，考察其文化的渊源，总少不了要提起丝绸之路。虽然那些地区有着巨大的民族、气候、物种上的差异，地形地貌也有着本质的不同，但就是这样一条商贸之路、经济文化交流之路，把它们联系在了一起，使诸多的文化汇入中华文明的河流。每每体会到这一点，就着实地感觉到丝绸之路的伟大。

沿丝绸之路一带的生活，其特点是绿洲与沙漠或者大草原之间的差异。周围地区并非处处都是纯沙漠、乱石戈壁或者荒芜山区。这里的生活常常——但并不总是——是在一个完全无人居住的干燥地区内鲜明地展现出来。看似无边无际的荒芜地区，却分布着许多草原，并且过渡到广阔的草原地区。这主要是矗立于这些地区的高大山系所致。复杂的山势，总是在冬季储存了大量的雪，形成四季不化的雪线，雪线之下，还有大大小小的冰川，每当春暖花开之时，冰雪融化，山谷里就涌出涓涓溪流，溪流的汇集，又形成河流。戈壁和沙漠，在这些河流的滋润下，或是绿洲，或是草原，在这些草原中，生活着游牧民族，有一部分建立了强大的国家。在距离绿洲不远的地方，往往也有高大的雪山山脉，群山里有草地和森林地带，同样生活着游牧民族。

与草原相比，绿洲内的生活特征始终是孤立地发展，财富在积累，文化在积淀，一片绿洲或者成片的绿洲，往往就是一个由强大的家族势力和某种利益集团共同构筑的王国。因而，当游牧者在狭小的生活圈子中，遇到强烈的生存危机之后，首先掠夺的目标，就是绿洲地区的财富。历史上，无论是游牧者与中原汉族统治阶级之间发生的大规模战争，还是游牧者与个别绿洲之间的局部争斗，客观上都反映了绿洲生活与游牧生活的不平衡。

历史的经验告诉我们，在民族联盟和部落联盟中，有一种基本秩序，这是维护这个联盟的基础。与这种基本秩序相适应的，还有精神与宗教秩序。比如夏季与冬季牧场之间有计划的迁徙，在这种迁徙中，总有个别部落由于比别人强大，在牧场的使用上占有优势。这种状态，再加上不断的民族倾轧、征服和迁徙，就在绿洲居民和游牧民族的关系上，造成一种不安定的、变化莫测的因素。游牧民族的马队追逐着水草，同时也追逐着富裕安宁的生活，而绿洲地区为了保护自己富裕安宁的生活，常常围绕着自己的领队，修筑高大的城墙，在各种要塞布下重兵，严防死守。

对于丝绸之路来说，绿洲是经济基础和园艺农业、养畜业、手工业的蓄发地。所有的商旅在看见绿洲之后，内心里就有了希望，这种希望是无与伦比的。可以想象，商队在茫茫的戈壁和沙漠上行进，自然环境的严酷与人生命运的莫测，总给人以一种无望的感觉。绿洲在这时候就扮演了天堂的角色。

一支商队来了，商队的人欣喜若狂，而绿洲上的人也视为节日，因为商队给他们带了丰富的商品，使他们的剩余的产品得到了有效的交换。

这是丝绸之路的根基。在大多数寂寞的时光里，人们不会看到这些。

绿洲的信仰

绿洲在大的地理范围内，有自己的生态系统，有自己居民的生活习俗。但在更大的精神范畴中，他们又有自己的信仰，也可以说是整个绿洲的信仰。就像众多的古代旅行者所说的那样：走进绿洲，奇迹无所不有。有奇迹的地方，其实就有宗教的土壤。这块土壤随着那些职业宗教家的不懈耕种，一段时间，已是根深叶茂，果实累累了。即使今天，我们畅游丝绸之路，从一块绿洲到另一块绿洲，不胜枚举的，仍然是那些石窟寺。其中最有名的，是佛教石窟寺。

佛教寺院与摩尼教寺院都有自己的管理机构，这些寺院甚至有自己的田产，因而是一个独立的经济单位。许多回鹘文献证明，寺院是免交捐税的，它们的僧侣也被免除了国家摊派的劳务。在敦煌不少的文书中就记载了寺院的田产，连日常生活中磨面的设备，也是由寺院掌握的。在每一道分水渠上，都矗立着水磨，这些水磨所产生的收入，全部归于寺院。这样，寺院就在坚实的经济基础上，建立了自己的信仰体系。

不仅如此，绿洲的居民还把自己与自己所处的环境或者部族、王国看成是一个整体，为了它的欢乐和幸福而工作而祈祷。现存的大量保存下来的祈祷文，特别是敦煌藏经洞中保存的祈祷文，更清楚地表现了这一点。保佑整个绿洲平安和福祉，是他们最高的愿望。除此之外，他们的愿望也按佛教的概念扩展到了“众生”，为他们祈祷幸福。以下为一对世俗的善男信女抄写的一份佛经，在他们的跋文中，提出了如下愿望：

> 我这份经文作为供养品：梵天、帝释天、毗纽天、大自在天，以及保佑乡镇的桑库玛亚、迦毗罗和其余的，以及幸福的诸神。愿他神力使这个供养品的力量增强；愿人们自身没有疾病，外部没有敌人和狼，没有危险，愿保佑他们。我们把这份供养品送给我们的父母和亲属……我们把这份供养品送给四辈、五业的所有众生。

在那个时代，这是绿洲上普遍存在的情形。所有的人心存对佛和菩萨的感念，虔诚地抄写佛经，并把自己美好的愿望一一道来，他们相信，冥冥之中，他们的愿望会被佛和菩萨采纳。

许多学者认为：用汉文写成的宗教作品，特别是佛教作品，是丝绸之路绿洲文化史上特有的一章。敦煌对佛教的中国化方面作出了贡献，佛教在每个绿洲不仅有了新的侧重点，而且历经了一番改造，使得这个世界性的宗教在绿洲的形象明显地具有了面向尘世的特色。

对于绿洲上的普通居民来说，他们只是简单地认为魔鬼和发了怒的神仙是疾病的起因，需要用魔法把他们驱除，仅仅是在祛除疾病的痛苦方面，使他们和宗教紧紧地联系在一起。人们看到，幸福与治病是一个紧密的整体，互相关联。有这样的事实，各类宗教的创始人像佛陀、耶稣和摩尼，生前都是以伟大的医生形象出现在人们的面前，他们首先能够治疗灵魂，而后能够治疗肌体。佛教把治病的任务，特别交给了治病的佛——药师佛。

对于佛教徒来说，则有一条光明的通往天堂的道路。这条道路要随着他们孜孜不倦的修炼而修筑，任何的邪念和不轨行为，都会导致这条道路的中断。据说，在长期的修道中，年长的宗教徒能够亲耳聆听天堂的音乐。这种和谐的音乐也是光明之国的欢乐象征，佛教徒面对五彩缤纷的佛窟壁画，眼前有天堂的情景，耳中有天堂的音乐，在他们看来，尘世的疾苦实在是太深了。

过去的生活

在敦煌莫高窟的第 296 窟，我看到了这样的情景：六个上身赤裸的男子正在修建一座砖塔，一人和泥，两人砌砖，两人送料，另外一人挥手招呼着，看来是工地的头头。

这还不是画面的全部。下层绘制的是一座小佛塔的修建过程：有砖砌台基，四周用栏杆围住，东西两面画工挥笔作画，屋顶上亦有半身裸体的泥工，正接房下另一泥工长杆递上来的泥料，预备给快要完工的佛堂做最后的装修；紧紧相连的是一片果园，园中有三个人在树下休息。下层的画面中有一个病人，由两人扶坐，张口接受喂药；身后有人用药臼捣制药物；旁边有一辆骆驼车，人畜都在水边休息，水井边的骡子、马、骆驼们在低头饮水。

看着，看着，就把我引进了童年时代的故乡。

敦煌莫高窟第 296 窟是北周时期的代表石窟，三危山洞穴里浓稠的黑暗，并没有把岁月的光泽销蚀殆尽，只要有一点点智慧的灵光，透过生活的罅隙，就能窥测它无限的光明。敦煌三危山巨大的阴影中，一座座黄泥小屋，延续着缓慢的光阴，二牛抬杠，翻开泥土的波浪，随着小麦、玉米和高粱在大地上绿色荡漾，村庄位于农业的中心，每天的炊烟向天空展示着生活的魅力。

在那所村庄里，一辆马车或者骆驼车就是最阔绰的交通工具了，大多数人家都是坐着窄小的毛驴车或者干脆就骑一头毛驴去更远的地方，但无论物质上有多么匮乏，人们的精神世界却十分敞亮。村庄的显著位置，都会有一座小小的庙堂，尽管小，却极尽华丽，建筑的布局、样式，都显露出村庄的智慧和才华。每一尊神像，每一幅壁画，不算是精品，尽心尽力的细致却能一眼就看出来。

婚丧嫁娶，第一件事情就是去庙堂向神灵祷告，接下来才是向祖宗报告，人心里的高兴事、伤心事，向神灵祷告了，向祖宗报告了，就像从背上卸下了一块石头，人轻松了，也踏实了。

我在上学堂的那天，母亲就领着我三拜九叩，严肃而又认真，还把家里舍不得吃的白面馒头祭献给神灵。在我看来，那好像是母亲最重要的事情。在那个年代，“破四旧”正是风头，母亲带我去祭祀神灵，是很危险的。我清楚地记得，那是一个伸手不见五指的夜晚，庙堂里更是黑黢黢一片，母亲打开手电筒唠叨着，像是自言自语，又像是跟一个熟稔的乡亲在说话，神秘极了。

只要是谁家修新房，乡村的人们都会去帮忙，和泥的和泥，砌墙的砌墙，做木工的做木工，各尽其责，任劳任怨，像是整个乡村的节日。老人们往往是蹲在大树的阴凉中，回顾往昔的日子，小鸡小狗绕膝而过，孩子们则是闲不住的蚂蚁，窜东窜西。

没想到，那平展的泥墙上，把过去的人和事，一一展开，新鲜如初。看见了，就像又加入了原来的那种生活，让人重新活了一次。

游走的佃人

人们在田野上劳动，春种秋收，辛苦的汗水换来了丰富的收获。而那些到处流浪的人，则只能出卖自己的体力。他们是一群丧失土地的人，他们四处走动，像一只只觅食的老鼠，灰头土脸，小心翼翼。我想象着，在唐朝那样一个大时代，一些人因为这样那样的悲惨遭遇，因为这样那样的命运多舛，而成为无家可归的人。为了生活，他们租用别人的土地，这就是我要讲述的佃人。吐鲁番、敦煌出土唐前期的一些租佃契约，证明不少佃农还交纳定额租，契约规定交租不能违期，租要“净好”，否则要受惩罚。由这些文书内可以看到，当时不论种植粟、豆、麦，都要交纳相当繁重的租粮。这些文书中的佃人虽不能认定便是客户，但可以肯定，那时候的佃食客户，也一定是处于与封建佃农同等地位的。历史发展表明，这部分逃户所走的“佃食”“农作”的道路，正是日后广大破产农民更为普遍地所走的道路。

在那个时代的敦煌，最先来到绿洲丰腴处的人，跑马般圈了一大块地，当时的政权组织也认可了这些土地的合法性。而外来者就只好望地兴叹了。

绿洲的情形是这样的，水决定了土地的价值，到处都是土地，而水只有一条溪流或者一眼泉水。酷烈的阳光下，水是维持植物生长的首要因素，没有了水，植物就要枯死，庄稼则没有收成，这是最基本的常识。所谓的丰腴之地，就是占有了水源的那些土地。

我在敦煌文书和有关历史记载中了解到，在唐朝时期，敦煌已经有大量的棉花种植。棉花作为一种利润空间较大的经济作物，种植和收获都相当耗时耗力。当地的大户人家或者世族，都把自己多余的土地让闲散的流民来种植，主要方式是按照契约上的约定，交纳一定的“租金”，一般是用实物顶替。比如租用土地种麦子的，要交纳一定数量的麦子；租用土地种棉花的，则要交纳一定数量的皮棉。

这些佃户一年之中不仅要付出辛勤的劳动，而且要看老天爷的脸色。遇到干旱或者洪涝，颗粒无收，只好再租种一年，还上去年的亏欠。年复一年，遇上好年景，日子就算过去了，遇到饥荒年，则沦为奴隶。所以，大多数的佃户都成为大户人家或者世族的雇佣工，所欠的债务，祖祖辈辈都在偿还。有些利滚利的债务，已经说不清楚有多少了。佃户的人身自由就这样被剥夺了。

敦煌绿洲上，财富在繁衍；一颗颗种子发芽、出苗、成长、抽穗、成熟，时间在积累着，果实也在积累着，但那些佃人的眼泪所积累的，又是什么呢？

夏天的雪

小时候，常常听老人讲故事，说人世间有了冤情，夏天都会飘雪花。窦娥的故事就是那样的，好端端的夏天，因为窦娥的冤情，下起了鹅毛大雪。那时候只是觉得老天有眼，用六月雪来惩罚人间的黑暗和不公。后来长大了，知道那只是人们心中的美好愿望，夏天飞雪几乎等于神话。

但是，神话，还是出现在人间了。

2009 年 8 月 13 日（农历六月二十三日）10 时许，著名的敦煌学专家李正宇、郑炳林、李并成等人冒着 30 多摄氏度的酷暑，驱车顺着古丝绸之路莫贺延碛道，考察东汉以来这条古道上的各个驿站。途经瓜州县马莲井与新疆交界的星星峡一带时，突然看到天空中有大片乌云自西北向东南滚滚而来，迎面骤雨瓢泼而下。继而，鹅毛大雪漫天飞舞，气温骤降。路旁戈壁滩上的凹坑中，劲风吹拢一洼洼积雪，像是纯洁的羽毛。约半小时后，雪过天晴，烈日当头，又入炎夏，地上的雪迹也迅速消融。在极短的时间内忽然经历冬夏二季，如同梦幻一般。

近些年来，李正宇先生一直在敦煌瓜州一带作实地考察，我常常向他请教有关河西走廊地理历史方面的问题，说到这八月雪，李正宇先生感慨万分，说这是他生平第一次遇到的奇妙景观。对于那次奇妙的经历，瓜州县文物局的李宏伟局长也惊奇不已，常常作为最自豪的经历向朋友们讲述。他是那次活动的组织者和随行者。他说，如此酷热的天气，谁会想到下雪，那简直是人间奇迹。他仔细地描述了那次奇遇的每个细节，希望我写一篇文章，把这件事情记录下来。

大自然总是以罕见的奇迹呈现其五彩缤纷的气象，“夏天的雪”就是其中最让人难以置信的自然奇观。

每年一到6月中旬，全国大部分地区烈日炎炎，气温高达30多摄氏度，如果谁在这个季节盼望一场雪的降临，那简直如同痴人说梦。但根据气象资料记载，现实中确实有“六月雪”发生过，如：1999年6月，北京突降大雪40多分钟；2002年6月，新疆乌鲁木齐市南巴轮台县一带飞降罕见的大雪，降雪时间长达36小时，积雪厚度达40厘米以上。

从气象学的角度分析，“六月雪”多半是由夏季高空强烈的冷气流导致的。有关专家认为，“六月雪”的产生，与人类对大自然的破坏有着一定的关系，与可导致气候异常的太阳活动、洋流变化、火山爆发等因素也有关。

岑参诗云“胡天八月即飞雪”，说的是今新疆乌鲁木齐市以北的神奇景象，在古代，使用的是阴历，八月，也就是阳历的9月中旬左右，这时候落雪，也还是能够理解的。因为在西北，“早穿棉袄午穿纱，围着火炉吃西瓜”，昼夜温差大，如果一场雨持续了很长时间，就会变成冰雹或者雪。尤其是在9月份以后，西北的天气渐渐转凉，在极端天气的作用下，落一场雪是极有可能的。

行走在茫茫大地，在司空见惯的自然界里，有着迥异于常识的诸多神奇之境，这可能就是大自然的魅力吧！

隋炀帝所钟情的张掖

翻检历史，隋炀帝亲赴张掖巡视西域各国贸易情况，接受各国君王及使者朝见，举行盛大集会，应该算是历史上有记载的最早的“世博会”。

张掖是丝绸之路上的商贸重镇，历朝历代都为中原王朝所倚重。隋炀帝也不例外，他敏锐地意识到，要想发展张掖之商贸，必须清除吐谷浑之侵扰。

吐谷浑原是辽东鲜卑慕容部的一支，后迁至甘肃临夏，经过不断的扩展，在青海和甘肃南部立足，对隋王朝产生了巨大的威胁，公元609年，即大业五年，隋炀帝西巡河右，这次出巡意图主要是以武力解决吐谷浑，保障丝绸之路畅通；隋炀帝沿途访风问俗，优抚耆老，于正月二十日离开东都洛阳，到十一月十三日才回到东都，西巡历时近十个月，实现了西巡预期目的。现根据《隋书》的《炀帝纪》《食货志》《列传》等有关记载，对其行程路线综述如下：

炀帝一行于大业五年正月二十日离开东都洛阳，二月十一日到达西京长安，三月初二日车驾离开长安西巡，初八日幸扶风旧宅（今陕西凤翔）。四月初三日大猎于陇西（今甘肃陇西、渭源一带）。四月初九日到狄道（今甘肃临洮），武威等郡太守迎候，武威太守樊子盖以青海多瘴气，向炀帝献青木香以御雾露。二十七日出临津关（今青海循化撒拉族自治县东黄河南岸）渡黄河至西平（隋西平郡治，在今青海乐都）。五月初十日大猎于拔延山，十五日入长宁谷（今西宁北川河谷地），十七日度星岭（今西宁大通县北）。十九日宴群臣于金山之上（今青海门源县南达坂山）。二十一日过浩门河（今门源境内的大通河）。五月二十一日至六月初七日遣诸将围吐谷浑主于覆袁川（今黑河上游青海祁连县一带），其仙头王率男女十余万口来降。六月初八经大斗拔谷（今甘肃民乐扁都口），山路隘险，风霰晦暝，与从官相失，士卒冻死者大半。

隋炀帝一行出了大斗拔谷，就到达了张掖焉支山下。西域27国的君主、使臣佩金玉、被锦衣，早已在这里等候他的到来。武威、张掖的民众在官府组织下，盛装打扮，骑乘周环数十里，以示中国之强盛。隋炀帝行宫悬灯结彩，焚香奏乐，盛况空前。在隋炀帝与西域诸国的代表会面时，在行宫中设“鱼龙曼筵”招待各国贵宾。行宫内外，旌旗飘扬，铠甲鲜亮，宫廷乐队演奏着以龟兹乐、西凉乐为主的动人宫廷九部乐，高昌、龟兹、疏勒、鄯善等国的君主、使臣在相关官员的引导下依序前行，向隋炀帝献上各国的珍宝和土特产，表示归顺和友好。

中国历史上，在国家统一的情况下，唯一涉足河西走廊的皇帝是隋炀帝杨广。他当时巡视的地方就是张掖。

张掖，从来没有离开过隋炀帝的视野。他刚刚继位，便致力于建立以张掖为中心的对外经贸基地。大业五年（609年），隋炀帝率四十万大军御驾亲征，发动了对吐谷浑的战争。战争胜利后，为向西域各国显示隋朝国威，隋炀帝决定亲巡张掖，并在张掖召见西域各国使臣，以疏通中原与西域各国的关系。

在隋炀帝西行张掖的征途中，正是酷暑难当的七月，怎么会在穿越祁连山隘口大斗拔谷时，忽遇暴风雪，“士卒冻死者大半”呢？后人考证，当时隋军均为夏季装束，加之祁连山区地区地形复杂，雨雪充沛，持续的阴冷，就会导致冰雹和暴风雪的出现，如史书所载“冻死者大半”也就不是什么奇闻怪事。

隋炀帝，这个只当了14年皇帝，就将刚刚建立37年的大隋江山断送了的“暴君”，因急功近利、滥用民力，在历史上一直以骄奢残暴、荒淫无度著称。然而，正是这个颇有争议、评价很差的皇帝，在他20岁时，即统率51万大军挥师南下，向富庶的陈朝发起进攻，结束了中国的战乱时代，重新统一了中国；正是他，派遣或亲率大军三伐高句丽，最终实现了对辽东地区的管辖；正是他，创建了对后世影响深远的科举制度，为下层优秀知识分子脱颖而出创造了机遇；正是他，下令开挖修建了南北大运河，将钱塘江、长江、淮河、黄河、海河连接了起来；正是他，做了一件前无古人的大事，那就是亲自西巡，在河西走廊的张掖召开了由西域 27 国君主、使臣、商旅参加的“万国博览会”。

那么，这个曾三游江都、喜欢江南山光水色的君王，放下清闲的日子不过，为何要不辞辛苦地长途跋涉，来到偏僻遥远的张掖召开一个在当时对多数人来说想都不敢想的“万国博览会”呢？从资料记载来看，隋炀帝之所以要开这样一个盛况空前的大会，主要原因是开通了丝绸之路。为此，隋炀帝对长期到张掖贸易的胡商“啖以厚利，导使入朝”，并对到东都交易的商人，一律给予优待，派专人引导他们进行交易。胡商所到之处，一律有专门的饭店设宴款待，并下令让参加贸易的中国商人在摊位上摆上酒食，直到胡商吃饱喝足为止。为方便交易，隋炀帝又下令在伊吾牖哈密牍修建了专供商人辗转休息的场所。这样一来，从西域到中原交易的“外商”越来越多，丝绸之路在汉末阻绝后，重新又出现了“胡商往来相继”的繁荣景象。

从这一点上说，张掖应该记住隋炀帝；历史，应该记住那次西域各国使臣与隋炀帝推杯换盏的大聚会。

河西的鼓楼

在河西生活，总是绕不开一个举目可观的建筑物，那就是鼓楼。

鼓楼是中国建筑文化的标志，一座古老的城池，总会有一座巍峨矗立的鼓楼。最初，鼓楼是城隅上置放巨鼓的楼房，用以报时或警戒盗贼。后来，鼓楼矗立于城市的中央，成为城市无处不在的形象。

河西走廊作为古代丝绸之路的要冲，从汉武帝列四郡起，一座座城市就在这块土地上拔地而起。敦煌、酒泉、张掖、武威，在漫长的岁月里，积累着自己的建筑文化，鼓楼，就是其中的代表。

酒泉鼓楼坐落在酒泉古城中央。距今已有 1630 多年了。鼓楼建筑经历了几个不同的历史时期，基座是东晋时期酒泉故城的东门旧址，外面的青砖是清雍正年间包砌上去的，三层木楼则是清光绪三十一年（1905 年）重修的。鼓楼拔地 27 米，基座呈正方形，周长 112 米，高 8 米。鼓楼为木架结构塔形楼，一楼每面三开间，楼内四根粗壮的通天柱顶贯三楼。二楼每面有 12 个雕花窗扇，嵌在 12 根撑柱之间；外有走廊栏杆，东西两面分别悬挂“声震华夷”“气壮雄关”巨幅匾额。三楼为单间，单檐，四面开窗，四角高挑，外有回廊护栏；楼顶装有聚宝瓶。鼓楼整体轮廓呈金字塔形，挺拔雄伟，巍峨壮丽。登楼远眺，高远达世之感溢于胸间。门洞的四个砖券门楣上部，皆嵌有突出壁面的仿木砖雕廊檐。其下各有一幅浮雕神瑞画，东为“二龙戏珠”，大约是取酒泉东向大海的意思；西镌“丹凤朝阳”，是取了《山海经》上西方有“丹穴之山，五色而多紫”的典故；南侧“河图洛书”，是引了大禹治水的传说，禹治水到河西，曾导弱水（黑河）至于合黎山，入于流沙（今内蒙古额济纳旗），导黑水至于三危（今敦煌）入于南海，故作此画为颂扬大禹治水的丰功伟绩；北为“八仙庆寿”，是祈望人寿年丰的寓意。浮雕下面是门额，分别为“东迎华岳”“西达伊吾”“南望祁连”“北通沙漠”。十六个大字，言简意赅，点明了酒泉的地理位置及其河山襟带的优越形胜。券洞中心为八卦结顶，悬置伏羲八卦板一块，起着指示天文方位的作用。马道门额曰：“云路先登”，是形容鼓楼巍然高耸，登楼如同登天梯一样。

酒泉鼓楼，呈现了一座城市的历史，同时，它也必将见证一座城市辉煌的未来。

张掖鼓楼又名“镇远楼”“靖远楼”，位于张掖城中心。据《重修甘州吊桥及靖远楼》碑刻记载，鼓楼始建于明正德二年（1507 年），清顺治五年（1648 年）毁于兵燹，康熙七年（1668 年）甘肃提督张勇重建，乾隆、光绪年间两次修缮。鼓楼平面呈方形，全用青砖包砌，基部衬砌石条，台顶砌有 1 米高的女墙，下部四面中轴线开券形门洞。门洞平面呈十字形，与四条大街相通，可供通行；门洞顶部砌 5 层砖券，上面嵌刻砖匾额，东为“旭升”、西为“宾晟”、南为“迎薰”、北为“镇远”。楼阁上下两层，重檐四面悬挂匾额，东“金城春雨”、西“玉关晓月”、南“祁连望雪”、北“居延古牧”。康熙七年重建后，改为东“九重在望”、西“万国咸宾”、南“声教四达”、北“湖山一览”。钟鼓楼东南角有唐钟一口，铸有图案，每层 6 格，上层其中 3 格为飞天，飞天戴花冠，袒上身，下着裙，露脚，手拿花束；中层6格，其中3格是朱雀、玄武；下层6格，其中3格是青龙、白虎。全钟只有图案，无文字，全国罕见。现为省级文物保护单位。

武威鼓楼，曾经叫南城门楼，又名“昭武门”。始建于隋代，后历经战乱，几经毁坏。及至近代，原城墙、城门均已损毁，唯有南城门楼还遗有两座高约 10 米的土台。据说，每当天气明朗无风时，夜上城楼，可清晰听到如细雨在瓦上淋沥的声音，故有“夜雨打瓦”之称，为凉州一景。如今新建的南城门楼是一座仿明建筑，门楼采用三层重檐，歇山大屋顶结构，底座全部由青砖砌成。这座高 39.6 米、占地面积 5387 平方米的城楼，正面悬挂着江泽民同志当年考察丝绸之路重镇凉州时题写的“银武威”匾额，背面则是中国佛教协会会长赵朴初先生题写的“神骏天马”匾额，借以对国家旅游标志马踏飞燕故乡的讴歌。在这里不仅可以历览前贤的柱雕、写意凉州的浮雕，更可以欣赏到象征和平的方鼎和小桥流水，给这座坐落在西部的历史古城增添了不少秀色。

1927 年 5 月 23 日 6 时 32 分 47 秒，甘肃省古浪县（北纬 37.7°，东经 102.2°）发生 8.0 级地震，震中烈度 11 度，震源深度 20 公里。地震时声如暴雷，起止共五六次，地面如怒涛狂跃，极震区古浪县城周围 50 多里范围内应声变成一片废墟。据《重修古浪县志》记载：“是日将晓，……霹雳一声，山鸣谷应，数十丈之黄尘，缭绕空中，转瞬天地异色，日月无光，城郭庐舍化为乌有，山河改观，闾巷莫辨，号痛之声，远闻数里，全城房屋，颓倒无遗。”此次地震共遇难 41471 人，仅 8 万多人的武威县，就有 35495 人蒙难，倒塌村庄 19399 座。地震致武威城楼、城墙震毁。

伯凤麟题写的武威南城门楼的 303 字长联，可谓中华楹联中的一绝：

华夏五千年，兴废问沧桑。溯兹墉，龙盘要隘，游踪历历。承刘彻武略，边将阚阚，刀光剑影，晓日角声，烽烟传禹甸，暮鼓晨钟穿户牖，安邦定域固金瓯；族族睦睦融融处，贯诩班彪范粲，丰功绎烂，名响尤增彩。登临乎，神凝情沸，足蒸瑞霭，陲色独拥。放目兮，东朝帝阙，西望雄关，南瞻藏殿，北观瀚漠。最妙处，古雪天梯，晴霞霄塔，狄台烟草，碧菊黄，鳞跃虬门，鹏翔雁冲。喜奔马横空誉隆，故郡闻环宇；

寰球八万里，戚休涵静气。数斯楼，虎踞绿洲，胜景重重。肇走廊文源，邑士勃勃，浊酒玉觞，冰心雅趣，翰宝耀京畿，胡笳羌龠溢亭阁，绘画吟诗唱俚曲；卷卷煌煌熠熠留，张澍李益阴铿，俊采风流，绩遗尚焕辉。停驻耶，胸荡神怡，眸断嶂岚，塞容尽览。驰怀矣，春享松莺，夏弛禅寺，秋逸驼铃，冬狩银岭。怎忘却，平沙夜月，沃土粮畦，柽柳蜜瓜，汀青荻翠，笛扬牧野，鹿骋羊突。看丝途纵地尘绝，今车啸异邦。

游牧者的生活

当人类从森林和山洞走向平原，最先开始的是狩猎和畜牧，在适合播种的地方，农耕逐渐发展了起来。而在广阔的山地、草原、河谷，游牧却一直保持着游移不定的状态。了解真正的游牧生活，至今仍然能够找到标本式的地域和人群。

许多人对于“游牧民族”最初的兴趣来自一些浪漫的想象。游牧人群逐水草而居，过着自由无拘的生活——“风吹草低见牛羊”是这种无拘无束生活的写照。然而，人类学所见的游牧社会，首先就让人们摆脱了这些浪漫想象，游牧生活，是人们利用边缘、不稳定自然资源的一种经济、社会生态体系，生活中处处充满危机与不确定，毫无浪漫而言。

人们的误解主要表现在：

“游牧”相对于农业是一种原始的人类经济生产方式，在人类文明史上属于由“渔猎”到“农耕”的中间进化阶段。事实上，正因为游牧所利用的是边缘、不稳定的自然资源，因此它需要人们对自然，包括地理环境和生物，高度技术性的理解和掌握，并配合经济、社会各方面，作出种种精巧的设计，远非8000年前或5000年前新石器时代的原始农民所能企及。

提及“游牧生活”“游牧经济”，就觉得它们似乎代表一些同构型的经济生产与生活方式。其实不然，游牧是人类对环境的精巧利用与适应，因此各种不同纬度、地形与植被环境的游牧者各有特色，也因此，游牧的多样性是普遍的。

学者们一般认为，若有适当日照、土壤、地形的配合，年降水量只要在250～400厘米的地区便可以进行农业生产。大多数游牧区属于干旱和半干旱气候，水降在哪里，在什么时候降，极不稳定。在极端干旱的阿拉伯沙漠的“空寂区”，一位早期的西方旅行者写道：“一块云聚集，雨降下，人们就得以活命；当云散了，没有雨，人畜都得死。在南阿拉伯沙漠，这里没有四季变化，没有枯荣交替，只有一片空寂的荒野。”

对于游牧生活来说，信息至关重要。每个游牧民必须随时掌握有关周围环境的最新情况，了解的空间越大越好，信息越新越好。四周天气变化、草场情况、各牧家转场的位置以及周围狼等野兽的最近活动范围、病害情形、人员往来情况等等，必须了解清楚，这样才能准确地选定下次转场的位置。选好草场十分重要，有了好的草场，牲畜的安全才有保障。

草原牧民有个习惯，人们见面时不管认识与否，都要互相问安，即“赛恩白奴”（意思是你好），然后就是互换鼻烟壶或者烟袋，现代人多为交换烟卷。紧接着就是互问“苏宁由白那”（意思是有什么消息）。这样很快就互相通报了各自所看到或听到的各种情景和消息。

某种意义上说，游牧民的问候言行就是一种形式的信息交换。他们的问候打招呼中就包含着信息内容。草原游牧民的问候礼节、问候语言、问候内容也特别丰富多彩，这也与它所包含的实际内容有关联。

问候中的相互问答非常多，涉及面很广。从畜群膘情到草场情况，从个人身体健康状况到家庭每个成员、亲朋好友以及左邻右舍的情况，从最近天气变化到附近草原各种野兽活动情况，都包括在问候礼节和问候语的范围内。不懂问候礼节的人在草原上很难得到消息。不掌握足够信息量的人，也不能成为合格的游牧民。

内蒙古地区，降水量由东南向西北递减。大兴安岭、通辽与赤峰两市南部与大青山南麓等地，仍有400厘米的年降水。西部从二连浩特沿中蒙边境到乌拉特后旗，以至贺兰山，此为150厘米等雨线。在青藏高原许多地区的年降水量都有400～800厘米，但那里的低温制约了农业的发展。

驯养动物是游牧经济中的重要因素。游牧经济中的驯养动物马、牛、羊、骆驼等都是以草、叶、茎、荆棘、苔藓为食物的动物。这些植物或其纤维部分，基本上是人类无法直接作为粮食食用的。另外这些动物具有很好的移动性，这在配合游牧经济中的“移动”及节省人力上至为关键。还有一些动物其本质宜于生存在特殊的地理环境中，像牦牛的耐高寒和骆驼的耐干旱。

游牧人群的迁移因气候、地形、植被、畜产、水源、社会结构与人力配置等外在因素而有不同的模式。一般来说，有夏天往北而冬天往南的水平移动以及夏季往高山而冬季向低谷的垂直移牧。

早期的匈奴、鲜卑等游牧人群的活动地区，主要是欧亚草原地带的东部及东缘。欧亚草原地带以马、牛、羊为主要牧畜的游牧，一般认为最早出现在公元前 1000 年左右；在此之前，欧亚草原经历了全新的渔猎采集经济、畜牧农耕经济、青铜时代较进步的农牧经济，最后才走上了铁器时代的游牧经济。

谁能复原逝去的光阴

“一个最原始的动机，就是我反复强调的，经由拍电影来描写人的心灵。在描写心灵的同时，和活在同时代的人们共同分享光明，分享和苦难斗争的勇气，分享活着的乐趣和活下去的美好。再进一步讲，还要把这些都真实地告诉我们下一代的孩子们，现在这个时代是个什么样子。”这是小川神介，一代纪录片大师眼里的纪录片的使命。

很多人没有放弃拍摄，是因为他还想知道某些东西，寻找某些东西，自己心里缺少的那些东西。小川神介还说过，拍纪录片实际上是拍摄你和对方的关系。在这个混沌的时代里，作为一个当事者，记录自己和周围人的生活，并以此作为自己曾经活过的证明，这确实是一种至高无上的幸福。

曾经鲜活生动、辉煌耀眼的文明，如今被埋葬、收藏在黑暗的墓穴里，被定格、遗留在褐色的石墙石柱上，虽然依稀可以看到当年的壮观和华丽，但一切都已停滞、风干，没有了生命。有人说过，文明是一种运动而不是一种状态，是航行而不是停泊。当人们对文明研究探讨时，较多地关注文明成果，很少关注文明过程。也难怪，历史留给我们的文明，看得见的只有文明成果的遗存，而文明的过程，随着时空变迁，已成为逝去的历史。人类几千年的文明史中，逝去的东西比保存下来的东西多得多，现在好像还没有哪一位考古学家发现储存下来的文明过程，这就告诉我们，大部分的历史真相已经永远失去了。也有人试图在历史伟人和文明巨人身上寻觅文明的过程，然而，哪怕是一个扭转乾坤、叱咤风云的人物，在漫漫历史长河中依然是匆匆而去的过客，在浩渺无边的历史星河中，伟人和巨人也都是闪了一下亮光的星星而已，绝不会把他运行的过程长久留在星空。

十集纪录片《敦煌》由中央电视台旗下的中视传媒投资，制片费用超过了 600 万元，为了制作这部片子，中视传媒专门购买了一套 400 多万元的摄像机，光镜头就 100 多万元，但即使这样，与 2008 年北京奥运会前夕，中视传媒与 BBC 联手推出的 6 集介绍中国人文地理的纪录片《美丽中国》相比，还是沧海一粟。《美丽中国》的制片费用每集合人民币 1000 万元。

然而资金不是最重要的，重要的是原创，从形式到内容的原创。

就《敦煌》而言，周兵的敦煌是有多个层面的。从造像艺术来说，莫高窟的石窟是从印度石窟、巴米扬，一直到云冈石窟这样一个链条中的重要的一环。但更重要的是藏经洞，它收藏了各种内容的文本，几乎可以讲，从这些文本中，可以看到一个原汁原味的冰冻的古代社会。

大英博物馆主持国际敦煌计划的敦煌学专家苏珊•惠特菲尔德在其《丝路岁月》的著作中写道：“太和公主坐着巴克特利亚骆驼上的轿子，女侍在她两旁骑着来自皇室牧地的珍贵大宛马，她们穿着丝绸长裤跨坐在高起的马鞍上，而非侧骑。”

原创基本上来自细节。

周兵的团队正是紧扣了细节。《无名的大师》讲述了画工史小玉等一批画工怎样来到敦煌，并进行绘画工作的故事。《家住敦煌》则从敦煌文献有确切记载的寡妇阿龙地产一案，描述了寡妇阿龙的一生：她怎样出嫁，怎样和城里的女人去拜佛、参加女人社，又为什么要争地产。从这些细节，带出了当时敦煌社会的方方面面。

敦煌的故事，不仅仅是中国人的故事，也是世界史上一个重要的故事，当斯坦因和伯希和来到敦煌的时候，实际上是中国通向世界的前夜。斯坦因当时看到中国人的生活还是中世纪的田园牧歌，世界史从此在敦煌展开，中国那时正处在一个时间的节点上。

面对堆积如山的史料，我们的阅读会作出怎样的选择，阅读之后，又有哪些内容留在了记忆深处，进而深思、还原，重新解构。历史的解读与重构，不是一个新鲜的话题。“历史”这门学问，是艺术还是科学，这一直是个问题。东方如此，西方也是如此。古希腊人希罗多德书写《历史》的同时，也为后人贡献了一种崭新的文体。在他之前，古希腊的纪事散文家常常满足于干巴巴地记录事实，而希罗多德在面对史料的时候，第一次有了“某种批判的态度”。换句话说，他不是简单地叙述，而是有选择，有思考，在文字中处处体现自己的智力活动。

了解了这些，我们就清楚地知道，历史，并不是像教科书里描述的那样，简单清晰，非黑即白。在我们的历史中，历史可以为不同的人群和不同的目的所驱使，也会不断被重新认识、解析和构建。历史的真相，在被重新认识、解析和构建的过程中，变得更加丰富，含义更加多元。从这个意义上说，每个人眼中的历史，都是独特的。

历史就像七巧板，材料就是那些，但有人拼出了怪兽，有人拼出了天仙。重新构建的叙事，背后永远打上时代的烙印。一切重新构建的叙事，都要放在社会大环境中仔细辨认，既不要稀里糊涂地钻进叙事者安排的陷阱中，也不要忘记最基本的原则，乃至在重构的光环下迷失自我。

2006 年 6 月，书云带领摄制组在江孜与 8 位普通藏族人朝夕相处一年，他们是次旦法师、小次平和他的师父顿珠、饭店老板建藏、医生拉姆等，这一年的成果是一部《西藏一年》的纪录片。时间的分量一点点积蓄了情感的力量，四季的风霜，使生活的真实有了可触摸的冷暖，其中的人，也就自然而然地鲜活了。正是因为如此，这部纪录片 2008 年 3 月在英国广播公司播出后，迅速被加拿大、德国、芬兰、西班牙、阿根廷、南非等近 20 个国家电视台订购。西藏是一个神奇的地方，独特的地理地质和人文景象，深入其中，才能有解读的可能。人生病了，要念经；需要砍一棵树，也要念经；人与自然的沟通，人与山川大地的沟通，念经是必需的。这样的情形似乎一直没有改变过，当代史和过去史连接在一起了。

心灵书

人面对四季的河流，仔细观察自己，有时候竟是如此陌生。这就是我吗？这就是我们平常所看见的哪个人吗？“走遍每一条道路，灵魂远离我们”，人对于自己的迷惘，人对于世界的迷惘，使自己的生活步伐更加纷乱，就像一团麻，灵魂的快刀出鞘，麻却自觉地消失了。灵魂如风，绕屋三匝，沐浴的人们，焚香祈祷的人们，身体像新鲜的果树，灵魂像秋天的果子。爱被传达，唤起了无限的可能性。玫瑰和柠檬，冰川和草地，钢铁和铜，豹子和牛，全部的悲伤，似乎长久存留，全部的喜悦，产生于瞬间，还给了空蒙的大地。“正在滋生的忧伤使精神与生活相隔万里”，“自然的呼唤和我们的祈祷、不间断的低吟声充满了低矮的茅舍”。尽管痛苦像空气一样充斥人群，尽管欢乐像星星和太阳，仰视俯首，种子还是一颗颗落进了春天的土壤，它完整地孕育，在黑暗的泥土中，它抽芽的部分，它果实的部分，在人们内心一次次完成着最壮观的景象：“大地一夜之间改变了世界”，丰收的颜色，似乎正是灵魂的再现。“你的身体是世界的一部分，你的灵魂也是世界的一部分”，深入内心的人，陷入茫然的沉思，“这是他生活中独特的一面”。生命像植物一样，依靠地下的根生长，“根，正是不可感知的”。夏季的酷热，冬天的寒冷，高耸的山脉间，去意已决的雾岚，携带冰雹和雨雪，霎时间冲向平原和村庄，整个家园在虚幻中飘摇，看上去，像图画中的景色。“这也是一个特别的片段”，“人有必要从根本上了解自己”，人有必要摒弃生活的复杂性，还原生活的色彩。接近心灵，接近自我。“灵魂是不可知的，是人的终极智慧”，“人最终的秘密是灵魂”。灵魂打开，是崭新的书页，直逼心灵的四季，垒筑起你精神的家园。

人的生活

里尔克对一位青年诗人说：去看你生命之流的最深处，在它的源头，你会发现，你必须接受命运的安排，并且必须承担起它的责任。因为创造者必须给他自己一个世界，在他自身，在自然万物之中，寻找存在的价值。人的生活，可能是这样的。“我尽力避开它们：失败、羞辱、穷困、悲哀、绝望、艰难，甚至眼泪和悔恨，正是因为这样，后来我才被迫将它们一一遍尝。”人的生活，是这样苦乐交织。我把世俗的明珠投进杯中的琼浆。我沿着铺满黄叶的小路倾听秋天的声音。曲则全，枉则直，洼则盈，敝则新，少则多，多则惑。生活，“示我与你最初的面目”！

我想做一件事，将一根系有绳子的箭射向天空，拴住云彩。我还想做一件事，在一天之中，展现四季的美景。我已经远远地离开人的生活，走入深邃的梦境。“良知与想象力受到压制，自省的旅程阻碍重重。”

“人的生活是丰富多彩的，所以，多样性便成了他们的灵魂。”我们不急不忙抛弃生活中本性的部分，像忽略一片树叶，忽略生活中蕴含的意义。的确，我们在成长，我们在生活，日复一日，年复一年，我们并没有丝毫的厌倦，“我们是富有朝气的攀登者，我们渴望更高尚、更多、更久远、更年轻、更好”，努力去发现未知的生活，“灵魂之乡是鲜花掩映的山谷，河水如蜜；精神之所是高原，山尖白雪皑皑，湖泊像宝石点缀于四周；生活像羊肠小道，路途遥遥”。沿着生活逆流而上，就找到了精神之所，灵魂之乡。

有时候，人的生活“在屈辱中成长，像树一样生根长大，使枯萎的枝叶发芽”，我们没有理由不前进，随处可见，生活是这样美好。

天界笔记

从来不是因为冲动，我才一次又一次踏上这艰险的旅途。对于西藏，我已经久久地冲动，像是一个游子急切寻找故园，那高远透明的蓝天，那宽阔无垠的草原，寄存着我的灵魂。

兴奋、沉默、宁静，对于西藏的接近，我全美了人生的修炼，我理解了哈达与冰雪的色彩；对于西藏的深入，我早已彻底抹去眼神中那猎奇的目光。

在我的履历上，我郑重地刻下9月6日，今天，我又出发了！

我知道，此刻，母亲的孩子，在奔向她那温暖的帐篷，奶茶热了一遍又一遍，门口的瞭望是那样悠长。

西宁、共和、花石峡、玛多，我的步伐叩响雪域高原的门扉，一处处风景，嵌入我内心的画框，我一路默念着一闪而过的地名，它们像我的姐妹兄弟，把我送上那最高的雪山和最长的河流。

因千百座雪山的耸峙而离太阳最近！

因无数条江河的源起而离世界最远！

最近和最远，它们之间，早已埋下了生命的胎衣。

虔诚与生命同在，往事如烟随风去。西藏，在这块土地上生活的凭证，不是职别和金钱，更不是理想和荣誉，而是实实在在的最具体的人。自然条件的严酷：高寒缺氧、高山阻隔；但在通往它那辽阔腹地的每一个道口，飘动的鲜艳的经幡，又似乎扬起巨大的精神旗帜，骤然冲出一股无可阻挡的召唤的力量。

走进它的每一个人，必须自己获取这样的凭证。

“雪山、青草、美丽的喇嘛庙”，诗意与浪漫，永远不属于这块土地。

高原的10月，气温突降，大雪纷飞中，一个神秘的世界在舞动！而这神秘对于我，却融化为涓涓的细流，汇入湛蓝的湖泊。

荒原上宿营、野餐，强忍痛苦的高原反应，行程的艰难自不必说；苦旅的孤寂，自不必说。但走进牧人中间，这一切却又显得平淡、日常。

那些古铜色的脸，那些藏袍，那些健壮的牦牛，那些风雪中飘零的帐篷，还有那径直扑过来的牧狗……没有人会和你作长久的攀谈：你从哪里来，到哪里去，或者你有过多舛的命运、远大的前程。

在雪域，忍受同样的风寒，满怀同样的夙愿，就像一位老人念念有词：神的子民，抛开你那丑陋的肉身。

海拔不断升高，提升着永恒的境界。我们在大地的经度和纬度上穿插，实际上是在内心世界未曾达到的领域穿插，逐渐与这块土地融为一体。就像一泓混浊的流水，在漫长的流程净化，清醇而芳香。

我在一生一世体会那美妙的瞬间和永恒！

空旷的夜晚，我凝视一堆牛粪火，我凝视低垂的天空，也许，我要用尽我有限的知识和经历，完成这样的凝视和仰望！

西藏，一块孤独的石头坐满整个天空
没有任何夜晚能使我沉睡
没有任何黎明能使我醒来
一块孤独的石头坐满整个天空
他说：在这一千年里我只热爱自己
一块孤独的石头坐满整个天空
没有任何泪水使我变成花朵
没有任何国王使我变成宝座

一位已逝诗人的断句，挂满我的行程，从滇藏、川藏、新藏、青藏四条道路出发，我已穿越整个高原。

高原，我想作为你孤独一生的牧羊人；

高原，我想作为你目光中自由盘旋的鹰；

高原，我想作为你胸膛上随风飘动的经幡。

敦煌乐

看过敦煌壁画，那上面有各种各样奇异的乐器，讲解员告诉我，到现在，人们也还没有弄清其中的许多乐器到底是一种什么样的乐器，能奏出什么样悦耳动听的妙音。只是看着那乐器，就觉得它所发出的声音肯定如天籁般悠扬和神秘。

“客从远方来，相随歌且笑。自有敦煌乐，不减安陵调。”读了温子升的《敦煌乐》，也只有大概的印象：有客人来的时候，跟随着客人又唱歌又跳舞，这种流传于敦煌一带的音乐，成了迎客的礼节，想必远方的客人，在经过漫长的旅途之后，在敦煌乐的浸染之下，疲劳和孤独很快就消失了。

“敦煌乐”本是乐府杂曲歌辞之一，后来就泛指河西的本土音乐。从汉至唐，河西走廊是个了不得的地方，一方面它地接西域；另一方面，它又是中原的出口，在丝绸的兴盛期，胡商贩客多有滞留，使多民族的文化在这里交流汇集，并在长期的衍生和变异中，形成了鲜明的个性，因而生命力异常茁壮和茂盛。诗中的“不减安陵调”一句，就是恰当的评价。所谓的安陵调，是流行于北魏安陵县的曲调，想一想，那些滋养于中原腹地的厚重的黄钟大吕，敦煌乐和它比起来，也毫不逊色。

现代歌舞剧《丝路花雨》和《大梦敦煌》致力于复原那些古老的曲调，只成功了一点点，就引起了人们的高度关注，可见，敦煌乐是多么博大精深。

十六国时期，自前凉之末，吕光、沮渠蒙逊等据有凉州，调和中国传统音乐与少数民族乐调为西凉月，后魏拓跋焘平河西得之，列为九部乐之一，整个河西走廊就进入了一个乐舞时代。敦煌无论从地域还是从文化上，独特的地位决定了它必然是这个乐舞的最强音。可惜，今天我们听不到了，只能从历史的记忆中寻找蛛丝马迹，只能在壁画中体味那些灵动的乐器，我们期盼着它们发出从前的声音，但不知道该先弹拨哪一根丝弦。

就在前不久，我突然领悟到，我应该弹拨其中的某一根。那是刚刚过去的秋天，敦煌学者纪永元先生带我去了一个农家院落，那里不仅有美味的当地小吃，还有“客从远方来，相随歌且笑”的曲子，纪先生说，这是敦煌开发保护的民间曲子词，几个老人弹三弦，一个老人唱，古风犹存，古味悠然。虽然它们在渊源上与敦煌乐不搭界，都是清代从陇上各地的移民那里传下来的，但毕竟还是有一些年代，唤起了我对敦煌乐的追思。

没有了敦煌乐，有了这些民间小曲，也是好的。至少，敦煌还保留了些许自己的过去。

血管里的长江

所有的文化，都是地理胸怀中的绚丽花朵，包括的人的生活。那么，长江呢？

大概是在五年前，去青海出差，青海电视台的朋友邀我观看了有关长江源头的纪录片，这一看，就把我的目光引向了遥远的格拉丹冬。格拉丹冬，那“高高尖尖的山峰”，亿万斯年的冰雪融水，向着它心驰神往的远方推进。当它们由涓涓细流汇集为一条河流的时候，有了自己的名字——沱沱河，听见这几个字，我心里一惊：这就是大名鼎鼎的长江源。

我近乎失望了。这羸弱的水，会是长江的子宫和胎盘？我疑心，几千里的行程上，这瘦小的孩子会跌一个跟头，或搁浅于沿途的沟壑。在我的想象中，长江源，是那种洪波奔涌的浩渺，最起码也有壶口瀑布的巨浪滔天，这才能够与长江的气魄相匹配。相反地，她很安静，很温柔，在高大的连绵不断的雪山和冰川下积累着、储蓄着，水波不兴，波澜不惊。

回忆那次经历，异样的只是脚下松软的草甸和身上冰冷的略带寒气的风，要知道，7 月的天气，在平原和绿洲地带，已是最难熬的苦夏。

天空湛蓝湛蓝，云是大片大片的棉花团，空气是透明的。青海的朋友告诉我，这里已是 5000 米以上的海拔了，眼睛看出去，看不多远，就看不动了。这个新奇的说法让我一试再试。确实如此，四顾茫茫，看久了，眼睛酸疼酸疼的。

说实话，沱沱河并没有给我们留下河流的印象，尤其是名冠史册的大河，丝毫与它不搭界。高寒地区的缺氧，头重脚轻的旅途，我们失望的情绪，溢于言表。是那个夜晚，使我们有了重新认识长江源的机遇。

那是一个月明星稀的夜晚，我们和一户牧人挤在一顶帐篷，地偏人稀的长江源，他们是真正的游牧者，从冬牧场到夏牧场，几个月，他们就要转换一次营地。那一夜，手抓羊肉、青稞酒、悠长的牧歌，让我们体会了长江源的热情。

和雪山在一起
和河流在一起
和草原在一起
和帐篷在一起
和牛羊在一起

歌声中，我们的思绪随着音节的波动，平铺在了长江源。或者白雪皑皑，银装素裹；或者花朵盛开，姹紫嫣红。杂草匍匐于地的恩情，还有羊群、野牛、野驴、马熊、猞猁、旱獭、雪鸡，它们踩着沱沱河的弦子，推动了长江源经久不息的波澜，我猛然间感觉到了，我身体里，也有那样的波澜。

牧人沉醉了。牧人说，看见的水，是一点点水；看不见的水，在头顶上，在脚底下。万年的雪山，千年的清泉。我恍然大悟：格拉丹冬雪峰，亚洲的水塔，沱沱河，只是沧海一粟，当她奔流而下，天上的雨水簇拥着她，地上众多的泉水和河流簇拥着她，拉开中华文明宏大的帷幕。

雪山是男人
河流是女人
草原是男人
格桑花是女人
男人和女人

雪山后面的雪山
河流前面的河流

牧人的唱词已经是诗潮汹涌了，我想，我对于长江源的真正进入，也由此开始了。我像一片云彩一样飞翔，双手拉住更多的云彩，溶入沱沱河的胸怀。一路走下去，北方的油菜花，南国的稻谷，激浪澎湃，似乎没有哪一条现实的河流，比血液的冲击更有力。那夜，我已经成为沱沱河的一部分。

后来，我去了南京，火车穿越南京长江大桥那一刻，虚幻缥缈。一片水雾弥漫的白纱中，我似乎看到了唐古拉山脉主峰格拉丹冬冰峰西南侧的姜根迪如冰川。它6000多米的高大身躯突然倾伏，突然亲吻了我的额头。无数的现代冰川、冰斗、冰川尾部的冰塔林，轰然崩裂，全部的能量，聚集于我的内心。

和雪山在一起
和河流在一起
和草原在一起
和帐篷在一起
和牛羊在一起

长江汇合着所有的雪山、草原、帐篷、牛羊和华夏儿女的血液，来了！猝不及防，我打开了情感的闸门。其实，那条河流就在我们身上，在我们的血管里，滋养着我们的豪气和祖国的壮阔。

古老的城市

一片风尘覆盖了另一片风尘，岁月在延续，荒草的枯荣似乎是永恒的见证。

这是一座古老的城市，冥想中的一切都烟消云散了，只留下这凌乱的残垣断壁，像是经过了一场惨烈的战争，像是破碎不堪的梦。

撒落一地的瓦砾，表面有不肯褪去的色彩顽强地守卫着昔日的辉煌，如果时光能倒流，如果今昔能对接，这荒芜的古城，肯定是赏心悦目的景象：一街喧嚣，一池春水，一城繁华……

一株蒿草，艰难地生长着，它的枝叶，有一半已萎靡不振。季节轮回的路上，它似乎已疲惫不堪，就要倒下的样子。

我小心翼翼地踩稳脚下的沙土，生怕触及那脆弱的根系。我想象着，要是有一场倾盆大雨，这株小草就会有一个全新的生活，它的身体会强壮起来，种子会饱满起来，后代子孙会在那潮湿的气息中鼓胀芽孢，吞吐一片嫩嫩的绿色。

雨水一直在盼望中，小草仰天张望，曾经水灵灵的眼神，现在都快枯竭了。

一座城池到底是在怎样的情形下，走向了自己的暮年。暮年的黄昏，坐在老柳树下的人，脸上的皱纹跟老柳树的树皮一样裂纹密布。老人已无暇顾及春天或者夏天秋天的景色，即使美味佳肴，也不能刺激它的味蕾。他只是活在冥想中，那冥想的尽头，是一条黑暗的通道，越走越远，越走越窄，最后都快要把自己挤压得喘不过气。一座城市也许也是这样，在自己的暮年，一次次回想，一次次在困倦中耷拉脑袋，当闭上眼睛不想睁开的那一次，彻底地与黑暗为伍了。

所有的水井，都填满了沙子，水脉彻底改变了方向，神秘地溜走了。为什么一点迹象都没有呢？那只是一场普通的风暴，几乎每年的春天或者夏天都要刮几次的风暴，怎么就一下子把一座城池淹没了？

所有的房子被飘过来的沙子堵住了门板，刚刚一夜，人们睡眼惺忪地从床上爬起来，发现门被堵死了，就从天窗里爬出，然后清理院落里的沙子。清理着清理着，发现那些沙子根本没法清理完，从院落走出来，整个城里都是沙子，就像把沙漠搬进了城里，你说，这城还能让人居住和生活吗？

大批人逃离了，他们笃信神灵，认为这是神灵在惩罚他们。在慌慌张张逃离的过程中，不忘记设立祭坛安抚疯狂的神灵，检讨自己平日里的过失。比如不孝敬老人啦，贪占小便宜啦等等，尽管如此，一座城池的荒废已是无法改变的事实，逃亡的队伍漫无目的地向四方涌动，如同骚动不安的蝗虫。

人们走远了，回头看那城的背影，除了高高耸立城头的瞭望塔和被沙子埋了大半的城墙，什么都没有了。

几百年、几千年后，有人来了，有人从沙子里挖出零零星星的陶罐、匾额、石碑……从前的一切像谜一样浮出了冰山一角。有了这些断断续续的文字，它所记录的思想历史，从而使时间停驻，达到永恒。

古老的城市，是历史镌刻在大地上的印记，一段颓废的城墙，一座废弃的屋宇，一具黄沙下埋藏的尸骨，甚至是一块石、一片瓦、一枚锈迹斑斑的钱币，都会告诉我们很多很多的故事。

信仰者

绿洲上生活的人们，在漫长的黑夜中，都会想起冥冥之中的神灵。绿洲往往是这样一种地理形态：一条河流冲开沙漠和戈壁，孕育了壮观的生命景象——田野、果园、村庄……而那条河流，从山谷间涌出，是山上的积雪和山中的冰川融水造就了它。如果有一天，河流消失了，绿洲也就随之而消亡。

这是极其脆弱的生态环境。

人们在平静中生活，享受丰收的年景，从内心感激自然的恩赐。个别时候，一场沙尘暴摧毁了所有的庄稼，人们开始补种一些时令农作物，期盼着这些农作物能快速生长，补充春小麦的损失，这是所有人的口粮，来不得半点马虎。

久而久之，一套行之有效的认识世界和适应世界的方法，在他们的脑海里形成了，那就是朴素的神灵信仰。

人们信仰各种各样、形形色色的神，他们为神建立了气势恢宏的神庙，举行神圣的仪式祈求神灵的庇护，他们相信灵魂不灭，笃守神的旨意。祭司的咒语似乎使死亡成为一件值得庆幸的事情，因为死者的灵魂在接受神的审判之后，有可能会升入天堂，在虔诚的信仰中，人们迎来生老病死，完成人生的轮回。

神圣的微风带着音乐，吹过你黄金的琴弦；时间的创造者，你已经超越了一切；用真实的语言、宁静的心，一起来啜饮你的光阴。

诗句一样的语言，在充满痛苦的现实中，润泽了人们精神的世界。

绿洲的广大地区，长期以来因为偏远落后，其医疗方法与巫术密不可分，在他们看来，疾病是由于诸神或恶魔作祟所致，因此常常用巫术来驱鬼治病，人们对这些致病的恶魔或高声咒骂，或低声欺哄，其咒语如下："走开，走开，走开！感冒鬼。你来让他骨痛、头痛、浑身不舒服。快走开，快走开，滚到地上。臭鬼、臭鬼、臭鬼，赶快滚！"

又如一位妈妈为孩子的病念道：

"走开，走开！你这黑暗里来的鬼。你想碰我的孩子？不行。你想带走他？不行。你不要碰他，我已在他身上擦了香料，香料会烧伤你的手；我已在他身上挂了洋葱，洋葱能要你性命；我已在他脸上擦了蜜，蜜在人是甜的，但在你是苦的。这些对你都很不利。你快走开，你快走开！"

在春耕开犁之前，人们要举行一个祭祀仪式，呼唤风调雨顺，呼唤丰衣足食。人们在土地神的庙宇前，献上宰杀的牲畜，敬上精美的吃食，为此全村的人在族长的带领下，三叩九拜，仪式庄严而神圣。

祖祖辈辈在绿洲上生活，人们积累了财富，亦在漫长的岁月中，苦苦寻找慰藉心灵的灵丹妙药，这副灵丹妙药就是信仰，有了信仰，人可以面对一切艰难险阻，自然灾害、生老病死、婚丧嫁娶，都贯穿了一个活的灵魂，这个灵魂，仍然是信仰。

绿洲的广阔天地中，信仰迈着坚定的步伐，他知道他的道路和方向，这样，全部的绿洲，就在预料和掌控之中。

在民乐

祁连山下的沃野中，民乐是一个安宁之所在。我初次走进民乐时，总有一种时时袭来的凉意冲击感官，因而后来的民乐印象，就是那种凉爽。

因短距离大幅度的地理落差，从北到南依次呈现大漠戈壁、绿洲田园、高山草原、冰川雪峰等雄浑壮美景象，民乐的自然景观蕴藏于奇特的地理环境之中，可谓妙趣天成。冬时白雪苍茫蔽野，夏季气候凉爽宜人。

此为，在民乐，山地和倾斜高原的地形地貌，使人脱离了绿洲的整体概念，像是步入了一种虚幻的世界。

正是在这样一个偏僻之地，却处处有文化的遗韵，在不经意的寻找中，那充满着强烈人文归属感的楹联，就能够让人如痴如醉，记忆至深。

因承袭五凉北魏遗风，民乐城乡佛塔高耸，庙堂林立，这些佛塔和庙堂之中，少不了妙趣横生的古楹联，随便抄录一些，就已是蔚为大观，目不暇接：

六坝城内北大寺关帝庙楹联：

> 不冠不履，半是英雄半是佛；
> 能文能武，亦为名师亦为仙。

洪水城关帝庙楹联：

赤面秉赤心，赤兔追风，千秋常怀赤日；
青灯观青史，青龙偃月，一生无愧青天。

永固城关帝庙楹联：

兄玄德，弟翼德，德兄德弟，胸怀孟德；
占九州，据荆州，州守州攻，威震九州。

南固城关公庙联：

忠义常留于天地，
气节直贯乎古今。

三寨庙关帝庙楹联：

正气塞两间，神圣文武；
丹心昭万古，日月江河。

龙王庙楹联：

江泽汪洋，湖海沟渠滋沛泽；
涟波荡漾，江淮河汉沐洪波。

洪水城隍庙联：

任他豪强，唯有此刀山剑树；
独遵法令，不怕他铁胆铜心。

洪水老鹳嘴城隍庙联：

善是善，恶是恶，善恶终究有报；
忠是忠，奸是奸，忠奸到此分明。

六坝城隍庙联：

善报恶报迟报速报终须有报，
天知地知你知我知何为无知。

财神庙联：

富国不妨设九府，
足民何必待三余。

说的是财神爷要是能显灵赐福，那就多修些庙好了。人们何必苦耕以备荒年呢？

土地庙联：

莫笑我神态龙钟，无权无能，许个愿试试；
哪怕你精灵乖巧，有钱有势，不烧香瞧瞧。

南古城隆教寺内，原藏有明代宣德铁钟，钟楼有联曰：

有叩必闻，闻者自然觉悟；
无响不应，听时那昧晨昏。

民国时，民乐沐化人孙振声在山丹县西门外经营一盘水磨，亲笔撰写了一副对联：

不管青稞麦子，谁来谁推；
哪怕公侯王爷，我有我例。

民乐圣天寺天王殿有一联：

终日解其颐，笑世事纷纭，曾无了局；
经年坦乃腹，看胸怀洒落，却是上乘。

杨坊戏台联：

格外文章圈外注，
水中明月镜中花。

上姚庄戏台联：

喜怒笑言皆教诲，
悲欢离合亦文章。

新天堡戏台联：

十几个人演千军万马，
一席方地表四海五湖。

林山堡戏台联：

乾坤一台戏，
日月两盏灯。

晚清民乐永固举人曹清戏联：

巾帼公尚有几分丈夫气，
纱帽下全为一个读书人。

红妆佳人，只穿绫罗怕修足；
风流才子，爱戴纱帽不读书。

在民乐，即使所有的古建筑都销毁了，但只要这些楹联流传，那些庙堂和佛塔，就永远树立在了人们的心田。

黑河的馈赠

这是一条河流。它独自向戈壁和沙漠奔去，全然不顾消亡的危机。

这是一条河流。它风尘仆仆的身影，已是气象万千的绿洲、村庄与城市，而废弃的遗迹中，亦有辉煌的记忆。

让我们走近它，看清它。

黑河是河西走廊三大内陆河流之一。发源于甘肃省西北部，由张掖、酒泉间的南山和祁连山流出的各河汇集而成。全长约 800 公里，流经沙漠盐沼凹地。金塔县天仓到内蒙古额济纳旗湖西新村称“弱水”（或称“额济纳河”）。

黑河流域是我国西北地区第二大内陆河，发源于祁连山北麓中段，流域南以祁连山为界，北至内蒙古自治区额济纳旗境内的居延海，与蒙古国相接壤，东与石羊河流域相邻，西与疏勒河流域相接，流域范围介于东经 98° ～ 102° 、北纬 37°50′ ～ 42°40′ 之间，涉及青海、甘肃、内蒙古自治区三个省份，总面积 14.29 万平方公里，其中甘肃省 6.18 万平方公里，青海省 1.04 万平方公里，内蒙古自治区约 7.07 万平方公里。黑河流域有 35 条小支流。随着用水的不断增加，部分支流逐步与干流失去地表水力联系，形成东、中、西 3 个独立的子水系。其中西部子水系包括讨赖河、洪水河等，归宿于金塔盆地，面积 2.1 万平方公里；中部子水系包括马营河、丰乐河等，归宿于高台盐池—明花盆地，面积 0.6 万平方公里，东部子水系即黑河干流水系，包括黑河干流、梨园河及 20 多条沿山小支流，面积 11.6 万平方公里。

它的足迹是那样深刻，似乎是一支笔，一支如椽大笔，在干旱中描画，那些色彩融合了阳光、月光，血与骨骼，有生命的活力。

在阿拉善高地，见证历史的时刻，是幸运的贝格曼碰上的。

黑河河谷是阿拉善高地唯一有人定居的地区，原是中亚丝绸之路的故地。近70年间曾出土大量文物。1930—1931年中国和瑞典联合组织的西北科学考察团在居延发现东汉以前木简10000余枚，1973年又出土20000余枚。这些汉简大多是公元前73—前48年间的屯戍文书，是中国现存较早的官方文献，极为珍贵。

事情是这样的：

1930年，当贝格曼与中方队员陈宗器等人再度来到额济纳的时候，考古成为他们当时的核心工作。贝格曼的《考古探险手记》让我们重温了那一幕：

> 在一个强侵蚀山顶的烽燧和旁边房屋废墟下面，我发现有院墙的痕迹。当我测量这个长方形墙体时，钢笔掉在了地上。当我弯腰捡钢笔的一刹那，意外发现钢笔旁有一枚保存完好的汉朝硬币——五铢。于是，我开始仔细四处搜寻，不一会儿发现了一个青铜箭头和另一枚五铢。

1930年4月27日，在额济纳的伯罗桑齐汉代烽燧旁，这支滑落的钢笔将年轻的瑞典考古学者贝格曼引向历史的深处。

> 第二天从最东边开始挖掘，很快就发现了窄条的木简。这个发现使我激动不已。我们带着极为兴奋的心情又开始四处搜寻起来。果然，不一会儿就找到另几块保存更好的木简。

贝格曼没有放过任何一个可能的地点，哪怕是老鼠洞。

> 这些老鼠洞非常有趣，里面有稻草、丝绸碎片、碎绳子和削下来的碎木头。很明显，在写了字的木简不必保存时，就用简便的方法把有字

的表面削掉再重新写字。老鼠把这些削下来的碎块拖回洞里，成了一个小小的“图书馆”。

在随后的大约30个地点，贝格曼等共发掘采集了10000多枚汉代简牍。因为这些简牍是在居延地区汉代烽燧遗址发现的，所以被称为“居延汉简”。

居延汉简的发现引起中外学术界广泛的关注与震惊，它与河南安阳殷墟甲骨文、敦煌莫高窟藏敦煌遗书、明清内阁大库档案一起，并列为20世纪中国文化史上四大发现。风云激荡、色彩斑斓的汉代西北边疆，也由此渐渐掀起了它神秘的盖头。

其实，早在20世纪初，斯坦因在新疆尼雅古城、斯文·赫定在楼兰、日本的大谷光瑞探险队在海头古城也曾发现过一些汉晋木简和残纸，然而这些汉简均未能留在中国。只有斯坦因交由法国汉学家沙畹整理、释读的部分，经国学大师罗振玉、王国维研究，于1914年出版了《流沙坠简》一书，揭开了20世纪简牍和帛书出土与研究的序幕。而1930年居延汉简的出土，则以其巨大的数量和丰富的内容，成为简牍研究史上划时代的一件大事。

黑河就这样被那些重见天日的简牍所读写，那些简牍一枚枚连接起来，复原了早已逝去的光阴，让我们回到了一条河流涤荡千古的豪迈气派中。

天高地阔下的游牧

蓝蓝的天空上飘着白云，白云的下面是草原和牛羊。对于牧人来说，这是一个广阔的空间。从一条河流到另一条河流，从一片草原到另一片草原，从一面山坡到另一面山坡，从一座帐篷到另一座帐篷，牧人的活动范围一直延伸到了天的尽头。

只要到过草原的人，没有谁怀疑过草原的广大。牧人们单个守候着属于自己的草地，除了牛羊，他们在漫长的岁月里，学会了与自然山水对话，这种对话最直接的表现就是舞蹈和歌曲，他们甚至用马骨做成了马头琴，用马鬃做成弦，使这些普通的事物散发出优美的声音，这是人与自然相互感应，与艺术无关。

寂寞的日子，他们大碗喝酒，大口吃肉，并且豪气冲天。天气转暖，百花盛开，他们看着自己的牛羊一天天长大，内心充满了喜悦，于是，长调穿越千山万水，很远很远的地方都能听到。

对于牧人而言，马是不可或缺的代步工具。因为驯服了马，牧人自如地游走于草原；因为有了马，草原开始有了生龙活虎的气象，一匹匹马奔驰于四季，就像一阵风吹来，带回远方的消息。速度的提升中，草原热烈起来了。

为了追逐草原上的黄羊、野鹿，为了适应逐水草而居的生活，为了保卫自己的部落和草场，草原上的孩子们从小就学会了在马背上生活，三四岁的小孩子就能在没有大人帮助的情况下自如地上下马，他们中的很多人甚至就是在马背上脱离母腹，来到这个世界的。长年的骑马生活，使他们和马的结合异常和谐。

马鞍是人、马完美结合的关键。有一种“高桥马鞍”，即两头是很高的木制托架，这样可以保证骑手无论怎么跑都不会摔下来，集中了牧人智慧。相反，最初罗马人的马鞍只不过是裹在马肚子上的一块皮革而已，士兵征战时不光要躲避敌人的砍杀，还要时时提防从马上摔下来。牧人发明的马镫一般用皮革或亚麻制成，直接绑缚在马鞍上。一位罗马历史学家阿米亚诺斯，形容中国牧人的马镫是“用山羊皮裹住他们多毛的腿”。有了马鞍、马镫，士兵就可以在必要的时候从马上站起来甚至 180 度转身。

草原民族性格粗犷，喜欢直来直去。礼仪三千的形式主义在中原社会司空见惯，而在草原是绝对见不到的。有这样一个故事：南宋将军赵珙出使来到刚刚崛起的蒙古帝国。一天，成吉思汗派人去问他：“今天打马球，你怎么没有来？”不请自到对于长期生活在礼教社会中的人来说是不可思议的，赵珙亦然，于是实事求是地回答：“大汗没有召唤我呀。”成吉思汗大笑：“既然来到我国，那就如同一家人。在宴会、打马球、打猎的时候，请不要客气，一起娱乐就好。何必每次都要让人请呢？”最后的结局是没学会入乡随俗的赵珙被罚酒六杯。

草原上的弓箭

仅仅是人、马的和谐结合还不行，总不能在追上黄羊后扑过去徒手搏斗。于是，另一种令定居民族胆战心寒的兵器——弓箭，应运而生。弓箭在人类历史上出现得很早，早在母系社会，负责打猎围捕的男性部落成员就开始使用弓箭。但草原民族的弓箭威力更胜一筹，自然的挑战要求他们的弓箭射程更远、穿透力更强、功能更全面。

游牧者的弓箭恰恰满足了这个要求。他们的弓被称为“反背弓”，由弹性优良的木头和金属复合制成，弓的两端和中部另外用兽骨或毛皮加固，弓长接近 1.3 米，有效射程超过 200 米。他们的箭种类繁多，有用来猎杀鹿、羊的骨箭，有专门用来传令的响箭，更有射杀大型猎物的铁箭。至于专门用来作战的铁箭更是可怕：箭头呈三棱状，长度大约 60 厘米，穿透力大得惊人。草原骑兵一般随身带上 30 多支箭，足够一次大战使用。即使用完了也不用担心，因为负责制造弓箭的能工巧匠就在大军尾部，随用随造。草原民族比较野蛮，但对工匠是异常尊重的，如此也就不难理解为什么西征中的成吉思汗，大规模的屠城发生过十几次，唯独工匠一个不杀了。

草原民族逐水草而居，看似毫无规律，缺乏组织纪律性，其实不然。每个部落，每个家庭都有相对稳定的活动区域，而且相互间保持着紧密的联系。游牧民族无一例外地实行全民皆兵的制度。平时，全体健康男子会提起套索，背上弓箭，外出放牧狩猎，既是生产劳动，又是最佳的战斗训练；战时跨马提枪，在本部首领的指挥下迅速组织起来，投入战斗。这样，游牧民族就具有了定居的农业民族所不具备的超强的动员能力。一般来说，全体战士以十为单位成百成千组成，随时准备应召。如果战争规模有限，不需要全体动员，则按一定比例抽兵参战。更为可怕的是，他们几乎不需要什么薪给，完全靠“以战养战”。就匈奴骑兵而言，他们只要随身带上饮用水和干肉就足够了，没有水的时候还可以暂时喝牛羊奶。至于其他的作战物资，就全靠掠夺敌人的了。在特殊的环境里，他们甚至可以一连十几天不食“人间烟火”。阿米亚诺斯曾经写道：“艰苦的生活方式磨炼了他们，他们从来不把食物煮熟了吃，也不需要美味佳肴。他们吃野菜的根，任何一种动物的生肉。他们把肉放在自己的大腿和马背之间，以此来加温。”吃生肉是完全可能的，不过把生肉垫在马鞍下可不是为了加温，而是为了避免因为长期骑乘，磨伤了马背。马是骑士的命根子，保护好战马才有一切！这样的军人，这样的生活，造就了一支可以高速运转的军队，一个驮在马背上的帝国，一个庞大的游牧帝国。

草原生活非常艰苦，对人口的增加是很大的阻碍。当一个部落崛起后，如何利用广大的领土就成了一个必须面对的难题。游牧民族逐水草而居，并不是漫无目的地随意游走，而是有着相对固定的活动区域，一年四季，四个营盘足矣。新增的土地干什么用？空出来长草，留着备用吗？不行，因为一旦发生灾害，往往是大范围的，空地也跑不掉。唯一可行的办法是交给信得过的人去使用，遭灾时也好有个照应。

草原民族的性格大体一致，那就是直来直去。不服气就打，打输了决不矫情，认赌服输，随你处置。既然如此，那些被征服的部落自然可以利用。于是我们会经常看到下面这样一幕：失败的部落投降后，其首领还会被委以各种官职，继续统领本部。随后，该部落成为通婚的对象，大家变成一家人。“引弓之民，并为一家。”当然，如果有着深仇大恨或者拒不投降的部落，将面临残酷惩罚：成年男子全部屠杀，妇幼罚为奴隶。

佛教东渐的历史见证

佛教东传的线路图，在地图上是一条简捷、明快的线条，一眼望去，一目了然。殊不知，这些线条上的无数个点，是无数信徒日积月累，用一串串真实的脚印连接起来的。这脚印里有辛酸，有汗水；有血泪，也有牺牲。从印度抵达西域，从西域进入河西走廊，进而传入中原，其间，茫茫戈壁、漫漫黄沙，峡谷、冰川，崎岖的道路，险峻的旅途，佛教一一播下了生命的种子。

洞窟是佛教弘扬佛法的场所，是佛教徒的精神家园。在印度，最早的佛殿式石窟以孟买附近的巴查石窟为代表，约开凿于公元前 2 世纪初。在那个时代，岩壁之上的造像与洞窟浑然天成，朴拙而敦实。其雕塑也体现了以思想探索、传播佛法为主的意志，最初的佛陀，既是大彻大悟、悲天悯人、慈悲为怀的神，又是超凡脱俗置身于世事纷争之外的圣贤，有着一睹则肃然起敬的氛围。

甘赫瑞，是印度佛教洞窟传统之所在。走进甘赫瑞，一个古老宗教的传承与发展，有了一个规范化的起点，从这个起点出发，佛教石窟的窟形、雕塑、建筑等，都有了一个理论上的高度。综观所有的佛教石窟，或多或少，我们都可以从中找到甘赫瑞的“影子”。这座成形于古印度 2 世纪时案达罗王朝的石窟，窟前壁面的“高肉雕”，窟内之中央安置舍利塔，左右各造有约 6 米之立佛像，其旁所邻接之柱、拱轮、拱顶等，雕有细致的小佛、舍利供养、飞天、宝相华文等装饰图样，一个时期以来，是具有典型意义的范本。

对于中国人来说，巴米扬远在战火纷飞的阿富汗，但知道它曾经是个佛教圣地的人并不多。巴米扬曾经是一个希腊、印度、波斯文化汇聚、交流的繁盛之地，因此巴米扬大佛的雕刻自然也会带有希腊化的犍陀罗艺术的痕迹。而对这一切，现在的人们只能根据眼前的图片，展开久远的回忆了。文明就是这样，它不仅要经受自然风雨的磨蚀，还要遭受种种人为的破坏，使历史的延续形成彻底的断裂。

绿洲的情形总是动人的。公元 1 世纪，当佛教自印度传入西域，位于丝绸之路要冲的龟兹王国，以其优越的地理位置、富庶的绿洲经济和安定的社会条件，与佛教艺术珠联璧合。开凿于公元 3 世纪末至 4 世纪初叶的克孜尔石窟就是那个时代的产物。它位于新疆拜城县克孜尔乡东南 7 公里处的木扎提河河谷北岸，明屋塔格山南麓，这里空气清新，气候宜人，是一处郁郁葱葱的世外桃源。《晋书 · 西夷传》记载：龟兹城佛塔庙千所，拥有僧尼上万人。众多寺院和其他佛教建筑修饰华丽，金碧辉煌。龟兹佛教“道振西域，声彼东国”，名噪天下。

奇特的丹霞地貌，险峻的大峡谷，阿艾石窟把自己隐藏在神秘的自然空间之中，上接天籁之音，下纳百川之险。蹲伏于天山大峡谷谷口 1.4 公里的山崖上，洞口距地面 38 米。石窟内大约 15 平方米的南、北、西壁上的壁画和文字清晰可辨。壁画中央绘有无量寿佛，两侧为众菩萨和闻天法人，上部有悬浮空中的“不鼓自鸣”乐器，下部有楼台亭榭，动植物、几何图案和汉字、古龟兹文字等。经考据为中唐时期佛教艺术壁画，距今约 1300 年。

戈壁广阔，山脉深邃，但在一条峡谷里，白杨葱郁，隐天蔽日，南北长约 1600 米的峭壁上，鳞次栉比、重重叠叠的洞窟犹如蜂巢般密密麻麻地排列着。窟前栈道蜿蜒曲折，楼阁巍峨兀立，铁马风铎悬响，气势宏伟壮观。这，就是著名的敦煌莫高窟，是戈壁沙漠中独一无二的佛教艺术圣地，是一座巨大的美术陈列馆。尤其是莫高窟藏经洞的发现，5 万余卷古代文书和其他一批精美文物的问世，震动全世界，由此形成一门举世瞩目的新兴学科——敦煌学。藏经洞的发现使敦煌由一个西部荒凉的小城而一举名扬世界。置身于敦煌，那奇特的自然景观让人如痴如醉；置身于莫高窟，那神态逼真的佛、含笑自如的菩萨，那花雨飞舞中的仙女，那五彩缤纷的佛国世界，谁能不被诱惑？在敦煌莫高窟，北区一直是一处寂寞、荒凉之所在。崖面上高高低低、大大小小的洞窟，张望着无神而空洞的眼睛，洞窟里没有精美的壁画和彩塑，甚至没有通往各层洞窟的阶梯，是莫高窟谢绝参观的地方。但人们还是禁不住走向那里，想象着曾经发生在那里的一切。曾有专家猜测那里是开凿莫高窟的画工和塑匠的居所，那么，人间烟火所遗留的痕迹，又在哪里呢？莫高窟北区的神秘就这样被人们猜测着。

唐僧取经是家喻户晓的故事，随着四大名著《西游记》的普及，知道这个故事的人越来越多。但历史上的唐僧，也就是玄奘去佛教的发祥地印度等地学习、交流、讲经，到底是怎样的情景，史书上只有只言片语，不足以窥全貌。而珍藏于河西走廊瓜州县境内的榆林石窟和东千佛洞却形象地记录了这一历史事件。事实上，玄奘去印度等地学习佛教经典，是经过瓜州这一地区的。

榆林窟第 3 窟中有两幅《唐僧取经东归图》。一幅绘制于西壁北侧，在云雾缭绕的山崖，唐僧双手合十，躬身拜谢佛祖、菩萨。身后神猴与白马并排而立，白马的鞍鞯上有大朵的莲花，莲花上放着用锦帛包裹的佛经，佛经闪烁着熠熠的光芒。东面的壁画上，在十一面观音下面，唐僧拜见，虔诚而用心，孙悟空腰际挂着锦帛包裹的佛经，右肩的锡杖上挑着经盒。

这些壁画把民间流传的故事加以佛教理念，生动而富有感染力。其历史价值不言而喻。

如果从高空俯瞰，它是一个漂亮的麦垛，因而，它有一个诗意的名字——麦积山。古人说：“麦积山者，北跨清渭，南渐两当，五百里岗峦，麦积处其半，崛起一块石，高百万寻。”其雄浑和壮阔略见一斑。作为佛教圣地，麦积山植被葱翠，云雾缭绕，暗示着佛家的清心宁静。而抬头仰望，龛窟密如蜂房，依窟建檐，层层相叠。栈道云梯修建于悬崖，浅龛深窟开凿于峭壁，可谓绝处通幽。

“凿石开山，因岩结构，真容巨壮，世法所稀，山堂水殿，烟寺相望。”这是古代地理学家郦道元笔下的云冈石窟。云冈石窟依山开凿，东西绵延 1000 米，仿佛要把整个山势纳入佛理的境界，芸芸众生只要接近它，就能够感受到佛法的宏大和无边。以地理形势造境，是佛教石窟的共同特点，但云冈似乎更胜一筹。值得一提的是，云冈石窟以气势宏伟、内容丰富、雕刻精细著称于世。云冈石窟雕刻在吸收和借鉴印度犍陀罗佛教艺术的同时，有机地融合了中国传统艺术风格，在世界雕塑艺术史上有十分重要的地位。

“洛阳四郊山水之胜，龙门首焉。”诗人白居易对龙门的评语，我想包括了龙门石窟。再好的山水，必有其点睛之笔，这点睛之笔又必当是撼人心扉的景致，从这一点讲，龙门石窟首焉。伊水长流，青山常在，龙门长存。龙门石窟作为北魏、唐代皇家贵族发愿造像最集中的地方，其规模就必然庞大，富丽堂皇。也正因为如此，它汇集了当时石窟艺术的精华。

去龙门石窟，必去奉先寺，去奉先寺，必然看见卢舍那佛。卢舍那佛就是这样把人们对龙门石窟的印象推向了极致。有传说称，卢舍那佛含蓄优雅的笑容，正是武则天的微笑。传说归传说，但卢舍那佛丰腴饱满的面容，端庄慈祥的神态，嘴角微微上扬的那种微笑，的确流露着智慧的光芒，表现了佛对人间的关怀。

被誉为“溪雾岩云之幽栖胜地”的巩义石窟，背山面水，风景优美，走进它，人世间的一切纷争仿佛都可以了解，人世间的一切苦恼仿佛都可以忘却。有了这些，巩义石窟就不能不成为经典。更令人称奇的是它的小巧玲珑和惟妙惟肖。那 18 幅“帝后礼佛图”浮雕是全国现存石窟中绝无仅有的孤品，其中最精美的是第 1 窟“帝后礼佛图”，构图分三层，东边是以皇帝为首的男供养人行列，西边是以皇后为首的女供养人行列，各以比丘和比丘尼为先导，画面中仪态雍容的贵族和身材矮小的侍从形成了尊卑鲜明的对照。仪仗队中，有的为帝后提携衣裙，有的执扇撑伞，有的手捧香炉供品，浩浩荡荡地簇拥着帝后进香礼佛，表现了皇室宗教活动的盛大场面。

比邻而居

在北方，长城是人们抬头可见的事物。

在嘉峪关，长城逶迤前行，隔开了我们瞭望夕阳的目光。

在中国人的血液里，长城是滋养，是永不枯竭的精气神！

在长城脚下住久了，就觉得长城是一个智者，是一个长者，就像被称为“中国地理学界第一人”的台湾学者陈正祥教授，在他最重要的著作1980年出版的《中国文化地理》一书中，他说，明长城，给予中国人的，是民族的心理安全感超过了实际的防御价值。同时他还说，长城，是一条集风俗、物候、地理、文化于一体的灵魂线，它不是死的、冰冷的墙体、城堡、烽燧。

的确，它们是活生生的，有血，有肉，有筋骨。这让我想起了大红泉，大红泉是一个堡子，是一座墩台，是明清时期嘉峪关西南的一处防务要地，把守嘉峪关外祁连山诸口，梳理着草原上的风雨和牛羊。

当我初次来到嘉峪关，站在城台之上，突然间就有了指点江山的冲动：南望祁连，雪冠如银；北向黑山，山峦如铁；嘉峪关雄踞其间，剑指斗牛，无上威严！我就在心里认定了：就是它了！

两年之后，我背着行囊，披了一身四月的春雪，毅然决然地来到了嘉峪关。之后的一段时间里，戈壁上的残雪，席卷着凌厉的寒冷，在长城脚下回旋，不小心会将人吹一个趔趄。一直心存敦煌绿洲上的葱翠景象，到了嘉峪关，长城颠覆了我原本的认知：“朔气传金柝，寒光照铁衣”那样的意境，也只有在长城地带，才能体验得真切！

在嘉峪关的日子里，无论是在学校教书，还是在企业搞宣传工作，还是后来做电视台的编导、文化馆的馆长、长城研究院的副院长，我一直没有舍弃过与长城的亲近。我曾经对朋友说过：在任何时候，如果你看到一个衣冠不整的在长城下游走的人，那一定是我。

是的，那几年，我一直跟随着嘉峪关长城的走向，把长城以及长城地带的春夏秋冬记在了我的记忆里。甚至从嘉峪关出发，我的脚步延伸到了瓜州、玉门、金塔黑河流域的广袤地段，长城像一个严谨肃然的导师，用它的包容、坚韧和无数英勇无比的故事，教育着我，引导着我，让我突破了自己认知的边界、精神的囹圄和思悟的狭隘，从那时候开始，我就明白了，自然和遗迹同样可以作为老师，把自己的疑惑讲给它，它会用它们的方式一一解答。

这是一座城堡，走近它，你会看到草原、戈壁、山峦、绿洲……众多的地形、地貌纠结在一起，长城就像一匹马，冲破了犬牙交错的顽固，把一脉山水，引向了春天……

它的名字叫红泉。

这泉，这激烈的颜色，肯定，还有鲜活的牧业和牧人。

先介绍一下它：红泉堡位于嘉峪关关城西南45公里处，嘉峪关市与玉门市交界地，靠近祁连山北麓大红泉山口北100米处的戈壁滩上。连接红泉堡的有红泉墩，红泉墩具体修筑年代据《重修肃州新志》记载："嘉靖八年添筑骟马城、上柏杨、下柏杨、回回墓、红泉墩台五座。"从这个记载可以看到，红泉墩建于明嘉靖八年（1529年），堡址坐北朝南，平面呈矩形，周长176米，面积1900平方米。堡墙是当地黄土夯筑，堡墙残存，高处约4米，低处1.5米，墙基用砾石垒砌，高约1米，厚2.2米，堡墙顶宽1.8米，无宇墙。北墙与东墙中间各有一座腰墩，为4米见方的墩台，黄土夯筑，形制相同。南墙中间开门，原门已损坏，尺寸不详，现存东墙、西墙中间马面及北端墙体，多为20世纪五六十年代在原基础上用黄土补筑的。

关于它的红色，有两种说法。一种是大红圈，是因在山坡下向着山口往南走，到山脚下可以看到围着山边有一个红圈，周边高中间低形成一个圈，红泉墩就修筑在这个圈中间的低洼处，所以就叫它大红圈。另一种是因这里处在祁连山红山口，山体由红色沙土形成，在下过雨后呈现更为鲜艳的红色，山坡下有一眼很大的泉眼，四季长流，就叫作大红泉，东面数公里有一小泉，称“小红泉”。一般很少称大红圈，通用的名称叫大红泉。

第一次看见它，就像遇见了一个熟稔的朋友，没有丝毫的陌生感，后来一次次来，一次次走遍它的每一个角落，在夜深人静的晚上，一次次翻阅它，越来越清晰了，却没有了第一次见面的那种激动和惊讶：它雄踞荒野，似乎一点儿也不寂寞；它守卫寥廓，却没有一丝丝的高傲。记得那天，我坐在它的对面，坐了很久，直到堡子里升起了炊烟，有了羊群咩咩的叫声。安献忠和妻子吕桂英两口子来了，这红泉堡陡然有了生气。

老安的老家在河北邯郸，因为计划生育从老家逃了出来，孩子们在玉门镇做生意，自己就来到了这荒无人烟的红泉，养着800多只羊。老安说，他爷爷叫安廷元，是陈赓的部下。1937年参加革命，1972年任华中理工大学党委书记……听着老安的讲述，再看看这戈壁、草原、大山，就仿佛是在听传说故事。

长城是国宝，红泉堡的保护也被列入议事日程，首要的就是把老安一家清理出去，老安在堡子里住了十多年，积攒下的瓶瓶罐罐不少，一下子搬出去，他住哪儿？一个做纪录片的朋友觉得这是一个好题材，可以做出优秀的片子。你想，两口子远离人境，与一座古城为伴，突然间要走，许多的不舍，会让情感达到极致。但老安是一个明白事理的人，他知道文物保护的刚性不允许他有丝毫的迟疑，他还是在规定的时间里搬走了。当我们帮他把一车一车的家当运到不远处他新建的羊房子里时，他的眼眶湿润了，后来，他成了我们的业余文保员。从那以后，我们每次去巡查，都会看看老安，给他带点吃的喝的，因为一座城堡，他成了我们的亲人。

在嘉峪关，长城是生命中的烙印。在烽火台的阴影下，享受阴凉；在一段残墙下，躲避风沙。多少次风餐露宿，多少回尘灰迷眼。但一想到身边的长城，就打起了百倍的精神，也许这就是长城的召唤。

记得年轻的时候，在长城脚下留宿，目标是体验夏夜的戈壁浪漫。不承想，半夜却被一阵阴风吹醒，睁开惺忪的双眼，恐怖却从四周涌来：长城的断崖，仿佛一只只恶魔；奔跑的风滚草，仿佛狰狞的怪兽……手忙脚乱中，骑上自行车就跑，后半夜像是鬼打墙，一直都没有走出那一段长城，天亮了，才一身疲惫地回到了家。从此，我知道，守护长城，没有浪漫，只有艰辛。

有一年在锁阳城考察，为了拍夕阳和晨光，就住了下来，一晚上都觉得脚下黏糊糊的，第二天早晨醒来，才发现一脚踩死了一只碗口大的老鼠，染了一脚的老鼠血。还有一次，考察锁阳城周边的烽火台，晚上住在东千佛洞的窑洞里。一连住了好几天之后，看守洞窟的老大爷才告诉我，旁边的一座窑洞里，有一具干尸，是修行人留下的。想起每天晚上都在那座窑洞口看月亮，现在感觉到，那些月光，也是阴森森的。

在考察一座名叫芦草井的城堡的时候，晚上住在一个车马店，刚一关灯，浑身刺痒。原来床铺下的几十只臭虫一起出动了，也许是好多天的饥饿，让它们顾不了许多，见人就咬，结果当我们打死了所有的臭虫之后，睡意全无，第二天，看到城堡的每一处景，都是重影。

长城，还是长城，一说起来，就有说不完的故事，从前的，现在的，或许还有未来的。真的想和它永远在一起，成为戈壁上的一道永不褪色的风景线！

嘉峪关下

生活在嘉峪关下，以长城为坐标，我一直在确定自己的位置，一直以“嘉峪关下”为题，写下了许多诗歌和散文。然后随着时间的推移、认识的加深，我越发感觉到，嘉峪关下，是血与汗水浸染的热土，加入它们中间，需要像一块青砖一样，从平凡的土壤，到烈火的淬炼，再到风雨的浇筑，最后，坚守于高大的长城之中，守护每一束霞光和夕阳。

嘉峪关下，历史的堆积层，抬升着关城的高度。

“出了嘉峪关，两眼泪不干。向前看，戈壁滩，向后看，鬼门关。”民谣中的嘉峪关，往往是如此悲壮。从嘉峪关修筑的那一刻起，它就注定要成为这块土地上的一块纪念碑。南来北往的商旅，横冲直撞的争斗，都使一座关口积累了越来越多的忧郁与期盼。

每一次，从东闸门走进这座庞大的军事防御体系，都像是在完成一次出征，有着满满的参与感。长长的步道，把每一个人都送入那些隐秘的设防和机关，高大的墙、四合的天空，让你觉得，你就是整个运筹帷幄的指挥者；在城台，瞭望戈壁大漠，视野开阔，就像古人一样，意气风发，望之而四达。微风吹来，指点江山；狂风刮过，掩衣躲藏，清理掉灰头土脸之后，又可以豪强壮志一番。

但每次，我都会走向它的隐秘处。向着它的最南缘——祁连山下的卯来泉堡、大红泉堡出发，找见它的细枝末节。其实，每一次的深入，我都能清楚地认识嘉峪关，了解长城，更清楚地解读自己。我意识到，当一个人融入一个物体的时候，那个物体就不再是冰冷的物体了，它可能是你前世的朋友或者亲人。我就是这样，一点点走进嘉峪关、走向长城的。

祁连山是河西走廊的标志，也是长城巨大的文化背景。不看祁连山上雪，错把河西作江南。其实任何时候，祁连山的雪冠都是时时映入眼帘的景致。它像一面镜子，映照着河西走廊的兴衰。众所周知，河西走廊是一望无际的沙漠和戈壁，正是因为有了祁连山，有了祁连山上的冰川融雪，才有了片片生机勃勃的绿洲。祁连山中好牧场，祁连山下好田野，长城在它们中间，在农耕和畜牧的边界，稀释着两种文化的冲突，维持着两种文化的交流，促使着两种文化的融合。

当我走向祁连山的卯来泉堡时，薛光辉正赶着他的羊群进山。他是一个地地道道的藏族人，从小就跟随父母在祁连山中放牧，冬天去更远的山里，谓之“冬牧场”；夏天则回到卯来泉堡的四周，名曰“夏牧场”。而他们的孩子则在农耕地带的祁丰区，每次出牧，他都想带上自己的儿子，可儿子总是躲躲闪闪，找各种理由拒绝。薛光辉觉得，牧业到他这一代可能要断茬了。儿子技校毕业后，就干脆让他在嘉峪关打工，薛光辉想着，攒几年钱，给儿子在嘉峪关买一套房子，让他立住脚。薛光辉在卯来泉的羊房子已经很破旧了，本想要修缮一下，后来觉得自己也老了，等哪一天干不动了，就把羊卖了，在祁丰区养老。听了薛光辉的话，顿时觉得整个祁连山空荡荡的，没有了牛羊成群的喧嚣，也没有了牧歌回荡的天籁，卯来泉堡也是残垣断壁，一派凄凉。这也许就是今天的长城和牧者，互相毫无关联。

在嘉峪关的北部长城防线中，那些穿行于田野中的长城，更像是一个奇异的存在，或者是一个守旧的老人，坚守着自己的往昔。我常常伫立于长城脚下，观望汹涌的涛涛绿浪，像是一个土财主，突然有了耕种之后的收获，内心喜悦满满。后来我明白了，这才是真正的幸福！植物在生长，人在植物的加持下，也有了生机勃勃的愿景。在那一刻，长城就是一种提醒：所有的幸福，都会比幸福本身更平静，都会比幸福本身更平淡。这看不到头的平静与平淡，就是人生的真谛啊！

有时候，在河西的大戈壁上行走，不时与山头上的烽火台相遇，赶紧靠近车窗，想看个仔细，但它们一闪就过去了。它们高高矗立着，沐浴着阳光，经受着风雨，它们所经历的往事就像身上的墙壁，一点点脱落。也就是说，它们的身体在一点点消亡，再过几十年，几百年，它们不存在了，它们的记忆会由谁来传承？

从那时候开始，我就开始逼迫自己记下这一切，在粗粝的笔头下，一切都还是那么稚嫩，但它们毕竟是幼苗，会有长成参天大树的那一刻。嘉峪关下是一个具体的位置，但更是一种站立的姿势，长城和守护长城的人，他们的样子，应该有人记住，应该让许许多多的人想起他们，想起他们的时候，能跟他们说说话。

在嘉峪关

享有它的夜晚，就等于又开始了一次漫长的出发。

记得小时候出远门，家人和孩子们都守着宁静的夜晚，仿佛这一个夜晚，就能把此时此地的一切都铭刻在心里。其实，一个人如果能够与它的夜晚独处，那么，这块地域，已经是他命定的故土，任凭一次次明月的清洗，也不可能褪色。

我走进它的夜晚，所有的墙，所有的垛口，所有的阁楼……都不急于倾诉，而是用期待的眼神，等待你的回答。似乎一座庞大的建筑，就像一位慈眉善目的老人，到了佝偻身子的年龄，仍然尽力挺直腰板。而在黑夜，它似乎仍然要看着自己的孩子先行睡去，它才肯放下自己的疲惫，走入夜色朦胧的梦乡。

我一直把它当作一个人，650 多年了，它应该是一个老人，但与浩瀚的历史相比，它应该正当壮年。茫茫苍苍的戈壁，北风卷地百草折的荒芜，都让它倍显苍老。

这个夜晚，一切都安静了下来，连戈壁的风，也悄悄偃伏在砖石之下，成为砖石之上漂浮的星光。

从外城到内城，我的脚步就像回到了青春年少的时光，有一步登楼的倔劲。想想 1987 年的春天，我从敦煌匆匆赶来，敦煌的春天一路繁花，杏花、梨花、桃花处处争艳，杨柳垂下翠绿的枝条，广阔的绿洲上春意盎然。可是一路向东，到了嘉峪关，一场大雪洋洋洒洒，浇灭了我内心的火热。

在空旷的大街上，我漫无目的地踯躅而行，看到的是大工业的宏伟和冷峻，与农业社会的小家碧玉、温柔烟火完全不同。我突然感到，我的肉体和精神同时处于一个前所未有的夹缝之中，有一种难言的不适。

那时候，我猛然觉得有一条出路：那就是更加辽阔的戈壁，戈壁上，一座壮阔的关口矗立着，像是一个前朝遗老，绝世而独立。在这之前，每次都是路过，距离的原因，它显得概念化，没有深入人心的姿态。

那个春天，嘉峪关，刻印在了我的心里。

记得第一次从嘉峪关门跨出，门洞下巨大的石条上，有两道深深的车辙，夕阳争相穿越门洞，填满这斧劈刀削的沟壕，继而又缓缓消失，被夜晚的黑，完全填补。嘉峪关门为各门总汇，入嘉峪关，无论是走关道还是民道，最后都要经过嘉峪关门，巨大的喧嚣，车轮的重负，都留了下来，只是那些人，那些车马，永远地走远了，消失在苍茫的夕阳和晨光中。

一切都是那么易逝，一切又是那么永恒！

从内城到瓮城，仿佛一座关城在一点点缩小，进入了一个口袋之中，仿佛一个人的计谋到了紧要关头，要突然收缩。月色星光下的瓮城，真像是一个大瓮，蒸煮着岁月中最寂寞的时光。在夜晚，即使一个天罗地网，也不能罗织一个人内心的狂放！

嘉峪关矗立于嘉峪高岗之上，走出嘉峪关，在一段距离的推送下，一个人与长城的对话，才算真正开始。三座伟岸的高楼，顶天立地，仿佛是上苍的暗语。看见它，它就是直入心怀的豪言壮语！可以随时随地地激发人、感染人、教育人，这样的建筑，已经具有了活的灵魂。尤其是在夜晚，你一个人面对它，它仍然能够侃侃而谈，仍然能够掏心掏肺地捧出自己积攒了无数春秋的智慧的种子。这种子，在任何时候都会发芽、抽叶、开花、结果，它会把一座城池种在人心里。

从那个夜晚开始，我觉得，我已经离不开它了，无论走到哪里，眼前都会有它坚定的身影，都会有一种力量，灌注于我的腹腔。

记得十多年前，与阳飏、古马、人邻、习习一起夜游，几个人不知不觉到了嘉峪关北部的戈壁滩。这时候，明月出雄关，玉宇澄清，嘉峪关的造型，像一幅剪纸，但却不轻飘，还是有着一种大气和凝重；嘉峪关背后的雪山，与月色相融，完全是百分之九十九的纯银峨冠……清风徐来，尘土不兴，大家都不说话，屏住呼吸，享受这绝美的自然奇景。我虽然生活在嘉峪关，也是第一次与夜晚的嘉峪关相遇，也是第一次被深深地触动。后来，这就成了我的一个保留节目，凡是志同道合的朋友，我都会带他去夜晚的嘉峪关，季节不同，朗浊不一，但一座古建筑盛装了一个空旷的夜晚，塑造了一个有灵魂的夜晚，有了那个夜晚，夜晚再也不是寂寞难耐的辗转反侧。

后来，作为嘉峪关文物保护的管理者，一直想着和同事们一起在嘉峪关关城住几个晚上，一起在夜晚巡查，包括辖区内的魏晋墓保护区、黑山岩画保护区，都想着住在那里，真正地感受人文古迹呈现给人类的夜晚，但都错过了，还没有来得及实施，就调离原来的工作岗位，遗憾之极！

大雪纷纷，雪花的舞动，似乎是急切的昭示，我突然间有了冲动，穿好了棉衣，立刻动身去了关城。还是在北部高岗之上的戈壁，只不过，一切都在雪雾的笼罩之下茫茫苍苍，但能够感觉到一座巨大建筑的存在，我试图用自己的想象拨开层层叠叠的雪，看见巍峨的高楼和城墙，实在是雪幕太厚，星月闭合，雪片打在身上，提醒着深冬的肃杀，庄严高耸的嘉峪关躲藏得严严实实。

我一直认为，在嘉峪关，夜晚，是灵魂的牧场！

在花海中穿越

特意从高铁山丹站下车，穿越那一片草原，拜谒那一片花海。

果然，卿不负我。8月初的山丹草原，凉风习习，无垠的油菜花夹道欢迎，猝不及防的情感攻势，让人不知道该怎样回报它一声，只是在心里默默地说着：谢谢，谢谢！

这时候回头再一看：这么一个高铁站，这么一条火车道，倒显得不合时宜。因为，这里的一切都太完美了，美得没有章法，美得无懈可击，其他的，都是多余。真想随便找个地方躺下来，融入这草，融进这花，拥抱这无垠的蓝天。

坐在汽车上，司机也是尽量地把车开得慢些，再慢些，生怕这些风景错过了，再也不会遇见。事实上是，这里到处都是美景，这里的，那里的，只有更美，没有最美。这时候，我开始羡慕那些羊群，那些马，那些牧人，他们是这些风景的主宰者，早晨、中午、黄昏、夜晚，这里的时间是他们的，这里的风、光、植物，也是他们的。属于我的，只有惊讶。在山丹，我彻底懂得了，风景实际上是一种容量，你容得下的东西越多，越大气；山丹草原，它广阔无垠，阳光均匀地洒在每一棵草上，月色涂抹在每一朵花上，不偏不倚，不亢不卑；野花野草，不知道名字的小动物，它们可以共生共荣，没有高低贵贱，更没有戒律清规……它们本身就是一行行诗，因而整个的世界，充满了诗意。

在花海中，我眼睛一亮：长城！我看见了长城！先是草坡上的一座烽火台，然后是断断续续的墙体……这穿行在花海中的长城，谁会相信它们是长城呢？谁会忍心在这样一个景色如画的所在点燃烽火呢？谁又会在这鲜花盛开、流水潺潺、安宁如斯的地方动刀动枪呢？

从历史上看，从明代开始，这里是蒙古族在祁连大草原上迁徙往来的一条大通道，是游牧和农耕的敏感地带，因而，在这里兴建边墙、修筑城堡、重兵防守。人们能够看见的高大的墙体，基本上都是明王朝所筑。

草原上的长城，水汽大、湿气重，墙体泥皮脱落、倒塌的现象比较严重。仔细看，风雨剥蚀，枯骨嶙峋，像一个遍体鳞伤的老人。在山丹，我们听到一首修长城的《夯歌》：爹没打来娘没骂，脸上哪来的泪蛋蛋？长城两边，因为隔离，冲突不断，人民生活苦焦；“青铜烟瓶银哨子，为人为下个小伙子，上墙好像个鹞子”！长城内外，因为交流，亲如一家，人民欢呼雀跃。这就是长城，从花海中穿越的长城，也有泪水，也有辛酸，更有绵延不绝的幸福。

在山丹，从草原上走过，不知不觉为自己的灵魂安放了一片花海，春来春去会有时，但我内心中的这片草，这片花，却没有凋谢的时日。谢谢，谢谢你们，希望再次相逢时，你们仍然是青春的模样！

细雨梦回

多日了，还一直沉浸在那场小雨里。也不知道那么凑巧，连续多天的大晴天，热得人都快喘不过气来的时候，就有了这场小雨。

小雨是温情的，走在小雨里的人都知道。

沟沟峁峁间，在雨雾的笼罩下，显得葱茏、泽润。一条曲曲弯弯的小路，将把我们带上拜谒秦长城的旅行。

走向沟壑纵横的地貌，我不禁怀疑，这样的区域修筑长城，其难度一看便知。在这样的小路上，人走着都吃力，再人拉肩扛，把夯筑工具运到塬上，那就费劲了。想象当年修长城的人们，不禁哀叹不已。难怪说，长城是白骨垒筑的，坚实的墙基上，全是老百姓的血和肉。在临洮，老百姓有一个两片瓦的故事，说是在修筑长城的时候，夯土建筑常常被雨水冲倒，必须用瓦片加固才能发挥防守作用。那么如此沉重的瓦片怎么才能运到山峁？人们想到了羊。山上有草，羊群自然就上山了。老百姓在每一只羊身上绑两片瓦，没用多长时间，就把修长城所需要的瓦片，全部搬到了山上。这个故事，跟嘉峪关的传说故事“山羊驮砖”有异曲同工之趣。

细雨绵绵，身边的玉米开始灌浆，不知道这些细密的雨水会给它带来怎样的恩赐；走上大塬，渐渐有一大片的平地，栽种了大量的菊花，红的、黄的、紫的……在细雨中更加鲜嫩，营造了一种虚幻的景致。

长城国家文化公园临洮县建设的试点就在这里，树立了好多时尚的标牌，像秦小兵这样可爱的卡通人物，时不时就在花海中浮现，就像古代巡逻的士兵，一张张憨态可掬的笑脸，让你多多少少有穿越时空的年代感，但很快，鲜花的海洋，就淹没了悠远的时代，一切都变得无比真实、清晰、浪漫……

我们的目的地是望儿咀。秦长城的起始点在甘肃，望儿咀是个标志。看临洮秦长城，一定要去的，只能是望儿咀。一听名字，就知道，这背后一定有一个凄凉的故事，类似于望夫石，都与久久的等待有关系。等待，让一抔土有了热度；期待，让一座墩台有了高度。只是，要等的人不会回来了，他早已被凄惨的呐喊声掩埋，被沙场的烟尘模糊了身影。在临洮当地有个传说，说临洮是扶苏的母亲在这里等候儿子回家的地方，公子扶苏是秦朝的一个遗憾，人们都觉得他可以改变一个王朝的命运，但他却连自己的命运都无法主宰。因而，这仅仅是一个传说，把扶苏与临洮联系起来，是临洮人的智慧。

再说这望儿咀，实在是无迹可寻。只有一座文物标识牌能确认这里是战国秦长城的遗址，其他的都淹没在杂草之中。令人啼笑皆非的是，望儿咀最高大的标识竟然是一座输电铁塔，它巍然矗立在遗址之上，以至于人们说起望儿咀的时候，先要提及这座铁塔。我们去的时候，同行的朋友就说：看见了没，铁塔，铁塔下面就是望儿咀。真希望这儿没有铁塔，只有一座烽火台，哪怕只有一点点台基！

小雨还是淅淅沥沥地下着，我们在等待雨停，雨停了，或者雨小了，我们才可以放飞无人机，看到远处山峁上的长城遗迹，不然仅凭朋友的介绍，心里还是没有一个临洮秦长城的完整形象。

雨小了些，顾不了那么多了，我们的无人机起飞了。靠着朋友的指点，无人机很快飞向了远处的高坡，调整清晰度，终于看见了秦长城的一截夯土长墙。在陡峭的土崖上，这段孤独的长城，它果真在大地上站立了两千多年吗？风雨剥蚀，你还是屹立不倒，应该向你致敬！

回到宾馆，一直翻看无人机拍下的视频和照片，像是在跟一个老人对话，那段长城带着它的时间记忆，刻入我的脑海之中。我想，我已经站在了它的高度，看到了一个王朝的过往！

细雨文殊山

文殊者，文殊菩萨也。传说，文殊菩萨在这里显过灵，山就以文殊为名。山分前山、后山，南北走向的长约 1.5 公里、东西 2.5 公里范围内的崖壁开凿了窟龛 100 多个，其中有早期中心柱窟 8 座，禅窟 1 座，窟前寺院遗址 28 处。在这样一个文化背景下，文殊山下的草原和绿洲就像一面色彩缤纷的旗旆，山崖上的洞窟，是他们的精神旗语。每个走过这里的人，都会读出别样的暗示与警觉，每一个走过这里的人，都不可能忽视它的存在。

细雨霏霏，一片浓雾从山谷升起，时光似乎倒流入遥远的古代。大约是在北凉时期，这里就热闹了起来。它的热闹，不是因为物华天宝，人头攒动；而是急切的信仰与追求，促使他们一次次回到这里，沐浴灵魂之光，让身体和精神，更加洁净。

那时候，这里层峦叠嶂，沟壑幽深，林木葱郁，清泉流水，风景秀丽，实为一个天然美丽的峡谷。即使今天的文殊沟，仍然是一个世外桃源，灵秀之地。此刻的小雨，把整个山谷泼洗得葱翠透亮，平静、安宁，不似人间、胜似天堂的模样。

在这僻静的世外桃源般的景色中，还有另外一种文化景观：大批的隐者在这里广收弟子，传道授业，形成了魏晋文化界的新鲜生命，难怪陈寅恪先生说，魏晋时期的河陇文化拯救了中华文明。陈先生说："河陇一隅所以历经东汉末、西晋、北朝长久之乱世而能保存汉代中原之学术者，不外前文所言家世与地域之二点……河西一隅自前凉张氏以后尚称治安，故其本土世家之学术即可保存，外来避乱之儒英亦得就之传授，历时既久，其文化学术逐渐具地域性质，此河陇边隅之地所以与北朝及隋唐文化学术之全体有如是之密切关系也。”的确如此。公元 4 世纪，东晋明帝太宁年间（323—325 年）前凉张骏（324—345 年在位）时，敦煌人宋纤，游学于酒泉，至嘉峪山，见嘉峪山有山川林木之胜，峡谷流泉之美，欣然留住。于是依崖凿壁，修石窟、建草堂，隐居此山，苦研经史，修德养性，从事著述，并收纳弟子，讲学其间，前后于此数十年，弟子受业者三千余人。宋纤绝意仕宦，多次拒绝官员拜访求见。因此《晋书·宋纤传》称宋纤“沉静不交当世，隐居酒泉南山”。前凉主张祚遣使强征为太子友，至姑臧（今武威），太子以执友礼拜见，称病不出，寻迁太子太傅。纤上疏明志：“臣受生方外，心慕太古。生不喜存，死不悲没。素有遗属，属诸知识，在山投山，临水投水，处泽露形，在人亲土。”遂不食而卒，时年 82 岁，谥曰“玄虚先生”。前凉杨宣曾作诗《宋纤画像颂》赞扬他：“为枕何石？为漱何流？身不可见，名不可求。”

有一个成语“人中之龙”就是说宋纤的。人中之龙比喻出类拔萃的人。晋时酒泉太守马岌是一位高尚的人。他久慕宋纤的大名，有一次带着仪仗队、敲着铙鼓去拜访宋纤。宋纤身在重重的楼阁中，拒不见马岌。最后马岌边命令返回，边说：“我能听得宋纤的名声却不能见到宋纤，我仰慕他高尚的品德却见不到他的人。从今以后我知道他是人中之龙。”

所以说宋纤这个人被诗人学者评述赞美是自然而然的事情。诗中的“为枕何石？为漱何流？”把宋纤说成了一个不食人间烟火的仙者，在祁连山中修身养性，传道授业，来无踪去无影，神龙见首不见尾，仿佛唯有如此，才能表达人们对宋纤的敬意和敬仰。再者说来，在当时交通欠发达的年代，祁连山中绿草茵茵，百花杂陈，人们初次看见这样的景观，不免心中滋生羡慕，加之那种雾霭茫茫的仙境之美，就更加坚信宋纤的不凡了。“身不可见，名不可求”则是说宋纤的高尚品质。就如同马岌的赞叹：“从今以后我知道他是人中之龙了。”

在那个战乱频频的时代，幽寂的文殊山谷却有着琅琅的读书声，中华民族读书的种子在这里萌发、扎根、结果，一大批经典典籍、一大批中华瑰宝在偏远的河西走廊得以留存。所以，称文殊山为“隐居圣地、魏晋学宫”一点儿也不为过。不知道，有没有一场细雨，淋湿这片山谷，淋湿古代学子的粗麻衣服。可以想见，那些学子们在细雨中吟诗作赋，好不快哉！

细雨如珠，滚动在叶片上，滴落于花蕊，人们都在等待雨停之后的一片灵验之光：山中的彩虹，人们的想象试图从那座彩桥上，通达梦之源溯。文殊山就是这样一个地方，连文殊菩萨的显灵，也是有着确凿的记载：据元代泰定三年（1326）年《重修文殊寺碑铭》记载，文殊山寺院在北魏时已具有一定规模。相传北魏太子拓跋恪身患疥癣久治不愈，魏孝文帝在大臣的建议下，让太子到民间访医求药，并派50名兵勇前去护伺。拓跋恪西游至文殊山下，但见这里松柏蔽日、流水潺潺、花草飘香，地上羊兔奔走，林间百鸟鸣啭，就决定在山下住些时日。一天，太子来到山后的一眼泉边，由于天气炎热，就宽衣入泉洗浴。不想第二天疥癣全无，太子相信这是神灵的保佑，就出钱在泉边建了一座寺庙，这座寺庙，就是太子寺。那泉也叫药泉，泉址至今仍在。拓跋恪返回洛阳时留下了30名兵勇驻守文殊山，并让他们改穿青色的衣服，当地的老百姓为他们修了寺院，取名青衣寺。

也许还有一场漏掉的雨，雨泼黄土，贵人降临，三世达赖喇嘛索南嘉措游历讲法途经此处，见神光现于长空，文殊菩萨金光闪闪，骑狮而行，逶迤而去，便在此处住了三个月。后肃州民众在此修建了文殊寺，重塑了文殊菩萨金身，供人们膜拜。从此，这里游人云集，香客络绎不绝。后经人们的不断增修，逐渐成了佛道两家分域修炼聚会之所、善男信女云集朝拜之地。

在古代，人们把信仰佛教出资建造石窟的人叫供养人。他们为了表示虔诚信佛、留名后世，在开窟造像时，在窟内画上自己和家族、亲眷和奴婢等人的肖像，这些肖像，称之为供养人画像。文殊寺石窟群的开凿，也是众多的供养人精神和财物的奉献。从开凿初期一直到民国到新中国成立初期，到20世纪80年代，到21世纪的今天，仍然有大规模的石窟营造，这种持续不断的文化传承，世所罕见，也是文殊寺石窟群的一个亮点之一。

文殊山山下雪水潺潺，林泉处处；不仅如此，文殊山东西两峰之间的峡道即文殊山口，还是祁连山后讨赖大坂的通道。《读史方舆纪要》上说：“文殊山口在卫（明代的酒泉称肃州卫）西南三十里，为南疆门户之要筹，卫卒戍守，南疆无虑也！”

《河西志》上说：文殊山在酒泉城南三十公里，有前山后山之分，后山峰峦相连，林壑尤美。旧志称：“山上獐鹿放伏，树梢鸟雀喧呼，幽林雅趣，洵称美景。”观于此，其胜状概可想见。

同时，生活在这里的东纳藏族部落，作为河西“民族走廊”上重要的部落，千百年来在祁连山腹地开垦和书写绚丽多彩的历史文化，并形成了明显的地域性和多元化的特征。游牧文化、藏族文化、长城文化以及丝路文化在此碰撞，或多或少地汇聚交融。

在细雨中，沿着盘山道拾级而上，实际上，是在掀开雨帘，走进一个神秘而多彩的世界，这个世界，属于文殊山，属于每一个信仰它的人。

遇见长城

山的尽处，突然间有长城接续，像是形成了一个完整的链接，那些肆意的风，打了个旋，又以更加激烈的方式，迂回而去。走到这儿的人，也是形神局促，一时间，仿佛方向被堵截了，有一根无形的绳子，直接被捆住了。

从前，在河西大地上漫游，以公路为轴线，看见纵横交错的长城，忽而北，忽而南，忽汉，忽明，朝代和方位搅和在一起，总是理不清其中的头绪。后来一次一次地走，一次一次地对照地图，直到很多年后，河西走廊的地形地貌都刻印在了心里，那些长城都摆放在应有的位置，我才真正明白了长城修筑者的煞费苦心，才真正体会了和平日月的来之不易！

很多时候，我常常是一个人深入长城腹地。在今天的河西走廊，长城早已被搁浅在了荒芜的戈壁和沙漠上了，即使一些被公路截断，环卫村庄、穿越田野的长城，也因为人为的破坏和自然的损坏，而只剩下残垣断壁了。如果没有特别的标识，谁也不会知道这是长城。记得小时候生活在敦煌，村庄就是被长城护卫着的，除了通向远方的烽火台，还有一座小小的城堡。城堡与学校相连，学校还在城堡的后墙修了厕所，下课铃响，就会有大量的学生穿过城堡，去上厕所。那座城堡，矗立在故乡的土地上，早已成了一座村庄的地标，也成了孩子们登高望远的好去处。我第一次登上那座城堡的时候，就有异样的感觉，它比房顶高得多，站在城堡之上，在我们的眼界里，很大很大的村庄，突然小了。这也让我有点沮丧。后来，距离村庄几十里地的荒野上，架起了石油钻井塔，我偷偷前去观展。没想到鞋子都走破了，还是没有走到，只能一瘸一拐地沿着酥软的沙地往前走。回头看看，一座村庄已经隐没在远处的云层之下了，我心里有点害怕，但更多的是兴奋。当我看到远比城堡更高大无比的建筑，有一种身体上的战栗和心灵上的震撼。看到一个孩子的闯入，钻井平台上的工人们热情接待了我，他们竟然一会儿就修好了我的鞋子，留我吃了饭，还送给了我一包饼干。这是我第一次吃饼干，吃了一块，就觉得它是人间美味，再也舍不得吃第二块。当我被工人叔叔的卡车送回村庄的时候，我俨然成了同龄孩子们眼中的传奇人物。

我想说的是，一座城堡，它的高度，可能会影响一个孩子的世界观，尤其是那些对于世界十分敏感的孩子。我可能就是其中之一。

荒野与逶迤的长城，是一种景观绝配！在河西走廊，每每走向荒芜的戈壁和沙漠，看见疲惫不堪的长城，我都会坐下来，跟它们说话。问候它们还好吗？它们还记不记得它们那个时代的人和事？肯定是记得的，不然，它们也不会这么沧桑，天若有情天亦老，长城含情残垣多。说着说着，我就能从它们的每一个豁口、每一处伤痛，读出无垠的往事。

那是一群戍守者，这片土地的角角落落，都是他们警惕的眼神；每一个黄昏，都弥漫了他们思念的彩霞；每一个夜晚，都有他们呜咽的泪水，照亮昏暗的星光……这一切，长城都看在眼里，它想去抚摸它们，只是风太烈，它的手太粗糙，它只能看着他们，与他们一起默默迎送岁月。当看到他们胜利归来或者即将回到故乡，它又是那样的兴奋和不舍。一条长城，是和它的戍守者共生共荣的。

走向长城，我总是有意无意地与它近距离接触。我会在长城脚下，搭起帐篷，点燃一堆篝火，烤热、烤黄自己的馒头，再烧一壶开水，坐下来，慢慢品尝五谷杂粮的芬芳。这时候，安宁是值得挥霍的财富，风也是值得聆听的诗句。

夜深人静的时候，我真的会走进那些戍卒们中间，成为他们中的一分子。我听他们说，只要和亲人在一起，哪怕一分钟，也是幸福。

每次离开长城的时刻，我都在心里祈祷：长城，守护了我们几千年的袅袅炊烟，但愿今天和今后，也是如此！

戈壁

因为无限的荒凉，而没有人涉入。即使一开始有着果敢决绝的性情，但走着走着，这一切都会消磨殆尽。取而代之的是失望、恐惧和无助。这就是戈壁，当你一步步走进它，想与它展开对决和对话的时候，你才能真切地感受到自己的渺小；而你与它亲近和睦的时候，你就回到了你原来的位置，在与戈壁平等的位置上，你就看清了自己，看到了戈壁的温顺。

戈壁，有着自己独特的生态，与一般的绿洲相比，风和阳光耕种着戈壁，而戈壁的果实一年年堆垒着，无人收获。当一颗玛瑙、一块玉石、一只兔子、一匹狼、一丛草、一串黑枸杞……你的惊讶，就能配得上这神奇的一遇。

村庄在戈壁的边缘，总有风，像成群的野马，从戈壁上袭来。夏天，带着一团火，碎石间的阳光，像踩了风火轮，一下子就蹿到了绿洲，有焚烧一切的势头；更加猛烈的风，带着细沙和尘土，铺天盖地，一瞬间就淹没了草木和庄稼；没有风的时候，戈壁上漂浮着美妙的蜃景，有楼宇、有航船、有树木、有河流……徐徐飘向村庄，但它们一直在原地踏步，止步不前。冬天，村庄凋零，戈壁和村庄好像没有了明显的界线，每一股风，都像一把刀子，戳心剜肉，人在严严实实的屋子里，屋外的风呼呼呼地吹着，就像豺狼的爪子，撕扯着门板和窗户。春秋之景，则平缓了许多，万物生长，戈壁安宁；百果飘香，戈壁安享……在一座村庄，戈壁是我们必须每天面对的风景，是我们的故土。

对于戈壁，我有着舍不断的情缘。在我的记忆里，戈壁会包容我们的弱小，体谅我们的自私……那时候，我还小，被人欺负了，就悄悄地走向戈壁，走向戈壁深处。在戈壁上，四肢躺平，让眼泪流下来，从眼角一滴滴，落在戈壁上，这个过程神奇地流走了一个人的所有痛苦。记得有一年，我和三个同乡要好的孩子去了戈壁。他们三个中考落榜，只有我考上了师范学校，为了祝贺我、为了安慰他们，我们偷偷地揣了一瓶酒。

戈壁好远啊，我们谁也不说话，一直走，走到村庄没有了影子，走到戈壁仍然无边无际。我们坐了下来，一瓶酒，一人一口，轮流喝，喝到瓶底朝天，我们都有点晕乎了。大家都仰面朝天，还是谁也不说话。我知道，他们三个，如今的命运就是回家种地，因为家里确实不能再供他们上学了，本来他们可以上高中，考大学。但在农村，刚刚能够吃饱肚子，活着就成了第一目标。他们三个明显地有着同命运抗争的不甘，而这时候，戈壁也像一个宽厚的长者，抚摸我们的忧伤。小小的风，略带苦咸滋味，也应和了生活的辛酸。想我们小小的年纪，就要承担男人的压力，不由得突然觉得天高地远。

那天，我们都沉默地返回，一路上，大家都低头寻觅，每个人都背了一大兜子玛瑙和玉石。也许就是从那一刻起，我们都学会了默默地面对生活，面对自己的困境。走过戈壁的人，有着比寻常人更敏锐的觉察力，对过去的审视，对现在的认知，对未来的把握，都可能更加精准。正是这种精准，让我们都锚定了自己的路。

我想说的是，我的那三个同学，一个去了南方打工，已经是个富足的小老板；一个在乡村种植、养殖，也是小康人家；还有一个开矿挖金子，在城里搞房地产……只有我不温不火，上学，教书，做编辑，搞研究，工作变来变去，生活却一直安宁，没有大起大落。这也很好，就像一块戈壁，你看它时，它是那个样子，你三十年后再看它时，它还是那个样子！对于很多人来说，它只是一块戈壁，仅仅是一块戈壁，是吗？

回不去的老宅

一段时间，一直想回家，想着一家人围坐在一起，吃一顿团圆饭，喝一次团圆酒；让母亲做一桌小时候梦寐以求的饭菜，让父亲炸油糕、卤猪头肉……现在，仿佛一切都烟消云散，一切都回不去了。

2022 年，母亲在电话中哭着说，弟弟病了，腰疼，起不了床。我开始认为是简单的腰椎病，休息一段时间就好了，没当回事。过了一个多月，弟弟的病还是没有好转，这时候，我有一种不祥的预感：弟弟的病真的有问题了。

6 月，正是故乡虎口夺粮、酷热难当的时节。小时候，家长在麦地里割麦子，我们小孩子则在大田里捡麦穗，那叫颗粒归仓。现在的故乡，却是一片寂静，除了老人，村庄里的小伙子都去了城里打工，地里的活都是机器播种，机器收割，没有了农事的村庄，总觉得哪儿不对劲。

母亲一直在屋里哭哭啼啼，弟弟躺在大炕上，翻个身都疼得直叫。再疼，也要去医院检查。我们在车后座铺了厚厚的棉被，就带着弟弟去城里的医院了。做了全身检查之后，我们才知道，弟弟得了癌症，而且从颈椎转移到了肝肺。得到这个消息，我一阵眩晕：弟弟的两个孩子还小，父母亲也都老了，需要人照顾。弟弟得了不治之症，真是天都塌下来了。

我极力控制着自己的情绪，不透露半点消息给父母亲，独自带着弟弟去了兰州，再进行复查。在兰州，朋友联系了最好的医院，大夫都说，只能保守治疗，也就是说住院做手术都毫无意义了。弟弟仿佛也明白了什么，说自己一辈子也就这样了，只是孩子让人担心。说完这些，弟弟用期待的眼神看着我。我说，放心，有我在，他们会好好的。

回到老家，是当天的半夜，朋友的房车送我们回去的。朋友是一个阴阳师，在我家门口，他停下来，他说，他不能进去，这院子怪异得很，一年之内，有大事。他拍了拍我的肩膀，让我有所准备。我并没有告诉他我弟弟的病情，他怎么知道？怪力乱神的东西，我从来不信，他说得有鼻子有眼，让我有点敬畏。他说，我家门口的一棵小榆树，断了头，这就是凶兆。我当夜就把这棵小榆树连根挖了，他又说，效果不一定好。

一个月后，弟弟就去世了。我好像经历了一场劫难，但看到父母亲还身体健朗，就多了一份安慰。好在，时间能抹平一切创伤。

大概半年之后的一个夜晚，母亲哭着打电话说，我父亲不行了。我猛然一惊：不是一切都好好的吗？原来，母亲为了不让我挂记，一直陪着父亲养病，即使很严重了，他们也只是去乡镇医院。就这样，小病拖成了大病，当进了市医院的时候，已经没有了治疗的意义。那段时间，父亲在病魔的折磨下，已经骨瘦如柴，我坐在他身边的时候，他说话的气力都已经很微弱。他让我好好照顾母亲和弟弟的孩子，办一个简单的葬礼，请全村的父老乡亲吃一顿，不要收礼，我都答应了。最后，父亲颤巍巍地说：你妈还要在这个村子里活着，需要别人照顾，必须把街坊四邻维护好。听着父亲的遗言，我的眼泪扑簌簌地掉了下来。

一年多时间，两位亲人的离世，几乎让我崩溃。从此，每一次去故乡出差，心里总是充满了无限的伤痛，在曾经经历过无数欢乐的小院里，满脑子都是父亲和弟弟的身影，满耳朵都是他们痛苦的呻吟。有一次，我陪着母亲聊到半夜，母亲休息了，我仍然无法入眠，一个人披衣而起，在院落四周转悠，我突然间意识到，这间老宅，我已经回不来了！它属于一代人的记忆，储满了我们的幸福，也深深地触发我们的伤痛！

多坝沟

有人说，多坝沟是一条沟，但在我的记忆里，它却是一片戈壁，一片光秃秃的戈壁。很小的时候，我就去过，不记得走过多远的路，走着走着，睡着了；走着走着，又醒来了。就这样睡了醒，醒了睡，几拨之后，到了多坝沟。那是个冬天，风，呼呼地吹着，仿佛要把戈壁连根拔起。但戈壁一直都在，一直都荒凉着，任风如何吹，也只吹走了它的细碎的石子，前面的风吹走了，后面的风又吹来了，所以那些石子，也是一会儿到这儿，一会儿到那儿，说不上哪儿是哪儿的。

一下车，我就仿佛到了一个绝境之地，因为这里没有房子，没有草，只有一条溪流。只有一条溪流的地方，就可以养活人吗？别的地方，任其荒芜都没什么，可是这个叫作多坝沟的地方，必须要好，要好得像童话故事。可现在，它压根儿没有一点儿好，要是硬说有一点儿好，就是这条小小的溪流。我为表姐难过，因为表姐要在这儿生活，表姐要把自己交给这个地方，这可不是开玩笑。

就一辆大卡车，人们陆续下了车，走进了地下的房子，后来我才知道，这里风大，一年四季常常刮风，挖地窝子是最好的居住方式。但这里一片荒凉，住在这儿又能干啥呢？

人们都在地窝子忙碌着，似乎在准备吃喝，我一个人在戈壁上站立着，看着四周的风景，连个捉迷藏的地方都没有，住在这里的人该多寂寞啊！

想着表姐未来的生活，就觉得自己也没有了方向，在戈壁上漫无目的地转悠，无可奈何地跺脚，就这一跺脚，却引来了人们的呼喊：谁呀？我赶紧跑。原来，这戈壁下面，住着人。看来，这一大片戈壁，住着不少人呢。

表姐嫁过来的时候，就哭哭啼啼的，大家都说是大喜的日子，表姐却哭得更厉害了。后来我才知道，表姐并不满意这门亲事，主要是因为表姐夫是个给牲畜看病的兽医，是个公家人，家里才决定把表姐嫁到这么远的地方。家里人说，他们家的羊群在多坝沟，表姐夫的工作在公社，所以只能住在多坝沟，以后，表姐夫调进城里，表姐自然就是城里人了。回来的路上，一家人都喜笑颜开，只有我怨恨那个叫多坝沟的地方，竟然没有一点点绿色。

后来，这个多坝沟越来越有名了，有名的原因是这里有大片大片的胡杨林，溪流在这里汇集成小小的水面，胡杨秋色倒影其中，再加上彩色的山崖，风光绝美。

因为表姐后来的遭遇，这个多坝沟，早在我的心里，有了抹不去的阴影。在一个暴风雪肆虐的夜晚，表姐夫去一个牧场解救一头难产的母牛，要知道那个年月，母牛堪称是一个牧场的顶梁柱，有了肥硕的母牛，就有了一个个牛崽，就有了牧场的未来。就在那个夜晚，表姐夫失踪了，几天之后才找到，找到时人已经冻僵了。表姐年纪轻轻的，就成了寡妇，这个名叫多坝沟的地方，也成了她一生的痛。

后来，朋友盛情邀请，我又去了多坝沟。其实道路并不漫长，一个多小时就到了。朋友听了我的故事后，说多坝沟大了去了，我去过的多坝沟是多坝沟的沟口，往深处走，就有了山谷，就有了胡杨林。

那天，从不喝酒的我，喝了好多酒。我真的想把自己灌醉，醉了，就不会想起那些伤心的往事，但不行，越是喝得多，那些事情越是往脑子里涌，最后满脑子都是那些事情。朋友们吃着羊肉，喝着酒，唱着歌，突然间看我满脸泪水，都不知道怎么安慰我。

我说，没事，我只想一个人静静。

后来我再也没有去过多坝沟，它的胡杨，它的山脉，它的溪水……它好过千重的美景，对我来说，都是表姐忧伤的神情。

桥子一带

我一直不明白，桥子这个地名的含义。一开始，觉得可能是这个地方桥多，桥多了，桥也就有了辈分，有些是桥爷，有些是桥爸，当然也就有桥子桥孙了。

相比整个瓜州绿洲，它是一个小盆地，祁连山上的冰雪一点点融化，有的汇入山谷，成为震荡天地的河流；更多的则渗入石罅，从黑暗的地下穿越整个山前戈壁，在最低洼的地方喷涌而出。这些黑暗中的水，在这里找到了释放点。

水来了，冲开了盐碱地上的盐碱，这些盐碱随着水汽飘在半空中，让人一刻不停地提醒自己：这是一块盐碱地。一块盐碱地能做什么呢？种庄稼？不行！你看，耐盐碱的植物，努力地生长着，脸都涨得通红。那是身体里的盐碱，沸腾了血管里的血。

但这里还是长满了柳树、芦苇，还种了玉米，庄稼的中心，是一座村庄。因为常常去锁阳城，也因此常常路过村庄，毗邻景区，大道旁有一个小饭馆，老板娘做得一手好吃的拉条子，过路的人都愿意停下来，炒几个菜，下一碗面，吃饱了，吃舒服了，再去附近的锁阳城。看着这座村庄安宁、淳朴、空气清新，就想着这里也是一块人这一辈子可以停下来的地方。房前屋后，老乡们种了果树，果树下是菜地，茄子、辣子、西红柿、豆角……每次吃完饭，我都会在小院前坐坐，让略带咸味的风吹吹。一次，一个老人说：你喜欢这里吧？

不远处有一院房子，一千块就给你，收拾一下就能住人。说者无意，听者动心。我真的去看了看，那院子不错，除了一堵墙被潮水泡倒，其他的都无可挑剔。但真正把它拾掇好，还得费不少劲。再说了，一个人驱车几百公里到这儿住几天，那必须是有闲有钱有情趣的阶层，像我这样一天天忙得昏天黑地的，这样的院子，也只能是偶尔来看看，闲置是肯定的。房子闲置久了，水汽这么大的地方，掉泥皮、铺盖发霉、家具腐烂是分分钟的事；万一哪一天潮水蹿进来，房子就淹了。

但我还是在院子坐了好久，就像曾经在院子里生活过一样，那种安心，与生俱来。当我跨出院门的那一刻，突然间好像遇见了一个熟人，忍不住回头，却什么都没有。

村庄的四周是草地，也就是西北常见的盐碱地，草植疏密不一，大批的毛驴吃过之后，羊再去吃，生生不息，养育着这里的人们。毛驴散布在草滩上，远处的柳树、中间的芦苇，近处的毛驴，溪水曲曲弯弯，在阳光下熠熠生辉，这景致也是少见。

村上的老人说，毛驴好养，驴皮可以做阿胶，肉可以做驴肉黄面，敦煌酒泉一带来收驴的贩子一波接一波地来，把驴价挑高了。

桥子，也没有多少桥。人们在潮湿的地方，水汪汪的地方，放几块石头垫脚，走在石头上的人摇摇摆摆，但他们有惊无险地就窜过去了。就是这些石头，把一座村庄，延伸到了很远很远的地方！

昌　马

与马有关的地名，绝对有马的气质。逼仄而精致的植物园，与马无关。而辽阔的大野，长风一吹而过，没有任何阻拦，随后，马就诞生了。

在去昌马的路上，我想象着一匹马、一群马呼啸而来、呼啸而去的身影，精气神也聚在了一起，像是身体里多了一匹马，搅得热血沸腾！

果不其然，走进一条峡谷，逼仄的山道让人有一种想夺路而出的紧迫感，而随即出现的疏勒河，又让人为之一震，那清凌凌的河水，在道路的正面蜿蜒西去，一河的阳光闪闪而来，颇为壮观。溯源而上，奔腾的流水被一座大坝截住，平缓的水面像硕大的镜子，映照了两山之间的蓝天白云。这时候，一条道路拐向正南，雪山的远景上，是一片村庄。

哪儿是昌马呢？

茂密的柳树、榆树、白杨树，把整个呈喇叭形敞开的山口，捂了个严严实实，除了几缕炊烟缠绕在树梢，看不出人在哪儿，人的住所在哪儿。一条窄窄的道路，还是穿过了密林，道路之所以窄小，是因为林木间的所有空间，都被杂草所充斥，根本没有立锥之地。

哪儿是昌马呢？

村庄在这儿，并不是想象中的集体农庄，而是零零散散的被树木包围的四合院，这时候的树木明显地低矮，基本上都是一些经济林，像苹果树、梨树、枣树、杏树、桃树等等，我去的时候，正是秋天，是苹果、桃子、梨成熟的季节，家家户户的果园里，树枝上都缀满了果实，树下，也是腐烂的果子……人们忙着收割苞谷，没时间采摘，只好烂在地里。我们摘了一些梨和苹果，真是味道好极了，又甜又脆，就索性摘了一大包，老大娘说什么也不要钱，说我们这么远来了，吃点水果不算啥，还要请我们去家里吃午饭。我们只好把车上的几瓶酒和几盒面包送给了老大娘。与城市相隔上百里，但人情却浓得像蜜，让人唏嘘不已。如今这样的地方已经不多见了，这样的淳朴堪比金子。

马在哪儿呢？

更远的地方，还是疏勒河，它从南部祁连山奔腾而下，在这片平原上，明显地舒缓了下来，水面上蒸腾着雾气，雾气又弥漫开来，罩住了一望无际的草地。羊倒是有很多，一群一群，也有牛和毛驴，就是没有看见马。牧羊人说，如今，马已经没了用场，而且不好养。羊却是十分实用，可以自己宰杀，也可以随时卖钱；驴就更不用说了，饲养成本低，也好侍弄，尤其驴肉，已经是河西走廊餐饮的香饽饽，敦煌的驴肉黄面闻名四海，养驴就成了河西一带农民的首选。

水源充足，牧草茂盛，是所谓的草肥水美，西汉时，就有了昌马这个地名，是帝国豢养军马的隐秘之地。你看它四面环山，土地肥沃，水源充足，冬暖夏凉，俨然是一个世外桃源。到哪儿找这么好的一个牧马之地。

也有传说，这是唐代名将樊梨花养马的地方；还有说是薛仁贵养马的地方，总之，昌马，昌马，马之昌盛之地。

河西的角角落落我都去过，唯独对于昌马，一直有着放不下的留恋，一直还想再去一次，去了又想去。你说，它像不像一个不动声色的恋人，自然而然地吸引着你？

野麻湾一带

2018 年，我用了一个多月的时间，在乡下搞文化调查。以前一直说，没有调查就没有发言权。2017 年，从文化部门到文物部门工作，工作内容有很大的不同，需要学习，学习的方式，除了读书，最重要的就是深入一线，进行调查研究。学习自不必说，但调查研究就疏忽了，除了例行的检查，很少专门就某个问题一点点深入下去，后来深入下去了，就觉得受益无穷。

常常路过酒钢紫轩酒业的葡萄园，长城穿越葡萄园向东北方向蜿蜒而去，其中不乏墙体、墩台、城堡……而在悬壁长城向东北一线，也有墩台、城堡。一个方向，建有两道防御体系，其作用和奥妙在哪里？常常为此产生疑问。

翻阅了很多资料，走了几趟这些墙体、墩台、城堡之后，有了更加清晰的答案：明代嘉峪关关城修筑后，为形成比较完善的防御体系，有效地进行防御，除分路建有长城烽墩外，又在一些比较重要地点建筑城堡驻军戍守，其中就包括嘉峪关东北的野麻湾、新城堡。所有堡城的分布大体有两路：一路沿长城沿线排列，多筑于城墙内。另一路则分布于靠近祁连山的险要隘口。这些堡城有的只在本堡执行防卫任务，有的还分管附近的长城和一定数量的烽燧，执行防卫任务。

从小生活在农村，到了农村，就像回到了根据地。跟着村上的非物质文化遗产传承人，一起走进田野，踏访墩堡遗址，也是趣味横生。当我们来到新城堡，残垣断壁下的空空落落，杂草中的风去风来，都表达着一种对往昔失去的不甘。新城堡距离村庄不远，就在新城镇新城村第一居民组东侧，这个地方在嘉峪关的东北方向，距离嘉峪关大约35公里。其实，要了解嘉峪关和嘉峪关长城，有四本书必看。首先是《肃镇华夷志》，又称《肃镇志》，作者是明代李应魁。这是一本记录甘肃肃州地区（相当于今酒泉市全境和张掖市的一部分）经济、军事、文化、自然风貌和民风习俗的志书，具有宝贵的历史价值。其次是《秦边纪略》，作者梁份是清代著名学者，一生曾三次考察西北，走遍了河西走廊的角角落落。他十分注重实地堪舆，从不将道听途说入书，他所著的《秦边纪略》是典型而实用的西北国防地理著作，被学界称为17世纪中国地理学的一项重要成就。再次，就是黄文炜和沈青崖编撰的《肃州新志》和《重修肃州新志》。嘉峪关古属肃州区域，嘉峪关和嘉峪关的防御体系建于明代，《肃州新志》和《重修肃州新志》记录得最全，也最真实，是可靠的第一手资料。

《肃镇华夷志》云："新城，设在临边平川中地，土城周围二百一十五丈。东至两山口堡三十里，西至野麻湾堡二十里，南至肃州三十里，北近边。内设防守官一员，军丁二百一十九名，马一百三十四匹，屯田三十七顷一十四亩三分零，屯科粮一百八十二石七斗零，草二千七百九十二束，盐一千引。腹里沿边墩台一十八座，境外墩台一十三座。所管边一截，东至两山口界起，西至野麻湾界止，共长三十里。贼由水头二处，钵和寺湖尾，离堡二百里，至肃二百三十里，系海套诸虏往来聚结之处，经由要路。"又云："新城堡，城北三十里，亦冲要之地，先年内无居民，止西番住牧。嘉靖二十八年，同古城等堡展筑城垣，设添官军，近来虏扰虽未尽息，而较之先年，则地可以耕，迤西耕牧者恃以无恐焉。"《重修肃州新志·西陲纪略·拾遗补录》详细记载了口外蒙古驻牧新城堡的情况："北边一带往来游牧，住歇于新城水头者，曰把都儿台吉。又有曰色各长素台吉，曰古木素台吉，曰桑格思巴台吉，有曰额力刻绰儿台吉，有曰答力汉绰儿台吉，曰倒色郎楞台吉，曰阿要台吉，曰答里吴麻把什台吉，曰浑都鲁台吉，曰满吉大台吉，曰额吝庆台吉，曰胡隆木石台吉，曰拨讨台吉，曰额亦得尼合首气台吉。以上肃州口外各蒙古，皆额鲁特之分派。自罗卜藏丹津叛后，俱令移徙族帐于苦苦脑儿，西宁夷情大人管辖。"

细细品味一座城堡，必须深入它的肌理，作一次解剖式的旅行。新城堡用黄土夯筑而成，堡高 10 米，墙头筑有巡墙。所谓的巡墙，就是城墙上有可供戍守者走动巡逻的步道。堡内西北角有一台阶式漫道，可直达墙头。紧靠西墙外筑墩台一座，略高于堡墙。堡内原建有上帝庙、圣母庙、关帝庙三座。因卑湿颓废，康熙四十年（1701 年），移建堡外西南，今已无存。在紧靠西墙外的墩台上，曾修三官庙，此庙已于民国时拆除，堡内有泉一眼，亦于民国时干涸。堡城南墙拐角筑有驻守的兵营。此堡遗迹现存无几，只有残墙长 85 米，高 5 米左右，厚 1.5 米左右，夯土层 15 厘米。堡西 300 多米处，曾修一屯庄，墙高 8 米，厚 3 米，墙头有土坯砌筑的巡墙，转台用木头搭成，此屯庄供屯田士兵住用。现已无存。

堡外二里多的长城上修一暗门墩，为出入长城的门户。所谓“暗门”，顾名思义，就是伪装隐藏起来、不公开的门。其所以设置乃是攻防需要。长城的门洞就其规模而言，可以分为三类，其中较大型的是“关”，属于古代连通塞外与内地的重要地理门户，一般设有重兵屯集防守，最小的即为“暗门”。

这种“暗门”常修在战略位置重要且不易被敌人发现的隐蔽之处，其建筑形制也大小高低不同。一般分为两种，一种是敞口式的，即不砌拱，还有一种是拱券式的。主要目的应该就是便于哨探出入，守城者也可以利用暗门组织偷袭。和平时期，长城内外的人们还可以通过暗门进行以物易物的贸易活动。

通过沿途的勘查，我们真切地体会到了，作为肃州北长城西端的一个要塞，地理形势扼守津要，因而，新城堡向来驻军设防。《重修肃州新志》载：新城堡原有骑兵 300 名，步兵 100 名，到万历末年，有马、步兵共 219 名。到清代“新城堡把总一员，马战兵十一名，守兵三十九名，官马二匹，兵马十一匹”。

野麻湾堡位于嘉峪关市新城镇野麻湾村第一居民组。野麻湾堡地处要塞，是关东防务要地之一。

《肃镇华夷志》载：“野麻湾，设在临边平川，系海套诸酋住歇过路极冲要地。土城周围一百四十丈，东至新城二十里，西至嘉峪关五十里，南至肃城五十里，北近边墙。内设防守官一员，军丁一百三十名，马一百匹，有贼由大路四道，节年鞑虏由此入犯，故建此堡。”又云：“野麻湾营，城西北六十里，嘉峪、新城之中，边常沙壅，虏窥易犯，冲要之地，实可耕稼。万历四十四年，兵备内江李应魁、参将湟中祁秉忠，议呈巡抚祁光宗筑堡，添设防守兵马。”

城堡为黄土夯筑而成，周围长 476 米，西北窄，东南宽，呈长方形，遗址西北两面城墙保存较完整，东南两面墙残损严重。堡城墙残高 9.9 米，底厚 7.7 米，顶宽 2.8 ～ 3.8 米，城墙上设有宇墙，高宽各 0.9 米，夯土层 14 ～ 17 厘米。在东墙外有瓮城遗迹，长 13.4 米，有 5.7 米的缺口。东墙内北侧有一斜坡马道，印迹高 7.4 米，长 17 米，上宽 2 米，西墙内侧有同样高度的木梯马道。堡内原有仓库、住房、堡楼、角楼、敌楼等，现已无存。

堡城西墙外侧有贴墙墩台一座，称野麻湾墩。墩台与堡城墙同高，为方锥体，底长 23.3 米，宽 11.3 米，上宽、长均为 12 米。墩上有垛，垛高 2.4 米，宽 5.4 米，垛口深 0.6 米，宽 0.55 米。《肃镇华夷志》：“野麻湾墩，离城六十里，在新城堡西北，地虽冲要，实可种稼，恐被虏侵，今建堡。”这就是说先有野麻湾墩，后建野麻湾堡。

堡东 12.2 米处原设一炮台。堡北原有庙院。庙院距堡 10 米左右，坐北向南，占地约 5 亩，上殿为龙王庙，殿后为三官庙、马王庙、雷祖庙，庙院内还有娘娘庙，并辟有大小山门。《重修肃州新志》载：“马王庙，在野麻湾堡。康熙间重修。”“关圣庙，在野麻湾堡北。”这就是说在野麻湾堡北庙院尚有关帝庙。所有庙宇今皆不存。

堡南一里有校场一处，占地 105 亩，中间筑墩台，南侧有照壁，并有马道。

野麻湾堡附近，水源充足，地域广阔，适宜耕种。清末以后，堡内曾有居民，还有学校。民国后，堡内曾建有铁工场。

野麻湾建堡后，一直设防，派兵驻戍。明代马步兵 130 名。清康熙三十年（1691 年），野麻湾堡设把总一员，马步兵 11 名，守兵 39 名。

野麻湾为什么叫野麻湾？在文化调查中，我有了新的收获。

已经是中午，在王战朝老人的家中，不仅吃到了传统美食“猴子顶砖”，而且听到了一些新的故事传说，因为这次文化资源调查的重点内容就是进一步补充和完善嘉峪关故事传说。

王战朝老人是嘉峪关地名文化的活字典，当我问起野麻湾中的野麻是一种什么样的植物时，老人说，野麻就是罗布麻。这让我为之一振。

罗布麻又名“野麻”“野茶”“茶叶花”“红花草”“红柳子”“泽漆麻”等，主要生长在沙漠盐碱地或河岸、山沟、山坡的沙质地上，在我国北方大多数省份都有生长，新疆沙漠地区的罗布麻品质最佳。自古以来，罗布麻就被国人誉为“仙草”。

20 世纪 80 年代中国药学会召开的全国抗衰老药物研讨会上，就罗布麻叶的研究进行了学术交流。根据相关单位的临床试验研究和文献资料证明，罗布麻叶含有大量黄酮、三萜、有机酸、氨基酸等化学成分，进一步研究黄酮化学结构系槲皮素和异槲皮素甙，其药理作用有降血压、降血脂、增加冠状动脉流量，对高血压、高血脂有较好的疗效，尤其对头晕症状、改善睡眠质量有明显效果，同时具有增强免疫、预防感冒、平喘止咳、消除抑郁、活血养颜、解酒护肝、降解烟毒、软化血管、通便利尿等功效。

罗布麻是一种稀有的野生植物，罗布麻茎皮是一种良好的纤维原料，纤维细而长，是一种比较理想的天然纺织原料，故被誉为“野生纤维之王”。用罗布麻纤维精加工纺织而成的服装具有透气性好、吸湿性强、柔软、抑菌、冬暖夏凉等特点。穿着大方、新颖、潇洒，且易洗涤、熨烫。

罗布麻性微寒，味苦甘，能清热降火，平肝息风，主治头痛、眩晕、失眠等症；叶含罗布麻苷，具有强心作用，制成罗布麻茶、罗布麻药片和罗布麻烟等可治疗高血压等症。

新疆和敦煌已经以罗布麻的花和叶为主要原料，以传统制茶工艺制成了罗布麻茶，产品既保持了罗布麻天然的调节血压、延缓衰老的保健功能，又有自然清香的口感，是天然的保健品，无任何毒副作用和不良反应，适合中老年作为保健饮品长期饮用。

王战朝老人说，嘉峪关新城草湖，到处都有罗布麻，量很大，资源丰富，我突然脑子一闪：既然有这么好的资源，为什么不开发呢？

我翻开嘉峪关故事传说中《野麻湾的传说》：

在嘉峪关北边，有个叫野麻湾堡的地方。很久很久以前，这一带水草茂密，是一个风光如画的草原。 草原上，驼肥马壮，牛羊成群。其中有匹金马驹，长得可俊啦！浑身金粟般的毛色，闪闪发亮，分外惹人喜爱。

那时，野麻湾堡是镇守肃州长城的一个重要关口，驻有把总，带兵百人，方圆几里的地方都归他管理。那个把总贪得无厌，成天吃喝玩乐，不务正业。这天晚上，他从外边饮酒归来，只见眼前金光一闪，猛地跳出了个金马驹。把总这下可高兴坏了！他刚伸手要把金马驹抓住，哪知手还没触到金马驹的尾巴，便被金马驹一尥蹶子，踢脱了下巴，疼得直叫唤。当人们闻声赶来时，那金马驹早已跑得无影无踪了。

把总不死心，第二天立即派出了几十个士兵，到各处去询查金马驹的下落。没出三天，有人还真的在堡子西边的草滩上看见了金马驹。把总听说后，喜得两眼眯成了一条缝，他心里暗自琢磨，只要我把这宝驹献给圣上，圣上不赏我个尚书当当，也得赐我个巡按干干！想到这里，他马上对亲信说："传我的令，今晚把队伍埋伏在草滩周围，给我千方百计逮住这个金马驹，谁要走漏了风声，我就砍掉他的脑袋！"

塞上的夜晚，月儿格外清亮。围在草滩四周的官兵正在等待，只见金光一闪，一匹金马驹跳进了草滩。把总立即狼嗥般地吼道："快！快！快给我逮住金马驹！"

从四面八方围过来的官兵，已团团围到金马驹身边，这时，只见金光一闪，金马驹冲出重围，一瞬间，已把拼命追赶的官兵远远甩在身后。

当官兵们追赶到二分海子的时候，金马驹已在水中自由自在地游来游去，好像有意戏弄官兵似的。金马驹一会儿浮出水面，一会儿又潜入水底。正在官兵们无可奈何之际，只见一道金光冲天而起，一眨眼，金马驹便在半空中消失得无影无踪了。"四面碧草飞野马，一潭云影幻游龙"，也许就是据此写成的。

那么，野麻湾一带为什么会有金马驹出没？官兵为什么捉不住金马驹？金马驹为什么会腾云驾雾？原来这里有一种野草叫野麻，是金马驹最喜欢吃的饲料。有人说，金马驹吃了罗布麻，神清气爽，一下子就飞了起来。

野麻有如此神奇的功效，而且这个故事还是甘肃省级非物质文化遗产项目，有产品，有故事，万事俱备只欠东风。于是我找了一家文化公司，先是考察新城草湖和野麻湾一带的罗布麻的生长情况，然后联系加工厂家，两个月之内，产品设计包装就完成了，形成了小罐茶和普通铁盒茶两大类四个品种，受到了市场的好评，也荣获了嘉峪关市文创产品奖。

王战朝老人的美食“猴子顶砖”也在新城文化集市上得到推广，受到食客追捧。

新城乡野麻湾村北面的戈壁滩上，有一座废弃的古城堡，人们叫它十营庄子。

车过野麻，径直向北，拐下公路，十营庄子就到了。那些残垣断壁，仿佛堆积了千年的寂寞，给人以一种难以排解的忧郁。一步步走近它，就像面对一个孤独的老人，它一言不发，静静地坐在一片荒芜中，沉溺于无限的回忆之中。

城堡为黄土夯筑，轮廓还较完整，遗址周长 299.8 米，堡墙东、南、北三面各长 84 米，西墙长 67.8 米，南墙正中开一豁口，宽 5.8 米，墙高 6.5 米、宽 2.5 米。庄子四周有一道护城沟。庄子内已无房屋遗迹。

可以想象，如此庞大的城堡，在它兴盛的时候，有多少车马从这里通过？有多少戍卒在这里防守？加之北部的山峦上，还有一座烽火台，在这座烽火台上，望之四达，北部大漠尽收眼底，山麓下的城堡也如囊中探物。可见，城堡的守卫是多么的严谨，城堡的重要地位不言而喻。

风滚草、芨芨草、骆驼刺遍布堡内，城堡西面的戈壁滩上，还有几座坟堆，愈发让人觉得凄凉。

十营庄子，亦称其为“膏油庄子”或“石油庄子”，也有称之为“寺营庄子”的，后来因为口音之误，叫成了十营庄子。因为，十营庄子修筑在古代自酒泉沿新城一带，经野麻湾到石关峡去西域的大道旁，扼守嘉峪关北部的重要通道，军事形势紧张的时候，它是关隘要塞，闲杂人等不能通过。清代以来，边防渐废，驻兵城堡被利用，十营庄子又成为一个车马店性质的居所。南来北往的商胡都要在这里歇息，补充粮草，包括马车的维护、轮辐的润滑等等，所以，又有了“膏油庄子”或“石油庄子”的说法。

专家认为“十营庄子”为明以前的小钵和寺。这是因为，这座城堡外形保存较为完整，坐北向南，单开一门，门外有会城遗迹，墙体很厚，上部有女墙痕迹，应是一座驻兵城堡。《重修肃州新志关隘》中记载：“小钵和寺：在新城堡西三十五里。钵和寺有湖，在堡西北百里。山口有榆树泉，可以饮马。”根据上述记载，十营庄子比较相符。现实来看，从新城镇到小钵和寺正好35里。

小钵和寺虽称为“寺”，但记在关隘条中，并且前面记载着卯来泉堡、野麻湾堡、新城堡，其后紧记两山口堡、下古城堡等。由此而见，它是明代前期的军事防御建筑。“钵和寺有湖，在堡西北百里。”“堡”应指新城堡。堡西北百里的湖，从现今的情况来看，今玉门市花海乡境内的花海湖，方位正对，但要超过100里。

小钵和寺后为一山岗，其上东西向排列着七座烽火台。《重修肃州新志》“烽堠”条中记述：“钵和寺东墩：去泛沙泉西一十五里，离城五十里。”又“董家沟墩：在钵和寺东墩之西”。“钵和寺后墩：在董家沟西，离城五十五里。”其后记述着“钵和寺西墩”。泛沙泉今天仍能找到遗迹，泛沙泉墩，即所谓的“李陵碑”。上述四墩又都记述在泛沙泉墩之后，并且与现实环境和现存墩台极为符合，城墩后面山岗上与城堡正对筑有一墩，相距仅百米左右，应该就是“钵和寺后墩”。

由此可见，小钵和寺是一座在嘉峪关防御体系中十分重要的军事古堡。当时，丝绸之路从新城草湖到石关峡东西通行，草湖有大量的泉水和茂密的青草。河西归汉之后，嘉峪关的防卫成为中原王朝的重中之重，所谓酒泉不保，则河西不保，河西不保，则中原危机。汉王朝从黄河以西到酒泉修筑了令居塞，又从酒泉把长城修到了罗布泊，强化了嘉峪关和嘉峪关以西的防御。而从悬壁长城，至十营庄子，至新城草湖之北，至花城湖抵达酒泉，都有构筑的烽燧和长城，如今这些遗址还隐约可见。

有数万商旅在这条道路上往来，优越的自然条件，使小钵和寺成为商旅使者补充草料、歇息休整的绝佳之地。有资料说，小钵和寺地处古代丝绸之路的交通要道，保卫丝绸之路的安全和畅通，一点儿都不为过。

至此，我们可以看出，嘉峪关防御工程，以关城为中心，整个防御体系，由与之相连接的长城、壕沟、城台，以及周围的10个堡城（关南的红泉堡、卯来泉堡、塔尔湾堡，关东北的新城堡、野麻湾堡和十营庄子，关西的双井子堡，北关的石关峡堡和黄草营盘，关东的安远寨）和80余座烽燧组成。《肃州新志》中记载："每大堡设屯长一人，屯副一人，小堡只设屯长一人。冬操夏种，舍余无事则耕，有事则战。贼寡则用本堡之兵，贼多则近堡合力各大城兵相机应援。"《嘉峪关志》记载：嘉峪关北长城自嘉峪关外城东北角的闸门墩起，以山为屏障呈西北走向，沿"九沟十八坡"具体的防御地段向北伸展，穿过戈壁滩，到石关峡东侧，进入黄草营村，继续向西北延伸，至黑山石峡口北侧山腰，长约8.2公里，封锁了黑山东坡诸沟。其中经过嘉峪关村七组和路口、农田的一些地方有断缺，断缺约1610米，现存墙高0.5～4.02米不等，底厚2.6米，上宽2米。

小钵和寺，山河形胜，宜于驻兵，就因地制宜，在原有的基础上，形成了规模较大的军事堡垒。这里曾与嘉峪关关城一起，共同作为守卫河西走廊、保卫酒泉的前沿防线。

踏查十营庄子，城池前有一道深5米许的壕沟，这是典型的城壕。城的北侧有一条溪流，春秋两季，会有淙淙的水流，紫色的红柳丛和许多无名的杂草竞相生长。

穿梭在寂寥的残垣中，落日继续下坠，那红与橙，已被天际遮蔽成青紫，忽地就变为灰黑。夜幕张开，天空变作星空，漆蓝的幕布上缀满群星。我仿佛看见，一群人风尘仆仆，埋锅造饭，他们的车马整齐地排列在十营庄子前面的空地上，货物堆成了一座小山丘。篝火熊熊，疲惫的人们跳舞、歌唱，欢乐的气息弥漫了整个十营庄子，就像回到了期盼已久的故乡。

还有一座屯庄，应该说，它也是长城防御的有效组成部分，位于新城镇横沟村第二居民组，为当时官庄，呈方形，占地约40亩。屯庄分内城和瓮城，内城有住房、库房等建筑。庄墙高6.6米，底阔6米，庄门朝南开。屯庄基础为明代嘉靖年间（1522—1566年）所筑，清代有所续建。墙体为黄土夯筑，夯层 14 厘米。屯庄已颓毁殆尽，现只存有部分残墙遗迹。它的名字叫横沟屯庄。

嘉峪关地域自古以来便是兵家要地。从西汉到明初建关前，常利用石关峡天然险隘及其附近地域作为出兵要塞和运兵孔道。与其邻近的酒泉、赤金等地更是交兵争锋的用武之地。明洪武五年（1372 年）征西将军冯胜决定建嘉峪关以界华夷，成为极边之地。

走遍雄关大地，我们会渐渐地在心里描绘出长城的图景：明代嘉峪关周围长城主要有三段，一为嘉峪关关南、关北长城，从讨赖河峡谷北岸经关城至黑山石峡口北侧山腰，全长约 15 公里；二为嘉峪关东长城，从关北长城新腰墩起，沿东北方向经野麻湾向东至新城堡中沟与肃州北长城相接，全长约 37 里；三为西起野麻湾经新城、两山口、明沙窝至下古城的北长城，全长约 35 公里。嘉峪关南北长城是以嘉峪关关城为中心，南连讨赖河北岸，北达石峡口山腰，弧口向西的弧状城墙。随着弧口延伸，嘉峪关南边塞越过讨赖河，逾文殊山进入祁连山区，沿讨赖河，因河为塞，又铲削山崖为障垦南偏西方向延伸到卯来泉堡西南的肠子沟红泉墩、红泉堡而止，全长约 45 公里。嘉峪关北边塞经石关儿口向外延伸，西北至榆树泉墩、回回墓墩、上柏杨林墩、下柏杨林墩、骗马城墩等，接近赤斤蒙古卫地。

嘉峪关东长城出断山口可与玉门花海子、金塔西部地联系。明朝如此设计修筑嘉峪关南北长城在其延伸线上建堡、营、烽燧，目的无疑在于封闭整个河西走廊西部，以利防御戎夷对河西的扰掠。嘉峪关各长城及其延伸线上，先后建了不少城堡，作为嘉峪关防线上的重要组成部分。主要有：筑于长城沿线的野麻湾堡、新城堡、石关儿营、黄草营盘、钵和寺、双井子堡、骟马城等；也有建在靠近祁连山险要隘口的城堡，如塔儿湾堡、金佛寺堡、卯来泉堡、红泉堡和一些村庄所建的屯庄和营寨，如安远寨、横沟屯庄、十营庄子等。以关城为中心，再加以长城沿线和险要隘口，紧要地段所建的堡城、营、寨都有兵马驻守，大大增强了嘉峪关的防御能力。

除长城、关城、营、堡之外，凡能利用的险要关隘、峡谷、桥梁都被用为防御设施。

嘉峪关地域南、北、西皆有山，其中险要隘口关系域内安危，恰当利用，亦可用为藩屏，维护关内安全。

关东北烽燧从关西北的石关峡到肃州两山口，沿断山（俗称“北山”）从西向东，经过今新城镇泥沟村进入金塔县界，然后离开断山，到酒泉两山口。此路烽燧，位于嘉峪关东长城和肃州北长城外的山梁上，作为野麻湾堡、新城堡的外路烽燧。据《肃镇华夷志》载，有墩台数十处：有北边墙头墩、北二墩、边山墩、断山口墩、野麻湾后墩、狼心窝墩等。嘉峪关东长城、烽燧及野麻湾堡、新城堡、十营庄子、横沟屯庄、钵和寺营等组成了嘉峪关东北部防线。

只有一次次用脚步丈量，我们才能有一个整体的长城防御概念，由此我们可以给出一个答案：明代甘肃镇、肃州卫辖下的嘉峪关的防御体系可称得上是全方位的综合防御体系。尽管战争兵燹经常笼罩着嘉峪关、肃州地域，但由于嘉峪关防御体系严密，朝廷和甘肃镇重视嘉峪关防御体系建设，并不断完善，较好地担负了河西锁钥保障的作用，使河西长期地保持相对稳定的局面，保证河西地区得到进一步的开发，并使河西成为明代多民族相互交往、友好相处的主要场所，促进了各民族间的融合。

苍天下的游牧者

一块云聚集，雨降下，人们就得以活命；当云散了，没有雨，人畜都得死。这里没有四季变化，没有枯荣交替，但却有一片空寂的原野。

这是草原，水就是生命。这抑或就是戈壁和沙漠，水就是一切！

牧人总是抬头看天，看天上的云，看哪一片云里有雨；看山顶上的雪，看阳光一点点落在雪峰上，然后顺着山谷流下来。

在人们的想象中，游牧人群逐水草而居，过着自由不拘的生活。“风吹草低见牛羊”“无边绿翠凭羊牧”……碧草、蓝天、鲜花、溪流……无数的诗句，把草原描绘得无比浪漫。然而，真正的草原，却充满了白毛风、干旱、瘟疫和病痛，并不都是美酒和歌舞。人类学所见的游牧社会首先强调这是人类利用边缘、不稳定自然资源的一种经济、社会生态体系——生活中处处充满危机和不确定，毫无浪漫而言。在这样的漫长的无边无际的生活之路上，陪伴着大量牛羊的牧人，轻轻拍拍身上的冰雪和风尘，在驻牧地美美地吃一顿，美美地睡一觉，就又开始了第二天的游牧或者转场，他们毫不犹豫地和草原上最富有诗意的事物站在一起，学着微风轻抚鲜花的样子舞蹈，学着鸟儿的鸣啭、黑熊的长啸，纵情歌唱，学着溪流的穿梭和草籽爆裂的声音，拉响弦子……

广阔的草原，凌乱的砾石，磨破了多少双牛皮靴子、羊皮鞋子和牛毛、羊毛缝制的毡窝窝。埋掉了多少羊骨头、牛骨头、马骨头和牧人的骨头，但只要有春天，只要日出日落，他们就奔波在草原上，他们就在帐篷前穿好节日的盛装，为朋友祝福，为岁月加冕。

所有的牧人，都是草原的天可汗！

陌生的地方，都是异域。你不知道那些草，从河谷蔓延到了哪里？你不知道那些泉水，流啊流啊流到了哪里？你不知道，山顶上的风，带来了多少雪？吹破过多少帐篷？

精致的农耕，因为固定的节令，都像口诀一样规范了下种、收割的日期，各种农具的使用，灌溉设施的齐备，都为耕种提供了有预期的收获，因而人们的生活节奏是农耕地带的自然节奏，和风细雨，晨钟暮鼓，日出而作日落而息，炊烟袅袅，诗意盎然。而游牧的情形更加复杂。一个合格的牧人，不敢说上知天文，下懂地理，但却一定是一个敏锐的人，是一个知风知雨的人。对于一块草地，对于一座山峰，牧人会像了解亲人和自己一样，熟知它们，只有这样，羊群、牛、马才会顺着山势，在海拔的攀升或下降中，啃食不断发芽的草芽；才会在复杂的地貌中，找到泉水和背风的地方；才会平平安安地完成一天、一个月或者长久的生存，不会受到狼虫虎豹的侵袭……如此，一个牧人，就像一个天象师，就像一个地理学家，就像一个保姆，在庞大的自然体系中，走出所有的夹缝，遇到最明媚的春天。

游牧是一门系统化的知识。山地高度高，纬度低，山顶、山坡和谷地之间，温度显著不同，牧养的牲口，冬季入谷避寒，春天开始，一点一点往山上移动，可以常年有足够的饲料。游牧，从最基本的层面上来说，是人类利用农业资源匮乏之边缘环境的一种经济生产方式。利用草食动物之食性与它们卓越的移动能力，将广大地区人类无法直接消化、利用的植物资源，转化为人们的肉类、乳类等食物以及其他生活所需。然而相对于农业生产来说，这是一种单位土地产值相当低的生产方式。在农业精华地区，不到一亩地，就能养活一个五口之家，而在草原地带，20 亩地才能养活一只羊，至少要 300 ～ 400 头羊才能养活一个五口之家，因此，一个牧民家庭至少需要 6000 ～ 8000 亩地。这样的对比，可以让我们看到，游牧者的环境资源的广阔与贫瘠。

在所有的不确定中寻找确定，在所有的漂泊中，偶尔停顿下来，整理自己紧张而烦琐的生活，这还要看老天爷高兴不高兴，答应不答应，不然，一切都是白费。

敖包上的月色，是水，是温柔的草。牧人的祈祷像一块块石头一样，有着具体的分量；牧人的向往，一点点垒高，让居住在云层里的神灵看见。

每天清晨，牧人都将牛群赶到水草丰美的地方，尤其是泉水流淌的地方。即使这样，每一种牲畜都有自己的嗜好，牧人就像家长，兼顾到它们的胃口。

众多的日常，牧人一代一代把有关放牧的经验传下来，并把自己的奇遇总结出来，口口相传，这对于外人来说，似乎是一件极其简单的事：一群羊、一群牛，几匹马，赶出去就是了，你看，那大草原上，都是牛羊和马匹在吃草；黄昏的时候，它们就沿着固定的小路，回来了。那些第一次来到草原的人，尤其羡慕牧人的轻松与舒适，可以躺在阳坡上看云，可以在小溪边采摘野花，也可以吼一嗓子悠长的牧歌。岂不快哉！

其实，很多细节是他们所不知道的。牛需要大量饮水，因此养牛的环境需要供水充足。牛怕热，怕牛蝇骚扰，在闷湿、牛蝇多的环境中牛吃不好、睡不好，容易生病，所以通风、凉爽的环境较宜。山羊和绵羊的食性不同，使得它们各有所宜的环境。绵羊只爱吃青草，而山羊虽也吃草但它们更偏爱啃食嫩枝叶，山羊可兼容各种植物资源的食性，使得它们非常宜于生存于多石、多山、干旱而富于灌木丛的环境中。太湿的环境，蹄常湿，羊容易生病。骆驼耐渴，它们生存于干旱且水源不定的环境中，据动物学家称，在夏季，骆驼可以三至七天不饮水，冬季若草料含水够，它们甚至可以全然不喝水。在所有人类驯养的动物中，马应是人类最亲密的伙伴了。马对主人驯服效忠，这与马群中的马儿们服从领头雄马之习性有关。马作为载物、交通以及牧者坐骑之用，马奶也可作为乳品以供食用。牧羊人能利用经过训练、能听懂主人呼声指令的大公羊来控制羊群，主人对一头大公羊好一点，培养它的领袖气质，别的羊就很容易跟着它。山羊和绵羊混合放牧有好处，绵羊吃草不怎么移动，日常放牧有时山羊在绵羊中，山羊可领着绵羊缓缓前行，如此可以避免绵羊过度啃食一片草地。在迁移到另一块牧地时，有山羊领头，绵羊也很容易成群跟随移动。绵羊有认家的习惯，因此夏季牧人会带着羊到绵羊吃草的地方，放心让它们在那里过夜，不用担心羊群走失。马也会认路回家，马可以整年放牧在山上，无须太多看管。在冬季，马可以用蹄踢、刨，打开冰层吃下面的草，别的牲畜随后也可以吃到草。山羊和绵羊吃草都从草株的底部切断它，而牛马吃草则齿截草株的位置较高，因此，牛马吃过的草地，羊可以继续获得草食。但羊先吃过后，牛马就没得吃了。

这就是牧者的智慧，是一次次牲畜倒下之后，牧人的心疼和眼泪印证过的铁律。

居住在这里和那里的牧人，他们常常知道很远很远的消息，他们的信息来源，无外乎是遇到的行人或者来访的客人，但从他们短暂的攀谈中，就会发现，来自他们各自出发地的消息都会毫无保留地呈现给对方。因而，牧人对于远方的客人总是怀着最大的热情，在他们的眼里，草原上没有外人。长期的封闭的环境，也让他们有出去看看的憧憬，但走着走着，他们就又回来了，因为，蓝天白云下的草原，才是他们的故土和家园，才是他们真正的归宿。中央民族大学学者参普拉·敖力布有一段记录很有意思：对游牧生活来说，信息至关重要。每个游牧民必须随时掌握有关周围环境的最近情况，了解的空间越大越好，信息越新越好。四周天气变化、草场情况，各牧家转场的位置，以及周围狼等野兽的最近活动范围，病害情形，人员来往情况，等等，必须了解清楚，这样才能准确选定下次转场的位置。选好草场十分重要，有了好草场，牲畜的安全才有保障。草原牧民有个习惯，人们见面时不管认识与否，都得相互问安，即“赛恩白奴”（意思是你好），然后就是互换鼻烟壶或烟袋，现代人多为交换烟卷。紧接着就是互问“苏宁由白那？”（意思为有什么消息）。这样很快就相互通报各自所看到或听到的各种情景和信息……某种意义上说，游牧民的问候言行就是一种形式的信息交换。他们的问候打招呼中就包含着信息内容。草原游牧民的问候礼节、问候语言、问候内容也特别丰富多彩。这也与它所包含的实际内容有关联。问候中的相互问答非常多，涉及面很广。从畜群膘情到草场情况，从个人身体健康状况到家庭每个成员、亲朋好友以及左邻右舍的情况，从最近天气变化到附近草原各种野兽活动情况等，都包括在问候礼节或问候语范围内。不懂问候礼节的人在草原上很难得到信息。不掌握足够信息量的人，也不可能成为合格的游牧民。

在牧人的日常生活中，肉制品是最主要的食品，尤其是羊肉。在自己的羊群中，牧人的宰杀是有选择的。我曾经多次出入祁连山牧场，在那里的许多牧民，他们每年都要宰杀一定数量的牲畜以供肉食，多是些无法生育的母畜、无法挨过寒冬的弱畜或羊群中超量的公畜等等，都因其经济效益低而可能被宰杀。虽然如此，乳制品才是游牧者日常最主要的食物来源，游牧人群不轻易或不经常为食肉而宰杀其牲畜。不仅如此，日常的茶叶、日用耐用品都要去非草原地区获取，这些开销也需要宰杀一定量的牲畜换取。

秋季，有经验的牧人会赶着羊拣最肥美、最营养的草吃，羊走动得多，吃得多，才能够养膘。羊的膘够厚，便能活得过艰苦的寒冬，在初春产下健康的羔羊，同时，他们也经常利用冬牧场之外最后的草资源，赶着牲畜游牧，尽量延迟进入冬草场，以多保留冬牧场的草，让羊群赖以过冬。牲畜的选种、阉割、分群、交配都需要在良好的经营控制之中，如此才能在适当季节让母畜生下幼畜。接羔的季节牧民十分繁忙，小羊羔出生时需要人工照顾，更普遍的是，小羊羔第一次吸母羊的奶时需要有人协助。挤奶、制酪、剪毛、屠宰等工作，直接涉及牧民日常衣食所需，或以相关产品来交换其他生活用品。挤奶、制酪在许多游牧社会中都是女人与老人从事的工作。在春、夏、秋季，几乎每日工作都要挤奶 2 ～ 3 次；即使在冬季与早春，也需要一些备奶以供食用。收集羊圈、牛圈中的粪便，晒干、堆积，以作为炊煮、取暖的燃料，这也是牧民的日常工作。即使牧地附近有山区林木，许多游牧人群仍视畜粪为最好及最稳定的燃料来源。剪毛作为日用（衣物、帐幕、绳索的原料）或出卖，也是一年中的重要工作。青海南部至四川北部的藏族牧民，剪羊毛通常在初夏 7 月，剪牛毛在 4、5 月间。相关工作除剪毛外，还有以牛羊毛搓绳、编织、缝补帐幕以及运送贩卖等等。

过于干旱的沙漠，荒寒的冻原，不宜植物生长的高原，野兽噬人的森林，难以立足的沼泽……层层的自然环境因素都对牧人造成种种“边界”，同时，每一个牧人又都被范定在层层的边界之中。在这些自然环境的边界内，人利用种种办法来利用有限的资源，也设法突破自然环境对人类造成的边界。从历史上看，游牧的艰辛是因为边境内的资源早已超越负荷，而边界的突破又步步维艰，从而引发了大规模的牧业迁移。

回顾草原上最动荡的游牧时代，有一个族类必须提及，那就是匈奴。以资源空间边界而言，匈奴的“边界”远大于西羌部落的“边界”。他们有了强大的社会组织之后，消耗的资源也成倍数地增加，也就跨越了对边界的局限。大规模的汉匈战争，就是边界突破中的剧烈争斗。大量的流血牺牲，大量的财富掠夺，大量的人员和财富的“移动”，导致了长驱直入的边界跨越。这种跨越是痛苦的拉锯式的磨合，或者是进击，或者是退缩，以长城为标志的新的边界的人为划定，使游牧者的生存空间有了难以突破的壁垒，游牧者大规模的环境边界的突破也就难以实现。有了长城，不仅有了界限，还有了秩序，游牧的归游牧，农耕的归农耕，一边是牧歌嘹亮，另一边是炊烟袅袅，但并不是老死不相往来，而是通过长城调节着人们的需求交换，使各自的优势发挥得淋漓尽致。

游牧人群的移动力，主要来自其主要财产（牲畜）都长了脚，来自其生产方式不固着于土地，来自其“作物”随时可收割（牲畜随时可食），无须等待秋收，这是游牧者的生产特性，也造就了游牧者的性情和文化样式。生存于资源不确定的环境中，这样的移动力是必要的。人畜在空间上的移动力，也让他们有能力突破其他社会“边界”，或因此造成社会群体认同上的“移动”。

在广大的游牧社会，一直没有一个风调雨顺的中心地带，而是在处处的“边界”限制与突破中拓展自己的生存境遇。即使平凡的自然现象，一场暴雨，一次暴雪，都会改变脆弱的游牧环境，都会使原本正常的生产秩序瞬间被打乱，牛羊被洪水冲走，大量的牲畜冰冻倒毙……因而，游牧在一首首牧歌中，总是那么悠长、悲壮、苍凉，而亲人、朋友相聚的酒会，却是异常热烈、奔放、诗意……

就是这样，快乐总是转瞬即逝，而苦难总是磨难着每一天的黎明和黄昏，总是砥砺着每一个牧人的青春和暮年。

第五部分

嘉峪关下

嘉峪关下

我一直想用语言，表达我心中的嘉峪关，但苦于词语的淬炼，没有成为掷地有声的青砖和石条，直到此刻，脑海中的块垒，一点点转换为文字，我才明白，一座嘉峪关，就是一部词典。

语言乃是横置于人类和上帝之间的一道最后屏障，语言研究的任何一个进展都意味着人类向天堂的一次历史性进逼，从而也意味着人类自身的一个根本性解放。

因而，用语言砌筑一座城，使一座城的灵魂更加接近星辰，这座城才会万年不朽。

一

在光秃秃的戈壁上，嘉峪关的横空出世，是一件惊天动地的大事件。要知道，在那个时代，在无遮无拦的西部大地，只有高山阻隔着人们的视野，而高山是上天的赐予，是游牧者的神。嘉峪关就不一样了，当一阵阵灰尘飘落又升起，人们在突然间屏住呼吸，卑微的砖木升高了，黄土在阳光中闪烁着金子般的光，须仰视可见。尤其是飓风一样的骏马，掠过草原，来到戈壁，他们一往无前的视野突然被遮拦，那的确是席卷周身的恐惧，他们无可比拟的骄傲，像一块落地的石头，砸出了雷鸣般的响声；而后，他们和他们的马，不得不勒住缰绳，不得不敛声静气。

从前，所有的行者，面对嘉峪关，首先是一种肃然起敬，然后是一种莫名的绝望。一是对前途的无知，二是对归途的无解，两种情绪叠加起来，还会有多少希望呢？难怪有民谣唱道："出了嘉峪关，两眼泪不干。向前看，戈壁滩，向后看，鬼门关。"在老百姓的眼里，一座雄伟壮丽的嘉峪关，竟然成为鬼门关。

林则徐经历了诸多大风大浪之后，在西部大地上开始了他漫长的贬谪之行，他的目的地是遥远的伊犁，这对一个流离落魄的人来说，旅途充满了无限的愤懑，但到了嘉峪关，一种前所未有的力量真正地激发了他。"万里征人驻马蹄"，他终于可以停下来，替换一下自己的心情，后来，他的一泻千里的《出嘉峪关感赋》，果然成为一代名篇，成为同嘉峪关一样不朽的诗章。

严关百尺界天西，万里征人驻马蹄。
飞阁遥连秦树直，缭垣斜压陇云低。
天山巉削摩肩立，瀚海苍茫入望迷。
谁道崤函千古险？回看只见一丸泥。

——林则徐诗《出嘉峪关感赋四首·其一》

写嘉峪关之高，写登上嘉峪关所见之景，写得惊心动魄，几百年以来，嘉峪关的雄壮，被林则徐写到了极点。

可以想象，诗人站在关头的飞阁之上，极目远眺，关外树木一行行笔直地呈现在眼前。山上盘绕直上的长城极高，云彩在它的脚下，更显得极其壮观。

关之险，城之高，状天山之陡，瀚海之远。在这里，山势高俊，沙海辽远。天山耸峙，雪冠如玉；瀚海若浪，无边无际。

东起崤山，西至潼津，高山峭壁之间，只有极窄的通道。而函谷关雄踞谷中，一夫当关，万夫莫开。所以古人说，一丸泥即可东封函谷关。但比起嘉峪关来，还真是小巫见大巫。诗人为了表达这个意思，用了反问的句式：谁说函谷关是千古险要之地？我走进嘉峪关后，再回头思量，它也只是"一丸泥"

罢了。

可以说，林则徐的诗句准确概括了嘉峪关的特色：严关、险关、雄关。所谓“严关”，即庄严肃穆之关，在雪山戈壁大漠的映衬下，嘉峪关一身豪气，有凛然不可侵犯之威严。唯此，才有“万里征人驻马蹄”的精神力量。所谓“险关”，它地处两山夹合之间，有一夫当关万夫莫开之险峻，相形之下，崤山和函谷关只是一丸泥了，可见嘉峪关之险是无可比拟的。所谓“雄关”，嘉峪关早就有“天下第一雄关”的美誉，加之层楼叠嶂，重关并守，壮丽雄伟的气象早已深入人心。

其实林则徐的感受，是所有人的感受。嘉峪关的宏大，嘉峪关的冷峻，一瞬间就会传递给你，就像一枚爆竹，你看见它，就点燃了情绪的引线，自会有一种发自内心的炸裂。

嘉峪关作为一个庞大的军事防御体系，它的细微处，更是一个宇宙。青砖和条石、黄土和原木、勾连与分割、通途与死角……过于缜密，过于鬼斧神工，过于繁复，过于工于心计……历史留下来的，也只是只言片语。只有穿越层层叠叠的风雨，找见砖缝和石头缝里的血，一切才会了然于心。

在嘉峪关，一个人面对的是集体的生与死、集团的荣与辱。这些，从这座军事防御建筑的繁复程度就可以真切地感受到。

事实上，从它的每一个通道徐徐而入，踩着的，都是陷阱和玄机。置身其中，都是机关重重。每一个人都被算计，就像一粒沙落入沙漠里，不值一提。在茫茫的戈壁大漠，作为一座建筑，嘉峪关显然足以阻挡南来北往的风，还包括两只相亲相爱、自由飞翔的燕子。嘉峪关燕鸣击石的故事，说的就是两只燕子在城墙之外谈恋爱，城门关闭之时，雌燕飞入，雄燕被挡在门外，于是两只燕子双双撞死在大门上，双双殉情。一个传说故事、一双燕子都是如此悲壮，何况人乎！

二

“天下幽险，恐失世英。螭龙为蝘蜓，鸱枭为凤凰。”《荀子·赋》中的龙，还是蝘蜓的时候，长城的修筑就开始了。当龙在中华民族的共同理想中逐渐长大，它还一直是一个抽象的概念，如果说龙有真实的具象，那么，长城就是一条巨龙。它跨崇山、越峻岭、穿草原、过沙漠、经绝壁，起伏盘旋、奔腾飞舞，在中华大地腾起，壮观的景象，让世界惊叹。

嘉峪关，大气澎湃的形象，无愧为龙的化身。

作为明代万里长城的西端起点嘉峪关，是整个明长城防御设施的缩影。结构之缜密、功能之完备都是长城史上所没有的。在以嘉峪关为核心的防御体系中，长城并非一线排开的简单的城墙组合，它由点到线、由线到面、由面到网把军事重镇、关城、隘口有机地连接起来，并于沿线设立障、堡、敌台、烟墩（烽火台），互为犄角。设计施工中，从位置走向的确定到障、堡、敌台、烟墩、道路等军事防御、烽燧预警、后勤补给等系统的配置，以至墙体形制结构、选材用料，都巧妙利用地形地物，因地制宜，其构思的精巧合理、施工的艰苦卓绝，都令人叹为观止。

它的精细的部分，是龙的鳞片，在蜃景中蠕动，仿佛带动了河流、山川和大地。

龙的形象，让人惊怵、敬畏，腾空而起，气象万千。

在审美的积淀中，一些在初始为实用性目的所进行的设计，今天往往演变为巧夺天工的艺术构思。嘉峪关也是这样，城墙的垛口之间均等的距离，当初是为了合理地布置兵士，利于防守，现在却呈现出一种均匀、和谐的节奏感。敌楼的设置，是为了驻兵和储存粮草、武器，在今天看来，敌楼却成为嘉峪关长城上美妙的景观，它就像气韵生动的龙的肢节，没有它，绵延万里的长城就显示不出内在的律动与节奏。

三

有人说，嘉峪关是一个披挂整齐的武士，身上处处都有雄壮之势，阳刚之气。但真正细究起来，远远不只如此，它甚至是一个变形金刚，你以为是这样，它却偏偏是那样，它的每一部分，坚如磐石，又变化多端。它时时会以动态的打击，增添你内心的恐怖，直到这种恐怖，让你自我毁灭。

没有能够背负着远古的历史生活。一切从这里产生的传奇与歌谣，预言充满了渴望、风风火火来临的时候，城池像一只拳头在连续的挥击之下，让一切来犯者毁为齑粉。

这是一座城池内在的力量和秘密。为了这个缘故，这城池就像一个威严恐惧的徽帜。

当许多人在一条路上徘徊不前时，他们不得不让开一条大路，让那珍惜时间的人赶到他们的前面。嘉峪关的前面，则是无尽的黑暗，让所有心怀叵测的人忐忑不安。而真正的光明，则要等到和平、友好的那一刻。

先看内城，如果说，嘉峪关是一个勇敢的武士，那么，内城就是它的中枢心脏。内城设有军事指挥机关，叫守备公署，建有嘉峪关公馆；还建有军队营房、仓库等；又设有夷厂，建有庙宇等。军火武器、粮秣均置于城内。在一场博弈即将开始的时候，这里是最忙碌、最紧张之所在。一旦危险抵达这里，真正的死亡便开始了。

这是一组枯燥的数字，但唯有这样的数字能够接近更真实的关口。就像我们现在从这些数字的蛛丝马迹，一点点砌筑，这样的过程中，我们与一座关口的距离，就分毫不差了。也许，过不多久，在我们的内心，就会筑起一座崭新的嘉峪关，它剔除了烽火、省略了哀号、抹掉了死亡，是一座可以亲近的城。

内城周长 640 米，东城墙 154 米，西城墙 166 米，南北城墙长各为 160 米，面积 2.5 万平方米，略呈梯形。城墙分两次筑成，初筑土城时，用黄土夯筑，高约 6 米，夯土层 12 ～ 14 厘米。弘治七年（1494 年），加固关城，除维修 6 米以下部分外，又加高约 3 米，外侧用土坯垒砌，中间填以混合黄土。少数增高的墙身也有夯筑的。墙高 9 米，加上垛墙共高 10.7 米。底基厚 6.6 米，顶宽约 3 米，用砖铺。外侧有青砖砌垛墙，高 1.7 米。用砖每块长 42 厘米，宽 20 厘米，重 10.5 千克。每个垛上均设有瞭望孔，以便观察敌情，下设有斜坡式射击孔。城墙内侧有砖砌宇墙，高 30 厘米，厚 34 厘米。

城是一个武士，但更是一个循循善诱的老学究，它告诉你，告诉所有的进入者，你是谁，你要到哪里去，你的未来和前景怎样。这些，在刚刚入门的时候，就开始了。

就此我们看到了两个嘉峪关，一个是王朝政治意义上的嘉峪关，另一个是文化意义上的嘉峪关。站在现代的立场上，我们可以对王朝的政治进行抨击，而对嘉峪关的文化价值，我们不能不顶礼膜拜。嘉峪关表面上是一座城，背后是一整套的价值观的宣示。应该说，是文化的价值成就了这座城的伟大。

在嘉峪关，只要稍稍注意头顶上的这些题刻、牌匾，心灵就会有一种被照亮、被召唤的冲动。

《嘉峪关志》载：内城东西门外均有瓮城回护，劈门南向。门楣东“朝宗”，西“会极”。“朝宗”是指西域和诸国使节、官宦，如百川汇海，经此门，东去朝觐中华朝廷，以示归顺向化。“会极”即“会合于极边”之意。西出会极门就是要把聚合、团结之精神，带到西域诸地诸国，极边聚会，归心团结，天下祥和。

朝宗一词，最早见于《周礼·春官·大宗伯》：“春见曰朝，夏见曰宗，秋见曰觐，冬见曰遇。”《尚书·夏书·禹贡》云：“江汉朝宗于海。”《尚书注疏汉·孔安国传》：“二水经此州而入海，有似于朝，百川以海为宗。宗，尊也。”

竞争称雄、多源同流、融归一统，这可能是朝宗最基本的含义了。堪舆学中有一个关于寺庙的格局理论，也被称为万佛朝宗。堪舆书《青囊海角经》称：“圣贤之地，多土少石，仙佛之地，多石少土。圣贤之地，清奇秀雅，仙佛之地，清奇古怪。”该书认为仙佛之地要“多石少土，清奇古怪”。“石为山之骨，土为山之肉，水为山之血脉，草木为山之皮毛”，仙佛之道追求宇宙和世界的本源，佛重“本根”，道重“风骨”，在地理环境的选择上也有同样的要求，突出了万源归流的中心意识。

诗曰：十方无影像，六道绝形踪。跳出三界外，不在五行中。一著高一著，一步阔一步。坐断佛祖关，迷却来时路。这也许就是所谓的“万佛朝宗”吧，让人体会到了回归本源的永恒、恬静之美。

可见，朝宗，既有诸侯朝见天子的事实，又有各族人民东去朝觐中华文明的远行，以示归顺向化的向心力，犹如百川入海，大势所趋，人心所向。进了嘉峪关，朝宗所代表的万流归海，则是各种文化的汇集与融合，汇集和融合所形成的汪洋大海，则是中华民族。

光化、柔远更是如此，当我们即将穿越门洞，抬头仰望门楣上的刻痕，那几个字一瞬间就烙在了心里，怎么也无法挥去。

嘉峪关内城有东西二门，东门上楣刻“光化门”，西门上楣刻“柔远门”。“光化”即以德化人之意，就是发扬光大中华传统道德文化，去教化开导边疆少数民族。“柔远”即是以怀柔政策安定抚慰远方民众。远方不管有多远，嘉峪关都能够把自己的触角伸展到冰川、草原、河谷、雪山、戈壁、沙漠、绿洲……

两门均是砖砌拱券门洞。门洞深 20.8 米，宽 4.2 米。门洞基础和地面均用长方形石条衬砌。两门均安铁皮包钉黑漆双扇门。二门之内北侧靠城墙建青砖斜坡马道，上至城顶。坡下有砖木结构的门楼和照壁。马道斜长 22.2 米，宽 2.7 米，外侧有护道墙。马道下原有成排的拴马桩。

文化还要靠实际的建筑去衬托它的威严，你看，一切都须仰视而见，一切都高大而敦实，一副凛然不可侵犯的样子。

眼光再深邃一些，我们会看到无处不在的美和力量。其实，美就是力量。

我们看到嘉峪关长城整齐、流畅的墙体线条，以及方形、圆形、多角形等形态各异的敌楼，它们有序地摆布，呈现出一种旷世奇美。尤其是关城城楼的设计与建造更具有艺术的匠心。它的城楼层数和高度、建筑的式样以及悬挂其上的横匾，都与整个关城处于一种整体的和谐之中，显示了威严、雄伟、壮观。正是这些，构成了我们进行长城美学研究的逻辑前提。

在嘉峪关南，连峰叠嶂，宛如列屏。东接武金，西至昆仑，南通番部，延袤几千里。四时积雪，终年不消，皓白氤氲，凌空万仞，望之如堆琼垒玉，晶莹彻霄，真乃佳景。

嘉峪关北部边墙外，向北而望，一带平原旷野，草木皆空。但见漠漠平沙，渺无涯际。西眺沙州西，鸣沙在焉，岂古所称流沙与？每微风落日，轻若翠浪，隐若纤云，浩浩荡荡，景亦奇矣！

嘉峪关最初只有城，无楼。明弘治中、正德初李端澄构大楼，以壮伟观，望之四达。在嘉峪关西北，即汉之玉石障（遮虏障）之处，草树秀发、云霞杳霭。每天宇晴霁，烟景苍翠，呈奇献秀，有可爱者。

有记载称，嘉峪关坡下之九眼泉，冬夏澄清，碧波不竭。以极西边关，有此涌泉，不唯民资以生，且又沃地数顷，盖水磨于其上，天之所以惠边民，真佳境也！

人间烟火，生生不息，嘉峪关，在时光的打磨下，绽放出夺目的光彩。

这光彩，一点点沉入人们的内心，沉淀为一种直逼视野的美。“一阴一阳之谓道。”阴阳两极在中国传统美学中体现为优美和壮美。长城的美则属于阳刚之美，即壮美。壮美是以雄伟、刚健、宏大、粗犷为特征，以气势取胜。嘉峪关所代表的阳刚之美，正是具有这种影响历史创造力的深层内涵。正如宗白华先生所说的，“中国最伟大的美术，最壮丽的美，莫过于长城”。

嘉峪关的这种阳刚之美，或称为壮美、崇高美，首先来源于它外部的巨大的体积所形成的磅礴气势。它城内有城，城外有壕，重关并守，气势昂然。嘉峪关，以它的奇伟、雄险和绵延的雄姿，征服了无数的瞻仰者。这就是长城美的本质特征。每个人在初次看到长城的一刹那，都会被长城那种气吞山河的形势所震撼，这即是对崇高和壮美审美的直观感受。

嘉峪关的美在形式上首先表现在它的建筑本身。

长城本身富于强烈的生命节奏。这种节奏感源于自然。譬如高而为山陵，低而为溪谷，陵谷相间，岭脉蜿蜒，这便是地壳上的节奏。而长城把自然中的节奏以线的运动变化形式显示出来。这是一条有生命的线、神奇的线，寓奇险于沉实，藏变化于整齐。

能否这样比喻，长城是一章草书，雄关是这草书中的转折，敌楼就是这草书中的顿挫，亭障墩候则是这草书中错落的散点。它们与长城的城墙主体浑然一体，一气呵成，形成一幅结构完整的艺术巨作。

嘉峪关的节奏不仅有横向的起伏运动，还有纵向的伸展和延扩。这最典型地表现在关城的城楼设计上。比如，从水平线来看，嘉峪关的城楼在城墙的横线之上，还重叠六条横线，即三重飞檐与脊檐的水平视线。这七条横线（加城墙水平线）在顶尖的指引下作上腾运动，并与四角凌空的飞檐互为呼应，在凝固的、平静的建筑上产生一种腾越之势。它使整个周边平远和缓的城墙水平线，立即流动起来，显得城楼愈加巍峨、高耸。耸立的城楼又与高大、厚实的城墙映照，城墙四周的角楼犹如拱卫城楼的天神卫士，在闪烁刀光剑影的齿形雉堞烘托下，整个关城呈现出雄险、健拔之势和不可侵犯的威严，“天下雄关”当之无愧。

与长城本身的建筑美相比，长城的形式美更在于建筑与自然的结合。长城建基于大地之上，以群山为座，蓝天之下，以云天为幕，把奇伟的自然美与建筑美融为一体，展示出一种人文与自然相融合的天人合一的境界，可以说是真正的“大地艺术”。

嘉峪关的长城大多坐落于戈壁大漠之中。由于缺少砖石材料，这里的长城基本上都用黄土夹以芦苇和柳条夯制而成。这种土夯的城墙却与沙漠和戈壁的色调融为一体。嘉峪关近 44 公里的长城防御线，有墙体、墩台、城堡等，它们在沙漠戈壁的广袤无垠和千古岁月的时空交错中，展示出一种纪念碑式的历史永恒感。

嘉峪关不仅是明代长城西边的终点，也是现在所能见到的最完整的一座西部长城上的综合建筑体系。嘉峪关位于祁连山和黑山之间，是中原通向西域的必经之路，古称“河西第一隘口”，是古代著名的战场。关城建在峡谷中的嘉裕山上，在低地上仍呈雄跨之势。城墙南起祁连山支脉文殊山脚下讨赖河北岸 80 米高的悬崖边，北衔鸟兽绝迹的黑山峭壁石关峡，形成一道铜墙铁壁。再往石关峡，沿悬臂城墙攀登而上，回眸大漠中的嘉峪关，正可谓“一片孤城万仞山”。向南走向讨赖河边，明长城西部第一墩在绝壁之上拔地而起。俯视讨赖河奔流不息，北岸陡峭壁立，如鬼斧神工，令人惊心动魄。而举目南眺，则见祁连山巍峨壮丽的雪峰，在白云缭绕中闪闪发光。

四

带有率真、野蛮色彩的草原文化与古老坚韧的中原文化，当他们迎面相撞时，会迸发什么样的火花？我想到了嘉峪关之上的三座城楼。

嘉峪关之上，为什么还要建三座城楼？

当嘉峪关巍然矗立于戈壁大漠，它高大的形象，已经像一股风一样吹遍整个草原、荒漠和山谷，游牧者自由的骑射，不由得放缓了步伐，当嘉峪关三个字飘进他们耳朵的时候，就仿佛在他们的眼前，矗立起了一座庞大的山脉，不可攀越，也无法靠近。他们甚至看不清它的模样，精神世界就为之震裂了，就像河流改变了方向，不再滋润他们丰美的草原。

逐水草而生的游牧民族，总是深情地遥望绿洲。他们对农耕民族的需求，就像羊儿对草儿的需求，总是无法摆脱。首先，在广阔的草原上，他们徜徉于四季，陪伴着泉水、河流，有牛羊的地方，就有他们的帐篷。这种生产方式导致他们以肉食为主，但仅仅有肉还是远远不够，单调的饮食使他们无法获得足够的维生素，因此他们也需要粮食、蔬菜或者茶叶等植物性食物，而这些食物只能从农耕地区获取。其次是穿衣。游牧民族的主要制衣材料是兽皮，这在冬季是保暖的好材料，但到了夏天，酷热的天气无法让他们穿着皮衣狩猎放牧，农耕民族的棉、麻，则成了他们的急需。再次，金属，尤其是铁，更是游牧者离不开的产品。没有铁，就无法制造铁锅，于是只能用陶器，这会使一日三餐的烹饪变得非常繁复，不仅耗时更多，也因不能充分消毒，而且陶器很容易摔坏，不便于在马背上携带。

我们说，只要嘉峪关高高矗立，作为一种文化的象征和命运共同体的旗帜，一切，都会以最有效的秩序徐徐前行。

即使在古老的丝绸之路贸易活动式微的时刻，嘉峪关也担负着一方水土的生计。

明朝的中后期，中原的富庶和丝路的艰险减弱了商旅的出行意愿，外商到中国内地后基本上定居不归，贸易也随之走向衰亡。一方面，中亚和西亚对中国商品有强劲需求；另一方面，中国对国外商品的需求则可有可无，难以在双边贸易中获得收益。因此，明朝中后期不可避免地走向了闭关之路。

这个关，就是嘉峪关。从嘉峪关开始，闭关绝贡，成为一个重大历史事件。有人说，这是嘉峪关历史上最黑暗的一段时光，实则不然，经济规律使然。

“闭关绝贡”，并不是放弃，抛却，而是一种节制，或者是一种对野心家的警告。

有这样一个发人深省的历史事件：说是明代弘治年间，吐鲁番攻破哈密，朝廷大怒，立马派了数十万大军前去平乱，可大军行至半道，却悉数撤回。作为一个有作为的皇帝，弘治一直希望不要用战争来解决战争，这样，战争就永无止境。

一开始，吐鲁番还兴奋不已，以为朝廷拿他们没办法。后来，他们发现他们错了。

自从朝廷关闭了嘉峪关后，草原上的一切生活来源断绝了，人民怨声载道，吐鲁番贵族们也不堪忍受，只好乞求朝廷开关通商，先是朝贡示好，然后是派了舞伎戏子到中原“汇报演出”，后来，又挖空心思地不知从哪儿弄来一头狮子，献给朝廷。

这时候，嘉峪关的威严，不仅使草原上那些奔驰的骏马，迟滞了一往无前的速度，直接从内心打破了游牧者满满的自信，而且，在更大的范围内，遏制了整个草原的命脉。

在人们的心目中，嘉峪关是一个牢不可破的堡垒，也是一个至高无上的形象。三座高楼，雕梁画栋，高耸入云，让人敬畏，凛然不可侵犯。

嘉峪关作为横亘于草原与绿洲之间的军事屏障，它就像一个分水闸，使对峙的力量平衡而有序地消解；或者它就是一个总阀门，始终调节着中原和西域、农耕与游牧的经济交往和文化交流。

明弘治八年（1495 年），肃州兵备道李端澄主持修建了嘉峪关关楼。弘治十四年（1501 年），筑罗城。正德元年（1506 年）八月，李端澄又按照当年修建嘉峪关关楼的式样、规格，监修柔远楼和光化楼及官厅、夷厂、仓库等附属建筑。踌躇满志的李端澄在完成了嘉峪关关楼、柔远楼、光华楼的建设后，情不自禁地发出了“望之而四达”的唏嘘。在雪山戈壁的映衬下，这些建筑堪与天齐，气韵无比，看见它的人，无不折服。

楼为木结构歇山顶式建筑，立红漆明柱各 18 根，明柱之间有木格花栏杆环绕，四周为木格花窗，楼中绘有飞天、山水、花草等画。脊上镶嵌有蟠龙、狮子等兽形瓦，绿色琉璃瓦盖顶。楼内安装有带扶手的木楼梯，整个楼阁雕梁画栋，金碧辉煌。

城垛即马面、暖铺，也称“敌台”，敌台上建有敌楼。敌楼可驻兵，可从左右侧面射击冲到城墙根底下的敌人。关城南北城墙上无门，墙外居中筑敌台，上有敌楼。敌楼面积 38.2 平方米，为一层三间。楼外带明柱通廊。

城墙四角各建一座方形角楼，亦称“戍楼”，是戍兵瞭哨之所。楼为二层砖砌单间式，高出城墙 5.4 米，底面积 29.7 平方米。楼形如碉堡，下层向城内开券门，令三面开券式窗，由内可登楼，楼上为平台，台四周设垛口。

繁文缛节般的设置，一点儿也不嫌烦琐和多余，而是井井有条，环环相扣，一步走错，步步陷阱，因而人们只能小心翼翼地、放下身上所有的骄傲，踏入它的每一个机关。唯有如此，嘉峪关才会将平安和友谊还给你。

瓮城门洞为砖砌拱券式，基础地面均用长方形石条，安铁皮包护黑漆木质双扇门，古朴、安详、厚重。

两瓮城门顶上各建阁楼一座，高 5.7 米，坐北向南，面积为 28.6 平方米，为一层小三间式。楼前红柱通廊，两端与城墙相通，对扇小门南开，东西两边开窗。楼脊扣筒瓦，楼顶四角飞檐上装龙首瓦，檐翼起翘，美观大方。

罗城在西瓮城西墙外 20 米处筑一道凸行城墙，其南北两端均与外城墙西端相连，外城墙又与关南、北两翼长城连接，构成西侧外城，也称“重城”。罗城南北两端各建一座箭楼，箭楼连楼台高 5.6 米，为警戒哨所，专备瞭望。楼顶扣灰瓦，顶脊装饰蟠龙首瓦，飞檐凌空。

关城之东、南、北三面有黄土夯筑的围墙，称“外城”。南北墙的西端与西罗城相接，并在此与关南、北长城相连成掎角之势，东部围墙沿岩岗边缘筑起，围成一广场。外城门位于东北角，称“东闸门”，上面建有闸门楼。门洞长 10.6 米，高 4.2 米，宽 3.8 米，两侧石条砌基，砖砌壁，壁嵌 36 根方木支柱，上搭方木棚架，顶上建有门楼，面宽三间，进深两间，红漆明柱，上盖灰瓦，装脊兽。

三座楼，巍然屹立于戈壁大漠，在雪山的背景下，在浑圆的落日中，它们的豪迈与壮丽，是无可比拟的，它们像一面旗帜，传递着秋风扫落叶般的威严。

五

嘉峪关不只是一座高大的城堡，更是一种象征，象征了王朝的存在，表达了文化的尊严，彰显了文明的气质。

从城池诞生的那一刻起，大地上无以复加的壮丽威武的城池，隐天蔽日，如矩阵一般排列在王朝的软肋，让人一窥王朝的雄心和体面。就嘉峪关而言，也是如此。以至于嘉峪关肇建六百年后，每当我面对它，依然会感到胆战。这些建筑气势壮阔、复杂深邃。

走进嘉峪关，一座城池的历史，在遮蔽的光泽中，透露了它的顽强。

2014 年，天津大学王其亨教授主持的国家社科基金重大项目《中国古代建筑营造文献整理及数据库建设》启动，在档案搜寻的过程中，张龙博士、吴葱教授、刘若芳教授发现三件尚未利用的嘉峪关修缮档案。其中两件藏于台北故宫博物院，第一件是乾隆五十四（1789 年）年六月十九日《奏为查勘嘉峪关边墙情形奏闻请旨事》，另附奏片两张，一是改建嘉峪关关门图，二是嘉峪关边墙图。第二件是《奏为估修嘉峪关城台楼座工程银数事》。另外一件藏于中国第一历史档案馆，是乾隆五十六年（1791 年）十一月初二日《奏为查验嘉峪关工程情形》。这三份档案较为详细地再现了乾隆五十七年（1792 年）嘉峪关修缮事宜。

事情是这样的。

清乾隆五十四年闰五月十八日，工部侍郎德成会同陕甘总督勒保对嘉峪关边墙、壕沟进行了初步勘察。查得关之正墙一道，南至讨赖河尽边墩止，高一丈五尺，长二千七十二丈；北至近山墩止，高一丈二尺，长二千五百五十四丈五尺；又自西暗门墩起，折而往东边墙一道，至下古城之古暗门止，高一丈二尺，长二万二千二百七十九丈二尺，均顶厚五尺，底厚一丈，排墙高三尺。

那时候，嘉峪关的边墙壕沟，一片浮沙，旧式墙垣概系取用客土筑成者，今坍废过多。

勒保认为，若全行修补，即用此处沙土，每丈需银七两一钱七分二厘，共计银十五万九千七百八十余两。若再远运好土，所费更属不赀，且沙性浮松，断难经久，日下情形即将来明验。至于山䃥两壕，紧接边墙，俱系一片戈壁，现已尽为浮沙填塞。使众一律挑挖，按例核算，每丈需银七两五钱，共计银二十二万八千九百九十余两。加以登高远运，费用更为繁多。特恐旋挑旋壅，亦属徒劳无益。况费此一番经营，只不过断哈密至肃州私越之路，设使奸商逃遣，不由哈密行走，经从口外绕过戈壁迤东一带潜入内地，仍不能保无偷越之弊。鉴于此时嘉峪关已非边境，防卫功能丧失，再修边墙、壕沟已属多余。

于是，放弃了对这些边墙、壕沟的修缮。

但考虑到嘉峪关乃西北门户，为外藩朝贺来往通衢，非规模宏整，不足以壮观瞻，进而将修缮重点转向了城关关楼及紧邻城关的关墙。

勒保奏称："惟查嘉峪关系西陲门户，为外藩朝贺来往通衢，非规模宏整不足以壮观瞻。今查得原设关楼仅止一间，局面甚为狭小，且现在木植糟朽，城台券洞闪裂。今拟量为加高展宽，以资壮丽。"

乾隆皇帝批复"知道了！钦此"，同意二人得出的修缮原则与思路，并发布上谕："据德成等奏，查勘嘉峪关一带边墙情形，嘉峪关为外藩朝贺必经之地，旧有城楼规模狭小，年久未免糟朽闪裂，请另行修筑。估需工价不过五万余两，为数无多，着即如所请办理。以昭整肃，而壮观瞻。将此谕令知之。"

这次修缮从乾隆五十四年（1789 年）开始，乾隆五十七年（1792 年）结束，历时四年，花费五万余两白银的大修工程，对之前嘉峪关做了如下六处重要改变：一是将原为一间的关楼、东门楼（光化楼），以及重檐三间的西门楼（柔远楼），统一改为面阔三间周围廊三重檐歇山顶的形制；二是东西城门券的形式也由外圆内方，改为砖券；三是东西月城城门洞由过木改为砖券；四是城堡顶由灰土改为海墁；五是城关东西两侧土墙、墩台包砖；六是添安马道门楼三座。

应该说，这是嘉峪关历史上第一份皇帝批注的奏折，一个边远的关口，能够得到皇帝的关注，可见这个地方具有十分重要的作用。事实上，历史上的嘉峪关，一直是古代丝绸之路上的咽喉重镇，为兵家必争之地，历朝历代都有欲保中原，必固河西，欲固河西，必保酒泉的共识，嘉峪关就是保卫酒泉的重要的军事防御设施。

到了清代，随着新疆的巩固，嘉峪关的军事作用虽然失去，但它仍然是一个朝贡必经之地，国之关卡税所，来来往往的各国使者、商旅众多，嘉峪关的形象，关乎国家颜面，必须以资壮丽。因此，朝廷才拨出巨款，维修嘉峪关，重点是展示嘉峪关的雄伟壮丽，让人一见而顿生肃穆之情，并为之震撼。应该说，通过这次大修，这个目的达到了。几百年以来，嘉峪关以它的无比壮观和威严，感染和吸引了无数的人。

以资壮丽，这句话说到了点子上，即使在和平的年代，嘉峪关的壮丽，也关乎国家体面。

六

或者说，嘉峪关，是一个驿站，精神驿站。在很长一段时间里，出了嘉峪关，就等于别离了故土和亲人，嘉峪关一带流传着一首《拉骆驼》民歌，凄婉的曲调唱道："骆驼一链子一链子过去了，过了嘉峪关了，再也回不来了。"简单的民谣思绪里，回头一望，一边是鸿沟，一边是故乡。

从历史上看，一座城堡，从来都不是单纯的军防设施，它是一个复杂的集合体，政治、经济、文化，无所不在。尤其是文化，古代军事文化中，建筑防御工事是抵御外敌入侵的物质手段，对于常年驻守在荒无人烟的边疆地区的兵将来说，精神力量的支撑是保障长城防御体系坚不可摧的重要非物质因素。人在强大的精神压力下往往需要借助于精神的力量增强战斗的勇气。这样，就在严密的军事防御体系中出现了看似与军事防御无关的精神性建筑，其实，它是古代军事防御体系的不可分割、不可缺少的组成部分。

明代是战争的多发年代，边关重地的军事聚落，常年笼罩在战争的阴云下，常年备战的战斗状态，残酷的战争创伤以及贫乏的生活环境，不可避免地影响着守卫官兵及其家属的士气和斗志，他们不同程度地产生厌战、悲观的情绪。一些戍守将士甚至发出“宁为太平犬，不为战乱人”的叹息。他们需要有一种“超级”力量作为精神支柱，以保持旺盛的斗志长久不衰，保证长城防御时时刻刻处于高度警备状态。在这种情况下，宗教的力量作为精神支柱是再合适不过了。

其实，气势雄伟的嘉峪关，虽然是一个缜密的防御体系，但支撑这个庞大体系的，是守关将士的英雄气概和家国情怀。

“军旅之事，以气为主。”这里的“气”，是“悠远的军魂”，是以忠诚、爱国、骁勇、牺牲、必胜为核心价值理念的中华民族传统的武德文化，是中华民族传统军事文化的重要载体，也是中华民族精神在军事领域的诗意表现形式。将士效忠国家、舍生取义、抵御外侮、维护统一、反对分裂等高尚节操和豪迈气概，是外化仁德、彰显节义、锻造正义之师、陶冶军人情操的思想基础。因而，作为一个功能完备的军事防御体系，精神防御建筑不可或缺。

嘉峪关作为明代万里长城重要的、完整的军事防御体系，它的精神防御建筑，也蔚为大观。

军事聚落里的庙祠主要分为两类：一类是明代地方常见的庙祠，如文庙、城隍庙、奶奶庙、观音庙、龙神庙。它们都是按惯例历代传袭而来。另一类就是具有表彰军事贡献的庙祠。

嘉峪关关城内的关帝庙，具有特别的意义。虽然，在中国大地上，关帝庙已经成为中华传统文化的一个主要组成部分，与人们的生活息息相关，但在嘉峪关，一座关帝圣殿，就是民俗民风的展示；一尊关公圣像，就是千万民众的道德楷模和精神寄托；一块青石古碑，就是一个感天动地的忠义教案。

嘉峪关关城内的关帝庙原称“武安王庙”，明代中期所建，位于关城东瓮城东墙旁边。庙内供奉三国蜀汉大将关羽。宋徽宗于宣和五年（1123 年）封关羽为“义勇武安王”，故明代中期前称其庙为武安王庙。明神宗万历帝封关羽为“三界伏魔大帝，神威远镇天尊关圣帝君”，故改武安王庙为“关帝庙”。万历六年（1578 年），酒泉人佘动奉命镇守嘉峪关，在拜谒神庙时，发现武安王庙规模较小，塑像矮卑，有碍观瞻，就暗暗下了重新修葺的决心。他带头捐献俸银，筹款购买材料，招募工匠，开工重修，于万历十年（1582 年）顺利竣工。“庙貌门庑，焕然一新，丹漆辉煌，规模清雅，诚足以栖格神明，永膺福祉。”（《重修武安王庙碑记》）清嘉庆十二年（1807 年）夏，嘉峪关游击将军熊敏谦又兴工重修关帝庙，于次年秋落成。庙内有大殿一座，配殿两座，另有过厅和牌楼各一座。壁画绚丽，塑像雄伟，建筑精巧。门口牌楼，精雕细刻，红漆明柱挺立两旁，顶盖绿琉璃瓦，富丽堂皇。上悬“威宣中外”匾额。庙门正对南面戏台，中间广场是举行军事庆典和民俗活动的中心。

《重修武安王庙碑记》详细记载了当时的情况：明万历十年，钦差分守肃州右参将毕景从等人立石碑一座，高 1 米，宽 0.59 米。上刻龙纹，下有石刻碑座。碑题为“重修武安王庙碑记”。其碑文曰：“酒泉西古创嘉峪关乃华夷天限，西面长城，北门锁钥也。关治东始创，是关创建汉寿亭壮缪义勇武安王庙，所以保障此关以永吉者也。酒泉佘公讳动，别号‘东泉’。持行忠孝事神恤民，罔不竭诚。万历六年膺承天眷，命守斯关，驻麾是地，诣谒神庙，睹其规模狭隘，像仪矮卑，心既谦然而欲新之。但以关氓寒迫，戎务孔棘，迨辛巳秋权乘政隙，乃谓众曰：‘祠像狭隘，不可不易，而欲以新之，不可不速。’遂捐俸资，鸠工抡林。即命关居之耆项一：陈国用者为挈首，易移庙制，另创圣像，稽列侍翊。凡卑者高焉，损者新焉，恢弘其殿宇，周固其垣墉，轩豁直邃。举关商民士卒子来趋效，各竭其力。不日庙貌门庑焕然一新，丹漆炜煌，规模清雅，诚足以栖格神明永膺福祉，因命予以记。噫嘻！公之用心之诚，可谓尽善者矣！即其历履忠勤，自持孝义，自淑仁爱，是敷深有感于武安王之匡扶大汉，贯日之忠贞，凌云之节义，千古之英风，万年之正气者矣！其所以虔诚而新是庙者，所以崇神而为民正，所以彰王之忠义于千万古而不磨，俾后之尊崇忠义之者，蒙王之佑，霂王之庇，亦于千万世而不穷者也。公之心其远哉，仁其深哉！是为记。”

忠和义是军人的基本素质，因而，嘉峪关关城内的关帝庙，大有深意。

另一块“重修关帝庙”也记录了嘉峪关关城内关帝庙的情况。

“重修关帝庙”碑，碑高 1.2 米，宽 0.61 米，顶部为弧形，额、基座刻花，清嘉庆十三年（1808 年）立，现存关城仿古碑廊。

碑文为：“酒泉迤西嘉峪关边墙袤延，中外锁钥，洵天下第一雄胜处也。

关内城垣巩固，设立游府统帅兵弁静镇防守，士民商贾比屋而居，应于其中建关圣庙，每逢朔望及庆祝之期，馨香恪荐，演剧献牲，神喜人欢，群推千古之盛事，讵非英明之感发哉！第圣像旧系装画五彩，历年久远，未免暗淡无色，天棚马殿山门旗台两廊彩壁并满堂神像均已剥蚀，有心者不能不触目而心感矣。予同乡熊公蜀西人，职膺游府数载于兹，概然倡首，营中官兵共捐俸饷，本关善士往来宦商随缘乐助，爰于丁卯夏兴工，戊辰秋告竣。迄今圣像辉煌焜耀，凡一切应修理者靡不焕然一新，其地路当孔道，冠盖驰驱入庙瞻仰，敬由心生。而此处军民士商等沐神庥，而思报答，香火之圣明禋祀事当较倍于曩昔。盖圣地之灵如日月之经天，江河之纬地，无弗照临浸溢，固宜遍集镇而崇祀，维殷抑知此关为边疆要隘，其赖威灵之震叠尤为至切，重修整齐更难稍缓耶。兹因工成撰序勒石以垂不朽云。”

1958 年，关内外十多座庙宇被拆毁，关帝庙幸运地保留下来，但在 1971 年维修关城时不知因何连同东西瓮城的两座号房也在劫难逃。两处号房被拆除，关帝庙塑像、壁画、殿宇大部分被毁。牌楼前的两尊石狮也被移走。关帝庙上“长城主宰”的匾额现存于嘉峪关长城博物馆第四展厅。2000 年，复修关帝庙，建大殿一座、陪殿两座，重新雕塑的关羽塑像神色庄重地端坐正殿，陪殿中的关羽正秉烛攻读《春秋》。庙门口塑造的两匹战马，西边为赤兔马，东边为黄骠马。塑像造型逼真，栩栩如生。

马宁邦在 1935 年 9 月写的《嘉峪关调查记》较翔实地记述了关城内的庙宇。主要有：“柔远门附近有三官庙，三座泥塑神像，残存之壁画尚佳。由会极门下转折前行，左有案牍庙，内已无神像。”“从三官庙侧上城墙，南北有庙，由此登西楼。下楼，绕向南行，有菩萨殿，供观音像，匾曰‘慈遍雄关’，旁有道光十五年（1835 年）题字。东楼与西楼对峙，匾篆‘露洒边关’四字，咸丰十年（1860 年）所建，也为观音殿，已无神像。转向北城，有‘元真阁’，顶上一匾‘上帝阁’，横额曰‘德昭无量’，属乾隆壬子年（1792 年）物。内供披发仗剑，左足踏龟，右足腾蛇的无量爷。”

从口碑资料知：从东闸门到外城北墙，有一排寺院、庙宇，全为土木结构建筑，规模宏大。在外城北墙下，从东到西排列着马王庙、老君庙、鲁班庙、相子庙、财神庙、护国寺。古驿站南有城隍庙。向南靠近外城南墙有土地祠、山神庙。南闸门楼上有马王庙，出南门东侧有龙王庙。关城外南面龟盖山附近有药王庙。内城南北敌楼内分别供奉观音菩萨和无量神，旧有“南观音，北无量”之说。嘉峪关关楼内供八蜡神，光化楼内供东岳大帝。

在嘉峪关，文昌阁也是一处精神建筑，是一处道教宫观，为旧时祭祀文昌神之所。“有文运亨通，教化昌盛”之意。以励志修身，笃懿士风，振兴文教，弘扬德化。

文昌阁位于关城外城内，距东瓮城东侧约 15 米处，西与关帝庙相邻。原称“文昌殿”，明正德元年（1506 年）始建。清道光二年（1822 年）八月代理嘉峪游击将军、兰州人张怀辅，嘉峪关巡检、四川人张恒利二人主持重修。楼基面积 130.4 平方米，石条砌基，阁为两层两檐歇山顶式。底层回廊环绕，红漆明柱鲜艳夺目。中间有一门洞，两侧各有砖筑耳房一间，北侧置木梯以登楼。第二层花格门窗，门窗上部绘水彩画，共 80 幅，楼外四周有廊，立红漆明柱。顶用筒瓦敷盖，脊上有 39 个瓷制小狮子，两端置蟠龙，阁檐龙首起翘。阁上原书“文昌殿”，悬“斯文主宰”匾额，现无存。只在南面悬有“神威远播”匾额。该阁在清代是文人咏诗作画、舞文弄墨之所。据说嘉峪关文昌阁神像毁于 20 世纪 40 年代，今只留空阁一座，供游人观赏。

嘉峪关作为一个军事聚落，其中居住的人除了士兵还有他们的家眷，因此地方常见的庙祠在军事聚落中也出现了。通过上述历史资料，我们发现，嘉峪关军事聚落中的庙宇往往将防御性建筑和宗教观念合而为一，即供奉佛教、道教、古代圣人的庙宇同处一个城堡中。

将士们相信法力广大无边的神灵会保佑他们平安和胜利，所以在嘉峪关关城内，出现了弘扬“忠义、勇武”精神的各种武庙。宗教的核心教义是惩恶扬善，在这里还被赋予了忠君、卫国、保家的内涵，从而有了积极的意义。

嘉峪关军事聚落中的庙宇大多都在明朝以后屡次翻修过，有些庙内还保存下来了明清时期建庙时制作的石碑，从碑文中可以对各个庙宇的修建原因、修建过程获得比较准确的了解。

牌坊在封建时代具有重要的旌表道德意义。嘉峪关军事聚落中也有一些坊，但可惜的是都没有保存下来，我们只有从历史记载中，得悉其中的蛛丝马迹。

嘉峪西关坊：建在关西古驿道旁。陶保廉《辛卯侍行记》："三十三里道北数里长岭上有大烽墩，其下设黑山湖军塘。……路南为小红山，皆荒峤也。……西北五里过大木坊，题'肃州嘉峪西关'，雍正十二年黄文炜建。光绪十二年，署安肃道易孔昭重立。一里双井子小堡无人，堡外土屋三家。"

嘉峪东关坊：在关南校场过沙河东二里多，题额为"嘉峪东关"。修建年代无考。这座牌坊高约5米，宽5米多。牌坊为石墩木架，横架上有油漆彩画，坊脊上悬匾额。牌坊于1938年左右拆除。拆除时，曾在地下挖出一把长二尺多的宝剑。剑上雕刻着两条龙，剑鞘上也刻有龙一条，还刻有"保家卫国"四个字。

南闸门楼：在旗墩西侧的外城墙中间。门楼为二层三间式，进深两间，内有壁画。门楼坐北向南，建筑规格、形式与东闸门楼相同。

1919年3月20日，林竞一行，早发肃州，晚宿嘉峪关。他在其著作《西域探险考察大系：亲历西北》（2013年新疆人民出版社出版）中说，当时的肃州城西，设有海关，主要是为了俄货往来；从丁家坝西行八里则是肃州营和嘉峪关营的分界；从大沙河墩西行四里，有木牌坊，上书"嘉峪关"；嘉峪关东楼有额题"西屏维极"。

在嘉峪关，牌坊的作用，基本上是在警示人们，从思想上应该把军事防御放在第一位，教育守关将士勇猛作战、保家卫国所获得的荣誉是至高无上的。不仅如此，嘉峪关门额上的"朝宗""会极""光化""柔远"……也体现着无时无刻不在的宣传教化作用。

嘉峪关有着来自遥远世界不可抗拒的召唤，传统和创新在它们身上相遇，浪漫的古典主义风格、标新立异的创造灵感和大胆的尝试在这里共存。

戏台在明代的军事聚落中少有历史记载，是军事城堡中重要的集会和娱乐的场所。它所发挥的主要是高台教化的作用，这是中国古典戏曲美育功能的一个重要方面，它是在诗统观的背景下形成的，是对戏曲所承担的社会责任的具体要求，是对诗教化的承袭。

戏台本是为娱神而进行表演活动的场所，多建在庙的正对面。嘉峪关关城内的戏台正是处在关帝庙正对面，坐南向北，面阔三间，进深两间，面积114平方米，戏楼建筑精巧，彩绘艳丽。为了活跃守关将士和附近居民的文化娱乐活动，同时祭奠神明，明清以来，嘉峪关既是军事防务之关，又是丝绸之路上东西贸易往来之关。西域和内地出入关的使者、官员、商贾客旅等过往者均在嘉峪驿打尖，住歇。没有战事的时候，他们还时常在这里聚会、宴饮、歌舞、吟诗，热闹非凡。唱戏的时机，一是喜庆之日，遇到战争取得重大胜利，军事防御取得重大成果，朝廷重要官员前来巡视、阅兵，驻守主要官员到职、离任等。二是祭奠之时。三是传统节日。

嘉峪关关城内的戏台由嘉峪关游击将军袋什衣于清乾隆五十七年（1792年）主持重修，系当时守城官兵、城内居民及过往商旅的娱乐场所。其形制为典型的中国传统古典戏台。由木制屏风把前后台分隔开，屏风正中央绘制八幅人物图，是人们熟知的“八仙”内容。顶部为中国传统图案“八卦图”，“八卦图”是中国古代思想文化与科学的综合反映。两侧是一组风情壁画，内容是寺庙的和尚、尼姑庵的尼姑及尼姑豢养的尤物。这些绘画内容在其他戏台上是非常少见的。戏台两侧书写有对联：“离合悲欢演往事，愚贤忠佞认当场。”对联高度概括了古往今来人间世事的演义变化及戏曲演出场所的功能作用。

在古代的军事斗争中，来自精神的需求依然起着重要的作用，军事防御体系中的精神建筑，它们真正的价值和作用，早已深入人们的内心深处和传统意识形态之中。当军事聚落的物质防御功能早已远去，这些精神建筑所蕴含的精神操节，必将永远传承下去……

你拥有无限的时空，你拥有无尽的未来。当你站在嘉峪关，你会发现，一座古老的嘉峪关，其实是一个崭新的符号，如同巨大的山峦，与祁连山的气质相和，就会不疾不徐、不骄不躁地展开。

七

古老的文化中，“天下第一”是一种认可和期许，嘉峪关从首筑土城的那一刻起，就注定了它的不平凡。

边陲锁钥，军事重镇，丝路咽喉……随着它的话语权不断地堆垒、加固和延伸，嘉峪关愈发壮丽雄伟，使人目睹而感叹，感叹而崇敬，“天下第一”不是随便说出口的。

嘉峪关关城西门外矗立着刻有清朝嘉庆十四年（1809年）肃镇总兵李廷臣书写的“天下雄关”四个大字的石碑。

据文献记载嘉峪关西门城楼上也曾悬挂过“天下第一雄关”的匾额。清道光二十二年（1842年），林则徐遣戍伊犁，沿途每日记述所行里程、经由山川道里、官员酬酢往还等见闻。以后，他将西安至伊犁途中日记删削整理为《荷戈纪程》一书。书中记述九月初八日出嘉峪关时曰：“今晨起行，余策马出嘉峪关，先入关城。城内有游击、巡检驻扎。城楼三座，皆三层，巍然拱峙。出关外，见西面楼上有额曰‘天下第一雄关’。”这是目前所知有人亲眼看见嘉峪关悬挂此匾额的最早记载。

据《左文襄公在西北》一书记载，清同治五年（1866年），左宗棠出任陕甘总督，同治十二年（1873年）初次驻节肃州时，发现嘉峪关失修已久，边墙四处坍塌，一个名扬四海、壮丽无比的嘉峪关，在左宗棠看见它的时候，已经破败不堪。

左公不愧为左公，他知道，嘉峪关意味着什么。尤其是在他进兵新疆，平定叛乱、收复国土之际，嘉峪关的地位就更加特殊了，人们眼里的嘉峪关，左公眼里的嘉峪关，绝对是一种壮怀激烈的形象。

于是，左公果断下令整修嘉峪关，让它配得上“天下雄关”的气韵。

可以想见，又要筹粮征西，又要维修嘉峪关，在官场腐败、民不聊生的晚清时代，左宗棠的压力该有多大。但他还是义无反顾地做了，而且必须要做好，当嘉峪关的一切都以全新的面貌呈现在他眼前的时候，他激动万分，并亲题“天下第一雄关”横额，安置于关头。有人写诗赞美左公所写这幅匾额曰：“左侯昔日受降归，酾酒临关对落晖。额书六字神飞动，想见如椽大笔挥。”（见《午阴精舍诗草》卷七）

公元1905年（清光绪三十一年），温文英因组织救国运动赴京请愿，被发配新疆，他在《昆仑旅行日记》中云："余与折君登沙坡上见关外三面皆高山环抱，一面则雄关屹峙，真有一夫当关万夫莫敌之慨，诚险要也。回望关上城楼三层，额书天下第一雄关。"

天下第一，还在于有容乃大。长城作为拒敌的手段，但却越来越显示出巨大的吸引力和黏合力，传播了文化、丰富了人生，使交流的鸿沟变为坦途。

"地广非久安之计，民劳乃易乱之源"，作为明朝的开国皇帝，明太祖朱元璋敏锐地认识到了动乱的根本在于民不聊生，民不聊生的根源在战乱。明朝初建，经过十几年的战火兵燹，生产凋敝，生灵涂炭，需要休养生息；因此，采取和平的边防政策，期望"与远迩相安于无事，以共享太平之福"就显得尤为重要。

"海外蛮夷之国，有为患于中国者，不可不讨，不为中国患者，不可辄自兴兵。"这是朱元璋的底线。从洪武二年（1369 年）开始，他多次致书元朝末代皇帝妥懽帖睦尔，劝他"奉天道，顺人事，遣使通好，庶几得牧养于近塞"。洪武元年（1368 年），大将徐达在进攻元大都时，就问朱元璋：如果攻克大都，元帝北走要不要穷追？朱元璋回答说：不要穷追，只要"固守封疆，防其侵轶可也"。后来，他又指出："唯西北胡戎，世为中国患，不可不谨备之耳。"朱棣也曾讲过："虏为边患，驱之足矣。"朱棣认为："华夷本一家。朕奉天命为天子，天之所覆，地之所载，皆朕赤子，岂有彼此！"他把蒙古族当作一家人，即位之后就派使者向其通报，后又多次遣使者告谕，并馈赠礼物，希望与他们和好。

朱元璋甚至认为，国家这么大，需要有人耕田，也需要有人放牧，互相不可代替，元朝的势力退回到漠北，正好可以守护草原，发展畜牧。

这样的胸襟，是之前的皇帝少有的。

有了这样的和平政策，为什么要耗费巨大人力、物力、财力修建嘉峪关呢？这是因为，和平，从来都是以牺牲为代价，以强大的实力说话，不然，就会被阴谋和野心家所践踏。

在河西大地上，嘉峪关的崛起，并不是偶然的。

历史的烽烟散尽之后，尘埃落定，嘉峪关开始进入漫长的夯筑时代。马车、牛车穿梭而行，戈壁滩上人欢马叫，沙尘阵阵，亘古的沉寂，一下子打破了。

公元1372年春天，朱元璋派兵十五万，遣徐达、李文忠、冯胜，分出中路、左路、西路远征朔漠北元。浩浩荡荡的大军，所到之处，所向披靡。征西将军冯胜至兰州，遣右副将军傅友德率五千骁骑为前驱，先趋凉州击败元失剌罕之兵；至永昌，又败元太尉朵儿只巴于忽剌罕口；六月兵至扫林山（今山丹县东），冯胜率大军亦至，共击元平章百花，降元太尉锁纳儿加等，元将上都驴知率所部迎降。冯胜等抚辑其民，留军守之。遂进军亦集乃路，元守将卜颜帖木儿率军民降。师次宾都山，元岐王朵儿只班遁去，追获其平章长加奴等二十七人及马驼牛羊十余万。随后傅友德师进瓜、沙二州，又败元兵，获金银印及马驼牛羊二万余而还。这次大规模的战斗，扫平了元朝在甘肃的势力，使甘肃以及甘肃周边的广大地区尽数揽入大明朝的统辖之中。

也是这一年，冯胜在完胜班师途中，相度地理形势，一下子瞄准了肃州西70里的嘉峪地区。这里是河西走廊南、北山系拱合最狭窄之处，地势险要，南面是嘉峪山，北面是黑山，两山对峙，中有平冈，南北相距最宽处30里，最窄处16里，势如酒泉盆地之瓶口，是一处战略要地。事实上，自古以来，嘉峪关一带就是西域入贡的必由之路，一直被称为“酒泉门户”“河西咽喉”“中外巨防”。宋元以前，有关无城。于是冯胜决定在嘉峪山麓西北余脉处——九眼泉冈塬上建关筑城，扼控咽喉。冯胜选址建关，当年开始筹备兴建，于次年筑成一座周220丈、高2丈余、宽厚丈余的无楼土城，结束了嘉峪关有关无城的历史，标志着嘉峪关城从此筑起。

这一史实表明，明对元朝的战争基本结束，但元朝的军事实力并没有完全被摧毁，一部分元军退守到了漠北，对于中原的朱明王朝，是一个潜在的威胁。

这时候，嘉峪关横空出世。据历史记载，嘉峪关“初有水而后置关，有关而后建楼，有楼而后筑长城，长城筑而后关可守也”。此时的嘉峪关，虽然占据了天时地利，但已经成为民族矛盾冲突的焦点。

随着军事冲突和矛盾升级，嘉峪关从建关到成为坚固的防御工程，经历了 160 多年的时间。这也是朱元璋巩固西北边境的有力举措。

嘉峪关不是孤立的，它仅仅是一个防御体系链条中最突出的一环。向东，向南，向西，向北，只要嘉峪关一声呼哨，整个防御体系中的每一个环节都会像狼群一样，露出它的牙齿，将来犯者撕个粉碎。

细细踩踏，嘉峪关的防御，牵一发而动全身。嘉峪关关南、关北长城，从讨赖河峡谷北岸经关城至黑山石峡口北侧山腰，全长约 15 公里；嘉峪关东长城，从关北长城新腰墩起，沿东北方向经野麻湾向东至新城堡中沟与肃州北长城相接，全长约 37 公里；西起野麻湾经新城、两山口、明沙窝至下古城的北长城，全长约 35 公里。

嘉峪关南北长城是以嘉峪关城为中心，南连讨赖河北岸，北达石峡口山腰，弧口向西的弧状城墙。随着弧口延伸，嘉峪关南边塞越过讨赖河，逾文殊山进入祁连山区，沿讨赖河，因河为塞，又铲削山崖为障呈南偏西方向延伸到卯来泉堡西南的肠子沟红泉墩、红泉堡而止，全长约 45 公里。嘉峪关北边塞经石关儿口、向外延伸，西北至榆树泉墩、回回墓墩、上柏杨林墩、下柏杨林墩、骟马城墩等，接近赤斤蒙古卫地。

设计修筑嘉峪关南北长城在其延伸线上建堡、营、烽燧，其目的无疑在于封闭整个河西走廊西部。

嘉峪关各长城及其延伸线上，先后建了不少城堡，作为嘉峪关防线的补充和完善。像筑于长城沿线的野麻湾堡、新城堡、石关儿营、黄草营盘、钵和寺、双井子堡、骟马城等；也有建在靠近祁连山险要隘口的城堡，如塔儿湾堡、金佛寺堡、卯来泉堡、红泉堡和一些村庄所建的屯庄和营寨，如安远寨、横沟屯庄、寺营庄子等。以关城为中心，再加以长城沿线和险要隘口，紧要地段所建的堡城、营、寨都有兵马驻守，大大增强了嘉峪关的防御能力。

长城和长城延伸线及一些要紧地带所建的烽燧也是嘉峪关防线的组成部分。嘉峪关南、北、西三面皆和少数民族接壤，可谓多面受敌，保障之务，唯恃烽堠，以为防御。嘉峪关附近的烽燧，一般都有台，有坞（作防御用的小型城堡），有壁（围墙、营垒），由关、堡、营管辖。主要用来观察敌情和瞭哨，兼作防御。每座烽燧 5 ～ 7 人，多者可达 30 多人。小墩只一台，一般 3 ～ 5 人。

据《肃镇华夷志》载，嘉峪关所管腹里沿边境内烽燧 39 座；新城堡所管腹里沿边烽燧 18 座，境外烽燧 13 座；卯来泉堡所管烽燧 11 座。

表面上看来，长城是把游牧和农耕隔离开来，但是，正是这种隔离，才赢来了各民族的正常交流。正统之前明朝没有展开大规模的长城修筑，那时游牧民族的犯边之事，史不绝书，而由此引发了一次又一次大规模的战争。朝廷动用的兵力不是几千、几万，而是十几万、几十万。长城修筑之后，大规模的征战越来越少，而且随着长城这一防御体系越来越完善，出现了“不复入套者二十余年”，“数十年得无事”以及“隆庆和议”的和平局面。这就是历史。

明代甘肃镇、肃州卫辖下的嘉峪关的防御体系可称得上是全方位的综合防御体系。尽管战争兵燹经常笼罩着嘉峪关、肃州地域，但由于嘉峪关防御体系之缜密，较阳（阳关）、玉（玉门关）犹严，不仅遏制了战争的频发，还促进了嘉峪关一带各民族的融合发展。

八

在长城沿线的线性防御体系中，有一个广大的纵深，到了嘉峪关，就突然显现出一种盛气凌人的傲慢。

明代弘治年间，任兵部尚书 13 年的马文升说：“太祖高皇帝龙飞淮甸，奄有万方，定鼎金陵，统驭夷夏，其于四方之险，无所不饬，而于北虏尤注意焉。故于甘肃、大同、宣府、大宁、辽东俱设都指挥使司，并于宁夏设立数卫以屯重兵，又建封肃、庆、代、谷、宁、辽等王，以为第一藩篱。其宁夏有贺兰山、黄河之险，复自偏头、雁门、紫荆居庸、潮河川、喜峰口，直至山海关一带，延袤数千里，山势高险，林木茂密，人马不通，实为第二藩篱。”

从中可以看出，明代自洪武年间开始，长城沿线就建立了有两个层次、纵深相当大的防御体系。

《肃镇华夷志》上说：“西自嘉峪关起，东至临河堡花墙交界止，广二百七十里；北至新修边壕起，南至祁连山止，延袤一百五十里，计其边壕，其长三百三十一里。又记：所属边墙一道，西南自嘉峪关所管讨赖河南岸墩起，东北至下古城堡所管东河深止，共长一百四十里，山壕一道，自河深起，肃镇界牌墩止，长二十八里。”

从嘉峪关的守卫上来看，嘉靖十九年（1540年），关南关北长城重修，嘉峪关防御体系基本建成后，巡抚陈卿出巡至嘉峪关，奏设防守官一员，添兵500名，当为嘉峪关兵员最盛之时。据嘉靖二十六年（1547年）张雨著《边政考·肃州图卷》载，当时嘉峪关有把关指挥一员，管队官员齐全，防守官军388人。另有按伏官一员驻金佛寺堡，驻按伏军200人。有掌堡官一员，驻于相关之堡。隆庆二年（1568年），总督王崇古言：“嘉峪关三面临戎，势甚孤悬，宜设守备防御。”于是设置守备官。有明一代在嘉峪关防线内兵力部署有一定规模，防御的范围也是广阔的，幅员有二三百里的范围。

嘉峪关是明代丝路上的交通要冲。每年从西域来朝贡的方国、部族或商队有20～80个之多，都须入关进入中原。关西只有一条道路，出口经大草滩、惠回堡、赤金峡、哈密等进入西域。东去经安远寨、丁家坝到肃州，或经野麻湾堡、新城堡、果园到肃州。

为了方便商旅和使臣及物资贡品运输，嘉峪关内外设有驿站嘉峪驿、肃州驿、双井驿。

从朱元璋开始，明朝所有的皇帝都从自身统治利益出发，尽可能地通过朝贡贸易与西域诸国修好关系。其目的是通过与西域的朝贡贸易防止和分化元蒙遗存势力与西域诸国结盟，从而减轻明朝西北边防的压力。这就是说，与西域的朝贡贸易是明朝外交政策核心内容之一，是明朝的基本国策。而这一政策是由设在河西的甘肃镇负责执行，嘉峪关则是具体实施这一政策的前哨和重要场所。

从哈密到嘉峪关这段丝路是西域朝贡使臣前往中原的必经之路，是大明朝的边防神经，是大明王朝高度关注的地方。甘肃巡抚许进在《平番始末》中说：成祖所立哈密卫“外连罕东、赤斤、苦峪等卫，使为唇齿；内连甘肃等卫，使为应援。若哈密有警，则夷夏共救之”。明朝要求哈密等卫首领随时奏报西域地区的军事情况，以便甘肃镇作出迅速的反应。对于哈密卫内部蓄意破坏朝贡贸易者，明朝要求将其扭送甘肃镇惩处。吐鲁番残破哈密卫之后，明朝经过几代人长期论战之后，不得不面对现实与西域崛起的强大的吐鲁番势力修好关系，确保了贡途的再次畅通。

整个明代，中原王朝始终是丝路贸易中的主角，并为此付出了巨大的代价。阿里·玛扎海里在《丝绸之路：中国—波斯文化交流史》中指出："丝绸之路仅仅依靠中国，而完全不依靠西方。这不仅仅是由于中国发现和完成了这条通向西方的道路，而且这条路后来始终都依靠中央帝国对它的兴趣，取决于该国的善意或恶意，即取决于它的任性。"正是由于明帝国是亚洲乃至世界的一大强国，因而它有责任和能力经营丝绸之路，丝绸之路上的朝贡贸易是明朝国防战略体系中主要内容之一。

嘉峪关北部黑山口，有一阴刻石碑，是万历年间肃州兵备道郭师古的手迹，上书"北漠尘清"四个大字。也就是说，从洪武初年，嘉峪关的修筑，到万历年间，近 200 年的时间，嘉峪关已经实现了彻底的和平，整个北漠天空澄明，连一点儿灰尘都没有。可以说，北漠尘清，是嘉峪关树立起的一座和平丰碑，它真实地再现了嘉峪关巨大的历史作用。

由此，我们可以这样认为：嘉峪关始终绝非仅仅是一道自我封闭的围墙，而是中华民族开发、建设边疆，传播传统文化的一项宏伟事业，是中华各民族融合发展的不朽丰碑，是中外经济文化交流的历史见证。

长城笔记

下卷

胡杨 著

燕山大学出版社
·秦皇岛·

第六部分

河西商贸之路

驼铃叮叮

——长城沿线的商贸与文化

那荒漠中起伏的群山

戈壁、沙漠、荒原
草原、谷地、冰川
猖獗的暴风雪
肆虐的沙尘暴
在永远的苍茫和孤寂之中
地平线上浮出一支顽强的驼队
悠扬的铃声
穿越千沟万壑
如同荒漠中起伏的群山
……

对于这样的情景，一些著名的历史学家作出了不容置疑的判断：如果没有对骆驼这种动物的驯服，中亚的商业文明就要推迟很长时间才能出现。

是的，是骆驼伴随着人类走过了这段异常艰险的路，驼背上的物质不停地交换着，人们又用不同的物质想象不同的地域，改变自己，包括保持已久的生活方式。从此，以丝绸为代表的一个商业时代开始了，在广阔的无人区，历史记下了人类和骆驼的身影。

这是一条古老的商道，无数的人带着梦想从这里走过，梦想给他们的生命注入了无法抑制的热情，虽然这样的热情有时候浸润了苦难和血泪，但一直延续着……人类的奋斗使漫长的中国古道刻在了地球上。

史前的陶器技艺被认为是沿着北方荒漠和西藏边缘的道路从一个村落到另一个村落传播并积淀下来的。也是这条路，使佛教的朝圣者们从印度经阿富汗带来大量佛经，为罗马贵族带去无数的丝绸，并使玉石、矮种马通畅地进入中国。第一次世界大战后，数以千计的俄国人为了避难，使它成为逃亡的通道。20 世纪初，新疆的羊毛、葡萄干和矮种马，也是通过这条道路源源不断地运往内地。

当岁月的尘埃落尽，漫长的中国古道，不仅有流失的血、白骨和断戟，古奥陌生的种族语言与风俗，大地草泽中孑遗的古城堡、瓦裂的帝王功勋以及被漠风吹散的残章断句，还有多彩多姿的山川地理，更透射了一种凝重、辽阔、悠长和沉静，它是人类回眸家园时全部的温馨和激情。

在莽莽苍苍的沙漠和戈壁，那些飞驰的骏马，那些顽强的骆驼，把人类的理想和信念推向遥远的地平线，那是多么壮观的情景，残阳如血，黄沙如金。即使是一棵匍匐于地的小草、即使是一朵瞬间盛开而又瞬间被狂风吹落的野花，也极力保持着自己生命的尊严。那些战争中的流徙者，那些千里而来的开发者，那些边地的刑徒，还有那些威风凛凛的使者与那些疲惫不堪的商人、旅客，一路晓月，一路晨霜，一路酷日，他们追寻的目光，如一汪洁净的泉水，永不枯竭。漫长的中国古道，跨越省际线、跨越国际线、跨越洲际线，他们像星辰一样闪动在亚细亚的广袤的暮霭中，从一个黎明到另一个黎明。他们留下的脚印，被风沙覆盖，又有脚印踩上去，几个世纪以来，他们为土地赋予了激荡的血液。而他们自己长久地保持了那种崇高的生存精神。“大漠孤烟直，长河落日圆”，沧海桑田，曾经的车马喧闹与驼铃叮当，烽火狼烟与刀锋交错，远去了，唯有这博大的自然画卷长留人间。那耸立于戈壁之上、湮没于流沙之中的古城堡、古长城，处处雕刻着岁月的印痕，一层层版筑的夯墙，一片片破碎的秦砖汉瓦，它们如同大海中的岛屿和浪花，又如同一粒粒占据特殊位置的棋子，摆放于荒野的棋盘上，记载着生命，记载着强大的死亡。而那些孤独的坟冢、尘封的石碑，则是板结的历史，风化的岩叶。它们被一切的光芒、一切的悲壮、一切的苦难充注、浸淫。它们共同谱写了漫长中国古道上的文化篇章。

在高山峡谷和冰川地带，峻峭奇险的喜马拉雅山、昆仑山、唐古拉山、巴颜喀拉山构成了中国古道的地形骨架。深山古刹，佛门圣地，仰止于荒岭星象，拊掌于高崖石窟，感知其血温，辨读其脉络，生命中潜伏的精神知觉被唤醒，那是一段令灵魂芬芳的旅程。在不断行走的路上，“明月出天山，苍茫云海间”的豪迈与辽阔，“北风卷地百草折，胡天八月即飞雪”的奇异与壮美，令人视野为之开阔，心胸为之豁达。

在草原和雪山，牧歌、舞蹈、奶液和酒，这些诗意的元素，与湖泊、海子、森林、河流，一起营造了浓郁的风情。这里的人们，以自然的节律调整生活的步伐。飘着那白云的蓝蓝的天空下，是那洁白的羊群。对大地的感恩，对生活的喜爱，使它们情不自禁地像花儿一样摇摆，像雪水一样欢唱。“从这条崎岖的道路走出去，前面的地势绵延起伏，从这边坡上可以望见那边坡上的棉田和谷子”，这是 20 世纪 20 年代兰登·华尔纳的考察记录。那时候，路边的货摊儿上搭着篷子，摆着可口的黄瓢西瓜。客栈围墙圈起来的院子，原来是被掘开的一个高高的土山包，也就是窑洞。见有客人来，骡子乱作一团，母鸡不安地叫个不停，漂亮的喜鹊为院落平添了许多生趣。这是这条道路穿越黄土高原的一些实际情况。

那个年代，这条道路经过河西走廊，在嘉峪关下，却是另一番萧条的景象：每条大街小巷，除了路过并打算在这里居住的俄国难民或一些中亚人，再没有别的外国人，他们主要在街道上开面包房、经营贩马的生意。骆驼队在城里的每个街道穿梭，等待挣钱的买卖，铃声不断。有土匪劫财杀人的消息传来时，家家户户紧闭房门，如同天塌下来一般。骆驼在白天可以散开寻找有限的牧草吃，在夜晚就可能会遭到狼群的袭击。更多的道路上，乱山夹峙，碎石满道，沿途有长城的残垣断壁，有的地方形状尚完好，有的地方完全断裂了，有的地方已剥蚀成一座土丘，长城已完全丧失了军事功能，成为一种顽强不屈的景观。

这是一条漫长的古道，通过这些零零碎碎的20世纪20年代的故事片段，稍有常识的人都会知道，这是曾经繁华异常的丝绸之路。

在漫长的中国古道上，当欣赏变为沉思，当回忆逐渐沉醉，那些渐次明亮的风景，就如同绝世的雕刻，为历史所铭记，被心灵所崇仰。

丝绸是东方文明的代表物，也是古代中国对外贸易的拳头产品，绝艳的丝绸使世界认识了中国，使世界向往中国，使一条荒无人迹的商道有了活的灵魂，这样的丝绸，是永远的丝绸。

那些最早的丝绸，从历史深处飘过戈壁、沙漠，使黄土的色泽更加鲜亮。

那些经年的丝绸，从墓穴和古遗址中走出，为时间证明。

那时候，丝绸比所有的纺织品都绚丽多彩，因此这大规模的贸易，这血汗、智慧和勇气蹚出的路径，用丝绸的象征性，永远地留在了人类的记忆中，成为一个民族的标记。

前53年，古罗马“三头政治”之一的执政官和叙利亚的总督克拉苏鲁莽地率领七个军团杀向东方，当他们在巨型皮鼓的阵响中目睹绣金的、颜色斑斓的军旗后，自信之堤崩溃了。

就是这丝绸，摧毁了强悍的军魂。

数年之后，罗马人开始以使用丝绸为荣耀，丝绸这种新颖的产品具有了高附加值的精神力量，渗透到了贵族阶层的风俗习惯中。

丝绸以她的美艳和神秘，成为西方叙说中国的话题。在中国，从汉代开始，丝绸就和粮食一样，作为支付官吏俸禄的物资。丝绸的生产程序、养蚕术和蚕茧处理技术严格保密，把蚕卵和蚕茧带出国境的人，要被处以极刑。难怪历史学家惊呼：世界上任何一种机密都没能像丝绸的生产工艺一样，保持如此之久而不被泄露。很久很久以后，西方对丝绸的认识，才达到“树上结出的金羊毛”这一高度。丝绸传播着古老东方文明的神韵，她历经长途，从长安出发，沿着河西走廊，在塔克拉玛干沙漠的边缘，起伏于驼峰之上，沐浴朝露夕阳，抵达远方。

丝路驼铃，人们回想过去的这段旅程，总被勾起传奇般的遐想，为历史补充丰富的细节。丝绸，永远的丝绸，在人类的天空，她是永不消失的阳光。

在很长一段时间，中国的对外交往是通过一条异常艰险的丝绸之路完成的。渭河流域以西，过河西走廊，穿越茫茫无人区，抵达中亚、西亚、欧洲，那时候，丝绸之路上的贸易似乎有着无限的活力。

沙漠上骆驼逶迤前行，叮当的驼铃，对于寂寞的骆驼客来说，是最动听的音乐。除此之外，驼背上被麻布捆得严实的物资，更是他们的利益所在。无论走到什么地方，只要那些东西还在，他们的脸上，就总是有着灿烂的笑容。那个时代，丝绸贸易的巨大利润，使无数的冒险家赢得了快乐，也品尝了痛苦。

西汉初年，汉朝国力虚弱，对匈奴实行“和亲”政策，把宗室中成年的女孩嫁给匈奴单于，并每年送给他们大量的絮、缯、酒、米等衣料、食物，还在边境设市贸易，主要以轻便易带、单位价值较高的丝制品为主。史载汉使到大宛，“非出币帛不得食，不市畜不得骑出。所以然者，远汉，而汉多财物，故必市乃得所欲”。西汉的拳头产品是丝绢，西域的拳头产品是良马。此外，中原内地通过丝绸之路输往西域的，还有漆器、铜镜、黄白金，铁器铸造、开凿井渠及建筑技术等，汉朝从西域得到的，除了梦寐以求的宝马，还有玉石、葡萄、苜蓿、石榴、胡桃、黄兰、酒杯藤、胡麻、胡豆、大蒜、红蓝、乐器等等。

那时候，中西往来的商人和使者们虽然心怀某种特别的好奇，但那漫长的旅途，确实是很辛苦的，有时要付出生命的代价，但前赴后继的人们还是完成了自己所担当的使命。《汉书·西域传》上说：“拥强汉之节，馁山谷之间，乞匄无所得，离一二旬则人畜弃捐旷野而不反。又历大头痛、小头痛之山，赤土、身热之阪，令人身热无色，头痛呕吐，驴畜尽然。又有三池、盘石阪，道狭者尺六七寸，长者径三十里。临峥嵘不测之深，行者骑步相持，绳索相引，二千余里乃到县度。畜坠，未半坑谷尽靡碎；人堕，势不得相收视。险阻危害，不可胜言。"

丝绸之路兴盛之时，数以千计的过往商人、使者，数以万计的驻防和戍守军人需要食物和军需品的供应，从经济的角度看，这促进了商业活动。丝绸之路阻塞的时候，西域各民族和中原内地的贸易无法正常进行，他们或者武装抢掠，或者通过"献国珍宝"而得到中原王朝的黄金、锦绣、缯布絮、饮食等赏赐，或者"远驱牛马，与汉合市"而获取自己需要的物资。

丝绸之路上的重镇，在设县、修官府的同时，也规划和修建了"市"，"市"是商品交易的地方。汉简中记载"酒泉郡中，持牛车二两，谨案：市人省毋官狱征事""家私市酒泉，持牛车二两……"，这极大地满足了经济贸易的场所要求。

古代，丝绸之路的起源和发展，是贸易的力量。至于后来它所发挥的军事作用和文化交流功能，却是副产品。

有了墙，就有了冲破墙的欲望，就有了交流的要求，在这时，长城与贸易并不是不可调和的矛盾，而是互为依存，互为促进。汉代的河西长城与河西贸易，正是体现了这样的关系。

汉武帝时代，在卫青、霍去病统率的军队远征匈奴取得决定性的胜利之后，西汉王朝又有一个大手笔：修筑了从黄河以西的永登至酒泉西北部的一条长城，史称"令居塞"。"令居塞"基本上坐落于河西走廊的行政区域之内。在河西广阔富饶的原野上，"令居塞"就像一条巨龙，带来了和平的期冀，播撒了文明的种子。

《史记·大宛列传》上说，"自博望侯开外国道以尊贵，其后从吏卒皆争上书言外国奇怪利害，求使""汉率一岁中使多者十余，少者五六辈，远者八九岁，近者数岁而返”……那时候，由张骞开一代风气，士大夫至一般百姓争相出使。汉使出行，携带许多贵重的财物，以政府的名义相送于西域各国，威风凛凛。虽然此一去八九年，少者也三四年，但人们还是乐此不疲。

那时候，河西走廊，就是这些汉使往来于西域的必经之道。其贸易形式也基本上是汉王朝与各国使节之间互赠礼品，这种只有政治意义的朝贡贸易，必然不会长久。河西长城修筑之后，丝绸之路的安全系数大大提高，以长城为主体的军事系统逐渐延伸，除护卫丝绸之路外，又为商人、使者提供了必要的后勤供应，极大地促进了河西走廊商业贸易的发展。

由于当时河西走廊的居民以军事移民为主，而戍边屯垦的现役军人在当地人口中又占有相当大的比重，使当地的社会生活具有浓重的军旅色彩，民间贸易的形式也自然受到这种文化基调的影响。汉武帝执政初期，“明和亲约束，厚遇，通关市，饶给之，匈奴自单于以下皆亲汉，往来长城下”。“通关市”是河西地区依托长城实现贸易交流的重要渠道。《后汉书·孔奋传》记载，两汉时“天下扰乱，唯河西独安，而姑臧称为富邑，通货羌、胡，市日四合，每居县者，不盈数月辄致丰积”。当时被称为“脂膏之地”的姑臧，是武威郡治所在，作为河西东段的“富邑”，其经济地位的确定，是以“通货羌、胡，市日四合”的贸易条件的便利为基础的。河西因贸易之发达实现了地方的富足，许多贸易制度，因为长城防区社会生活军事化的特点，可以顺利推行。另外，来自内地以服役者身份戍守长城的边卒多有私自出售所携带家乡出产织品和衣物的行为，这无疑为河西贸易的发展注入了鲜活的民间力量。

汉时，西域的良马是汉政府垂涎三尺的宝物，这些良马的贩运旅途漫长，河西草肥水美，就成了中转站。许多从西域赶来的骏马，在河西休养生息，等适应了河西的水土，再赶往内地，往往比较妥当。

长城一线，增强了汉政府的国防实力，保障了丝绸之路的安全并为之提供了可靠的供给。

万里长城万里长，长城两边是故乡。从表面上看，长城是一条冷酷的军事防线，不近人情，远离人间烟火；实际上，长城地带巨大的经济辐射作用一时一刻也没有停止。各地的军人给边区带来了先进的思想观念和生活方式，军屯又带来了先进的生产力。长城线上频繁的贸易活动，满足了各民族人民的生活需求。因此，一座长城，就是一座经济堡垒。

长城一直向西延伸，加强了天山以南地区和中原两大农业区的联系，从而自然形成以长城为中介包括农业和畜牧业的两大经济部类。长城在这时候，充分显示了它的经济功能。

可以想象，在空旷的戈壁、沙漠、草原，一行驼队迤逦前行。风雪、沙暴，严酷的自然环境、高山大河的天然阻挡，这些都无法阻止人们展开经济交流的步伐，而“靠山吃山，靠水吃水”的匪徒，却是真正的丝路贸易的死敌，有了他们的存在，正常的贸易往来不仅增加了交易成本，而且有时还要付出生命的代价，因而丝路贸易也成为“冒险家”的天堂。毋庸置疑，在当时社会，长城修筑的原因是保护中原先进的农业经济和文化的正常发展，阻止游牧民族的掠夺与骚扰。从秦汉至明朝，历代统治者都动用强大的社会力量和国家财富，修筑和完善长城，以“障御”北方的游牧民族。中原经济文化的发展和积累，使长城带成为一个先进经济体和文化圈的扩散和聚合带。通过长城，中原发达的经济，强烈地影响了北方广大地区的发展，使民族地区的经济文化纳入了同中原密切联系的轨道，中原与边疆互相吸收先进的生产、生活方式，最先进的文明向中原地区汇聚。

长城自兴建以来，就成为农、牧两大文明注视的中心。一方面，中原统治者在修筑长城的同时，大规模向长城一带移民、屯戍，不仅开发了长城经济带，而且增强了长城的城防基础；另一方面，北方各少数民族如匈奴、羌、乌孙、鲜卑、突厥、回鹘、契丹、女真、蒙古、满等民族一次次潮水般涌向长城及长城周边地区开展经济活动，使游牧和农耕的交织地带，成为经济文化交流最活跃的地带。

为了实现守卫、通畅、交流的目的，长城与交通线编织了一个巨大的文化网络和经济网络。如司马迁记述：蒙恬“为秦筑长城、亭障”“堑山堙谷，通直道”。从那时起，京城与长城的各关口、长城与内地村镇、长城与长城之间，交通畅通、驿站遍设。由于交通的便利，经济和文化的传播和辐射加快了速度。

经济文化的传播与交流并不是单向的，漫长的历史过程中，随着少数民族的内迁、流动、进入长城腹地，各民族的许多先进生产方式如畜牧生产技艺、皮毛制作技艺，以及棉花、芝麻、花生、小麦、高粱、西瓜、葡萄、苜蓿等经济作物、蔬菜、水果等被引进；牧区的牲畜繁育、良种培育、兽医技术等等，在经济交流中也都得到了借鉴。

在长城地带，各民族在经济上相互联系、相互依赖、相互影响、相互推动、相互渗透，在长达2000多年的时间里，保持了持续不断的商品贸易活动。长城带古代商业的主要形式是互市贸易，它包括由官方垄断的“官市”，如绢马贸易、茶马互市、马市等；与民间贸易的“民市”“私市”等。

过去的日子里，长城地带常常是“蕃贡继路，商贾交入”“职贡不绝，商旅相继”……一支支庞大的进贡使团和商队，在长城下行进，应和了那个时代的步伐。

经济与文化是一对孪生兄弟，经济的发展必然带动文化的繁荣。长城一线，经济交流带来了文化上的认同，文化上的认同又使民族间的冲突演变为互相改变、互相融合。

长城地带各民族的文化交流，始终是以汉文化为主流。

汉族的语言文字、思想观念、文化艺术深刻地影响着长城带少数民族的文化发展。汉族的语言文字在各民族中有着广泛、深厚的影响，《汉书》至今保留着匈奴与秦汉王朝的书信往来的史料，反映着当时尚无文字的匈奴通晓和使用汉语、汉文的史迹；新疆南北各地出土了大量木简和铸有汉文与佉卢文两种文字二体合璧的“和阗马钱”；有的民族，如党项族仿照汉字创制的西夏文（蕃书）、契丹族借用汉文笔画创造的契丹文和女真族参照汉文与契丹文创造的女真文等的民族文字，都受到汉文的深刻影响；在各民族语言中大量使用汉语词汇，使许多民族诸如乌桓、鲜卑、契丹、女真、满、回、东乡等古今民族逐渐采用了汉语、汉文。上述史实清楚地向世人昭示，汉语、汉文在长城带各民族中有着广泛、深厚的影响。儒家思想和汉族的礼仪及典章制度，历代都对各民族产生过巨大影响。许多民族和地区都发现和出土有《论语》《孝经》甚至《礼记》木简。大量的汉文经、史、典籍被译成民族文字或被口头传承，在长城带各民族中广泛流传，有的儒家文化还演化成少数民族的民族习俗。汉族的建筑艺术对各民族也有着广泛而深刻的影响，差不多整个长城带各民族地区，甚至今天境外的周边国家都有秦砖汉瓦出土，有汉、唐、明、清的汉式建筑存世，受汉式建筑强烈影响的民族和地方建筑更是无处不在，它们世代向人们展示着建筑文化的交流成果。汉文化不仅对长城带各少数民族的文化发展带来巨大影响，更通过长城带各少数民族播向四方。丝绸之路上的历代各少数民族将汉文化传向中亚、西亚、欧洲和非洲，中国的四大发明从这里播向世界，而长城带东部的历代各民族则肩负起将汉文化传播到整个朝鲜半岛和漂过日本海的重任。

在汉文化向长城带各民族地区扩散的同时，各民族文化也向中原汇聚。汉文化混合、融会各民族文化，其发展受到各民族文化的强烈影响，衣、食、住、行和文化艺术无所不包，体现着长城带汉文化的包容性和多样性。少数民族的农业技术和农作物品种大量传入中原，丰富和增强了汉民族的物质文化生活，极大地改变着中原汉族的衣、食结构。从赵武灵王提倡“胡服”到清代的“旗袍”“马褂”，在服饰演变过程中，汉文化受着历代少数民族的影响。在饮食结构中，前述农作物和来（小麦）、牟（大麦）以及磨面方法从西域和其他民族地区的传入，改变了中原汉族以五谷为主食的膳食种类和习惯，大大丰富了汉民族的饮食文化。中原汉族自汉代开始吃面食，称面食为饼，分而言之，有胡饼（烧饼）、馒首（馒头）、汤饼（汤面）、蒸饼、煮饼（水饺）、混沌、水溲饼（凉拌面）等名称出现，并且面食逐渐变为长城带汉族普遍而重要的食品，面粉则成为创制许多特色食品的基本材料。长城带汉民族的饮食文化受到各少数民族的强烈影响，只是人们在历史进程中早已世代习以为常而不自知罢了。

汉民族的起居生活同样受到长城带各少数民族的影响。胡床（马扎子、高坐凳之类）自汉末从西域传入中原，引起汉族习俗的一场革命，它的传入和广泛应用，改变了汉族席地而坐、没有座椅的习俗。使“席地而坐”这一反映中原原来真实生活习俗的成语发生了改变。自汉魏迄唐，豪门贵族逐渐时兴坐踢床，宋代便开始有桌子、椅子、杌子等家具，到元代，西域民族的凭桌椅习俗传入长城带并在中原普遍使用，汉族人的双腿和膝盖才离开了地。这是汉族生活方式的一大进步。

长城地带各民族的文化艺术对汉族的文化艺术发展有着极大的影响。乐器如笛子、琵琶、箜篌、胡琴、羯鼓、腰鼓、唢呐等都是由长城一带的少数民族传入，四方的歌舞及杂技、龟兹乐舞、西凉乐舞等一时风行。

从另一个角度看，长城地带曾是佛教、伊斯兰教文化的中心地之一。佛教从1世纪左右沿着丝绸之路经大月氏向东传播扩散到整个长城地带，少数民族成为佛教的主要信奉群体，佛教寺庙、佛塔、石窟寺等佛教文化建筑及遗迹、遗物中，长城地带所占的比重也很大。伊斯兰教也是如此。另外，佛教艺术中的绘画、雕塑等，也深深地刻印了少数民族的文化特点。

一条长城，把风俗、风物和具体的生活方式全部串联了起来，使中华民族的大融合有了实实在在的根源。

对整个河西走廊乃至世界来说，唐朝是个大时代，人们向往这里的热情与繁华，向往这里争奇斗艳的物产。西域诸国的商人不辞辛苦、不远万里在河西各地及皇城长安选择自己喜爱的物品，有的甚至在河西和中原定居。思想的大解放、地域的大开放、文化的大交流，促进了经济的大繁荣！

汤因比曾问：如果有机会生活在古代中国，你愿意生在哪个年代？我的答案无疑是唐代。唐朝，在中国历史上，在丝绸之路的历史上，是一个大时代。丝绸之路把首都长安和中亚、西亚、东欧等地区紧密地联系在了一起，联系它们的纽带，是商业贸易。从总的情况来看，丝绸之路编织了一条巨大的交通网。沿途的市镇，又通过纵向和横向的延伸，将丝绸之路两侧更远的地区纳入这个交通网，使这个交通网成为一个发达而又便捷的交通体系。在这个交通体系中，有密如繁星的城市，有控制人员往来的关、卡、守捉，有提供食、宿、草料的驿站，有林立的客店和商铺，也有大型的“市”（即现在的集贸市场）。不少已经出土的文书和简帛都记录了西域商人前来内地经商的事情，如《开元二十年瓜州都督府给西州百姓游击将军石染典过所》中记载石染典一行有作人、家生奴四人，驴十头，至瓜州“市易事了，今欲往安西”，中间又到沙州（今敦煌）、伊州（今哈密）市易，过所上有沙州市令、伊州刺史的押印，他们的往来行踪，有着严格的路线图。

唐朝初期，对于“市”的设置有着硬性的规定，“诸非州县之所，不得置市。其市当以午时击鼓二百下而众大会，日入前七刻击钲三百下散。其州县领务少处，不欲设钲鼓，听之”。到了后期，随着商品交换活动的日益频繁和商业经济的不断繁荣，各地普遍出现了草市、集市，一些人口集中的城市还出现了夜市。加之丝绸之路沿线自古就是多民族聚居区，每个民族的生产、生活方式不尽相同，必须通过商业交流调剂生活余缺，交换产品的欲望和要求强烈。在河西走廊一带，出现了凉（武威）、甘（张掖）、肃（酒泉）、沙（敦煌）等一批著名的古代国际性市场。

唐代，丝绸之路沿线地区物产丰富，见于记载的有粮食、瓜果、油、麻、布及野马革、羚羊角、牛羊皮毛、牛酥、毡毯褐等，比较有名的有凉州的草编织品、肃州的夜光杯等，还有琳琅满目的地方特产如麝香、甘草、雄黄、枸杞、苁蓉、黄矾、石膏、蜜蜡等。那个时代，粮食的交易受到严格的控制，唐永泰年间（765—766年），《河西巡抚使判集》中有甘州向肃州籴粮，“肃州请闭粜，不许甘州交易”，以防止本州粮食外流；河西巡抚使仲裁词中要求双方“商贾往来，请无壅塞。粟麦交易，自合流通”，以民间的商贸交流来解决个别地区的粮食紧张。

来往于丝绸之路的贸易者，一是各民族政权的使臣，二是商人，三是僧侣（即职业的宗教家）。他们不辞辛苦，来回转运各地的货物，满足各地的需求，虽然他们从中获得了巨大的利益，但在那“危峰峻壑、猿径鸟道、路眠野宿、杜绝人烟、鸷兽成群、食啖行旅”的艰难条件下，他们缔造了丝路地区的经济发展面貌。

河西地接西域，毗连中原，不仅是战略要地，还是文化上的过渡带，也是往来贸易的中转站。河西走廊的自然环境和地理位置直接决定了它的商业地位。自古以来，河西多为商贾云集之地，其各行各业的发展，无论是兴盛还是衰败，总带有东西文化的印记。因此，我把河西走廊称为“东方走廊”！

河西是一个土壤肥沃、水草肥美的农牧区，也是一个蕴藏着无数宝藏的矿区，祁连山中储藏了丰富的金、银、铜、铁等矿石，可以说，在广大的河西走廊，从戈壁到深山，从中心到边缘，遍地都是宝。

河西的手工业，主要是农具、生活用具、农畜产品和副业产品的加工。在生产小商品的个体手工业中，很大一部分是农民利用农闲兼营的，因而与农业生产保持着极为密切的关系，主要有金属制造、皮革加工、织染、造纸、木器、石器、鞋帽、缝纫、酿造、草编、化工等。

金属制造业，一般为小型的铁匠炉、翻砂炉、铜器、铅器、铁皮加工制造铺等，主要产品有犁铧、铁锅、火盆、火炉、铁锨、锄、耙、镰刀、铲、斧头、切刀、马掌、铁钉等。铜加工的产品多为生活用具，如火炉、脸盆、锅、勺子、壶、灯、锁、墨盒等；铁皮加工的产品有烟筒、茶壶、漏斗、水桶等。以上各种小作坊、小店铺在河西各地的城镇多有开设，但也有流动的钉碗、补锅、打箍的手工业者，一副挑子、几件家当，风里来雨里去，很是辛苦。木器主要为加工家具，如风匣、蒸笼、桌、凳、箱、柜、桶、棺材、大车等；石器主要为碾子、石条、石滚、石磨等。

织染在河西较为普遍，丝麻纺织早在汉代就已经在河西盛行，居延汉简中记载：西汉时酒泉郡福禄县即产丝帛。敦煌汉简中亦记载，西汉中、晚期河西就有各类布匹。在古代，河西以畜牧业为主，大量的皮毛被织成了毡、袜、毛衣等，各类布匹的原料均无法考证是来自河西本地，还是从中原转运而来。文献中记载，由于战争频繁，河西的丝织业时断时续，至清代光绪年间，曾一度在武威、酒泉、敦煌种桑养蚕，得到过一些收益，但因为规模小，缺乏扶持力度，后来就不了了之，只留下了几株点缀风景的桑树。

食品加工、酿造、榨油等较为普遍。主要有榨油、磨面、碾米、酿酒、造醋，其次为糕点、豆腐、粉条、豆酱、面酱、挂面、老酒、果干等。这些作坊分布在城乡各地，基本上为富裕人家所经营。

陶器全为粗陶器，主要为河西东部所生产，一般为日常用具，像缸、盆、罐、瓶、碗、盘、壶、砂锅等。

草编以芨芨草、柳条为原料，编织成绳、筐、背篼、抬笆、囤子、席子、簸箕等。

河西相对于中原，土地广阔，人口稀少，手工业的发展受到诸多限制。首先是生产分散、资本匮乏。个体手工业通常以一门一户为生产单位，绝大多数是夫妻、父子的连家铺。他们在生产上没有明确的分工，往往一个人要一揽子经手产品的各个生产环节，而且兼管销售和家务工作。形式上他们只能现卖现买，早起晚睡，求得温饱。如遇到事故，他们的生产就无法维系，更不用说扩大再生产了。

其次是工具简陋，技术保守。他们使用的工具极为笨拙，如铁匠铺里的炉子、砧子、风箱、钳子、锤子，木匠铺里的锯、斧等，不知道用了多少年，都没有丝毫的改变。同时，师傅对徒弟总是要留一手，也不轻易将所有的手艺传给徒弟。即使是将手艺传给自己的孩子，也是传男不传女。长此以往，技术的封闭与落后，就形成了恶性循环。

最后，季节性强，生产不稳定。手工业的生产往往受农业生产的季节影响，收割的时候需要镰刀；种地的时候，需要修理犁、锄头和铁锨……旺月活多得做不过来；淡月又闲得无事，生产上的不均衡，导致了手工业的停滞不前。

河西有丰富的黄金储量，采金被历代的统治者所重视。所谓的采金，全系挖沙淘取。河西的许多地方自古以来就是采金胜地。如古浪的金银洞，相传为汉唐时的金矿遗址；敦煌的七十二道金沟等。清乾隆五十二年（1787 年），官府规定：每年 2 千人夫入山采金，每夫每月交纳课金 3 分 2 厘，每年三月十日起到九月九日止六个月中共收课金 390 两，以后沿成定例。到了清道光、咸丰年间（1821—1861 年），河西的采金业不断发展，在安西的红柳园、玉门的赤金峡一带，这些古老的金矿，都有了“日出斗金”的传说。此外，在张掖、永昌、民乐、高台、武威、金塔等地，均发现清代或年代更远的采金遗址。根据 1943 年的记载，当时的采金区有武威的张义堡，天祝的天桥沟、金羌滩，张掖的宏安寺、梨树河、莺落峡，酒泉的洪水霸、马营河，玉门的大红沟，安西的红柳园，敦煌的大红沟一带等，年产黄金 8400 多两，分别为武威 200 两，永昌 200 两，天祝 1000 两，张掖 900 两，临泽 400 两，高台 300 两，酒泉 400 两，玉门 1000 两，安西 1000 两，敦煌 3000 两。

河西走廊在汉唐以前，就是中西陆路交通的必经之道。随着交通的逐渐畅通，商业也随之发展起来。早在周、战国时期，中国的丝绸就已向欧洲输出，到了秦代，丝织品更是行销西方各国。就拿印度来说，在孔雀王朝时代，中国蚕种的传播与丝绸的买卖，就已开始，但都要以河西为出入地。不过，在那个时代，河西为匈奴所占据，商路艰险，还不能有经常性的贸易往来。汉武帝初年，在河西通关市，与匈奴进行交往。匈奴以其出产的牛、马、羊、骆驼等，来换取汉帝国的缯、帛、酒、秫等。《史记·匈奴传》记载："武帝时……匈奴绝和亲，攻当路塞，往往入盗于汉边，不可胜数，然匈奴贪，尚乐关市，嗜汉财物，汉亦尚关市不绝以中之。"斯坦因的《西域考古记》也说，在敦煌掘得的任城亢父缣，在吐鲁番掘得的裹尸体的丝，在和田掘得的锦缎碎片，皆多属于汉代遗物。这些物品无疑是经过商贩交易而由河西走廊输入西域的。

自张骞凿空西域、汉帝国打败匈奴占据河西之后，中西贸易的商路正式开辟，大量中国的货物向欧洲运售，东西使者及商队的往还，络绎于河西走廊。《汉书·张骞传》中说，当时西行的使者和商队"一辈大者数百，少者百余人……远者八九岁，近者数岁而返"。这些使者和商贩携带很多的物品，如蜀布、竹杖、桂皮、桃、李、黄连、土茯苓等，但主要为丝、缯、缣、帛等丝织品。这些物品经过河西，远布于大夏、安息、大秦抵达地中海沿岸各地区。西域使者和商人也络绎不绝。就像《汉书·西域传》中所说："驰命走驿，不绝于时月；商胡贩客，日款于塞下。"为了便于汉帝国通商，大宛、大夏、大秦及西域的商人，许多都长期居留于河西和内地。西域商人，除了将牲畜兽皮等输入内地，还带来了西方精致的毛织品和一些瓜、果、植物的种子，如葡萄、苜蓿、蚕豆、石榴、西瓜、葫芦、胡桃、胡麻、胡蒜、胡豆、胡萝卜等。此外还有骆驼、驴、骡子、马等，通过这些商人，从河西源源不断地输入中原，河西走廊已成为庞大的中西经济交流的中转站。

那个时期，最为各民族所喜爱的内地商品主要有箅、栉、豆、橘、缣、帛、丝，还有黄金、铁器等。为了巩固国防，汉帝国明令禁止兵器和铁的输出。在重要的出境通道，进出货物必须经过验证，拿到“符传”，方可放行。

总之，无论是东来的还是西去的，其人、货都要通过“咽喉之地”的敦煌集散，在海路尚未发达之际，河西实际上扮演了中西陆路贸易的大商埠，敦煌则是“华戎所交一大都会”。

三国时期，河西商业以酒泉最为繁盛，设有东西二市，与羌胡进行交易。

隋朝与西域各国的贸易关系更为密切，当时的贸易中心在张掖。908 年，隋炀帝亲自到张掖，接见西域二十七国首领，并巡视互市的情况。

大唐帝国以河西为大本营，在西域设立了安西都护府，三万多军人长期驻扎西域，与当地的居民保持了经济文化上的联系。一百多年间，河西一直是内地与西域商业往来、文化交流的中心。据不完全统计，那时通过河西而长住于长安的商人多达四五千人。文献记载，古山丹城内六十个街市，突厥人、印度人等居住在这里的甚多。

宋元时期，河西虽为西夏及蒙古等族所占领，但双方在牛、羊、马与丝绸、珠宝以及日用品的交易上，仍然是很频繁的。

明洪武五年（1372 年），冯胜收复河西，设甘州、凉州、肃州、山丹等卫，修建了举世闻名的嘉峪关作为中外巨防，西域入贡的使臣及羌胡的商业贸易，多集合于肃州。到了嘉靖三年（1524 年），因吐蕃的侵扰，明朝遂闭嘉峪关，断绝了中外往来，河西的商业也逐渐萧条。

到了清代，禁止贸易交流物品的范围逐渐缩小，后来又与俄国订立条约通商肃州，在嘉峪关设置关税监督，征收洋货税款。此时，在河西经商的以山西、陕西和本地商人为主，冀、鲁、豫等地的商人也不少。山西商人多经营绸缎、当铺、汇兑；陕西商人多经营药材、鸦片；本地商人多经营粮食和土特产。

有关资料记载，清雍正八年至乾隆元年（1730—1736 年），仅酒泉一地，就有当铺七十九家。清末，武威有大当铺六家，小当铺七家；张掖有大当铺六家，小当铺五家；其他各地有大小当铺均不下三五家。当铺是一种本大利多的生意，在河西，资本最多的当铺有银五万两至十万两，他们每年向政府交纳“当帖税”银五两，就能受到官方的保护。有人生活无着的时候，就把自己的物什抵押给当铺，等有钱时再去取赎。无论何物，只能当得物什价值的三分之一，候赎的期限，有大、小当之别，大当期限两年，实际期限只有二十个月；小当期限一年，实际期限只有十个月，过期不赎，由当铺出号拍卖，官府规定大当利息三分，小当利息五分，后来也有大当五分、小当八分的。在青黄不接之时，农民为了交款清债，逼不得已，把农具典当抵押，以解燃眉之急。

钱铺，兑换银钱，捣赚“个头”，有的兼办汇兑和存款。他们主要是通过掌握市面上的金融状况，根据金融环境的松紧，抬高或者压低资产价格，从而获得利益。

汉代以前河西的交通运输工具，主要是骆驼和驴、马，河西四郡设置之后，有了车辆。居延汉简记载“牛车二辆，四千……”，但在长途运输中，还是以骆驼、驴、马为主。其次是工具，《汉书·西域传》上说，“朕发酒泉驴、骆驼负食，出玉门迎军”，可见在汉武帝时，河西的牛车、马车还是很少，也可能仅仅局限于短途运输。骆驼在河西各地都有豢养，特别是沙漠边缘的地区更为普遍，它能“负重致远”，在大漠戈壁中数日不饮不食仍可照常行走，被称为“沙漠之舟”。河西地区的骆驼多为当地的富户和望族所占有，大户所拥有的骆驼一般都在千头以上，每只骆驼可驮一百五十千克左右，行路时一般以十头为一链，每链都有一人牵引，数链为一帮，每天行路三十千米以上，边行边牧。骆驼拉车的历史，在敦煌莫高窟的壁画中就有表现，有一幅北魏时期的壁画，一匹骆驼拉车，很有一些地方风情。在河西的个别地方，有一种专供人骑的“走驼”，其速度超过“走马”，而且耐力好、步伐平稳。文献中记载，唐哥舒翰为陇右节度使，“常遣人乘白骆驼以奏事，日驰五百里”，可见骆驼速度之快。天祝、肃南山区多用牦牛驮运，牦牛力大耐寒，能爬山越岭，每头牛一般可驮六十千克左右。而在平坦的大道上，则有大车作为交通工具，大车有木轮和铁轮之分，以牛、骡、马为其挽，一般有单套、双套、三套、四套之分，用牛挽者也有用小牛和毛驴直牵和偏牵的。在张掖以西及民勤等地区，车轮高 2 ～ 3 米，民间称“大轱辘车”，这种车主要是为了适应沙漠道路。

河西走廊，南有水草肥美的祁连山大草原，北有合黎诸山附近的盐碱、沙碛草原，再加上绿洲边缘的小块草场，草原面积约有 9 万平方公里，是一个天然的大牧场。著名的草原有山丹大马营，天祝的抓喜秀龙滩、松山滩，阿克赛的海子、安南坝，永昌的黄城滩，肃北的盐池湾，肃南的托莱、八字墩等。草类以禾本科为主，莎草科、菊科、豆科次之，常见的有酥油草、鸡冠草、冰草、芨芨草、甘草、马兰草、白刺、沙蒿等数百种。在河西走廊的东部，雨量充沛，环境阴湿，地势低洼，牧草生长最为旺盛，常年生长期为 130 天左右，复苏期在四月，旺盛期在七、八月。主要的牲畜有马、骡子、牛、驴、骆驼，还有猪、羊等家禽。其中绵羊多于山羊，牛驴次之。野生动物种类繁多，广布于深山及旷野，有野马、野驴、鹿、麝、羚羊、黄羊、青羊、大头羊、狐狸、狼、熊、豹子、猞猁、哈喇、雪鸡、野兔、野鸡等。

河西畜牧天下饶。在前 121 年以前的约一个世纪的时间里，河西走廊为匈奴的游牧区，汉书称为“行国”。由于匈奴全赖畜牧为生，水草丰美的河西走廊使他们占尽了天时地利。畜牧业的迅速发展，势力的不断扩充，又使他们不满足于现状，屡屡进犯汉边，引起了汉帝国的征伐。前 121 年，汉武帝出征河西，驱逐匈奴于西北，收复河西，“列四郡，据两关”，使河西由一个畜牧区，变成了一个农牧区。失去河西的匈奴悲伤地唱道：“失我焉支山，使我妇女无颜色；亡我祁连山，使我六畜不蕃息。”前 72 年，汉帝国再一次出塞远征，横扫匈奴千里有余，获马、牛、羊、驴、骆驼 70 多万头。然而“匈奴民众死……畜产远移死亡不可胜数”，因此，《汉书 · 地理志》上说，当时的河西“地广民稀，水草易畜牧”。

到了 439 年，北魏王朝消灭了割据河西的北凉后，掠夺了牛、马等牲畜数十万头，并俘虏了无数的牧人，所有的草原、牧场遂为其所占有，河西成了北魏的大牧场。《魏书 · 食货志》记载说：“世祖之平统万、定秦陇，以河西水草善，乃以为牧地，畜产滋息，马至二百余万匹，橐驼将半之，牛羊则无数。”由此可见，北魏时期，河西畜牧的数量，已达数百万头之多，是历代河西畜牧业发展最快的时期。

祁连山，古属雍州，前 221 年以前为大、小月氏国驻牧地，后被匈奴占领。前 121 年，汉武帝派大将军霍去病“将万骑、出陇西”“踪居延，至祁连”，大败匈奴，从此，祁连山纳入汉王朝的版图。

西汉初期，祁连山森林西逾甘、新交界的伊吾地区，东至景泰、靖远境内，东西 1200 公里，松柏连绵，牧草繁盛。大黑沟长达两公里的岩画中，茂密的森林与芳草是其主体形象的一部分。有专家考证该岩画是“春秋战国至西汉年间，生活在河西走廊的月氏、乌孙等古代游牧民族的文化遗产”。

有林才有雨，有林好积雪。河西走廊的水，祁连山的冰川融雪是最重要的补给。《河西志》上说：“河西人民把祁连山林区当作命根子和吃饭碗，没有祁连山的森林，就没有衣食住行的来源。”

祁连山的凋敝，是与中国近代历史同步的，也就是说历史即将把大清王朝埋葬的时候，祁连山的原始森林资源已经由数千万亩减少为 200 多万亩。祁连山原始森林的破坏，直接导致了大量的水土流失。

关于祁连山林区的毁坏，史书上多有记载。《张掖志》上说：“在清嘉庆年间，八宝山之森林，被奸商籍采铅名义，大肆砍伐。”《新西北》上说：“酒泉之西沟寺，两百年以前，林山苍郁，绵延百余里之远，今已失本来面目，证之实事，所传匪虚。”《甘肃新通志》上说：“清雍正二年五月，岳钟琪征剿庄浪的谢尔苏部番族，于桌子山、木茂山等地，纵火焚林，大破番兵。”《新西北》中说：“河西北面之沙漠戈壁非天生者，全属人谋不藏，在千百年前为沃野，但滥伐树木，废渠道而河流干枯，乃逐渐风化成沙漠地矣！”

这些，仅仅是整个祁连山生态恶化九牛一毛的记载。再看今天祁连山生态的封育保护，祁连山国家公园的建设，则是功在当代、利在千秋的大好事。

武威武威，以河西“大城”而闻名四海，又以美妙绝伦的“铜奔马”享誉世界。

河西走廊是这样一种情形：在广袤的沙碛戈壁之间分布着一片片绿洲，丝绸之路贯穿其中，人们在这一片片绿洲上建立起缜密完善的商贸秩序，当地的居民和那些商人，因为共同的经济利益而紧密地联系在一起，商贸的繁荣，折射出经济文化上的大气象。其中，武威是中原文化和经济的前沿，也是西域经济文化融入中华民族洪流的入口，更是“丝绸之路”出长安西行的第一大站，是西域交通贸易的门户。自西汉设置河西四郡后，武威就在中国西北边疆的政治、军事、经济、文化中占有十分重要的地位。它不仅是西北战略要地、屏障汉唐古都长安的军事重镇，而且是西北边陲经济开发的大本营之一。它是我国历史上长安以西的政治经济文化中心，曾为河西都会、控制西域的重要后方基地，同时也是东西方文化交流、民族交汇融合的熔炉。武威是古代国际交通的枢纽、物资交流集散的重要驿站、中西贸易的商埠、“丝绸之路”上的闹市。

武威有着古老而悠久的历史。清代诗人胡釴《凉州》诗云：“何日此开疆，英雄汉武皇。诸番分两界，一道出中央。”据史籍载，武威乃“雍州之西界，周衰，其地为狄”“六国至秦，戎狄月氏居焉”。战国时期秦国向北扩张，在“匈奴铸金人祭天之处”兴修甘泉宫，匈奴遂向西扩张至河西走廊，赶走月氏。西汉初年，匈奴空前强大，汉文帝前元六年（前 174 年），“匈奴破月氏王，以其头为饮器，月氏遁”，匈奴“使休屠、浑邪王等居凉州之地”。休屠王于谷水西岸（距今武威市城北 30 公里石羊河岸）筑休屠城作为王宫，并于盖臧水流经之地筑盖臧城（今武威市城关镇）。休屠、姑臧二城即为武威历史上最早的两个城市，也是河西走廊最早的城市。它们距离汉族地区很近，除政治军事用途外，其主要作用是为了发展商业——用畜产品交换汉族先进的农牧工具及生活用品。在河西的草地上，武威的崛起，无疑具有划时代的象征，那些骑马的人，那些逐水草迁徙的人，为自己营造了比帐篷更加温馨的栖息地。

最忆是凉州

追溯历史会发现，因为马飘逸俊秀的神韵，因为马闪电般的速度，历史在一次次改变。一生酷爱良驹的汉武帝，目光长久地注视中国西部的那片广阔的草原，在他的想象中，那里的每一棵草，都孕育着身手非凡的马。他要得到这片草原，他要在这块土地上纵马追鹰，他还要让他成群的子民们在马背上排列整齐，一起冲向那辽阔的地平线。于是，我们看见了一件惊世骇俗的青铜器物：铜奔马，也叫马踏飞燕。它惟妙惟肖的马踏飞燕的形象，使人惊叹！

事实上，马踏飞燕是所有马的集合，是智慧者和勇武者的化身，是裹尸者永不消散的精魂，是一万年的草原之灵，是理想之花中最绚丽的枝叶和花瓣。

这可能就是对马踏飞燕的最好解释。

而马踏飞燕的发掘地，就在武威！

也是因为汉武帝，武威有了这样一个无与伦比的霸气的名字。

五凉文化　天地精粹

西晋时期，每当京师危难之时，晋愍帝司马邺想到的便是凉州刺史张轨。他说："惟尔凉州刺史张轨，乃心王室，旌旗连络万里星赴，进次秦陇，便当协力济难，恢复神州。"《魏书列传卷五十七》也说："河西捍御强敌，唯凉州、敦煌而已。"《资治通鉴晋纪十二》记载道："秦川中，血没腕，惟有凉州倚柱观。"

武威，远离中原文明而又与其血脉相承，近连西域而又与其传统各异，相对独立的地缘政治和人文环境，又使它形成一个独特的文化圈。五凉时期，中原动乱，五凉各国割据一方，保持了相对的独立和安定。一时成了"中原避乱者日月相继"的乐土。许多硕儒贤哲，他们以中原文化使者的身份在凉州或参政为官，或著书立说，或收徒授业，加之本地文人学士的参与和推动，使中原文化和西域外来文化、游牧文化和农业文化在古凉州融合发展。同时，东西方文明在这里汇集、交融、辐射，在这一过程中，凉州承担了向东传输西域文化和向西传播中原文化的重任，因而，它不自觉地吸取了这条文明长河中的各类精华，滋养和充实了自己。诞生了具有鲜明地域特色的五凉文化。

承前启后　继绝扶衰

由于凉州地处青藏高原、内蒙古高原、黄土高原和西域诸国与中原王朝的结合部，农牧并举，胡汉交汇的文化广泛传播并不断兴盛。凉州文化历经两千多年的积淀，深深地打上了西域文化、游牧文化、青藏文化、宗教文化的烙印，既是中原传统文化的延续和创新，也是中华文化的重要组成部分，具有鲜明的地域特征、民族特征和宗教特征。

陈寅恪认为：凉州文化承前启后。他说，秦凉诸州西北一隅之地，其文化上续汉、魏、西晋之学风，下开（北）魏、（北）齐、隋、唐之制度，承前启后，继绝扶衰，五百年间延绵一脉，然后始知北朝文化系统之中，其由江左发展变迁输入者之外，尚别有汉、魏、西晋之河西遗传。

凉州保存了纯正的中原文化。陈寅恪说："惟此偏隅之地，保存汉代中原之文化学术，经历东汉末、西晋之大乱及北朝扰攘之长期，能不失坠，卒得辗转灌输，加入隋唐统一混合之文化，蔚然为独立之一源，继前启后，实吾国文化史之一大业……河陇一隅所以经历东汉末、西晋、北朝长久之乱世而能保存汉代中原之学术者……当中原扰乱京洛丘墟之时，苟边隅之地尚能维持和平秩序，则家族之学术亦得借以遗传不坠。刘石纷乱之时，中原之地悉为战区，独河西一隅自前凉张氏以后尚称治安，故其本土世家之学术既可以保存，外来避乱之儒英亦得就之传授，历时既久，其文化学术遂渐具地域性质，此河陇边隅之地所以与北朝及隋唐文化学术之全体有如是之密切关系也。"

北中国统一之后，一大批河西人士来到平城（北魏首都，今山西大同市），经过一段时间的沉默后，历史终于提供了机遇，迎来了孝文帝改革，迎来了五凉文化的总爆发，迎来了历史对五凉文化的一次检阅。这时，河西人士成为北魏思想文化和孝文帝改革的中坚力量，对中原文化的复兴起了重要作用，"承前启后，继绝扶衰，五百年延绵一脉"，成为之后隋唐制度的一个源头。

贤能礼遇　凉州多士

五凉时期，中原大乱，唯河西独安。凉州一直是河西重镇，又是四凉古都，西域文化在这里与本地文化相互交流融合，使河西固有的文化发生了深刻的变化，特别是西域的音乐、舞蹈、佛教及雕塑、绘画等传入河西后，使河西文化呈现出百花齐放的景象。这些文化在武威生根、开花、结果，不仅促进了本土文化的嬗变，而且是北魏时期中原文化复兴的直接源头。特别是佛教在这里得到了空前广泛而深入的传播，凉州成为佛学高僧云集之地，一部部佛经在这里被译成汉文并流传后世，走出了鸠摩罗什、僧肇、昙无谶、竺佛念、竺法护、浮陀跋摩、道泰等一批佛学大师；以天梯山石窟为代表的佛教雕塑、壁画，成为之后中原石窟艺术的鼻祖。同时，西域的多种农作物、牲畜和生活器具也在这里植根并不断向中原输入。中西交流促进了经济文化的发展，丰富了各族人民的物质文化和精神文化生活。

武威著姓大族崛起，一时名流云集，教育发达。在相对安定的社会环境和统治者的重视下，武威授徒求学之风浓厚，培养了一大批有用人才，在北中国赢得了“多士”的美称。这时，武威学者向江南贡献了许多中原图书和文化典籍以及本土学者的著述，有不少是河西珍藏的孤本，加上大量的佛经译本问世，使武威成为保存、继承、创造文化最多的地域文化中心。

胡三省《资治通鉴》注文中说：“永嘉之乱，中州之士避地河西，张氏礼而用之，子孙相继，衣冠不坠，故凉州号为多士！”

北魏灭北凉，结束了河西地区 140 余年割据而繁荣的局面，曾经盛极一时的凉州佛教及其艺术受到重创，凉州的僧人纷纷外流，除迁平城外，一部分向西迁往敦煌等地，由此也促进了敦煌佛教的兴盛，使敦煌成为继凉州之后的河西佛教中心，并推动了河西石窟文化发展过程中的第二个高峰——敦煌石窟文化的迅速发展。

张轨武功文治，跨弱水以建基，蹑昆墟以为墉，总奔驷之骇辔，接摧辕于峻峰……凉州的凛凛威风，与这座有龙形的城池，交相辉映，使古凉州有了光艳的历史背影。

凉州有盛迹

壮丽奇伟的自然风光，源远流长的文化传统，大邑重镇的历史地位，独具特色的乡俗民风……打开地图，将目光投向中国地理位置的中心区域，在青藏高原北缘的祁连山脉与内蒙古高原南缘之间，武威，掀开了历史的一页。

民族间的渗透融合，文化上的兼收并蓄，精神中的尚武崇文，缔造了武威的威武壮阔。

武威，古称凉州，位于河西走廊东端，是著名的“丝绸之路”要冲，是中原与西域的交通咽喉。“襟带西蕃、葱右诸国”“通一线于广漠，控五郡之喉襟”，在历史长河中，武威曾在这里演绎了一幕幕惊心动魄的文明篇章，书写了一篇篇可歌可泣的英雄传奇。

天下要冲　国家藩卫

汉唐盛世的强大武功，中华一统、民族融合的向心力，横贯全境的丝绸古道承载的经济文化交流的驱动力，儒家、佛教等多元文化……这一切，构成了武威史诗般的品格。

早在先秦，乌孙驻牧河西，武威就有原始聚落赤乌镇，匈奴逐走乌孙、月氏后，在赤乌镇的基础上修筑了姑臧城，《水经注》引王隐《晋书》：“凉州有龙形，故曰卧龙城，南北七里，东西三里，本匈奴所筑也。”纵横草原、骁勇无比的匈奴，也被凉州的魅力所吸引，在此筑城安居。西汉时期，汉武帝断匈奴右臂，辟河西四郡，凉州有了初步的规模。城中有讲武场、玄武圃，殿堂林立，内城有四时宫，“画以五色，饰以金玉，穷尽珍巧”，可见其豪华奢侈的程度。

《尚书·禹贡》将中国之地划分为九州，西北为雍州，汉武帝改雍州为凉州，为全国十三刺史部之一,一座气势磅礴的凉州城自此在河西大地上崛起。

在古凉州这块土地上，西戎、乌孙、月氏、匈奴……他们如同奔放的马、自由的雄鹰，纵横驰骋。且不说汉武雄风直指河西，只说群雄逐鹿的五凉，就有着惊心动魄的历史。魏晋十六国时期，在河西以及青海、新疆部分地区先后建立的五凉政权，除西凉外，都曾建都于武威……显赫的武威，不仅是军事重地，还是创造历史的大熔炉：凉州会盟，见证了西藏纳入中国版图的历史；西夏陪都，成就了党项人纵横驰骋的复兴梦……

在这块英雄的土地上，背靠祁连，揽辔西域，逐鹿中原……武威，是真正的天下要冲！在这块丰饶的土地上，使者相望，谷禾飘香，草原肥沃。武威，是坚强的国家藩卫！

一线岩疆　三边重镇

历代统治者为巩固政权，目光总是一次次投向西域，投向富庶的武威。

南接青藏，北踞沙漠，东连中原，西通西域，各种文化的融通，使武威成为“兵食恒足，战守多利，斗粟尺布，人不病饥”的富庶之地，史称“银武威”。

自古以来，武威就是亦耕亦牧的富庶之地。匈奴人歌曰：“亡我祁连山，使我六畜不蕃息。”使武威真正成为脂膏之地的，是河西归汉之后，在祁连雪水的滋润下，在汉文化的滋养中，先进的生产工具与延袤千里的沃壤相得益彰，农业生产有很大发展，灌溉面积扩大，耕作效率和作物产量成倍提高，致使“家家丰足，仓库盈溢”，有“凉州之畜为天下饶”之誉。

水草即丰，土田亦美。每一个到达武威的人，都会发出如此感叹。北魏太武帝以凉州为牧地，一时间，“畜甚蕃息，马至二百万匹，橐驼半之，牛羊无数”“泽草茂盛，可供大军数年”。到了唐之盛时，河西陇右三十三州，凉州最大，土沃、物繁而人富乐。其地宜马，唐置八监，牧马三十万匹。五凉时期民谣唱道：“凉州大马，横行天下。”农牧生产的发展，促进了城市经济的繁荣和商业贸易的兴旺。在古代中原和西域，武威被称为富邑，通货羌胡，市日四合，西域流通，荒戎入贡。武威成为被人们无限向往的世外桃源！

武威为西域贸易门户，交通发达、人口众多、商业繁荣，又是各国商人和僧侣汇集经商与传教之地，是一个举足轻重的大都会。关于武威的繁华景象，《开元遗事》中记载道，在唐开元年间（713—741 年），全国的灯会属金城最为华丽、时尚，其次就是武威。那情景简直无法比拟：“灯烛连亘十数里，车马骈阗，士女纷杂……”千条银烛，十里香尘，红楼逦迤以如昼，清夜荧煌而似春，郡实武威，事同仙境……从这一个侧面，可以看出武威的繁华。官绅要员、文人谋士、使者商旅，纷至沓来，荟萃武威。在漫长的岁月里，边地武威，市面的繁华、人口的众多，商胡的云集、胡汉的杂处，歌舞的喧哗，令人触景生情，流连忘返。

广博纷复　承前启后

武威独特的自然人文条件，涵育了色彩瑰丽的地域文化之花，散发醉人的异香。

《武家坡》中“一马离了西凉界”的薛仁贵，走出西凉，踏上返回故乡的道路，就像是跳出了人间地狱，唱腔中虽有凄凉，但多了一些轻松。那时，人们记忆中的西凉，是苦寒之地。

但现实中的凉州又是另外一种样子，它有着浪漫的情怀、富庶的疆域，在胡腾舞的旋转中，在奇异的风俗中，使人流连忘返。清代诗人胡釴《凉州》诗云：“何日此开疆，英雄汉武皇。诸番分两界，一道出中央。”凉州在中华文明的版图上，占据了如此重要的位置：一边连接着博大精深的中原文化，儒雅而深沉；另一边则是天苍苍野茫茫的宽阔草原，游牧者的豪情，酿造了醇香的美酒和歌舞。

武威是雍凉文化的发源地。著名的“凉州词”尽人皆知，凉州词又称“凉州曲”，是盛唐时流行的一种曲调名。唐开元年间（713—741年），音乐家郭知运将从凉州搜集的西域曲谱献给唐玄宗，玄宗命教坊翻成宫廷乐谱并配以新词传唱，并以曲谱产生地凉州命名，“凉州词”因之诞生，成为唐朝边塞诗的标志。

武威，石窟艺术开天下先河，不仅创造了“凉州模式”，而且其天梯山石窟堪称“天下第一窟”。在开凿天梯山石窟的过程中，昙曜等人东下平城（今山西大同），成为云冈石窟、龙门石窟的重要技术力量，昙曜则成为北魏的佛教领袖。据历史记载，439年，北魏灭北凉，从姑臧迁宗族吏民3万户至平城，其中有僧侣3000多人。这是一个非常庞大的数字，既反映了凉州的人口众多，也说明了佛教的兴盛。这3000多僧侣实际上就是“凉州模式”的创造者，推动着北魏崇佛风气的日渐兴盛。

范文澜在《中国通史简编》中说："十六国以来，河西是当时北中国保存汉族传统文化最多的地区，又是接受西方文化最早的地区。西方文化在凉州初步汉化后，再向东流。"这里，充当输出输入媒介的就是"永嘉之乱"后避居到凉州的中原士族、任职官员（河西士族）、守边将士以及往来于丝绸之路上的商贾、僧侣和外交使者等。五凉文化直接推动了北魏拓跋氏鲜卑吸收汉族文化的进程，对孝文帝改革以及对后来中原文化的复兴起到了十分重要的作用，并一直影响到了隋唐。

继往开来 再创辉煌

古都与丝路相交，雪山与绿洲相映，戈壁与湿地相连，传奇与时尚相接，自然赋予了武威美轮美奂的色彩，文化给予了武威无穷无尽的活力。在当代，武威更是一座充满生机的历史文化名城和对外开放快速发展中的城市。

"中国旅游标志之都""国家对外开放城市""国家历史文化名城""中国优秀旅游城市""中国葡萄酒城"……武威享有"西藏纳入中国版图的历史见证地""中国葡萄酒的故乡""世界白牦牛唯一产地""中国人参果之乡"等美誉。足以告慰历史，拥抱未来。

近年来，武威市委、市政府牢固树立和认真践行习近平总书记"绿水青山就是金山银山"的理念，坚定不移走生态优先、绿色发展之路，努力建设经济强市、生态大市、文化旅游名市，全力打造"生态美、产业优、百姓富"的和谐武威。

承接历史，武威是商贸要地。它见证了"使者相望于道，商旅不绝于途"的丝路盛景。今天，这里依然是新亚欧大陆桥上重要的补给点、中转站，是甘肃向西开放的桥头堡。

武威是旅游胜地。旅游资源得天独厚，如稀世珍宝西夏碑、"陇右学宫之冠"文庙、"石窟鼻祖"天梯山石窟、鸠摩罗什舌舍利塔等；自然景观丰富多样，有雪山高原、森林草甸、绿洲平原、湿地湖泊、大漠戈壁、浓郁的民俗民族风情……这里有无限的魅力。

武威是精神宝地。2019年8月21日上午，习近平总书记专门来到古浪县八步沙林场看望了八步沙“六老汉”，实地察看治沙造林、生态保护等情况，褒奖当代愚公、时代楷模的八步沙精神。新时代的武威人，必将接力传承、接续奋斗，一代接着一代干，将防沙治沙代代相传。

站在历史的起点上，抢抓“一带一路”建设重大历史机遇，着力打造“丝绸之路经济带黄金节点”城市，武威，将再一次出发！

“却顾所来径，苍苍横翠微。”随着新一轮西部大开发的不断深入，必将进一步推动武威经济社会的大发展和大繁荣，让我们共同期待和见证武威美好幸福的明天。

经济的繁荣总是用文化的方式来表现，经过漫长的经济积累和文化积淀，武威无愧为人杰地灵、人文荟萃之地。雷台独据武威一隅，从它的主人下葬之后，一直寂寞着，直到一千多年前的一天，天光大开，一匹绝世的马腾空而出，才让人们看见了了不起的武威。

雷台在武威市城北郊，去武威，雷台是一个不可不去的地方。

雷台是一处汉墓遗迹，当地人也叫它“张将军墓”。因为墓主人为东汉晚期驻守武威的一名张姓将军。这座汉墓遗迹的发现，震惊了世界。那么，名不见经传的雷台，地处西北偏僻之地的武威，有什么样的奇迹可以让世界睁大眼睛？

翻开历史，找到武威这一页，我们就会得到答案。

武威是一个益耕益牧之地，古代即有西戎、乌孙、月氏、匈奴等民族栖息繁衍。这些游牧民族“逐水草迁徙，毋城郭常处耕田之业”，驱逐匈奴以后，为了巩固统治、加强边防，汉王朝在武威设郡立县后的第一件大事就是“开田官”。从此，武威这块土地，在雪水的滋润下，谷禾的芬芳渐渐弥漫开来。

人们从遥远的内地移民实边；在旷野里围墙筑屋，用自带的犁铧，犁开酥软的沙土，播下希望的种子。从春天到夏天再到秋天，泉水四处涌流，禾苗苗壮成长，到了丰收的日子，收获满满，早已超越了人们的期待。在这他乡异地，人们雪水煮茶、钟鼎宴乐，这是何等的快哉、悠哉！

在那些重要的典籍中，都能够找到河西走廊和武威的影子。《汉书·食货志》云：“元鼎六年，初置张掖、酒泉郡，而上郡、朔方、西河、河西开田官，斥塞卒六十万戍田之。”由此，拉开了西汉屯田的序幕，也是河西走廊走向新生的开始。

有关文献记载，当时政策十分优惠：政府在耕牛、种子等方面预先投入，让军人以军事建制去垦荒种地，收入归国家所有；民户则免三年租税。这些政策的含金量不言而喻，其吸引力足以辐射到很远的地方。历史上曾在河西地区派遣“屯田校尉”，掌管屯田事务。凉州是最早实行屯田制的地区之一。河西归汉之后，西汉为经营这一地区，先后组织了几次大规模的徙民工程，把中原地区的贫民和“罪犯”迁徙至河西。据《汉书·地理志》载，河西四郡当时有户六万一千余，口十八万余。如果加上屯田的士卒，整个河西大约有四十万人。汉代将移民、设郡、屯垦这三者联系在一起。移民到河西后按照军事编制进行管理，按其职责有田卒、守谷卒、河渠卒等。汉政府还设置了一系列的官职，如农都尉、护田校尉、候农令、守农令、劝农椽、仓长、仓佐等，促使了大量的劳动力进入河西，带来中原人民丰富的生产经验和技术，河西走廊一带的农业开发如火如荼。具体到凉州，则更是“边城晏闭，牛马布野”。在修筑边城障塞的同时，由内地大量增兵和移民，发展军屯、民屯，鼓励开荒，政府提供耕牛、农具、种子及口粮，兴修水利、开渠灌溉，发展农业生产。还从中原传来并推广了“代田”（垄耕法）以及“耦耕”“耦犁”等先进耕作方法和轻便农具。姑臧是武威最早设县、也是当时人口较稠密的地方，县治匈奴故城盖臧，至今已有2100余年历史，时以富饶著称。姑臧城几经扩修，“东西三里、南北七里”，历代作为州、郡、县治所。随着地区经济的开发，特别是“丝绸之路”的畅通与繁荣，以姑臧为中心形成武威商镇，由边防军事要塞、屯垦中心发展成为民族贸易的市场。农业、畜牧业、手工业、商业发达，各类物资集散，中外商人贩客往来不断，集市贸易非常兴旺。丝路重镇武威从此在我国西北地区政治、军事、经济、文化上居于仅次于长安的显赫地位。

武威设郡立县之初，人口相当稀少。为保卫边防、发展生产，汉武帝开始大规模移民，“多以关中报冤悖逆无赖之人，徙于彼以实之”“元狩四年冬，关东贫民徙陇西、北地、西河、上郡、会稽，凡七十二万五千口”“元狩五年徙天下奸猾吏民于边”，其中就有迁到武威的。其后，中原居民大量移入，据《汉书·地理志》记载：“自武威以西，本匈奴昆邪王、休屠王地。武帝时攘之，初置四郡……其地广民稀，水草宜畜牧，凉州之畜为天下饶……其民或以关东下贫，或以报怨过当，或以悖逆亡道，家属徙焉。”移民实边，屯田开荒，促进了经济开发。西汉末年，中原战乱，又有大量汉人西迁，“安定、北地、上郡流入避凶饥者，归之不绝”，这些人后来部分回迁内地，部分则留居武威。汉以后至十六国时期，关中、陇右人民大量避难西迁，“中州避难来者，日月相继”，其中有因避难自愿迁入的秦陇地区甚至并、豫等州的流民，有流散军队亡奔之败兵散卒，也有强制性迁徙的移民，加之对少数民族人口的掳掠，武威人口稠密，城镇密布，经济繁荣。

由于地理形势有利、自然条件优越、劳动力迅速增加、较长时间的和平安定，武威成为“兵食恒足，战守多利，斗粟尺布，人不病饥”之地，人称“银武威”。自汉武帝开河西四郡，武威就是农牧结合地区。“本汉武威郡地，延袤千余里，号为沃壤……汉书称凉州之畜为天下饶，东汉时自姑臧脂膏之地。……水草即丰，土田亦美”“泽草茂盛，可供大军数年”。北魏太武帝以凉州为牧地，“畜甚蕃息，马至二百万匹，橐驼半之，牛羊无数”“唐之盛时，河西、陇右三十三州，凉州最大，土沃、物繁而人富乐。其地宜马，唐置八监，牧马三十万匹”。五凉时期民谣曰：“凉州大马，横行天下。”农业生产有很大发展，灌溉面积扩大，耕作效率和作物产量成倍提高，致使“家家丰足，仓库盈溢”，除供军队支用外，尚有剩余。农牧生产的发展，促进了城市经济的繁荣和商业贸易的兴旺。《后汉书·孔奋传》载，“姑臧称为富邑，通货羌胡，市日四合”，并且“西域流通，荒戎入贡”。武威商镇遂成为“丝绸之路”上的闹市。

清代诗人沈翔作《凉州怀古》以赞武威地势雄伟、城市繁荣：“山开地关结雄州，万派寒泉日夜流。峰向南来皆有雪，城当西面独无楼。市廛人语殊方杂，道路车声百货稠。塞北江南称此地，河西千里尽荒畎。”丝路重镇武威的经济开发与“丝绸之路”的繁荣有着密切的关系。两千多年来，朝代更迭、群雄争夺，兵马动乱、几经盛衰。在我国漫长封建社会的各个历史时期，武威的政治、社会、经济、文化也各有其不同的状况和特点。

西汉武帝元朔三年（前 126 年）以“地处西方，常寒凉也”将周秦雍州改为凉州，州治陇县。元封五年（前 106 年）设置凉州刺史部，辖境东至三辅、西到西域，几乎包括了整个大西北。武威即为凉州刺史部十二郡之一。武威设郡立县后，河西一带很少战乱，移民屯垦、发展水利，生产和人口都有很大发展，“边城晏闭、牛马布野”，人民安居乐业，一派和平繁荣景象。朝廷“立屯田于膏腴之野，列邮置于要塞之路。驰命走驿，不绝于时日；商胡贩客，日款于塞下”，武威当为河西要塞、驿站、商埠之一。但是西汉时武威并不如敦煌、酒泉、张掖等郡，尚未成为河西政治经济中心。

东汉光武帝建武元年（25 年），窦融被推为五郡大将军，领武威、张掖、酒泉、敦煌、金城五郡，保境安民，形成割据局面，“修兵马、习战射、明烽燧之警”“政亦宽和，上下相亲，晏然富殖”。建武五年（29 年），光武帝授窦融为凉州牧，郡治姑臧的武威郡，下属十三县。由于窦融采取比较宽和的政策，“习武修文，保境安民”，武威太守任延“置水官吏，修理沟渠，皆蒙其利”，促进了生产的发展。“威行境内、吏民累息”，河西总的来说比较安宁，武威更为富饶。土沃物繁，民富兵强，且羌胡通商，贸易兴旺。据《后汉书·孔奋传》记载：“时天下扰乱，惟河西独安。而姑臧称为富邑，通货羌胡，市日四合。每居县者，不盈数月辄至丰积。”古时集市贸易，通例一天交易三次（三合），今“市日四合”，足见商业之繁荣。

魏文帝时“凉州刺史张既，能容民畜众，使群羌归土”“河右遐远，丧乱弥久，武威当诸郡路通喉辖之要，加民夷杂处，数有兵难。领太守毋邱兴到官，内抚吏民，外怀羌胡，卒使柔附，为官效用。……兴皆安恤，使尽力田”。汉代从西域传入凉州之水果等的种植也有很大发展，葡萄作为贡品运往京城。魏文帝《凉州葡萄诏》赞扬其“甘而不饴，酸而不脆，冷而不寒，味长汁多，……他方之果，宁有匹之者”。如今雷台东汉墓出土的铜奔马等罕见历史文物珍品，都是汉代武威经济文化发展的见证。

从现实走进历史，从历史走向今天，我们急切地向汉代的武威进发。出武威城，过一片庄稼地，穿越果园，就看见了雷台汉墓。

这是一个带有封土和墓道的多室砖券墓，墓道长约40米，其两壁绘有朱红树状花纹，像是燃烧的火焰，指示前行的道路。墓室分为前、中、后三室，顶部正中均嵌有方砖一块，彩绘莲花藻井，四壁用粉、墨涂绘花纹图案。整个墓室全部用条砖砌筑。

通过细致的参观，我们了解到，该墓1969年被发掘，在此以前，曾遭盗窃，但仍然存留丰富的遗物。其中，最有名的是铜雕“马踏飞燕”，这匹马，昂首扬尾，头微左顾，三足腾空，右后足踏一飞鸟，作飞奔前行状，造型既富于浪漫主义色彩，又符合力学平衡原理，实在是一件举世闻名的古代艺术珍品。如今，这件国宝级的文物，已被确定为中国旅游标志。在雷台出土的文物展陈中，我们还看到了许多金、银、铜、铁、玉、骨、石、陶、漆器等造型各异、丰富多彩的文物。有一套工艺精美的铜马车，以出行仪仗形式排列，阵势宏大，包括45个俑、14辆车、1头牛、39匹马。俑分骑俑、立俑，有的俑背面刻有文字“张氏奴”“张氏婢”；有的胸前刻有“御奴”“车奴”“牵马奴”“从婢”等铭文。骑俑左手执辔，右手举兵器，双腿跨坐马鞍，马扬首嘶鸣，呼之欲出，场面威武壮观，形象生动逼真。

雷台汉墓遗址，包容了河西走廊汉代豪强官僚的生活史和斗争史，其房屋结构、内部构造、装饰布置、生活用品、武装兵器，无不昭示地域的风情，无不展现历史的原貌。走进雷台，就仿佛走进了汉代的河西。

解读一座铜钟的历史，就知道在辉煌的唐代，武威是一个多么引人注目的地方。

在武威的许多人文古迹中，有铜钟的大云寺是个好去处。

走过闹市，在城东北隅的钟楼之上，我们就可以看见铜钟。在人文中国的视野中，铜钟是一种普遍的存在。在西部，能够保留至今且体量较大的铜钟却凤毛麟角。武威大云寺铜钟算是一个。

据有关历史资料记载，武威大云寺铜钟铸造于唐代。683 年，唐高宗去世，唐中宗即位，武则天成为皇太后之后，便开始加紧为登基作准备。690 年，以法明为首的 10 多位僧人，为了迎合武则天，伪造出四卷《大云经》，经文中编造了武则天是弥勒转世的说法，把武则天说成是天定的女性天子。消息广泛传播，使武则天极为高兴，她称帝后，明令举国供奉《大云经》，并要求所有州治所在地都必须修筑大云寺。武威大云寺，就是在这样的历史背景下产生的，其铜钟的铸造年代，距今已有 1200 多年。

由于西域商人云集武威，携来大量钱币，以至西域金银货币在凉州通用。前凉的时候，中州虽乱，但武威偏安。北魏文学家温子升《凉州乐歌》曰："远游武威郡，遥望姑臧城。车马相交错，歌吹日纵横。"展现了武威一派兴旺繁华的景象。

在唐代，"伊吾之右、波斯以东，职贡不绝，商旅相继"，中国与西域、中亚的贸易交往达到鼎盛高潮。

唐代初期，十分重视充实边塞防卫力量和发展农业生产。为保护"丝绸之路"的安全，从凉州起直到天山南北，重要地点都驻有军队，一面备战一面屯田，不但保护了商旅，而且开发土地、增加粮食生产；农民在均田制度下也得到土地，生产积极性高涨。驻军、官吏及其家属，加上当地农民，打造了凉州等富庶地区和繁华城市。《资治通鉴》称："是时中国盛强，自安远门西尽唐境凡万二千里，闾阎相望，桑麻翳野，天下称富庶者无如陇右。"《五代史》记载："唐之盛时，河西、陇右三十三州，凉州最大，土沃物繁而人富乐。"武则天执政时，凉州都督郭元振拓疆土、置屯田、兴水利，农业生产有了更大的发展。"初，州境轮广才四百里，虏来必傅城下。元振始于南峡口置和戍城（今古浪城南十五里处），北碛置白亭军（今民勤县北），制束要路，遂拓境千五百里，自是州无虏忧。又遣甘州刺史李汉通辟屯田，尽水陆之利，稻收丰衍。旧凉州粟斛售数千，至是岁数登，至匹缣易数十斛，支廥十年，牛羊被野。治凉五岁，善抚御，夷夏畏慕，令行禁止，道不举遗。"唐开元年间（713—741 年），驻守凉州的河西节度使崔希逸对吐蕃采取和好政策，双方都撤去边境驻军，融洽相处，其时“汉人耕耘、蕃人畜牧”，各得安居乐业。山区及水草丰盛地区，畜牧业发展很可观，盛产马、驼、牛、羊等。《五代史》提到，“其地宜马，唐置八监，牧马三十万匹”，几乎占当时全国马匹总数的一半。《唐书·地理志》记载，武威还是植桑养蚕技术比较发达的地区，“武威郡土贡白绫”，这白绫又是外销产品，常常远销西域诸国。武威还盛产葡萄，“凉州富人好酿葡萄酒，多至千余斛，积至十年不败”。由于社会安定、生产发展、经济繁荣，人口也急剧增加。唐天宝年间（742—756年），武威郡已有27510户、137493人，比西汉末年增长了一倍左右。唐代国力强盛，遂向西发展。唐天授三年（692年），凉州都督王孝杰奉命组织“武威军”（相当于野战军），“与阿史那忠节讨吐蕃，克龟兹、于阗、疏勒、碎叶等城”，收复西域四镇，控制天山南北，北有北庭都护府、南有安西都护府，其经济后盾、人力物力都以凉州为基地。凉州为京城通往西域的重镇，中国丝绸、漆器、铁器和汉民族高度发达的文化通过这里源源不断输往西域诸地，西域的珠玉、葡萄、核桃、苜蓿、石榴、良马也从这里输往中原。征服西域诸国后，交通更为发达，从京城长安至凉州一带，沿路都有酒肆店铺供旅客食宿，西域及中亚商人前来凉州贸易或经凉州而入长安者较前更多。不少商人在凉州定居，著名的商胡昭武九姓（康、安、曹、米、石、何、火寻、戊地、史）即其中的一部分。唐至德二年（757年），“河西兵马使孟庭伦与武威九姓商胡安门物等作乱，杀节度使周泌，聚众六万。武威大城之中小城有七，胡据其五。度支判官崔称与中使刘日新等以二城坚守讨之，旬有七日，平之”。由此可见商胡之多、势力之大、贸易之盛。唐贞观三年（629年），玄奘西行取经途经凉州就曾见到大量西域胡商。玄奘亲眼看见：“凉州为河西都会，襟带西番，葱右诸国，商旅往来，无有停绝。”他在凉州停留月余，为当地寺院僧人发现，要求他开讲佛经，深受佛门弟子欢迎。崇奉佛教的各国商人十分钦佩，回国后向各地预先知照。玄奘后来途经西域各地时备受欢迎，当与商人们的宣传分不开。

关于凉州的繁华景象，《开元遗事》中有这样的描述：“圣贞观道士叶法善谓上曰：（京师）影灯之盛，天下固无与比，惟凉州信为亚匹。”凉州“灯烛连亘十数里，车马骈阗，士女纷杂”“千条银烛，十里香尘，红楼逦迤以如昼，清夜荧煌而似春。郡实武威，事同仙境”。由于凉州军事地位重要，成为当时边官要员、文人谋士冠盖荟萃之所，许多杰出诗人都曾在此留下过他们的足迹，并写下不少脍炙人口、光彩夺目的篇章，真实地反映了凉州风貌。著名边塞诗人岑参的《凉州馆中与诸判官夜集》中这样描述姑臧城：“弯弯月出挂城头，城头月出照凉州；凉州七里十万家，胡人半解弹琵琶。”

这个时期，大云寺钟的产生，无疑是威武商贸繁荣的见证。

武威大云寺铜钟，色呈淡黄，形制古朴，上细下粗，腹部微鼓，高 2.4 米，下口直径 1.45 米，厚 10 厘米，下铸 6 耳，口耳交直。经现代技术检测，武威大云寺铜钟实为合金，看起来若铜若铁若金。钟体装饰图案为 3 层，每层又分为 6 格，格与格之间以忍冬带纹连接。第一层为戴花冠飞天，上身袒露，下着长裙，手托果盘，翩翩飞舞，姿态优美；第二层为天王厉鬼，三天王勇猛威武，头戴塔耳帽，身穿盔甲，手持武器，骑在夜叉身上，旁边立两小鬼，上身赤露，下身着短裤，形态各异；第三层为两格饰龙，一格饰天王，画风飘逸，构图精美。

整个大云寺铜钟，实在是唐代冶金铸造艺术的精品。

一座天梯山，使武威的名士与中国石窟的发凡之地联系在了一起。“凉州模式”“天下第一窟”的美誉，对于武威，确确实实是经济实力和文化实力的表现。

没有人会想到，这样一个偏僻之地，会有奇迹。当闹市有太多的烦恼，人们就会在远离闹市的地方创造出一个想象中的世界。天梯山亦如此。

天梯山石窟也称大佛寺，位于武威市城南 50 公里处的中路乡灯山村，创建于东晋十六国时期的北凉，距今约有 1600 年历史。天梯山山峰巍峨，陡峭峻拔，高入云霄，山有石阶，拾级而上，道路崎岖，形如悬梯，故称天梯山。山巅常年积雪，俗称“天梯积雪”，为凉州八景之一。石窟中大佛依山而坐，脚下碧波荡漾，薄云缠绕其身，构成了一幅山、水、佛、云浑然一体的壮观奇景，是凉州颇负盛名的旅游胜地。

北魏、隋、唐、西夏期间，大佛寺均有扩建，至明、清时期已成为喇嘛教寺院。据《重修凉州广善寺铭》记载，明正统十年（1445 年）天梯山石窟尚存 26 处。由于天梯山石窟地质结构松软，在历次地震中有不同程度的损坏，仅 1927 年凉州大地震，就震毁洞窟 10 余处。1959 年 9 月，因修建黄羊水库，窟址处于水库淹没区，部分造像、壁画搬迁至甘肃省博物馆，北魏、隋唐时期的藏文经卷、绢画等由敦煌文物研究所保存。现在天梯山石窟仅存 3 层，大小洞窟 17 处，最大的洞窟残高 30 米，宽 19 米，深 6 米。窟内有释迦牟尼造像 1 尊，高 15 米，宽 10 米，大佛左右两旁有文殊、普贤菩萨，广目、多闻天王和迦叶、阿难等 6 尊造像，造型生动，神态威严，形象各异。窟内南北两壁上绘有大幅壁画。南壁为云纹青龙，中部为大象梅花鹿，大象背部驮有熠熠发光的经卷；下部是猛虎和树木花卉。北壁上部绘有青龙；中部绘有白马、墨虎、菩提树，马背上经卷闪闪发光；下部绘有牡丹花卉。整个壁画笔触清新，色泽艳丽，气势磅礴，形象逼真。

大佛巍然端坐，左手平放在膝盖，略出膝部；右臂前伸，手掌外撑，向对面的山推去，所指之处叫磨脐山。对此，民间有“张义川，水湖滩，大佛手指磨脐山”的歌谣和许多美丽传说。乾隆《武威县志》记载：“大佛寺，城东南一百里，有石佛像，高九丈，贯楼九层，又名广善寺。”这在《法苑珠林》等佛教经籍中都有提及。据有关史料记载：此石窟是北凉王沮渠蒙逊于 412 年至 439 年之间开凿的。天梯山石窟是在天然洞穴的基础上创凿的，距今已有 1600 多年的历史。东晋义熙八年（412 年）十月，蒙逊由张掖迁都于姑臧，称河西王，设置官署，修缮宫殿，建起城门诸观。同时召集凉州高僧昙曜及能工巧匠劈山开路，伐木毁林，开凿天梯山石窟，大造佛像。不久其母车氏病逝，特在窟中为其母雕凿 5 米高石像一尊，形似泣涕之状，表示忏悔。佛教兴盛是五凉时期凉州文化发展的一大特征。此窟的开凿，引起佛教界注目，使西域高僧接踵而至，他们在凉州讲经说法，翻译佛经，使天梯山石窟更具盛名。

天梯山石窟是我国早期石窟的代表，不但为佛教的传播培养了人才，而且为石窟的开凿积聚了力量，形成我国佛教艺术史上有名的“凉州模式”，可谓“天下第一窟”。在开凿天梯山石窟的过程中，培养了一批开凿石窟的能工巧匠和雕塑家、彩绘家。昙曜等人在完成天梯山石窟之后，随着政治形势的变化和佛教中心的东移，东下平城（今山西大同），开始了新的开凿生涯，成为云冈石窟、龙门石窟的重要技术力量，昙曜则成为北魏的佛教领袖。北魏灭北凉，凉州的僧人纷纷外流，一部分向西迁往敦煌等地，促进了敦煌佛教的兴盛，使敦煌成为继凉州之后的河西佛教中心，并推动了敦煌石窟文化的迅速发展。敦煌石窟中的盛唐大佛（130 窟）和天梯山的大佛艺术风格相似，说明天梯山石窟的开凿及其艺术风格和建筑风格直接影响到敦煌及河西石窟。迁往平城的工匠、僧人中不乏高僧法师。据《释老志》《世祖纪》《高祖纪》记载，凉州僧人师贤到平城后，任道人统（管理宗教事务的官职），并于 452 年建议并亲自主持，开始造帝王化的佛教石像。460 年，师贤去世，凉州高僧昙曜继其职，改道人统为沙门统，继续主持造像工作，并于平城近郊开凿云冈石窟。他只用了短短几年就完成了云冈石窟的代表作品“昙曜五窟”的建造，其第五窟大佛是云冈石窟最宏伟的雕像和代表作。后经历代开凿，使云冈石窟成为中国最大的石窟群之一，雕造富丽，为全国石窟之冠。据《魏书 · 释老志》记载，魏文成帝拓跋濬和平年间（460—465 年），由凉州僧人昙曜主持，开凿石窟五所，即第 16 至 20 窟。之后陆续兴建，前后历 60 年，无数的雕塑家在 53 个洞窟里雕刻了佛像、飞天等 51 万多件，主要工程完成在太和十八年（494 年）迁都洛阳之前。这些宏大精美的雕塑，是雕塑家们智慧和艺术才华的结晶，而凉州僧人及工匠起了极其重要的作用。由此可见，在佛教文化和石窟寺艺术方面，北凉和北魏是源流关系，即北凉为“源”，北魏为“流”。《魏书 · 释老志》记载，驰名中外的龙门石窟是继云冈石窟之后开凿的。太和十八年，北魏孝文帝迁都洛阳，从这时起，历经东魏、西魏、北齐直至明清，营建了规模宏大的龙门石窟群，同时还开凿了巩县石窟和附近的几座石窟。龙门石窟的建造艺术风格，无不体现着天梯山石窟和云冈石窟的特点，具有强烈的南朝文化和中原传统汉文化色彩，又有浓厚的北方文化因素。因此，天梯山石窟被称为石窟之鼻祖是当之无愧的。石窟建成后，世人仿此陆续开凿了金塔寺石窟、马蹄寺石窟、榆林窟等。因此著名考古学者宿白先生将新疆以东现存最早的佛教石窟在风格上称为“凉州模式”。由此推断，中国石窟的影响过程应当是：天梯山石窟—云冈石窟—龙门石窟—敦煌石窟。

为了保护好这一珍贵的历史遗存，国家文物部门从 1995 年开始就立项修复天梯山石窟。目前，石窟第一期工程已顺利竣工，在淹没大佛的高峡平湖中已围筑出一道气势如虹的围堰，复原的大佛重现当年的风采。新开辟的天梯山庄集餐饮娱乐为一体，载着游人的游艇穿梭在堤岸和大佛之间的湖面上，一群群游人在山水之间寻幽探趣。已建成的石窟文物陈列馆将一展古老的文物风采。天梯山石窟以它独特的湖光山色和古老的佛教文化艺术吸引着国内外的专家学者和游客。2001 年，天梯山石窟被公布为第五批国家重点文物保护单位。

我曾在山丹大佛寺前久久仰望，前水后山，宁静致远，想象中的那些香客虔诚的身影渐行渐远，他们或许是风尘仆仆的商胡，或许是威风凛凛的使者，几分从容，几分匆忙，又有几分抑制不住的焦虑和喜悦……无论怎样，可以断定，他们落脚的地方，绝对是武威。

去过几次山丹，都与大佛寺擦肩而过，高耸的楼台，气宇轩昂的“天下第一佛”，在山丹人自豪的讲述中，成为我久未了却的心愿。寺庙总是占据着人间最好的风水，蕴藏着古老文化的踪迹和菩提境界的韵致。在我终于游览了山丹大佛寺之后，这种印象更加强烈。

山丹县城西的瞭高山，山势平缓，登山四望，山水一脉。祁店水库碧波荡漾，绿洲平原，林田相连。在北魏时期，就有修炼慧眼的老道，选择了这块宝地。于是山丹大佛寺这座河西名刹拔地而起。

如今，它已经是 1400 多岁了。

现在的大佛寺已是几经焚毁，几经重建。最后一次重建，从 1992 年开始，历时 6 载，耗资 650 多万元，才恢复了历史的原貌。

跟随游人的脚步，踏进这散发香火气息的寺院，雄宏的气势，震撼人心。

佛寺依山而建，高 39 米，雕梁画栋，木质结构，歇山挑檐，共 7 层。寺内所塑释迦牟尼大佛坐像通高 35 米，为全国乃至海内外室内坐佛之最，号称“天下第一佛”。大佛寺内还有地藏殿、斋堂、僧舍等 120 余间错落有致的古建筑群，显示了山丹古文化的神韵。

“雪映祁连白，尘飞大漠黄。由来形胜地，矫首意苍茫。”

清代历史、地理学家顾祖禹指出：“山川险阻，土田沃饶，自汉开河西，姑臧尝为都会。”从东汉开始，河西的政治中心城市逐渐开始东移至武威。武威（凉州）之所以成为河西的军政要地和经济文化重心，有其地理位置、自然环境及人文经济优势作基础。

河西走廊是一条宽仅几公里至百余公里的狭长地带，是由中原抵达西域最理想的通道，在古代中西贸易交通史上占有十分重要的地位。西汉著名学者扬雄曾作《凉州箴》言河西地理形势之重要：“黑水西河，横属昆仑。服指闾阖，画为雍垠。每在季王，常失厥绪。上帝不宁，命汉作凉。陇山以徂，列为西荒。南排劲越，北启强胡。并连属国，一护彼都。”河西走廊在军事上屏障着京都、控制着西域，河西的经济繁荣与否决定着整个丝绸之路的通畅与兴衰。而武威正当河西走廊的东大门，扼丝绸之路要冲，是“通一线于广漠、控五郡之喉襟”的兵家必争之地，地理形势十分险要。

武威地势平坦倾斜，由南向北依次下降，形成西南部山地、中部高平原和东北部沙漠三大明显地貌单元。祁连山地巍峨高耸，海拔2000～4800多米，群山起伏、峰谷交错，山、台、丘、沟、谷、川齐全。最高峰大雪山（冷龙岭）海拔4878米，长年积雪，山顶冰峰峻峭，发育着丰富的现代冰川。夏季冰雪消融，汇成许多河流，系祁连山东段天然水库，为最主要的水源地。《太平寰宇记》记载：“姑臧南山（即冷龙岭），一名雪山。山无冬夏积雪，故曰雪山。”清代张澍按曰：“南山在武威县南百里，西连永昌县界。岩谷积雪，夏炎热则雪消，流至城西，为朵兰河，借以灌田。”祁连山的积雪消融下注，形成许多河流湖泽，郡县商镇村落分布其间。山地北坡前山地带，天然森林茂密，各种野兽出没聚集，为理想狩猎场所。山间盆地草场丰美，适宜放牧。河西走廊是高平原，地势平坦，海拔1400～2000米。土质肥沃，耕地连片，河沟众多，渠道纵横，灌溉便利，形成天然绿洲，开发垦殖早，自古为主要农耕区、麦黍之川，素称“塞北江南”。腾格里沙漠由残丘、戈壁、沙岗组成，干旱少雨，海拔1500～1800米，古代有都野大泽，为谷水流入沙漠聚积而成的湖泊。

北部还有盐场，地溥盐利。

武威深处内陆腹地，属典型的温带大陆性干旱气候。水热时空分布不均、差异较大。南部山区和沿山地带气温较低而降水较多；北部沙漠地区气候变化剧烈，降水极少。绿洲内年平均气温为 7.7℃，年温差及昼夜温差大，一月平均气温 -8.6℃，冬季长年严寒；七月平均气温 22℃，夏季短。霜期较长，积温偏低，热量条件可满足多种作物需要，一季有余、两季不足；日照时间长、太阳辐射量大，有利于作物生长、提高产量。由于秦岭、陇山、祁连山层层阻挡东南海洋湿润气流，因而降雨少且不均匀，年平均降水量 174mm，多集中在七、八、九 3 个月，蒸发量高达 2113mm，为降水量的 12 倍之多。由于蒸发旺盛、空气干燥、降水量少，因而干旱是农业生产的一大威胁，没有灌溉就没有农业。自古以来农业发展就与水利事业关系十分密切，祁连山冰雪消融为灌溉的主要水源。

有了经济上的飞跃，就铺设了文化传播的高速公路。武威文庙，地处偏僻一隅，却有着完整的中原传统文化的根基。这就是武威，历史在这里发酵，文化在这里升腾！

武威文庙位于市区东南，始建于明正统二年（1437 年），于正统四年（1439 年）建成，后经重修扩建，大殿雄立，飞架斗拱，彩绘精美，是一组造型瑰丽、类似皇家宫阙的建筑群。武威文庙坐北向南，总面积为 1500 多平方米，是甘肃境内规模最大、保存较好的祭祀孔子之地。庙内松柏参天，清幽恬静，东西两组古建筑巍然屹立。

文庙东侧以文昌宫为主，前有山门，后有崇圣祠，中为二门戏楼，左右有牛公祠、刘公祠。庙内苍松古柏掩映，碑石林立，著名的如刻有回鹘文（即古代维吾尔族文）的高昌王世勋碑，刻有回纥文的西宁王忻都公神碑和西夏碑，尤以西夏碑为最珍贵，是全国重点保护文物之一。

文庙西侧以大成殿为主，前有泮池、状元桥，后有尊经阁，中有棂星门、戟门，左右有名宦、乡贤祠。大成殿是文庙的主殿，面宽三间，进深三间，重檐歇山顶，顶置九脊，鸱吻螭兽俱全，脊皆以缠枝莲纹砖砌筑。正脊中设桥形小珠。屋面尽覆琉璃筒板瓦。檐下为五铺作双抄双平昂。柱头、补间铺作华丽，棂格隔扇、腰华板、裙板等皆有简单雕饰。周围绕以回廊、高台基，大有庄重、肃穆、文雅之风韵。

被称为国宝的铜奔马就保存在这里。铜奔马出土于武威雷台的张将军墓，专家鉴定为东汉时期的文物，距今已跃过 1600 多年的漫长岁月，铜奔马高 34.5 厘米，身长 45 厘米，昂首嘶鸣，奔驰向前。为了显示铜奔马的神勇，古代工匠大胆想象，让支撑铜马全部重量的一支后蹄踏在展翅的飞鸟上，其他三足腾空而起，既展现了铜奔马风驰电掣的神速，又巧妙地利用飞马的姿势，使铜奔马腾飞中保持相对稳定，寓动于静，动静结合，不仅造型生动，制作精美，而且符合力学平衡原理。这只有着稀世珍宝美称的铜奔马，被原国家旅游局定为中国旅游标志。应该说，一座铜奔马，为文庙增色不少。“地敞而境幽，近市而尘隔”，在凉州七里十万家的闹市，这里真不愧是迁客骚人的神往之处。

据明正统四年（1439 年）《凉州卫儒学记》载，明正统初年，朝廷特命行在兵部右侍郎徐晞镇其地，“睹将校子弟，多明秀好学，而未设学舍以为讲肄之所，遂请于朝，得命以农隙令军士取陶甓而经营之”。武威文庙的修建，由于受命于朝廷，又得到地方各界大力资助，正统二年（1437 年）夏动工，仅两年时间即告落成，距今已有 500 多年的历史。其规模“壮伟宏耀，为陇右学宫之冠”。此后，历经明成化，清顺治、康熙、乾隆、道光以及民国年间重修扩建，已“规模宏大，气象雄壮，知非府县文庙所及”。

文庙原来设有正门，面南而开，最南端是一堵庄重稳健的影壁，称“万仞宫墙”。影壁两侧各开小门，朝东的叫“义路”，往西的称“礼门”。由“义路”进入庙院，影壁北面是半月形的泮池。据碑记，过去武威缺水时，惟独泮池四季水量充足，池内芦苇、荷花，池外古树、鲜花。池上有一座石料拱桥，名“状元桥”。站在状元桥上，手扶石栏，透过绿树红墙簇拥着的巍峨的棂星门，向北望去，隐约可见古柏老槐掩映着的大成殿，威严肃穆，使莘莘学子对被尊为世界文化名人的儒家先师孔子顿生崇敬之情。

棂星门是明正统时建筑的一座木质牌桥，四柱三间，翘檐飞角。正中走马板上挥毫书就的“棂星门”与背面所书“太和元气”字体，圆润遒劲，富丽堂皇。穿过棂星门，就能看见装有七七四十九颗铜泡钉的6扇朱红戟门。戟门，又叫大成门，是大成殿近前的一道门，戟门两侧是乡贤、名宦祠，为供养社会贤达和清官牌位的地方。大成殿建在宽阔的石筑台基上，雄伟而庄严，保留着宋元建筑风格，大有至圣至尊的气派。殿内迎门原来供奉着大成至圣先师孔子的画像，旁侧侍立着孔子得意弟子颜回、子思、曾子和大名鼎鼎的“亚圣”孟子的牌位。大成殿之后的尊经阁，是两层土木结构楼，重檐歇山顶，坐落在高达2米的砖包台基上，是武威现存最高大的古代重楼建筑。阁周绕以回廊木栅栏。顶部三重翘角上均悬有风铃，清风徐来，铃声叮当，为沉寂的庙宇增添了些许生气。

大成殿东侧的桂籍殿是供奉文昌帝君的。建筑自成一组，名曰文昌宫。内有过殿，左右设耳房供道士居住。据传，清末住在这里的道士，染上了吸食大烟的恶习，将庙产尽数挥霍。冬日无钱买柴，便将大成殿侧廊屋里孔子三千弟子中“七十二贤人”的牌位一一刀劈斧砍，烧火取暖，很伤了儒家的尊严。

过殿之后，魁星阁与桂籍殿遥相呼应。这里供奉的文昌帝君，据说是受玉帝之命掌管人间禄籍的。他让魁星点定谁的名字，谁便可文运亨通，月中折桂。难怪文昌殿卷棚内挂满了历代文人学士敬献的数十块匾额。保存如此之多的匾额，在河西乃至甘肃省亦仅此一处。这些匾额从落款看，时间早自康熙，晚至民国，题名五花八门，官职尊卑不同。乡国学弟子献的“书城不夜”“辉增四垣”和邑人曾国英书的“文明长昼”，弘扬了当时武威文化的昌盛；知县王汝地献“辉腾七曲”、都察院左都御史李宗方书“佳录垂青”、甘肃按察使刘大懿题“聚精扬纪”等，则激励人们奋发进取；还有兵部侍郎邑人牛鉴书“天下文明”、书画家邑人张美如书“云汉天章”等匾额，皆书法潇洒，雕饰精美，堪为艺术珍品。

武威文庙，过去是供奉祭祀孔子的地方，1981年9月1日被甘肃省人民政府重新核定为省级重点文物保护单位之后，这里成立了武威市博物馆。馆内收藏有历代图书、字画、碑刻及其他文物3.6万余件。其中汉简、木雕、木乃伊、铜奔马、鸠杖、凉造新泉、西夏牌、西夏铜火炮等都是举世闻名的珍品。

同时辟有 7 个文物陈列展室，所列历史文物、文字说明和图片，简要地反映了从新石器时代到明清时期的武威历史，集中体现了武威古代劳动人民的勤劳和智慧，反映了武威的历史文明。

明清时期，丝绸之路废弃，使盛极一时的武威沉寂了下来。其商贸活动基本上是自给自足，除本地或者外地的商人经销的生活必需品之外，鲜有大宗的国际商贸活动。但中原与西域的经济往来，仍然很是兴盛。

明代以后，由于水道畅通、海运发达以及中亚、西域形势的变化，“丝绸之路”交通贸易日趋衰落和萧条。

明嘉靖三年（1524 年），由于明朝在西北势力衰弱，关西七卫全部撤入关内，嘉峪关关闭，从此“丝绸之路”停止了运行。

明太祖洪武五年（1372 年）平定了河西诸路，洪武九年（1376 年）废永昌路西凉州置凉州卫，属陕西行都司管辖，至清雍正二年（1724 年）改为凉州府。明初曾在武威一带移民垦种田地、兴修水利，促进了农业生产的发展。《刘敏宽达氏家谱原序》有“开荒田，劝耕种，通商贾、焕然太平之景象”的记载。明代开辟了从兰州直通河西的官马大道，武威境内设有好几个大驿站及递运所，传递公文、转运物资、接送来往官员。嘉靖三十年（1551 年）武威高沟寨、铧尖墩等地设立了茶马集市，进行“茶马互市”，用砖茶换取马匹，便利汉族与少数民族的商业往来，促进了生产的恢复与发展。清初曾在凉州编查户口、清丈土地、移民屯田、兴修水利，农业经济逐步发展且具相当规模。清康熙三十七年（1698 年），开放嘉峪关，恢复中外贸易，武威商业重新繁荣起来。凉州由于西通新疆、南通青海、北接内蒙，因而与兰州同为西北民族贸易之重镇、甘新贸易货物集散地、河西地方性中心市场所在地。清廷特许哈密回商免税到凉州贩卖货物的权利，品类繁多的京广杂货和少数民族用品通过凉州“以利塞外”。史称凉州“开张稠密，四街坐卖无隙地，凡物精粗美恶不尽同，鲜有以伪乱真者”“河以西之商货，凉庄为大，往者捷买资甘、肃，今更运诸安西、沙、瓜等地，以利塞外，民用所赖以通泉货者重矣”“大宗输入品为京洋杂、绸缎、海菜等，皆由省城转运，分销本境者十之二三，发运新疆者十之七八”。新疆毛毯、大布、棉花、葡萄、瓜干，苏杭绸缎、京广百货均集散于武威。为便利新疆各族商人往来，姑臧城内设有旅店、货栈、饭馆等，呈现一派繁荣景象。在武威经商的人有所谓“山西帮”“直鲁豫帮”以及“武威帮”。“山西帮”主要经营布匹、绸缎、百货、酱园、食品加工、瓷器等；大的商户多向北京、天津等地派出采购员坐庄进行购销，还备有骆驼来往包头等内蒙古地区贩运。“直鲁豫帮”大部分经营土产山货、纸张、笔墨文具、药材、砖茶等。“武威帮”大部分经营规模较小，主要经营土产杂货、烟酒、油盐、钢铁器、金银首饰等。

丝绸之路大致可分两段。敦煌以东至长安为东段，敦煌以西抵西域为西段。纵观丝路全程，河西走廊是必经之路，而敦煌与张掖则是河西走廊最重要的城镇。

虽然这条线路细微的方向，随着沿途各地历代政治形势、军事形势和经济状况的变化而变化，随着沿途各地自然条件的变化而变化，但值得注意的是丝路东段各条路线最后都会合于张掖，而丝路西段各条路线又都以敦煌为始发点。也就是说，丝路全程中唯一的固定不变的干线就是河西走廊，在河西走廊中最重要的东西两端就是张掖和敦煌，这两个地方一纳一吐，成为丝路交通的重要枢纽。

敦煌与张掖，犹如丝路上的两块丰碑，逶迤的商队、清脆的驼铃、弘法的僧侣、悠远的梵钟、粗犷的胡骑、威武的戍卒、强悍的牧民、辛勤的农夫都在丰碑上留下历史的印记。乌孙人、月氏人、塞种胡人等许多部族也在此留下痕迹，战国和秦代，月氏人占据着河西，直到西汉初年汉文帝的时候，蒙古高原上的匈奴人发兵打败并驱逐了月氏人，整个河西被匈奴所占有。

到汉武帝刘彻时，西汉封建帝国已经很强大，汉初分封诸国的叛离局势已被平定，内部团结。生产发展，手工业的技术有了高度成就，尤其是丝织品驰名于西方世界。与此同时，汉武帝派出的友好使者张骞，两次出使西域，终于“凿空”了欧亚交通的丝路。

张骞第一次出使西域经 13 年之久。汉朝控有河西后，元狩四年（前 119 年），张骞第二次出使西域。他率领 300 人，带着数以万计的牛羊和价值上万的钱帛。张骞派遣副使分赴葱岭以西的各个国家，这是我国官方与西域正式进行经济交流的开端。此后，汉朝与西域的联系进入频繁时期。汉朝派往各城的使团，大的有数百人，少的也有百余人。每年大约派出十几个使团，至少也有五六个。这些使团大都携带大批货物，具有商队性质，为发展中西贸易和文化交流作出了贡献。

敦煌的情形在商旅的心目中永远是激动人心的。历经无数苦难、九死一生的人们来到敦煌就如同回到了久别的故乡。他们对敦煌的眷恋，他们对敦煌的崇敬，与敦煌的自然奇迹，共同构成了丝绸之路上敦煌的魅力。

在世界的东方，有一片巨大的沙漠带，它们分别是巴丹吉林、腾格里和塔克拉玛干。在这些沙漠之间，或者就在这些沙漠里，有一块块奇迹般的绿洲。而我想说的，是敦煌。

在东方沙漠的背景中，敦煌有其显眼的位置。也正因为深居东方沙漠之中，敦煌才被称为敦煌。

从新疆到达敦煌或穿越河西走廊进入敦煌，那些戈壁和沙漠是显而易见的。数十公里、上百公里、几百公里的荒漠，使普通的观察者一下子就陷入了视觉上的疲惫。这种疲惫引发了人们对这块土地的偏见，诸如“死亡之海”“生命禁区”等等。而绿洲则不同。人们到达敦煌，首先那浓郁的绿色，像不可抵挡的潮水向人们袭来，在毫无防备的情况下，冲击了强势的荒凉。其次，在绿洲内部，清凉的水，整齐的农田和房舍，芬芳的果园，这神话中的景致，彻底驱赶了旅行者的绝望。敦煌就是这样让人们产生了好感，在瞬间，把地狱变成了天堂。

孤悬于沙漠之中，游离于沙漠之外，地理上的奇特变化，其神秘，被无限放大了。敦煌的前沿，那些初次目睹敦煌的人，一再地追问：这是真的吗？

并下意识地搓揉自己的眼睛，因为这在沙漠地带是一种常见的现象，人们把它称为“海市蜃楼”。到处都是沙漠，到处都是狂风，唯独敦煌如此艳美，难道这不是神灵的护佑？

我多次深入敦煌民间进行考察，不止一位老人告诉我，敦煌的风调雨顺和五谷丰登都是“佛爷”保佑的。所谓的“佛爷”就是敦煌莫高窟所供奉的众多的神灵。

佛教传入敦煌，一时间兴盛无比。在敦煌，佛学家的到来，是很大的事情。人们以极大的热情迎接他们，以毫无保留的虔诚敬仰他们，甚至对他们的坐骑也钟爱有加。如今的敦煌故城遗址中还完整地保留着一座威风凛凛的白马塔，传说这是为了纪念西域高僧鸠摩罗什的坐骑而修建的。

南来北往的商旅、行者、戍人，更是纷纷捐资凿窟，为庄严的佛像重镀金身。一位著名的敦煌学研究专家就曾论述敦煌莫高窟的发凡与地方世族以及来往商贾之间的关系。

在这个过程中，敦煌先是人间绝景，然后则是文化圣地。这一切，如果没有东方沙漠的浩瀚与博大，就无从谈起。因为敦煌的景色只有在沙漠的映衬下，才是无法复制和无法对比的。

经过汉代的几次战争，敦煌已经渗透了汉文明的血液。长城的修筑、戍座的驻守、敦煌郡的设立……这一切，使敦煌这座沙漠前沿的偏僻城池，成为通衢大道上的枢纽，中西文化、商业的交流，在这里激起了层层浪花。

到了唐代，敦煌的视野更加广阔，敦煌早已是一个不同民族、不同国度的人民云集聚居的地域。胡商遍地，胡语喧哗，驼铃叮咚，丝绸古道，使者相望。

历史必定是人类社会不断发展和文明进步的记录，站在历史的至高点上，我们不难发现，唐朝是一个建立在南北朝各民族融合和隋代南北统一基础上的新时代。那时候，当那些西域诸国的信使，阿拉伯人、波斯人、中亚粟特人，以及印度、朝鲜、日本、越南等国的商民，步履悠闲地走在敦煌的街道上，敦煌莫高窟拥挤着不同面孔和不同肤色的香客，敦煌的汉民和当地的土民，绝没有丝毫的惊讶。相反，他们却显得十分融洽，就像远方来了一个串门的亲戚，热情得不得了。其实，这是一种气魄。敦煌的魅力，不仅仅是它兼收并蓄的开放性，更重要的是它具有超越语言、超越一切狭隘交流方式的优越性。

文明的特征，在这块土地上留下了太多太多的印记。只是一个莫高窟，就可以说出一千个理由。还有那数不清的经卷和古遗址的挖掘物，展示着敦煌的风采。大唐敦煌，在文化背景中徐徐浮出，闪耀自己刺眼的光芒。这是历史中的必然。

翻开唐贞观年间的一份敕令："诸番使人娶得汉妇为妾者，并不得将还番。""诸番"一词虽有蔑视，但主动接纳的热情还是略见一斑。敦煌的情形，就更不必说。

在唐代，如果你是这里的一位诗人，你的诗肯定不会凄凉，因为这里的所见所闻，是那样的激情奔涌，这里的市井是那样的繁华，似乎找不到悲哀的影子。

今天的敦煌，吸引人们的是以莫高窟为代表的石窟群。那么，石窟与敦煌商贸都城的地位有什么关系呢？一座庞大的石窟加之周边众多的石窟，它们的开凿不仅仅是信仰的力量，更重要的还得有其坚实的物质基础。石窟群的开凿是一项庞大的工程，仅靠敦煌一地的力量无法实现。是那些南来北往的商旅，把自然的奇遇和人生的幸运都归结为上苍的护佑，从而形成了对宗教的信仰。只要他们心中的愿望顽强地保留，宗教的香火就一直延续。加之敦煌地区的官吏、世族和富户的推波助澜，兴起了开窟造像的热潮，这样的热潮在几个世纪以来，势头不减。

敦煌西千佛洞是个幽静之所，党金果勒之水蜿蜒流淌，宽大的河谷中，桃红柳绿。东望敦煌可见，西出阳关在即，平复一下复杂的心情，不到这里，还到哪里？

小时候，我不知道敦煌还有一座西千佛洞。大概是在20世纪70年代，父亲去敦煌西部的戈壁滩上修水库，住在一个叫石峨博的地方。那里有一条深深的河沟，一年四季流水不断。因此沟内草木茂盛，春天桃花盛开，秋天瓜果飘香。其实那个地方就是西千佛洞的所在地，只是老百姓无暇关注那些镶嵌于石壁上的洞窟罢了。

敦煌遗书《沙州都督府图经》有断断续续的记载："右在县（指寿昌）东六十里，耆旧图云：汉……像造一佛龛……百姓渐更修营。"从西千佛洞东距石峨博和西距寿昌城的路程推测，这段文字记载的应是西千佛洞。

敦煌西千佛洞现存北魏至宋代的洞窟 16 个，著名的国画大师张大千先生曾在 20 世纪 40 年代对该洞窟做过调查并编写了窟号。

西出敦煌市，汽车行驶在宽阔的戈壁滩上，南面的沙山清晰可见，壮观无比。大约走了近 40 公里的路程之后，稀稀疏疏的绿荫引人注目，沿着绿荫的方向，汽车向南拐，来到了河谷边。那些绿荫原来是河谷里参天古木的树梢，真是奇妙。我们从陡峭的石阶走下河谷，就像走进了世外桃源，流水潺潺，野花遍地，要五六个人才能合抱的大树到处都是，树枝隐天蔽日，凉爽异常。只是河谷北壁是悬崖，由于千百年来流水的冲击和大自然的风化侵蚀，形成了断裂，致使现存的一些洞窟前室崩塌。

从西千佛洞石窟的造型及艺术风格来看，其与莫高窟极为相似，因此它又被归纳为敦煌石窟的组成部分之一。第四窟中的一组北魏飞天，她们在巾带飘动中翩翩起舞，一前一后，形体自然优美，双手起处花瓣飘落，如入胜景，是该石窟中的壁画精品。第十窟东壁北侧北魏时代的祇园记图，表现的是释迦牟尼弟子舍利弗和信外道的婆罗门六师外道首领劳度叉斗法的故事，是整个敦煌石窟艺术中最早出现的一幅。同类的经变故事，在莫高窟出现的时间是唐末。与起源于印度的祇园记图有所区别，敦煌西千佛洞壁画的创作者一开始就另辟蹊径，处理手法经过历代艺术家长时间的提炼，在构图上富有变化，在表现手法上带有一定程度的幽默和夸张。第六窟为唐代洞窟，其南壁和东壁有两行题记，南壁的说法图右端上方有："如意元年……"东壁中间有："李仙凤天宝十三……"这两条题记，是西千佛洞仅有的记载年代的洞窟。

敦煌西千佛洞是 1961 年国务院公布的第一批全国重点文物保护单位，流过西千佛洞的河水，是敦煌绿洲的命脉所在。它使荒芜的沙漠戈壁，成为肥沃的绿洲；它使西出阳关的旅人，有了灵魂和精神的栖息地。

今天能走到旱峡的人们，应该说是真正的旅行者。荒芜中的旱峡石窟，不知道已经寂寞了多少年，但在遥远的过去，它可能是另外一番景象。

距瓜州县踏实乡18公里的旱峡口，有一处石窟，叫旱峡石窟。我们从茫茫的戈壁，来到一处天上无飞鸟、地上不长草的峡谷，当地的朋友告诉我们：旱峡石窟到了。

在我们的印象中，一般石窟的所在地，都是景色优美且洞窟密布的风水宝地。旱峡却是个例外。这里除了一条简易的山路能够显示人类的遗迹，就再也没有生命的痕迹了。放眼望去，山崖陡峭，光秃秃一片，不仔细看，看不出石窟的位置。原来，旱峡石窟只有两个洞窟，且都在高峻的山腰，距离地面近80米。更要命的是这凌空的石窟没有进洞的通道，只在洞下60多米的地方有脚窝可以攀登进洞，想一睹它的真容，是一件多么危险而刺激的事情。

据专家考证，旱峡石窟开凿于魏晋时期，从脱落的壁画断定，唐、五代、西夏曾经重修。石窟内的壁画、塑像多处损坏。旱峡石窟虽然只有两个洞窟，但窟内题记却十分丰富，有26条之多，汉文、西夏文、蒙古文、藏文、维吾尔文等不一而足，为研究工作提供了宝贵的资料。其中汉文题记有3条，属清代。南窟西壁合缝处有一段行书刻写着“乾隆五十七年五月十五日立安西州”，北壁左边有行书刻写“嘉庆十三年”“咸丰十五年三月五日”。从题记上看，清代这里仍有宗教佛事活动。

偏僻而寂寞的旱峡石窟，从它诞生的那一刻起，不知道有多少善男信女在这里穿梭往来。也许那时候，这里曾是一块水草丰茂的土地，养育着生命，也养育了信仰。仰望高悬、孤单的洞窟，旱峡的神秘，在我们心中留下了抹不去的记忆。

敦煌以东，东千佛洞的遗迹是让人惊讶的。古河道上，虽然水已断流，但可以想象商旅们沿着有水的地方来到这里，心情是多么激动。他们把自己的憧憬和寄托留在岩石上，也把无限的虔诚留给了未来。

西部，在僻静的山林幽谷，叫千佛洞的地方很多。敦煌有千佛洞（莫高窟）、西千佛洞，新疆也有叫千佛洞的佛教胜迹。而我们要去的是甘肃安西的千佛洞，属于敦煌艺术的体系，因此，称东千佛洞。

安西东千佛洞，又名接引寺，距离县城 98 公里。没有去过东千佛洞的人根本不会知道，这是一段多么艰难的旅程。汽车走出城市后，拐进山里，出了山，就是茫茫的戈壁荒滩。我们从早晨出发，直到中午，才到达目的地。随行的一位导游说，一年之中，来这里的人很少，除了文物保护人员和研究人员偶尔来几趟外，几乎没有什么游人。

东千佛洞的洞窟开凿在长山子北的古河道两岸，干枯的古河道如同千年的遗迹，而岩壁上的洞窟，更像是原始人类的居所。只有零星的青刺、灰篷草显示着生命的迹象。

东千佛洞现存 23 窟，保存有壁画和塑像的只有 9 窟，其中西夏 5 窟、元 1 窟、清 3 窟，壁画总面积 486 平方米，彩塑 56 身，尤其以内容丰富、技艺精湛的西夏窟见长，是一座不可多得的西夏艺术宝库。

著名的敦煌学家段文杰认为：安西榆林窟和东千佛洞六幅玄奘取经图，是稀世之珍。东千佛洞的“水月观音变”风格独特：明月高照，彩云环绕，绿水扬波，观音坐在金刚宝座上，座后紫竹摇曳，玄奘双手合十向观音膜拜，猴行者一手搭凉棚、一手牵白马紧随身后。这幅壁画产生于《西游记》成书之前，是难得的形象资料。

我们参观了东千佛洞之后，内心里一直存留着许多疑问：这里的环境为什么如此荒凉？开凿洞窟的时候肯定不是这样，古河道里碧波荡漾，大河两岸草木锦绣，不然，怎么会有“水月观音”的奇思妙想。

同样是一条河谷，不同的是这里仍然有着不息的波浪在时间之上翻滚，使人怀有深深的敬意。五个庙，见证了党金果勒河的风采，也持续着敦煌的风采。

与河西众多的石窟相比，五个庙在最偏僻的一隅，暗藏着它的锋芒。

党金果勒河不息的波涛，洗净岁月的尘埃，五个庙的光辉悄悄浮出。就是这条河，孕育了敦煌不朽的文明。敦煌莫高窟、西千佛洞都处在它并不宽广的流域，成为人类文化的光源。

然而，就在敦煌如日中天的时候，五个庙石窟却是寂寞的。大多数人并不知道，西出阳关的道路上，还有一个五个庙。天苍苍野茫茫的游牧区，水草丰美的宁静世界里，经党金果勒河冲积的谷地的崖壁上，那像眼睛一样锃亮的19个洞窟，大约从北魏开始，就有了开凿的历史。漫长的时光，只有党金果勒河闪闪的水波，伴随了它信仰的积累。现在，这里已经是浓荫蔽日，苹果的芳香阵阵袭来，是一个神灵居住的地方。

抬头观崖，目测高度大约有30米，那些洞窟就悬于半崖之上。细细数来，正是19个，占整个崖面300多米长的空间。美中不足的是，这些洞窟中只有中间的5个能够登临参观，因此就有了“五个庙”的称谓。那么，只能看它们了。

可能是名微车马稀的缘故，香火早已断绝了，它们像是废弃的古刹，隐隐透露出逼人的威严。崖面崩塌，阁道残缺，顺着木板搭垫的空中栈道，那些佛、金刚、力士和供养人像才显现真容。

一些洞窟烟熏火燎的痕迹十分严重，看来佛门净地，已经充当过牧羊人的居所，佛像的破坏也是令人不忍睹的。现存的壁画，大多绘有说法图，也有耕种和收获的场面，对五代至北宋期间敦煌曹氏政权也有所反映。壁画中还出现了西夏文和回纥文。专家认为，五个庙石窟壁画的特点，在其他的石窟中十分鲜见，具有独特的价值。五个庙，终于在蒙尘中，盼来了欣赏的目光。

飞天是自由的化身，也是美的倾诉。在敦煌，也只有在敦煌，她才能够显身于世俗。

敦煌的形象中，以一种最诗意、最俊逸、最高贵的方式飞临世界的，就只有飞天了。

不食酒肉，只食香火的天界乐神，她像春天的一阵风，席卷灿烂的花朵，使遥远天堂成为可以触摸的可能，使无限的希望成为眼前的光明，色彩崩裂之下的生命之潮，在那种轻盈的飞翔中，满足人们心灵的需要。

这是佛经中跳荡的文字：当诸神看到舍利弗在佛前接受最高的悟性语言，不能自已地激情舞蹈着，他们纷纷把自己的上衣和天上的曼陀罗花、摩诃罗花供奉给佛。霎时，佛前那些零散的天衣在虚空中自然地翻卷，乾闼婆、紧那罗等天神奏起了百千万种美妙的音乐，降下如雨般的花朵……

你看，这些飞舞的神灵，她们裸露着丰腴的肌肤，长长的飘带拂动祥云，霓裳羽衣和珠玉璎珞神采飞扬。

这曾经是人类的一个最美好的梦想，即使现在，我们仰望天空，飞过我们视野的所有风景、鸟、飞行器，比起她来，是那样的笨拙。我们几乎找不出更加符合想象的那样一种令人回肠荡气的温柔神情。

只有飞天，仍然是我们存留的不可抹去的记忆。

只有敦煌，为我们永恒的乞求，画满了跳动的心脏。

漫长的旅途中，沙漠、戈壁、绿洲，变换着无常的命运，迎接着人们对于信仰和理想的考验。驼铃声声，一行行脚印，被无情地抛弃，失去了明确的方向。人们面对广阔无垠的大地，盲目的步伐没有踩响内心的琴弦，面对天空，天空空空如也，只能用幻想去填充它，也只能用幻想去描摹未来和人生的追求。

飞天来了，在丝绸古道的咽喉，人们面壁盘坐，让寂静的夜晚渗入石头，让冰冷的石头开花，让呼啸的风结满裙裾，让敦煌，把春天留住。

飞天来了，就这样来了。

敦煌莫高窟无论如何都是个奇迹，创造这样奇迹的人，应该是大师。然而在敦煌的历史上，大师无名。

真正的大师，隐匿于民间。读懂敦煌之后，我相信了这句话。

我沉浸在万千壁画之中，我似乎也融为佛塑，面对千年的谜，观望曾经的大师留下的不朽的画稿。

其实，每一个到达敦煌的人，都极尽敬仰的神情，那种神情，是因为那些来自时间深处和石壁深处的洞窟。

人们不明白，一个僻静之地，竟荟萃了人类文明的经典，与历史上留下芳名的艺术家相比，敦煌的大师们是那样的才艺卓绝。

不用去寻找他们的名字，这时候，名字已没有什么意义。

从第一个洞窟的开凿，他们就诞生了。他们或是远道而来的画工，尾随驼队的远影，涉沙漠、过沼泽，经受烈日的煎烤；他们或是衣不遮体、食不裹肚的浪人，阅经人间沧桑而心如止水……但他们走进敦煌峡谷，用大泉河的水，洗净旅途的风尘，再如狼似虎地渴饮一番，就都匆匆地通过了佛陀世界，用人生中黄连般的苦水和灵巧的笔，描述美好和向往。也许，从那一刻起，青灯下，崖壁旁，他们心中涌出了万千涟漪，充满了创造的欲望。

这一切，我们并不能从确凿的史册中找到证据，我们只能去想象，而想象中的他们是那样的不可企及。我们又是那样急切地想去寻觅一点蛛丝马迹。

好在历史并没有涂抹掉一切，不经意的一笔，让我们看见了这没有简历的名字：甘州史小玉。

这是莫高窟第三窟西壁帐门北侧观音像左下方的一点墨迹。从这一行小字上，我们并不会知道更多，但有这些就足够了。历史终于没有盲目，一丝光线其实就是太阳的锋芒。

甘州史小玉，中国美术史乃至世界美术史上不曾列举的名字，现在，可以让所有倾慕敦煌艺术的人，酣畅地写一笔了。这一笔，必须饱蘸万千画工的呕心沥血，必须刻印他们神峻的目光，必须浓缩那些光彩四溢的壁画，为艺术和良心写实。

历史的繁星，只让人仰目，即使时间扫尽了人类的枯骨，他的亮度，仍然在照耀人类前行的脚步。

在敦煌，在莫高窟，想古代的无名画工，看今朝的“保护神”和研究者们，大师的含义，并不是一两个名号的喧哗所搅起的惊涛骇浪，而是深刻的孤独所酿成的酒，非有几千年的封存，不足以显示无尽的底蕴。

一片榆树之下，流水潺潺；一片榆树林之下，隐藏着千古不化的幽静。榆林窟，记录了唐僧取经的故事，记录了一个世纪乃至几个世纪丝绸之路上虔诚者的心迹。

生活在河西，被巨大的文化背景照耀着，心头不得不发热，发热的结果，使我一次次游走，在一个个古迹中，像一尾焦渴的鱼，痛恨自身的贫乏。

身临其境的时光，至今不能抹去。对于榆林窟，算来已有三次造访，可以有一些谈资了。深山藏寺，远离尘嚣的榆林窟，如果不是旅游的开发，恐怕只有少数研究者和钟情者光顾了。

榆林窟距离安西县城七十五公里，除了短小的一截柏油路外，全是土飞沙扬的旅程，也许正是这些艰难的考验，才使这里光灿四耀。

榆林河谷的流水和绿荫，像是专门迎接朝圣者的侍从，亲切、幽静，真想在这里垒起草房，打坐静修。再看两崖之上零落的洞窟，开凿者的艰辛，已经直入人心，不由得让人生出几分敬意。

被学术界誉为珍品的第二十五窟，门票达几百元，显然是拒绝普通人的进入。在这里，楼台亭阁平列环抱，宝树罗网青翠幔笼，菩提树下，法声朗朗，白鹤起舞，飞天散花……一派极乐之景。

榆林窟的四十一个洞窟，经过科学的整修与保护，让世人目睹了其历史与艺术的珍迹。

一个遗迹，走进它便不会忘记它，远离它又似乎是一种割舍，榆林窟就给我留下了这样的印痕。每每乐临，我总是细致地沿着河谷，走进毛柳、红柳、胡杨树的深处，从另一个方向眺望它，端详它、思考它。手中的各种资料虽然有它翔实的记载，但我总不满足那些刻板的语句，那些色彩，那些壁画，那些雕塑，从一个通廊走入另一个洞窟，时间像是退回了远古，人们虔诚的面目如此相似。

昌马处于疏勒河的上游，就是这样一条河流缔造了灿烂辉煌的敦煌文明，因此一定不要小视昌马石窟。

昌马石窟坐落在距玉门镇约六十五公里的昌马乡水峡村西南的石崖上。祁连横亘于南，大坂屏障于北，中间的河谷地带树木葱茏、田野葱翠，整个石窟开凿在群山环抱的崖壁上，洞窟距地面二十多米，高不可攀，险峻而神秘。洞窟分为三部分：南段四窟，中段四窟，北段三窟。唯中段二、四窟，壁画保存较完整。现通往洞窟的阶梯已被封闭，所有洞窟不对外开放。

有关资料记载，其石窟开凿时间在五代以前。从昌马石窟的壁画分析，基本上为五代、宋初所作，其中第二窟平面为方形，作中心柱，前后两室。前室横方形，券形，其中心柱相接处开二拱门。中心柱两层，上层每面开两龛，下层每面开圆拱龛。前窟四壁上方画垂幕式条幅。窟顶画菱形牡丹，整齐划一，极富装饰效果。尤为引人注目的是前壁门顶正中，画一菩萨，坐于莲花座上，服装奇异，饰物繁杂。窟门两侧，南画文殊，北画普贤，分别乘坐于青狮、白象之上，顶部的幡盖甚是威严。后有数名飞天仙女，簇拥着菩萨、青狮、白象，呈缓缓行进状态。

关于昌马石窟的由来，相传很久以前，昌马是一处杳无人迹的世外桃源。疏勒河从这里流过，山环水抱，牧草繁茂，鸟语花香，是一个天然牧场。有两个四处云游的僧人，来到这里后，被这里的迷人风光所吸引，他们认为这里是最好的修道供佛之地，于是立下宏愿，在这里开凿洞窟，绘制壁画。由于他们孤立无援，劳累过度，只开凿了一个洞窟，画完窟内最后一笔画，其中的一个僧人就去世了。另一个僧人又开凿起第二窟、第三窟、第四窟……他连开了十一个龛窟，全部画就时，他已是九十九岁的老人了。但他还不肯罢休，又开凿起第十二窟来。谁知工程刚刚开始，忽然黑云密布，电闪雷鸣，大雨倾盆。可怜老画师年迈体弱，脚下不稳，一失手，从高崖上滚落下来。因此，现在的昌马石窟只有十一个龛窟，而第十二窟只隐隐有些痕迹。后来唐朝薛丁山和樊梨花西征来到此地，在这里养马。为了繁衍战马，就把这块地方取名“昌马”。

碾户是敦煌寺庙经济的一部分，这为当时维护宗教的权威性发挥了不可低估的作用。

这是古敦煌的一幅风俗画：在一条分水渠上，转动着一个体积很大的带叶片的轮子，在轮轴的一端装有凸轮，上面固定以舂锤。不用说，这是一种把粮食磨成面粉的设备。在没有形成故事以前，它寂寞地转动着，发出“吱、吱、吱”的声音，人们在这并不动听的声音中，获得了更加精细的面粉。

然而，在农耕风格中的情景是这样的：生产力面对一望无际的土地，就像一只小爬虫。生产工具除了人自身所带有的之外，是十分有限的。敦煌壁画留下的二牛抬杠的耕织图，一直延续着它的魅力。

碾子也是那样缓慢地转动着，部分铁器闪耀着迷人的光芒，这也就决定了它的不可多得。一些大的寺院和极少的富户垄断着这些设备的使用权，众多村庄中的人，都沿着弯弯曲曲的沙路，用毛驴驮着一年的收获，走进寺院和大的宅院，把一部分粮食作为“碾课”交给碾子的拥有者，来使用这庞大的机器。更多的时候，人们对于这种机器怀着崇敬的心情，对碾户也有着无限的向往。

在敦煌地区，安装了这种机器的分水渠，只在每年的八月三十日和正月一日之间运转，其他的时候，水官们控制了闸门，用锁子锁住。因此，这种机器透露出几分神秘。

碾户的财富从碾子里源源不断地涌出，财富的积累也使他们增加了恐惧，只得用一部分财富为佛重镀金身，有了这样的安慰，他们可以安心地敛财，构筑他们的美梦。

很长的一段时间里，敦煌都处在一个碾舂时代。生活的节奏和着那种“吱、吱、吱”的声音，度过了一个又一个的白昼和夜晚。

分水渠的水涌起一片片浪花，这微小的力量，推动了敦煌这艘巨轮。在今天，全人类目睹的敦煌，早已记不得这些了；那分水渠、那水，也记不得这些了。

走进历史，伫立于那些古老的器物之间，有了时光倒流的感觉。

在汉武帝时期，荒僻的敦煌大地上，发生了许多惊天动地的大事情。其中，“列四郡，据两关”，把一系列封闭的文化圈，在玉石东来、丝绸西去的贸易交往中，打开了缺口，冲破了阻隔，实现了文化的整合。那时候，阳关，从一个实实在在的关口，升华为一种文化的符号。“劝君更尽一杯酒，西出阳关无故人”，阳关所蕴涵的深刻的文化内涵，被世人所传唱。

在久远的历史岁月中，阳关是这样一个风云际会之处：武帝拓疆，移民实边；张骞出使，凿空西域；霍去病出征，收复河西；天马出渥洼，龙颜大悦；李广利伐大宛，用兵神奇；玄奘取经，弘扬佛法；王维劝酒，渭城谱曲……传奇人物与历史事件浑然一体，阳关，展现给人们的是一幅宏大的历史画卷。

然而，今天的阳关，视觉上展示给人们的仅仅是一方低矮的土墩。这实在是一件遗憾的事情。拓展人们追怀历史的空间，提供解读阳关的线索，使史有所载的历史烟云变得清晰、明朗，阳关博物馆是个好去处。

阳关博物馆坐落于古阳关脚下，是典型的汉代门楼建筑，古朴典雅，气势恢宏，与大漠戈壁、长城边塞相映成趣。该馆占地面积 10 万平方米，充分运用建筑、雕塑、文物陈列、刻石等多种艺术手法，系统展现了汉武帝拓展疆域、开通丝绸之路之后，河西早期骄人的开发业绩。将历史的脉络，一一贯通，形式独特。

走进阳关博物馆，仿佛置身于那一段商旅云集、驼铃悠扬的辉煌历史，更让人对今天葡萄美酒、大漠关山的奇特自然景观，欣赏不已。

嘉峪关一带原是荒芜之地，泉水四溢，牧草摇曳；有戈壁、沙漠、山峰、河谷，是河西走廊两山夹合之间最窄的一段，自古为兵家必争之地，也为商胡云集之所。因为扼守丝绸之路的要津，其农业和商贸的发达，从现已发掘的古代遗迹中就可略见一斑。

分合中的统一，动荡中的安宁，全与这些风蚀的沙丘与石砾无关。而沙丘与石砾的下面，却有着另外一番完全不同的景致：魏晋田园，幽谧而精致，劳作与休闲，风俗与炊烟……一旦进入，就如同倒回了遥远的魏晋。

我是在描述嘉峪关东二十公里处新域古墓葬群。这个号称“地下画廊”的古墓葬，一千七百多年前墓主人和他的生活，至今鲜活。

我们不禁要重新审视嘉峪关下的这块戈壁滩了。为什么一千七百年前，长眠在这里的墓主人以及亲族，有着如此丰富的想象力和艺术造诣，是对生活和环境的写照，还是画匠的创造加工，我们一概不知。

踩响脚下的沙石，进入嘉峪关下的新城，置身于墨绿的农田，并顺着它的根脉进入历史，我们多多少少也就对这片土地下的墓葬有所认识了。

“五月天山雪，无花只有寒”“胡天八月即飞雪”，正是这些接连不断的雪，孕育了嘉峪关下的不朽文明，随后，才有“天苍苍，野茫茫，风吹草低见牛羊”的壮观景象，才有“河西之畜天下饶”的美誉，在这一雄厚的物质基础上，我们才能看清嘉峪关下魏晋墓葬中的“田园生活”。

坞壁群立，森严壁垒，我们从这里进入，最好不要惊扰宅院岗楼上的暗哨。富裕是显而易见的，榻帐之中，奴仆、侍从跪坐于主人面前，侍奉其进食、进酒，或跪坐于一旁弹乐。那个捧盒进食、托盘提壶的婢女在完成着一系列纷繁的礼仪。

劳动的场景又有另一番热闹景致，耕耘、播种、收获、打场，浓缩着四季，手工业作坊中的纺织与酿造，更是有声有色。田园的远处，高草中的马、牛、羊、骆驼依稀可见。草原上狩猎、射箭、追猎、放鹰，一丝一扣，熟练而紧张。市井上，厨下做饭、灶前烧火、井边抬水、案上切肉、制作面食、烧烤羊肉，一整套馔食喷香可餐。农、工、牧，形成了一个自然经济的圆满世界。

逗留于“魏晋田园”，我们只想介入，不愿做诗意的畅游。嘉峪关下的古代世界，因为丰富的冰川雪水的滋养，有了丰富而深厚的物质文明，丝绸之路的文化交流，又带来前所未有的思想观念，这两股清泉汇聚，无疑是我们能面对嘉峪关下魏晋墓群中“地下画廊”的原因。

丝绸的诞生是蚕和桑的奉献。常识告诉我们，在苦寒的河西走廊根本不可能有桑树，更不可能养蚕。然而事实却不是这样，桑叶远影正从一座古墓葬中悄悄浮出。

在戈壁上徘徊，一股股干冷的风，总把我从踏梦河西的激情拽回严峻的现实：嘉峪关下的原野，牧草没膝和桑叶遮蔽的记载早已远去，冬天的景象只有沙粒与碎石在陈述。

但我还是寻找走回历史的通道。

一辆辆披有丝绸帷幕的牛车缓缓驶过，巨大的木轮甚至没有掀起尘土，因为桑树的密植使湿润的地气回荡，匍匐的草掩饰了大地的真面目，从牛车上下来的贵妇人，身着华彩，面对春天的花朵和阵阵袭来的芳香，产生了吟诗的想法，几个使女席地而坐，铺好粗布，置上酒果，吸引了蜜蜂和蝴蝶，隐隐的雅曲缓缓升起，融进天籁。更远处，采桑的姑娘也唱起了民间小调，这意境互相渲染着，被一旁站立的幕僚深深记在心里。

这仿佛是一幅图画，进入嘉峪关戈壁内部的魏晋墓，这一切，都显得真实，古人的风俗，栩栩如生。

高大的坞壁，在月光下显得巍峨、神秘，一扇大门虚掩，等待着夜归人的进入。

坞壁的内部，丝弦鸣响，主人案前颔首屏息，歌女翩翩起舞，仿佛“此曲只应天上有”，使宁静的坞壁成了天堂的所在。

桑叶碧绿着，养育着蚕业，这对今天的河西人来说，历史久远。气候的变迁，沙漠、戈壁的侵蚀，已经使生存环境变得严峻，这种严峻，让“风吹草低见牛羊”的客观存在，变为史书上的文字，就连近代处处可见的泉水也逐渐干涸，不见了昔日喷涌的浪花。

从历史回来，还是在这块土地上，穿过千年的风霜，桑的枝条仅供观赏。嘉峪关市新城镇政府的院子里，两棵桑树，被当作市级重点保护植物，成为历史的参照物。而在距离嘉峪关魏晋墓文管所不远的戈壁上，那一大片绿色，就是桑树的家园。每年的夏天，那一望无际的桑园，枝条上缀满了亮晶晶的桑葚，我怀疑那是阳光的变种，又怀疑那是蜜蜂的巢穴。因为那密密麻麻的桑葚太晶莹剔透了，太甜蜜诱人了，联想到魏晋墓穴砖壁画上的鲜活图案，就觉得身处梦幻之中，但实实在在的桑葚在手，又觉得这种怀疑无厘头！

河流、山川，肯定目睹了变迁中的痛吟，这痛吟却没有传递给我们，面对墓穴中的辉煌，我们是对钢筋水泥的高楼大厦自豪呢，还是站在两棵桑下进行一番反思？

应该是抉择的时候了！

在古代的嘉峪关，南北两山森林很多，松林葱郁，微露飘拂，水声与风声相应，引人入胜。祁连山“四时大雪，千古不消，凝华积素，争奇献秀，氤氲郁葱，凌空万仞，望之如堆琼垒玉”，山上遍长松柏、“五木”等树，使木材成为古代匈奴人生活、生产和军事不可少的材料。合黎山也生林木。走廊的林木，从出土的木版画、砖壁画也可见一斑。房屋四周有树环绕，或两旁树木成排。丁家闸大型壁画中林木成行，枝繁叶茂，是一派兴旺发达的园林风光。凡是森林茂密的地方，松杉罗列，杨柳飞花吐絮，桑林叶密葚甜，奇花异草，芬芳可爱，庄稼碧波荡漾，牛羊塞道，五谷丰登。

桑树喜温暖，无土不生。走进新城魏晋墓室，可见不少的砖壁画中有护桑、采桑图。看这幅《桑园图》，桑树林立，枝叶茂密，桑葚累累。看那幅《护桑图》，画中有的人手持棍棒驱鸟，有的人弯弓射鸟，还有的人守护桑园。《采桑图》中的妇女，有的衣着朴素，也有的衣着华丽，还有的垂发至项，短衣窄袖，赤足，似少数民族妇女。可见魏晋时期，气候温暖，适宜种植桑树。前凉时张天锡说：“桑葚甜甘，鸱鹗革响，乳酪养性，人无妒心。”

有桑就有蚕，砖壁画中还有蚕茧、蚕丝、绢帛和缫丝工具。从墓中出土的二十余件丝绸残片看，当时丝绸广为使用，质地分为绮、纱、绢、锦等，颜色有浅红、浅灰或淡黄色，用途有衣面、裙带、鞋、招幡等。

桑蚕文化向西传播，据说古代和田国王为得桑蚕，向中原皇室求婚，并让公主携带蚕种。王女将蚕种藏在帽中躲过了关防的检查。从此，西域桑树渐渐繁茂，养蚕业得到发展。

嘉峪关的修筑是河西走廊的大事，一座高大威武、结构缜密的军事防御体系，矗立于戈壁高岗之上，使人望而生畏。战争与防守，使河西的焦点游移于嘉峪关下。然而嘉峪关却成为中外商贸的守护者。

嘉峪关修筑之后，西域前来朝贡者达七八十部之多。关下曾出现过“远人熏化来，款关无虚夕”和“洪散入版图，五十余属国”的升平、美好景象。明代与西域和中亚的“朝贡”关系，实际上是贸易交往的一种特殊形式。“朝贡”的使者一入嘉峪关，一切食宿、路途用费，皆由明政府供给。明洪武、永乐年间（1368—1424年），西方的波斯、大食、印度、花剌子模、哈烈国、斯拉国、撒马尔罕、阿富汗等国，纷纷派使节来“朝贡”，有一年一贡、两年一贡、五年一贡的。中国也派使节出使各国，友好使团来往不绝，相望于道。各国使团、商队、僧侣、游人等，至嘉峪关，先向驻守官员呈报名册和贡物名称、数量，以及人数和行李携物，报完后，或让全部入境，或仅半数入境，或全不许入境。输入货物多为马匹、骆驼、牛羊、玉石、珍禽、异兽等。出境的为珍贵器物、宝贵文物和大黄、羌活、甘草等药材，最多的是甘州、肃州所产的大黄，质量最优，每年被西方使节、商人大量收购，驮运而去。

清代，嘉峪关迎接过新疆漠南四十九部蒙古王公；天山北路巴尔喀什湖以东以南厄鲁特蒙古、准噶尔蒙古、杜尔伯特部、和硕特部、辉特部；天山南路叶尔羌、喀什噶尔等地，以及葱岭以北的柯尔克孜、哈萨克族和西藏班禅六世等，到北京和承德避暑山庄朝贡、讲经、谒见皇帝。特别是居住在欧洲伏尔加河下游的土尔扈特部派使者“表贡不绝”，嘉峪关便成了他们投入祖国怀抱的象征。乾隆三十六年（1771年），土尔扈特部3.3万户近17万人浩浩荡荡返回祖国，定居北疆。清政府拨出马牛羊20余万匹，麦4万多石，茶2万余封，棉布6万多匹，棉花6万多斤，帮助他们渡过难关。于是，嘉峪关空前忙碌，它日夜迎送来自甘肃、陕西、宁夏等地运送的牲畜和物资，展现着对异域兄弟民族的关怀。

清末以后，嘉峪关扼中西交通要道，在明代和清初关联着祖国的兴旺与安危。可是到康熙时三次西征，祖国疆土扩如汉唐旧基之后，嘉峪关已失去“边陲锁钥”的作用了。但作为丝绸之路的关口，它仍在起着作用。光绪年间，嘉峪关内还有嘉峪公馆、嘉峪关游击署、巡检分司署。游击职虽未革，但已名存实亡。据当地老者回忆，光绪二十四年（1898年）到任的游击将军名双录，北京人，满族，率兵不足百人。民国初年，他仍为游击头衔，到死去为止。之后，有一位闵将军接任，“民国以后游击之名未革，而所辖仅三十余人，现百师二百九十九旅驻兵一连于此”。再之后，此地成了西北军阀的兵营，常驻兵一营或一连，关城再无人管理。

清中叶到民国初，嘉峪关一度变成税卡。凡出入者必须纳税，方得通行。过往客商携带货物，则按货纳税。“嘉峪关在清中叶始有监督，以安肃道里设洋务委员及文案俄、回语翻译等员，其经费由江汉关拨银七千两以为支出，收入则洋货进口正税、子口半税、子口单税……正子税，进口各货应纳关税三分减一征收。”光绪七年（1881 年），中俄改订条约，“俄商前往嘉峪关贸易货币至关而止，应得利益照天津一律办理”。宣统三年（1911 年），“关于肃州道监督，只派家丁为委员司之，每人出入关收税一百二十文，牲畜每头四百文……另有游击一员带兵数名驻守”。民国二十四年（1935 年），“注目者有税卡长木牌，如：酒泉牲畜屠宰税局分卡，酒泉特种消费税局分卡，嘉峪关常关。光绪七年中俄改订条约为商埠，设常关专对外货税。关有监督一人，总理税务，相沿至民国二十三年，每年经费二千八百八十元。近年蒙古国、新疆商路不通，收税四百元左右，此关经费已入不敷付出之状态。甘肃建设厅呈奉省府自民国二十三年十月底，裁费存关，关务暂归特税局监办，监督亦由特税局局长兼任”。嘉峪关变成税卡后，在关城内到处修庙塑神。明代，关内只有玄帝庙和武安王庙。清代以后，庙宇塞满关城，就连一些楼阁内也塑了神像。据当地老人回忆，庙宇有菩萨殿、观音殿、元真阁、护国寺、土地祠、关帝庙、三官庙、案牍庙、八腊庙、观音庙、东岳庙、马王庙、老君庙、鲁班庙、湘子庙、财神庙、龙王庙等，朝拜者终年不绝，烟雾缭绕。

清中期以后，游击和文职官员的家眷都搬进嘉峪关内，陆续修建了许多房屋。关下居民也因各种原因搬进关城居住。官员及其家眷和军队住在内城，居民住在东外城广场内，有房屋 200 余间。民国年间，广场内形成了街道，道两旁有房屋，设车马店 5 家，小客栈 3 家，小磨坊 3 家，杂货店 5 家，药铺、当铺各 1 家。当时设街长 1 名，管理关上居民事务。1941 年前，关上有居民 44 户共 235 人，另有看管庙宇的 10 余人。1941 年至 1945 年，玉门油矿在关下建炼油厂，两三年内又迁入六七十户共200多人。1943年，蒋介石登临关城，把关城变为军队营房，拆除民房和庙宇，居民迁出关城，居于牌坊梁，关下有居民 400 多人，耕地 2200 亩。

了不起的八仙拐杖，让我们看见了古代敦煌一带的风俗民情。其精致、绝美，无疑是那个时代国富民安的写照。

参观安西博物馆，陈列于馆内的八仙拐杖格外引人注目。起初，我们以为它是一根普通的木棍，就凑上去看，不看不知道，一看吓一跳，1 米多长直径不足 3 厘米的木棍上，竟刻满了栩栩如生的人物造像。

据科学考证，这是一件雕刻于清代的民间艺术品，发现于安西东千佛洞，因上面雕刻八仙的形象而得名。

透过玻璃，只能看见拐杖的部分雕刻，从拓片上看得更清楚。拐杖由上而下依次为：拄杖寿星手持拂尘，吕洞宾身背宝剑，张果老倒骑毛驴，铁拐李拄拐杖，韩湘子吹笛子，曹国舅拿笏板，何仙姑拿荷花，蓝采和提竹篮，汉钟离持扇，最下端为刘海持钱戏金蟾。其人物个性鲜明，独具特色。加之拂尘、宝剑、笛子等各类物件和毛驴、金蟾等动物，整个画面活灵活现，大有脱拐而来之势。更为精巧的是雕刻者利用所有的结疤，以其纹理，绘有石榴、桃子和花朵，巧夺天工。

安西八仙拐杖，真是一件了不起的艺术珍品，它供奉于安西东千佛洞，反映了当时佛、道相融的宗教现象。

酒泉的名字富有诗意，好似在大面积的绿洲之中，泉水喷涌而出且气味芳香。就连塞外征战的将军也称“臣不敢望到酒泉郡，但愿生入玉门关”。可以想象，在那遥远的年代，商旅们对于酒泉的向往，是何等的急切。

古酒泉也叫“金泉”。关于酒泉的得名，历史上有确凿的记载。《西河旧事》载：古时，有人到泉边取水欲饮，见有金色从水中出，取而得金，故曰金泉。《汉理·地理志》应劭注云：“其水如酒，故曰酒泉。”除了历史书上的片言只语，对于酒泉，老百姓也津津乐道，有关酒泉的民间传说流传甚广且入情入理，据说在西汉元狩二年（前121年），骠骑将军霍去病击败匈奴、武帝赠御酒一坛、犒赏有功将士。酒少人多，霍去病倾酒于泉中，与众共饮，故谓此泉为酒泉。这个传说依据了西汉用兵匈奴的事实，把霍去病大胜匈奴，河西归汉、设立酒泉郡等重点历史事件融为一体，读来情趣横生，有很强的可信度。酒泉的地方志上说：酒泉一带有名的泉本有三眼，其水清洌，碧澄如酒，冬暖夏凉，冬不结冰，水汽蒸腾，状如云烟，泉中常有气泡上升，类似金珠串线，蔚为大观。汉、唐以来，酒泉之名称誉朝野，文人墨客多有吟诵，最著名的有李白的《月下独酌》："天若不爱酒，酒星不在天。地若不爱酒，地应无酒泉。"这首诗已作为酒泉的"金字招牌"，勒石于泉湖公园。诗圣杜甫虽未到过酒泉，但他却在自己的诗句中，大加赞美酒泉，《饮中八仙歌》中说："道逢曲车口流涎，恨不移封向酒泉。"看来，在那个时代，酒泉是令许多文人墨客心向神往的地方。清宣统三年（1911年）安肃兵备使者廷栋书"西汉酒泉胜迹"的石碑虽然已有些破败，但至今立于泉边，述说着当年酒泉的光荣。如今，酒泉西汉胜迹犹在，只不过不是三眼，而仅存一眼。泉眼被花岗岩的柱栏保护，仍是四季澄清，喷涌如注，游人投掷硬币于泉眼，以测吉凶，据说很灵验。

以"酒泉"而闻名的泉湖公园，地处市区北郊。明代曾有水榭遗迹，泉水兴旺，芦苇遍生，野鸭成群，古木参天。清乾隆元年（1736年），甘肃分巡道黄文炜驻肃州期间，在泉的四周进行修建，"垒土辟池，前建楹，中置亭，后树轩，回廊耳室，鳞次周列"，为公园奠定了基础，并作《酒泉记》留于后世。此后，吏部尚书、陕甘总督刘於义驻节肃州，见泉上建筑精美，大为赞扬，遂写"澄镜"二字，刻悬前楹，谓之"澄镜山房"。尤其值得一提的是清光绪五年（1879年）陕甘总督左宗棠对酒泉公园的修建，左宗棠置清沥楼，上悬"大地醍醐"匾额，以二重门为牌楼，上层塑佛像3尊，檐前悬"古酒泉"竖匾，旁有对联"甘或如醴，淡或如水；有则学佛，无则学仙"。左宗棠在整修酒泉公园时，沿湖边、泉边广植柳树，至今100多年，尚存3棵。有一棵3人才能合抱，高约25米，树冠覆盖面积上百平方米，柳枝倒垂，浓荫覆地，清风徐来，婀娜多姿，有塞上情致，更有江南风韵。左宗棠之友杨昌濬曾有诗句："大将筹边尚未还，湘湖子弟遍天山。新栽杨柳三千里，引得春风度玉关。"其实，春风在这里聚集，春色酒泉独好。

酒泉鼓楼目睹了酒泉的一切。它四通八达，守望着一片富庶的土地，也守望着酒泉的荣辱兴衰。它高大的形象，一直是酒泉的标志。

今天，在繁华富庶的酒泉城，无论从哪一个方向，都能看见位于酒泉古城中心的鼓楼。这座古楼原系东晋永和二年（346年）酒泉太守谢艾修建的福禄城的东城门楼。其历史年代的久远，足以让人咋舌。到了明洪武二十八年（1395年），随着嘉峪关军防力量的加强，酒泉古城的国防地位日益重要，其城垣设施也相应地开始了大规模的扩展，原来的东城门仍留在古城中央，穿通四条大街，改为鼓楼，在基座上建木楼，木楼上放置一面大鼓，为驻守戍卒打更用。之后，酒泉鼓楼又经历了一次整修、一次战火毁坏、一次重修，分别是清雍正三年（1725年）进行的砖包鼓楼台基工程、清同治四年（1865年）不幸毁于兵火、清光绪三十一年（1905年）重建。重建后的鼓楼，也就是我们今天所看见的酒泉鼓楼，它的下座为青砖包砌台基，高7.5米，底边长24.3米，周长97.2米。台下为砖砌十字形相交通道，贯通4条大街，券顶中心为穹窿顶，倒悬伏羲八卦。券门高4.2米，阔3.4米，4门楣有砖雕斗拱与门额，分别书写着"东迎华岳"，上雕"二龙戏珠"；"南望祁连"，上雕"龙马负图"；"西达伊吾"，上雕"丹凤朝阳"；"北通沙漠"，上雕"八仙庆寿"，形象准确地描述了酒泉的形胜地貌。登上鼓楼，楼基东侧有砖砌阶梯式漫道，道门横额："云路先登。"台基之上为正方形3层木楼，一楼每面三开间，金柱12条，楼内4根粗壮的通天柱直贯3楼，楼外围以20根楹柱，斗拱挑檐，气势不凡。凡登楼观望者，无不为其雄伟壮观而叹之。放眼望去，古城美景，尽揽胸怀，使人意气风发，精神抖擞。一楼东门悬挂的罗哲文题联更是文采飞扬、入木三分，抄录如下，想必读来荡气回肠："两千年前往事忆上心头，想当年，金戈铁马，翩翩勇将，英俊少年，风华正茂，捷奏河西，气宇轩昂，谈笑间，美酒倾杯碧玉流，与十万健儿同饮唱，如此高风统帅，赢得兵民嘉尚，无人不赞霍将军；八百里外阳关似在眼前，看那边，玉砌银雕，皑皑祁连，起伏奔腾，叠嶂重峦，红装素裹，无比娇艳，更有那晚霞浓抹嘉峪关，给中华大地添风采，这般壮丽山河，招徕远人游子，众口同夸酒泉好。”罗哲文的题联，将上下五千年，纵横几千里，山川地理、人文气象汇聚一处。南门、北门的楹联像“嘉峪西临，气势偕雄关并峙；雪山南耸，叠嶂与檐牙争排”“虽非近水楼台，应先得月，直对出关门户，可以观人”也是十分精彩。一座小小的鼓楼，可以称得上是一座独一无二的博物馆，包容了历史、包容了酒泉的民情风俗。鼓楼结构精巧，造型舒展，总高 24.3 米。它阅尽了一座古城的沧桑，体会了一座古城的光荣。

夜光杯是一种神秘的酒器，它把月光与酒有机地结合在了一起，使情趣和醉意油然而生。在中国历史上，它的独特品位，随着一首诗而长久流传，已超越了单纯的酒器和商品的意义。

夜光杯是酒泉的特产，在那遥远的时代，人们知道有一个遥远的地方叫酒泉，知道酒泉的人，大多是先知道这里出产一种很有名的酒器——夜光杯。在那些年月，边关征战、故友相聚，酒是少不了的。在生产力极为落后的农业社会，酿酒的技术却在迅速发展。这在酒泉一带出土的魏晋墓壁画砖中，都有形象的描述。 传统工艺品酒泉夜光杯，历史悠久，享誉国内外，早在周穆王时，西域曾向朝廷献“夜光常满杯”，认为“杯是白玉之精，光明夜照”。唐代诗人王翰的《凉州词》中就有“葡萄美酒夜光杯”的佳句，使酒泉夜光杯在中国文化史上焕发耀眼的光彩。据传，唐代酒泉有玉石作坊 30 多家，产品行销中外，到明、清仍有作坊 10 多家，民国年间产品销路不畅，夜光杯生产衰落。新中国成立后，玉石业获得新生，1956 年酒泉成立夜光杯厂，生产规模扩大，产品产量增多。同年 11 月，叶剑英元帅来酒泉视察，参观夜光杯厂后写下了“风雪关山访古来，评泉品酒看光杯。班超不解安邦计，定远端从睦远开”的诗句。夜光杯选料严格，玉石采于祁连山主峰附近的河源地带，质地坚硬，色泽以黑、白、黄、绿为佳，经精心细琢而成的夜光杯晶莹光洁，玲珑剔透，耐火耐寒，是深受人们喜爱的传统工艺品和旅游纪念品。

同样的历史，折射出不同的光彩，酒泉丁家闸5号魏晋墓出土的壁画砖，形象地反映了酒泉一带的经济生活和贸易状况。

魏晋时期是中国历史上的一个大动荡的时期，中原内战不绝，对经济文化的摧残空前绝后，人民生活苦不堪言。但在西北的河西走廊，却成了被战争遗忘的角落，相对安定，造成了文化上的一时繁荣，许多中原的流民也纷纷涌向这里，加之河西地大物博，其对农业的开发，也达到了一个相当高的水平。酒泉丁家闸5号墓壁画，正是这个时期的绘画艺术作品，从侧面反映了酒泉一带经济文化真实情况。

酒泉丁家闸5号墓壁画以人们的生产和生活内容为主，增加了许多神话故事的篇幅。在壁画的布局上，打破了一砖一画的格局，采用整个墙壁分层作画的方式，在有限的墓室里，从顶到四壁贯通起来作画，增加了壁画的有效面积。

丁家闸魏晋墓群位于酒泉城北8公里处的果园乡丁家闸村的石滩上，据探测，这里有魏晋墓葬110多座，1977年5月发掘5座。其中的5号墓是典型的东晋十六国大型壁画墓，有“地下画廊”之称。

走进这座“地下画廊”，墓门向东，顺着33米长的斜坡墓道，就可进入墓室，整个墓室由照墙、墓门、前室、后室、过道组成，全部由青砖砌成，墓底距地表12米。前室为方形覆斗顶，有象征性的院落和台阶。四壁及顶部为彩色壁画，分为天上、人间、地下三重境界，天上景绘有龙首、红日、月轮、庆云、东王公、西王母、三足鸟、九尾狐、羽人、白鹿、神马等。人间景绘着墓主人燕居行乐图，有乐伎、舞伎、杂技、眷属出行图，农耕图以及园林、采桑、畜牧、家禽、椎牛、屠猪、肉架、庖厨等。地下景绘有神龟与房舍等。后室为长方形券顶，后壁有壁画，绘有庆云、奁盒、拂尘、弓箭、丝束、绢帛等。棺置后室，墓主人一男二女，中为男性，左为正妻，右为小妾。残存的陪葬器物有五铢钱、木梳、铜镜等。小小的一座墓室，囊括了天上、人间以及地下的万物万象，置身其间，仿佛回到了那个时代：广阔的田野上桑麻遍野，豪华的屋宇内丝竹声声，一派歌舞升平。那时候的酒泉，天苍苍、野茫茫，土地一望无际，泉水四处流溢，绿树环绕村落，人们日出而作、日落而息，生活安详。许多中原的流浪者、西域的漂泊者，还有许多商人、使者，也纷纷加入开发酒泉的行列，一时间，平静的原野，遍布劳动的声音。那是多么激动、多么令人陶醉的场景啊。

戈壁荒野之中的古墓穴，让我们目睹了时光深处那辉煌的画面，他们是这块土地上文明的果实；他们是那个特定的时代，先民们珍藏的记忆。

酒泉作为一座城市出现在人们的视野中是很久很久以前的事情了。有了城市，就有了商业的根脉；有了城市，就聚集了人气；有了城市，更有了一种胸怀，能够包容外来文明的胸怀。

酒泉故城是屹立于河西大地上的丰碑，从汉至明、清，跨越近两千年的漫长岁月，在整个丝绸之路的宏大交响乐中，它是不可缺少的一章。酒泉故城的修筑，要从汉武帝征服匈奴、河西归汉说起。为了巩固胜利成果，经营西域，前 121 年，汉政府在河西设置了武威、酒泉二郡。到了前 111 年，又从武威、酒泉二郡中分置张掖、敦煌二郡，这一事件，历史上称为“列四郡”。

据《十三州志》：酒泉故城，被地震摧毁，荡然无存。东晋穆帝永和二年（346 年），前凉张重华封谢艾为福禄伯，后谢艾出任酒泉太守，就在被地震摧毁的故城废墟上重建了酒泉城。酒泉城原来的规模很小，由于国防战备的需要，明洪武二十八年（1395 年），在修筑嘉峪关之后，由肃州卫指挥使裴成主持修筑东城，城址比原来的面积扩大了一倍。明成化二年（1466 年），肃州巡抚徐廷璋又增筑东关，使酒泉城与“西汉胜迹”酒泉相连，酒泉城的地盘又增加了许多。明万历二年（1574 年），酒泉城进行了大规模的修整，所有的城墙全部由青砖包砌，使历经沧桑的酒泉城焕然一新，成一副雄伟壮观的样子。《读史方舆纪要》中说：“今卫城（酒泉）八里，有奇门三。”城阔“八里”，基本上就是现在的大小，而“有奇门三”指的则是酒泉城南北东三门，城楼叠起、壮丽无比的气势。至于酒泉城的西门为什么没有城楼，推测可能是因为嘉峪关的坚强壁垒足以抵挡任何外来之敌，无需添枝加叶。

“戍楼晓角”是酒泉八景之一，它的诗意之处是每当天亮的时候，高大的城楼上总会有士兵们吹响号角，黎明时分的美丽景色与号角的悠扬悦耳，相映成趣，使人振奋。

酒泉故城的南城门，现遗迹尚存，它可能是唯一的酒泉近两千年历史的见证。

“僧寺晚钟”敲响的是酒泉人的精神境界。曲径通幽，幽静之处，文化的主流意识渐渐萌发，商贸与文明，同时成为一座城市的灵魂。

“僧寺晚钟”是酒泉的名景，有记载说，僧寺是酒泉城内最大的佛教寺院之一，位于酒泉城西北一隅。有人说，大概就是现在酒泉中学的位置。寺不知创建于何年何月，但在明、清时期，它却是河西地区众僧聚会吟梵的知名寺院。

该寺修筑于分层筑起的四级高台上，山门内由低到高依次建有四大天王殿、八大金刚殿、侧座观音殿、卧佛殿、佛祖殿，两旁还建有三层殿、眼光娘娘殿、药师佛殿、山神殿、土主殿等，各殿彩塑佛像琳琅满目，墙上各色壁画五彩缤纷，甚是富丽堂皇。寺区内还有僧众居住、炊造、饮膳的厢房客舍。有关的资料介绍说，僧寺是一处幽静之地，到处是古木参天，到处是鲜花盛开，到处是瓜果飘香，寺院掩映在绿树花丛中，凡进入寺院之人，无不神往之、陶醉之。

每逢民间的节日，像正月初九的“上九会”和端阳节期间，寺院僧众会举行重大的佛事活动，酒泉城乡居民及周边地区的香客均前来朝拜，一时间，寺院里上上下下人山人海，红男绿女纷至沓来。

“僧寺”的情景热闹非凡，而“晚钟”之声更是盛大恢宏。“晚钟”置于僧寺内的钟楼，传说这口大钟重约五千斤，声音淳厚绵长，余音袅袅、不绝于耳，几十里以外，闻之如春雷。甚至《肃州志》上还说此钟与敦煌的一口古钟为雌雄一对，敦煌者为雄钟，酒泉者为雌钟，每月的上半月，远在敦煌的雄钟来酒泉与雌钟相会，这时，酒泉的钟声大于敦煌；下半月，酒泉的雌钟去敦煌与雄钟相会，此时敦煌的钟声又大于酒泉，如此反复，这一对雌雄钟竟然是形影不离、恩爱有加。这个传说从侧面说明了酒泉与敦煌唇齿相依的关系。

钟楼寺建筑分三层，山门前牌坊书写有“大法幢寺”四个大字；山门正中悬匾额，红底蓝字，书“救生寺”。台下第一殿为天王殿，第二殿为大雄宝殿，第三殿为卧佛殿。钟楼寺除主体建筑外，寺门外有楼阁，叫玉皇阁。寺东侧有庵观寺庙，佛道建筑混杂。

清水是酒泉的一个商贸集镇，也是战略要地。走进今天的清水，仍有着当年的影子。

最初，清水是古丝绸之路上的一个小村庄，接着发展为一个堡子，后来成一个集镇，再后来火车从这里通过，有了一个火车站，叫清水站。别看清水站是个小站，通过这里的火车无论是快车还是慢车，无一例外都要停几分钟。兰新线上的站名有不少，但在全国各地火车站的时刻表上，能够列出来的不多，清水就是其中的一个。

我是因为拍摄一部古代屯堡的专题片而路过清水的。清水东面的马营河向南，在漫漫的沙滩之中，有一座始建于明代的军垦屯堡叫芦草井子，这是一座规模很大的城堡，有内城、外城、瓮城、马道等，可容纳具有上千名士兵的军队驻扎。据说，当年这里曾有万顷良田，屯堡周边有无数的井泉。我们去看的时候，却是一片荒芜。登城举目四望，沙丘连着沙丘，布满了死亡的阴影。

距离芦草井子最近的有人烟的地方就是清水了，所以，我们只好在清水安营扎寨，早出晚归，拍摄芦草井子恢宏残破的景象。就这样，在清水待了一周，对于清水，竟然还是懵懵懂懂的，其周围的山川地貌，缺乏一个至高点让人瞭望。

过了很久，我又做了一个文字性的专题——酒泉屯堡，一位长期从事酒泉地理文化研究的老师写信给我，说我漏掉了一处很重要的地方：清水。

又是清水，我惊讶了。翻看老师寄给我的资料，我激动得手都有些颤抖，不由得大声说了一句：了不起的清水！

从自然条件上看，清水是个好地方。这从清水的名字上就能够看出。祁连山的南部山地，有大大小小的山前洪水冲积带，整体上看，到处是沙漠和戈壁，局部上看，在沙漠和戈壁的包围中，它们是盆地或平原，但只要有水，它们就是米粮川。清水名字的由来，是祁连山的一个叫榆林坝的山口有一股泉水，长流不断，清澈澄亮的缘故。祖祖辈辈的清水人，靠着这泉水，繁衍生息，在漫长的时光中，那些已逝的泉水，也熠熠生辉。

《肃州志·营制》记载：清水堡"不知创建人姓名与年月"唯存"万历四十一年，本堡守备刘国玉重建"。内设有守备衙门，据此可知明代即有守备驻扎此镇。清水堡，自清顺治四年（1647 年）起，设守备 1 名，驻守备兵 1 营，其中骑兵 49 名，步兵 96 名，共 145 名，长年防守。

历史沿革上，清水自古属甘州高台县管辖。清雍正七年（1729 年）总督岳钟琪为建设肃州直隶州，上书准奏，划高台为肃州领县，并将原属高台的清水、九家窑、下河清 3 地，从高台划出，归属酒泉县。那时，在清水设肃州州判 1 名，以处理丰乐以东的政法事务，武职则仍有守备。清水州判衙署和守备营兼有，可见其重要性。

看过老师寄给我的资料，我又一次去了清水。沿 312 国道直抵清水，今天的清水，已是一个繁华的小镇，但听当地的老人说：这和从前相比，差远了。

我穿过铁路，爬上了一座小山头，从这里回头看，清水的地势一目了然：呈缓坡状的清水，四周是荒芜的戈壁。沿着有水的方向，绿洲一线，像一个紧握的拳头，砸向了荒漠。从更大的范围看，清水介于酒泉和高台之间，向东越过 90 里的戈壁，才能见到绿洲，向西仍有 90 里的戈壁才抵达营尔。很明显，清水是酒泉与高台之间的中转站，占有很重要的地理位置。在古代，90 里是车马一天的路程，匆忙的商人和行旅无论是从酒泉到达清水，还是从高台到达清水，都已经很疲惫了。他们必定在这里休养生息，补充粮草和水。久而久之，来的人多了，住的人多了，商业的发达不言而喻。

那么，清水从前到底是个什么样子呢？先得说说清水的布政使衙门。据资料说，在酒泉高台一带，清水布政使衙门是一处很精致的建筑，看过此建筑的人都为此咋舌。布政使衙门前门为砖砌拱券形，两侧有石鼓一对，门外有低木栅栏，并有照壁。进门后有木制屏门，平常出入从两侧而行，遇到达官贵人则开屏门迎接。中有甬道直通大堂，大堂红柱青瓦，歇山顶式建筑飞檐画阁，甚是庄严。西侧南北走向有一排平房，供衙役或往来差役歇息。东面建有花厅一处，花园内有各种奇花异草及果树，门口有士卒守卫，此处是官员们饮酒享乐、赏花赋闲的地方。

清水堡的东面，人称校场滩，这里曾筑有演武亭，建有碉楼一座，土木结构，上下两层，为方形建筑。四周有了望孔、箭孔，像长城卫城中的箭楼。当地的老百姓说，清水堡的驻兵当年就是在这里练兵的。

站在高处，可以清晰地看见烽火台东西贯通，形成了互相呼应的报警系统。城堡的布局呈凤凰展翅之状，其城大致为十字形，南北短、东西长，东西为“凤凰”的两翼，南城筑有高台，是为“凤头”。因此，清水堡又有“凤凰城”之称。

一位老人介绍说：清水布政使衙门的判官出衙、回衙的时候，礼仪隆重，要号炮三声，以显威严、示平安。一般情况下，炮手要准备多枚响炮，确保号炮三声不误。老人还说，清水堡自古以来，就有军队驻扎，军用设施也很多。就在清水堡的东面，有马营，是部队专门养马、放马、驯马的地方。因此有距离清水堡不远的一条河流叫马营河。马营河坝上的一个水口子，就是马营用来饮马的。城堡的南面建有关帝庙，关帝庙的门前有桅杆两根，高好几丈。庙内的青龙偃月刀，重 60 千克。关老爷是“武圣”，军人和老百姓都很崇尚他，庙里的香火也就一直很旺盛。

清水堡占据了咽喉要地，不仅是酒泉、高台之间的军事中心、政治中心，也是一个商业中心。明清以来，城堡内外，商胡云集，除了本地的买卖人，还吸引了河南、陕西、山西、湖南、湖北、四川等地各行各业的手艺人在清水堡安家落户。一时间，清水堡成了皮毛、草药和各种杂货的收购、批发集散地，商铺林立，物品琳琅满目。

了不起的清水，虽然在今天它只不过是312国道沿线的一个小镇子，来往的人和车辆很少停留，但清冷的背后所隐藏的历史，让人感慨。就像仍然还残留在这块土地上的那些残垣断壁，让人怀念。

久远的岁月里，玉门不仅是军事要地，也是河西走廊贸易交往的咽喉之地。

玉门作为中国第一个石油基地而闻名于全国和世界，所谓："凡有石油处，皆有玉门人。"20世纪中后期，随着电影《创业》的全国公演，玉门也开始蜚声海内外。玉门市则因油田而设。

敦煌西北面的玉门关，是汉通西域的交通门户之一，因西域输入玉石取道于此得名。六朝以后通西域，常走新北路，即从安西通哈密一道，玉门关址也向东移。所以唐代的玉门关就不在那儿了。据《元和郡县志》记载，唐代玉门关在瓜州的晋昌县，就是今天安西县双塔堡一带。王之涣的"羌笛何须怨杨柳，春风不度玉门关"大概就是指这里。现在的玉门镇一带（原玉门县址）也是历史悠久的地方。据《汉书·地理志》载，汉武帝太初元年（前104年），酒泉郡领禄福、玉门等县。县治大约在今玉门市赤金堡。为什么叫玉门？南北朝时的敦煌人阚马为此作了注说，"汉罢玉门关屯，徒其人于此，置县"，遂称玉门县。玉门关是汉元封三年（前108年）设置的，当时匈奴主力已被击败，玉门关和阳关作为通西域、防匈奴的重要关险，驻有大量军队。开郡初期，敦煌人口较少，居于祁连山南面的羌人也不时威胁着河西走廊，为了保证河西走廊的安全和运输方便，《汉书·食货志》中提到，"上郡、朔方、西河、河西开田官，斥塞卒六十万人戍田之"。驻玉门关的一部分军队开到今赤金堡一带屯田，这些军队开始叫玉门军，后废军化县，设置了玉门县。《史记·大宛传》记载，贰师将军李广利伐大宛，由于路远，供给困难，士卒死亡大半，回到敦煌上书汉武帝要求进玉门养兵，汉武帝大怒，派使臣把住玉门，说"军有敢入者辄斩之，贰师恐，因留敦煌"。这里说的玉门，是在敦煌的东面，即赤金堡一带，也就是玉门县。

对于玉门的了解，“石油解围酒泉城”是一则有趣的故事。石油作为现代工业最重要的能源，在南北朝时期首先在玉门这块土地上有了实际的运用，不能不说是一个奇迹。

酒泉为河西的军事重镇和战略要地，改朝换代或者发生战事时，这里首当其冲。南北朝周武帝时，突厥人围困酒泉，突厥人采用云梯攀缘城墙，城内守军将石脂水泼洒于云梯，然后用火焚烧，火势凶猛，烧得突厥人乱了阵脚。一般情况下，火来水灭，可在这次战争中，云梯熊熊燃烧，突厥人越是泼水，火势越是凶猛，致使突厥人心慌意乱，认为这是老天在保佑酒泉，就匆匆撤兵了。这里所谓的石脂水，即为石油。在玉门一带，石油从地层中渗出，黑黑的，如同油脂一般黏稠。人们点燃它来取暖生火。

河西，自古以来就是一个聚宝盆。其丰富的物产，不胜枚举。近代以来，最引人注目的则是石油。祁连山下的玉门，一度被称为“中国石油工业的摇篮”。在这里，不仅形成中国最初的石油工业，而且为今后中国石油工业的发展培养了大批的人才，所以有“凡有石油处，必有玉门人”的说法。再把时间推到南北朝，可以想象，酒泉的所辖之地玉门，有成片从地下溢出的石油，这些石油，有的经过长期的风吹日晒，已凝结成块状；有的则汩汩涌出，还没有大量被民间或官方用作燃料。可能只有一些牧羊人、野外淘金者偶尔生火取暖使用。因为石油的神秘和人们千百年来形成的取火习惯，制止了石油这种物产的广泛运用。那么，是什么机缘，让石油发挥了独特的作用呢。

我去过玉门多次，在玉门石油管理局的老君庙油矿待过一阵子，当地的老人说，从前，在白杨河的河谷和附近的荒野上，从地下涌出一层黑黑的东西，人们都知道那东西能着，但都不去碰它。原因是有一户人家把那黑色的东西挖去烧火，火势很旺，但烟气很大，那户人家烧好水做完饭之后，火仍然不灭，而且越烧越大。按照常理，他们用水浇火，可越浇火越大，就赶紧从灶头把那黑东西扒出来。最后，把房子点着了。从此，没人再敢用那东西，说那东西邪气，用了会带来灾祸。后来人们知道那是石油，是个宝贝，纷纷架起大锅，土法炼油，搞得乌烟瘴气。

看来，石油火势猛、不易扑灭的特点古人是掌握的，所以在那场战争中，聪明的酒泉人，把自己的“土特产”真正用到了地方，打退了强兵的围困。

玉门是中国现代石油工业的摇篮，而这个摇篮的核心部分则是玉门油田。

玉门油田地处祖国西北腹地，位于终年积雪的祁连山麓，它的脚下则是茫茫戈壁沙漠。万里长城西端起点的嘉峪关离它不到两小时的汽车路程。古代“丝绸之路”在它的北边戈壁滩上通过。玉门油田很早就被发现，南北朝周武帝时，突厥人围困酒泉，城内守军用石油烧毁攻城的云梯，解除了危难。玉门油矿最初叫老君庙油矿，因第一口井打在石油河边的老君庙旁而得名。1935年，地质工作者孙健初，亲自勘探了甘肃、青海，自青海横跨祁连，抵达张掖，于1936年到达老君庙，发现了这块宝地。孙健初建议国民党政府开发，但未受到重视。1938年，浙江沿海失守，汽油供应紧张，当时的政府才下决心到此勘探。当时，严爽、孙健初、靳锡庚等人从酒泉骑骆驼出发，经嘉峪关、火烧沟、白杨河到玉门，短短一百多公里的路程竟走了四天。他们到达时已是天寒地冻的十二月底，第一口井就是用人工挖掘，到二十三米的深处首次采得石油，日产石油一点五吨左右。1939年以老君庙命名的油矿，正式出现在中国资源地图上。当国产石油大批输送到抗日前线时，极大地鼓舞了全国人民的斗志。1949年9月，中国人民解放军的炮声在嘉峪关外震响，反动派企图烧毁油矿并劫走地质资料，英勇的工人护矿队保护了油矿，爱国的地质师孙健初冒着生命危险保护了地质仪器和资料。从此，玉门油矿得到了新生。新中国成立以后，玉门成为我国第一个年产石油八十万吨的油田。

赤金是一个充满诱惑的名字，我去过赤金几次，但印象最深的，还是第一次去那里的情景。

关于赤金，我只知道这地方与金子有关，还与一座城堡有关。常有本地或外地的淘金客在这里获取为数可观的金子，另外这里还是战略要地，修了城堡驻兵把守。其他的事情，我就不清楚了。一般来说，一块土地，应该有很多的故事。

我是二十年前才知道有一个叫赤金的地方，也是二十年前才到了那个叫赤金的地方。在我的记忆中，那是很大很大的一个草滩，草滩上有一汪汪的泉水，有成群的羊，还有几匹马。草滩的尽处，大概是背风的土丘边，有一些民房，我想，这可能是牧人的住处吧。

几个青年男女，被一辆卡车抛在这片草滩，没有一丝的沮丧，反而情趣盎然。有几个没见过泉水的女孩子发出了尖叫，说地下冒水了，认为这是奇迹。只有我有过草原的生活经历，知道泉水是怎么回事，我对她们讲了泉水和草原，她们竟然惊讶地看了我半天。这些城市里长大的女孩子，游览着广阔的自然，有说不出的欢乐。

卡车远远地走了，陪同我们的小姑娘说，卡车去了赤金堡，这一大片地方都叫赤金。姑娘还说，有泉水的地方就有金子，曾经有个放羊的小伙子在泉水边洗手，被一块石头划破了手，才发现那是一块“狗头金”。这个故事很有传奇性和刺激性，大伙都睁大了眼睛，在泉水边盯着，只要发现硬的东西，都要洗干净，看那是不是金子。

那次，我是去参加一个诗歌笔会，主办方让我们体验生活，就用卡车把我们分组拉到了不同的地方，我们去的就是赤金草滩。

草滩是一处洼地，站在草滩看四周，就像站在一口大锅的底部看锅沿，锅沿上全是山和土崖，土崖边是村庄，山下是城市。看久了，你会担心，这城市和村庄会不会随时滑落下来。

到处是泉水，也就到处是绿草，这样的环境我是很熟悉的，小时候在敦煌东部的草原上放羊，从日出到日落，除了羊群伴随，就是泉水了。水壶里装一粒糖精，舀进泉水，略带苦涩的泉水，就变得十分香甜可口了。而从小居住在城市的诗友们却很是惊诧，在草地上疯跑一阵，又四脚朝天躺一阵，还大声地狂呼：我们来了，我们来了！想以此证明点什么。

我只关心附近的几匹马，它们在安静地吃草，看见我们几个怪异的人，它们先是抬头看看，后来观察到我们并没有恶意，就仍然低头吃草。马通常是很悠闲地甩着尾巴，扑打着叮咬自己的蚊虫。吃得可口的时候，还打几声响鼻。一声响鼻，使马的周身都在战栗，就像人打了个喷嚏，浑身上下舒服。距离我们不远的土丘下有一座黄泥小屋，有过草原生活经历的人一看就知道，那是牧羊人的住所，用红柳枝围起来的是羊圈。此时的羊房子一片安静，没有炊烟，也没有喧哗的羊叫，羊和牧羊人都去了大草滩上水草最旺盛的地方。

我们在草滩上待了几个小时，就打道回府了。这是一次象征性地体验生活，却让我记住了一个叫赤金的地方。在我的记忆里，这是一个美丽的地方。

对于张掖，古代有“金张掖”之称。何以为“金”，无非是它的物产丰富，也无非是它在河西走廊商贸中心的位置。

张掖又名甘州，位于河西走廊中部，是河西走廊的重镇之一。汉武帝开辟“河西四郡”时，就设置了张掖郡。取名张掖的意思是“断匈奴右臂，张中国之掖”。到西魏时，因城内有泉且泉水甘美而易名甘泉。

张掖因居于河西走廊的中心地段，是古代南北交通“龙城古道”和东西交通“丝绸大道”的交汇点，所以自汉朝以来，即为四通八达的重镇。张骞、班超都是经过张掖而通西域的。西域及亚非诸国的商胡、僧侣、使者等也是从张掖到达长安各地的。在海运未开之前，张掖是中西陆路交通的重要通道，中国文化艺术及丝绸等商品之西去，西方文化与佛教之东来，张掖，是主干通道。

张掖在军事上有着极其重要的位置。它南面越祁连山、过扁都口，可达青海；北面经合黎山，可达居延塞，是通往蒙古的大道；东、西有甘、新驿道，东通兰州，西达新疆，对于新疆、青海、内蒙古、宁夏等四省（区），实有四路照应之势，自古为兵家必争之地。

张掖，素有“塞外江南”之称。在河西走廊，有“金张掖”之美誉。俗话说：“凉州不凉米粮川，甘州不干水湖滩。”古时候的张掖，半城芦苇半城塔。其经济文化的繁荣，早已载入了史册。这里，自古种族繁多。先后为中国北方各民族所杂居，有所谓西戎、月氏、匈奴、乌孙、羌、鲜卑、吐谷浑、突厥、回纥、吐鲁番、鞑靼、蒙古、满族等部，各族人民在这里创造灿烂辉煌的文化。

605年，隋炀帝即位。为了显示国威，扶持从突厥分裂出来的东突厥的势力，巩固河西走廊的重要地位，决定巡行张掖。河西四郡是西域商人同内地进行商业贸易和丝绸运输的中转站，张掖作为河西的中心要地，西域诸国商人一向在张掖进行交易。大业五年（609年）隋炀帝西巡，经大斗拔谷（今扁都口），6月至张掖，登焉支山会见27国国王及使者，盛况空前。西域27个地方政权的使者同来相会，他们先到肃州会齐，然后到张掖晋见。他们皆佩金玉、披锦缎，歌舞喧嗓，焚香奏乐。隋炀帝命肃州、张掖、武威的侍女，盛装打扮，骑乘周环数十里，以示中国之强盛。这是肃州与张掖历史上空前之盛会，反映了肃州、张掖的繁荣情况。隋炀帝西巡张掖后，西域以及外国商人、使者纷纷涌入内地。张掖对入境商客提供各种方便，甚至供给沿途费用，鼓励他们去长安经商。结果，"西京（长安）诸县及西北诸部"的商贸物资，"皆转输塞外，每岁钜亿万计""西域商贾往来相继，所经郡县，疲于送迎"。

唐代大力发展农业生产，"开置屯田，尽水陆之利，稻丰收稔，一缣数十斛，积军粮数十年"。河西的国际贸易地位达到前所未有的高峰，张掖成为中国对外贸易的重要场所。经济的繁荣，促进了文化昌盛。著名高僧玄奘去印度（天竺）取经，途经张掖。诗人陈子昂奉旨视察张掖，写有《上谏武后疏》。王维、高适、岑参、马云奇等驻足甘州时均留下著名诗篇。甘州音乐《婆罗门佛曲》传入宫廷后，唐玄宗改制为《霓裳羽衣舞曲》。甘州边塞曲流入中原后，成为教坊大曲，以《甘州破》《甘州子》《八声甘州》《甘州曲》等命名的词牌、曲牌流传甚广。唐末，张掖与中原、西域关系密切，通互市，发展贸易；僧侣往返，佛教文化得到进一步交流。

北宋天圣六年（1028年），党项族首领李元昊击败甘州回鹘，1038年建立西夏。继承汉文化传统，兴修水利，发展农业，兴办教育，推崇佛教、道教，建成了规模宏大的佛教寺院——大佛寺。

元代置甘肃行省，张掖为省会。元世祖忽必烈亲诏郎中董文用垦甘州之土为水田，仿宁夏之法种水稻。城内建甘肃最大的粮仓——扎浑仓，供应各路军粮。甘州成为河西走廊的驿道中枢和茶叶外贸的转口城市，商路四通八达，商品交易频繁。意大利旅行家马可·波罗前往上都途中，曾在甘州停留一年，在《马可·波罗游记》中记述了张掖的富庶、城市的规模以及宗教寺庙的宏伟。

明代，张掖为陕西行都司及甘肃镇的治所。明王朝大力发展文化教育，建设了一批学校、书院，使甘州自此进士、举人、秀才辈出。从内地大量移民屯垦，大兴水利，使农业生产得到很大发展。在甘州大兴土木，修筑长城等一大批军事设施以巩固边防，形成了完整的军事防御体系，甘州仍然是西北军事补给基地，河西政治、军事和经济中心。商业持续繁荣，甘州成为西北最大的畜产品集散市场，晋商及陕西、山东、京师商人集团云集甘州，建立会馆。明政府利用山西、陕西商人运粮、茶至甘州，充实边储和开展茶马交易。

张掖：张中国之掖

亿万年的地理变迁，青藏、内蒙古两大高原的交汇、挤压、碰撞，造就了多姿多彩的土地：峡谷、冰川、湿地……

几千年来的民族融合、文化交流、使者相望、商旅云集，造就了神奇的土地：石窟、寺院、长城……

高耸入云的祁连、奔腾不息的黑河，造就了丰腴的土地：草原、绿洲，遍野的牛羊、丰饶的物产……

长城和丝路在这里交融，游牧文化和农耕文化在这里汇聚，华夏文明和世界文明在这里交流交往，赋予了这片土地久远的历史和厚重的文化。

这一切，奠定了张掖丝绸之路重镇的战略地位，彰显着“金张掖”的含金量。

通商廊道：无数铃声摇过碛

作为河西走廊的一部分，张掖，首先是一条通商廊道。在古老漫长的丝绸之路上，张掖这条天然的廊道，南依祁连，北枕合黎，绵延伸展。它犹如一条璀璨的玉带，承载着华夏文明的精华；又似一座天然桥梁，让东西方文明在这里交融汇集，或西传东渐，或南上北下，或东进西出。青藏高原、内蒙古高原拱卫，腾格里沙漠、巴丹吉林沙漠环抱，山地—绿洲—荒漠—草原，形成了一个封闭完整的生态系统和开放包容的文化圈。

站在历史长河的岸边看张掖，时而大漠孤烟，金戈铁马，牛羊被野；时而狼烟永绝，汉家衣冠，五谷皆饶。月氏、乌孙、匈奴、汉族、五胡、吐蕃、回鹘、吐谷浑、党项、蒙古等众多民族在这里繁衍生息，创造了丰富的物质财富和精神文化。

张掖是汉唐时代除古都长安之外最大的商贸中心，也是举世闻名的丝绸之路的必经之地、补给之所和贸易重镇，元代设甘肃路总管府，后改为甘肃行中书省，治所就在甘州。明、清两代，甘州城内会馆多达几十家，南来北往、东进西出的商旅皆汇聚于此，商贸文化是张掖区域文化的鲜明特色。

从资料记载来看，隋炀帝为了开通丝绸之路，对长期到张掖贸易的胡商“啖以厚利，导使入朝”，并对到东都交易的商人，一律给予优待，派专人引导他们进行交易。胡商所到之处，一律有专门的饭店设宴款待，并下令让参加贸易的中国商人在摊位上摆上酒食，直到胡商吃饱喝足为止。为方便交易，隋炀帝又下令修建了专供商人辗转休息的场所。这样一来，从西域到中原交易的“外商”越来越多。

历史，应该记住那次西域各国使臣与隋炀帝推杯换盏的大聚会。丝绸之路在汉末阻绝后，又重新出现了“胡商往来相继”的繁荣景象。

汉武帝以“张国臂掖，以通西域”为张掖命名。因此，张掖从纳入汉王朝版图开始，就是一个体现国家意志、展现国家作为的地方。河西走廊之南，祁连雪峰屹立，群山连绵，人迹罕至；河西走廊之北，巴丹吉林、腾格里两大沙漠广阔无垠，几近生命禁区，而张掖居河西之蜂腰，拓走廊之咽喉，和平年代，张掖是商贾云集的贸易重镇；战乱时期，张掖是兵家必争的军事要冲。

文化运河：明月羌笛戍楼间

作为河西走廊的一部分，张掖，更是一条文化运河。2000 年前，从中国西北向西、再向西，驼铃叮当、使者相望的丝绸之路，被誉为“世界文化的大运河”。张掖就处在这条“文化大运河”的黄金节点。

在历史上，张掖为关中、中原的门户和中央王朝势力强盛之时向西发展的重要根据地。张掖雄踞于甘肃省河西走廊中西接合部。南望祁连，雪山嵯峨万仞；北通沙漠，紫塞延袤千里；西邻酒泉，绿洲阡陌纵横。文化上，这里与内地截然不同，呈现出明显的多元性和混融性特点。首先，由于自然环境和民族传统的差异性，生息于此的各民族形成了不同的生活方式，并在此基础上形成了不同的文化，有以汉族为代表的农业文化，有以蒙古族、藏族为代表的游牧文化。从宗教方面看，有以汉族为代表的儒家文化，有以藏族、蒙古族、裕固族为代表的佛教文化。从国际国内视野看，有以汉、藏为代表的中华文化，也有以蒙、回等民族为代表的部分异域文化。另外，在语言、生活习惯、心理素质等许多方面各民族都异彩纷呈，表现出鲜明的多元性特点。此外，由于河西走廊处于农牧业过渡地带、中西方交通的枢纽，因此，各种民族文化相互影响、相互吸收、兼容并包，表现出你中有我、我中有你的浓烈的融合特点。

张掖自古就是一个坐落在湿地上的城市，素有“半城芦苇、半城塔影”的美景。黑河流到张掖，仿佛眷恋着这片土地，用他汩汩的流水滋润着这里。

黑河孵化的“金张掖”是丝绸之路上的商贸之都，也是宗教传播的通道。佛教正是沿着丝绸之路向中原传播，张掖的“半城塔影”足以证明佛教曾经在这里的繁盛。

五千年风云变幻，各大文明的元素渗透浸润，民族文化、商贸文化、长城文化、边塞文化等多种文化碰撞交融，使张掖既有了足够的历史长度，又有了足够的文化厚度。金塔寺的高肉雕飞天，马蹄寺的汉藏佛教艺术，大佛寺的卧佛及金经、北藏等佛教典籍，成就了张掖佛教东渐圣地的地位；居延汉简，五凉儒学，经学的兴盛，见证了张掖传承中原文化而又兼蓄西域文明的历史辉煌；西游传说、河西宝卷、九曲黄河灯阵，既是张掖百姓的文化创造，又是对中华文明的独特贡献。

在古代，文化的传播与地理环境有着密切的关系。绿洲间的距离在一百公里左右，对外来风俗和文化的吸收，总体上是均衡的，而超越了这个范围，风俗、文化的渗透极为缓慢，甚至文化的传播会发生变异。张掖正处于河西走廊成片的、稠密的、丰腴的绿洲之中，汉文化和各种文化在这里的汇集、发酵，产生了爆发力，这个力量的冲击波，足以穿越“死亡之海”的戈壁和大漠，使草原和绿洲的花朵成为丝绸的色彩。

张掖一带是我国远古文明诞生、成长和发展的重要地区之一。我们勤劳、智慧、勇敢的祖先在这片广袤的土地上劳动、生息、繁衍，创造了灿烂的古代文化，留存了大量的遗迹、遗物。十六国时众多的西域佛僧来到这里，译经授徒，蔚成风气。隋唐时期的九部乐中，西凉乐、龟兹乐、天竺乐、康国乐、疏勒乐都经由河西走廊传入中原，并在长安宫廷盛行不衰。至于民间的胡旋舞、胡腾舞、西域百戏、杂技以及胡服、胡食等，也都是首先在这块土地上流行、传播，然后风靡中原。汉唐丝绸之路的繁荣，又使这里成为中国历史上率先向西方开放的地区。

千百年来，张掖不仅为中华民族的生生不息提供了丰厚滋养，也为人类文明进步作出了独特贡献；不仅创造了历史的辉煌，而且在今天依然闪耀着不朽的光芒。河西走廊悠久深厚的历史文化积淀，给张掖以高度的文化自信和文化自觉。

我们可以骄傲地说，新时代的张掖，必将承担起“一带一路”文明互鉴的国家使命。

丝路要津：羌笛横吹续传奇

由于地理空间距离的遥远与文明文化上的差异，人类历史上的帝国们对“帝国边缘地带”的统治控制一直都是与风险与动荡起伏相伴同行。尤其是古典帝国时代，由于当时社会生产力的落后，人类文明的“条块化”分割破碎的现象极为明显，帝国中央政府对“帝国边缘地带”的统治控制就更为薄弱。因此随着帝国内部兴衰治乱的演化循环，其统治控制版图扩张与收缩的脉动变迁周期也极为频繁，而伴随着帝国的起起落落，人类社会不同文明板块间的“碰撞前沿地带”也频繁闪现于历史记录中。

地处河西走廊的张掖就是这样一个“碰撞前沿地带”。

张中国之掖，开世界之窗。中原王朝的历朝历代都把张掖作为经略西北地区的战略支撑点。昔人云“欲保秦陇，必固河西；欲保河西，必斥西域”。打开中国历史地图册，自然会发现，元代以前，拥有张掖的中原王朝分别是西汉、东汉、西晋、隋、唐，不仅彻底掌握了抵御游牧民族的战马和地理资源，更有纵横捭阖、从容布局的战略主动权。一旦丧失对张掖的控制，往往只能偏安一隅或者被动防御，使国家陷入持续分裂混战之中。

河流与山脉是人类最初的家园，是人类埋下胎衣的地方，是文明的起点与边界。皑皑祁连，滚滚黑河，张掖的故事，有说不尽的神秘和传奇。如果在世界范围内寻找一处证明冷兵器时代人类最经典的国家防线，就是张掖；如果在丝绸之路上寻找一处见证欧亚商贸历史的典型遗迹，就是张掖。这里的每一块土地，都默然见证着世界与中国的沧桑巨变，轻声讲述着，一个国家一次次挺拔与沉落的故事。

大漠孤烟壮山河，羌笛横吹谱新曲。你应无穷的古老，超然时空之上；你应无穷的年轻，占有不尽的未来。赓续历史传统、描绘发展蓝图、顺应民心所向，古老的张掖，崭新的张掖，浑厚的历史，灿烂的文化，必将为其未来的发展注入强大的动力。

河西走廊地处干旱的荒漠，从祁连山中流出的一条条河流哺育了一个个绿洲。黑河是河西走廊水量最大的河流，也是我国仅次于塔里木河的第二大内陆河，黑河孕育的张掖市是河西走廊中最大的绿洲城市。

黑河：荒漠中的绿洲画卷

黑河发源于祁连山的北麓中段。它依次纳山丹河、梨园河、摆浪河、讨赖河之水，穿甘肃省临泽县、高台县，跨正义峡进入金塔县内，最终注入内蒙古居延海，总长度 800 多公里。

黑河流入金塔县的天仓之后，折向西北茫茫的戈壁，不息的波涛直指内蒙古额济纳旗。这一段河流，就是历史上赫赫有名的弱水。在《尚书·禹贡》中，有“导弱水至于合黎，余波入于流沙”的记载，更多的时候，弱水的概念，已象征着整个黑河流域。

在我的心目中，黑河是个博大的体系，它从高大的祁连山中蓬勃而出，流戈壁、过盐泽、穿凹地，收纳万川之水，神奇地点化了荒芜的沙漠。在它广阔的流域内，绿洲起伏，葱翠的光泽就像熠熠生辉的宝石。

甘州八景中的《黑水春融》载：“黑水经城西八里铺，冬凝春泛，每至三月，农人刲羊祀龙神，则水应期涨，碧波澄鲜，分流诸堰，而妇子主伯，穰穰遍野。”犹如一幅美妙的民俗春耕图。

几年之中，我一直沿着黑河行走，在它的每个角落，体验一条河流所延伸的多姿多彩的自然风光和生活风俗。在我目光所能窥视到的地方，张掖，金光灿灿地浮现出来。在悠远的岁月中，它波光粼粼，漾动着自然的灵秀，述说着一方水土的荣光。

张掖，隐隐有那河流的影子

张掖素有“半城芦苇、半城塔影”的美景，黑河用他汩汩的流水滋润着这里。

张掖黑河湿地国家级自然保护区正是这“半城芦苇”的绝妙呈现。

在自然保护区内，有一条木板建造的栈道，蜿蜒曲折，伸向绿丛深处。桥下是清澈的黑河水，周围长满了茂盛的芦苇，流水潺潺，幽静之至。阳春三月，随着天气变暖，各种候鸟开始向北回迁，黑河湿地则成为候鸟歇脚的中转站和栖息的天堂。所到之处，只见冰雪消融，春水浩荡，成群白鹭起舞弄倩影，一派春光灿烂、百鸟起舞的欢腾景象。我曾漫游其中，漫天芦花飘飞，像是阳光的颗粒，既真实又虚幻，仿佛人都羽化成仙。

黑河孵化的“金张掖”是丝绸之路上的商贸之都，也是宗教传播的通道。佛教正是沿着丝绸之路向中原传播，张掖的“半城塔影”足以证明佛教曾经在这里的繁盛。

张掖木塔是张掖城内五行（金、木、水、火、土）塔之一，位于张掖市县府街路西，这里原为隋朝万寿寺故址。据《甘镇志》记载，其后周时已有之，隋开皇二年（582年）重建，唐贞观十三年（639年），敕尉迟敬德监修，明清均有补修。至今已有一千多年历史。

张掖木塔原是一座规模宏大的寺院，有山门、殿堂、佛塔、藏经楼、僧舍等，现仅存建于中轴线上的木塔和藏经楼。木塔为砖木结构，楼阁式，高32米。塔顶呈八角伞形，每层的八个角都有一个口含宝珠的木雕龙头。最上层原有古钟一口，声闻数十里，所以“木塔疏钟”成为甘州八景之一。

木塔造型优美，结构精巧，塔内设有楼梯，可供登高。木塔后为藏经楼，平面呈长方形，面阔五间，进深三间，两层楼，重檐歇山顶，四周绕木构廊，气势宏伟。

关于木塔的建造，还有一段传说。相传，建塔初期，因甘州地处潮湿水洼之地，地基较软，塔怎么也无法竖起，这事可难坏了负责修塔的师傅屠龙。一天一个小青年要给他做道下酒菜，屠龙以为是找活干的小工，也就没有留意。等年轻人端上菜来，白白的豆腐上撒了些韭菜。白豆腐恰似截截木料，那韭菜分明就是铆样，屠龙一看恍然大悟，于是紧追而问，年轻人道出姓名，他就是木匠的开山鼻祖——鲁班。经鲁班点化，屠龙师傅照样套铆，木塔果然稳稳地竖了起来。

元朝时，一位外国使者游历张掖后写道：“此塔制作之工，可为世界之木工、铁工、画师取法也。”可见木塔建筑技巧之高超。

文明的遗迹是黑河波光粼粼的印记，即使这条河断流了、消失了，只要它们还在，这条河流的影子就会定格在历史的记忆中。

黑水国，黑河谜一样的过去

在张掖追溯黑河文明，首先想到的肯定是黑水国遗址。

黑水国因黑河而得名，也因黑河而盛衰。在谜一样的黑水国遗址中，现代人所能感受的，只是悲凉与破败。

黑水国遗址位于张掖市城区西北 15 公里处的明永乡下崖村，在 312 国道两边分为南、北两城，间距 2.7 公里。北城呈长方形，南北宽 228 米，东西长 245 米。城垣由黄土夯筑，西南角筑有底宽 9 米、残高 7 米的覆斗形角墩，部分城垣被风沙湮没。

一座高大的烽火台是南城标志，站在这里，整个南城的景致尽收眼底。城东面有大量的沙生植物顽强地生长着，城垣四角筑有覆斗形角墩，城内有无数破损的砖瓦。据同行的文物工作者讲，那是年代久远的汉瓦。陪同我们的吴正科先生是研究张掖地方文化的专家，他认为黑城遗址的发掘才刚刚开始，黑城的地下文物不在少数。

我翘首四望，一段段残垣从沙漠中昂扬不屈的头，凝视着这片戈壁和沙丘。想象着这个被尘埃夺走的国家曾经的壮美和繁荣，不禁让人感慨沧桑流转。在一片低洼地带，我们点燃了篝火，夕阳西下，彩霞满天。夕阳与篝火相映衬，那情景真像是回到了古代的烽火战场。

关于黑水国古城历史属性的考证，至今仍是个谜。相传古黑水国曾是一个富庶的地方，一天黄昏，城里来了一位白发老人。老人挑了一筐枣、一筐梨，大声叫卖“枣梨”，一般人不知道“枣梨”之意原来是敦促市民“早离”。当夜，狂风大作，沙没古城，只有一人领会了老人之意，逃过一劫。传说归传说，目前学术界的共识是：黑水国为汉代张掖郡址。

黑水国与黑水有关，与这川流不息的黑河有关，繁华不再，时光依旧，它的沧桑巨变是不是预示着一条河流的未来呢?

焉支山，黑河流域开发史的见证者

黑河流域的开发史可以上溯到两千多年前。

前 121 年，汉武帝遣骠骑将军霍去病统帅骑兵万人，从今临洮出发，沿河湟地区，过焉支山一千余里，大败匈奴。同年八月，霍去病再次率部从北地郡（今庆阳马岭）出塞，越腾格里沙漠，占居延（今内蒙古额济纳旗），沿弱水南下，大败匈奴，迫使匈奴浑邪王率部众四万余归降汉朝。从此，焉支山正式纳入汉室版图。

匈奴人为失去焉支山及其毗邻的祁连山发出了“失我焉支山，使我妇女无颜色；失我祁连山，使我六畜不蕃息”的哀叹，足见焉支山和祁连山在匈奴人心目中的地位是何等重要。自此，汉武帝开辟了中原王朝与中亚乃至欧洲贸易的“丝绸之路”，启动了农业文明向游牧文明持续渗透扩张、农牧业交错发展的历史进程。

焉支山见证了这一切。

这座位于山丹县的山脉有一个浪漫的名字——焉支山，也叫胭脂山。焉支山为葱郁茂密的原始森林所覆盖，重峦叠嶂，松林密布。秋日，在悬崖峭壁上盛开的山丹花红艳艳一片，景色秀丽迷人。

沿着先人们“开河西，通西域”的阳关道，黑河流域开始成为多民族同胞的共同家园。汉、回、藏、蒙古、裕固等民族长期在这里繁衍生息，共同创造了具有开放、整合特色的河西文化和居延文化，为中原文明西扩以及西域文化东进作出了不可磨灭的历史贡献。

如今的焉支山在游人的欢乐里沉默着，仍然是那样的美丽、大气、宁静。焉支山静静地见证着这片水土的更兴，它是黑河浸润的山脉，是一座寄托了这片土地先民精神追求的山峰。

隋炀帝，黑河波涛中的人物像

翻检历史，隋炀帝亲赴张掖巡视西域各国贸易情况，接受各国君王及使者朝见，算是历史上有记载的最早的“世博会”。这样的情景，是黑河历史之中欢快的浪花。

古往今来，隋炀帝是唯一到过焉支山的封建帝王。他敏锐地意识到，要想发展张掖的商贸，必须清除吐谷浑的侵扰。吐谷浑原是辽东鲜卑慕容部的一支，后迁至甘肃临夏，经过不断的扩展，在青海和甘肃南部立足，对隋王朝产生了巨大的威胁。

609 年，隋炀帝西巡河右，这次出巡意图主要是以武力解决吐谷浑，保障丝绸之路畅通。隋炀帝沿途访风问俗，优抚耆老，于正月二十日离开东都洛阳，到十一月十三日才回到东都，西巡历时近十个月，实现了西巡的预期目的。

根据《隋书》中有关记载，隋炀帝一行出了大斗拔谷（今甘肃民乐县扁都口），到达了张掖焉支山下。西域27国的君主、使臣佩金玉、被锦衣，早已在这里等候他的到来。武威、张掖的民众在官府组织下，盛装打扮，骑乘周环数十里，以示中国的强盛。

隋炀帝与西域诸国的代表会面时，在行宫中设“鱼龙曼延”招待各国贵宾。行宫内外，旌旗飘扬，铠甲鲜亮，宫廷乐队演奏着以龟兹乐、西凉乐为主的宫廷九部乐，高昌、龟兹、疏勒、鄯善等国的君主、使臣在相关官员的引导下依序前行，向隋炀帝献上各国的珍宝和土特产，表示归顺和友好。

美与怀旧，并不是一条河流的全部，它也有自己无法言说的伤痛。

从历史上看，在干旱缺水地区，一个大的湖泊的衰亡通常伴随着严重的生态灾难。远有随罗布泊的游移而湮灭的楼兰文明，近有随青土湖消失而不断退化的民勤绿洲，应为前车之覆、后车之鉴。

黑河流域，特别是中下游地区地处内陆干旱区，降雨量少得可怜，而蒸发量却大得惊人。如张掖市多年平均降雨量为127.5毫米，平均蒸发量却为2047毫米。随着黑河流域经济的迅猛发展和人口的急剧增长，土地难以承载过重的开采负担，水资源供需矛盾日益突出。黑河竟先后于1961年和1992年枯竭过，水草丰美的草原逐渐沙漠化、荒漠化，成为华北地区沙尘暴的源区之一。

“黑河如带向西来，河上边城自汉开。山近四时常见雪，地塞终岁不闻雷。牦牛互市番氓出，宛马临关汉使回。东望玉京将万里，云霄何处是蓬莱。”这是出自明代作家郭登笔下《甘州即事》中的黑河。想想这诗中的美景，想想祁连山峰上的冰川，如果没有了黑河的滋润，张掖绿洲就要枯萎。

在张掖当地，无数的民间故事和传说，寄托了人们对黑河的崇拜和敬仰。

据说在很久以前，黑河是一条害河，洪水危及人的生存，水逼人退，人们的生活苦不堪言。当时有一帝王叫尧，他派出大禹前去治理已泛滥的洪水。大禹受命后，便率若干兵将前去河西查看，此时河西已成了一片汪洋大海。他制订了不少的治水方案，亲自调兵遣将，昼夜守候在水边。为了把滔滔洪水聚集在一起，引入西海（内蒙古居延海）中去，他在汪洋中的南边和北边各垒两座大坝，这样形成一个河流，就会牵住洪水的魔头，让它听从大禹的指挥而走。

经过多年的奋战，大禹的愿望终于实现。河西洪水慢慢退去，露出了平原地带和南北两座大坝。后来这两座大坝慢慢变成了今天的祁连山和龙首山，两山中的平原地带形成了今日的河西走廊。

还有一个传说，是说自幼跟随父母耕织于黑河边的何仙姑，耳闻目睹了每年夏秋黑河洪水卷走无数生灵，便立誓修桥济世。于是她从十几岁开始游说化缘于张掖城乡，经过七八年的时间，筹足了建桥的木料和粮款，三月后在黑河上建成一座木制板桥。

这些传说虽夸大了水患，但昭示了一条河流的性格。师法自然，顺应规律，它就是人类的福音；而倒行逆施，是否是灾难的开始呢？

张掖，有西部的雄浑、壮阔，亦有江南的缠绵和秀美；有粗犷、强悍的民风、民俗；又有博大精深的文化底蕴……走进张掖，自然风光的多种多样和人文景观的丰富多彩，使人流连忘返，使人心旷神怡。

张掖气候干燥，雨量稀少，农田和草原全赖祁连雪水的灌溉。祁连山山势陡峭，山高谷深，终年积雪，成为冰川，冰川总面积达 1000 多平方公里，冰层厚度在 40 ～ 100 多米，储量达 300 亿立方米。由于面积连绵广阔，水蒸气充足，加之气候变化剧烈，降水量较大，年降水量在 400 毫米。祁连山是个天然的大水库，在张掖，更是占尽天时地利。横贯张掖的黑河水系，源出祁连山之八宝山，至莺落峡出山，向东北流，至平原堡汇集东来之山丹河，浩浩荡荡，滋润着张掖肥沃的土地。

张掖地势平坦，土壤肥沃，为全国重点建设的 12 个商品粮基地之一，物产丰饶，以乌江米为最，古称“金张掖”，后改名甘州，有“不望祁连山上雪，错将甘州当江南”之美名。

山丹军马场见证了中国马发展演变的历史，在古代，马不仅是重要的商品，更是重要的军需品。

山丹军马场位于山丹县南部55公里处的祁连山区大马营草滩，拥有草原百万亩，是目前世界上历史最悠久的皇家马场，也是亚洲规模最大、世界第二大马场。山丹军马场地势平坦，水草丰茂，夏季绿草如茵，冬季一片金黄，是马匹繁衍、生长的理想场所。早在3000多年前，这里就已养马，自西汉以来，这里以当地蒙古马为基础，又引进了各种西域良马，杂交培育出的山丹马驰名天下，这里遂成为历代皇家军马养殖基地，经久不衰。山丹马体形匀称，粗壮结实，雄健体壮，耐粗饲，适应性良好，速度和持久力俱优，是驮、乘、挽兼用的良骥。

大马营草滩，原名汉阳大草滩。据《汲冢周书·王会解》中记载，早在3000多年前，我们的祖先就在这里蓄养军马。汉武帝时，骠骑将军霍去病西败匈奴，过焉支山至祁连山，就在此屯兵、养马、修筑边防墩台。隋唐时，在这里设牧监，养军马达70多万匹。元、明时，这里属甘州治，多处扩建牧马营房。清代，在这里设置大马营守备。1940年国民党政府军政部在此设山丹军牧场大马营分场，后正式独立为山丹军牧场。新中国成立后，在此重建中国人民解放军山丹军牧场。

山丹军马总场场部现设在王家庄，共辖4个马场，30多个农牧草队。每年输送出大批的骏马良骥支援国防和经济建设。军马场培育的山丹马，已成为我国少有的挽乘兼用的优良马种，近几年已向全国各地输送了10多万匹。现在的山丹军马总场已成为全国第一大军马基地，总场所在地也成为繁华闹区，每年都有大批专家、学者、作家及电影制片厂来此考察、拍摄。

一年一度的“八一赛马会”是山丹军马场最热闹的日子。这时的军马场，彩旗飘扬，鼓乐喧天，场外人山人海，场内百马欢腾，如此时有幸到山丹军马场，可留下一生难忘的记忆。山丹军马场风光旖旎。游客到大马营后，继续东行 50 公里到军马场一场，可举行骑马旅游、野营、参观赛马或马术表演，并游览自然风景名胜。这里也是理想的塞上影视场地。自《牧马人》《蒙根花》《文成公主》《王昭君》等 30 多部影视片在此拍摄并播出后，山丹马和军马场都声名大振，成为重要的影视旅游胜地。

裕固族是甘肃特有的少数民族之一，裕固人在河西走廊，在祁连深处，有着波澜壮阔的往事和迁徙史。

裕固族，现有人口一万多，是甘肃省特有的少数民族之一，也是中国人口最少的民族之一。主要分布在肃南裕固族自治县和酒泉市肃州区黄泥堡裕固族乡。

裕固族源于唐代游牧在鄂尔浑河流域的回纥。9 世纪中叶，其中的一支迁徙到今甘肃河西走廊的敦煌、张掖、武威一带，史称河西回纥。他们与邻近各族交往相处，逐渐形成一个单一民族。裕固族自称“尧乎尔”。据历史记载，宋代裕固族先民被称为“黄头回纥”，元称“撒里畏吾”，明称“撒里畏兀儿”，清称“锡喇伟古尔”。1954 年，经协商取与“尧乎尔”音相近的“裕固”（兼取汉语“富裕巩固”之意）为统一族名。

裕固族居住区地处河西走廊中部祁连山北麓的狭长地带。这里，雪峰高耸，流水潺潺，草原辽阔，草质优良，是从事畜牧业的天然牧场。雪线之下，有遮天蔽日的原始森林，松柏间生息着许多珍贵的野生植物和野生动物。在祁连山中，有羊群的地方，有帐篷的地方，有歌声的地方，就有裕固族人。

裕固族没有本民族的文字，汉语、汉文是裕固族共同交际的工具。裕固族主要从事畜牧业，信奉喇嘛教。在风俗习惯上近似藏族。裕固族长期过着逐水草而迁徙、食肉寝皮的游牧生活，近年来，随着经济的发展，大多数牧民开始定居。其服饰与蒙古族和藏族近似。

民俗方面，裕固族的婚俗颇为奇特，在婚礼仪式上，新郎向新娘连射三支无镞箭，象征新郎新娘相亲相爱，白头到老。射罢，新郎把弓箭折断，扔到门旁，由老人投进火里烧掉，表示永世和好。裕固族中还流行着一种饮咂酒的待客礼仪，家有贵宾至，主人往往请客人喝当地特有的泡坛酒（即“咂酒”），以表敬意。

历史上的张掖是“半城芦苇半城塔”，今天的张掖，走进祁连山，就如同进入了世外桃源。不同的人，来到相同的张掖，有着相同的感受。

石窟张掖

敦煌石窟的有名，使张掖境内的石窟遮蔽了灿烂的光芒。第一次游览张掖马蹄寺石窟，不是因为马蹄寺，而是因为马蹄寺周边的风景。说起来，真有点无知。

记得我们的车辆穿越广阔的张掖绿洲之后，就进入了祁连山的一个沟口，在那个沟口中，一面山崖上布满了蜂巢般的洞窟，不知车上有谁说了一句：那就是马蹄寺。

我们没有急于去石窟中观看，而是在开满马莲花的原野上找了一处蒙古包，在那里安营扎寨。大家各自洗去一路上的风尘，仔细分辨所处的环境，近处是泉水、溪流、马莲滩……远处是高耸的雪山、绿色的山谷、茂密的松林……在酷热的夏季，花香阵阵袭来，凉风阵阵吹来，个个高声欢呼。

帐篷的主人很快就为我们准备好了午餐，是当地流行的“手抓羊肉”和各色凉菜，还有一大坛子青稞酒。裕固族姑娘穿着鲜艳的民族服装，手捧哈达和美酒，在悠扬动听的裕固族民歌中，献哈达、敬美酒。一番热情的礼仪之后，我已经喝得有点晕晕乎乎的了。没吃几口饭，就一头倒下睡着了。

第二天清晨，几声清脆的鸟叫吵醒了我，我睁开眼睛，发现帐篷里只剩下我一个人了。走出帐篷，大伙已经开始活动了。有的在赛马场骑马，有的则三五成群地走进山谷，去看森林，去看山谷中的瀑布。我胡乱吃了一点饼干，喝了几口已经放凉的奶茶，也出去了。

在马蹄寺景区的摊点上，我买了几本介绍马蹄寺的书，知道了这条山谷叫“临松薤谷”，“薤”者，多年生草本植物，叶细长，开紫色小花。鳞茎和嫩叶可以吃。的确，山谷中多有开着紫色小花的植物，但是不是“薤”这种多年生草本植物，就说不好了。整个山谷中，帐篷点点，有固定的，涂了花花绿绿颜色的蒙古包；也有简易的、可以移动的蒙古包。顺着一条溪流，我看见了一个牧羊人。他是一位上了年纪的裕固族老大爷，我与他谈起了这条山谷和马蹄寺。说起这条山谷，老大爷明显有些激动，他说这是一块宝地，雨水好，草长得旺，是格萨尔王和佛爷保佑的。关于格萨尔王的故事，在这里流传甚广。告别了裕固族老大爷，我独自坐在一面草坡上，认真地阅读马蹄寺的基本情况。

马蹄寺石窟群位于肃南裕固族自治县马蹄区马蹄山中，马蹄山古称临松山，又名丹岭山、青松山，北距张掖市 62 公里，创建于东晋十六国时期，是河西走廊规模较大、内容丰富、创建年代早和延续时间长的重要石窟。因第九窟内有一马蹄印，相传为神马踩踏，故名马蹄寺。窟内保存有北凉、北魏、西魏、隋、唐、西夏、元、明各个朝代的造像与壁画。

马蹄寺石窟群包括马蹄北寺、南寺、千佛洞、上观音洞、中观音洞、下观音洞、金塔寺 7 个部分，共存 70 余窟龛。各窟群都开凿在马蹄山景色宜人的山谷间或近水的红砂岩崖壁上，相互间的距离近的 2 公里，远的 7 公里。每个窟群有 2 至 20 余窟不等，洞窟排列有横向也有竖向，高达 7 层。窟龛分布乱中有致，远处观望，十分壮观。

马蹄寺原是一座很大的寺院，据《甘肃府志》记载，明代有藏族僧人五六百人。这里不仅存留着珍贵的历史文化遗迹，而且自然风光甚是独特。人们可以骑马进入山林，观赏瀑布，采撷蘑菇；也可以在帐篷前、草坡上，观看裕固人优美的舞蹈和体验其奇异的风俗。在这里，有许多巨大的石块，中间有一条细细的石缝，当地牧民说，那是格萨尔王用神剑劈开的。

格萨尔王是古代藏族人民的英雄，他降魔除害、造福藏族人民的光辉业绩，早在 10 至 11 世纪，就在民间广泛流传。在马蹄寺，牧民们会为你讲述很久很久以前格萨尔的故事：岭国有一个穷孩子，名叫觉如，这个孩子在奇异境界里诞生、长大成人。在岭国英雄云集、赛马争夺王位时，力战群雄，得胜称王，尊号为格萨尔。藏语称甲吾格萨尔纳特或格萨尔阿种。格萨尔王的一生充满着与邪恶势力斗争的惊涛骇浪，为了铲除人间的祸患和弱肉强食的不合理现象，他受命降临凡界，镇伏了食人的妖魔，驱逐了掳掠百姓的侵略者，赢得了部落的自由和平与幸福。藏族人民有这样一首诗赞道：举世英雄格萨尔，力战群魔定乾坤。雄狮大王格萨尔，英雄功绩传千秋。

格萨尔王有自己众多的保护神，也有奇妙的随身宝物。他相貌超群，神通广大，可以变化形体，能够未卜先知，极为聪慧博识，无比英勇善战。在他的统率下，岭国人民经过曲折、困难，战胜了各种妖魔鬼怪，打败了众多强大的敌人。格萨尔王南征北战数十年，在马蹄寺也留下了足迹，阿育王、单于王和格萨尔王在马蹄寺相遇，斗法比武，今兰花坪剑劈石，就是当年格萨尔王用剑劈开之石。普光寺马王殿北面有一石窟，原放有一口棺木，棺内安葬格萨尔王属下高王。高王原来是单于王的一员大将，格萨尔王征服了单于王之后，高王成了格萨尔王的一员战将，战死之后，尸体悬棺葬于马蹄寺。目前，格萨尔王殿已经恢复，内塑格萨尔王、珠姆以及33员大将的塑像，成为马蹄寺的一处新的旅游景点。

在马蹄寺石窟群中，金塔寺是最有名的。金塔寺距马蹄寺较远，在大堵麻河西岸，分东西两窟，开凿在刺沟山谷土红色的砂岩崖壁上，距地表60多米，有一条200多级的台阶，直通洞窟。窟内现存造像227尊，壁画近百平方米。

东窟平面为纵长方形，覆斗形盖平顶。窟宽9.7米，残深7.65米，高6.05米。窟内中部凿中心方柱，坛基以上4面分3层开龛造像。下层4面正中开一圆拱形大龛，内塑坐佛一尊，两侧各塑一胁侍菩萨或弟子，正龛与方棱间塑小型坐佛或天王数身，龛楣两侧各塑飞天3至4身，相对作凌空飞舞之势。中层每面并排凿3个圆拱形浅龛，每龛内塑一佛，南、东、西3面龛外各塑1胁侍菩萨，中心柱背面3面龛外塑千佛。上层除中心柱西面为元代补塑5佛外，其余每面均塑10佛、10菩萨。中心柱4面龛外各层空间壁面上，又满塑玲珑多姿的小佛和菩萨。窟内现存于4壁的绘画有两层，底层3壁正中均绘1佛2菩萨说法图，周围满绘布局整齐排列有序的千佛，上层现存壁画为元代重绘。

西窟比东窟规模略小，宽7.9米，残深3.9米，高4.3米。窟内中心柱也分3层造像，龛内塑佛、交脚弥勒、思惟菩萨；龛外塑以菩萨、千佛、弟子。

窟内四壁现存3层壁画，下层正中绘1佛2菩萨说法图，周围绘千佛，中层与上层彩绘千佛，为西夏时期所作。窟顶端4面龛顶彩塑多尊飞天，部分着壁，其余部分悬空，作下飞状，形象极为生动，并围绕中心方柱四面满绘排列整齐、作半跪式的供养菩萨数10身，为开窟时的原作。国内其他石窟尚未发现这类艺术珍品。

还有值得一说的是千佛洞石窟，千佛洞石窟位于马蹄区东北3公里处的陡峭崖壁上，窟龛依山崖形势自然分为南、中、北3段。南、中2段以佛窟为主，东北段为浮雕塔林。现存洞窟10多个，编号窟9个，窟内造像壁画多已残毁。千佛洞有早期中心柱窟4个，其中1号窟为大像窟，中心柱正面龛内有石胎泥塑的立佛1身，高5.7米。龛边有壁画2层，底层背光壁画为火焰纹和禅定坐佛，龛内两侧各有1比丘。中心柱下部暴露出早期供养菩萨，并有榜题墨书“地神奉花供养”。外层为明代重妆。2号窟前部已崩塌，窟宽5米，深4.4米，窟内中心柱细长挺拔，高5米，每面分4层开龛造像。第一层海面各开一圆拱形大龛，龛内塑坐佛、龛外两侧各塑一胁侍菩萨，龛楣两侧悬塑飞天2身或4身。第二、三、四层每层各塑3佛，均结跏趺坐。中心柱南面接窟顶处有开窟所绘的十方佛像，并有墨书榜题。南、北、西3壁画有5层，外层为明代重绘的佛、菩萨、罗汉等。中心柱坛基右面绘有伎乐，有“贞观十八年四月十七日”的墨书题记。3号窟宽2.4米，深2.3米，高2米，为3壁3龛窟。龛内残存壁画两层，绘佛、千佛、胁侍菩萨、飞天、供养人，为西魏时期绘。4号窟平面呈方形，中心柱窟，拱形窟门，塔柱正面开1龛，塑1佛2菩萨。中心柱及坛基上有壁画两层，发现“贞观十八年正月廿七日拜”的游人题记。从造像壁画风格判断，此窟为北周开凿。6号窟，平面呈长方形，宽5.5米，深4.6米，高6米。窟内正中雕1立佛，南、北各雕1弟子1菩萨，为盛唐时期的作品。8号窟，平面呈方形，宽6.2米，残深6.3米，高6米，窟内中心柱四面分4层开龛造像，下层龛内塑佛，龛外塑2胁侍菩萨，上3层各塑5佛并坐像，现造像多已残毁。西、北两面经后代重修已改变原样，在西面下层龛内剥出底层北魏晚期壁画，内容为释迦多宝佛并坐说法图，左、右绘普贤、文殊菩萨，龛中上方绘交脚菩萨，其余壁面满绘千佛。中心柱正面龛内及窟西壁龛内有北魏绘制明代重妆的壁画。窟内东壁残留北凉时期绘的说法图，供养人及榜题为“比丘法聪之像”“比丘法畅之像”。

马蹄北寺石窟即马蹄北寺，又名普光寺，位于马蹄区北面山岗。《甘州府志》卷四载：“城南百余里，临松山下薤谷中，以石上有马迹，俗名马蹄寺。有石门二十、石洞七，具凿于大小佛像。永乐元年，土人倚山置禅堂，十四年赦赐普光寺。按，即郭瑀隐处。石窟始于郭瑀及其弟子，而后人扩之，加以佛像，至明始著，番僧至五六百人……”北寺有大小窟龛 30 多个，现编号窟 9 个，遗存有元、明时代的造像与壁画，尤以 3 号窟、7 号窟规模宏大，在我国石窟营造史上占有重要的地位。

3 号窟又名“三十三天”，共 21 龛窟，自下而上排列 7 层，第一、二、三层平列各为 5 窟，第四层 3 窟，第五层 1 窟，叠成一宝塔形。第五层南上方还有 2 窟，分别为第六层和第七层。这些龛窟平面呈方形，每窟正中均开一大龛，内有石胎泥塑佛像。结跏趺坐，四壁残留元、明时代的影塑千佛及壁画。

7 号窟又名藏佛殿。洞窟平面呈凸字形，纵深 33.5 米，宽 27 米，高 15 米。窟前凿有 3 个窟门，门内为前堂，前堂后是一凹形拜殿，拜殿正面设坛基，坛基后部开 3 个圆拱龛，右壁残存大型元代壁画——菩萨立像。拜殿两侧及后部为甬道，甬道两侧开 46 龛，龛内各塑一结跏趺坐的元代坐佛。甬道左、右侧壁面遗存元代壁画——金刚力士之像。

马蹄南寺位于北寺南侧，又名胜果寺。原建有大经堂，红沙石岩壁上凿雕元、明时代的舍利塔。

上、中、下观音洞石窟位于肃南裕固族自治县大麻都乡西北 3 公里处。石窟分布在 3 个不同山谷的红沙石崖壁上，各窟群相距 0.5 ～ 2 公里。上观音洞现存窟龛 10 余个，有编号洞窟 3 个，窟内残存明代、清代密教壁画，内容为千佛、菩萨、罗汉、弟子、护法及曼荼罗、宗喀巴等佛像。中观音洞有窟龛 10 余个，都已残毁，岩崖有元、明时代凿雕的舍利塔龛。下观音洞有洞窟 5 个，只有一窟保存较好，该窟平面呈长方形，内有中心方柱，窟深 10 米，宽 8.4 米，高 5 米。中心柱分两层开龛造像，现造像已毁，四壁及窟内壁面有明代重绘的佛、菩萨、伎乐、天王、护法、曼荼罗等。

历代咏颂马蹄寺的诗句举不胜举，如明代的朱惟均所写的《马蹄山》："古刹层层出上方，云梯石磴步回长。金身宝相莲开座，玉梵清音月近床。茶沸烟腾禅出定，花飞泉落水流香。逢僧共说无生活，回首尘劳意自忙。"读来让人荡气回肠，即使没有去过那里，也有无限的神往。

张掖大佛寺有中国最大的卧佛，这样的奇观在河西出现不是偶然的。

位于张掖市城内南侧的大佛寺，是一座四合院式的寺院建筑群体，坐东面西，占地面积为 2.3 万平方米。传说有个叫嵬咩的和尚出游，一日隐约听见丝竹之声悠然飘来，但怎么也找不到演奏的人，疑为天乐，于是挖地三尺，得一翠瓦金砖包裹的卧佛，遂于此地建起大佛寺。原寺建筑规模宏大，包括山门、天王殿、配殿、厢房、卧佛殿、藏经阁、金塔殿、土塔、僧舍等完整的建筑群，现仅存建于中轴线上的大佛殿、藏经阁、土塔 3 处。张掖大佛寺的卧佛是全国最大的室内卧佛。

据《甘州府志》和卧佛肚内的明代铜牌铭文记载，大佛寺创建于西夏永安元年（1098 年），原名迦叶如来寺，明永乐九年（1411 年）明成祖朱棣敕赐宝觉寺，清康熙十七年（1678 年）敕赐宏仁寺。明正统、成化、万历年间和清雍正、乾隆年间屡有修葺。1953 年，大佛寺被甘肃省人民委员会公布为省级重点文物保护单位，并由国家拨款进行修葺；1996 年被国务院公布为第四批全国重点文物保护单位。

大佛寺主体建筑大佛殿，平面呈长方形，两层楼，楼上四周有木构绕廊，重檐歇山顶，抬梁式结构，殿顶青筒瓦覆盖，高 20 米 。殿南北面阔 9 间，总面积 1370 平方米。大殿檐下额坊上雕有龙、狮、虎、象、鹤等飞禽走兽，殿门两侧嵌有两幅清代砖雕，左幅为"西方圣境"，右幅为"祇园演法"，各用 50 块小方砖拼接雕刻而成。殿内正中设一长 35 米、宽 5.4 米、高 1.7 米的佛坛，上塑释迦牟尼涅槃像。造像木胎泥塑，金装彩绘，面部贴金，两眼半睁半闭，面容恬静安详，生动地塑造了释迦牟尼临终时的情景。造像身长 35 米，肩宽 7.5 米，脚长 4 米，耳朵也有 2 米多长，佛手中指上可睡一人。佛像右手枕于头下，左手置于大腿之侧。整座造像形态自然，线条柔和丰满，比例均匀适度，正所谓“视之若醒，呼之则寐”。卧佛身后塑有身高 5.8 米的十大弟子举哀群像，头脚两端塑身高 7 米的优婆夷、优婆塞立像，殿内南北两侧塑十八罗汉造像。殿内底层四周、二楼四周板壁绘有总面积达 530 平方米的壁画，内容为佛、菩萨、弟子、诸天神将、说法图、观音变、西游记人物等。壁画用笔流畅，着色典雅，具有浓郁的明、清壁画艺术风格。

大佛殿后的藏经阁，是单檐歇山顶，抬梁式构架，平面呈长方形，面阔 5 间 21.3 米，进深八椽 10.5 米。明正统十年（1445 年），英宗皇帝朱祁镇敕书颁赐给大佛寺一部《大明三藏圣教北藏》经，藏于此处，被列为国家一级文物。

藏经阁后的土塔为明代建造，原名弥陀千佛塔，为砖土混筑的喇嘛教式塔，建于边长 23 米的方形台基上。塔通高 33.37 米，由塔座、塔身、塔刹 3 部分组成，共有两层须弥座，第一层须弥座四隅上下各筑小塔 1 个，共 8 座，四周设两层木构塔廊。

大殿卧佛腹内于 1966 年发现一批明代文物，重要的有铜牌、石碑、铜镜、铜佛、铜壶等，这些文物为研究大佛寺的历史提供了珍贵的实物资料。1970 年，大佛寺内金塔殿基下出土明正统六年（1441 年）建殿时放置的舍利石函，内有波斯银币、珍珠、银盒、玉雕、古钱币等文物。

古代的张掖大佛寺香火不断，不仅有许多的善男信女烧香拜佛，而且不少王公贵族也常常前来拜谒，连皇帝皇后也多有光顾。据地方志记载：笃信佛教的西夏皇太后常到寺内居住，南宋投降元朝的皇帝赵显在寺内住过很长时间，元世祖忽必烈的母亲别吉太后住在大佛寺生下了开国之君忽必烈。

在整个河西走廊所扮演的丝绸之路的咽喉及经济交流的中转站的角色中，有一些动物和植物我们必须提及。它们是骆驼、沙葱、葡萄、胡马、胡杨……

骆　驼

有人说：沙漠之所以美丽，是因为在其神秘的地方有一口井。而我认为，沙漠之所以美丽，是因为有骆驼。

骆驼是专门为沙漠而生的奇异而坚强的动物，沙漠里有了骆驼，就有了流动的色彩和不绝的希望。当人类的交通工具有了划时代的变迁，骆驼，似乎已经被人们遗忘。

骆驼，哺乳纲，骆驼科，反刍家畜，头小、颈长、体躯大，毛褐色，眼为重睑，鼻孔能开合，四肢细长，2趾，适应沙地行走。尾长并有丛毛，背有一个或两个驼峰，内储脂肪，胃分3室，第一胃附生20～30个水脬，可储水。交配季节为1—4月，发情周期为2个月，发情持续16天，妊娠期约13个月，寿命约30年。由于其负重致远的专长，曾荣获“沙漠之舟”的称号。

骆驼与悠久的中华文明史息息相关。在古老的丝绸之路上，是无数的骆驼，用它们坚韧的步伐，把友谊传向四方。那时候，骆驼的美德被人们称颂：舒行轻踏不伤蝼蚁，仁也；一驼未至群驼不饮，一饮未毕群驼不离，义也；一驼为领群驼从之，不先不犯，礼也；风未至而先觉，水未见而先知，智也；约食之期不至不鸣，信也。一阵铃声响过，一串骆驼走过，沙漠如同平地，绿洲看见了，亲人，回来了。

在沙漠地带，游动的骆驼是最常见的风景。从高处和远处看，那一队队骆驼像一条蜿蜒的河流。

当人类面对一片沙漠，产生深刻恐惧的时候，骆驼的启示，是那样的直接。人们发现，骆驼好像是专门对付沙漠的。沙漠上，骆驼不慌不忙，步履坚定，自信十足。高大的身躯，并没有在一望无际的沙海中沉溺，相反，一匹骆驼几天甚至一个多星期不餐不饮，目光中却看不见半点的悲哀。在所有关于西部的记载里，骆驼总是最光彩和最传奇的一页。清代的《肃州新志》中就说骆驼用以度碛，能耐饥寒、劳渴，喜食盐料，亦能耕地。它的四只既大又厚的肉蹄，形状如盘，仿佛天生就是沙漠的产儿。《本草纲目》上还说它能知水源、水脉、风候。简直就是神示的灵长。

骆驼形态的怪异，并不影响人们愉快的观感。能够与人在异常条件下相依为命，这是一个动物的卓越品质。对于骆驼，生活在沙漠地区的人本能地称它为生命之舟，这已经是一种很高的荣誉了。

骆驼身上有着沉重的行囊，或者是运输工具，或者是战争的辎重队，他们缓缓地行进，像是一条浑浊的河流，只有那光明的眸子，牵引着生命的方向。

把生命和沙漠联系起来的是河流，把人和沙漠联系起来的是骆驼。这样看来，骆驼和河流是同一种属性。

今天，在草原，在戈壁，在沙漠，骆驼，是旧时代的绅士和勇者，我们不应该忘记它们。

沙　葱

野生的沙葱，并非人间的珍奇和美味，它生长于贫瘠的戈壁沙滩，只需要一场雨，它就攒足劲窜出地面，完成自己的生命历程。

我有过采摘沙葱的经历，一个人骑自行车来到茫茫的戈壁，最好是到十分偏僻的地方，这样的地方，沙葱长得格外葱郁。炎热的夏天，一场大雨过后，天高气爽，是摘沙葱的好时候。在平展的戈壁上，只见沙葱一簇簇鲜嫩滴翠，看了就让人喜爱。摘沙葱时大家不约而同地遵守一个老规矩——只摘不拔，拔沙葱，会使沙葱连根带起，以后就再也不会有沙葱旺盛生长的景象。

沙葱似葱非葱。与人工种植的葱相比，沙葱太小了，小得有点不起眼。它们细如花针的身躯紧紧挨在一起，组成绿色的阵列，抵御风沙和干旱，不需要施肥，不需要管护，自生自灭，深埋于沙石下的根，永远充满着期待。沙葱是戈壁的骄子，它往往在不毛之地孕育希望的茎叶，以自己的弱小，显示生命的强大。

身处戈壁，能够与一丛丛沙葱相遇，是一种难言的交流。尤其是采摘沙葱收获的愉悦，能给人带来对生活的感悟。

沙葱生于贫寒，因此它是贫困人家的佳肴。夏秋时期，一碟沙葱，热炒凉拌，就让人有足够的精力，对付艰难的生计。如今，沙葱不仅是寻常百姓的家常菜，而且走进了大宾馆、大饭店，人们吃着饭桌上的沙葱，赞不绝口，但对于生长于戈壁上的寂寞无名的沙葱，却知之甚少。

葡　萄

葡萄来自西域。浮出沙尘的幼苗，在充足的雨水中渐渐把嫩绿的叶片舒展于阳光中。大风吹拂，它的枝条，像久经曝晒的皮肤，开始黝黑、粗糙。而它的果实却一串串膨胀起来，仿佛储满了阳光和空气，生命的色泽，诱发着人们的欲望。第一个看见葡萄的人，很有可能把它当作一件工艺品，触摸它时激动万分，而品尝它时，一股甜蜜的汁液，在身体中翻滚，犹如梦境。即使他走遍天涯，那种感受也不能磨灭。

从中原到敦煌，从敦煌到西域，路途遥遥，唯有葡萄牵挂旅行的重负，在每一场风暴过后，人们不自觉地抚摸那干燥的种子，想象着有一天，在故乡广阔的田野上，长满一株株奇异的苗木，让那渴望中的收获无限延续。

在那些适宜的土地上，葡萄没有节制地繁衍。葡萄架下的舞蹈和歌唱，把一种果实的诗意推到了极致。在这一点上，所有的葡萄产区，是那样充满了共性的风情。

在敦煌，在通往西域的咽喉要塞，一边是戈壁、沙漠，阳关威严耸峙；一边是红柳、白杨，高高的林带挡住漫漫的黄沙。葡萄园包裹其中，有着说不出的意境。

我曾一个人走进那无边的葡萄的世界，无边的幽静是葡萄们共同的守望。在这样的时刻，人，只有用轻缓的脚步，探寻葡萄的秘密。它们中的每一颗，如此精美，如此完美，你不忍心摘下任何一颗。真的，看一看，就够了。

胡　马

胡马是地域的产物，它身披地域的色彩，它更是一方水土凝聚的精神象征物。胡，在古代专指少数民族居住的中国西域，是很久很久以前的事了。历史冲刷尽多彩多姿的往事，而马，土生土长的这里的马，却还活着，奔驰的灵魂，像一道闪电，挂在岁月的长空。

“胡马，胡马，远放燕支山下。跑沙跑雪独嘶，东望而望路迷。迷路，迷路，边草无穷日暮。”唐代著名诗人韦应物的这首词，让我们看见胡马的英姿，一种孤傲的长嘶，嵌入我们的记忆。

西域广大的地区，覆盖着深厚的黄土和沙尘，一股股雪水从山岭上流下，荡尽尘俗的艰险，孕育了绿色的生命，那些繁茂的草，不安地摇动，仰观星宿，暗察地气，像是一种激动与沉思，怀着极度的幸福与安详。胡马的温床产生了，先是那沾赤汗、沫流赭的胎液，然后是撕裂云翳、厉如炬的双目，从西极，涉流沙，历无草，经千里，露于人类的惊讶中。

我想，在缓慢行进的步伐中，人类多么羡慕天空中的鸟，有了马就不同了。尤其在西域天高地阔的背景中，胡马的飞跃而过，是怎样的壮观场面，人们要用什么样的语言来说明这样一种近乎传说的事实。

在很长的一段时间里，人们热衷于马的生活，看马在草地嬉戏，倾听马吃草的声音。当人们真正拥有一匹马，在马宽容的背上驾驭速度和力量。人们一度将此作为生命的家园，无论在什么时间、什么地点，只要与胡马相伴，内心都充满坚定与自信。

西域各民族在自己的性格中融入了马的品格，比如刚烈、忠诚、果敢；他们书写历史的方式，也如奔腾的马蹄，充满激情，史诗中始终伴随着马的身影。文明的脚步，借一匹胡马冲破黑暗，不期而止。

胡　杨

对这样一个树种的倾心与热爱，缘于一次闯入沙漠的奇遇。

1985 年的秋天，从酒泉出发，经金塔县进入内蒙古的额济纳旗，极具西部风光的河床、沙漠进入我的视野，当脚步再也无力起落，去实践青春的诺言，胡杨却像一面旗帜，为我的旅行注入了宿命般的启示。

在额济纳旗的 30 万亩胡杨林中，一棵被誉为“胡杨之王”的大树，高 27 米，树干直径 3 米，枝叶繁茂。当地的牧民在树身缠绕了绸布，祭拜的人们是那样虔诚，我被生命的力量所感动，同时，也被另一方水土的人们对自然的无限呵护所沉迷。当时，在我年轻的心灵中，胡杨虽然在心灵中留下了印痕，但它仍然是一种树，没有成为一种精神力量，为自己的生命作标记。

从那次相遇，我开始了有意识地总结。不是因为报纸、书刊越来越多地介绍胡杨，更不是因为猎奇标异的需要。我渐渐发觉，一种树所具备的品质。它的要求是如此的微不足道，它的形象却显示着永久的活力，“一千年不死，一千年不倒，一千年不朽”，耐高湿，耐旱滞，耐盐碱，耐风沙，它几乎与所有的苦难为伴，它献出的，却全部是信心、欢乐。这样一种树，应该成为人类的导师，它也就无可选择地成了我的座右铭。

树中之树——胡杨树是起源最早的类群，被称为植物的“活化石”，它跨越生命禁区的脚步，是那样的有力。

这些并不是胡杨的全部，胡杨的魅力，还要追溯到它深埋沙土的根系。胡杨的根系分蘖力极强，在一棵大树周围常可萌发出很多不同树龄的植株。一棵胡杨树的主根，可以穿越地层一百多米。

零星散布在沙漠中的胡杨，往往在一个很大的沙丘上暴露一小丛绿枝，其实全部的沙丘都是胡杨根系的家族，刨开沙子，那些盘绕的根系，足以让人的目光战栗。为了生存，这些根在扭曲中顽强发育，一部分干枯了，一部分又冲出来，沙丘堆多高，根伸展多高，像一场生与死的角逐。

某些游历可以改变人的一生，额济纳旗的进入，使我在一个树种的身上，找到了活着的真义，我严肃地为自己作了宣言般的定位，努力与一棵树接近，成为与之共同站立的风景。

风俗是一方水土固有的性格，但它与经济发展的状况密不可分。

在酒泉广袤的大地上，来自四面八方的人，带来了不同的风俗，营造了五彩缤纷的生活方式，这是人们心灵世界的自由呈现，也是一方水土的文化奇葩。

据有关资料记载，早在 2500 年前，酒泉一带就出现了社火。经过漫长的传承，社火这种民间文艺形式，已日臻老道、日渐花样翻新。最初，人们举行社火大典，是为了避祸消灾、祈雨求福。后来人们明白了，无论社火的形式多么复杂，社火的场面多么排场，该有雨的时候有雨，该有祸时躲不掉，祸福与雨水跟社火压根没有多大关系。这个时候，社火就成了民间节庆的点缀。有了这样的点缀，红红火火的日子，才有滋味。

现在，村庄里的人们还是那样的口气：为什么办社火，还不是自己给自己找乐子。一句话，道出了太平盛世人们自得其乐的好心态。

最古老的酒泉社火闻名河西乃至整个西域。一个村、一个寨或者一个镇、一个堡子，有人居住的地方，就有社火。耍社火一般是户户出人、家家纳粮，大冷天冒热气，图个吉相。主要的形式有踩高跷、跑旱船、龙灯、狮子舞、竹马子、顶灯舞、桶子舞、大头和尚、太平车、二鬼打架、地蹦子、铁芯子等等。如今流传下来的不多，能够见到的只有一些简单的秧歌，踩高跷，传统戏曲里的人物表演，像《三国演义》《西游记》等。而在这些社火表演中，最具有酒泉特色的，还要算是“地蹦子”。

“地蹦子”又叫“老社火”“跑打场”“秧歌子”“地秧歌”，一般由腊火四人（花旦，宫女服）、棒槌四人（书童，黑色童子服）、膏药匠一人（老生，店家打扮）、傻公子一人（丑角）、丑婆子一人（媒婆）组成。“地蹦子”在表演的过程中，有七十多种队形变化，每个队形都有特定的名称，全部表演完需要两个多小时，其情景、节奏的波澜起伏，无疑是一场精美的舞剧。传统的酒泉“地蹦子”分为大场和小场。大场是一个完整的社火队，有说有唱，载歌载舞，锣鼓齐鸣，热闹非凡。小场只是简单的说书、唱曲、小戏之类。

酒泉社火的说词，也极具特色，一般是现编现说，朗朗上口。像“进得庄来雾腾腾，上面供的聚宝盆，聚宝盆里三支箭，辈辈儿孙福满门”这是唱给富裕人家的；像“春里春风苦种田，夏季起早莫贪懒，秋季懒惰不收拾，冬受饥寒莫怨天”一听就知道这是教育懒汉的。我在酒泉乡村过年的时候，社火进了每家的院落，一句句的吉祥话儿说得主人心花怒放，赶紧将预备好的礼品呈送上去，才结束这热闹的场面。

越是民间的东西，越是流传久远的技艺，越是扎根于泥土，越是具有生命力。古老的酒泉社火，是酒泉文化传统中弥足珍贵的部分，亲历它们，就如同亲历了遥远的往事，让人心旷神怡。

嘉峪关市是一座新型的工业旅游城市，在发展旅游产业的同时，许多具有浓郁地方特色的旅游产品也应运而生，有夜光杯、风雨雕、驼绒画、令牌、腰牌、嘉峪关关照、名贵中药材、书籍、字画、明信片等数十种旅游纪念品：驿使图（水晶）、四框万里长城（水晶）、雄关小屏风（水晶）、金箔画、银箔画、夜光杯、《西北望》画册、风雨石画、“地下画廊”明信片、雄关镏金盘、《嘉峪关丝路明珠》、《嘉峪关黑山岩画》、《嘉峪关旅游指南》、《雄关旅游》、天下雄关（驼绒画）、嘉峪关腰片（铜制）、锁阳、嘉峪关长城门帘、魏晋墓画像砖（复制品）等。

风雨雕：嘉峪关戈壁风雨石，形状奇特怪异，它是由千百年风雨侵蚀而形成的，再经人工雕琢塑造，达到天人合一的程度，是可赏、可玩、可供馈赠之佳品。在一些工艺商店里，游人只需支付少许的费用，就可亲自动手，制作风雨雕作品。

腰牌、令牌：明代长城关城守卫将士的悬带之物，有守卫与号令的作用，小巧精美，便于携带。

魏晋砖画：为魏晋墓壁画砖之复制品，能够让人们对魏晋时期河西地区人民的现实生活和魏晋绘画艺术有一定的了解，具有一定的收藏价值。

驼绒画：用驼绒毛的深浅色彩搭配创造的一种民间艺术品，画面采用中国画形式，内容有人物、风景、风物等，以嘉峪关长城和大漠风光为背景的驼绒画，给人一种清新古朴之感，深受游人的喜爱。一幅驼绒画，黄的沙漠、灰的黄昏，伴随着悠扬的驼铃声，将使你进入谜一般的西部世界。

阿波金瓷：采用镏金的技术，制作成黑釉带金边的瓷器。黑色与金色的组合、中国古老文化与国外先进技术的结合，使其更加高贵典雅，是品位的象征，文化的使者。

水晶制品：晶莹剔透的水晶制品，透刻着形象逼真的魏晋邮驿图和嘉峪雄关的风姿。

敦煌饮食文化历史悠久，独具特色，现已形成四大美食系列：以烧烤为主的“大汉雄风”，色、香、味俱佳的“盛唐新景”，以地方风味为主的“市井百吃”。地处西北，与新疆交界，敦煌在饮食方面也受草原游牧民族的影响，“烤全羊”是市内所有饭店、宾馆的一道拿手好菜。

丝路驼掌

丝路驼掌又名雪峰驼掌。以戈壁沙漠中骆驼的驼掌为主要原料。相传三国时官方即以此菜招待尊贵的客人。驼掌全部是筋，营养价值高，可与熊掌媲美。

烹制方法：取驼掌一只泡软洗净，加鸡一只，配佐料，下锅焖煮七至八小时，待筋烂肉离骨时捞出，将筋肉切片分别装在碗内，加入调料，上笼蒸二至三小时；取鸡蛋八个，蛋黄蛋清分离，蛋黄搅匀蒸糕，与午餐肉共同剁成肉末，在椭圆形的盘内铺成弯曲的路状；将蛋清搅匀打成泡糊糊，放置路两侧作雪峰状，上笼略蒸成形取出；然后将蒸好的驼掌取出，肉片放置在“路”的拐弯处，筋片撒在“路面”上，宛如骆驼行走过的蹄印；再用鲜汤、佐料浇在肉筋上，即成丝路驼掌。其肉酥可口，色泽淡黄，晶莹透亮，味道鲜美，色香味形俱佳。

驼峰炒五丝

河西地区传统佳肴，相传为杨贵妃所钟情的珍馐。以选料考究、刀工精细、肉质油嫩、丰腴肥美而闻名。以驼峰为主料，辅以玉兰片、冬菇、韭黄、火腿和鸡脯肉五丝烹调而成。

油爆驼峰

河西传统珍馐佳肴，迄今已有1500余年的历史。以戈壁沙漠中骆驼的肉峰为主要原料。将肉峰切成肉片或肉丝，在旺火上油爆，调以各种佐料。特点是色泽银红，肉嫩味美。

敦煌黄面

敦煌黄面历史悠久，莫高窟壁画即有制作黄面的场景。将优质面粉加适当的蓬灰和成面团，拉面的工艺极其讲究，把面团拉成一把细粉丝样的面条。煮熟的面色黄晶亮，细如龙须，长如金线，柔韧耐拉，香味溢口，开胃去腻，清热解暑。

敦煌酿皮子

当地传统大众小吃，制作简单，食用方便，味美价廉。将优质面粉加水和匀，放入清水中搓揉，溶解于水的面浆，便是加工酿皮子的原料。水滚沸后，将面浆舀入一个铁皮圆盘中摇匀，放入开水中蒸煮一分钟，便成了酿皮子。然后将圆形的酿皮切成细长条，放几片面筋，加一点芥末、蒜汁、辣椒、酱油和香醋便可食用。

手工臊子面

当地传统家常便饭。用碱和面，再手工擀制使面团薄如纸张，然后切成细丝。臊子汤可荤可素、可辣可酸，汤香面滑，回味无穷，色香味独特，百吃不厌。

浆水面

当地夏季消暑食品。清面汤中加入小米、桂皮、香菜、芹菜等，放置两三天后略带酸味。食用时，先用油炝锅，然后加入酸汤烧开、晾凉。倒入过水的拉面或擀面中，滑嫩爽口。

炸油糕

在油面中裹入冰糖、白糖、玫瑰香精、核桃仁、芝麻等，制成圆饼，然后在油锅中煎炸，特点是香甜酥松。

敦煌素有“瓜州”之称，自古盛产瓜果。《汉书》就曾记载：“敦煌，古瓜州地，出美瓜。”如炮弹瓜、尝蜜红、白兰瓜、李广杏、鸣山大枣、葡萄、黑瓜子、紫烟桃、长把梨、冬果梨、香水梨等，色形极佳，独具风味。

炮弹瓜

敦煌瓜，又称炮弹瓜，形似炮弹，特点是个大、皮薄、肉厚，瓜瓤鲜红，甜美沙脆，籽小而少，易储存。

尝蜜红

白绿相间，色泽鲜艳，个小皮薄，汁多肉嫩，其瓤红中透粉，籽小而少，甘如蜜。

白兰瓜

白中透翠，光洁如玉，瓜瓤鲜绿，甘甜爽口，味美香醇，乃瓜中珍品。

李广杏

相传由西汉飞将军李广兵伐大宛后，由新疆引种而来，至今已有2000多年的栽培历史。李广杏三月开花，七月成熟，个大皮薄，光泽黄亮，汁多味美，香气浓郁，营养丰富。果肉可制成罐头、杏干、杏脯、杏酱、杏酒等，是馈赠亲友的佳品。

鸣山大枣

以皮薄、肉厚、核小、味甜、果大而著名，一个一般有一两多重。其色泽鲜艳，肉质细腻，甘美可口，营养丰富，是补血、益气、养肾、安神之佳品，对劳伤、虚损以及产后失血体弱有显著疗效。

葡　萄

敦煌葡萄含糖量20%以上，皮薄、色鲜、汁多，含有各种维生素，营养丰富，具有补气血、强筋骨、强心利尿的功效，可与吐鲁番的葡萄相媲美。主要品种有无核白、白水晶、马奶子、紫珍珠、喀什红等，年产量达3800多吨。敦煌阳关葡萄酒厂生产的阳关葡萄酒，即以当地葡萄为原料酿造而成，醇香可口，回味绵长。

黑瓜子

色泽光亮，个大均匀，皮薄板平，肉厚口松，营养丰富。

紫烟桃

紫中透绿，远看如一团烟云，为果中极品。肉厚汁多，清香可口，营养丰富。

长把梨

上粗下细，黄中带红，肉质细嫩，汁多核小，甘甜可口，易储存。

冬果梨

个大皮细薄，黄中透绿，果肉洁白鲜亮，甜中带酸，营养丰富，适宜冬季食用。

香水梨

亦名坎儿梨，皮糙肉嫩汁多，营养丰富，具有清热润燥、生津化痰的功效。成熟晚，易储存。

第七部分

丝路笔记

东方老墙

——我们的长城和盖洛的长城

对于中国人来说，长城是一个伟大的存在。长城，是每一个中国人都引以为豪的长墙，也是每一个中国人都必须思考的实物。

1

“一个巨大的魂灵，它超越了其所在的时代，无法为同时代人所理解，需要从很远的距离才能聚焦窥其全貌。正如亚里士多德、培根、塞尔登和洪堡男爵所暗示的那样，学海之无垠，上帝的创造无处不在，或与自然融为一体，俱为可能。”作为一个外国人，能发出这样的评价，对于长城，他应该是有过刻骨铭心的印象的。的确，他走遍了中国的长城，他在长城下发出的喟叹，令我们沉思。

这个人就是盖洛。

作为人文地理学家，盖洛曾享有许多的头衔和美誉，首先他是一位著作等身的高产作家，出版过 13 部著作，还写了大量的日记、演讲稿、报刊文章和信札。早在 1905 年，他就被誉为“在世最伟大的旅行家”。对于长城，他不能装聋作哑，他已经开始行动。

在久远的年代，世界对中国知之甚少。只知道中国有一座横贯北方的长城，至于为什么建造长城，长城是否用陶瓷所建，一无所知。而盖洛真正向中国走来了，走向了长城。一个真实的长城，向世界徐徐展开。

事实上，长城隔开了神话时代和现实时代、游牧区和农耕区，当农耕区用科学的农具、精美的技艺步入日出而作、日落而息的现实生活，游牧区仍然在广阔的草场，寻觅美丽的神话。

长城以北的寒冷的土地更加贫瘠，稀疏的牧草，难以养活大量的牛羊和马匹，牧人的目光总是向南，眺望缕缕炊烟中恒久的田野风景，那种稻谷飘香、歌舞袅袅，高宅大院、儿女满堂、珍馔美酒……足以让他们垂涎三尺。虽然草原上不乏大块吃肉、大碗喝酒的豪爽，但严酷的自然环境逼迫他们四季迁徙，遇到大旱的年景，则牛羊倒毙，衣食无着。为了生存，他们似乎一直在路上。而对于农耕者来说，北方的大山，是冒险家的乐园，每一条山谷中的黄金矿脉，都吸引了无数的投机者，当黄金的光芒照亮贪婪者的脸，他们的笑容是狂放的；而当河流上漂浮着淘金者的鲜血和白骨……人们不寒而栗！

似乎是一段传奇，无垠的草原、雪白的帐篷、诱人的黄金……这样的故事，随着长城的到来，发生了改变。

在游牧文化中，因为酷烈的环境，适者生存、弱肉强食，所有人为了生存都付出了巨大的代价。在草原上，一匹马找见了河流，就找见了生存的衣食；一群人回到了大山下，山上的溪流就像蓬勃而下的牛羊，令他们兴奋不已。所有的舞蹈和赞颂，所有的沉醉与祈祷，都是为了一场淋漓的大雨；在深草中仰望星空，他们的世界单纯而自由。但当灾难一次次来临，像魔鬼一次次缠身，骑马的人们不得不一次次铤而走险，烧杀劫掠。

这样轮回不止的恶行，也因为长城，发生了改变。

人们不能只顾往前走，应该不时地回望一下。在草原上，当一个人走得太快，灵魂就会落在半道上。灵魂的问题，是和人类同步的最古老的问题。萨满教认为：把金子放入人的眼睛能让人目光敏锐，有足够的能力看清那些游荡的灵魂；在人的手指尖放上倒钩，能使人抓住灵魂时又快又有力！人在睡眠时，魂会出行；人在清醒的时候，也会走神。在萨满教中，水、气、火、光等，都是灵魂的源泉。有了正能量的魂，还要时时修正自己的方向和前进的速度，也就是在奔驰中不断修正自己的文化。神的历史，在很大程度上，就是他们的历史，他们无比繁杂的现实生活，一刻都不会离开神。

游牧文化是一种驰骋、奔波、竞争的文化，历史上的游牧民族，因为战争攻略是生活的常态，随时有生命危险，所以总是以一掷千金的豪爽，挥霍浪费掠夺得来的资源与消费品。今朝有酒今朝醉，不重细水长流与积累，也自然而然地成了他们的生活价值观。但在游牧生产生活过程中，他们也积累了如何协调人与牲畜、牲畜与牧草、牧草与草场之间矛盾的智慧。长城，一道高高的长墙，突然挡住了纵横驰骋的马队，在这之前，从来没有一座山、一场暴风雨能够阻挡他们，当长城阻挡了他们之后，他们内心的惊恐不言而喻，抢劫的代价越来越大，还带来了无谓的牺牲。

这时候，长城教会了他们怎样与神对话，又怎样以与神对话的方式，与人对话。

盖洛敏锐地认识到，长城对于历史碎影的拼合，使它成为不折不扣的“中国七巧板”。也就是说，它把不同的文化，整合为一个完整的系统的文化。

游牧文化与农耕文化的融合，长城发挥了作用。长城这个七巧板，在外国人眼里，幻化出五彩的色泽，成为中国人的诗歌。当科学真知的发现，正在替代魔法、占星术、炼金术以及所有巫术及其变种，长城的屹立，却是一个不可改变的奇迹！

这个奇迹展示了长城的一个特点，那就是共存共生的双赢或多赢。中国古代长城的修建，开始是为了遏制游牧者的劫掠，后来，却不自觉地构建了两种文化的秩序，使长城成为寻求多元利益平衡基础上的一体利益最大化的孵化器。历史上的长城，构建起了农耕与游牧经济及社会发展的秩序，起到了减少冲突的作用。

2

游牧者在大草原，早已将自己的生活方式，融入了那里的每一片草地，每一条溪流，每一座高山，每一顶帐篷。

在每一个宿营地，风餐露宿的人们匆匆架起帐篷，垒起简单的灶头，生火、烧水、煮肉。尽管夜已深沉，尽管早已疲惫不堪，人们还是在星空之下，幻想着美好的未来。其实，那样的夜晚，一直在记忆中，就像闪烁的星星。很多牧人在回忆转场的旅途，都会情不自禁地唱出声来，所有的游牧者都是天生的歌手。现在看来，在那些遗弃的灶头，在那些废弃的营地，灰烬里也燃烧着永恒的火焰！

有了长城，和平的生活在草原地带持续着，绿洲中白杨树梢上缠绕的炊烟，几乎也要缠绕到草原毡房的烟囱上了，那样的情景，像鲜花一样，人们看见了它的美好，闻见了它的香味，就无比欣喜。

有这样的事实，才有当长城成为坚固的堡垒之后“隆庆和议”的局面。虽然在那个时候，明朝日渐衰落，但北方的游牧者，兵强马壮的蒙古人却不愿意再经历枕戈待旦的日子，他们一直期望和平的曙光越过高大的烽火台和城墙，铺满草原的角角落落。在这个和平协议的召唤下，汉蒙民族开始了在张家口一带的茶马互市。《国朝献征论》记载，宣府镇一带，五千里范围内没有烽火硝烟，人们可以安居乐业，自由行走。守卫的部队渐渐撤去，每年节约下来的粮饷至少二十万石。这是一个庞大的数字，这样庞大的粮饷，要是从中原运送到边疆，所耗费的成本更大、更多，因而，和平是无尽的财富。

当时的户部侍郎、著名的文学家穆文熙用诗歌记录下了这样的情景。其实，无论谁，面对幸福和平的胜景，都不会无动于衷。碑记，太生硬；讲故事，太简略；唱歌跳舞，太浪漫……唯有诗，情景交融，流芳百世。穆文熙不无深情地写道：

> 少小胡姬学汉装，满身貂锦压明珰。
> 金鞭娇踏桃花马，共逐单于入市场。

故事从哪儿说起呢？就从隆庆五年（1571年）说起吧。这一年的年底，明朝廷正式下文确定在张家口设立马市。每年春天和秋天，张家口的马市都要开放一个月进行贸易活动。

别小看这短短的两个月。

春天，草原上的牲畜度过漫长的冰雪冬季，迎来了泉水流淌、青草发芽、鲜花盛开的季节，这时候，牧人们最需要各类必需品的补充。这时候也是青黄不接的艰难时刻，草原上的一部分畜产品、奶制品、中草药……一个冬天积攒的动物皮毛、干肉等，都会在茶马互市上出现；而农耕地区的产品更多，铁器、陶器、丝绸、棉布、茶叶、粮食、蔬菜等等，琳琅满目，目不暇接。一时间，长城脚下，人流、马群、牛群、羊群熙熙攘攘，市场内百货云集、人声鼎沸。

到了秋天，草原和绿洲到处都是一派欣欣向荣的收获季节，金九银十，九十月份，正是良马出栏的好时候，茶马互市，茶和马是主角。据有关资料记载，一匹好马，可以换取十二两银子，一般的马也要十两。根据当时的物价，一匹一般的马所换取的银两，可以满足十多个人一年的用度，而在草原，一个人可以轻轻松松养三五匹马。从这个例子可以看出，茶马互市，带来了草原地区富足的生活。

胡姬学汉装，貂锦压明珰。桃花马，单于入市……一幅幅画面，把人们带入了喧闹而活力四射的马市。

而能让马市红红火火的，却是长城!

在此之前，长城可是连一只鸟儿也飞不过去。天下闻名的嘉峪关，在内城东西二城门内北侧，城台与城墙衔接的拐角处，有“燕鸣壁”，即以石相击，发出“啾啾”或“叽叽”之声，仿佛归巢燕子窃窃私语，“击石燕鸣”因此而得名。邵元冲《西北揽胜》说：“行人出关，辄以石子投关墙之左右，下坠时，其声啾啾，如雏鸡鸣，墙为之缺。”马宁邦《嘉峪关调查记》记载：“击石之俗，一则曰：昔日有燕巢于关内，日暮一燕先归，关门敞开；一燕后至，关门已闭，不得入，遂触城而死，其精灵不灭，是以永作燕鸣之声。其二曰：此地关帝极灵，帝之马亦灵，故马借石击城之鸣，故其声似马。”

所有的物产和风俗经过长城的梳理之后，就有了异样的情形。蒙古族人除了茶叶等生活必需品，最稀罕的东西，应该是一口铁锅。在草原上奔波迁徙，一口结实的铁锅，可以融化所有的雨雪风霜，可以经得起所有的沟坎颠簸。因此，在游牧者的眼里，出行时只要有一口铁锅，随时可以支起餐饮的灶头，随时可以喝到热乎乎的饮料，吃到香喷喷的肉食。

在远古时代，制作铁锅的技术一直秘密地散布在长安郊区一带，那些掌握了铸铁技术的匠人，最关键的几招总是秘不示人。他们的产品流向五湖四海，他们的名号也随之流传后世，深深地刻印在铁锅的明显部位，彰显着他们的自豪。因而，能够做好一口铁锅的店铺并没有多少，那些边疆地区和游牧地区，更不可能掌握制造铁锅的技艺。《大明会典》明文规定："铁锅并硝黄钢铁俱行严禁，市场定于大同镇，每年一市，每市不过二日。"因为限制铁锅的交易，关外的少数民族，往往"生锅破坏，百计补漏用之，不得已，至以皮囊贮水煮肉为食"。

铁锅的日常和珍贵同时存在。也许你便宜拿到的一口铁锅，四处是漏洞，羊肉还没有煮熟，汤汁就漏光了。

2017年，我陪同王仁湘教授参观甘肃省嘉峪关新城墓葬。王教授是著名的古代饮食文化研究专家，当他看到一块块砖壁画中有那么多饮食器具，十分感叹：这么多盛放美食的器物，那该能做多大一桌美餐啊！作为古代饮食文化研究方面的泰斗，他的感叹让我直流口水。

"隆庆和议"之后，各个马市都限制了马匹的交易数额。规定宣府张家口堡3万匹，大同府新平、德胜两堡14000匹，太原府水泉营堡6000匹。大同、太原两府的马匹交易总数，仅占茶马互市市场全部马匹交易量的40%。而到了1578年的时候，张家口关口每年马匹的交易量更是达到4万匹之多。正如学者黄丽生所说："盖三镇之中，宣府交易量增长幅度最大……"

为什么要限制马匹的交易呢？在那个时候，马是国力的象征，明朝官方设立御马监、苑马寺这些机构养马，以供内廷和边镇骑兵使用。民间则按照江南11户养1马，江北5户养1马的标准，让北京和南京的太仆寺给老百姓分马种，同时给予一定的经济补偿，等于是让民间替朝廷养马，并供给中央京军使用。

应该说，这套体制的设想和最初起到的功效是好的，根据明末清初学者傅维麟推测，明朝马匹鼎盛时期，边镇军马约 40 万匹，京师驻军则有马 16 万匹，官督民牧马匹 20 万匹，驿马 8 万匹，总数约 90 万匹。这一数字完全不亚于唐朝的鼎峰水准。

但现实情况却复杂得多。有人就认为关外的蒙古人也深陷利益之害，会把瘦弱多病的马卖给大明，因而把马市定义为恶政，认为应该予以废止，不再向关外买马。到了后来，“胡马不可用”就自然而然成了朝内共识。其实，胡马确实有一些问题。比如当时的胡马普遍不阉割，素质良莠不齐，还比如胡马在关内水土不服，经常会生病。不过这些问题只是个例，并不是普遍现象。所以卖马给明朝的蒙古人也觉得冤死了，他们认为自己为中原王朝提供的商业马匹，都是大明官员自己精挑细选的，胡马不服水土的问题固然存在，可连边镇马贩都能够调养胡马、将胡马喂养得膘肥体壮、转输内地，集中了全国马匹饲养经验、主管全国马政的太仆寺有什么不行？说到底，还是贪腐问题，各级马政官员的层层盘剥，心思根本就没有用在养马的事情上。另一个原因就是朝廷财力的入不敷出，因而，限制马匹的交易也就在情理之中了。同时，一时间涌来无数马匹，其放养的牧场、喂养的青饲料的供给等，都会成问题。况且，养马千日，用马一时，谁会考虑天长地久的事，眼前的事都摆不平。

我们再来细品三娘子的故事。衔着金钥匙出生的三娘子，成为一方霸主的时候，人们有的只是敬意，但接下来细细品味她的所作所为，就真正感觉到：这是一个女中豪杰！她的目光深邃，理想远大，为了一方百姓的安乐，倾尽了心血。

三娘子生于明嘉靖二十九年（1550 年），出身高贵，是蒙古贵族土尔扈特部首领的女儿。历经波折磨难，三娘子开始主政。明朝廷也十分信任三娘子，特别规定：凡蒙古人入关，必须由三娘子签署文书才可放行。《明史》记载，三娘子“历配三王，主兵柄，为中国守边保塞，众畏服之”。在三娘子主政的数十年中，蒙古与明朝保持着友好贸易关系。正如当时明朝官员所总结的：“得三娘子主市，可以宁边。”万历四十年（1612 年），“和平女神”三娘子走完了她 63 年的人生道路，静静地长眠于水草丰美的草原。三娘子去世后的第二年，张家口人专门为她修建了一座庙宇，叫作三娘子庙。

人们为什么要敬重这样一个女子呢？就是因为她维护了交流的秩序，赢得了长城内外的安宁。张家口一带的茶马互市，在很大程度上是与三娘子的从中斡旋分不开的。文献显示，在三娘子主政期间，张家口的茶马互市不但市场秩序良好，贸易量也达到了互市以来的最高峰。 在明后期的茶马互市贸易中，明朝廷往往拿出一部分财物作为抚赏，既是对互市贸易的一种补充，也是对游牧部族首领们的安抚和奖励。明隆庆五年（1571 年）的一份兵部文件记载，宣府（张家口）发抚赏 52000 两，大同发抚赏 32000 两，太原发抚赏 14000 两。抚赏发放数量，张家口遥遥领先。历史文献记载，万历十年（1582 年）前后，张家口以西的七镇梭布销售量每年约在百万匹左右。

从这些数字可以看出，老百姓的受益有多大。也从侧面说明，无论为官者身处怎样的环境，只要你为老百姓谋利益，老百姓就把你当作柱石长城，倍加爱戴。

同时，我们也看到，长城内外的经济交流，不仅拓展了各民族的生产渠道，而且促进了民族间的融合，提升了人们的精神气质，让人们深切地体会到：只有交流，才有希望；唯有交往，才有未来！

3

中国历史上，修筑长城的朝代多达十几个，其中不乏一些少数民族政权。这说明，长城这个巨大的防御工事，与其花费的代价相比，其作用无可比拟。

就拿秦来说，单单修长城的人数，就让人唏嘘：《史记 · 秦始皇本纪》称是 30 万，《淮南子 · 人间训》称是 50 万，而据历史学家张维华估计，参与长城工程的人数，“总在伍士兵及戍卒与罪谪计之，当不下数百万人，此诚吾国历史上所罕见者”。按这个数字估算，每年光是所需粮食就至少要 3000 万石以上，更不用提木石等建筑材料的运输之类。《史记 · 淮南衡山列传》描述了秦朝北击匈奴的巨大代价：“男子疾耕不足于糟糠，女子纺绩不足于盖形。遣蒙恬筑长城，东西数千里，暴兵露师，常数十万，死者不可胜数，僵尸千里，流血顷亩，百姓力竭，欲为乱者十家而五。”

按理说殷鉴在前，后世本当吸取秦亡的教训，不再选择修筑长城。事实上，到了西汉，长城的修筑不仅延续了下来，而且一发不可收，汉代成为中国历史上修筑长城时间最久、长度最大的王朝。

这跟汉王朝所处的民族形式和文化矛盾是分不开的。在汉王朝兴起和成长的同时，它周边的匈奴等少数民族也日渐强悍，这必然威胁到汉王朝的国防安全，无论从哪个方面看，修长城都是成本最低、最有效的御敌方式。

汉长城以壕沟或利用自然地形作屏障，由烽燧、古堡、亭障等组成防御工事，因为它的主要功能是抵御北方游牧民族的侵扰，因而也叫“外长城”，在汉代书简中被称为“塞”。汉长城一般都是就地取材，用沙子和石子砌筑，或凿石垒墙，或取土夯筑；而在沙漠的长城则以芦草和柳枝层层叠压而成，并在外长城各枢纽建立要塞，驻扎装备弩机和长戟的骑兵巡逻。

不仅是西汉，历朝历代仍然一而再、再而三地选择把修筑长城作为防御策略，先后有了隋长城、宋长城、明长城。哪怕是入主中原的那些原北方游牧民族政权，如北魏、东魏、北齐、北周，为防备柔然、突厥、契丹这些其他游牧民族南下，也多次大规模修缮长城。就算是号称“本朝不设边防，以蒙古部落为之屏藩”的清朝，照样在明长城沿线部署驻扎重兵。

长时间、大规模地修筑长城，势必会带来繁重的赋税与民生的凋敝，但与战火涂炭的民族纷争相比，这都是必须要付出的代价。朝代更迭，秦朝灭亡了，西汉从废墟中兴起，此后的2000多年里，中原王朝如走马灯般轮换，城头变幻大王旗，没有一个王朝能永远存续下去，但长城却依旧伫立于北方边境，历经无数风雨战火。旧的墙体崩塌，新的又建立，夯土变为砖石，长城巍峨庄严的样子，似乎没有改变。它始终为中华民族提供着坚强的庇护，直至成为中华民族的精神图腾，这一切，都来自长城埋下的第一块基石。

后来，长城就像一个孵化器，使各种文化得到了整合与融汇，形成了崭新的文明面貌。很难想象，当经济的交流成为一种常态之后，这种交流停滞了，会发生什么？

逐水草而生的游牧民族，以肉食为主，但仅仅有肉还是远远不够的，单调的饮食使他们无法获得足够的维生素，因此他们也需要粮食、蔬菜或者茶叶等植物性食物，而这些食物只能从农耕地区获取。然后是穿衣。游牧民族的主要制衣材料是兽皮，这在冬季是保暖的好材料，但到了夏天，酷热的天气无法让他们穿着皮衣狩猎放牧，农耕民族的棉、麻，则成了他们的急需。再次，金属，尤其是铁，更是游牧者离不开的产品。没有铁，就无法制造铁锅，于是只能用陶器，这会使一日三餐的烹饪变得非常繁复，不仅耗时更多，也不能充分消毒，而且陶器很容易摔坏，不便于在马背上携带。

这时候的嘉峪关，早已埋下了和平的种子，这个种子一旦发芽，就会长成参天大树，历史的车轮，任何人都阻止不了，只有和平的回归，才是应有之义。

还有一个关于神奇树叶的故事，这种树叶在很久很久以前就被中国的先民们制作成茶叶。茶是一种古老的非酒精饮料，人们很少会把淡雅飘逸的茶香与血腥的战争联系在一起。然而历史上，茶叶却有着一种影响国家兴衰的神奇力量。

就在明隆庆六年（1572 年），首辅张居正下令关闭边境贸易，因为长城的隔绝，导致边贸茶叶供给完全断绝。北方的蒙古及女真各部上书强烈谴责了明王朝的这种做法，要求重开茶叶贸易，建州女真首领甚至愿意当茶市开放的人质。在这种情况下，因势利导，开展互市，一方面解决了突出的民族矛盾，另一方面发展边疆贸易，何乐而不为，但脑子里有“以茶驭夷”的定式思维，就免不了一场战争，劳民伤财，这就造成了历史上的清河堡战争。

如果说张居正过分严格的茶叶政策，给明朝惹了不少麻烦事；到了清朝时，乾隆皇帝却能通过向俄罗斯禁售茶叶而让俄罗斯乖乖听话。

清雍正六年（1728 年），中俄签订了《恰克图条约》，自此恰克图就成为中俄贸易的市场。后来因为俄罗斯窝藏中方罪犯加上俄罗斯人在边境抢劫，乾隆曾三次下令关闭恰克图市场，大清对俄罗斯实施了贸易制裁，外禁皮毛入，内禁茶叶出。15 年间，俄罗斯至少损失了 500 万卢布。被乾隆皇帝点中死穴，俄罗斯也只能乖乖就范了。

其实，这就是交流的力量，长城就发挥了这样的作用。在广阔的长城地带，每一个关口，都像一个指挥棒，调节了长城内外的经济文化交流的节奏。

4

盖洛在看到长城的时候，有这样的描述：“就这样，千姿百态的长城在我们面前翩翩起舞，就像一幅卷轴画那样一会儿卷起来，一会儿又全部展开，然后又将自己变成各种各样的几何形状——三角形、平行四边形、圆形，以至于我们几乎认为长城就像一个身手敏捷、在我们的想象中玩捉迷藏的顽童，而不是像某个月球居民所可能看到的那个呈黑条状穿越地球表面的宏伟建筑。”

其实，长城的雄壮，是青砖和黄土的支撑和坚守，是无数卑微灵魂牺牲与奉献的集合。在高大的关口，人们看到的是缜密的防御和完善的武备，而在遥远的边防线上，在那些孤零零的烽火台下，士兵们却有着无法言说的心酸。没有人知道他们是怎样用漫长的暗夜点燃璀璨的黎明的，他们在整个长城地带，就像顽强的戈壁植物——梭梭和芨芨草，点缀着荒芜。

走进他们的生活，长城这部书，才算刚刚打开：

茫茫的戈壁上，无垠的荒野中，烽火台守望的，亦是无边无际的孤独。走出田园生活的寂静和安宁之后，这里的每一刻都充满了火药味，暗夜中凝固的阴沉沉的黑，包裹着蓄势待发的箭矢、嗜血的枪矛、寒光闪闪的刀剑……

十里一墩，烽火台之间的联系，是由无数的牺牲贯通的。一开始，血腥就从四面八方蔓延而来，充满了陈腐和死亡的味道，仿佛一阵风，就能把烽火台碾碎；仿佛震天的呐喊，就能压垮它。

空洞是最大的敌人。从烽火台上向四周望去，空空如也。每天与这“空空如也”对阵，你有再多的智谋，再大的力气，也是白扯。你大声喊，那声音又原路返回；时间漫无边际地堆积着，怎么用也用不完。不像村庄的时间，尤其是七月，麦子必须在几天之内割完，晾晒在打麦场上。那日子，就像天上的流云，稍稍迟疑，就飘得无影无踪；而闲散的日子，也是打牌、闲谝、吃吃喝喝，不知不觉，一天就过去了，没有怎么着，一个月就过去了。尤其是村里的孩子，一岁，两岁，三岁……不声不响中，他们就长大了，成为村庄的中坚力量。而一座烽火台却一次次被血腥所淹没，一次次在西风中掉落泥皮，迅速衰老，与它朝夕相处的人，也在衰老的氛围中不能自拔，变得和烽火台一样，奄奄一息。

寂寞难熬，但血腥的战火更是痛苦的深渊。当烽火一步步赶来，一切都变得恐怖和尖锐。战争考验着人的意志，人也在战争中逐步学会了面对战争。看见迎风招展的锦旗、浩浩荡荡的兵马，烽火台就像一个孤岛，不一会儿就被淹没了。就连那些呐喊声，也是无数飞翔的利刃。

日常的生活中，在烽火台四周，时间是死的，就像铁板一块，没有成长、成熟，更没有果实；而在村庄，时间是鲜活的，就像一泓流水，流到哪里，哪里就是一片五彩缤纷。对于每一个戍守者，在凝固的时间里，自己就像戈壁上的一块石子，也像沙漠中的一粒沙子，没有生命的灵动，只有思绪的僵死。可能偶尔会有一只野兔子的身影，会有一匹狼在窥视，但它们也刺激人们的神经，使人为之神伤：它们去哪儿？它们吃什么、喝什么？

剔除了日常生活的缠绵和五味杂陈，军队是一种特殊的社会，各种武器把戍守者的力量扩展了无数倍。

在村庄和城市以外的地方，在道路的尽头，一座座烽火台就像帝国的眼睛，一眨不眨地紧盯着边境上的敌情。如果一阵风吹来嗜血的箭矢，那些遍体鳞伤的烽火台，就会被无数的呐喊声所湮没。老百姓把烽火台叫作烽烟墩，或者烟墩。守卫烽火台的戍卒，可以叫墩军。守卫在这里的墩军被赋予瞭望和传烽的任务。这些位处国防最前线的墩台守军，承受了大自然冷酷的盘剥和敌人重重的威胁。单个儿看，每一座烽火台都是一座孤岛。连接起来看，五里一燧、十里一墩、卅里一堡、百里一城，又是一个呈梯次配备的舰船方阵。

如今，我们已无法走进一个墩军的生活。一座烽火台，几个墩军，他们如何在烽火台上轮班值守？他们的薪水收入是多少？他们的食谱是怎样的？烽火台除了传递信息还有没有别的用途？他们的床铺安在哪里？他们的厨房又设在啥地方？他们的生活用水从哪儿取？他们的炊爨燃料又取自哪里？在敦煌的一座烽火台下，挖掘出了女人的鞋子，可见在古代是允许家属随军的，那么，家眷如何随住？家眷们在单调寂寞的烽墩环境中如何调剂生活和爱情？有没有豢养家畜？有没有利用周边环境开荒种地？一座小小的烽火台引发的疑问，足以装下满满几十大箩筐！

一下子说不清楚，还是慢慢说吧，从烽火台的起源开始说起。烽火台的起源甚早，有一个故事大家一定听过，那就是“烽火戏诸侯”。关于西周灭亡、东周建立的历史，许多人的印象就是犬戎进攻西周，杀周幽王。第二年，周平王东迁洛阳，东周开始。《史记》记载了“烽火戏诸侯”的故事，这个故事是在说周幽王为了博褒姒一笑，最终让诸侯厌倦，从而不再支援镐京。“烽火戏诸侯”发生后，申国、犬戎就联合进攻镐京，诸侯不救，周幽王被杀。随后，诸侯立平王，迁都洛阳。自古以来，这一点没有人怀疑。到了 2008 年，清华大学获取了一大批竹简，经过碳 -14 测定证实是战国中晚期的文物。在这批竹简中发现了一些关于西周灭亡的事情：“幽王起师，回（围）坪（平）王于西申，申人弗畀，曾（缯）人乃降西戎，以攻幽王，幽王及白（伯）盘乃灭，周乃亡。”

从记载来看，周幽王被杀之前，西申就已经拥立周平王。于是周幽王发兵讨伐西申，并将之包围。这时，缯国联合西戎杀到镐京，杀了周幽王，西周灭亡。

那么烽墩是什么时候产生的？从现有的文献资料和考古资料看，至晚在秦代，其已经成为军事预警的一个基本设施，特别是在长城沿线。以后的各个朝代，烽火台已经成为军事防御不可或缺的部分。

到了明朝，烽堠归属兵部职方部管辖：“掌天下地图及城隍、镇戍、烽堠之数，关防、路引、火禁之设，四夷归化之类。”所谓的“烽墩”就是烽火台。洪武二十六年（1393 年）成书的《诸司职掌》记载：“凡边防去处，合设烟墩并看守堠夫，务必时加提调整点，须要广积秆草，昼夜轮流看望。遇有警急，昼则举烟，夜则举火，接递通报，毋致损坏，有误军情声息。”由此可见，烽火台已经作为明代边防体系的一环，守瞭与传烽是墩军的主要职责。

明景泰三年（1452 年）三月，叶盛出任山西布政使司右参政，在繁忙的边关政务之余，他还吟诗作赋，记录长城地带的守卫生活。那是多么肃杀的环境，那是多么艰苦的驻防。他在《西巡杂诗》第二首中写道：“野狐岭外月苍苍，万里城西路渺茫。行过墩台听人说，草头昨夜有微霜。”同年十月，他在《观风竹枝》第六首中说：“高莫高似总高墩，眼里滦河清又浑。添土筑墩高百尺，得见阿娘朝倚门。”倚门这个动作，是一代人甚至几代人的辛酸，野狐岭外，前途缥缈，秋风瑟缩，烽墩耸立，一切都似秋霜扑打，生机渐失。这样的情景，一直积郁在亲人的心里，久久不能化解。所谓相思，所谓形容枯槁，也许就是这样吧。

明人有谣：“边军之苦，莫甚于墩军。”墩军与“夜不收”并称为两大苦役，而这两种兵役都部署在国防最前线，像无数的眼睛，紧紧盯着敌军的方向。寂静中，能听得见一片树叶落地的声音；每一根草、每一块石头，都屏住了呼吸。饥寒交迫、敌情严峻，生命之安危悬于一线。

在“边有墙、墙有关、关内有堡、堡内有兵”的防线中，一座座堡台构成了明王朝长城沿线的一处处边防哨所，边堡墩台驻军则成为明代边防的一支重要的侦察防御力量。当时，明朝为防御“贼屡入寇”，曾指示守边官兵“夙夜尽心，以图成功，遇贼近边，出兵剿杀”。

史料中关于墩军设伏入境者的记载屡见不鲜。正所谓“今沿边之守，有营堡墩台之建，有巡探按伏之防，有将领以总其权，有副将以分其任。调发者之有游兵，分防者之有备御，严守之道亦可谓周且备矣”。

“巡探按伏”就是所谓的侦察队伍，也就是我们所说的墩台哨兵。墩台哨兵又称“墩夜”或“直拨、横拨”。“夜”又称“哨夜”“夜不收”“直拨”，专指“能深入虏营哨探得实”者，即能够深入敌境进行侦察活动的哨兵，因其行动远离墩台边堡，故又称“远哨夜不收”、哨探、间谍、哨拨夜探、拨夜等等。“墩夜”作为边防前线的士兵，或巡哨，或深入敌境侦察，是最先给对方构成威胁的，处在最先与敌人发生冲突的境地，因而成为敌方最先要杀戮和掳掠的对象，这使他们成为最早的被“捉生”者。“墩夜二项，了操传报，其险苦艰难，比之别军悬殊，若非加厚优给，何以责其用命？”“沿边夜不收及守墩军士，无分寒暑，昼夜了望，比之守备，勤劳特甚。”因此多次出台优待这些士兵的政策，给“夜不收”增加俸饷，对于被杀伤者厚加赏恤等，体现了“夜不收”等担负侦察任务的兵丁在边防前线的特殊身份和特殊使命。

曾有人称：“天下安危常系辽野。辽野安，则海内风尘不动；辽野一扰，则天下金鼓互鸣。何也？诚以平远旷野一望千里，守之则难为力；弃之则胡虏长驱，曾无门庭之限，此所以中国必争之地，而虽殚天下之力守之，然后天下可安也。”辽东地区自古以来系兵家必争之地。大明王朝在东北的守卫中，墩台发挥了重要的作用，“夜不收”的爬雪卧冰，收获了边塞的安宁。从《辽东志》中一段文字出现“预定夜不收”和“存留夜不收”情形看，显然另有一番深意：“每岁冬，镇守总兵官会同赞理军务都御史太监奉敕移文各路副参、游击、守备、备御、提调、守堡等官，遵照会行日期，各统所部兵马出境，量地广狭，或分三路五路，首尾相应而行，预定夜不收，分投哨探放火沿烧，野草尽绝。听令安营，吹号笛打鼓聚官发放。毕，夷人精锐至营外求见，发牌开门，鼓吹齐举，通事引入拜见，量给酒肉，令出。随开营回兵人境。时兵马各令附近屯堡休息，存留夜不收并标下官军站立一营，围夷人多寡，携妇女老幼入关门投见，令通事译传，宣布朝廷恩威，地方利害，量给卓面酒肉盐米针布胭粉靴韈之类，或有号称大头领及预有报事等项劳动者，亦赏牛羊段袄银牌之类。赏毕，夷人出境，兵马俱在边宿歇，次日归城。”此外，《滦阳录》卷一也有“夜不收”条，有诗云：“主寝僧房古塞秋，皇庄酒局报河流。驼羊百万青青草，乐土无如夜不收。”又有“未至建昌县六十五里，站名夜不收，平川旷野，极目苍然，牛马驼羊成群散合，地甚膏沃，而无一畦，都是丰草，畜牧之利大于稼穑可知也”。

边塞苦寒，爬冰卧雪。墩军防守的边境往往前不着村后不着店，日常的供养配备都极其简陋。生活的艰苦，环境的艰险，历尽风霜自不必说，由于墩台所处位置空旷，且多半在山坡或高岗之上（即使是在平原之地，墩身标高数丈，也都高于附近的建筑物），遭受闪电雷击的概率相当高。人们说做了坏事才会遭雷劈，但在烽火台守卫，遭雷劈是常有的事。

总还是有人，把驻守边塞和墩台的辛苦记录了下来。叶盛，这个明正统三年（1438 年）的进士，官至吏部左侍郎，但“服官数十年，未尝一日辍书”。此公性喜聚书，又喜抄书，每购一书或抄一书，手自勘录，皆用官印识于卷端。《明史稿》称其“清脩积学，尚名检，薄嗜好，而所藏惟图史金石也”。著有《西垣奏稿》《菉竹堂书目》《菉竹堂稿》《水东日记》《菉竹堂碑目》《边奏存稿》及《蜕庵集》等。叶盛在《水东日记》中的描述，让人心悸：“霹雳于边墩高处，岁恒有之……其击屋柱、桅杆之类常见，其破处有痕，似铁线路，或云蛰龙所藏，或云龙变化而起，又或云毒虫被击，皆不可知。又云雷神极巧，如人被击，火或烧其着体衣一层无遗，其外衣仍存。若一伞，或竹骨皆化，惟盖柄则皆如故。如击塔庙，数佛并坐，其一粉碎，其傍诸佛俨然，亦有移置他处者，此类甚多。惟击发之时，雨辄骤，辄有火，有硫黄气，此则皆然也。”

就连《明实录》这样一部明代官修的编年体史书都记载了不少墩台墩军遭受雷劈的事件：明弘治九年（1496 年）六月四日，宣府镇南口墩，“骤雨火发，龙起于刀鞘内”；十二日，天气“复阴雾，雷雨大作，震倾墩台三面，军士有被伤者”。弘治十六年（1503 年）五月五日，陕西榆林大风雨，“雷雹折木，撤城楼瓦，毁子城垣，移垣洞于其南五十步，震死墩军一家三人”。同年六月十日，大同中路海东山墩，“有火飞如龙，起自旗竿，守墩卒有焚死者”。明武宗在位期间也有一些记载，如正德五年（1510 年）六月十二日，雷震万全卫柴沟堡，墩军死四人。正德六年（1511 年）六月九日，雷震大同后卫石泉墩，死墩军三名。正德十年（1515 年）闰四月二十七日，蓟州赚狗崖东墩及新开岭关雷火，伤三十余人。晚明的例子，如万历十二年（1584 年）正月二十七日，蓟镇喜峰路大风且骤雨，“迅雷冲倒墩台”。万历十九年（1591 年）五月十日，雷击太平路喜峰口墩台，“折伤官军”。万历四十二年（1614 年）五月十九日午时，永平辖境内之石火墩台，天雷从东门飞入，死南兵一名，伤北军二名，台房及四周垛口火器尽毁……

从《明实录》的记载中我们可以看出雷击的频繁与危害。墩台上的守卫者，在特殊的天气里，个个都是胆战心惊，稍不留神，哪怕是拔剑出鞘的动作，那刀与刀鞘之间的摩擦，也会引来雷电这个不速之客！

历历在目的雷电，直击无边无际的旷野中的墩台，似乎要将它们撕得粉碎。难道连老天爷也不放过这些孤独的守边人？

无论生活在哪里，也无论贫贱富贵，水和柴都是最基本的生活资料。而在辽远的墩台，这些基本的需求，却变得如此金贵。尤其是西北戈壁沙漠地带，水就是生命，是人和一切植物的生命。想想看，在荒芜的大地上，一座烽火台之下，干旱、酷热、极寒像一群狼，渐渐围上来，把戍卒们每天的生活，都推到浪尖刀刃上。很多人觉得羌笛杨柳、夕阳西下的时候，一个人面对故乡的方向往死里看，也很有滋味，但是，再缠绵的情谊也会被塞上的沟沟坎坎阻隔，更不要说雪山冰川、戈壁大漠这些天然的鸿沟。因而，那些笛声是吹给自己听的，那些深深的凝望，也是想看清楚自己。相思之苦在烽火台四周蔓延着，弥散着，似乎没有出口。每天，戍守者都面对着眼下的衣食之忧，春天，风沙弥漫，一口沙土一口馍；夏天，骄阳似火，无处躲藏，天当房子地当床；秋天，好不容易秋风送爽，却是战争突发的旺季，生存不保，哪还有心情思乡；冰雪覆盖的冬天就更不用说，没有围炉夜话的浪漫，只有漫无边际的苦寒。一座烽火台，一座堡垒，人们的安危都系于此。墩台是守墩军士的阵地，也是他们朝夕相处的生活单元，其硬件的设计与配置，令人眼界大开。明永乐十一年（1413 年）十月，江阴侯吴高奏报修筑山西沿边烟墩，东路自天城卫至榆林口，直抵西朔州卫暖会口；西路自忙牛岭直抵东胜路，至黄河西对岸灰沟村，皆设立墩台。墩台高五丈有奇，四周围墙高一丈，外开壕堑，架设吊桥，门道上置水柜，“暖月盛水，寒月积冰”。每墩置官军三十一人守瞭，以绳梯上下。《明太宗实录》的编纂者说，这些都是永乐皇帝亲自规划的。明成祖朱棣于明永乐十三年（1415 年）诏令辽东都司沿海岸修筑烟墩时告诫：“务令高厚，积薪粮可足五月之用，置药弩于其上，凿井于旁，以备严守。”

一座烽火台上，墩军的分布、职责是有明确规定的。明朝边关的墩军，是守卫墩台的军种，一座墩台，五人或者三十人编组，也就是说，一座墩台的守卫，所需要的士兵最多为十人。史书记载，明朝边关的墩台其实就是一座微型城池，最高者可达十五米，由夯土垒筑。大体上的形制就跟长城的烽火台类似，而墩台的高度又跟抗战时期日军的炮楼有一拼。这样的墩台大多数沿着边境线布置，几里地便有一个。

墩台最主要的功能是燃烧烽火传递军情，平时更是牢牢钉在边境，显示军事力量。墩军其实就是远离大本营的岗哨，不是流动哨，而是常年固守堡垒。

军队不但要忍受干旱缺水的困扰，还要祈求自己的运气好一些，不要遇到险恶天气，也不要遇到紧急军情。常年戍边，必须有超常的忍耐力才能应对，还有很多墩军自杀或者潜逃。为了巩固国防，稳定墩军，朝廷允许他们带着家属一起居住在墩台后方，并且允许他们在墩台附近垦荒。应该说，水源充足的地方，开垦荒地、种菜、种果蔬还行；但很多地方，连人喝水都困难，就更谈不上垦荒了。一个巡边的大臣记录了自己的所见，那是一种特别凄惨的景象：墩台上的士兵个个黝黑枯槁，毫无士气；墩台后方则是他们妻儿所住的泥巴屋子，墩军的妻子在荒地里耕作，禾苗大半枯死，田埂上墩军的孩子们身上裹着破布，只好晒太阳来取暖……烈日的暴晒，北风的摧残，干旱的大地，枯萎的禾苗，无精打采的人们，奄奄一息的生活……这就是广阔荒野上的墩台，这就是墩台上的墩军！他们被温暖的亲情所抛弃，被平凡的人间烟火所遗忘，这里是完完全全的孤岛！

水和柴，是墩军的命脉，也是墩台赖以长期生存的基础。长城经过的地方，有的寸草不生，有的植被茂密，有的处于高山之巅，有的则隐匿于深山峡谷，水和柴的获取，有易有难，不一而足。

一般情况下，一座墩台的日常生活离不开柴和水，因为北方往往干旱、多风沙，墩军的墩台处在高山或者山坡之上，取水也很困难。明末的卢象升就有记录，说墩军打井往往挖地三十丈深都难觅一滴水。而平均三个墩台才能有一口井，这一口井就需要耗费黄金三五斤。就地取水难，异地拉水运水更难，成本高不说，安全也是个问题，墩台守卫之地多是边防要塞，水源也是敌方把控的重点，谁都不会轻易得到。

文献记载中，墩台上储水的工具叫水柜，不知道水柜是个怎样的容器，但我知道，西北储存水的最好的器具除了粗陶制成的大缸之外，就是水窖。在干旱、半干旱地区土层较厚的山塬地下挖成井形，用于贮存地表径流，解决人畜用水、农田灌溉的一种坡面水土保持工程设施，又称旱井。水窖常修建于水源缺乏、水土流失严重的地方，是坡面蓄水保土的首要设施。中国山区修筑水窖历史悠久，20 世纪 90 年代发展更快，群众称之为“甘露工程”。

在西北广大的干旱地区，为了生存，我们的祖先发明了用红黏土作为防渗材料的地下雨水收集储水工程——水窖。有关资料记载，防渗水窖发现于明代。西北地区曾发现不同时期、不同形式的水窨遗存，有锅形窨、缸形圆底无眼窨、罐口葫芦底无眼窨、筒形竖眼窨、缸形方眼窨、小口矩眼窨等。

边塞苦寒之地，水为天。烽火台经过的地方，往往是干旱的戈壁沙漠以及高山荒野，有些地方地下水水位很高，有些地方没有水脉，根本无水。

那些清凌凌的水，一直在大明王朝各级官员的牵挂中。明朝末年，仍有官员提到墩台储水之事。天启五年（1625 年）二月，巡按陕西御史蒋允仪上筹边八事，其中仍然建议"将被虏残毁墩台及原无墩台，查明修筑，令墩军有所栖止哨望。又各挑修水舍一处，预为积水，以免墩军取水被掳之患"。这个官员的操劳不无道理；墩台守卫者墩军环境艰苦，但生活不能间断，尤其是水的供应，一刻也不能中断。另外，宣府镇也有官员曾规划凿井。崇祯十年（1637 年）五月二十三日，宣大总督庐象升奏请在南山修筑墩台数十座，而"凿井供军，亦是目前急务。每墩台三座，用井一眼，约需井十五六眼，差足供诸军取汲焉。但山原高燥，募夫浚凿，深至三十余丈，始见水泉，每眼约费三四十金"。崇祯时代，大明王朝的财政已经日渐捉襟见肘，如果要实现这个官员的规划，那得花费多少黄金。这个想法的出发点是好的，但从朝廷到遥远的边塞，一项计划的实施，所要经历的路径，并不比现实的道路短暂。

也有一些记载让人寒心。有些养尊处优的官员，完全没有怜悯之心，对于边塞墩军的后勤保障，只是依照旧例，慢条斯理地走流程。漫长的公文旅行，先不说效率低下，最后却落得个不了了之。景泰三年（1452 年）四月十日，提督独石等处都督同知孙安上奏："墩军言永乐年来，每墩有预备余粮二石，柴水一月，遇警食用，乞如例。"金濂时为户部尚书，以未能确定有无此一事例，移文宣府镇守官员备查，宣府镇守官员亦云查无现行事例。当时，叶盛任山西布政司右参政，他查阅到充纂修的旧册，内有永乐十年（1412 年）七月十二日明太宗敕命宣府总兵官武安侯郑亨的内容："各处烟墩务要增筑高厚，于烟墩上收贮五个月粮食、柴薪，并置药弩于上。就于烟墩旁边开井，井外包围烟墩相平，使外面望之只是一个烟墩，不知其中有井，务要坚厚，勿致坍塌。"叶盛在记载此事时说："墩傍开井一事本难行，至今无能行之者，不知当时武安曾覆请否？"这样的发问，真的使人心酸至极！

天顺二年（1458年）七月，吏部尚书兼翰林院学士李贤等奏言："沿边墩台全不得法，一遇贼来，多不能守，以致深入抢掠。访得右通政刘文备知此弊，宜令巡视整理。"这个奏章应该有的放矢，明英宗也做了安排，敕命刘文前往边境巡视。刘文巡查后，也有一些作为，比如设悬楼、擂木、塌窖、赚坑等，守瞭者便之。但实际上，刘文并没有根据现有的情况，做出更加符合实际的决策。他所做处置，乃是重申永乐年间的墩台旧制。据方志记载，天顺二年，朝廷申明守瞭官军之禁：凡边方山川、城堡疏远空阔处，俱筑烟墩。高五丈有奇，四围城高一丈五尺。上设悬楼、垒木，下设壕堑、钓桥，外设塌窖、赚坑。门道上置水柜，暖月盛水，寒月盛冰。墩置官军守瞭，以绳梯上下，如永乐中所颁法制。守瞭官军，镇巡不时稽查，有违禁者重罪。

死守旧制，稳而妥之，但就是没人考虑边塞墩军的实际需求！致使墩军的守护更加艰难、艰苦！

墩军的生活用水可以"暖月盛水，寒月积冰"，而每日所需的燃料却也取之不易。朝廷虽有积薪五月之令，但这仅是一句空话。有一个记载，可以看出墩军柴薪的匮乏，也能够管窥朝廷在解决墩军柴薪问题上的无措。正统五年（1440年）三月，春寒料峭，陕西右参议柴重考虑到墩军生活燃料不足，上奏建议将庄浪各卫粮仓不堪使用的垫席，"计斤均给瞭墩军士家小烧用"。明英宗随后批准这项建议。想想，就这些不堪烧用的垫席，也都成了墩军的福利品，可见墩军的燃料缺乏到了何等境地。墩军为了生活燃料铤而走险，出境樵采，甚至被掳的记载并不少见。其中，弘治七年（1494年）十一月，兵部奏言："比来各边虏数入寇，每得厚利，皆由墩台疏阔，烽火不接，及守墩军士困惫所致。"遂请命各边镇守官员处置，经明孝宗批准施行，其中提到："其守墩军，必简精壮者，分为二班，每月一更。若无水之处，则修水窖一所，冬蓄冰，夏藏水。每墩预采半月柴薪于内给用，免致汲水、采薪，为贼所掠。"这里提到的预采柴薪半个月，是比较合理的要求。讽刺的是，十二月间，蒙古骑兵入侵宣府镇独石之马营、野鸡山等墩，又掳走了汲水军士。墩军取水被掳的例子甚多，如嘉靖十二年（1533年）八月二十六日，宣府巡抚韩邦奇在奏疏提到："墩军下墩取水及走报声息，往往为三五零贼即行擒去。"

众所周知，由于北方边塞墩台生活用水困难、柴薪难置，而守卫的另一方——蒙古兵士正好利用这个弱点，在水源地或柴薪密布地严密设伏，或污染水源施以人粪尿，或截断水源或填埋水源等，甚至击杀或劫掠墩军。成化八年（1472年）二月，宁夏总兵官修武伯沈煜等奏言：“虏众数犯边境，且以粪土湮塞各墩井泉，渴我士马，不可不虑。”另外，墩军为了采薪或取水，亦有被杀掳者。如大同镇沿边墩台，“虏俟守墩军下取水，辄肆戕害”。但很快朝廷也有了应对之策，成化十三年（1477年）正月，李敏奉敕巡抚大同兼理军务，莅任之后，“设伏擒之，自是虏不敢犯”。

战争，总是此消彼长，墩军的守卫生活中也包括那温馨的人间烟火，像最起码的饮水、烧柴等。

在广阔的荒野上，墩台矗立在戈壁、沙漠、高山之巅，像一个个威武的巨人，它们目睹了太多血腥的冲杀，它们忍受了太多孤独和寂寞……但作为最基层、最前沿、最边缘的军事单位，报警，应该是墩台最主要的作用了。一连串的墩台，从边疆一直延伸到内地。随着烽火的传递，军情全部摆在中枢机关的桌面上，紧张的排兵布阵开始了，这些杀气腾腾的机密，又原路返回各个军事重镇，随着军事机密的返回，所有的军队都开始动作起来。

20世纪80年代初期，内蒙古昭乌达盟文物工作站对当地汉长城附近的烽火遗址进行了考察，写成了《昭乌达盟汉代长城遗址调查报告》，其中记载：“在近二百五十公里的长城线上，我们共发现墩台八十余座，间距平均约三公里，最远的不超过五公里。一般在地势较平的地段间距稍远，在群山环抱的山区间距稍近。墩台设置多为沿线单个排列，也有少数两个并列，照此推算，在万里长城线上，至少有二三千座烽火台。”“墩台均在长城线内墙的里侧，即长城线以内，离城墙一般八至十米，远者不超过三十米。”“墩台均为圆形，直径一般为二十米，小的十五米，大的三十米。保存好的现存高度一般在一至二米之间，有的高达五六米。”“我们曾多次用罗盘仪或目测实验，证明筑于平地、山谷、山头上的所有墩台，不论它们如何随着地形的变化而改变方位，但站在其中的任何一个墩台上，就既能举目遥望前一座，也能回顾后一座。”

一般情况下，设在大漠深处的墩台是发出警讯的最前线，沿长城两侧设置的烽火台向沿线传递情报，由长城通往京师的系列墩台与王朝中央联系，还有一组墩台与长城所在地附近的地方政府和驻军联系。

不同地区和不同地形、地势的烽火台形状各异，有圆形、方形、梯形、圆锥形等，但多为方、圆两种形体。各地烽火台的建筑材料和工艺也不尽相同。有的是中空的，有的是实心的。修建烽火台一般“因地制宜，就地取材”。在西北，烽火台多为夯土打筑，也有用土坯垒筑。在山区，多为石块垒砌。在中东部，自明代开始，有用砖石垒砌或全砖包砌的烽火台。明代的烽火台，除了放烽放烟（点火、燃烟时增添了硫磺、硝石），还增加鸣炮。明成化年间（1465—1487年）规定：“边墩举放烽炮，敌寇犯境百人以下放一烽一炮，五百人放二烽二炮，千人以上放三烽三炮，五千人以上放四烽四炮，万人以上放五烽五炮。”有烟火有炮声，可使军情传递速度变得更快。

明代《辽东志·兵食》卷三记载，盖州卫有“墩架二十五座，守官军一百一十八名，冬操夏种官军两千两百二十五名”。汉唐两代，烽火台规模最为庞大，沿边联络，延绵相接，各有统辖，自成系统。汉代边境，郡太守下有都尉，都尉之下有侯官（相当内地的县令），侯官下设候长（相当于乡），候长下设燧长（相当于内地亭长），每燧之下管辖若干个烽火台，设戍卒三至二十余人不等。唐代于漠北置烽火台一千三百所，监视着突厥，使其不敢逾山牧马。唐时每台置戍卒六人，称作烽子或烽师，其中五人日夜轮流值班观察敌情，瞭望相邻烽火台的信号，负责报警，一人负责文书符牒的传递。

古代烽火台报警信号大约有六种，即：烽、表、烟、苣、积薪和鼓。其使用方法，历来说法不一，简而言之，烽、表、烟为白天使用的信号，在现存简牍及史籍的记载中，常以“举”字相示；苣和积薪在黑夜使用（积薪有时也在白天使用），加以“燔燃”成火，以火光示警；鼓则昼夜兼用。其中，烽用“兜零”（兜笼），将柴草装填其中，悬挂在桔槔（似近代的吊杆）顶端，平时低垂，发现敌情，立即点燃生烟并悬竿高举，以烟报警；表以缯布为之，红白二色相间，十分醒目，白昼用以悬挂示警；烟除举烽生烟外，还可以通过燃烧堆放在一起的柴草产生，有些地区则用狼粪或牛粪，狼粪最佳，燃烧后其烟直耸易见，微风吹之不斜，唐人王维“大漠孤烟直，长河落日圆”诗句中“孤烟直”即狼烟；苣，即炬，用干草或干芦苇等易燃柴草扎成一束，和烽一样悬挂在桔槔的竿头，昼悬烽，夜悬苣，遇警点燃；积薪，即堆成一堆的柴草，又称“燧”，点燃后有烟有火，可昼夜兼用，但因其耗柴多，故多用于夜晚。

古代烽火台报警方法，历代都有着不同的规定，制度相当严密，不同信号的发出，都要根据敌情的具体情况，如时间、人数、方位、距离等。对此，上级军事机关都制订了专门的执行办法，各烽火台守卒必须熟诵，能够准确地识别烽火信号，并能熟练地按照规定发出，像近代海军用旗语发信号一样。烽火信号的制作，古籍中记载较多，如《墨子·号令篇》：“望见寇举一棰，入境举二棰，押廓举三棰，入廓举四棰，狎城举五棰，夜以火皆如此。”此处“棰”即指柴笼，也即烽。

1974年在新出土的居延汉简中，发现了一册完整的《塞上烽火品约》，它是居延都尉下属的殄北、甲渠、三十井等三个鄣（即塞）共同订立的烽火报警联防公约，对了解汉代烽火制度有着重要意义。例如，“匈奴人昼入甲渠河北隧，举二烽，燔一积薪。夜入，燔一积薪，举坞上二苣火，毋绝至明……”

汉武帝时，大将卫青、霍去病率领数十万大军分兵出击匈奴，就是用烽火台来传递进攻信号的，仅一个昼夜，进攻信号从河西（今甘肃）传到了辽东（今辽宁），全线几乎同时出击。

到了隋唐，烽火台更高更大，一般三十里置一处，台外周筑城障，台上不再设桔槔，而专门修建烟筒四个和火台四个，烟筒用来放烟，火台用来插火炬。并规定每台置帅一人，副帅一人，烽子即士卒五人（战争期间外加卫兵五人）。并规定根据敌情不同而点放不同数目的“烽号”，如隋代的规定是“若贼少，举二烽；来多，举三烽；大逼，举四烽”。若遇天气恶劣、烟火均不能举，就必须派烽丁火速前往邻近烽火台报警。每有敌情，除燃放烟火之外，还须向所在州县城堡报告。如果在异常情况下，不能将信号发出或守烽戍卒误发信号，就需要马上采取补救措施。譬如柴草被雨淋湿不能点燃，或风沙晦日无法示警，或信号虽已发出而前锋没有响应等，就必须派人“亟传檄告”，通知有关人员。如系误发，必须赶快放下高悬的烽，灭掉燃起的薪火，并驰报都尉府。误发或遇警不发信号，都将受到严厉的惩处。在没有敌情的时候，为防止意外，各烽火台早晚都要举火报平安，叫平安火，如果到时不见平安火，就说明该烽火台可能有变，应立即采取行动。

自宋代将火药用于军事之后，就逐步采用点“炮”或放“铳”来报信，并辅之以放火、悬灯与举旗，“烽烟”就逐步被取代了。不同颜色的旗和不同声响之炮，可传达各种敌情。例如上引书所载的白天放炮扯旗的口诀是：“一炮青旗贼在东，南方连炮旗色红，白旗三炮贼西至，四炮玄旗北路逢。”夜晚放炮扯灯的口诀是：“一灯一炮贼从东，双灯双炮看南风，三灯三炮防西面，四灯四炮北方攻。”这种放炮报警法的传递速度比过去的点烟法要快得多，一昼夜可达七千余里。

明清时期，烽燧制度仍然使用，但已不如前代重要，而且又有了若干变化。不再保持过去那种三十里一烽火台、沿置数千里而达首都的烽燧制度，而是在需要设置之处设置（如在今河北、山西的长城沿线仍有设置），且烽火警报只到驻军首脑机关而不再到首都。传到首都的军事报告，是由守边的大将以文书形式详细呈报，而不仅只有烽火的警报。《明史・戚继光传》中记载：“台高五丈，虚中为三层，台宿百人，铠仗糗粮具备”，造成“二千里声势联结”的雄姿。《练兵实纪》卷六记载，“凡遇敌马所向之处，该数举烽，左右分传，计蓟镇边墙，延袤曲折二千余里，不过三个时辰可遍”。

万里长城的许多重点关口，本身就发挥着烽火报警的作用。位于山丹县城东南 20000 米处的汉明长城脚下，312 国道穿越城墙豁口，东西两边城墙绵延，新河驿即位于长城与公路交叉口 2642 号里程碑以东 2500 米处。这里曾是明清时期的古驿站，现存遗址为一正方形土堡，边长 70 米，总面积 4900 平方米，墙体上宽 3 米，下宽 5 米，黄土夯筑，墙内存一驿井。

雄伟壮丽的嘉峪关，也应该算是中国邮驿史上的奇迹。嘉峪关长城位于嘉峪关市域最狭窄的山谷中部，地势最高的嘉峪山上，向北 8000 米，连黑山悬壁长城，向南 7000 米，接长城第一墩，是明代万里长城西端主宰，自古为河西第一隘口。它的南面是终年积雪的祁连山，北面是一望无际的瀚海沙漠，极目远望，气象万千。嘉峪关长城，以关城为中心，向南 7500 米至讨赖河万里长城第一墩为止，向北约 7500 米到石关峡堡附近，沿黑山山脉向上，至半山腰止，这段长城统称西长城，全长约 15000 米。北长城从北面第一个起墩开始，至新城堡附近，全长约 30000 米。东长城从新城堡向东北约 7500 米，至酒泉下古城，开始连接直达山海关的万里长城。

嘉峪关除围绕关城修筑了东、西、北三段长城外，还修筑了一整套严密戍守的候望系统和快速传递信息的燧、墩、堡、城。所谓五里一燧，十里一墩，三十里一堡，一百里一城，构成了一道城堡相连、烽火相望的防线。在整个防御体系中，最关键的要数烽火台，它一般都建在长城内侧比较高峻的地方，负责传递信息。遇到阴天、刮风、下雨，烽火台不起作用时，便使用驿站快马，逐站接力进行信息传送。嘉峪关一带，五里一烽，十里一驿，驿站，把西域的声音一路传向了遥远的中原政府。

当我们看见长城沿线的那些墩台的时候，就能感觉到，它们像孤独无依的老人，在最荒僻的土地上，看守着荒废的时间。

如果一个人，在长城线上游走，怎样才能找到从前的那些人，和他们一起坐在篝火前，捧着一碗热茶，聊聊无尽的往事？

真有这样的机遇。在史册中，我们读到了绵延万里的明代长城，在它的北部沿边，地形起伏不一，仿佛天生就是一个打伏击的地方，在这种复杂的地形中，防守上的死角不言而喻，设立墩台，则是最好的监控。宁夏有一个案例，明正德七年（1512 年），巡抚都御史冯清筑马圈儿墩，自筑墩后，“一望无际，虏不能潜”。而之前“沙堆高丈余者，百十联络，虏骑潜匿，樵牧之人往往被掳”。这一年，又筑墩于北冈上，“瞭至山脚，狐兔皆见，遂息其患”。而之前“两冈相夹一沟，虏伏沟中，俟堡孳畜出牧，虏逾渠掳掠，追逐常不及”。由此可见，墩台上的士兵居高临下，视野相对较为宽阔，足以观察附近敌军的动态，提前发布预警讯号，使军民可以事先做好准备，免于受到攻击或抢掠。

墩台以及墩台管辖的范围，亦是一个小小的世界。它的主体是墩台的守卫者，他们由数人或数十人组成，彼此生死相伴，互相照应。他们根据墩台周围的环境和现有的条件，积极种植、养殖，豢养的动物有鸡、鸭、羊、狗、猫等；水源充足的地方，种上葱、姜、蒜、白菜等，补充墩台上副食供应不足的情形。天高地阔之下的小小的军事团体，也有自力更生、丰衣足食的先例。

有了战争，有了长城之后，就有了墩军。毋庸置疑，墩台虽然是一个军事单位，但也是一个生活空间，它有正常生活空间的内容，又有身处戈壁、沙漠、荒野、高山的独特性。因而，它的生活圈子是封闭的，又是开放的。明嘉靖年间（1522—1566年）徐充《暖姝由笔》所记最为有趣："边墙里墩台，四面壁立，高三丈五尺。每台守军五人，报事夜不收一人，炊爨一人。台上层有重屋，置四窗，四人各守一窗展望，虽饮食亦不暂离。鸡一，司晨。猫一，取眼以定时辰。狗一，警夜。皆有口粮。天明，先悬软梯，纵狗从梯而下，周视无虏，则人然后下汲。闲无事，俱习结网巾，双线劳密，价有直一二钱者。置台相度地形，相去一里以至三五里。边墙外濠二重，设栈坑，即所谓陷人坑也。鹿间有投其中，军人闻鸦鹊噪，出墙钓得之。台边齐插荆条。楼土甚细，虑虏或入打，细作过之处，可验脚迹，以凭查究。在两台之中，则两台俱罪。近一台，则量地，罪所近之台。盖军士护刺之迹，平底；鞑子皮袜之迹，当应有路，彼用两皮相合，中缝嵌线，乃山桃木皮也，黄色，俨如金线然，无可推免。"

这一记载极具有史料价值，让我们真切地感受到了墩台这个神秘的边防哨所的生活场景：这一个墩台，七个人、三只动物，动物不是玩偶，也兼有巡边的任务。这三只动物，占有墩台的固定编制，配有固定口粮。情况是这样的：天刚蒙蒙亮，墩军就认真地在墩台上观察四周，瞭望敌情，先是慢慢放下绳梯，让狗下去巡视，确定没有敌兵埋伏，军士才下去挑水。即使在白天，也要忠于职守。处于哨位上瞭望的墩军，一刻也不能马虎，吃饭，也是将饭送到岗位上，边吃边工作。墩台上是轮班制，没轮到值勤，就可以织网巾，织得好的，可以卖到银子一二钱。墩台连接着边墙，边墙外有品字坑，在军事上，它是用于御敌的品字形土坑。明沈德符《野获编补遗·内阁·密封之体》记载："至七月十五日，又召三臣对于暖阁，为边上用品字坑也。"常常有这样的事情发生：野鹿冒失地闯入墙边，陷入品字坑，墩军听见被戳伤的惨叫声，就会出墙把野鹿钓进墙内，这几天之内，大家都能改善生活了。墩台不仅具有天然的防卫作用，还有一种奇特的防御手段——"塞天田"，《汉书·晁错传》记载：

“以沙布其表，旦视其迹，以知匈奴来入，一名天田。”意思是：在险关要塞的通行处地面，利用人工铺设一层细沙，以利边防吏卒白天察看匈奴于前一天夜间入侵塞下时所踩足迹，用来判断敌情，此谓之“天田”。要想查看是否有蒙古细作经过，则看墩旁细土上的鞋底印，因为蒙古兵的鞋子缝合线在底，与汉人鞋子不同。

明嘉靖二十五年至三十一年（1546—1552 年），杨博出任甘肃巡抚，曾在肃州等处创立屯庄墩，每墩周围底宽十二丈，顶宽八丈，高二丈四尺。台上裙墙，墙体高七尺，底宽一尺五寸，顶宽八寸。墩台顶上加盖鸡窝、天棚二层，共高一丈六尺，墩台总高度四丈。可见鸡也是墩台成员之一。

如今，我们很熟悉墩台的模样，对我们来说，此时的墩台已经是一个空壳子，是一座夯土建筑，与防守者们朝夕相处的事物全部烟消云散、化为灰烬，再也找不到蛛丝马迹。一些墩台，在挖掘的过程中，会出现一些箭镞、骨头、木简，但要再现当年的情景，已经变得十分困难，即使搜罗了墩台上所有的器具，我们也无法复原那种生活。

我们可以从文字中描绘一座墩台的戍守场景：嘉靖十八年（1539 年），兵部尚书毛伯温、大同巡抚史道与大同总兵梁震等在大同镇城以北边境修筑五堡。并于五堡以北挖壕，沿壕外面每隔二里许，筑立墩台一座。每墩起盖房屋二间，合为一间。其各墩应有锅瓮、器皿、旗帜、号带、弓箭、盔甲、枪刀、火器，具各置办齐全，逐一安放。每墩各选官军六员，令其轮流哨守，“一遇有警，一面酌量贼数多寡，张挂青、黄、白色号带，传示诸路瞭望之人，依照传报”。这个记载给我们提供的信息是：二里一墩，与汉长城所谓“五里一燧，十里一墩，卅里一堡，百里一城”的记载有所不同，可能是这里军情急险，需要抵近观察，迅速回报。墩台下的生活居所，两间合为一间，因为人也不多，可能是为了冬季取暖节省柴禾。墩台配备的生活用具、武器装备、传递信号的旗幡青、黄、白一应俱全，看来，墩台虽小，兹事体大。墩台的修筑，历朝历代都是因地制宜、就地取材，从汉代开始，历史上记载的有夯土板筑，芦苇、胡杨、红柳等夹砂土夯筑，夯土外包土坯构筑，土坯垒砌等多种形式……

明隆庆年间（1567—1572 年），蓟镇总兵戚继光在《练兵实纪》记载了每座墩台的设备如下："小房一间，隔为二半间，向边外半间，墩军住；向内半间，百总住。炕各一座，米一石，锅灶各一口，水缸一个，碗五个，碟五个，种火牛马粪五担，盐菜之类不拘。以上墩军备之，空心台系充墩者亦备一分。大铳五个，盏口、直口、碗口、缨子皆可。三眼铳一把，白旗三面。灯笼三盏，白纸糊，务粗，径一尺五寸，长三尺。以上俱官给。大木梆二架，每架长五尺，内空六寸，深一尺。要性响体坚之木，不合式者即行改造。每擂梆必双，庶声合而可远。该路采木造与。旗杆三根，好绳三副。发火草六十个，用房一间覆之，毋令雨湿。火池三座，连草苫盖听用。火绳五条，火镰火石一副。旗杆三根，每根长一丈八尺，要直，每根相去五丈。扯旗绳副，务要新粗，每半年一换。火池每座，方五尺，张口，庶草多火亮。以上俱军采办。"

这个记载真正地为我们提供了一整套墩台设施配备及生活供应等翔实的名录和数据，难能可贵！明崇祯年间成书的《慎守要录》记载，"每墩以五人居之，红旗五竿，火器、木、石、钩、刀、枪、弩备具，墩上多积狼粪、火种""其米粮等物，皆限以一月"。明代的兵法名著《金汤借箸》与《金汤借箸十二筹》也记载："墩台高三四丈，上下不用阶梯，皆用软梯。每一墩，小房一间，床板二扇，锅灶各一，水缸一。碗碟各五，油烛盐米藏足一个月。种火一盆。以军士五名守之。给铳十门。青、红、白、黑四色大旗各一面。红灯五盏，径二尺，长三尺，煅羊角，染红色为之，上用油盖防雨，下加坠石防风。长竿一根，辘轳车绳全备。大明一朝，墩台有大小之别，守军亦有多寡之数。"明朝初年，沿边守墩的兵力不足，其中的原因之一，常是被调遣他用。宣德八年（1433 年）正月，甘肃总兵官都督佥事刘广奏："陕西甘州诸卫所俱临极边，通置烟墩四百三十余处，先尝发兵哨备，比因调遣及屯田，见在军士不足，请取甘州左等十一卫屯军三千六百人还卫，更番守备。"明英宗在位期间，腹里卫所曾经裁减守墩人数。正统二年（1437 年）十月，监察御史张鹏奏言：宣府蔚州等卫系内地，旧设烟墩七十七座，每墩守瞭军士五人。永宁卫抵怀来卫系边境，每墩旧设旗军二十二人。现今军士调用不足，其五人者应去其二,二十二人者应去其半。事下行在兵部，该衙门复议，建请如其所言，朝廷批准。隆庆卫就属于腹里卫所，其守墩军数略少于常额。据《隆庆志》记载烽燧引旧志云："山塞巍可以瞭望者，各置烟墩墩口，各拨军三名、夜不收一名，专一守瞭。"陕西河州管辖的烽堠，计有二十一处，明天顺二年（1458年）设立，"每一处军五名常守"。明弘治七年（1494年）十一月，兵部奏准命各边镇守等官员，勘察地形，修理墩堠。沿边每十里或七八里筑一大墩，五里、四里筑一小台，大墩守军十人，小台五人。自边墙至城，每十里或八里，只用大墩，"筑墙围之，环以壕堑"，"留一小门，拨夜不收五人戍守，遇警接递传报"。小门，应该是长城暗门，所谓的暗门，就是伪装隐藏起来、不公开的门。其设置乃是攻防需要。长城的门洞就其规模而言，其中较大型的是"关"，属于古代连通塞外与内地的重要地理门户，一般设有重兵屯集防守，最小的即为"暗门"。这种"便门"常修在战略位置重要且不易被敌人发现的隐蔽之处，其建筑形制也大小高低不同，一般分为两种，一种是敞口式的，即不砌拱，还有一种是拱券式的。主要目的应该就是为了便于哨探出入，守城者也可以利用暗门组织偷袭。和平时期，长城内外的人们还可以通过暗门进行以物易物的贸易活动。

一般情况下，依据墩台所在位置，可以区分为沿边、腹里，或冲要、险固等，又根据所处位置的危险程度，安排相应的防守兵力。明正德时成书的《宣府镇志》记载："沿边墩台，每墩一座，设立军人五名、夜不收二名，军人专管瞭望，夜不收专管走报声息。每数墩设立管墩百户一员，每十余墩设立提调指挥一员。腹里接火墩，冲要处所，照依边墩，每墩七名；险固处所，止用军人三名，夜不收二名。"守墩士卒的兵源，多半为卫所正军，也就是有军籍的经过训练的正规军。在正军不足的情况下，则抽调余丁。所谓余丁，是兵营中清出火粮收养的营兵子弟，每月各给饷银五钱，以备出缺挑补。墩台的管理中，在世袭兵的基础上，余丁制也开始实施起来，这个制度的优势在于余丁生长于兵家，披坚执锐，见惯了烽火冲杀，易于训练；后来因为余丁借父兄之力，滥食粮名，久而久之，名存实亡。明正德八年（1513年），兵部题准："各卫新增墩台，务要摘拨相应卫所正军前去瞭守。如无军，就佥余丁充守，一例与正军关支粮赏。"这条法令就是保障余丁权益的。

明万历十七年（1589年），张萱在《西园辽东图说》提到："按辽军之苦，无如守台者，以其粮与众同，而瞭望独苦。且一台之中，仅三四人，其间或有逃亡者，或为虏掳去者，不为勾补，致一台仅存一二人。其台之高者，在山之巅，而薪、水之苦，必竟日乃得一往还，则其人已倦于薪、水，岂有精神为之哨守乎？”张萱这段话，虽轻描淡写，但道出了墩台之上守军的匮乏，不仅缺额无法弥补，还有众多的逃亡者和被俘者。崇祯初年，陈仁锡在《輶轩纪闻·纪边防》评论蓟镇墩台说：“夫墩军所以严烽堠也，额设军兵七人，妇人一人，鸡一只，犬一只，旗号、梆铃，顷刻可达九边。”后因封贡互市，加以裁减，一墩而二名者有之，三名者有之。崇祯初年，陈仁锡《洛游·太行道中纪闻·纪墩烽》就提到，三关墩烽，除水泉一带墙上之墩足观矣。而墙下之墩，自水泉以至省城，及各分路墩台，倾圮废坠，不闻柝声。间有一二墩军，鹑衣鹄面，诘之则曰：“每墩例设一军，例该平、潞、汾三卫军壮前来贴墩。”

甘肃镇若干地方，因兵力不足，抽调百姓协守，甚至妇女亦上墩守望。据明末《肃州志》记载，临水站墩，由临水堡居民“沿门出人，轮流瞭望。或家无人者，妇女上墩瞭高”。明嘉靖二十四年（1545 年），甘州副总兵冯大伦于临水设伏，仰头望见有妇人于墩上站哨，询问后深为怜悯，于是拨军士瞭望，本堡百姓永远不必再出人力。另位于肃州镇城东北 110 里边墙上的野猪沟墩，则没有这么幸运，一直都由堡内居民挨家出人守望，“冬则男子瞭高，夏则妇人应数”。

还有一种补充兵源的情况，那就是将囚犯充军到边卫，因为是囚犯，情况最为凄惨，常年无法轮休。明正统四年（1439 年）十月，甘肃总兵官定西伯蒋贵等奏：“沿边一带墩台，守瞭旗军，每季更番，已有定例。惟坐事谪发者，经年瞭守，不得休息，无人供给，饥寒困苦，窃恐有误边情，乞如常例更番为便。”明弘治《宁夏新志》记载，守瞭每年分为四季，每季用步军 944 名，派往各墩守瞭。而据档案记载：弘治四年（1491 年）辽东镇复州守瞭官军，分为两班轮流，半年一换。明正德《宣府镇志》记载墩军，则是每年两班，一班二月初一日起，至七月底止；下班八月初一日起，至次年正月底止。按照规制，卫所旗军应该轮流守墩，但事实未必如此。正德十一年（1516 年）八月初四日，兵部尚书王琼复议陕西巡按御史常在所奏关于兵部六事，其一为处墩军以均劳逸。王琼的建议是："军士之苦，莫过于边军，边军之苦，莫甚于哨守。今御史常在要将各边老家马步军人编定班次，轮流守墩，亦均劳逸以悯人穷之意。合无本部移咨陕西各边巡抚都御史，查议无碍，从宜施行。"常在奏请将"各边老家马步军人编定班次，轮流守墩"，虽经兵部复议认可，但边区军官是否确实执行又是另一回事，这就导致了边缘墩军的情形更加艰难。

这些史册中记载的内容挂一漏万，真实的墩军，处于最遥远、最荒僻、最艰难的一隅，风吹他们，雨打他们，生活的疾苦磨砺他们，他们也像一座座墩台，饱经风霜，矗立在一望无际的荒野上！

与所有的诗情画意不同，军旅生活是铁血残月。军情时时像一把钢刀悬在头顶，没有丝毫的轻松与懈怠。目光中的警惕在每一块石头、每一丛野草上逡巡，生怕遗漏掉一丝丝动静，所有的蛛丝马迹都会暴露于黑暗中的烛光之下。

对于戍边的军人来说，普通人的田园生活都是奢望，都是诗意的回归！儿女情长会不会在一座墩台下，绽放春之幼芽？现代考古发掘中，在很多墩台下，都发现了女人的用具，像鞋子、针线包、化妆盒等，史书中也有关于携家守卫边陲的故事。那么，在遥远的古代，墩台下的随军家属，她们有着怎样的家庭生活呢？

明嘉靖二十七年（1548 年）三月，总督宣大都御史翁万达奏到："大同大边、二边远墩及墙内烟墩，不系紧要者当革。宣府、山西墙外墩台，低薄者当修。其临墙旧墩，宜悉减撤，移墩军驻墙上敌台哨望。仍修瓮城房室，量给荒田，令其携家住种。"这可能是最早有关墩台守军养赡田的记载，这个记载说明，大同墩军在俸粮之外，拥有自己的养赡田亩，稍可补充家计。

明万历元年（1573 年）八月，阅视陕西三边的侍郎王遴条陈六事，其中建议仿效先前巡抚余子俊之设计："每墩置墩院，令墩军随带妻小，不但守边，兼亦自防其家，杜脱逃旷离之弊。"民国三十六年（1947 年）八月，西北师范学院教授何士骥发现的《深沟儿墩碑》，其碑文如下：

墩军伍名。

口：丁□妻王氏，丁海妻刘氏，李良妻陶氏，刘通妻董氏，马名妻石氏。

火器：钩头炮一个，线枪一杆，火药、火线全。

器械：军每人弓一张，刀一把，箭三十支，军旗一面，梆铃各一副，软梯一架，柴堆伍座，烟皂（灶）伍座，擂石二十堆。

家具：锅伍口，缸伍只，碗十个，箸十双。鸡、犬、狼粪全。

万历十年二月日立。

深沟儿位于今高台县内，这道碑文所记载的对象，乃是明代甘肃镇高台所辖下的墩台。赵俪生认为将军士、火器、器械和家具刻在石碑上，在于防止士兵脱逃及器物短损，“凭石点验，以作考核”。将墩军之妻刻在碑上，可能系五名守军乃是垛集勾补，起解同时也“佥妻”同往。可知，其配备简单而“原始”。传烽之物，仅有旗一面，没有灯笼，主体上使用烟灶与火塘。2007年5月在陕西府谷县阳坬村发现的《阳坬墩石碑》，记载的内容与上一块碑文类似：

神木兵备□为申严墩守□奉抚院明文，仰各墩军□此碑常川在墩□挂，□□防□，不许私离□地，□回城堡，□失器□。如违，□以军法重治。若军有事故，即禀守□□□备木瓜园堡操守王济、坐堡李锐。下本守二十墩，西去永宁二十一墩一里零三十七步。

计开：常川守瞭墩军五名。一名刘奉妻□氏，一名赵□□妻□□，一名李生妻郭氏，一名杨文斌妻金氏，一名王宗妻蒋氏。

器物：黄旗一面，锅五口，瓮八口，梆二个。盔五顶，甲五付，弓箭三副，刀三把，□□十根。生铁□尾炮一位，百胜铳三□，三眼炮一杆，小铁炮一个，铅子四十个。火草一个，火线五十条。

东路兵备道提边委官绥德实授百户仵勋

白水县石匠曹登云男曹□儿造碑

万历四年三月□□日□中□千□□坐□□□

碑中所载兵力均为五名，而且也将其妻子姓氏勒于碑上，但火器等配备却相当不同，延绥镇显然比甘肃镇好得多。如同20世纪发现的甘肃深沟儿墩碑，其立碑时间、所属军镇虽不同，但同处于陕西三边的地域内，显见墩军“随带妻小”守墩的制度化。

实际上，自明隆庆以来，蓟镇守墩台的南兵，已经以台为家。正因为南兵以墩为家，故其执勤特别认真。万历末年，抽调南兵支持辽西，论者以为不可。万历四十六年（1618年）二月，直隶巡按潘汝祯奉命巡关，在奏疏上提到：“沿边烽台，夷虏无日不窥伺，而所惮者，南兵扞御之勇。即南兵渐有妻子之属，视其台如故业，亦日夜慎守焉。倪调选以去，一时岂能补额？即补额矣，一时人地岂能相习？烽台何地，而可若此。”同年七月，兵部尚书薛三才覆奏指出：“蓟门瞭望，全资南兵。每台不过四五名，何堪复有摘发？”又言：“南兵以台为家，妻孥俱栖止其上，故其守瞭最勤，而其食粮亦最厚。”

明崇祯四年（1631年），陈仁锡在《洛游·太行道中纪闻·纪缓边急边》中提到：“山西一镇，边分两截，势有缓急。自寇家梁起，至盘道梁、阳方、八角地、椒茆一带，以外有宣府、大同两大镇为其屏障，称为缓边。自地椒茆起，历老营、水泉、偏关、河曲、保德一带，以水泉营邻两哨，河曲、保德邻河套，称为急边。”而他的设想是：五里一墩，一墩五军，“一军有地五六亩，室庐耕耘其下”，如此才能形成所谓的“肉铁边”。他在《洛游·太行道中纪闻·纪墩烽》又提到：“自水泉以至省城，及各分路墩台，倾圮废坠，不闻柝声。……是必于墩下置田造屋，召人耕住，每墩约得夫四名，每名约得地二十五亩，草屋数间，使其父母、妻子俱生于斯、聚于斯、葬于斯，一切歌诀烽事，童而习之，丝毫无差，一旦闻警，照歌分传，庶不误事。盖余在山海城上，见南兵守城者长子孙，因叹戚将军有法以贻后人哉！”内地的墩台旁，盖房屋、设田亩，招募民夫守墩，每名墩夫分给屯地五六亩甚至二十五亩，使其以家为守。这是颇为理想的设计，但未能实现。而直至明末，大同墩军仍有份额地。崇祯八年（1635年）三月初八日，兵部右侍郎兼右佥都御史总督宣、大、山西军务杨嗣昌在《西阅大同情形第七事疏》指出：“窃计守边军士，莫要于墩台。查墩军一名，旧有随墩地一分，而今有无多寡不能尽同，当为逐墩清理。附近之地，照军查给，使其更番瞭望，就便耕垦。则墩与地不相离者，军亦与墩不相离，而墩军皆得其所，是藉墩清屯之一法也。”

在中国人的心中，家，永远是温馨的港湾，墩台如何凄凉、如何血腥、如何艰难，只要有了家，那些人生路上的血雨腥风，也会逐渐被春风化雨，迎来炊烟袅袅的人间烟火。它的核心，就是亲人、简单而可口的饭菜、充实而充满期盼的劳作，就像一颗种子掉进了泥土，它就会专心等待一场雨，然后发芽、抽叶、舒展茎秆，完成生命的旅程。

在墩台上，那一丝丝人情味，是它永久矗立的支撑，在一枚汉简中，我们还读到了赵负的故事。赵负是谁？没有这枚汉简，我们谁也不知道。正是这枚汉简，把我们带到了汉时的敦煌。在西北部漫漫的戈壁和黄沙中，在有着稀疏红柳、芨芨草、骆驼刺、胡杨的荒野上，也有这样一些墩台，它们距离敦煌绿洲还有几百里的路程。有一年，北风骤起，时令已是初冬，寒冷的天气里，赵负想起了远在墩台上值守的丈夫，她想去看看丈夫，更主要的是给他送几件御寒的棉衣。有了这个想法，她就一步步办前往墩台的手续。没想到，各级领导都很重视，很快证件就批下来了。看来，古代的“双拥”工作做得也不差。就这么一件小事，在一枚汉简上清楚、详细地记录了下来，在墩台下的沙土中，掩埋了几千年。在今天，当我们了解了墩台守卫的凄苦，我们就能真正懂得，这样一件小事，在当时的整个国防线上，的确不值一提。但对于一座墩台来说，一个女人的到来，确乎是一件喜事、大事，或者更接近一个喜气洋洋的节日。

此刻，我就在一座墩台之下，风吹来，阳光暴晒，除此，墩台空空，从前的人，从前的事，就好像从来没有来过，从来没有发生，物是人非，好像一座墩台是个异类，怪异地矗立在高山之巅，大河之旁、戈壁之侧、沙漠之中……

茫茫戈壁、漫漫沙漠，在这样的环境中守卫和征战，第一要务是后勤补给。长城地带往往农耕和游牧交错，自然环境恶劣，守卫边防的戍卒们本来就栉风沐雨，如果给养跟不上，那整个国防力量的布局就会功亏一篑。

就明朝而言，北方边境的粮草会在政府供给一段时间后交给普通商人做，政府省去路程上的消耗。粮草生意风险大，利益小，于是明政府就给往北方边境输送粮草的商人发放“盐引”，让商人们合法地从事食盐生意，条件是必须承担北方边境的军粮供应。这样政府提供优惠政策，为商人带来经济效益，实现了双赢。

粮草不单单指粮食和草料，还有许多其他的东西，比如弓箭和药品等，如果是沙漠作战，水更是重中之重。大军作战，几十万人所需的吃喝和消耗是天文数字。这些东西也不可能全部跟随大军同步前进。军队要的是速度，后勤的那些农夫和百姓的行军效率太低了，会拖慢行军的速度。所以粮草都是和主力部队隔着一段距离，然后有专门的运粮官每天去取。

古代军队耗费之大是常人难以想象的。古代军队一人一日至少需要 2 斤米。以万人为单位，就是一日 12 吨米。按今日的米价就是日支出 3.6 万元以上，一年就是 1314 万元以上（米价按 3 元 / 公斤算）。这还没算工资和对士兵家属的待遇。根据戚继光的《练兵实纪》的《辎重营解》，我们可以得知：一个辎重营用大车 80 辆，“每车载米豆煤炒一十二石五斗”，每辆“载米二石五斗，煤炒三石七斗五升，黑豆六石二斗五升”，加上其他战车的携带量和士兵自带的粮食，总计一个辎重营可以携带“米三百石、煤炒三百石、黑豆五百石”。戚继光认为这是 1 万人马 3 日的粮食。而辎重营所需 1660 名士兵，其所携带的粮食仅为二三日所需，如此一算，则 1660 名士兵二三日需粮 100 石，平均一名士兵一日 2 斤多到 3 斤多的米。据茅元仪在《武备志》中所摘录的《太白阴经》的内容来看，12500 人的军队，一年要消耗米 9 万石（同等替换各类主食二十八万石以内）、盐 2250 石。“石”取明朝的标准，以 120 斤为一石来计算。平均一名士兵一日要消耗米 2 斤多、盐 29 克。

历朝历代的长城守卫，以粮草为要，北方的军务，首在钱粮。到了明代，在戍卒的粮饷供给方面有了更加完备的制度设计。洪武三年（1370 年）十二月，明太祖并下令军人月粮，于每月月初发给，着为令。而且，对沿边军士特别照顾。洪武二十五年（1392 年），明太祖又令各处极边军士，不拘家口数多寡，每月支粮一石。永乐五年（1407 年），明太宗令陕西临边卫分守城、征哨旗军，俱全支米。后来，边军待遇有所降低。如洪熙元年（1425 年），令大同、宣府操备官军，每月支粮四斗。

边塞生活的艰苦不言而喻，冬天卧雪爬冰，夏天骄阳酷暑。在光秃秃的荒野，那种极端的寒冷和酷热，是常人无法忍受的。历朝历代，墩军之苦，都一次次呈奉到最高统治者的手上，增加边塞戍卒生活费的呼声一直都很高，但要一步步落实下去，那简直就如同行千里路，曲折陡峭自不必说，拖欠迟发更是常事。墩军的粮食供给，主要是军粮，也就是官方所给的月粮，但俸给太低，墩军生活艰难。宣德十年（1435 年）九月，兵科给事中朱纯奉命前往万全都司查理军伍，还京后奏上便宜六事，其中谈到："沿边夜不收及守墩军士，无分寒暑，昼夜瞭望，比之守备，勤劳特甚。其中贫难居多，妻子无从仰给，乞量加粮赏，以恤其私。"

河西走廊的情况更是严峻。明正统二年（1437）八月，都察院右佥都御史曹翼奏言："肃州卫境外烟墩，守瞭官军俱三月一替。其官无家人者，俸粮亦令赴甘州仓关支。旗军月粮虽在本卫，止得米五斗，赴墩食用，家小在营，用度不敷，以致失节失所者多，风俗浇漓，不可胜道。"西汉时期，收复河西后，由于河西地区距离内地更为遥远，转运军粮不易；也因为河西走廊宜耕宜牧，就在河西地区进行屯田。《汉书·食货志》记载："初置张掖、酒泉郡，而上郡、朔方、西河、河西开田官，斥塞卒六十万人戍田之。"东汉末年的曹操，每次出征都为军粮发愁，为了解决军队粮食问题，命令部分军队屯田，以解燃眉之急。明朝初年的朱元璋，也在河西地区进行屯田，使百姓得以在元末以来战争造成的废墟中迅速恢复。屯田制的成功，也让朱元璋非常自豪，于是就有了"养兵百万，不费百姓一粒米"的豪言。

在古代，要是一个作战部队带着数倍于己的运输用车马、民夫、商人以及辎重兵这些的非战斗人员，就会成为一个庞大到难以想象的包袱。

明朝为了缓解墩台守军的兵源紧张问题，直接发配囚徒去边远艰苦的墩台充军，囚徒在边防驻守，月粮三斗。成化年间（1465—1487 年），明宪宗给大同、宣府、延绥、宁夏、甘凉、辽东等守墩官军，也是每人每月米三斗。

从一份明代的奏折上我们知道，塞上之台有二，一曰楼台，每台设兵，或四五名，或六七名不等，根据所处，每名月粮一两五钱，百总春秋两防共八个月，各加三钱。其潘家口设居境外，每月百总、台兵各加行粮米四斗五升，这里主要招募的是江浙一带的人，也称为“南兵”。一曰烽台，每台额军五名，每名月粮，上半年七钱，下半年四钱五分，此系佥发祖军，专管传递烽火事宜。又楼台上仍有台正、副二名，亦系祖军，其粮与烽军一样。沈括在他的《梦溪笔谈》中详细记录了宋朝军队的后勤供应，一般来说，每个民夫可以背六斗米，士兵自己可以带五天的干粮。一个民夫供应一个士兵，一次可以维持十八天。如果要计回程的话，这些士兵就只能前进九天的路程。两个民夫供应一个士兵的话，一次可以维持十六天。到第八天以后，其中一个民夫背的米已经吃光，可以先给他六天的口粮让他先返回。剩下两个人可以前进十三天。然后他计算三个民夫的情况，得出结论：三个民夫供应一个士兵，已经到极限了。如果要出动十万军队，辎重占去三分之一，能够上阵打仗的士兵只有七万人，就要用三十万民夫运粮。

万里边疆，一个接一个的墩台，驻守将士的粮饷供应，是一个维系国防安全与稳定的核心问题，解决不好，将会千里长堤毁于蚁穴！

边塞的对抗，实际上是后勤补给的势力较量。长城经过的地方，往往是北方苦寒之地，当北风挟裹着无边无际的雪片，肆意拍打在长城线上的烽燧、墩台，城堡上，刺骨的寒冷，就渐渐弥漫开来，沁入骨髓，如果没有高质量的后勤保暖物资供应，那真有“堕指裂肤”之惨。

每当冬季来临，严寒就像一块铁板，封锁了大地，植物枯萎，人的行动变得迟缓、麻木……无处不在的寒冷，会像糖稀一样黏在人的身上，不过，寒冷绝对没有糖稀那么甜美，而是一把把刀子，横冲直撞。在很多资料中都有记录，随手翻检，就能列举一大串：对于明时的苏祐来说，墩台寒冬的凄苦，是他必须面对的。作为兵部尚书，很多拨付冬季保暖装备的报告都会由他来审批，许多墩台的冬季惨象，他也是耳闻目睹，因而他的记述应该是真实的、痛切的。他在其著作《逌旃璅言》中提到：“大同地极高寒，秋月恒雨雪，冬月唾至地已成冰。”也曾入职兵部统领漕运的张瀚在其著作《松窗梦语》中也说，晋地“天气极寒，非重裘不能御冬。出郊外，北风猛烈，令人不能前。举手攘臂，直令堕指裂肤”。据记载，明正统八年（1443 年）七月，大同官军巡警至沙沟，风雪骤至，裂肤、断指者二百余人。七、八月就已下大雪，这也太邪乎了。这是晋地，不像边塞，胡天八月即飞雪是常有的景象。我生活的嘉峪关一带，到了农历八月，雨下久了，就会有冰雹，所谓一夜成冬。明嘉靖二十四年（1545 年），宣府巡抚孙锦奏言："摆边军士，穷日夜防守，方秋八月，士已有僵尸雪中者。"明万历十六年（1588 年）八月，宁夏大雪，雪深达尺余，军士多有冻伤者。就像明代流寓文人潘元凯所写的《贺兰九歌》所描述的景况："十月严寒雪花堕，空中片片如掌大。"明成化十三年（1477 年）四月，辽东开原大风、雨雪，天气大寒，牲畜多冻死。万历四十六年（1618 年）四月二十二日，固原镇大雪，冻死牧场的营马骡驼共一千九百九十九头。

由于边地气候远较内地恶劣，而墩军守瞭又多在旷野，秋冬至春季霜雪风寒，值勤特别辛苦。自明洪武以来，守瞭军士除冬衣布花和胖袄、裤鞋之外，特别拨给皮袄、狐帽御寒。明宣德二年（1427 年）七月，大同总兵官武安侯郑亨上奏："缘边烟墩七十有六，各置旗军十五人，昼夜守瞭。边地苦寒，其中有衣服单薄者，乞每墩给皮裘五领，使更番瞭望，得以御寒。"明宣宗命工部如数发给。由此可知，大同镇墩军是轮流使用皮袄，上班穿上，下班脱下。宣德十年（1435 年）八月，辽东总兵官都督同知巫凯言边情八事，其中建请："军士御寒，仍如口北例，给毛袄赐之。"明正统三年（1438 年）九月，兵部尚书兼大理寺卿王骥奏言时提到："甘肃一带乃极边苦寒之地，军士仰给赏赐，别无生计。而守瞭者艰苦尤甚，盖墩台俱孤悬境外，山高风猛，衣服单薄，手足皲瘃。今闻行都司广盈库旧贮衣袄等物五千九百余件，岁久浥烂，更三数年化为尘土，乞将给散守瞭军士，使其补缀，以为御寒之具。"同年十一月，因镇守密云等处都指挥佥事陈亨上奏："严冬各关军士，多无衣御寒，甚至有伤生者。"朝廷又赐给密云中后卫及营州左屯等卫守墩夜不收、旗军 1770 余人毛袄。然而，即使朝廷不断拨给御寒衣鞋，墩军仍然未能每人一件。至正统十二年（1447 年）四月，户部照磨张瑾奏言八事，其中一事仍提到："沿边墩台守瞭军士，乞人赐皮袄一，以御冻寒。"

唐代的时候，中央政府发给边防守军有春、冬两季的衣服，根据敦煌发现的文书中的记载，其中的冬衣中有长袖、袄子和绵裤三种，应该都是用丝绵填充的。关于边防戍卒的绵衣，唐朝开元时期（713—741 年）还发生过一个故事。据《全唐诗》载：当时给边军的丝绵衣（原文称为“纩衣”）有一部分是由宫女做的。有一位士兵在袍中无意发现了一首诗：“沙场征戍客，寒苦若为眠。战袍经手作，知落阿谁边。蓄意多添线，含情更著绵。今生已过也，结取后生缘。”这位兵士就把此诗交给了军官，军官又把此诗交到了朝廷。当时唐玄宗将诗出示给宫中，查找写诗的宫人。结果有一宫人认罪，但唐玄宗忽生怜悯之心，非但没有处置此宫女，反将此宫女嫁给了那位士兵。边军将士在西北寒冷之地均穿绵衣，说明当时的绵衣是人们御冬的主要服装。

甘肃鹅头山上有墩台，守墩军士无冬衣御寒，故陶谐有诗句云：“衣布殊恩怜戍卒，年来何事继肥轻。鹅头迢递风霜苦，却使无衣探虏情。”而且，例行性的拨赐似乎也并未落实。明嘉靖二十二年（1543 年），山西三关兵备道胡松在回复宣大、山西总督翟鹏的信上，曾建议翟鹏向朝廷奏请，孟冬即赏给墩军皮衣、暖耳、靴袜各一具：“然余又闻烽火耳目，全恃墩卒。闻墩卒之苦，日与死比。即在三时，尚自可遣，至如冬月，则皲瘃堕裂之惨，所不忍言。而况又有攻围杀害之祸，是以人皆惮为之，而数每不足。谓宜补足其人，墩修治坚厚。仍疏请优恤，每及冬初，别给皮衣、暖耳、靴袜各一具，使之昼夜瞭望，时其燧烽。”

明嘉靖三十一年至三十五年（1552—1556 年），吴遵担任监察御史，在所著《初仕录》中提到：“近见包揽之徒，多收里甲银两，而制造极为粗恶，胖袄枲中贯沙，久则腐烂。”嘉靖末年，李豫亨《国计三议》之《措置议》也述及此事：“边军胖袄，率自苏松成造，每领计官价贰两，又增扛解赴部交纳，几及参两矣。然此项银两，多以支猾胥干没，奸役侵费，实用不过七八钱，藏贮年久，迨至输边，十九浥烂，军士未得实济。”

嘉靖以来，朝廷收到的胖袄质量不佳，屡被指摘。根据万历《大明会典》记载：“今例：造胖袄、裤，用细密阔白绵布，染青红绿三色，俱要身袖宽长，实以真正绵花绒。鞧鞋亦要密衲坚完。衣里开写提调辨验官吏、缝造匠作姓名，并价直、宽长尺寸、斤重、裙幅数目，用印钤盖。限每年七月以前解到。”

然而，规定是规定，现实是现实，粗制滥造的问题一直未能根除。万历四十年（1612 年）前后，虞衡清吏司管验试厅主事楼一堂、工科给事中何士晋曾经共同订立验试厅条议，其中一条为“关防解进胖衣”，内容谈到：

从洪武年间起，明帝国北部边塞大地上，浮现了一个又一个的墩台。这些立体的军事设施，植入了底层的军士。通常每墩五名守瞭，但沿边大墩兵力更多一些，位置僻静或位处内地的墩台则人数递减。在兵力充足之处，以正军或夜不收戍守为主，不足之处抽调余丁或民壮协守，或以充军的徒犯守瞭，在甘肃甚至有妇女上墩之例。这些士兵冒着危险，伫立在边地高处，承受风吹雨淋，忍着霜雪寒冻，一日又一日，一年又一年。所幸还有鸡猫犬相伴，闲暇时光亦可织网巾卖钱。

在帝国的边疆，层峦起伏的高岗上，沙丘广布的荒漠边，孤寂的守墩军士，注视着空茫的前方，凝听着遥远的蹄声。朔风急，霜雪降，身心的冷，需要的是毛袄、狐帽、胖袄、胖裤及鞹鞋御寒。从洪武以降，拨赐来的这些冬衣，成为值勤时最大的慰藉。而袄裤穿久破了，赶上制度调整，朝廷的温暖到不了，身体会觉得特别寒冷。透过若干将领和巡抚的奏请，偶尔会有格外恩赏，然而当一切回归制度，三年一次的循环汰换，往往赶不上衣物破损的速度，原因在于这些军需品的质量不佳。有些残忍的军官，甚至将朝廷赐给的御寒衣物当作勒索的工具。而这群被边缘化的军人，不太敢去领他们最需要的胖袄与裤鞋，因为没钱没势，交不出那笔“可恨”的钱。

在长城上，戍边将士们吃什么？文献上并没有过多的详细记载。风霜侵蚀，坚固如长城尚且会变残破，岁岁荣枯的草木更是早已湮灭。北京市考古研究院副研究馆员尹达通过植物考古，让千百年前的植物有机会讲出当年的故事，让我们有机会知道古代边塞墩台上守军的饮食。经过尹达团队的植物考古研究，鉴定出谷物、豆粒、果实、坚果和药材，也有花草籽、植物根系、布料纤维等。这些不起眼的样品中，藏着数百年前戍边将士的衣食住行。根据出土的农作物，研究人员判断戍边将士的主粮有小麦、粟、水稻和大豆等，并有炒面、炒米等主食，还有蒸、煮、烤等多种烹饪方式，具有耐保存、便携带、易烹煮的特点。将士们还会采集长城周边的经济作物，如栗、枣、杏、桃等植食资源作为食物补充。

还有一些资料，譬如居延汉简记载，汉代边塞驻军的主要饮食包括：谷物——大麦，小麦，縻，稷，粟，稻，胡豆等；肉类——鸡，牛，羊，鱼，狗，马；蔬菜——姜、韭、葱、芜菁、芥、葵、苜蓿、蕨等，水果的记载很少见。从汉军的饮食结构看，河西汉军缺乏生鲜食物的摄入。谷物与肉类较多，蔬菜较少，水果几乎不见。汉军其实非常清楚，粮食有时都不一定有保证，更何况是需要水源浇灌的宝贵蔬菜呢？所以在汉军的账簿中，菜钱很贵，肉钱和菜钱还要分开计算。仅有的少量菜地受到官府保护，不得占用。

明代边患严重，边军数量庞大，边境粮食供给主要有传统粮食作物如粟、麦、稻、豆等，根据文献记载，小麦和水稻这两种高产作物应该是军粮的首选。《武备志》中描述了米、麦、炒面作为原料供给远途作战士兵军粮的制备方法："米一石，取无壳者，淘净炊熟，下浆水中任水曝干，淘去尘，又蒸曝之，经十遍可得二斗，每食取一大合，先以熟水浸之，待湿彻，然后煮食之，一人可五十日。""取小麦麪作蒸饼一枚，浸醋一升或斗，曝干，以醋尽为度，食每梧桐子大煮之，人可食五十日。""米麨一升，一人可食一日。"这里的米麨应为炒过的米粉或面粉，也有用豆粉，类似于今日的炒面，可以加椒盐等调味，和水搅拌匀之后食用。有关调味品的制法和食用方式有记述："盐三升，以水和入锅中，炭火烧之，即坚小不消，一人食可五十日又宜夏月将行。""豉三斗捣如膏，加盐五升，捻作饼子曝干，每食如枣核大，以代酱菜，人可食五十日。"豆豉是中国传统特色发酵豆制品调味料，以豆类为主要原料，最早的记载见于汉代。为了佐餐，军队还用"粗布一尺，以一升酽醋浸曝干，以醋尽为度，每食以方寸煮之，可食五十日"。这里的酽醋应该是颜色、味道浓厚的一类酱汁，可做汤或调味。多数情况下肉食的供给很有限，一般作为劳军分发下置。如遇饥难状况，"戎装用皮者亦可煮食救饥""山行即采松皮，每十斤与米五合煮之"。在行军途中解渴，便将"油麻取三十粒含之立止，亦可将乌梅干酪行"。"齎"有携带、怀有、赠送等意思，指旅行的人携带衣食等物，"齎粮"可以理解为军旅的将士随身携带的食物。本地军粮可能仍以小麦、粟、黍、大豆、荞麦和高粱为主，并且具有耐存储、易制作、便携带的鲜明特征，在提供必要盐分摄入的同时，尽可能地满足食材和口味的多样化与机动性。

据有关资料记载：火勺这种烧饼形式的干粮是由外来屯兵士卒带来的。火勺由火烘烤而成，外焦里嫩，方便携带，具有浓郁的麦香味，内瓤加入椒盐和油，口感丰富，营养美味，可夹肉、夹菜。

长城所到之处，基本上是边塞苦寒之地，物产单一，食物匮乏，守边将士能吃到可口的饭菜，那真是幸运！

5

表面上看，长城隔绝了交通，阻断了长城两边人们的交往。但有了长城，却使人们的交流更加便捷、安全。曾几何时，巍峨的长城关口，商旅、使者穿梭而过，经过查验、通关，一切都畅通无阻。而且，长城的关口，商铺林立，商队经过的时候，可以休整体力，补充粮草，继续前行，在前行的过程中，有长城伴随和守护，没有丝毫的后顾之忧。

但是，在长城地带，并不是处处都有关口。在更多需要交往的地方，高高耸立的墙体，却成了一种阻碍，一种无法逾越的鸿沟。

那么怎么处理这样的矛盾呢？

在长城的构筑智慧里，暗门出现了。

许多人见过长城，但未必见过长城的暗门。长城为什么修建暗门？其形制如何，究竟有什么作用？这一连串的问题，让长城的暗门一下子成了“热门”，让暗门从幕后走向了前台。

长城的暗门由来已久，因时、因地、因事而设。暗门的历史自春秋延续至明清，其建筑形式、军事思想被历代传承。长城的攻防，是一个巨大、完整的体系，这个体系中，暗门不可或缺。中原王朝修建长城是为了解决区域纷争，平息游牧和农耕两种文化的矛盾，一方面，通过大规模的战争，解决不可调和的冲突；另一方面，通过对缘边地理孔径上的物资、信息、人员往来实施管控，实现在军事、经济、资源上的有效平衡与反制，以保证经济交错带局势的总体稳定。

因此，暗门的出现不是偶然的。理论上讲，暗门在边疆民族互动中扮演多面角色，深度参与缘边基层社会的发展，影响长城内外政治经济关系的走向。暗门蕴含的古代军事智慧及相应的工程规划建设思想，对长城内外经济活动产生重要影响，是古人留下的智慧和文化。

从现实情况来看，以往认为“关”和“口”是长城内外人员、物资和信息交流的通道，然而在明长城各关口之间还存在“毛细血管”层级的官方孔道——暗门。暗门洞口一般宽 0.7 至 1.6 米，高 1.5 至 2.5 米，其中最窄的仅容单人、最宽的可通马匹对行；从结构上看，暗门可分为石或木质过梁式和砖或石质拱券式。因暗门要兼顾通行效率与安全隐蔽，分为直通、非直通两大类；并与主墙、支墙、敌楼、登城道、马市等多种设施结合，衍生出丰富的暗门通行模式。直通型暗门通行效率最高，兼顾步骑快速出边偷袭和日常非军事活动。但直通门缺乏阻遏手段，所以常开设在敌台或敌楼近旁，并与登城道连通，方便墙顶上或敌楼内官兵监控检查。非直通型暗门的隐蔽性最强、也最多变，但均通过内外侧洞口错开的方式达到非直通的目的，如墙顶、墙内转折型暗门，墙顶转折型暗门利用内外两个登城道及中间一段墙顶穿行，通常临近敌楼以方便监视。当敌楼位于两登城道中间时，墙顶出入流线必须穿过敌楼，阻遏能力更强；而墙内转折型暗门则通过封闭狭窄的转折门道，获得相似的阻遏效果。敌楼门洞型暗门是直接在敌楼各立面上开设的非直通暗门，位置更高、更安全，“意台下筑实台，门移而上，外置一梯，虏至则抽去其梯，似亦稳便”。爬梯虽更安全但通行效率低，为此还出现敌楼单侧或双侧开暗门的做法。

关、口一般设置于河谷川道等重要地理孔道。暗门常在地势高处开设，关口受攻击时，用以出兵援助，“各冲山梁另有无敌大将军炮，每梁一位……临贼于就近台上，不拘主客，拨军十名，帮助放铳俱在墙外。每位于近台下边墙开暗门一处，一则便于放铳，一则便于出军御于偏坡之上也”。可见暗门应援主关的方式包括利用远程火器轰击或出兵突袭、堵截等形式。

长城军事工程设计的严谨和巧妙，集中体现在暗门这种小而精的城防设施类型上，暗门的位置、样式及群体配合，都是在地形条件、出边需求前提下，平衡安全性、经济性和使用效能等多种需求而取得的最佳方案，是长城建筑“因地制宜”思想的具体体现。

有些位处山腰的暗门也被称作旱门，是因为主关口易被暴雨山洪冲毁，在维修时期暗门可替代主关门。此外，有些暗门又误被归类为水门，是因为其多功能的属性，平常作为暗门，在雨季兼顾排水，所以暗门的用途非常广泛。

从暗门的功能可以看出，长城并非“隔离墙”，而是为“伐交”“伐谋”提供赖以依托的物质屏障，掌握军事或政治斗争主动权、规范朝贡秩序，即作为以“朝贡、互市”为标志的官方政治、经济关系的杠杆和稳定器。

著名的长城摄影者陈淮在他的著作《山丹长城》中提到，新河东门村的北边不到五公里的明长城上，有个大缺口，当地人叫“岸门豁落”。一条小路由此穿过长城，通往一个叫炭泉的山谷，驾驶越野车，顺山谷弯绕曲折向北，极艰难地翻越一个叫“石城门”的山口，再穿过一片山地草原，即可进入龙首山南麓的一片开阔草原——白水泉滩。与这一带其他明长城上的残缺豁口不同，这“岸门豁落”在缺口处明显地夯修了一些与明长城纵向相接的短墙，高矮宽窄都同明长城主体相当，连同它旁边夹角处所夯筑的较低矮的圈舍（有可能是后人改建利用过）。这使我意识到：这里应该是明代晚期隆庆和议之后，明王朝开始与蒙古通商，地方所开设的一处名不见经传的小口岸（马市）。“岸门”这个词，在长城沿线是专用术语，有特定含义的，一般是指长城穿过河流时，用于“走水阻人”而专门修的建筑体，在整个明长城沿线，叫“岸门”的地方很多，可惜现在地名用字都被篡改为“安门”“闇门”“暗门”等等，而失去了本意。

在我看来，陈淮所写山丹明长城中的“岸门豁落”，应该指“暗门”，至于“走水阻人”，也是一家之言，也可能另有所指。

西部地区的长城缺乏地形优势，更依赖暗门出边外线支援。这对发挥长城体系的整体防御效能至关重要。清晚期著名学者魏源曾用“藏于九地之下为暗，动于九天之上为突”来描写突门（暗门）提供的军事行动的突然性。其中蕴含的积极防御的理念和“奇正相济”的朴素辩证思想依然活跃在当下中国的文化环境当中。作为长城遗址中的小型遗址，暗门工程设计仍不失严谨的细节把控力。其针对不同功能场景的专门化、体系化发展，反映出冷峻深刻的战争规律认知及微观军事工程智慧，是中华民族知行合一、务实严谨、热爱和平等文化特质的集中体现。

6

这是一个清冷的秋天，余子俊从来没有感觉到如此的彻骨之凉。作为延绥镇巡抚兼右副都御史，具体的军务和繁杂的事务，都会有专门的下级官员负责，但军务上的事积累得越来越多，几乎要压垮这一条防线上的所有守卫者，他当然也不会置身事外。

他负责延绥镇的军事防务，也就是如今的陕北及甘肃庆阳一带。这一带防御上疏漏极多，每每蒙古人劫掠，总是顾头不顾尾，不能有效地抵御边境之变，弄得民不聊生，使得边境地区的生民闻风而逃，十室九空。这对于他这样一个守卫延绥镇安危的第一责任人来说，压力就更大了。

众所周知，延绥镇也称榆林镇，据程道生《九边图考》载，榆林镇因总兵驻绥德而称延绥镇。延绥镇地处陕北黄土高原，北濒我国著名的毛乌素沙漠南沿，位于万里长城的中段，历史上素为边陲重地。延绥镇是明朝与蒙古人交战最频繁的地区之一。为了防备蒙古军队的入侵，明朝曾先后在延绥镇一带数次大规模地修筑长城。

秋雨绵绵，在这个收获的季节，这样的雨算不得甘霖，一场秋雨一场寒，除了个别的秋菜长势旺盛，对于大秋作物，却让人捏了一把汗：晒在场院里的粮食不得不收进屋里，而空气中水汽饱满，粮食颗粒中的湿度也一样，这样储存粮食，最易发霉。这些都是小事了，更重要的是，整个延绥的防务，却如这蒙蒙雨雾，看不透究竟。在这样危机四伏的情形中，余子俊敏锐地意识到，只有修长城，才是最有效的御敌之策。尽管，从秦始皇开始，修长城就被人们诟病，认为劳民伤财，本朝虽然也极力避免人民的厌恶，把长城叫边墙，但无论叫什么，人们都知道这是长城。

明成化八年（1472 年）秋，余子俊第二次上奏，请皇帝批准修筑长城。面对河套地区磨刀霍霍、来势汹汹的蒙古鞑靼部，他必须不厌其烦地上奏，哪怕引火烧身。

据白寿彝主编的《中国通史》，当时的情况是这样的：成化元年（1465年），蒙古鞑靼部的孛来与小王子、毛里孩等先后进入河套地区，驻扎下来。成化六年（1470年），乩加思兰、孛罗忽、满都鲁等部也入据河套，河套成为其骚扰内陆的一个主要基地，当时被称为"套寇"。明廷虽派兵对其进行打击，但"去辄复来，迄成化末无宁岁"。弘治年间（1488—1505年），鞑靼部的达延汗（明朝称之为小王子）统一了蒙古各部，势力大增，"渐往来河套，出没为寇"。正德末年，达延汗死后，蒙古各部又一度分崩离析，但到嘉靖中期达延汗的孙子俺答汗执政时，蒙古势力又兴盛起来，不断率其部众骚扰延绥诸边。

针对具体的军情，余子俊计划东起清水营（今陕西省府谷县西北），西抵花马池（今宁夏盐池县西），修筑长约1770里的边墙。这道长城，在今天的《明史·余子俊列传》都有记载。

修长城的事，谁都头疼，老百姓出工出力，苦不堪言；朝廷也是不得已而为之，但为了保全目前的安全和子孙后代的安宁，再也没有比修长城更好的办法了。文死谏，武死战，既要有死谏的勇气，也要有死战的准备，更重要的是方法要得当，要说得有道理，要让朝廷心服口服地采纳他的意见。于是，余子俊给皇帝算了一笔账。

在那道奏折里，余子俊谨慎地写道："目前征讨河套的八万兵马驻扎延绥，粮草供应烦扰内陆。今年冬天，如果寇不往北去，又要准备明年的军用物资了。姑且以今年的数字约算，米豆需要银子94万两，草需要银子60万两。如果每人运米豆6斗、草4束，应该用407万人，运费大约要825万两银子。官民负担如此沉重，安得不变计？臣以前申请筑墙建堡，诏书答复：待事态安定后举行。请准许明年春夏，寇马疲乏之时，役使陕西运粮民5万，给食兴工。预计2个月完工。"

余子俊的上次奏请写于1471年，那次他主要是从地理条件上讲修长城的必要性：延安府和庆阳府一带地势平易，利于骑兵奔驰突击，寇屡次入犯，迫切需要筑墙建堡；旧界石所在之处，高山陡崖比较多，依山形，随地势，有的地方铲削，有的地方垒筑，有的地方挖堑壕，修筑边墙也比较适宜。就在那一年，天不助人。余子俊上疏之后，偏偏遇到了陕西和山西特大自然灾害，不仅数月大旱，而且挨到了深秋却又来一场大冰雹，一切都付诸东流，米价高达一两银子一石，比平时高出四五倍。兵部尚书白圭针对余子俊的上疏，也陈述了自己的意见：陕西民众正当困苦之时，大兴土木应该缓行！灾年，加之朝廷财政也是捉襟见肘，无奈之下，皇帝只好同意兵部尚书白圭的意见。看到边军没什么动静，鞑靼人就大胆地进犯孤山堡，也就是今天的陕西省府谷县境内，又尝试着进军榆林，在这样严峻的情况下，余子俊艰难地打了两仗，两败俱伤之下，鞑靼人总算退走了。

游牧和农耕的边界地带发生冲突，这是常有的事，这是两种文化的差异造成的。游牧方面自然条件差，生存环境恶劣，生活产品供应不足，这就使得劫掠成为一种常态。加之游牧者天生就是马背上的勇士，在冷兵器时代，马的机动能力让人唏嘘，不亚于今天的摩托化部队，可以说所到之处，所向披靡。朝廷的边防部队往往穷于应付，筋疲力尽。沿边数千里，稍有疏漏便遭侵掠，防不胜防。而游牧者却是抢了就跑，就像一股风，来也匆匆，去也匆匆，来去自如。这时，修长城就是一个最佳选择！

这个账很好算：就当时的情形，8 万人马，每年需 154 万两的粮草，加上 825 万两运费，总计 979 万两银子。明朝政府每年田赋收入约 2700 万石粮食，加上其他税种，总计粮食 3600 万石左右。按照成化年间的平均米价 0.441 两 / 石折成银子，不过 1587.6 万两。明朝将北部边防划为 9 个防区，称为“九边”或“九镇”，延绥镇只是九分之一，都照这么花钱，日子就没法过了。当然，825 万两运费可以直接向民间摊派，无须中央财政掏钱，但这笔数字还是够惊人的。

历史文献早有记载，明代的粮食运费，一般都数倍于粮价，所谓“数石致一石”。具体数值又取决于运输的距离和方式。陆运成本高于水运。余子俊提供的运费数是粮价 5.36 倍。为了解决边防军粮的运费问题，明朝建立了盐和茶的开中制度，以特定数量的盐引或茶引（一种专卖特许凭证）作为商人运粮的补偿。所以，从长远来看，余子俊的算术还是起了作用，终归，朝廷也不是傻子，无论是为眼前还是长远考虑，修长城都是很划算的。

回顾历史，第一次大规模地修筑边墙是在明英宗正统元年至正统十年（1436—1445 年）。正统年间，明朝面临的主要劲敌是蒙古族最强悍的瓦剌部，所以在正统元年开始，都督王祯修建了延绥沿边城堡、墩台、卫仓等以控制边防。正统十年，延绥巡抚马恭更扩展了边墙和各营堡城池。虽使延绥长城初具规模，但这只是修筑了边墙的一些营堡防守据点，并没有把长城由点连成线。从明正统年间到景泰年间，明朝与蒙古的战争愈演愈烈。特别是正统十四年（1449 年）七月的"土木之变"，明英宗也被瓦剌俘去，瓦剌军长驱直入，兵临北京城下。幸亏当时主战派的兵部侍郎于谦等人坚守，才一举击溃瓦剌军。瓦剌失败以后，蒙古族的另一支勒巴部兴起。它的统治者在明景泰年间和天顺年间的索来、毛里孩，弘治、正德时的达延汗，嘉靖时的俺答汗，都经常率兵入内地掠夺掳杀居民，使北方地区生产遭到破坏。这迫使明朝再次修筑长城，以固边防。第二次大修延绥边墙是在明成务与祥化年间，这次才把榆林一带的长城由点连成了线。在成化年间，勒巴各部落频繁入侵延绥各地，主要有阿罗世、满鲁都、迎思兰、索罗忽、毛里孩等。它们或东或西，出没无常，连年不断犯境。成化元年（1465 年）九月，阿罗世、迎思兰、索罗忽、毛里孩连续数次侵犯榆林塞。成化三年（1467 年）七月，阿罗世入侵榆林塞。成化四年（1468 年）十一月，毛里孩大举进犯延绥。同年十二月，迎思兰再犯榆林塞。成化六年（1470 年）十一月，阿罗世直入延绥车路。这样连续不断的入侵，使延绥各地长期鸡犬不安，民无宁日，社会生产遭到极大破坏。成化八年（1472 年）三月，余子俊为副都御史巡抚延绥，将延绥镇的镇治由绥德迁到榆林。镇治迁来榆林后，大大有利于对蒙古骑兵入侵的防御。余子俊还拓展了延绥镇城，增加了卫兵，设定了攻守器械。同年七月，他亲率明军击败了入侵的迎思兰，初步巩固了镇治的防守。据《延绥镇志》记载，成化十年（1474 年）闰六月，为加强防卫能力，余子俊率军 4 万，仅用 3 个月就修补和增筑了东起清水营（今府谷清水）西到花马池（今宁夏回族自治区盐池县）全长 1700 里（一说 1400）的延绥边墙；又构筑了黄甫（今府谷皇甫川）以西至定边营 1200 余里的墩台，横截了河套入内地之口，还遇山铲削，逢谷填堑，阻挡了蒙古骑兵的长驱直入。延绥长城三十六营堡到成化年中期基本全部告成。边墙内外墩台烽燧东西衔千余里，声应乞求，遂互有联络，这段长城才由点连成线。

余子俊经营延绥20余年，整边备，扩充兵员，使延绥镇防守能力大大加强。有很长一段时间，蒙古人不敢轻易越边南下，军民相安，蒙汉出现了和谐气氛，延绥边境各处开始了蒙汉互市。余子俊可以说是明朝时期延绥镇巡抚中最有政绩的一人。

这应该也是长城的功劳！

修长城的成本是多少？打仗的成本又是多少？这些账，在余子俊这儿是门清。

余子俊上报的预算越来越精准，也渗透了他个人的情感，毕竟，边塞的安危，牵扯亿兆生灵，不可马虎。修这一段长城，余子俊给出的答案是“役陕西运粮民五万，给食兴工，期两月事毕”。翻译过来就是：5万民工干60天，总共300万个工作日。这些工作日相当于多少钱？明朝的工价，农村大体在日银三分左右，约等于今天的5.27元人民币。嘉靖至万历年间，官府主持黄河水利工程，每日工价就是三分银子。如此算来，300万个工不过9万两银子，不足延绥镇每年军费开支的1%。

余子俊修建的长城，主要的目标是迟滞敌方马队的快速反应能力，为我军争取足够的时间，积极应对布防。想想看，敌军来袭，各路烽火报警，早已明了敌军的进军方向，及早调兵遣将，在长城沿线严阵以待。延绥镇的长城，并不像我们想象的那样，石砌地基，砖包墙面，高耸入云，而是以夯土墙体为主，高度和厚度远不及蓟镇长城，还大量利用天然山体铲削成墙，并大段因袭隋长城的旧基。墩台的平均间隔也超过一公里。《明史·余子俊列传》记载了这段长城在建筑方面的细节：“延袤千七百七十里，凿崖筑墙，掘堑其下，连比不绝。每二三里置敌台崖砦备巡警。又于崖砦空处筑短墙，横一斜二如箕状，以瞭敌避射。凡筑城堡十一，边墩十五，小墩七十八，崖砦八百十九。”尽管如此，每米15.5元的造价，还是便宜得令人难以置信。

为了节省费用，余子俊并没有动用民工，而是使用了现成的部队，4万军人，“不三月而成”。也就是说，4万人干两个半月恰好是300万个工作日。在这个意义上，余子俊连预算中的9万或16.3万两工价银都省去了，这样一来，修筑长城的办法越来越多，长城的修筑就越来越顺利。

当然，军队不是随意可以调动的，这是因为延绥、宁夏、陕西三镇总督王越，乘鞑靼人入掠之时，率骑兵出榆林，一昼夜行300里，直捣敌方老巢红盐池，“擒斩三百五十，获牛驼马器械无算”，还烧了所有庐帐，“寇以捣巢故远徙”，敌方再也不敢轻易冒进，余子俊得以动用军队修筑长城。

黄仁宇先生在《十六世纪明代中国之财政与税收》中也算过两笔造价。第一笔是：嘉靖二十五年（1546年），在宣府和大同地区，每修筑城墙一英里，政府费银约6000两。即每米造价3.73两银子。黄先生的依据是《明世宗实录》嘉靖二十五年二月己丑，总督宣大山西侍郎翁万达在上疏中提出的预算：“延长一百三十余里，……添筑边墙一道……通计经费约用二十九万余金。”

黄先生的数据比实际造价高出2.7倍，因为他的依据是预算，而不是结算。《明实录》另有结算数据。《明世宗实录》嘉靖二十五年七月甲戌：“总督宣大侍郎翁万达等，修筑大同东路之天城、阳和、开山口一带边墙一百三十八里，为堡七，为墩台一百五十有四；宣府西路之西阳河、洗马林、张家口堡一带边墙六十四里，为敌台十，斩崖削坡五十里。用工止五十余日，经费视原佑省九万余两。御史黄如桂核实以报。”

据《明史·翁万达列传》记载，翁万达随后又申请动用国库银60万两，修筑大同西路等处边墙800里。如此算来，平均每米造价为1.3两银子，接近大同东路的1.38两。东路和西路的数据相互支持。

黄先生计算的第二笔造价是：“1558年修筑蓟镇城墙，雇募劳动力每英里就要费银6357两。”即每米3.95两银子。此计算的依据见《明世宗实录》嘉靖三十七年（1558年）九月辛丑，兵部郎中唐顺之关于蓟镇筑墙等问题的上疏，关键句为：“以雇役计之，每墙一丈费银十五两。”明朝的营造尺长32厘米，每米造价为4.69两银子。如此算来，每英里应该是7542两，黄先生给出的6357两恐怕是误算。

据此估算，明长城长约7000公里，不算借用前朝工程的价值，也不算先后补建墩台的费用，总造价约为1069万两银子，相当于18.77亿元人民币。

账算到这个份儿上，摆在成化皇帝面前的方案就很简单了：延绥镇的长城修筑费用不过 300 万个工，最多价值 102 万两银子，还是一次性的；而大军征讨每年耗费 979 万两。

到了清朝，修筑长城的费用也是最划算的一笔政治账。在台北故宫博物院和中国第一档案馆发现的三份档案中有一个有趣的记载。乾隆五十四年（1789 年）闰五月十八日，工部侍郎德成会同陕甘总督勒保对嘉峪边墙、壕沟进行了初步勘察。“查得关之正墙一道，南至讨赖河尽边墩止，高一丈五尺，长二千七十二丈；北至近山墩止，高一丈二尺，长二千五百五十四丈五尺；又自西闇门墩起，折而往东边墙一道，至下古城之古闇门止，高一丈二尺，长二万二千二百七十九丈二尺，均顶厚五尺，底厚一丈，排墙高三尺。自古闇门东，分为两壕，南为鹾壕，至盐池止，长一万二千七百八十七丈五尺；北为山壕，至黑河平山墩止，长一万七千七百四十五丈，均宽二丈五尺，询之土人，约深一丈五尺。若全行修补，即用此处沙土，每丈需银七两一钱七分二厘，共计银十五万九千七百八十余两。若再远运好土，所费更属不赀，且沙性浮松，断难经久，日下情形即将来明验。至于山鹾两壕，紧接边墙，俱系一片戈壁，现已尽为浮沙填塞。使众一律挑挖，按例核算，每丈需银七两五钱，共计银二十二万八千九百九十余两。加以登高远运，费用更为繁多。特恐旋挑旋壅，亦属徒劳无益。”

他们认为：“嘉峪关系西陲门户，为外藩朝贺来往通衢，非规模宏整不足以壮观瞻。今查得原设关楼仅止一间，局面甚为狭小，且现在木植糟朽，城台券洞闪裂。今拟量为加高展宽，以资壮丽。其关门正面墙垣，南北计凑长七十丈，若依旧筑土连排，垛高不过一丈三尺，未免不能相称。查关之南北转角处各有土墩一座，今拟将此正面墙垣并土墩一律包砖成砌，南北均以墩台为准。其墩台以后，南则自东转而迤南，北亦自东转而迤北，皆瞻视不及之所，其间坍塌段落，酌量补筑，亦称完善。至关内城堡一座，旧有东西两门，西门楼座系重檐三间，东门楼座仅止一间，大小悬殊，未能齐整，今亦糟坏应修。拟将东面楼座即照西面一律兴修，以归画一。以上应修工程通共约需银五万数千余两。”乾隆很快批准了他们的奏章。

历时四年，花费五万余两白银的大修工程，对之前嘉峪关做了如下六处重要改变。一是将原为一间的关楼、东门楼（光化楼），以及重檐三间的西门楼（柔远楼），统一改为面阔三间、周围廊三重檐歇山顶的形制。二是增大关门券基。三是东西城门券的形式也由外圆内方，改为砖券；东西月城城门洞由过木改为砖券。四是城堡顶由灰土改为海墁。五是城关东西两侧土墙、墩台包砖。六是添安马道门楼三座。这使破旧的嘉峪关变得雄伟壮丽，体现了王朝的气象，它的威严，已经辐射到了很远很远的地方。后人评价说，这区区五万两银子，做到了几十万大军做不到的事。

花了钱，费了工，余子俊修筑的长城到底有没有发挥作用，发挥了什么作用，必须说一说。《明史·余子俊列传》里，高度评价了余子俊所修长城的作用。首先是对付了轻骑侵掠。修筑长城之前，延绥镇的镇治在绥德州，属县。米脂、吴堡皆在长城之外，鞑靼人经常轻骑入掠，镇守士兵发现后也追赶不及，掳掠者“往往得利去”。修筑了长城后，余子俊北迁约 100 公里，驻镇榆林，又沿着新建的长城增兵置戍，添置攻守器具，使得“寇抄渐稀，军民得安耕牧焉”。也就是说，轻骑入掠渐渐稀少，居民能在土地上安心耕牧。

其次，抑制了敌军的大举入侵。《明史》中有许多敌军“拆墙填壕而入”的记载，这预示着长城在御敌方面发挥的作用有限。余子俊修筑长城时，有人怀疑沙土质的长城容易坍塌，敌人来了不管用。长城修好八年之后，“寇入犯”。长城没有挡住来犯，却挡住了归途。明军追逐而至，鞑靼人被长城和堑壕阻挡，“散漫不得出”，遂大败。那一仗，明军斩敌首 120 级，在当时算得大捷了。更重要的是，当长城的修筑形成系统的防御体系的时候，它的防御能力就会成倍地增长。从烽火报警到兵力布置，从敌军来犯到有的放矢，都会忙而不乱，有条不紊。同时，长城因地制宜，在庞大的防御体系中，地形也是其中的一部分，像山险、河险、沼泽险等等。这样，地形就可以换算为兵力，长城也可以换算为兵力。

翁万达是明朝中期名臣、诗人，出生于寒门，历任广西梧州府知府，陕西布政使、巡抚，宣大总督，兵部尚书等职，曾参与处理安南动乱，后期统理北部边防，抗击蒙古俺答汗侵扰，统边五六年间，屡立战功。又修筑大同宣府间长城 800 余里，烽堠 300 余座，使边境得以安定。翁万达力主修筑长城，他的看法是，“百人之堡，非千人不能攻”，长城能把兵力放大十倍。

最后，长城能保护屯垦。没有边墙或城堡的保护，农牧业生产便难以进行，正常的生产秩序无法开展。余子俊奏请修筑长城时，特别强调 8 万兵马驻扎延绥，每年花费 979 万两银子。长城建好之后，这笔费用可以节省下来多少？余子俊所说的 8 万兵马都是“客兵”，即从其他边镇调来的兵。《明史·王越列传》也曾提到这个数字：“(成化八年)先所调诸军已逾八万。”长城建好，客兵可以回家了，979 万两银子的额外负担随之解除。如果把延绥镇看作一个独立单位，把 8 万客兵的军费视同雇佣军的开支，那么，仅此一项，仅算一年，长城因节省而取得的投资收益已高达 1042%。

考虑到农耕与游牧民族各自的优势，考虑到明朝官兵的实际水平，在当时的条件下，发大军征讨是一种费用极高的战略。因此，余子俊在成化八年(1472 年)秋天的上疏中写道：“安得不变计。”同时，三镇总督王越和将军赵辅也上疏说：敌势强盛，要穷搜河套，非调精兵十五万不可。如今输送军饷已经闹得公私困竭，再加重科敛，就要担忧内乱了。他们二位也建议改变战略，以守为主，散遣士马，修筑长城。这番话道出了一项核心关系：外患与内患之权衡。且不说有没有十五万精兵，即使真有精兵，真能打胜仗，真能肃清河套、根除边患，由此引发的内乱恐怕也比外患更可怕。

明朝与蒙古各部之间，是一个很长很长的故事。双方打打和和，报复与反报复，你一拳我两脚，不时走上恶性循环的岔道。经过长达百年的曲折和灾难，蒙古方面认识到毁约抢劫没出路，明朝君臣也认识到禁运打仗不合算。在重臣王崇古、张居正、高拱等人的策划和主持下，明朝与俺答达成和议，通贡互市。“布帛、菽粟、皮革，远自江淮、湖广，辐辏塞下”，官府有了大笔税收，可以补充军饷、发展民生，双方官民分享和平红利。“自是边境休息，东起延、永，西抵嘉峪七镇，数千里军民乐业，不用兵革，岁省费什七。”每年节省 70% 军费——这还是相对防守而言，并未算战争和抢劫造成的损失。显然，和平才是双赢的策略。

在中国北方的广阔原野上，隐隐约约，总有长城的身影；几千年以来，许多王朝总是在接连不断的夯筑声中延伸着长城的长度，并使这一长度成为大地上无法磨灭的印记，成为世界的奇迹。

这可能就是长城，这可能就是中国人的精神：为了子孙后代的万世和平，什么事都干得出来！

7

实际上，没有人能够完全掌握它的细枝末节。绵亘不绝的万里长城，也许只有神秘的月中人吴刚才能清楚地描述它—— 假如这个神话人物确实存在。

在盖洛的世界里，让我们魂牵梦绕的长城，其砖石之躯将会扭曲成不可名状的形态——扭曲成特殊的奇形怪状。我们仿佛看到一个巨大的穹顶从海洋跨到沙漠，在这穹顶之下发生了一件又一件改变地球这颗行星的重大事件，留下了永不磨灭的痕迹！

所有看到长城遗迹的外国人一再追问：难道这庞大的建筑是从早先的城墙废墟中如凤凰一般涅槃而生的吗？或者，它就像密涅瓦女神般蜷曲着从某人的脑子里一跃而出？它是不是类同于当地碑铭的放大，是中国人信念的发展？包括盖洛，他一步步勘察长城，才渐渐明白了长城所代表的中国人的精神和意志。

有几幅老照片是有关嘉峪关的。看那些照片，是在嘉峪关北部的戈壁滩上取的景，照片上，只有柔远、光华二楼，嘉峪关楼在当时已被烧毁。近景中，有一匹马和马夫。拍这照片的外国人，就是威廉·盖洛，他于 1908 年游历嘉峪关，去了嘉峪关城楼和长城第一墩，戈壁上的风景看不出季节的变化，一切都是光秃秃的，而他的感叹，也有几分凄凉：“我们孤零零地穿过嘉峪关西门，孤零零地置身于茫茫荒野。往西看，景色荒凉，没有人烟，寸草不生的沙漠无边无际，一直延伸到天边。纵目远望，只见漫天风沙，遍地碎石；此外还有残破的电线杆。像是已经石化的人在沙漠中站立，高高地举起电线，似乎在向远方的人们传递和平或者战争的信息。”

在长城第一墩，他写道：“我们骑骡子来到这里，造访万里长城真正的终点。我们发现，嘉峪关本身并不是长城的终点，长城的真正终点位于嘉峪关西南 15 里处……万里长城毕竟是亚洲最伟大的建筑，看到了万里长城的终点，总算不虚此行……眼前的一切，使我们大吃一惊。这座建筑物并不靠南面的山，而是建在一座大约 200 英尺高的陡峭峡壁上，这个峡壁几乎成直角，像是工程人员凭铅垂线砍出来的。克拉克先生往下丢了一块石头，他的心脏跳动了八次之后，才听见石头入谷的声音。”

嘉峪关城楼上的三座木结构楼宇，被称为长城沿线最美丽的建筑物，对此，威廉·盖洛也有同感，他说：“在我这个疲惫不堪的旅行者眼中，这城楼非常美丽。而过去的几个星期，我不得不在景色单调的茫茫沙漠中跋涉。”

威廉·盖洛还记录了嘉峪关碑上留下的过路高人、朝圣者，甚至还有土匪的留言，其中一则的大意是：“这个古老的关隘是分界线，分界线一边是怒放的鲜花，一边是荆棘遍地；无论是春天的温暖还是秋天的肃杀都要到达这蛮荒之地；在我享受和平的时候，但愿这关口像泰山那样坚不可摧。”

在走完了中国的长城之后，威廉·盖洛用情真意切的语调告诉世界：中国是一个和平的国度，中华民族是一个酷爱和平的民族。为了给子孙后代留下一片和平的天空，不惜一切代价。

其实，每一个走进长城的人，都会有同样的思考：在那个生产力极其落后的年代，人们是凭着怎样的意志力完成了如此庞大的工程？我的回答是：中国人众志成城的爱国精神，顽强不屈的民族精神，守望和平的时代精神。

除此无他。

2023 年，我参观了镇北台，一下飞机，就有铺天盖地的广告：东有山海关，西有嘉峪关，中有镇北台。到了镇北台，讲解员自豪地说起镇北台有多大，有多高，仅从大和高，阐释了镇北台的“天下第一”。而我，却沉思良久。站在镇北台上，北面苍茫的绿色滚滚而来，仿佛无数的骏马奔驰而来，那样的情景，似乎脚下的土地都有点颤抖。站在镇北台的至高点，万千景象，收于眼帘，其壮阔，其伟岸，无以言表，并且由此产生的自豪，也百倍放大，让我不能自已。

我想，镇北台的天下第一，是因为长城，是因为长城给长城内外的各族人民带来了幸福和安宁。明万历三十五年（1607 年）四月至万历三十六年

（1608年）七月，延绥镇巡抚涂宗浚主持修建了镇北台。可以想象，当涂宗浚站在刚刚落成的镇北台上，他的心情肯定是澎湃如潮的，大好河山，笼罩在一片和平祥瑞的氛围中，谁会不为之激动呢？

镇北台是明长城沿线现存最大的边防要塞建筑之一。原来这里作为观察哨所，主要用于监控明长城线上的贡市情况。镇北台可以看作明朝“隆庆和议”与“和平互市”的产物，是“蒙汉一家”和开创边关和平环境的历史见证。北瞰河套，南蔽三秦，锁长城要津，控关陇门户。这样的瞭望台，必定会被历史所铭记。

放眼世界，建造长城之前不足一百年，亚历山大战无不胜的马其顿方阵，也就是丹尼尔梦中所见的冲天飞豹，正向东方挺进，美丽而强盛的城市蒂尔最终蜷伏于其铁蹄之下。他击溃了波斯的武力并攻入印度以搜寻更加昂贵的战利品，但他明智地避开了中国。这也许有长城的暗示。可以想象，当这支队伍遇到长城，会是一种什么样的情形？世界历史会不会因此改变？

回到大规模建造长城的那个时代，也许秦始皇的观念中有一些迷信和无知，他在漫长的黑暗中摸索，他也许曾经以为，只要把那概念中的祖龙的巨大身躯变成一条长城，就可能使它成为一个中兴帝国的吉祥物和保护神。或者他是否就像巴别塔的建造者那样，试图建起一座百尺高墙来将北方夷狄与南方的生养之气隔绝开来。

还是两种文明的碰撞、交流和交融，这是长城的本质。

我们看到，似乎所有的事情，都在向着一个方向汇集：那就是两种文明的接触线。我们知道，欧亚大陆上有两种文明，一是游牧文明，一是农耕文明，在两种文明漫长的接触线上，常常冲突四起，这是因为两种文明不同的特质所决定的。

游牧区自然条件恶劣，虽然不乏水草丰美的草原，但大多数时间因为人口、牲畜的突增，远远超越草场的承载力，使大面积的草原迅速退化、沙化，造成大量的牲畜死亡，民不聊生，因而逐水草而居、迁徙劫掠，成为他们文化精神的核心。

从自然条件看，游牧区十多亩的草场才能养活一个人；而在农耕区，一亩多地就能养活一个人，而且由于水利设施的逐步完善和农业技术的不断推广以及农业设施的不断应用，抵御洪涝干旱灾害的能力也越来越强，因而农耕区基本上都是风调雨顺的年景。

一边是无垠的戈壁、荒芜的沙漠，一边是炊烟袅袅、瓜果飘香；一边是干旱的草场、零星的牛羊，一边是稻谷金黄、收获累累；一边是漫长的迁徙，一边是富足的定居……鲜明的对比，使游牧者有了驰骋农耕区的豪情壮志。一次次的流血冲突，一次次的烧杀劫掠，破坏了正常的生产秩序、生活秩序，严重威胁人们的生存秩序。

他们在长城一线，相互排斥，然后又相互吸收，最后相互融合，成为以柔克刚、以刚促柔、刚柔并济的综合体，分不清谁是刚，谁是柔，你中有我，我中有你，就像身体里注入了各自强大的基因，注入了长城本身的壮阔与博大，有了与生俱来的冲击未来的力量。

从今天的角度来看，长城是一具古代的化石——地球上最大的化石。它是两种文明、两个时代的界限。它将牧民与农夫隔开，但是表面上的隔开，却让他们如磁铁的两极，产生了强烈的补充意识和强大的吸引力。

回到筑城的往事中，所有的岁月，都像缠绕在一起的荒草，春天一次次到来，新鲜的草伸出脑袋。接着冬天的第一场风雨急匆匆赶来，埋住了这些生机盎然的草，使它们成为荒草的一部分。这可能就是时间的积累。

在游牧者骑在无拘无束的骏马上突然间迎面碰见长城的时候，这巨大的建筑，猛然间就击溃了他们在马背上的自信，在他们的内心中，已经有了一座无法逾越的大山，压在他们身上，让他们从精神和体力上喘不过气来。

这种喘不过气，一方面是因为他们一往无前的步伐被无情地阻止了；另一方面，在衣食无着的艰难时刻，劫掠变得越来越不可能。出路在哪里？从前，骏马是他们的翅膀，有了长城，他们有翅膀也无济于事。这对于游牧民族来说，是一个致命的打击，但新的道路也同时开辟，那就是有秩序的交流。

在长城隆起的那一刻，殊死的搏斗是必不可少的，没有谁会轻易放弃。农耕区修筑长城，工程浩大，土木石方，人工夯筑，大把的金钱如流水般付出；游牧区出塞的代价越来越高，不仅有可能颗粒无收，而且流血牺牲在所难免。于是，游牧区和农耕区都心平气和了下来，互相用自己的劳动成果交换自己需要的东西，长城就成了一个广阔的市场。

回顾一次次的战争，只有不忘战争，才能牢记伤痛，才能珍视和平。英雄的鼓手四处流传，而英雄却是在各种非人的磨难中渐次成长。有了长城，并不是消灭了战争。在战争与和平的此消彼长中，和平得到了赞扬和尊重，因为在长城巨大的背景下，一切阴谋都会如秋风扫落叶一样，站不住脚。

英雄是和平的旗手。他高擎和平的旗帜，这样的形象与伟大的长城共同不朽。

8

对于外国人来说，长城仍然是一个陌生的存在，更是一个摸不着头脑的存在。如此巨大的建筑，完全能够和大地相匹配，但对于外国人来说，却不可思议：为了阻止战争，需要消耗如此庞大的人力、物力吗?

欧洲人知道中国有一道“伟大的墙”，是 1584 年在世界首本地图集《寰宇全图》里的中国地图上；英国人亲眼看见长城，那是 1793 年在古北口。但这一切，都在往事的尘烟中归于寂寞。野草漫漶，野风号叫，人们在自己舒适的栖息空间，早已忘记了一条长墙的存在。因此，长城需要复活，长城也需要发声。

那些考察了长城的欧洲人认为，在建造长城时，人们就已经知道如何使用灰泥，因为长城的所有部分，或至少在表层，都是用灰泥砌窑砖建成的。除中国外，似乎只有波斯人在建筑中使用灰泥。罗马在与波斯交往后才开始使用灰泥。无论是用石头、窑砖或者黏土筑成，这些庞大的建筑，即使已经成了废墟，仍能引起现代人的遐想。

从秦长城到明长城，从有形长城到无形长城，从血肉长城到钢铁长城，长城凝聚了中华民族自强不息的奋斗精神和众志成城、坚韧不屈的爱国情怀，已经成为中华民族的代表性符号和中华文明的重要象征。

历经岁月锤炼，跨越时空阻隔，长城精神已深深融入中华民族的血脉之中，成为实现中华民族伟大复兴的强大动力。经历朝历代修筑的长城，横陈于辽阔的大地，已是纵横交错，大有浩浩荡荡横空出世的气魄。很长一段时间里，长城的雄伟壮丽一直是中华民族的骄傲。但是，如果我们真正走过所有的长城，那种情形和我们心目中的印象却是千差万别。亚瑟·沃尔德隆在《长城：从历史到神话》中宣称，它不过是一些破碎、凌乱、彼此断开、错位、平行并列、在时间上叠加的军事建筑物的总称而已。

除了长城的高大、威武，没有人记得修筑长城的艰难困苦，无数的人背离故乡，远离亲人，他们的付出是长城高大、威武的根基。

在甘肃山丹县的长城线上，有一处叫揣庄的堡子，能把人一下子带入风尘滚滚的修筑长城的现场。

我的山丹的文化界的朋友，在微信上发来了揣庄的情况：揣庄（又作团庄、抟庄、攒庄等），位于新河驿长城南侧，为一正方形土堡，边长 70 米，总面积 4900 平方米，墙体上宽 3 米，下宽 5 米，黄土夯筑。

相传在这里修筑长城时，士卒民夫皆食用炒面。由于河西走廊四季风大，干炒面易被风吹散而无法食用，劳工就用黄土做了这样一个墙圈，人们在里面一边躲避风沙，一边吃炒面、歇息。后来就把这个墙圈叫攒庄，意思是用土攒起来的庄子。尽管堡内的一应设施已荡然无存，墙角角楼、门楼、瓮城等倒塌，但揣庄围墙却依然保留完好，堡内遗存一口干涸了 400 多年的驿井。

西北的胡杨渐渐黄了。身处敦煌的著名遗产类摄影家孙志军照例要去野外和山间的石窟去拍摄。他说："前些年基本上看遍了从东到西的胡杨林，比较下来，我还是独爱敦煌的胡杨。敦煌的胡杨没有那么密密匝匝，株型也不似千年不倒的老妖，但有绝对粗粝的环境，戈壁荒漠高高低低地包围在胡杨林四周。如果加上穿行于胡杨林的一个又一个汉代的烽燧，这些胡杨林又增加了历史的厚度，你或许可以想象一下赵负沿着胡杨林为戍守千秋燧的丈夫送去冬衣。胡杨林深处还是野骆驼和普氏野马的栖息地，更是野性十足。"

祖籍敦煌的一个文学爱好者，也回忆起他外爷家的附近有一小片胡杨林，30 或者 50 多株的样子，50 年前他看到的是什么样子，现在去看还是那样子。好像它没有历经风雨沧桑，又好像看惯了一切。他只知道孟姜女，不知道赵负穿过胡杨林到千秋燧。后来他认真地查找了赵负这个人，才得知她是汉代敦煌寿陵里人，算是最早的军嫂了。在一枚汉简里，这个故事一直鲜活：她叫赵负，是敦煌寿陵里人。她的丈夫，在玉门关千秋燧任燧长。汉宣帝元康元年十月，也就是前 65 年的初冬时节，赵负冒着严寒，赴百里之外，给正在边塞戍守的丈夫送冬衣……我们可以想象，天气渐冷，再过几日，就立冬了，赵负心里很是着急，向乡里提出申请，想要出关，去给丈夫送些衣物御寒。乡上报县府，县府审核后出具了出入玉门关符（证明）以备关口核验。玉门关接到赵负出入关符后，又依令给上级部门——玉门侯官上报赵负出入关申请。

有了赵负，我们终于有了了解出入汉代长城的机遇：在那一次省亲的旅行中，我们看到了汉代出入关管理的严格与申请、审核、出行、核验、返回的缜密流程。玉门关塞上冬季漫长，天寒地冻，朔风凛冽，戍守边防的将士生活条件严酷，"朔气传金柝，寒光照铁衣"正是他们生活的真实写照。一枚 49 字的汉简，记载了敦煌女子赵负和丈夫的夫妻深情，也隐含着道不尽的家国情怀。隆冬将至，燧长虽然缺御寒衣用，仍坚守岗位。战友家属来访，关啬夫广德、关佐熹严格履行职责，认真检查核验。赵负的到来仿佛给清冷苦寒的塞上带去了温暖……

赵负送衣须经过马圈湾，马圈湾遗址位于敦煌西北 95 公里，东距玉门关遗址小方盘城 11 公里，是汉代的一处烽燧。目前，亭燧台基土墼、坞院墙基遗址和七堆积薪仍然存在。据马圈湾出土的汉简记载，千秋燧地理位置非常重要，居住着大量的人员，设有存放粮食的"阁"，负责传递官方重要文书，是中原和西域过往官员必经的食宿地。而且出使西域的官员向皇帝报告行程，千秋燧是重要的节点。在距玉门关以西近 70 公里处的一道土梁上，有一座汉代的烽燧，王国维考证其汉代名"凌胡燧"，它是汉代敦煌郡玉门都尉最西端的大煎都侯官驻地。

大煎都侯官辖区是汉王朝直辖郡县的极西陲，以三垄沙为界与西域接壤，战略地位极为重要。对于前往楼兰和西域的汉朝军队和使节来说，大煎都侯官是最后的歇脚地，对于那些还能回得来的幸运儿来说，这里是进入关里的第一站。

稀落的胡杨黄了，寂寥的凌胡燧被染上了一丝生命的气息。可想而知，在那样的年代，一个弱女子，不顾路途遥远，只为丈夫的冷暖，这样一个女子，应该被人们称道。好在历史在一个不经意的角落，保存了她的故事。有一次，在一个长城讲座中，一开场，我就发问：赵负是谁？全场鸦雀无声。我说，这就是历史，它淹没了很多壮阔的故事，却留下了人情味十足的小事。

这可能就是长城，用我们的血肉筑起的坚不可摧的长城。

危峰似箭头，欲裂青天上，隐然石塞西…… 一线城垛沿着峭壁盘旋而上，巨大的烽火台就像串连的宝石，将目光引向晨曦。对于所有的中国人来说，只要你从任何方向向北，都能遇见长城，也就是说，长城，是每一个行走的中国必须要面对的事物。在外国人的考察笔记中，他们心中的长城或许更加神奇，但真正面对长城，却需要勇气、意志和耐力。

盖洛认为，英国人最初看到雄伟壮丽的长城时，他们所追溯的历史，往往是片段性的。他们的认知，也有着千差万别的局限性。但他们眼中和笔下的长城，却另有韵味，是我们认识长城的另一双眼睛："万历皇帝加固和重修长城这座无与伦比的防御工事的功业已被载入史册，并有许多碑文的记载加以补充。在他漫长的统治时期内，长城上都有士兵守卫，塔楼也都受到了经常的维护。实际上，探索者发现他曾在许多地方都大兴土木。那时的中国人保持了高度的警惕，有关他们严密监视长城内外线动向的证据非常多。用城墙来连接数以千计的坚固堡垒，并将其延伸至 1000 英里以上的观念，充分显示出长城设计者构思恢宏计划的能力。要实现这个想法，并在修建长城之后来守护它则需要巨大的人力物力资源。每一段城墙都需要一支庞大的工匠队伍来建造和一支庞大的军队来驻守。砌墙的泥铲几个月后就可以收起来，而宝剑则时刻要准备出鞘。没有人驻守的城墙就连一天也阻挡不了入侵者。中国的长城需要有一支常备的军队来加以防守。"

明朝政府采取的政策是，在长城城墙以南戒备森严的兵营里部署大量的常备卫戍部队。这样，指挥军队的将军们就能够很方便地定期轮流调遣军队到长城上去值勤，并派遣卫兵沿着长城设岗布防。但是士兵们居住的地方并非那些长城上的小堡垒，而是长城后面那些大的兵营。而且，他们的时光并不总是消耗于日常操练和军事演习，他们被派去开荒屯田。那些石碑上的碑文表明当时专门有一套分派田亩的制度，以作为参军入伍的奖励。但这些措施并不能使新兵长久地感到满意。在甘肃敦煌的一座烽燧下，发现了一双女人的鞋。这说明，在遥远的汉代，戍守边防的将士就可以带随军家属，这与长城防守的特殊性无不关系。

偏僻而荒凉，寂寞而凶险，在这样的地方待久了，谁都会发疯，但有了家属，做饭、洗衣服、打扫居所，一切就都像过日子的样子。于是军队便鼓励长城的戍边士兵们结婚成家，这样一来他们就不会想要离开兵营，返回故土了。长此以往，在长城城墙以南就逐渐形成了一个已婚士兵居住的地带。欧洲的多瑙河一带也采取了类似的政策来防御土耳其人：德国人被鼓励前往匈牙利边境定居，并且在那儿结婚生子，以便能终生留在那里。明朝是长城防御工事最为发达和完善的时期，边境上曾经有整整两万个堡垒来进行防御，在大约一万个烽火台上有单个的哨兵在警惕地观察着敌人的入侵。这样一条由堡垒所组成的防线也许对于平原上那些野蛮的骑兵有很好的震慑作用。在长城防线上，也养育出了英勇善战的武士族群。

明朝长城沿线的火器亦有着突飞猛进的发展，从域外引进了巨型火炮，人们称为“红夷大炮”。这种火炮，长 2 丈余，重者至 3000 斤，能轰塌城墙。明朝又加以改进，铸造了新炮，它们对于防御敌人具有重大价值。还有更多轻便的武器被用以辅助，都被冠以有趣的名称，像铁捧雷飞炮、火兽布地雷炮、碗口铜铁铳、斩马铳、无敌手铳、鸟嘴铳、七眼铜铳。长城的铜墙铁壁，加上这样炮火，其防守力量更加坚不可摧！

9

还是要说说明代，说说明代的长城。如果说，我们现今所看到的中国大地上的长城，基本上都是明代长城，那么，嘉峪关就是明代长城的皇冠，有着雄伟的气势和夺人魂魄的威严。

明代长城修筑伊始，嘉峪关外的戈壁就腾起了滚滚的烟尘，那的确是一个史无前例的夯筑时代。所有的牛、骆驼、马匹行进在戈壁上，荒芜的戈壁经历了重重叠叠的侵轧。缓慢的时光在巨大轮辐的艰涩的吱吱呀呀的声音中，逐渐隆起一座无比高大的建筑。那些马背上骁勇的骑士，无遮无拦的视野，猝不及防地被遮蔽了，就像当头一棒的敲击，他们高贵的头颅开始做仰视状了。

嘉峪关的存在，在更大空间里，无疑是一种精神象征，它如大纛一般在荒野上展开，看见它的人和想象它的人，内心世界都为之一振。

作为城，嘉峪关剔除了具体的生活细节，放大了血腥的军事守卫。尽管城下泉水密布，溪流潺潺，城中有关帝庙、戏台、游击将军府，城外有驿舍，城东有酒泉盆地的广阔绿洲。但它似乎仅仅是个城堡，穿梭戍边的军人构成了它的居民主体，人间烟火的袅袅上升，被枪刺和锦旗的分割之后，显得了无生趣。它冷酷无情的面孔真正加入城市的元素，已经是很久很久之后的事情了。

说起嘉峪关，不能不提起一个人。这个人就是冯胜。在他身上的诸多光环中，我们不能不提及他的民族印记，他和明朝的郑和一样，都是威震华夏的大英雄，都是回族人民的优秀儿女。

明一朝中，冯胜是个了不起的人物。历史上记载，冯胜是个难得的帅才，可惜贪财，最后败在贪财上。明朝的大将常遇春死后，每逢大军出征，一般都是徐达居中，李文忠、冯胜居左右。徐达率军与王保保的决战之役，李文忠的右路军败北，唯独冯胜所部大胜，可见其非凡的军事指挥能力。但冯胜每逢战胜，往往私匿财物。朱元璋治军严厉，因此对冯胜极为不满，常常斥责他，本来他应得的奖赏，全部被剥夺。因为这样的事情，他被多次罢免兵权，又多次恢复兵权。徐达、李文忠死后，朱元璋手下大将尽管很多，但在军事上不得不更多地倚仗冯胜。太祖晚年，在明朝军功卓著的八名大臣中，冯胜排位第三。更因为朱元璋猜忌勾连，冯胜坐镇西南，当地公侯皆听其调遣。蓝玉案爆发后，冯胜速被召回，不久赐死。

从史册的五彩华章中，我们看清了，冯胜矫健的步伐正踏向他人生的辉煌之地——嘉峪关。

明洪武五年（1372 年）正月，明太祖朱元璋派兵远征朔漠。大军分三路：以魏国公徐达为征虏大将军，出中路；曹国公李文忠为左副将军，出东路；宋国公冯胜为征西将军，出西路。二十六日，大军出发，命冯胜出金兰，取甘肃（今河西走廊地区）。五月，征西将军冯胜、左副将军陈德、右副将军傅友德率师至兰州。命傅友德率骁骑5000先趋西凉（今武威市），击败元失剌罕之兵；至永昌，又败元太尉朵儿只巴于忽刺罕口，大获其轴重牛马。六月，付友德兵至扫林山（在今山丹县东），冯胜率大军亦至，共击元平章不花，降元太尉锁纳儿加等。元将知大军至，率所部吏民830余户迎降。冯胜等抚辑其民，留官军守之。遂兵进亦集乃路（今内蒙古额济纳旗），元守将伯颜帖木儿率全城军民降。师次别笃山口（即宾都山，在蒙古国境内），元岐王朵儿只班遁去，追获其平章长加奴等27人及马驼牛羊10余万。随后，师进瓜、沙二州（今甘肃敦煌、瓜州），又败元兵，获金银印及马驼牛羊2万而还。至此，冯胜下河西，甘肃皆平。十一月，明置甘肃卫于甘州，又置陕西行都指挥使司于庄浪（今永登），统河西诸卫。是年，宋国公冯胜创建嘉峪关城。冯胜由瓜、沙回肃州，相度地形，以为肃州西70里（实为26公里）的嘉峪地区是千里河西走廊南北山系拱合最狭窄之处，这里地势险要，南面是嘉峪山，北面是黑山，两山对峙，中有平地，南北相距最宽处30里，最窄处16里，势如酒泉盆地之瓶口。因“西域人贡，路必由此”，被称为“酒泉门户”“河西咽喉”，是战略地位十分重要的“中外巨防”。宋元以前，此地有关无城。冯胜决定在嘉峪山麓西北之余脉、九眼泉岗源上建关筑城，扼控咽喉。当年七月开始筹备兴建，于次年筑成一座周长220丈、高2丈余、宽厚丈余的有关无楼的土城。嘉峪关地区有关无城的历史，宣告结束。

从这些详细的历史线索中，一代天骄冯胜的形象渐渐浮出，他注定要与一座关口——天下第一雄关，共同书写人生最灿烂的一笔。今天，我们看见雄伟壮丽的嘉峪关，就如同瞻仰冯胜高大的身影。

在河西大地行走的过程中，常常与长城相遇，抬头仰望或者低头沉思时，先是看见那些隆起的高地上有耸立的烽火台，沿着至高点一路走下来的还有断断续续的夯墙。接着，在绿洲与戈壁的交界处，更加高大结实的砖墙突兀而出，使人禁不住停下脚步。这可能就是长城的力量。

连续绵亘的长墙、独立的烽火台、用矩形墙体包围起来的城堡和关隘，这是一些不同形态的土壤与硅酸盐的混合物，各自独立，并且拥有自己的名称，如关、塞、方城、城堑、边墙、界壕、塞垣等等。这些名词不是关于一个事物的多重命名，而是不同事物的天然分界。尽管如此，这些建筑碎片还是被一条“地理想象线”戏剧性地衔接起来，组成一个完整的叫作“长城”的事物，犹如丝线穿起了散珠。

历史学家坚持认为：烽火台或者关隘之间本来是有墙体连接的，只是因为历史久远，墙体发生了坍塌和流失，而他们正是根据各个烽燧之间的距离计算出了长城的长度。一种极端的算法宣称，各朝长城的总长度竟然多达 5 万公里，但依据沃尔德隆的考证，大多数烽火台都是独立建筑物，它们之间从未出现过彼此连接的墙体，这正是分歧的关键所在。对现存的许多烽火台的考察可以证实这一点，它们是永恒孤寂的建筑物，需要被守望和查看，却无须冗长墙体的拱卫。

《明世宗实录》中记载，时任宣府、大同和山西辖区的总督翁万达，在明嘉靖二十六年（1547 年），给嘉靖皇帝的奏折中说，作为防线的长城由三个段落拼凑而成，其总长不超过 1000 公里。这个数据只有历史学家估算的 2%，但正是这五百多年前的建筑，构建了大墙的基本意象，它在广袤的大地山峦上绵延不绝，犹如龙的化身，产生了无限的震撼力。

伏尔泰在《哲学辞典》中赞美说，埃及金字塔跟长城相比，“只不过是稚气十足、毫无用处的石堆而已”。英国马戛尔尼爵士则推断说：“在（长城）修筑的遥远年代，中华民族是一个非常智慧善良的民族，或者至少具有这样为子孙后代考虑的远见卓识。”只有马克思把长城比喻为落后自闭的中国社会体系，一种“通向原始反动保守中心的门户”。他甚至嘲笑说，欧洲的革命者在逃亡到亚洲时，可能会在长城上读到下列铭刻：民主、自由、平等、博爱！这真是对长城的尖锐讽刺：它的初始语义，从防止、关闭、镇压，到暴政，都是这四种普世价值的死敌。闻一多写于 1925 年的长诗《长城下之哀歌》，称其为“旧中华的墓碑”，而自己则是“墓碑中的一个孤魂”，明确指出长城就是民族象征，同时也是民族衰亡的重大标记。诗人还宣称自己和长城都是“赘疣”，因而应当把长城一头撞倒。尽管孙中山和毛泽东都曾给长城以高度评价，但长城的真正复兴，还是在抗日战争时期，一首《义勇军进行曲》使长城再度赋予了抵抗者的崇高寓意，它不再是自我隔绝和封闭的象征。

看来，长城不朽的神话，它真实的面目，是多么寻常啊，就像自家的院墙。但如果远远看它，众多人家的院墙，组成了一个连绵不绝的延续体，环绕于华夏神州，那样的形态，又是多么的伟大啊！

瓜州的红柳长城一直被专家们所称道，但是能走进沙漠去看一眼的人，寥寥无几。现代人的生活距离长城已经越来越远了，尤其是那些年代久远的长城，残垣断壁之中，只有星星点点的历史信息，不足以满足人们壮怀激烈的历史情结。

那也往往是人们一厢情愿的揣测，只有走进去，才有真切的感受。

有一年的初夏，我为自己安排了一次荒野之行，目标直指瓜州的红柳长城。瓜州文物局的长城研究者们陪同我们一路前行，穿过了疏勒河流域的一片绿洲之后，就进入了荒野。开始的时候，是盐碱滩，有骆驼刺、白草、红柳等，最醒目的是胡杨树。有的三五成片，有的孤零零矗立，树身不高，树冠局促，没有广受赞誉的那种挺拔高昂，本来对于胡杨这样的树种，我们是极为熟悉的，可在瓜州的荒野上，我们愣是没看出那就是胡杨树，听了瓜州县文物专家的解释才知道。看来，所处的环境不同，胡杨的面貌亦有所不同。

走出了盐碱滩，视野骤然开阔，是一大片戈壁和沙漠，这里也有零星的胡杨树，孤立于戈壁和沙漠中，有一种凛然风骨。

因了胡杨风采的感染，我们的车子掉头向南，进入沙漠和戈壁。

西汉时期，为了对外抵御匈奴骚扰，加强边塞设防，对内安百姓生活，巩固中央集权，保障丝路畅通，于汉武帝元鼎四年（前113年），由秦长城的终点临洮开始，向西设亭障至罗布泊（盐泽），并修筑长城，经河西走廊张掖、额济纳旗、金塔、嘉峪关、玉门、安西等地直到敦煌的马迷兔。仅在安西境内，就保存143公里的汉长城，54座烽燧，3处城障。这些汉长城及沿线的城障烽燧，是汉代河西完备的军事防御体系的重要组成部分，也是西汉王朝构建河西乃至整个北方防御工程的历史缩影。

其实，横贯瓜州全境的汉长城，东起玉门蘑菇滩，沿甘新公路南侧，透迤向西，自桥湾城北穿过，沿疏勒河北岸，经布隆吉雅丹地貌、双塔水库，在小宛一带，过疏勒河，经北干沟、瓜州县城南侧、四工农场至雷墩子，折向西南，进入西湖火烧林，过南沙窝，穿黑沙梁，越过红当公路，进入敦煌境内的西碱墩。

在南沙窝，我们看见了大名鼎鼎的红柳长城。这段长城，多采当地的流沙、散石、黄粘土及沿线的各类植物，如红柳、罗布麻、芦苇、胡杨树等逐层叠压而成。因地制宜、就地取材。地宽 3 ～ 5 米，高度均在 1 米以上，由白粘土、砂砾石加红柳、芦苇筑成。红柳根向外、梢向里，分段修筑相连成墙，虽经千百年来的风雨侵蚀，仍然巍然屹立在戈壁荒漠中，堪称全国保存最为完好的汉长城之一。

在一座森严的关口，有的是厮杀劫掠，有的是烽火狼烟，但似乎也有人间的温情。每每走进嘉峪关，在庞大的建筑群里穿行，总愿意在戏台前久久驻足。在这样一个缜密的军事防御体系中，怎会有一座戏台？我无法想象，在我见过的许多堡垒中，多的是防守的机关，却鲜见人间烟火的痕迹。嘉峪关大大不同，不仅有游记官衙，还有戏台。

其实，在关口的历史中，和平是主旋律。当两山间的隘口，有了一座须仰视才得见的高大建筑，它对人们心灵的震撼，是无可比拟的。游牧者会迅速拉紧缰绳，马蹄也会戛然而止。既然无法用武力冲破一马平川的道路，那只能握手交好，展开商贸交流。于是，嘉峪关在很长一段时间里，成为多民族文化经济交流的桥梁，不同肤色、不同口音的人，在这里共享福祉。

在这样一个背景下，戏台产生了。

不仅如此，嘉峪关的戏台还有自己的独特之处，那就是戏台保存的两幅久负盛名的明代壁画，人们称为：和尚窥女图。说白了就是老和尚偷看女人。画面设计精巧，人物生动传神，就是内容让人觉得似乎放错了地方。一般来说，和尚是出家人，清心寡欲，不近女色，可是这两幅画似乎在开和尚的玩笑。在戏台西墙的壁画上，一位老和尚正面带笑容，叫徒弟手持铜镜，通过铜镜的反射偷看对面楼上的一个少妇，有个小徒弟因好奇也想看，被师父按住了头不让看。东墙壁画上，是一位正襟危坐、袒胸露乳的妇女，怀抱婴儿，旁边有两个小孩子正注视着对面和尚的行动。

有人觉得，这样两幅画公然保存在边防重镇，而且偷看女人的事发生在老和尚身上，实在是有点儿不伦不类，且有扰乱军心之嫌。他们猜测，戏台壁画所表现的内容，是当时社会生活的一个侧面？或者是一个传说？

事实上，这两幅画是古人精心安排的，为的是调节一下守关将士长年累月寂寞枯燥的军旅生活。细想起来，在沉闷单调的戍边生活中，增加一点生活情趣，又有何不可呢？还有，当地的老百姓在农闲时节，军民联欢，也算是一大创举了。

正是春天的大好时光，好得人的心情像树上的叶片一样发亮。趁着这份好心情还保留着，我们去了戈壁，那里有被时光搁浅的长城。

金塔是甘肃河西走廊北部相对独立的一片绿洲，但它并不是孤立存在的世外桃源，作为古丝绸之路中出入居延咽喉要道的屏障，历代都在这里驻兵设防，苦心经营，长城的修筑就是其中最重要的措施。

我们从金塔绿洲驱车前往广阔的戈壁。勃发的生命与无边的荒芜似乎只有一线之隔，走出春光灿烂的县城，就拐进了戈壁。

金塔的地形地貌，呈阶梯状分布。先是低洼处的绿洲，接着是缓缓上升的戈壁，最后就是高耸的山脉了。我们走在戈壁上，回头看远处的绿洲，它们像一汪绿油油的水，晶莹透亮。正是因为绿洲所处的位置，才使它有充足的水源。我曾这样描述金塔：跟随一条河流，在河流停滞不前的洼地，水积聚在一起，水又迅速挥发，这种挥发是看不见的，能看见的，是水的另外一种形态，那就是一望无际的树木和田野。

的确，金塔是个美丽的地方，那里家家户户的门前都种桃树，桃花盛开，人的生活立刻鲜活起来。而这次走进戈壁，那梦幻般的桃花之境没有了，有的只是压得人透不过气的荒凉。荒凉的极尽之处，烽火台残破的形象，树立起历史的虚弱身影，恍惚而久远。这基本上是汉代长城的走向。连接烽火台的一条并不明显的断断续续的高埂，则是汉塞。

在一座烽火台下，我们发现了完整的青色汉砖，是那种常见的铺地方砖，这样的砖怎么会在烽火台下出现呢？从破损的烽火台的断面仔细观察才知道，烽火台最核心的结构是用这样的方砖砌筑的，难怪在风沙凌厉的戈壁滩上它会存留如此漫长的岁月。还有的烽火台，为了巩固其主体建筑，中间和四周都有结实的木头。

事实上，这里距离绿洲已经很远，正因为这里人迹荒芜，烽火台才得以保存，而绿洲前沿的烽火台早已消失殆尽。

金塔境内有东西走向和南北走向的汉长城，东西走向的汉长城是护卫“居延丝绸古道”的军事防线，被人们称为“北大路”；而南北走向的汉长城则是国防线的重要组成部分，历史上叫“遮虏障”。

一道道长城，似无数警惕的眼睛，注视着绿洲，在过去的时光中，它是一个王朝强大的话语权。而今天，在寂寞的戈壁，被无限的风沙所拥抱，再也找不见当年的威严。

一个人从自家门口走出一千里、一万里，如果这样的“走”是纯粹意义上的行走或者骑马、乘骆驼，那么一切就遥远了。故乡对于他，从迈出脚步的那一刻起，就意味着彻底的别离。回过头来看故乡，看一眼少一眼。再次踏上故乡的土地，又不知道是何年何月，一种不确定，把人的热情稀释了。

故乡毕竟是埋了自己胎衣的地方，血脉所系，根也扎了下去，连根拔出来，移植到别的地方，痛苦与凄凉，一时还是无法抹去。

翻过了山，走过了水，山的影子和水的波涛，远了。呈现在眼前的是戈壁和沙漠，第一次看见戈壁和沙漠，那种辽阔让人醉心，也让人害怕。这时候，再也找不到和故乡一模一样的风景了。风是粗粝的，水是苦涩的。早晨，天出奇地冷，脚上穿毡靴，身上披羊皮袄；可是到了中午，则如同炉火般的炙烤；晚上，还得点燃篝火，烧水、做饭、取暖。所谓的“早穿皮袄午穿纱，围着火炉吃西瓜”，概括了从早到晚的气候变化。

人的情绪在激烈的动荡中逐渐适应了所有的环境，这已经是半年之后的事了。半年来，异乡人学会了走在路上的生活，期待只留在内心的深处，能够表露的只有此时此刻的快乐和悲伤，除此之外，所能使用的语言，极尽贫乏，开口说话，也是木讷迟钝的。

每到达一个驿站，驻守者们知道了谁是哪儿来的，问起曾经熟悉的人和事，回答者很平静，好像他们是在打听几百年以前的人和事。而听者却是兴高采烈的，无论是叙事的环节，还是其他的问题，都能引起喝彩。于是，行走者拿出仅有的能够展示故乡色彩的物件作为馈赠，而驻守者也做一顿拿手的好菜，如果有酒，可能就是一次酩酊大醉，人生能有几回醉，醉在此刻，值得。

长城和关隘是他们常常要穿越的，各种证件的查阅，使事态显得严峻。有了长城和关隘，说明所到之处，离丰腴的绿洲就不远了。

说到绿洲，它似乎是故乡的样子了。草木繁盛，郁郁葱葱的，比宝石的颜色还晶莹透亮，桃树、杏树、梨树，或者花朵鲜艳，或者果实累累。尤其是葡萄，神奇的颗粒，甜蜜的汁液，是美妙的存在。千辛万苦的旅程，有了实实在在的报答。行走者住在低矮的黄泥小屋里，回忆故乡的心情陡然升起，与那葡萄是共生的。

塞上，许多人来了。在那个年代，把自己留下来，后来的生活，一切都按照故乡的情形，种植、收获、繁衍后代，再也没有回到过故乡。

10

在盖洛的认知中，一首根据传说故事写成的歌谣，再现了长城修筑的历史：

不老泉，或中国的庞大舰队
——长城建造者的传说

秦国暴君独倚高塔，
极目远眺东海；
一个念头闪过脑海，
使他从沉思中蓦然惊起。

遂传召众位大臣，

聚于城头大帐之中；
众人交头接耳，
欲知所召何事。

“卿等助朕一臂之力。”
秦皇说道，“帝业初兴，
虽然长城能抵御逆贼和匈奴，
但朕怕诸王国难以慑服而内讧。

“是的，我的成功会招来嫉妒，
当我百年之后，
我千辛万苦所创之帝业
恐也将随之而堕。

“若天假以年，
朕愿使中华万世永存；
然朕垂垂老矣，
欲兴帝国，必先自新。

“听说扶桑之处有不老之泉，
还有那仙草和灵芝；
若能从那泉中取来一瓢，
它必能使朕永世长生。

“谕卿等出海搜求长生不老之药，
船上无需任何士兵，
且带神州之香瓜美酒，
同仙人换取灵丹妙药。”

于是庞大舰队扬帆远行，
没有任何士兵，只有童男童女；
为寻觅不老泉而乘舟舍岸，
载走的是中国的儿童少年。

先生和书本并未被遗忘，
但戒尺与花环均已束之高阁，
看上去宛如学校假日出游，
鲜艳的旗帜随风飘扬。

五百童男童女随舰队远行，
从此告别了自己的家；
他们安然抵达东瀛，
从此扎根于异邦他乡。

秦国暴君虽然旨在征服，
却用玫瑰遮掩了长矛；
他向东瀛派出了欢庆的队伍，
向异邦展示了中国学问。

所以日本如今要偿还所欠之债，
给中国送来了不老泉；
但愿中华饮后能焕发青春，
从此走上真理的大道。

这还远远不够。长城，对于一个民族来说，它是与天地之间的对话，是不同文化的碰撞、交流与融合，它的伟大，是跨越时空的恒星，散发永恒的光芒。

盖洛认为，要了解长城的规划和构成并非轻而易举之事。要明白，在计划和建造这巨大工程的过程中，那些面临危险的生命所经历的严酷和艰辛，这一切都是难以想象的。

在盖洛的世界里，长城这庞然大物的宏大构造，其中有无数的土石，其巨大体积与重量远远超过了其他任何的人类建筑。人类正在计划建造排水量达到两万吨的巨舰，但它与这无数吨重压着地表的砖石相比又算得了什么呢？仅仅把这些砖石搬运到这里已是惊人的壮举了——除非真有某个中国的安菲翁像神话一样用其竖琴使石头跳到该到的位置上。但如果真是这样，那就难为了中国的民族音乐，因为普通的中国人甚至连吹口哨都不会。

长城的一边伸展着蒙古平原，另一边是勤劳汉人丰饶的田野。盖洛幻想着自己来到秦始皇的时代，从那里可以前视古人，后见来者。目光回溯，面向南方，他看到了中华帝国的崛起及其文化的发展的脉络。这个脉络，是由长城串联起来的。

在遥远而又漫长的古道上

这是一个神秘之所在。

“晨曦照耀中的赛里斯人，前往小树林中采摘树枝上的绒毛。”连古罗马大诗人维吉尔在其《田园诗》中也写到：“他们从树叶上采下非常纤细的羊毛。”

……

关于古老的中国，关于丝绸，遥远的中亚、西亚、欧洲甚至更远的地方，他们有着自己独特的想象！

那些坚毅的、执着的身影

在中亚绿洲间行走的商人和驼兽，他们运载着商品、思想、艺术、音乐和宗教。

在世界历史上，丝绸之路是一个著名的符号。

在人们对它的想象中，一般是这样一幅朦胧景象：驮着丝绸的骆驼商队在尘土飞扬的沙漠中穿行，在中国与罗马之间络绎不绝。

事实上，从来没有一条单一的连续的丝绸之路，有的只是东西方之间的一连串市场。

很多历史资料证明了：中国和罗马之间几乎没有直接的贸易活动，中国的主要贸易伙伴是今天伊朗地区的居民。丝绸并不是这些商路上最重要的商品，中国发明的纸张对欧洲产生了更大的影响，而金属、香料和玻璃与丝绸一样重要。相比之下，这些商路上传播的思想、技术、艺术图案具有更大的意义。

很多考古材料也在说明，这条道路上人们顽强掘进的艰险，人们孜孜以求的融通，而这一切的实现，付诸了多少汗水、鲜血和牺牲。

这是一件诉状，记录了670年前后生活在中国的一名胡商的证词。这名胡商要求法庭协助他追讨别人欠他亡兄的275匹丝绢。他在法庭上说他的兄弟把丝绸借给其中国合伙人之后，为做生意，赶着2头骆驼、4头牛和1头驴进入沙漠后失踪，现在被认定已经遇难。法庭裁决如下：该胡商作为其兄的继承人有权追讨这批丝绸。

在如此广阔的地域，一个商人的诉讼，有了掷地有声的回溯，这应该是大量的军人保卫丝绸之路的结果。有了军队，有了军政机构，有了长城，所有的正常的秩序才开始建立。

从这起案件中我们还可以看出整个丝绸之路贸易的许多特点：首先，实际贸易额相当小。在本案中，只用了7头牲口就驮了胡商的全部货物，其中2头是骆驼，另外4头牛和1头驴，都是非常重要的驮兽。其次，胡商的出现也值得注意，因为中国的贸易伙伴并非罗马，而是处于伊朗世界东缘的撒马尔罕。最后，丝路贸易的繁盛，得益于大量中国军队的存在。案件发生在7世纪，当时中央政府的投入对当地经济是一个强有力的刺激。

更有意义的是，我们之所以能获得这件诉状是因为它写在废弃的政府公文上，这些公文作为废纸被卖，最后被工匠做成了给死人穿的纸衣。约1300年之后，中国的考古学家挖开了吐鲁番附近的一座古墓，把散在冥衣不同部位的这件文书拼合了起来，他们拼出了整件文书，各方证词都出现了。

最近几十年来，考古学家拼合了上千件类似的文书，包括契约、诉讼、收据、货单、药方，以及一件让人心痛的人口买卖合同：一名女奴在一千多年前的某个赶集的日子，以120枚银币的价格被出售。这些文书用汉语、梵语以及其他死语言写成。

这些材料让我们唏嘘的同时，也拉长了我们的目光，使得我们透过历史重重叠叠的迷雾，一点一点地看清了它的本来面目。

文明、文化，在一个区域独自发酵，沉醉于一方水土，也被一方水土沉醉。另外的世界被高山大川、戈壁沙漠所阻隔，人们的视野只能在山麓之下、戈壁前沿打旋，始终不能翻越。

但终究会有人打破这样的沉寂，他们如同奇迹一般出现在另一些人的面前，带着不为这些人所知的物质，仿佛另一个世界扑面而来。还有一种情形是突然间冲出一个马队，他们似乎是从天而降，扮演了凶神恶煞的角色，一时间，烧杀劫掠，一方水土一瞬间变为人间地狱。

战争与和平，在一个通道上连接了现实之外的世界。几百年、上千年来，这样的剧目一直在交替更迭，文明的种子，绽放出灿烂的花朵。

无论如何，人们还是艰辛地探索着，在前人的尸骨之侧，标出一行行记号，所有的苦难、思念、欢乐、幸福，都有可能随时中断，因而，这种情感显得尤为珍贵！

在一个个城市，在一个个部落，在一个个村庄，物质在交换，驮子卸下来，物质流向四方，文化却从物质所到达的地方一一返回，成为更强大的吸引力，把马队、驼队、驴队、牦牛队源源不断地集合起来，散布于漫长而遥远的道路。

人们口口相传的，人们唱诵的，这条道路上的某个人、某件事，虽然过去了很多年，甚至几百年、上千年，但还是感觉到它无比清晰，无比生动，无比感人。滚烫的奶茶，喷香的酒，煮熟的羊肉、牛肉，帐篷里的琴弦，帐篷外的舞蹈，都会把人带到另外一个境界！

绿洲上的情景自不必说，草原上的晨昏，人们翘首期盼的身影一直没有断绝过。

在这条路上，那些传奇的身影，冷不丁就出现了，草原上的节日，就这样延续了时日。

游牧的出现标志着一个新的时代的开端，此后几千年的游牧文明都是以游牧经济为基础的。

这是关于匈奴的一些描述，他们在辽阔的草原上，在高高的雪山下，映照着自己的面容，是那样的彪悍，是那样的粗粝，是那样的与众不同。

《史记 · 匈奴列传》中说："儿能骑羊，引弓射鸟鼠；少长则射狐兔；用为食。"4 世纪的罗马史学家阿米阿努斯 · 马尔切利努斯对匈奴的描写充满歧视："他们身材矮胖、四肢粗壮、脖颈肥厚，外表丑陋扭曲……他们不吃调味的食物，而是以野菜根和半生的兽肉为生，只是把兽肉夹在大腿和马背间微微加热一下……他们没有蔽身之所，衣服是用田鼠皮缝缀而成的。只要把脖子伸进某件肮脏的衬衣里，他们就一辈子都不会脱下来换一件，直到衣服朽坏，烂成碎片……他们头上戴着皮毛所制的圆帽，用山羊皮保护着毛茸茸的双腿……"

透过这些典籍，我们所能看到的民族，在嘹亮的北风中，已经被文字打磨得面目全非了。

事实上，在每个春天，在每个夏天，在每个秋天，甚至包括冬天，生活在广阔草原上的人们，都会在不同的风景中展示不同的自我。

野花、泉水和深草间的那达慕，一匹匹马呼啸而来，呼啸而去，像草原上的风；而骑手和牧人，则敦实如一座大山，摔跤场上，山摇地动；妇女、姑娘们，更像灿烂的山花，有滴翠的绿叶和金黄的花瓣，还有蜜意莹然的花蕊；老人们坐在山坡上，目光睿智而静谧，像一部古老的羊皮书。

绿洲地带的人们寻找诗与远方，而他们则处于诗与远方的中心。但风暴总是不期而遇，乌云总是遮蔽天空，寒冷总是如刀似剑……这个世界，诗意总是短暂的，但人们一直珍视它。这时候，人们在高原的天空和无人抵达的山峰，找到了自己的神。

因为在严酷的自然环境里，一年四季的转场，草原的干旱，牧草的枯萎，都给人们带来无穷无尽的痛苦；因为生老病死，因为战争与争端，家破人亡、妻离子散，人们走在漫长的流亡的道路上！

在这样极端的环境中，宗教必须解释快乐为何转瞬即逝、忧愁为何亘古恒久这个让人类既困惑又恐慌的谜题。人们需要感受一种比我们自身更强大的力量。人们敬畏死亡，渴望发现它的意义。

在这条道路上，宗教总能迅速蔓延，直入内心。

可以说，丝绸之路让宗教的传播，有了一个快速通道，而宗教的传播亦使丝绸之路充满生机、显示灵性。尤其是佛教文化，它是外部文化第一次大规模输入中国，它进入中国后，很快便被中国固有的文化所改造、吸收，成为中国传统文化的一个重要组成部分。佛教通过丝绸之路在中国生根开花，使中国文化的开放性、包容性得到很大的提升。同时，这些宗教传播者的东游与西行，丰富了丝绸之路沿线各民族的精神生活，带来了其地区的变化发展。

通过丝绸之路展开的交流，大都是口口相传或个别经历者的书写，也有很多道听途说的内容，因为一个人的目光终究有限，在遥远的旅途中，走过一个村庄，就可能错过很多个村庄。而且，许多事情在事后的回忆中，多多少少有点扑朔迷离。就像一个外来人看一座城市的时候，感兴趣的是异国情调或美景，而对当地人来说，外来人的一举一动也是不可思议的。

在一个更加巨大的空间中，丝绸之路所呈现的是不同文化之间的相互吸引，这种吸引所产生的力量，完全可以打破群山阻隔、河流阻挡，完全可以融通死亡之海。

在人类的历史长河中，欧亚大陆存在着两种文明，农业文明和游牧文明，它们的分界线主要在北纬 40 度左右。在它以南从东到西的著名农业古代文明主要有黄河文明、印度河文明、两河文明和希腊文明，在它的背面有匈奴文明、萨尔马泰文明等早期游牧文明。这些文明之间的相通，创造了无限的奇迹。

在游牧文明方面，出现了马匹的驯化，畜群的毛和乳等次生产品的开发和利用，轻型车、马镫和骑兵的普及……

在农业文明方面，出现了灌溉，手工业，农产品的种植，城市的诞生，教育的发凡，石器、铜器、铁器的发明和运用……

更多的时候，北纬 40 度以南的农业文明区域如同一个个容器，而北纬 40

度以北的欧亚草原地带则如同连接这些容器的管道，吸收并输送着不同文明的文化因素。

当人们用尽一生的力气走过那些地方，那么他们的记忆里雕刻的是风雪与烈日、戈壁与沙漠，也包括醇香的奶茶和美酒！

不得不说，欧亚草原是世界上最宽广的草原地带：自欧洲多瑙河下游起，呈连续带状往东延伸，经东欧平原、西西伯利亚平原、哈萨克丘陵、萨彦 - 阿尔泰山系、蒙古高原，直达中国东北松辽平原，东西绵延一万多公里。南北则从俄罗斯和西伯利亚南部森林延伸至今天的哈萨克斯坦、乌兹别克斯坦等国的沙漠边缘。

在中国，北方地区的广义概念是指从新疆到黑龙江的中国北方地带，狭义是指“中国北方的长城地带”，这个概念并非指历代长城经由的全体地域，而是指古代中原农业居民与北方游牧人互相接触的地带。

一方水土养一方人。农耕民族和游牧民族长期在400毫米等雨线一带对峙，形成农牧交错的地理区域。正所谓：边郡山居谷处，阴阳不和，寒冻裂地，冲风飘卤，沙石凝积，地势无所宜。

而在长城以南，多雨多暑，其人耕稼以食，桑麻以衣，宫室以居，城郭以治；大漠之间，多寒多风，畜牧以食，皮毛以衣，转徙随时，车马以家。

在这条漫长的古道上，奢侈品的传播，贸易往来和宗教、地理知识的传播，提升了文明的高度，这样的高度，超越了时间、地理。

那些坚毅的、执着的身影，征服了庞大的地理空间，使遥不可及、虚无缥缈的远方，成为可以随手触摸的真实景观。泥土的芬芳、鲜艳的果实，陶醉了旅行者的目光和味觉，他们更加坚信，这世界，早已属于自己。恐怖的无人区、狰狞的死亡之海，包括那些险峻的雪山、草原、冰川、大漠、戈壁，也不能阻隔他们的步伐。

他们似英雄般威武！

诗与远方永恒的召唤

在太平洋、中亚、印度和波斯湾的通道上，不只是货物在流通，还有思想，最重要的思想是和神有关的。宗教交流在这里一直非常活跃，渐渐地，变得更为复杂，更具竞争性。地方宗教和信仰体系开始与一些具有影响力的宇宙观相碰撞，形成了一个使各种思想得以相互借鉴、相互改善的大熔炉。

丝绸之路起源于各种人类文明中心之间的互相召唤。

长期以来，中国一直是东亚文明的代表，而其中心区在辽河上游与黄河、淮河与长江中下游流域，及其北方毗邻的草原地区。

与欧亚非三大陆（即旧大陆）各民族普遍经历了青铜时代与铁器时代不同，南北美洲的土著印第安人因为长期与世界其他地区隔绝，虽然也创造了灿烂的古代文明，但在大航海时代以前，尚无金属工具。这最清楚不过地说明了文明的发展，除了其内在自生动力，相互间的交流也是非常重要的条件。

旧大陆是人类文明的发祥地与摇篮。除了中国，前三四千纪，在旧大陆的不同地点还分别独立地发展起几个文明中心，从西向东列数，即北非尼罗河中下游流域的古埃及文明，西亚伊拉克幼发拉底、底格里斯两河间美索不达米亚文明以及今巴基斯坦印度河中游的古文明。而中国与上述三个古文明中心之间却隔着高山、荒漠、巨川和大海。这就意味着，东亚文明从地理位置上看，相对于其他三处文明中心而言，处于较为封闭的位置，相互间的交通较为不便。既然这样，丝绸之路又是怎样发展起来的呢？

我国北部及其毗邻区，远离西太平洋季风带，纬度与海拔高，植被形态主要是草原与森林，游牧是主要的经济形式。游牧经济因其移动性，难以发展复杂程度高的科技与手工业，收获也不如定居农耕那样稳定可期，因此历史上亚洲北部游牧民的金属制品、手工业品和药品，主要取自于邻近农耕区，而在发生暴风雪与旱灾的时候，农耕区的粮食是度荒的必需品。马匹历来为草原向中原的主要输出品。这种农产品与畜产品之间的交换，是历史上中原与北方草原关系的基础。

所有的必需品，都需要通过大量的运转才能到达更加偏僻的帐篷和村庄，因而驼队的作用异常重要。远道而来的驼队往往就像神灵一样被人们期待，他们的到来，无异于一次狂欢，一个愉快幸福的节日。

那么，古人是通过什么手段克服地理障碍的呢？

中国文明所赖以生存与发展的东亚大陆，与文明中心之间并非无人的真空地带，而是星星点点地分布着许多部落、民族与国家，这些人类集团，一环接一环地联系着。所以中国与其他文明中心，与南亚及地中海世界是间接地联系着的。

亚洲北部游牧民驯化的马匹与沙漠绿洲地区居民驯化的骆驼，在长达两三千年的时间内，是人类陆路长途旅行的主要载畜。古代中国人通过各种直接与间接的渠道，了解到在西方遥远的地方有灿烂的文化。所以尽管路途遥远，人类却不辞艰险，长途跋涉，沟通消息。欧亚草原上的游牧民族与内陆亚洲的绿洲定居民族，数千年来依仗奔驰的骏马与吃苦耐劳的骆驼，长期扮演着联系东西文明的中介角色。

我们必须要敬重那些成群结队的默默无闻的骆驼，它们的存在，让漫长的道路不再可怕和寂寞，它们脖子上铜质的铃铛，往往被认为是必须，只有那种叮叮当当的声音响彻戈壁大漠，回荡于高山峡谷，人们对行程才会信心十足。那些铃铛的声音，不亚于动听的音乐，甚至是宏大的交响乐。试想，在广阔的无人区，在危险的道路上，这些铃铛的声音不紧不慢，不亢不卑，传达了一种心灵的安宁，这种安宁能够在远行者的心中，修筑一条自我安慰的堤坝，产生精神的力量。因而，每一支驼队在出发前，都会精心挑选骆驼脖子上的铃铛，不断地摇摆，听它所发出的声音，有时候，几十头、上百头的骆驼，那样的铃声，震撼人心。

冬牧场一般选择在可避风雪或雪后被风吹净的地带，芦苇丛生之处，山崖底下，乃至沙丘、山谷。冬牧场的特点是温暖、避风、向阳、雪少。进入冬牧场的时间一般是在 11 月初至次年 3 月下旬，由于风与家畜体温有密切的关系，在风大的地方，牲畜的散热速度与强度都会加大，对冬季放牧非常不利，所以冬牧场必须选择避风的地方。盆地、谷地以及有林带屏障或者森林包围的地方都是避风条件较好的地方，可以作为冬牧场。

另外，积雪薄厚对冬牧场的影响很大，积雪过厚，牲畜采食就困难，一般是积雪深度以不超过10厘米为比较理想的冬牧场，积雪薄既能保证冬牧场的饮水，同时不至于把牧草全覆盖。没有积雪的地方，就不能作为冬牧场。

利用逆温层是游牧者选择冬牧场的经验。有逆温层存在的地区，冬季气温都比较高，最冷的1月份气温比周边高出2～3度甚至5～6度，在相同高度的草场上，阳坡多做冬牧场使用。

行走的经验，居住的经验，金子一般宝贵。驼队的老大，长期行走的把式，都有自己秘而不宣的机要：哪儿有泉，可以补充粮草；哪儿背风，可以安营扎寨；哪儿凶险，不能稍作停留……他们都烂熟于心。

最先穿越丝路的人们学会了如何在冬天穿过沙漠，在夏天雪少时越过山口。更重要的是，他们学会了沿着沙漠的边缘走，在途中饮水、休息、了解下一段旅程。在每处绿洲，为了下一步计划停留数天、数十天甚至更久。

在未知的道路上行走，需要胆识，更需要重拾一辈又一辈的先祖用生命和血泪踩踏的脚印。只有这样，才能有效地把一批批驼队引入清泉与绿洲，那些人骨路标，见证了行走者的艰难！

那晶莹如翡翠一般的敦煌

如果只能去一个丝路遗产地，那么，去敦煌。

新的黎明，将敦煌推向了舞台中心，并为它披上了一层金色的霞光，赐予了它一个黄金时代。

必须说一说敦煌。

在一片浩瀚的沙漠中，有一块晶莹璀璨的绿洲，这块绿洲，它所凝聚的不仅仅是绚丽的生命。随着高山峡谷中雪水的碧波，党金果勒河、疏勒河巨大的冲积扇，把中国、印度、伊斯兰的历史悠久、自成体系的文化统摄于一体，形成了自己多彩多姿而又独特的文化体系，这一体系在封闭的沙漠中，并没有成为死水一潭，而是极具魅力地四面辐射，如同那广阔的平原上奔腾不息的绿色，带动的是万物的生机，带来的是瓜果飘香、谷禾旺盛的生命魅力。正所谓："雪山为城，青海为池，鸣山为环，党河为带，前阳关而后玉门，控伊西而制漠北，全陕之咽喉，极边之锁钥。"这时候，我们所看见的敦煌绿洲，就不仅仅是一个弹丸之地，在西部广阔的荒凉之中，它是一双凝视的眼睛，是能够观望人心灵世界的眼睛。

特殊的地理环境，使敦煌这样一个偏远的绿洲，"国当乾位，地列艮墟，水有悬泉之神，山有鸣沙之异，川无蛇虺，泽无兕虎，华戎所交一大都会"。可以想象，"大都会"这个词，所涵盖的内容，有多么丰富。一个身处汉、唐时代的人，漫步敦煌，是一件多么骄傲和自豪的事情。那时候的敦煌，骆驼、骏马、高车在古道上穿梭；杂耍、歌舞、刀客在闹市表演着难得一见的绝技。达官贵人豪华排场的出行，林立的酒肆，风中的旗幡，寺庙里的香火和诵经声使敦煌在那些岁月，成为西通西域的出口，同时，也是中亚、西亚乃至欧洲诸国到中国内地的入口。"敦，大也；煌，盛也。"那时候，敦煌盛大辉煌的景象无可比拟。不同服饰、不同肤色、不同语言的人们，不远万里来到了敦煌，激烈的胡腾舞，优雅的词赋咏唱，竟是那样的和谐，竟是那样的如出一辙。人们的精神境界，冲破一个又一个封闭的圈子，在敦煌，不断地调整，不断地升华，像那纯洁高贵的莲花座，散发着人类智慧的光芒。难怪有人断言："世界上历史悠久、地域广阔、自成体系、影响深远的文化体系只有四个：中国、印度、希腊、伊斯兰，再没有第五个；而这四个文化体系汇流的地方只有一个，就是中国的敦煌和新疆地区，再没有第二个。"这，就是横贯欧亚经济文化大陆的丝绸之路上的敦煌；这，就是西部腹地作为历史文化博物馆的敦煌。敦煌，世界历史上的文化奇迹，中国西部历史与现实的文化象征。

始于4世纪的敦煌宗教文化，在这个核心之外的更广阔的地域，早已如同一棵大树，它粗大的根系，延伸到了整个西部乃至世界，人们在一条充满诱惑、充满凶险的道路上，一心向着敦煌这片戈壁上的绿荫，那绿荫下的泉水，能够滋润焦渴的心田。

敦煌，一个聚集和留住光明的地方。

无垠的沙漠和戈壁，无疑是天然的鸿沟，然而面对无尽的艰险、死亡，激发人们前赴后继逾越这条鸿沟的，是敦煌。美妙无比的极乐世界，一种十收的富足，连树上、草上，也结满了衣服；那裙裾飘洒、婀娜多姿的飞天，是自由欢快的精神象征；温柔善良、美丽可爱的九色鹿，是人与人和谐关系的化身；微笑的佛、端庄的菩萨，是世界的秩序和法度……这些仿佛是梦中的情景，与苦难的现实，形成了鲜明的对照。这时候的敦煌，则是人们心灵的家园。

汉朝西境的绿洲，在今天的喀什附近，还有的在今天中国版图之外，像乌兹别克斯坦、巴基斯坦、阿富汗境内，这些中亚绿洲的统治者有规律地与汉朝互派使节，而这些不同地域的使节都沿着丝绸之路通过敦煌来到中原。

有一个故事说，在向汉朝进贡的众多使团中，有一个可能来自罗马，对中国人来说，大秦在世界的最西端，具有很多乌托邦的特征，大秦的特使献上了象牙和犀牛角，这些都是东南亚的特产，很多人怀疑这个使节是个冒牌货，但他宣称自己来自一个非常遥远、没人知道的地方，因而获得贸易许可。

这是一个很有趣的故事。

商人、旅行者、职业宗教者，把自己的所见所闻带回故乡，他们眼里的中国充满了神奇：人们春夏秋冬都穿丝绸，完全是一个世界贸易中心。城郭之内，里弄之中，土地所生，无物不有，四方辐辏，万货丰贱，锦绣珠贝，满于市肆，驼马驴骡，充于市巷……

丝绸之路上的美酒和饮食

历史，绝不仅仅是一堆历史事实。培根说过，从错误中更容易发现真理。

关于美酒的记忆，是从一堆腐烂的水果中开始的。这个历史会更长，在地球的每一个角落，酒的醇香，都是一样迷人！

美酒总代表着一种超体验的经历。风尘仆仆的人，跨越了无数的艰难险阻，可见的如冰川、峡谷、无人区以及沙漠戈壁，不可见的，像恐惧、惊怵、疼痛、寂寞、忧虑……一直伴随左右，在漫长的道路上，痛苦是随时随地的。但是，如果有一场酒，一切都似乎烟消云散，酒让人脱离了现实的苦闷，让生活更加豁达，哪怕是一瞬间的快感，都让人留恋。好在，酒总是一杯杯斟满，漫漫长夜很快就过去了，倒头就是呼呼大睡，梦中，也还都在畅饮呢！

在丝绸之路上，相似的现象发生在不同的地方，这可能就是文化趋同；特定事物从一处蔓延到另一处，这可能就是文化扩散，这样的例子比比皆是。

人们在驯化野生植物的过程中，发现了谷物。主食谷物从一个地方到另一个地方，一种蔓延的态势不可阻挡。在春天、夏天和秋天，它们长势良好，在人们盼望的收获季节，谷物的色彩，被人们尊崇。所有的白天和夜晚，所有的劳动，都在这成片成片的植物上。植株上沉甸甸地缀满了人们的期冀。还有那些神秘的天象，指路的星辰，都指向谷物的生长。如果一年当中的干旱如影相随，那么，一场隆重的祈雨仪式就要开始，人们真诚地说出了自己的愿望，人们表达着对这些谷物的敬意，所有的这些，都会在一场灵验的结尾中得到夸张的流传，甚至加入了神秘的书写与传播。

《灵枢·刺节真邪》上说："真气者，所受于天，与谷气并而充身者也。"很神奇的是，所有种植和储藏谷物的社会，几乎同样发现了谷物在水、酵母和其他成分的混合物中如何发酵并变成美酒的过程。这是一个神秘的过程，只有少数人掌握其中的秘密。在整个乡村社会，酿造的作坊，充满着诗意的芬芳，没有人能够超越这样一个小小的建筑，没有人能够在这晶亮的液体中完全保持矜持。

在五彩缤纷的果园，成熟的果子还没有来得及采摘就坠落一地，这些果子渐渐变色腐烂，也同样流泻晶亮的汁液，这些汁液散发的浓香，传得很远很远，闻见它，身心愉悦，有一种飘飘欲仙的感觉。后来，这些发酵的水果，变成了果酒，成全了人们的浪漫情怀。

酒除了富含营养成分外，还含有影响精神行为的复合乙醇。这在单调的旅行生活中，简直就是幸福的催化剂。饮酒席面上的美食飘香，人们且歌且舞，脸色微醺，个个都像是怀春的少女。

《吉尔伽美什》是一部古老的史诗，其中已知最早的诗歌可以追溯到前2100年。在这部史诗中，妓女夏姆赫忒用自己的身体和大量啤酒引诱野人恩奇杜走出荒野，加入人类的阵营。后来，当吉尔伽美什寻找通往冥府的道路时，是一个酒馆的老板娘给他指明了方向。看来，酒，是通神的，它为人们指出了幸福的方向。

同样，在古老的中国，酒更是一个神秘的存在。大约前4000年就有了酿酒的技术，最初酒被端上了神圣的祭坛，不仅是它香醇，更在于它催化情绪的作用，因而，酒成为祭祀祖先的仪式中不可或缺的物品，那些庄重、典雅的青铜器很多是用于盛放祭酒的。在广大的农业社会，饮酒是人们日常聚会的主要活动。商朝末年，纣王“以酒为池，县肉为林，使男女裸，相逐其间，为长夜之饮”，从这一史实，至少可判定，美酒或多或少地与享乐和地位有关。

葡萄酒，是一种近似梦幻的存在，但葡萄酒——特别是以经驯化的野生亚种葡萄所酿制的酒却并不普遍，至少起初并不普遍。它最终在欧亚大陆随处可见，是丝绸之路传播的结果。就像养蚕业始于中国后传播到了西方一样，葡萄栽培始于欧亚大陆西部，后来传到了东方。

最近的DNA研究有力地表明，葡萄首先是在新石器时代（大约前10000年）在高加索被驯化的。有关驯化葡萄的最早证据发现于如今的阿塞拜疆和达吉斯坦的新石器遗址。从那里开始，葡萄酒的生产在青铜时代完全成形，遍及美索不达米亚和地中海。饮用葡萄酒的证据出现在前3000年前的埃及坟墓，以及前2500年的希腊，远早于荷马笔下的英雄在“暗酒海”中航行的时间。

这一条曲折的线路，是葡萄把它串联了起来。这是植物史上的奇迹。现存的史料和考古发掘证明：葡萄栽培技术传播到了伊朗的卡伦河高地平原和设拉子高地，饮用葡萄酒让波斯文化活跃了起来。前5世纪的希罗多德告诉我们，波斯的社会名流在喝酒时思考他们最重要的事情，每当一件事情悬而未决，一场大醉后就有了结果。如果他们碰巧在清醒的时候就某事作出了决定，就会在饮酒时重新考虑。这是一个奇妙的决策方式，以往的历史中比较少见。

希罗多德还提到，斯基泰人用敌人的头骨做成的杯子饮用混合了鲜血的葡萄酒。在丝绸之路的历史上，匈奴的统治者就有用人的头盖骨做酒器的信仰，认为这样可以从根本上战胜对手，成为最强者。

印度北部和中亚从波斯及亚历山大大帝的军队和随营人员那里学到了葡萄酒文化。巴克特里亚某些神殿和寺院的雕刻场景和其他证据表明，佛教僧侣既会酿制也会享用美味的葡萄酒。

在罗马帝国把葡萄栽培技术传遍了整个西欧领土后，欧洲的早期基督修道院也成了著名的葡萄酒商。

西罗马帝国覆灭之后，罗马天主教会在中世纪期间保持了酿酒的传统和技术，他们认为这种暗红色的液体可以变成耶稣的血。东正教和东方教派，或称“聂斯脱利教派”，同样也在圣餐中使用葡萄酒，英国圣公会也是如此。酒，加强了人们与上帝之间的联系。酒的物理作用和精神催化，使人暂时逃脱了肉体的羁绊，成为上帝的宠儿，完成了与上帝坦诚而诗意的对话。

中国位于这条传播链的东端。一颗小小的葡萄在沙漠上闪耀翡翠一般的光芒，让人们确信了神迹的存在。在那个战火纷飞的年代，张骞的每一行脚印，都带着奇异的传闻和事物，包括那些植物的流传，也被他的血泪所浇灌，从而生机勃勃地生长起来。文化需要融通，种子需要传播，适合的空气和水，阳光和土壤到处都是，但那些种子折断了翅膀，是张骞让它们飞奔而来，在更加广阔的田野上崭露头角。

张骞被那缠绕的藤蔓所沉醉，在他的冒险中，葡萄被收入了囊中。要知道返回的路并不平坦，埋伏着无数的生离死别，但他还是在手心里，牢牢地攥住了一粒葡萄的种子。

这时候，已经是中国的西汉时期。在西域肥沃的绿洲，葡萄扎根了；在河西走廊的沙漠，葡萄发芽了；在长安城下，葡萄结籽了。葡萄连接了整个丝绸之路的苦涩处，让人们的旅行有了一个甜蜜的向往。

东晋太元八年（383 年），后梁太祖、时任前秦大将军的吕光攻伐焉耆，灭龟兹。这一次远征，使他不仅获取了声名赫赫的城池，而且还掳掠了著名的大德高僧鸠摩罗什，达到了物质和精神并驾齐驱的高峰。据说，在龟兹这个世界性的绿洲城市，当他第一次看见葡萄的藤蔓，品尝了葡萄的美味，被异样、神秘的葡萄酒所征服，他才真正感觉到，这次战争唯一的赢家，是它——葡萄和葡萄酒。生于荒僻，生逢战乱，这样的味觉体验，让他有了一份浓厚的人生慰藉。关于这一次与葡萄和葡萄酒的相遇，史书上记载：“士卒沦没酒藏者相继矣。”

两个半世纪后，僧人和旅行家玄奘在伊塞克湖（今吉尔吉斯斯坦境内）

附近西突厥叶护可汗的军营里见到了葡萄。这对于风尘仆仆的求道者来说，也算是故知般的熟稔。这是一个典型的发生在丝绸之路上的生动场面，他用文字记载了他看见的一切：游牧部落的精英身穿绚丽夺目的丝绸刺绣服装，叶护本人身穿绿缎衣，用十英尺长的丝绸头巾束着他蓬松的头发；大帐里，叶护和大臣们与玄奘以及来自中原和高昌的使节们坐在软垫上；游牧者和使节们听着中亚乐师奏出的音乐，喝着酒，气氛越来越活跃，而有节制的玄奘喝的是甜葡萄汁。

这样的文字是华美的，这样的场景可以入诗，不仅入诗，还进入了历史的殿堂，千年之后，又让我们有了重温这次聚会的机会！

在很多历史遗迹中，我们看到，唐朝的工匠以希腊式的葡萄串来装饰铜镜和大马士革锦缎，或是制作陶瓷“来通”（地中海式的角形酒具）和葡萄酒罐来模仿萨珊的银箔执壶。一个唐朝的葡萄酒具上就画着一名肤色黝黑的粟特人，笑着环抱一只跟他一样大的罐子。

唐诗是伟大的世界文化高峰，在数以万计的唐诗中，有很多诗篇都提到了丝绸之路和葡萄酒。像翩翩起舞的粟特人和喧闹的鲁特琴一样，在中国人的眼中，葡萄酒也与中亚密切相关。例如，我们不会把红葡萄酒与酒醉的士兵联系在一起，但在 8 世纪的诗人王翰看来，葡萄酒却营造了中国中亚边境上的出征氛围：葡萄美酒夜光杯，欲饮琵琶马上催。醉卧沙场君莫笑，古来征战几人回？

唐代诗人王翰的一曲《凉州词》，把那个时代的两样奢侈品奉献给了历史——葡萄美酒、夜光杯。《十洲记》中说：“周穆王时，西胡献夜光常满杯。杯用白玉之精制成，光明夜照。”葡萄美酒的历史我们已经有了清晰的脉络，夜光杯却如同一个神物，它是白玉之精，光明夜照。类似于夜明珠，但又盛满玉液琼浆，与葡萄酒可以说是绝配。

历史就是这样让人不可捉摸，本来西域是夜光杯的原产地，经过艰难的跋涉和无限的颠簸，夜光杯这种神奇之物竟然在它的故乡西域失传，而在它的滞留地河西走廊生根发芽，而且根深叶茂，延续至今。河西走廊作为丝绸之路上的咽喉要道，戈壁绿洲、瀚海沙漠、古郡重镇、关隘要塞、长城烽燧、石窟寺庙、石室文书、流沙坠简等元素构成了丰富多彩、威武雄壮的历史画卷。夜光杯点缀其中，闪烁着熠熠的光彩。从白玉之精到墨绿可人，夜光杯的变迁，折射着河西走廊地理文化的光彩。

美玉出自祁连山。祁连山的奥秘，使一条穿越甘肃西部的狭长走廊有了被历史命名的机遇。从乌鞘岭到荒芜的玉门关，戈壁和沙漠的间隔处，总有成片的绿荫，遮挡着一座山的容颜。而绿洲上的生活与它息息相关。人们习惯了低头劳作，远处的头戴雪冠的山峰，一直被忽视。直到有一天，牧人一步步攀登，从低矮的灌木丛到成片的松林，最后到雪线下的阴坡，这时候天已经完全黑下来了。在巨石的罅隙，因为星光的辉映，漏出了萤萤之光，一个神秘的夜行者，被淡淡的光辉所折服，后来，它就成为制作夜光杯的基本原料——祁连玉。

一位酒泉一带夜光杯厂的老玉工说，要采到上好的祁连玉不是一件容易的事。常常赶着骡子和毛驴进山，来回就是一两个月。顺利的时候，能驮回几麻袋；走错了地方，只能空手而返。骡子和毛驴都是温顺的动物，走在狭窄的山路上，它们会小心谨慎地被人牵着慢慢行走。若是脾气暴躁的马，连玉带马滚下山谷也是常有的事。每次出行，玉工们都准备了足够的干馒头、咸菜、棉衣、撬子和锤子，尽管是夏秋季节，但是到了山里，还是阴冷阴冷的。险峻的山崖间，玉工们都选择在满月之夜，深一脚浅一脚地观察那“漏出萤萤之光”的地方，找准了，就用撬子和锤子，一方一方地从巨石上取下那块石头。稍不留神，就会发生坠山身亡的惨剧。

除了《十洲记》的描述外，西汉东方朔《海内十洲记》也说，西周国王姬满应西王母之邀赴瑶池盛会，席间，西王母馈赠姬满一只碧光粼粼的酒杯，名曰“夜光常满杯”。姬满如获至宝，爱不释手，从此夜光杯名扬千古。夜光杯造型别致，风格独特，质地光洁，一触欲滴，色泽斑斓，宛如翡翠，倒入美酒，酒色晶莹澄碧。尤其皓月映射，清澈的玉液透过薄如蛋壳的杯壁熠熠发光。

到了唐代，夜光杯更是闻名遐迩。“葡萄美酒夜光杯”，诗以杯名世，杯因诗增辉。酒泉是夜光杯的原产地，据当地的文史资料记载，1949 年之前，雕磨夜光杯的艺人，多是本地人。由于玉器生产一直停滞在手工操作的基础上，所以费时多，成本大，工人收入微薄，生活贫困。他们每月工资高的是3元，低的2元。一日三餐，只有逢年过节，才能吃到肉菜。他们住土炕，铺盖是破被和毡片，每日从天亮上工直到日落下工，所谓“太阳不落不算一天，青蛙不叫不吃夜饭”，正是他们生活的写实。到了农历十月以后，因为昼短夜长，晚上还要干两三个钟头的活。工人们说：“十月中，看三星，三星当午是三更，三更到了才歇工。”工房的设备也很简陋，冬天手指冻麻木了，只有烧块红石头或用点沸水来暖一下。他们是没有社会地位的，作坊主被人称为“×（指姓）玉石”，工人被称为“玉石匠”。1933年春季，酒泉的县长魏元之为了逢迎上峰，勒令玉器工人在3日内琢磨出特大号纯白色带座夜光杯两副（20个）。当时全县仅有四五家作坊，工人不到25人，星夜赶制也无法完成，魏便将工人一齐押到县府责打拘禁。

夜光杯有两种主要原料，即石和砂，缺一不可。石产于距嘉峪关一带城百余里的祁连山石壁中，有黑水石、五岭石、茵板石、老窝子石等类别。年轻力壮的玉器工人，在每年溽暑季节，赶到山里，以火炬将石壁上的冰融化，再以铁锤、铁镢击破石壁，将破石一块块地抬至悬崖处，滚至山底，再用牲口经羊肠小道，一驮一驮运到酒泉。制玉者有了原料，即视销路情况进行分工生产。生产时分钻坯、挖空、冲碾、磨光等工序。出成品后，再行烫蜡、揩擦、配付、包扎，便可出售。夜光杯原来并不制座，清代与俄通商后，俄制的带座玻璃杯进口，始有带座夜光杯出现。

夜光杯的特点是质地精细，纹理天然，色彩多变，光滑透明，异常轻巧，同时能耐高热，斟入烫酒不会破裂。其形式也突破了杯子的造型，扩展到了笔架、砚台、笔筒、水盂、名章、印泥盒等文具和旱烟嘴、“佛手”烟嘴、齐口酒杯、茶碗等用具。在装饰方面，有玉簪、玉镯、玉纽扣、玉耳环、玉戒指等。在陈设品方面，有玉桌面、玉茶几、玉熏煤炉等。文娱用品方面，有玉箫、象棋、围棋等。少数民族喜爱的鼻烟壶、头面等，亦有生产。其色彩天然斑斓，黄、绿、黑是基本的颜色。许多玉料还可以因势琢制成山水、花卉、云彩、礁石等景物，妙趣天成。老玉说，酒泉一带，清末民初是玉器业产销畅旺的时代。那时共有作坊十余家，规模较大的雇用工坊在 10 人左右，中等的有六七人，小的也有三四人。他们没有专门的字号，只在作坊上面冠以作坊主的姓氏或籍贯来作称呼。当时的产品还有清代官吏佩戴的翎管、射箭用的扳指等。民初曾制造过西藏用的罗汉碗、喇叭口杯，在大烟未禁前也曾制过玉器烟枪、烟斗、烟嘴等。这些产品或为山西、陕西客商东运京、津、沪转销内地；或为回族商贩驮运康藏等地换取鹿茸、麝香等物品，以牟取高利；或为外国传教士携回国外。一部分由本地小商转售予本省各地。据不完全统计，1928 年以前，仅就带座夜光杯一项来说，以 8 个工作日磨成一副计，平均每年产量在千副以上。每副以银币 3 元折价，年销售额达四五千元。

李白号称酒仙，他有 16% 的诗歌都提到了酒，可见在那个时代，饮酒是一件多么惬意的事。在阿拉伯和波斯文学中，颂扬爱情和葡萄酒的古典诗歌流派在伊斯兰化之后得以幸存，在神秘的苏菲派教徒的作品中尤其如此，后者把葡萄酒所致的多情和忘形与人们对与神合一和精神超验的渴望等同起来。这是 13 世纪诗人伊本·法里德的《酒颂》：

在对至爱的回忆中
我们饮下一杯；
在神造出葡萄藤之前
早已酩酊大醉。

如果不是为了赞颂它，
我便不会找到它的酒馆；
如果没有它闪烁的光芒，
想象又如何把它呈现？

在这里，“满月是杯，酒是被新月环绕的太阳；调制出来的那一刻，满天的繁星眸间闪亮”！在法里德看来，爱、酒和信仰之间的联系如爱人之间的深吻，是真实有形的存在：

所以一饮而尽吧，
如果必须如此，不妨把它混合起来，
但转身离开
至爱的双唇却是万般不该。

在14世纪波斯诗人哈菲兹的笔下，感官和精神世界的交织更加难解难分：

头发蓬乱，汗染香鬓，唇边带笑，且酌且饮：
她衣衫不整，歌声不断，酒杯在手；
她目光嗔怒，嘴里叹气，
昨夜她来到我的枕旁，坐了下来。
把头靠近我的耳边，用美妙的声音低语：
“你在睡吗，我的老情人？”
喝了这样一杯夜酒的情人。
如果还没有爱上美酒，定是不相信爱情。
消失吧，修行者！不要对历尽辛酸的人吹毛求疵。
因为在本初之日，我们的所得仅此而已。
无论主在杯中倒进了什么，我们都一饮而尽，
无论是天堂的琼浆还是醉汉的劣酒。
酒杯的笑声与至爱的卷发——
啊，它们驱散了多少哈菲兹的憾悔！

在蒙古人的统治下，伊斯兰教和中国的饮酒习俗和宗教传统汇合了，至少短期内如此。1250年代初，佛兰芒方济各会的修道士鲁不鲁乞经陆路抵达略拉库伦（今乌兰巴托附近）蒙古可汗的宫廷，宫廷上最引人注目的装饰品却是由一位巴黎银匠打造的一个银制的大树形精美酒吧：

树根部有四头银狮，每一头都连着一条管道，吐出乳白色的马奶。四条管道在大树中心直通树冠，树冠折弯向下，每根管道上还有一条镀金的蛇，蛇

尾都绕在树上。从其中一条管道里流出的是葡萄酒，第二条是澄清的发酵并蒸馏的马奶，第三条是蜂蜜所制的蜂蜜酒，最后一条是米酒。每一种酒都有一只特别的银碗在树下接着。在树顶的四条管道中间，匠人做了一个手持号角的天使，树下有一个小室，仆人可藏身其间。

管道穿过树心直达天使。天使的号角一响，隐藏起来的仆人就会把各种酒倒进相应的管子。不拘一格的畅饮，让血管偾张，隐藏于人性中的狂放一下子爆发，汇聚为天堂一般的欢乐之海。

事后，人们明白了，是这些神秘的液体，在催化人们的性情，让人们变得像天使一般温顺、野兽一般豪爽。在酒面前，所有的人的外衣，都脱得干干净净，透明得像一泓泉水。

一串烤肉的前世今生

不论是对昨日世界的回忆，还是探寻世事变迁的深层原因，食物，都不再是简单的果腹之物，相反，它全面参与到了个人记忆与整体社会的塑造过程中。

饮食是一场对话，关乎人与他人，人与自己，人与器物，人与自然。从传统美食中，我们可以看到，一个地方的历史和一代代人的记忆。

每一座城市都有其独特而鲜明的“味道”，这种味道，强烈地体现在各具特色的地方美食之中，蕴藏在每一座城市的风格迥异的生活方式及价值追求之中。

饮食，只有到了美食的阶段，才是艺术，才是文化，才是不灭的记忆，才是无法消解的味蕾记忆。

就像羊肉，我国养羊的历史已经十分悠久，羊肉作为食材也时日已久，后来，羊肉因烹饪技术的进步而滋味鲜美，既成为西域少数民族的挚爱，又能为中原贵族所接受，并食不厌烦。从现有的历史资料来看，河西走廊应该是羊肉美食的发源地。

河西走廊自古以来就是古丝绸之路的咽喉要道，它西接西域，东联中原，南邻青藏，北通蒙古，各种文化在这里聚集、融合，积累了深厚的饮食文化传统，尤其是羊肉的加工，已经形成了系列的完整的饮食体系。这些羊肉饮食文化传统是宝贵的财富，使人们通过美食，体验乡愁，接受文化洗礼和熏陶。

人类社会的经济文化交流，都是从那些最直接的共识开始，从某种意义上说，美食是人类共同的语言。

丝绸之路是古代中华文明与外部世界联系的一条重要人文纽带，大量域外作物随着丝绸之路的畅通而被陆续引入河西走廊。丝绸之路不仅增加了本土作物的种类，也对河西走廊的农业生产和饮食结构变迁产生了非常重要的影响。据统计，中国现有的农作物中（主要指大田作物、蔬菜和果树），至少有 50 余种是通过丝绸之路输入的。在我国现有的农作物中，名称中带有“西”“胡”“番”的基本上来自域外。域外农作物千里迢迢来到中国，这个过程是非常不易的。明朝之前，中国引入的农作物大多原产于西亚，也有部分源于地中海沿岸、非洲或者印度，它们大部分是通过陆上“丝绸之路”传入的。汉唐时期传入我国的农作物以水果蔬菜为主，明朝之后传入的主要是谷物。

通过丝绸之路陆续输入河西走廊及嘉峪关一带的植物新品种有很多，如：葡萄、苜蓿、石榴、红兰花、酒杯藤、胡麻、胡桃、胡豆、胡瓜、胡荽、胡蒜、胡葱、橄榄等等。这些新品种植物，都来源于中亚、西亚地区。

这些新品种植物的输入，对于人们的经济生活具有重要意义。由于一些新品种植物具有多种用途，很快便成为人们生活中的必需品。如葡萄既可食用，又可酿酒；苜蓿不仅充作牲畜饲料，也可作绿肥原料，其嫩苗可作蔬菜；胡桃肉可食，也可榨油；胡麻也是很好的油料作物等。有许多新品种食物还是很好的药用材料。总之，这些新品种植物的输入，对于河西走廊的农产品、畜牧业、工艺制造业以及医药等方面都起着直接或间接的影响作用。美国东方学家劳费尔，十分钦佩古代中国善于吸收外来植物为本国农牧业经济发展服务。他曾说：“中国人的经济政策有远大眼光，采纳许多有用的外国植物以为己所用，并把它们并入自己完整的农业系统中去，这是值得我国钦佩的。中国人是熟思、通达事理、心胸开豁的民族，向来乐于接受外人所能提供的美好事物。在植物经济方面，他们是世界上最前列的权威。中国有另一独特之处：宇宙间一切有用的植物，在那里都有栽培。当然这些植物的采纳和吸收的过程是一步步进行的。”

由于河西走廊地处丝绸之路的黄金节点，各种文化交流，尤其是各种植物的输出和输入，缔造了深厚的美食文化。许多美食都是在嘉峪关一带加以孵化、成熟之后，才逐步传入中原和西域。嘉峪关魏晋墓砖壁画中描述的烤羊肉串的内容，是世界上现存最早的这方面的图像资料。

西汉张骞通西域后，中亚饮食之法渐有传入汉室者，羊肉随之盛行。据史料记载，胡羹即其中之一。到了魏晋南北朝时，胡羹这种羊肉美食，已经深受皇族喜爱，十分流行。胡羹的制法是：羊肋三公斤，加羊肉二公斤，水四升，煮熟，将肥肋骨抽掉，切肉成块，加葱头五百克，芫荽五百克，并加入安石榴汁调味。安石榴是安息石榴的简称，是从伊朗传入的。还有一种羊肉的制作方法叫胡炮肉，取一岁肥羊，现杀现切，把精肉和脂肪都切成细丝，下入豆豉中，加盐、葱白、姜、花椒、荜拔、胡椒调味。将羊肚洗净翻过来，把切好的羊肉装到肚中，以满为度，缝合好，在凹坑中生火，烧红了，移却灰火，把羊肚放入火坑中，再盖上灰火，起火燃烧，约烧煮一顿饭的时间便熟了，羊肚香美异常。

嘉峪关新城魏晋墓砖壁画，引起了专家的广泛关注，通过砖壁画中的各类饮食画面，专家们认为，羊肉饮食从西域传入中原，嘉峪关一带是一个关键的节点。

今天，像涮羊肉、手抓羊肉这些甘肃的特色美食，早在一千多年前的魏晋时期，在嘉峪关一带就已经流行了。

专家指出，出土于嘉峪关新城魏晋墓的画像砖，生动地展示了当时人们制作手抓羊肉的全过程。在画像砖的右侧，一位大厨正手持快刀在案上切肉，切碎的肉放于案下的盘中。而左边的大厨挽起袖子煮肉，上方还挂着切好的肉块。现代的手抓羊肉大概也是这么个做法，但不清楚肉出锅后，古人究竟是蘸醋水还是蘸椒盐吃。这有可能是涮羊肉的雏形。除了“煮肉图”之外，还展出了“耕种图”“畜牧图”“扬场图”和“宴居图”，嘉峪关新城魏晋墓砖壁画还真实反映了魏晋时代河西走廊这一带人的生产生活情况。

追溯历史，魏晋南北朝时期，以“五胡”为代表的少数民族大量内迁，在和汉族杂居的过程中逐渐开始从事农耕生产，走上了农业化道路。胡族的农业化是渐进的，其中以鲜卑族成绩最为显著。这个时期种植的粮食作物主要是黍、粟、小麦和少量稻米。胡族农业化给胡汉饮食生活带来了巨大影响，这在饮食原料、加工方法、酿酒业上有十分明显的表现。法国著名社会学家谢和耐曾在其名著《中国社会史》中言道：“正是地理环境促使形成了某种生活方式并强加给它一些限制。在某种海拔之上和某些气候条件之外，小麦就要让位于大麦了，蒙古那辽阔的草原牧场更有利于大规模的饲养业而不是农业，需要大量灌溉的水稻种植业最理想的选择地是温带和热带那些能灌溉的平原。”而事实也确如其所言，不同地区的不同地理环境造就了不同的生活方式。在民族交流中，羊肉饮食以其味美可口而被胡汉民族广泛认同，并不断丰富其饮食文化的内涵，比如汉人食不厌精、脍不厌细的传统与羊肉制作的结合，很快就把羊肉美食推向了文化的高度。

而且，嘉峪关一带自古以来“畜牧天下饶”，为牛羊的生长创造了天然的良好条件。最初，中国农业与牧业之间有着比较明确的分界线，谭其骧先生认为：“（东汉末以后）黄河中游大致即东以云中山、吕梁山，南以陕北高原南缘山脉与泾水为界，形成了两个不同区域。此线以东、以南，基本上是农区；此线以西、以北，基本上是牧区。”但魏晋南北朝时期胡人开始大量内迁，其传统就受到汉族文化传统的剧烈冲击，首当其冲的便是农业生产对牧业的冲击。

纵观历史，汉代开始的胡族内迁至西晋时已蔚为大观。西晋初期，西北和北方的匈奴、鲜卑、氐、羯、羌、乌丸等民族已大量进入黄河流域。江统在《徒戎论》中分析当时形势云：“关中之人，百余万口，率其少多，戎狄居半”；汾河流域匈奴“五部之众，户至数万，人口之盛，过于西戎”；冯翊、北地、新平、安定各郡有羌人；扶风、始平、京兆等郡有氐人。西晋末年时，太行山区已遍布杂胡，“群胡数万，周匝四山”；北魏初年“西北诸郡，尽为戎居。内及京兆、魏郡、弘农往往有之”；北魏末期和东、西魏时，“自葱岭以西，至于大秦，百国千城，莫不欢附，商胡贩客，日奔塞下，所谓尽天地之区已。乐中国土风，因而宅者，不可胜数”。胡族内迁的历史事实，也造成了羊肉饮食的风靡和流行。

饮食习俗是一种非常顽固的民俗，它的改变需要一个长期的过程。胡族对充满膻气的牛羊肉有着执着的喜爱，在前中期，北魏和汉民族在生活习俗上的融合还未达到使胡族完全接受五谷杂粮的生活方式的程度，有文献记载："(王)肃初入国，不食羊肉及酪浆，常饭鲫鱼羹，渴饮茗汁……经数年以后，肃与高祖殿会，食羊肉酪粥甚多。高祖怪之。"而茶被称为"酪奴"，朝贵相聚，"虽设茗饮，皆耻不复食，唯江表残民远来降者好之"。这一"怪"字和"耻"字便反映出当时胡汉两族在饮食方式上有着非常明显的差别，故而，他们对于能够提供他们所需之食物的畜牧业便十分重视了。即使是美味的羊肉饮食，胡人喜食之，汉人却可能因为气味和"大块吃肉"的野性而拒之门外。因此，对于羊肉饮食的加工工艺的完善，也可能成为推广羊肉饮食的动因。

从广阔的历史背景，到具体的嘉峪关新城魏晋墓砖壁画，古老的羊肉饮食传统为我们挖掘历史文化资源，为嘉峪关的饮食文化提供了第一手资料，使嘉峪关一带的羊肉饮食有了深厚的历史渊源。

从一串烤肉的历史，我们可以看出羊肉美食的发展历程。河西走廊西部玉门一带的火烧沟文化遗址是甘肃六大古文化遗址之一，出土于 1976 年。这是一处新石器时代后期的人类文化遗址，距今约 3700 年。因出土地周围是一片红土山沟，土色红似火烧，所以这一古文化遗址被考古界称为"火烧沟文化"。火烧沟遗址以墓葬为主，已发掘清理出的古墓有 312 座，古墓中的随葬品有狗、猪、牛、马、羊等，其中羊骨多而普遍。

黑山岩画位于嘉峪关市西北约 20 公里的黑山峡谷的峭壁陡崖上，成画于战国至明朝。岩画主要集中在四道鼓形沟、红柳沟、磨子沟、石关峡口等处，共有 153 幅，延绵约 2 公里。岩壁黑紫色，刻石较浅，手法古朴，风格粗犷，造型生动。画幅大小不一，宽 0.3 ～ 3 米，高 0.2 ～ 2.5 米，一般高出地面 0.5 ～ 5 米。内容有围猎、骑射、操练、舞蹈等场面，以及众多的羊、牛、鹿、狗、驼、鸡等动物形象，这也说明了古代家畜是人们生活的重要内容。

有关人类畜养家畜的记载最早可追溯到遥远的先秦时代，那时就已有了包括马、牛、羊、猪、狗、鸡的"六畜"之说，并常以"六畜兴旺"来形容国富民安的盛世之景。除了古代日常骑行使用的马匹外，六畜和江河湖海中的各种鱼类共同构成了古代中国人的肉食链，而其中牛羊猪三者又独占鳌头，成为人们日常饮食的宠儿。

21 世纪初，嘉峪关烤肉已独成一家，无论配料还是口味，都名冠甘肃省内外，成为驰名小吃和嘉峪关市级非物质文化遗产项目。羊肉美食文化的现代价值，得到了挖掘和展示，在大快朵颐的豪迈中，唤起了从前悠长的文化记忆，在一串烤羊肉的引导下，人们品尝了悠远的乡愁！

马缔造的历史

西部广阔的时空中，始终离不开马的身影。

1969 年，甘肃省武威雷台墓出土了一件青铜器，考古确定此墓为东汉时期镇守张掖的军事长官张轨及其妻的合葬墓，这件青铜器是惟妙惟肖的马踏飞燕的形象，又名“马踏飞燕”“马超龙雀”“铜奔马”，铜奔马高 34.5 厘米，身长 45 厘米，宽 13 厘米。

事实上，马踏飞燕是所有马的集合，是智慧者和勇武者的化身，是裹尸者永不消散的精魂，是一万年的草原之灵，是理想之花中最绚丽的枝叶和花瓣。翅膀一样轻盈，是它的速度；凌空奔驰的冲击，是它的力量。有了这样的形象，人们就充满了信心，无垠的沙漠和戈壁，亦是通途。它的蹄音，迸发一切音响并引来新的和谐；在人们的眼里，一匹矫健的骏马从来不属于大地，而是天空的一部分，就像漂浮的云彩和流动的阳光。神采奕奕的马，一步步地，把人送到与神靠近的高度。这，可能就是对马踏飞燕的最好解释。

让我们去看看河西大地上的那些马，在我看来，那些传奇的马，奔腾的马，加起来，就是这匹踏飞燕的马。

这是敦煌的一处水洼，看起来有点西部野趣，但也很是平常。却就是这么一处水洼，在中国的历史上掀起了波澜，到底是什么，让它得到历史的青睐？

事情是这样的：前 120 年，河南新野有一个小官名叫暴利长，因犯罪被充军到敦煌屯田垦荒。话说渥洼池一带水草丰美，天高地阔，他一个人在这里放牧时感到很是寂寞，就常常坐在水边，看一群群野马吃草、饮水。久而久之，他发现其中有一匹长得很奇异、奔跑的速度快而且动作敏捷的马。看着看着，他就陷入了遐思：如果把这匹马献给皇上，他就能够离开这个鬼地方了。有了这样的心思，他就开始动脑筋。晚上，他在水边用泥土做了一个与自己一模一样的土人，又让土人穿上自己的衣服，手持鞭子、套马索。当第二天清晨马群饮水时，一见到土人便被惊吓得跑到远处张望。时间一天天过去，马群渐渐地对土人的存在习以为常，便又像往常一样到池边饮水。这时，他便将土人搬走，自己立于池边。马群到池边饮水时，他突然甩开套马索将那匹马束缚。这件事，在历史上有确凿的记载，也如同暴利长想象的那样，汉武帝龙颜大悦，遂作《天马歌》："太一贶，天马下，沾赤汗，沫流赭。志俶傥，精权奇，籋浮云，晻上驰。体容与，迣万里，今安匹，龙为友。"豪情满怀的汉武帝，把这匹马描绘得出神入化，他想象着这匹神奇之马，穿越浩瀚无垠的沙漠和寸草不生的旷野，让他乘上，带他去神仙所在的昆仑山，带他去漫游天帝的宫殿。这是多么大的气魄啊。

渥洼池碧蓝的水面映照碧蓝的天空，是现实的天空，也是历史的天空。那么，一匹马，是如何触动帝王心弦的，这是一个谜。

事件的前奏是因为一个人，他叫张骞。前 138 年，西汉王朝派张骞出使西域，张骞回国后说，西方有一个叫大宛的国家，大宛王国贰师城（今乌孜别克哈马特城）有一种世界上最好的马，名"汗血马"，流出来的汗像血一样，每天能跑一千多里，是名副其实的千里马。是所谓史书上记载的"多善马，马汗血，其先天马子也"。这使汉武帝眼界大开的同时，心里直痒痒。有这样的汗血宝马，汉武帝恨不得马上就得到。他当即召来大臣们商议，派使节携带二十万两黄金，作为价款。又用黄金铸成一个金马，作为礼物，向大宛王国购买。即所谓史书上记载的"持千金及金马以请宛王贰师城善马"。不想，热脸贴了个冷屁股，大宛国王不买账，认为汗血马是他们的国宝，不肯出售。汉朝的使节哪里受到过这样的侮辱，被下了面子之后，个个情绪激动，甚至将金马击碎，破口大骂，掉头而去。大宛国王也是一不做二不休，大宛距离汉朝千里万里之遥，看他能奈何我。就这样，愤怒中的大宛国王，杀掉了全部的汉朝使节。消息传到京城，汉武帝一蹦三尺高，为了无数的宝马，为了大汉朝的颜面，他必须作出一个决定：哪怕是举全国之力，也要荡平这个狂妄骄横的大宛国，说什么也要用大宛国国王的头盖骨饮酒，洗却耻辱。于是，一场规模宏大的战争拉开了序幕。汉武帝封李广利为“贰师将军”，带兵征讨大宛。李广利率大军越葱岭，也就是经过今天的帕米尔高原西击大宛国。这是一条异常艰险的道路，海拔高，极度缺氧，且冬季寒冷，夏季酷热。在遥远的征途中，军士疲惫，死伤无数。沿途所经过的国家都不愿提供后勤保障，部队自身的后勤保障又供应不足，远征军抵达大宛时已是疲惫之师，大宛军队以逸待劳，击败汉朝的大军。李广利兵败而回，汉武帝大失所望，下令关闭玉门关，不准李广利的部队回来，汉武帝下了死命令：“军有敢入者，辄斩之！”这才有了后来的“臣不敢望酒泉郡，只愿生还玉门关”的感叹。与此同时，不达目的誓不罢休的汉武帝又给李广利增派兵力，组织和集结工作就用了一年多的时间。通过总结经验教训，这次的出兵加强了后勤供应力量。6 万参战士兵从敦煌出发，还有许多自带衣食兵器随军参战的人也加入了这支队伍。他们赶着 10 万头牛，3 万多匹马，还有无数的驴、骆驼等军需物资。大本营设在酒泉，增派 18 万甲兵戍守酒泉、张掖以北，设置居延、休屠两个县护卫酒泉。为保证粮食供给，汉武帝调发全国 7 种类型的犯罪者远送粮草，运输物资的人接连不断，浩浩荡荡一直延伸到敦煌。

前 102 年，汉朝的远征军围攻大宛，大宛军民杀掉国王求和，交出所有汗血马，任凭远征军选择。这就是史书记载的“宛乃出其善马，另汉自择之。汉军取其善马数十匹，中马以下牡牝三千余匹……乃罢而引归”。汗血马得到了，付出了巨大的代价后汉武帝如愿以偿，为了正本清源，汉武帝以自己的愿望实施了对各类良驹的命名，他把原来叫作“天马”的乌孙马改名为“西极马”，称汗血马为“天马”。东汉 · 班固《汉书 · 西域传》有云：“天马徕兮从西极，经万里兮归有德。承灵威兮障外国。涉流沙兮四夷服。”《汉书 · 武帝纪》中颜师古引应劭注亦言其“号一日千里”。班固的《汉书》中也详细地记述了这件事情，现在读来仍是血气冲天。

到了五凉时期，畜牧业的发达，丰富了河西走廊人们的生活，尤其是马匹的大量繁衍，对军事有直接的推动力。从前凉时起，河西走廊的骑兵已名扬天下，被洛阳人称赞为：“凉州大马，横行天下。”

今天我们看见的马，是从前的那些叱咤风云的马吗？“胡马，胡马，远放燕支山下。跑沙跑雪独嘶，东望西望路迷。迷路，迷路，边草无穷日暮。”这样的胡马，传说中的天马，现在在哪里呢？

霍去病取胜后，汉王朝为了巩固河西地区，在焉支山和祁连山之间的广阔草原上建立了36处军马场，饲养着几十万匹军马，屯兵数十万。海拔适宜、地势平坦、水草丰茂，这片牧马良地历经数千年岁月而不衰。

山丹是扼守河西走廊咽喉的军事重镇，南面是白雪皑皑的祁连山，北边便是茫茫无际的腾格里大沙漠，在戈壁和沙漠的包围中，雪水流过的地方，一块块绿洲生机盎然，一片片草原活力无限。在山丹军马场，绿野间挺拔矗立的烽火台是历史的守望者。这些烽火台在汉代就已经存在，经过历朝历代的增设、修缮，才保存了下来。自大马营正南，每隔10里就有一座烽火台直至祁连山下白舌口，共有7墩，其他的地方，烽火台也是随处可见。这些烽火台纵横呼应，势成犄角，战事一起，互为关联，协调一体。我情愿把他们当作一匹匹马，一匹匹沉思的马。那些黄土的内部，绝对有马的灵魂。

马，是人类最高贵的征服品。冷兵器时代，一匹马飞驰而过，其闪电般的速度和威猛的力量，震撼人心。走近山丹马，我们就会走进一片广阔草原，这就是被誉为丝路绿宝石的大马营皇家马场，直至今日仍然是亚洲第一、世界第二的大马场，千古传诵的山丹马就出自这里。青藏高原东北边缘地带，河西走廊一系列构造盆地之一的大马营盆地，土地肥沃，牧草丰美，农牧皆宜，天地间的浩然之气，养育了马的精魂。

山丹马原属青藏马，从汉代开始，匈奴在一段时期占领河西，使蒙古马大量进入，形成混血马。这种混血马既有青藏马粗重结实、适于挽用的特性，又秉承了蒙古马灵敏精干的优点。丝绸之路畅通之后，波斯等国的马进入河西走廊，对山丹马的自然改良也产生了积极的作用。民国初年以来，对青海的浩门马，甘肃的岔口驿马、河曲马，新疆的伊犁马、顿河马、莫尔根马、日本马等，多有引进。在遥远的古代，西域的良马，经过漫长的道路抵达中原，整个河西走廊就是良马输出的中转站，这里有天然的牧场，有与西域一样的丰美水草，成群结队的马在河西草原上休养生息的时候，已经注定了它良马"培育基地"的使命了。至于歌谣中流传的"河西畜牧天下饶"，则是民间的补充。

要说山丹马永恒不衰的形象，还要说一说霍去病。在祁连山一带，霍去病率兵先后六次击败匈奴，立下了赫赫战功，他却英年早逝，24岁就为国捐躯了。为了表彰他抗击匈奴的丰功伟绩，汉武帝修建了祁连山形的墓冢，墓前有大型的石人石兽，作为墓地装饰。如今，这些石雕陈列在墓前两侧的廊房里，从时间和规模上看，它是我国已发现的时代最早、保存最完整的大型石雕群。石雕群中，最精彩的就是《马踏匈奴》。其中的石马，传说是和霍去病生死相依的马。霍去病在生前骑着这匹马征战厮杀，立下了赫赫战功，英雄配骏马，它威武的形象，从雕塑中一望便知。这匹石马高1.68米，长1.9米，一只前蹄把一个匈奴士兵踏倒在地，手执弓箭的士兵仰面朝天，露出痛苦的神情。这组雕像动静结合，表现了马的雄健和人的刚强。一人一马，高度概括了霍去病的戎马生涯。我想，这勇猛的马，一定就是马踏飞燕魂魄吧！

远古的汗血马，今天，它的子孙在哪里，这似乎是一个谜。

土库曼斯坦总统访华时，向胡锦涛主席赠送了土库曼斯坦最珍贵的阿哈尔捷金马。并肯定地认为阿哈尔捷金马就是远古的汗血马。有关资料上说，阿哈尔捷金马至今已有3000多年历史，是世界上最神秘也是最古老的马种之一。它体形轻细优美，全身密生长毛，弯曲的颈部，特有的伸长高举步法，显得高贵出众，在历史上大都作为宫廷用马。亚历山大·马其顿、成吉思汗等许多帝王都曾以这种马为坐骑。传说，土库曼斯坦有一条神秘的河，凡是喝过这河水的马在疾速奔跑之后就会流汗如血。

"流汗如血"，这是一条很重要的线索。据我国史书记载，西汉时期，张骞出使西域，发现一种出汗如血的宝马，于是将其带回长安，这就有了"汗血宝马"的传说。根据这一史实，我国的马史专家认为：汗血宝马其实就是现存土库曼斯坦的阿哈尔捷金马。

长期以来，人们对于马的钟情与日俱增。那些在华夏大地上留下脚印的马，勇武的身影一直深深刻印在人们的脑海里。比如它疾驰如闪电，日行千里夜行八百；比如说它颜色鲜亮如血等等。从一般的常识上，我们很难一一判断解答细枝末节的疑问。但从动物生理学的角度，我们或许能够理出一个比较满意的答案。

汗血马为什么流汗如血呢？许多兽医学专家认为，由于马匹在奔跑时体温上升，使得少量红色血浆从毛孔中渗出，使马汗有了血红的颜色。一般情况下，马在高速奔跑时体内血液温度可以达到45℃到46℃，但它头部温度却与平时一样，为40℃左右。清朝人德效骞所著的《班固所修前汉书》一书中写道，汗血马的汗血现象是马病所致，他认为存在一种钻入马皮内的寄生虫，这种寄生虫尤其喜欢寄生于马的臀部和背部，因而马皮在两个小时之内就会出现往外渗血的小包。也有人认为，马汗如血，仅仅是文字上的描绘。马出汗时往往先潮后湿，对于枣红色或栗色毛的马，出汗后局部颜色会显得更加鲜艳，给人感觉是在流血。

据我国史书记载，自从听说了汗血马这种良马之后，它的形象就从茫茫西域进入中原大地，一直延续到元朝，曾兴盛上千年。元朝以后，汗血马在历史上就鲜有记述，可以说无论是从汗牛充栋的史海，还是无边的草原和大地，它都消失殆尽，难觅踪影。究竟是什么原因使一种优秀的马种退出了历史舞台？专家认为，汉武帝时引进的“汗血宝马”有公马也有母马，理论上讲，进行繁殖是可行的。但在中国，地方马种往往在数量上占绝对优势，引入的外来马种往往都会走以下的模式：引种—杂交—改良—回交—消失。阿哈尔捷金马和传说中的汗血马，把迷幻的历史拉近，再拉近，使一匹本来只存在于想象之中的马，真实地再现于人们的眼前，仿佛我们又重新回到了那个时代。

在河西走廊，许多文物古迹中，都有马的形象。酒泉丁家闸十六国墓顶壁画天马、敦煌佛爷庙魏晋墓画像砖翼马、敦煌三危山老君堂唐天马砖、瓜州榆林窟西夏第3窟窟顶壁画翼马、榆林窟第10窟的翼马，更是把马的形象推到了极致。可以看出，长了翅膀的马，双翼舒展，似有腾云驾雾之势，又有傲视苍穹之高贵。在敦煌博物馆，敦煌唐砖天马别有情趣，它把马的飞奔、马的灵巧，用活泼的绶带表现了出来，以天马舒展的四足渲染了腾飞之姿。

2002年9月14日至29日，嘉峪关市文物部门抢救性清理发掘了一座东晋时期的二室砖结构墓葬，发掘出一批珍贵文物。该墓葬距地面11.4米，墓葬有镶有砖雕的墓门楼，残高7米，出土丝绸残片、陶器、木器残件等100多件文物，其中的一幅“天马奁画”，再现了我国东晋时期飘逸、灵活的画风。作为一名新闻记者，我第一时间看见这幅“天马奁画”，内心里有一种激奋。嘉峪关文物景区的文物工作者也很兴奋，他们认为这是嘉峪关魏晋墓出土文物中最有价值的墓葬之一。这幅奁画由两块长方形木板组成，上绘天马3匹：第一匹天马如同游龙，四蹄腾云，回首后顾，飞奔于彩云之间，如果不仔细观察，谁也不会认为它是一匹马；第二匹天马与燕子同行，亦扬尾奋蹄，鬃毛直竖，眼似龙眼，眼球外突，还有飘动弯曲的两根胡须，马体丰满健壮，与第一匹天马之间有一朵云彩，有趣的是与这匹天马同行的燕子亦作回首状，似乎唯恐身后飞奔而来的天马踩着自己；第三匹天马正在奔行状态中喝水。地面还有啄食野兔的猛禽和体形肥硕矫健的羊。整个画面色彩热烈，动感十足，所有的骏马都有破板而出的冲击力。丁家闸5号墓十六国时期壁画，上承嘉峪关魏晋墓壁画，下接敦煌北朝壁画。比较的结果指出，丁家闸5号墓与莫高窟第249、285二窟有明显的承袭关系。仔细观察发现第249、285二窟顶部壁画中“飞廉”形象无论在造型、表现手法等各方面均与我们所讨论的翼马、天马十分相似，肩生翼，四蹄腾空，周围流云飘飞，又有飞鸟飞天，总体上类似丁家闸天马。所有的这些马，马踏飞燕是它们的代表。这样一尊青铜的器物，把马的形象推向了至高无上的位置，无论从哪个方向看，人们都会从内心里确切地指认：是的，是这样的，真正的马，就是这样的啊！

它那极富美感的想象力，它那飘逸如飞的轻灵，它那张弛有度的厚重，它那流云飞卷的潇洒，谁会说它是一匹马呢？谁又会说它不是一匹马呢！

马在原野上的奔腾往来，有一种飘逸洒脱的感觉，因而，马在人们心目中，往往相当于灵魂的蠢蠢欲动。就像人在大地上，看见高飞的鸟儿，激发了人的飞翔欲望。

第八部分

定格在石头上的努图特

祁连山岩画里的世界

每一次走进大山，我都有一种直觉，仿佛要与旷日持久的奇迹相遇，因而，总是在期待中度过每一个激动人心的日子。后来，我才真正明白：图像是抹不掉的具体符号，留在历史上，见证每一个时代大多数人心里共同有过的梦想、渴望。

也许，那些草，闭口了；那些雪，高高耸立；那些冰，巍峨、峭拔。但它们一直沉默着。

这时候，我们与之相遇的石头，开始越来越像我们曾经遇见过的一个人，那样的熟稔，那样的心心相印。如同蒋勋体验过的那样：天荒地老，一个人蹲在旷野里，呆呆看着一块石头，看久了，他觉得那没有生命的石头里好像有一个人，一个他很熟悉的人，一个他念念不忘的人。

事实上，当人类渐行渐远的背影在夕阳中模糊，唯一清晰而坚挺的，就是这些石头了。如果，石头也不能让空旷的山谷，留下居留者的深情，那么，谁会与那些流逝的时光有相同的频率？谁会保留尖利的语言，激荡历史的回声？当我们在风中逐字逐行读懂曼妙的月色，从前的牛、羊、鹰、马群，甚至欢乐，会不会在一瞬间穿云裂帛，回到我们身边？还是篝火、还是舞蹈、还是那个不眠的饕餮之夜。

一个人在天荒地老的偏乡僻壤中，宁静像巨大的生铁，敲击着头脑中固有的世界，直到这个世界被敲击得稀巴烂，另一个世界逐渐建立起来，你才能够看清楚周围的一切：静静流淌的泉水，茂密的植物，惊慌失措的兔子，包括内心中无法舍弃的万千惦念。仔细想想，一个人的脱胎换骨，也许就是这样。其实，那些平平淡淡的生活，永远铺陈着，就像神秘的峡谷，偶尔有冲决的气旋，让一部分崖壁发出惊恐的嚎叫……这个神秘的过程，我们能够感触到的不仅仅是祖先的眼神，还有他们在阳光和星光下的沉思……

在嘉峪关下的祁连山中，我们真的找见了他们，我们熟悉的人，我们念念不忘的人。

这是一部石头册页，对于这部册页，每个人都有自己的解释，每个人在解释时都会有自己独特的角度，有人看到了明晰的线条，有人看到了狂放的色块，有人看到了生活的演变，有人看到了原始的自然……

这些画面历经风雨，仍然鲜活，它显然超越了无穷无尽的时间和宽阔无垠的空间，让那些植物、动物、人穿云裂帛，走向今天。

我说的是岩画，祁连山岩画。

认识祁连山

走进大山，具体地说，是走进祁连山。总有抑制不住的冲动，似乎会遇到亲人或者宝藏，似乎会有不期而至的机遇，总之，从每一个豁口走向它，都会被活力无限的草和泉水所带动，看着那新鲜的一切，真想去做一个牧羊人。

有了人的生活，才有了这些奇妙的构思，我们今天能够拨开层层叠叠的荒芜，找到它们，那微弱的语音，渐渐清晰，这样的对话，其实早就开始了，从你走进深山的那一刻。

我一厢情愿地把祁连山比作巨大的奶酪，每每抬头仰望终年不化的山顶白雪，我的精神世界就格外饱满，像注入了这鲜活的奶酪。

我多次讲述过地理的祁连、文化的祁连、历史的祁连，而此时此刻，我最想一吐为快的是“奶酪”祁连。

《元和郡县图志》描述：“祁连山水美草茂，山中冬温夏凉，宜放牧，牛羊充肥，乳酪浓好，夏泻酪不用器物，置于草上不解，作酥特好，一斛酪得斗余酥。”

这是可触摸的奶酪丰润的景象。远离尘嚣，山中结庐，奶酪在生活的茎脉散发永恒的香味。歌唱和舞蹈，传递甜蜜的信息。这肯定是人间和平幸福的图画，叙说哪一部分，都有着值得咀嚼的怀念。

事实上，祁连山下，一座座村庄，一块块田野，城市、工厂，它们无不吮吸着源源不断的奶酪。这是无形的奶酪，植物在饮用，城市在饮用，那些花朵，那些果实，是永久的象征。

我曾只身深入过祁连山一次，酒泉一带的丰乐、屯升，高台一带的黑松林，气候润泽，沁人心脾，雪水下流的沟壑，松林密布，水的清凉和洁净，无法言说。

进入一个帐篷，接过一碗刚刚热好的奶酪，来不及细致地品尝，全部的真味就已记在了心间。

我那简单的深入，竟然触及了本质的层面，这是那一碗奶酪的启示。

这何止是一份短暂的拥有，我们原本就不曾失去过。我们长久地沐浴其中，视角和心情都磨得迟钝了，只有这玄机的勃发，才能找到认识的根源之一。

我们几乎不曾在那里坐一会儿，静听天籁，我们几乎不曾以一种感激的目光，对我们生活一侧的祁连投以深情的一瞥。

瞧！那奶酪多新鲜，在往上涌呢！

无可辩驳，我们一直在这条山脉巨大的阴影下生活，时间久了，我们习以为常地忽略了它的存在。

记得很久以前，我面对窗前祁连山主峰上的雪冠，内心有一股冲动，却始终由于语言的贫乏，使这种冲动没有得以准确表达。写过一些感情上的留恋，那也仅仅是文人士大夫固有的一点点矫情，充其量只不过是皮毛的认识而已。

必须抓住它神秘的峰峦，做一次行动上的汗水和脚力的体验。

从酒泉的丰乐一带，从张掖的扁都口一带，从一条山脉的丰润处出击，植物由松林到蕨草，劳累中的跋涉，也没有改变我思想和表达的前行脚步。

后来，单位组织去马蹄寺，我欣然前往，马莲花盛开的草地，承接着祁连山上浮出的阳光。

那么，我循着什么样的轨迹，可以再现一瞬间的神示和告知？

一个词出现了。在一部地理书中，讲地壳的两个板块的碰撞和挤压时用了“大隆起”这样一个词，我突然像灵魂出窍，想到了祁连山。巨大的中亚高原的一个重要的组成部分，一系列相互平行的山脉和谷地，以及沟通内地与新疆、我与中亚的一条交通线索，像沙盘一样，浓缩在我的脑子里。大隆起，是一次波澜壮阔的力的显示，在天地之间，勾兑阴阳之气，萌生植物和灵性的根芽。

大隆起，还像一册书卷，世事的衰亡与荣辱，都从这册页中源源流下，筑城、挖洞、雕塑、粉饰、争夺、厮杀，似乎都被这样的隆起而亢奋着，演练着用不完的精力。

20 世纪 80 至 90 年代，若干俄罗斯地理、地质学家，如波丹宁、普尔热瓦尔斯基、奥勃鲁契夫等曾穿越祁连山东西两端、南北两翼进行地理、地质路线调查。他们被这样的隆起搞得如痴如醉，他们描画的到达每一个隆起断面的指示，没有超过他们的目光所及，这些蓝眼珠、黄头发的人，在一种大隆起的背景下，仅像一两只甲虫。

现今形成的祁连山的一切文明，包括世界瞩目的洞穴和长城，它们背靠的是这种大隆起的气度。祁连山一带一首叫《流水》的民歌中，唱着“山洼洼里的小水水流不完”，这简单的语句中，充满了对这种大隆起的探寻。众多的在河西走廊酒足饭饱的兄弟，会不会唱出这样通俗的一句，想到大隆起这样一个词，在平时的生活中，产生仰望的情愫。如果会，就算是真正认识脚下的地理和头顶上的环境。

祁连山脉，雄峙河西走廊之南、青藏高原北缘，为古生代地槽型褶皱山系。其东起乌鞘岭、西至敦煌西南的当金山口与阿尔金山相接，东西绵长 850 多公里，南北宽 80 ～ 240 公里。整个山脉由 7 条大约平行的北西西走向的古生代褶皱、中新生代断裂隆起的高山和谷地组成，山势西高东低，大部分海拔在 3000 ～ 3500 米，主峰大雪山海拔 5564 米，相对高度一般在 1000 米以上。

山体自然海拔 2000 ～ 2200 米为草原化荒漠带，2200 ～ 2600 米为荒漠草原带，2600 ～ 2800 米为干旱草原带，2800 ～ 3400 米为森林草原带，3400 ～ 3800 米为高山灌丛草甸带，3800 ～ 4000 米为高山草甸带，4000 ～ 4500 米为高山垫状植物带，4500 米以上为冰川和永久积雪带。其中森林草原带和高山灌丛草甸带为主要的水源涵养林带，这里分布着青海云杉、圆柏等高大乔木林和高山柳、箭叶锦鸡儿、金露梅等灌丛林带的草原植被。

绵亘不绝的祁连山，位于青藏、蒙新、黄土三大高原的交汇地带，孕育着大面积的水源涵养林，历来被誉为“绿色保姆”和“高山水库”，它是黑河、疏勒河、石羊河三大内陆河的发源地。祁连山上茂密的森林涵养了冰川雪峰，祁连山中发育的河流和流淌下来的冰川融水，滋润、灌溉着河西大地，为河西走廊绿洲和北部荒漠地区提供了稳定的水资源。

一条条河流造就了绿洲，一个个绿洲连缀成了河西走廊，河西走廊维系了一条伟大的丝绸之路。这是祁连山的伟大功勋。河西绿洲之所以存在，丝绸之路之所以存在，全依赖祁连山。假如没有祁连山，河西走廊将是一片荒漠。

走向神迹

是不是把这样的图案归结为绘画，我一直在思索。绘画源自人类对于自然的敬畏，早期的人类，认为未知领域有着广阔的黑暗，应对这种黑暗的灯，可能就是绘画了。当无数的恐惧、惊喜袭来，人类的参照物就逐渐清晰起来，它们开始把认为永恒的东西记录下来，把灵感闪现的瞬间记录下来，展示了人类对于自身命运的思考。

“我欠你的绘画真理，我将会在画中告诉你。”在大自然中，不存在谁欠谁的问题。当我第一次走进山脉深处，有的只是少年的轻狂，总觉得能够跟所有坚硬的柔软的事物对峙，时而奔跑、时而长啸，时而仰天大笑，幼稚而真诚，就连谷壑中的花草、牛羊，也有花瓣翻飞、追逐嬉戏的时刻，况乎一个无知少年？每每想起这些，山崖上那些动物、植物和神秘的图案，就如同复活了一般，嘲笑我放况！人们叫它们岩画，而我，把它们称为兄弟！

我常常问自己：岩画会告诉我们什么呢？

岩画一直储存着远古人类的信息，当它们从山林走向平原，它们就旷日持久地远离了人们的生活。人们再次走近它，一点点发现它，隐秘的思绪才渐渐映入人们的视野。

这是更为立体、丰富、全面的历史学图像资料库，一部全新的世界史将由此产生：

仿佛走进了两千多年前，仿佛听见了先人藏匿在山野里的歌，久久回荡。

由此，我们想到了原始巫术。原始巫术最早在西方的一些旧石器时代的岩画里得到充分体现，人们发现这些岩画中的动物身上有被尖锐的利器反复打击过的痕迹，根据文化人类学的研究，认为很可能是在每次狩猎之前，他们就会到这些动物的图像之前举行一个仪式。由巫师带领大家把手里的标枪或者弓箭射向这个图像，这样一来，他们就会认为在精神上已经控制住它了。人与自然，人与猎物，因为一场巫术，留在了岩画上，留下了灵魂与灵魂之间不断角力的叮当之声。

只有让我们的想象不断深入，才有可能构想出一个将祁连山岩画视为视觉语言符号系统和等级化形式单位组合的岩画认知，把它还原到历史文化语境中的视觉图像符号。

隐秘的岩壁

在高高的崖壁，人们需仰视而见；在杂草丛生的岩石上，人们需拨草而见；而在汗牛充栋的史册中，星星点点，人们需擦亮眼睛、耗尽油灯才可窥视其蛛丝马迹：早在战国时期，韩非子的著作中就有岩画的记录；5 世纪北魏地理学家郦道元所著的《水经注》上记录的岩画有二十余处。

在祁连山，人们已经发现的岩画，主要分布在永昌县、肃南裕固族自治县、嘉峪关市、玉门市、瓜州县、肃北蒙古族自治县境内，它们在河西走廊画了一个扁平的圈。这个圈，我们的祖先用了几十个世纪才把它画圆。

磨刻、写实……至今，它们仍有勃发的生机，就好像一不留神，它们就会从岩壁上走下来，走向那牧场深处。难怪有人说，要想洞悉河西走廊的过往，必须从岩画开始。这条岩画的走廊，在祁连山巨大的山系中，向人们展示了久远的信息：其图案有狩猎、放牧、农业等内容；有反映宗教信仰的内容，如祖先崇拜、祭祀仪式等内容；还有反映日常生活的内容，如村落、舞蹈等，一幅幅岩画，连接起来，就是历史的长河。

无论是过去，还是今天；也无论是今天，还是未来，祁连山都是先祖们的生存故乡和精神家园，虽然许多民族都陆续走出了祁连山，走向了遥远的草原和绿洲，但与民族的繁衍与迁徙相比，信仰与精神显然更持久。

可以说，祁连山岩画，是绘就在崖壁上的波澜壮阔的历史画卷，是祁连山历史文化的源头活水。从这里，我们可以走进如火如荼的先民们的日常生活中。

嘉峪关下

嘉峪关巍峨肃穆，其身边的黑山寂寂无名，但还是要说它。没有它，就没有嘉峪关。嘉峪关的文化，正本清源，就只能是它，这清澈的活水，滋养的不仅是文气，还有精神和力量。

在一万多年前，黑山地区山深林密，平原地带沼泽、湖泊星罗棋布，水草茂盛，气候虽凉冷但却湿润，是飞禽走兽的乐园；崇山峻岭中，食肉类的虎狼成群出没；食草类的马、牛、羊、鹿、驼在山地和平原奔驰；鱼、龟在水中嬉戏。

黑山古称“洞庭山”，“洞庭”这个词，让人想到洞庭湖。洞庭湖现在是个什么样，我们都知道，烟波浩渺，荷叶连连，柳丝如发，鱼米飘香。远古的时候，人们看见黑山，走进黑山，让它拥有一个“洞庭”的名字，可见，黑山是多么的富庶，多么的景色宜人。

今天的黑山，荒山秃岭，虎豹绝迹，沼泽、湖泊大都干涸，残存的水域虽还有鱼，而龟、鳖的踪影却无从寻觅。就连野生的鹿、驼、马、牛也不知去向何方。

其实，它们在崖壁上安静地生活，没有人去打扰它们。

当我们走进沟壑纵横、流水潺潺的石关峡峡谷、交河沟沟口、红柳沟、四道股形沟、磨子沟、蕉蒿沟……我们就不难理解祖先们的选择：这是一个可牧可宅之地，有泉水，有牧草，牛羊就更不必说了。

远古的人们，生活在6处沟底两侧陡峭山崖上。风霜雪雨，都没有能够抹掉他们的踪迹。或敲凿、或磨刻、或线刻，低者半米，最高者5米以上，画面大小不一，高度在0.2～2.4米之间，宽度在0.3～3米之间。宏大的史诗，就这样悄悄隐匿在崇山峻岭之中。

石关峡口是黑山南麓的一条深远的峡谷，史学界有专家认为，这里曾是最早和最晚的玉门关。

玉门关是汉帝国最重要的边防要塞之一，玉石西来，丝绸东去，仅仅是它温柔和平的一面。“春风不度”的荒凉与“古来征战几人回”的悲壮，才是其真实的写照。

在古老的汉帝国的边防线上，一座关口的名望历久不衰，充满诗意而又凄凉幽怨，积聚梦想而又磨砺重重，这样的关口，可能就只有玉门关了。

“黄河远上白云间，一片孤城万仞山。羌笛何须怨杨柳，春风不度玉门关。”唐人王之涣的《凉州词》，把万千征守者、旅行者的无限辛酸，凝聚于方寸锦帛，无法化开。

黄土、红柳、苇草夯筑的堡垒，以及形单影只的边墙，并不是玉门关全部的风景。然而，历史对于这样一块地域，却设下了“天降大任于斯”的磨难。一队队兵马、商客，一脚踏出，等待他们的，就只有漫漫的黄沙、戈壁，死亡的预兆，布满遥不可及的终点。盼望、回归、期待，使一座狭小的边防站，成为希望与绝望、生命与死亡的分界线。

在历史的巨大背景中，玉门关的设置，与这样一些重大的事件息息相关。汉武帝派张骞两次出使西域，使西域的草原和骏马、习俗与物产，纳入了汉王朝的视野。

学者李并成考察后认为，“故玉门关”就是今嘉峪关的石关峡。理由是唐初有个僧人道宣，写有《释家方志》说：“从凉州西而少北四百七十里至甘州，又西四百里至肃州，又西少北七十里至故玉门关，关在南北山间。”此“故”肯定是在隋唐之前，即汉代设置的玉门关。另外，《寰宇记》引自《十三州志》中“延寿县，在（酒泉）郡西，金山在其东，至玉石障”一句话。因为汉代延寿县在今玉门市清泉乡骟马城，金山就是今嘉峪关的黑山，可能玉石障和玉门关含义接近，所以正是今石关峡。

汉太初二年（前 103 年），李广利讨伐大宛后，玉门关迁到了敦煌西北。汉和帝（89—105 年）时，匈奴杀了汉使，朝廷放弃玉门关，把关口向东迁到 400 多公里的今玉门镇。之后民族矛盾激化，汉王朝三次大规模出击匈奴，廓清了西部边境的军事威胁，“列四郡，据两关”，一条贸易往来和文化交流的大道——丝绸之路宣告畅通。中国特有的丝绸源源不断地运往西方，西方的音乐、宗教以及葡萄、石榴、核桃、苜蓿等也相继传入中国。丝绸之路的开通，深刻影响着此后的中国和世界历史，这一伟大历史成就，是在河西修建了完备的军事防御工程——长城的基础上才得以完成的。在长城的护卫下，敦煌以至于河西全境免于匈奴和羌人骑兵的侵扰，社会经济得到了全面恢复和发展。以敦煌为大后方，以长城的延长线——从玉门关到罗布泊的烽燧防御警戒系统为依托，西汉王朝进而完全控制了天山以南、昆仑山以北的塔里木盆地全境，以及塔里木盆地以西的部分地区。

东汉明帝开通新北道后，瓜州成为新北道的起点，玉门关又迁到今瓜州县的双塔堡附近。唐诗说的“春风不度玉门关”正是这里。

五代宋初时，曹氏归义军统治时，又把玉门关迁到嘉峪关的石关峡。从这个意义上说，四次搬家后的石关峡也是最后的玉门关。

在长城的拱卫下，玉门关挺拔耸立，成为西北一个由中原通往西域和西域前往中原的必经关口，是丝绸之路总枢纽的一个重要开关。玉门关在军事上，是一个坚固的前沿堡垒；在和平的日子，又是一个通商口岸，负责征税、缉私，保护商旅的人身安全。玉门关因古时候西域和田等地的美玉从塔里木盆地经此输入中原而得名。想当年，玉门关下，使者“相望于道”，“驰命走驿，不绝于时月；商胡贩客，日款于塞下”，各种皮肤、各色服饰穿梭于水泊深草，各种方言谈论共同的话题；战事骤起，关门幽闭，出击的骏马，前蹄不安地刨地，烽烟升起，金鼓敲响的一刻，仿佛空气都凝固了。

今天，当我们作为历史的追随者，从敦煌备足粮草，踯躅西行，绿洲的明媚逐渐远离，扑朔迷离的风尘弥漫前程，心情又是不一样的。沧海桑田，石关峡峭壁林立，峡内荒草萋萋，使玉门关的形象，更加接近那凄惨的诗句。溪流边稀疏耸立的红柳以及极尽生命状态的旱苇在飘摇，似乎顷刻就要折断。而高岗之上的玉门关，萎缩于千年的黄土，回忆喧嚣的往事。

我们也在问自己：这就是玉门关？然而再想一想，汉代以来的数十个世纪，即使钢筋铁骨，也难免被时间的风霜改变得面目全非，何况一座黄土堆砌的城堡。

玉门关的兴衰，无疑是丝绸之路兴衰的缩影。在丝绸之路的黄金时代，玉门关则进入了一个内涵丰富、润泽八荒的玉石时代。那时候，出玉门关步入丝绸之路的北道，经车师前北庭（今吐鲁番西）向西南通焉耆（今焉耆西南）、乌垒（今轮台东）、龟兹（今库车）、姑墨（今温宿）、疏勒（今喀什）越过帕米尔高原，直达地中海东岸地区。丝绸、美玉，在这条异常艰苦的道路上，如同信念中的水源，滋润着人们的心田，把人们疲惫的脚步带入生命的绿洲。而玉门关，正是希望的开始。

无论学术界的争论怎样向更加精确的方向迈进，都没有影响人们对那段辉煌历史的怀念，一种情感，一种寄托，只需要一个相应的对应物。人们千里迢迢直奔敦煌西北的小方盘城，在一座不起眼的黄土城堡下久久沉思，在无限荒凉的背景中，想象祖先的生活和追求，对自己的生存境遇，增添几分坚强和自信。

城池的变迁，使真实的历史隐匿于黄土的深处，再次探访久远岁月的故事，荒草丛中，空留几截残垣断壁，白云悠悠，鸟鸣凄凄，让人徒增几分悲伤。

历史到底有什么秘密，崖壁上的人们，清清楚楚地看到了，只不过，他们早已保持缄默。他们的缄默，是他们的高度。

海拔 1695 米的崖壁两侧，从战国至明末，都有先祖们的勒石记述：狩猎、放牧、动物、人物、生殖崇拜、舞蹈、操练……虎、狼、豹、野牛、犀牛、牦牛、岩羊、山羊、赤鹿、鹰、蟒蛇、马鹿、梅花鹿、豺、狗、狐狸、猞猁、大雁、骆驼、藏羚、雉鸡……佛塔、古藏文题记、明代题记……100多幅岩画，把峡谷里的世界，一一作了粗线条的描述。其实，它背后的往事，浩渺如海，但走进这些岩画，距离他们，就很近了，那个浩渺大海般的世界，就会渐次呈现在我们的面前。

一人、一马、一只大雁、一副帐篷支架。马成为人类最亲密的伙伴，行走天涯，都有它的身影。这不，马上的行者，在大雁的指引下，开始了漫长的旅行，好在帐篷可以随处支起，这一路走来，免去了不少风餐露宿之苦。

一座三层佛塔中的一座佛殿，殿内中间有一佛像，左面有一坐禅弟子，右为一菩萨像；一人、一马、一狗、两只山羊……这已经是晚期的岩画作品了，在这条峡谷，信仰已如星光，丝丝缕缕地降临，人们生产、生活，人们仰望星空，低头思考，宗教让他们把触角延伸到了遥远的世界和遥远的未来。

从狩猎走向驯养，从驯养走向畜牧，人们欢欣鼓舞，用舞蹈表达内心的喜悦：单人舞、双人舞、四人舞和多人舞，舞者多头插羽毛状饰物，双手叉腰或单手叉腰，翩翩起舞，舞姿各具特色。

在一面岩壁的，一幅舞蹈图中，共有舞者30余人，舞者队列整齐、头插羽饰，有的双手叉腰；有的两手高举；有的单手叉腰，另一手高扬，双脚分开各具形态，围绕着一立状物体，有一狗立于周围，像是在欢庆捕获猎物或是祈祷神灵，场面宏大，震撼人心。黑山岩画中的舞蹈图是最具代表性的，岩画画面之大，形式之多，舞姿之优美，场面之精彩，在全国其他地区岩画中实属罕见。

围猎的场景也是惊心动魄："狩猎图"中，八个猎人围猎四只野牛和一只梅花鹿。尽管一名猎人被冲过来的野牛攻击，被野牛犄角挑在空中，而其他猎手仍毫不畏惧，决不退缩，继续勇敢地弯弓搭箭射击野牛，这种为获取食物而战斗的场面，让人想到了先民顽强的狩猎意识。草原之下，时时掩覆着危难与牺牲！由此可见，从饥寒走向温饱，是一条多么漫长的道路啊！

还有一幅图，在几只野牛和长角鹿的周围有许多徒步猎手，手持弓箭朝着野牛射击；外围有二人骑马引弓，准备追击，右侧还有人在观看或呐喊助威；而野牛则扬尾抵角，表现出既欲逃窜又要与人搏斗之势。正因狩猎之有危险而艰难，故凡狩猎有大的收获，古代先民们便许多人成群结队，手拉着手或臂连着臂，以脚踏地，边歌边舞表示庆贺。

嘉峪关下，传奇一直在延续，黑山岩画不是开端，也不是结尾。从壮丽的天下第一雄关放眼望去，雪山巍峨，长城逶迤，当我们逐渐向南，听见讨赖河的涛声，我们知道了，滋养历史的，是奋斗和创造！

七个驴：有许多永恒的驴

我一直把岩画作为人类激活历史文化记忆的一种努力。与那些名山大川之上的碑刻不同，岩画是谦卑的，但又是高贵的，它是写在大地上的历史。

有人说，岩画戳准了文化经络上的关键穴位，直指内心。它所传递的信息，是流淌在血脉里的，看见它，就仿佛似曾相识；看见它，就有一种冲动。毕竟，人类从远古走来，从前那些歪歪斜斜的脚印虽然模糊不清，但重新回到出发地，一切又都清晰如初了。

岩画并非随心所欲的产物，在其生命的起点上，它就被深深地打上了人类出生地之自然的和文化的胎记，体现了自然与人文的交融。

七个驴，或许就是人类童年故事的验证。

回到祁连山，七个驴越来越近。

第一次到这里来的人，一眼看见了七头野驴，突然间的一声：七个驴！就把一片草原命名了。事情远远不止于此，在嶙峋的乱石和崖壁上，还隐藏着不为人知的秘密：6 组、35 幅，140 平方米大小的空间，那些野驴、野牛、骆驼们吃草、散步、繁衍、生息……

其中，还有狩猎、放牧的生产生活场景。

这里，冰川、雪山、河流、湿地、草原、峡谷等地形地貌多彩多姿；这里，是河西走廊重要的生态屏障；这里还是河西走廊西部水源的主要涵养区。疏勒河、党河、石油河、榆林河 4 条内陆河流从这里奔腾而下，年径流量达 14.25 亿立方米，滋润了广阔的土地。这里，湿地如画，雪山似镜。

身在其中，向南眺望，连绵的祁连雪山隐隐约约，依稀可辨，在阳光照射下银光闪闪，有的好似身着白纱的少女，有的像头戴银冠的武士，各有风韵；向东俯视，党河（党金果勒河）浩浩汤汤，滚滚向北。远山、蓝天、白云倒映其中，美不胜收。

这里是肃北！仙境与浪漫共同营造了一个童话世界，这个世界，无疑被时间所传承，被石头所记录。

德若淖尔像一面明镜清澈、灿烂，她在海拔 3000 多米的高山峻岭中，面积约 3 万平方米，湖水及其两岸的景色是原始、粗犷、质朴的，而且湖水吸引了很多候鸟，周围是典型的高原牧场，羊群像珍珠洒在那里，两边的雪山上长着雪莲、当归等名贵药材。湖边风景宜人、气候凉爽，每年的六月至八月，这里成为人们避暑、观光、游弋自然的理想地。“德若淖尔”是蒙古语，马镫湖的意思。关于这名称的由来有好几种说法。有说湖形像马镫子的：从两边的高山上往下看去，湖形的确像一个巨大的银镫。湖水像镫眼，湖岸像镫边，从西面的山谷间流入湖水的小河像一条熟牛皮的镫绳，河水正好又绕过湖边的一座小山，恰似把镫绳坚固地拴在那儿。也有人说湖水正好在高山的一个巨大的台阶上，好似踩着上马的银镫，坚固而闪光。无论如何德若淖尔湖的名字都与蒙古人及他们的图腾——骏马有着直接的联系。故事也很多，其中老人们讲的一个传说很感人。

在很久很久以前，这里没有人烟、没有水、没有草，只有光秃秃的山脊和戈壁沙丘。那时，在遥远的雪山之乡有一位蒙古族英雄为保全自己部落的草原，与其他部族的人进行争夺，结果未能获胜，反而部落中健壮的男人被战死，女人们全被抢走，草场和牲畜被占领了。这位英雄领着老人和孩子们翻山越岭寻找生存的地方，可是所到之处没有水、没有植物，走了三天三夜，老人累了，孩子哭了，骏马渴了，人们开始失望了。面对这样的悲痛局面，英雄果断地说：“大家不要灰心，只要等着我，你们就能找到生存的地方。”便跨上骏马独自一人经过茫茫戈壁走向那山的方向……他在这座山里整整走了一天，还是没有找到水。终于在太阳落山的时候在一个山谷中发现了一块湿地。骏马用四蹄、英雄用双手开始采挖湿地，挖了半夜，马蹄被磨破了，十指被磨断了，挖出来的湿土堆成了山，还是没有找到水源。他俩没有退缩，英雄从马鞍上解开一对银镫，镫绳拴在腰带上，踩着银镫又用双脚挖，骏马干脆用下颚去挖。当第二天的太阳出山时，英雄的脚下喷涌出圣洁的雪水。这水涨满了整个山谷，变成了一面湖，湖水又顺着马蹄踪印，流向戈壁沙丘，流到了老人和孩子们等待的地方。人们终于有了水，在这里生存了下来。可是那位英雄和他同甘共苦的骏马，再也没有能力去迎接部族大众，只能在湖边踩着银镫，遥望远方，等待他们的到来。第二年，冰雪化了，戈壁绿了。人们来到湖边时，英雄和骏马已经像雕塑一样安详地走了。人们把湖边的湿土一把一把地盖在他们的身上，很快在湖边出现了一座小山，上面开满了野花。从此，这个用英雄和骏马的生命换来挽救了部族大众生命的湖有了一个感人的故事、动听的名字——德若淖尔，马镫湖。湖水滋润了群山戈壁，使荒无人烟的地方变成了繁衍生息的草原，把漂泊迁徙的孩子扶上了肥膘的骏马。千百年来这湖水像一面镜子，映照远古人类的幸福生活。

七个驴，仅仅记录了漫长时光中的一瞬间！

这里，曾经是西戎、羌族、月氏、乌孙、匈奴、吐蕃、党项、回纥、蒙古等古代少数民族驻牧游猎之地。

截至目前，这里发现的岩画 20 多处，其中国家级一处（大黑沟岩画），省级 3 处（灰湾子岩画、七个驴岩画、阿尔格力太岩画）、市级 2 处（柳沟岩画、老道呼都格岩画），画面总数约在 5000 幅以上，其中清晰可见的岩画有近 3000 幅。从内容题材来看，动物画面尤为出色，如鹿、野牛、野猪、北山羊、青羊、盘羊、象、马、虎、羚羊、骆驼、野驴、犬、狐狸、鹰、蛇、鸟等栩栩如生，活灵活现。人物舞蹈、神灵图像、骑士、战车等，也十分独特。

有人说大黑沟是一头熊瞎子，静静地安卧着，不知道什么时候，它会突然咆哮，突然挺起身子，露出血盆大口。因而，走进大黑沟，寂寞和恐惧弥散着，直到走进岩画，内心才开始安宁起来。

蔓延 3.5 公里的陡崖上，岩画分布凌乱，高低不一，最高处距地面 20 多米，最低处只有二三十厘米。清晰可见的画面共有 55 组 340 多幅，其内容主要有梅花鹿、大角羊、野牛、野骆驼、大象、虎、青羊、盘羊等动物画面和狩猎、放牧、射箭、练武、骑马作战等生产生活场景。在岩画的旁刻有隋唐“开皇”年号和一些人名题记，似为游人所刻。从岩画痕迹看，岩画的造型技法基本上是凿刻和磨刻，线刻为晚期。大黑沟岩画比较全面地反映了古代北方游牧民族的经济生活、宗教信仰、意识形态、审美观念等方面的场景，是目前肃北草原上规模最大、内容最为丰富的岩画宝库之一。

马鬃山镇的布都胡鲁斯台岩画那冲击力极强的孤独的北山羊，老道呼都格岩画中那迁徙的成群的岩羊、骆驼，格格乌苏岩画中的牛和大角鹿，霍勒扎德盖岩画中的花草树木，仓库沟岩画中的野驴，盐池湾的阿尔格力台岩画中的骑马者和舞者，石包城附近的大井泉岩画中的蛇，灰湾子岩画中的犬……在祁连山，在肃北，岩画，让人们步入画境！

定格在石头上的努图特

一场薄雪覆盖了祁连山深处的一面草坡，远山依次而上的松林依然是郁郁葱葱，草坡下的河流蓝莹莹的，像一条拂动于风中的丝绸带子。

这里是祁连山裕固人的一个牧场，名字叫杨哥。

最初听到这个名字，意想为“扬歌”，觉得那是一个牧歌飘扬的地方。

一路颠簸着走过去，料峭的山势，像是一群骑士的雕塑，不由得让人想起一座山的宏厚历史：

把祁连山作为故土的民族，匈奴留下了千年的绝唱：失我焉支山，使我妇女无颜色；亡我祁连山，使我六畜不蕃息。2000多年前横扫大漠南北的匈奴人，一柄半月弯刀，寒光闪闪。但是，在离开祁连山的那一刻，从来没有过的忧伤，笼罩了他们。六畜的兴旺是物质的，是基础；嫁妇的颜色是精神的，是上层建筑。失去了物质和精神的双重支撑，民族的精脉气脉就没有了。走出祁连山的匈奴，很快就消失在苍茫大地上了。而裕固人的到来，就像是黑暗中摸索的一群人，见到了光明。他们口传心授的民族史诗《西至哈至》记录了一个民族全部的迁徙史。西至哈至为历史地名，是他们的出发地，是他们埋下胎衣的地方。从西至哈至走进祁连山，他们找到了永远的努图特，努图特意为故乡，是裕固人梦中的家乡，而杨哥仅仅是他们散布于祁连山中的一个驻牧点。在杨哥，一个民族内心的安宁与周边山川地理的融合，是那样的天衣无缝。

裕固族的祖先最早曾居住在敦煌之南，柴达木盆地以北，西到罗泊、若羌一带。元朝时裕固族人被称为“撒里畏吾儿”。14世纪中叶，明朝设置了安定卫、阿端卫、曲先卫、罕东卫等八个军事性的卫所对裕固族人实行管辖。15世纪初，信奉伊斯兰教的吐鲁番封建贵族察哈台后王为了控制东西方商业交通要道，开始同明朝争夺裕固族人居住的地方。15世纪末，由于各卫统治集团之间互相攻杀，再加上吐鲁番贵族的不断侵袭，关外诸卫相继崩溃，纷纷要求内徙。于是明朝统治者不得已将各卫官民迁入嘉峪关内，安置在肃州（今甘肃酒泉）附近，以及甘州南山（今祁连山一带）等地，裕固族人随着关外诸关东迁，就形成了现在裕固族居住的格局。这就是历史上有名的撒里畏吾儿东迁。那时候，《西至哈至》就在筚种蓝缕的人群中传唱。

裕固族，甘肃特有的少数民族，中国人口最少的少数民族之一。正值腊月末，甘肃河西走廊的年味越来越浓，却无法渗透那壁立千仞的重叠山系。

进杨哥，历史与现实交织在一起，如同梦幻。

在杨哥，正赶上裕固人的祭祖仪式，这是春节的前奏。男人们头戴圆筒平顶毡帽，足蹬长筒皮鞋，身穿高领左大襟长袍，腰系红、蓝色腰带，腰带上挂有腰刀、火镰、火石、小佛像、酒壶、鼻烟壶、旱烟袋等物；老年人头留长辫，并将发辫盘于头顶。妇女头戴喇叭形白色毡帽，或红缨帽，前缘镶有两道黑边，帽顶缀有红线穗子，后缘微翘，前沿平伸；衣领、袖口、襟边用各色丝线绣有花边图案。辫子上缀以彩珠、银牌、珊瑚、贝壳等饰物。如同色彩的河流，风情的盛宴。

人们陆续向着最高的山峰，顶礼膜拜，念念有词，随着袅袅升起的香火，人们的祭奠，庄严、神圣而又神秘。祭祖时先放两堆火，一堆烧羊肉，另一堆烧馍和面、糖果等物，再将刚出锅的肉、馍放在高处，准备祭祖。裕固人崇拜自然，认为万物有灵，人世间的一切都是大自然赋予的，是神的恩赐。因此，要在帐篷附近的高处点燃柏香，为大自然和神送去个人的祝愿和崇敬。

我们给杨哥的朋友们带去了几箱蔬菜、水果和一塑料桶青稞酒，见了杨哥的朋友，如同亲人，互相拥抱，表述思念之情，并一再挽留，让我们在山里过年。除夕，我们和杨哥的裕固族朋友一起吃年夜饭，按照裕固族的传统礼俗，老人在门口把我们让进帐篷，安排我们坐在左侧面朝门口的贴地板床上，这是贵宾席。按他们的习俗，我们先是双膝跪坐，然后盘腿坐下。第一道菜是酥油奶茶，喝奶茶是裕固族人的生活习惯，过去的饮食特点是一日三茶，以茶为饭，一般到晚间才吃一点面食，所以在招待我们时，先请我们喝酥油炒面茶，然后才用手抓羊肉和青稞酒款待。铁木尔告诉我们，裕固人在喝奶茶时，有很多讲究，一定要吃干净沉在碗底的“曲核”（一种呈块状的奶制品），这表示已经吃够了，要不然的话，主人会一个劲地给你添加。

以酒待客是裕固人必不可少的礼仪，他们有个老规矩，就是用各种名目向客人敬酒，要千方百计地把客人灌醉，似乎只有这样才尽到了主人之谊。裕固人敬酒都是敬双杯，无论在场的有多少个人，只有两只小酒杯，主人和主人的亲戚要轮番给客人敬双杯，饮用的酒除白酒、各种葡萄酒外，更多的是独具特色的青稞酒。那天，我们不胜酒力，铁木尔帮我们解围，也无济于事，只好硬着头皮喝，直喝得醉眼惺忪。

等我们醒来的时候，已是正月初一。我们借住的主家金花一家人已经早早起床，意为人勤春早。按习惯，金花和父母姊妹们手捧清水，洒向帐篷、棚圈，表示清洁吉祥。吃过年饺子后，附近的牧人们都来了，走亲访友，相互拜年，赠送礼物。送礼时，礼品装在褐子制成的口袋里，上面用一块四方白布对角折叠成三角形封盖，类似哈达，表示吉祥如意。

听朋友说，从初一到十五为宗教节日的正月大会，寺院多举办酥油灯花展，僧人头戴牛头马面等假面具跳护法，边跳边念，十分热闹。可惜，我们看不到了。

一个外来人，找见这样一个世界，瞬间，就像看见了自己的亲人。我又想起了那个词“努图特”，几天的沉醉使我爱上了这里，现在，要离开了，我们可以仔细认真地审视一番：

无数个泉眼与山上的溪流合二为一，山上，层层叠叠的松树一直堆垒到山顶。溪水，从盘根错节的根脉上流下来，早已是清香四溢了。我骑着马拐过一个山口，狭窄的山道，突然间因为泉水的芳香开阔了。这开阔是那种世外桃源般的宁静，这宁静是草、泉水共同营造的。我急匆匆下马，掬一捧泉水，洗净一路上的风尘，平躺于一面草坡，看云起云落，那一刻，我沉醉了。

晨雾渐渐飘散，哗啦啦的溪水一直是杨哥的晨曲，且不说那些鸟儿的伴奏，只是少女们从草坡上款款而下，羊皮桶在背上一颠一簸的样子，就足以使人陶醉了。在杨哥，有漂移的帐篷，也有固定的石板房。如果说，一个人有前世，那么，杨哥，就是我的前世。我并不奇怪，我会沿着草坡上的小路，在一座帐篷前劈柴烧火。对于故乡，谁都不会陌生。

在杨哥的那几天，我迅速地适应了浓香的奶茶和浓烈的青稞烈酒，在裕固族牧歌中，自由地起舞，一个文人的羞涩一扫而尽。不仅如此，我还重操牧人的旧业，赶着一群羊，漫游于每一个山头。

草原上汇集着人的气息、花和青草的气息，还有流泉、松树的气息，羊群、马匹和狼的气息，这些气息合起来，就是草原上的气息。它弥漫在云层之下、大地内部和人的心扉，因此，琴弦、歌声都是很自然的。在杨哥，这些气息，就是杨哥的气息，独特而又散漫，直入人的记忆之门。

难怪，这是一个民族共有的“努图特”呢！

这就是肃南，这就是肃南的裕固族，他们的生活，恍如隔世，仿佛刚刚从石头上走下来，是那些岩画的诗意写照。

走进肃南，在祁连山草原，对于岩画辨识，我们逐渐有了刻骨铭心的深入，在广大的祁连山，岩画总是围绕着人与动物的生命关系展开，这些人，这些动物，草原上的马牛羊，石头上的马牛羊，一时间，时空流转，如诗如画的草原，又成为时光隧道，把历史、现实熔为一炉。

肃南的岩画分布在祁连山北麓的山地草原上，北方游牧民族的远祖从“狩猎社会”到“畜牧社会”再到“游牧社会”，一个个大时代，在这片土地上涌现了一幅幅波澜壮阔的画面，这些变革中激起的人类灵感的浪花，今天，我们已无从知晓其中的细枝末节，但目睹这些千姿百态的岩画，我们就仿佛走进了那个时代，感受到那个时代的力量和智慧。

截至目前，已经调查到的肃南裕固族自治县境内岩画遗存点共 145 处，单个和组合图像上万个。

去花疙瘩山，这里如此宁静，又如此喧嚣：这里有数不清的野花，野冬青、野茶花，还有各种各样叫不上名字的花，它们像一群小鸟，挤在一起，一堆一堆，一疙瘩一疙瘩的，怎么看都像是一个微型的花房。一眼望去，它的广阔，又是那样放浪形骸，像一匹脱缰的野马。自由是一道闪电的精灵，绿野仙踪，似乎都有迹可循。山上山下，地理的层次与生物的堆垒相映成趣，像是精心创作的艺术品，而且是有生命的艺术品。

不仅如此，这里还是一个野生动物的世界，它们隐匿了数千年，仍然生机勃勃、兴致盎然。

看！这一群动物。这幅画高 1.98 米，宽 2.21 米。有鹿、岩羊、野马、袋鼠等。袋鼠形象十分逼真。袋鼠是食草动物，后腿长而强健，以跳代步，尾粗且长，前肢短小，它蓄力跳跃的动作，让人想到，一旦跳起，必将无影无踪。的确，在整个肃南草原，如今再也没有了袋鼠的身影。

还有一幅，画高 0.74 米，宽 0.58 米。按动物轮廓凿刻而成。画面上方为一头体型高大的野牛，呈两腿足站立状。下方是猛兽形象，从其神态看很像鬣狗，身有竖刻斑纹，后腿也有斑纹出现。

骆驼是最显眼的，尤其在这幅《牵驼图》中，此图画面高 0.78 米，宽 0.87 米，实底凿刻而成。从凿刻痕迹看应该是青铜或铁器工具所刻制。西面中两峰骆驼的躯干、腿足、颈首均用线条凿刻而出，线条的流畅柔和完美地表现了骆驼的形体之美，传递给我们气韵生动、写形传神的感受。最前方的骆驼脖颈下站立有伸开双臂的人物形象，应是在牵引骆驼。下方凿刻有两只羊的形象，一大一小，在生硬的岩石平面上巧妙地表现了远近的透视感。

还有一幅很奇特的画面，这幅岩画凿刻在花疙瘩山北坡处黝黑的岩面上，实底凿刻而成。岩面好像是事先从一部深凿面形成较平的作画面，岩画高 0.57 米，宽 0.62 米，面东南向。画面中的骆驼表现出四足，长尾和丰实的驼峰，后两腿呈 A 形，前腿拍起呈行进状。骆驼头部下有一人形，有蓬发样头饰和尾饰。

伪装，让动物失去警惕，然后捕猎，这是远古先祖的智慧。在石头上，他们记下了这得意的一笔：猎人伪装成虎、鹿、豹、马、鸟。这个人形头饰成蓬发状，尾饰直而短，脸部成鸟喙状，可谓惟妙惟肖。

花疙瘩山南梁顶，用细小的凿点形成的高 0.94 米、宽 1.23 米的狩猎图中，鹿群开始逃窜，最为健壮的雄鹿反向面对猎人，是那样的义无反顾，掩护自己的兄弟姐妹撤退。动物家庭中的爱恨情仇，在人的视野里，其实是一部教科书。在无垠的草原、幽深的峡谷、山峦，人与自然、人与人、人与动物，是一条紧密的生存链。关于动物，很多民族都有不能逾越的禁忌，如不射杀怀孕的母兽。生活在祁连山中的裕固族，禁吃大雁、鱼，忌食尖嘴圆蹄的动物，如马、驴、骡、狗和鸡等。在他们看来，动物供人类饱食，是上苍的赐予，这些动物是人类的朋友，要善待它们。如忠诚的狗，一辈子跟随主人，风里来雨里去，甚至出生入死。狗死去了，主人不仅十分悲伤，而且还会埋葬它，以寄托深切的思念。

千百年来，欧亚大陆腹地的戈壁、沙漠、草原，善远行耐粗饲的骆驼，一直是人们长途跋涉于沙漠时的忠诚伴侣。绵延万里的古丝绸之路，也曾经由骆驼来沟通。走进西部，在大漠戈壁，在最荒芜的角落，都会有骆驼的身影。遥远的年代，骆驼背负着沉重的物质财富，穿梭于各个不同的地理圈，通过物质的交流，增进了文化的认同。在长达千里万里的征途上，骆驼是有功之臣。因而，骆驼是一种精神的象征，是一种良知和地域文化符号。

除了这些石头上刻写的骆驼的历史，它的胸章，还被当代文化所认领！

2011 年 3 月，民勤骆驼客入选第三批甘肃省非物质文化遗产项目名录，属民俗类。河西走廊东部的民勤地处丝绸之路要冲，三面环沙，特殊的地理位置和典型的温带沙漠气候，是骆驼生息繁衍的理想之地。民勤驼队走南闯北，驼道四通八达，境内男丁大都跟随骆队走货，以此为业，成为骆驼客。

民勤驼队路线遍及大半个中国，东去西安、天津，西走新疆、中东，北通蒙古、苏俄，南达青海、西藏，行程数万里，形成了独特的骆驼客文化。应该说，民勤，率先扛起了骆驼文化的大旗！

当骆驼成为游牧文化重要生产力，它的规模就开始不断壮大，驼队的编制一般奇数，7 ～ 11 峰为一小队，俗称“一把子”。数把子骆驼串联在一起，形成一个驼队。驼队的头驼挂一桶状铁铃，也称“驼铎”；尾驼挂一碗状铜铃，俗称“咋铃子”。驼铎与咋铃子声音一低一高遥相呼应，骆驼客以此来判断驼队是否完整无缺。骆驼客多为贫寒的壮丁。依据技术和经验把骆驼客分成几等，各司其职，有领房子、骑马先生、锅头、水头、拉连子之分。领房子是驼队中的首领，总管驼队的一切事务，熟悉骆驼习性和疾病的治疗，能够应付各种严酷的气候条件，熟悉路线和“井头”，通常也是身怀绝技的武林高手，如果遇到强寇和土匪，能够保证驼队人员和货物安全。骑马先生的地位在驼队中仅次于领房子，主要负责前后联络、探路、寻找水源客栈等工作。锅头、水头，也叫“大头”“二头”，负责牵拉驼队的第一、二链骆驼，保障驼队的生活起居。拉链子，是驼队中最底层的劳动力。主要负责拾粪、砍柴、值夜、放牧骆驼、物品装卸、骆驼牵引等。

驼队多是晚秋起场运货，因白天睡觉暖和，夜间走路能防止骆驼负重发汗，所以驼队一般采用夜行昼宿的起居方式，并且有探路、打踪、辨识水源、风雪宿营等，还有人与骆驼常犯疾病的治疗和器物的制作和修理等奇特的生存技巧。

在河西走廊的武威、张掖、酒泉、嘉峪关发掘出的数十座汉、魏晋、唐等朝代的墓葬中，有很多骆驼的形象，敦煌墓葬中的牵驼图，一度成为丝绸之路文化交流的代言。

关于骆驼，一切的一切，我们都应该铭记，虽然今天它只作为旅游景点上的“景”，荒野中的“牧”，餐桌上的“食”……肃南岩画中的骆驼一直沉默在花疙瘩山北坡的崖面上，这块崖面高 0.65 米，宽 1.07 米，画面实底凿刻而成，面南向，呈四腿足行走状。看来，祁连山中的骆驼，也一直走在路上。

当我们的目光再次回到花疙瘩山上的时候，那些骆驼，早已赋予了顽强的生命，生活在我们的心灵中了。

老虎一直是中华文化中的瑞禽，猛虎下山是力量和勇气的象征，花疙瘩山的斑纹猛虎高 0.78 米，宽 0.81 米，面东南向。一只托卷着长尾，另一只拖拉着更加夸张的长尾巴。

交配行为在古代是极其神秘而又尊崇的事，动物的交配行为直观而又神秘，其结果是动物的繁殖壮大。双鹿欲交配图凿刻在花疙瘩山北梁面南的一处崖壁之上，画面高 2.12 米，宽 1.72 米。画面中出现的双鹿一雌一雄，凿刻线内有密集不规则麻点状小坑，图像较鲜明。雄鹿在后高抬着头部，雄性十足，雌鹿在前伸展着躯体，表现出雌鹿母性的躯体。

一匹狼在追北山羊，在高 1.14 米、宽 0.83 米的岩石上，这样的情景惊心动魄：一匹狼正在追逐一群北山羊，羊群受到惊吓四处逃窜。这个场面，用淋漓的鲜血，诠释着优胜劣汰的草原生存法则！

这是哪儿的骑士？威武而勇猛。骑马的武士手持兵器呈战斗状，兵器前段可见齿状样式，或许是扎在某种兵器上端的徽旗……一场激烈战事的开端，一切都静悄悄的，狰狞的峭岩屏住呼吸，鸟儿们躲在深草之中，似乎箭在弦上、一触即发！

这场战斗就发生在黑石头沟陡峭的岩壁山上，这幅画高 0.87 米，宽 0.46 米，实底凿刻而成。画面上方的两个骑马的人形，相对呈交战姿态，可见手中的兵器已相互触及。画面下方值得注意的是它与上方处在同方向战斗的骑者手中的兵器非常相似，这就说明这两个人代表了同方，有着相同的社会集团利益。在其最下方，可见一骑者手持大弓，毫不畏惧地向对方纵马疾驰而来。

这应该是一次部落或氏族之间的征战，是当时猎牧社会地位的争夺抑或扩展地域的一次激烈的战斗，民族之间的争斗史被勒石铭记。

这是一匹马，它备着马鞍，随时准备出发。这幅画高 0.54 米，宽 0.63 米，实底凿刻而成，显土黄色。

有人说，马是人类最高贵的征服。的确，自从有了马，人类在征服的进程中迈出了一大步。从岩画开始，河西走廊的马，一直奔驰在历史的舞台上。

象征性岩画属于原始时代的巫术文化的产物，出自新石器时代。它的创造根源是先民原始象征思维，这种思维的象征方式分为具象性、抽象性两种象征方式。象征性岩画看起来稚拙、粗野，形象怪诞，然而它在象征性思维的表现中充满了神奇的智慧，有着诱人的艺术魅力。

木头沟东岔顶处面南有一幅巫术狩猎的图案，高 0.87 米，宽 0.72 米，按形体轮廓凿刻而成。画面中可见两头野牛，一头面向左，一头面向右。在两牛之间有弓箭形象，不见持弓猎人，弓箭下端好似放在动物上，瞄向前方野牛。

先民们在广阔的草原上狩猎，生活的艰辛、动物的凶猛可想而知，他们希望每一次狩猎都能平安归来，他们期盼着每一次狩猎都有满意的收获。

神秘的草原，只有巫术能够让先民们信心满满。他们先在岩画上凿刻一个动物，并把箭射入这个动物的躯体，或在这个动物身上画一个箭头，这是志在必得的勇气，有了这种勇气，人在精神上就获得了力量。

羊圈湾顶西南段一处岩崖之上有栩栩如生的虎，这只斑纹猛虎漫步向北，值得注意的是虎尾向背弯曲，形成类似图形或印记式样的图案，虎下方绘刻有难以定论的图像，初步断定为左右双臂平伸、左手持弓右手持另一猎具的猎人，但是狩猎武器没有面对斑纹猛虎，而是向两侧平伸向虎呈驱赶或膜拜状，而把虎的形态凿刻得漫不经心、悠然自得的样子。

羊圈湾东段山脊处面南向的岩壁上有一幅神格形象：高 0.68 米，宽 0.53 米，均用麻点状凿点勾勒而成。上方是犄角形，左前端有开叉。三角形连着中间部位的三角状，内有一凿点，三角形下段仿佛露出腿足形象。 从整个图像来看，它不是某种动物的变形样式，也不是印记或符号。可见其构图严谨，且有其自身的特点和规律可循，不是随意所刻，因此它有极其神秘的原始宗教色彩。

专家和学者们认为，这是一副神格面具。神格是神灵居住和接受膜拜祈祷的地方，上端的犄角是沟通天地的通道，三角处便是神格面具，腿足状是代表了隐身在面具背后神灵的所在。人们从这简单的画面中，获得了神的护佑。

就是这样，文化的命脉像一支千古不断的源流，从精神的土壤滋养出来，穿越一切障碍，融会贯通，曲折蜿蜒，时隐时现地奔腾前进，它由细流而小川，由小川而江河，终于汇聚为一望无际的汪洋大海。

摆浪河东岸通向青白子草场的牧道边，在一个突兀高耸的大石上，有一采用麻点状凿点实底凿刻而成的画面：左面有一野牛形，其形象凶猛高大；右边是一个抽象的符号，有学者认为这是草原畜牧者的徽记符号，在其上方可见骑者形象，面向前方的野牛呈追逐状。

白石头脑西段山梁处岩面上，有一幅高 0.64 米、宽 0.59 米的螺云纹，苏北海在其著作《新疆岩画》中解读为男根纹样的变形，认为是对男根睾丸的多种纹样变形。台湾高雄万山岩雕中也出现了许多男根变形图案，其中也有一个与之相似的男根纹样。

鹿场金畅河中段的河床上，有一幅吉祥盘肠岩画作品，在盘肠纹艺术中，有圆、方、三角或组合形等。其结构主要有两个特点：一是“对称式”，二是“连续式”。这两个特点贯穿在盘肠纹相关的纹样之上。“对称式”是盘肠纹常用的一种形式，视觉形象的各组成部分是对称的，所有各部分可以沿轴线划分为完全相等的两部分。在这幅岩画的主题图样上用测尺可准确地分开左右对称的纹样，这无疑是“对称式”盘肠纹样。

金畅河中段河道边，有一幅画面出现了众多车轮形象，表现了车轮的辐条（辐条数不等），有无辐和有辐两种，有的还凿有轴和轴心，有的凿刻有单辕或双辕，还有类似弓形器样式的小辕，就是驾车时搁在套车动物脖颈上的曲木。画面高 0.73 米，宽 0.92 米。磨刻而成，面东南向。画面中还有藏文题刻、符号、动物形等。

画面中的这些车辆，似乎马上会从岩面上走下来，从历史深处走下来，融入今天火热的草原生活。

弱肉强食，是自然法则，在远古的草原上更是如此，你看，这幅虎噬野牛图，多么残忍，多么惊心动魄：岩画处于松木沟南梁顶处面向东南的岩石上，高 0.54 米，宽 0.62 米。一虎形拖着长尾，身绘四道竖刻斑纹，虎头岩部之下是一头实底凿刻的牛形，有尾有角，可见猛虎捕获野牛时正在撕扯吞噬的场景，在其左右下方可见受到惊吓的牛形竖起尾巴逃窜的情形。

雷山下的与狼搏击图，岩面不大，是块孤立的长方形岩石，高 0.39 米，宽 0.57 米。画面中，一人形一手抓住狼形的耳朵，另一手呈环臂挥拳状。狼的形象很写实，竖起大耳、尖嘴、直板的躯体，耷拉的长尾。猎人与狼搏击，手所踩住的部位正是游牧人赤手对付家犬的搏击方式，只有踩住袭击人类的狼或犬的耳朵，才能牢牢控制住其头部，避免被咬伤。这是牧人口口相传的经验，即使生疏，抬头看看岩石上的画面，也会一目了然。

盘达坂西段山顶处面南的岩石上，有一幅梯形图案，高 0.67 米，宽 0.49 米，按形体轮廓凿刻而成。画面中可见梯形图案，梯形上下端呈开口状。在很多民族的古老传说中，人类通往上天的秘密通道，都有一把神秘的梯子，所谓“天梯”，那么，这里的梯子，象征着什么呢?

盘达坂西段崖顶，有一幅画面高 0.43 米，宽 0.52 米，面东南向。画面左方有一 W 形符号，最上方可见一“领结”式符号与中间部位图案连接成图。这个图案上半部分是一个类似“领结”式图像，这个图像连接至 6 个不规则圆圈相互套索而成的图像上，看似像盛开的花瓣。下半部分从这个“花瓣”下方延伸出六条凿刻线段，左右边线段向外对称弯曲。

专家认为整个图像有严谨的结构，有其自身固有的模式，不是作者随意构图凿刻的作品。除单个岩画外，复合式岩画画面之间有内在的联系，这个图案与同一岩面出现的两个符号有内在的联系，是在寓意或记录了某种象征或事件。这些“花瓣”之下的凿刻线段很像腿足，尤其是左右两边的线段像是支撑这个“花瓣”图像的脚架。中间的圆形显然是这个图像的顶部，其余圆形围绕着这个圆形环绕，它是立体的平面展示，这些“腿足”状的竖刻线段应该是连接在不同的圆形底部。它应该是一个直立于地面的物体，或许就是猎牧民居住的一种房屋。

这是一只飞鸟，天高任鸟飞，美和自由，都在其中了：隆畅河下游河道西侧，高 0.42 米 ，宽 0.57 米。实底凿刻而成，面南向。画面中清晰可见一飞鸟形象。飞鸟双翅展开，颈项细长，风屏细密宽展，尖缘向右，很像孔雀或是传说中的凤凰。

鹿是草原的吉祥物，祁连山，是鹿的天堂。石炭沟中梁陡峭的岩崖之上有一幅花纹样式十分独特的母子鹿，画面高 0.95 米，宽 0.42 米。 阴刻线条凿刻成画，面东南向。画面中的鹿华丽无比，躯体有斑纹、椭圆纹花样，嘴脸呈鸟喙状，犄角后展，鹿角枝杈全向上方分支开来，呈连环样式，犄角后端见一椭圆纹，部分被黄色地衣所覆盖。见双腿足，蹄脚呈 3 趾状，在其腹下见小鹿反向站立，仿佛正在吮吸母乳。其乳头明显与小鹿头部完全吻合。

宗教静修，讲究超凡入圣。黑崖子沟，就是这样的超凡入圣之地。

这里的石刻十相自在图，是藏传佛教时轮宗的一种极具神秘力量的图符。在藏传佛教里，十相自在图是一种极具神秘力量的图符，它是由七个梵文字母加上三个附加符号（共十相）组成的一个代表时轮教理的图案。其中四个字符分别代表风、火、水、土四大元素，三个字符分别代表欲界、色界、无色界，新月符号代表生命，日符代表辅助生命的体温热气，那答符号代表虚空界。这是一个象征宇宙和生命合一的时轮图，有着甚深教理。

专家认为，在榆木山脚下的景窑河畔，清朝顺治年间（1644—1661 年）建有裕固族地区最早的藏传佛教寺院——景耀寺，又称“金窑寺”“经窑寺”。这块石刻很有可能出自景窑寺僧众之手。

欧亚草原，负载一个悠久、沉重而又丰富多彩的游牧文明，美的形式与造型的阐释，更要越过每一个点、线、面而进入它的内蕴界域，表层的图像与深层的民族心理与文化，这一切，只有实地去面对每一块石头，用手触摸每一幅岩画，才有深切的感受！

早期采集、狩猎，因此森林和草原，大多是游牧文明诞生的地方；史前人类漫长的形成与发展，多种因素制约着人们的生存选择；憨态可掬的虎型岩画、姿态飘逸的鹿型图案、形象逼真的狩猎岩画，一幅幅无声的画面，向世人透露着“游牧民族”的神秘信息。

永昌岩画就向我们透露了祁连山中无数游牧者的生存咏叹曲。

永昌岩画多分布在人迹罕至的祁连深山幽谷中，当人们走近悬崖，看到绝壁上千奇百态的岩画时，仿佛走进了充满神秘色彩的原始雕刻的艺术殿堂。梅花鹿、大角羊、北山羊在丛林中觅食，虎在草丛中耐心等待；狩猎者围斗体形硕大的野牛；猛兽尾随野驴、野骆驼，窥伺时机准备猎取食物……永昌岩画还表现了人类的生产生活场景，包括狩猎、放牧、舞蹈等，反映了创作者的内心世界和生活感受。这些岩画线条凝练、形态生动、造型简洁，手法上具有写实兼写意的特点，极具概括意味。

永昌岩画，以牛娃山岩画、北山岩画、青石头沟岩画、大泉岩画和红羊圈岩画为代表，是当时永昌草原植被丰饶、气候温润场景的写照，更是早期永昌先民生活、艺术、宗教、信仰精神之迹的诠释，以其奇谲魅力，在西北岩画长廊中占有独特地位。

牛娃山岩画位于永昌县新城子镇牛娃山，分布面积约 2 平方千米，共有岩画 200 余幅，是新石器时代晚期游牧民族在青灰色页岩上以扎制密点、阴刻等手法记录的生活场景。岩画分布范围广，画面集中，内容以野羊、鹿、牦牛等动物图案为主，亦有少量狩猎和畜牧场面，图案形象生动、古朴自然。

北山岩画位于永昌县焦家庄乡北山山麓，属战国至汉代岩画。在距地面高 9 米、长 10 米的山崖上，密密麻麻地刻画着众多动物图案，造型准确，形象生动，反映了永昌先民狩猎、放牧场景。

青石头沟岩画位于永昌县焦家庄乡青石头沟内。其分布比较分散，面积约 40 平方米，共有 10 余幅，多为动物、狩猎、游牧等场景。凿刻或磨刻的图像粗犷简洁，浑然多变，构图精巧，内容丰富，造型逼真，形象生动，是古代西北游牧民族生活的真实写照。2009 年永昌县第三次文物普查发现。

大泉岩画位于永昌县红山窑乡毛卜喇村东侧，是新石器时代阴刻岩画，面积 3000 平方米。图案内容多以动物为主，有人物、器具、骑射场景、象形文字等 50 多个，象形文字内容似为“日”“月”“羊”。

岩画像远古的月亮一样，光明如波，依然照亮今人。

岩石是人类的第一张“画布”，岩画是远古历史的一面镜子。

中国岩画的符号图式，在原始时代并不是轻率、简单的线条刻画活动，这些符号或是原始记事，或是配合说明某种事件，或是衬托某种图形，或是隐喻着当时的某种观念等等。

卡西尔说，人是创造符号的动物，符号是人类在生存发展中的文化，人类的秩序要借助于符号来建构。原始岩画最纯粹地保留了这种符号并且成了我们对古代祖先推测的确证。而从艺术角度来看，我觉得真正的美是不需要夸张的，就像赵孟頫说的“尽其妙也”。

阿克塞哈萨克族自治县处于柴达木盆地荒漠与河西走廊荒漠的包围之中，地形呈狭长状，以当金山口为界，西部有阿尔金山脉横贯，东部有祁连山地的党河南山、赛什腾山、吐尔根达坂山等山脉，均呈西北—东南走向分布，自古是游牧者的天堂。在这里长约 100 米、宽约 20 米的山沟中，发现了 3 处岩画，现存各种图案 300 余幅。岩画主要以凿刻技法制作而成，内容包括人物和动物两类。

记忆在线条中，在每一座岩壁上，在每一幅图案中。我们的寻找，沿着祁连山的无数沟壑，沿着悠远的牧歌，跟随游荡的白云，但这仅仅是沧海一粟，未来的发现，肯定会更多、更有价值、更为丰富。

通过岩画，我们发现人类文化的起源，也发现了艺术的起源。重新发现艺术的起源就是重新去发现我们的思维、想象，以及创造神话、感觉和试验的方式所赖以建立的那些目的和基本情感。

尾 声

记得最初走进嘉峪关黑山，探访黑山岩画时，我在笔记本上认真地写下了这些文字：

山脉和森林是人类最初的家园，是人类的卵巢，也是人类埋下胎衣的地方。黑山莫不如此。它黑黢黢的皮肤、黑黢黢的身材，都不能掩盖它内心如火的热情。

走向它，走近它，这样的热情，就能够燃烧你。

文明之所以称为文明，是因为坚韧不拔的创造，是因为生生不息的传承。黑山，就是文明发酵的酵母，就是文化酿造的器具。它发人深省，芬芳醉人。

当我一次次深入祁连山，一次次被大自然洗礼，一次次沉浸于岩画的世界，我就愈加珍重脚下的土地，愈加敬重那些久远的往事，只有他们，才能引导我们走出狭窄的故土，走向辽阔的世界！

我还是想说说它：从地理上自成一体的区域，并没有封闭的腐朽与落后，相反，是一种极为开阔的胸怀，一种放达的气度。

这就是河西走廊。

一个东西长约一千公里、南北宽约一二百公里的狭长地带。源源不断的中原文化，使他用铁器铲除了荒草，使他在金黄的稻谷和麦粒的照耀下，闪耀智慧的光芒。

祁连山以北，马鬃山、合黎山、龙首山以南，从乌鞘岭顶峰到敦煌盆地，气候、植被、人情、风俗连成一片。马匹、骆驼车运载着大地的丰收，民族的舞蹈和歌唱，在低矮的屋檐下，如同一轮满月。生活的安宁、富足和愉快，鼓舞着每一个人。

很久以前，河西走廊就有着巨大的影响力。

众多的民族把这里作为一个历史的大舞台，演出过许多威武雄壮的民族活动和不朽场景，深刻的启示，触动了中国乃至世界的历史。

匈奴，这是一个令河西走廊难以忘记的整体形象。他们强壮的身体在广阔的大地上奔驰而来，如风而去。天苍苍野茫茫的情景中，他们一边畜牧，一边在牛羊的哞叫中得到启示，歌唱成为必然；狩猎是一种宏大的场面，静与动的完美结合，激情的自然流露，舞蹈是那样的浑然天成。他们深刻地模仿着公牛的力量，渗透了无限的想象力，紧绷如浑圆的月亮，射出如许的欲望和嗜血的笑。

月亮是如此的美，月的阴晴圆缺，指导着这样一个“引弓之国”的眼睛，决定生死存亡的一瞬，月亮是那样的盲目。

对于河西走廊，他们同样有着宿命般的信赖。河西走廊给予他们的，他们全部作为圣洁的祭品，珍藏于心灵。

妇女的颜色，六畜的兴旺，河西走廊是根本之所在。一个民族带着伤痛和留恋，远走他乡，三百年不息的雄健马蹄，不再踏响一方水土。因为巨大的精神支持丧失，一蹶不振的阴影，笼罩了前程。

匈奴，从河西走廊，从辉煌的历史册页，滑落了。

河西走廊，毅然离开黄河。河之西，并不是坦途。蒙古高原的风沙，巴丹吉林沙漠的南侵，复杂的地形，对这块土地，倾注了过多的苦难。

使河西走廊赋予神奇色彩的是一座山，祁连山。沛然而降的雨雪，永久性的冰川，带动了生命的热情。

河西走廊是自足自在的，它提供着交流的机遇，从东至西，它的两端，像是传导不同风俗、不同文化的接点。中原深厚博大的汉文化，西域特色鲜明的少数民族文化，以各种各样的方式，滋养着这片土地，用这样的源流，浇灌任何荒芜，都会结出丰硕的文明之果。

祁连山的意义，不仅在于自然地造就了河西“可牧可宅”的地位，还在于它自己包容着精神创造的可能。譬如沿山而行的人，精力接近疲惫，被岩石的褶皱磨钝了希望的棱角，这时候，就有突然的溪水、草地、森林，解救人的困顿。这些东西在人的内心深处所留下的，绝不仅仅是物质的享受，它已经是前途上的光明和冥冥中的神示。因此，一座山的位置，摆在现实的地理中，也摆在灵魂的广阔世界里，布满了人们的敬仰和爱戴。

心里放下了更多的岩画，放下了更多的风吹草动与默默无声的坚守，似乎自己就是崖壁上的风景！用心灵聆听大山的细语，潜心仔细地观察，岩画就融入你的生命之中，渐渐地，它在千万年的岁月中，吸纳天地灵气、日月精华，岩画也有了生命，铸就了不朽的灵魂。

第九部分

魏晋之光

砖头里的光：另一种生

人在大地上行走、居住，春夏秋冬从身边一一掠过，喜怒哀乐在生活中刻写下深深的烙印。后来，这些烙痕在额头间密集堆垒，渐渐埋葬了人们的青春岁月。再后来，这些岁月黯淡下来，又黯淡下来，成为永恒的黑暗。是黑暗吗？走进这里，在一束手电筒的光线中，我们似乎一刹那就回到了过去的生活，那一道光线，也似乎是一个光明的通道，让我们走入了另外一个世界。那些死去的人，统统复活了。

> 这是一个最好的时代，也是一个最坏的时代；
> 这是一个智慧的年代，这是一个愚蠢的年代；
> 这是一个信任的时期，这是一个怀疑的时期；
> 这是一个光明的季节，这是一个黑暗的季节；
> 这是希望之春，这是失望之冬；
> 人们面前应有尽有，人们面前一无所有；
> 人们正踏上天堂之路，人们正走向地狱之门。
>
> ——《双城记》狄更斯

抵　达

历史中的人，只能永远被历史所裹挟，就像戈壁和沙尘被风裹挟一样，你没办法捕捉它，但你每时每刻都能感觉到它的存在，它会迫使你在风中做任何的姿态。

在理想的人生中，活着是黑夜，死亡才是白昼。

一个久远的故事一直让人们神往，但它的存在却永远是一个不确定。一个渔夫无意中来到了一个神秘的桃花源，看到了一群神秘的“古人”，他们怡然自得、安居乐业，待渔夫离开这里，却又再也找不到他们的去向……

陶渊明在心中构建了一个远离污浊世界的世外桃源，那里欢乐而美好，而陶渊明并不愿意让这个污浊的世界找到它。“林尽水源，便得一山，山有小口，仿佛若有光。便舍船，从口入。初极狭，才通人。复行数十步，豁然开朗。土地平旷，屋舍俨然，有良田、美池、桑竹之属。阡陌交通，鸡犬相闻。其中往来种作，男女衣着，悉如外人。黄发垂髫，并怡然自乐。”亲有所属，老有所养，婚有所配，心有所依。朴素而自然，单纯且善良，没有勾心斗角，没有贪污腐败，无论是人性还是天地，善在这里都大放异彩，或者说，是浑然天成。

那么，在冷漠的现实中，有没有这样一个温暖的世界呢?

如果人们重新审视自己的生命，就会发现最神奇的时刻，常常出现在最平凡的瞬间。就像大海和天空在水平线上融合在一起，梦幻和现实也有可能在眼前或者遥远的地方相互融合。

这里，似乎就是大海和天空的融合，梦与现实的相交；这里，似乎就有这样一个真切的世界，可以触摸，可以追忆，可以遐想……

其实，我们可以和早已逝去的时代聚会。当我一次次走进嘉峪关新城魏晋墓，这样的体会就更加强烈。

那分明是另外一个世界，那是我们一直力图寻找和抵达的世界。看见它们，我们不再埋怨我们拥有的太少，因为丢失得太多。

慢慢走进去，它的世界完整而富有逻辑。而一切又似乎是从春天开始的。

你看那些树木，枝干粗大，树叶饱满，色泽艳丽，可能地上还有一堆一堆的野花，可能花丛中还有人所不知的美丽的秘密，它们浓缩在一块青砖之上，寥寥数笔，就揭示了大自然和人们内心的奥秘。让人一看便知。

我看见了一座庞大的城堡，透露着威严，但它的大门却虚掩着，随时邀请陌生人的进入，这就是一种和谐的气象。我还看见，鸡在吃打麦场上的粮食，鸟儿也在吃，还有一些野生动物也在吃，人们只是象征性地挥动着鞭子。

抵达收获的日子，人们的劳动充满了热情和欢乐，我有一种加入他们的冲动，这种冲动越来越强烈，就把自己当作他们中的人，比如那个潇洒的耙地人，人蹲在耙上，牛拉耙的速度很快，人身后的辫子都被风吹直了；那些如云的美女，她们款款而来，雅致而矜持；还有那盛大的乐舞，那隆重的出行，那威武的出巡，都让人震撼不已……

这是偏远的绿洲，这是深入地下十多米的墓穴，这是远古的人们为自己的灵魂选择的栖息地。对于我来说，走进这座墓穴，就是打开了另外一个世界。

这里的草原，这里的牛羊，这里的骆驼，这里奔驰的马；这里的房屋，这里的车舆，这里的出游，这里欢乐的音乐；这里的桑树，这里的狩猎，这里的放牧，这里美味的饮食；宁静、祥和、悠远……

像是一幅风俗画，又像是遥远记忆中曾经有过的日月，照亮了凡俗的日常生活。我们需要这样的世界，我们已经打开了这样的世界，在它的引导下，我们会走向未来。

故　事

用生的眼光打量墓穴，生命的探视就得到了回应。当这种回应一瞬间激活人们的记忆，一切则迅速鲜活。那些人，那些植物、动物，甚至包括那些物什，像是刚刚擦拭过的。

因为一个人不可能耳闻目见一切事情。不过我们可以把这些资料当作是一种组合的元素，这和诗人受赐于已经成立的语言文字的遗产，又是同样的情形。我们把飘忽的片段联系在一起，然后把它们留给所有人，使它们不朽。

这些，都要从一个故事说起。这是一个特别意外的故事，它打开了一扇门，让我们走进去，从此，我们就再也不能回头，即使回头，看到的，仍然是它光辉灿烂的色彩，就像四季中的雪、花、果、籽粒一样，有无法掩饰的光芒。

一千多座掩埋于沙砾下的古冢，一个深藏不露的隐匿千年的地下画廊，一段荒漠绿洲中曾经演绎的喧嚣与繁华……人们不禁要问：这惊世罕见的嘉峪关魏晋墓室是怎么发现的，其中的故事耐人寻味：

1970 年 7 月的一天，家住嘉峪关市新城村的牧羊人张书信照例赶着他的羊群到村外的戈壁滩上去放牧。时值正午，戈壁滩在烈日的烘烤下犹如火炉，疲惫不堪的张书信找了一个沙丘想躺下休息一会。无意中他发现身下的沙堆上有一个比老鼠洞宽大的洞口。在好奇心驱使下，张书信随手用牧羊鞭杆插进洞穴内试探，没想到他这无意中的举动竟然捅出了一个惊天的大发现。原来那一天，张书信用牧羊鞭插进洞口试探，发现流沙顺着木鞭不断往里流淌，他站起身用脚跺跺地面，感到里面有“空空”作响的回声，张书信猜测这可能是个无底洞。

回村后，他便把这件事告诉了同村的好友张国人，在好奇心的驱使下，两个人约定，第二天夜晚去挖开这个洞穴。戈壁滩上的夜晚空寂而神秘，寂寞的夜幕掩盖了两个人的身影，那个夜晚，两个农民带着农具开始了他们的工程。两个人谁也没有想到，这个墓穴越挖越深，他们顺着青砖往下，竟然用了十天的时间终于在距地面十几米的地方挖到了墓门。砖挖出来以后就挖到墓口，挖到墓口后，他们谁也不敢进。一看那底下怎么有房子？怎么成了房子了呢？在他们的生活经验中，所谓的墓穴，就是挖一个沙坑，把棺材埋进去了事。

看来，这是一个奇妙之处。

两个人小心翼翼地拆开封门砖，打着马灯，爬进了墓室。他们想看看这墓里究竟藏着什么宝贝。

当张书信挑亮马灯，照亮墓室时，两个人首先被墓室壁砖上鲜艳夺目的壁画吸引了，两个目不识丁的农民并不知道这些壁画的价值，但是他们却从来没有看见过这么好看的小人画。接下来的发现却让他们很失望，因为墓室内凌乱不堪，除了墓主人的尸骨和一些破陶罐，墓室里找不到一件看上去值钱些的东西。当时，挖开的那个墓室已经被人盗掉了，里面任何金银首饰都没有，只剩下一些不值钱的盆盆罐罐。当时的人们不懂什么叫文物，就把那盆盆罐罐收拾了拿回去。拿回去的盆盆喂个鸡娃子，罐罐则用来装水。那个年代，物资极度匮乏，这些盆盆罐罐也能算个物什。

没想到这些盆盆罐罐还是引起了人们的注意。戈壁滩上发现古墓的消息很快传了出去，1972 年 4 月，甘肃省文物馆的工作人员进驻戈壁滩，开始了勘察工作。很快，一个令人震惊的消息从戈壁滩的考古队那里传开了，原来经过考古专家的调查勘测，在新城乡南北大约 13 万平方米的戈壁中，这些被村民们司空见惯的一个个突起的小沙包竟是一座座古墓，经考古人员勘察统计，这片戈壁滩中一共散布着 1700 多座大大小小的古墓。谁能想到在这片寂寥而苍凉，看似没有生命的大戈壁下，竟然暗藏着如此大的一个秘密？考古队开始对其中的一号墓进行发掘。从考古队进驻戈壁滩的第一天起，老张就没有离开过这片古墓，30 多年来他像是这片古墓的守墓人，对这方圆几十里的戈壁滩中大大小小的墓堆了如指掌，但是直到今天，这些古墓中仍然隐藏着一个个谜团，时刻困扰着老张。他每隔一段时间就会走进墓穴，试图解开心中的迷惑。

他还记得 1974 年的冬天，考古挖掘工作开始进入到地下，人们顺着墓道一直挖下去，在距地面垂直距离深达 10 米处挖到了墓室的封门。这扇封门，有着高达 10 米的砖砌门楼，门楼上各层之间雕有不同象征意义的奇禽怪兽。威严而肃穆。虽然还没有打开封门，但是这样的规格和气势让人们开始猜测，这究竟是什么人的墓室？这道墓门的背后，会藏着什么样的宝贝？

随着发掘工作的推进，墓室的封门终于被打开了，进入墓室，考古人员被这个墓室精巧的结构惊呆了。这是一个三室墓，分前室、中室和后室。中间有甬道相连。让人们惊叹的是，这个墓室通体是用干砖垒砌而成，没有用任何黏合材料。每块砖之间都严丝合缝。

是什么样的人能如此巧妙地将这种力学的原理应用到建筑学中去呢？为

了更好地保存5号墓，人们准备将其中一个墓室整体搬迁到甘肃省博物馆，工作人员用记号标注了每一块砖的位置，但是在搬迁过去之后，在不用黏合剂的情况下却怎么也无法复原。古人的智慧似乎已经远远超越了我们的想象，总是在不经意间给我们显露出冰山的一角。也使人们更加急于寻找答案，究竟是什么人建造了这样的古墓呢？当清理工作在一步步展开，随着墙面上沉积的泥土一片片剥离，一个又一个鲜艳夺目的画面赫然跳入人们的视线。人们渐渐意识到，他们正在打开一个前所未有的宝藏。在地表之下，几十米见方的空间，为我们廓清了迷雾，事件的真相在一步步揭示。

如今，张书信已经去世，好在人们记录下了发现古墓群的那段不寻常的经历。

鲜活的生活

清俊通脱、率真任性的行为风格一直贯穿于整个时代。魏晋时期，名士们普遍崇尚的生活方式就是纵情山水、服药饮酒、特立独行。在众多的场合，人们迅速暴露了真性情。思想的大解放、文化的大破立也由此展开。因而，这是一个动乱的年代，同时也是一个思想非常活跃的年代。在文化传统势如坚壁的同时，人们的人格行为又非常的不拘小节、不滞于物、风流潇洒自信。士人们颇喜雅集，一言不合，便会产生一个惊世的命题。山高水长，知音对坐。其中的代表人物为“竹林七贤”，他们喝酒纵歌，洒脱倜傥，清静无为。令后世之人望其项背。

清谈巩固其志气，药与酒陶冶其趣味。这个时代的潇洒，似乎在每一面砖壁画上都有真真切切的描画。

古希腊大哲伊壁鸠鲁有一段名扬四海的关于死亡问题的论述：“当我们存在时，死亡不存在；死亡存在时，我们就不存在了。”德国大哲海德格尔也曾说，人之“生”与“死”并非人生的两个端点，而是交织在一起密不可分的。

在今人看来，死亡就意味着一个生命的结束。但是那个时代的人们却不是这样认为，他们信奉灵魂不灭，有死后如常居的观念，认为人死后不过是到了另一个世界生活，特别是皇室贵族，想把人间的荣华富贵带到阴间继续享受，所以把墓室打造得跟皇宫一样，宫殿里有的东西，墓室里也要有。汉代是我国古代以厚葬闻名的一个朝代，其“视死如生”的思想，在这座墓葬中表现得特别完美。

人，执香烛，对着陵墓祭扫，一侧世界，万物勃发，无限生机；另一侧，是永恒的沉寂。古墓，究竟是什么样子？中国的墓葬文化由来已久，从帝王贵族到下层平民无不热衷。时代风气自秦始愈演愈烈，“法令不能禁，礼义不能止”。每每走进陵园，总有肃杀之气，但那种宁静，却能渗透到骨子里面，那或许是一种自然环境所营造的敬畏。

在农耕文明的世界里，讲究入土为安。人是从尘土中来的，尘归尘，土归土，但人世间的生活如此美好，突然间归入尘土，也是一种遗憾。在古老的墓葬文化中，对尘世的留恋，使整个墓室和棺椁，有了一种象征意味。它不仅仅是让人归土，更重要的是让人赴死如生，把活着的意义延伸了。

我们再次回到那些墓穴。

也许嘉峪关巨大的身影遮蔽了它的光彩。但说起它，走进它，却要避开嘉峪关夺目的盛名。祁连山南麓，雪水潺潺，草木茂盛，牛羊遍野，逐水草而生的人们，视此为牛羊繁盛的福地。除此之外，在战争的纷争中，痛苦和眼泪、奋斗和牺牲，在这里铸就了高高的关垒，像汉代的长城、玉石障、宋代的天门关，还有处于争论之中的玉门关。地理位置上，它处中占优，可以环顾走廊。东连酒泉、西接玉门、北靠黑山、南临祁连，地理位置优越。

到了明代，长城的修筑如火如荼，这里又是万里长城的西端起点，明王朝西北防御体系中的关键一环。一时间，或烽火连天，或商旅日款于塞下，行者如云，使者趋之若骛。

在巨大的荒野，在绿洲的边缘，这片土地一直荒芜着，但它的下面，却是一派繁华。

嘉峪关新城魏晋墓，像是一个古老的街市，古风川流，古意盎然。

它处于嘉峪关市东北，古墓群分布在长达 20 多公里的戈壁滩上。1972 年发掘清理了其中的 8 座墓，6 座墓中均有壁画，绝大部分保存完好，有的色泽如新。墓门上的照墙、前室和中室的四壁、后室的石壁上，层层叠叠镶嵌着五彩缤纷的砖壁画。照墙上彩绘和雕刻着象征天门的阙门、镇墓兵卒和仙灵异兽，后室画墓主人有随用的服饰、佩物、套盒及丝帛等物品。壁画大多以一块砖面为一幅画面，少量壁画较大。

壁画用大量篇幅表现各种生产活动。其中的人物有汉族，也有少数民族。各墓壁画都有狩猎画。墓主人出行图的场面都比较大，有的彩绘大幅壁画，有的用一排多块砖面组成长卷式画面。壁画显示出从汉画向晋画风格的演变过程，由装饰画向独立的卷轴画发展的趋势。一般用土红色起稿，然后用墨线勾出轮廓，再用赭石、红色等填入，效果热烈明快。中、晚期设色方法更为多样，除勾填法外，还用勾勒法、原色多样配置法、晕染法等。线描技巧有很大提高，酣畅淋漓，奔腾飞动，艺术风格豪放雄健。

从地理布局来看，嘉峪关魏晋墓群应为家族墓，它们不仅风土紧相毗邻，而且四周有沙粒堆起的方形“坟圈”。在已经发掘的墓穴中共出土了760多幅砖壁画。从壁画内容上看，嘉峪关魏晋墓中的砖壁画并没有继承前代以祥瑞图案和神话传说为题材的风格，而是具有鲜明的魏晋特色。以宴饮、出行、狩猎、农耕、采桑、畜牧、打场等为主的生活场面，勾画出了一幅幅古代的民间风俗画，古朴、真实地再现了当地平民百姓半耕半牧的经济生产和日常生活的情景。这些壁画多出自技艺高超的民间画师之手，他们以丰富的生活阅历和对社会生活的深刻感受，用形象生动、鲜明质朴的绘画手法真实地描绘了墓主人的现实生活，为墓主人营造了一种在另一个世界丰衣足食的生活氛围，从而成为魏晋时期民俗生活的真实写照。

被誉为“地下画廊”的嘉峪关魏晋墓砖壁画，自发掘以来，吸引了无数的游人到此观光。今天，当我们的目光越过这茫茫戈壁，那掩埋在历史尘沙中的古代文明，足以令人震撼。沿着幽深的墓道行走，一种神秘莫测之感扑面而来，扣人心弦。进入墓室，蓦然扑入眼帘的是一幅幅色彩纷呈、栩栩如生的生活画卷，让人惊骇而感叹。在这蛮荒的地底下，竟会奇迹般地埋藏着如此鲜活的生活。

微缩的世界

生活一直在延续，从来没有断绝，但是人生苦短，在生命即将烟消云散的时刻，人们是多么期盼回到从前的春华秋实、绵绵情意之中。于是，在黑暗的空间，另外一个世界诞生了。

子孙们按照父辈生前的愿望，倾尽家财，为其营造豪华的墓室。除了随葬象征性侍卫、仆从、侍女的俑和各种珍贵物品、生活用品，还在墓室内绘制壁画。那些壁画，从现实生活中脱颖而出，完全是一幅世外桃源的景象，这让人们忘却了死亡的恐惧。因为，死亡，很可能是抵达了一个美妙的世界。

当我们看到这些壁画的时候，我们其实是目睹了一个微缩的大千世界。

我们看到，墓室壁画内容是尽其所能地把世间生活、起居环境、人物活动都包罗在内。墓室顶部早先是画墓主人升仙的图像，后来则是日月星辰、云气，代表四方神的青龙、白虎、朱雀、玄武，以此象征天界。在墓道和墓室中最主要的是墓主人显赫的仕宦经历，特别能够代表人物官爵的出行仪仗、车马、卫队等等。有时还要画出他的官舍、城池以及重大的政治活动场面。而那些担任过武职的，还要画上他所经历过的战争，往往是水陆攻占的酷烈场面。另一部分重要内容是表现墓主人的日常生活和他所拥有的财富，把他的居处房舍、牲畜、田产、庖厨、宴饮以及乐舞百戏表演等等，都事无巨细地画出来。

墓室的建筑结构也极具特色，二室墓仿佛今天的两室小套，三室墓则是宽敞的三室，说不定还有厨、卫、厅，一下子让生活超越几千年。

干砖相叠，如同盛开的植物，有一层层花瓣，每一个花瓣，仿佛都在生长。砖与砖之间没有任何黏合剂，严丝合缝，支撑起这个隐秘世界的天地。

天似穹庐，笼盖四野。在更广阔的视野中，游牧者把世界缩小了，缩小成一个穹隆，这需要胸怀和眼界。而在这里，整个世界竟在几步之内，绽放着永恒的光彩——这是一个个更小的穹窿，异常坚固，墓顶起势较高，收势较缓，内视呈覆斗形。砖缝错落有致，呈回旋状。顶部最中以一块方砖收顶，显得非常巧妙。墓室经过两千年的地震及水浸都没有倒塌，就像人们追求未来的信念。

在拱券式的墓门上方均有高大的门楼。门楼上部的装饰有的竟多达十余层。砖画像和砖雕内容有人身鸡头、人身羊头、青龙、白虎、凤鸟，还有射猎、树木等。彩色的笔在勾画，顺着这闲云野鹤般的岁月，人似乎可以找见自己的前生和来世。

墓壁干砖相叠，叠法为三平一竖、四平一竖、五平一竖三种。在竖的三、四或五砖间嵌一平面彩画砖或小幅壁画。仿佛是琼楼玉宇间的抒情和表白。

声势浩大的列队出行、自得其乐的家庭娱乐、犁耕时艰辛的叹息、收获时愉悦的交谈、游牧时舒展的歌喉，甚至拂面的微风，沙粒的温热，田野的芬芳，雪山晶莹融水的清澈……

所有这一切，穿过历史的烟云，款款而来，仿佛是一种身临其境的畅游。

记　忆

记忆是叙事的源头，即使宇宙的寿命可以预测，宇宙中生命的多样性也是无法统计的。

记忆是抵挡遗忘的壁垒，记忆是储放自我存在的地方，而自我存在是用细丝逐渐织成的蛛网，尽可能地捕捉这个世界。

那一刻，这个隐秘的世界彻底见光了。

2007年10月10日下午，在新城镇新城村四组居民点发现两处古墓，经有关专家初步认定，该墓大致为东汉末期至魏晋时期所建。该墓发现后，市文物管理部门对这两处古墓进行了抢救性发掘。这两处古墓其中一处位于该小组11号住户旁边，而另一处则位于该古墓约100米左右的另一家住户门前。

该古墓是村民们在这里挖自来水供水管线沟时发现的。胡兴江说，为了改造村上的自来水供水管线，他们队上的好多村民当天正好被村上统一组织在这里挖自来水沟，村上的领导也在现场。大约在下午2点，他挖沟时一铁锹挖下去，发现土层下面有砖块，细心的他用铁锹将砖块上面的土进行了清理，不大一会儿，一个完整的、砖砌的拱形窑洞的顶层出现在他的面前。他预感到这不是一个普通的砖砌窑洞，于是他把自己的发现告诉了周围的村民。很快大家都围了过来，开始七嘴八舌地议论起来，有人说可能是墓，但有的人却持反对态度。就在这时，有人用铁锹在洞顶打了一个口子，很快被证实，此处就是一个古墓葬遗存。随后，村民将此事报告了村领导，村领导很快将此事向市文物管理部门进行了报告。大约在 2 个小时后，距离该古墓葬约 100 米处的另一个古墓葬也被该组村民发现。

市文物管理部门接到新城镇新城村村民的报告后，立即派人赶至现场进行了查看，由于两处墓葬处在新城村四组拟铺设的自来水管沟下，原地保护难度较大，市文物管理部门遂请示省文物局同意后，由嘉峪关长城保护研究所组织人员进行抢救性发掘。10 月 11 日至 14 日，长城保护研究所会同嘉峪关文物景区保卫部和新城魏晋墓文物管理所，对新城镇新城村发现的这两处古墓葬进行了抢救性发掘，其中居民点东南侧的 M1 墓室共出土了陶钵、陶壶、陶罐、陶桶等共 11 件灰陶冥器。居民点西南侧的 M2 墓室前室出土陶罐、陶井、陶壶等 4 件灰陶冥器，后室出土了 11 枚汉五铢钱币。两处墓葬均位于新城村四组居民点道路南侧，东西相距约 100 米，均为坐西朝东的砖室墓，封土残高 1.5 米，破坏严重。居民点东南侧的 M1 为单室墓，仅残存长条形青砖叠砌的墓门和墓门西侧 120 × 145 厘米的砖铺地面，墓门和铺地砖规格长 36 厘米、宽 15.5 厘米、厚 4.5 厘米；居民点西南侧的 M2 为由墓门、前室、前后室甬道、后室构成的双室墓，残存拱券墓室、墓门和甬道用长 38 厘米、宽 17 厘米、厚 5.5 厘米的红砖平立交错叠砌，墓门和甬道宽 100 厘米、高 120 厘米、深 50 厘米；前室完全坍塌，地面四周用长条砖立砌 2 层台，有部分尸骨；后室规模较前室大。该古墓被发现后，有关专家从古墓的形制、墓砖规格和随葬灰陶冥器出土器物等方面初步认定，这两座墓葬大致为东汉末期至魏晋时期。

追忆的价值

报载：经过 9 年的考古发掘，山西省考古研究院于 2021 年 3 月 17 日发布对山西高平汤王头村金代彩绘砖雕墓考古发现，该墓葬内刻“墓有重开之日”，系为再次合葬而建，为研究晋东南宋金时期丧葬文化留下独特的实例和视角。

墓葬位于高平市城区西南汤王头村一户村民院中。该户村民回忆，古墓发现于1989年。墓内空无一物，但墓葬结构、墙面彩绘、砖雕斗拱等保存完好。鉴于此处阴凉且坚固，便当作菜窖使用至今。

值得注意的是，墓葬后室南壁的东侧有“墓有重开之日，人无再少之颜”的题记，这也从一个侧面提示该墓葬的修建应是为了二次或多次合葬而建的。该墓没有任何随葬品和任何纪年线索，考古人员从墓葬形制方面判断该墓的年代当在金代中期，从墓葬现存状况的细节来观察，专家认为这是一座未完工的墓葬。考古人员介绍，该墓葬应是晚辈修墓用于安置其早先故去的父辈及将来安置自己及兄弟的考虑。由于特殊的原因，墓葬在营建的最后阶段戛然而止，却为研究晋东南宋金时期丧葬文化留下了独特的实例和视角。

“墓有重开之日，人无再少之颜”，那么人怎么能够追忆往昔的岁月，留住往昔的容颜？阅读了山西高平汤王头村的金代古墓，我们似乎能够稍稍打通人们走向永恒的路径。

然而，阅读一座墓穴其实是很困难的。当我们走进它、融入它的时候，会不自觉地成为它的一分子，其壁画中具体的劳动，宁静的生活，都可能打动我们，它始终把最美好的形态呈现给我们，让我们沉醉其中。

那是一个大时代，社会变革的浪潮波及政治和生活的方方面面，骑着高头大马闯入中原的少数民族，经历了一次次的惊讶。广阔平原上的春花夏果秋实让他们看不过来，珍馐美味让他们品尝不过来，他们恨不得自己多长几双眼睛，多长几只胃。

这样强劲的草原雄风，把来自雪山、冰川的率真，把狮子、老虎的勇猛带进了温文尔雅的吴侬软语。河西走廊作为西域同中原的联系纽带，也早早地被这样的融合色调晕染了。

在早期的中国，由于死亡率过高，人类的观念意识中含有强烈的生命再生思想。这种思想在诸多考古学遗存、文化习俗上均有反映。新疆小河墓地的葬俗、葬具以及随葬品等都是对这种“死亡与再生”思想的又一次密集性的展示。小河墓地高出地表7.75米，面积2500平方米。经过初步的发掘，认定墓地整体由数层上下叠压的墓葬及其他遗存构成。

墓葬为何要层层叠压？那些胡杨木柱有多棱形、圆形、船桨形，多棱的从 6 棱到 20 棱，这些形状、数字有什么深意？为什么这些木柱被涂成红色？木柱上刻着的横向装饰纹又代表什么？

贝格曼曾经猜测“这座死神的立柱殿堂”笼罩在一片耀眼的红色之中，人们把木柱涂成红色源于“对魔法的敬畏肯定大于对美学的追求”。

都说，人无法回到过去，甚至无法回到上一秒钟，但在这里，我们无法回避过去时光的进驻，我们似乎沿着时间的河溯源而上，走进旧时代的桃花源。我们不自觉地去参与那些真实的劳动，有劳累，有流汗，有快乐。

古人的劳动生产离不开仰观天象、俯察地理。为了记录“日出而作，日入而息”的一昼一夜，古人通过数自己双手的十个手指，再临摹某些动植物、自然现象或生产工具的“形”，创造出十个象形符号：甲、乙、丙、丁、戊、己、庚、辛、壬、癸，称为十天干；为了记录每次月相的圆缺、晦明变化周期对地面物候产生的影响，又创造出另外十二个象形符号：子、丑、寅、卯、辰、巳、午、未、申、酉、戌、亥，称为十二地支。由于记录“日”数的十天干与记录“月”序的十二地支经常出现混用，古人遂将标记数列的“天干”与标记数序的“地支”依次两两搭配，循环反复，组成了“六十甲子”数集。这些，都会在小小的墓穴中得以表达。

还有人说，时间是一根棍子，人们把它立起来的时候，混沌的时间，就被划分，就有了春夏秋冬，就有了分分秒秒。如果说时间是一根棍子，那么，就是沉睡的墓穴就是时间的表盘。

从狭窄的甬道进入，黑暗愈加密集，逼仄的台阶愈加深邃和神秘，在那重重叠叠、突然降落的雕塑和画幅中，你仿佛是其中的一部分，小小的一部分，只是单纯的色彩或者线条。它们的隐喻，包含了整个世界和对世界的认知。青龙、白虎、朱雀、玄武，天之四灵，以正四方，王者制宫阙殿阁取法焉。风水堪舆显示着宇宙的真理。而那些多者达十余层的嵌雕砖或彩画砖，斗拱、侧兽、托梁力士、托梁兽、鸡首人身、牛首人身、雷公等造型，无疑又是宇宙秩序的维护者。一幅幅色彩艳丽、美轮美奂的画面带着最远古的信息，从无尽的黑暗中走了出来。农耕、狩猎、宴饮、出行、伎乐、庖厨，这一个又一个散发着喧腾气息的生活场景。我们竟然不觉得陌生，就像是人们期待已久的某家宅院，门虚掩着，丝弦之声犹在，这是一个真实却又无法辨认的世界。那一幅幅生动的场景，究竟讲述的是哪个年月的故事？这些鲜活的人物，他们究竟从哪里来？又有着什么样的悲欢离合？

取悦内心的劳动

采桑是取悦内心的劳动，桑的生殖意蕴是上古时代桑林神社中积淀下来的。桑林是生殖的圣地，更是繁衍的源头。它成为初民时代以及文明初叶生命之美的神圣追求与美的印象。印象沉淀在桑叶上，沉淀在垂累而滋甜的桑葚上，沉淀在“桑”的形象上。《诗经·卫风·氓》中女子就把桑林会的甜美欢情喻之为吃桑葚：“于嗟鸠兮，无食桑葚！于嗟女兮，无与士耽！士之耽兮，犹可脱也；女之耽兮，不可脱也。”

因而砖画中的桑并不是随意而为。

魏晋政权建立在东汉崩溃后，当时由于政权没有稳固，时时受到外族威胁，当权者为了巩固自己的地位，实行轻徭薄税、休养生息的策略，使得当时的经济得到了空前的繁荣。“凡桑叶无土不生”，河西地区在魏晋之前气候温暖，适宜种植桑树、养蚕、缫丝。魏晋以后，气候逐渐转冷，无霜期缩短，植桑者渐渐少了，养蚕者甚至不见了。

墓室 6 的 9 号壁画，刻画了提篮采桑的女子和手持弓箭护林的少年。少年有明显鲜卑人的特征。画面上采桑女子与剑拔弩张的少年紧张的对峙，形成了鲜明的对照，生动描绘了魏晋时期河西地区男耕女织的安定生活。 墓室 5 内 13 号壁画，描绘了两男子正在树下采桑，一男子提篮摘桑，面带一丝丰收喜悦。另一男子回首翘望，表情沾沾自得。采桑图中，鲜卑人频繁出现，并且扮演保护蚕桑的角色。反映了当时的乡土风情，也说明庄园内部有严格的等级制度和明确的分工。另外，鲜卑本是游牧民族，是一直居无定所的流浪民族，壁画却刻画其从事农业活动，与汉族人民共同生产劳动，和平相处，因此这些壁画也成为民族大融合的有力证明。

砖画中那一幅幅采桑图，一张张驱鸟护桑图、妇女采桑图以及那绢帛、丝车等画面，都十分真实，证明河西地区是一个桑蚕、丝织业区。在有的墓葬后壁砖面上，还绘着丝、绢及养蚕、缫丝用的工器具——高足盘、扁笼、方盒、锅、斗、爪篱等。这些都是古代丝织业发达的明证。魏晋时期，在我国封建社会历史长河中虽然短暂，但它用绘画记载了这一辉煌的历史片段，这是世界上用绘画记录历史的一个创举。

在嘉峪关新城镇政府院内的饱经沧桑的古桑树，就是遗存至今的古代植桑养蚕的见证。这棵古老的桑树，树干粗大，树冠如盖。每到五六月，还可以吃到鲜美的桑葚。同样在嘉峪关新城魏晋墓区保护区之外，嘉峪关人种植了大概 3000 亩的桑田，桑树的绿荫，覆盖了荒芜的戈壁，甜蜜的桑葚，让人们流连忘返；桑叶茶、桑葚酒等产品也经久风行，据说可以治疗高血压、高血脂。桑园里的鸡和羊，自由地啃食桑叶和桑葚，其肉质别有风味。

这是在应和历史的风景！

周易说，怀孕的人梦见摘桑葚了，预示生女，春占生男，注意营养。做生意的人梦见摘桑葚了，代表顺利得财利，勿贪大贪多，否则上当吃亏。恋爱中的人梦见摘桑葚了，说明同心相应，婚姻可成。

魏晋时期，嘉峪关北部沙荒连绵，当地百姓为防风固沙，多栽种桑树。一棵桑苗从生到死，在先民手里从落叶灌木向经济作物转化。桑树主干可以做成桑杈，这是一种坚韧耐用的农具；桑叶具有疏散风热、清肺润燥、清肝明目的功效；桑叶晒干之后储存起来还可以在缺少草料的冬日里饲养牛羊，也就有了美味的桑叶羊肉；桑枝结实不易折断，柔韧性强，修剪过的桑树枝条被这里的人编成茎篮、筐、箩头等生活用品；桑果也就是桑葚成为十里八乡孩童们的美味；就连拗桑叉时褪下的二层里皮，趁热吃时丝丝香甜久嚼不断，也是最早的口香糖。

《诗经·小雅·小弁》："维桑与梓，必恭敬止。"意思是说，家乡的桑树与梓树是父母种的，对它要表示敬意。在当时，桑树是经济效益最好的树种，家中植桑树多少是财富的象征。常言道，"前人种树后人乘凉"，说的就是这个道理。种植桑树是前人给后人留下的遗产。几乎每个嘉峪关魏晋墓中都有桑园的砖画，这充分说明当时的人已经养成在房前屋后、闲滩空地、田间地头、道路两边种植桑树的习惯。

墓穴里的桑树，枝叶茂盛，陪伴着人们的睡眠。似乎有了桑树，就有了曾经拥有的一切，祸福吉凶，似乎都在掌控之中，逃不出这三尺开外。

桑树是实用的，它在永恒的意境中升华人们的理想。因而，种桑、采桑是取悦内心的劳动。

流动的车马，驶向永恒

车马是人的另一双腿，也是一座移动的房子，有了车马，人的空间突然间被拓展，人与自然所碰撞的火花，就异常璀璨。

在世界的中心，在大地的深处，在茂密的森林，黄帝创造了车，距今已经 4600 多年了。刘熙《释名》说："黄帝造车，故号轩辕氏。"

出游乘犊车、露车，所见都是牛挽车。车辆不仅可以载人，也可载物，是重要的生产生活工具。在嘉峪关魏晋砖壁画中，这样的画面反复出现，那牛车吱吱扭扭的声音，仿佛从砖与砖的缝隙中渗漏出来，弥漫于狭小的墓室。

为什么是牛呢？那么，马去哪儿了？

梳理一下历史上的车，在风尘滚滚中，我们依稀能够辨认那些或华丽或简陋的车舆：秦朝以前的车，大体可以分为"大车"和"小车"两大类，"大车"指用牛驾驶的车，车厢大，主要是拉物品用，普通百姓也偶尔坐坐。"小车"并非真小，而是指由马驾驶的车，和用牛驾的大车相比只不过车厢较小，由两匹马或者四匹马拉动着快速行进。同时，马脖子上的铃铛还不住地发出有节奏的响声，很是气派。出于追求舒适的本能，有人把目光投向牛车。牛车走得比较慢，颠簸的程度较马车自然要减轻许多，扬起的尘土也少得多。再者，牛车车厢较大，坐牛车既有车篷，又对车厢加以围挡，人坐在里面，别人看不见，可以自由坐卧。于是从东汉末年起，一改以前对牛车的轻视，牛车逐渐成为官员、贵族乃至皇帝的代步工具。

但还是要说说马，在砖壁画中，马有自己的位置。马，可以说是河西走廊的精灵，它是一方水土养育的一个民族的魂魄，它是奔驰的肉与灵。

河西走廊历代名马颇多，以岔口驿马最为优良。魏晋墓中出土的《配种图》就是培育良马的例证。彩绘砖画《放牧图》，从另一个方面反映了畜牧业的繁盛状况。如今，河西地区虽已发展成为甘肃的粮仓，但畜牧业仍相当发达。

清流如织，绿洲无垠，我们仿佛听到一种古老的声音。“凉州大马，横行天下”的潇洒英姿和西域入贡的乌孙骏马，正奋蹄浩浩荡荡向东奔去。

墓室 5 编号 61 画有一男子肩膀落一兽鸟，胯下骑骏马，正在追逐两只猎鸟。画面经过了精心布局：男子既不持弓也不握剑，而是紧拉缰绳。骏马飞腾，猎鸟的速度之快则用其尾后阴虚长线刻画。很显然本画的根本目的并不在于刻画猎鸟速度之快。画匠使马紧跟猎鸟之后，奔跑高度与鸟相同，来凸显骏马奔速之快才是本画真正目的。表达手法与雷台汉墓的马踏飞燕有异曲同工之妙。墓室 7 编号 46 的壁画中，一乘马车，前有一车仆，后有一跟随。但是这幅画中马的造型很明显有牛的痕迹。显然是以牛车起稿后改为马车的图画。在众多的车骑图中，这是唯一的一辆马车图，说明当时马车在河西地区并不常见。饲养马的基地，马匹居然紧缺，原因就在于马匹主要用于征战和狩猎，而不以农耕、驾车或食用为目的。故在农耕和驾车的壁画中一律为牛，无一用马。仅见的一辆马车也是起稿为牛，画成后才改为马的。相比之下更突出牛的重要用途和马的特殊作用。

向内心和大自然的深处挺进

嘉峪关依山靠水，为农业种植提供了天然的条件。不论战争怎样频繁地发生，不论长城的烽火如何蔓延，河西在中华文明史上始终闪烁着璀璨夺目的光辉。西汉武帝时，凭借汉初几十年休养生息所积聚的力量，在河西逐匈奴，置四郡，修长城，筑亭障，据两关，用兵西域地。在军需物资繁重的情况下，汉王朝实行了“无事则以农，有事则调之为兵”的“寓兵于农”的屯守政策，目的就在于维护西域的孔道，实现“断匈奴右臂”的战略。于是河西屯田，就成为汉武帝经营河西的关键措施之一。河西屯田，盛名于世。酒泉是最早实行屯田制的地区之一。历史上曾在屯田地区派遣“屯田校尉”，掌管屯田事务，也曾发布过“屯田条例”。镇守河西的将士们，边戎装守卫疆土，边垦荒种田。在茫茫戈壁滩上修渠筑坝，把沉睡的荒原建成了戈壁绿洲。魏晋墓砖壁画《屯垦图》描绘了这一具有历史意义的事实。在《屯垦图》中，上面绘戎卒们持盾、矛，在武官带领下，排队行进；下方绘人扶犁，牛拉套辛勤耕地。戍边的将士们平时抓紧时间训练，在训练间隙垦荒种地，这样既补充了给养，又开发了边疆，巩固了国防。西汉至魏晋时期，一直是民族大迁徙、大融合的舞台，这使得河西地广人稀的局面，得到了根本改变。从元朔二年（前 127 年）至太初三年（前 102 年）的二十五年间，汉政府在河西大规模屯田实边就有 4 次，人数多达 160 多万。随着内地移民和戎卒的到来，人口增加，内地先进农具和耕作技术也带到了河西，有力促进了当地农业的发展和经济的繁荣。墓室 5 编号 27 的《二牛抬杠图》中，有二牛抬杠单辕犁，犁铧扁平，中腰有横木，较笨重，破土不深。壁画通过不同时期犁具的描绘记录了农业工具从二牛抬杠向一牛耕作的过程。嘉峪关魏晋墓壁画为研究当时的农业生产提供了最可信的形象资料。这些砖壁画不仅反映出魏晋时期河西地区的政治经济情况，也反映了当时河西地区各民族（包括中原移民）的水乳交融、共同劳动、共同创造的生动景象。在农作活动中表现了播种、耕作、耙地、耱地、扬场、打场等一系列农业生产活动。由于当时画工在生活中的细微体察，各种生产场面表现得生动入微，生机盎然，为研究我国古代农业史提供了珍贵的形象资料。

嘉峪关地势险要，是河西重镇酒泉的门户。为了抵御匈奴对中原的侵扰，保证河西走廊这条中西经济、文化交通要道的畅通，自汉代始，历朝都在河西设郡屯兵防守，并先后多次派大军西征，派使节出访西域各国。庞大的营垒、营帐，是当时屯兵驻守的明证。嘉峪关魏晋墓中出土的这幅浩浩荡荡的军事《出巡图》，再现了当时出征前和外出巡游的大规模场面。战马奔驰，旌旗如潮，一群威武雄壮、头戴铁盔、身穿铠甲、手握长矛、声势显赫的威武之师，仿佛把人们带到叱咤风云、金戈铁马的古战场。

汉武帝元狩二年（前 121 年），年仅 18 岁的霍去病，以骠骑将军之职，统军万骑出陇西，立马横刀，耀武扬威，指挥了历史上著名的战争——河西之战。歼敌无数，立下赫赫战功。河西地区匈奴连遭数次打击后，匈奴降汉者数万人，从此河西走廊正式归入汉王朝的版图，随即又设了郡县，史称“列四郡，据两关”。四郡是“武威、酒泉、张掖、敦煌”；两关就是“阳关、玉门关”。汉武帝对匈奴的战争，是中国历史上一次规模较大、时间较长的民族战争，也是一场历史上首次双方使用强大骑兵、以机动对机动、实施大规模的迂回、包围、远程奔袭的战争。

河西归汉。人民向往光复和自由。画师饱含满腔热情，歌颂了领军的统帅和士兵。他们雄赳赳，气昂昂，前呼后拥着统帅。整个画面，构图疏朗，精细逼真，构思大胆。画师把并排的五匹马的马头画成四个，而把马尾画成五个，他采取中国传统“藏头露尾”的表现手法，达到了意到笔不到的高超境界。《出巡图》无论从构图、线条、色彩、形象还是从它所反映的现实生活内容，都为研究我国魏晋时期的绘画艺术，提供了珍贵的资料。

农耕、园林、养殖、放牧、狩猎……嘉峪关大地上的农耕狩猎画卷，可以让人们直接窥探那个时代的隐秘。

侍者眼里的世界

在几千年的华夏文明中，一些新的民族的崛起和强大，意味着一个新的鼎盛时期的到来，推动着历史的向前发展。同时民族间的交汇和融合，也带来了文化的兴盛和传播。河西地区自古是一个民族大融合的舞台。早在远古时代便有原始部落的迁徙、冲突和融合，先秦时期就有古代民族在这里游牧生活，到了魏晋南北朝时期，中原地区战乱纷争，然而河西地区社会相对较为安定，一些逐水草而居、以游牧为生的民族迁到了河西地区，经营畜牧业，学习农耕定居。一时间，胡汉杂居，耕作狩猎游牧兼得，成为风尚。

你看，主人宴饮就要开始了，侍女们忙得不亦乐乎，备食献食。首先是备酒，侍女先用鐎子盛上热水，把酒斜放在上面温酒，开宴时用勺将酒舀到酒杯中，再送到主人面前。备食的侍女有的捧着羹盆，有的托着放有馔品和筷子的食盘，还有的举着装有蒸饼的盘子，提着食枰，列队徐步前往宴席献食。从另外的一些画面看，有时主人的馔品要放在食案上，由侍女将这食案一起搬到主人座席前。

置身于砖壁画中，那些侍者仿佛活着，他们款款而来，一举手、一投足，举止得体大方，像是大家闺秀。嘉峪关新城 6 号墓前室南壁的一幅耙地图中，一男子蹲于耙上，着褐衣，披发垂于项背不结髻编辫，这正是当时羌人的打扮，据《后汉书 · 西羌传》记载："羌人之俗披发覆面。"羌族是中国最悠久最古老的民族之一，主要以游牧为主，其分布区域在今甘肃、青海、陕西西部一带。自淝水之战后，北方许多部落看到前秦不能攻克晋室便纷纷自立，羌族之吕光据姑臧（今甘肃武威）建立政权，称后凉。

据史籍记载，鲜卑族的主体是"东胡之余也，别保鲜卑山，因号焉"。也就是说这一支东胡人，因住在鲜卑山所以称之为鲜卑族。鲜卑族中分为慕容、宇文、拓跋、秃发、乞伏等部落。在魏晋南北朝时期，酒泉、凉州受到西部鲜卑族的侵扰。三国时期，邓艾把征服的鲜卑人安置在雍州和凉州之间，鲜卑人开始入居甘肃境内，其力量逐渐强大，鲜卑族中的乞伏部在甘肃建立了西秦政权；秃发部在甘肃、青海省建立了南凉政权。

在嘉峪关魏晋壁画墓 3 号墓的屯垦图画面中，上部为士兵操练，下部为农耕。农耕画面中二耕者，一人为髡发形象，一人为汉族。髡发者据《后汉书 · 鲜卑传》记载，"鲜卑者，其言语、习俗与桓同唯婚姻先髡发"，"乌桓者，本东胡也……居无常处，以穹庐为舍……父子男女相对踞蹲，以髡发为轻便"。

魏晋南北朝时期活动于河西地区的鲜卑族以秃发部为主，《晋书 · 秃发乌孤载记》："秃发乌孤，河西鲜卑人也。其先后魏同出。八世祖匹孤率其部自塞北迁于河西，其地东至麦田、牵屯，西至湿罗，南至浇河，北接大漠。"曹魏中后期匹孤率鲜卑秃发部进入河西。其经济类型以畜牧业为主，亦有农业。至晋泰始中匹孤孙树机能率众攻占凉州，发动"凉州之乱"，后被镇压。东晋隆安元年（397 年）秃发部第八代酋长秃发乌孤建立南凉政权，东晋义熙七年（414 年）为乞伏部鲜卑建立的西秦政权所灭。

龟兹，在今天的新疆境内。古西域有龟兹国，地近河西。嘉峪关新城 6 号墓中前室采桑图中，描绘了一剪发赤足的妇女，一手提笼，一手采摘桑叶。这位妇女的形象根据《晋书·西域传·龟兹》记载的“龟兹人男女皆剪发垂项”，判断为龟兹人。龟兹主要务农，兼营畜牧、冶铸、酿造等。三国时，龟兹属魏，东晋时，前秦将吕光立王弟帛震立为龟兹王。

总之，魏晋南北朝时期是一个大迁徙、大融合的时期。河西地区社会的相对稳定，带来了一些民族的迁徙。北方的游牧民族的涌入和中原汉族的迁移，在河西逐渐建立了地方政权。各民族间的相互争夺、利用、支持、结合，逐渐打破民族界限，使河西地区形成了民族大融合的局面，促使了河西地区经济文化的发展，促进了民族间的沟通。

甘肃酒泉丁家闸5号魏晋墓壁画中，墓主人在榻上凭几的形象，很是优雅，有扑面而来的舒适感。那时人们尚习惯于跪坐，曲凭几一般环抱在身前。但在一些不甚正式的场合，名士们也不需正襟危坐，例如在他们出行所钟爱的牛车里，常常将凭几隐于身后。王、谢高门人才辈出，李白尤为赞赏的谢朓，曾经作诗吟咏黑漆曲几：“蟠木生附枝，刻削岂无施。取则龙文鼎，三趾献光仪。勿言素韦洁，白沙尚推移。曲躬奉微用，聊承终宴疲。”遥想琅琊王氏背靠曲几乘牛车出行，陈郡谢氏在漫长玄谈和宴乐后疲惫地倚伏在曲凭几上，他们宽大的衣裳拂过几面与床榻，铺张着慵懒而超凡的气度。

那匹浮出黄泉的马

还是马。

在古人的世界里，深藏于地下的黄泉既滋润生命，也激发畏惧。墓室的出现，暗示了黄泉世界的一个新概念，地下世界不再完全与人世隔绝。甚至当墓室在入葬后被封闭，消失于人的视野，但是墓门和甬道依然存在，并可以重新打开接纳新的死亡的家庭成员。

1世纪班固在《白虎通义》中写道：“阳气动于黄泉之下，动养万物也。”而与他同时代的王充则抱怨道：“闭户幽坐，向冥冥之内，穿圹穴卧，造黄泉之际，人之所恶也。”“黄泉”代指墓葬，即众生的最终归宿，唤起一种别样暧昧，这里是人们和自己的爱侣及仇敌的重逢之地：前 722 年，郑庄公觉察到自己的母亲图谋篡权后将其流放，他留给她的诀别之词是一个辛辣的誓言："不到黄泉，无相见也。"几个世纪以后，到了东汉建安年间（196—220 年），另一个母亲强迫其子——一个小吏焦仲卿将其妻子休弃。焦仲卿为改变其母的初衷，用这样的恳求来表达其对妻子的执着之爱："结发同枕席，黄泉共为友。"但是焦母不为所动，于是这个故事以这对夫妇的双双自尽而告终。

甘肃酒泉丁家闸的一处墓葬，前室有构图宏大的彩色壁画，天象、祥瑞、神仙构成了穹窿之上的天界，中国神话中的两个主神——东王公和西王母与日月相伴，其实他们在暗示着许多不同的界域：宇宙、仙境和人间的幸福花园。

在这个幸福花园里，有一匹马向我们得得而来。

我们叫它"驿使图"。说起驿使，我们知道那是一个温暖的人和一匹疾驰的马。在那个缓慢的年代，它携带所有的消息，走过所有的路。

"折花逢驿使，寄与陇头人。"古时候，看见驿使，就不由自主地想起远在天边的亲人。这种相思，随着时间的积累，越来越厚重，需要速度不断去稀释它。因而，一匹马的速度不可限量。在嘉峪关魏晋墓彩绘砖画中，速度的故事被表现得淋漓尽致。《驿使图》画面上绘一位传信使，骑一匹枣红色骏马，手举信物，催马行进。驿马四蹄腾空，奔驰在戈壁绿洲的草丛中。

中国是世界驿传开始最早的国家之一，商代就有传信活动，甲骨文中有通信兵"僖"传递军情的记载。

秦统一中国后，建立了以咸阳为中心的驿站网，并统一了驿令。两汉时，张骞通西域，打通了通往中亚细亚、欧洲的邮路，设驿骑。汉代，"驰命走驿不绝"，长城沿途或"丝绸之路"古道上列亭障、置烽燧，5 里一小墩，10 里一大墩，30 里一堡，直达盐泽（罗布泊），用以传递消息，既保证了丝路的畅通，还保证了供给。到了明代，河西驿站遍设。从兰州到嘉峪关，路程 670 公里，设 32 驿，驿站之间距离 15 至 25 公里不等。嘉峪关处，为了赶水源，驿站之间距离增到 35 ～ 50 公里，信使如遇传递紧急公文，昼夜兼程驿递。正如唐朝诗人岑参曾在诗中描绘的那样："一驿过一驿，驿骑如星流。平明发咸阳，暮及陇头山。"

自从有了邮驿，有了驿站，统治者的特殊享受就离不开驿传。任何朝代对官员在什么情况下可以享受驿站的接待都是有规定的。到了明代，驿传已成为一项主要弊政。

驿使的奔驰，似乎从远古拽回了失去的时间。这也许就是墓葬艺术所传达的时间。让我们可以触摸始终循环的宇宙时间。古人利用天干地支、阴阳五行、二十八星宿、四宫、十二神祇、十二生肖、巴比伦黄道十二宫等特定符号和图画在墓中创造出一个永无止境的宇宙时间，所选用的任何与“不朽”相关的概念和符号都具有完美平衡与和谐的特质，进而可以把对宇宙的科学知识和对仙境的想象融为一体。第二个是死者生前的经验时间。棺上明亮的朱红色指涉着阳气、南方、光明、生命和不死。在汉代人的思想中这种色彩确实是仙境的本质特征之一，正如《山海经》所述：“南望昆仑，其光熊熊。”绘于埋藏在幽冥室里的棺木之上，马王堆 1 号墓中的昆仑山图像象征了一种新的成仙概念：成仙不再是长寿和不死的同义词，而可以在死后、在墓中实现。与此相应，死后世界的观念也发生了改变：它如今不再被动地模仿生活世界，而是在人们的想象中比凡间更优越，因为它为达到永生提供了新的希望。

这个驿使和这匹马的到来，至少让我们想到了，思念是不朽的，人类在永无止境的未来面前，只有这个驿使和这匹马可以穿越！

节日的血

血在梦里，多表示财富。按照西方的观点，还是生命力的象征。其实，一座墓穴，就是一座梦的天堂。在嘉峪关魏晋砖壁画中，有很多杀牲的场面，各墓中几乎都见到宰杀牛、羊、猪的画面，此外还能见到宰鸡图像。从砖画上看，杀牲的方式很有特色。杀牛时多用椎击法：只见屠夫一手牵着牛鼻子，一手高举铁锤正向牛头砸去。这在古代谓之椎牛、椎剽，是一种很古老的宰牛方法。宰羊时，要先把羊的一只前腿和一只后腿分别用绳子拴在木桩上，将羊反吊起来，然后再下刀放血。杀猪则是将猪捆绑在大条案上，屠夫握铁刀由猪的后窍宰杀，似乎是为了“出其不意”。难怪从画面上看，猪并不见牛羊在临死前那样的拼命挣扎，只是张开嘴嚎嚎而已。据说与嘉峪关相距不远的酒泉，现在还流传着“宰猪捅屁股，各有各的杀法”这么一句俗语，从砖壁画上足以窥见其这样的宰杀方法的渊源是多么久远了。画中牛、羊、猪的宰杀都是由男子承担的，而杀鸡则是女子所为，在一块砖画上画着两个女婢高挽衣袖，正跪立在大汤盆前褪鸡毛。这种具有浓郁生活气息的作品，在汉代画像石以外，再就不易见到了。

在古代，杀猪宰羊，是欢乐的时刻，也是难忘的时光。李白的《将进酒》中有“烹羊宰牛且为乐，会须一饮三百杯”；《木兰辞》中说“小弟闻姊来，磨刀霍霍向猪羊”；苏轼的《送刘道原归觐南康》写到：“定将文度置膝上，喜动邻里烹猪羊。”陆游《秋词》中说 ：“乡闾老稚迭歌舞，灶釜日餐猪羊烹。”秦观的《雷阳书事》写到：“出郭披莽苍，磨刀向猪羊。”……这些诗文，晾晒了一大片杀猪宰羊图，展示了广阔田园之上的欢乐人间。

回到那些壁画，我们看到了杀猪、宰羊的场面：杀猪，接血，切肉……这些画面有呼有应，情趣盎然。仿佛是一幅连环画，也有人说，这应该是中国历史上最早出现的连环画的形式。这些壁画在漫长的时间中保持着鲜活的线条和色彩，像一面面镜子，透过尘封了几千年的时空，让我们看见了那个年代最真实的生产和生活场景。尤其是杀猪宰羊的背后，充满了生活的热闹、甜蜜的滋味，这些都是墓主人生前刻印犹深的记忆，这样的记忆不能丢失，不能遗漏，必须让它延续。虽然，生活绵延不断，但杀猪宰羊的快乐似乎越来越淡，当某个意外的机遇让我们走进墓室的时候，曾经的快乐，好像找到了。

牧神的垂青

有人说，农耕民族与游牧民族的互动共同塑造了中国的版图。游牧者方面，进行掠夺是比进行创造的劳动更容易甚至更荣耀的事情。重畜牧、轻农耕，贵流血掠夺，正是游牧民族的重要特点。对耕作与掠夺的这一不同态度，可以作为划分游牧民族与农业民族的基本标准。但在嘉峪关一带，一切都发生了变化，游牧与农耕交互而行，汉族和少数民族和睦相处，亦耕亦牧，不亦乐乎。

游牧经济圈所生产出来的马匹、皮毛等产品，很容易超出本地人群的消费能力，而极端天气或者瘟疫等会导致这些财产大幅缩减。这使得游牧者的生活开始窘迫。劫掠，就成了最简捷的途径。

这就需要一种铁一般的秩序来调节。比如长城，古时候的嘉峪关，从汉代开始就修筑长城，长城强有力的守卫，使经济交流成为常态，形成了游牧农耕相互补充的局面，相得益彰。

这是一个诗一般的告令："要让有羽毛的或四条腿的，水里游的或草原上生活的各种禽兽免受猎人的箭和套锁的威胁，自由自在地飞翔或遨游；要让大地不为桩子和马蹄的敲打所骚扰，流水不为肮脏不洁之物所玷污。"连狩猎也严格地限制，看来，一切真的好起来了。

这样的时光，被永远地保留在了墓穴。

或野葬，将死者装入白布口袋，或白布、土布缠裹全身，载于牛车，送至荒野，任狐狼、野鸟啄食；或火葬，即以火焚尸。将死者驱车适野，置于空地上，覆以干树枝干草，点火焚之。烧尽后，将白骨碎块抛撒四方；或土葬，尤其古代蒙古贵族行深葬。《黑鞑事略》亦云："其墓无冢，以马践蹂，使如平地。"无论野葬、火葬、土葬，均不修坟冢，"使生从土中来，死亦归土中去"，完整地实践着自然循环、生物再生的生态学原理的领悟。是一种豁达的思绪，更是辽阔的再生。

在短暂的时间里与自己对话，在时光的缝隙中遇见真正的自己。在嘉峪关魏晋砖壁画中，关于养殖放牧的画面比比皆是。在画面中，可见猪舍、鸡棚，肥猪在坞旁觅食，鸡群飞啄，牵羊人牵着羊悠闲地走动；放牧的场景则是牧人赶着马群、牛群、羊群。为了显示数量之多，这类画面一般由数砖组成，还有牲畜饮水的井饮，繁殖马匹的配种和牵驼人举棍牵驼行走。

骆驼生活于我国西北地区。用骆驼作为漫长的丝路上的运输工具，是由骆驼本身的特点所决定的。骆驼有四只又大又厚的肉蹄，形状如盘，故善于行走沙漠戈壁，又能知水源 、水脉、风候，还能辨认路途，有"沙漠之舟"美称。它可驾车，又能骑乘，可昼夜兼行或昼息夜行，日行四十多公里。它走沙漠穿戈壁，如海上行航，可谓“航漠”。

在魏晋墓彩绘砖画中有一幅《牵驼图》，指明了“丝绸之路”上的驮运。两千多年前，成群的骆驼，沿着丝绸古道，穿过绵绵沙海，翻越巍巍大山，跨过重重绿水，把中国美丽的丝绸、友谊和文化艺术的花雨洒向波斯湾海峡；又把伊朗等地的珍物佳品、真情厚意带回中国。两晋时，中原混乱，唯河西较安定，外商纷纷改在河西贸易，《牵驼图》是商业驮运的一个很好例子。嘉峪关是通往西域、中亚、西方各国丝绸之路的必经之地，壁画中高鼻深目的牧马人，风尘仆仆的牵驼人，反映了彼此友好交往。

清脆的驼铃声悠扬远去，深深浅浅的驼印还在述说着历史的辉煌。祁连山积雪皑皑，雪水融化的涓涓细流，汇入无边的土地。广袤的草原，水草丰美，牛马布野。亘古以来，河西有着发展畜牧业的良好基础。

秦汉之际，游牧于祁连、敦煌间的月氏、乌孙及诸羌等少数民族，以畜牧业为生，畜牧业已有相当规模。

匈奴失祁连、焉支二山乃歌云：“失我焉支山，使我妇女无颜色；亡我祁连山，使我六畜不蕃息。”汉代，河西地区“地广民稀，水草宜畜牧，故凉州之畜牧为天下饶”。在“西北边养马三十万匹”。魏晋南北朝，河西水草美，马、骆驼畜牧总数已达数百万头之多，牛羊则无数，为河西畜牧业大规模发展的时期。

在墓室 3 编号 47 的《配种图》中，红色的公马与白色红斑的母马正在交配。母马温顺、害羞，公马则懒散、自在。画面非常注意两马的体态和面部神情，表达得惟妙惟肖。在墓室中有专门描绘马匹配种的图，证明河西地区很重视牲畜的繁殖与培养。墓室 3 编号 38 的壁画为《养鸡图》，其中有一只公鸡、四只母鸡。公鸡挺胸阔步，母鸡们小步跟随，俨然人间一夫多妻的景象。公鸡显现出它出身于富贵人家、洋洋得意的样子。四只母鸡则随着与公鸡的位置不同，姿态也不尽相同。鸡群完全模仿人类的生活状况，画者在这幅画中不但表达出鸡的心理，也含蓄表达着自己内心的一种不平感想，画面背后，突出了人的命运。

5 号墓的《牧马》《牧羊》《牧牛》等砖壁画中，家畜、家禽计有马、牛、羊、鸡、狗、骆驼及猎鹰等，从各墓室砖画中可以看出当时河西地区畜牧业的发达。据考古资料记载，早在2000年以前河西酒泉地区绿洲遍野，水草肥美，祁连山融化的雪水灌溉了这片肥美的土地。一代又一代的游牧民族在这驻牧生息，这些马背上的民族在这里留下了先进的畜牧经验。汉代开始，中原汉人大规模西迁，又把农耕文明的曙光撒在了这块广袤的土地上。从汉代起，河西地区就开始了它历史上最辉煌的一段民族大融合和大发展阶段。

人类的狩猎镜头，文字上的描述可谓汗牛充栋，但形象的画卷精品却不多。但在嘉峪关魏晋砖壁画中，狩猎却有重头戏，其动态、其紧张被表现得栩栩如生，那些静谧的青砖，也似乎动起来了。在嘉峪关魏晋砖壁画中，表现狩猎的画幅较多，分射猎和围猎。射猎是猎人跃马举枪或挽弓射杀猎物；围猎者三五成群，放逐鹰犬追赶猎物。所见猎物有黄羊、鹿、兔及逃蹿的野鸡、飞鸟等。

酒泉至嘉峪关，自古为荒原，野生动物品种繁多。砖画像中反映狩猎的场面很多，描绘得很生动，有狩猎、射猎、追猎，放鹰追兔等。

狩猎起源于远古时代，魏晋时期，河西地区狩猎活动不但相当普遍，而且技术已相当娴熟。

看了砖画中多姿多态的《射猎图》《鹰猎图》，犹如置身于古代狩猎队伍之中。

在一幅画面中多用独幅画单层排列的构图形式，着意捕捉事物千变万化的发展过程中动人的每一瞬间，给人以隽永的回味和丰富的想象。如嘉峪关魏晋5号墓中的《狩猎》，将中箭奔逃的野兔与欲返身补射的猎骑者相反离去的瞬间，扣人心弦地表现在同一个特定空间，既增强了射猎的戏剧性效果，又在构图中实现了开合有度、相辅相成的巧妙构思。从绘画角度，专家认为，魏晋时期的绘画艺术正处于我国绘画史上最繁荣的阶段，但由于战争不断，遗存保留下来的很少，使这一时期中国的绘画文献记载非常零星、简略，绘画的实物资料更是凤毛麟角，嘉峪关魏晋墓壁画砖的发现、出土，填补了我国魏晋十六国时期的美术的空白，其绘制的方法和技巧对后来以敦煌为主的石窟寺群的壁画绘制起到了重要的奠基作用，是敦煌的石窟寺绘画的源头。

人间烟火的滋味

游牧的生活，需要一种能移动的盛水和煮东西的器具，在快速行进和长途跋涉的过程中不至于损毁。生活上的这种需要，推动原始人发明制陶业。他们最初也是从火堆里受到启发，原始人发现用火烧过的黏土，能变成一块硬泥片，不会再渗散开来；而且入火时捏成什么形状，出火时仍是什么形状，这就是成形技术产生的最初启示。于是试着在用荆条编织的筐子周围抹上厚厚的泥浆，风干后，放进火堆里烧，最后荆条化成灰，一个陶罐子就出现在眼前，从此就开始了人类使用陶器的新纪元。后来的铜器和铁器更坚固，更方便。

使用不同的器具，是文明的表现，也使饮食得到了意想不到的创新。

中国的饮食文化源远流长，内涵也很丰富，究竟丰富到什么程度？请到嘉峪关魏晋墓室看一看。

著名学者王仁湘教授在参观了嘉峪关新城魏晋墓之后，他粗略地统计了一下，砖壁画中涉及的饮食器具大概有几十种，可见饮食之丰富。墓室 3 编号 23 的壁画为《滤醋图》，图中三个醋坛摆放在高凳上，高凳面为漏网状，凳下有瓦盆接漏。墓主人专门把滤醋的过程放在壁画中，说明其很喜爱食醋，并且酿醋是当地非常重要的生产活动。这与河西走廊的自然环境是有关系的。此地区水土多碱，醋可遮去水中的苦涩，故当地人多爱食醋。有几幅画面中有一些大大小小、上上下下的陶罐，让人有些不解，不像其他的画面一眼就能看出来那些物什是做什么的，但是在当地人的眼中这些盆盆罐罐却再熟悉不过，原来这是酿醋用的器具。在嘉峪关一带，农民们至今还延续着同样酿醋的习惯，今天在新城乡的一个农家院落里，一位大妈和她的儿媳妇正在忙着酿醋，她们先把粮食炒熟，再添上水加热等待它发酵，接下来就是和壁画中一模一样的滤粗醋程序了，大妈告诉我们，自家酿出来的醋不仅味道厚足，还能预防感冒。我们看到他们所用的器具竟然和壁画砖上的一模一样。

在嘉峪关魏晋砖壁画中，反映墓主人生活方面，最多的是宴饮图和宴乐图。宾主席地而坐，前置案、樽、勺、斛、镟等盛食器皿，有的手举肉串食叉，并有乐师吹奏助兴。不断有二三童仆、侍女捧着盆、圆盘、钵、食奁等器皿送食。

魏晋时期，河西走廊地区社会比较安定，经济繁荣，贸易昌盛，促进了西北边陲与内地经济、文化的交流。与莫高窟艺术受外来影响较深截然不同，嘉峪关新城魏晋墓画像砖不仅是一砖一画，风格上，是地地道道的国风。

砖壁画描绘了奴婢们从事的屠宰、炊庖等各种杂役和主人们宴饮美食的场面，共计四十余幅。主要有持锤击牛、宰猪、杀羊等屠宰场面，烫洗野味、烤羊肉串、案上切肉、灶下烧火烹食等系列炊事活动，奴婢拜会方案递食、主人围炭盆进食等场面，每一个画面都描绘得细致入微，形象生动，与今日的生活现状仍十分相似，令人倍觉熟悉。其中，前室和中室都绘有烤、食羊肉串的场景，可见魏晋时，河西人已用三股铁叉穿肉，在炭盆上烤食羊肉串了，这比南朝后期食谱中的记载要早 200 多年。

砖壁画中描绘的厨房庖厨劳作是这样的：妇女在灶前烧火做饭、盆内揉面，庖丁在俎前切肉，用釜烹食、抬水，以及厨房内的设施食柜、肉钩，还有酿造等。

烤羊肉串是人们喜爱的风味小吃之一。其实烤肉在我国已有两千多年的历史。从魏晋墓砖画中可以看出，这个时期的人们已普遍食用羊肉串。当时烤羊肉串用三股铁叉，上穿以肉，这比用木棍穿肉进步多了。而现在烤羊肉串则用一根铁针穿肉，当时的三股叉就显得笨拙了。谁能想到，昔日烟熏火燎的炙烤，在今天的灯火夜市中依然有着令人垂涎欲滴的热闹景象。从这一系列的砖壁画中，我们可以看出，人们的饮食文化已经发生了很大的变化，远古时候中原汉民以五谷为主、五禽为辅的生活习惯，受到河西游牧民族以肉食为主的影响，已经喜欢上了美味的肉食。

烹饪活动是砖壁画刻意表现的重要内容之一。砖画中见到不少切肉、揉面、烹煮及表现厨房设备的图像。切肉工作有时为男子担任，而烹食则基本由女仆掌管。另外有画面绘两个男子各跪在一个小案前，左手握刀，正在切肉，切好的肉放在案下的容器中。还有画面描绘着一个在盆中揉面的女子，她身后的墙上还悬挂着铛、箕、炙叉等厨具。在另外的一幅砖画中，可以看到摆满馒头的食案。馒头在魏晋时被称为“蒸饼”，有的还加有馅料，其实就是现在说的包子。画中情景一般为烹饪前的准备工作，还有汲水、整理厨具等，这些在嘉峪关砖画中都有表现。

烹饪方式在砖画中可以看到三种，一为蒸，一为煮，一为炙。有一图绘有一个灶台，灶后有竖起的烟囱，灶上的容器是甑，甑下是釜。这种陶甑在这批墓葬中有实物出土，甑底钻有气孔作成箅。在灶前跪着一个使女，正往灶内添柴火。画面表现的是“蒸”，或是蒸饭，或是蒸饼。另一图表现的则是“煮”，一个大铁釜放在铁三脚架上，下面架着柴草，一女仆在一旁拨火。这里面所煮的大概就是肉羹之类。还有一幅砖画绘一女仆正拿着肉串在火上炙烤，这烤肉串在当时当地官僚富贵之家大概是一种经常享用的美味。

串在叉上的羊肉，辅以佐料，被温火炙烤得香气四溢，早已没有了原来的腥膻，由饮食演变为美食，再加上各种器具对于饮食可能性的阐发，让人禁不住流下口水。

屋宇和绕梁三匝的奏乐、宴饮及酒

夯层越来越密，架板越来越高，这样的墙敦实可靠。可盛永不流泻的月色，似乎格外温柔；厚厚的门板渐渐打开，日常生活竟是如此诗意。

在嘉峪关魏晋砖壁画上，对坞壁、穹庐都有所表现。坞壁四面筑高墙，中间筑高耸的楼橹，便于瞭望和守卫，具防御功能。坞门前沿有男丁手持木棍守卫，守门家犬蹲在一侧，有的守门家犬纵身狂吠，欲挣脱锁链。魏晋时期，封建社会统治者对农民进行残酷的剥削和压迫，尤其土地兼并相当严重，一些官僚地主田连阡陌，而广大的贫苦农民却无“立锥之地”，一些世家豪族住着四角带有望楼的庄院，还有狗和守门人在守门，而贫苦人民只能住在不挡风雨的土窑洞里栖身。

璀璨的星空之下，人们的欢乐延续着：高楼深宅内，歌舞翩翩，夜夜饮宴。大家闺秀穿着绫罗绸缎，采桑女也是衣袂飘飘，潇洒自然。

作为文化艺术的交汇之地和音乐之邦，这里名不虚传。

在《击乐说唱》里，千余年前的民间艺术家们复活了，他们神情饱满地演奏，流出不朽的乐声。《弹唱图》则描绘了二人在劳动之余漫步于野外桑林之中，一人在前抱着阮咸，边弹边走；一个在后，舞着陆手铃，且舞且唱，旷野中的雅趣，被风吹向很远很远。《舞蹈图》则更为引人注目，如“踏歌”舞及三人舞等，动作优美，边歌边舞，气氛热烈。使人不禁想起昔日“使者相望于道”“商胡贩客，日款于塞下的”的盛况。砖壁画中的《宴乐图》《燕居行乐图》，更是乐器的大展示：琵琶、阮咸、秦筝、洞箫、长笛等，应有尽有，可以组建一个大型的民乐团。值得一提的是，卧箜篌的画像出现在魏晋时期的墓葬中，是前所未有的。卧箜篌，作为“华夏正声”在这里流传而沿袭下来。

河西走廊，以祁连山的雪水灌溉成为千里沃野。它仓廪丰足、牛马布野的富饶景色，展现了粗犷的、旖旎的、婉约的美，使人豪情奔放。饮酒之风盛行是自然的。

在魏晋墓砖壁画中描绘的《酿酒图》，图上画有蒸酒锅等器具。这些器具同西北一带现今民间酿酒所用器具相仿。它形象地说明在魏晋时期，这一带民间酿酒业已形成相当大的规模。民间酿酒的方法大致是：将稻、青稞、糜、谷碾成米，统称粮。先取粮一百份，用凉水浸软，再蒸熟后铺于苇席，待放凉后，掺入粉碎过的酒曲十五份，混合拌均匀，然后入瓮加盖发酵。熟食中的淀粉随即糖化，而渐渐变成糖液。三日后加清水，浸淹熟食，随即进入酒精发酵过程。再过三四天后，将液汁挤压出，即成米酒，亦称黄酒。如果装在锅里蒸，蒸馏得酒液，称为白酒。现在这里民间还采用这种方法酿酒。由此可以看出酿酒业在河西有着悠久的历史，也是传统的手工业技术。在远古时代，我国劳动人民就懂得利用霉菌等微生物发酵酿酒，有史料告诉我们，远在黄帝时代，已经有了原始的制酒。

在我生活的地方，长城围拢着整齐的绿洲，现在长城的形象看起来高大而威猛，在魏晋却不是这个样子。汉时，长城令居塞从黄河延伸到了嘉峪关一带，那时候的长城其实就是一道土墙，高不过五六米，主要是为了阻挡胡马的冲刺。那时候的嘉峪关，地处丝绸之路的要冲，加之中原居民的迁入，先进的农业生产技术很快得到推广，尤其是酿酒的工艺，迅速被当地人所接受。

嘉峪关魏晋墓出土的壁画砖，酿酒、饮酒的画面比比皆是，从中可以看出风流倜傥的“魏晋风度”。魏晋时期，中原内乱，河西偏安，使得这里的生产力得到了极大的释放，不仅畜牧业发达，粮食生产也是五谷丰登，食之有余。在这样的条件下酿造业也随之发展起来。新城魏晋6号墓的《酿酒图》，就充分反映了这一历史事实。壁画中有蒸酒锅等器皿，而且壁画中的饮宴场面很是奢华。据有关资料记载，酿酒的原料有“稻分粳糯，糯者可酿酒”“青稞亦可酿酒”“糜谷也有粳糯之分，糯米也可酿酒”。在20世纪六七十年代，每座村庄几乎都有一座酿酒坊，酿酒工艺的原始与千余年前的古代如出一辙。

在魏晋，所谓名士，人们是这样定义的：“名士不须奇才，但使长得无事，痛饮酒，熟读《离骚》，便可称名士。”王佛大叹言：“三日不饮酒，觉形神不复相亲。”毕茂世云：“一手持蟹螯，一手持酒杯，拍浮酒池，便足了一生。”痛饮酒方可算得上名士，名士不可一日无酒。《世说新语》之“任诞”篇乃任达者的专篇。全篇54则，几乎篇篇有酒。醉里乾坤大，壶中日月长。魏晋人在心理上安顿自我，多半靠了酒的力量。现实世界充满了伪善、丑陋，于是在酒中酿造了一个醉里乾坤。酒，于内营造一片心灵的天宇，超越尘世纷争；对外，则为肆意酣畅的行为，显示着对名教、礼法的不恭乃至反叛。

翻开历史，我们能够闻到一股浓烈的酒香。对于饮酒习俗的记载，先秦以来已屡见不鲜。至魏晋南北朝时期，由于酒禁大开，允许民间自由酿酒，酒业市场十分兴盛。加上许多身处乱世的人深切地感受到了生命的短暂，酒成为他们逃避现实甚至是应付世事的方式，“何以解忧，惟有杜康”，曹操的诗恰如其分地表达了酒在当时人们生活中的地位。

这一时期，酒类名目繁多，不满现实而借酒消愁者，称酒为“忘忧”“欢伯”。晋朝的刘臻之妻曾写过一篇《椒花颂》来赞美酒，可见酒又有“椒花”之称。南北朝的程卿，曾喝过一种名为“千里醉”的酒。他边走边饮，归家而醉卧。用桃花浸泡过的酒，称为“桃花酒”，据说喝了这种酒，可以“除百病，好容色”，故又称为“美人酒”。梨花盛开时酿熟的酒，叫“梨花春”。立夏日取汁合成的酒，叫“驻颜酒”。以甘蔗加石蜜等所酿的酒，叫“蔗酒”，这可能是中国历史上最早的保健酒。河东人刘白堕所酿的“鹤觞酒”则是北魏时期的名酒，刘是历史上一位酿酒大师，他所酿的酒于盛暑时置于太阳底下暴晒，“经一旬，其酒味不动，饮之香美而醉，经月不醒”，京师朝贵外出时，多携带此酒作为馈赠的佳品。

如今，酿酒的传统日盛，一条狭长的河西走廊，竟成了一条酒廊，绵延一千多公里的丰腴绿洲上，处处有酿酒的工厂。来到河西走廊的人，被河西文化的魅力所吸引，也被浓郁的酒香所沉醉。白酒、红酒、米酒等等，花样翻新，尤其是葡萄酒，祁连、莫高、紫轩，各具特色，醇香醉人。这是因为，从古至今，河西走廊就是种植葡萄的绝佳之地，有了上好的葡萄，酿酒技术也日臻完善，葡萄酒成为历史佳话。

汉之前，葡萄传入中国，其线路就是沿着丝绸之路，从西域抵达敦煌嘉峪关一带，在这些地区试种成功后，才风靡中原的。葡萄，古时写作“蒲陶”或“蒲桃”，是起源于高加索地区的作物，这个称呼也是古波斯语的音译。在西汉时代，葡萄在西亚、中亚普遍栽培并用来造酒。张骞对此有明确记载：大宛及其邻近的国家用葡萄做酒，有富人藏酒至万余石，有的陈年老酒数十年都不坏。张骞从西域带回来的最重要的东西，其一便是葡萄。在张骞之前，中国已有野生葡萄，也有中国古人自己发明的葡萄酒，但是葡萄在中国普遍种植，普遍用葡萄做酒，却是张骞从西域回来之后。三国时魏文帝曹丕在品尝凉州葡萄酒后作《凉州葡萄诏》，当着各位大臣的面，对古河西走廊一带的葡萄酒给予了极高的评价。他说：“且设葡萄解酒，宿醒掩露而食。甘而不饴，脆而不酸，冷而不寒，味长汁多，除烦解悁。又酿以为酒，甘于曲糵，善醉而易醒。道之固以流涎咽唾，况亲食之耶？他方之果宁有匹之者？”

在千年萦绕于嘉峪关一带的边塞诗中，也有许多写到酒，如王翰的“葡萄美酒夜光杯，欲饮琵琶马上催”，王维的“劝君更尽一杯酒，西出阳关无故人”，李白的“天若不爱酒，酒星不在天；地若不爱酒，地应无酒泉”……

可见，嘉峪关一带在魏晋时期已经有了一整套完善的酒文化，借鉴历史的得失，对于我们今天发展葡萄酒产业，具有一定的促进意义，文化的传承、创新、发展，必须从传承开始，一环都不能少。

服饰：时代的脸

衣裳是文化的表征，衣裳是思想的形象。而在魏晋，衣裳，却是时代的脸。“人法地，地法天，天法道，道法自然。”衣裳是人与自然间的通道。

北魏杨衒之在《洛阳伽蓝记》中曾谈到当时“自葱岭（帕米尔高原）以西，至于大秦（罗马），百国于城，莫不欢附。商胡贩客，日趋塞下”“乐中国土风，因而宅者，不可胜数，是以附化之民，万有余家”。南北朝时期的胡汉杂居，使衣饰的样式和色彩更加多样和缤纷。

每每在一个大时代来临之时，文人在历史波谷间沉浮，躲进小楼成一统，冷眼看世界，寻求自我超脱，沉迷于饮酒、奏乐、吞丹、谈玄等等，也就成为一种时尚。服饰与内心相呼应，宽衣大袖、袒胸露臂。产生了“褒衣博带”的服饰风格，以长衫为尚，衫为宽大敞袖，衫有单、夹二式，质料有纱、绢、布等，颜色多喜用白，喜庆婚礼亦服白；白衫不仅用作常服，也可权当礼服。

据说，这种褒衣博带的风格也和魏晋时期玄学盛行，人们吃药成风、服用五石散有关。服了药物，体内热量散发不出去，皮肤干燥，衣服与皮肤摩擦，容易溃烂，必须穿着宽大的衣裳，以避免皮肤的溃烂。所以必须“褒衣博带”。魏晋人服饰的飘逸，并不是仅仅为了表现仙风道骨，而是有苦衷，不得已而为之的。

有关衣饰，在那个时代，已经走进历史，成为一道风景，成为一个耀眼的标志：

北魏孝文帝太和十年（486年）帝始服衮冕；

太和十八年（494年）改革其本族（鲜卑族）的衣冠制度；

太和十九年（495年），接见群臣时他就颁赐百官冠服，用以更换胡服。

魏孝文帝曾命令全国人民都穿汉服，但鲜卑族的底层百姓不习惯汉族的衣着，有许多人都不遵诏令，依旧穿着他们的传统民族服装。官员们“帽上着笼冠，裤上着朱衣”，连魏文帝的太子也私着胡服，从洛阳逃回平城，后被废为庶人，看来，衣裳事关大体。

我们再稍稍追溯一下，就会发现，衣饰之变，贯穿其中；衣饰之美，光耀历史。汉朝立国400年后，皇室衰微。经过三国鼎立，两晋王族之争，中国内部分崩离析，给徙居华北边境的少数游牧民族以可乘之机。蒙古系游牧民族匈奴、羯、鲜卑，藏系游牧民族羌、氐先后入侵中原，建立了十多个小王朝，即历史上所称的“五胡十六国”（包括13个五胡小王朝和3个汉族小王朝）。4世纪至6世纪，中国处于混乱的南北朝时期，战争和民族大迁徙促使胡、汉杂居，南北交流，来自北方游牧民族和西域国家的异质文化与汉族文化的相互碰撞与相互影响，促使服饰文化有了新的升华。

时尚，已经成为服饰的主题，衣服的样式和种类，从头到脚，都有了夺目的视野。南朝皇侃疏有云：“谓斋浴时所著之衣也。浴竟身未燥，未堪着好衣，又不可露肉，故用布为衣，如衫而长身也，着之以待身燥。”《广韵 · 末韵》中记载：“袜，袜肚。”梁朝刘缓的《敬酬刘长史咏名士悦倾城诗》中就有“袜小称腰身”的比喻。还有一种束胸内衣宝袜。宝袜就是专用于束胸的贴身内衣。明人杨慎《丹铅总录》中记载：“袜，女人胁衣也。”明人田艺蘅称：“宝袜在外，以束裙腰者，视图画古美人妆可见，故曰楚宫腰，曰细风吹者此也。若贴身之袙，则风不能吹矣。”南北朝时期无论是交领，还是圆领，因为领子开口比较大，颈脖部位裸露面积较多，其低开口领已经袒露了胸乳部。唐人服饰袒胸露乳是时尚，而南北朝的低领装已经具备了唐代袒胸装的要素。进入南北朝以后，因为民族的大融合，汉民族的服饰吸纳了北方少数民族服饰的特点，衣服裁剪更加贴身、适体，传统的服装样式（深衣制）逐渐退化，西北少数民族的服装（胡服），尤其是裤褶和裲裆则成了社会的流行服装，其应用范围由家居扩大到日常生活、礼仪交往。

晋代最具代表性的内衣是心衣。心衣样式宽大、便于透气、通风。以吊带、束带束缚，与后世的女子内衣抹胸有几分相似。

北方民族，泛指五胡之地的少数民族。春秋战国时，赵武灵王引进的胡服，即为这种短衣长裤形式。魏晋南北朝时期，最有典型意义的服装为裤褶与裲裆，一时随胡人入居中原，对汉族服装产生了强烈的影响。

北方民族与中原汉族之间在服饰上互相取长补短，以图其新，不仅兼有广、狭两种形式，还演变出一些新的服饰风格，如上衣紧身、窄袖，下裳宽大博广，被东晋学者干宝在《晋纪》中称其为“上俭下丰”。另外，如北齐妇女戴用的幂、穿着的皮靴、缘边袍、系扎的革带等，都为汉族人民所吸收，并流传至后代。

另一个世界的喧嚣

“戈矛若林，牙旗缤纷”，黑暗的墓穴中，展示的全是人间的喧嚣。油然而生的现成气息，是借助高超的艺术技巧实现的，这些壁画并不是简单地罗列对象和堆积事物，而是加以艺术概括，以精练的笔墨，表现比较复杂的事物。3 号墓的屯营图和屯垦图。画工抓住了屯营和屯垦中最鲜明的特点，前者省略了营垒里众多的士卒，只画出了屯营中应有的牙门、牙旗、大帐和士卒所居的小帐。根据营垒实际布局，把大帐画于正中，帐内将军正襟危坐，两旁各侍立士卒一人，以点明墓主人的身份。而垂小帐旁，只画出挺立的戟和盾两件兵器。省略了众多的士卒，却更好地突出了墓主人的形象。画面反映出当时屯营的真实情况，给人一种气象森严的感觉。在屯垦图中，也紧紧抓住兵屯最显著的特点——耕与战。上半部画两排士卒操练，下半部画两个田卒在耕地，画面简洁，但具屯的实际情况却跃然壁上。

统观壁画，画其实是对自己内心的临摹，也是对未来和希望的描画。生动的自然风貌和农业风俗，在他们的笔下再现。试以 6 号墓的宰牛图和牵驼图为例。前一幅，画工把牛画成四脚痉挛，挣扎不肯向前，庖丁身躯向后微倾，一手从牛鼻端紧攥缰绳，来加强牛惊恐之势；在后一幅画中，匾工却将牵驼人画成步伐安详，骆驼长毛垂项，缰绳稍稍松弛，正在戈壁上缓缓前行的情景。

我们可以想象，在一块块贫乏的砖面上，画工先用几笔土红色线条略为起稿，然后用墨线勾勒，绝非逸笔草草。所绘对象的轮廓、形象，不仅形似，比例也基本准确考虑到所绘对象的呼应关系。如 5 号墓的扬场图，中间一农夫持杈扬场，前方一只小鸡站立在粮堆旁，圆瞪着眼，望着扬起的木杈，似乎顾忌农夫的驱赶。而农夫身后，两只公鸡显然也为前方的粮堆吸引，但露出步伐迟疑、欲前又止的神色。而农夫则两眼斜睨，扬起木杈，仿佛正与小鸡逗趣。

此画虽然构图简单，但因为有呼有应，主次分明，互相联成一个整体，情趣盎然。壁画的构图和艺术技巧，随着日月的推移，也不断创新和发展。时代较早的 1 号墓壁画的牧畜、耕种和坞壁的构图，还沿用分层排列的方法，未脱汉画窠臼。这种构图方法，往往使画面宾主不明，层次不分，疏密失当，显得呆板。时代略晚的墓室壁画，构图显然摆脱了这种方法，画面疏密相间，层次分明，收到了较好的艺术效果。同样的牧畜图，1 号墓壁画分层排列，一块砖上画了十四头牲畜，牲畜、人物图像不重叠。只展现了图像的广度，未能很好处理图像远近的变化，所以未能妥善展现图像的深度。且牲畜神态木然，松松散散，未能把墓主人拥有牛马成群的财富很好表达出来。而在时代稍晚的 5 号墓所出现的牧畜图，由于打破了分层排列的方法，虽然只画了六匹马，但妥善处理了牲畜、人物的前后关系，而且图像重叠、有远近的变化，既展现了图像的广度也展现出了深度，而且由于层次分明，疏密得当，所以神态生动。而在时代更晚的 7 号墓，其牧畜图更采用了类似长卷横幅的方式，使画面气势连绵，在同一层七块砖上虽然只连续画了二十五头牲畜，却把墓主人占有牛马成群的情况生动地表现了出来。艺术技巧的进步，还反映在画工为了更好地突出画面的宾主关系，有意识地把主要人物画得比次要人物高大，用对象的比例关系来突出主要人物。6 号墓中男、女墓主人的宴饮图便采取了这种方式，使观众对画中的宾主关系一目了然。这种构图方法，也曾见于较晚的敦煌壁画和唐代阎立本的“历代帝王图卷”，尤其是后者采取了这种技法，常为人们称道。从嘉峪关墓葬壁画可以看出，这种方法，早在魏晋时期有的民间画工已经掌握。在精神面貌的刻画方面，也显然有了进一步的发展，这从 6 号墓中室东、西壁男、女墓主人的宴饮图可以看出。画工们把男墓主画得脸上肥肉饱绽，刻画出一种骄横、贪婪的神态。而将女墓主画成紧锁双眉，席地而坐，独自一人，或身旁陪衬一个侍女，把贵族妇女那种懒散、寂寞，内心空虚的精神状态烘托出来。我们只要细心比较这六座壁画墓中的宴饮图，是可以看得出来的。

热烈的红色，在这里得到了充分的张扬。的确，嘉峪关墓葬壁画，以赭石和红色为主。但是色彩的浓淡、位置和画面的线条却配合得宜，虽然画面上有些地方也用重彩点染，但与线条关联的大片色彩，都采用淡淡的颜色，避免线条负荷太重，破坏画面明快和谐的气氛。值得注意的是在壁画中，画工还常用纯黑色来表现牛、羊、犬的图像，而省略了轮廓线。这和以线为主、以色为辅的传统画法明显不同，应当说是一种大胆的创新。

壁画线描遒劲豪放，注意到运用线条的粗细变化来表现对象的轻重、刚柔和动静的分别。为了显示牲畜脊背的圆健，画工用粗线自鼻端一笔到尾，而柔软的腹部，则用富于弹性的细线来表现。衣纹的刻画，多用粗线来表现衣服的褶皱和下垂部分，以增强其凝重的感觉。

砖里的世界，墓葬里的世界，不仅没有表现出丝毫的恐惧，相反，却隐隐传播着一种持久的精神抚慰，这种精神抚慰，打破了坚硬的生死之坎，把生融入死，把死视为生，我们的视野，就这样被拓展了。

去看看，砖面上有光！

胡杨创作年表

2015年以前

1966年3月10日出生于甘肃敦煌莫高镇，那里是与敦煌莫高窟相隔十余公里的戈壁。

1975年，在敦煌莫高窟生活一年。

1985年开始诗歌创作，当年，在《星星》诗刊发表处女作，并在《当代诗歌》《飞天》《飞天诗报》《拉萨河》《甘肃青年》《小白杨》等发表诗歌作品40多首。

1989年荣获《诗神》月刊社举办的昌黎酒神杯新诗大奖赛优秀作品奖。

1990年当选为甘肃省青年诗歌学会副会长，与阳飏、古马、人邻等创办《敦煌诗报》。

1991年出版个人诗集《西部诗选》。

1992—1998年，陆续在《诗刊》《中国作家》《星星》诗刊《绿风》等发表诗歌作品。

1998年，出版西部人文地理图书《西北望》。

2000年，诗歌《故乡（外一首）》入选由中国作家协会创研部主编的《2000年中国诗歌精选》，之后，其作品多次入选中国作家协会、诗刊社主编的中国诗歌年度选本。

2001—2007年，在中国摄影出版社、新疆人民出版社等出版西部人文地理图书《神秘故城》《名胜古迹》《绚丽风光》《天下雄关》《天下雄关与丝绸古道》《古道西风》《敦煌雅丹地貌》《张掖丹霞地貌》《永远的敦煌》《西部神韵》《走进罗布泊》《中国胡杨》等，总发行量十余万册。被《中国国家地理》《华夏人文地理》《中国旅游（香港）》《户外探险》等杂志聘为特约撰稿人。

2001年，散文《西北望》在中央电视台《电视诗歌散文》栏目播出，并获得甘肃省敦煌文艺奖。

2002年，散文《嘉峪关下》被选入畅销书《中国西部人文地图》，同时，该文被选入《新课标中学生人文读本》。

2003年，散文《遥远的城堡》被拍摄为电视专题片，并荣获甘肃省“五个一工程”奖。散文《天界随想》被拍摄为电视专题片，并荣获甘肃省敦煌文艺奖。

2003年，出版散文集《东方走廊》、诗集《敦煌》，发行6000册。

2005年，组诗《长城地带》荣获《飞天》十年文学奖。同年十月穿越罗布泊，成功考察了楼兰等西域古城遗址，其长篇系列散文《走进罗布泊》在多家报纸连载，在《户外探险》《中国旅游（香港）》等登载。

2006年，被甘肃省文学院授予“甘肃省文学院荣誉作家”称号。

2007年，荣获甘肃省黄河文学奖。其诗歌在《诗潮》“中国当代诗歌扫描”，《星星》诗刊“每月推荐”“文本内外”，《绿风》“西部诗人”等重点栏目推出。11月，承担《中国国家地理》年度重点选题“沿着石窟的走廊，佛走进了中国”，并在当月杂志发表；12月参加第23届青春诗会。

2008年，加入中国作家协会、中国电视艺术家协会；《作品回放：诗18首》《新作展示：诗十四首》等入选《诗刊》3月下“诗人档案”栏目；参加《中国国家地理》极地探索活动，深入阿尔金山自然保护区，完成了对世界海拔最高的大沙漠的考察活动，被列为百年地理大发现，其作品《遥远的阿尔金》发表于《中国国家地理》第12期；在《人民文学》第8期发表组诗《放马敦煌》（28首）；完成了对昆仑山、可可西里的探险考察活动。

2009年，被河西学院聘请为兼职教授；荣获甘肃省黄河文学奖一等奖、甘肃省敦煌文艺奖二等奖；组诗《大片大片的阳光》、创作谈《诗的原野》入选《诗刊》7月上“每月诗星”栏目；《胡杨的诗》发表于《诗选刊》第3期下半月；中篇小说《仕殇》、创作谈《绿洲上的生活》发表于《甘肃文苑》第3期“特别推荐”和“文学之路”栏目；荣获由中国作家协会主办的“长江颂”游记散文一等奖。

2010年，出版散文随笔集《中国河西走廊》，入选全国农家书屋重点出版物推荐目录；大型报告文学《罗布泊前沿的生态保卫战》列入中国作家协会重点作品扶持项目；小说《沙娃的夏天》（原发《飞天》第7期）入选《小说选刊》第8期；中篇小说《官戒》发表于《啄木鸟》第4期；中篇小说《新闻部》发表于《飞天》2月上，入选《诗刊》5月上“当代诗人群像”栏目；《晨光》（外二首）发表于《诗刊》7月下；组诗《绿洲的春天》（31首），创作谈《我的绿洲生活》入选《中国诗歌》第8期“头条诗人”栏目；在《北方作家》第5期发表《胡杨小说选》；组诗《塞上》、随笔《从前的敦煌》《绿洲的基座》、创作谈《诗意的原野》入选《绿风》第2期“三弦琴”栏目；在甘肃省电视艺术家协会第三次代表大会上当选为甘肃省电视艺术家协会副主席；在甘肃省作家协会第五次代表大会上当选为甘肃省作家协会理事；荣获“言子文学奖”“我们的世博”征文一等奖。

2011年，出版《罗布泊前沿的生态保卫战》，同时该报告文学被《国家人文地理》刊登，被《文摘周报》选载，《雄关周末》连载；出版《壮丽的嘉峪关——漫话河西长城》；与18位青春诗会同学出版诗集《北京青春23》；3月，被嘉峪关市委、市政府命名为领军人才；被甘肃省外宣办特聘为“多彩甘肃”大型外宣项目撰稿人；完成《人民日报》（海外版）文化旅游甘肃段的系列选题；组诗《塞上》（6首）发表于《绿风》第3期“实力展示”栏目；组诗《西部，西部》及照片、简介、创作年表发表于《星星》诗刊第5期“双子星座”栏目；组诗《诗人胡杨》及照片、简介、创作年表发表于《诗探索》第1辑；完成四幕歌舞剧《天下雄关》《饮马长城窟》的创作，发表于《中国作家》影视版；完成四集电视剧《远山》的创作；诗歌《辛亥、辛亥》荣获《人民文学》“辛亥百年征文优秀奖”。散文《汉帝国的边防哨所——阳关》荣获全国旅游散文一等奖。参与编写《嘉峪关志》，被推选为嘉峪关市政协委员。

2012年，《胡杨的诗》入选《甘肃日报》“陇上文学精品”；由诗选刊杂志社出版个人诗集《绿洲扎撒》；应读者出版集团之邀，写作《河西长城——月似弯刀》一书；被九粮液集团聘请为文化大使；4月，参加甘肃省第十二次党代会；5月，参与编写《嘉峪关故事传说》一书；被酒泉市肃州区聘请为文史专员；被阳关博物馆聘请为研究员；6月，应中国科学院《中国国家地理》之邀，考察黑河，写作《黑河文化地理》。

2013年，在《人民文学》、《诗刊》、《中国诗人》、《人民日报》（海外版）等国家级报刊发表作品20多篇（首）。出版诗集《绿洲扎撒》，历史文化随笔集《丝绸之路敦煌》中英文版等。荣获甘肃省“优秀读书家庭”荣誉称号、《河西古建筑研究》入选嘉峪关市重点科技项目。荣获甘肃省反邪教论文二等奖、全国档案征文优秀奖。被聘为《甘肃日报》特约撰稿人。入选甘肃省宣传文化系统“四个一批”人才。《敦煌、嘉峪关和我的文学梦》入选《甘肃日报》文学陇军。

2014年，出版《嘉峪关非物质文化遗产》《嘉峪关古诗词释读》等文化专著，出版《胡杨的诗》等文学专著，《远去的塞上烽烟》《敦煌风物漫记》入选“华夏文明之源”系列丛书。荣获“第三届甘肃省中青年德艺双馨艺术工作者”称号。

2015年

发表作品

在省内外报刊发表诗歌散文小说600余篇（首）

《中国文化报》2015年5月29日：《献给丝绸之路的歌》

《甘肃日报》2015年11月3日：《瓜州东千佛洞：流淌西夏的月色》

《甘肃日报》2015年7月14日：《嘉峪关魏晋墓：鲜活千年的地下画廊》

《青年文学》2015年第8期：组诗《沙子泉》

《豁口》入选《2015中国年度诗歌》，漓江出版社

2015年《延河》修合杯生态征文获奖专辑：《罗布泊前沿的生态保卫战》

《读诗》2015年第三卷：《驿路》6首

《星星》诗刊2015年第11期：组诗《绿洲扎撒》

《飞天》2015年第9期：组诗《绿洲扎撒》

《甘肃日报》 2015年7月29日：散文《为胡杨证言》

《华夏文明导报》 2015年8月6日：散文《过去的敦煌》

散文《糖茶》入选中国散文大系哲理卷第2卷；《梨花之下》入选《中国散文大系》景物卷第2卷；《一语成谶》入选《中国散文大系》叙事卷第3卷

《中国诗歌》2015年第5期：组诗《胡杨的诗》

出版情况

《胡杨，生命轮回在大漠》，中国林业出版社2015年

《中国河西走廊》，甘肃美术出版社 2015年

《敦煌风物漫记》，甘肃美术出版社2015年

《大地上的敦煌》，甘肃文化出版社2015年

创作舞剧

创作四幕大型秦剧《北漠尘清》，入选甘肃省优秀剧目，在兰州参加甘肃省优秀剧目会演，荣获甘肃省戏剧大省建设优秀剧目奖，秦韵秦腔艺术团荣获中宣部服务基层先进单位，由农民工参演的嘉峪关第一部大戏走向全国。

获奖情况

荣获由《诗刊》社主办的“茅台杯”全球诗歌大赛优秀奖

荣获由中国诗歌学会主办的“李白诗歌奖”优秀奖

荣获由中国诗歌学会等主办的第二届“魅力临夏·良恒杯”全国散文诗歌大赛诗歌组优秀奖

荣获甘肃“黄河文学奖”
荣获《诗探索》年度诗人奖

2016年

发表作品

《西部》2016年第6期：诗歌《一个人》
《绿风》2016年第3期：组诗《绿洲扎撒》
《飞天》2016年第6期：组诗《敦煌乐章》
《诗选刊》2016年第9期：组诗《在阿拉善》
《诗探索》2016年第2期：《我的绿洲和我的诗歌》
《诗探索》2016年第3期：组诗《绿洲扎撒》
《扬子江诗刊》2016年第3期：组诗《绿洲扎撒》
《文艺人才》2016年第1期：《我的绿洲》
《粤海听涛》2016年9月：《胡杨》散文4章
《读者欣赏》2016年第6期：《甘南印象》散文4章
《读者欣赏》2016年第8期：《绿洲的信仰》散文15章
《读者欣赏》2016年第9期：《长久不衰的风物》散文15章
《甘肃日报》2016年6月15日：散文《石头的味道》
《甘肃日报》2016年6月2日：散文《河流的一侧》
《人民日报》（海外版）2016年5月21日：《盛爱萍的奇石情》
《民主协商报》2016年5月6日：《高建刚书法的意境》
《甘肃日报》2016年4月21日：散文《拐弯处》
《甘肃日报》2016年3月31日：散文《遥远的峡谷》
《甘肃日报》2016年3月12日：散文《梨花之下》
《甘肃日报》2016年7月26日：散文《牛头湾》
《甘肃日报》2016年10月25日：《文殊山：一座富含文化富矿的圣山》

《甘肃日报》2016年9月19日：《敦煌乐章》15首
《甘肃日报》2016年1月13日：《北漠尘清：再现陇上长城的波澜画卷》
《中国诗歌》2016年10期：组诗《绿洲扎撒》
《诗选刊》2016年11、12合刊：组诗《胡杨的诗》

创作舞剧

创作舞剧《饮马长城窟》《鸠摩罗什》；创作秦腔《驿使情》，并举办研讨会，甘肃省文旅厅艺术处领导专家前往嘉峪关指导剧本的创拍，当年被列入甘肃省重点扶持剧目，在嘉峪关大剧院首演成功；电影《砚情》开拍。

获奖情况

荣获冰心散文奖

出版情况

《嘉峪关下（散文节选）》入选《中国长城志（文学艺术）》，江苏凤凰科学技术出版社2016年
出版《地下画廊——嘉峪关魏晋砖壁画》，甘肃人民出版社2016年
与阎强国合作出版《敦煌花语》，甘肃文化出版社2016年

2017年

荣获第八届敦煌文艺奖二等奖
在《山东文学》《诗选刊》《上海诗人》《扬子江》《读者欣赏》等发表大量诗歌散文

2018年

发表作品

《诗刊》2018年12月下半月：《绿洲扎撒》

《草堂》2018年第5期：组诗 《绿洲》

《上海诗人》2018年第3期：组诗《绿洲扎撒》

《绿风》2018年第4期：组诗《绿洲扎撒》

《丝绸之路》2018年第3期：散文《敖伦布拉格：蒙古高原凝固的风水音符》

《诗选刊》2018年第5期：《嘉峪关下》

《读者欣赏》2018年第7期：长篇散文《西王母的故乡》

《读者欣赏·甘肃民航》2018年第12期：《飞天》诗一首

《读者欣赏·甘肃民航》2018年第10期：散文《威廉·林赛：一个英国人的长城情结》

《读者欣赏·甘肃民航》2018年第12期：评论《博采书之妙道　追求至臻至美》

出版情况

《沙上的树》和《雪一点一点》，入选《2018中国年度诗歌》，漓江出版社2018年

《我的绿洲和我的诗歌》《绿洲扎撒》，入选《一首诗的诞生》，首都经贸大学出版社2018年

诗歌《秋霜》《大火烧》，入选《中国诗人生日大典》，百花洲文艺出版社2018年

散文集《嘉峪关纪事》、诗歌集《嘉峪关下》入选《陇原当代文学典藏》散文卷、诗歌卷，敦煌文艺出版社2018年

参与主编《诗与远方如梦煌》，敦煌文艺出版社2018年

获奖情况

荣获由《诗选刊》主办的“记住乡愁，诗意周庄”全国诗歌大赛优秀奖

组诗《绿洲扎撒》荣获由《诗探索》主办的第三届“春泥诗歌奖”提名奖

散文《母亲或者故乡》荣获第27届“东丽杯”孙犁散文奖

荣获由中华文学基金会主办的“千年文脉 诗意枫桥”全国诗歌大赛优秀奖

荣获首届“湘天华杯”华语诗歌大赛诗歌奖

2019 年

发表作品

《飞天》2019年第1期：中篇小说《八道湾》

《诗刊》2019年第3期：组诗 8首《在库木库里》

《上海诗人》2019年第2期：组诗 7首《绿洲扎撒》

《绿风》2019年第2期：散文诗三章《绿洲扎撒》

《民主协商报》2019年3月8日：诗歌《一棵树》

《甘肃日报》2019年3月26日：散文《人生的阶梯》

《甘肃日报》2019年3月29日：散文《油炸饼的乡村》

《中国文化报》2019年4月30日：组诗《劳动者之歌》

《龙泉山》“古今中外诗人笔下的龙泉驿”专号：诗歌《龙泉》

《读者欣赏》2019年第9期：散文《张掖：张中国之掖》

《诗选刊》2019年11、12合刊：组诗 7首《西出阳关》

《绿洲杂志》2019年9月：组诗《可克达拉》

《湖南诗人》2019年第3期：组诗《胡杨的诗》

《海外文摘年度诗歌选》：诗歌《在黑松林》

《甘肃日报》2019年5月24日：评论《敦煌诗歌的传统》

《甘肃日报》2019年9月20日：评论《师古不泥著新篇》

《北方作家》2019年第1期：组诗《绿洲扎撒》

出版情况

诗歌《胡杨树下》，入选《2019年诗歌精选》，漓江出版社 2019年

组诗8首《绿洲扎撒》，入选《第三届春泥诗歌奖获奖作品集》，中国出版集团2019年

散文《母亲或者故乡》，入选《中国散文年度选粹》，新疆生产建设兵团出版社2019年

散文诗组章《绿洲扎撒》，入选《新时代散文诗》，贵州文化音像出版社2019年

组诗《胡杨诗歌》，入选《中国当代诗歌选本》，九州出版社2019年

散文诗《绿洲扎撒》，入选《丝路的春天与河》，敦煌文艺出版社2019年

诗歌《神木》，入选《百名知名诗人同写神木》，中国出版集团2019年

诗歌《金昌 金昌》，入选《诗意金昌》，青海民族出版社2019年

《河西走廊当代边塞诗选》，读者出版社2019年

《嘉峪关筑城史》，读者出版社2019年

《中国石窟走廊》，敦煌文艺出版社2019年

《走进罗布泊》，敦煌文艺出版社 2019年

《触摸大地》，敦煌文艺出版社2019年

《胡杨：生命轮回在大漠》，中国林业出版社 2019年（入选全国中小学生读物）

获奖情况

诗歌《在阿拉善》荣获内蒙古自治区第三届“马兰杯 ” 优秀作品奖

散文《广州的几个细节》荣获广东省作协举办的广州记事散文大赛优秀作品奖

诗歌《兰州》荣获“我为兰州写一首诗”全国诗歌征文优秀奖

秦腔剧本《八棵树》创作完成，并召开研讨会

其他

召开胡杨作品全国研讨会，来自《诗刊》《十月》《星星》《飞天》等全国50多位专家学者参加会议，甘肃省委宣传部、甘肃省文旅厅、甘肃省文联、读者出版集团、中国诗歌学会、嘉峪关市委市政府等单位和知名作家诗人吴思敬、林莽、霍俊明、马步升、林染、汪剑钊、马青山、王珂、徐兆寿、阳飏、牛庆国、谷禾、燎原、刘向东、龚学敏、王若冰、妥清德、彭惊宇、王明博、方健荣等参会并发来贺电。

编印《胡杨作品研讨会文集》，收录了专家学者的发言稿和评论文章。

2020 年

发表作品

《诗刊》2020年8月下：组诗《燕子》

《中国文艺家》2020年11月：组诗《山有灵猴》

《扬子江诗刊》2020年第1期：《黑鹰山（外二首）》

《上海诗人》2020年4月：组诗《绿洲扎撒》

《中国报告文学》2020年第10期：长篇报告文学《雄关之魂》

《中国流派》2020年第15期：诗《草书》

《飞天》2020年第5期：长篇散文《在绿洲和草原之间》

《天津文学》2020年第5期：组诗《绿洲扎撒》

《甘肃文苑》2020年第12期：组诗《绿洲扎撒》

《北方作家》2020年第4期：组诗《朝西眺望》
《绿风》2020年第6期：组诗《绿洲扎撒》
《读者》（原创版）2020年第6期：《诗二首》

出版情况

诗《黄河侧畔》，入选《中国跨年诗选（2019—2020）》，北方文艺出版社2020年

《敦煌笔记》散文两篇，入选《大美敦煌》，敦煌文艺出版社2020年

诗《桃花》，入选《汉诗三百首》，北岳文艺出版社2020年

诗《胡杨树下》，入选《是什么让海水更蓝——〈诗探索·作品卷〉诗歌精选》，学苑出版社2020年

诗《三道泉》，入选《2020年中国年度诗选》，漓江出版社2020年

《玉门关组诗》，入选《玉门关诗词》，中国书籍出版社2020年

随笔集《祁连肃北》，敦煌文艺出版社2020年

诗集《长城地带》，中国诗歌网2020年

电子诗集《长城地带》，2020年

《中国河西走廊》俄语版、乌兹别克语版，2020年

参与编著《嘉峪关故事传说》，河北美术出版社2020年（甘肃省非物质文化遗产保护专项资金支持项目）

获奖情况

荣获第五届“诗探索·中国诗歌发现奖”

荣获第六届中国当代诗歌奖

首届“猴王杯”世界华语诗歌大奖赛佳作奖

获得“黄河之滨也很美”全国书法美术摄影视频及文学作品大赛文学类二等奖

2021年

发表作品

《飞天》2021年第3期：大型散文《嘉峪关下》
《金城》2021年第2期：大型散文《嘉峪关》
《读者》（原创版）2021年第7期：诗歌《我想对你说》
《读者》（原创版）2021年第2期：诗歌《祁连山下》
《诗选刊》2021年第5期：组诗15首
《都市生活》2021年第7期：组诗 《绿洲扎撒》
《北方作家》2021年第3期：散文《怀念》
《上海诗人》2021年第5期： 组诗《绿洲扎撒》
《甘肃日报》2021年3月26日：报告文学《嘉峪关下八棵树》
《读者欣赏》2021年第3期：散文《本草甘肃》
《读者欣赏》2021年第4期：散文《陇上长城》
《读者欣赏·甘肃民航》2021年第12期：散文《黄土》
《江河文学》2021年第5期：组诗《绿洲扎撒》
《小诗界》2021年第3期：《荒芜的春天》
《2020年中国年度诗歌》：《三道泉》
《绿风》2021年第6期：组诗《绿洲扎撒》
《扬子江诗刊》2021年第6期：组诗《大地的孩子》
《诗刊》2021年第11期上：组诗《短诗》
《十月》2021年单月号第6期：组诗《短诗》
《诗选刊》2021年11、12合刊：组诗《绿洲扎撒》
《中国劳动保障报》2021年10月9日：《肃北草原上的苏鲁克》
《安徽科技报》 2021年12月15日：《北海子》诗歌

出版情况

《玉门》《诗日子》，中国书籍出版社2021年

《发现诗人奖合集》，诗探索出版2021年

《河西走廊非物质文化遗产（上下）》，敦煌文艺出版社2021年

《嘉峪关特色文化》，国家开放大学出版社2021年

《诗探索》2021年第一辑：“中生代诗人研究”《胡杨诗歌研究》三篇论文：

王明博：《西部诗歌的勘探者——胡杨诗论》

王若冰：《在西部地理背景下——胡杨诗歌创作的地域特质》

阳飏：《胡杨诗歌的几个关键词》

编印嘉峪关文史资料特辑《嘉峪关下八棵树》

获奖情况

荣获孙犁散文奖

第二届“猴王杯”国际诗歌大赛三等奖

2022年

应中国长城研究院、霍州市人民政府之邀，参加霍州长城研讨会

发表作品

《河西学院学报》2022年第4期：黄静姝《历史传统与现代诗情交织的西部书写——胡杨新边塞诗解读》

《北方作家》2022年第3期：《长城颂》（组诗）

《飞天》2022年第11期：《嘉峪关下》（组诗）

《读者欣赏·甘肃民航》2022年第5期：《岩画里的世界》

《中国劳动保障报》2022年1月11日：《小砖块中浓缩的大世界》

《环球人文地理》2022年第12期：《嘉峪关650年，回到嘉峪高岗的历史现场》

《人文甘肃》2022年6月：《嘉峪关传——献给一座关口的650年》

《敦煌诗刊》2022年卷：《绿洲扎撒》（组诗）

《金银滩文学》2022年第2期：《嘉峪关下》（组诗）

《飞天》2022年第2期：长篇散文《砖头里的光：另一种生》

《中华辞赋》2022年第2期：《春风》（外三首）

《读者欣赏》2022年第7期：《天下雄关——献给一座关口的650年》

《时代文学》2022年第3期：《岸上的春风》（外一首）

《金城》2022年第2期：《嘉峪关传——献给一座关口的650年》

《星星散文诗》2022年第3期：《绿洲扎撒》散文诗组章

出版情况

出版嘉峪关建关650周年邮册

编印嘉峪关文化丛书《长城诗话》

作品入选各种诗歌年度选本

2023年

入选《诗刊社》“青春回眸”，受邀参加张家港笔会，成为参加过“青春诗会”和“青春回眸”的双料诗人

被兰州大学出版社、燕山大学出版社聘请为中国长城学术研究发掘出版工程专家委员会专家、副主编

《长城十三关史话》主编

被甘肃省文旅厅聘请为《陇上长城》出版项目主编

应邀担任秦川作品分享会分享嘉宾
应邀主讲阳关大讲堂，讲述边塞诗中的山川地理

发表作品

《绿风》2023年第1期《绿洲扎撒》五首
《读者》（原创版）2023年第4期：《春风》
《读者》（原创版）2023年第6期：《嘉峪关上的雪（外一篇）》
《上海诗人》2023年第2期：《那些阳光（外五首）》
《北方作家》2023年第3期：组诗《嘉峪关下》
《兰州日报》2023年3月21日：组诗《嘉峪关下》
《飞天》2023年第1期：《定格在石头上的努图特——祁连山岩画里的世界》
《中国校园文学》2023年第4期：《在遥远而漫长的古道上》
《诗刊》2023年第6期：《当金山口》（组诗）；第17期：《遥远的沙丘》（组诗）；第24期：《窟窿峡》
《草堂》2023年第2期：《黑河之侧》（组诗）
《中国民航》2023年第8期：《天下雄关——嘉峪关》
《北海日报》2023年10月10日：《嘉峪关下》（组诗）
《新诗选》入选《烽火台下》《羊井子》
作品入选各种诗歌年度选本
多次入选中国作家协会、诗刊社“汉诗英译”

2024 年

发表作品

《诗刊》2024 年第 3 期：诗歌《干海子》

《中华辞赋》2024 年第 11 期：组诗《嘉峪关下》

《六盘山》2024 年第 6 期：组诗《嘉峪关下》

《浙江诗人》2024 年第 4 期：组诗《嘉峪关下》

《绿风》2024 年第 5 期：组诗《嘉峪关下》

《金城》2024 年第 6 期：书序两篇

《北方作家》2024 年第 2 期：组诗《嘉峪关下》

《飞天》2024 年第 6 期：组诗《嘉峪关下》

《上海诗人》2024 年第 2 期：《在敦煌（外四首）》

《诗刊》2024 年增刊：《源头》

《大运河》2024 年冬季卷：组诗《嘉峪关下》

《新诗选》2024 年冬季卷：诗歌《千秋燧》

《读者（原创版）》2024 年第 4 期：诗歌《如果》

《悟阅文学艺术周刊》2024 年第 22 期：组诗《嘉峪关下》

《甘肃文史》2024 年第 4 期：散文《嘉峪关叙述》

《枣香》2024 年第 2 期：组诗《嘉峪关下》

《诗天山》2024 年第 11 期：组诗《嘉峪关下》（16 首）

《嘉峪关政协》2024 年第 1 期：《回到历史现场：一部长城防御体系的百科全书》

《嘉峪关政协》2024 年第 2 期：《嘉峪关魏晋墓发掘始末》

《嘉峪关文艺》2024 年第 2 期：组诗《嘉峪关下》

《一食谈》2024 年 06 月 03 日：《千年烤肉嘉峪关》

《海华都市报》2024 年 11 月 1 日：组诗《嘉峪关下》

《张掖日报》2024 年 4 月 20 日：组诗《嘉峪关下》（6 首）

《甘肃日报》2024 年 2 月 29 日：诗歌《长流水（外一首）》

《甘肃日报》2024 年 5 月 10 日：《从历史中走来的嘉峪关民间小调》

《甘肃日报》2024 年 8 月 6 日：书评《长城，是一首长长的诗》

《甘肃日报》2024 年 8 月 15 日：散文《古韵长城 壮美雄关》

《嘉峪关日报》2024 年 4 月 2 日：散文《舌尖上的嘉峪关更具文化魅力》

《嘉峪关日报》2024 年 5 月 10 日：诗歌《春天（外二首）》
《嘉峪关日报》2024 年 6 月 14 日：散文《永远的长城》
《嘉峪关日报》2024 年 6 月 25 日：散文《逝去的岁月》
《嘉峪关日报》2024 年 8 月 16 日：散文《长城是一首长长的诗》
《嘉峪关日报》2024 年 8 月 27 日：散文《长城古韵 壮美雄关》
《嘉峪关日报》2024 年 8 月 30 日：散文《泥土乡村》
《嘉峪关日报》2024 年 9 月 13 日：散文《荒野上的葵花》
《嘉峪关日报》2024 年 11 月 26 日：散文《嘉峪关一带》
《嘉峪关日报》2024 年 12 月 3 日：散文《嘉峪关地蹦子》
《民主协商报》2024 年 9 月 30 日：散文《我与人民政协的文史资料情缘》

出版情况

诗集《长城志》，燕山大学出版社 2024 年
策划“纸上博物馆”系列图书，并编写《纸上博物馆——嘉峪关长城博物馆》等，燕山大学出版社 2024 年
诗《飞檐》，入选《2023 年中国精短诗选》，北岳文艺出版社 2024 年
诗《在草原》，入选《漂移的镜像：2023 年中国诗歌精选》，百花洲文艺出版社 2024 年
诗《细雨》，入选《2024 年中国风景诗选》，华侨出版社 2024 年
诗《千秋燧》，入选《2024 中国年度诗歌》，漓江出版社 2024 年

获奖情况

荣获“歌起塞上 诗吟三关”长城诗歌创作工程优秀长城诗人称号
荣获第十一届中国春晚新诗 2024 年度优秀诗人
组诗《长城地带》荣获 2024 年度“歌起塞上 诗吟三关”的“优秀长城诗”和“优秀长城诗人”奖

组诗《昆仑山下》荣获格尔木市委宣传部主办的“不忘来时路 启航新征程”全国征文二等奖